追求卓越
勇于跨越

中国中铁年鉴 2019

CHINA RAILWAY ENGINEERING CORPORATION YEARBOOK

《中国中铁年鉴》编委会　编

图书在版编目（CIP）数据

中国中铁年鉴. 2019 /《中国中铁年鉴》编委会编.
—北京：中国经济出版社，2019.11
ISBN 978-7-5136-5518-7
Ⅰ. ①中… Ⅱ. ①中… Ⅲ. ①铁路企业—企业集团—中国—2019—年鉴 Ⅳ. ① F532.6-54

中国版本图书馆 CIP 数据核字（2019）第 259721 号

责任编辑　王建昌
责任印制　马小宾
封面设计　卡古鸟设计

出版发行　中国经济出版社
印 刷 者　北京富泰印刷有限责任公司
经 销 者　各地新华书店
开　　本　880mm × 1230mm　1/16
印　　张　41.25
字　　数　1650 千字
版　　次　2019 年 11 月第 1 次
印　　次　2019 年 11 月第 1 次
定　　价　300.00 元
广告经营许可证　京西工商广字第 8179 号

中国经济出版社 **网址** www.economyph.com **社址** 北京市东城区安定门外大街 58 号 **邮编** 100011
本版图书如存在印装质量问题，请与本社销售中心联系调换（联系电话：010-57512564）

《中国中铁年鉴（2019）》编委会

特约组稿和审稿人员（按姓氏笔画为序）

编 辑 说 明

一、自本卷起，《中国铁路工程集团有限公司年鉴》更名为《中国中铁年鉴》。

二、《中国中铁年鉴》是一部概览中国中铁系统各方面情况的综合性、资料性工具书，2003年创刊，逐年连续出版，本卷年鉴是第17卷。全书主要记载了中国中铁总部及所属企业2018年1月1日至12月31日生产经营、改革发展、科学技术创新、党群工作等各项工作情况，是一本具有权威性和实用性的资料工具书。

三、本年鉴的框架结构设计划分为15个栏目：特稿、专文、大事记、概述、基建建设、勘察设计和咨询服务、工业制造、海外业务、实业投资及金融物贸、科技创新、行政工作、党群工作、人物、所属单位和附录，下设类目、分目、条目。

四、条目为本年鉴的基本单元和记述信息数据资料的主要形式，是全书的主体。为使本年鉴更易查、更实用，本卷除常规目录外，另单设“年鉴各篇汇总表速查目录”和“索引”两部分，以便使用者能够快速查找到所需信息，实现年鉴之基本功用。

五、本年鉴图文并重，除正文条目外，同时辅以精美彩页图片，以更加直观的方式汇总年度成果与重大事件。本卷值2018年中国改革开放40周年之际，彩页部分特以“庆祝改革开放40周年”为题，以系列精美图片回顾了1978年至2018年中国中铁的发展历程，并精选出中国中铁2018年度内各类重点工程和获奖工程，以及反映企业改革发展、生产经营、科技创新、企业文化、党建工作和对外交往的部分图片，呈现出中国中铁人“勇于跨越，追求卓越”的精彩瞬间。本年鉴大多数图片由党委宣传部、报社和所属各单位提供。

六、本年鉴稿件由中国中铁总部各部门及所属各单位提供，并经其主管领导审核。年鉴文章、条目、图表中统计数据，由不同业务部门提供，如因统计口径不同而出现不一致之处，请以经营开发部和财务部的数据为准。

七、本年鉴的版式编排执行国家标准，计量单位一律采用国际单位制，文字采用国家文字改革委员会公布的标准简化汉字，专业术语采用有关国家标准和行业标准的约定，标点符号和数字书写按出版部门有关出版物的规定执行。如有疏漏之处，欢迎提出意见。

八、本年鉴根据行文实际需要，单位名称全称和简称并用。本年鉴出现的中国中铁所属各单位全称和简称对照参看中国中铁所属单位全称及简称对照表。

九、本年鉴的编辑出版，得到了中国出版协会年鉴工作委员会、中国经济出版社的指导和帮助，得到了中国中铁各级领导、部门的关怀和重视，得到了各编辑工作者的密切配合，谨在此向所有关心、支持和直接参与编撰工作的人员表示谢意和敬意。同时，欢迎社会各界提出宝贵意见，以便提高编撰质量。

中国中铁所属单位全称及简称对照

中国铁路工程集团有限公司——集团公司

中国中铁股份有限公司——中国中铁、股份公司

中铁一局集团有限公司——中铁一局

中铁二局集团有限公司——中铁二局

中铁三局集团有限公司——中铁三局

中铁四局集团有限公司——中铁四局

中铁五局集团有限公司——中铁五局

中铁六局集团有限公司——中铁六局

中铁七局集团有限公司——中铁七局

中铁八局集团有限公司——中铁八局

中铁九局集团有限公司——中铁九局

中铁十局集团有限公司——中铁十局

中铁大桥局集团有限公司——中铁大桥局

中铁隧道集团有限公司——中铁隧道局

中铁电气化局集团有限公司——中铁电气化局

中铁武汉电气化局集团有限公司——中铁武汉电化局

中铁建工集团有限公司——中铁建工

中铁广州工程局有限公司——中铁广州局

中铁北京工程局有限公司——中铁北京局

中铁上海工程局有限公司——中铁上海局

中铁国际集团有限公司——中铁国际

中铁东方国际集团有限公司——东方国际

中铁二院工程集团有限责任公司——中铁二院

中铁第六勘察设计院集团有限公司——中铁六院

中铁工程设计咨询集团有限公司——中铁设计

中铁大桥勘测设计院有限公司——中铁大桥院

中铁华铁工程设计集团有限公司——中铁华铁

中铁科学研究院有限公司——中铁科研院

中铁高新工业股份有限公司——中铁工业

中铁信托有限责任公司——中铁信托

中铁财务有限责任公司——中铁财务

中铁资本有限公司——中铁资本

中铁交通投资集团限公司——中铁交通

中铁南方投资集团有限公司——中铁南方

中铁投资集团有限公司（中国中铁股份有限公司工程建设分公司）——中铁投资（中铁建设分公司）

中铁开发投资有限公司——中铁开投

中铁城市发展投资集团有限公司——中铁城投

中铁（上海）投资集团有限公司——中铁上投

中铁置业集团有限公司——中铁置业

中铁文化旅游投资集团有限公司——中铁文旅

中铁资源集团有限公司——中铁资源

中铁物贸有限责任公司——中铁物贸

中铁国资资产管理有限公司——中铁国资

中国铁路工程集团有限公司党校——集团公司党校

①

②

③

④

① 1978 年 5 月，经国务院批准，成立铁道部 4501（国家“四五计划”一号）工程指挥部，随后改组为铁道部隧道工程局

② 1979 年，铁道部决定基本建设总局对外称中国铁路工程总公司，第二工程局分为第二、第五两个工程局

③ 1981 年，中国中铁参建的南疆铁路吐库段全线接轨通车

④ 1982 年 9 月 29 日，中国中铁参建的第一条复线电气化铁路石太电气化铁路全线建成通车

①

②

③

①1983年12月，中国中铁参建的中国第一条一次建成的双线电气化铁路——京秦铁路接轨铺通

②1984年5月，中国中铁参建的中国第一条高原铁路——青藏铁路西宁至格尔木段通车

③1985年7月，中国第一台既能铺轨又能架桥的长征2型铺轨机在第三工程局制成试用

①

②

③

① 1985 年 12 月，中国中铁承建的亚洲铁路第一桥——新荷铁路长东黄河大桥竣工通车

② 1986 年 11 月，中国中铁参建的中国首次进行特浅埋、软弱围岩施工的复线铁路隧道——京广铁路复线新建南岭隧道贯通

③ 1987 年 12 月，中国中铁承建的中国最长双线电气化铁路隧道——衡广复线大瑶山隧道贯通，工程技术获国家科技进步特等奖

①

① 1988 年 12 月，中国中铁承建的郑州至宝鸡段电气化铁路通车，标志着中国铁路网中最长的干线电气化铁路西陇海线全面建成

②

② 1989 年 12 月，中国中铁参与的全国最大、第一个实现综合自动化大型路网编组站——郑州北编组站现代化改造工程通过国家验收

③ 1991 年 10 月，中国中铁承建的当时中国功能最齐全的火车站——深圳新客站落成，邓小平同志题写站名

①

②

①1991 年 12 月，承建的世界强涌潮河段上第一座桥梁、预应力混凝土连续梁位居世界之冠的钱塘江二桥建成

②1992 年 12 月，参建的中国第一条重载单元列车的双线电气化运煤专线——大秦铁路全线通车

③1993 年 1 月，中铁大桥局承建的新中国第三座桥梁里程碑九江长江大桥建成

①

① 1993 年 5 月，中国中铁参建的上海地铁 1 号线南段开始试运行

②

② 1994 年 3 月，中国中铁承建的中国已建成最长单线铁路隧道——候月铁路云台山隧道建成

③

③ 1995 年 12 月，参建的中国投资最多、规模最大、技术最先进、功能最全的客运站——北京西站竣工验收

① 1996 年 9 月，中国中铁参建的国家“八五”计划一号工程，中国国内投资最多、一次性建成的最长双线铁路京九铁路正式通车

② 1997 年 3 月，参建的南昆铁路全线铺通，标志着中国在艰难山区修筑铁路和建设桥隧的科学技术水平进入世界先进行列

③ 1999 年 9 月，中国中铁参建的中国最长的铁路隧道——秦岭隧道全线贯通

①

①2002 年 11 月，中铁建工建设者首次随中国科考队奔赴南极开展建设任务，在人类生命禁区开展中国南极科考站建设任务

②

②2004 年 12 月，中国中铁参与建设的世界首条商业运行的磁悬浮——上海磁悬浮列车正式投入运行

③

③2005 年 6 月， 国内首条 BT 模式建设的地铁项目——北京地铁奥运支线开工，开创了中国城市地铁加速投资建设的新时期

① 2006 年 7 月，世界海拔最高、最长、穿越冻土里程最长等创 8 项世界纪录的青藏铁路建成通车，从此，中国铁路建设的水平开始领跑全球

② 2007 年 6 月，参建的中国投资额最大的桥梁、工程创 6 项世界或国内之最的杭州湾跨海大桥全线贯通

③ 2007 年 9 月，中国铁路工程总公司独家发起设立中国中铁股份有限公司，并于 2007 年 12 月 3 日和 12 月 7 日，分别在上海证券交易所和香港联合交易所成功上市

① 2008 年 5 月 12 日，四川汶川发生 8.0 级大地震。宝成铁路 109 隧道山体塌方造成宝成线运输中断，中铁一局抢险救援人员在宝成铁路 109 隧道抢险

② 2008 年 5 月，中国中铁党委被中组部授予央企抗震救灾先进基层党组织

③ 2008 年 8 月，中国第一条拥有完全自主知识产权，时速 350 公里的高速铁路京津城际铁路开通，中国进入高铁时代

① 2008 年 8 月 1 日，中国中铁参建的北京南站正式投入使用

② 2008 年 12 月，万里长江第一隧——武汉长江隧道通车运行

③ 2008 年 12 月，中国首台具有自主知识产权的复合式盾构机成功下线

① 2009 年 9 月 28 日，中铁大桥局承建的世界首座六线铁路大桥京沪高铁南京大胜关长江大桥建成

② 2009 年 12 月，中国中铁承建的世界最大双塔三索面公铁两用斜拉桥——武汉天兴洲公铁两用长江大桥通车

③ 2009 年 12 月，世界上一次建成运营里程最长的时速 350km 高铁——武广高铁开通运营

①

①2010 年 8 月，中国中铁参建的中国造价最贵、桥隧比最高的山区铁路——宜万铁路正式通车

②

②2010 年 9 月，中国中铁承建的世界最长公铁两用桥——郑新黄河大桥公路桥正式通车

③

③2011 年 6 月，构建了中国高铁标准体系与技术体系的京沪高速铁路正式通车运营，该工程获国家科技进步特等奖

①2011年6月，国内最大的盾构研发制造基地——中铁装备盾构研发制造基地正式建成投产

①

②2012年11月，中国中铁承建的世界同类桥梁中跨度最大的公铁两用斜拉桥黄冈长江大桥主桥贯通

②

③2012年11月，世界首座主跨超千米的三塔两跨悬索桥——泰州长江公路大桥建成通车

③

①2012 年 12 月，中国中铁参建的全长 2294 公里世界运营里程第一的京广铁路正式开通运营

② 2012 年 12 月 1 日，中国中铁参建的世界首条高寒地区高速铁路——哈大高铁通车运营

③ 2013 年 8 月，中国中铁承建的世界最大主跨三塔两跨悬索桥——马鞍山长江公路大桥全线贯通

①2014 年 1 月，中国中铁承建的世界第一高桥——北盘江大桥钢筋主体结构胜利合拢

②2014 年 4 月，国内最长海底公路隧道——青岛胶州湾海底隧道正式竣工运营

③2014 年 4 月，世界最长高原铁路隧道——青藏铁路西（宁）格（尔木）二线关角隧道双线贯通

①2014 年 12 月，承建的世界跨度最大的三塔四跨悬索桥——武汉鹦鹉洲长江大桥正式建成通车

② 2014 年 12 月 26 日，兰（州）新（疆）高铁二线全线通车

③2015 年 1 月，中国中铁承建的世界最重转体桥——山东省邹城市跨铁路立交桥成功转体

①

①2015 年 8 月，中国中铁承建的世界最大地下储气水封洞库——万华烟台工业园 LPG 地下水封洞库成功投产

②

②2015 年 11 月，中国中铁承建的世界最大跨度混凝土拱桥——沪昆高铁北盘江特大桥胜利合龙

③

③2015 年 11 月，东北亚区域规模最大、配套最完善、科技水平最高，总投资约 500 亿元的中铁·青岛世界博览城项目正式获批为东亚海洋合作平台永久性会址

①2015 年 12 月，中国企业在海外承接的最大单体桥梁工程——孟加拉帕德玛大桥举行奠基仪式

②2016 年 1 月，巨晓林当选为中华全国总工会副主席，成为全总首位农民工副主席

③2016 年 1 月，中铁遂道承建的乌兹别克斯坦“中亚第一长隧”卡姆奇克隧道贯通

① 2016 年 5 月，中国中铁承建的国内第一高纬、高寒地区铁路长隧——哈尔滨至佳木斯快速铁路猴石山隧道贯通

② 2016 年 7 月，中铁装备研发的世界首台马蹄形盾构机在河南郑州下线

③ 2016 年 12 月 28 日，中国中铁参建的中国东西向线路里程最长、经过省份最多的高速铁路——沪昆高铁全线开通运营

① 

①2017年3月2日，中铁高新工业股份有限公司在沪上市

② 

② 2017 年 7 月，世界穿越沙漠最长高速公路——京新高速公路临白段运行

③ 

③ 2017 年 9 月，中铁山桥承制的世界最大跨海钢桁拱桥——梅山春晓大桥正式通车

①2018年9月13日，中国中铁副总裁、总法律顾问于腾群代表中国中铁在广西南宁参加了第15届中国—东盟博览会系列活动之中缅经济走廊论坛和中国—东盟首届“一带一路”青年领袖论坛，并分别发表主题演讲

②2018年11月6日，中国中铁副总裁段永传出席中国中铁2018年投资推进会

③2018年6月30日，中国中铁副总裁刘宝龙在中国中铁工程项目安全质量标准化建设推进会上观摩中铁二局青岛地铁8号线工程PPP项目（B2包）土建02工区TBM隧道区间

①

① 2018 年 8 月 31 日，中国中铁副总裁任鸿鹏会见莫桑比克交通和通讯部长

②

② 2018 年 10 月 26 日，中国中铁工会主席、职工董事刘建媛高票当选中华全国总工会第十七届执行委员会委员

③

③ 2018 年 11 月 26 日，中国中铁监事会主席张回家到中铁南方开展合规管理调研

①2018年12月20日，中国中铁总工程师孔遁出席中国中铁首届“卓越杯”BIM大赛

②2018年8月27日，中国中铁总经济师马江黔到中铁建工集团调研

③2018年9月4日，中国中铁董事会秘书何文出席中国中铁2018年度中期H股业绩推介会、H股业绩新闻发布会

①

①中铁大桥局承建的新建合肥至福州铁路安徽段铜陵长江大桥获 2018 年国家优质工程金质奖

②

②中铁八局、中铁一局、中铁二局参建的成都—自贡—泸州—赤水（川黔界）高速公路成都至眉山（仁寿段）获 2018 年国家优质工程奖

③

③中铁大桥局、中铁四局参建的南通东方大道快速路高架工程获 2018 年国家优质工程奖

④中国中铁承建的郑州市轨道交通 2 号线一期工程获 2018 年国家优质工程奖

①中铁二局承建的高新区联合总部大厦获 2018 年国家优质工程奖

①

②中铁建工集团承建的茅台镇国酒文化主题展演项目获得 2018 年国家优质工程奖

②

③中铁五局承建的新建沪昆铁路客运专线长沙至昆明段（贵州）姚官屯特大桥获 2018 年国家优质工程奖

④中铁七局参建的新建宝坻区体育馆工程获 2018 国家优质工程奖

④

①

①中铁七局承建的博茨瓦纳 T-F A1 道路项目工程获 2018 年国家优质工程奖

②

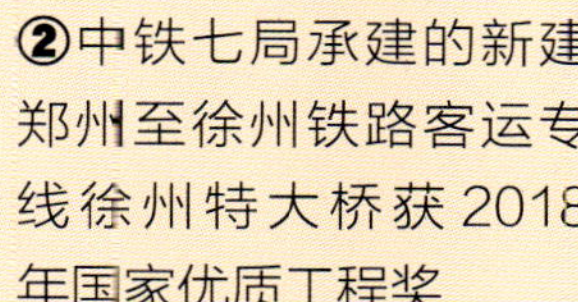

②中铁七局承建的新建郑州至徐州铁路客运专线徐州特大桥获 2018 年国家优质工程奖

③

③中铁四局承建的成都基础设施维修基地工程获 2018 年国家优质工程奖

④

④中铁五局承建的中铁贵州国际生态城中铁大道干沟大桥获 2018 年国家优质工程奖

①

②

②中铁一局承建的北京至乌鲁木齐国家高速公路明水（甘新界）至哈密段公路工程获 2018 年国家优质工程奖

③

③中铁建工集团承建的深圳蛇口邮轮中心工程获 2018 年国家优质工程奖

①中铁一局参建的广西靖西至那坡高速公路项目获 2018 年国家优质工程奖

④中铁隧道局承建的长沙市南湖路湘江隧道工程获 2018 年国家优质工程奖

①

①中铁一局、中铁二局承建的海南省国道海榆西线（G225）海口过境段—海秀快速路（一期）工程获2018年国家优质工程奖

②

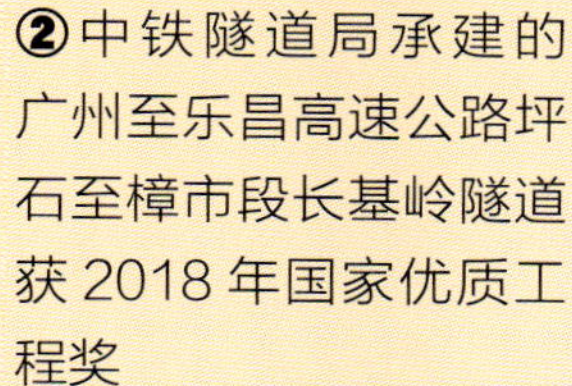

②中铁隧道局承建的广州至乐昌高速公路坪石至樟市段长基岭隧道获2018年国家优质工程奖

③

③中铁五局承建的杭瑞高速公路岳阳洞庭湖大桥引桥获2018年国家优质工程奖

④中铁一局承建的广州市轨道交通九号线岐山车辆段与综合基地工程获2018年国家优质工程奖

①

①中铁四局承建的安徽省六安至岳西至潜山高速公路获中国建设工程鲁班奖

②中铁隧道局承建的南昌市红谷隧道工程获中国建设工程鲁班奖

③

③中铁五局、中铁七局承建的天河潭景区建设项目获中国建设工程鲁班奖

①

①2018 年 12 月 25 日，中国中铁参建的哈牡高铁开通运营

②2018 年 12 月 26 日，中国中铁参建的济青高铁开通运营，济南至青岛最快列车运行时间压缩至 1 小时 40 分

③

③2018 年 9 月 23 日，中铁一局承建的广深港高铁（香港段）正式开通运营

④2018 年 12 月 25 日，杭（州）黄（山）铁路正式通车。图为动车驶过中铁四局承建的杭黄铁路壶源江特大桥

①2018年12月18日，由中铁五局承建的浦梅铁路全线首座连续梁桥——九龙溪大桥顺利合龙

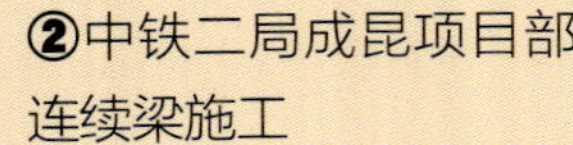

②中铁二局成昆项目部连续梁施工

③中铁六局承建的京张高铁南口特大桥

④中国中铁参建的国内最长的运煤专线——蒙华铁路

①

②

① 2018 年 12 月 19 日，丰台站举行“聚中铁建工人智慧力量 建丰台站时代精品工程”启动仪式

②中铁四局承建的石（家庄）济（南）客运专线济南黄河公铁两用大桥获 2018 年优秀焊接工程

③ 2018 年 12 月 19 日，中铁七局承建的郑州东动车所新建郑万场项目正式开通投运

①

① 2018 年 11 月 28 日，中铁一局参建的广西河池至百色高速公路正式通车。图为百色北枢纽互通立交群

② 2018 年 12 月 28 日，中铁四局参建的龙（川）怀（集）高速公路通车

③ 2018 年 10 月 24 日，双洮高速公路项目提速建设

④ 2018 年 6 月 28 日，中铁十局施工的济南枢纽北环线至济西站上行场新建联络线工程顺利开通

目　录

特　稿

专　文

大事记

概　述

基建建设

基建建设经营开发

基建建设生产管理

二次经营

安全质量管理

勘察设计与咨询服务

勘察设计生产经营

技术咨询与服务

优秀工程勘察设计奖

优秀工程咨询成果奖

工业制造

工业企业生产经营

主要产品

生产工艺及技术创新

海外业务

实业投资及金融物贸

实业投资

金融信托

物资贸易

科技创新

行政工作

董事会办公室（监事会办公室）

总裁办公室

战略规划部

财务部

干部部

劳资社保部

法律合规部

审计部

经营开发部

投资发展部

房地产与养老产业部

生产管理部

安全质量监督部

科技与信息化部（技术中心）

成本与采购管理部

行政管理部（离退休人员管理部、保卫部）

国际事业部

大企业市场开发事业部

党群工作

党委（保密）办公室

党委组织部

党委宣传部

纪委（监察部）

工　会

团　委

机关党委（机关工会）

中国中铁报社

人　物

新闻人物

科技人物

模范人物

逝世人物

所属单位

中铁一局集团有限公司

中铁二局集团有限公司

中铁三局集团有限公司

中铁四局集团有限公司

中铁五局集团有限公司

中铁六局集团有限公司

中铁七局集团有限公司

中铁八局集团有限公司

中铁九局集团有限公司

中铁十局集有限公司

中铁大桥局集团有限公司

中铁隧道局集团有限公司

中铁电气化局集团有限公司

中铁武汉电气化局集团有限公司

中铁建工集团有限公司

中铁广州工程局集团有限公司

中铁北京工程局集团有限公司

中铁上海工程局集团有限公司

中铁国际集团有限公司

中铁东方国际集团有限公司

中铁二院工程集团有限责任公司

中铁第六勘察设计院集团有限公司

中铁工程设计咨询集团有限公司

中铁大桥勘测设计院集团有限公司

中铁华铁工程设计集团有限公司

中铁科学研究院有限公司

中铁高新工业股份有限公司

中铁信托有限责任公司

中铁财务有限责任公司

中铁资本有限公司

中铁交通投资集团有限公司

中铁南方投资集团有限公司

·中国中铁股份有限公司华南工程指挥部·

中铁投资集团有限公司

中铁开发投资集团有限公司

中铁城市发展投资集团有限公司

中铁（上海）投资集团有限公司

中铁置业集团有限公司

中铁文化旅游投资集团有限公司

中铁资源集团有限公司

中铁物贸集团有限公司

中铁国资资产管理有限公司

中国铁路工程集团有限公司党校

中国中铁股份有限公司华东工程指挥部

中国中铁股份有限公司华北工程指挥部

中国中铁股份有限公司京津冀工程指挥部（中国中铁雄安新区投资建设总指挥部）

中国中铁股份有限公司珠三角城际工程建设指挥部

中国中铁股份有限公司珠三角城际铁路工程指挥部

中国中铁股份有限公司 广州轨道交通指挥部

中国中铁股份有限公司 双辽至洮南公路建设项目 第 ST01 合同段项目 总经理部

中国中铁股份有限公司 孟加拉帕德玛大桥铁路 连接线项目经理部

中国中铁股份有限公司 哈大铁路客运专线工程 指挥部

附　录

年鉴各篇汇总表速查目录

概　述

基建建设

勘察设计与咨询服务

工业制造

海外业务

实业投资及金融物贸

科技创新

所属单位

附　录

特 稿

2019 年 2 月 21 日，中国中铁召开二届五次职代会暨 2019 年工作会议

厚植独特优势　提供坚强保证
持续推动企业实现高质量发展
——党委书记、董事长李长进在中国中铁二届五次职代会暨2019年工作会上的讲话

（摘要）

（2019年2月21日）

一、2018年党的工作和董事会工作的简要回顾

2018年，是国家改革开放40周年的重要历史节点，是全面学习贯彻党的十九大精神的开局之年。一年来，全公司上下认真贯彻落实中央一系列重大决策部署，全面落实国资委党委、国资委各项工作安排，牢牢把握推动企业高质量发展这一根本要求，在复杂多变的市场形势下抢抓机遇、奋迎挑战、砥砺前行，圆满实现年度各项任务目标，主要经济指标再创历史新高。全公司各级党组织认真落实党的十九大、全国国企党建会、全国组织工作会、全国宣传思想工作会等重要会议精神和国资委党委“中央企业党建质量提升年”工作部署，全面加强党的领导党的建设，为企业持续健康稳定发展提供了坚强保证。

一是党的政治建设不断推向新高度。始终把坚决维护习近平总书记的核心地位、维护党中央权威和集中统一领导，作为企业的最高政治原则和最根本的政治纪律。更加自觉地树牢“四个意识”，在思想上、政治上、行动上同以习近平同志为核心的党中央保持高度一致，制定了《向国资委党委请示报告事项清单》，把党的政治建设分解为4项巡视重点内容。更加深入地推动学透用好习近平新时代中国特色社会主义思想，对9256名副处职以上领导人员进行集中轮训，组建宣讲团赴海外开展宣讲，各单位组织宣贯活动2万余次。部署开展了“学用结合”调研活动，召开了理论研讨会，形成研究成果1061篇。严格按程序组织召开民主生活会，领导班子成员和高管分别参加指导了二级企业两次民主生活会，带头到党建联系点过组织生活。全公司9500多个基层党组织全部召开组织生活会，16万多名党员参加民主评议。

二是党的领导作用发挥得到新加强。坚持“两个一以贯之”，按照党的十九大最新精神修订了上市公司章程，股东大会以93.79%同意率高票通过。所属42家二级企业、具备条件的369家三级企业全部完成党建工作“进章程”。公司党建入章做法在上市公司协会座谈会上作了交流发言。坚持“双向进入、交叉任职”，所属二级企业均实现了“一肩挑”，配备了专兼职党委副书记。坚持把方向、管大局、保落实，进一步细化制定了《党委前置研究讨论重大事项实施细则》，全年召开党委常委会18次，前置研究讨论重大事项45个。认真履行法治建设第一责任人职责，在国资委年度检查评比中位列前三。

三是干部人才队伍建设取得新成效。严格落实新时期好干部标准和国企领导人员“20字”要求，进一步完善选人用人程序，共调整领导班子成员158人次，查

找并纠正选人用人问题24个。举办领导干部培训班5期，培训公司党委管理干部220人次。选拔二级企业领导班子后备人选79名。制定印发了《领导人员交流工作实施办法》，45名二级企业领导人员交流任职，20名领导人员改任非领导职务。完成了对二级企业领导班子年度综合考核评价、日常履职考察和任期考核，评选表彰了13家“四好”领导班子。修订了《工程技术专家管理办法》，推荐享受国务院政府特殊津贴专家22名、茅以升铁道工程师奖12名、詹天佑铁道科学技术奖25名。

四是党建重点工作质量实现新提升。严格履行主体责任，先后召开11次党委办公会、14次党建工作领导小组会议，研究部署党建重点工作。组织13家二级企业党委书记进行了现场述职评议，完成了2018年党建责任制考核评价。深入开展“找补强”党建质量提升活动，所属42家二级企业查找整改问题491个。编写了《党支部建设标准化工作指导手册》和《新时代党建工作新格局指导手册》，中铁五局京张铁路三标项目被评为中央企业第一批基层示范党支部。制定了雅万高铁“党建示范线”和孟加拉帕德玛大桥项目“党建示范工程”实施方案。开展了“詹天佑杯”京张高铁党建主题实践活动、双洮高速党旗红主题活动，表彰了12个“红旗项目部”。开展了破解“两张皮”问题课题调研，7个案例入围中组部《基层党组织书记案例选编》，公司党委在中央企业基层党建工作座谈会上介绍了经验，在中央企业负责人会上作了书面交流。

五是企业党风廉政建设呈现新局面。常态化推进党风廉政建设，先后召开工作会、推进会、警示教育大会，以及6个片区的项目党风廉政建设专题会。制订了构建“不能腐”体制机制推进计划，完善制度10余项。编制了《五年巡视工作规划》，分两批对16家二级企业开展新一轮政治巡视，所属二级企业党委共对243个三级企业及基层项目部进行了巡察。制定了《深入贯彻落实中央八项规定精神的实施意见》《总部人员内部公务活动用餐规定》，开展“四风”问题专项调研和形式主义、官僚主义集中整治。深入推进中老铁路“廉洁之路”建设，赵乐际同志亲临现场检查并给予充分肯定。认真落实中央纪委《工作建议》，在全公司范围内深入开展自查自纠，受到国资委党委现场调研检查好评。综合运用监督执纪“四种形态”，保持反腐败高压态势，给予党政纪处分1665人次，组织处理1006人次，刑事处理16人。

六是宣传思想文化工作创造新业绩。坚持聚焦改革开放40周年和“三重一外”，讲好企业故事，全年对外宣传24.6万篇次，为历年来之最。公司被中宣部确定为改革开放40周年“百城百县百企调研行”重点宣传单位，在中宣部等九部委庆祝改革开放40周年理论研讨会上作了交流发言，《求是》杂志刊登公司党委署名文章。大力倡导公司核心价值理念，表彰项目文化建设示范点77个，拍摄了一系列纪录片、宣传片。表彰示范道德讲堂117个，在中央企业精神文明建设工作现场会上作了交流发言。

七是共建共享和谐发展结出新硕果。坚持党的依靠方针，坚持党建带群建，支持各级工会、共青团组织围绕中心、服务大局，团结带领广大职工群众和团员青年建功立业。加大先进典型选树培养，改革先锋巨晓林、中华技能大师秦环兵、全国最美青工白芝勇、全国技术能手王汝运、全国十大最美职工徐州、全国五一劳动奖章王中美、央企楷模王杜娟等一大批集体和个人受到上级表彰。广泛实施员工关爱工程和困难职工脱困解困工作，筹集“两节”送温暖资金1.69亿元，建立EAP试点单位417个，心灵驿站775个，困难职工脱困解困率达到41%。扎实开展精准脱贫和援疆援藏工作，认缴中央企业贫困地区产业投资基金9000多万元，投入4319万元支持定点扶贫县建设，当前桂东县已顺利脱贫摘帽。公司在中央企业援藏干部座谈会上作了经验交流。认真传达学习工会十七大、共青团十八大和妇联十二大精神，巨晓林再次当选全总兼职副主席，公司工会主席当选全总执委、全国妇联执委，公司团委书记当选团中央委员。

一年来，公司董事会围绕“定战略、决大事、控风险”职能，深入推进工作的规范性与有效性。完善了董事会“集体审议、独立表决、个人负责”决策机制，全年召开集团公司董事会10次，股份公司董事会11次，审议通过议案201项，公司董事会被国资委评价为“运行良好”，董事会运作经验做法受到证券监管机构肯定。加强了对授权、委托、代理、声明、承诺等行为的研究管理，加强了PPP业务督导，全年围绕重点工作开展调研检查7次。深化母子公司治理协同，配齐配强了外派专职董监事，完善了子公司董事会和监事会议事规则。信息披露被上海证券交易所评定为A类。探索深化市值管理，完成了高铁电气新三板挂牌，推进了市场化债转股，股东增持上市公司股票取得良好效果。

一年来，信访、社保、离退休、政研会、统战、国安保密、安全保卫、体协等组织也做了大量工作，有力促进和维护了企业改革发展和稳定。

中国中铁取得的各项成就，是几代中国中铁人接力奋斗的结果。特别是改革开放40年来，中国中铁人高举开路先锋大旗，艰苦奋斗，顽强拼搏，谱写了企业快速发展的壮丽篇章。综合实力实现了大跨越，2018年企业营业收入、固定资产、新签合同额和利润总额，分别较1989年总公司刚成立时增长了248倍、21倍、545倍和1415倍；改革创新实现了大突破，建立了现代化企业体制机制，累计荣获国家科技进步奖和发明奖115项，稳居国内建筑企业榜首；国际市场实现了大发展，2018年在境外实施项目206个，海外营业收入461.8亿元，比2000年开始自主海外经营时增长了194倍；员工福祉实现了大增进，2018年职工人均工资比2007年上市时增长3倍，企业年金覆盖员工23.9万人；党的建设实现了大加强，始终在央企走前列、出经验、做表率，在中央企业首次党建责任制考核评价中获评优秀；品牌价值实现了大提升，连续13年入选世界企业500强，2018年排名第56位，入榜世界品牌500强并排名中国建筑企业第一位，连续5年业绩考核中被评为A类。

二、2019年全公司工作的总体要求

2019年是新中国成立70周年，是全面建成小康社会的关键之年。展望2019年，机遇与挑战并存，做好改革发展党建各项工作，最根本的是要坚持把深入学习贯彻习近平新时代中国特色社会主义思想作为根本遵循，坚定搞好企业的信心和决心；最重要的是要坚决贯彻落实中央重大决策部署；最关键的是要在关键时刻听指挥、拉得出、冲得上、打得赢，积极作为，为党和国家分忧；最核心的是要在国民经济稳增长中当好顶梁柱，致力于建设世界一流企业。今年工作总的思路和要求是：以习近平新时代中国特色社会主义思想为指导，全面贯彻党的十九大精神和十九届二中、三中全会精神，认真落实中央经济工作会议和中央企业、地方国资委负责人会议工作部署，坚持党的领导、加强党的建设，坚持稳中求进工作总基调，坚持新发展理念，牢牢把握实现高质量发展这一根本要求，强化风险防控，落实“七大”决策部署，实施“123456”工程，进一步推动质量变革、效率变革、动力变革，加快建设“国内领先、世界一流”特大型综合产业集团步伐，以优异成绩迎接新中国成立70周年。

牢牢把握高质量发展这一根本要求，核心是调整发展方式、发展结构、发展动力，持续推动企业发展更高质量、更有效率、更可持续。当前，对标高质量发展要求，我们企业还存在市场化经济体制不够灵活、科技创新能力不够强、国际化经营不够有力、全产业链优势发挥不够充分、企业内部发展不平衡等问题。推进高质量发展，既要坚持问题导向，深刻认识和准确把握外部环境的深刻变化和企业改革发展面临的新情况新问题新挑战，坚持底线思维，增强忧患意识，提高防控能力，着力防范化解重大风险；又要坚持目标引领，研究制定切实可行的任务书、时间表、路线图；更要提高政治站位，创造性地贯彻落实好中央有关重大决策部署。主要做好以下七个方面的工作。

一是要贯彻落实好中央关于“用好重要战略机遇期”的决策部署。党的十八大以来，习近平总书记多次指出我国发展的重要战略机遇期仍然存在，反复强调要维护、用好和延长重要战略机遇期。在中央经济工作会议上再次深刻阐述了重要战略机遇期的新内涵，并明确提出要坚定不移抓住机遇、用好机遇。我们要深刻领会总书记重要讲话的丰富内涵，带头响应总书记和中央号令。要用好重大战略部署带来的机遇，系统对照创新驱动发展、区域协调发展、军民融合发展、京津冀协同发展等重大战略，统筹谋划落实这些重大战略的工作思路、实施方案和具体措施。要用好重点区域发展带来的机遇，今年，国资委将重点围绕参与雄安新区规划建设、支持粤港澳大湾区建设、支持海南全面深化改革开放、促进长三角区域一体化发展等重大战略部署的落实制订具体方案，我们要超前谋划，主动对接。要用好宏观政策逆周期调节带来的机遇，聚焦“铁公机”、水运水利、能源环保、民生建设等九大领域补短板，创新经营模式和经营机制，快速布局，深耕细作，开辟新领域、新市场，争取大项目、好项目，为高质量发展提供更加强劲的动力源。

二是要贯彻落实好中央关于“打好三大攻坚战”的决策部署。今年是落实中央“三大攻坚战”3年行动方案的第二年。习近平总书记强调，去年“三大攻坚战”初战告捷，今年要针对突出问题，打好重点战役，全力攻坚，务求实效。我们要思想上再重视、责任上再强化、力度上再加大，继续聚焦重点、巩固成果，做到决战决胜。在防范化解重大风险方面，要持续把降杠杆减负债作为重中之重，集中力量抓好“双清”，下大力气压降“两金”，多措并举降低企业资产负债率。要严把投资融资决策关，完善投资项目全流程管理机制，严禁超越财务承受能力的投资行为，严禁投资“负面清单”明确的项目，严格执行投融资预算，严控投资规模，化解PPP项目存量风险，杜绝盲目开展金融业务。要坚持问题导向，进一步加强对安全质量风险、材料涨价风险、海外经营风险、法律合规风险、廉洁从业风险等方面的防控。要坚持依法合规，建设法治央企。在精准扶贫方面，要深入贯彻“两不愁三保障”等扶贫工作要求，进一步巩固成果，推进定点扶贫县全部脱贫摘帽，持续做好援疆援藏工作。在污染防治方面，要健全完善节能减排组织管理体系、数据统计监测体系和考核奖惩体系，积极开展绿色节能装备研发，推广重点节能低碳技术，创建节能减排标准化工地。

三是要贯彻落实好中央关于“深化供给侧结构性改革”的决策部署。习近平总书记在党的十九大报告中把深化供给侧结构性改革摆在贯彻新发展理念、建设现代化经济体系重要部署的第一位。在江苏考察时强调，国有企业要成为深化供给侧结构性改革的生力军，促进我国产业迈向全球价值链中高端。这次中央经济工作会又提出了“巩固、增强、提升、畅通”“八字方针”。对我们来说，巩固就是要持续巩固“三去一降一补”成果，巩固“处僵治困减亏”和瘦身压减成果，巩固历史遗留瑕疵资产处置成果，尽快实现“僵尸企业”全部出清、瘦身压减目标全部完成、企业和项目亏损数亏损额大幅下降。增强就是要按照市场化改革方向，建立正向激励和优胜劣汰机制，发挥各级企业干事创业主观能动性；用好国家将采取更大规模的降费减税等政策，在增品种、提品质、创品牌上下更大功夫。提升就是要提升全产业链产品质量，做强做精投资、科研、设计、施工、制造、安装、运营各环节，提升市场竞争力，带动上中下游协同发展。畅通就是要畅通资源渠道，理顺投

资板块与施工板块关系，发挥两个积极性；提高金融板块服务实体经济能力，增强协同效应；抓好资金、物资设备、劳务队伍集中管控、集中采购工作，提高资源配置效率。

四是要贯彻落实好中央关于“加快国资国企改革”的决策部署。习近平总书记在中央经济工作会上把加快国资国企改革作为经济体制改革的首要任务，为我们进一步深化改革指明了方向。我们要在深入总结已有成效和经验的基础上，按照“完善治理、强化激励、突出主业、提高效率”的要求，以“伤其十指不如断其一指”的思路，稳健务实地抓好各项改革任务的落实落地。要强化改革顶层设计，把握国资委推动国有资本授权经营体制改革要求，加大组织架构、运营模式、经营机制改革力度。坚定不移聚焦主业，优化业务布局，增强盈利能力，有计划地推动兼并重组。要深化三项制度改革，健全干部综合考核评价机制，在推行经理层契约化管理和探索推进职业经理人制度方面开展“试点”，实现干部能上能下。加强劳动用工契约化管理，构建员工正常流动机制，实现员工能进能出。持续优化内部分配制度，加快与市场机制体制接轨，实现收入能增能减。要推进混合所有制改革，以增强国有经济活力、放大国有资本功能、实现国有资产保值增值为主要目标，推动转换经营机制，重点抓好“双百行动”改革试点，复制推广员工持股试点经验。要加快解决历史遗留问题，采取有效措施，确保按期完成“三供一业”分离移交、医疗和教育机构改革等工作。

五是要贯彻落实好中央关于“创新驱动发展”的决策部署。创新是习近平总书记治国理政的核心理念之一。党的十八大以来，总书记从全局的高度谋划部署创新驱动发展。当前，全球新一轮科技革命孕育兴起，正在深刻影响世界发展格局，我们要认真贯彻总书记关于“创新是引领发展的第一动力”的重要论述，坚持把科技创新摆在高质量发展的核心位置。要加强关键核心技术攻关，把参与国家重大科研项目、重大技术改造升级、解决极端复杂条件下的重大项目建设难题等作为重点，着力解决“卡脖子”问题，努力形成一批具有引领性、带动性的重大科研成果。特别是要下大力气研究川藏铁路建设的技术难题，充分做好攻坚克难的技术准备。要推进产学研协同创新，加强国家级科技创新平台建设，推进国家级实验室建设，巩固和提升现有技术优势。加强与企业、高校、科研院所合作交流，构建开放协同高效的共性技术研究平台。提升企业信息化建设质量，加快系统整合和资源共享。要营造鼓励创新的氛围，强化正向激励特别是中长期激励，赋予科研机构和领军人才更多的人财物自主权，最大限度地激发各类人才创新活力。要提升管理创新、营销创新水平，巩固好精细化管理和管理实验室成果，应对好可能出现的困难和问题，苦练内功，深挖潜力，努力降低企业各类成本，为企业持续健康发展奠定坚实基础。

六是要贯彻落实好中央关于“全方位扩大对外开放”的决策部署。习近平总书记多次强调，中国开放的大门不会关闭，只会越开越大。在这次中央经济工作会上又强调要推动由商品和要素流动型开放向规则等制度型开放转变。我们要准确把握新一轮高水平对外开放的新部署新要求，加快形成国际竞争合作新优势。要加快海外经营改革，大力实施海外优先发展战略，坚持立体化经营、区域化发展方向，统筹全球资源配置，完善海外经营机构布局，健全海外激励约束机制以及有关配套制度，海外经营改革方案要早出台早落地。要加大全面参与“一带一路”建设力度，准确把握重大项目建设和产能合作重点，加快全产业链整体出海步伐。抓住第二届“一带一路”国际合作高峰论坛等高端平台，促进对外投资、对外承包工程和国际市场开拓更好结合。借助中国国际进口博览会，引进先进技术产品，提升企业创新发展能力。要加速提升“走出去”能力，打造海外投融资并购平台，整合海外投融资并购业务，有效捕捉海外投资并购机遇，深化内部各业务板块多维度互利合作，快速提升海外市场经营层次和市场占有能力。高度重视风险防控，进一步提升集中管控能力。更加准确把握沿线国家发展特点，积极履行社会责任，进一步树立中国中铁品牌形象。

七是要贯彻落实好中央关于“加强党的全面领导”的决策部署。坚持党的领导加强党的建设，是国有企业的“根”和“魂”。习近平总书记反复强调要加强和完善党对国有企业的领导、加强和改进国有企业党的建设。全国国企党建会召开以来的实践，使我们进一步深刻认识到，党的领导党的建设是企业的“生命线”，什么时候坚持了，企业改革发展就有了正确方向，企业党组织和党员干部队伍就有了攻坚克难的前进力量。在推动高质量发展、建设世界一流企业的进程中，我们要始终贯彻总书记的重要论述，始终把坚持党的领导加强党的建设作为根本政治保证，引导广大党员干部旗帜鲜明讲政治，把树牢“四个意识”、践行“两个维护”体现在服务国家重大战略、落实党中央决策部署的具体行动中。

三、2019 年党的工作和董事会工作的主要任务

习近平总书记在全国组织工作会上强调，“提高党的建设质量，是党的十九大总结实践经验、顺应新时代党的建设总要求提出的重大课题”。去年召开的中央企业党的建设工作座谈会议指出，要坚定不移坚持党对国有企业的领导，全面提高中央企业党的建设质量。对标新时代党的建设总要求和党的组织路线，当前我们在党的建设方面还存在一些不足。比如，管党治党责任有待进一步深化，运用习近平新时代中国特色社会主义思想指导实际工作不够深入，基层党建与业务工作融合不够紧密，一些基层单位党组织工作力量薄弱，党风廉政建设和反腐败斗争任务依然艰巨。今年，我们要认真落实

国资委党委“中央企业基层党建推进年”专项行动部署，把工作重点放在抓基层、打基础、补短板、强弱项上，确保党的建设各项工作任务落实，全面提升党建工作质量，以一流党建质量保障一流企业建设。

一是要深化讲政治学思想，在突出实践实干实效方面下更大功夫。讲政治是做强做优做大企业的根本保证。党的政治建设抓好了，党的政治能力提高了，党的建设就铸了魂、扎了根。要突出把政治建设放在首位，通过持续教育引导，强化讲政治的思想自觉；严肃党内政治生活，强化讲政治的体检锤炼；制定加强党的政治建设的规范性文件，强化讲政治的制度保障；提高贯彻落实中央重大决策部署的工作质量，强化落实“两个维护”的知行合一。要突出学深悟透新思想，把系统全面、持续跟进、联系实际学好用好习近平新时代中国特色社会主义思想，以及总书记发表的最新重要讲话、重要指示批示作为重点，全面掌握基本观点、理论体系、思想方法。要按照党中央统一部署，高水平谋划“不忘初心、牢记使命”主题教育。要突出重实践求实效导向，坚持一切工作都要从总书记的新思想中找答案、找方向、找钥匙，经常对表对标，校准纠偏，自觉把“学习、研讨、实践、落实”的完整闭环，转化为推动企业高质量发展的生动实践。

二是要着力建机制抓执行，在坚持“两个一以贯之”方面下更大功夫。坚持“两个一以贯之”，是推进企业加强党的领导和完善公司治理相统一、建设中国特色现代国有企业制度的根本遵循。要在去年取得成效的基础上，进一步探索破解重大理论和实践课题，着力推动党组织发挥作用具体化、制度化。要进一步完善制度体系，重点围绕党委、董事会、经理层在公司治理中的功能定位，厘清并明确各自在决策、执行、监督环节中的权责和工作方式，以制度规范形式固化下来，不断探索完善实现有机统一的实践路径。要进一步完善工作体制，推进新设企业、合资企业“进章程”，做到“应进必进”。党委书记和董事长“一肩挑”要努力提高履行两方面职责的能力素质，确保“接得住”“挑得起”“走得稳”。专兼职副书记要强化主责意识，积极主动学党建、集中精力抓党建、从严从实强党建。要进一步完善运行机制，规范董事会、监事会建设，提升董事、监事履职能力，建立“三重一大”决策实时监督系统。董事会、经理层要尊重和维护党委发挥领导作用，党委要尊重和支持董事会、经理层行使职权。要进一步强化董事会职能，以推动董事会运作由规范性向有效性、由有效性向科学性转变为主线，着力加强董事会科学决策能力建设，有效推进董事会监管特别是对重大投资项目的过程监管，继续加大 PPP 项目、房地产项目过程督导。完善集团公司作为中央企业和股份公司作为境内外上市公司的公司治理机制。加强市值管理，深化产融结合，拓宽融资渠道，降低融资成本，改善融资结构。

三是要坚持高标准明导向，在深化干部人才工作方面下更大功夫。习近平总书记强调，贯彻新时代党的组织路线，建设忠诚干净担当的高素质专业化干部队伍是关键。我们要始终坚持党管干部、党管人才原则，努力在“选育用管”上下功夫，切实培育出一支符合好干部标准和国企领导人员“20 字”要求的干部人才队伍。要突出“选”的标准，突出政治标准和专业素养，着重鉴别政治忠诚、政治定力、政治担当、政治能力和政治纪律，着重看改革创新能力、把握市场经济能力、经营管理决策能力和防范化解市场风险能力，努力选出讲政治的企业家和管企业的政治家。要拓宽“育”的视野，以基层为导向，以教育培养为基础，以实践锻炼为途径，以选准用好为根本，加快建设一支政治素质高、职业素养好、数量充足、结构合理的优秀年轻领导人员队伍。要明确“用”的导向，坚持事业为上，做到以事择人、人岗相适；体现讲担当、重担当，对不守政治纪律，不担当、不作为的干部，坚决予以调整。严格执行公司党委干部退出和交流工作制度，促进企业领导班子结构优化、正常更替。完善党管干部原则与市场化选聘结合机制，提高干部人才选用效果。要注重“管”的从严，认真落实“三个区分开来”要求，坚持严管厚爱结合、激励约束并重，建立管思想、管工作、管作风、管纪律的从严管理体系，制定激励干部新时代新担当新作为制度办法。要完善“活”的机制，认真落实中央《深化人才发展体制机制改革的意见》，完善人才引进、培养、评价、流动、激励机制，努力培养科技领军人才、具有工匠精神的高技能人才和企业发展需要的其他各类人才。

四是要推进强党建促发展，在提升基层党建质量方面下更大功夫。习近平总书记强调，推动全面从严治党在国有企业落实落地，必须从基本组织基本队伍基本制度严起。国资委党委今年将印发关于加强“三基”建设文件，我们要按照国资委党委的要求，专题研究部署，推动基层党组织全面进步、全面过硬。要全面夯实基本组织，按照有利于加强党的领导、有利于开展组织活动、有利于党员教育管理监督的原则，全面优化党组织设置，提升全覆盖质量。突出支部主体作用，按照组织健全、制度完善、运行规范、活动经常、档案齐备、作用突出“六条标准”，推进党支部建设标准化、规范化，探索实行党支部分类考评排队、动态管理晋级。坚持因地制宜、灵活简便、务实高效，不断提升海外党建质量。要全面建强基本队伍，把基层书记岗位作为培养领导人员重要台阶，采取双向交流、并轨培养、定期轮岗等多种形式，把“三懂三会三过硬”的优秀党员选拔到基层书记岗位。支持和选育优秀年轻干部从事基层党务工作，着力提升基层党务干部理论和实操能力。拓展深化党员责任区、示范岗、先锋队创建活动，探索推广党员定星评级、亮身份亮承诺亮业绩等做法，用好党内表彰评选，激励党员立足岗位当先锋、做表率。要全面健全基本制度，结合实际形成以议事决策、请示汇报、组织生活、发展党员、党员教育管理、党费收缴使用、党内关怀帮扶为重点的基层党建制度体系，确保基层党建工作有章可循、有规可依。要推进党建责任制考核，坚持和完善基层党建工作评价体系和考核机制，持续推进报告年度党建工作、党委书记抓党建述职评议，把严格执行党建制度作为衡量基层党建质量的重要标准，把深度融合、促进发展作为检验党建工作成效的重要标尺。

五是要抓好严监督强执纪，在推进党风廉政建设方面下更大功夫。党风廉政建设是治党治国的永恒课题。正如习近平总书记反复强调的，全面从严治党依然任重道远，必须将“严”字长期坚持下去。我们要深入贯彻总书记党风廉政建设思想，探索新时代全面从严治党工作规律。要严格落实“两个责任”，加强落实“两个责任”实施意见的督促检查，抓好主体责任定期报告，确保党委落实主责“不松手”、书记带头尽责“不甩手”、班子成员各负其责“不袖手”，纪委落实专责监督“不放手”。要坚定不移纠“四风”、树新风，健全长效机制，让督促检查中央八项规定精神落实情况成为经常性工作，把集中整治形式主义、官僚主义作为重要任务，深挖细查隐形变异的种种表现，严肃查处不敬畏、不在乎、空泛表态、敷衍塞责、出工不出力等问题。要持续深化内部巡视巡察，坚持发现问题和整改落实相结合，做深做实做细巡视巡察和审计工作“后半篇文章”。要一体推进不敢腐、不能腐、不想腐，坚持标本兼治，完善加强党内监督的制度体系，贯通运用监督执纪“四种形态”，使监督常在、形成常态，坚持不懈、化风成俗。加大刚性问责和通报曝光力度，以案为鉴、以案明纪。

六是要围绕新使命新任务，在抓实宣传思想文化方面下更大功夫。习近平总书记在全国宣传思想工作会议上，科学阐明了新形势下宣传思想工作的使命任务，为我们进一步做好工作指明了方向。我们要深入贯彻总书记的重要讲话精神，自觉承担起举旗帜、聚民心、育新人、兴文化、展形象的使命任务。要抓实意识形态工作，贯彻落实工作责任制，增强主导权话语权，把网络意识形态作为重中之重，建好、管好、用好互联网平台，提升突发事件舆情应对管控能力。要抓实对外宣传报道，紧密结合新中国成立70周年，扎实做好主题宣传、形势宣传、政策宣传、成就宣传、典型宣传，提升品牌形象；探索建立“六个一”外宣工作机制，推进跨文化融合，讲好中国中铁故事，传递好中国中铁声音。要抓实企业文化工作，大力培育和践行社会主义核心价值观，深化各类专项文化建设，推进诚信企业建设。要抓实现场思想政治工作，弘扬“上桥头、进峒口、下工班、到宿舍、连网络”的优良传统，推动形势任务教育和现场思想政治工作进项目、进工地、进班组、进头脑，真正在思想上解惑、在精神上解忧、在文化上解渴、在心理上解压。公司党委今年将召开有关会议进一步推进宣传工作和企业文化建设。

七是要着力抓共建惠民生，在拓展幸福企业建设方面下更大功夫。习近平总书记高度重视党的群团工作，强调群团组织要紧紧围绕党和国家工作大局，组织动员广大人民群众走在时代前列，在改革发展稳定第一线建功立业。我们要深入贯彻总书记关于群团工作的重要论述，认真落实党的依靠方针，汇聚改革发展力量，推动幸福企业建设。要发挥群团组织作用，推进党建带群建，支持群团组织围绕企业改革发展，深化民主管理，弘扬劳动精神、劳模精神和工匠精神，组织开展劳动竞赛、班组长安全质量责任制、创新创效、技能大赛、BIM大赛、典型选树等活动，助推企业高质量发展。要加大民生保障力度，认真落实集体合同，坚持企业发展与员工待遇同步增长保障机制。大力实施“三让三不让”员工关爱工程，推进员工健康关爱计划和项目部幸福之家建设“十个一”工程。切实做好困难企业解困脱困工作，在任务安排、资金使用、兼并重组等方面给予政策支持，让困难企业走出低谷、共同发展。扎实做好困难职工帮扶工作，建立内部帮扶救助基金，解决好困难职工的大病救助、子女上学等问题，不断增强员工的获得感幸福感安全感。要积极履行社会责任，在扶危助困、抢险救灾、公益活动、带动民营企业发展等方面带好头、做表率。

一分部署，九分落实。2019年国家将经历很多大事，也会遇到不少难事，企业面对复杂多变的形势，机遇和挑战并存。全公司各级组织特别是各级领导，谋划推动各项工作必须坚持“稳”字当头，从讲政治的高度来考量，从大局全局上来审视，进一步强化责任担当，锤炼过硬作风，卯足干劲，狠抓落实，创造性地完成各项重点工作！

深入推进改革开放　全力抢抓市场机遇
为实现中国中铁高质量发展不懈努力奋斗

——总裁张宗言在中国中铁二届五次职代会暨2019年工作会上的报告

（摘要）

（2019年2月21日）

一、2018年工作回顾

过去一年，我们坚持以习近平新时代中国特色社会主义思想为指导，深入贯彻党的十九大精神，认真落实党中央、国务院和国资委各项决策部署，紧紧抓住创新驱动与质量为本两大关键，知机识变，顺势而为，锐意进取，推动各项工作取得了显著成绩。

——经营规模在市场逆境中再创新高。全年新签合同总额16921.6亿元，同比增长8.7%；完成营业收入历史性地迈上7000亿元台阶；双双连续8年创历史最好水平。

——发展质量在规模扩大中稳步提升。据快报统计，全年实现利润总额230.6亿元，同比增长18.7%；资产负债率降至77.4%以下，比上年末降低了3个百分点以上，圆满完成了国资委负债率管控目标。

——安全质量形势总体稳定，科技创新成绩喜人。安全生产事故件数、死亡人数同比双双下降，全年未发生工程质量等级事故。4项成果获国家科学技术进步奖，1项成果获国家技术发明奖，获国家奖数量位居建筑业央企前列；12个项目获詹天佑奖；新增专利1888项，同比增长56.7%。

——企业影响力明显增强，职工生活持续改善。连续13年进入世界500强企业，2018年排名第56位；在2018世界品牌500强企业中位列中国建筑业企业第一。全员人均年收入达到12.08万元，同比增长11.3%。

过去一年，我们主要抓了以下几个方面的工作。

（一）坚持以市场开发为龙头，着力增强竞争能力

一是区域经营、立体经营纵深推进。我们坚持把区域经营、立体经营作为提高市场竞争力、推动经营大繁荣大发展的重要抓手，持续深化经营体制机制改革，不断完善相关制度办法与配套政策，加快理顺内部经营关系，各级经营力量和区域经营机构建设明显加强，区域经营体制基本成型，企业整体竞争力显著提升。具体表现为：国内国外经营同步增长，国内新签合同额与海外新签合同额分别同比增长8.2%、15.9%；产融结合深入推进，基建投资经营克服巨大困难，全年完成新签3204.2亿元；勘设咨询、工业制造、房地产、矿产资源、物资贸易及金融等板块齐头并进，其中房地产板块同比增长177.9%，矿产资源板块同比增长175.3%，物贸板块同比增长29%；承包经营表现抢眼，全年完成新签11142.2亿元，同比增长13.2%。所属大部分二级单位完成情况较好，33家单位实现同比增长，32家单位超额完成年度计划，建工、四局、一局、三局、二局突破千亿元大关。二是经营领域、任务结构创新发展。在努力巩固传统领域市场的同时，我们积极推进市场领域创新与任务结构调整，发出了全面开发城市建设市场的动员令，深度融入京津冀、长三角、珠三角、粤港澳大湾区等城市群建设，全面加大了棚户区和城中村改造、共有产权房、产业新城等领域的开发力度，有效拓展了城市综合体开发、地下综合管廊、城市双修、海绵城市、水务和水环境治理等新市场，城市建设市场的新签额占到基建主营业务新签额的55.2%。其中，房建市场开发表现出色，全年完成新签2489亿元，同比增长42%，成为企业发展的强劲增长极。与此同时，大力开发大企业市场与军民融合市场，均取得了较好业绩。在全方位拓展经营规模的同时，经营要素建设同步加强，新增特级资质17项，全系统拥有特级资质达到67项。

（二）坚持以改革创新为动力，着力加快动能转换

一是改革管理不断深化。加快产业集聚步伐，推进了房地产业务重组改革，完成了高铁电气新三板挂牌。混合所有制改革和“双百行动”综合改革扎实推进，中铁咨询增资扩股引入战略投资者及员工持股试点工作顺利实施，中铁九局、中铁二院、中铁国际三家单位入选“双百行动”名单。稳步推进剥离企业办社会职能，加快解决历史遗留问题，“三供一业”分离移交有序推进，医疗教育机构改革取得积极进展。持续深入推进全面管理实验室活动，逐步形成了覆盖各层级和各业务板块的管理创新基础体系，全年股份公司评出60项管理创新成果奖，9项成果获国家级管理创新奖。二是创新能力不断增强。加快企业科技创新发展步伐，积极抓好国家级创新平台建设和战略性科技力量培育，新成立了单轨交通工程、一带一路互联互通、路基与地基工程、爆破安全、智慧城市、气动列车6个专业研发中心。在莫斯科成功举办了首届高速铁路国际学术论坛。全年新增国家级技术中心2个、省部级技术中心15个、省级重点实验室1个。国内建筑业企业首个数控中心完成建设并投入运行。在获得一系列科技创新奖的同时，中铁工业自主研制的我国最大直径泥水平衡盾构机获评“2018年度网友最关注的央企十大创新工程”；2人分获中施企协最高科学技术奖和约翰·罗布林终身成就奖。

（三）坚持以质量安全为前提，着力提升企业信誉

一是生产体系高效运转，生产能力稳步提升。重点在建项目和投资项目顺利推进，参建的世纪工程港珠澳大桥正式开通，承建的冬奥会重点工程京张高铁八达岭隧道安全贯通，亚吉铁路、广深高铁、济青高铁、怀邵衡铁路等一大批重点项目顺利竣工或开通运营，举世瞩目的川藏铁路规划设计工作紧张推进，商合杭高铁、蒙华铁路、北京地铁、广州地铁、中老铁路、雅万高铁、孟加拉帕德玛大桥等重点在建项目建设有序进行。相关板块生产竞相增长，工业制造、物资贸易板块超额完成年度营业收入计划；矿产资源、勘设咨询、金融、房地产开发等板块营业收入均实现同比增长，特别是矿产资源板块大幅增长22.41%，创历史最好水平；勘设咨询业务增长迅速，企业在2018年ENR全球150家最大设计企业中排名第16位，比上一年提升9位。二是安全管理持续加强，质量管控能力明显提升。大力推进现场管理制度化、现场布局科学化、现场培训常态化、现场作业规范化‘四化’建设，进一步明确“管”“监”责任，持续推行班组长安全质量责任制和安全质量隐患排查治理系统，深入开展安全专项治理行动和安全质量标准化建设，推广了安全教育培训微课堂系统，承办了全国首次隧道应急救援实训班。严格落实《铁路建设项目质量安全红线管理规定》要求，对铁路开通项目进行了隧道实体质量检测。认真落实打好污染防治攻坚战要求，加强生态环境保护和节能减排工作，企业万元营业收入综合能耗同比下降3.2%。全年共有13项工程获鲁班奖，51项工程获国家优质工程奖，17项工程进入全国工程项目施工安全生产标准化工地示范名单，黄岗公铁两用长江大桥荣获FIDIC优秀项目奖。在铁路信用评价中，有7家单位被评为A级企业，继续保持了领先优势。

（四）坚持以降本增效为根本，着力提高经济效益

一是瘦身健体、处僵治困和治亏工作有序推进。全年压减企业60家，累计压减企业292家，压减比例27%，管理层级从7级提升到4级，超额完成国资委三年压减任务。严控新设机构及定员标准，全年压减员工总量4000余人。持续加大处僵治困和治亏工作力度，国资委确定的11家“僵尸企业”和9家特困企业的处僵治困主体任务全部完成；全年有54家亏损企业扭亏为盈，各层级企业减亏总额16.55亿元；有89个亏损项目扭亏为盈，亏损项目减亏总额19.72亿元。二是两金压控和降杠杆减负债工作强力推进。年末剔除质保金、预收售楼款、土地储备后两金余额3269亿元，较年初同口径下降74亿元，顺利完成国资委“两金零增长”管控目标。表外债务风险总体可控，表内带息负债规模控制在预算范围内，上海局、六院、设计咨询等单位连续多年保持零带息负债。市场化债转股顺利实施，整体增加权益资金116亿元，降低资产负债率1.37个百分点，年节省财务费用5.6亿元。资产证券化有序推进，完成298.8亿元应收账款出表。三是成本管理、二次经营和资金集中管理工作深入推进。成本管理持续深入，商旅服务集中采购全面启动，全年实现物资集采2378亿元，同比增长25.1%，节约成本约88.42亿元。实现二次经营收入793亿元，同比增加125亿元，变更索赔率同比提升1.78个百分点，二次经营创效率达到2.15%。强化资金集中调控，资金集中度由年初74.4%提升至80.2%，内部调剂资金余额达1090亿元，比上年增加375亿元。财务共享中心建设取得重要进展，基建、物资、投资板块所有单位财务共享中心均挂牌上线运行。

（五）坚持以改善民生为重点，着力增进员工福祉

我们牢固树立以人民为中心的发展思想，积极推动企业发展成果惠及广大员工。一是高度重视三工建设、扶危救困和员工住房建设。全年投入“三工”建设资金8.41亿元，支出“三不让”帮扶救助专项资金9968万元，救助各类困难员工及家属3万余人次，通过精准帮扶有1419户困难职工家庭解困脱困；筹集送温暖资金1.69亿元。股份公司和所属单位积极利用有关政策，通过自建经济适用房、棚户区改造以及争取限价商品房、公租房和廉租房指标等多种方式，积极推动了员工住房条件改善。二是全面加强人才队伍建设。按照“本科以上、专业对口”的要求，招聘高校应届毕业生11014人；深入推进职工教育培训，组织开展了“十大杰出青年”、女职工素质提升“百千万”工程等一系列评选表彰活动，有力促进了员工队伍能力素质提升。享受国务院政府特殊津贴专家、高级技术人才、中青年科技创新领军人才等各类人才队伍建设工作均取得明显成效。三是扎实推进员工权益保障机制建设。切实维护员工民主管理、民主监督权利，狠抓员工工资按时足额发放和“五险一金”按时足额缴纳，实现了员工收入与企业经济效益同步增长。加快企业年金制度推进步伐，年金覆盖员工总数达到23.9万人，占全员总数的81%，职工的获得感、幸福感显著增强。

（六）坚持以全面建设为依托，着力巩固发展基石

一是持续加强党的建设。深入学习贯彻习近平新时代中国特色社会主义思想和党的十九大精神，发挥企业各级党组织的领导核心和政治核心作用，积极引导广大党员干部牢固树立“四个意识”，坚定“四个自信”，自觉践行“两个维护”，推动党建工作与企业发展互促互进，为实现企业高质量发展提供了坚强政治保障。二是持续加强党风廉政建设和反腐败工作。认真履行全面从严治党“两个责任”，严明政治纪律和政治规矩，驰而不息纠治“四风”问题，深入开展巡视巡察工作，持续保持反腐败高压态势，全年问责2252人。不断加强作风建设，严肃内部接待纪律，全面从严治企迈向新的发展阶段。三是持续加强依法合规建设。认真落实《中央企业主要负责人履行推进法治建设第一责任人职责规定》要求，全面加强合规管理体系建设；严格落实“三重一大”决策程序，不断健全依法决策机制，企业经营管理的依法合规水平进一步提高。全面加强对投融资业务、海外经营以及负债规模等重点领域和关键环节的监管力度，企业防范风险的能力进一步增强。四是持续加强企业文化建设。大力弘扬优秀企业文化，紧密围绕中心工作讲述中铁故事，传播中铁声音，展现中铁形象，中国中铁频频亮相中央主流媒体，企业知名度、美誉度、影响力显著提高。《永远的开路先锋》《远航》等一批反映企业改革发展成就的文艺精品成功推出，引起职工群众强烈反响。全年有3家单位获全国五一劳动奖状，26家单位荣获全国优秀施工企业，巨晓林连任中华全国总工会副主席，还先后涌现出改革先锋、全国五一劳动奖章、全国三八红旗手、全国十大最美职工、央企楷模等一大批先进典型，向全社会充分展示了中国中铁干部职工拼搏奉献、锐意进取的时代风貌。

企业过去一年取得的成绩，得益于国资委的正确领导，得益于董事会的正确决策，得益于全体干部职工的艰苦奋斗。在总结成绩的同时，我们也清醒地看到企业发展还存在不少问题，主要是：基础管理依然薄弱，生产经营管理体制机制还未完全理顺，市场领域创新和经营模式创新步伐还不够快，发展不平衡不充分的问题还比较突出，企业资产质量还不高，等等。这些问题，都有待于我们在今后的工作中采取有效措施，认真加以解决。

二、2019年主要任务

2019年是新中国成立70周年，是全面建成小康社会关键之年，也是我们努力推进企业高质量发展的重要一年。新的一年，企业将面临三个方面的重大机遇：一是国家全方位推进改革开放，将为企业进一步理顺体制机制，激发内在活力以及加快国际化进程创造良好条件；二是国家强化逆周期调节，进一步稳就业、稳金融、稳外贸、稳外资、稳投资、稳预期的宏观政策，特别是着力通过降税负降低全社会各类营商成本的宏观政策，将为企业提高经济效益和发展质量提供良好环境；三是国家全面加大基础设施等领域补短板力度，密集批复铁路、公路、城轨、机场、水利水电等一大批“补短板”重大项目，力度、额度与批复速度为近年来罕见，基建市场将迎来又一个黄金机遇期。同时，我们也将面临三个方面的重大挑战：一是投资经营必须持续发展，与资产负债率必须严控所带来的重大挑战；二是生产要素价格持续上涨，铁路造价政策依旧严苛，而企业必须提高创效水平的重大挑战；三是虽然基建市场利好，但市场竞争日趋激烈的重大挑战。可以说，新一年的有利因素与不利因素相互交织，机遇与挑战的复杂性前所未有。

综合企业发展所面临的形势，股份公司党委和股份公司提出，新一年我们要以习近平新时代中国特色社会主义思想为指导，全面贯彻党的十九大精神和十九届二中、三中全会精神，认真落实中央经济工作会议和中央企业、地方国资委负责人会议工作部署，坚持党的领导、加强党的建设，坚持稳中求进工作总基调，坚持新发展理念，牢牢把握实现高质量发展这一根本要求，强化风险防控，落实“七大”决策部署，实施“123456”工程，进一步推动质量变革、效率变革、动力变革，加快建设“国内领先、世界一流”特大型综合产业集团步伐，以优异成绩迎接新中国成立70周年。

根据这一总体要求，我们提出2019年的主要奋斗目标如下。

促增长。新签合同额确保18000亿元，力争20000亿元，其中海外新签合同额确保158亿美元；营业收入确保7500亿元，力争7725亿元。

提质量。实现净利润180亿元，力争191亿元；确保盈余现金保障倍数达到1倍以上；两金规模增幅不高于营业收入增幅；有息负债控制在2300亿元以内；资产负债率控制在76.4%以内。在科技创新与质量创优方面取得新的突破。

保稳定。杜绝重大及以上生产安全责任事故，严控较大事故，遏制一般责任事故频次；杜绝较大及以上工程质量责任事故；杜绝环境污染事件；杜绝群体性事件、重大违法违规案件和重大负面新闻。

惠民生。按时足额发放职工工资和缴纳“五险一金”；实现员工收入与企业效益同步增长；企业年金覆盖员工总数达到 83% 以上。

为实现以上奋斗目标，我们在新一年要围绕一条主线，突出两大抓手，深化三项改革，推进四大创新，强化五项管理，夯实六大基础。即要强力推进“123456 工程”。

（一）围绕一条主线，明晰高质量发展的具体路径

新一年工作要围绕高质量发展这条主线展开。高质量发展既是供给侧结构性改革的内在要求，也是企业确保基业长青的必由之路。我们要统一思想，提高认识，明确主攻方向与具体路径，形成一切工作正确、有效地向高质量发展聚焦聚力态势。

1. 坚持走市场化发展之路，向经营要高质量发展。高质量发展必须是有竞争力的发展，而竞争力的主要表征就是企业占有的市场份额。市场份额只能来自市场，不可能来自别的地方。为此，我们必须始终高度重视市场开发，坚持向市场要份额、向份额要竞争力，通过提高竞争力消化遗留问题，进而提高发展质量。与此同时，要坚持并全面落实向高质量经营要高质量发展的理念。我们有的项目爆发效益风险，有的企业负债率高企，有内部管理方面的原因，但相当一部分是因为承揽任务本身质量不高造成的。在新的一年，各单位特别是各投资公司要把确保新签任务的质量摆在首要位置，坚持以承揽任务的高质量确保企业发展的高质量，坚持以高端经营占领高端市场，以高端市场实现高质量发展。凡满足不了“两平衡两调节”的投资项目和报价突破红线的承包项目要一律叫停。

2. 坚持走精益化发展之路，向管理要高质量发展。精益化管理是高质量发展的题中之义，只有管理管到位，高质量发展才能基础实、基础稳。要对照高质量发展要求，把效率效益作为衡量管理价值的第一标准，把实践检验作为开展管理创新的基本途径，把完善制度、落实制度作为夯实管理基础的主要抓手，推动管理向精益化不断迈进。要树立以问题为导向的管理观，将“宏观微观分进合击”的管理思想由成本管理导入全面管理，强化顶层施治与综合施治，推动运行效率和管理效能整体提升。要坚持学管理、用管理，强化管理无止境意识，善于以管理理论武装头脑，善于总结实践中的经验和规律，构建更加科学的管理体系，推行更加管用的办法措施，全面强化信息化管理手段，为企业高质量发展提供内在保证。

3. 坚持走专业化发展之路，向主业要高质量发展。没有专业就不可能有质量。新一年，各级都要全面强化专业化发展意识，坚持在自己的主业范围内凝神聚力。股份公司要坚持“建筑为本，相关多元”的发展战略不动摇；各多元板块和专业工程局要坚持在自己的业务范围和专业领域内拓展市场，深耕细作，实现“专业 +”的放大效应；各综合工程局要大力加强专业工程公司建设，依靠工程公司的专业化发展做强做优做大企业；各综合工程公司要加快专业模块团队建设步伐，确保各专业团队作业任务的专业连续性，从组织体制与运行机制上为专业工匠队伍的发展壮大创造条件，提供保证。

4. 坚持走国际化发展之路，向海外要高质量发展。一个高质量发展的公司，应该也必须是一个国际化的公司。新一年，我们要直面企业在海外经营上存在的短板，认真研究海外经营问题，全面布局海外经营发展。要抓好顶层设计，优化海外经营体制机制，充分激发海外经营的活力；要以国际化思维统筹全局，以全球化视野部署资源，以产业化策略拓展版图，以属地化手段夯实基础，推动海外经营全面发力加速，促进“中国中铁的国际化”向“国际化的中国中铁”发展，把企业的高质量发展真正推向新阶段。

（二）突出两大抓手，汇聚高质量发展的内外合力

企业要实现高质量发展，需要内在活力，也需要外部机遇。今年我们既有激发内在活力的有利条件，又有加快企业发展的外部机遇，要自觉以推进改革开放和抢抓市场机遇为两大抓手，形成内外并举推动企业高质量发展的强大合力。

1. 深入推进改革开放，进一步解放和发展企业生产力。“将改革开放进行到底”，是以习近平同志为核心的党中央向全社会发出的进军令，我们要坚决贯彻这一要求，通过全面深化改革开放，充分激发企业内在活力。首先是要深入推进思想解放。思想是行动的先导，要彻底革除老国企的陈旧观念，突破固有模式，克服自大思想，强化市场意识，更新办企理念，增进对标自觉，统一工作思路，以思想解放促进生产力解放。其次是要深入推进企业改革。认真贯彻中央和国资委关于深化供给侧结构性改革、加快国资国企改革的一系列战略部署，持续推进混改、“双百行动”综合改革、“三供一业”分离移交、教育医疗机构改革等改革工作，同时要狠抓微观体制机制改革，特别是经营一线、施工一线等“前沿阵地”的体制机制改革，以全方位的改革措施激发企业发展活力。再次是要深入推进对外开放。在全面推进国际化经营的同时，做好内外合作两篇大文章。要内抓协同发展，所属各单位都要树立“大中铁”观念，树立小我服从大我、大我服务小我的理念，克服封闭的小团体思想，全面增强业务相连相通、优势互补互促、市场共建共享的自觉性；要外抓社会资源整合，强化竞合意识，把整合社会资源的水平作为企业的一种管理水平，以开放合作的态度面向市场，使国内国际各种社会资源为我所用，努力形成更多新支点，实现成倍放大企业生产力的目的。

2. 全力抢抓市场机遇，进一步释放和提升企业发展力。随着国家加大基础设施等领域补短板力度配套政策的落地，一场基建盛宴正在扑面而来。各级各单位要全面动员，迅速行动，积极投身抢抓机遇的经营热潮。一是要深入市场，紧盯计划。要加强与国家及各省级政府部门的沟通，及时掌握各地各行业基础设施补短板的项目清单及推进计划，做到提前介入，及早跟进工作。二是要明确分工，压实责任。国家加大基础设施等领域补短板力度，涉及铁路、公路、城轨、机场、水利水电等多个行业，要分门别类明确本单位的重点跟踪项目，明确各经营项目的责任领导与责任人，既要确保传统优势领域的经营力量，又要确保各行业补短板项目经营的力量配备，通过逐一压实项目经营责任制，实现在各行业全面开花结果。三是要认真谋划，提高效能。全国各地的市场竞争方式各有不同，各行业的游戏规则千差万别，要分别研究规律，分别谋划施策，切实提高投标命中率。四是要锁定目标，誓夺全胜。机遇永远是构成企业发展力的关键要素，面对本轮市场机遇，优势单位要快马加鞭，一至五局、建工全年要新签1500亿元以上，六局、七局、十局、大桥局、隧道局全年要新签1000亿元以上；同时后进单位要奋力一搏，乘势而上，夺取抢抓机遇的全面胜利，力争全系统年度新签跨上2万亿元的新台阶。

（三）深化三项改革，破除高质量发展的突出梗阻

目前，企业改革已进入深水区，我们要根据中央和国资委的统一部署，全力以赴完成好国资国企改革重大攻坚任务，同时要结合中国中铁实际，聚焦影响企业高质量发展的具体问题，把该改的、能改的，坚决改下去。

1. 持续推进瘦身健体，提升企业综合效率。针对单位多、闲人多、劳动生产率低下的积弊，我们必须把压减工作作为提高企业综合效率的对症良药，将瘦身健体改革进行到底。一是要进一步压减企业个数。压减企业个数是要压减实体公司的个数，不是压减空壳公司。股份公司有关部门和各二级单位要务实效、求实功，逐一排查所属三级及以下实体公司的个数与实际情况，严格按照压减标准，明确压减对象与压减时限，坚决完成任务。凡在压减改革上不敢碰硬、虚应故事者，要按失职渎职论处。二是要进一步压减项目部个数。投资项目和总承包项目内部招标必须实施大标段，施工项目能只上一个工程公司的要坚决只上一个工程公司，在条件具备的地区要积极探索推行项目群管理模式，千方百计把项目部的个数压下去。三是要进一步压减“财政人口”。全面加强各级机关编制定员管理，严格落实各级机关和项目部不能养闲人的原则，下大力气精简各级管理层人员，切实解决官多兵少、人浮于事的不力局面。

2. 科学定位投资公司，理顺内部经营关系。投资公司的定位问题及其与各工程局的关系问题，是一个影响企业投资经营以及整个市场经营绩效的重大问题。在过去的一年我们已经明确了一些基本原则，新一年要配套落实相关制度办法，把其中的关系全面理顺。首先是要进一步明确各投资公司的定位。各级要充分认识到随着PPP项目的大面积兴起，投资公司的职能与过去相比已经发生了根本性的转变。在新形势下，投资公司要在中国中铁的区域高端总包经营平台、服务各二级单位发展的投融资经营平台、确保相关项目投资安全及顺利运营的管理平台这三个平台上准确就位。要根据投资公司这一基本定位，革新管理思路，配套落实相关制度办法。重点是三个方面：一是理顺经营关系的制度办法，包括完善落实对投资公司新签指标的下达与统计办法，明确投资公司与各工程局协同经营的方式方法，落实内部招投标办法的措施等。二是理顺管理关系的制度办法，包括完善对各投资公司的考核制度，优化投资公司各项考核指标的权重；厘清项目建设管理责任，创新建设管理模式等。三是规范投资公司与各二级单位经济关系的制度办法，包括内部发包合理价格确定办法、项目建设过程中的资金拨付办法等。股份公司经营开发部、投资发展部、财务部、成本与采购管理部等有关部门要齐抓共管，各投资公司要提高站位，各二级单位要密切配合，确保把有关要求落实到位。

3. 深化海外体制改革，加快国际经营步伐。按照海外优先发展与优质发展的“双优”战略构想，全面加快海外经营体制机制改革步伐。要针对参与海外市场竞争与推进企业国际化的实际需要，深入研究重组外经单位的可行性与必要性；要强化股份公司总体统筹功能，发挥专业外经单位的两翼带飞作用，推动所属各单位海外力量形成N驱共进之势，打造“一体两翼N驱”的海外发展新阵型。要根据区域化、品牌化、专业化的原则整合海外经营资源，用好中国中铁和专业外经单位的品牌优势与所属单位的国别市场优势，按照“大区+国别+项目”的模式搭建经营管理体系，实现海外经营点线面立体推进。要建设面向全球的资源配置系统，积极构建海外投融资并购平台，加快全产业链整体出海与属地化发展步伐，稳中求快推进海外业务转型升级。要出台海外优先发展的相关政策，在海外人才发展优先、资源配置优先、制度保障优先、薪酬待遇优先等方面给予全面倾斜。要落实海外优质发展的保障措施，推进海外合规管理系统、财务共享系统与信息化管理系统“三大系统”建设，为切实增强企业海外经营的集中控制力与抗风险能力提供基本条件与根本保证。

（四）推进四大创新，激发高质量发展的强劲动能

创新是引领发展的第一动力。我们在深化改革开放、抢抓市场机遇的过程中，必须在创新驱动上持续发力，形成推动企业高质量发展生生不息的强劲动力。

1. 着眼长远发展，优化业务结构，持续推进经营领域创新。新一轮基建高潮的到来，为我们在交通基础设施建设传统领域的发展提供了新的机遇，但这丝毫不意味着经营领域创新可以放一放，停一停。相反，为实现更大更优发展和长远发展计划，必须坚持不懈推进经营领域创新。一是继续加大开发城市建设市场的力度，在巩固发展传统的城轨、市政、路外房建市场的同时，加快拓展城市地标性建筑群、大型综合体、产业园区、高铁新城、城市双修工程、地下城市建设等市场，进一步加大棚改及各类民生性住房市场的开发力度，确保城市建设市场实现更大发展。二是积极参与人工智能、工业互联网、物联网、灯联网、智慧城市等新型基础设施建设，推动基建领域增项升级，同时紧盯港口与航道、机场、水利水电、电力通信、环保工程、军民融合工程等领域，切实加大相关领域的经营力度，力争取得较大突破。三是主动服务国家重大战略，加强沟通对接，努力在雄安新区、海南自贸区、长江经济带、粤港澳大湾区、长三角等重点区域的经营开发上不断实现新突破。

2. 顺应市场要求，应对竞争挑战，持续推进商业模式创新。从某种意义上讲，商业模式创新是一个比经营领域创新更为重要的问题，商业模式优势才是企业真正的经营优势。商业模式从大的方面讲，分为承包模式与投融资模式两大类。在现阶段，承包模式必须居于首选地位。要与业主深度沟通，讲好总承包故事，做好总承包文章，各单位特别是各投资公司，在这一问题上绝不能舍本逐末。在推进承包模式创新的基础上，要进一步推进投融资经营模式创新。要适应国家政策变化、业主需求变化与企业监管要求变化三个方面的变化，以依法合规为准绳，以不推高企业负债率为底线，积极投身由政府主导的 TOD、SOD、AOD 等城市开发模式和各领域的新型开发模式，精心设计相关的具体商业模式与投融资模式，既满足各级对企业的监管要求，又提升企业的经营竞争力，确保投融资经营持续健康发展。与此同时，要全面落实立体经营要求，股份公司区域指挥部和各投资公司要强化统筹水平，善于组织与调动各板块各单位上下左右分进合击的积极性，在推动主业发展的同时，实现各板块各单位竞相发力，全面发展。今年的经营工作，还要为今后一个时期的经营工作埋下伏笔，这也是立体经营的一个重要方面。

3. 立足管理实际，坚持问题导向，持续推进管理实践创新。企业要实现高质量发展，必须持续推进管理创新，管理创新也是一个永无止境的课题。新的一年，要坚持问题导向，深入开展管理实验室活动。一是要针对基层活力不足的问题，大力推进经营一线和生产一线的机制改革与管理创新，通过在一线创新管理模式、创新岗位设置，特别是创新生产经营一线的薪酬制度，充分激发一线的发展活力，进而推动企业的全面管理焕发勃勃生机。二是要突出工程公司建设，深刻认识三级工程公司在企业管理全局中的极端重要性，结合瘦身健体改革，坚持“五给五有”总要求，认真研究做强做优做大三级工程公司的具体路径，着力通过加强工程公司建设，促进整个企业的管理升级。三是要把 PPP 项目的运营管理问题摆在重要位置，贯彻“谁投资建设，谁运营管理”的总方针，明确各投资公司对相关项目的运营管理主体责任，同时加快各二级单位所属运营维管专业公司的建设步伐，深入开展运营管理模式实践创新，确保 PPP 项目运营管理顺利推进。

4. 前瞻产业发展，面向生产经营，持续推进科研技术创新。一是要利用好国家支持中央企业牵头承担重大战略科研任务的政策，抓住建设川藏铁路的历史性机遇，紧紧围绕建筑业关键核心技术、工装设备制造前沿技术和产业关键共性技术开展科技攻关，形成一批达到国内外顶尖水平的科研成果，推动企业进一步在行业科技领先的位置就位。二是要积极争取更多的国家级创新平台在企业落户，建立多渠道、多层次的科技创新投入机制，为科技创新创造良好条件，提供有力保证。三是要围绕企业生产经营及产业转型升级实际，推动科研、设计、施工和装备制造企业联合创新，充分发挥技术创新在破解生产难题、保证安全质量、实现绿色低碳、提升效率效益、推动产业升级等方面的重要作用，加快提升传统比较优势，努力形成更多的引领型技术优势。四是要加快技术专利化、专利产业化、产业标准化、标准国际化步伐，进一步加大在国家级成果上的申报力度和推广力度，确保科技成果获奖数量在建筑央企中处于领先地位，并尽快转化为生产力。

（五）强化五项管理，抓实高质量发展的关键环节

高质量发展离不开高质量的管理。抓管理，要抓创新管理，更要抓严格管理。新一年我们要围绕精益化管理的要求，重点在五个环节上着力。

1. 强化营销管理，推动机制建设与经营质量提升。提高发展质量的前提是提高经营质量，而提高经营质量的关键在于强化营销管理。要进一步强化区域经营机制建设，各业务板块都要贯彻“六给两要”原则，进一步完善有关政策，积极推进区域经营的集中化、集成化、集约化建设，不断提升经营工作的效能。要持续强化承包项目报价决策机制建设，划定并坚守不投不揽的红线，落实拟承建单位的报价否决权制度，确保项目风险可控，质量优良。要全面强化投资项目评审机制建设，在强化项目运作能力，提高沟通谈判水平，深入准确做好项目可研工作，以可研质量确保项目质量的同时，股份公司有关职能部门要恪尽职守，严格评审程序，优化评审质量，对投资经营项目认真把关，确保投资项目经营决策建立在可靠的基础之上，能够有效防止投资经营风险。

2. 强化生产管理，推动现场管理与产品质量提升。生产环节是精益化管理的核心环节之一，产品质量更是企业高质量发展的基础所在。我们要始终重视生产管理，一是要积极服务国家重大战略，全力以赴，攻坚克难，确保雅万高铁、中老铁路、京张高铁、川藏铁路等重大项目如期推进，完成好党和国家赋予我们的重要任务。二是要认真落实现场管理制度化、现场布局科学化、现场培训常态化、现场作业规范化要求，努力提升现场管理的精度，推动现场安全文明标准化水平不断提升。三是要严把产品质量关，始终保持安全质量管理的高压态势，认真落实全国安全生产电视电话会议和公司年初安全质量工作视频会议精神，持续深化班组长安全质量责任制，杜绝工程质量“红线”问题，以工程质量保安全生产，以安全生产促工程质量，实现安全生产和产品质量水平不断提升，力创国优工程奖、鲁班奖等更多的精品工程。四是要落实中央打好污染防治攻坚战的要求，认真做好环境保护与节能减排工作，不断提升企业绿色施工水平，争做打好污染防治攻坚战的模范。

3. 强化成本管理，推动宏观统筹与微观控制提升。要认真落实去年 11 月股份公司召开的成本管理暨二次经营工作专题会精神，把会议精神尽快转化为各级各单位的具体行动。在宏观成本管理方面，要自觉在战略管控、体制机制、瘦身健体、统筹执行、进人用人、规模化与专业化等方面寻求突破，尤其要高度重视人力资源投入产出比，推动人工成本利润率提高；在微观成本管理方面，要坚持细分管理、精准控制，持续深化亏损治理，做好集中采购工作，推动项目成本管理与二次经营水平不断提升。与此同时，新的一年要突出成本管理在压“存货”方面的核心作用。成本管理部门要与财务部门联手，将“已完工未计量”作为衡量各单位各项目成本管理水平的重要标志，凡“已完工未计量”数额畸大且无充分理由的，在成本管理考评与治亏工作考评上，都要予以一票否决。

4. 强化财务管理，推动资源配置与集约管控提升。进一步强化财务管理是“防范化解重大风险”的基础，也是提高企业发展质量的重要手段。要充分认识到两金问题攸关党和国家大政方针的贯彻落实，攸关经济运行的安全和稳定，攸关市场竞争能力和发展基础，在我们公司层面，落实“防范化解重大风险”的关键是两金压控，必须进一步明确双清责任体系，实施两金压控目标考核“一票否决制”，重奖重罚，坚决打胜两金压控攻坚战。同时，要优化财务资源配置，把投入产出比作为财务资源配置的标尺，严格执行财务资源预算，促进先进单位更好更快发展，倒逼后进单位挖潜提效，切实改善发展质量；要进一步加强资金集中管理，加大内部资金融通调剂的力度，有效促进带息负债规模相对降低；要加强税务筹划集中管控，实现企业整体税负水平进一步下降；要树立“过紧日子”思想，除经营性区域总部建设和开辟新领域办公需求外，其他非生产经营性办公用房投资一律停止审批。

5. 强化风险管理，推动风险意识与风控能力提升。企业在市场中求生存图发展，风险无处不在，特别在全党全国投身防范化解重大风险攻坚战之际，习近平总书记在 1 月 21 日省部级主要领导干部坚持底线思维着力防范化解重大风险专题研讨班上发表了重要讲话，要求我们新一年必须把强化风险管理摆在重要地位来抓。抓风险管理，首先是要强化风险意识，要站在国际国内以及企业内外复杂形势的全局、站在事物发展客观规律的高度来认识问题，坚持底线思维，未虑胜、先虑败，全面强化如临深渊、如履薄冰意识；其次是要切实增强风险防控能力，要结合企业实际贯彻落实习近平总书记重要讲话精神，聚焦投资风险、安全质量风险、两金风险、负债风险、海外风险、廉政风险、群体性事件风险七大风险，将七大风险防控无缝隙、无时差地嵌入各个管理环节中，落实到各级各部门和各个岗位的具体工作中，以强有力的措施，确保守得住底线，确保企业改革发展始终稳健前行。

（六）夯实六大基础，筑牢高质量发展的重要支撑

根深才能枝繁叶茂，本固才能基业长青。除了抓好项目管理这一重要的基层基础管理外，新一年要以夯实六大基础为着力点，推动各项工作全面协调发展，为企业高质量发展提供有力支撑。

1. 夯实依法合规基础。主要是抓好四点：一是增强意识，加强普法普规普纪宣传和案例警示教育，全面增强全员特别是各级管理人员的法规意识。二是健全制度，贯彻“于法周延、于事简便”原则，持续推进制度梳理工作，努力消除“制度真空”与“制度先天缺陷”现象。三是依法决策，认真落实国资委《中央企业违规经营投资责任追究实施办法》等法规制度的要求，切实做到“决策先问法、违法违规不决策”。四是严格监督，加快推进企业“三重一大”决策监管系统建设，充分发挥各职能部门和纪检、审计、法律等部门的监督作用，共筑依法合规防线。

2. 夯实品牌信誉基础。品牌信誉是企业的生命，而品牌信誉的基础是各方对企业的信任。新一年，我们要积极增进上级信任，圆满完成各项指标任务，在各类评先评优中争创一流；要切实增进投资者信任，加强市值管理，积极回应关切，实现与资本市场良性互动；要主动增进客户信任，把客户需求与我方目标结合起来，安全优质高效推进工程建设；要努力增进合作伙伴信任，强化契约精神，形成长期稳定的合作关系；要全力增进社会信任，认真履行企业社会责任，扎实做好对外宣传工作。企业信用建设是一项综合性工作，要齐抓共管，积极参与各类信用评级与信用评价活动，确保铁路信用评价领先优势，力争各方面取得好成绩。

3. 夯实人才队伍基础。要坚持“本科以上，专业对口”的进人底线，努力改善企业的人力资源结构，确保人才队伍建设有一个较高的平均起跑线；要大力加强专家队伍建设，分门别类建设专家库，在落实专家待遇、发挥专家作用的同时，切实加快院士、大师、国家级专家等领军创新人才队伍的培养步伐；要坚持凭政绩用人，变“相马”为“赛马”，打破论资排辈，坚持“业绩、口碑说了算”，使真正优秀的综合人才不断走上重要领导岗位；要强化经济激励，深化工资总额与薪酬分配制度改革，让能干成事的人劳有所得，先富起来；要高度重视人才保护工作，回应一线人才的重大关切，重点是要落实好休假制度，遏制人才流失现象。

4. 夯实企业文化基础。高质量发展必须有良好的企业文化作基础。要以文载道弘扬时代主旋律，把宣传贯彻习近平新时代中国特色社会主义思想作为首要任务，引导广大员工系统全面学、持续跟进学、联系实际学，努力做到学思用贯通、知信行合一。要以文促治凝聚发展正能量，围绕企业高质量发展全面加强执行力建设，切实增强“落实、落实、再落实”“执行、执行、再执行”的自觉性，聚能汇力开创各项工作新局面。要以文化人展现企业新气象，选树先进典型，弘扬清风正气，在春风化雨中暖心铸魂，在攻坚奋进中加油鼓劲，汇聚磅礴精神力量，展现中国中铁在新时代“勇于跨越、追求卓越”的蓬勃气象。

5. 夯实党建工作基础。新一年，我们要进一步全面贯彻落实新时代党的建设总要求，按照党中央统一部署和国资委党委具体安排，扎实开展“不忘初心、牢记使命”主题教育，进一步树牢“四个意识”，坚定“四个自信”，坚决做到“两个维护”。以开展中央企业基层党建推进年专项行动为契机，同步强化企业党政工团的基本组织基本队伍基本制度建设，通过党建提升带动各项工作提升，齐心协力推动生产经营快速发展。要持续推进党风廉政建设和反腐败工作，纪检监察部门要强化执纪监督，防范“四风”反弹回潮，严肃查处各类腐败问题，保障企业持续快速健康发展。

6. 夯实民生建设基础。习近平总书记指出：“保障和改善民生没有终点，只有连续不断的新起点。”要牢固树立以人民为中心的发展思想，落实职工参与企业管理的民主权利，充分发挥工团组织的作用，大力开展劳动竞赛、创新创意等活动，组织广大职工积极投身企业建设。要推动员工全身心健康发展，加强员工培训与三工建设，深化“幸福之家”创建活动和“三让三不让”工程建设，确保员工工资正常发放和“五险两金”按时缴纳，尽力推动员工住房条件改善，积极做好留守儿童关爱工作。要纵深推进处僵治困，做好困难企业与困难职工的帮扶救助工作，推动困难企业及群体贫困家庭整体脱贫。要积极投身全社会精准脱贫攻坚战，持续推进对口地区的扶贫工作，巩固扶贫成果，助力对口地区早日脱贫，为全面建成小康社会贡献中央企业应该贡献的力量。

习近平总书记在庆祝改革开放40周年大会上说：“伟大梦想不是等来的、喊来的，而是拼出来、干出来的。”世上从来没有驰于空想、骛于虚声的丰功伟绩，也从来没有不经奋斗而直接登顶的壮丽人生。今天的中国中铁已经站立在前所未有的历史高位，我们距离建成世界一流企业的梦想从未如此接近，实现这一伟大梦想唯有孜孜以求，拼搏实干。让我们更加紧密地团结在以习近平同志为核心的党中央周围，以习近平新时代中国特色社会主义思想为指导，深入推进改革开放，全力抢抓市场机遇，不忘初心，牢记使命，团结一致，奋力拼搏，全力推进中国中铁高质量发展，加快建设“国内领先、世界一流”特大型综合产业集团步伐，以优异的成绩迎接新中国成立70周年！

加强党的政治建设 持续深化正风反腐
为推动企业实现高质量发展提供坚强保证

——纪委书记王士奇在中国中铁二届五次职代会暨2019年工作会上的报告

（摘要）

（2019年2月21日）

一、2018年工作简要回顾

2018年，在国资委党委和驻委纪检监察组的领导下，公司党委、纪委深入学习贯彻习近平新时代中国特色社会主义思想和党的十九大精神，认真落实中央纪委二次全会、中央企业纪检监察工作座谈会和中期推进会等部署要求，坚决扛起管党治党政治责任，推动企业全面从严治党、党风廉政建设和反腐败工作取得新成效，为助力企业高质量发展提供了有力保障。

（一）突出政治建设，践行“两个维护”更加自觉。我们始终把党的政治建设摆在首位，修订了党委理论中心组学习制度，先后召开23次党委常委会、中心组学习会，持续跟进学习习近平总书记重要讲话精神，以及中央纪委、国资委党委和驻委纪检监察组关于推进全面从严治党、加强党风廉政建设和反腐败工作的各项部署要求，研究贯彻落实的具体措施。坚持集中教育与经常性教育相结合，组织安排9256名副处职以上领导人员参加两级十九大精神集中轮训，实现全覆盖；先后举办理想信念、政治理论等培训班5期，培训领导人员275人次。加强对习近平新时代中国特色社会主义思想的研讨，公司主要领导、专职副书记、纪委书记带头作党课交流，开展了理论研究和调研活动，召开了学习“习近平新时代中国特色社会主义思想”暨庆祝改革开放40周年理论研讨会，形成学习成果828篇、理论文章和调研报告132篇。严肃党内政治生活，按要求组织召开了2017年度领导班子民主生活会，91名接受组织约谈函询或问责处理的二级企业领导人员分别作了说明或检查；认真落实中央纪委查办王晓林案件提出的工作建议，公司党委、总部机关9个党支部和983家二、三级企业党委均召开了专题民主（组织）生活会，公司纪委对2家涉案单位和7个业务部门进行了调研督导。各级党组织通过中心组学习会、专题研讨等形式，强化理论武装，加强党的政治建设，进一步增强了落实“两个维护”的自觉性和坚定性。

（二）压紧压实责任，管党治党氛围更加浓厚。我们坚持以党建工作责任制为抓手，先后组织召开了党风廉政建设和反腐败工作会和中期推进会，逐一签订了《党风廉政建设责任书》，细化分解了124项年度党建重点任务，完善了党委履行主体责任定期报告制度，连续3年组织二级企业党委书记现场述职评议，修订了党建工作责任制考核评价办法，首次开展了二级企业党建工作责任制现场考核，推动全公司各级党组织履职尽责更加到位。坚决扛起主体责任，新修订了上市公司章程，制定了党委（常委）会研究讨论企业重大经营管理事项实施细则，全年共前置研究讨论重大事项45个，审议党风廉政建设议题18个。党委主要领导认真落实“四个亲自”，分6个片区主持召开投资项目党风廉政建设专题会。公司纪委围绕落实“两个责任”，先后约谈二级企业主要负责人××人次、二级企业纪委书记××人次；严格“一案双查”，全年共问责××起，给予党纪处分××人，政纪处分××人，组织处理××人，有力推动了企业全面从严治党责任的落实。

（三）深入纠治“四风”，作风建设成果更加巩固。我们坚持把贯彻落实中央八项规定精神作为重要政治任务，立足警示提醒抓早，紧盯重点对象、重点问题、重要时节，不断重申“十五个严禁”要求，时刻提醒党员干部保持清醒认识。认真落实中央纪委、驻委纪检监察组部署，组织开展了整治形式主义、官僚主义座谈调研和问卷调查，制定了《贯彻落实习近平总书记重要指示精神集中整治形式主义、官僚主义的实施方案》。持续加大监督检查力度，对发现的“四风”问题态度鲜明，揪住不放、立行立改。全年共查处违反中央八项规定精神问题××件，问责××人次，给予党纪处分××人次，政纪处分××人次，采取组织措施××人次，震慑氛围不断强化。公司党委带头抓落实，研究出台了贯彻落实中央八项规定精神进一步加强作风建设的实施意见、总部人员境内内部公务活动用餐管理规定、领导人员廉洁从业承诺制度等文件。各单位结合实际，修订完善履职待遇、业务支出、公务用车等规章制度，用制度建设巩固作风建设成果。

（四）强化监督管理，业务深度融合更加有效。我们坚持把党风廉政建设和反腐败工作融入各项业务之中，围绕控风险、提质量、增效益，制定了对职能部门履行监督管理职责进行再监督的实施办法，并针对国家审计署移交、驻委纪检监察组转办有关问题以及质量安全事故等相关人员进行了严肃问责。围绕提升治理效能，制定了吸取王晓林案件教训的工作落实方案，督促和推动各单位开展自查自纠，全公司共查找五个方面问题××××项，制定整改措施××××项，总部修订或制定相关制度×××项，纪检系统查处相关案件××件，问责××人。围绕“关键少数”，组织开展了领导人员日常履职考察，对二级企业选人用人问题整改进行专项督查，对27名未如实报告个人有关事项的领导人员进行了组织处理；公司纪委参与重要人事安排初始酝酿159人次，回复党风廉政意见145人次。围绕抓基层、打基础，督导二级企业分层级建立项目廉洁风险台账，开展扶贫领域腐败和作风问题专项治理，加强对劳务队伍使用、物资招标采购等重点领域的典型案件查处，先后问责×××人次。认真贯彻习近平总书记关于中老铁路廉洁建设的重要指示，积极探索境外项目廉洁风险防控机制，制定了中老铁路“廉洁之路”建设实施方案，开展了以“双安双优”为目标的廉洁建设，得到了上级领导的充分肯定。

（五）坚持标本兼治，反腐败斗争成效更加突出。我们坚持有案必查、有腐必惩，精准有序、标本兼治，扎实朝着夺取反腐败斗争压倒性胜利的目标迈进。坚决查处违纪违规问题，2018年，全公司各级纪检监察组织共接到信访举报××××件次，处置问题线索××××件，其中初核××××件次，立案×××件，结案×××件；问责××××人，其中给予党纪处分×××人次，政纪处分××××人次，组织处理××××人次，刑事处理××人。坚持抓早抓小、防微杜渐，出台了运用监督执纪“四种形态”的实施办法，共处理2967人次，其中第一种形态1583人次，占53.4%；第二种形态1215人次，占41%；第三种形态153人次，占5.2%；第四种形态16人次，占0.5%，监督执纪由“惩治极少数”向“管住大多数”拓展。同时，注重“不能腐、不想腐”机制建设，采取多种形式学习宣贯《监察法》、新修订的纪律处分条例等党纪法规，制定了构建“不能腐”体制机制工作任务分工与推进计划、违纪违规典型问题通报曝光制度等文件，完成了东帝汶、吉尔吉斯斯坦、塔吉克斯坦3个国家腐败风险研究报告。先后3次集中通报了一些违规经营、违反中央八项规定精神典型案件和第一批巡视发现典型问题，广大党员干部遵规守纪意识进一步增强。

（六）坚定政治站位，巡视利剑作用更加彰显。我们坚持把巡视作为全面从严治党的重要抓手，按照中央和国资委党委巡视工作部署，编制了党委巡视工作五年规划，修订了巡视工作办法等10项制度，完善了27个巡视工作模板和巡视工作手册，制定了新一轮巡视工作要点指引，明确了16项巡视重点内容和75个巡视监督检查要点，为新一轮巡视提供了制度保障。组建了4个党委巡视组，采取“一拖二”方式，分两批对16家二级企业开展巡视，共发现和报告主要问题×××个，给予党纪政纪处分××人次、组织处理××人次，健全规章制度×××项。认真做好巡视整改“后半篇文章”，把上轮巡视整改情况纳入新一轮巡视监督范围，召开了总部部门专项巡视反馈会，制定了《第一批巡视问题整改督办清单》，扎实做好移交办理事项。坚持巡视巡察统一谋划、协同推进，制定了二级企业党委书记听取巡察汇报情况报备制度，督促和推动二级企业党委履行巡察主体责任。2018年，所属二级企业党委共对399个三级企业及项目部进行了巡察，累计发现问题×××××个，制定整改措施×××××项，完成问题整改××××个，开展专项治理×××次，问责处理人员××××人，健全规章制度××××项，基本形成巡视巡察上下联动的工作格局。

（七）持续深化“三转”，纪检队伍建设更加有力。我们始终把讲政治的要求贯穿于履职尽责全过程，坚决贯彻落实中央和国资委党委各项工作部署，及时请示报告工作。按照驻委纪检监察组“做强集团、做实基层”要求，结合总部纪检人员退休和交流实际，及时补充本部纪检力量，优化内设部室职能，组织开展了“1+N”区域联建工作和业务调研督导活动。采取书面履职、现场述职和领导评议等方式，组织对二级企业纪委书记2017年度履职履责考核，并当面反馈考核结果，提出工作建议。制定了二级企业纪委领导人员提名考察工作规则，去年提名考察3名二级企业纪委书记交流任职，提名考察11名二级企业纪委副书记人选。坚持以案代训，深入开展督办和指导上报结果信件，去年督办要结果件117件；举办纪委业务培训班，邀请上级领导授课，107名纪检监察业务骨干参加；先后选派8名纪检监察领导干部参加中纪委、国资委举办的6期培训班，为二级企业纪检监察组织授课49人次，有力促进了纪检监察队伍履职能力的提升。

在肯定成绩的同时，也要清醒地看到存在的不足：一是部分单位贯彻落实习近平新时代中国特色社会主义思想、党的十九大和全国国企党建工作会精神的深度还不够，实现党建与业务深入融合仍有一定差距。二是个别单位违反中央八项规定精神问题屡禁不止，重部署轻落实、重痕迹轻实效以及不担当、不作为等形式主义、官僚主义问题依然突出。三是不收手、不收敛的现象还没有完全有效遏制住，工程项目领域一些“顽症痼疾”仍然没有彻底根治好。四是落实“两个责任”机制还不够完善，构建“不能腐”机制还需加大力度，形成“不想腐”局面还有很多工作要做。对此，我们要高度重视，采取更加有力的举措加以解决。

二、2019年工作部署

2019年是中华人民共和国成立70周年，是全面建成小康社会、实现第一个百年奋斗目标的关键之年，做好企业党风廉政建设和反腐败工作责任重大。今年工作总的思路和要求是：以习近平新时代中国特色社会主义思想为指导，全面贯彻党的十九大、中央纪委三次全会、国资委机关暨中央企业党风廉政建设和反腐败工作会议精神，增强“四个意识”、坚定“四个自信”、落实“两个维护”，坚持稳中求进工作总基调，以党的政治建设为统领，全面推进企业党的建设，取得全面从严治党更大战略性成果，巩固发展反腐败斗争压倒性胜利，一体推进不敢腐、不能腐、不想腐，贯彻落实纪检监察体制改革，持续营造风清气正的企业政治生态，为做强做优做大企业、建设具有全球竞争力的世界一流企业提供坚强保证，以优异成绩庆祝中华人民共和国成立70周年。

贯彻落实好这一总的思路和要求，必须牢牢抓住全面从严治党主体责任这个“牛鼻子”，重点抓好以下七个方面工作。

（一）要着力加强政治建设，坚定不移践行“两个维护”。公司党委和各级党组织要认真学习贯彻《中共中央关于加强党的政治建设的意见》，承担好党的政治建设的主体责任，引领广大党员干部不断增强讲政治的思想自觉和行动自觉。要把“两个维护”体现到严守政治纪律政治规矩上，不断提高政治敏锐性和政治鉴别力，在重大原则问题和大是大非面前始终保持立场坚定、旗帜鲜明。要把“两个维护”贯穿于落实总书记重要指示要求和党中央决策部署上，深刻吸取陕西秦岭北麓别墅案件教训，自觉把本职工作放在政治大局和全局中去考量、去谋划、去部署，并结合企业实际创造性地去推动落实。要把“两个维护”落实到严肃党内政治生活上，认真贯彻新形势下党内政治生活若干准则，积极开展批评和自我批评，严格执行重大事项请示报告制度，坚决杜绝报告个人有关事项弄虚作假等行为。要把“两个维护”贯彻到推动企业改革发展和党建工作各方面，牢记肩上担负的国家使命和政治责任，勇于担当、勇于作为，坚定不移地推进企业高质量发展、推进全面从严治党向纵深发展。各级纪检监察组织要始终把党的政治建设摆在首位，进一步强化政治监督，把监督发现问题和推动工作落实结合起来，以实际行动践行“两个维护”。

（二）要着力强化理论武装，努力做到学懂弄通做实。公司党委和各级党组织要始终把学习贯彻习近平新时代中国特色社会主义思想作为首要政治任务，在学习、领悟、实践上持续发力，做到真学、真懂、真信、真用。要在大学习、大培训上下更大功夫，按照中央和国资委党委部署要求，扎实开展“不忘初心、牢记使命”主题教育，紧扣主题主线，推动学习贯彻常态化制度化。同时要结合中华人民共和国成立70周年等重大庆祝活动，持续深化学习宣贯，不断创新方式方法，增强理论武装实效。要在深钻精研、学思践悟上下更大功夫，教育引导广大党员干部深刻领会这一重要思想的精神实质、丰富内涵和实践要求，在此基础上不断深化对国企党的建设规律性认识，不断加强对新时代党的建设总要求的深刻把握，把教育成果转化为坚定理想信念、砥砺党性心性、忠诚履职尽责的思想自觉和实际行动。要在学用结合、知行合一上下更大功夫，坚持把职责摆进去、把工作摆进去，自觉把总书记重要论述与推进企业改革发展党建的职责任务科学、具体地结合起来，明确该干什么、能干什么、怎么干好，想明白、说明白、做明白，真正成为内化于心、外化于行的实际行动。

（三）要着力抓实作风建设，锲而不舍整治“四风”问题。公司党委和各级党组织要把能不能抓好作风建设，作为检验落实“两个维护”到不到位的重要标尺，坚决打赢这场持久战。要持续巩固拓展落实中央八项规定精神成果，紧抓重要时间节点，紧盯关键少数，对享乐主义、奢靡之风等歪风陋习露头就打，对“四风”隐形变异新动向时刻防范，对顶风违纪的从严从快查处，管出习惯、化风成俗。各单位要对照中央八项规定及实施细则精神，结合实际，进一步健全完善作风建设长效机制。要坚决破除形式主义、官僚主义，认真落实公司党委《贯彻落实习近平总书记重要指示精神集中整治形式主义、官僚主义的实施方案》，紧盯“八种表现”，聚焦“五个领域”，严查“四种行为”，全面排查梳理，从讲政治的高度来审视，从思想和利益根源上来破解。要大力弘扬优良作风，坚持和发扬我们党自力更生、艰苦奋斗的优良传统，深入挖掘开路先锋精神、青藏铁路建设精神、“家”文化等企业先进精神和优秀文化的时代内涵，引导党员干部主动作为、创造性地办好自己的事情。各级党员领导干部要发挥示范带头作用，改作风首先从自己改起，实事求是、求真务实，一级做给一级看、一级带着一级干，凝聚起推动企业改革发展的强大精神力量。

（四）要着力完善监督体系，持续推动监督效能不断提升。公司党委和各级党组织要坚决落实管党治党主体责任，党委书记要把第一责任扛在肩上，专职副书记要专心专责抓党建，党委班子成员要严格落实“一岗双责”。要认真贯彻落实党内监督条例，强化自上而下的组织监督，改进自下而上的民主监督，促进同级间的相互监督，加强对党员领导干部的日常管理监督，发挥纪委专责监督作用。要以党内监督带动企业其他监督，完善企业内设监事会、审计、法律、财务等监督制度，加强对所属子企业的监督，健全职代会、厂务公开、职工董事、职工监事等制度，加强职工群众的民主监督。要完善党领导反腐败的工作体制和决策机制，建立健全分析研判企业政治生态状况、听取重大案件情况报告制度，整合企业内部监督力量，形成问题会商、联动处置、成果共享等工作机制，构建上下联动、内外衔接的“大监督”工作格局。公司纪委和各级纪检监察组织要做实做细监督职责，着力在日常监督、长期监督上探索创新、实现突破，进一步加强对党委落实主体责任的监督，强化对“关键少数”和重点领域的监督，推进对职能部门履职的再监督，及时发现、及时报告问题，担负起协助党委推进全面从严治党的重大政治责任。

（五）要着力保持高压态势，巩固发展反腐败斗争压倒性胜利。公司党委、纪委和各级党纪组织要始终保持永远在路上的韧劲，坚持靶向治疗、精准惩治，突出重点消减存量、零容忍遏制增量。要加大执纪审查力度，紧盯重大项目、重点领域、关键岗位，瞄准“三类人”，坚决查处十八大以来不收手不收敛，问题线索反映集中、群众反映强烈以及“四个交织”的腐败案件，对在党的十九大后仍然不知敬畏、我行我素的，发现一起坚决查处一起。要适应纪检监察体制改革新要求，创新查办案件的工作方式，持续抓好审查调查安全防控，加强对问题线索的集中统一管理，加大对函询结果抽查核实力度。要按照国资委党委关于集中整治企业领导人员亲属违规经商办企业谋取非法利益问题的部署要求，结合企业实际，全力抓好自查自纠、立行立改。要健全完善基层管党治党体制机制，着力整治生产一线职工群众身边的腐败问题，从具体人、具体事查起，坚决将问题一个一个解决。要一体推进不敢腐、不能腐、不想腐，在严厉惩治、形成震慑的同时，注重剖析近年来查处的腐败案件，持续深化王晓林专案治理成果，做好分类梳理、举一反三，充分发挥查办案件治本功能；坚持严管和厚爱结合、激励和约束并重，认真落实好“三个区分开来”，精准运用监督执纪“四种形态”，重点把“第一种形态”用足用好，使红脸出汗成为常态，推动关口前移、防患于未然；持续抓好党章党规党纪的学习贯彻，经常性开展警示教育，切实加强廉洁文化建设，筑牢拒腐防变的思想堤坝。

（六）要着力深化政治巡视，扎实做好巡视“后半篇文章”。公司党委和各级党组织要认真履行巡视巡察工作主体责任，进一步健全领导体制、工作机制和制度体系，规范机构设置和人员配备，不断完善巡视巡察上下联动监督网。要高质量推进公司党委巡视全覆盖，认真总结前两批巡视工作经验，按规划统筹做好今年对部分二级企业党委的巡视，尤其是要牢记发现问题是巡视工作的生命线这个根本要求，勇于担当、敢于碰硬，剑指问题、形成震慑，防止巡视工作表面化、形式化、走过场。要高质量抓好巡视整改，健全完善整改落实的常态化、长效化机制，把督促巡视整改作为日常监督的重要内容，建立健全督察督办机制，进一步压实整改责任，强化整改问责，做足做实巡视“后半篇文章”。要高质量推动二级企业党委开展巡察，健全完善党委书记听取巡察情况汇报报备制度，确保巡察发现的问题和线索得到及时处置。要高质量运用巡视巡察成果，坚持与推进企业治理体系和治理能力现代化相结合，不断创新思路、举措和机制，推动深化改革、完善制度，发挥标本兼治作用，促进问题根本解决。

（七）要着力抓好自身建设，打造忠诚干净担当的纪检监察队伍。深化纪检监察体制改革是今年企业纪检监察工作的重中之重。公司党委、纪委要认真贯彻落实《关于中央纪委国家监委派驻机构改革的意见》，按照国资委党委、驻委纪检监察组部署要求，准确把握改革的实质和内涵，精准实施企业纪检监察体制改革。各级纪检监察组织要积极适应改革后的新任务新要求，提高政治站位，转变思想认识，厘清工作思路，找准职责定位，坚决落实“查办腐败案件以上级纪委领导为主，纪委书记、副书记提名考察以上级纪委会同组织部门为主，下级纪委履职考核以上级纪委为主”要求，进一步强化监督作用。要持续深化转职能、转方式、转作风，既要积极主动向前一步，为党委履行主体责任提供载体和平台；又要聚焦主责主业，把该交的、不属于职责范围内的工作坚决交出去。今年，要按上级规定进一步清理和规范二三级企业纪委书记兼职和分工。要按照做强集团、做实基层的要求，通过举办培训班、轮岗交流、以案代训等方式，不断提高纪检监察干部的履职能力水平。要进一步加强派驻纪检组工作，充分发挥“探头作用”。要健全内控机制，对纪检监察干部严格教育、严格管理、严格监督，发现苗头性问题要及时提醒，对执纪违纪的要坚决查处，对失责失职的要严肃问责。各级纪检监察干部要始终牢记打铁必须自身硬的政治要求，以更高标准、更严纪律管好自己，讲政治、练内功、提素质、强本领，自觉接受各方面监督，切实做到忠诚坚定、担当尽责、遵纪守法、清正廉洁。

新时代企业全面从严治党、党风廉政建设任务艰巨，责任重大。我们要坚决贯彻落实党中央决策部署和上级要求，认真履职、勇于担当，不忘初心、牢记使命，坚定不移地落实管党治党政治责任，扎实推进企业党风廉政建设和反腐败斗争，为助力中国中铁实现高质量发展作出新的更大贡献！

专　文

2018 年 8 月建成并投入运营的中铁·青岛世界博览城国际会议中心是东北亚区域面积最大、功能设置最全、科技水平最高的综合性会展博览城

不忘初心　牢记使命
争当践行习近平新时代中国特色社会主义思想的排头兵

——党委书记、董事长李长进在中国中铁学习习近平新时代中国特色社会主义思想暨庆祝改革开放40周年理论研讨会上的讲话

（摘要）

（2018年10月26日）

124年前，我们因探索民族工业现代化而生。自那时起，中国中铁就以百折不挠的脊梁精神投身到了中国铁路和国家现代化发展的历史洪流之中。新中国成立后，我们在毛泽东同志“庆贺成渝铁路通车，继续努力修筑天成路”“庆贺天兰路通车，继续努力修筑兰新路”“成昆铁路要快修”“一桥飞架南北，天堑变通途”等重要指示下，高举开路先锋大旗，始终与党和国家同呼吸共发展，为祖国基础设施建设作出了卓越贡献。特别是改革开放以来，我们积极投身中国特色社会主义经济建设大潮，在1978年到20世纪末的企业建立阶段，率先进入地方市场，参与蛇口工业区建设，初步具备了企业职能；在2000年到2007年的现代企业制度建立阶段，建立了法人治理结构，优化管理架构，首批开展董事会试点，进入了世界企业500强；在2007年至今的国有控股上市公司阶段，实施境内外整体上市，将党建工作纳入公司章程，建立了中国特色现代国有企业制度，实现了企业从建起来到大起来、逐步强起来的历史性跨越。

在改革开放40年波澜壮阔的发展历程中，中国中铁广大干部职工在公司党委和历届领导班子的带领下，勇于跨越、追求卓越，团结奋进、顽强拼搏，创造了一个又一个新的辉煌，体现了国有企业对党对国家对民族的责任担当。

——这种责任担当，就是始终坚持党的领导，实现从发挥政治优势到发挥领导作用的转变，努力成为党和国家最可信赖的依靠力量。96年前，我们在党的一大代表王尽美同志带领下，建立了企业的第一个党组织，开启了坚定不移听党话跟党走的光荣历程。改革开放以来，企业各级党组织顺应时代潮流，带领广大党员和职工群众战天斗地、无私奉献，自力更生、艰苦奋斗，始终是我们党和国家在关键时刻听指挥、拉得出，危急关头冲得上、打得赢的基本队伍。

“石可破，而不可夺坚；丹可磨也，而不可夺赤。”从党的一大代表王尽美到党的十九大代表巨晓林、白芝勇、王中美，无论外部环境如何变化，永远不变的是中国中铁人对党的坚定信仰和赤胆忠心。我们坚持党的领导和建立现代企业制度相统一，认真把党的理论方针政策贯彻落实为“四变四不变”“五必上”“四同步四对接”等生动实践。我们根据建筑企业实际，坚持施工战线延伸到哪里，党的组织就建在哪里，活动就开展到哪里，党支部和党员的作用就发挥到哪里，切实推动党建工作上桥头、进洞口、下班组、到宿舍、入人心。

方向决定道路，道路决定命运。把准把牢把好政治方向才能成为党和国家最可信赖的依靠力量。作为拥有基层党组织和党员人数最多的中央企业之一，在改革发展中，特别是党的十八大以来，无论股权结构如何

调整、管理体制如何变化、经营机制如何创新，我们始终把坚持党的领导作为国有企业的本质体现，坚持政治领导、思想领导、组织领导的有机统一，充分发挥“把方向、管大局、保落实”的领导作用。我们着力加强党的政治建设，牢固树立“四个意识”，以实际行动维护以习近平同志为核心的党中央权威和集中统一领导；着力建强各级领导班子，坚持党管干部、深化干部人事制度改革、开展日常履职巡察，建设忠诚干净担当的高素质专业干部队伍；着力加强“三基建设”和党建工作考核，落实“两个责任”、党建工作责任制，切实把管党治党责任放在心上、扛在肩上、抓在手上；着力加强企业文化和思想政治工作，以先进精神引导全员增强“四个自信”，既讲道理，又办实事，增强员工的荣誉感和归属感；着力加强党风廉政建设，正风肃纪、防范风险，为企业改革发展创造良好环境；着力打造“四个一流”职工队伍，建立先进典型选树和职工成长成才机制，凝聚改革发展的磅礴力量。

百年源流，代代传承。2018 年春节前夕，中铁隧道集团参加新成昆铁路建设的 20 名青年党员给习总书记写了一封信。2 月 12 日，习总书记在四川凉山地区视察时提到了他们的来信。总书记说：“50 多年前，他们很多人的父亲或爷爷参加了成昆铁路难度最大的沙木拉达隧道建设，那一辈铁路建设者不畏艰险、不怕牺牲，以敢叫高山低头、河水让路的豪迈气概，把天堑变成了通途，创造了世界铁路建设史上的奇迹。今天，他们接过先辈的旗帜，承担了新成昆铁路全线最长、难度最高的小相岭隧道建设重任，决心传承好老成昆精神。他们的来信，让我感受到了青年一代对祖国和人民的担当和忠诚。”

——这种责任担当，就是始终紧跟国家改革开放步伐，实现从追赶者到领跑者的转变，坚决当好中国特色社会主义经济“顶梁柱”。从 1981 年在深圳迈出工程建设招投标的第一步，我们始终牢牢把握国家宏观经济政策的调整变化，坚持以市场为导向，不断加大经营开发力度，完善全产业链布局，实现了从被动追随市场到主动适应市场，再到经营创造市场的“三级跳”。我们认真贯彻落实国有企业深化改革的部署，坚持问题导向、目标导向，不等不靠、主动作为，以改革创新实现国有资产保值增值。特别是党的十八大以来，我们认真贯彻总书记“经济结构调整要做好加减乘除”的重要指示，以产业结构调整、内部重组、处置“僵尸企业”等调整性改革，落实“三去一降一补”任务；以投融资管控、物资设备采管分离、财务共享中心等规范性改革，提高资源配置效率；以内部巡视、专项整治、督查督办等管控性改革，确保改革措施落到实处；以创新投资经营体制、工程项目精细化管理、项目管理实验室、工业板块重组置换上市、混合所有制企业员工持股试点等创新性改革，坚决打赢提质增效攻坚战；以企业发展的质量变革、效率变革和动力变革，在供给侧结构性改革中发挥带动作用。2017 年，我们的营业收入、固定资产、新签合同额和利润总额，分别较 1989 年总公司刚成立时增长了 247 倍、269 倍、502 倍和 1100 倍。连续 12 年进入世界企业 500 强，目前排名第 56 位，较 2006 年首次入选时上升 385 位。国有资本保值增值率和净资产收益率均处于中央企业前列。

道路通，百业兴。从建成新中国第一条铁路成渝铁路开始，中国中铁人经历千难万险、跨越千山万水、历尽万苦千辛，在铁路、公路、城市轨道、跨江跨海大桥、穿山越洋隧道、机场、码头、水电站、市政等领域建设了一大批重点工程，为全面建成小康社会作出了重大贡献。特别是近年来，我们作为领军企业，积极推动中国高速铁路事业不断发展，铸就了“中国高铁”的金色品牌。

2014 年 5 月 10 日，习总书记视察中铁装备集团，称赞我们研制的盾构设备是世界第二、中国第一，提出要“推动中国制造向中国创造转变、中国速度向中国质量转变、中国产品向中国品牌转变”。国家品牌日也由此诞生。我们认真贯彻落实“三个转变”的重要指示，依托所拥有的“高铁建造技术”“盾构掘进技术”“桥梁结构健康与安全”三个国家实验室和 13 个国家认定的企业技术中心，取得了一大批具有自主知识产权的核心技术。其中，高速铁路建造成套技术、桥梁建造技术、隧道及地下工程建造技术、“四电”集成技术、盾构装备制造技术、勘察设计技术等处于国际先进水平。累计荣获国家科技进步奖和发明奖 110 项，包括 5 项特等奖和 15 项一等奖；荣获鲁班奖 162 项、詹天佑大奖 114 项，稳居国内建筑企业榜首。

——这种责任担当，就是始终坚持履行央企社会责任，实现从员工共享到社会共享的转变，努力让更多人过上美好生活。小康社会是我们党在改革开放之初就提出的战略构想。党的十九大在阐述我们的第一个百年奋斗目标时更加明确地提出要确保全国人民一道进入全面小康社会。这是我们党的庄严承诺，也是国有企业必须担当的政治责任。多年来，中国中铁既坚持以人文本、关爱员工，做到“发展为了职工，发展依靠职工，发展成果由职工共享”；又积极服务社会，扶危救困、精准扶贫，确保小康路上一个都不能少。

“乐民之乐者，民亦乐其乐。”我们始终坚定不移地贯彻党的依靠方针，坚持“想问题、办事情、作决策，要从几十万职工的根本利益出发”，构建覆盖广泛、运行有效的职工生活保障服务体系，全面实施“三让三不让”关爱工程、“幸福之家十个一工程”，年均救助困难职工超过 3 万人次；每年在生产一线投入“三工建设”专项资金 2 亿多元，改善基层员工生产生活条件；每年发放“两节”送温暖和“金秋助学”资金 2 亿多元，惠及职工民工 25 万余人次。2017 年，职工人均工资比 2007 年上市时增长 3.4 倍，企业年金覆盖 20.14 万人，极大增强了职工的获得感、幸福感、归属感。

每当国家出现重大险情时，我们总会挺身而出、义无反顾地承担各类抢险救灾任务，先后圆满完成了唐山地震救援、九八抗洪抢险、抗击冰冻雨雪灾害、汶川抗震救灾、玉树灾后重建等急难险重任务。目前全公司有三支国家隧道专业救援队，成为国家抢险救援的重要专业力量。同时，我们广泛参与公益慈善事业和志愿服务活动，常设志愿服务队超过900支，年投入志愿服务2万多人次，捐资助学1000多万元，支持教育机构及其他公益慈善事业资金上亿元，充分彰显了中央企业的脊梁本色。

今年2月，习总书记在成都主持召开打好精准脱贫攻坚战座谈会时，勉励新成昆铁路建设者要使铁路早日成为沿线人民脱贫致富的"加速器"。我们牢记嘱托，全面贯彻落实习总书记关于扶贫工作"四个切实""五个一批"的指示精神，认真做好湖南省桂东县、汝城县和山西省保德县的精准扶贫工作。仅2017年，股份公司及15家二级单位共投入扶贫开发资金近1.2亿元，帮助近6000个建档立卡贫困家庭脱贫摘帽。在我们与地方政府等各方共同努力下，桂东县已在去年底成功脱贫摘帽，汝城和保德两县预计在今年年底也将摘帽。我们将迎来精准扶贫攻坚战的重要胜利。

——这种责任担当，就是始终坚持国际合作，实现从"走出去"到"留下来"的转变，努力塑造良好的中国企业形象。"走出去"战略是21世纪中央加快改革开放的四大新战略之一。中国中铁作为我国最早"走出去"的企业之一，早在20世纪70年代，就参加了我国最大的援外项目坦赞铁路的建设。新世纪，我们紧紧抓住"走出去"这一难得历史机遇，提出"大战略、大平台、大旗舰、大布局、大政策"海外经营战略，明确海外经营职能定位分工，培育了非洲、东南亚、中亚、中东、南太、南美等一批具有鲜明特色的区域市场。我们紧扣国际市场变化趋势，不断优化海外产业布局，加强国家化合作，推动海外市场的可持续发展。2017年，我们在境外83个国家和地区设有业务机构，实施项目×××个，海外营业收入×××亿元，比2000年开始自主海外经营时增长了175倍；海外总资产超过×××亿元。公司在2017年ENR全球最大承包商排第2位，国际承包商排第21位。

"桃李不言，下自成蹊。"我们在国际合作中，坚持以卓越品质推动中国品牌走向世界。"一带一路"倡议提出以来，中国中铁依靠技术、人才、管理等方面的综合优势，积极推动中国铁路、中国高铁全产业链"走出去"；依靠互利共赢的国际合作新模式，用国际通行规则做法推动协调发展；依靠"一带一路"沿线国家和地区的重点项目建设，打造了"中国高铁""中国大桥""中国隧道""中国装备"等一系列靓丽的国家品牌；依靠不断加强跨文化管理和海外宣传，积极融入当地社会赢得认可；依靠在海外充分履行社会责任，实现民心相连、共筑梦想。

党的十九大提出，要培育具有全球竞争力的世界一流企业。"世界一流"不能靠自己说出来，要靠行业及国际市场的认可。"一带一路"建设为我们提高国际化水平提供了最好的平台。我们依托项目开展了中国铁路技术标准与国际标准、欧洲标准、英国标准等标准对比，推进中国标准国际化，形成了海外涵盖勘察设计、施工、装备制造、运营维护的完整铁路产业链的技术标准体系，并应用于雅万高铁、中老铁路、亚吉铁路、匈塞铁路、莫喀高铁等"一带一路"合作重点项目建设中。2016年6月22日，习总书记和乌兹别克斯坦总统共同见证了"安格连—帕普"铁路隧道通车。中国中铁用中国技术、中国标准使这条"中亚第一长隧"比原计划提前100天通车，改变了乌境内运输需要绕道他国的窘境，为托起世界各国人民的美好梦想贡献中国力量。

栉风沐雨方得春华秋实。在40年的实践中，中国中铁在党的领导下砥砺奋进，建立了中国特色现代国有企业制度，培育了特有的企业精神和优良作风。这是我们取得40年辉煌成就的传家法宝，是我们必须永志不忘的红色血脉。

中国中铁40年的辉煌成就，彰显了党的领导的伟大力量。40年来，我们经历了两轮大规模的国有企业改革，20世纪的改革中，各级党组织教育引导广大党员、干部倾力支持改革、积极投身改革，为企业跨越发展作出了巨大贡献。党的十八大以来，各级党组织和广大党员、干部凝聚共识、汇集力量，在啃硬骨头、涉险滩的持续深化改革中为企业注入了创业动力、创新活力、创造实力。

中国中铁40年的辉煌成就，彰显了先进思想的伟大力量。我们每前进一步，都离不开思想解放的推动，每一项重大成就的取得都是我们党的先进思想的实践结果。我们之所以能够凝聚力量、攻坚克难、发展壮大，关键是有党的先进理论武装头脑、解放思想、指导实践，"理论创新—思想解放—改革突破"已经成为我们每一个发展阶段的必然选择。

中国中铁40年的辉煌成就，彰显了改革创新的伟大力量。中国中铁的成长发展史，就是一部改革创新史。改革创新、与时俱进是我们不断发展的康庄大道。我们过去40年所取得的成就，既得益于国家改革开放和宏观经济政策带来的良好外部环境，更得益于企业自身不断改革创新所形成的内生动力。

中国中铁40年的辉煌成就，彰显了艰苦创业精神的伟大力量。我们走过的历程是全体干部职工用鲜血、汗水、泪水写就的；我们的发展成就是一代又一代中国中铁人用自己的双手接力奋斗创造的。总书记强调，新时代是奋斗者的时代。我们一定要保持艰苦奋斗、戒骄戒躁的作风，以时不我待、只争朝夕的精神，做新时代的坚定者、奋进者、搏击者。

中国中铁40年的辉煌成就，彰显了严明纪律的伟大力量。始终把纪律和规矩挺在前面，就能始终保持强大的凝聚力和战斗力。特别是党的十八大以来，我们完善从严治党机制，严格落实党风廉政建设责任，从严选拔、管理、教育、监督、考核干部，驰而不息纠正"四风"，为企业发展营造了风清气正的良好氛围。

中国中铁40年的辉煌成就，彰显了上下团结的伟大力量。广大职工始终是企业的主体，是企业改革发展的主力军。在中国中铁改革发展的各个关键时期，都是依靠广大职工群众同心同德、同舟共济、共渡难关。只要始终站在广大职工的立场上，团结广大职工，就能众志成城、勠力同心，迎来下一个更加辉煌的40年。

“路漫漫其修远兮，吾将上下而求索。”我们回顾历史，不是为了从成功中寻求慰藉，更不是为了躺在功劳簿上、为回避今天面临的困难和问题寻找借口，而是为了总结历史经验、把握历史规律，增强在新时代开拓前进的勇气和力量。

习总书记在党的十九大报告中郑重宣示中国特色社会主义进入新时代。这是我们认清形势任务、谋划推进工作的基点。我们的改革发展和党建工作，必须坚持以习近平新时代中国特色社会主义思想为引领，准确把握总书记对国有企业“两个基础”的新时代战略定位，义不容辞地承担起高质量发展主力军、现代化经济体系建设排头兵、创新型国家建设突击队、“一带一路”建设开路先锋的历史使命，开启建设具有全球竞争力的世界一流企业的新征程。

理论只有来源于实践、作用于实践，才会具有强大的生命力。习总书记关于国有企业改革发展和党建重要论述源于孜孜不倦的实践和探索，更是我们在建设世界一流企业新征程上的根本遵循和行动指南。

——在建设世界一流企业的新征程上，我们要全面践行习总书记关于国企党的建设重要论述，坚决打好补齐党建工作短板的硬仗。坚持党的领导、加强党的建设，是国有企业的“根”和“魂”。我们建设世界一流企业，最根本的就是加强党的领导。习总书记在党的十九大报告中提出了新时代党的建设总要求；在全国国有企业党的建设工作会议上，站在坚持和发展中国特色社会主义、推进国家治理体系和治理能力现代化的战略高度，深刻回答了事关国有企业改革发展和党的建设若干重大理论现实问题；在全国组织工作会议上提出了新时代党的组织路线；在全国宣传思想工作会议上提出了举旗帜聚民心育新人兴文化展形象的使命任务。这些都是我们开展新时代企业党建工作的重要理论指导。

我们要更加自觉地学好用好习总书记关于国企党的建设重要论述这个制胜法宝，聚焦党建责任、选人用人、基层党建、党风廉政等突出问题，持续巩固、深化实践成果。从长远看，我们要坚持以政治建设为统领，以组织体系建设为重点，以思想建设为基础，以干部队伍建设为关键，以责任落实为支撑，以作风和纪律建设为保证，全面提高党建工作质量，形成与企业改革发展需要相适应的系统化、模块化、标准化、智慧化的党建工作运行机制，努力构建项目党建、区域党建、农民工党建、海外党建、机关党建、智慧党建、廉洁党建和党群共建“八位一体”的新时代党建工作新格局。

落地才能生根，根深才能叶茂。从目前看，我们重点要强化“找差距、补短板、强实效”党建质量提升活动的成果应用，做到上下互动，补齐党建工作短板。

所谓上，就是要践行“两个一以贯之”重要论述，把党领导国家治理体系的宏观治理机制，同国有企业坚持党的领导的微观治理模式更好衔接起来，既干好发展这个“第一要务”，又实现党的建设这个“最大政绩”，做好中国特色现代国有企业制度这篇大文章。要继续围绕领导干部一岗双责、交叉任职、双向交流做文章，积极探索党建工作责任制与生产经营责任制有效联动、同向发力的方式方法；要围绕企业发展战略和不同阶段的不同特征，找准党建工作的切入口和着力点；要探索党建工作考核评价结果和领导班子考核、经营业绩考核的衔接方式，把党建工作活力转化为企业发展活力，把党建工作优势转化为企业竞争优势。

所谓下，就是要践行“三基建设”重要论述，全面加强基本组织基本队伍基本制度建设，提升组织力、突出政治功能，打造坚强战斗堡垒。要健全基层组织，优化组织设置，理顺隶属关系，创新活动方式，推动基层党建质量全面进步、全面过硬；要注重发挥党支部在基层单位的示范引领作用，把示范变规范、标杆变标准，不断提升基层党建工作制度化、规范化、标准化水平；要坚持抓党建从生产出发、抓生产从党建入手，围绕重大项目、重点工程，深入开展主题实践活动，引导广大党员把干事创业的精气神提起来，把爱岗敬业的责任心强起来，汇聚推动企业改革发展强劲正能量。

——在建设世界一流企业的新征程上，我们要全面践行习总书记关于国有经济重要论述，坚决打好高质量发展的硬仗。党的十八大以来，习总书记对国有经济的地位作用、改革方向、企业制度、产权探索、转型发展等各方面进行了系统论述，形成了一个博大精深又切合实际的科学体系，是习近平新时代中国特色社会主义经济思想的重要组成部分。2017年12月的中央经济工作会议用“七个坚持”深刻阐述了习近平新时代中国特色社会主义经济思想的内涵。其中五个“坚持”紧紧围绕推动高质量发展进行战略谋划。因此，我们作为国有企业，要自觉践行习总书记关于国有经济重要论述，努力成为推动高质量发展的骨干力量。

“合抱之木，起于毫末；九层之台，起于累土。”实现高质量发展必须以实业为基础，离开实业谈高质量发展，犹如无源之水、无本之木。习总书记高度重视发展实体经济，强调实体经济是一国经济的立身之本，是财富创造的根本源泉，是国家强盛的重要支柱。我们践行习总书记关于实体经济的重要论述，就是要做强做优做大主业，提升产业话语权。要进一步强化战略引领，明确主业发展目标和重点，推动技术、人才、资金等各类资源要素向主业集中，不断增强核心业务盈利能力和市场竞争力。要全面提升企业运行和产品服务质量，有效提高全要素生产率，大幅提升产品服务的标准档次和品牌影响力，为满足人民日益增长的美好生活需要提供更优产品、更好服务、更多选择。

供给侧结构性改革是推动高质量发展的主线。习总书记强调，“推进结构调整、创新发展、布局优化，使国有企业在供给侧结构性改革中发挥带动作用”“促进国有资本向战略性关键性领域、优势产业集聚，加快国有经济战略性调整步伐”。我们践行总书记关于结构调整的重要论述，就是要强化产业链优势，提升资源配置能力。要实现产业链上中下游协调发展，增强资源统筹能力，完善在与建筑业相关的战略性新兴产业领域的布局，加快迈向价值链中高端。要大力推动瘦身健体，加快处置低效无效资产，加大“僵尸企业”处置和亏损企业治理力度，严控公司债务规模，有效提升企业运营质量和效率。

经济全球化不可逆转，只有坚持开放合作、互利共赢，积极融入全球经济，才能够为高质量发展开辟更加广阔的空间。习总书记高度重视开放合作，指出“过去40年中国经济发展是在开放条件下取得的，未来中国经济实现高质量发展也必须在更加开放条件下进行”“中国开放的大门永远不会关闭，只会越开越大”。我们践行总书记关于扩大开放的重要论述，就是要扩大海外市场份额，提升引领行业发展能力。要继续参与“一带一路”建设，推动勘察设计、建筑施工、装备制造、服务运营、技术标准全方位走出去，推动实现技术、管理、金融等资源全球化配置，加快形成面向全球的生产服务网络，打造国际合作竞争新优势。要加强海外市场的战略规划，加大高端经营力度，确保重大项目落地，实现可持续发展。

——在建设世界一流企业的新征程上，我们要全面践行习总书记关于国企改革重要论述，坚决打好深化改革的硬仗。党的十八大以来，以习近平同志为核心的党中央亲自谋划、部署和推动国有企业改革，并取得新的重大进展和历史性成就。习总书记指出，“国有企业要搞好就一定要改革，抱残守缺不行，改革能成功，就能变成现代企业”“推进国企改革要奔着问题去，坚持以解放和发展社会生产力为标准，坚持政企分开、政资分开”“深化国有企业改革要有利于国有资本保值增值、有利于提高国有经济竞争力、有利于放大国有资本功能”。总书记的重要论述，为深化国有企业改革举旗定向、谋篇布局、撑腰鼓劲。10月9日召开的全国国有企业改革座谈会，把国企改革由“中心环节”上升为“中心地位”，并提出一系列新要求。我们必须贯彻落实好这些新要求，推动企业改革持续深入。

发展出题目，改革做文章。只有持续深化改革，才能充分释放出企业的内生活力、发展动力和市场竞争力。党中央、国务院印发的关于深化国有企业改革的指导意见明确提出，到2020年国有企业改革要取得决定性成果。特别是在当前复杂多变的形势下，对深化国企改革的要求更加迫切。此次国企改革座谈会提出要以“伤其十指不如断其一指”的思路，扎实推进国有企业改革，大胆务实向前走。这表明我们已经看准的方向、定好的任务就要咬紧牙关往前推进，不能等待观望；同时，也从方法论上，阐明了深化改革不能眉毛胡子一把抓，强调突出矛盾主要方面，要在重点领域、关键环节取得突破。

我们要坚持以国企改革座谈会提出的六个“突出抓好”为改革的“施工图”，重点要在加快灵活高效的市场化经营机制建设上取得新突破；要在瘦身健体、提质增效、优化布局、创新发展等重点领域和关键环节上取得新突破；要在优化境外经营管理体制上取得新突破；要在深化内部“三项制度”改革上取得新突破；要在推进混合所有制改革和员工持股试点上取得新突破；要在打造“法治中铁”上取得新突破；要在解决历史遗留问题上取得新突破。

——在建设世界一流企业的新征程上，我们要全面践行习总书记关于创新发展重要论述，坚决打好新旧动能转换的硬仗。习总书记在不同场合多次强调创新，排在五大新发展理念的首位，是发展的第一动力。从创新的领域看，总书记强调的是以科技创新为核心的全面创新，覆盖理论创新、制度创新、科技创新、文化创新等各方面；从创新的环节看，总书记强调的是全链创新，包括产业链、价值链、创新链、资金链；从创新的地域看，总书记强调的是以国际大科学大工程和计划、“一带一路”战略、国际组织、创新型全球公司、全球创新中心为抓手的全球创新。我们要深刻领会其丰富内涵，推动企业发展从要素驱动向创新驱动转变。

在千载难逢的历史性交汇期，加快发展动力转换显得尤为重要。对于我们企业来说，就是要聚焦重点领域及关键技术开发、聚焦创新能力与体系平台建设、聚焦成果转化和知识产权建设，掌握关键核心技术，巩固科技创新的传统优势。就是要全面推进科技创新、管理创新、产品创新、市场创新、模式创新、品牌创新，以增量带动存量，实现品质革命，形成独有的比较优势。就是要促进创新链、产业链、市场需求有机衔接，围绕产业链、价值链部署创新链，横向发挥建筑业全领域优势，把创新的重点放在提高集成应用能力上，打通壁垒，促进综合集成；纵向打通从基础理论研究、关键技术研发，到新产品研制、成果推广应用的技术创新链，建立产业一体化优势。

不拒众流，方为江海。自主创新是开放环境下的创新，绝不能关起门来搞，而是要聚四海之气、借八方之力。我们要认真落实总书记“把‘一带一路’建成创新之路”的要求，在推动中国铁路、中国高铁“走出去”过程中，广泛开展国际合作，积极推动中国技术、中国标准国际化，提升全球竞争力。要依托“一带一路”重点项目建设，加强与沿线国家合作，建设科技创新联盟和创新基地，推动中国标准与所在国适用标准的融合研究，在海外形成能够涵盖完整产业链的技术标准体系。要积极参与相关产业的国际创新组织，进一步探索企业与世界知名院校、跨国公司合作的科技联合开发模式，用国际通行规则加快全球产业链、创新链布局。

——在建设世界一流企业的新征程上，我们要全面践行习总书记关于党管干部、党管人才重要论述，坚决打好抓班子带队伍的硬仗。习总书记为国有企业领导人员明确了职责定位，“是党在经济领域的执政骨干，是治国理政复合型人才的重要来源，肩负着经营管理国有资产、实现保值增值的重要责任”；提出了对国有企业领导人员的20字要求：对党忠诚、勇于创新、治企有方、兴企有为、清正廉洁。同时还要求国有企业领导人员“要坚定信念、任事担当，牢记自己的第一职责是为党工作，牢固树立政治意识、大局意识、核心意识、看齐意识，把爱党、忧党、兴党、护党落实到经营管理各项工作中”“面对日趋激烈的国内外市场竞争，国有企业领导人员要迎难而上、开拓进取，带领广大干部职工开创企业发展新局面”。总书记这些重要论述，是对国有企业领导人员最大的肯定、最大的鼓舞、最大的期望，也为我们建设高素质专业化企业领导人员队伍提供了根本遵循。

建好、用好、管好各级干部队伍至关重要。我们要认真贯彻新时代党的组织路线，落实好《中央企业领导人员管理规定》，突出政治标准，全力培养讲政治的企业家。加强全方位、全过程管理。贯彻全国组织工作会议精神，重点做好干部的培育、选拔、管理、使用、考核、激励、关爱等全方位、全过程管理工作，努力建立源头培养、跟踪培养、全程培养的素质培养体系，日常考核、分类考核、近距离考核的知事识人体系，以德为先、任人唯贤、人事相宜的选拔任用体系，管思想、管工作、管作风、管纪律的从严管理体系，崇尚实干、带动担当、加油鼓劲的正向激励体系。要进一步落实好“三个区分开来”的要求，旗帜鲜明为那些敢于担当、踏实做事、不谋私利的干部撑腰鼓劲，为企业改革发展注入新的生机活力。

千秋基业，人才为本。我们要进一步完善人才培养、引进、发展、激励机制，以企业需求为导向，以培养人才创新精神和创新能力为重点，以提高思想道德素质和职业精神为基础，形成协同育人模式。要注重吸引和使用人才，坚持从实际出发，把人才工作做扎实。要加大新时代先进典型的选树宣传力度，发挥模范示范作用。要切实加强人文关怀，千方百计调动广大干部职工的积极性、主动性、创造性，使锐意改革、创新发展成为企业的良好风尚。

——在建设世界一流企业的新征程上，我们要全面践行习总书记关于宣传思想工作重要论述，坚决打好知行合一、学以致用的硬仗。习总书记关于宣传思想工作的重要论述，概括起来就是“九个坚持”，即坚持党对意识形态工作的领导权，坚持思想工作“两个巩固”的根本任务，坚持用新时代中国特色社会主义思想武装全党、教育人民，坚持培育和践行社会主义核心价值观，坚持文化自信是更基础、更广泛、更深厚的自信，是更基本、更深沉、更持久的力量，坚持提高新闻舆论传播力、引导力、影响力、公信力，坚持以人民为中心的创作导向，坚持营造风清气正的网络空间，坚持讲好中国故事、传播好中国声音。我们要准确把握其丰富内涵、精神实质和实践要求，切实用以武装头脑、统一思想、引领行动。

党的理论创新每推进一步，理论武装就要跟进一步，宣传工作就要深入一步。当前和今后一个时期，我们企业贯彻新发展理念、转变发展方式正处在关键期，解放思想、厘清思路的任务之艰巨前所未有；我们企业改革向纵深推进，统一思想、凝聚力量的任务之艰巨前所未有；我们要在复杂变化的国际市场提升全球化程度，争取企业文化和品牌认同的任务之艰巨前所未有；我们的员工队伍结构发生巨大变化，思想观念多元多样，把握意识形态主动权的任务之艰巨前所未有；新一轮科技革命带来传播格局深刻变化，改进创新宣传工作任务之艰巨前所未有。所有这一切都需要宣传思想工作发挥更大作用。因此，我们要进一步学思想、悟思想、用思想，在推动学懂弄通做实习近平新时代中国特色社会主义思想上开辟新境界；要进一步落实意识形态工作责任制，在掌握企业意识形态工作领导权上得到新加强；要进一步加强正面宣传和舆论引导，在营造企业内外部氛围环境上取得新突破；要进一步加强企业文明创建和企业文化建设，在提升企业社会形象和品牌影响力上展现新作为；要进一步加强企业的海外宣传工作，在提升国际传播能力上迈上新台阶。

推动理论武装走深、走实、走心是实现知行合一、学以致用的必要前提。各级企业党组织一定要抬高标杆，让理论学习的责任立起来；突出重点，让党员群体热起来；优化供给，让文化精神活起来；聚焦聚力，让阵地武装强起来；创新方式，让宣传阐释靓起来，画出新时代的最大同心圆。

——在建设世界一流企业的新征程上，我们要全面践行习总书记关于党风廉政建设和反腐败工作重要论述，坚决打好正风肃纪的硬仗。习总书记指出，“要加强国有企业党风廉政建设和反腐败工作，把纪律和规矩挺在前面，持之以恒落实中央八项规定精神，抓好巡视发现问题的整改，严肃查处侵吞国有资产、利益输送等问题”“党和人民把国有资产交给企业领导人员经营管理，是莫大的信任”“要加强对国有企业领导人员的党性教育、宗旨教育、警示教育，严明政治纪律和政治规矩，引导他们不断提高思想政治素质、增强党性修养，从思想深处拧紧螺丝”“要突出监督重点，强化对关键岗位、重要人员特别是一把手的监督管理，完善‘三重一大’决策监督机制，严格日常管理，整合监督力量，形成监督合力”。总书记这些重要论述，指出了国有企业党风廉政建设和反腐败工作的症结所在，体现了全面从严治党无禁区、全覆盖、零容忍的坚决态度，更加坚定了我们打造干干净净、风清气正“阳光央企”的信心和决心。

作风建设和纪律建设是党的建设总布局的重要内容，是治本之策。我们要以不松劲、不停歇、再出发的责任感使命感，全面落实党风廉政建设责任，巩固“不敢腐”的震慑机制，紧盯“关键少数”，紧盯重点领域和关键环节，聚焦政治立场政治生态，把树牢“四个意识”、践行“两个维护”、贯彻党章和党的十九大精神情况作为检查重点，发挥巡视利剑作用。深入贯彻落实中央八项规定实施细则精神，打好作风建设持久战。要持续完善“不能腐”的防范机制，针对执纪审查、巡视巡察发现的问题和制度漏洞，以廉洁风险防控为重点，以科技化信息化手段为支撑，构建“大监督”格局，健全权力运行制约和监督机制。要加快构建“不想腐”的自律机制，教育引导党员干部坚定理想信念、牢记党的宗旨、锤炼过硬品质。严肃党内政治生活，完善谈心谈话制度，强化示范教育和警示教育，用身边事教育身边人，让党员干部筑牢思想堤坝。

各单位党委要充分重视并发挥好政治巡视的作用。前不久，我们对股份公司第一轮巡视工作情况进行了通报，被巡视单位都在不同程度上存在这样那样的问题，一定要按时按要求做好整改。各级党组织要坚决扛起管党治党责任，要进一步用好考核评价这个“指挥棒”，推动全面从严治党不断向基层延伸，有效打通责任落实“最后一公里”。

新时代东风浩荡，中国梦曙光在前。让我们更加紧密地团结在以习近平同志为核心的党中央周围，全面践行习近平新时代中国特色社会主义思想，增强“四个意识”、坚定“四个自信”，不忘初心、牢记使命，锐意进取、扎实工作，努力建设具有全球竞争力的世界一流企业，为实现“两个一百年”奋斗目标，实现中华民族伟大复兴中国梦作出新的更大贡献！

争当新时代创新驱动发展的排头兵

（中国铁路工程集团有限公司党委）

习近平总书记指出，要着力实施创新驱动发展战略，抓住了创新，就抓住了牵动经济社会发展全局的"牛鼻子"。抓创新就是抓发展，谋创新就是谋未来。习近平总书记关于创新驱动发展的系列重要论述，为新时代国有企业转型升级指明了方向。中国铁路工程集团有限公司作为全国首批创新型企业，确定了以技术创新为核心的全面创新、全链创新、全球创新发展思路，努力争当新时代创新驱动发展的排头兵。

一、深刻认识新时代创新驱动发展的极端重要性

党的十九大提出了新时代坚持和发展中国特色社会主义的总任务和基本方略，描绘了把我国建成社会主义现代化强国的宏伟蓝图，开启了实现中华民族伟大复兴的新征程。要实现新时代的新目标，必须不断提高创新能力。

创新驱动发展是历史性交汇期的时代要求。习近平总书记强调，我们迎来了世界新一轮科技革命和产业变革同我国转变发展方式的历史性交汇期，既面临着千载难逢的历史机遇，又面临着差距拉大的严峻挑战。纵观人类发展历史，创新始终是推动一个国家、一个民族向前发展的重要力量，也是推动整个人类社会向前发展的重要力量。从世界发展大势来看，新一轮科技革命和产业变革正在重构全球创新版图、重塑全球经济结构。从我国发展要求来看，我国经济总量跃居世界第二，但大而不强的问题已经凸显，创新能力不强是一个重要表现。面对这一历史性交汇期，我们比历史上任何时期都更需要创新，只有加快创新驱动发展，才能把握大势、瞄准前沿、抢占先机，牢牢把握战略主动，紧紧抓住发展机遇。

创新驱动发展是现代化经济体系的战略支撑。我国经济已由高速增长阶段转向高质量发展阶段，正处在转变发展方式、优化经济结构、转换增长动力的攻关期，建设现代化经济体系是跨越关口的迫切要求和我国发展的战略目标。创新是引领发展的第一动力，是实现这一目标的战略支撑。加快创新驱动发展，有利于提高创新链和产业链的一体化程度，推动科技创新和经济社会发展深度融合，使创新成为经济发展的强大引擎；有利于以信息化、智能化为杠杆培育新动能，构建产业体系新支柱，以产业技术变革推动产业模式和企业形态的根本性转变；有利于优化配置资源，推动产业链再造和价值链提升，实现供需匹配和动态均衡发展，推动我国经济实现高质量发展。

创新驱动发展是培育世界一流企业的根本途径。培育具有全球竞争力的世界一流企业，是以习近平同志为核心的党中央对新时代国有企业改革发展作出的重大战略部署。世界一流企业应当具有一流的创新能力。党的十八大以来，中央企业创新成果丰硕，高铁等核心技术已达到国际领先水平，但我们创新的短板依然突出。在日趋激烈的全球竞争中，依靠传统的成本价格竞争力是建不成世界一流企业的。只有加快创新驱动发展，及时跟踪世界前沿动态，加强科技研发和合作，不断攻克高精尖难题，才能形成技术优势，并把技术优势转化为质量优势、品牌优势、效益优势，形成新的国际竞争力。

二、切实肩负起新时代创新驱动发展的中央企业使命

国有企业是中国特色社会主义的重要物质基础和政治基础，是我们党执政兴国的重要支柱和依靠力量。中央企业必须肩负起加快建设创新型国家的历史使命，坚定不移走中国特色自主创新道路。

成为核心技术自主创新的重要主体。习近平总书

记强调，企业是创新的主体，是推动创新创造的生力军。中央企业要努力成为技术创新决策、研发投入、科研组织和成果转化的主体，成为核心技术能力突出、集成创新能力强的创新型领军企业。中央企业作为创新的重要主体，作用主要体现在三个方面：一是坚持市场和需求导向，在关键共性技术、前沿引领技术、现代工程技术、颠覆性技术等方面实现突破；二是通过体系建设形成创新长效机制，带动新技术、新产品、新业态蓬勃发展；三是加快创新成果转化应用，实现技术突破、产品制造、市场模式、产业发展的“一条龙”转化。党的十八大以来，中国中铁作为全国首批创新型企业，依托所拥有的3个国家实验室和13个国家认定的企业技术中心，建立了“两级四层”技术创新体系；取得了一大批具有自主知识产权的核心技术，荣获国家科技进步奖和技术发明奖19项，其中特等奖1项、一等奖4项。

成为创新人才队伍培养的重要基地。习近平总书记指出，要着力完善人才发展机制，最大限度支持和鼓励科技人员创新创造。中央企业要不拘一格、慧眼识才，放手使用优秀青年人才，为他们奋勇创新、脱颖而出提供舞台。强起来要靠创新，创新要靠人才，建立一个完备的创新人才梯队是加快创新驱动发展的关键。创新人才队伍应包括具有国际水平的战略创新人才、科技领军人才、青年科技人才、高素质专业技术工人和创新团队。党的十八大以来，中国中铁坚持党管人才原则，不断完善各类创新人才管理办法，设立了一批创新工作室，加强了院士、国家级和省部级专家、公司级突出贡献中青年专家的选拔培养。坚持每年评选专家员工、金牌员工、首席员工，为广大科技人员和技术工人成长成才提供平台；每5年表彰一批科技创新先进企业、科技标兵和优秀科技成果。中国中铁目前已形成以2名院士、14名国家级特殊贡献专家和国家勘探设计大师为引领，2.8万名高级专业技术人才为骨干，10多万名一线技术工匠为基础的三级科技创新人才队伍体系。

成为推动产业转型升级的重要力量。习近平总书记指出，推动传统产业转型升级，必须坚持以企业为主体，以市场为导向，以技术改造、技术进步、技术创新为突破口。当前，新一轮科技革命和产业变革蓄势待发，其主要特点是重大颠覆性技术不断涌现，科技成果转化速度加快，进而带动了产业组织形式和产业链条的变革。因此，只有以新技术新业态新模式推动传统产业生产、管理和营销模式变革，才能促进我国产业迈向全球价值链中高端。党的十八大以来，中国中铁在自主创新道路上勇于跨越，在攻坚克难中追求卓越，以技术创新带动了基础设施建设领域的颠覆性变革。中国中铁全面系统掌握了具有自主知识产权、适用于不同气候环境条件、不同轨道结构类型、涵盖时速250~350km的高速铁路勘察设计、施工及关键装备等建造成套技术，铸就了“中国高铁”金色品牌。在高端装备制造领域，中国中铁积极推动中国制造向中国创造转变，自主研制各类型号架桥机、跨海大桥成套施工设备、智能焊接机器人、各类异形盾构等施工机械装备，使建筑施工方式产生了重大创新。

三、充分发挥创新驱动对产业转型升级的引领作用

按照中央实施创新驱动发展战略的要求，中国中铁以习近平新时代中国特色社会主义思想和党的十九大精神为指导，确立了全面实施创新驱动发展、引领产业转型升级的目标。中国中铁将坚定不移地走以科技创新为核心的全面创新、全链创新、全球创新之路。

科技创新，筑牢转型升级基础。习近平总书记强调，落实创新驱动发展战略，必须把重要领域的科技创新摆在更加突出的地位，实施一批关系国家全局和长远的重大科技项目。要引领产业的转型升级，必须掌握核心技术，必须依靠科技创新。中国中铁将坚持“三个聚焦”，即聚焦重点领域及关键技术开发、聚焦创新能力与体系平台建设、聚焦成果转化和知识产权建设，进一步巩固优势领域的领先地位，突破一批重大关键技术瓶颈，激发企业发展、产业调整的新动力。重点围绕建设交通强国、美丽中国、乡村振兴、智慧社会等战略安排，更加注重建筑前沿科技的研发运用，更加注重前瞻性基础研究和引领性原创成果的突破，更加注重满足人民群众安全便捷出行和美好生活需要，更加注重资源节约和绿色低碳技术运用，更加注重信息技术的融合应用，更加注重知识产权保护和运营，更加注重协同创新和成果共享，全面提升自主创新能力，为推动产业转型升级夯实基础。

全面创新，释放转型升级活力。习近平总书记强调，企业要抓住机遇，不断推进科技创新、管理创新、产品创新、市场创新、品牌创新。中国中铁将以“鼎新”带动“革故”，以增量带动存量，以全面创新带动产业发展的质量变革、效率变革、动力变革。按照“加减乘除”的要求，不断加强管理创新，做好开源增收的“加法”，做好削冗减支的“减法”，做好深化改革的“乘法”，做好兴利除弊的“除法”；按照供给侧结构性改革的需要，不断调整优化产品结构，发扬“工匠精神”，全面提高产品和服务质量；按照建筑业市场发展的新趋势，坚持以市场需求为导向，以价值创造为目标，积极探索创新商业模式，实施一批关系国计民生的重点工程；按照“中国产品向中国品牌转变”的要求，把创新作为品牌建设的重要方法，为品牌注入丰富的文化内涵，实现品质革命，努力把中国中铁打造为国家名片。

全链创新，拓展转型升级空间。习近平总书记指出，现在的创新并不一定是个别领域的单军深入和单点突破，形成创新链条也非常有价值。中国中铁将坚持围绕产业链部署创新链，横向发挥建筑业全领域优势，把创新的重点放在提高集成应用能力上，继续强化高速铁路、桥梁、隧道、施工装备、BIM技术、城市轨道、磁

悬浮等传统优势领域的专业研发能力，促进综合集成；纵向发挥企业科技研发、勘察设计、施工建造、配套装备、专用材料、运营维护的一体化优势，打通从基础理论研究、关键技术研发到新产品研制、成果推广应用的技术创新链。中国中铁将积极探索组建以产业链为纽带的重大项目创新联盟，形成开放式的创新长效机制，努力构建上中下游衔接、各类资源聚集、共商共建共享的创新格局。

全球创新，明确转型升级方向。习近平总书记指出，要坚持以全球视野谋划和推动科技创新，全方位加强国际科技创新合作，积极主动融入全球科技创新网络。自主创新是开放环境下的创新，绝不能关起门来搞，而要聚四海之气、借八方之力。中国中铁将认真贯彻落实习近平总书记“把‘一带一路’建成创新之路”的要求，在推动中国铁路、中国高铁走出去过程中，广泛开展国际合作，开展中国铁路、中国建筑等领域技术标准与国际标准、欧洲标准、英国标准等的对比，推进中国标准国际化；加强与沿线国家合作，建设科技创新联盟和科技创新基地，推动中国标准与所在国适用标准的融合研究；积极参与相关产业的国际创新组织，进一步探索企业与世界知名院校、跨国公司合作的科技联合开发模式，用国际通行规则加快全球产业链、创新链布局，为发展更高层次的开放型经济贡献力量！

发表于《求是》（2018年第22期）

中国中铁：开路先锋以传承创新筑造民族复兴路

（中国工程院）

引言　筚路蓝缕启山林，栉风沐雨砥砺行

1978年，在邓小平同志倡导下，中国开启了改革开放历史征程。从农村到城市，从试点到推广，从经济体制改革到全面深化改革，40年众志成城，40年砥砺奋进，40年春风化雨，中国人民用双手书写了国家和民族发展的壮丽史诗，从规模和内涵上不断改变着中国和世界历史进程。而中国铁路，正是其中的秀句雄篇！

1978年10月，邓小平同志第一次访问日本，在"光"号新干线上日方陪同人员问他有什么感觉，邓小平说："就感觉到，有催人跑的意思，所以我们现在正适合坐这样的车。"那时，全球只有两条高速铁路，都在日本。那时的中国，绝大多数火车时速只有60公里。

40年过去了，中国铁路运营里程达到12.7万公里其中高铁2.5万公里，占全球高铁总里程的60%以上，建成了"四纵四横"、全球最大的高铁网，有世界等级最高的京沪高铁、世界单条运营里程最长高铁京广高铁……从望尘莫及到跟跑、并跑再到领跑，40年间中国的高铁一路披荆斩棘直上世界顶端。中国铁路，是40年来，中国人民拼搏发展的写照，是中国人追赶时代的缩影！

40年来，中国铁路人，以逢山开路、遇水架桥的开拓精神，破除960万平方公里国土上山河阻隔，联通13亿多人奋进脚步，书写中国人民伟大奋斗的历史新篇。

40年来，中国铁路人，以敢闯敢干的勇气和自我革新的担当，铺设了一条条新路、好路，实现了从"赶上时代"到"引领时代"的伟大跨越。

40年来，中国铁路人，铸就了"勇于跨越、追求卓越""挑战极限、不辱使命""勇于创新、赶超一流"的文化，激励了一代又一代的人。

跨入新时代，在21世纪中叶建成社会主义现代化强国、实现民族复兴的夙愿，需要继续坚定地深化改革、扩大开放，视野要更加宏阔，内涵要更加丰富，动力要更加磅礴。民族复兴的征程中，需要更多的"开路先锋"。

中国铁路取得的辉煌成就，是以中国铁路总公司（原铁道部）、中国中铁、中国铁建、中国中车、中国通号、中国铁路物资为代表的铁路人和全国人民齐心协力共同奋斗的结果，是改革开放这一伟大时代的成果，值得我们去总结、去致敬！按照中宣部"百城百县百企"调研活动相关安排，中国工程院对"百企"代表之一中国铁路工程集团有限公司（简称中国中铁）进行了调查研究。重点选取了"改革发展""创新引领"（管理创新、科技创新）、"红色传承"作为调研主题进行深入调研，了解中国中铁的改革史、发展史，了解中国铁路的伟大发展，透视波澜壮阔的改革开放40年。

一、中国中铁改革开放40年发展掠影

中国中铁是一家集勘察设计、施工安装、工业制造、房地产开发、金融信托及其他业务于一体的特大型国有企业集团。集团下有46个二级企业，共计28万名员工。经营范围覆盖基础设施建设的各个领域，工程项目遍布全球80多个国家和地区。中国中铁有悠久的历史，是我国铁路建设和基础设施建设主力军之一。

中国中铁脱胎于传统体制，成长于改革开放年代。40年来，牢牢把握改革发展的正确大方向，紧紧抓住了历史性战略机遇，大踏步地跟上时代，创造了辉煌成绩。党的十八大以来，中国中铁紧跟国有企业改革发展方向和经济转型步伐，扎实开展瘦身健体、提质增效、供给侧结构性改革等工作，企业改革发展呈现出新气象。中国中铁40年的发展可以归纳为三大转变。

（一）从行政性公司到现代化企业的转变

实行政企分开，中国中铁在改革路上迈出大步。1989年以前，中国中铁是铁道部基本建设总局领导的工程队伍，只是铁道部下属的一个行政部门。1989年7月1日，经国务院批准，铁道部撤销基本建设总局，成立铁道部建设司、工程管理中心及中国铁路工程总公司（即“中国中铁”），但当时中国铁路工程总公司企业主体地位并没有完全落实，管理机制不畅，管理手段单一，管理调控乏力，行政色彩浓厚。1997年，党的十五大提出把建立现代企业制度作为国有企业改革的方向。1998年9月，铁道部提出了下属的中国铁路工程总公司、中国铁建、中国中车、中国通号和中国铁路物资五大公司，以明晰产权为核心，实行政企分开，全面走向市场。2000年9月8日，五大公司与铁道部“脱钩”，全面推向市场，自此走上改革发展的快车道。

在这一背景下，中国中铁以建立“资本化、集团化、多元化、国际化”的国有控股公司为目标，明确了“分层管理，下管一级，逐级负责”的原则，建立了总公司—工程局、设计院、工厂—工程处—项目部的四层管理架构。2006年，全公司基本形成了总公司—集团公司—子公司三级法人构成的管理架构。2006年11月10日，中国铁路工程总公司成为国务院国资委第一批董事会试点单位。总公司总部按照董事会试点要求，建立规范的法人治理结构，完成了对总部的公司制改造，建立了现代企业制度。2007年12月，中国中铁成功在沪港两地上市，积极探索不断创新，形成了股东会、董事会、监事会、经理层、党委会、职工民主管理之间职责明确、协调运转、有效制衡的治理结构。

2017年6月28日，中国中铁召开年度股东大会，A股与H股股东合计以95%的赞成票高票通过了党建工作总体要求纳入公司章程的章程修正案，加强和完善了党对国有企业的领导。中国中铁成为第一家党建工作进公司章程的境内外整体上市的中央企业。经过40年的深化改革，中国中铁由行政性公司转变为党领导下的治理结构完善的现代化企业。

（二）从“找米下锅”到世界百强的转变

中国中铁经历了“从计划到市场”的剧烈蜕变。改革之初，怎么到市场“找米下锅”、解决“吃饭”问题是最大的挑战。中国中铁充分利用国家改革开放和宏观经济政策带来的良好外部环境，全力拥抱市场经济大潮，全面参与国内外市场竞争，在开放竞争中学习先进经验，转变经营方式，在跨越式发展中迅速扩大了生产经营规模。经过40年的努力，中国中铁已从一个向市场“找米下锅”的企业，成长为在行业极具竞争力的世界百强企业。

2017年，中国中铁完成新签合同额15568.6亿元，较1989年增长了502倍；完成施工产值6899.8亿元，较1989年增长了247倍；拥有固定资产8440.8亿元，较1989年增长了269倍。企业各项经济指标均实现了井喷式增长。中国中铁已连续13年进入世界企业500强，2017年排名第55位，较2006年首次入选时上升386位，位列中国企业500强第8名，在促进国民经济发展中发挥了行业脊梁的突出作用，在做强做优做大企业的同时实现了国有资产的保值增值。

（三）从追赶时代步伐到走在时代前列的转变

经过40年的积累，中国企业正在发生质的转变：中国制造在向中国创造转变，中国速度在向中国质量转变，中国产品在向中国品牌转变，中国中铁是其中的佼佼者。通过原始创新、集成创新和引进消化吸收再创新，中国中铁不仅打破了国外技术垄断，迅速缩小与国外同行的差距，大幅提升了企业核心竞争力，而且在高速铁路、高原铁路、重载铁路、大跨度桥梁、长大隧道、铁路道岔、盾构设计制造等方面取得了一大批具有自主知识产权的核心技术，在高速铁路建造成套技术、桥梁建造技术、隧道及地下工程建造技术、“四电”集成技术多个领域处于世界先进水平，正从一个跟随者迈入创新引领者行列。

近年来，中国中铁在京沪高速铁路、哈大高速铁路、京广高速铁路、兰新高速铁路，在沪通长江大桥、五峰山长江大桥、鹦鹉洲长江大桥、港珠澳大桥，在世界高海拔第一长隧关角隧道、高地应力区软岩大变形兰渝线木寨岭隧道、繁华城区京石客专地下六线大跨石家庄隧道、高压力高浓度瓦斯渝黔线天坪隧道、长大山岭隧道及铁路“穿城入地”隧道等一个个世界级的工程中，彰显了中国技术与中国速度。

二、深化改革是企业发展的根本出路

在对中国中铁的调研过程中，我们深刻体会到：改革是动力，改革出活力，只有坚定不移地全面深化改革，才能真正破解企业的深层次矛盾，破除企业发展的顽症痼疾，实现新旧动能的顺利转换，为企业发展提供必要条件。而中国中铁发展史，就是一部艰辛的改革史。

（一）坚持政治引领，牢牢把握发展方向

在深化改革的过程中，中国中铁党委始终把发挥政治优势作为国有企业的本质体现，并坚持与时俱进，积极探索发挥企业党委的领导作用。在战略决策上，坚持在每5年召开一次的公司党代会上提出企业中长期战略发展目标，为企业始终沿着正确的方向发展把关定向。在指导思想上，坚持“四变四不变”原则，即企业领导体制变化了，但党对国有企业的政治领导不能变；企业治理结构变化了，但企业党组织政治核心作用不能变；企业经营机制变化了，但发挥企业党组织政治优势、促进国有资产保值增值的职责不能变；企业产权结构变化了，但职工群众主人翁地位不能变。在决策机制上，坚持“五必上”，即重要干部问题以及党建思想政治工作的重大问题必上党委会研究确定，企业改革发展重大问题必上董事会研究决策，涉及职工切身重要利益问题必上职代会审议通过，提请党委会、董事会、职代会通过

的重要问题必须先上总经理办公会研究讨论，所有上党委会、董事会、职代会、总经理办公会的重大事项党政主要领导必须事先沟通，达成共识。在2016年全国国有企业党建工作会议后，中国中铁又通过落实“进章程”“前置程序”“一肩挑”等新要求，进一步完善了党委决策机制。在制度建设上，坚持党委常委会、全委（扩大）会、党委中心组学习会、民主生活会等各项会议制度，先后制定了《加强和改进新形势下党建思想政治工作的指导意见》《加强项目党建和现场思想政治工作的指导意见》《推进学习型党组织建设的指导意见》等一系列顶层设计文件。

（二）不断解放思想，广泛凝聚发展共识

改革未动，思想先行。在企业重要变革时期，中国中铁始终把解放思想放在首位，激发改革热情，推动企业奋勇前行。在重大改革关口，都会有解放思想的大讨论。每一次改革的成功，也都离不开解放思想大讨论。

1989年中国铁路工程总公司（即“中国中铁”）成立，中国中铁被推向市场，当时的首要任务是解决“吃饭”问题。面临严峻局面，中国中铁党委在全系统广泛开展了“十破十立”“融冰化雪”“推墙入海”“开源引流”等一系列思想解放工作，让广大干部职工深刻理解了市场经济的本质特性，转变了几十年计划经济形成的思维模式。1996年10月在邯郸召开的全公司政治工作会议上，开展了解放思想大讨论，为如何适应社会主义市场经济的发展要求统一思想、寻找出路，对企业发展产生了重大的推动作用。

进入21世纪，面对新的形势，中国中铁紧跟时代开展了多次关于改革发展的大讨论。例如，2003年党委结合公司发展实际深入研究了影响企业改革发展的重大问题，为企业实现跨越式发展提供了重要的理论武装。2007年面对公司整体上市的新形势，公司党委大规模开展了上市公司知识的“重新学习”，开展了上市公司管理的大讨论，全面换思想、转观念、提素质，用现代企业的管理理念、方式和行为来经营管理企业。

特别是党的十八大以来，全公司各级党组织和广大干部职工，深入学习贯彻习近平总书记系列重要讲话精神，认真贯彻党中央和国资委党委的各项重大战略部署，认真贯彻从严治党方针，积极践行新发展理念。党的十九大召开后，公司党委又组织关于新时代高质量发展的大讨论，组织各单位领导班子成员围绕改革发展重大问题进行了深入研讨，以新发展理念推动企业实现高质量发展。

党组织始终走在思想解放的前沿，以组织优势解放全员的思想观念，使其更好地适应市场。中国中铁共有16万党员，在80多个国家和地区共计490多个海外项目上普遍建立党组织。这些基层党组织也是中国中铁党委统一发展思想、凝聚发展力量的重要堡垒。

（三）深化体制改革，大踏步赶上时代步伐

1997年，党的十五大提出把深化国有企业改革作为“全党重要而艰巨的任务”，推进机构改革，推动政企分开和企业转换经营机制，并把建立现代企业制度作为国有企业改革的方向。当时国家改革开放已经进行了近20年。中国中铁深感不适应发展需要，必须对管理体制机制进行全面改革创新。一是明确职能定位。在建立现代企业制度，特别是整体上市后，中国中铁重新调整各管理层级的职能分工，明晰了“股份公司重在产业管理、集团公司重在市场经营、工程公司重在生产组织”的管理职能分工，以及“股份公司协调经营、集团公司主体经营、工程公司辅助经营”的经营职能分工，进一步理顺了管理关系。二是提高集团管控能力。根据实际管理需要，对总部管理部门进行了多次调整，再造企业管理流程，逐步建立健全了战略管理、投资管理、预算管理、财务管理、法律管理、项目管理、安全管理、内控管理、信息披露管理、投资者关系管理等方面的体系，推行“四个集中”管理（即“资金、物资、设备、劳务队伍集中管理”），优化资源配置，全面加强风险管控，确保企业有序高效运行。三是加大企业战略重组力度。2003年以来，中国中铁先后实施了中铁海外及22家设计施工企业并入式重组；中铁广州工程局、中铁北京工程局、中铁上海工程局、中铁武汉电气化局、中铁六院等单位的优化式重组；中铁国际、中铁投资、中铁科研院等单位的整合式重组。每次重组都使企业集约化管理程度得到进一步提升，企业发展活力进一步增强，企业规模、经济效益等主要经济指标不断增长。特别是2017年3月2日，中铁高新工业股份有限公司（简称“中铁工业”）在沪上市，上市平台进一步促进了公司工业制造业务利用资本市场优势提高产品研发能力和专业装备制造水平。通过大刀阔斧、持续深化的改革，中国中铁由行政性公司转变为党领导下的治理结构完善的现代化企业。

（四）全面深化改革，探索高质量发展新路子

党的十八届三中全会以来，中国中铁认真贯彻落实中央和国资委深化企业改革的部署要求，坚持问题导向，不等不靠、主动作为，推出了包括16项改革工程、100项重点任务的重大战略举措。全面启动了规范性、调整性、提升性、管控性、约束性、激励性和创新性七个层面的改革，解决了许多长期困扰企业发展的重难点问题。通过全面深化改革，中国中铁在继续保持传统领域领先优势的基础上，苦练内功，精细管理，使企业的发展更具活力、更有效率、更可持续。努力在提高效益上取得新突破，推进基建主业转型升级，全力以赴打赢提质增效攻坚战，打好效益提升“组合拳”，向开拓市场、降低成本要效益，向深化改革、加强管理要效益，向调整结构、协同发展要效益。努力在提高效率上取得新突破，压缩企业层级，解决长期存在的法人单位过多、管理链条过长的老大难问题，减少同质化经营、重复建设、无序竞争。努力在增强活力方面取得新突破，提高资源配置效率，有效控制企业杠杆率，全面提升净资产收益率、成本费用利润率，全面降低资产负债率，不断提升企业发展质量。

三、开放竞争是企业做大做强的重要途径

发展是解决国有企业改革一切问题的基础和关键。扩大开放，积极参与市场竞争，把市场经营作为企业发展的头等大事抓紧抓实，才能增加企业积累，提高核心竞争力，向着世界一流企业的目标迈进。

（一）全面参与国内外市场竞争，在跨越式发展中做大企业

中国中铁所取得的成就，得益于国家改革开放和宏观经济政策带来的良好外部环境，更需要企业的主动作为，全力拥抱市场经济大潮，在市场中一步步发展壮大。

1. 转变经营方式，主动走向市场“找米”，迅速扩大生产经营规模

1981年夏天，一支铁路建设队伍出现在深圳特区蛇口工业区的一片荒地上，在一人多高的荒草中搭建起临时工棚，用三块石头支起一口大锅做饭，拉开了浩浩荡荡闯市场的序幕。这支由原铁道部第二工程局（中铁二局前身）二处处长孙永福带领的被同行称为“野战部队”的精兵强将组成的队伍在下海弄潮的过程中，用精湛的工艺、吃苦的精神、优质的工程立住了脚跟，在深圳建设了首项工程——远东饼干厂，打响了中国中铁闯市场的第一枪。这是中国中铁人迫于当时铁路建设市场的生存危机压力的绝地奋起，也是改革开放大潮中，中铁二局“找米下锅”、探索市场的第一次成功尝试。接着，中铁建工等企业也进入深圳特区创业。

中国中铁紧紧抓住改革开放以来国家基础设施建设的机遇期，改变“两根钢轨一条路”的传统经营方式，努力构建“大经营”格局，全方位参与市场竞争。到21世纪初，中国中铁实现了从路内到路外、从单一到多元、从国内到海外的市场经营三大突破，初步奠定了“一业为主、多元发展”的经营格局。此后，中国中铁积极适应市场变化，开启了新的经营体制改革，明确了三级法人在经营工作中的职能定位，建立了以二级单位为主体的区域经营管理架构，明晰并规范了投资经营的责任分工及其管理体制机制；持续拓宽经营领域，进入了地下综合管廊、海绵城市和单轨建设、养老地产开发等新兴市场；在特级资质、执业资格证书、企业业绩信誉等经营要素建设上均实现了长足进步，完成了从被动追随市场到主动适应市场再到经营创造市场的“三级跳”，促进了企业经营工作质量不断提高、生产经营规模迅速扩大。

2. 打造海外经营旗舰，积极开拓国际市场，提升国际市场的综合竞争实力

在国际市场方面，中国中铁是铁路系统最早“走出去”的企业之一。早在20世纪70年代，中国中铁就承担了新中国第一个援外项目坦赞铁路的建设任务。改革开放后，认真贯彻中央和国资委关于中央企业“走出去”的各项部署和要求，抢抓机遇，奋力拓展海外市场，海外业务逐步实现从“借船出海”到自主承包经营的转变，实现了快速发展。特别是2001年国家正式提出实施“走出去”战略，中国中铁紧紧抓住历史机遇，组建联合体进行强强联合，使公司真正成为跨国经营的企业。这一时期，以公司联合体的形式实施了蒙古第二公路、阿联酋棕榈岛、马来西亚铁路等多个重大海外项目。目前，公司海外业务遍及世界83个国家和地区，境外在建工程项目（含设计及工业制造）达到490个，境外机构282家。截至2017年，公司在境外83个国家和地区设有业务机构，正在实施的境外承包工程、设计和工业产品加工项目493个，海外营业收入416.8亿元，海外总资产超过500亿元。公司在2017年ENR全球最大承包商排第2位，国际承包商排第21位。

通过国内外全面参与市场竞争，中国中铁不断发展壮大，在促进国民经济发展中发挥了行业脊梁的突出作用。

（二）不断学习先进经验，改进管理，在开放竞争中踏上做强做优之路

中国中铁在开放竞争中，不断与国际先进建筑企业对标，学习先进经验，改进管理，踏上了做强做优之路。

1. 学习先进项目管理经验，推动项目管理模式的深刻变革

工程项目是建筑企业管理的基础、市场竞争的前沿、生产一线的指挥中枢、经济效益的源头和企业形象的窗口。项目管理模式的变革，是建筑企业发展史上最关键、最重要、最深刻的变革，随后项目法施工在中国中铁全面推广。

20世纪80年代末开始实行“项目法施工”。1987年，中国中铁学习鲁布革工程管理经验，按照局直管项目部、局派出指挥部管理工程处组建项目部、工程处直管项目部等形式进行项目法施工试点。中铁一局在承建五星级的西安国安大酒店时，组建了中国中铁最早的“项目经理部”。这个项目经理部有21个人，全权负责从投标、签约开始到工程竣工验交全过程的管理工作。他们既按合同保质保量地完成了任务，又按照合同规定上缴了管理费，职工收入也有很大提高，还荣获了鲁班奖。这在当时是全新的探索，随后项目法施工在中国中铁全面推广。

20世纪初探索创新形成了“杭州湾模式”。改革开放的不断深入也给我国建筑市场带来了许多新变化。中国中铁承接的工程市场化运作程度越来越高，投资运营管理模式都发生了变化；工程体量和技术难度越来越大，出现了工程项目大型化、集成化、复杂化的趋势。面对这些新的市场形势和要求，中国中铁以杭州湾跨海大桥的建设为试验场，从管理理念到管理方式进行了一系列探索和创新，形成了在当时符合中国中铁管理要求、具有鲜明特色的“杭州湾管理模式”。2003—2008年，东海之滨，杭州湾畔，一座全长36km的大桥由南

北两岸向波涛万顷的大海延伸，成为中国继长江三峡、青藏铁路之后的又一重大标志性工程，被誉为当时“世界第一桥”。杭州湾风大、浪急，正常潮汐落潮7米以上，风速每秒50m以上，诸多不利因素给大桥的施工带来极大难度。工程招标时，美、德、日等国大型企业望而却步，中国中铁则全面参与了大桥的设计工作，并承担了大桥主体工程施工中难度最大、技术含量最高的施工任务。中国中铁除了在杭州湾创造了工程技术奇迹外，在杭州湾大桥更创造了项目管理的成功典范。概括起来就是坚持高起点、高水平、高标准“三高”理念，实施扁平化组织、精细化管理、全过程控制、资源集中管控，按生产工厂化、队伍专业化、手段机械化、控制数据化、管理规范化、环境园林化的“六化”方式生产。这一模式引起了当时国内外桥梁界的广泛关注。

2015年以来全面开展项目管理实验室活动。这是中国中铁夯实基础管理的又一重要举措。中国中铁以蒙华铁路为试点，全面开展了项目管理实验室活动。借用技术实验室的概念，依托具体项目有组织、有计划地对项目管理的各类制度办法进行总结提炼和实践检验，实现制度办法的从无到有和去伪存真，打造出项目管理的先进样板和标准模块。随着活动的不断深入，各施工企业已将项目管理实验成果及时凝练推广，基本完成了项目管理制度的全面更新。2018年中国中铁将对该活动进行全面总结，以项目管理水平的提升作为企业转型升级奠定坚实的基础。

2. 在开放学习中，积极创新经营模式，踏上做强做优之路

中国中铁在与国际先进建筑企业对标学习中发现，仅靠工程承包这种“打工式”的经营模式，仅靠国家内需政策拉动下的规模扩张式发展，很难提升企业发展质量，很难实现做强做优。为此，从21世纪初开始，中国中铁就坚持以市场为导向，根据建筑行业的新变化，积极创新经营模式，不断调整优化产品结构，推动产业转型升级，以经营创造市场。

特别是近年来，中国中铁提出并贯彻区域化经营、立体经营、泛金融化经营等新经营理念，建立并完善了建筑业上中下游一体化的全产业链经营格局。以EPC（“工程总承包”）模式实施了郑州、青岛、兰州、南宁等地铁项目，以BT（即“建设—移交”）模式实施了柳州三桥一路，桂林、衡阳长沙等市政工程，深圳地铁5号线、11号线，成都地铁、昆明地铁、重庆地铁等一大批重点项目，以PPP（即“公私合营”）模式实施了呼和浩特市轨道交通1号线、陕西绥延高速公路、芜湖市轨道交通1号线和2号线等工程，以“增信+施工总承包”模式实施了南昌市政基础设施、保障性住房建设项目，在内蒙古高速公路推进了“股权投资收购优质公路资产+施工总承包+股权收益”模式，在蚌埠、亳州等地采取了“土地一级开发+二级联动+施工总承包”模式，形成了新的经济增长点。目前，中国中铁已经形成了基建上游、勘察设计、施工建造、工业制造、海外业务、房地产、矿产资源、金融信托“八大业务板块”。

通过开放学习，改进管理，中国中铁企业的发展质量不断提升。近年来，中国中铁的国有资本保值增值率和净资产收益率均处于中央企业前列，在2013年至2016年的中央企业经营业绩考核中，连续4年达到A级，并在2014年获得经济效益突出贡献奖。2014年4月，中国中铁H股纳入MSCI明晟中国指数；2015年6月，中国中铁A股重新进入上证50指数，成为中国股市的权重股。

（三）积极投身国家开放战略，在“走出去”中发挥骨干国企的担当

1. 在“一带一路”建设中勇当开路先锋

党的十八大以来，中国中铁认真贯彻落实中国铁路、中国高铁‘走出去’的重大部署，全力实施“大战略、大平台、大旗舰、大布局、大政策”的海外经营方针，全面推进区域化布局、属地化经营、精细化管理，充分发挥企业在技术、人才、管理等方面的综合优势，努力争当“一带一路”建设的“开路先锋”，在实施国家“一带一路”倡议方面取得积极成果，承建了一大批标志性的重点项目。

中国中铁承建的中亚第一长隧乌兹别克斯坦安帕铁路卡姆奇克隧道，于2016年6月22日在习近平总书记和乌兹别克总统的共同见证下顺利开通。承建并运营服务的埃塞俄比亚亚的斯亚贝巴轻轨，既是非洲大陆第一条现代化城市轻轨，也是我国城市轨道交通全产业链“走出去”的首个典范。2014年5月李克强总理与埃塞俄比亚总理共同考察，给予高度评价。参建的亚吉铁路是我国铁路全产业链“走出去”的第一个示范项目。正在推动的匈塞铁路是中国企业进入欧盟实施的第一个铁路项目。参与设计的俄罗斯莫喀高铁是中国高铁技术标准走向欧洲的第一个项目。参建的印度尼西亚雅万高铁是中国高铁全方位整体“走出去”的第一个项目。参建的中老铁路是中国铁路网与周边国家互联互通的第一个新建铁路项目。承建的孟加拉国“梦想之桥”——帕德玛大桥是目前中国企业在海外承建的最大单体桥梁工程，也是连接中国与“泛亚铁路”的重要通道之一。

特别是习近平总书记在“一带一路”国际合作高峰论坛主旨演讲中提到的雅万高铁、中老铁路、亚吉铁路、匈塞铁路四个“一带一路”合作重点项目，中国中铁都承担着主力军作用。同时，中国中铁自主研发设计和制造的盾构机、铁路道岔等工业产品先后出口美国、新加坡、以色列、沙特阿拉伯、澳大利亚等20多个国家和地区。

2. 在推动中国技术标准国际化中扛起央企责任

近年来，中国中铁依托埃塞俄比亚轻轨、亚吉铁路、德伊高铁、中老铁路、孟加拉国帕德玛大桥连接线等几十个国际项目，使我国轨道交通技术走出了国门。中国中铁承担了国家铁路局“中国铁路工程建设标准国际版体系研究”课题、国家科技部“中国标准海外适应性研究（铁路部分）”课题，依托项目开展了中国铁路

技术标准与UIC国际标准、EN欧洲标准、BS英国标准等标准对比，推进中国标准国际化，形成了海外涵盖勘察设计、施工建造、装备制造、运营维护的完整铁路产业链的技术标准体系。中国中铁开展了俄罗斯高铁时速400km高速铁路、委内瑞拉中国CTCS-2列控车载设备与欧洲ETCS-1地面设备兼容性、伊朗高铁盐湖地基、孟加拉国大跨钢桥重载铁路无砟轨道、埃塞火山熔岩地裂等创新科研，并成功应用于项目中，体现了中国标准的技术先进性与因地制宜解决困难的灵活性。

3. 在“走出去”中充分履行企业社会责任

中国中铁始终坚持“在国内代表央企、在海外代表中国”的理念，在出色完成各项工程建设任务的同时，充分履行央企海外的社会责任，全力打造“责任中国、责任央企、责任中铁”的国际形象。积极参与所在国公益事业，通过捐款、捐物、捐资助学等形式，为改善工程项目东道国的人民生活水平提供力所能及的物质帮助；通过义务修建道路、桥梁等基础设施和居民饮水、排污等利民工程，帮助东道国解决了许多重大民生问题；通过推进海外工程项目的属地化管理，加强对当地人才的培养、使用，每年为当地提供就业岗位4万多个，特别是在所在国家出现重大突发事件、自然灾害时，积极主动参加抢险救灾，有力促进了当地社会经济的发展，树立了中国企业的良好形象。

四、科技创新是引领企业发展的根本动力

作为拥有近30万员工的充分竞争性建筑企业，要真正实现“保增长、调结构、促转型、走出去”，就必须跳出外延式发展路径，走创新驱动发展之路。中国中铁坚持以科技创新为引擎，把自主创新作为实现企业可持续发展的重点工作，不断深化科技创新体制机制，搭建创新平台，优化创新环境，大力开展科技攻关，取得了一大批具有自主知识产权的核心技术，成为中国建筑行业获得国家级科技大奖最多、拥有专业技术人才最多的企业之一。科技创新已经成为中国中铁实现引领发展的根本动力。

（一）始终坚持市场需求导向，顶层设计、系统开展科技创新

中国中铁始终把市场需求作为企业技术进步的导向，围绕重大工程项目建设，以解决生产一线技术难题为出发点，顶层设计、系统部署，开展技术攻关。以技术创新引领支撑企业快速发展，以企业发展带动技术创新，实现技术创新与市场需求有机结合、与产业布局有机结合、与企业发展有机结合。有力提升企业的核心竞争力，支撑引领企业又好又快发展。

1. 制定支撑企业发展的科技创新战略

企业科技发展战略是引领科技创新的旗帜。1997年，中国中铁召开了企业首次科技大会，并坚持每五年召开一次科技大会，先后提出了构建“大科技”格局、实施“四大技术创新”、实现“三大目标、两大转变”等科技发展战略目标和规划，确定了不同时期的研发方向、重点领域和任务，并坚持每年制定科技开发指南，发布立项计划，指导各企业开展技术研发攻关。统一组织课题申报，确保课题质量，避免低水平开发和重复开发。“十二五”期间，仅总公司层面就科研立项1008项，表彰科技成果966项，全面引领了企业的科技创新。

2. 确立领导挂帅的科技创新体制

加强领导是科技创新的首要条件。中国中铁制定出台了加快科学技术进步的决定，形成了党政一把手亲自抓、总工程师全面负责、以科技人员为骨干、全员广泛参与的领导体制和机制。建立了总经理挂帅的各级科技进步领导小组、以总工程师为首的技术创新管理小组，并把科技创新分解为7项具体指标，纳入各级领导人员业绩考核，直接与薪酬挂钩，确保了科技研发的常态化，促进了科技创新的持续开展。

3. 构建两级四层的科技创新体系

中国中铁建立完善了以企业为主体、以市场为导向、以项目为载体、以国家级实验室为依托、以技术中心为平台、以专业研发中心为骨干，联合搞攻关、开放搞科研的“两级四层”技术创新体系，明确了公司总部和各子公司两级主体与所属科技管理部门、技术中心四个层级的科技管理和科技研发分工。2012年，又参加了中国工程院和国资委联合开展的“中央企业技术创新体系建设战略研究”，实施了“技术创新体系升级版工程”，荣获2014年度国家科学技术进步奖企业技术创新工程二等奖，成为唯一获奖的中央建筑企业。

4. 发挥优势搭建平台系统开发

中国中铁拥有科研、设计、施工和制造企业，具有“四位一体”的资源优势，通过联合攻关，可以开发成套修建技术，同时通过施工技术的开发又可延伸到产业链上下游进行施工装备和建筑材料的技术开发，大大提升企业的核心竞争力，支撑引领企业快速发展。中国中铁拥有3个国家实验室、11个专业研发中心、13个经国家认定的企业技术中心和50个省部认定的企业技术中心。国家实验室为前沿技术和理论研究提供了高层次技术研发平台，专业研发中心和企业技术中心为技术研发与成果应用提供了孵化平台。

（二）紧跟改革发展态势，持续深化创新

1. 科技成就企业，创新引领未来

科技创新必须要与企业创新发展和转型升级相配套，与国家经济发展的态势相适应。中国中铁密切跟踪国家发展大势，准确把握企业发展改革阶段，持续推进科技创新。

2. 企业改革为科技创新提供新动力

中国中铁通过深化改革为创新提供新动力。在体制机制创新上，建立和完善了人才引进、职业项目经理、项目绩效考核、安全生产奖惩、资产损失责任追究等制度办法，着力构建市场化的激励约束机制。在组织机构创新上，全面规范了企业各级机构定编、员工总量、层

级管理、督查督办考核，健全了集团化管控体系；重组了一批投资、设计、科研和专业化公司，提高了专业化管理水平。在管理方式创新上，全面推行了以“法人管项目”为核心、以后台管理为特征、以成本管理为重点的工程项目精细化管理模式，推进了作业层队伍建设和作业层实体改革，构建了具有企业特点的精细化管理体系和施工管控机制。通过深化改革，为企业科技创新提供强大动力。

3. 企业经营创新为科技创新拓展新空间

中国中铁进一步构建了四大主业、八大板块、国内国际两大市场、上中下游一体化的“大经营”格局，积极探索了新的商业运作模式。通过探索推广 BT+ 设计施工总承包模式，成功实施了深圳、青岛、石家庄等城市轨道交通项目；通过加大产融结合，先后与多家金融保险机构开展了战略合作，创建了中铁建信、中铁民通等基金公司，以产业基金投融资模式，成功实施了成都地铁 1、3、7 号线等项目，以增信模式实施了南昌昌九快速路改造工程，进一步带动了企业全方位经营和一体化施工，为科技创新拓展了更大空间。

4. 推动企业研发机制创新，为科技创新开辟新途径

中国中铁进一步探索企业与院校、优秀企业合作的科技联合开发模式，先后与清华大学、西南交大、中国铁道科学研究院等开展联合攻关；与三一集团、美国微软、法国科吉富等公司开展联合研发，进一步提升了企业科技创新的能力。探索成立了中铁创投基金，通过利用中央财政、地方出资、企业投入、社会地方融资，推动高端交通装备制造业科技研发，目前已形成 3 亿元基金规模，募集资金 1.5 亿元，为企业科技研发提供了有力支撑。结合适应国家经济发展的新形势，积极研究制定企业“十三五”科技发展规划，把新的五年科技创新的重点放在建筑前沿科学技术的研发运用、满足人民群众安全便捷绿色出行和生活需要、资源节约和生态文明等方向，更加注重知识产权保护和中国标准走出去，更加注重中央建筑企业协同创新，全面提升自主创新能力，营造企业创新驱动的新常态。

5. 完善投入机制促进持续长效创新

中国中铁坚持把科技投入与各级企业主营收入挂钩，每年按公司总部不低于投资收益的 1%，通过高新技术认定的子公司不低于营业收入的 3%，其他子公司不低于营业收入的 2.5% 纳入当年预算，强制性要求各级企业的科技投入增长幅度不得低于上年度营业收入的增长幅度。同时，还利用国家和地方奖励资金设立了“中国中铁科技奖励专项基金”，为开展科技研发提供了有力支持。

（三）坚持在实践中锻炼培养创新人才

人才是创新的关键。中国中铁是如何培养人才的？“铁路系统的经验，就是要在重点工程的关键岗位上培养干部。”孙永福院士说。各企业都强调“完成一个项目，锻炼一支队伍，形成一种能力”。依托重点工程，积极组织开展关键技术攻关，培养人才，是中国中铁创新成果层出不穷的原因之一。

在 20 世纪 80 年代末，中铁大桥勘测设计院承担武汉长江二桥的设计任务，时任设计院副总工程师秦顺全依托项目创立的“桥梁分阶段施工的无应力状态控制方法”，1993 年首次在武汉长江二桥设计与施工中成功运用，为大桥顺利建成通车作出重大贡献。在多年的桥梁建设工程实践中，秦顺全院士获得了一连串闪光的成绩：国家科技进步特等奖 1 项、一等奖 2 项、二等奖 3 项，技术发明二等奖 2 项，发明专利 50 项……秦顺全谈及人才培养时说：“桥梁是实践性比较强的专业，并不是在大学学了 4 年，读了博士，把桥的技术全学完了就会做桥了。”

如果说一座座技艺精湛、造型优美的大桥造就了秦顺全，那么，“大国重器”盾构装备则造就了 2018 年的“最美科技工作者”王杜娟。盾构机又称为隧道掘进机。1997 年，我国在修建的西安—安康铁路秦岭隧道时，从德国维尔特公司引进第一台隧道掘进设备。隧道施工机械化，不仅节省人工，而且改善企业环境，使工作效率大大提高。但是进口盾构机不仅价格昂贵，且制造周期长，关键技术也受制于人。“‘大国重器’必须掌握在自己手中。”2001 年底，“关于隧道掘进机关键技术的研究”正式列入国家“863 计划”，中铁隧道集团盾构机研发项目组成立，刚参加工作一年的王杜娟成为 18 位项目组成员之一。从参与研发我国第一台“国产盾构”到研制出多台“世界之最”，王杜娟把自己的芳华岁月都献给了她心爱的隧道掘进机设计事业。在她和同事们的努力下，国内最大断面硬岩掘进机、国内首台硬岩泥水顶管机、国内首批双护盾 TBM、世界最小直径硬岩 TBM、世界首台马蹄形盾构机下线……一系列新产品的问世，不断刷新中国创造的一项项纪录，实践着从“中国制造”向“中国创造”的跨越。诚如秦顺全院士所言：技术的核心竞争力是人。优秀的人才和技术，又反过来促进了企业的发展。

（四）练就绝活（核心技术）在发展中赢得主动

“没有金刚钻，不揽瓷器活。”中国中铁要在激烈的市场竞争中谋求生存发展，承揽到高质量的任务，必须有自己的“撒手锏”，才能够抢得市场先机，引领行业的发展。过去的 40 年里，中国中铁从推广一般技术到掌握“高大难新”的关键核心技术，从引进吸收到自主创新，形成了一批具有自主知识产权的国内领先、世界一流科技成果。不仅打破了国外技术垄断，迅速缩小与国外同行的差距，而且大幅提升了企业核心竞争力，支撑引领了企业的发展。其中铁路技术、桥梁隧道技术、装备制造科技三个方面最具代表性。

围绕高速铁路技术创新，中国中铁建设了中国首条无砟轨道遂渝铁路，形成了具有自主知识产权的无砟轨道成套技术，获国家科技进步一等奖。先后参建了京津城际、京沪、京广、郑西、哈大等高速铁路和客运专线，攻克了一大批关键技术难题，推动中国高速铁路修建技术达到世界一流水平。 围绕高原铁路技术创新，

中国中铁与其他建设者一起面对青藏铁路“多年冻土、高原缺氧、生态脆弱”三大世界建设难题，攻克了高原冻土路基、桥梁、隧道设计施工及生态环境保护等一系列关键技术难题，“青藏铁路工程”获国家科技进步特等奖。围绕重载铁路技术创新，中国中铁攻克了重载路基、桥梁加固、编组站扩能等重大科技难题，参与建成了我国第一条单元重载2万t、年运输能力4亿t的大秦铁路，获国家科技进步一等奖。围绕电气化铁路技术创新，中国中铁在建设了中国80%以上电气化铁路的基础上，近年来又全面掌握了高速铁路电气化设计、弓网受流、牵引供电等技术，自主研发了高强高导接触网导线及配套零部件，形成了中国高速铁路牵引供电系列化技术标准，始终保持了企业电气化铁路建造技术国内领先、世界一流水平。

在桥梁、隧道方面，中国中铁的桥梁和隧道建造技术始终代表着国家队水平，建设了武汉长江大桥、南京长江大桥、大瑶山隧道、秦岭隧道等里程碑工程。在桥梁建设领域，积极向深水基础、高墩大跨、重载多线桥梁拓展，先后参与建设了国内首座外海桥梁东海大桥、世界最长跨海大桥港珠澳跨海大桥、曾创四项世界第一的公铁两用斜拉桥武汉天兴洲长江大桥、中国首座六线铁路大跨钢桁拱桥南京大胜关长江大桥等重点工程，形成了一系列拥有自主知识产权的科技成果，天兴洲大桥、大胜关大桥分获国际桥梁协会最高奖“乔治·理查德森奖”，东海大桥获国家科技进步一等奖。中国中铁包揽了新中国成立60周年“百项经典暨精品工程”中全部7项桥梁工程。在隧道建设领域，积极推动由山岭隧道向穿江越海隧道、地下工程拓展，先后修建了穿越长江第一隧武汉长江隧道、国内最长海底隧道青岛胶州湾海底隧道、水下特长盾构隧道广深港狮子洋隧道等重大工程，还成功研发出针对一般风险和高危风险隧道施工的两个系列监控量测预报预警信息化系统，在各种复杂特殊地质条件下隧道和地下工程施工技术与工艺上达到了国内领先、世界先进水平。

装备制造科技创新方面。中国中铁的铁路道岔、大型施工装备制造技术在国内始终处于领先地位。近年来，中国中铁积极探索需求－研发－制造－应用的创新模式，推动装备制造产业转型升级。在高速铁路道岔研发制造方面，成功研制出系列高速道岔、提速道岔和工联道岔，以及具有自主知识产权的高锰钢与钢轨焊接中间介质，填补了国内多项空白。在桥梁施工装备研发制造方面，先后研制出亚洲第一世界第二的“天一号”海上运架起重船、国内最大的打桩吊装一体化海上打桩船、国际首创的起重能力700t的专用架梁起重机、世界最大的水平臂上回转塔式起重机，获国家科技进步二等奖。在隧道施工专用装备研发制造方面，成功研制出了中国第一台具有自主知识产权的复合式土压平衡盾构机，整机性能达到国际先进水平，打破了隧道掘进设备被国外企业垄断的局面，“盾构装备自主设计制造关键技术及产业化”获国家科技进步一等奖。

实践证明，科技创新是企业生存发展的不竭动力源泉，也是企业核心竞争力的重要支撑。关键核心技术是要不来、买不来、讨不来的。只有努力实现关键核心技术自主可控，才能把创新主动权、发展主动权牢牢掌握在自己手中。

五、企业文化是基业长青的根本保障

红色是国有企业的“底色”与“本色”。红色基因是国有企业的根魂所系，也是促进国有企业诞生、发展、壮大的原动力。习近平总书记反复强调，坚持党的领导、加强党的建设，是我国国有企业的光荣传统和独特优势；光荣传统不能丢，丢了就丢了魂，红色基因不能变，变了就变了质；要发扬光荣传统、传承红色基因，不忘初心、继续前进。中国中铁的发展史，就是一部始终不渝地传承红色基因，坚持党对国有企业的领导，不断强化国有企业国民经济重要支柱作用的历史；就是一部充分发挥基层党组织战斗堡垒作用和党员先锋模范作用，不断巩固党执政的重要组织基础的历史；就是一部始终保持强大政治优势，为企业发展把方向、管大局、保落实的历史。

“不忘初心，牢记使命”，对红色基因的坚守与传承，为事业发展提供源源不断的原动力，是中国中铁事业长青的基石。

（一）不忘初心，牢记使命，传承红色基因固本强基

在中国中铁人身上我们看到始终跟党走的决心、信心和毅力，看到国企为国的使命、责任与担当。红色基因体现在一代又一代的中国中铁人身上，并随着他们的脚步踏遍祖国大地。

1.加强党的建设，夯实发展根基

党建是确保党的路线方针政策和决策部署贯彻落实的基础。中国中铁始终高度重视党建，一直把项目党建和现场思想政治工作作为各级党组织的工作重点来抓。

一是努力做到“四坚持”。坚持“施工战线延伸到哪里，党的组织就建在哪里，活动就开展到哪里，党支部和党员的作用就发挥到哪里”；坚持党建工作“上桥头、进峒口、下班组、到宿舍”；坚持“五同步”，即“项目党组织与项目部同步组建、项目党组织书记与项目经理同步配备、项目党建工作制度与项目管理制度同步制定、项目党建工作与项目部管理工作同步部署、项目党建工作与项目部经营绩效同步考核”；坚持“双纳入”，即把项目党建工作纳入项目管理体系，纳入项目部领导班子业绩考核。

二是探索了项目党建“五化”，即融入中心同步化，在全公司生产一线全部建立了党支部；项目党建标准化，做到组织设置标准化、制度建设标准化、主题活动标准化、项目文化标准化、基础资料标准化，推行项目党建标准化和项目管理标准化“双标共建”；主题活动特色化，坚持从生产一线的实际出发，积极开展了“青藏高原党旗红”“党旗飘扬杭州湾”等主题实践活动；

党员作用主体化，引导广大党员勇于亮身份、敢于担责任，在日常工作中看出来、在关键时刻站出来、在危急关头豁出来；教育管理人文化，建立健全党内激励、关怀、帮扶机制，使广大党员在发挥作用的同时感受到党组织的关怀和温暖。

三是大力推进“三延伸”。推动党建工作由生产领域向生活领域延伸；开展企地共建，推动党建工作由企业内部向企业外部延伸；实行党群工作协理员制度，推动党建工作由员工队伍向农民工队伍延伸。

2. 全面从严，认真落实管党治党的责任

要履行好治党责任，重点是要敢抓敢管、动真碰硬。

一是完善从严治党机制。党的十八大以来，公司党委认真贯彻全面从严治党的要求，制定了落实“两个责任”、党建工作责任制、党建工作考核评价等一系列具体措施，每年定期召开党风廉政建设专题会议，实行了二级企业党委、纪委党风廉政建设月报告制度。公司领导班子成员连续8年坚持在职代会上述职述廉，并进行民主评议、民主测评，当场宣布测评结果，接受职工群众监督。

二是抓住“关键少数”。公司党委坚持党管干部原则，从严选拔干部、从严管理干部、从严监督干部，探索形成“五管、五关”的实践途径，即管原则把好导向关，管标准把好资格关，管程序把好规则关，管机制把好政策关，管监督把好调整关。同时深化干部人事制度改革，完善领导人员任期制、交流制、退出制，大力推进纪委书记、总会计师等重要岗位干部交流。2014年建立了领导干部日常履职巡察制度，实现了二级企业领导班子成员全覆盖，对发现问题的领导人员分别做谈话提醒、诫勉、调整岗位等处理。

三是驰而不息纠正“四风”。公司党委以作风建设为切入点，坚持把纪律和规矩放在前面。认真落实中央八项规定精神、关于新形势下党内政治生活的若干准则等，紧盯重要节点和薄弱环节，组织开展“小金库”、年薪外不收入、与协作队伍不干不净、干预物资招标采购等集中专项治理活动。积极配合国家审计署审计、国资委经济责任审计和国资委党委巡视、巡视“回头看”，深入开展内部巡视、干部巡察、管理咨询、片区督导四个“翻箱倒柜”，聚焦发现问题，开展集中专项整改，特别是高举巡视“利剑”，历时3年完成对所属二级企业巡视全覆盖。现在，又开展了新一轮巡视工作，督导二级企业对三级企业进行巡察，对发现问题坚决问责查处。

3. 积极履行社会责任，做到“央企姓党、国企为国”

习近平总书记强调，只有积极履行社会责任的企业才是最有竞争力和生命力的企业。中国中铁始终把履行社会责任作为对国家负责、对人民负责、对社会负责的直接体现。

（1）建立职工保障体系，让职工过上美好生活

出台相关政策制度，切实从制度上保障职工合法社保权益、加强职工生活保障，构建了覆盖广泛、运行有效的职工生活保障服务体系，年均救助困难职工超过3万人次；每年在施工生产一线投入“三工建设”（即“工地生活、工地文化、工地卫生建设”）专项资金2亿多元，改善基层员工生产生活条件；健全职工工资正常增长和支付保障机制，员工收入水平随着企业发展稳步提高，2017年全公司职工人均工资比2007年上市时增长3.4倍，极大增强了广大职工的获得感、幸福感、归属感。

（2）完善社会责任规划，与相关方共同发展

中国中铁历来重视履行社会责任，在搞好工程质量、确保安全环保造福百姓、造福国家的基础上，还根据整体上市公司的要求，开始着手建立科学、规范、系统、有效的企业社会责任管理体系。梳理了债权人、客户、政府、投资者、合作伙伴、同业者、非政府组织、员工、公众、供应商十类利益相关方，建立顺畅、规范、富有特色的沟通机制。2015年，中国中铁制定了履行企业社会责任指导意见，将社会责任规划扩展到依法治企、精准扶贫、公益事业、海外责任等11个方面，把社会责任管理向全产业链延伸，更好地指导各级企业全面开展社会责任管理实践活动，积极打造开放、诚信、透明和负责任的央企形象。自2008年起，连续10年发布中英文版社会责任报告，获得资本市场、社会公众和新闻媒体的好评。每当国家出现重大险情时，中国中铁总会挺身而出、义无反顾地承担各类抢险救灾任务，先后圆满完成了汶川抗震救灾、玉树灾后重建、九寨沟地震救援抢险等急难险重任务。目前全公司有三支国家隧道专业救援队，成为国家抢险救援的重要专业力量。同时，广泛参与公益慈善事业和志愿服务活动，常设志愿服务队超过900支，年投入志愿服务2万多人次，支持教育机构及其他公益慈善事业资金上亿元，充分彰显了中央企业的脊梁本色。

（3）落实精准扶贫思想，坚决打赢脱贫攻坚战

中国中铁从2002年开始定点帮扶湖南省桂东县和汝城县，以干部扶贫、教育扶贫为主要抓手，先后派出挂职干部30人，投入资金2600多万元，援建项目80多个。2012年，又增加了山西省保德县的定点扶贫任务。2015年制定了《中国中铁2016—2020年定点扶贫工作实施方案》。党的十九大后，中国中铁又迅速采取实际行动，联合中国志愿服务基金会，分别与三县签订精准扶贫援建项目协议。投入3000万元支持保德县中南部公路项目改建；投入2250万元支持桂东县大塘工业园一期工程项目建设，解决了异地搬迁320户共计约1100人的就业问题，脱贫带动成效明显。2017年，全公司有15家单位参与了扶贫开发工作，共投入近6500万元助力扶贫开发，帮助近6000个建档立卡贫困家庭脱贫摘帽。

（二）强化顶层设计，建设企业文化肥沃土壤

企业是树，文化是根。把文化力量用好了，管理就

变得轻松有序，困难就都会迎刃而解。因此，中国中铁非常重视企业文化的建设，从顶层加强企业文化设计。

2004年，中国中铁在武汉召开企业文化建设工作会议，全面总结了半个多世纪发展历程中孕育的宝贵文化财富，形成了公司第一个企业文化建设实施纲要，凝练推出了“勇于跨越、追求卓越”的企业精神，提出了实施“铸魂”“育人”“塑形”三大工程和分“两步走”的建设方针，开启了中国企业文化统一建设的新纪元。2009年，在狮子洋海底隧道施工现场召开项目文化建设现场会，形成了规范的项目文化建设体系和标准，大力推行形象识别系统、理念识别系统、行为识别系统“三大体系”建设，启动了项目文化建设示范点创建工作，推动企业文化落地生根。2012年，公司党委提出了文化兴企、文化强企战略，制定了“十二五”企业文化发展战略，提出了“五增强、五提升”的战略目标，根据社会主义核心价值观规划了中国中铁核心价值体系，确定了12项企业文化建设的重点工程。2016年，公司积极探索企业文化建设新模式，制定了“十三五”企业文化建设规划，进一步完善了以企业精神、核心价值观、企业宗旨、企业使命、企业愿景为核心要素的中国中铁价值理念体系，全面构建上下互动、内外兼修、点面结合、统分有序、建管并重的企业文化建设协同推进保障机制，努力提高文化软实力。

（三）弘扬先进典型，升华企业精神开拓进取

回顾中国中铁的历史，老一辈建设者有许多光荣传统和优秀精神。从共和国第一条铁路建设的成渝精神，到抗美援朝战火中淬炼出的钢铁大动脉精神；从20世纪六七十年代的宝成精神、成昆精神，到改革开放后的大瑶山精神、京九精神、南昆精神，这些精神已经积淀成为中国中铁的传统优势和宝贵财富。在历史的基础上，中国中铁反复提炼升华，形成了具有鲜明时代特点、突出企业特色的“勇于跨越、追求卓越”的企业精神。

为了能够把企业精神与工作实践结合起来，内化为职工的共同追求和自觉行动，中国中铁坚持“建一项工程、树一座丰碑、出一批人才、育一种精神”。在举世瞩目的青藏铁路建设中，与兄弟单位一道锻造出“艰苦不怕吃苦、缺氧不缺精神、风暴强意志更强、海拔高追求更高”的青藏铁路建设精神。胡锦涛同志在青藏铁路通车庆祝大会上，号召全党、全国各族人民学习和弘扬“挑战极限、勇闯一流”的青藏铁路精神。在连续十五次远征南极中，培育了“挑战极限、不辱使命”的南极建设精神。在国家高速铁路建设中，形成了“勇于创新、赶超一流”的高铁建设精神。

伟大精神是一代一代中华儿女创造和积淀出来的，也需要一代一代传承下去。中国中铁一代一代的建设者，正是这种伟大精神的传承者、实践者、弘扬者，中国中铁也正是在对这些精神的不断继承丰富和发展中，实现了一次又一次的跨越。

（四）加强宣传推广，塑造企业品牌凝神聚力

企业要赢得社会和公众的普遍认同，全面参与全球经济竞争，就必须打造清晰、统一的品牌形象。为此，中国中铁先后下发企业文化手册和企业标志管理规定，统一规范使用“中国中铁”品牌标志，全面整合、全方位统一企业品牌形象。

同时，把对外宣传报道作为提升品牌影响力的重要抓手，连续多年“三重一外”对外宣传报道数量超过10万篇。近5年仅在中央电视台、新华社、《人民日报》刊播的中国中铁宣传报道就有1200多篇次。特别是从服务国家战略的高度，对高端装备制造、京张高铁、京新高速、卡姆奇克隧道、埃塞俄比亚轻轨、亚吉铁路等重点领域和重点工程的大规模集中宣传，取得了良好效果。中国中铁还不断规范和加强媒体建设，升级改版公司网站，开通企业微博微信，讲好企业故事，展示企业形象。中国中铁微信公众号年阅读量超过1000万次，获得“最具影响力央企新媒奖”“最具影响力500强企业新媒奖”荣誉。2018年5月10日，中国中铁参加了首届中国自主品牌博览会，李长进董事长作为央企唯一代表参加了中国品牌发展国际论坛企业家对话活动，全方位展示了中国中铁的品牌建设成果。

正是在40年改革开放中对企业文化的不断丰富，使中国中铁创造了一个又一个的建设丰碑，始终保持开拓进取、攻坚克难、一往无前，始终保持旺盛的斗志、严明的纪律和良好的作风，成就了企业的辉煌。

六、尾声

中国中铁过去40年所取得的成就，既得益于国家改革开放和宏观经济政策带来的良好外部环境，又得益于企业自身不断深化改革所形成的内生动力。通过调研，我们认为这些成绩的取得与企业始终坚持党的领导，将自身的发展与国家改革发展紧密结合；坚持深化改革，对经营管理全面创新；坚持自主创新，提升核心竞争力；以及通过传承红色基因，建设卓有成效的企业文化，打造一支坚定的高素质的队伍等方面原因密切相关当前，全面建成社会主义现代化强国的号角已经吹响，中国人民已经大踏步迈上民族复兴的征程。面对新征程需要总结经验、乘势而上，坚定不移深化各方面改革，坚定不移扩大开放，在深化改革开放的进程中实现中华民族的伟大复兴。对理想信念最好的铭记就是不忘初心、牢记使命。对改革开放最好的纪念就是更全面、更深刻地推进改革开放。实现民族复兴的途中，我们需要更多的“开路先锋”，“不驰于空想、不骛于虚声”，一步一个脚印，踏踏实实干好工作，逢山开路，遇水架桥，把美好蓝图变为现实。

（改革开放与中国企业发展　庆祝改革开放40周年“百城百县百企”调研丛书）

大事记

2018 年 10 月 26 日，“高铁电气”在新三板挂牌

一月

1月2日，中铁建投与中铁大桥局、广东联泰、达濠市政联合体中标牛田洋快速通道和金砂西路西延打包PPP项目，中标金额131.16亿元。

1月3日，中铁二局参建并运维的亚吉铁路开通商业运营。

1月3日，交通运输部发布表彰通知，授予中铁一局冯斌、中铁大桥局庞孝均、中铁电气化局何军和中铁五局王平“全国交通技术能手”称号。

1月4日，中国中铁党委书记、董事长李长进一行到中铁建工承建的中铁青岛世界博览城项目检查指导工作。

1月6日，中铁四局、中南大学等企业、高校共同举办了“走进新时代·高端制造论坛”。

1月8日，2017年度国家科学技术奖励大会在北京人民大会堂隆重举行，股份公司参与完成的2项成果分别获国家科技进步一等奖、二等奖，1项成果获国家技术发明二等奖。

1月8日，中国中铁组织召开了2018年度安全质量工作会议。

1月9日，中铁三局参建的山东济南至齐河黄河公路大桥顺利通过竣工验收。

1月10日，北欧和波罗的海国家议长与中国青年企业家对话会在北京举行。中国青年企业家协会副会长、公司副总裁、总法律顾问于腾群参加会议并交流发言。

1月10日，中国中铁与中铁三局、五局、六局、九局、隧道局、电气化局、广州局8家单位组成联合体中标深圳市城市轨道交通14号线工程施工总承包项目，中标金额235.07亿元。

1月10日，中国中铁与河源市人民政府签订战略合作框架协议。

1月11日，中铁山桥成功签订德国勒沃库森莱茵河大桥钢箱梁制造合同。

1月16日，中铁八局承建的中国唯一“一站两所”的贵阳北高铁枢纽站第二动车所开通运营。

1月16日，由中铁设计担负主要勘察设计的瓦日线开行首列万吨重载列车。

1月17日，中铁五局施工的中国铁路建设史上罕见的高岩温隧道川藏铁路拉林段拉林5标桑珠岭隧道（16449m）贯通（岩温最高达89.9℃，接近西藏开水的沸点，洞内环境温度最高达56℃）。

1月18日，中国中铁与中国国新战略合作协议签约仪式在中国国新总部举行。

1月20日，第十三届中国上市公司董事会“金圆桌”论坛暨“金圆桌奖”颁奖典礼在京举行，中国中铁荣获“最佳董事会”奖，股份公司董事长、党委书记李长进荣获“企业家精神奖”，董事会秘书、总法律顾问于腾群荣获“功勋董秘”称号。

1月22日，中国中铁党委召开2018年第一次党委理论学习中心组学习会暨2017年度党员领导干部民主生活会专题学习研讨，认真贯彻落实《中纪委机关、中组部关于开好2017年度县以上党和国家机关党员领导干部民主生活会通知》的相关要求，深入学习贯彻党的十九大精神，学习传达习近平总书记重要讲话精神，以及中央、国资委党委有关重要会议及文件精神，为开好2017年度民主生活会打牢思想基础。

1月23日，中国中铁党委召开2017年度领导班子民主生活会。公司党委书记、董事长李长进主持会议并带头发言，总裁张宗言等公司领导班子成员及高管参加会议。中央纪委驻国资委纪检组彭兴第局长、七室周楠主任，国有企业监事会04办陈晓飞主任、贾红雨监事，国资委企干二局五处罗雪军处长等领导到会指导。

1月25日，中国中铁党委书记、董事长李长进在沈阳会见了辽宁省委常委、沈阳市委书记易炼红，双方就进一步加强合作进行了深入交流并达成广泛共识。

1月25日，中铁二院勘察设计、中铁二局参建的渝黔高铁开通运营，重庆至贵阳的旅行时间从目前的10小时缩减到2小时。

1月31日，中铁四局首届师资建设论坛暨优秀企业内部培训师表彰会在合肥举办。

1月，中国中铁党政工团开展“两节”送温暖活动，全公司筹措资金共计1.66亿元，走访慰问职民工23万余人次。

二月

2月1日，中国中铁与中国大唐战略合作框架协议签约仪式在中国中铁总部举行。股份公司党委书记、董事长李长进，总裁张宗言，董事会秘书、总法律顾问于腾群，监事会主席刘成军；中国大唐董事长、党组书记陈进行，副总经理王森、栗宝卿，总会计师刘传东出席签约仪式。于腾群与王森代表双方签署协议。

2月1日，由中铁装备联合中铁隧道局共同研制的中国自主知识产权最大直径硬岩掘进机（TBM）“彩云号”，在云南大瑞铁路高黎贡山隧道项目正式开始掘进。

2月2日，中国中铁磁悬浮交通工程研究中心在中铁二院正式揭牌成立。

2月5日，中国中铁2017年度党委书记抓基层党建工作述职评议会议在京召开。

2月6日，中国中铁党委四届二次全委（扩大）会议在京召开。

2月6日，由中铁设计承担设计的粤西首条海岛铁路——湛江东海岛铁路钢厂货线正式建成投产。

2月7日，中国中铁二届四次职工代表大会暨2018年工作会议在京隆重召开。

2月9日，国务委员王勇在国资委党委书记郝鹏，中国铁路总公司副总经理王同军，中国中铁党委书记、董事长李长进，总裁张宗言等领导的陪同下，到中铁隧道局京沈客专13标望京隧道调研安全生产工作。

2月12日，习近平总书记在成都主持召开打好精准脱贫攻坚战座谈会上，对中国中铁隧道局成昆铁路项目20名青年党员的一封来信予以了回应。他高度赞扬了老一辈中国中铁人不畏艰险、不怕牺牲的奉献精神，也充分肯定了当代中国中铁青年不忘初心、砥砺前行的奋斗精神，并表示从他们身上感受到了青年一代对祖国和人民的担当与忠诚，很欣慰。

2月12日，中国中铁总裁张宗言，副总裁、总工程师刘辉赴中铁大桥院调研。

2月13日，中国铁路总公司总经理陆东福一行到京张高铁施工现场，慰问节日期间仍坚守在一线的干部职工，并详细询问了工程进展情况。

2月23日，陕西省委书记胡和平一行到中铁四局西安城际项目视察。

2月26日，巴布亚新几内亚发生里氏7.5级地震，中铁建工向巴新受灾民众捐款4万基纳（约8万元人民币）。

2月28日，中国中铁与茂名市人民政府签订战略合作协议。

2月28日，中国中铁参建的雄安新区首个重大交通项目北京至雄安城际铁路正式开工，标志着雄安新区重大基础设施启动建设。

三月

3月5日至6日，由世界银行总部官员带队，世界银行非洲片区代表、加纳道路部、加纳公路局、加纳环保局、加纳西部省一行11人，在监理及施工单位的陪同下，对中铁五局承建加纳西部公路的各项工作进行综合大检查。

3月7日，中国中铁总裁张宗言到中铁大桥局孟加拉帕德玛大桥视察大桥建设情况，并在项目部召开中国中铁孟加拉经营工作推进会。

3月8日，中国中铁总裁张宗言与孟加拉国铁道部长穆吉布·哈克先生举行会谈。

3月8日，中铁科研院副总经理、国际隧道与地下空间协会（ITA）副主席严金秀荣获2018年度时代女性榜样。

3月14日，中铁一局五公司高级测量技师白芝勇被评为全国岗位学雷锋标兵。

3月15日，中国中铁表外项目共享平台建设工作正式启动。

3月16日，中国中铁与江苏省张家港市人民政府签署战略合作协议。

3月18日，中国中铁投融资建设管理的成都地铁1号线三期开通试运营。

3月19日，中铁投资与中国农业银行河北雄安分行签署了战略合作协议。

3月19日，中铁上海工程局荣获“国家高新技术企业”认定。

3月20日，中国中铁党委书记、董事长李长进与江苏省委常委、南京市委书记张敬华在南京举行会谈，双方就进一步加强重点项目合作、共同推进南京城市建设进行了深入交流并达成广泛共识。

3月20日，中国中铁召开2018年审计工作会。

3月21日，中国中铁党委书记、董事长李长进到中铁资源调研指导。

3月21日，中国中铁隧道局与中国中铁电气化局组成的联营体在以色列轨道交通公司（NTA）总部正式签约特拉维夫轻轨红线系统及轨道设计施工维护项目。中国中铁总裁张宗言、副总裁、总工程师刘辉，以色列轨道交通公司CEO犹大巴荣等出席签约仪式。

3月22日，中铁上海工程局承建的国内一次性建成规模最大的污水处理厂——武汉北湖污水处理厂完成首个单体建设。

3月24日，中国进出口银行行长刘连舸考察中铁四川黑龙滩国际旅游生态旅游度假区项目。

3月25日，中国中铁党委书记、董事长李长进在股份公司总部会见了来访的欧亚资源集团董事长亚历山大·马什科维奇以及CEO宋本一行，双方就进一步深化合作进行了深入交流并达成广泛共识。

3月25日，中国中铁领导干部学习贯彻十九大精神集中轮训班在集团公司党校开班，党委书记、董事长李长进出席开班式作轮训动员讲话并作专题党课。

3月26日，中华全国总工会书记处书记、党组成员石岱率队到中国中铁总部调研女职工工作。中华全国铁路总工会副主席、女职工委员会主任郭润英，中国中铁总裁张宗言，中国中铁工会主席刘建媛等领导参加了调研座谈会。

3月27日，由中铁广州局承建的国内深海码头——惠州港燃料油调和配送中心30万吨级码头主体工程完工。

3月28日，中铁四局南昌洪都大道快速化改造工程预制节段箱梁双幅同步试拼装成功，是全国首例城市中心预制节段箱梁。

3月28日至29日，中国中铁副总裁、总工程师刘辉到西安地铁四号线、九号线项目检查指导工作。

3月28日至4月1日，中国中铁工会在集团公司党校举办首批“员工健康关爱计划”内训师培训班。

3月28日，中铁佰和佰樂项目斩获“2017年度中国高端品质地产项目”“第十一届中国地产星光奖——2017年度百姓期待项目”“2017年度安徽地产金樽奖——人居典范”等众多行业内大奖。

3月29日，由中铁设计主编的《中国单轨交通发展研究报告》编制启动会在隆重召开，《中国单轨交通发展研究报告》是国内首次对中国单轨交通领域进行全面系统的总结和提炼。

3月30日，中国中铁2017年度A股业绩推介会在公司总部举行。

3月31日，中铁四局参建的国内线路最长、上海首条无人驾驶胶轮路轨APM300线路——上海轨道交通浦江线（8号线三期）正式通车试运营。

3月，中国中铁党委书记、董事长李长进，中铁大桥院总工程师高宗余当选第十三届全国政协委员；中铁四局总经理、副董事长、党委副书记王传霖、中铁大桥局党委书记、董事长刘自明、中铁大桥院董事长秦顺全、中铁工程装备集团总工程师王杜娟十三届全国人民代表大会代表。

3月，中国中铁党委印发《中国中铁党建工作责任制考核评价办法》，坚持突出重点、注重实绩，坚持切实可行、有效管用，坚持定量与定性相结合、以定量为主的原则，不断促进企业党建工作由“软任务”变为“硬指标”。

四月

4月3日，中国中铁申报的“中国中铁与中铁二局（600528.SH）重大资产置换并配套募资项目”（即“宏盛项目”）荣获《新财富》资本运作项目TOP10。

4月3日，由中国中铁、中国铁建、中国交建三家央企组成联合体，共同实施的马来西亚南部铁路项目正式开工。

4月3日至4日，中国中铁召开2018年经营工作暨区域经营经验交流会议。

4月4日，中国中铁与中国恒天签署战略合作协议。

4月4日，中铁电气化局承建的成昆铁路昆广段达速扩能改造工程进入联调联试阶段。

4月8日，中国中铁与张家口市人民政府签署战略协议。

4月8日，中国中铁荣获“最受投资者尊重上市公司”奖项。

4月9日，中国中铁党委书记、董事长李长进受邀到交通部参加中国和奥地利交通部部长会谈，并在两国交通部长的见证下，与奥地利联邦铁路控股公司总裁安德烈亚斯·马铁签署《关于发展中东欧基础设施建设与运营的合作谅解备忘录》。

4月9日，巴西总统府“投资伙伴计划（PPI）”项协调的副部长一行来访中国中铁总部。

4月9日，中国中铁2017年度H股业绩推介会和新闻发布会在香港先后举行。

4月10日，由西安市人民政府主办的“2018第8届中国西部国际物流产业博览会暨中国（西安）智慧交通博览会”在曲江国际会展中心开幕，博览会以“新时代大物流大交通新作为”为主题，中铁城投、中铁一局、中铁电气化局、中铁工业、中铁物贸等单位参展。

4月11日，中铁南方与中铁二局、八局、九局、北京局、广州局、中铁城规、中铁咨询联合体中标西江国际未来科技城PPP项目，中标金额194.27亿元。

4月11日，中铁七局积极参与京广铁路路基塌陷抢险，先后投入人员660人、挖掘机13台、运输车辆500台、50t吊车2台、推土机4台、铲车3台、150型发电机2台、其他车辆20余辆，以及大量雨具、线路工具及照明设备等抢险应急物资，克服连续降雨、场地狭小、交通不便等困难，迅速完成塌陷路基插打12m长拉森钢板桩1875根，填筑碎石及便道用材料10万余方，经过48小时抢险后实现线路恢复通行。

4月12日，中铁工程装备集团有限公司荣获首批国家全断面隧道掘进机生产企业特级资质。该资质是中国全断面隧道掘进机最高生产资质。

4月13日，中国中铁与中铁广州建设有限公司、中铁一局、二局、三局、四局、五局、六局、七局、八局、十局、隧道局、北京局、上海局、电气化局、建工、广州局17家单位组成联合体中标广州市轨道交通十三号线二期及同步实施工程总承包项目，中标金额179.85亿元。

4月16日，中国中铁中标国道109线那曲至拉萨公路改建工程（那曲至羊八井段）施工第三标段项目，中标金额56.28亿元。

4月17日，央企助力东北振兴·建设美丽吉林座谈会在长春召开。吉林省委书记巴音朝鲁、国务院国资委主任肖亚庆出席会议并讲话。中国中铁党委书记、董事长李长进应邀出席会议。

4月17日，中国中铁监事会主席刘成军与遵义市市长魏树旺在遵义举行会谈，双方就进一步深化合作进行了深入交流并达成广泛共识。

4月17日，中国首组采用换铺设备整组一次拉铺就位的道岔在中铁十局承建的济青高铁胶州北站插铺成功。

4月18日，中国中铁党委书记、董事长李长进出席2018年中外知名企业四川行系列活动。

4月19日，中国中铁召开四川片区投资与总承包项目管理现场会，股份公司党委书记、董事长李长进，副总裁、总工程师刘辉分别就有关工作进行了部署。

4月19日至20日，中国中铁2018年劳动工资培训暨专业会议在合肥召开。

4月19日，由中铁六局承建的京新高速南洋河特大桥成功转体。

4月22日，由中铁隧道局承建的蒙华铁路关键控制性工程段家坪隧道顺利贯通。

4月23日，中铁山桥制造的“世界第一高桥”北盘江大桥获得第35届国际桥梁大会古斯塔夫斯

（Gustav Lindenthal）金奖。

4月25日，中国中铁与银川市人民政府签署了《战略合作框架协议》。

4月25日，中央宣传部、中央文明办、全国总工会联合授予中铁二局徐州“全国最美职工”称号，并应邀参加全国最美职工表彰会。

4月25日，中国中铁“创新创效中的群众智慧”——庆“五一”先进模范座谈会在股份公司总部召开。

4月25日，中国中铁党委在股份公司总部举办了国家安全工作形势任务专题中心组学习会暨“卓越讲坛”专家讲座。

4月26日，中铁一局投资、建设和运营宁夏银川都市圈城乡西线供水工程在银川举行开工仪式。

4月27日，中国通用技术（集团）控股有限责任公司谢彪副总经理一行来访中国中铁。

4月27日，坦桑尼亚总统马古富力及非洲开发银行（AFDB）主席阿德希纳，出席中铁七局坦桑尼亚88.8公里道路升级项目通车仪式并剪彩。

4月28日，江西省委书记刘奇到中铁南方承建的洪都大道项目慰问并指导工作。

4月28日，中国中铁与中铁一局、三局、四局、九局、沈阳市城建投资、沈阳高等级公路建设总公司、沈阳市政设计院、辽宁城乡建设集团、辽宁金帝路桥公司联合体中标沈阳快速路PPP项目，中标金额111.15亿元。

4月，中国中铁及中铁广州建设公司、中铁一局、中铁二局、中铁三局、中铁四局、中铁五局、中铁六局、中铁七局、中铁八局、中铁十局、中铁隧道局、中铁北京局、中铁上海局、中铁电气化局、中铁建工、中铁广州局16家子公司组成的联合体中标广州市轨道交通十三号线二期及同步实施工程总承包项目。中标金额179.85亿元。

4月，中铁电气化局参建的江湛铁路江茂段进入联调联试阶段。

4月，中铁财务参加由《欧洲金融》（Euro Finance）主办的财资管理领域业内权威奖项第六届“陶朱奖”评选颁奖典礼。荣获“最佳全球和/或本地银行解决方案奖”重点推荐企业。

4月至5月，中国中铁党委书记、董事长李长进带队对南宁地铁、成都地铁、昆明地铁、青岛地铁、深圳地铁等部分重点项目进行了检查，并分别在南宁、成都、昆明、上海、青岛、深圳组织召开6次投资与总承包项目管理片区会议，就持续深入抓好投资与总承包项目管理、安全质量管理、党建和党风廉政建设等工作提出明确要求。

五月

5月3日，中国铁路总公司党组书记、总经理陆东福到中国中铁印尼雅万高铁项目调研检查，中国中铁党委书记、董事长李长进，执行董事章献一行陪同调研。期间，李长进还分别与中国驻印尼使馆肖千大使和王立平公参、印尼国企部长特别助理萨哈拉举行会谈，并召开中国中铁印尼雅万高铁项目工作会，积极推进印尼雅万高铁项目建设和印尼市场开发工作。

5月3日，中国中铁执行董事章献，独立非执行董事郭培章、闻宝满、郑清智、马宗林、钟瑞明一行，到中铁一局大连地铁5号线PPP项目检查调研。

5月3日，“重要工业行业工业互联网安全研讨会暨实验室分中心授牌仪式”在中国信息通信研究院举办。实验室在7家中央企业设立7个分中心，其中中铁分中心设立在中铁科研院。

5月4日，中国中铁总裁张宗言与江西省委常委、南昌市委书记殷美根在南昌举行会谈，双方就进一步深化战略合作，拓宽合作领域，促进共同发展进行了深入交流并达成广泛共识。

5月4日，中国中铁工会启动女职工素质提升“百千万”工程。

5月4日，中国中铁贯彻习近平总书记重要讲话精神“青年大学习”主题活动暨庆五四表彰视频会在北京召开。会议对第八届中国中铁“十大杰出青年”、中国中铁“新兴业务十佳青年”以及2017年度先进青年集体和个人进行了表彰。

5月7日，国务院总理李克强在雅加达与印尼副总统卡拉共同出席中国—印尼工商峰会并发表主旨演讲，中国中铁党委书记、董事长李长进应邀出席峰会，并与两国政要、工商界代表共进晚宴。

5月7日，中国中铁总裁张宗言与张家口市委书记回建、副市长高峰举行会谈，双方就进一步加强合作，共同推进冬奥会张家口赛区基础设施建设等进行了深入交流并达成广泛共识。

5月8日，由品牌中国战略规划院与中铁高新工业、徐工集团、海尔集团等共同发起的“2018中国品牌战略发展论坛暨‘三个转变’重要指示发表四周年郑州峰会”在河南郑州“中国品牌日”发源之地中铁装备盾构制造车间拉开序幕。

5月8日，中国中铁副总裁、总工程师刘辉到中铁一局巴基斯坦分公司检查指导工作。

5月8日，中国铁道学会关于公布2017年度中国铁道学会科学技术奖获奖项目，中国中铁29项工程获奖。

5月8日，中铁一局承建的格库铁路格东特大桥转体梁横跨青藏铁路成功转体合龙，这是我国海拔2500米以上首座采用转体法施工的连续梁。

5月9日，中国中铁上海片区投资与总承包项目管理现场会在上海召开。

5月10日，以“中国品牌，世界共享”为主题的首届中国自主品牌博览会在上海展览中心开幕。中央政治局委员、国务院副总理胡春华，中央政治局委员、上海市委书记李强等领导出席开幕式。中国中铁党委书记、董事长李长进应邀出席开幕式，并作为央企唯一代表参加了中国品牌发展国际论坛企业家对话。

5月11日，中央政治局常委、全国人大常委会委员长栗战书在对埃塞俄比亚正式访问期间，在埃塞俄比亚联邦院议长克里娅的陪同下，到中国中铁承建并参与运营的非洲首条现代化城市轻轨——亚的斯亚贝巴轻轨kality车辆段视察。

5月11日，由中铁大桥院设计、中铁大桥局承建的沪通长江大桥主航道桥首节段钢梁架设完成，标志着世界首次大节段钢桁梁吊装取得成功。

5月12日，中国中铁与中铁一局、中铁三局、中铁四局、中铁九局及其他第三方组成的联合体中标沈阳市快速路PPP项目。中标金额111.16亿元。

5月14日，中铁上海工程局投资建设、中铁宝桥参建的世界第一大有推力钢箱梁拱桥——柳州官塘大桥的5885吨中拱段整体提升到位。

5月14日，中铁四局完成世界在运容量最大输电工程——±800kV宾金线特高压跨昌吉赣高铁段导线更换，并顺利送电。

5月15日，世界智能大会在天津开幕。中国中铁党委副书记、执行董事章献代表公司受邀参加开幕式。

5月15日，由中国中铁作为牵头人的联合体中标吉林双辽至洮南公路ST01合同段建设项目。

5月15日，由中铁大桥院设计、中铁大桥局等单位施工的中国首座公铁两用悬索桥——五峰山长江大桥南主塔成功封顶。

5月15日，中国中铁与中铁北京局等3家单位组成联合体中标双辽至洮南高速公路建设项目施工招标ST01标段项目，中标金额64.33亿元。

5月16日至24日，中国中铁纪委书记王士奇赴俄罗斯调研俄罗斯莫喀高铁项目，随后赴匈牙利配合商务部对匈牙利项目进行调研工作。

5月17日，中铁投资集团（联合体成员：中铁北京局集团有限公司）中标承德市伊水创新产业新城基础设施建设项目，中标金额80亿元。

5月18日，中国中铁党委书记、董事长李长进一行与深圳市市长陈如桂举行会谈，双方就进一步深化多领域务实合作，全面提升合作水平，促进央企与地方融合发展等进行了深入交流，并达成广泛共识。

5月18日，中国中铁总裁张宗言、副总裁马力出席中国·廊坊国际经济贸易洽谈会并见证与河北省重点合作项目签约。

5月21日，中铁一局承建的中国高海拔地区首座转体梁桥——格库铁路格东特大桥转体梁顺利合龙。

5月21日，四川乐山境内遭遇强降雨，成昆铁路运行中断。中铁八局全力参与抢险救援。

5月22日，由中铁大桥局承建的世界最大跨度钢箱桁架推力式拱桥——香溪长江大桥主拱合龙。

5月22日，中铁电气化局承建的济南轨道交通R1线在范村车辆基地试车线进行首次热滑。

5月22日，中铁九局参建的通辽至新民北客运专线全线贯通。

5月22日，中国中铁总裁张宗言到中铁六局集团有限公司兰州地铁2号线5标项目部视察指导工作。

5月23日，中国中铁党委书记、董事长李长进，执行董事章献一行与广州市市长温国辉举行了会谈，双方就在基础设施建设等方面进一步深化多领域务实合作，促进央企与地方融合发展等进行了深入交流，并达成广泛共识。

5月24日，吉尔吉斯斯坦总理阿布尔加济耶夫视察中铁五局承建的BK公路项目。

5月24日，中国中铁召开撤销片区督导巡视组专题会，中国中铁党委书记、董事长李长进出席会议并讲话。

5月25日至28日，第二十一届中国西部国际投资贸易洽谈会在重庆召开，中共中央政治局委员、重庆市委书记陈敏尔，国务院国资委主任肖亚庆，重庆市市长唐良智等领导，中国中铁党委书记、董事长李长进，监事会主席刘成军出席开幕式。

5月25日，黑龙江省委书记、省人大常委会主任张庆伟到中铁资源鹿鸣矿业现场调研。

5月25日，国际隧道协会主席Tarcisio B.Celestino，国际隧协副主席、中国中铁科学研究院研究员、副总经理严金秀等组成的国际隧协代表团到中铁四局承建的杭州地铁参观交流。

5月26日，中国中铁与重庆市人民政府签署战略协议。

5月26日，中国建设银行总行到中国中铁京张高铁项目举行主题党日联建活动。

5月27日，由中铁上海工程局承建的国内规模最大运煤专线——蒙华铁路16标控制性工程大中山隧道提前顺利贯通。

5月28日，中国中铁党委书记、董事长李长进会见全国政协常委、香港中华总商会会长、香港新华集团主席蔡冠深一行，双方就进一步深化合作、拓宽合作领域进行了深入交流并达成广泛共识。

5月28日，中国中铁总裁张宗言、监事会主席刘成军一行，拜会京津冀城际铁路投资有限公司总经理苗子簃。

5月28日，中国中铁施工总承包的广州轨道交通11号线首台盾构成功始发。

5月29日，2017版中国中铁科技管理信息系统上线运行。

5月30日，中铁二院设计的新建弥勒至蒙自铁路在云南省弥勒市举行开工仪式，项目总投资123.7亿元。

5月31日，中国中铁与大兴区政府签署战略合作协议。

5月31日，中铁隧道局设备检测中心实验室和检查机构取得CNAS（中国合格评定国家认可委员会）认证资质。

5月，中国中铁与中国长江三峡集团战略合作协议签约仪式在股份公司总部举行。

六月

6月1日，中国中铁30万员工通过视频连线的方式，在同一时间开展安全质量宣誓。

6月1日，中国中铁召开全面开发城市建设市场动员大会。

6月1日，中国中铁团委组织凉山彝族自治州20名学生到北京举行“我向国旗敬个礼”圆梦行动。

6月3日，中国中铁与亿利集团在北京举行战略合作座谈会并签署战略合作协议。

6月3日，中国中铁参建的9项工程获第十五届中国土木工程詹天佑奖。

6月4日，中国中铁总裁张宗言会见济宁市委副书记、代市长石光亮一行，双方就在基础设施建设等方面进一步深化合作，促进央企与地方融合发展等进行了深入交流，并达成广泛共识。

6月4日，四川省委书记彭清华到中铁广州局川南城际铁路自贡制梁场调研。

6月6日，中铁大桥局重载铁路桥梁检测技术在国内首届重载铁路新技术新装备展览会上亮相。

6月8日，“中铁科技情报”微信公众号上线运行。

6月8日，中铁六局举办首届企业文化节。

6月9日至10日，中国中铁总裁张宗言在青岛分别会见了参加上海合作组织峰会的蒙古国总统哈勒特玛·巴特图拉嘎先生和俄罗斯车里雅宾斯克州州长杜布罗夫斯基先生。

6月11日，中国中铁与中铁上投，中铁一局、二局、上海局等16家单位组成联合体中标杭州地铁七号线工程施工总承包项目，中标金额114.57亿元。

6月12日，第35届国际桥梁大会召开。中铁大桥局、中铁宝桥、中铁一局、中铁三局共同承建的安徽芜湖长江公路二桥荣获大会最高奖——乔治·理查德森奖；由中铁大桥勘测设计院设计的张家界大峡谷玻璃桥荣获亚瑟·海顿奖；中国工程设计大师、中铁大桥院副总工程师徐恭义荣获个人终生成就奖——约翰卢布林奖。

6月13日，中国中铁党委书记、董事长李长进在股份公司总部会见了来访的英国谢菲尔德市议会首席行政长官约翰·马瑟索尔一行，双方就进一步深化合作进行了深入交流并达成广泛共识。

6月13日，中国中铁第四届董事会召开第十一次会议，聘任段永传、刘宝龙、任鸿鹏为公司副总裁。

6月14日，中华全国铁路总工会主席索河一行到中国中铁工会调研指导。

6月14日，中铁工业旗下中铁装备总工程师王杜娟获选2018年“最美科技工作者”。

6月15日，中国中铁党委书记、董事长李长进应邀出席黑龙江省新时代“央地携手共谋发展”合作交流会。国务院国资委党委书记郝鹏，黑龙江省委书记张庆伟、省长王文涛等领导同40余家央企负责人进行了座谈。会议期间，李长进与张庆伟书记、王文涛省长分别进行了交流。

6月15日，美国《福布斯》杂志和网站公布了2018年全球上市公司2000强（Forbes Global 2000）榜单，中国中铁（601390SH，390HK）在《福布斯》2000强榜单中综合排名第188位。其中，营业收入以1060亿美元位居第二，利润额以25亿美元排名第六，资产值以1326亿美元排名第三，市值以253亿美元排名第六。

6月15日，中国中铁第十期领导干部学习贯彻党的十九大精神集中轮训班结业。10期轮训班共培训各子分公司局级干部、股份公司总部处级以上干部767人。

6月19日，中国中铁党委书记、董事长李长进在股份公司总部会见了来访的缅甸交通与通信部部长吴丹欣貌一行。

6月20日，中国中铁总裁张宗言带队按照“四不两直”的方式，对北京地铁19号线1标中铁七局、4标中铁隧道局项目施工现场进行了专项安全质量检查。

6月20日，中国中铁与焦作市政府“中铁太行生态城项目”签约仪式在焦作举行。

6月20日，由中铁大桥院设计、中国中铁大桥局承建的平潭海峡公铁两用大桥鼓屿门水道桥左幅主塔成功封顶。

6月21日，中国中铁总裁张宗言在股份公司总部会见了来华访问的巴布亚新几内亚总理彼得·奥尼尔及夫人琳达·奥尼尔一行。

6月21日，在建党97周年即将来临之际，国务院国资委党委和中共陕西省委在北京联合召开《梁家河》发书仪式暨国资委和中央企业学习座谈会。国资委党委书记郝鹏出席会议并讲话。团委负责人作为五家单位代表之一作主题交流发言。

6月21日，原铁道部常务副部长、中国工程院院士孙永福带领中国工程院调研组到中国中铁开展庆祝改革开放40周年“百企”调研活动，中国中铁党委书记、董事长李长进，副总裁马力，以及股份公司总部有关部门负责同志参加了调研活动。

6月21日，人力资源和社会保障部、国务院国资委和全国总工会在中国中铁总部联合召开中央企业贯彻落实《关于提高技术工人待遇的意见》专题会，中国中铁副总裁刘宝龙作经验交流。

6月22日，由中国中铁“中国单轨交通发展研究中心”、中铁设计、中铁设计院士专家工作站主办的“创新单轨技术发展与应用，促进城市建设与产业发展”研讨会在京召开。

6月24日，中国中铁总裁张宗言、副总裁段永传调研济南中铁城项目。

6月25日，中国中铁总裁张宗言、副总裁段永传应邀出席“2018·央企助力山东新旧动能转换座谈会”。

6月26日至29日，中国中铁党委书记、董事长李长进，副总裁马力一行出访英国，推动中国中铁与英国谢菲尔德市政厅的项目合作，并与英国谢菲尔德市政厅签署合作谅解备忘录。

6月26日至29日，中国共产主义青年团第十八次全国代表大会开幕式在北京召开，中国中铁四位代表参加大会，大会选举中国中铁团委书记曹彬同志为团中央委员。

6月26日至29日，中国中铁实施市场化债转股，通过引入中国国新等9家投资者对中铁二局、三局、五局、八局进行增资，总金额116亿元。

6月28日，中国中铁党委召开纪念中国共产党成立97周年暨“一先两优”表彰大会。

6月28日，中铁大桥局建设的世界首座高速铁路悬索桥——五峰山长江大桥北主塔顺利封顶。

七月

7月1日，由中铁设计起草、与深圳市地铁集团公司一起主编的中国城市轨道交通协会团体标准《轻型跨座式单轨交通设计导则》（T/CAMET04001-2018）正式发布。《轻型跨座式单轨交通设计导则》是中国城市轨道交通协会发布的第一个团体标准，已由中国铁道出版社出版发行。

7月1日，中铁八局参建的昆（明）楚（雄）大（理）铁路正式开通运营。

7月2日，中铁资本与中铁隧道局合资成立的中铁商业保理有限公司（以下称中铁保理）在广州市南沙区举行开业揭牌仪式。

7月2日，成都市区持续暴雨，造成成绵乐客专线双流机场隧道进口严重积水，行车中断。中铁二局紧急组织230人，指挥及运输车12台、抢险设备14台套及相关抢险物资开展抢险工作，经过11小时55分的连续作战，成功解除了险情，于7月3日早上7时实现了线路开通。

7月3日，中共中央政治局委员、中央书记处书记、中央宣传部部长黄坤明，老挝国家社科委副主席松塔努·塔玛冯，中国驻老挝大使王文天一行，到中铁八局施工的磨万铁路Ⅲ标视察。

7月6日，中国中铁所属中铁二局昆明应急救援队参与香丽高速公路园宝山隧道坍方抢险救援。

7月7日，中国中铁总裁张宗言参加在保加利亚首都索菲亚举行的中国—中东欧国家合作“16+1”峰会。期间，张宗言总裁会见了保加利亚交通与信息技术通讯部部长伊瓦伊洛·莫斯科夫斯基先生和经济部部长埃米尔·卡拉尼克洛夫先生，推动中国中铁在中东欧市场经营开发工作。

7月9日，中国中铁总裁张宗言与克罗地亚总统科林达·格拉巴尔－基塔洛维奇举行会谈。

7月9日，宁夏回族自治区党委书记、人大常委会主任石泰峰实地调研中铁一局银西铁路银吴客专吴忠车站建设情况。

7月10日，财富中文网发布了最新的《财富》中国500强排行榜。中国中铁以6933.67亿元的营业总收入排名第8位。

7月11日，中国中铁召开2018年二季度安全质量工作视频会议。

7月11日，由中铁工程装备集团自主研制的应用于迪拜DS233/2-深埋雨水隧洞项目的两台大直径盾构机在中铁装备华隧基地下线。该设备是中国出口海外的最大直径土压平衡盾构机。

7月11日，中铁隧道局承建的国内长度最长、断面最大的红黏土隧道——银西铁路庆阳隧道实现全隧贯通。

7月12日，中国中铁与中国兵器工业集团有限公司签署战略合作协议，双方将在国际工程承包合作、施工装备合作、民爆一体化服务工程、矿产资源开发、高端装备制造、北斗导航、金融投资领域开展深层次、全方位的长期战略合作。

7月12日至13日，中国中铁工会主席刘建媛深入中铁一局、隧道、电气化局所属郑州地区单位调研，深入了解员工健康关爱计划在一线推进落实情况，并在中铁装备集团召开郑州片区员工健康关爱计划工作督导推进座谈会。

7月13日，中国中铁与香港新华集团签署战略合作协议。双方在既有项目合作的基础上，继续在“一带一路”海外投资开发、粤港澳大湾区建设、长江经济带建设、京津冀一体化建设等领域展开更加深入的合作。

7月15日，中国中铁党委书记、董事长李长进深入党建工作联系点——中铁五局四公司京张铁路三标项目部，参加项目党组织生活会并对基层党建工作进行调研指导。

7月15日，中国中铁举办桥梁施工技术及管理交流会。

7月16日，由中铁建工集团承建，坦桑尼亚革命党、南非非洲人国民大会、莫桑比克解放阵线党、安哥拉人民解放运动、纳米比亚人组党、津巴布韦非洲民族联盟—爱国阵线等南部非洲六姊妹党联合建设的尼雷尔领导力学院项目奠基仪式在坦桑尼亚举行。

7月17日，国务院国资委公布2017年度中央企业负责人经营业绩考核A级企业名单。中国中铁荣获中央企业负责人经营业绩考核A级，是中国中铁连续第5年获此荣誉。

7月17日，中铁建工中标北京铁路枢纽丰台站改建工程站房和相关工程ZFSG-1标段，中标金额72.44亿元。

7月19日，2018年《财富》世界500强名单正式发布，中国铁路工程总公司（中国中铁）排名世界500

强第56位。

7月20日，中国中铁与山西能源交通投资有限公司签订战略合作框架协议。

7月20日，由中铁九局承建的援白俄罗斯布列斯特州保障房二期项目竣工。

7月22日，国家主席习近平对塞内加尔进行国事访问，期间会见了中资企业代表。中铁七局海外公司塞内加尔地区经理王海北作为代表，受到亲切接见并合影留念。

7月24日，中国中铁党委在京召开2018年党风廉政建设和反腐败工作年中推进视频会，总结上半年企业党风廉政建设和反腐败工作，部署下半年重点任务。股份公司党委书记、董事长李长进出席会议并作专题党课；会议传达了中央纪委、国务院国资委党委和驻委纪检监察组有关文件精神，通报了近期企业内部问责典型案例；纪委书记王士奇对下半年企业党风廉政建设和反腐败工作进行了部署安排。

7月26日，中共中央政治局常委、国务院总理李克强在西藏自治区党委书记吴英杰、自治区主席齐扎拉陪同下，赴中铁二院勘察设计的川藏铁路拉林段施工现场，了解工程进展情况。

7月26日，中国中铁党委书记、董事长李长进前往中铁二院莫喀高铁项目部视察，听取了中铁二院关于项目情况的汇报，对莫喀高铁设计工作取得的进展给予了充分肯定，对参与该项目的中俄员工表示慰问。

7月26日，中国中铁总裁张宗言与天津市委副书记、市长张国清在天津市迎宾馆举行会谈，双方就进一步加强天津市及周边辐射区域的规划建设和合作发展等进行了深入交流并达成广泛共识。

7月26日，中国中铁与贵州省交通运输厅签署战略合作协议。

7月27日，中国中铁党委书记、董事长李长进出访俄罗斯参加首届都市轨道交通可持续发展论坛，为论坛开幕式揭牌并发表主旨演讲。

7月27日，中铁上海局承建的皖赣铁路宣城站千人大拨接顺利完成。

7月28日，中国中铁执行董事章献出席贵州省新时代高速公路建设项目招商引资推介会。

7月28日，宝成铁路王家沱至乐素河间被滑坡山体掩埋线路，经过抢险主力军中铁一局以及其他单位千余人16昼夜奋战，全线恢复通车。

7月29日至31日，国务院国资委党建工作局局长姚焕一行到中国中铁印尼雅万高铁项目检查指导境外党建工作。

7月29日，中铁工业所属中铁山桥荣获国内首家URCC城轨装备认证证书。

7月30日，国务院国资委党委书记郝鹏一行访问以色列，现场视察了中国中铁以色列特拉维夫轻轨红线项目，就中央企业海外党建等工作进行了调研座谈，并看望慰问了中国中铁现场员工。中国中铁党委书记、董事长李长进陪同视察，并汇报了中国中铁在以色列市场的生产和经营情况。

7月30日，中国中铁召开安全生产专题视频会议。

7月30日，中铁二局施工的世界海拔最高公路隧道——米拉山隧道全线贯通。

7月30日，中国中铁11项工程获李春奖。

7月30日至8月2日，中铁十局连续参与了成昆铁路泥石流滑坡抢险救援工作。

7月31日，中铁六局建设的2022年北京冬奥会配套工程——京张高铁西二旗左线特大桥连续梁顺利合龙。

7月31日，中铁四局承建的内蒙古首条高铁——张（家口）呼（和浩特）铁路客运专线全线铺轨贯通。

八月

8月1日，中国中铁与北京市密云区政府在密云区区委签署战略合作协议。

8月2日，中铁一局荣获建筑工程施工总承包特级资质和建筑行业（建筑专业、人防专业）设计甲级资质。这是中铁一局继铁路、公路、市政之后取得的第四个特级资质，成为陕西省第一家“四特”企业。

8月3日，中国中铁副总裁、董事会秘书、总法律顾问于腾群一行到中铁大桥局杨泗港长江大桥项目部调研大桥施工进展情况。

8月7日，中铁九局玻利维亚Espino公路项目正式上线境外财务共享平台，成为中国中铁境外首批上线项目。

8月8日，中国中铁党委在京张高铁清河站施工现场召开“詹天佑杯”京张高铁劳动竞赛暨党建主题实践活动表彰推进会，公司党委书记、董事长李长进出席会议并讲话。会议表彰了8个“詹天佑杯”劳动竞赛暨党建主题实践活动先进集体、10名优秀党务工作者、17名劳动竞赛暨党建主题实践活动先进个人。

8月8日，中国中铁29名青年荣获“全国青年岗位能手”，12个集体获“全国青年安全生产示范岗”荣誉。

8月9日，中国中铁召开深圳地区安全生产专题会议，对推进深圳地区项目管理标准化、加强现场管理和安全质量工作进行再动员再部署。

8月9日，中铁六局与中铁城投联合体中标南梁至太白高速公路工程政府和社会资本合作PPP项目，中标金额52.54亿元。

8月9日，中国中铁同湖南省郴州市汝城县人民政府在总部机关举行了精准扶贫座谈会。

8月10日，中国中铁党委书记、董事长李长进在蓉与四川省委常委、成都市委书记范锐平举行会谈，双方围绕加快推进中国中铁在蓉项目建设、进一步深化战略合作进行了深入交流，并达成广泛共识。

8月10日，中国中铁在中铁四局召开2018年经济运行分析会。

8月11日，安徽省委书记李锦斌一行到中铁建工承建的商合杭铁路颍上北站视察指导工作。

8月12日至14日，中国中铁总裁张宗言、副总裁任鸿鹏一行到巴西就两洋铁路FIOL铁路段、萨尔瓦多大桥、气动列车技术进行了调研。

8月12日，由证券时报社与青岛市政府联合主办的“第十二届中国上市公司价值论坛暨颁奖典礼”在青岛举行。中国中铁党委书记、董事长李长进荣获“中国上市公司十大创业领袖人物”，并作为颁奖嘉宾为中国董秘勋章奖获奖者颁奖；副总裁、总法律顾问、原董事会秘书于腾群荣获“中国上市公司资本运作杰出董秘奖”。此外，所属企业中铁工业副总经理、董事会秘书余赞荣获“中国主板上市公司优秀董秘奖”。

8月13日，中国中铁总裁张宗言、副总裁任鸿鹏一行分别拜访了中国驻巴西大使李金章和巴西总统特梅尔，双方就巴西两洋铁路FIOL铁路段综合一体化项目进行了深入交流并达成广泛共识。

8月15日，巴拿马总统巴雷拉到中铁四局项目检查工作。

8月16日，中国中铁党委书记、董事长李长进与北京市顺义区委书记高朋、区委副书记、代区长孙军民会谈，就双方在顺义投资开发项目推进及未来合作方向达成共识。

8月16日，中国中铁总裁张宗言与巴西总统米歇尔·特梅尔举行会谈。

8月16日，中铁九局、中铁二院和中铁国际被纳入国企改革“双百企业”名单。

8月19日，中国中铁召开2018年经济运行情况分析会。

8月21日，中国中铁总工程师孔遁一行到成都地区，对6家二级单位的科技与信息化工作进行调研。

8月21日，中国中铁研发的业财共享信息平台入围国资委2018年中央企业信息化优秀成果。

8月22日，中国中铁纪念改革开放40周年——“致敬芳华 传承卓越”活动在总部机关隆重举行。

8月23日，国务委员兼外交部长王毅视察中铁四局中国援建蒙古国残疾儿童发展中心项目。

8月23日，中国中铁党委书记、董事长李长进与泰国主管经济的副总理颂奇在泰国总理府举行会谈，双方就泰国市场情况进行了深入探讨和交流，并达成广泛共识。

8月23日，美国《工程新闻纪录（ENR）》发布2018年全球最大250家工程承包商（ENR's 2018 Top 250 Global Contractors），中国中铁排名第2位。250家国际工程承包商（ENR's 2018 Top 250 International Contractors）榜单，中国中铁排名第17位。

8月27日，中铁隧道局参建的乌兹别克斯坦卡姆奇克隧道获国际市政工程协会2018年特殊国际荣誉奖。

8月28日，中国中铁总裁张宗言、副总裁任鸿鹏会见了马来西亚民主行动党国会领袖林吉祥一行，双方就深化合作等事宜进行了深入交流并达成广泛共识。

8月28日，中国中铁党委书记、董事长李长进，总裁张宗言在股份公司总部分别会见了欧亚资源集团总裁宋本先生（Mr.Benedikt Sobtka）和马来西亚民主行动党国会领袖林吉祥先生（Mr.Lim Kit Siang），就进一步加强合作进行了深入交流并达成广泛共识。

8月29日，中国中铁党委书记、董事长李长进出席北京上市公司协会第五届会员大会第一次全体会议并当选新一届理事长。

8月29日，中国中铁所属中铁二局昆明应急救援队参与云南省玉磨铁路石头寨泥石流救援，搜救出遇难人员一人。

8月30日，中铁大桥院勘察设计、中铁宝桥参建的援马尔代夫中马友谊大桥建成通车。

8月31日，中国中铁2018年中期A股业绩推介会在公司总部举行。

九月

9月2日，在2018中国500强企业高峰论坛上，中国企业联合会、中国企业家协会发布了“中国企业500强”名单。中国铁路工程集团有限公司（中国中铁）排名2018中国企业500强第13位。

9月3日，中国中铁总裁张宗言一行与科特迪瓦总统瓦塔拉举行了会谈，双方就阿比让FHB国际机场项目进行了深入交流，并达成广泛共识。

9月3日，中国中铁副总裁任鸿鹏分别会见了来京参加中非论坛北京峰会的肯尼亚交通基础设施部部长詹姆斯·马查理尔和莫桑比克交通和通信部部长卡洛斯·梅斯基及其代表团。

9月4日至7日，中国中铁党委书记、董事长李长进，执行董事章献，董事会秘书何文，联席公司秘书谭振忠等，在中国香港、新加坡两地开展了中期业绩推介路演活动。期间拜访了安联环球投资、华夏基金（香港）、贝莱德、千禧资管、友邦保险、汇丰资管、富达资产、中国再保险、瀚亚投资、利安资管、Point72、GSACapital、GMO、RHB等多位公司重要股东和潜在投资者，共召开22场一对一及小组会议。

9月4日，中国中铁总裁张宗言出席了2018中非领导人与工商界代表高层对话会暨第六届中非企业家大会，并作为发言嘉宾参加了“加强基础设施合作，促进可持续发展”的专题论坛。

9月4日，中国中铁副总裁任鸿鹏代表中国中铁在北京分别会见了布基纳法索总统卡博雷一行、摩洛哥外交事务大臣一行，就加强合作进行了深入交流并达成广泛共识。

9月4日，中国中铁2018年度中期H股业绩推介会及新闻发布会在香港举行。

9月5日，全国人大常委会副委员长张春贤一行到中铁大桥局杨泗港长江大桥项目部调研防震减灾法落实情况。

9月6日，中央企业援藏干部座谈会在拉萨召开。国务院国资委党委书记郝鹏，国资委秘书长阎晓峰，西藏自治区党委常务副书记、自治区政协党组书记丁业现，自治区党委副书记、自治区常务副主席庄严，自治区副主席汪海洲，中国中铁总裁张宗言，副总裁段永传等领导出席会议。张宗言代表中央企业作了交流发言。

9月6日、14日，中国中铁总经济师马江黔一行到中国铁建、中国建筑总部进行调研。

9月6日，中铁·青岛世界博览城项目作为东亚海洋合作平台永久性会址正式启用。

9月7日，“中金－中铁置业－联易融”4.61亿元供应链金融1期资产支持专项计划成功设立，是国内首单央企房地产供应链ABS。

9月7日，国务院国资委党委书记郝鹏，西藏自治区党委副书记、自治区常务副主席庄严前往中铁二局施工的拉林公路米拉山隧道检查指导工作。

9月7日，中国中铁党委书记、董事长李长进，执行董事章献一行对中铁隧道局施工的新加坡C885项目进行了调研并召开座谈会，听取了东方国际、中铁隧道局、中铁一局在新加坡业务开展情况和工程项目进展情况的汇报。

9月7日，中国中铁与西藏自治区人民政府签署西藏项目合作意向协议。

9月9日，中国中铁党委书记、董事长李长进受邀出席首届丝路国际产能合作领军论坛。

9月9日，中国中铁副总裁任鸿鹏会见了来访的缅甸计划与财政部部长梭温（Mr.H.E.USoe Win）一行，双方进行了友好会谈。

9月10日，全国政协副主席刘新成到中铁广州局西安北至机场城际轨道项目北客站现场调研。

9月10日至13日，中国中铁总裁张宗言、副总裁任鸿鹏率中国中铁代表团，赴俄罗斯符拉迪沃斯托克参加第四届东方经济论坛全体会议及相关系列活动。

9月12日，第十五届中国—东盟博览会和中国—东盟商务与投资峰会在广西南宁开幕。中共中央政治局常委、国务院副总理韩正出席开幕式并发表主旨演讲。开幕式后，韩正巡视博览会展馆，视察了中国中铁展区。中国中铁副总裁、总法律顾问于腾群向韩正副总理汇报了公司近年来的发展、重大工程项目、川藏铁路建设、中缅铁路通道推进情况以及盾构机等重大装备的研发创新情况。

9月13日，中国中铁副总裁、总法律顾问于腾群代表中国中铁在广西南宁参加了第15届中国—东盟博览会系列活动之中缅经济走廊论坛和中国—东盟首届“一带一路”青年领袖论坛，并分别发表主题演讲。

9月13日至14日，中国中铁监事会主席张回家一行24人到中铁七局调研，并组织离退休干部代表召开了纪念改革开放40周年座谈会。

9月14日至15日，改革开放四十年中国隧道科技高峰论坛在广州南沙举行。16名中外院士、上百位专家学者围绕中国隧道与地下工程建设新理论、新技术进行了探讨，对21世纪中国地下空间开发进行了展望。中国中铁党委书记、董事长李长进出席论坛并分别致辞。

9月14日，在中国和委内瑞拉政府高级混合委员会第16次会议上，中铁十局与委内瑞拉工业部正式签署铁矿领域战略联盟合作框架协议。委内瑞拉总统马杜罗，中国国务委员、外交部长王毅，全国政协副主席、国家发改委主任何立峰出席会议。

9月15日，中国中铁总裁张宗言应邀出席中国—委内瑞拉经贸合作论坛暨中委双边企业家理事会会议。

9月16日，刚果民主共和国总统约瑟夫·卡比拉，到中铁八局负责施工的刚果（金）布桑加左、右两岸上坝公路视察。

9月16日，中国中铁积极参与深圳“山竹”号台风的抢险救灾工作。

9月18日，中国中铁总裁张宗言、副总裁任鸿鹏一行与土耳其总统埃尔多安在土耳其伊斯坦布尔举行会谈，双方就进一步加强经贸等相关领域的合作进行了深入交流并达成广泛共识。

9月18日，中国中铁首单购房尾款类资产证券化产品“招商创融－中铁置业资产支持专项计划”（简称“专项计划”）成功发行。

9月18日，中国中铁与中铁（江西）投资有限公司、中铁设计咨询、深圳城市交通规划设计研究中心，中铁二局、四局、七局、九局、上海局9家单位组成联合体中标南昌市赣江新区经开大道北延等六个项目打包工程总承包（EPC）项目，中标金额62.45亿元。

9月19日，成都市政府主办的2018成都国际投资峰会开幕。四川省委常委、成都市委书记范锐平，成都市委副书记、市长罗强，国内外1200余家知名企业、外国驻蓉驻渝领事机构以及商协会等1500余名嘉宾代表出席活动。中国中铁党委书记、董事长李长进出席峰会，副总裁刘辉代表中国中铁与成都市人民政府签署深化合作协议。

9月19日，中国中铁副总裁段永传出席中国中铁承办的“2018河北雄安新区超低能耗建筑国际论坛”之“超低能耗建筑标准、技术体系及实践”分论坛，发表《积极投身雄安新区建设 勇当绿建产业开路先锋》演讲。

9月19日，中国中铁与成都市人民政府签署《深化合作协议》。

9月19日，中国中铁成功中标徐州铁路物流园一期棚改项目，中标价为168亿元。

9月19日，北京祥顺置业有限公司（中铁投资占注册资本的95%，中铁北京局占注册资本的5%）中标顺义区北务镇北务村棚户区改造土地开发项目，中标价58.25亿元。

9月20日，四川省政府主办的“一带一路”国家（地区）企业合作发展大会在蓉召开。国务院国资委副主任徐福顺，“一带一路”建设沿线国家政要，驻华使馆、驻蓉（渝、昆）总领馆官员，知名研究机构、境外世界500强企业和“一带一路”（国家）地区著名商协会及驻蓉贸易投资促进机构、专家学者代表共450余位嘉宾出席大会。尼泊尔副总统南达·巴哈杜尔·普恩，国务院国资委副主任徐福顺，股份公司党委书记、董事长李长进等7位嘉宾先后发表主旨演讲。

9月20日，由中铁六局承建的越南河内吉灵至河东站轻轨试运行启动仪式在安义站成功举行。越南河内轻轨是采用“中国标准、中国技术、中国装备”全产业链输出的现代化城市轻轨，也是“一带一路”倡议实施以来开花结果的首条最大城市轻轨。

9月20日，中铁武汉电气化局负责施工的哈尔滨站改造工程成功热滑。

9月21日，四川省国资委、中国中铁共同主办，中铁二院、四川省铁路产业投资集团公司、四川省交通投资集团有限责任公司承办的2018“一带一路”轨道交通国际高峰论坛在蓉举行。“一带一路”沿线12个国家的300余位中外嘉宾参加高峰论坛。四川省副省长杨洪波，尼泊尔基础设施和交通部长拉古比鲁·马哈塞特，股份公司党委书记、董事长李长进出席论坛并致辞。

9月22日，中国中铁党委书记、董事长李长进，党委常委、纪委书记王士奇先后检查了中铁二局承建的Ⅳ标段楠科内河特大桥施工现场以及中铁八局承建的Ⅲ标段琅勃拉邦跨湄公河大桥和蓬山隧道施工现场，听取了关于中老铁路工程建设和员工生活情况的汇报，并代表股份公司党政工团对参建员工表示慰问。

9月23日至26日，中共中央政治局常委、中央纪委书记赵乐际检查中老铁路建设现场，慰问了中老铁路项目建设者，出席了中老铁路廉洁建设汇报会。中国中铁党委书记、董事长李长进，纪委书记王士奇等陪同参加了相关活动。

9月23日，中铁一局参建的广深港高铁香港段正式开通运营。

9月23日，中铁十局承建的陕西省吴（起）定（边）高速公路正式开通运营。

9月24日，中铁大桥局施工的汉十高铁全线最重转体桥——崔家营汉江特大桥成功转体。

9月25日，中国中铁“一带一路”互联互通研究中心和中铁二院城乡规划设计研究院在中铁二院举行揭牌仪式。

9月26日，国务院国资委党委在京召开中央企业宣传思想工作会议。国资委党委书记郝鹏出席会议并讲话，国资委副主任、党委委员翁杰明主持会议。股份公司党委书记、董事长李长进出席会议。会上，6家中央企业负责同志作了交流发言，中国中铁等8家企业作了书面交流。

9月26日，中铁山桥参建的杭瑞高速毕都北盘江大桥桥面距江面垂直高度达565.4m，荣获“世界最高桥”之称，载入世界纪录大全史册。

9月26日，中国中铁与中铁投资、中铁十局、中铁二院、东明恒通路桥联合体中标濮阳至阳新高速公路菏泽段投资人招标项目，中标金额65.94亿元。

9月27日，中国中铁副总裁刘宝龙调研中铁二局昆明应急救援队。

9月28日，国务院国资委主任肖亚庆到中国中铁总部调研。中国中铁党委书记、董事长李长进，总裁张宗言等公司领导班子成员及高管陪同调研。

9月28日，中铁山桥参与制造的梅山春晓大桥荣获2018年度国际咨询工程师联合会（FIDIC）颁奖大会菲迪克大奖。

9月28日，由中铁大桥院设计、中铁大桥局承建的沪通长江大桥北侧主塔成功封顶。

9月28日，中铁广州局承建、中铁宝桥承建的川藏铁路拉林段藏木特大桥合龙。

9月29日，由中铁装备、中铁隧道局、盾构及掘进技术国家重点实验室联合研制的中国自主设计制造的最大直径（15.80米）泥水平衡盾构机“春风号”在郑州下线。

9月30日，中铁一局参建的世界最重桥梁顶升工程——吴淞江大桥正式通车。

9月，中国中铁排名2018中国企业500强第13位。

9月，中国首个国家级盾构技能大赛在中国中铁举行。

十月

10月8日，中国中铁大桥院副总工程师、中国工程设计大师徐恭义获得英国土木工程师学会国际成就奖，成为第一位获得此奖项的中国人。

10月9日，中国中铁党委书记、董事长李长进参加全国国有企业改革座谈会。

10月10日，中国中铁智慧工会云平台正式上线试运行。

10月11日，中铁四局负责承建的国家智能清洁能源汽车质量监督检验中心项目正式开工。

10月12日，河北省委书记王东峰、省长许勤到中铁建工承建的北京2022年冬奥会张家口赛区奥运村及场馆群项目部视察指导工作。

10月12日，山东省委书记刘家义视察中铁青岛世界博览城举办的“首届青岛军民融合科技创新成果展”。

10月12日，中国中铁与中铁投资、中铁广州局、中铁三局、中铁九局、中铁建信联合体中标沈阳中德产业园PPP项目，中标金额76.78亿元。

10月14日，孟加拉国总理谢赫·哈西娜出席帕德玛大桥命名揭牌及连接线开工仪式并发表重要讲话。

10月15日，中国中铁与唐山市政府签署战略合作协议。

10月15日，中铁大桥院勘察设计的黄冈公铁两用长江大桥获2018年度国际咨询工程师联合会菲迪克奖。

10月16日，国务委员王勇到中铁上海局杭州地铁5号线10标调研安全生产工作。

10月16日，浙江省委书记车俊到中铁四局承建的温州市中心片污水处理厂迁扩建工程调研。

10月16日，中铁十局顺利铺设完成石济客专济南枢纽接入胶济客专新建五里堂线路所42号道岔，施工历时330分钟，创造了国内铁路42号道岔铺设用时最短纪录。

10月17日，中铁建工承建的京张高铁全线最大站房——清河站主体封顶。

10月18日至20日，国务院国资委主任肖亚庆在埃塞俄比亚进行访问，并召开驻埃中央企业座谈会，参观试乘了由中国中铁建设的亚吉铁路和埃塞俄比亚首都亚的斯亚贝巴轻轨。

10月22日至24日，中国中铁总裁张宗言、副总裁任鸿鹏出席在日内瓦举行的2018年世界投资论坛，并出席有关专题会议。

10月22日至26日，中国工会第十七次全国代表大会在人民大会堂召开。中国中铁10名代表出席了中国工会十七大，刘建媛、巨晓林、李朋谦、徐州4名同志当选中华全国总工会第十七届执行委员会委员；巨晓林当选为中华全国总工会副主席（兼职）。

10月23日，由中铁大桥局、中铁大桥院、中铁山桥、宝桥、科工等单位参建的港珠澳大桥通车仪式在广东珠海举行，国家主席习近平出席仪式并宣布大桥正式开通。

10月26日，中国中铁党委书记、董事长李长进参加中央企业党的建设工作座谈会。

10月26日，中国中铁党委书记、董事长李长进，副总裁任鸿鹏在股份公司总部与来访的俄罗斯天然气工业银行副总裁兼投资集团总裁克谢佐夫斯基一行举行会谈，双方就在俄联邦境内开展基础设施项目合作进行了深入交流，并签署了战略合作协议。

10月26日，中国中铁党委召开学习“习近平新时代中国特色社会主义思想”暨庆祝改革开放40周年理论研讨会。

10月26日，中铁电气化局旗下的中铁高铁电气装备股份有限公司在全国中小型企业股份转让系统（新三板）挂牌敲钟仪式成功举行。证券简称：高铁电气；股票代码：873023。

10月26日，巨晓林当选为中华全国总工会副主席（兼职），巨晓林、刘建媛、李朋谦、徐州4名同志高票当选中华全国总工会第十七届执行委员会委员。

10月27日，中国中铁荣获“2018金翼奖最具价值港股通公司—价值实力奖”。

10月29日，中国中铁召开区域经营工作总结推进视频会。

10月29日，中国中铁与中铁广州建设有限公司、中铁广州局、一局、十局、四局、隧道局、八局、北京局、三局、武汉电气化局、电气化局、建工集团13家单位组成联合体中标广州市轨道交通七号线二期及同步实施工程总承包项目，中标金额89.97亿元。

10月30日，中国中铁党委书记、董事长李长进与贵州省委常委、贵阳市委书记赵德明举行座谈，双方就进一步加强贵阳市交通路网建设、旅游开发和棚户区改造等方面合作进行了深入交流，并达成广泛共识。

10月30日，中国中铁总裁张宗言、副总裁刘辉一行到中铁一局城轨公司调研。

10月31日，中国中铁总裁张宗言在股份公司总部与来访的俄罗斯萨哈（雅库特）共和国总理索洛多夫一行举行会谈，双方就在俄萨哈（雅库特）共和国境内开展基础设施项目和能源开发合作进行了深入交流，并达成广泛共识。

10月31日至11月10日，中国中铁第四届董事会执行董事章献，独立非执行董事郭培章、闻宝满、郑清智、钟瑞明，非执行董事马宗林组成调研组，深入云南和老挝、越南，通过实地检查、听取汇报、座谈交流等形式，对股份公司推进“一带一路”项目建设情况进行了专题调研。

十一月

11月1日，第十六届中国土木工程詹天佑奖入选工程结果公示，中国中铁共有12项入选，累计获得中国土木工程詹天佑奖126项。

11月1日，中国中铁与中铁城投联合体中标宜宾城市过境高速公路西段和宜宾至彝良高速公路（四川境）项目，中标金额205.40亿元。

11月2日，中国中铁总裁张宗言，副总裁任鸿鹏与克罗地亚总理普连科维奇举行会谈，双方就进一步加强基础设施领域的合作进行了深入交流，并达成广泛共识。

11月2日，中国中铁与郑州市签署地下空间领域开发合作框架协议。

11月2日，中铁建工21名勇士随中国第35次南极科学考察队再次出征南极，承担泰山站后勤保障建设任务。

11月5日，在参加首届中国国际进口博览会期间，中国中铁党委书记、董事长李长进，副总裁任鸿鹏在上海半岛酒店与匈牙利外交和对外经济部部长西雅尔多举行会谈，双方就进一步加强基础设施领域的合作进行了深入交流，并达成广泛共识。

11月5日，主题为“新时代共享未来”的首届中国国际进口博览会在国家会展中心（上海）开幕，国家主席习近平出席开幕式并发表主旨演讲。中国中铁、中铁装备与来自德国、意大利、奥地利等国的6家专业供应商签订了采购合同。中国中铁党委书记、董事长李长进出席签约仪式并致辞。

11月6日，在首届中国国际进口博览会上，中国中铁、中铁装备与来自德国、意大利、奥地利等国的6家专业供应商签订了采购合同。

11月6日，中铁三局等单位承建的青岛地铁1号线过海隧道突破海域段最难断裂带，实现全面贯通。

11月6日，中国中铁2018年投资推进会在中铁城投召开。

11月7日，中铁一局参建的雀儿山隧道荣获国际隧道工程领域的“奥斯卡”奖项——2018ITA年度工程大奖，这是中国公路隧道首次荣获国际顶级大奖。

11月9日，中铁四局“提高CRTS Ⅲ型轨道板翘曲变形合格率”“采用大断面马蹄形的土压平衡盾构方法首次应用于黄土隧道”两项施工技术，分别荣获国际质量管理小组会议金奖、国际隧道协会技术创新项目奖。

11月11日，中国中铁党委书记、董事长李长进出席中国施工企业协会会长会议。

11月12日，交通运输部部长李小鹏一行到中铁隧道局厦门第二西通道（海沧隧道）项目调研。

11月12日，股份公司党委书记、董事长李长进，中国志愿服务基金会副理事长、秘书长姚桂清，股份公司工会主席刘建媛，股份公司总部相关部门以及中铁一局、中铁三局等单位有关负责人组成扶贫援建考察调研组，到中国中铁扶贫援建的山西省保德县，考察调研中国中铁在当地的精准扶贫援建工作情况。

11月14日，中国中铁副总裁任鸿鹏在股份公司总部会见了沙特阿拉伯城乡事务部副部长阿米尔·阿卜杜佳尔先生一行，双方就中国中铁在沙特境内开展基础设施项目合作进行了深入交流，并达成广泛共识。

11月15日，全国政协副主席、交通运输部党组书记杨传堂一行到绥延项目调研。

11月15日，中国中铁董事会秘书、新闻发言人何文率50家证投资机构和媒体考察团莅临广州综合管廊项目进行反向路演活动。

11月15日，国家科技部党组书记、部长王志刚到中铁装备调研隧道掘进机产业发展及技术创新情况。

11月15日，中铁八局参建的摩洛哥丹吉尔至盖尼特拉北部城市的摩洛哥高铁开通运营。摩洛哥国王默罕默德六世、法国总统马克龙出席通车仪式并乘坐首趟高铁。

11月15日，中国中铁总裁张宗言与深圳市市长陈如桂在深圳举行会谈，双方就全面深化务实合作，拓展合作领域、提升合作水平，加快推进重点项目建设，助力深圳经济高质量发展进行了深入交流，并达成广泛共识。

11月16日，2018—2019年度第一批国家优质工程奖入选工程名单发布，股份公司入选工程51项（含金奖2项），其中主申报38项、参建13项。中国中铁累计获得国优工程奖290项。国优金奖为中铁大桥局承建的新建合肥至福州铁路安徽段铜陵长江大桥，中铁一局、中铁四局、中铁七局三公司等单位参建的大理至丽江高速公路工程。

11月16日，中国施工企业管理协会推荐业财共享信息平台为“第14届工程建设行业信息化高峰论坛典型案例（企业级信息化专项应用类）”。

11月16日，人力资源社会保障部发布《关于表彰第十四届中华技能大奖和全国技术能手的决定》，中铁大桥局秦环兵荣获“中华技能大奖”；中铁一局白芝勇、中铁工业王汝运荣获“全国技术能手”称号。

11月16日，中国中铁成功中标安庆山口片（化工产业园）综合开发PPP项目，中标价为129.9亿元。

11月20日，国务院国资委党委在中国石化胜利油田召开落实全国组织工作会议精神推进中央企业基层党建座谈会，中国中铁总裁张宗言代表公司党委作了题为《从严从实抓基层 多措并举建堡垒》的大会经验交流发言。

11月21日，中铁山桥申报的“山海关桥梁厂”成功入选工信部公布的第二批国家工业遗产名单。

11月22日，国务院国资委企业改革局局长白英姿到中铁设计对员工持股试点情况进行调研。

11月22日，中铁一局承建的巴陕高速公路米仓山特长隧道全线通车。

11月23日，中国中铁党委组织股份公司总部各部门以及在京单位员工300余人到国家博物馆，参观“伟大的变革—庆祝改革开放40周年大型展览”。

11月23日，中国中铁2018年度成本管理暨二次经营专题会在股份公司总部召开。

11月26日，中国中铁与中铁开投、中铁一局至十局、中铁建工、中铁大桥局、中铁隧道局、中铁北京局联合体中标G8012弥勒至楚雄高速公路玉溪至楚雄段工程PPP项目，中标金额318.978亿元。

11月26日，中铁置业以58.4亿元摘得北京市丰台区花乡白盆窑村BPY-L011R2二类居住用地，建设用地面积约4.32万㎡，建筑控制规模约13.18万㎡。中铁建工竞得北京市丰台区花乡白盆窑地块L010、L013土地使用权，土地成交总价为702000万元。

11月26日至28日，中国中铁监事会主席张回家到中铁南方开展内部控制和合规管理调研检查并指导工作。

11月27日，中国中铁总裁张宗言深入党建工作联系点——中铁五局电务城通公司长沙地铁五号线一标项目检查指导工作，并召开基层党建工作座谈会。

11月27日至29日，中国中铁总裁张宗言、工会主席刘建媛，到中国中铁定点扶贫的革命老区湖南省桂东县、汝城县考察调研精准扶贫援建和精准脱贫攻坚工作。

11月27日，中国中铁与北京城市副中心投资建设集团有限公司战略合作协议签约仪式在京举行。

11月27日，中铁上海局投资建设、中铁宝桥参建的世界第一大跨度有推力钢箱拱桥、世界第九大跨度钢箱拱桥——广西柳州官塘大桥建成通车。

11月28日，中国中铁荣获“你好，新时代！”青年创意微视频大赛优秀组织奖。

11 月 28 日，由中铁十局、中铁电气化局等单位建设的哈尔滨西动车所扩建工程顺利开通。

11 月 28 日，中国中铁与中铁一局联合体中标神木－瓦塘铁路冯家川至红柳林段铁路项目，中标金额 89.39 亿元。

11 月 28 日，中铁投资中标宁阳县高庄片区棚户区改造项目勘察设计施工总承包（EPC）项目，总投资 69.49 亿元。

11 月 29 日，全国政协委员、全国政协社会和法制委员会委员、福建省政协原副主席陈义兴等一行到中国中铁总部就国家铁路建设现状、存在问题和今后发展等情况进行专题调研。

11 月 30 日，中铁隧道局承建的世界最大水下铁路盾构隧道——珠三角城际铁路佛莞项目狮子洋隧道完成 1800m 水下施工任务。

11 月 30 日，由中铁大桥院设计、中铁大桥局施工的世界首座高低矮塔公铁两用斜拉桥——商合杭铁路芜湖长江公铁大桥北主塔施工全部完成。

11 月 30 日，中铁建工中标贵州安顺开发区娄湖棚户区改造红线范围内房地产综合开发建设项目，中标金额 50 亿元。

十二月

12 月 1 日，中国中铁与中铁城投、北京局联合体中标成都市天府国际空港新城起步区市政基础设施及景观工程三个 PPP 项目，中标金额 57.45 亿元。

12 月 1 日，由中铁二院设计总承包、中铁四局参建的全国首条整体穿越“喀斯特”地貌的地铁——贵阳轨道交通 1 号线全线开通运营。

12 月 2 日，中老铁路首榀简支 T 梁在老挝首都万象市的中铁二局施工现场架设。

12 月 4 日，中国中铁党委书记、董事长李长进与巴拿马总统胡安·卡洛斯·巴雷拉在巴拿马总统府举行会谈，双方就加强巴拿马基础设施建设与合作进行了深入交流，并达成广泛共识。

12 月 4 日，中国中铁中标新建鲁南高速铁路菏泽至曲阜段站前工程施工总价承包项目，中标金额 123.37 亿元。

12 月 4 日，中铁一局与中铁二局、中铁三局、中铁十局联合体中标鲁南高速铁路曲阜至菏泽段项目，中标金额 257.99 亿元。

12 月 6 日，2018 年度建设工程项目施工安全生产标准化工地表彰会（全国 AAA 级安全文明标准化工地）在广州召开，股份公司有 17 项工程获得表彰，中国中铁累计获得 178 项。技术进步奖特等奖、25 项成果荣获科学技术进步奖一等奖、59 项成果荣获科学技术进步奖二等奖。

12 月 7 日，2018—2019 年度中国建设工程鲁班奖（国家优质工程）入选工程名单发布，中国中铁共计 9 项工程入选，其中承建工程 6 项，参建工程 3 项。中国中铁累计获得鲁班奖 171 项。

12 月 7 日，中铁投资联合中铁上海局、中铁城市规划院中标宁阳县高庄片区棚户区改造项目勘察设计施工总承包（EPC）项目，中标金额 69.49 亿元。

12 月 10 日，国家档案局通报了全国企业档案工作管理创新优秀案例评选结果，中铁十局“数字档案室建设”获三等奖。

12 月 10 日，中铁五局施工的斯里兰卡南部铁路项目全线铺轨贯通。

12 月 10 日，中铁宝桥参建的中缅国际铁路大瑞怒江特大桥顺利合龙。

12 月 11 日，全国劳模、全国优秀共产党员、中铁一局电务公司电力工工匠技师窦铁成先进事迹成功入选“伟大的变革——庆祝改革开放 40 周年”大型展览。

12 月 11 日，中铁隧道局苏埃通道项目院士工作室正式成立。

12 月 13 日，肯尼亚总统肯雅塔出席中铁国际中海外承建的肯尼亚基苏木至卡卡梅加公路改造项目通车仪式。

12 月 13 日，中国中铁财务总监杨良到中铁四川黑龙滩国际生态旅游度假区项目调研。

12 月 13 日，中国中铁与重庆市万州区政府在股份公司总部签署战略合作协议。

12 月 13 日，中国中铁与中铁城投联合体中标宜宾至威信高速公路（四川境段）PPP 项目，中标金额 130.46 亿元。

12 月 13 日，由中铁设计集团设计、中铁五局承建的京张高铁正线最长隧道——新八达岭隧道贯通。

12 月 14 日，中国铁道学会工程分会第七届委员会全体会议暨学术报告会在中国中铁总部召开。全国政协委员、中国铁道学会理事长、中国工程院院士卢春房，中国工程院院士梁文灏出席会议；股份公司总裁张宗言在会上当选为中国铁道学会工程分会第七届委员会主任委员；股份公司总工程师孔遁主持会议。

12 月 18 日，中国中铁与武汉长江新城管委会签署战略合作协议。

12 月 18 日，中铁华铁设计集团、中铁设计、中铁六院财务共享服务中心揭牌仪式在中铁咨询大厦举行。

12 月 18 日，中国中铁巨晓林获得“改革先锋”称号。

12 月 18 日，中国中铁排名世界品牌 500 强第 292 位，排名中国建筑行业第 1 位。

12 月 19 日，中国中铁党委书记、董事长李长进，副总裁刘宝龙带队，采取“四不两直”的方式，对北京地区部分地铁项目开展专项检查，进一步加强在建项目安全质量管理、保障农民工工资按时足额发放。

12 月 19 日，中国中铁与襄阳市人民政府在襄阳签署战略合作协议。

12月19日，中国中铁气动列车研发中心在中铁一局机关揭牌。

12月19日，中国中铁与中铁四局、中铁建投资、中铁十二局联合体中标滁宁城际铁路一期工程PPP项目，中标金额89.08亿元。

12月20日，中国中铁总裁张宗言当选中国铁道学会工程分会第七届委员会主任委员。

12月20日，中国中铁举行首届“卓越杯”BIM大赛成果汇报暨颁奖仪式。

12月21日，国家人力资源和社会保障部副部长汤涛一行到中国中铁总部就技能人才队伍建设工作情况进行调研。

12月21日，中国中铁与中铁开投、中铁资本、中铁一局至十局、中铁建工、中铁电气化局、中铁隧道局、中铁北京局、中铁广州局、中铁上海局联合体中标贵阳市轨道交通3号线一期工程PPP项目，中标金额322.31亿元。

12月23日至24日，中央宣传部、中央改革办、中央党校（国家行政学院）、中央党史和文献研究院、国家发展改革委、教育部、商务部、中国社会科学院、中央军委政治工作部九部委在北京联合召开庆祝改革开放40周年理论研讨会。中共中央政治局常委、中央书记处书记王沪宁出席会议并讲话。中共中央政治局委员、中宣部部长黄坤明主持会议。中国中铁党委书记、董事长李长进出席会议，并代表公司党委作了题为《以传承创新筑造民族复兴路》的主题发言。

12月24日，中国中铁总裁张宗言、副总裁段永与浙江省委书记、省人大常委会主任车俊进行会谈。双方就进一步贯彻落实战略合作协议精神，全面深化合作进行了深入交流，并达成了广泛共识。

12月25日，全国党建研究会在京召开“改革开放40年党的建设成就与经验理论研讨会”，深入学习贯彻习近平总书记在庆祝改革开放40周年大会上的重要讲话精神，回顾总结改革开放40年党的建设历程、成就和经验。全国党建研究会会长李景田作了主旨发言。中国中铁以《改革开放40年中国中铁思想政治工作的实践与经验》为题，在大会作了书面交流。

12月25日，国务院国资委举办第三届“央企楷模”发布仪式，中铁装备总工程师王杜娟光荣当选。

12月25日，中央企业党建政研会表彰了2018年度优秀研究成果。公司党委的《构建新时代国有企业党建工作新格局——习近平新时代中国特色社会主义思想在中国中铁的实践研究》课题荣获一等奖，并荣获优秀组织奖。

12月25日，由中铁一局参建的哈牡客专、怀邵衡铁路正式开通运营。

12月25日，中铁八局参建的“最美高铁”杭黄高铁开通运营。

12月26日，由中铁一局参建的济青高铁、铜玉铁路、西安地铁四号线开通运营。

12月26日，由中国中铁投融资建设的全长29.5公里的成都地铁3号线二三期工程正式开通试运营。

12月28日，由中国广告协会主办、中国中铁承办的“2018中国广告主大会暨品牌中国40年高峰论坛”在京举行。

12月28日，由中铁一局参建的重庆轨道交通四号线一期工程正式开通试运营。

12月28日，由中铁二院设计，中铁二局、中铁八局、中铁电气化局等单位参建的成雅铁路正式开通运营。

12月28日，中铁六局参与研制的国内最大直径复合土压平衡盾构机“麒麟号”顺利出洞，标志着我国复合地层距离最长、直径最大的铁路隧道——太原铁路枢纽西南环线东晋隧道顺利贯通。

12月28日，中铁大桥院设计、中铁大桥局施工的中国第一座跨海峡公铁大桥—平潭海峡公铁两用大桥首座通航孔桥大小练岛水道桥钢桁梁合龙。

12月29日，中铁资本通过发起设立产业基金引入中国PPP基金作为投资人，成功实现对大连地铁五号线PPP项目、武汉市江南中心绿道武九线综合管廊工程PPP项目两个项目共计9.52亿元的基金投放。

2018年，中国中铁位列《福布斯》2018年全球上市公司2000强第188位。

2018年度（第十五届）《世界品牌500强》排行榜于12月18日在美国纽约揭晓。中国中铁排名世界品牌500强第292位，排名中国建筑行业第一位。

概　述

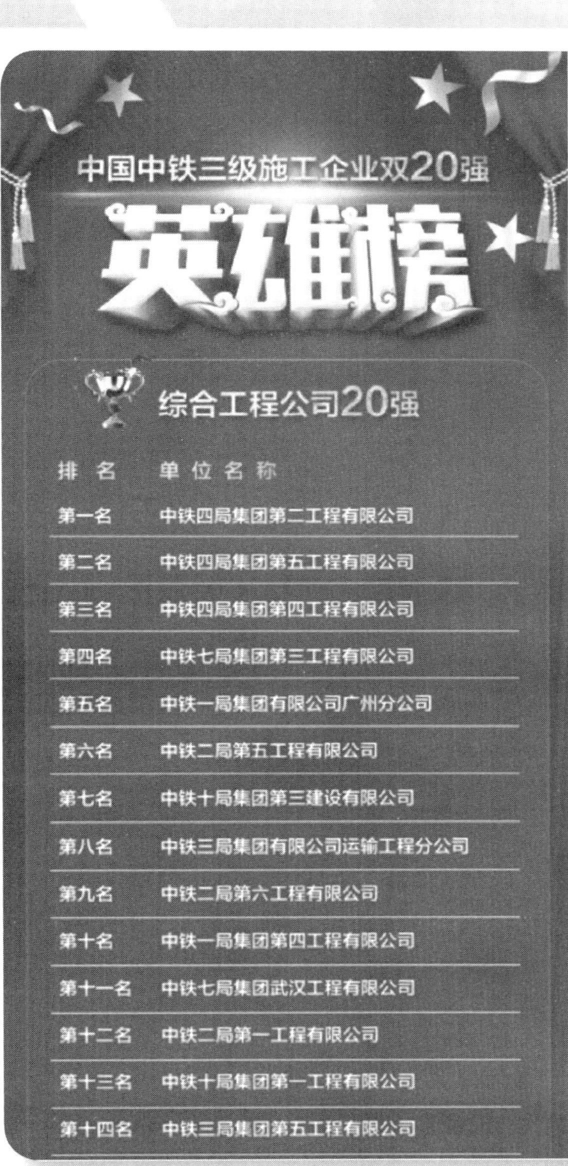

排名	单位名称
第一名	中铁四局集团第二工程有限公司
第二名	中铁四局集团第五工程有限公司
第三名	中铁四局集团第四工程有限公司
第四名	中铁七局集团第三工程有限公司
第五名	中铁一局集团有限公司广州分公司
第六名	中铁二局第五工程有限公司
第七名	中铁十局集团第三建设有限公司
第八名	中铁三局集团有限公司运输工程分公司
第九名	中铁二局第六工程有限公司
第十名	中铁一局集团第四工程有限公司
第十一名	中铁七局集团武汉工程有限公司
第十二名	中铁二局第一工程有限公司
第十三名	中铁十局集团第一工程有限公司
第十四名	中铁三局集团第五工程有限公司

专业工程公司20强

排名	单位名称
第一名	中铁隧道股份有限公司
第二名	中铁建工集团有限公司北京分公司
第三名	中铁一局集团建筑安装工程有限公司
第四名	中铁五局集团建筑工程有限责任公司
第五名	中铁电气化局集团第一工程有限公司
第六名	中铁建工集团山东有限公司
第七名	中铁电气化局集团北京建筑工程有限公司
第八名	中铁建工集团有限公司广州分公司
第九名	中铁隧道集团一处有限公司
第十名	中铁上海工程局集团市政工程有限公司
第十一名	中铁四局集团有限公司第八工程分公司
第十二名	中铁一局集团城市轨道交通工程有限公司
第十三名	中铁四局集团电气化工程有限公司
第十四名	中铁三局集团建筑安装工程有限公司
第十五名	深圳中铁二局工程有限公司
第十六名	中铁二局集团建筑有限公司
第十七名	中铁四局集团有限公司城市轨道交通工程分公司
第十八名	中铁大桥局第七工程有限公司
第十九名	中铁天丰建筑工程有限公司

中国中铁 2018 年三级施工企业双 20 强

【简况】中国铁路工程集团有限公司是集勘察设计、施工安装、房地产开发、工业制造、科研咨询、工程监理、资本经营、金融信托、资源开发和外经外贸于一体的多功能、特大型企业集团，总部设在北京。

中国铁路工程集团有限公司的前身是中华人民共和国铁道部于1950年3月成立的设计局和工程总局，及1952年9月铁道部成立的基本建设局。1958年3月铁道部将基本建设局、设计总局、新建铁路工程局合并为基本建设总局。1979年5月，基本建设总局对外称中国铁路工程总公司。1989年7月，铁道部撤销基本建设总局，正式组建中国铁路工程总公司。2000年9月，经国务院批准，铁道部与中国铁路工程总公司实行政企分开，中国铁路工程总公司整体移交中央企业工委管理。2003年国务院国有资产监督管理委员会成立后，中国铁路工程总公司隶属国务院国资委管理。2006年11月，被列为国有独资企业董事会试点企业。2007年9月12日，中国铁路工程总公司独家发起设立中国中铁股份有限公司（后简称中国中铁），并于2007年12月3日和12月7日，分别在上海证券交易所和香港联合交易所挂牌上市。作为中国中铁的控股股东，中国铁路工程总公司于2017年12月28日完成公司制改制，工商变更登记为中国铁路工程集团有限公司。

中国中铁是中国铁路工程集团有限公司经营业务的运营主体，拥有40余家子、分公司，主要分布在中国除台湾省以外的各省、市、自治区，并在90多个国家和地区设有办事处、代表处和项目部等境外机构。主要子企业有中铁一局、二局、三局、四局、五局、六局、七局、八局、九局、十局、大桥局、隧道局、电气化局、武汉电气化局、建工、广州局、北京局、上海局18家施工企业集团；中铁二院、六院、设计、大桥院、华铁、科研院6家勘察设计咨询科研企业；由中铁工业控股中铁山桥、宝桥、科工、装备4家工业制造企业；以及中铁国际、东方国际、中铁信托、中铁财务、中铁资本、中铁交投、中铁南方、中铁投资、中铁开投、中铁城投、中铁上投、中铁置业、中铁文旅、中铁资源、中铁物贸15家国际业务、金融、投资、房地产、矿产管理、物资贸易公司。中铁国资资产管理有限公司负责管理中国铁路工程集团有限公司有关学校、医院、主辅分离资产等未进入上市范围的机构和资产。

中国中铁具有中国国家住房和城乡建设部批准的铁路工程施工总承包特级资质、公路工程和市政公用工程施工总承包一级资质以及桥梁工程、隧道工程、公路路面、公路路基工程专业承包一级资质。作为全球最大建筑工程承包商之一，自2006年起，连续13年进入世界企业500强，2018年，中国中铁在《财富》世界500强企业排名第56位，在中国企业500强中位列第13位。排名ENR全球最大250家国际承包商第17位。

中国中铁是国家科技部、国务院国资委和中华全国总工会授予的全国首批“创新型企业”，目前拥有“高速铁路建造技术国家工程实验室”“盾构及掘进技术国家重点实验室”和“桥梁结构健康与安全国家重点实验室”3个国家实验室及7个博士后科研工作站。拥有13个国家认定的企业技术中心，并先后组建了桥梁、隧道、电气化、先进工程材料及检测技术、轨道、施工装备、城市轨道工程及磁悬浮交通工程等15个专业研发中心。截至2018年底，共获国家科技进步奖115项，其中特等奖5项，一等奖16项；中国土木工程詹天佑奖130项；获中国建设工程鲁班奖175项，国家优质工程奖290项；省部级（含国家认可的社会力量设奖）科技进步奖3325项；国家级工法166项，省部级工法2528项；通过省部级科技鉴定的科技成果1454项；拥有有效专利授权9057件，其中发明专利2398件。

截至2018年底，中国中铁职工总数为283031人，其中在岗职工265154人，管理人员126593人。中级职称及以上专业技术人员91742人，高级专业技术人才29897人，其中：正高级高级工程师1955人，高级工程师21610人，高级会计师1669人，高级经济师2324人。现有中国工程院院士1人、国家级突出贡献专家10人、国家勘测设计大师8人、百千万人才工程国家级人选10人，中国青年科技奖3人，詹天佑奖获得者82人，茅以升铁道工程师奖86人，享受国务院政府特殊津贴专家人员288人。

中国中铁的历史还可追溯到百年前于1894年成立的山海关机器厂，后来发展为所属中铁山桥集团，曾在1909年为中国人第一条自行设计施工的京张铁路制造了全部的铁路钢桥。所属中铁二局、中铁五局的前身成渝铁路工程局在20世纪30年代修建了成渝铁路的部分路段；所属中铁一局的前身陇海铁路局宝天工程段在20世纪40年代修建了宝天、天兰铁路；所属中铁三局、中铁四局等单位则发源于解放战争初期成立的东北铁路工程总队和中国人民解放军野战军。（王　琳）

【中国中铁股份有限公司法人治理结构】中国中铁股份有限公司建立了包括股东大会、董事会、经理层、监事会、党组织在内的完善的法人治理结构。其中：董事会成员9名，包括执行董事4名，分别为董事长、执行董事、党委书记李长进，执行董事、总裁、党委副书记张宗言，执行董事、党委副书记周孟波，执行董事、党委常委章献；独立非执行董事4名，分别为郭培章、闻宝满、郑清智、钟瑞明；非执行董事1名，由中央企业专职外部董事马宗林担任。董事会下设战略、审计与风险管理、薪酬与考核、提名、安全健康环保五个专门委员会，其中提名委员会和安全健康环保委员会委员外部董事占多数、审计与风险管理委员会和薪酬与考核委员会委员全部由外部董事担任。经理层成员10名，分别为总裁张宗言，副总裁刘辉、财务总监杨良、副总裁、总法律顾问于腾群、副总裁段永传，副总裁刘宝龙、副总裁任鸿鹏、总工程师孔遁、总经济师马江黔、董事会秘书何文。监事会成员5名，包括监事会主席、股东代表监事张回家，职工代表监事刘建媛、王宏光，股东代表监事陈文鑫，职工代表监事范经华。党组织情况详见中国中铁股份有限公司领导人员名单。（张睿开）

【主要经济技术指标完成情况】2018年，中国铁路工程集团有限公司新签合同额16936.5亿元，同比增长8.7%。其中海外业务新签合同额1049亿元，占新签合同总额的5.9%。基建建设板块新签合同11142.2亿元，占新签合同总额的62.5%，同比增长13.2%。其中，铁路工程新签合同额2183.8亿元，占基建建设板块的19.6%，同比减少3.1%；公路工程新签合同额1780.6亿元，占基建建设板块的16.0%，同比增长24.7%；市政工程新签合同额2292.3亿元，占基建建设板块的20.6%，同比增长18.2%；房建工程新签合同额2316.3亿元，占基建建设板块的20.8%，同比增长52.3%；城市轨道工程新签合同额2041.7亿元，占基建建设板块的18.3%，同比减少11.0%；水利水电工程新签合同额239.2亿元，占基建建设板块的2.1%，同比增长151.0%；港口与航道工程新签合同额18.9亿元，占基建建设板块的0.2%，同比增长27.8%；机场工程新签合同额47.6亿元，占基建建设板块的0.4%，同比增长407.4%。非基建建设板块新签合同额6672.9亿元，占新签合同总额的37.5%，同比增长16.5%。其中，勘察设计咨询新签合同额221.1亿元，同比增长1.9%；工业制造新签合同额368.0亿元，同比增长12.6%；房地产开发新签合同额1842.7亿元，同比增长177.9%；基础设施投资新签合同额3204.2亿元，同比减少13.7%；物资贸易新签合同额732.1亿元，同比增长29.0%；矿产资源新签合同额109.7亿元，同比增长175.3%；金融新签合同额43.4亿元，同比增长3.3%；其他151.7亿元，同比减少4.9%。

2018年公司完成企业营业额9541亿元，为计划8800亿元的108.4%，比2017年同期8564.6亿元增加976.4亿元，同比增长11.4%。其中，国内完成9083.9亿元，占总产值的95.2%，同比增长11.6%；海外完成457.1亿元，占总产值的4.8%，同比增长7.3%。在企业营业额中，基建建设7517.7亿元，占78.9%；勘察设计咨询145.3亿元，占1.5%；工业制造275.7亿元，占2.9%；房地产开发411.8亿元，占4.3%；基础设施投资449.2亿元，占4.7%；矿产资源109.3亿元，占1.1%；物资贸易456.0亿元，占4.8%；金融43.1亿元，占0.5%；其他118.2亿元，占1.2%。

在基建建设营业额中，铁路2295.4亿元，占30.5%；公路1171.7亿元，占15.6%；市政1218.6亿元，占16.2%；房建791.5亿元，占10.5%；城轨1805.0亿元，占24.0%；水利水电70.8亿元，占0.9%；港口与航道10.2亿元，占0.1%；机场26.8亿元，占0.4%；其他工程127.7亿元，占1.7%。

企业总产值排名前五位的单位：中铁四局1019.2亿元，中铁一局765.2亿元，中铁二局575.2亿元，中铁三局546.8亿元，中铁五局480.5亿元。（丁 宾）

【主要财务指标完成情况】截至2018年底，中国铁路工程集团有限公司的资产总额9468.8亿元，同比增长11.67%；所有者权益2234.5亿元，同比增长30.66%；实现营业收入7417.2亿元，同比增长6.79%；实现利润总额226.3亿元，同比增长15.98%。（樊 伟）

表4-1 中国铁路工程集团有限公司2018年主要财务指标完成情况

项目	2018年	2017年	比上年增长（%）
资产总额（亿元）	9468.8	8479.4	11.67
所有者权益（亿元）	2234.5	1710.1	30.66
营业总收入（亿元）	7417.2	6945.6	6.79
利润总额（亿元）	226.3	195.1	15.98
净利润（亿元）	173.7	141.6	22.64
归属于母公司所有者的净利润（亿元）	82.1	79.1	3.82
技术开发投入（亿元）	134.4	111.0	21.01
利税总额（亿元）	558.1	459.2	21.52
应交税金总额（亿元）	329.5	344.4	−4.33
全员劳动生产率（万元/人·年）	32.3	31.6	2.21
净资产收益率（%）	8.8	8.8	−0.45
总资产报酬率（%）	3.1	3.0	3.30
国有资本保值增值率（%）	109.7	109.1	0.54

制表人：樊 伟

【子企业财务指标完成情况】2018 年，中国铁路工程集团有限公司子企业财务指标完成情况见表 4–2。

表 4–2 中国铁路工程集团有限公司子企业财务指标完成情况 单位：亿元

单位名称	收入			归属于母公司净利润		
	本年完成	年度预算	完成度（%）	本年完成	年度预算	完成度（%）
中铁一局	651.3	650.0	100.2	11.6	8.9	129.3
中铁二局	520.1	500.0	104.0	−17.3	12.1	−143.5
中铁三局	482.8	500.0	96.6	8.0	7.8	103.0
中铁四局	773.9	700.0	110.6	15.5	16.3	94.9
中铁五局	428.5	490.0	87.4	8.1	8.1	99.9
中铁六局	305.1	300.0	101.7	4.0	4.2	94.7
中铁七局	425.8	420.0	101.4	5.3	5.3	101.0
中铁八局	290.2	255.0	113.8	5.1	4.9	104.1
中铁九局	124.3	160.0	77.7	0.5	3.3	14.9
中铁十局	410.9	410.0	100.2	5.4	6.2	87.4
中铁大桥局	351.6	300.0	117.2	9.3	7.8	120.3
中铁隧道局	400.1	400.0	100.0	6.2	6.5	95.2
中铁电气化局	354.0	350.0	101.1	10.7	7.4	143.4
中铁武汉电气化局	63.3	55.0	115.2	0.8	0.6	125.7
中铁建工	446.2	420.0	106.2	16.9	14.6	115.7
中铁广州局	142.5	140.0	101.8	0.5	2.9	16.3
中铁北京局	221.4	220.0	100.6	1.9	3.3	59.4
中铁上海局	280.1	270.0	103.8	1.9	3.4	56.2
中铁国际	64.3	60.0	107.2	3.2	3.1	104.5
东方国际	14.2	20.0	71.0	0.2	0.8	20.3
中铁二院	79.1	79.0	100.1	7.6	6.9	109.9
中铁六院	23.2	22.1	105.0	1.5	1.7	89.4
中铁设计	33.7	31.0	108.6	4.1	3.7	111.2
中铁大桥院	13.0	9.7	133.5	1.3	1.1	114.1
中铁科研院	14.3	13.6	104.9	0.3	0.6	55.2
中铁华铁	8.9	8.3	107.7	0.7	0.7	88.6
中铁工业	179.0	160.0	111.9	14.8	13.7	107.9
中铁置业	184.7	180.0	102.6	12.9	10.1	128.1
中铁文旅	51.5	45.1	114.1	5.8	4.0	145.8
中铁信托	24.8	27.0	91.8	12.9	11.5	111.9
中铁财务	13.0	11.2	116.7	6.9	5.9	117.7
中铁资本	6.5	3.1	210.9	1.7	1.0	174.7
中铁资源	125.0	109.0	114.7	18.1	9.8	184.4
中铁物贸	228.7	135.2	169.2	2.7	1.9	147.5
中铁交通	153.2	151.0	101.5	4.3	10.0	43.2
中铁南方	174.7	174.4	100.1	6.5	8.1	79.6
中铁投资	121.6	111.8	108.7	6.4	6.3	101.0
中铁开投	195.7	153.9	127.2	12.7	12.3	103.1
中铁城投	206.1	176.7	116.6	14.3	12.6	112.9
中铁上投	57.1	50.3	113.4	1.2	1.1	116.6
广州建设	15.6			0.0		
铁工财资	0.0			0.0		
中铁人才	0.0			0.0		

制表人：樊　伟

【资产比重变动】2018 年，中国铁路工程集团有限公司资产比重变动情况见表 4-3。

表 4-3　　中国铁路工程集团有限公司资产比重变动表　　单位：亿元

项目	年末数	年初数	增长额	增幅（%）	占总资产（%）
货币资金	1353.30	1305.37	47.93	3.67	13.83
应收票据及应收账款	1096.51	1363.07	−266.56	−19.56	11.21
预付账款	416.21	290.56	125.65	43.24	4.25
其他应收款	305.94	314.68	−8.74	−2.78	3.13
存货	1652.84	1277.80	375.04	29.35	16.89
流动资产合计	6521.88	6427.15	94.73	1.47	66.65
长期股权投资	373.19	216.16	157.03	72.65	3.81
固定资产	569.79	535.5	34.29	6.40	5.82
资产总计	9468.77	8495.75	973.02	11.45	96.76

制表人：樊 伟

【生产经营】2018 年，全公司统筹推进工程建设生产，全年完成施工产值 7517.7 亿元，建成桥梁 1719.7km、隧道 1422.4km、房屋 17816.6 万 m^2、完成土石方 9.2 亿 m^3。承包经营新签合同额达到 11142.2 亿元，同比增长 13.2%。其中，以股份公司资质中标总承包项目 18 项 832.9 亿元，同比增长 10.6%。勘察设计咨询新签合同额 221.1 亿元，同比增长 1.9%；工业制造新签合同额 368.0 亿元，同比增长 12.6%；房地产开发新签合同额 1842.7 亿元，同比增长 177.9%；基础设施投资新签合同额 3204.2 亿元，同比减少 13.7%；物贸新签合同额 732.1 亿元，同比增长 29.0%；矿产资源新签合同额 109.7 亿元，同比增长 175.3%；金融新签合同额 43.4 亿元，同比增长 3.3%；其他 151.7 亿元，同比减少 4.9%。中铁建工、四局、一局、三局、二局新签合同额超过千亿元。

（丁 宾）

【改革发展】坚持以改革创新为动力，加快动能转换。一是加快产业集聚步伐，推进房地产业务重组改革，完成高铁电气新三板挂牌。推进混合所有制改革和“双百行动”综合改革，实施中铁设计增资扩股引入战略投资者及员工持股试点工作，中铁九局、中铁二院、中铁国际三家单位入选“双百行动”名单。推进剥离企业办社会职能，加快解决历史遗留问题，“三供一业”分离移交有序推进，医疗教育机构改革取得积极进展。

（林生辉）

【企业管理】加强战略管理，编制股份公司 2018—2020 年滚动计划。持续深入推进全面管理实验室活动，形成了覆盖各层级和各业务板块的管理创新基础体系。开展管理创新，围绕经营开发管理、投融资管理、安全质量环保管理、成本管理等工作，立项 109 项管理创新课题，评选出 60 项管理创新成果奖，9 项成果获第二十五届国家级企业管理现代化创新成果奖。（林生辉）

【科技创新】2018 年，中国中铁新开科研项目 1293 项，课题以玉磨铁路、渝昆高铁、银西铁路、郑州黄河特大桥、赤壁长江公路大桥，深圳春风隧道、胶州湾海底隧道、南天山特长隧道，广州地铁、大连地铁、徐州磁浮轨道交通示范线、芜湖市轨道交通 1 号线，海口地下综合管廊等重难点工程为依托，重点开展多功能泥水平衡盾构机的研制及施工关键技术、中高速磁浮交通工程关键技术、气动轻轨综合技术、城市复杂环境下超大直径盾构装备与施工关键技术、跨坐式单轨关键技术、城市综合地下管廊及海绵城市关键技术的研究；研发制造了第一台国产化双轮铣、1300 吨箱梁运架搬提超大吨位桥梁施工装备。围绕川藏铁路和高速铁路发展方向，深入开展了多功能 TBM 成套机械快速施工技术、高寒强震及复杂环境山区铁路建设关键技术、400km/h 高速铁路技术体系及建设成套技术等重大课题研究，进一步加快了极端装备和智能装备研究制造步伐。

2018 年，中国中铁共获得国家科技进步奖 4 项、技术发明奖 1 项、中国土木工程詹天佑奖 12 项，获省部级科技成果奖 328 项；获得授权专利 1888 项，其中发明专利 389 项，“钢桁梁纵向多点连续拖拉施工方法”“一种孔内注浆并有效止浆的方法及装置”“一种串并联多级阀粘滞阻尼方法及阻尼器”“超级电容有轨电车充电轨系统”4 项专利获得第二十届中国专利奖优秀奖；获得省部级工法 377 项。2018 年中国中铁新增 2 个国家企业技术中心、15 个省部级技术中心以及“一带一路”互联互通研究中心、中国单轨交通发展研究中心、路基与地基工程技术研发中心、爆破安全技术研发中心、智慧城市研究中心、气动列车研发中心 6 个专业研发中心。国内建筑业企业首个数控中心完成建设并投入运行。（刘建廷　黄佳强　耿冶平）

【国内工程】2018 年，中国中铁所属 18 家工程局完成施工产值 6703.74 亿元，占 2018 年度建安计划的 110%。与 2017 年 6181.07 亿元相比，同比增长 8.5%。

2018 年，中国中铁参建的世纪工程港珠澳大桥正式开通，承建的冬奥会重点工程京张高铁八达岭隧道安全贯通，广深高铁、济青高铁、怀邵衡铁路等一大批重点项目竣工或开通运营。积极推进川藏铁路规划设计工作，商合杭高铁、蒙华铁路、北京地铁、广州地铁等重点在建项目建设有序进行。

2018 年，中国中铁共有 12 项工程获中国建设工程鲁班奖、51 项工程获国家优质工程奖，17 项工程进入全国工程项目施工安全生产标准化工地示范名单，黄冈公铁两用长江大桥获 FIDIC 优秀项目奖。在铁路信用评价中，有 7 家单位被评为 A 级企业。（王 琳）

【海外工程】2018 年，中国中铁在 91 个国家和地区设立境外机构 308 个，国际业务累计新签合同额 153.92 亿美元，完成营业额 61.82 亿美元，在建项目合同总额为 406.51 亿美元，剩余工程合同总额 249.5585 亿美元。在 429 个境外在建工程与设计项目中，500 万美元以上有 385 个。截至 2018 年底，中国中铁已完成的“一带一路”重点项目有：乌兹别克斯坦安琶铁路隧道、马来西亚吉隆坡 MRT 和孟加拉栋吉至派罗布巴扎尔铁路增建二线工程等项目；目前重点在建项目有：印尼雅万高铁项目、中老铁路项目、孟加拉帕德玛大桥铁路连接线项目、哈萨克斯坦阿斯塔纳轻轨一期项目、俄罗斯莫斯科－喀山高速铁路设计项目等。中国中铁以项目实施带动工业产品出口，盾构设备、配件、施工技术服务出口地区涵盖新加坡、以色列、黎巴嫩等国家；工业施工机械产品已成功打入阿联酋、老挝、土耳其、泰国等十几个国家的市场；铁路道岔产品出口至美国、俄罗斯、南非、新西兰、菲律宾等二十多个国家和地区，在泰国、印度尼西亚和马来西亚市场全部实现自营出口，全年整组道岔出口约 1000 组，销往北美辙叉产品达到 3000 根以上；钢桥梁钢结构出口至北美、欧洲、非洲市场累计达 30 多万吨。（赵 磊）

【工业制造】中国中铁工业板块主要生产厂家包括中铁工业和中铁电气化局下属的中铁电气工业有限公司。生产的主要产品有：钢梁钢结构、道岔、盾构、工程机械、混凝土制品和电气化专用器材等。2018 年，公司工程设备和零部件制造业务实现新签合同额 368 亿元；营业收入 149.99 亿元；营业额 261.8 亿元；利润总额 15.33 亿元。2018 年新签整组道岔 9944 组，生产道岔 9253 组；新签高锰钢辙叉 9767 个，生产高锰钢辙叉 16999 个；全年共新承揽桥梁钢结构 134.2 万 t，生产钢结构 102.6 万 t。新签盾构及后配套 234 台套，生产完成 360 台套；搬提运架设备 12 台套，生产完成 37 台套。接触网零配件 8223655 套，生产完成 14268332 套。承揽承接了温州瓯江北口大桥、江汉七桥、湖北武穴长江公路大桥、南京浦仪公路跨江大桥、广州明珠湾大桥工程钢桁梁制造、贵州省都匀至安顺公路钢结构制造等项目。2018 年，中铁工业自主研制的中国最大直径泥水平衡盾构机获评“2018 年度网友最关注的央企十大创新工程”。（孟祥红）

【勘察设计】2018 年，中国中铁勘察设计单位积极参与国家高速铁路、城市轨道交通、水利水电、地下综合管廊和海绵城市建设，特别是雄安新区、粤港澳大湾区、川藏铁路、京津冀协同发展，长江经济带和国家新型城镇化规划实施以及“一带一路”的深入推进，加快转变发展方式，持续开展勘察设计咨询与监理精细化管理，设计咨询板块生产经营保持平稳增长。勘察设计单位以股份公司提质增效和项目管理实验室活动为契机，加强了企业精细化管理，完善了管理流程，创新了管理机制体制，企业管理取得新成效，经济运行质量有所提高。先后组织对广州地铁 13 号线现场进行踏勘，对投标施组提出审阅意见及合理化建议，确保施组编制质量；对汉十铁路 9 标、南龙铁路 NLZQ-8 标项目施工组织事宜进行现场督导协调，提出施工组织优化建议，保证工程顺利推进；组织专家对孟加拉帕德玛大桥铁路连接线项目设计原则和指导性施组进行评审，加强了设计施工互动协调配合，提升了设计对施工现场的指导与服务工作质量。（陈铁师）

【房地产开发】2018 年，中国中铁进一步深化房地产业务体制机制改革，推动内部整合，提高资源效率，加强房地产业务品牌建设，加快房地产项目去化速度。全年实现销售金额 530.3 亿元，同比增长 47.1%；销售面积 432 万 m^2，同比增长 27.2%；实现营业收入 433.24 亿元，同比增长 42.74%。全年开工面积 497 万 m^2，同比增长 29.1%；竣工面积 415 万 m^2，同比增长 64.7%。2018 年，中国中铁在北京、西安、武汉、昆明、青岛、贵阳等 18 个城市成功获取 79 宗土地，新增土地储备 442.76 万 m^2，较 2017 年同期增长 3.7 倍。规划建筑面积 943.41 万 m^2，土地成交总价款 666.11 亿元。截至 2018 年底，中国中铁在北京、上海、广州、深圳、天津、杭州等 50 多个城市开发 187 个项目，持有待开发的土地储备面积 1505.0 万 m^2，待开发规划建筑面积 2296.38 万 m^2。（王大中）

【党建工作】2018 年，中国中铁各级党组织认真落实党的十九大、全国国企党建会、全国组织工作会、全国宣传思想工作会等重要会议精神和国资委党委“中央企业党建质量提升年”工作部署，全面加强党的领导，在思想上政治上行动上同以习近平同志为核心的党中央保持高度一致，制定了《向国资委党委请示报告事项清单》，把党的政治建设分解为 4 项巡视重点内容。对 9256 名副处职以上领导人员进行集中轮训，组建宣讲团赴海外开展宣讲，各单位组织宣贯活动 2 万余次。部署开展了“学用结合”调研活动，召开了理论研讨会，形成研究成果 1061 篇。严格按程序组织召开民主生活会，领导班子成员和高管分别参加指导了二级企业两次民主生活会，带头到党建联系点过组织生活。全公司 9500 多个基层党组织全部召开组织生活会，16 万多名党员参加民主评议。

坚持“两个一以贯之”，按照党的十九大最新精神修订了上市公司章程，股东大会以 93.79% 同意率高票通过。所属42家二级企业、具备条件的369家三级企业全部完成党建工作“进章程”。坚持“双向进入、交叉任职”，所属二级企业均实现了“一肩挑”，配备了专兼职党委副书记。坚持把方向、管大局、保落实，进一步细化制定了《党委前置研究讨论重大事项实施细则》，全年召开党委常委会18次，前置研究讨论重大事项45个。认真履行法治建设第一责任人职责，在国资委年度检查评比中位列前三。

严格落实新时期好干部标准和国企领导人员“20字”要求，进一步完善选人用人程序，共调整领导班子成员158人次，查找并纠正选人用人问题24个。举办领导干部培训班5期，培训公司党委管理干部220人次。选拔二级企业领导班子后备人选79名。制定印发了《领导人员交流工作实施办法》，45名二级企业领导人员交流任职，20名领导人员改任非领导职务。完成了对二级企业领导班子年度综合考核评价、日常履职考察和任期考核，评选表彰了13家“四好”领导班子。修订了《工程技术专家管理办法》，推荐享受国务院政府特殊津贴专家22名、茅以升铁道工程师奖12名、詹天佑铁道科学技术奖25名。

严格履行主体责任，先后召开11次党委办公会、14次党建工作领导小组会议，研究部署党建重点工作。组织14家二级企业党委书记进行了现场述职评议，完成了2018年党建责任制考核评价。深入开展“找补强”党建质量提升活动，所属42家二级企业查找整改问题491个。编写了《党支部建设标准化工作指导手册》和《新时代党建工作新格局指导手册》，中铁五局京张铁路三标项目被评为中央企业第一批基层示范党支部。制定了雅万高铁“党建示范线”和孟加拉帕德玛大桥项目“党建示范工程”实施方案。开展了“詹天佑杯”京张高铁党建主题实践活动、双洮高速党旗红主题活动，表彰了99个“红旗项目部”。开展了破解“两张皮”问题课题调研，1个案例入围中组部《基层党组织书记案例选编》，公司党委在中央企业基层党建工作座谈会上介绍了经验，在中央企业负责人会上作了书面交流。

常态化推进党风廉政建设，先后召开工作会、推进会、警示教育大会，以及6个片区的项目党风廉政建设专题会。制定了构建“不能腐”体制机制推进计划，完善制度10余项。编制了《五年巡视工作规划》，分两批对16家二级企业开展新一轮政治巡视，所属二级企业党委共对243个三级企业及基层项目部进行了巡察。制定了《深入贯彻落实中央八项规定精神的实施意见》《总部人员内部公务活动用餐规定》，开展“四风”问题专项调研和形式主义、官僚主义集中整治。认真落实中央纪委《工作建议》，在全公司范围内深入开展自查自纠，受到国资委党委现场调研检查好评。综合运用监督执纪“四种形态”，保持反腐败高压态势，给予党政纪处分1665人次，组织处理1006人次，刑事处理16人。

坚持聚焦改革开放40周年和“三重一外”，讲好企业故事，全年对外宣传24.6万篇次，为历年来之最。中国中铁被中宣部确定为改革开放40周年“百城百县百企调研行”重点宣传单位，在中宣部等九部委庆祝改革开放40周年理论研讨会上作了交流发言，《求是》杂志刊登公司党委署名文章。大力倡导公司核心价值理念，表彰项目文化建设示范点77个，拍摄了一系列纪录片、宣传片。表彰示范道德讲堂117个，在中央企业精神文明建设工作现场会上作了交流发言。

坚持党的依靠方针，坚持党建带群建，支持各级工会、共青团组织围绕中心、服务大局，团结带领广大职工群众和团员青年建功立业。加大先进典型选树培养，改革先锋巨晓林、中华技能大师秦环兵、全国最美青工白芝勇、全国技术能手王汝运、全国十大最美职工徐州、全国五一劳动奖章王中美、央企楷模王杜娟等一大批集体和个人受到上级表彰。广泛实施员工关爱工程和困难职工脱困解困工作，筹集“两节”送温暖资金1.69亿元，建立EAP试点单位417个，心灵驿站775个，困难职工脱困解困率达到41%。扎实开展精准脱贫和援疆援藏工作，认缴中央企业贫困地区产业投资基金9000多万元，投入4319万元支持定点扶贫县建设，当前桂东县已顺利脱贫摘帽。公司在中央企业援藏干部座谈会上作了经验交流。认真传达学习工会十七大、共青团十八大和妇联十二大精神，巨晓林再次当选全总兼职副主席，公司工会主席当选全总执委、全国妇联执委，公司团委书记当选团中央委员。（刘 卫）

【企业资质】中国中铁股份有限公司拥有铁路工程施工总承包特级、公路工程施工总承包壹级、市政公用工程施工总承包壹级、桥梁工程专业承包壹级、隧道工程专业承包壹级、公路路面工程专业承包壹级、公路路基工程专业承包壹级等资质。2018年，中国中铁系统共申请取得高等级资质27项，其中特级资质17项。截至2018年12月31日，全系统有施工资质的企业235家，具有施工资质1504项，其中总承包特级资63项，总承包一级资294项，专业承包一级资568项；全系统有勘察设计企业56家，有勘察资质58项，其中综合甲级5项，专业甲级16项；有设计资质207项，其中综合甲级2项，行业甲级66项，专业甲级55项，专项甲级12项；中铁一局集团有限公司和中铁电气化铁路运营管理有限公司获得铁路运输许可证书。（林生辉）

【高铁电气新三板成功上市】2018年10月26日，中铁高铁电气装备股份有限公司（证券简称：高铁电气；股票代码：873023）在中国中小型企业股份转让系统（新三板）举行挂牌敲钟仪式。中铁高铁电气装备股份有限公司的前身为中铁电气化局集团宝鸡器材有限公司，隶属于中国中铁电气化局集团有限公司，是中国中铁股份有限公司间接全资子公司，注册资本2.82亿元。公司年生产能力可满足6000km正线电气化铁路和1000km城市轨道交通项目所需的全套供电系统产品，是国内电气化铁路接触网零部件和城市轨道交通供电产品研发、设计、制造和销售的龙头企业。公司设计制造的接触网零件系列产品不仅填补了中国高速铁路和客运专线接触网关键零件国产化的空白，而且达到国际领先水平。（孟祥红）

【撤销片区督导巡视组】2014年股份公司根据区域布局和实际工作需要，成立片区督导巡视组，对股份公司在精细化管理、安全质量工期、作业层队伍建设、党风廉政建设等重点工作进行督导和落实。为满足股份公司发展面临的新形势、新任务，进一步强化区域营销，完善法人治理，适应督导巡视常态化等工作，2018年5月3日股份公司总裁办公会研究，决定撤销股份公司督导巡视组。撤销后原督导巡视组关于安全质量工期、项目精细化管理、作业层队伍建设、党风廉政建设等方面的督导巡视职能，回归股份公司有关职能部门，纳入部门常态化管理。督导巡视组机构撤销工作，由股份公司劳资社保部、党委干部部、总裁办公室按照职能，分别负责职能与薪酬、人员安置、资产移交的指导与协调工作。（王　琳）

【内部划转重组】严格按照《企业国有资产转让监督管理办法》（32号令）对产权非公开协议转让的规定，股份公司受理并批复所属单位涉及的股权和资产协议转让事项，并按照审计报告或评估报告净资产为定价依据。办理中铁置业内部转让济南中铁置业有限公司和中铁置业集团济南有限公司股权、中铁二局内部转让中铁二局集团物管公司和成都市金马瑞城投资有限公司股权、中铁四局内部转让淮南山南新区城市基础设施投资建设有限公司股权、中铁建工内部股权转让大连梓金发展有限公司和大连梓元开发有限公司股权、中铁上海局向中铁四局协议转让所持淮南山南投资公司股权、中铁置业协议收购中铁国际所属青岛熙越置业有限公司股权、中铁资源所属2公司将所持华刚矿业股权内部转让给中国铁路（香港）工程有限公司、中铁上投内部转让所持芜湖市运达轨道交通建设运营有限公司股权、中铁十局内部转让中铁置业集团济南有限公司股权、中铁建工内部转让上海华升置业有限公司股权等事项。（樊　伟）

【机构设立审批】1月2日，股份公司同意中铁置业集团有限公司设立亳州中铁置业有限公司。

1月9日，股份公司同意中铁一局成立三原中铁润丰置业有限公司。

同日，股份公司同意中铁四局集团有限公司成立南昌中铁四局置业有限责任公司。

1月13日，股份公司同意中铁城市发展投资集团有限公司成立巴州中铁工程建设有限公司。

同日，股份公司同意中铁城市发展投资集团有限公司成立乌鲁木齐中铁城市快速路工程管理有限公司。

同日，股份公司同意中铁十局集团有限公司成立中铁十局集团第八工程有限公司。

同日，股份公司同意中铁电气化局、中铁二院参股成立四川省轨道交通投资有限责任公司。注册资本金10亿元，其中中铁电气化局出资25%，中铁二院出资5%，四川省交通投资集团有限责任公司出资70%。

1月22日，股份公司同意中铁城市发展投资集团有限公司成立伊犁中铁基础设施建设项目管理有限公司。

2月2日，“中国中铁股份有限公司大岗先进工业制造基地工程项目经理部”更名为“中国中铁股份有限公司广州南沙新区大岗先进制造业基地区块综合开发项目工程总承包项目经理部”。

2月5日，股份公司同意中铁城市发展投资集团有限公司参股成立甘肃公航旅定临高速公路管理有限公司。

同日，股份公司同意中铁城市发展投资集团有限公司参股成立中铁秦宫佳苑项目管理有限公司。

同日，股份公司同意中铁四局集团有限公司参股成立淮南铁城投资建设有限公司。

同日，股份公司同意中铁隧道局集团有限公司设立上饶滨江东路投资开发有限公司。

2月9日，股份公司同意中铁资本和中铁隧道局合资设立中铁商业保理有限公司，注册资本金10000万元，其中中铁资本出资90%，中铁隧道局出资10%。

2月11日，股份公司同意中铁七局集团有限公司成立中铁七局集团西安铁路工程有限公司洛隆分公司。

同日，股份公司同意中铁电气化局参股成立浙江省交投轨道交通科技有限公司。

同日，股份公司同意中铁建工集团有限公司成立中铁建工集团有限公司南京分公司。

同日，股份公司同意中铁建工集团有限公司成立中铁建工集团北京机械制造有限公司衡水分公司。

同日，股份公司同意中铁七局集团有限公司成立中铁七局集团有限公司利比里亚分公司。

同日，股份公司同意中铁建工集团有限公司成立山东中铁诺德物业管理有限公司青岛分公司。

2月12日，股份公司同意中铁七局集团有限公司参股成立天津中铁七局招银投资管理合伙企业（有限合伙）。

2月27日，股份公司同意中铁投资集团有限公司成立中铁新城建设开发有限公司。

同日，股份公司同意中铁科学研究院有限公司设立甘肃中铁建设工程有限公司宣汉分公司。

同日，股份公司同意中铁国际集团有限公司设立中铁国际集团乌拉圭分公司。

3月1日，股份公司同意中铁国际集团有限公司设立中铁国际集团有限公司墨西哥分公司。

3月1日，股份公司同意中铁电气化局集团有限公司成立中铁电气化局集团（匈牙利）有限公司。

3月5日，股份公司同意中铁（上海）投资集团遇险公司设立中铁交通投资管理（杭州）合伙企业（有限合伙)。

3月7日，股份公司同意中铁电气化局集团有限公司成立中铁电气化局集团有限公司(以色列)分公司。

3月8日，股份公司同意中铁资本入伙宁波梅山保税港区铁畅益商投资管理合伙企业(有限合伙)。

同日，股份公司同意中铁资本联合中铁建工设立中铁建工招银(天津)投资管理合伙企业(有限合伙)。基金规模为30000万元，其中中铁资本作为普通合伙人出资100万元，中铁建工出资5900万元；有限合伙人昆仑信托有限责任公司出资24000万元。

同日，股份公司同意中铁资本联合中铁十局设立天津中铁十局招银投资管理合伙企业(有限合伙)。基金规模为50000万元，其中中铁资本作为普通合伙人出资100万元，中铁十局出资9900万元；有限合伙人招商证券资产管理有限公司出资40000万元。

3月23日，股份公司同意中铁交通投资集团有限公司参股成立陕西旬凤韩黄高速公路有限公司。注册资本金7亿元，其中中铁交通出资3%，股份公司出资3%，中铁一局出资4.5%，中铁二局出资3%，中铁十局出资3.5%，中铁上海局出资3%，嘉兴铁交投资合伙企业(有限合伙)出资80%。授权中铁交投管理。

同日，股份公司同意中铁建设投资集团有限公司参股成立遵义市中铁城市更新发展有限公司。

3月27日，股份公司同意中铁一局集团有限公司设立中铁一局集团有限公司雄安分公司。

同日，股份公司同意中铁北京工程局集团有限公司成立中铁航空港集团机场工程有限公司。

同日，股份公司同意中铁十局集团有限公司成立中铁十局集团有限公司济南分公司。

3月28日，股份公司同意中铁国际集团有限公司设立中国海外工程有限责任公司莫桑比克分公司。

同日，股份公司同意中铁北京工程局集团有限公司设立中铁北京工程局集团有限公司尼日利亚分公司。

同日，股份公司同意中铁国际集团有限公司设立中铁国际集团有限公司卡塔尔分公司。

同日，股份公司同意中铁国际集团有限公司设立中铁国际集团有限公司阿根廷分公司。

同日，股份公司同意中铁国际集团有限公司设立中铁国际集团有限公司莫桑比克分公司。

3月29日，股份公司同意中铁八局集团有限公司合资成立湘西吉成项目管理有限责任公司。

同日，股份公司同意中铁二局集团有限公司通过名称转让(带资产)方式进行更名，将“中铁二局集团有限公司”变更为“中铁二局建设有限公司”(具体名称以工商核定为准)。将“中铁二局工程有限公司”变更为“中铁二局集团有限公司”。

同日，股份公司同意中铁建设投资集团有限公司变更为中铁南方投资集团有限公司。

4月15日，成立中国中铁股份有限公司“一带一路”互联互通研究中心，委托中铁二院组建和管理。

4月23日，成立中国中铁“中国单轨交通发展研究中心”，委托中铁工程设计咨询集团有限公司组建和管理。

4月26日，采取企校共建方式成立中国中铁国际化技能人才培养基地，设在哈尔滨铁道职业技术学院，基地在股份公司组织领导下开展工作。

5月7日，股份公司同意中铁开发投资集团有限公司成立贵州威围高速公路发展有限公司，注册资本金2亿元，其中中铁开投出资44.93%；中国中铁出资5%；中铁二院出资0.07%；中铁二局出资5%；中铁广州局出资5%；贵州高速公路集团有限公司出资40%。

5月8日，股份公司同意中铁科学研究院有限公司成立中铁工程技术研究院有限公司。

同日，股份公司同意中铁城市发展投资集团有限公司成立青海中铁西察公路建设管理有限公司，注册资本金5.8亿元，其中中铁城投出资17.88%，中国中铁出资18.93%；青海公路建设总公司出资15.25%，青海公路科研勘测设计院出资0.53%；青海交通投资出资47.41%。

同日，股份公司同意中铁科研院组建深圳分公司、成都分公司和新疆分公司。

同日，股份公司同意中铁(上海)投资有限公司设立北京分公司。

同日，股份公司同意中铁一局集团有限公司设立中铁一局集团有限公司智能科技分公司，新公司委托城轨公司代管与城轨公司合并考核。

同日，股份公司同意中铁一局集团有限公司设立中铁一局集团有限公司(新加坡)分公司。

同日，股份公司同意中铁电气化局集团有限公司设立中铁电气化局集团有限公司(新加坡)分公司。

同日，股份公司同意中铁六局集团有限公司设立中铁六局集团有限公司津巴布韦办事处。

5月9日，股份公司同意中铁六局集团有限公司设立中铁六局集团有限公司几内亚办事处。

同日，股份公司同意中铁开发投资有限公司参股成立中铁开投股权投资基金管理有限公司。

同日，股份公司同意中铁(上海)投资有限公司参股设立中铁浦发投资基金管理有限公司。

5月11日，股份公司同意中铁二院工程集团有限责任公司组建中铁高铁设计院有限公司。

5月14日，股份公司同意中铁资本有限公司合资成立中铁农银投资基金管理有限公司。

6月19日，股份公司同意中铁高新工业股份有限公司合资成立中铁锚固科技工程有限公司。

6月20日，股份公司同意中铁南方投资集团有限公司成立广东中铁西江高科投资有限公司。

同日，股份公司同意中铁投资集团有限公司成立沈阳快速路建设投资有限公司。

同日，股份公司同意中铁城投、中铁信托共同成立中铁城市发展投资基金公司。注册资本：5000万元，其中：中铁城投出资 50%，中铁信托通过发行信托计划出资 50%。

同日，股份公司同意中铁南方投资集团有限公司成立汕头市牛田洋快速通道投资发展有限公司。

同日，股份公司同意中铁文化旅游投资集团有限公司设立四川中铁生态城鸿丰置业有限公司、四川中铁生态城恒丰置业有限公司、四川中铁生态城鹏达置业有限公司、四川中铁生态城凯跃置业有限公司。上述 4 家公司由中铁四川生态城投资有限公司出资。

同日，股份公司同意中铁七局集团有限公司设立郑州工程有限公司濮阳工业园区分公司。

同日，股份公司同意中铁南方投资集团有限公司成立中铁高要投资有限公司。

同日，股份公司同意中铁城市发展投资集团有限公司在西藏成立项目管理公司。

6 月 25 日，股份公司同意中铁投资集团有限公司参股成立中铁农银投资基金管理有限公司。

同日，股份公司同意中铁一局集团有限公司参股设立西安铁益投资管理有限公司。

同日，股份公司同意中铁一局集团有限公司设立中铁一局肇庆砚城置业有限公司。

6 月 28 日，股份公司同意中铁交通投资集团有限公司成立宜宾打营盘山隧道、金沙江大道、新机场东连接线三个项目公司。

7 月 6 日，股份公司同意“中国中铁航空港建设集团有限公司安哥拉分公司”名称变更为“中铁北京工程局集团有限公司安哥拉分公司”。

7 月 13 日，股份公司同意中铁隧道局集团有限公司在广州南沙注册成立中铁隧道局有限公司，注册资本 1.5 亿元。

同日，设立中国中铁股份有限公司菲律宾分公司，注册资本 20 万美元，授权中铁一局代管。

同日，设立中国中铁股份有限公司埃及分公司，注册资本 5000 埃镑，授权中铁二局代管。

7 月 19 日，股份公司同意中铁置业集团上海有限公司出资设立中铁诺德南通置业有限公司。

同日，股份公司同意中铁四局集团有限公司成立南京淳铁建设有限公司。

同日，股份公司同意中铁置业集团北京有限公司（简称北京公司）与北京建工地产有限责任公司（简称北京建工）合资设立北京建邦中铁房地产开发有限公司。

同日，股份公司同意中铁八局集团有限公司设立中铁八局集团有限公司商丘分公司。

同日，股份公司同意中铁北京工程局集团有限公司设立中铁北京工程局集团第一工程有限公司龙井市分公司。

7 月 20 日，股份公司同意中铁置业集团有限公司设立北京中铁诺德东兴置业有限公司。

7 月 23 日，股份公司同意中铁七局集团有限公司设立中铁七局集团郑州工程有限公司巩义分公司。

同日，股份公司同意中铁置业集团有限公司设立中铁诺德（杭州）置业有限公司。

同日，股份公司同意中铁三局集团有限公司设立中铁三局集团马来西亚有限公司。

同日，股份公司同意中铁隧道局集团有限公司设立中铁隧道局集团瑞典工程有限公司。

同日，股份公司同意中铁十局集团有限公司设立中铁十局集团泰国有限公司。

同日，股份公司同意中铁七局集团有限公司设立中铁七局集团有限公司塞内加尔机械设备分公司。

同日，股份公司同意中铁一局集团有限公司设立中铁一局集团有限公司（塔吉克斯坦）分公司。

同日，股份公司同意中铁一局集团有限公司设立中铁一局集团有限公司（科威特）分公司。

8 月 6 日，设立中国中铁智慧城市研发中心，中心为股份公司附属研究机构，委托中铁六院组建和管理。

8 月 7 日，设立“中国中铁路基与地基工程技术研发中心”和“中国中铁爆破安全技术中心”，中心为股份公司附属研究机构，委托中铁二局组建和管理。

9 月 6 日，股份公司同意中铁北京工程局集团有限公司设立中铁北京工程局集团第六工程有限公司双辽分公司和长岭分公司。

同日，股份公司同意中铁五局集团有限公司设立中铁五局集团机械化工程有限公司长岭分公司和通榆分公司。

同日，股份公司同意中铁十局集团有限公司设立中铁十局集团青岛工程有限公司通榆分公司和洮南分公司。

同日，股份公司同意中铁七局集团有限公司设立中铁七局集团第三工程有限公司通榆分公司。

同日，股份公司同意中铁四局集团有限公司设立中铁四局集团路桥工程有限公司双辽分公司。

同日，股份公司同意中铁十局集团有限公司设立中铁十局集团有限公司枣庄分公司。

9 月 6 日，股份公司同意中铁第六勘察设计院集团有限公司设立中铁第六勘察设计院集团有限公司广西分公司和中铁第六勘察设计院集团有限公司粤东分公司。

同日，股份公司同意中铁四局集团有限公司设立安徽省恒桥公路工程有限公司。

同日，股份公司同意中铁一局集团有限公司设立中铁（杭州）预制科技有限公司。

同日，股份公司同意中铁一局集团有限公司设立定州铁成建设投资有限公司。

同日，股份公司同意中铁上海工程局集团有限公司设立中铁上海工程局集团第七工程有限公司。

同日，股份公司同意中铁十局集团有限公司设立中铁十局集团赣州工程有限公司。

9 月 10 日，股份公司同意中铁一局集团有限公司设立广东省安达建设有限公司。

9月13日，股份公司同意中铁四局集团有限公司设立中铁四局集团有限公司柬埔寨分公司。

同日，股份公司同意中铁工程设计咨询集团有限公司投资设立国铁建设管理有限公司。立中铁国际（泰国）有限公司。

同日，股份公司同意中铁国际集团有限公司设立中铁国际（泰国）有限公司。

同日，股份公司同意中铁四局集团有限公司设立中铁四局集团有限公司新西兰分公司。

9月18日，股份公司同意中铁城市发展投资集团有限公司设立西昌中铁宜都新城投资管理有限公司、西昌中铁宜兴新城投资管理有限公司、西昌中铁宜环新城投资管理有限公司。

同日，股份公司同意中铁投资集团有限公司设立北京祥顺置业有限公司。

同日，股份公司同意中铁城市发展投资集团有限公司设立自贡中铁釜溪河水系治理项目建设有限公司。

同日，股份公司同意中铁七局集团有限公司设立哈密市中铁综合管廊项目有限公司。

同日，股份公司同意中铁七局集团有限公司设立新乡中铁公路发展有限公司。

同日，股份公司同意中铁城市发展投资集团有限公司设立中铁新都天府动力新城建设有限公司。

9月20日，股份公司同意中铁七局集团有限公司设立焦作焦温公路开发有限公司。

9月28日，成立中国中铁气动列车研发中心，委托中铁一局牵头组建和管理。

同日，设立中国中铁雄安城市建设发展有限公司，注册资本5亿元，与雄安新区投资建设总指挥部实行“两个机构、一套人马”的管理模式。

9月30日，设立中国中铁山东城市建设开发有限公司，注册资本5亿元，委托中铁投资集团组建和管理。

同日，股份公司同意中铁城市发展投资集团有限公司设立乌鲁木齐市老城区改造提升建设工程项目公司。

同日，股份公司同意中铁城市发展投资集团有限公司设立西昌中铁瑶山棚户区改造项目投资有限公司。

11月5日，股份公司同意中铁七局集团有限公司设立中铁七局集团第四工程有限公司荆州分公司。

同日，股份公司同意中铁建工集团有限公司设立中铁建工集团山东有限公司胶州分公司。

11月6日，股份公司同意中铁隧道局集团有限公司设立中铁隧道建设投资温州有限公司。

同日，股份公司同意中铁建工集团有限公司设立广州金融城站综合交通枢纽有限公司。

同日，股份公司同意中铁建工集团有限公司设立广州中铁诺德置业有限公司。

同日，股份公司同意中铁南方投资集团有限公司设立江门江铁公路建设有限公司。

同日，股份公司同意中铁投资集团有限公司设立石家庄云际生态保护工程有限公司。

同日，股份公司同意中铁建工集团有限公司设立中铁诺德（杭州）投资有限公司。

11月8日　股份公司同意中铁（上海）投资有限公司更名为中铁（上海）投资集团有限公司。

12月5日，股份公司同意中铁置业集团有限公司设立贵阳中铁诺德置业有限公司。

同日，股份公司同意中铁置业集团有限公司设立北京中铁诺德顺兴置业有限公司。

同日，股分公司同意中铁一局集团有限公司设立乌鲁木齐中铁元水环保有限公司。

同日，股份公司同意中铁四局集团有限公司中国中铁关于设立睢宁县宁铁建设有限公司。

同日，股份公司同意中铁（上海）投资有限公司设立徐州淮海国际铁路物流港建设有限公司。

同日，股份公司同意中铁三局集团有限公司设立中铁三局朔州学校投资建设有限公司。

同日，股份公司同意中铁置业集团有限公司设立武汉中铁诺德逸园置业有限公司。

同日，股份公司同意中铁三局集团有限公司设立朔州中铁奥体中心有限公司。

同日，股份公司同意中铁置业集团有限公司设立北京中铁诺德隆兴房地产开发有限公司。

同日，股份公司同意中铁置业集团有限公司设立青岛中铁新荣置业有限公司。

12月6日，股份公司同意中铁城市发展投资集团有限公司设立庆阳中铁汇庆公路建设管理有限公司。

12月7日，股份公司同意中铁投资集团有限公司设立中铁承德建设开发有限公司。

12月11日，股份公司同意中铁工程设计咨询集团有限公司设立中铁城市轨道交通设计研究院有限公司。

12月12日，股份公司同意中铁置业集团有限公司设立中铁置业集团菏泽有限公司。

12月20日，成立中国中铁石家庄市滹沱河生态修复工程一期建设指挥部，由中铁投资集团有限公司（中国中铁股份有限公司工程建设分公司）负责组建和管理。

12月28日，设立中铁海南投资建设有限公司，注册资本30亿元，委托中铁南方投资集团有限公司组建和管理，实行“一套人马、两块牌子”的管理方式。

（杜　伟　宋智聪）

【**注销机构**】1月11日，中铁一局集团有限公司注销陕西天域置业有限公司。

1月12日，中铁六局集团有限公司注销包头市陆祥尚河置业有限责任公司。

1月20日，中铁四局集团有限公司注销安徽中铁国际旅游有限公司。

2月28日，中铁建工集团有限公司注销苏州中铁华升建设有限公司。

2月28日，撤销中国中铁股份有限公司山西静兴高速公路项目工程指挥部。

3 月 13 日，中铁隧道局集团有限公司注销重庆兴通工程质量检测有限公司。

同日，中铁高新工业股份有限公司注销中铁山桥集团铸造有限公司。

3 月 21 日，中铁五局集团有限公司注销中铁五局集团第三建筑公司。

3 月 30 日，中铁五局集团有限公司注销中铁五局集团上海公司。

4 月 9 日，中铁一局集团有限公司中铁一局集团厦门综合管廊运营管理有限公司。

4 月 12 日，中铁四局集团有限公司注销中铁四局集团建筑工程安徽园林绿化有限公司。

4 月 19 日，中铁四局集团有限公司注销长春铁路分局工程段基建工程队。

4 月 27 日，中铁华铁工程设计集团有限公司注销北京华京德柏国际工程咨询有限公司。

5 月 15 日，中国中铁股份有限公司撤销片区督导巡视组。

5 月 22 日，中铁八局集团有限公司注销中铁八局集团成都华飞商贸有限公司。

5 月 25 日，中铁资源集团有限公司注销中国中铁资源开发股份有限公司。

5 月 30 日，中铁大桥局集团有限公司注销中铁大桥局集团珠海工程有限公司。

同日，中铁九局集团有限公司注销中铁九局集团矿业（沈阳）有限公司。

6 月 8 日，中铁北京工程局集团有限公司注销中铁航空港集团尼日利亚有限责任公司。

6 月 15 日，中铁大桥勘测设计院集团有限公司注销芜湖市盛科岩土试验检测有限公司。

7 月 13 日，撤销中国中铁股份有限公司福州分公司。

7 月 13 日，撤销中国中铁老挝分公司并调整中老铁路建设指挥部职能。

9 月 12 日，中铁第六勘察设计院集团有限公司注销中铁电气化勘测设计研究院有限公司。

9 月 19 日，中铁六局集团有限公司注销呼和浩特市标顶房地产开发有限公司。

9 月 25 日，中铁第六勘察设计院集团有限公司注销中铁隧道勘测设计院有限公司。

9 月 26 日，中铁四局集团有限公司注销淮南阳光城建设有限公司。

10 月 8 日，中铁交通投资集团有限公司注销兴县北山公路建设有限公司。

10 月 18 日，撤销中国中铁股份有限公司云南分公司。

10 月 22 日，中铁资源集团有限公司注销连城县金山林业开发有限公司。

10 月 26 日，中铁资源集团有限公司注销龙岩东方虹展矿业有限公司。

11 月 1 日，中铁隧道局集团有限公司注销中铁隧道集团隧道设备制造有限公司。

11 月 2 日，中铁建工集团有限公司注销青岛京西置业有限公司。

11 月 13 日，中铁电气化局集团有限公司注销北京电华物业管理有限责任公司。

11 月 19 日，中铁一局集团有限公司注销宝鸡市万千工贸有限责任公司。

同日，中铁一局集团有限公司注销中铁一局集团（瓦努阿图）有限公司。

12 月 5 日，中铁资源集团有限公司注销中铁资源集团工程管理有限公司。

12 月 7 日，中铁电气化局集团有限公司注销北京铁电通联环保科技有限公司。

12 月 10 日，中铁资源集团有限公司注销中铁资源投资有限公司 BVI。

12 月 14 日，中铁八局集团有限公司注销中铁八局集团市政工程有限公司。

12 月 18 日，中铁高新工业股份有限公司注销武汉中铁基础工程有限公司。

12 月 27 日，中铁国际集团有限公司注销中国海外工程澳门有限公司。 （杜　伟）

【直属指挥部、区域经营机构设立、变更】1 月 26 日，中国中铁股份有限公司成立中国中铁股份有限公司南通市城市轨道交通 1 号线一期工程土建施工 03 标项目经理部（指挥部）。项目部由中铁（上海）投资有限公司负责组建。

2 月 1 日，中国中铁股份有限公司成立中国中铁股份有限公司武汉武九北综合管廊工程指挥部。由中铁开发投资有限公司负责组建和管理。

3 月 12 日，中国中铁股份有限公司成立中国中铁股份有限公司瓮开高速公路工程指挥部。指挥部由中铁开发投资有限公司负责组建和管理。

3 月 16 日，中国中铁股份有限公司成立中国中铁股份有限公司深圳市城市轨道交通 14 号线工程施工总承包联合体项目经理部。项目部由中铁建设投资集团有限公司负责组建和管理。

同日，成立中国中铁股份有限公司威围高速公路工程指挥部，指挥部由中铁开发投资集团有限公司负责组建和管理。

3 月 23 日，成立中国中铁股份有限公司惠盐高速公路深圳段改扩建工程（第 1 合同段）项目经理部，项目部由中铁建工集团有限公司负责组建和管理。

3 月 27 日，成立中国中铁股份有限公司洛阳市轨道交通 2 号线土建 02 标工程指挥部，指挥部由中铁投资集团有限公司（中国中铁股份有限公司工程建设分公司）负责组建和管理。

4 月 15 日，成立中国中铁股份有限公司 G228 公路

（海湾路以东—南芦公路）新建工程（FX Ⅱ –4 标）项目部，项目部由中铁上海工程局集团有限公司负责组建和管理。

同日，成立中国中铁股份有限公司沙河东综合管廊项目经理部，项目部由中铁建设投资集团有限公司负责组建和管理。

4 月 28 日，成立中国中铁股份有限公司珠机城际 HJZQ–1 标项目经理部，项目部由中铁大桥局集团有限公司负责组建和管理。

5 月 9 日，调整中国中铁股份有限公司广州市轨道交通十一号线工程项目经理部和广州市中心城区地下综合管廊工程项目经理部职能。十一号线项目经理部负责对股份公司广州市轨道交通十一号线及同步实施工程总承包项目统筹、指挥、协调与监控，对质量、安全、文明施工、进度等管理负全责，履行合同主体责任，全面兑现本项目合同承诺；负责与政府相关部门、建设单位、设计院、监理等单位的沟通、协调工作。综合管廊项目经理部负责对股份公司广州市中心城区地下综合管廊（沿轨道交通十一号线）工程总承包项目统筹、指挥、协调与监控，对质量、安全、文明施工、进度等管理负全责，履行合同主体责任，全面兑现本项目合同承诺；负责与政府相关部门、建设单位、设计院、监理等单位的沟通、协调工作。

同日，成立中国中铁股份有限公司广佛江快速通道江门段（三江至南门大桥）总包项目部，授权中铁南方投资集团有限公司组建和管理。

同日，成立中国中铁股份有限公司广州市轨道交通十三号线二期工程总承包项目经理部，授权广州轨道交通指挥部组建和管理。

同日，成立中国中铁股份有限公司长春新区兴福大路工程项目部，授权中铁投资集团有限公司（中国中铁股份有限公司工程建设分公司）组建和管理。

同日，成立中国中铁股份有限公司长春新区北远达大街延长线工程项目部，授权中铁投资集团有限公司（中国中铁股份有限公司工程建设分公司）组建和管理。

5 月 28 日，成立中国中铁股份有限公司双辽至洮南公路建设项目第 ST01 合同段项目总经理部，项目部由中铁交通投资集团有限公司负责组建和管理。

6 月 13 日，成立中国中铁股份有限公司杭州地铁 7 号线工程施工总承包项目部，由中铁（上海）投资有限公司负责组建和管理。

同日，成立中国中铁股份有限公司沈阳快速路项目部，由中铁投资集团有限公司（中国中铁股份有限公司工程建设分公司）负责组建和管理。

7 月 3 日，成立中国中铁股份有限公司孟加拉帕德玛大桥连接线项目经理部。

7 月 5 日，成立中国中铁股份有限公司双辽至洮南公路建设项目第 ST01 合同段工程建设指挥部，负责代表中国中铁股份有限公司组织实施双辽至洮南高速公路项目第 ST01 合同段工程建设总承包管理，统筹组织、指挥和协调各参建单位。

7 月 8 日，成立中国中铁股份有限公司昆明市轨道交通 4 号线铺轨 1 标项目经理部、中国中铁股份有限公司昆明市轨道交通 4 号线铺轨 2 标项目经理部、中国中铁股份有限公司昆明市轨道交通 4 号线安装 1 标项目经理部、中国中铁股份有限公司昆明市轨道交通 4 号线安装 2 标项目经理部、中国中铁股份有限公司昆明市轨道交通 4 号线装修 1 标项目经理部、中国中铁股份有限公司昆明市轨道交通 4 号线装修 2 标项目经理部、中国中铁股份有限公司昆明市轨道交通 4 号线装修 3 标项目经理部、中国中铁股份有限公司昆明市轨道交通 4 号线装修 4 标项目经理部、中国中铁股份有限公司昆明市轨道交通 4 号线淮防标项目经理部、中国中铁股份有限公司昆明市轨道交通 4 号线路面恢复标项目经理部。

7 月 24 日，成立中国中铁股份有限公司广州市中心城区地下综合管廊工程项目经理部一至七分部。

12 月 3 日，成立中国中铁股份有限公司赣新大道相关连接线工程总承包（EPC）项目经理部，由中铁南方投资集团有限公司负责组建和管理。

同日，成立中国中铁股份有限公司厦门市轨道交通 3 号线机电装修供电工程总承包项目部，由中铁南方投资集团有限公司负责组建和管理。

12 月 5 日，成立中国中铁股份有限公司广州市轨道交通七号线二期及同步实施工程总承包项目经理部，由中国中铁股份有限公司广州轨道交通工程指挥部负责组建和管理。

12 月 7 日，成立中国中铁股份有限公司广州白云（棠溪）站综合交通枢纽工程土建 1 标施工总承包项目经理部，由中铁建工集团有限公司组建和管理。

（宋智聪）

【信息化建设】运用云计算、物联网、大数据、GIS、BIM 等技术，建设中国中铁数字化管控中心，并以企业管理、经营开发、项目管理、财务共享、应急指挥等业务管理内容为切入点，运用新技术促进创新管理，为中国中铁生产经营活动注入新的活力。举办首届中国中铁“卓越杯”BIM 大赛，加强对所属单位 BIM 技术应用的专业引导及青年员工对 BIM 技术的认知和理解，筛选优秀的 BIM 应用优秀成果和优秀人才。强化网络安全意识、提升网络安全保障能力，在全公司范围内选拔网络安全优秀人才，组队参加首届中央企业网络安全攻防大赛。完成中国中铁总部 IPV6 网络出口建设，扩大海外骨干网络香港接入中心试点。业财共享信息平台入围国资委 2018 年中央企业信息化优秀成果，被中国施工企业管理办会推荐为“第 14 届工程建设行业信息化高峰论坛典型案例（企业级信息化专项应用类）”。对现有邮件系统架构进行扩容升级和电子邮件网关升级改造，全年收发电子邮件 271 万封。全年共召开视频会议 116 次，参会人 40 余万人次。（杨晶晶）

【精准扶贫】2018 年，中国中铁以教育扶贫、产业扶贫为先导，以重点援建项目为抓手，助力贫困地区脱贫攻坚。全公司共有19家单位参与扶贫开发工作，投入专项资金2953.66万元，帮助建档立卡贫困人口近2400人脱贫。采取的主要扶贫措施包括：持续开展教育扶贫工作，在保德县投入10万元，把保德县建档立卡贫困户最偏远的南河沟乡92名中小学住宿生和留守儿童作为重点教育帮扶对象；在桂东、汝城两县，中国中铁2018年投入45万元资助贫困新生和在校大学生250多人。依据地方特色培育产业，投入近23万元支持桂东县大塘镇茶叶加工厂建设；在汝城县南洞乡打造产供销一体化的产业扶贫示范基地，按照“公司+合作社（基地）+贫困户”的合作模式，解决贫困劳动力1200人就业。搭建农产品销售平台，中国中铁2018年投入30万元在保德县李家湾村建设了“保德县南河沟小杂粮加工厂”，投入15万元在保德县城修建了“保德县农产品展销中心”，辐射带动产业链各环节。构建“培训+推荐就业”模式，促进劳动力转移，先后投入50万元打造“保德好司机”劳务品牌，由中国中铁出资，集中组织建档立卡贫困劳动力参加汽车驾驶员集中组织建档立卡贫困劳动力参加汽车驾驶员证培训，同时成立了“保德好司机”运输协会和“保德好司机”职业介绍所，帮助贫困户实现就业。抓技能培训扶贫，激发贫困人口内生动力，中国中铁投入17.2万元在汝城县开展“人人有技能”精准扶贫送技能下乡活动，对1500名建档立卡贫困户进行种植技术培训，扶贫效果明显。继续投入近4000万元支持重点援建项目建设，桂东县大塘工业园一期三栋厂房建设项目以及保德县内中国中铁幸福大道项目已顺利完工，汝城职教新城建设进展顺利，三个重点项目的实施助推了各县的脱贫攻坚工作。

截至2018年底，桂东县61个贫困村全部达到退出标准，累计实现脱贫14407户44620人，贫困发生率为0.96%，群众认可度为97.88%。汝城县80个贫困村全部达到退出标准，累计实现脱贫18260户60419人，贫困发生率为0.91%，在2018年贫困退出市级复核检查中群众认可度为98.1%。保德县154个贫困村全部达到退出标准，累计实现脱贫12661户33595人，贫困发生率为0.46%，群众认可度为98%。（胡丁旺）

【履行社会责任】2018年，中国中铁积极参与成昆铁路山体垮塌、国道347线四川茂县段山体垮塌、国道317线泥石流、超强台风“山竹”等抢险救灾200多次，投入抢险救灾人员1.5万多人次、设备2600多台（套）、投入资金3300余万元。中国中铁在昆明、贵阳、西安建立了三支国家隧道专业应急救援队，多次参与国家重大救援任务，并在贵阳基地承办了国内首次国家级隧道应急救援专业实训。

2018年，中国中铁共组建1100多支志愿服务队，投入志愿服务15800余人次，开展各类志愿服务活动4200多次，帮扶人数超过4万人。捐资助学1300多万元，帮扶学生8300多人，其他公益慈善事业投入超过5000万元。

中国中铁修订发布《中国中铁绿色施工科技示范工程评选办法》《中国中铁节能低碳技术评选管理办法》。2018年全公司无环境责任事故及节能减排重大违规违纪事件，排放污染物均达到国家和所在地相应排放标准。2018年，进一步加大节能低碳重点技术研发力度，37项技术被评选为中国中铁重点节能低碳技术，年度万元营业收入综合能耗（可比价）为0.0553吨标煤/万元，同比下降3.2%，圆满完成了节能减排既定年度工作目标。共有10个项目获得首批中国中铁绿色施工科技示范工程称号，72个项目获得中国中铁节能减排标准化工地称号。《桥梁工程绿色施工规范及评价标准》企业标准正式发布。

编制发布2017年度《社会责任报告暨ESG（环境、社会与管治）报告》。增加了对中国中铁履行精准扶贫社会责任情况和排放物、资源使用、环境及天然资源三个层面的关键绩效指标进行披露，从11个方面客观全面反映了中国中铁社会责任管理和履行情况。（尚宪鹏）

【人员状况】截至2018年底，全公司共有员工283031人，其中管理人才126593人，各类专业技术人才178939人（含在管理岗位的112920人），技能人才90419人。其中：现有工程院院士1名，勘察设计大师10名，百千万人才工程国家级人选10名，有突出贡献中青年专家10人，享受国务院政府特殊津贴专家288人。詹天佑铁道科学技术奖82人，茅以升铁道工程师奖86人。各类高级专业技术人才29897人，含教授级高级工程师1955人，高级工程师21610人，高级会计师1669人，高级经济师2324人。中级职称61945人，助理级和员级23304人。（张晓明）

【干部构成】截至2018年底，中国中铁拥有干部总数121759人，其中女干部23211人，约占19.06%；少数民族干部4178人，约占3.43%；党员干部60079人，约占49.34%。学历结构：研究生及以上学历毕业4396人，约占3.61%；本科学历毕业72111人，约占59.22%；专科学历毕业30672人，约占25.19%；中专及以下学历毕业14580人，约占11.98%。（张晓明）

【工人构成】截至2018年12月31日，中国中铁工人总数90419人，其中技术工人72372人。技术工人中有职业资格证书的66816人，其中工匠技师5人、特级技师228人、高级技师5959人、技师11895人、高级工30156人、中级工13281人、初级工5292人。高级工及以上的高技能人才48010人，占工人总数的53%，占有职业资格证书的技术工人数量的71.9%。工人队伍文化结构，初中及以下43.8%，高中、技校、中专41.8%，大专及以上14.4%。工人队伍年龄结构，25岁以下1.5%，26~49岁66.7%，50岁以上31.8%。

（谢学文）

【主要技术动力装备】截至2018年底，股份公司拥有机械动力设备119152台（套），原值630.02亿元，机械设备总功率1054万千瓦，技术装备率10.86万元/人，动力装备率41.84千瓦/人，主要施工机械设备新度系数0.43。主要设备：盾构设备364台，全断面掘进机（TBM）16台；铁路箱梁架桥机111台、运梁车104台、提移梁机211台（套）；铁路T梁架桥机101台，铺轨机52台；电气化施工设备454台（套）；轨道车207台，大型机械化整道设备86台。主要施工设备实力继续提高，尤其是大型设备保有量稳步提升，提高了股份公司的市场竞争力，在工程投标和完成施工任务中发挥了重要作用。

（姚道雄）

中国铁路工程集团有限公司领导人员名单

党委书记、董事长	李长进
总经理、党委副书记、董事	张宗言
党委副书记	周孟波
党委常委	刘　辉
党委常委	马　力（8月免）
党委常委	章　献
党委常委、纪委书记	王士奇
党委常委	杨　良
党委常委	于腾群
职工董事	刘建媛

（段　鹏）

中国中铁股份有限公司领导及高管名单

党委书记、董事长	李长进
党委副书记、总裁、执行董事	张宗言
党委副书记、执行董事	周孟波
副总裁、总工程师、党委常委	刘　辉（6月不再担任总工程师）
副总裁、党委常委	马　力（8月不再担任副总裁，9月免党委常委职务，退休）
执行董事、党委常委	章　献
纪委书记、党委常委	王士奇
财务总监、党委常委	杨　良
副总裁、董事会秘书、总法律顾问、党委常委	于腾群（6月任副总裁，8月解聘董事会秘书）
副总裁	段永传（6月任）
副总裁	刘宝龙（6月任）
副总裁	任鸿鹏（6月任）
监事会主席	刘成军（6月免，调离）
工会主席、职工董事	刘建媛
监事会主席	张回家（6月任）
总工程师	孔　遁（6月任）
总经济师	马江黔（6月任）
董事会秘书	何　文（8月任）

（段　鹏）

中国中铁股份有限公司三总师副职、纪委副书记、工会副主席、安全总监、高级专家

副总工程师	秦顺全
纪委副书记	王宏光
	苑宝印
	曹　兴
工会副主席	李晓声
	王喜军（3月任）

安全总监、安全稽查总队队长　李凤超
高级专家　郑　机
　朱本珍

（毛祥虎）

中国中铁股份有限公司外派专职董事监事

中铁三局董事、中铁六局董事　舒　畅
中铁大桥局监事会主席、中铁武汉局监事会主席　陈晓春
中铁国际董事、中铁五局监事会主席、中铁七局监事会主席　黄江刚

（段　鹏）

中国铁路工程集团有限公司总部部门正副职领导

党委办公室（保密办公室）
主任　李新生
副主任　杨文博（1月免）
　李聚民（6月任）

办公厅
主任　齐　伟
副主任　李　辉
　薛　健（3月任）

财务部
部长　李　平

审计部
部长　张利生

监察部
部长　王宏光

党委干部部
部长　贾惠平
副部长　裴清宁
　张春全
　吕月胜

党委组织部
部长　丁荣昌
副部长　黄建忠

党委宣传部
部长　曹艳春
副部长、党建和思想政治工作研究会秘书长　安庆军
副部长　张　翰
　王国卿

纪委
副书记　王宏光
　苑宝印
　曹　兴

纪委综合室
主任　万　明（3月免）
　程志强（3月任）

纪委纪检监察一室
主任　梁宝岭

纪委纪检监察二室
主任　陈立峰

副主任 朱高明

纪委纪检监察三室

主任 程志强（3月免）

魏心柏（6月任）

工会

副主席 李晓声

王喜军（3月任）

工会综合部

部长 郑 黎（7月任）

工会生产宣传部（体协）

部长、体协秘书长 陈宝华（7月任）

副部长

工会权益保障女工部

部长 刘治国（7月任）

副部长 章 静

团委

书记 曹 彬

副书记 刘传刚

（毛祥虎）

中国中铁股份有限公司总部部门正副职领导

董事会办公室、监事会办公室

主任 张睿开

专职监事 陈文鑫

副主任 段银华

总裁办公室

主任 齐 伟

副主任 常玉伟（3月免）

李 辉

薛 健（3月任）

战略规划部

部长 周民忠（11月免，退休）

副部长 范永贵

方 锐

景 象

财务部

部长 何 文

副部长 李 静

王 恺

肖 圣

柳百明

杨 涛

干部部（党委干部部）

部长 贾惠平

副部长 裴清宁（人才公司总经理、执行董事，7月任）

张春全

吕月胜（人才公司总经理、执行董事，7月免）

劳资社保部

部长 张贺华

副部长 李 敏

李景贵

法律合规部

部长　侯社中（3月任）

审计部

部长　范经华

副部长　吴　青

经营开发部

部长　郭凤芝

副部长　杨宗林（享受部门正职待遇）

薛　健（3月免）

史　洁

投资发展部

部长　冯慧光

副部长　孙旭东

郭　华

房地产与养老产业管理部

部长　姜洪友

副部长　王永胜

生产管理部

部长　王宗怀

副部长　沈　平（享受部门正职待遇）

李海明

杨启兵

孟祥红

周高飞

安全质量监督部

部长　李凤超

副部长　何荣康

樊玉智

唐连成

科技与信息化部（技术中心）

部长（主任）　于兴义

副部长（副主任）　高　峰

刘涵宁

成本与采购管理部

部长　朱定法

副部长　卢志良

李夏初

彭立军

行政管理部（离退休人员管理部、保卫部）

部长　权有勇

副部长　韩　东

刘建锁

国际事业部

总经理　卢　勃

副总经理　王西明

吴继邦

刘维志（9月免，退休）

史　渊（7月免，调直属项目部）

赵艳杰

	杨新平
大企业市场开发事业部	
总经理	张恩民
副总经理	杨文博
监察部	
部长	王宏光
副部长	魏心柏
企业文化部	
部长	曹艳春
副部长	安庆军
	张 翰
	王国卿
党委办公室（保密办公室）	
主任	李新生
副主任	杨文博（1月免）
	李聚民（6月任）
党委组织部	
部长	丁荣昌
副部长	黄建忠
党委宣传部	
部长	曹艳春
副部长、党建和思想政治工作研究会秘书长	安庆军
副部长	张 翰
	王国卿
纪委	
副书记	王宏光
	苑宝印
	曹 兴
纪委综合室	
主任	万 明（3月免）
	程志强（3月任）
纪委纪检监察一室	
主任	梁宝岭
纪委纪检监察二室	
主任	陈立峰
副主任	朱高明
纪委纪检监察三室	
主任	程志强（3月免）
	魏心柏（6月任）
工会	
副主席	李晓声
	王喜军（3月任）
工会综合部	
部长	郑 黎（7月任）
工会生产宣传部（体协）	
部长、体协秘书长	陈宝华（7月任）
工会权益保障女工部	
部长	刘治国（7月任）
副部长	章 静

团委

书记	曹　彬
副书记	刘传刚

机关党委

书记	权有勇

机关工会

主席	韩　东

中国中铁报社

总编	常玉伟（3月任）
副总编	屈建国

（毛祥虎）

中国铁路工程集团有限公司组织机构图

- 中国铁路工程集团有限公司
  - 中国中铁股份有限公司
    - 基建建设
      - 中铁一局集团有限公司
      - 中铁二局集团有限公司
      - 中铁三局集团有限公司
      - 中铁四局集团有限公司
      - 中铁五局集团有限公司
      - 中铁六局集团有限公司
      - 中铁七局集团有限公司
      - 中铁八局集团有限公司
      - 中铁九局集团有限公司
      - 中铁十局集团有限公司
      - 中铁大桥局集团有限公司
    - 海外业务
      - 中铁国际集团有限公司
      - 中铁东方国际集团有限公司
    - 勘察设计与咨询服务
      - 中铁二院工程集团有限责任公司
      - 中铁第六勘察设计院集团有限公司
      - 中铁工程设计咨询集团有限公司
      - 中铁大桥勘测设计院集团有限公司
      - 中铁华铁工程设计集团有限公司
      - 中铁科学研究院有限公司
    - 工程设备与零部件制造
      - 中铁高新工业股份有限公司
        - 中铁山桥集团有限公司
        - 中铁宝桥集团有限公司
        - 中铁科工集团有限公司
        - 中铁工程装备集团有限公司
    - 房地产开发
      - 中铁置业集团有限公司
      - 中铁文化旅游投资集团有限公司
    - 矿产资源开发
      - 中铁资源集团有限公司
    - 金融
      - 中铁信托有限责任公司
      - 中铁财务有限责任公司
      - 中铁资本有限公司
    - 投资
      - 中铁交通投资集团有限公司
      - 中铁南方投资集团有限公司
      - 中铁投资集团有限公司
      - 中铁开发投资有限公司
      - 中铁城市发展投资集团有限公司
      - 中铁（上海）投资集团有限公司
    - 其他
      - 中铁人才交流咨询有限责任公司
      - 中铁物贸集团有限公司
    - 分公司及直属项目机构
      - 工程建设分公司
      - 设计咨询分公司
      - 东方国际建设分公司
      - 区域分公司
      - 项目经理部
      - 工程指挥部
  - 中铁国资资产管理有限公司
    - 职业院校、医院等非上市机构
  - 集团公司党校

中国中铁股份有限公司总部组织机构图

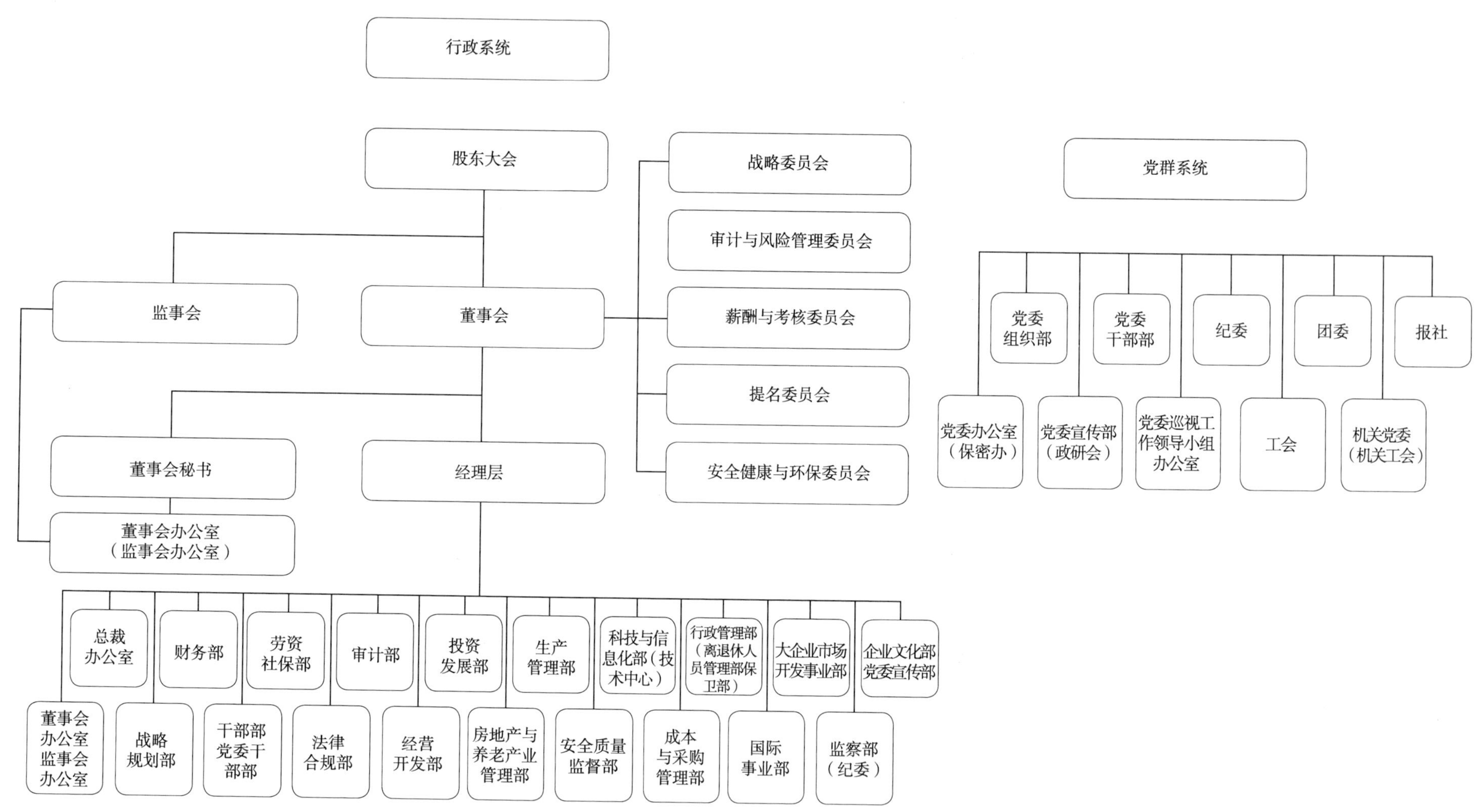

基建建设

2018 年 2 月 28 日，京雄城际铁路开工仪式在中铁上海局施工区段举行

基建建设经营开发

【基建（承包经营）建设板块新签合同额】2018年，全系统基建（承包经营）建设板块完成新签合同额11142.2亿元，较2017年9841.8亿元，同比增长13.2%。其中，铁路工程板块新签合同额2183.8亿元，占基建（承包经营）建设板块新签合同总额的19.6%，较2017年2253亿元，同比减少3.1%；非铁路板块新签合同额8958.3亿元，占基建（承包经营）建设板块新签合同总额的80.4%，较2017年7588.8亿元，同比增长18%。

（丁　宾）

【铁路市场经营开发概况】2018年，中国中铁基建（承包经营）建设铁路工程板块新签合同额2183.8亿元，其中，中标铁路中大型基建项目1424.63亿元，占招标总额的58.42%，同比增长3.15%。2018年各工程局铁路市场新签合同额2107.3亿元，较2017年2087.3亿元，增加20亿元，同比增长1%。其中铁路一级市场全年开标256个标段，开标总额2438.6亿元，中标123个标段，中标额1424.6亿元，市场占有率达58.4%。

（丁　宾）

【非铁路市场经营开发概况】2018年，中国中铁基建（承包经营）建设非铁路工程板块新签合同额8958.3亿元，其中，公路工程完成1780.6亿元，同比增长24.7%；市政工程完成2292.3亿元，同比增长18.2%；房建工程完成2316.3亿元，同比增长52.3%；城轨工程完成2041.7亿元，同比减少11%；水利水电工程完成239.2亿元，同比增长151.0%；港口与航道完成18.9亿元，同比增长27.8%；机场工程完成47.6亿元，同比增长407.4%；其他工程完成221.8亿元，同比减少22.8%。

（丁　宾）

表5-1　　2018年全系统基建（承包经营）建设板块新签合同额统计表

工程类别名称		2017年新签合同额		2018年新签合同额		同比增长率	同比增长百分点
		金额（亿元人民币）	占总额比例	金额（亿元人民币）	占总额比例		
合计		9841.8	100.0%	11142	100.0%	13.2%	
铁路		2253.0	22.9%	2183.8	19.6%	−3.1%	−3.3
路外工程	公路工程	1428.0	14.5%	1780.6	16.0%	24.7%	1.5
	市政工程	1939.1	19.7%	2292.3	20.6%	18.2%	0.9
	房建工程	1520.7	15.5%	2316.3	20.8%	52.3%	5.3
	城轨工程	2294.2	23.3%	2041.7	18.3%	−11.0%	−5.0
	水利水电	95.3	1.0%	239.2	2.1%	151.0%	1.2
	港口与航道	14.8	0.2%	18.9	0.2%	27.8%	0.0
	机场工程	9.4	0.1%	47.6	0.4%	407.4%	0.3
	其他工程	287.3	2.9%	221.8	2.0%	−22.8%	−0.9
	小计	7588.8	77.1%	8958.3	80.4%	18.0%	3.3

制表人：丁　宾

表 5-2

2018 年各工程局基建（承包经营）建设板块新签合同额统计表

单位	基建建设总体						路内工程		路外工程																		
							铁路		公路		市政		房建		城轨		水利水电		港口与航道		机场		其他		路外合计	
	年度计划（亿元人民币）	累计完成（亿元人民币）	完成年度计划（%）	同比增减（%）	外部市场承揽入基建合同额（亿元人民币）	投资带动基建合同额（亿元人民币）	完成额（亿元人民币）	同比增减（%）	完成额（亿元人民币）	同比增减（%）	完成额（亿元人民币）	同比增减（%）	完成额（亿元人民币）	同比增减（%）	完成额（亿元人民币）	同比增减（%）	完成额（亿元人民币）	同比增减（%）	完成额（亿元人民币）	同比增减（%）	完成额（亿元人民币）	同比增减（%）	完成额（亿元人民币）	同比增减（%）	完成额（亿元人民币）	同比增减（%）
中铁一局	1220	1148.0	94.1%	6.8%	1020.6	127.4	137.9	-5.8%	304.8	37.7%	321.6	37.0%	109.2	23.0%	248.6	-27.6%	0.0		0.0		2.2		23.7	-41.5	1010.1	8.7%
中铁二局	1038	959.0	92.3	5.4	742.7	216.2	121.7	-31.5	219.9	53.1	105.9	-25.4	216.4	9.9	250.7	3.8	19.2		0.0		22.6	321.2	2.6	-12.6	837.3	14.3
中铁三局	1057	1076.2	101.8	11.4	909.4	166.8	324.8	28.1	143.7	-56.8	144.4	44.4	227.6	199.6	23.0	34.0	176.3		0.0		0.0		2.2	-93.7	751.5	5.5
中铁四局	1243.3	1193.4	96.0	16.9	1040.5	152.9	254.2	-6.9	190.0	59.4	356.5	22.8	101.3	-3.8	257.8	10.9	13.3	1326.1	0.0		0.0		20.3		939.3	25.5
中铁五局	1038	676.1	65.1	-16.9	599.5	76.6	100.0	-8.9	1824	-40.7	142.7	19.0	69.1	12.3	75.4	-51.6	98.7	66.6	5.9		1.8		0.1	237.3	576.0	-18.1
中铁六局	693	664.7	95.9	-3.5	514.4	150.2	128.3	-17.6	321.0	39.3	104.2	-47.5	62.8	74.9	48.4	-29.1	0.0		0.0		0.0		0.0		536.3	0.6
中铁七局	635	642.7	101.2	-1.7	616.4	26.3	126.4	22.0	182.0	0.2	121.4	-35.8	132.4	116.0	60.9	-44.0	0.3	-82.4	0.0		0.0		19.2	167.5	516.3	-6.1
中铁八局	556	553.4	99.4	17.4	387.2	166.2	113.0	100.1	85.7	-34.6	93.7	-7.2	184.7	96.9	68.4	-20.4	0.2	-43.5	0.0		4.7		3.0	4.6	440.4	6.1
中铁九局	399	328.1	82.3	25.4	192.9	135.2	40.1	-21.2	36.9	-44.2	167.3	148.7	16.2	1.6	23.5	27.8	0.0	-100.0	0.0		0.0		44.1	56.4	288.0	36.7
中铁十局	664	622.0	93.7	14.5	519.1	102.9	140.0	65.5	101.6	-36.1	149.7	3.6	173.2	176.5	33.7	-51.3	8.3		3.7		0.0		2.7	-84.9	473.0	4.4
中铁大桥局	741	586.8	79.2	64.2	477.5	109.3	126.4	20.0	277.4	76.7	109.4	70.9	32.1		32.5	41.6	2.8	243.6	1.5	-59.7	0.0		4.8	29.7	460.4	82.7
中铁隧道局	976	762.4	78.1	0.1	862.4	0.0	56.4	-2.8	61.7	-64.9	188.5	7.0	154.5	1683.7	244.9	-23.7	43.1	298.6	0.0		0.0		13.4	14.8	706.1	0.3
中铁电化局	497	414.3	83.3	-28.9	414.3	0.0	173.3	-37.7	2.3	62.1	47.1	-7.9	7.9	-43.5	257.1	-24.6	0.0	-100.0	0.0		0.0		26.7	8.0	241 0	-20.8
中铁武汉电化局	138	151.7	109.9	38.7	147.4	4.3	90.6	28.1	0.2	335.1	17.8	165.3	14.3		26.5	-12.6	0.0	-100.0	0.0		0.0		2.3	43.9	61.1	58.0
中铁建工	1179	1036.7	87.9	20.6	959.0	77.7	178.0	99.8	42.7	654.6	86.7	9.6	678.9	6.8	46.8	-4.9	0.0		0.0		0.7	74.7	3.0	187.5	858.7	11.4
中铁广州局	319	277.9	87.1	-1.5	143.6	134.3	29.4	-15.1	65.0	-17.7	17.7	-75.1	90.4	275.9	67.5	20.6	0.0		7.9	-53.6	0.0		0.0	-100.0	248.5	0.4
中铁上海局	454	453.9	100.0	-5.6	349.0	104.0	32.7	-80.3	92.5	165.5	107.7	-17.4	61.3	212.9	159.6	22.8	0.0	-58.9	0.0		0.0		0.0		421.2	33.8
中铁北京局	428	477.0	111.4	34.1	214.2	262.7	77.1	8.1	75.2	-30.9	106.8	165.2	176.4	116.5	26.0	-49.7	0.0		0.0		15.4	582.8	0.0		399.9	40.5

制表人：丁　宾

表 5-3　　中国中铁 2018 年中标重大铁路项目汇总表

序号	签订单位	重大铁路工程项目	合同金额（万元）	合同工期
1	中铁三局、中铁一局、中铁二局、中铁十局、中铁电化局、中铁建工	新建鲁南高速铁路工程菏泽至临沂段 QHTJ-1、QHTJ-2、QHTJ-3、QHTJ-/4、LNSD-1、LNZF-2	1429358	18 ~ 42 个月
2	中铁二局、中铁广州局、中铁三局、中铁四局、中铁建工、中铁五局、中铁一局、中铁电气化局	新建贵阳至南宁铁路贵州段 GNZQ-1、GNZQ-2、GNZQ-3、GNZQ-5、不分标段、GNZQ-1、GNSN-2、GN-GBDS	1159048	22 ~ 72 个月
3	中铁三局、中铁一局、中铁大桥局、中铁四局、中铁武汉电化局	新建杭州经绍兴至台州铁路站前工程施工总价承包 HSTZQ-1、HSTZQ-4、HSTZQ-6、HSTZQ-7、HSTZQ-1、（上虞段）管线迁改 EPC、（嵊州段）管线迁改 EPC	1064165	27 ~ 30 个月
4	中铁四局、中铁广州局、中铁北京局、中铁三局、中铁九局、中铁十局、中铁武汉电化局	新建盐城至南通铁路 YTZQ-1、YTZQ-2、YTZQ-4、YTZQ-5、YTZQ-8、SDQG-1、SDQG-2、SDQG-3 标段	733333	12 ~ 48 个月
5	中铁建工、中铁六局、中铁电化局	北京铁路枢纽丰台站改建工程：站房和相关工程 ZFSG-1 标段，站区站后工程 ZHSG-3 标段，站区站后工程 ZHSG-2	866906.8	24 ~ 36 个月

制表人：李少林

表 5-4　　2018 年度以股份公司资质中标的总承包项目汇总表

序号	工程项目名称	建设单位名称	合同金额（万元）	合同工期
1	新建珠海市区至珠海机场城际轨道交通项目横琴至珠海机场段站前工程（含金海公路大桥代建工程）HJZQ-1 标段	广东广珠城际轨道交通有限责任公司	255887	60 个月
2	珠三角城际轨道交通琶洲支线 1 标	广东珠三角城际轨道交通有限公司	274731	60 个月
3	广州市轨道交通七号线二期及同步实施工程	广州地铁集团有限公司	899657	1642 日历天
4	广州市轨道交通三号线东延段及同步实施工程	广州地铁集团有限公司	29462	1672 日历天
5	广州市轨道交通五号线东延段及同步实施工程	广州地铁集团有限公司	46708	1521 日历天
6	广州市轨道交通十二号线及同步实施工程	广州地铁集团有限公司	178345	1643 日历天
7	惠盐高速公路深圳段改扩建工程土建工程（第 1 合同段）	深圳惠盐高速公路有限公司	200275	1378 天
8	厦门市轨道交通 3 号线工程机电、装修、供电系统设备采购及安装工程	厦门轨道交通集团有限公司	229608	1358 日历天
9	南昌市赣江新区经开大道北延等六个项目打包工程总承包（EPC）	江西赣江新区开发投资集团有限责任公司	624499	30 个月
10	广州白云（棠溪）站综合交通枢纽及相关一体化建设工程施工总承包土建 1 标	广州铁路投资建设集团有限公司	168658	1647 日历天
11	广州市轨道交通十三号线二期及同步实施工程	广州地铁集团有限公司	1798536	2390 日历天
12	深圳市城市轨道交通 14 号线工程施工总承包	深圳市地铁集团有限公司	2350666	1676 日历天
13	双辽至洮南高速公路建设项目施工招标 ST01 标段	吉林省双洮高速公路建设有限公司	643282	1094 日历天
14	国道 109 线那曲至拉萨公路改建工程（那曲至羊八井段）施工第三标段	西藏交通建设投资有限公司	562810	36 个月
15	杭州地铁七号线工程施工总承包	杭州市地铁集团有限公司	1145702	940 日历天
16	洛阳市城市轨道交通 1 号线工程 LYGD1-CLJD-01 标段（车辆段施工）	洛阳市轨道交通有限责任公司	132047	610 日历天

制表人：李少林

基建建设生产管理

【施工产值完成情况】2018 年，中国中铁所属 18 家工程局完成施工产值 6703.74 亿元，占 2018 年度建安计划的 110%。与 2017 年 6181.07 亿元相比，同比增长 8.5%。2018 年，有 7 家工程局完成产值超过 400 亿元，分别为：中铁四局完成产值 954 亿元，中铁一局完成产值 703 亿元，中铁二局完成产值 489 亿元，中铁三局完

成产值487亿元，中铁五局完成产值458亿元，中铁隧道局完成产值434亿元，中铁十局完成产值403亿元。

2018年，中国中铁所属投资公司完成施工产值909.52亿元。其中，中铁交通完成产值131.57元，中铁南方完成产值193.91亿元，中铁投资完成产值143.73亿元，中铁开投完成产值151.95亿元，中铁城投完成产值209.28亿元，中铁上投完成产值56.07亿元，中铁文旅完成产值23.01亿元。

中国中铁广州轨道交通指挥部完成产值19.41亿元，珠三角建设指挥部完成产值25.38亿元。（李卫华）

【2018年完成总工程情况】2018年，中国中铁共修建铁路7085km，电气化铁路6686km，公路2553km，其中包括1304km的高速公路。新建成桥梁1720km、隧道1422km。（朱公梅）

【在建工程】中国中铁2018年在建工程项目4154个，其中铁路项目837个，公路项目582个、城轨项目1031个、市政项目881个、房建项目719个、水利水电及其他104个，在建项目总合同额23699亿元。

（李卫华）

【新开工重点项目】1.新建北京至雄安城际铁路。新建北京至雄安新区城际铁路为客运专线，位于北京市和河北省境内，线路北起北京枢纽李营线路所（含）至雄安站（含），线路全长92.783km，建设工期为2018年5月1日至2020年11月30日。由中铁北京局、中铁九局、中铁上海局、中铁建工4家单位参建。其中：中铁北京局承建站前工程JXSG-2标、合同额12.5亿元，中铁九局承建站前工程JXSG-7标、合同额11.77亿元，中铁上海局承建JXSG-5标段施工总承包、合同额18.9335亿元，中铁建工承建雄安站站房及相关工程JXZF-2标段、合同额17.61亿元。施工的主要内容有，固霸特大桥、霸州北站、雄安特大桥、机场1号隧道、2号隧道、新机场站地下空间结构、新机场站、雄安站站房，地上津雄104736㎡，地上轨道交通87150㎡，地下津雄场30825㎡，地下轨道交通6109㎡，合计228820㎡。该项目于2018年5月进场施工，年度完成施工产值15.74亿元，超额完成业主下达年度指标。

2.新建汕头至汕尾铁路站前工程SSZQ-1标段。项目位于揭阳市惠来县和汕头市潮南区，线路自惠来站引出后折向东北，跨沈海高速公路后继续东北前行，进入大南山南部区域，起点大南山1号隧道进口，经过大南山1号隧道，部分桥梁、路基、短隧道工程，以及大南山2号隧道穿过大南山南部区域后，止于终点大南山2号隧道出口，尔后线路顺直引入潮南站。线路全长15.87km，建设日期2018年12月18日至2022年12月18日。该标段由中铁北京局承建，合同额7.63亿元，主要施工内容双线桥梁4座共计1521m，框架涵1座共计51.77横延米；隧道3座共计13757.6m，其中大南山1号隧道7618.48m（设斜井一处，长度970m），石塘隧道250m，大両山2号隧道5889.12m。建设单位为广东广汕铁路有限责任公司，设计单位中国铁路设计集团有限公司。

3.赣州至深圳客运专线（广东段）。新建赣州至深圳客运专线为京九客专的最南段，纵贯江西、广东两省，途经江西省赣州市，广东省河源、惠州、东莞、深圳等地市，其南端衔接沿海铁路、广深港客专，中部与广梅汕铁路、广汕铁路相衔接，北端沟通昌赣客专、赣龙铁路、渝长厦铁路、赣韶铁路等，并向北可延伸至北京，形成继京广深（港）、京沪、沿海等纵向客专后，又一条跨越我国南北众多省市、横亘华北、华中、华南地区的南北句大能力快速客运通道。中国中铁参建单位为：中铁三局、中铁四局、中铁六局，承建GSSG-2、3、5、11标，合同总额83.78亿元，已完成25.88亿元。施工的主要隧道桥梁有：松岗山隧道9881m，石门岗隧道5759m，林寨隧道、新聚隧道、老石寨隧道、黄塘嶂隧道、黄坭潭浰江大桥、跨龙怀高速中桥、田龙大桥。建设单位为广铁（集团）深圳建设指挥部，设计单位为中铁第四勘察设计院集团有限公司。

4.新建贵阳至南宁铁路贵州段站前工程。新建贵阳至南宁铁路位于贵州省东南部和广西壮族自治区西北部，线路起自贵阳铁路枢纽龙里北站，向南经贵州省贵定、都匀、独山、荔波和广西壮族自治区的环江、金城江、都安、马山、武鸣，终至南宁铁路枢纽南宁东站，线路全长512km，新建线路481.118m，其中贵州省境内长199.640km。中铁二局、中铁三局、中铁四局承建标段GNZQ-1、3、5站前标，承建合同额78.60亿元。施工主要重点工程有：青苗寨隧道（8340m），六盘水站，独山一号隧道全长8488m，瑶琼寨隧道1547m，银坡河双线特大桥等。2018年完成产值8.28亿元。建设单位，沪昆铁路客运专线贵州有限公司，设计单位为中铁二院工程集团有限责任公司。

5.新建杭州经绍兴至台州铁路。杭州至绍兴段利用既有杭州至宁波高速铁路，新建线路从绍兴北站引出，经绍兴市越城、上虞、嵊州、新昌和台州市天台、临海、椒江、路桥、温岭等县内，引入既有宁波至温州高速铁路温岭站。新建正线长度226.377km，沿途设置车站8座。中铁一局、中铁三局、中铁大桥局分别承建HSTZQ-1、4、6三个标段，合同额74.95亿元，施工长度88公里，项目计划于2021年2月底竣工。建设的主要重点工程为：白罗山隧道（全长10314.08m，绍兴特大桥23901.22m、望鹤楼村特大桥、金家塘跨S62特大桥、大香特大桥、椒江特大桥等。建设单位为杭绍台铁路有限公司，设计单位为中国铁路设计集团有限公司。

6.杭州地铁7号线工程施工总承包。杭州地铁7号线全长47.481km，全部为地下线，设车站24座，其中换乘站10座，分别与杭州地铁1号线、2号线、4号线、5号线、6号线、8号线、9号线、11号线、13号线、快速线换乘。全线设一段一场，分别为盈中车辆段和江东三路停车场。该项目以股份公司资质中标，由中铁上投代管，参建单位有中铁一局、二局、三局、四局、六局、七局、八局、十局、隧道局、上海局、电气化局、武汉电气化局12家施工单位，总承包金额114.57亿元，合同工期2018年6月6日至2020年12月31日，建设期两年半。2018年完成施工产值16.85亿元。主要施工工程量为：车站建筑面积29.9万㎡，土方244万m^3，地连墙1972幅（不含区间风井），结构混凝土99.3万m^3，钢筋20.4万t；区间长35.7km，管片59590环。年度进场2014人，其中：管理人员504人，施工人员1510人；机械设备进场共计107台（套），满足年度施工生产进度需要。建设单位为杭州市地铁集团有限责任公司，设计单位中铁二院工程集团有限责任公司、中铁隧道勘测设计院有限公司、杭州市城建设计研究院有限公司、中交铁道设计研究总院有限公司，监理单位有：杭州天恒投资建设管理有限公司、北京正远监理咨询有限公司、上海宏波工程咨询管理有限公司。项目负责人是中铁上海投资公司副总经理王祥玉。

施工重难点：①工期压力大，管线迁改、交通疏解、拆桥重建等前期工程对工程总工期的影响很大制约工期。②地质复杂，不良地质主要有岩溶与土洞、潜蚀、流土（砂）与管涌、暗塘、暗浜、浅层沼气、可液化土层、填土以及软土层，多个车站存在砂土液化，风险度高。③明挖车站11座、局部盖挖车站5座，车站基坑开挖深度大，地质条件复杂，其中建设三路站为地下四层岛式站台车站，底板垫层底（有效站台中心里程）埋深约27.22m，施工风险较高。④全线盾构区间最小转弯半径R=400m、最大坡度34.6‰、线路埋深在6.0～24.2m，区间施工存在出现饱和粉（砂）土地震液化、盾构机穿越液化地层、盾构机姿态控制难、地表沉降大等风险。

7. 深圳地铁14号线。深圳地铁14号线属深圳市城市轨道交通四期工程，线路全长约50.34km，起自福田中心区岗厦北枢纽，经罗湖区、龙岗区至坪山区，共设站17座、停车场1座、车辆段1座、主变电所4座。深圳地铁14号线采用自动化无人驾驶，最高设计速度为120km/h，车辆采用A型车8辆编组。该项目以股份公司资质中标，由中铁南方代建，参建单位有中铁中铁隧道局、中铁六局、中铁五局、中铁九局、中铁广州局、中铁三局6家单位。项目合同额235亿元，合同工期自2018年1月10日至2022年8月10日。2018年完成施工产值3.25亿元。项目穿越河流盾构施工的沉降变形控制、坳背站施工是全线重难点，被设计、地铁公司等命名为地质博物馆。项目建设单位为深圳市地铁集团有限公司，设计单位为中国铁路设计集团有限公司，监理单位为“深圳地铁工程监理咨询有限公司、西安铁一院工程咨询监理有限责任公司、铁科院（北京）工程咨询有限公司、铁四院（湖北）工程监理咨询有限公司”。

8. 贵州省江口至都格高速公路瓮安至开阳段PPP项目。贵州省江口至都格高速公路瓮安至开阳段位于贵州省贵阳市开阳县及黔南州瓮安县境内，起于瓮安县白溪枢纽互通，连接已建成的贵阳至瓮安高速公路及兰海国家高速公路遵义至贵阳段扩容工程，线路全长48.9公里。该项目由股份公司、中铁六局、中铁二院、贵州省公路工程集团组合联合体承建。中国中铁参建单位有：中铁四局、中铁五局、中铁六局、中铁广州局。建安投资额61.48亿元，建设期4年。2018年完成施工产值2.16亿元；主要施工任务包括桥梁12185m/37座；隧道13651m/5座；路基土石方约2476万m^3。全线设置互通式立体交叉7处，分离式交叉1处。设计整体式路基宽24.5m，分离式路基宽12.25m，为双向四车道高速公路，设计车速80km/h。建设单位为贵州瓮开高速公路发展有限公司，设计单位为中铁二院工程集团有限责任公司、贵州省交通规划勘察设计研究院股份有限公司，监理公司是贵州陆通工程管理咨询有限责任公司。

9. 武汉武九北综合管廊PPP市政项目。项目位于武汉市武昌区、青山区临江片区，建设内容为江南中心绿道武九铁路北环线综合管廊工程（友谊大道—建设十路）以及建设十路540m道路排水工程。综合管廊工程包括主线和支线，主线管廊沿武九铁路北环线控制廊道布置，全长约13.24km，支线管廊沿德平路布置，全长约3km。该项目由中铁二局和中铁开投组成联合体中标，建安投资额32.79亿元，合同工期2018年1月1日至2020年12月31日。2018年完成建安产值1.87亿元；项目紧邻长江，主体在堤防500m范围内10.27km，地下水位较高，和平大道、友谊大道顶管施工、罗家港明渠导流施工是项目的重难点。项目建设单位武汉中铁武九北综合管廊建设运营有限公司，设计单位武汉市政工程设计研究院有限责任公司、中交第二公路勘察设计研究院有限公司，监理单位中铁武汉大桥工程咨询监理有限公司。

10. 沈阳快速路PPP项目。项目位于辽宁沈阳市内。该项目以股份公司资质中标，由中铁投资代建，参建单位有中铁一局、中铁三局、中铁四局、中铁九局、中铁上海局5家单位。项目包括长青街快速路、浑南大道快速路、揽军路跨铁路转体桥、胜利大街跨浑南大道桥。长青街快速路工全线设高架桥2段，总长约4036m，包含与东一环、南二环、南堤路的节点立交工程以及长青桥改造工；浑南大道工程工程采用节点立交、隧道、高架桥相结合的形式，工程全长10.7km；胜利大街跨浑南大道桥工程位于胜利大街与PC1号路交叉以南，哈大高铁桥以北，新建高架桥长度1555.2m；项目中铁方施工额41.15亿元，合同工期2018年6月1日至2020年6月30日，2018年完成建安产值0.30亿元；项目建设单位沈阳快速路建设投资有限公司，设计单位辽宁省交通规划设计院有限责任公司、沈阳市市政工程设计研究院有限公司、大连理工大学土木建筑设计研究院有限公司、天津市市政工程设计研究院，监理单位，哈尔滨工业大学建设工程项目管理公司、沈阳公路工程监理有限责任公司、沈阳市建设工程项目管理中心。

11. 新建北京至雄安新区城际铁路雄安站站房及相关工程 JXZF-2 标段。雄安站综合交通枢纽位于雄县城区东北部，车站中心里程 JGDK103+350（=D2K103+350），距雄安新区起步区 20km，京港台高铁、京雄城际、津雄城际三条线路汇聚于此；建筑主体共 5 层，其中地上 3 层，地下 2 层，另外地面候车厅两侧利用地面层和站台层之间的高大空间设有地面夹层。四幢辅楼均设地面第二夹层。城市轨道交通地下层局部设有地下夹层；地下层地铁车站层高 14.5m，地下层商业空间层高 8.5m，地面候车厅层高 13.85m，地面车库配套层高 6.5m，地面夹层出站通廊、商业配套层高 7.38m，站台层（高架覆盖部分）层高 9m，高架层 20.2m。该项目标段由中铁建工承建。合同额 17.61 亿元，合同工期 2018 年 12 月 1 日至 2020 年 3 月 31 日。深基坑、桩基施工、超大体积混凝土、钢结构施工、清水混凝土施工是项目重难点；项目建设单位为北京铁路局，设计单位为中国铁路设计集团有限公司、中国建筑设计研究院有限公司，监理单位为中咨工程建设监理有限公司。

（李卫华）

【在建重点项目进展情况】1. 京张铁路项目。新建北京至张家口铁路位于北京市西北、河北省北部，本线起自北京北站，经北京市海淀区、昌平区、延庆区，跨官厅水库，河北省怀来县、下花园区、宣化区，西迄张家口南站。新建正线全长 173.964km，其中北京市境内 70.503km，河北省境内 103.461km。中国中铁承建京张铁路 5 个标段，参建单位有中铁三局、中铁五局、中铁六局、中铁大桥局和中铁电气化局 5 家单位，合同总额 77.14 亿元。2018 年，完成产值 11.03 亿元，开累完成 76.24 亿元，占合同总额的 99%。

在承建的标段中，中铁五局施工的 JZSG-3 标内新八达岭隧道为全线控制性工程及重难点，隧道内“新八达岭长城站”最大埋深 102m，是目前国内埋深最大的高铁地下车站，独创 4 个“全国之最”和 3 个“首次”；4 个“全国之最”：车站最大埋深 102m，地下建筑面积 3.6 万 m^2，是目前国内埋深最大的高铁地下车站；车站主洞数量多、洞型复杂、交叉节点密集，是目前国内最复杂的暗挖洞群车站；车站两端渡线段单洞开挖跨度达 32.7m，是目前国内单拱跨度最大的暗挖铁路隧道；旅客进出站电梯提升高度 62m，是目前国内旅客提升高度最大的高铁地下车站；3 个“首次”：首次采用环形救援廊道设计，具备了紧急情况下快速无死角救援的条件；首次采用一次提升长大扶梯及斜行电梯等先进设备；首次采用精准微损伤控制爆破等先进技术，消除了工程建设对文物和环境的不利影响。

新八达岭隧道：全长 12.01km，设置 1 号、2 号斜井两个辅助坑道；隧道并行一次水关长城及两次穿越八达岭长城，两处浅埋位置下穿京张铁路和石佛寺村，隧道最小埋深 4m、最大埋深 432m；洞内为双块式轨枕道床（无砟道床）；八达岭长城站（地下站）：建于新八达岭隧道内，车站总长 470m，总建筑面积 41143 ㎡，其中地下 36143 ㎡ 、地面 5000 ㎡；车站中心处线路埋深 102.550m，地面站房布置在停车场东侧山脚下，站台至地面站房全程提升高度 61.77m。

中铁大桥局承建的 JZSG-5 标官厅水库特大桥、土木特大桥是线路的重点工程。官厅水库特大桥主桥采用 8 跨 110m 变高度简支钢桁梁跨越官厅水库，桥梁结构新颖，施工技术含量高，创新施工方法，官厅水库风大、温度低，冰冻厚、主桥施工难度大。线路穿越怀来官厅水库水资源保护区，环保要求高。土木特大桥：全长 3503m. 跨越大秦铁路和京藏高速，跨大秦铁路（60+100+60m）连续梁采用先挂篮后墩顶转体施工，跨京藏高速（72+128+72）m 连续梁采用挂篮施工。采用（60+100+60）m 连续梁悬臂浇注 + 墩顶转体施工，跨既有线施工组织协调难度大，安全风险高。

新八达岭隧道年度完成 6211m，占年度计划 6211 成洞米 100%，开累完成 12010m，占设计 12010m 的 100%。隧道于 2018 年 12 月 11 日全隧贯通。项目建设单位为京张城际铁路有限公司，设计单位为中铁工程设计咨询集团有限公司，监理单位为北京中铁诚业工程建设监理有限公司。

2. 新建蒙西至华中地区铁路煤运通道。蒙华铁路线路北起内蒙古自治区鄂尔多斯境内浩勒报吉南站，终至京九铁路吉安站，线路全长 1814 公里，项目穿越内蒙古自治区及陕西延安、山西运城、河南三门峡、湖北荆州、湖南岳阳、江西宜春 6 省多市地区。工程内容涵盖站前土建、四电及铺架工程施工类别。中国中铁承建蒙华铁路建设项目标段有 22 个，合同额 484.25 亿元；2018 年度完成施工产值 94 亿元，开累完成施工产值 385.12 亿元，占比合同额 79%。参建单位有 16 家：中铁一局、二局、三局、四局、五局、六局、七局、八局、十局、大桥局、隧道局、电气化局、广州局、北京局、上海局、武汉电气化局。

其中：由中铁大桥局承建的“蒙西华中铁路公安公铁两用长江大桥和洞庭湖特大桥”为该项目重点工程。公安长江公铁两用大桥全长 6317.822m，包括通航孔主桥、非通航孔正桥、南五洲引桥、跨大堤引桥、南北陆地引桥等，公铁合建段长度为 2244.8m，桥跨布置为 31 孔 32m 混凝土简支 T 梁 +（98+182+518+182+98）m 钢桁梁斜拉桥（通航孔主桥）+4 × 94.5m 连续钢桁梁 +78 孔 32 m 混凝土简支 T 梁 +（45+70+70+45）m 预应力混凝土连续箱梁 +（50+80+50）m 预应力混凝土连续箱梁 +27 孔 32m 混凝土简支 T 梁，主塔为 H 型钢筋混凝土结构、塔高 182.5m；洞庭湖大桥是蒙西华中铁路全线重点控制性工程，位于湖南省岳阳市，距上游洞庭湖公路桥约 4.2km，距下游莲花塘水位站约 2.2km。大桥全长 10444.66m，主桥采用（98+140+406+406+140+98）m 三塔双索面钢箱钢桁结合梁斜拉桥。目前，公安桥的主桥、引桥主体结构全部完成，洞庭湖大桥的主体结构全部完成。

项目建设单位为蒙西华中铁路股份有限公司，设计单位为铁道第二、三、四勘察设计院集团有限公司、中铁大桥院、中铁设计，监理公司为华铁工程咨询有限责任公司、中铁工程设计咨询监理有限公司、北京中铁城业工程建设监理有限公司、北京方达工程管理有限公司、四川铁科建设监理有限公司。

3. 沪通长江大桥 HTQ-2 标。沪通铁路沪通长江大桥位于江阴长江公路大桥下游约 45km，苏通长江公路大桥上游约 40km。沪通长江大桥与通苏嘉城际铁路、锡通高速公路共通道建设。大桥北岸为南通市，南岸为张家港市。标段由主航道桥、跨南岸大堤简支钢桁梁桥以及南岸引桥组成。主航道桥采用双塔五跨连续钢桁梁斜拉桥布置，孔跨布置为（142+462+1092+462+142）m。主梁为三主桁结构，桁间距 17.5m。主桁采用 N 形桁架，桁高 16m，节点间距 14m。主塔为钻石形塔，塔顶标高 +333.0m。6 个桥墩均采用沉井基础。结构体系为塔、梁竖向采用支承体系，纵向采取阻尼器方案。沪通长江大桥为公铁合建钢桁梁斜拉桥，按照下层 4 线铁路、上层 6 车道高速公路通行标准建设。全长 11076.262m，其中公铁合建段长度 6993.062m，单建铁路长度 4083.2m。2 标段桥梁孔跨布置依次为：（2+140+462+1092+462+140+2）m 主航道双塔斜拉桥 +3 孔 112m 简支钢桁梁 +12 孔 49.2m 公铁合建段预应力混凝土简支梁 +13 孔 49.2m 单建段预应力混凝土简支梁 +（60+100+60）m 跨沿江公路预应力混凝土连续刚构 +12 孔 49.2m 单建段预应力混凝土简支梁 +（58+90+90+58）m 跨三干河预应力混凝土连续刚构 +21 孔 49.2m 单建段预应力混凝土简支梁。主桥主梁为钢桁梁，下弦铁路桥面采用钢箱结构，上弦公路桥面采用钢正交异性板结构。主梁采用三片主桁结构，桁宽 2×17.5m，采用 N 形桁，节间长度 14m，桁高 16m（中桁）。29 号墩沉井长 86.9m，宽 58.7m，高 115m。

该工程由中铁大桥局资质承建，合同额 75.18 亿元，合同工期 2014 年 3 月 1 日至 2020 年 4 月 28 日；2018 年完成施工产值 9.41 亿元，占年度计划的 148%，开累完成 53.31 亿元，占合同额 71%；已完成实物量：26 号墩、27 号墩、30 号墩、31 号墩墩身施工完成，28 号墩主塔施工完成；29 号墩主塔第 34 节施工完成，引桥、连续梁全部完成；3×112m 钢桁梁公路槽型梁全部完成；主航道桥钢桁梁完成架设 44.5 个节间（设计 164 个）。建设单位为沪通长江大桥建设指挥部，设计单位为中铁大桥勘测设计院集团有限公司，监理单位为沪通长江大桥铁科院大桥监理联合体。

4. 武汉杨泗港长江大桥。杨泗港长江大桥位于鹦鹉洲长江大桥上游约 3.2km、白沙洲长江大桥下游约 2.8km 处，是长江上首座双层公路大桥，西接汉阳国博立交，东连武昌八坦立交。工程起于汉阳国博立交，跨鹦鹉大道、滨江大道后过长江，在武昌岸跨八铺街堤、武金堤止于八坦立交，全长 4317.8m，其中：主桥长 1700m，采用单跨双层钢桁梁悬索桥；引桥长 2617.8m，武昌侧 1461.4m。上层为城市快速路，设计车速 80km，双向 6 车道；下层为城市主干道 I 级，设计车速 60km，双向 4 车道；桥梁主缆跨度布置为（465+1700+465）m，边主跨比 0.274，矢跨比 1∶9。主桁 10m，标准节间长 9m，主桁中心间距为 28m。上弦杆、下弦杆及斜腹杆均采用箱形截面，竖腹杆采用 H 形截面。主缆横向布置两根，间距为 28m，每根主缆由 271 根索股组成，每根索股由 91 丝直径为 6.2mm 的镀锌－铝合金镀层高强钢丝组成。

该桥梁由中铁大桥局资质承建，合同额 47.52 亿元，合同工期 2015 年 4 月 26 日至 2019 年 12 月 31 日，2018 年完成施工产值 15.10 亿元，占年度计划的 120%，开累完成 41.45 亿元，占比合同额 87%。截至 2018 年底，桩基、承台全部完成，箱梁设计 147 联，已完成 111 联，完成占比 76%；大桥于 11 月 15 日开始架设，大桥钢桁梁于 12 月 21 日完成全部吊装，大桥建成后将成为功能最多的桥梁。

项目建设单位为武汉城投联合开发集团有限公司，设计单位为中铁大桥勘测设计院有限公司，监理单位为铁四院监理公司。

5. 新建福州至平潭铁路站前工程 FPZQ-3 标。平潭海峡公铁两用大桥是新建福州至平潭铁路、长乐至平潭高速公路的关键性控制工程，是合福铁路的延伸、京福通道的重要组成部分，是连接长乐副中心城市和平潭综合实验区的快速通道。下层为时速 200km/h 的双线 1 级铁路，上层为时速 100km/h 的六车道高速公路。平潭海峡公铁两用大桥起于福建省长乐市松下镇，经人屿岛、长屿岛、小练岛、大练岛，依次跨越元洪航道、鼓屿门水道、大小练岛水道、北东口水道，在苏澳镇上平潭岛，全长 16.34km。中铁大桥局施工范围为平潭海峡公铁两用大桥自长乐市松下镇至大练岛段，全长 11.15km。本标段中有三座通航孔桥，元洪航道桥为 132+196+532+196+132=1188m 的钢桁混合梁斜拉桥；鼓屿门水道桥为 128+154+364+154+128=928m 的钢桁混合梁斜拉桥；大小练岛水道桥为 80+140+336+140+80=776m 的钢桁混合梁斜拉桥；其他非通航孔引桥根据墩高、水深及地质条件分别采用跨度 80m 和 88m 的简支钢桁结合梁、跨度 48m 和 40m 的混凝土梁。桥址处风大、浪高、水深、流急、潮汐明显，岛屿、暗礁多，覆盖层浅薄、岩面倾斜、裸露，自然条件恶劣，地质复杂。项目由大桥局资质承建、施工，合同额 87.99 亿元，合同工期 2013 年 11 月至 2019 年 9 月。2018 年完成施工产值 11.91 亿元，开累完成 79 亿元，占比合同额 90%。

项目建设单位是福建福平铁路有限责任公司，设计单位是中铁大桥勘测设计院集团有限公司，监理单位是铁四院西安铁一院监理联合体。

6. 青岛地铁 1 号线瓦屋庄站——贵州路站区间隧道工程一标段（总承包）。青岛地铁 1 号线全长

59.94km，线路起于黄岛区峨眉山路站，终于城阳区东郭庄。该项目以股份公司资质中标，由中铁投资代建，中铁三局等联合体施工，合同额5.038亿元，合同工期2015年3月26日至2018年6月11日。2018年完成建安产值5684万元，占年度计划的110%，开累完成4.08亿元，占合同额81%。该工程南接薛家岛瓦屋庄站，北连团岛贵州路站，下穿胶州湾湾口海域，是青岛地铁1号线重要节点工程。跨海隧道长度4746.832m，其中路域段长度3263.832m、海域段长度约1483m，采用钻爆法施工。施工内容包含：区间隧道主体部分、施工斜井2座（1号375m、2号615m）、风井2座及其他附属工程；2018年完成二次衬砌1101.26m，开累完成5644.26m，占设计总量5644.26m的100%，截至2018年12月底，区间正线开挖已贯通，衬砌已全部完成。

项目建设单位是青岛市地铁一号线有限公司，设计单位是中铁隧道勘测设计院有限公司，监理单位是甘肃铁一院工程监理有限责任公司。

7.青岛地铁1号线工程土建施工一标段（总承包）。项目起点瓦屋庄站，位于黄岛，沿长江路、滨海大道向北至瓦屋庄站。该项目以股份公司资质中标，由中铁投资代管，中铁一局、二局、三局、四局、五局、八局、九局、十局、隧道局9家单位参建。合同额54.2869亿元，合同工期2016年1月1日至2019年9月30日。线路全长29.642km。青岛北站—瑞汽区间大断面位于李沧区及城阳区，自青岛北站穿过金水路高架桥，转入沧安路、兴华路，向东北方向拐入重庆路，沿重庆路向北进入汽车北站（含站后大断面）；正阳路—春阳路站（不含）—东郭庄站及站后出入段线位于城阳区，沿中城路、S209省道敷设。一标段包括18站21区间2出入段线，其中明挖车站12座、暗挖车站6座；明挖区间长0.29km，暗挖区间长5.2km，TBM区间长度左右线合计9.2km，盾构区间长度左右线合计20.4km；年度完成施工产值16.35亿元，占年度计划16元的102%；开累完成41.49亿元，占合同额54.29亿元的76%；年度完成主要实物量：车站主体年度完成土石方开挖41.43万m^3、主体结构147830方，暗挖区间年度完成开挖初支2761m、二次衬砌4590m，盾构区间年度完成5929m，开累完成10654米，占设计74%。

项目建设单位为青岛市地铁一号线有限公司，设计单位为中铁第一勘察设计院集团有限公司、中铁隧道勘测设计院有限公司，监理公司为北京铁城建设监理有限责任公司、北京建工京精大房工程建设监理公司和青岛理工大学建设工程监理咨询公司联合体、北京地铁监理公司、上海三维工程建设咨询有限公司、中咨工程建设监理公司和青岛高园建设咨询管理有限公司联合体。

8.大连地铁5号线PPP项目。大连地铁5号线工程南起虎滩新区站，北至后关村站，线路全长24.484km，包括18站19区间，1出入线段；变电所2座及控制中心1座与4、7号线共享；后关村车辆段综合维修基地1处。该项目以股份公司资质中标，中铁投资代建，参建单位有中铁一局、二局、三局、七局、八局、九局、十局、建工、隧道局、电气化局、北京局、上海局、六院13家单位；合同额：115.03亿元，建设工期2017年3月30日至2022年6月30日。2018年完成产值187295万元，占年度计划180000的104%；开累完成272301万元，占合同额1150361万元的24%。2018年完成车站土石方132.1万m^3，年度完成车站砼173833.9m^3、完成盾构区间12994m、非盾构区间开挖1047m。

项目建设单位为中铁大连地铁五号线有限公司，设计单位为北京城建设计发展集团股份有限公司、辽宁省交通规划设计院、中交城市轨道交通设计研究院有限公司、天津市市政工程设计研究院、铁道第三勘察设计院集团有限公司、大连市勘测院、中铁大桥勘察院，监理公司为大连泛华工程建设监理有限公司、英泰克工程顾问（上海）有限公司、大连建安工程建设监理有限公司、上海天佑工程咨询有限公司、大连连信土木工程建设监理有限公司、北京赛瑞斯国际工程咨询有限公司、大连经济技术开发区金源爆破工程有限公司、辽宁省环保集团碧海环境保护有限公司。

9.深圳地铁6号线6111标（总承包）。标段从深圳北站预留工程引出，途经龙华、福田、罗湖三区，止于科学馆，线路全长约11.8km；该项目以股份公司资质中标，中铁南方代建，参建单位有中铁隧道局、七局、二局、上海局、五局等单位，合同额：合同额33.9444亿元，合同工期：2016年6月30日至2020年5月28日。本工程共6站6区间，其中换乘车站4座，在梅林关西侧设民乐停车场1处，停车场出入线接轨站为梅林关站；另含9号线上梅林站换乘4号线站厅远期预留通道工程。本标段主要工法有明挖顺作法车站、山法区间、盾构法区间、高架桥区间、路基、明挖法区间。明挖车站5座。高架桥段长799.3m，路基段长238.9m，明挖区间长107.75m，盾构区间长4130.26m,TBM区间长3635m，矿山法区间长3633.86m，涉及TBM长距离大断面隧道施工。

2018年完成施工产值13.47亿元，占年度计划的109%，开累完成22.65亿元，占合同额67%。截至2018年底，地下车站及明挖区间围护结构钻孔桩、地连墙、高架桥桩基、墩柱、承台、土石方全部完成。车站主体结构、地下区间暗挖隧道完成总量100%；暗挖隧道二衬完成4874m，占总量90%；地下区间盾构完成4740m，完成占比63%；现浇简支梁已完成。

项目建设单位为深圳地铁集团有限公司，设计单位为深圳市市政设计研究院有限公司、中铁隧道勘测设计院有限公司、中铁二院工程集团有限公司，监理公司为西安铁一院工程咨询监理有限公司、广州轨道交通建设监理有限公司、铁四院（湖北）工程监理咨询有限公司。

10 厦门本岛至翔安过海通道土建（轨道交通3号线过海段）施工总承包。项目是连接厦门本岛与翔安东部副中心的西南—东北向骨干线，包含2站2区间，即五刘区间、刘五店站、刘东区间、东界站，全长6.5km（长大过海区间隧道，其中海域段长3.93km），穿越海域水深最大25m，隧道埋深最深69m。该项目以股份公司资质中标，由中铁南方代建，中铁隧道局、中铁一局施工，合同额:17.97亿元，合同工期：2016年1月1日至2019年6月20日。项目沿线地质情况复杂，有软土、人工填土、孤石、基岩凸起、风化深槽等不良地质及特殊岩土，安全风险大，其中斜井地质条件差，海域段矿山法9次穿越风化深槽（左线约414m，右线约543m）是项目的难点，施工中可能会出现基坑及隧道坍塌涌水、地面沉陷等工程灾害，施工安全风险高。

2018年完成产值4.89亿元，占年度计划的99%，开累完成10.99亿元，占合同额61%；截至2018年底：风井海域端左线正洞完成43%、右线完成36%，五刘区间盾构已完成95%，刘东区间左线土压盾构已完成、右线盾构完成36%，其他东界站主体结构、顶板回填及副联通道、斜井暗挖初支、钻孔灌注桩、水泥搅拌桩、冠梁已全部完成。

项目建设单位是厦门市轨道集团有限公司，设计单位是中铁隧道勘察设计院有限公司，监理单位是广州轨道交通建设监理有限公司、合诚工程咨询股份有限公司。

11. 成都地铁8号线一期工程。项目位于成都市，南起谢家桥站，北至十里店站，线路全长28.6km，共设车站25座，区间51个，均为地下线，设元华车辆段1座，与5号线、9号线共址。该项以股份公司资质中标，由中铁城投代建，参建单位有中铁一局、二局、三局、四局、七局、八局、隧道局、上海局、建工、武汉电化局，建安投资额107.60亿元，合同工期：2017年1月至2020年12月。

2018年完成建安产值30.59亿元，占年度计划102%，开累完成43.92亿元，占建安投资额的41%；截至2018年底，项目25座车站全部开工，主体结构封顶18座，附属结构121个，开工33个，完工6个。盾构下井26台，已全部下井始发，盾构区间洞通20个，占总量49个的41%。

项目建设单位是成都地铁有限责任公司，设计单位是北京城建设计发展集团股份有限公司（总体），监理单位是上海建科工程咨询有限公司。

12. 北京地铁8号线三期工程土建施工07合同段。北京地铁8号线三期工程是二期工程的向南延伸线路，线路北起点位于二期工程终点美术馆站南，向南沿王府井大街、台基厂大街、前门大街、永定门大街、南苑路、南苑东路、南大红门路及104国道至五福堂。线路全长17.3km，均为地下线，共设置车站14座。8号线三期工程是在既有一、二期工程及昌八联络线工程基础上实施。在8号线南延工程的南段设置瀛海车辆段。车辆段内设1条试车线，长约940m。在瀛海车辆段内设置培训中心。

该项目由中铁一局、中铁二局、中铁三局、中铁四局、中铁隧道局、中铁电气化局6家单位承建。中铁一局承建铺轨Ⅰ标、中铁二局承建土建17标、中铁三局承建铺轨Ⅱ标及南延安装、中铁四局承建土建7标、中铁隧道局承建土建2标、中铁电化局承建机电安装02标。工程自2013年7月开工，于2018年12月竣工。

项目建设单位是北京市轨道交通建设管理有限公司，设计单位是中铁隧道勘测设计院有限公司、成都中铁隆工程集团有限公司联合体，监理单位是北京致远工程建设监理有限责任公司、北京中铁诚业工程建设监理有限公司、北京兴电国际工程管理有限公司。（李卫华）

【2018开通的重要工程项目】2018年，由中国中铁参建的以下工程开通投入运营。

1月1日，连接东非的埃塞俄比亚和吉布提两国首都的第一条现代电气化铁路–亚吉铁路正式投入商业运营。

1月9日，杭州地铁4号线一期工程南段开通。

1月25日，渝黔铁路扩能改造工程完成投入使用。

1月29日，芜湖长江公路二桥竣工通车。

2月1日，温州绕城高速公路西南线完成开通。

2月6日，新建湛江东海岛铁路通车。

3月18日，成都地铁1号线三期竣工开通。

3月31日，上海市轨道交通8号线三期竣工通车。

4月8日，沈阳至铁岭城际铁路开通运营。

4月16日，杭州市轨道交通2号线一期工程投入使用。

5月26日，苏州高新区有轨电车1号线延伸线工程竣工使用。

7月1日，新建深圳至茂名铁路竣工通车。

8月18日，昆明市环湖南路提升改造工程第3标段。

8月28日，新建青海祁连民用机场工程航站楼建安工程完成使用。

8月31日，苏州高新区有轨电车2号线工程投入运营。

9月13日，葫芦岛市海翔路高架桥工程。

9月19日，斯里兰卡南部高速公路缓助建成通车。

9月20日，大连旅顺海韵路上跨长旅铁路立交桥工程（一期）。

9月23日，广深港高铁香港段竣工通车。

9月25日，福建漳州天宝至龙岩蛟洋高速公路改扩建完工。

9月27日，哈尔滨轨道交通1号线竣工通车。

9月28日，乐清湾大桥及接线工程竣工使用。

9月28日，台州湾大桥及接线工程完成通车。

9月30日，新建哈尔滨至佳木斯铁路竣工开通。

10月1日，西藏国道317线矮拉山隧道竣工使用。

10月1日，温州市域铁路S1线一期工程开通。

10月12日，乌兰巴托新国际机场高速公路完成通车。

10月22日，天津地铁5号线竣工通车。

10月24日，中铁大桥局参建的港珠澳大桥经过6年建设，顺利通车。该桥是目前世界最长的跨海大桥，大桥跨越伶仃洋，东接香港，西接广东珠海和澳门，总长约55公里，是粤、港、澳三地首次合作共建的超大型跨海交通工程。大桥的建成使用，将缩短香港到珠海、澳门三地的时空距离，整体带动珠海大湾区经济发展。中铁大桥局承建CB05标，施工任务包括“营地建设、九洲航道桥、浅水区非通航孔桥及珠澳口岸连接桥”，参建日期为2012年6月28日至2015年11月30日。完成施工产值40.8553亿元。

10月24日，广东省揭阳至惠来高速公路竣工通车。

10月30日，长春市快速轨道交通北湖线一期开通。

11月7日，广中江高速公路完成通车。

11月16日，武夷新区快速通道（省道303线武夷山东站至公馆大桥段）公路工程完工。

11月19日，西宁凤凰山路新建道路工程施工一标。

11月22日，四川省桃园至巴中高速公路工程1标。

11月27日，葫芦岛市新老城区快速干道新建项目。

12月1日，贵阳市轨道交通1号线竣工通车。

12月14日，武汉地铁2号线南延竣工通车。

12月18日，兰州国际商贸中心建成使用。

12月25日，新建杭州到黄山铁路开通。

12月25日，新建哈尔滨至牡丹江铁路客运专线竣工开通。

12月26日，由中铁大桥局承揽的南京长江大桥全封闭维修改造工程完成后向公众开放。南京长江大桥是长江上新中国第一座自主设计建造的双层公铁两用桥。自2016年10月28日起，以“维持原设计荷载等级、保持原桥历史风貌、提高结构安全耐久性”为建设原则，对南京长江大桥进行27个月的全封闭维修改造，为全国首创。

12月26日，新建怀化至邵阳至衡阳铁路开通。

12月26日，新建济南至青岛高速铁路开通。

12月26日，新建铜仁至玉屏铁路开通，新建连云港至盐城铁路开通。

12月26日，青岛至连云港铁路工程竣工开通。

12月26日，新建石家庄至济南铁路客运专线竣工开通。

12月26日，成都地铁3号线二三期工程开通。

12月26日，西安市地铁3号线、四号线开通。

12月28日，重庆市轨道交通十号线建新东路—王家庄段竣工开通。

12月28日，宁德沈海复线双福高速福安至蕉城漳湾段开通使用。

12月28日，海西高速公路网屏南至古田联络线机完成通车。

12月28日，新建成都至雅安铁路竣工通车。

12月29日，兰州绕城高速竣工使用。

12月29日，山西省霍永高速公路永和至永和关段竣工开通。

12月30日，广州市轨道交通14号线、21号线开通使用。

12月30日，北京地铁八号线三期南段，四期工程按期竣工开通。

12月30日，北京地铁6号线西延工程开通运营。

12月30日，上海市轨道交通5号线南延伸工程、既有设施改造工程完工并开通。

12月30日，上海轨道交通3号线、3号线北延伸、4号线SCADA系统及相关配套设施完工开通运营。

12月30日，长沙轨道交通4号线一期竣工通车。

12月30日，沈阳地铁九号线一期投入使用。

12月30日，翠湖南路（西六环—京包高速公路）完成通车。

12月30日，汶川至马尔康高速公路完成通车。

12月30日，延崇高速公路（北京段）通车。

12月31日，四川雅康高速公路通车使用。

12月31日，新建成都至蒲江铁路竣工通车。

12月31日，北京至沈阳铁路客运专线竣工开通。

12月31日，常州地铁1号线竣工移交，开通运营。

12月31日，济南市轨道交通R1线完成通车。

（李卫华）

二次经营

【二次经营概况】2018年，全系统各单位共完成境内施工产值6272.7亿元，实现变更索赔额793.25亿元，变更索赔率为12.65%；变更索赔创效额134.7亿元，变更索赔创效率2.15%。

（撒应群）

【铁路工程二次经营】2018年铁路工程完成产值2130.05亿元，实现变更索赔额355.92亿元，变更索赔率为16.71%；变更索赔创效额53.77亿元，变更索赔创效率2.52%。

（撒应群）

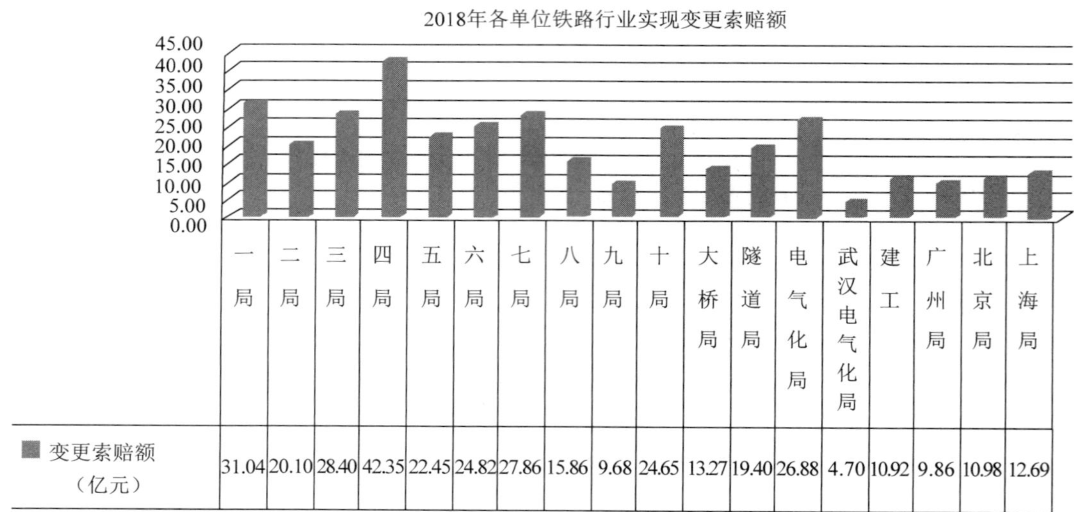

	一局	二局	三局	四局	五局	六局	七局	八局	九局	十局	大桥局	隧道局	电气化局	武汉电气化局	建工	广州局	北京局	上海局
变更索赔额（亿元）	31.04	20.10	28.40	42.35	22.45	24.82	27.86	15.86	9.68	24.65	13.27	19.40	26.88	4.70	10.92	9.86	10.98	12.69

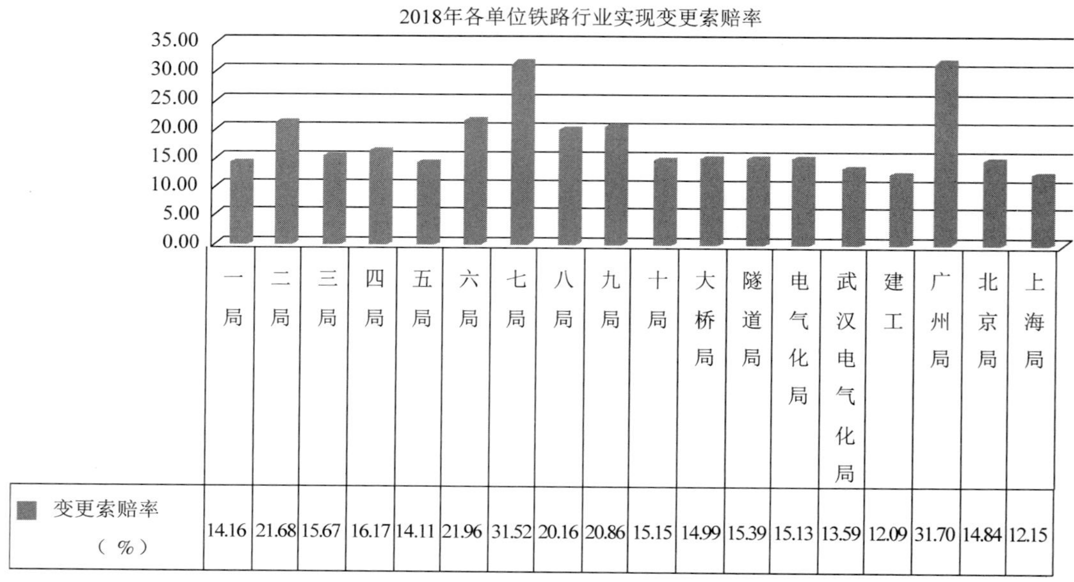

	一局	二局	三局	四局	五局	六局	七局	八局	九局	十局	大桥局	隧道局	电气化局	武汉电气化局	建工	广州局	北京局	上海局
变更索赔率（%）	14.16	21.68	15.67	16.17	14.11	21.96	31.52	20.16	20.86	15.15	14.99	15.39	15.13	13.59	12.09	31.70	14.84	12.15

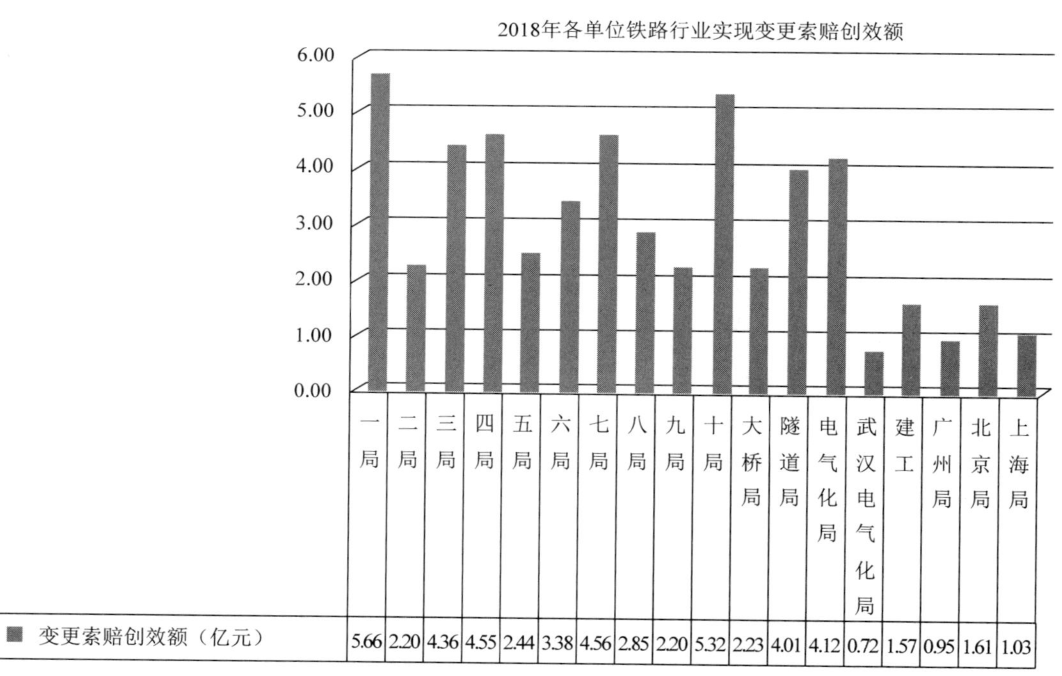

	一局	二局	三局	四局	五局	六局	七局	八局	九局	十局	大桥局	隧道局	电气化局	武汉电气化局	建工	广州局	北京局	上海局
变更索赔创效额（亿元）	5.66	2.20	4.36	4.55	2.44	3.38	4.56	2.85	2.20	5.32	2.23	4.01	4.12	0.72	1.57	0.95	1.61	1.03

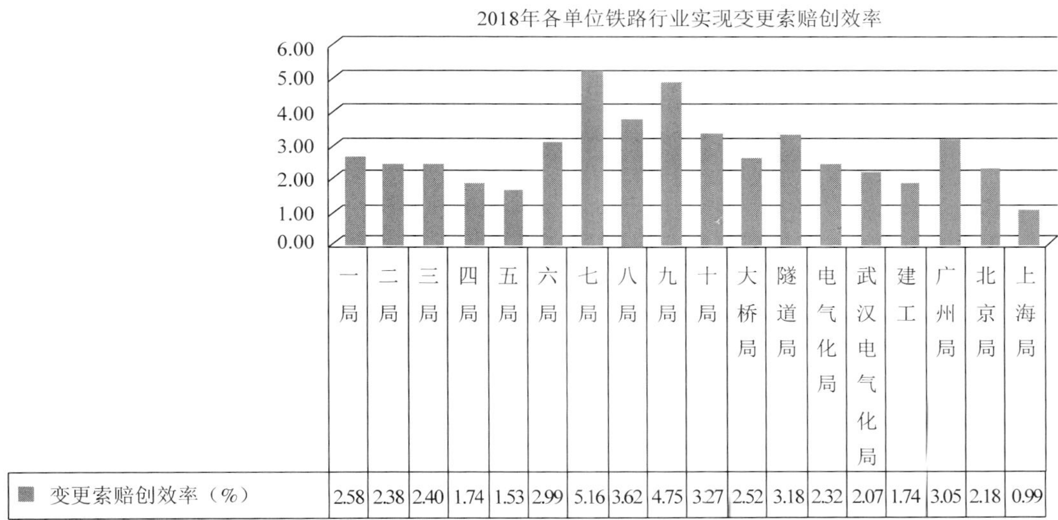

【公路工程二次经营】2018 年公路工程完成产值 962.05 亿元，实现变更索赔额 99.95 亿元，变更索赔率为 10.39%；变更索赔创效额 20.53 亿元，变更索赔创效率 2.13%。

（撖应群）

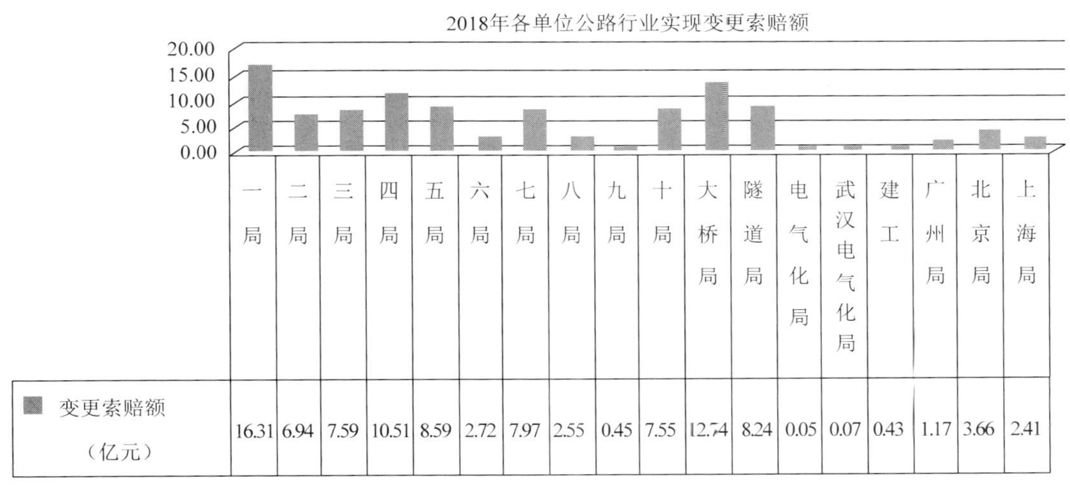

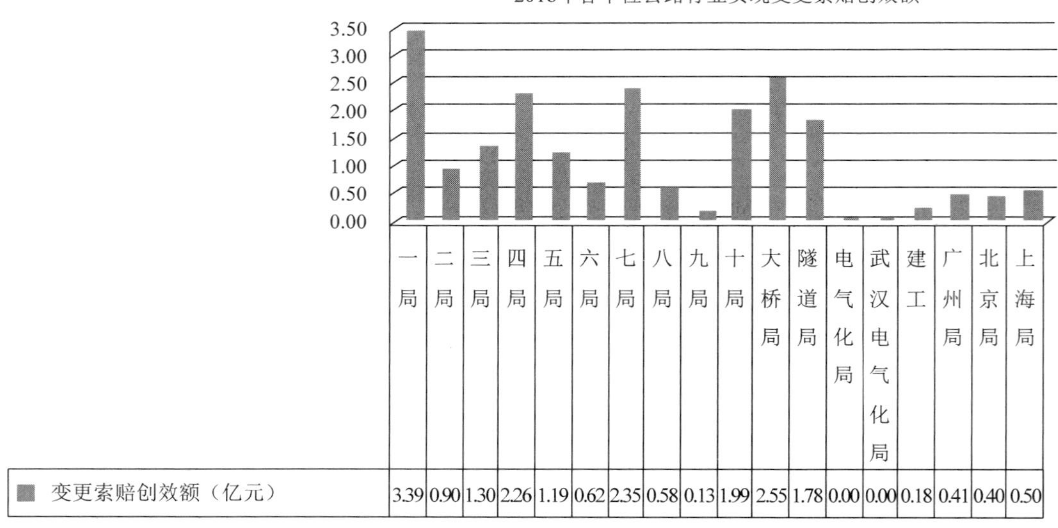

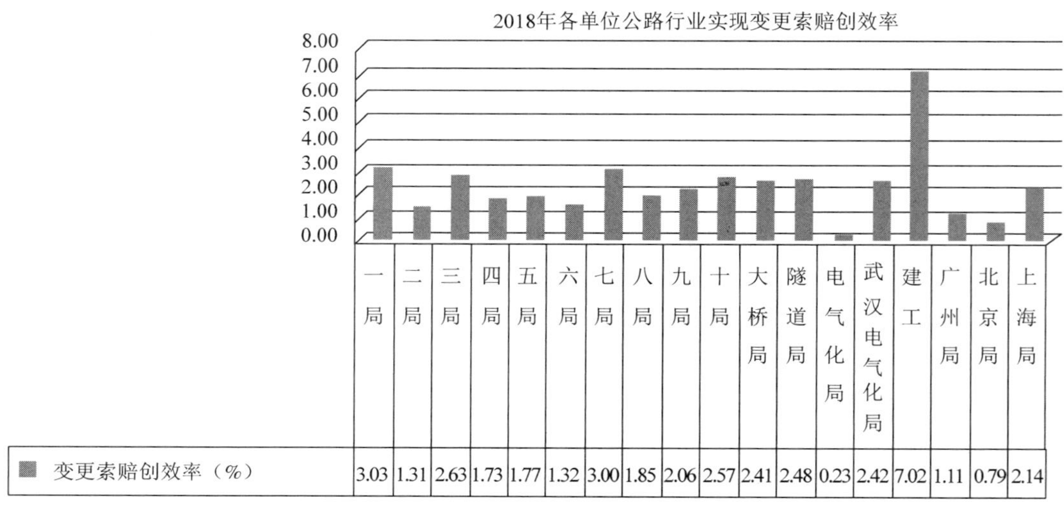

【市政工程二次经营】2018 年市政工程完成产值 946.95 亿元，实现变更索赔额 95.86 亿元，变更索赔率为 10.12%；变更索赔创效额 19.1 亿元，变更索赔创效率 2.02%。

（撒应群）

【房建工程二次经营】2018 年房建工程完成产值 754.42 亿元，实现变更索赔额 78.12 亿元，变更索赔率为 10.35%；变更索赔创效额 12.69 亿元，变更索赔创效率 1.68%。

（撒应群）

【城轨工程二次经营】2018 年城轨工程完成产值 1293.37 亿元，实现变更索赔额 142.48 亿元，变更索赔率为 11.02%；变更索赔创效额 25.09 亿元，变更索赔创效率 1.94%。

（撒应群）

【水利水电工程二次经营】2018 年水利水电工程完成产值 34.06 亿元，实现变更索赔额 8.34 亿元，变更索赔率为 24.48%；变更索赔创效额 1.41 亿元，变更索赔创效率 4.14%。

（撒应群）

【其他工程二次经营】2018 年其他工程完成产值 151.81 亿元，实现变更索赔额 12.58 亿元，变更索赔率为 8.29%；变更索赔创效额 2.11 亿元，变更索赔创效率 1.39%。

（撒应群）

安全质量管理

【安全质量管理概况】2018 年，中国中铁以习近平新时代中国特色社会主义思想为指导，深入贯彻党的十九大精神，全面落实党和国家关于安全生产工作的各项要求及公司党代会、安全质量工作会精神，按照《中共中央 国务院关于推进安全生产领域改革发展的意见》和应急管理部、国资委等部委有关要求，以公司安全生产“十三五”规划为指引，持续推进安全生产“管”“监”分离工作，强化企业主体责任、领导第一责任、部门系统责任、员工切身责任、检查监督综合责任落实，部署

开展建筑施工安全专项治理行动，加强股份公司资质中标项目安全质量管控，强化安全质量检查和隐患排查治理，不断提升应急救援能力，推进工程项目安全质量标准化建设，促进全公司建立健全生态环保组织管理体系和工作机制，增强职业健康意识，提高员工自我保护能力，继续策划开展安全生产“学习年”培训活动，通过全公司共同努力，实现了事故件数、死亡人数同比双下降，连续六年杜绝了重大及以上事故，确保了全公司安全生产状况保持稳定，工程质量创优、环境保护和职业健康工作取得较好成效。2018 年，共有 12 项工程获得中国建设工程鲁班奖，51 项工程获得国家优质工程奖，17 项工程进入全国学习交流的建设工程项目施工安全生产标准化工地名单。（任乐春）

【2018 年安全质量工作会议】2018 年 1 月 8 日，中国中铁召开 2018 年安全质量工作会议。会议回顾总结 2017 年安全质量工作，部署了 2018 年重点工作。股份公司总裁张宗言等领导及高管出席会议。张宗言提出一是要更新理念，进一步提高对安全质量工作的认识。二是要明晰责任，层层落实全员安全质量责任。三是要突出重点，抓好安全质量管理重点工作。会上，签订了安全质量责任书和青年包保合同。股份公司安全总监、安全质量监督部部长李凤超通报了 2017 年安全质量工作情况。（任乐春）

【安全生产大检查】2019 年 4 月至 5 月，股份公司党委书记、董事长李长进带队，安质监督部策划实施对南宁地铁、成都地铁、昆明地铁、青岛地铁、深圳地铁等部分重点项目进行了检查，并分别在南宁、成都、昆明、上海、青岛、深圳组织召开了 6 次投资与总承包项目管理片区会议，与施工单位分管领导、项目主要负责人面对面交心座谈，就持续深入抓好投资与总承包项目管理、党建和党风廉政建设等各项工作进行了深入交流、提出了明确要求，有力促进了投资与总承包项目各项管理工作。5 月，股份公司总裁张宗言带队对中铁建工兰州国际空港项目、中铁六局兰州地铁项目进行了检查，就落实好“合同书”“制度书”“作业指导书”“成本测算书”四本书、指示项目高度重视安全生产工作、树立“隐患即事故”理念、层层落实安全质量责任、全面提升企业各项管理质量、加强党风廉政建设等提出了具体要求。（任乐春）

【全国“安全生产月”活动】按照《国务院安委会办公室关于开展 2018 年全国“安全生产月”和“安全生产万里行”活动的通知》（安委办〔2018〕8 号）有关要求，中国中铁下发了《关于 2018 年“安全生产月”活动安排的通知》和《关于深入开展 2018 年安全生产月应急演练活动的通知》，以“生命至上、安全发展”为主题，部署了全公司安全质量宣誓、安全发展主题宣讲、安全宣传咨询日、安全隐患排查治理、应急演练、事故和灾害警示教育、安全知识竞赛等系列活动。2018 年 6 月 1 日，各单位机关及在建项目同时开展了安全质量宣誓活动，公司领导及高管、总部机关全体员工、部分二级公司领导在总部机关主会场参加了宣誓活动，36 万中国中铁员工用共同的誓词向社会、向企业、向自己作出郑重承诺。6 月 6 日，公司下发了《关于认真组织开展应急和安全知识竞赛活动的通知》，组织全体员工参与“全国应急和安全知识竞赛”活动，公司参加答题近 33 万人次，在 96 家中央企业中排名第十，建筑央企中排名第一。下发《关于安全生产月期间加强隧道与地下工程等防坍塌安全预控的通知》，要求各单位提高安全风险意识、落实专项方案管理、强化施工现场管控、加强风险评估预控，确保施工安全。有效整治了“三违”行为，防范了生产安全事故。（任乐春）

中国中铁全面启动 2018 年“安全生产月”活动

【建筑施工安全专项治理行动】为认真贯彻落实《国务院安委会办公室关于开展建筑施工安全专项治理行动的通知》（安委办〔2018〕10 号）、《国务院安委会办公室关于切实加强“五一”节和汛期安全防范工作的通知》（安委办明电〔2018〕7 号）工作部署要求，股份公司制定下发了《中国中铁股份有限公司开展建筑施工安全专项治理行动实施方案》，部署自 2018 年 5 月 3 日至 12 月底，在全公司范围内开展以隧道与地下工程施工安全为重点的建筑施工安全专项治理行动，明确了行动目标、治理范围和内容、工作安排、工作措施和工作要求，以进一步强化复杂地质条件下隧道与地下工程施工安全保障能力，强化关键时段和关键节点风险管控，提升安全质量自控能力。7 月 20 日至 9 月 30 日，股份公司领导先后带队组成 8 个综合检查组，分别对广西、云南、广东、重庆、河南等地区重点项目开展了下半年安全生产大检查，并在检查地域召开了片区会议，股份公司领导与有关施工单位主要领导、分管领导、项目负责人就持续深入抓好项目管理、安全质量、党建等工作进行了深入交流，提出了工作要求，促进了全公司安全生产形势稳定可控。（任乐春）

【中国中铁工程项目安全质量标准化建设推进会】6 月 30 日至 7 月 1 日，股份公司在青岛组织召开了“中国中铁工程项目安全质量标准化建设推进会”，观摩了青岛地铁项目安全质量标准化施工现场，有关单位就盾构施工现场安全文明施工标准化管理、盾构集群远程监控及智能化决策支持系统、基于盾构云的盾构法隧道信息化管控平台、项目质量安全精益化管理、地下工程项目安全质量标准化管理做了交流发言，全面总结推广项目管理试验室成果，提升项目安全质量标准化水平，促进企业实现本质安全。（任乐春）

【应急救援体系建设】2018年，股份公司受应急管理部安全生产应急救援指挥中心委托，组织中铁二局和国家应急救援中铁二局昆明救援队，编制完成了隧道施工企业和国家隧道专业救援队伍应急预案范本，该范本将以国家标准发布，进一步规范全国隧道施工企业和国家隧道专业队伍应急救援响应流程，提高应急预案的针对性和可操作性。6月5日，国家应急指挥中心对国家应急救援中铁五局贵阳救援队进行了检查调研，对贵阳队应用国家补偿资金、基地建设、队伍训练及救援成绩等给予充分肯定。8月20日至9月3日，股份公司承办了由应急管理部安全生产应急救援指挥中心、国资委综合局联合主办的“2018年全国隧道应急救援实训班”，本班为全国首次隧道应急救援实训班，通过实训进一步拓宽了全国隧道救援专业人员和隧道施工企业领导、应急救援管理人员的视野，明确了应急救援发展形势和方向，树立了正确的救援意识和方法，掌握了FS－120CZ、C6、RPD-180CBR钻机等专业救援设备操作要点，熟悉了救援导洞施作流程，学习了各种救援破拆工具、通信设备的使用，有效提升了专业应急救援能力。（任乐春）

【工程创优】2018年，中国中铁共有12项工程获得“中国建设工程鲁班奖”，51项工程获得“国家优质工程奖”，其中2项工程获得“国家优质工程金质奖”。截至2018年底，中国中铁累计获得“中国建设工程鲁班奖”175项，获得“国家优质工程奖”290项。

（柴海楼）

表5-5　2018年中国中铁获中国建设工程鲁班奖情况

序号	工程名称	承建单位	参建单位
1	中铁三局集团科技研发中心	中铁三局集团建筑安装工程有限公司	中铁三局集团电务工程有限公司
2	重庆轨道交通十号线一期（建新东路—王家庄段）工程	中国中铁股份有限公司 中铁四局集团有限公司 中铁电气化局集团有限公司	中铁一局集团有限公司 中铁三局集团有限公司 中铁五局集团有限公司 中铁六局集团有限公司 中铁八局集团有限公司 中铁九局集团有限公司 中铁十局集团有限公司 中铁广州工程局集团有限公司 中铁北京工程局集团有限公司 中铁武汉电气化局集团有限公司 中铁上海工程局集团有限公司
3	天河潭景区建设项目	中铁五局集团有限公司 中铁七局集团有限公司	中铁五局集团贵州工程有限公司 中铁七局集团武汉工程有限公司
4	深圳市城市轨道交通11号线工程	中国中铁股份有限公司 （中铁南方投资集团有限公司） 中铁隧道局集团有限公司 中铁一局集团有限公司 中铁二局工程有限公司 中铁四局集团有限公司 中铁电气化局集团有限公司	中铁三局集团有限公司 中铁五局集团有限公司 中铁六局集团有限公司 中铁七局集团有限公司 中铁广州工程局集团有限公司 中铁上海工程局集团有限公司 中铁北京工程局集团有限公司 中铁九局集团有限公司 中铁一局集团城市轨道交通工程有限公司
5	南昌市红谷隧道工程	中铁隧道局集团有限公司	中铁隧道集团二处有限公司
6	安徽省六安至岳西至潜山高速公路	中铁四局集团第四工程有限公司	
7	南京长江第四大桥		中铁大桥局集团有限公司 中铁宝桥集团有限公司
8	松原市天河大桥工程		中铁九桥工程有限公司
9	中铁桥梁科技大厦		中铁二局集团装饰装修工程有限公司 中铁大桥局第七工程有限公司
10	埃塞俄比亚亚吉铁路	中国中铁股份有限公司 中铁二局工程有限公司	

续表

序号	工程名称	承建单位	参建单位
11	孟加拉国栋吉至派罗布・巴扎尔铁路增建二线工程	中国中铁股份有限公司 中铁二院工程集团有限公司	
12	坦桑尼亚基甘博尼大桥及引道项目	中铁大桥局集团有限公司 中铁建工集团有限公司	

制表人：柴海楼

表 5–6　2018 年中国中铁获国家优质工程奖情况

序号	工程名称	申报	获奖等级	获奖单位
1	新建合肥至福州铁路安徽段铜陵长江大桥	主申报	国优金奖	中铁大桥局集团有限公司 中铁大桥局集团第二工程有限公司 中铁大桥局集团第四工程有限公司
2	大理至丽江高速公路工程	参建	国优金奖	中铁一局集团有限公司 中铁四局集团有限公司 中铁七局集团第三工程有限公司
3	舟山国家石油储备基地扩建项目	参建	国优工程	中铁港航局集团有限公司
4	郑州市轨道交通 2 号线一期工程	主申报	国优工程	中国中铁股份有限公司 中铁投资集团有限公司 中铁中原投资发展有限公司 中铁隧道局集团有限公司 中铁七局集团有限公司 中铁三局集团有限公司 中铁五局集团有限公司 中铁九局集团有限公司 中铁一局集团有限公司 中铁电气化局集团有限公司 中铁四局集团机电设备安装有限公司 中铁工程装备集团有限公司
5	新建郑州至徐州铁路客运专线徐州特大桥	主申报	国优工程	中铁七局集团有限公司 中铁七局集团郑州工程有限公司
6	宁波市轨道交通 2 号线一期工程	主申报	国优工程	中铁上海工程局集团有限公司 中铁一局集团有限公司 中铁隧道局集团有限公司 中铁上海工程局集团华海工程有限公司 中铁四局集团机电设备安装有限公司
7	青岛市地铁一期工程（3 号线）车辆段与综合基地	主申报	国优工程	中铁广州工程局集团有限公司 中铁港航局集团第三工程有限公司
8	武汉市轨道交通机场线综合工程	参建	国优工程	中铁电气化局集团有限公司 中铁四局集团机电设备安装有限公司
9	武汉地铁 3 号线升官渡停车场工程	主申报	国优工程	中铁三局集团有限公司 中铁三局集团建筑安装工程有限公司
10	新建长沙至昆明铁路客专湖南段“四电”系统集成、防灾安全监控、信息及相关工程	主申报	国优工程	中铁武汉电气化局集团有限公司
11	广州市轨道交通九号线岐山车辆段与综合基地工程	主申报	国优工程	中铁一局集团有限公司 中铁一局集团建筑安装工程有限公司
12	新建南广铁路郁江双线特大桥	主申报	国优工程	中铁三局集团有限公司
13	新建云桂铁路石林隧道	主申报	国优工程	中铁一局集团有限公司
14	新建沪昆铁路客运专线长沙至昆明段（贵州）姚官屯特大桥	主申报	国优工程	中铁五局集团有限公司
15	成都基础设施维修基地工程	主申报	国优工程	中铁四局集团有限公司

续表

序号	工程名称	申报	获奖等级	获奖单位
16	新建呼准铁路大路黄河特大桥	参建	国优工程	中铁电气化局集团有限公司 中铁七局集团有限公司
17	敦煌至格尔木铁路沙山沟特大桥	参建	国优工程	中铁电气化局集团第三工程有限公司
18	青藏铁路西格二线关角隧道工程	主申报	国优工程	中铁隧道局集团有限公司 中铁隧道股份有限公司 中铁隧道集团二处有限公司 中铁电气化局集团第三工程有限公司
19	新建兰州至重庆铁路广元至重庆段新井口嘉陵江特大桥	主申报	国优工程	中铁十局集团有限公司
20	新建兰州至重庆铁路广元至重庆段兰渝人和场隧道	主申报	国优工程	中铁十局集团有限公司
21	深圳蛇口邮轮中心工程	主申报	国优工程	中铁建工集团有限公司
22	北京站至北京西站地下直径线工程前三门隧道	主申报	国优工程	中铁隧道局集团有限公司 中铁隧道集团二处有限公司
23	南部滨海大道东端桥隧建设工程—莲花山隧道	主申报	国优工程	中铁二局工程有限公司
24	南通东方大道快速路高架工程	参建	国优工程	中铁大桥局集团有限公司 中铁四局集团有限公司
25	广州至乐昌高速公路坪石至樟市段长基岭隧道	主申报	国优工程	中铁隧道局集团有限公司
26	广东省龙川至怀集公路粗石山隧道	主申报	国优工程	中铁隧道局集团有限公司
27	海南省国道海榆西线（G225）海口过境段—海秀快速路（一期）工程	主申报	国优工程	中铁一局集团有限公司 中铁二局工程有限公司
28	广西靖西至那坡高速公路	参建	国优工程	中铁一局集团有限公司
29	郑州市郑东新区龙湖内环路跨北引水渠桥工程	主申报	国优工程	中铁一局集团有限公司
30	商州至西安高速公路	参建	国优工程	中铁一局集团第二工程有限公司
31	北京至乌鲁木齐国家高速公路明水（甘新界）至哈密段公路工程	主申报	国优工程	中铁一局集团有限公司
32	长沙市南湖路湘江隧道工程	主申报	国优工程	中铁隧道局集团有限公司
33	杭瑞高速公路岳阳洞庭湖大桥引桥	主申报	国优工程	中铁五局集团第四工程有限责任公司
34	中铁贵州国际生态城中铁大道干沟大桥	主申报	国优工程	中铁五局集团路桥工程有限责任公司
35	高新区红星路南延线跨府河桥梁工程	主申报	国优工程	中铁二局工程有限公司
36	成都—自贡—泸州—赤水（川黔界）高速公路成都至眉山（仁寿段）项目	参建	国优工程	中铁八局集团第二工程有限公司 中铁一局集团有限公司 中铁二局第二工程有限公司
37	繁昌县长江引水改造扩建工程	主申报	国优工程	中铁一局集团市政环保工程有限公司
38	研发楼等 3 项（华为北京环保园无线终端研发中心三期（3-3-276-1 地块））	主申报	国优工程	中铁建设集团有限公司
39	新建宝坻区体育馆工程	参建	国优工程	中铁七局集团有限公司
40	月亮湾 B05（DK20100288）地块	参建	国优工程	中铁建工集团安装工程有限公司
41	合肥南站综合交通枢纽配套北广场工程	主申报	国优工程	中铁隧道局集团有限公司 中铁隧道集团四处有限公司
42	新建九景衢铁路景德镇北站站房工程	主申报	国优工程	中铁五局集团有限公司 中铁六局集团有限公司
43	新建郑州至新郑机场城际铁路站前工程	主申报	国优工程	中铁四局集团第一工程有限公司
44	高新区联合总部大厦	主申报	国优工程	中铁二局工程有限公司
45	中国农业银行三农客服中心（成都）—塔楼	参建	国优工程	中铁二局集团装饰装修工程有限公司
46	福泉市体育馆、游泳馆及配套设施建设项目	主申报	国优工程	中铁五局集团建筑工程有限责任公司
47	茅台镇国酒文化主题展演项目	主申报	国优工程	中铁建工集团有限公司
48	渝黔铁路扩能改造工程遵义东站站房及相关工程	主申报	国优工程	中铁电气化局集团有限公司

续表

序号	工程名称	申报	获奖等级	获奖单位
49	中铁·西安中心	主申报	国优工程	中铁北京工程局集团有限公司
50	刚果民主共和国 Mbengu-Matadi（马塔迪莫本谷）国际港口项目	主申报	国优工程	中铁七局集团有限公司
51	博茨瓦纳 T-F A1 道路工程项目	主申报	国优工程	中铁七局集团有限公司

制表人：柴海楼

表 5-7　　2018 年中国中铁杯优质工程奖获奖情况

总序	分序	工程名称	申报单位
一		住宅工程（20 项）	
1	1	沈阳地铁惠生新城（公租房）	中铁二局工程有限公司 中铁二局第四工程有限公司
2	2	山阴县时代华庭小区	中铁三局集团第三工程有限公司
3	3	中铁滨湖名邸 16#~19# 楼工程	中铁四局集团建筑工程有限公司
4	4	余政储出（2015）30 号地块开发项目 3# ～ 8# 楼、S2# 楼及集中地下室工程	中铁五局集团建筑工程有限责任公司
5	5	太原理工大学新校区学生公寓 7-3、7-4、7-5、7-8-1、7-8-2 工程	中铁六局集团建筑安装工程有限公司
6	6	西安通信信号工程处清华苑职工住宅楼项目	中铁七局集团西安铁路工程有限公司
7	7	呼铁佳园二期	中铁十局集团建筑工程有限公司
8	8	银帝·紫金新都 1#、2#、3# 楼	中铁建工集团有限公司（华北）
9	9	李沧区上臧、炉房社区城中村改造 D 地块商品房及商服项目（2#~9# 楼工程及地下车库）工程	中铁建工集团有限公司
10	10	天津生态城南部片区 11b 地块住宅项目	中铁建工集团有限公司
11	11	华润置地广场 1#~4# 楼及地下车库工程	中铁建工集团有限公司
12	12	宝成雅园定向安置房工程	中铁建工集团有限公司
13	13	贵阳中铁·逸都国际 D 组团	中铁北京工程局集团有限公司 中铁天丰建筑工程有限公司
14	14	上海市宝山区杨行镇 YH-B-1 单元 20-01 地块项目	中铁北京工程局集团有限公司 中铁天丰建筑工程有限公司
15	15	秦皇半岛三区二期 B 工程	中铁北京工程局集团有限公司 中铁天丰建筑工程有限公司
16	16	平潭综合实验区澳前安置小区工程 BT 项目 A3 地块	中铁北京工程局集团第二工程有限公司
17	17	宝鸡天地源·九悦香都	中铁广州工程局集团深圳工程有限公司
18	18	陕西省西咸新区秦汉新城渭柳佳苑安居小区三期工程 2 标段	中铁广州工程局集团深圳工程有限公司
19	19	中铁阅山湖 A 组团工程及附属工程	中铁北京工程局集团北京有限公司
20	20	镇江孟家湾新村安置房工程	中铁上海工程局集团有限公司
二		铁路隧道（4 项）	
21	1	新建铁路原州区至王洼线土建工程程儿山隧道	中铁三局集团第六工程有限公司
22	2	新建铁路西成客专陕西段 XCZQ-10 标宁强隧道	中铁三局集团桥隧工程有限公司
23	3	云南国际铁路通道新建蒙自至河口铁路站前工程二标太阳寨隧道	中铁五局集团有限公司 中铁五局集团第五工程有限责任公司
24	4	重庆至贵阳线扩能改造工程 YQZQ-6 标段天坪隧道工程	中铁隧道局集团有限公司 中铁隧道集团一处有限公司
三		铁路桥梁（12 项）	
25	1	新建怀化至邵阳至衡阳铁路站前工程 HSHZQ-9 标湘江特大桥	中铁三局集团第六工程有限公司
26	2	新建怀化至邵阳至衡阳铁路站前工程 HSHZQ-9 标跨南岳高速特大桥	中铁三局集团第六工程有限公司
27	3	宝兰客专土建 5 标三阳川渭河 2 号特大桥	中铁三局集团有限公司运输工程分公司

续表

总序	分序	工程名称	申报单位
28	4	新建吉林至珲春铁路站前其他工程大石头特大桥	中铁四局集团路桥工程有限公司
29	5	新建西安至成都铁路西安至江油段（陕西境内）站前工程XCZQ-6标段湟水河特大桥	中铁五局集团有限公司 中铁五局集团第二工程有限责任公司
30	6	新建沪昆铁路客运专线云南段腰站特大桥	中铁五局集团有限公司 中铁五局集团第四工程有限责任公司 中铁五局集团第五工程有限责任公司
31	7	新建兰新铁路第二双线张掖至红柳河段站前工程西店村1#特大桥	中铁五局集团有限公司 中铁五局集团机械化工程有限责任公司 中铁五局集团第六工程有限责任公司
32	8	新建呼和浩特至准格尔铁路HZSG-2标跨大黑河特大桥工程	中铁六局集团呼和浩特铁路建设有限公司
33	9	新建张家口至呼和浩特铁路站前工程ZHZQ-7标段白塔特大桥工程	中铁六局集团呼和浩特铁路建设有限公司
34	10	新建石家庄至济南客运专线引入石家庄枢纽站前工程跨工业站特大桥工程	中铁六局集团北京铁路建设有限公司
35	11	合福客专闽赣Ⅵ标建瓯西站特大桥	中铁隧道股份有限公司
36	12	新建连云港至盐城铁路站前工程LYZQ-Ⅰ标龙王河、汾灌高速匝道特大桥	中铁广州工程局集团第三工程有限公司
四		四电工程（25项）	
37	1	厦门轨道交通1号线一期工程车站设备安装及装修工程施工四标段工程	中铁一局集团电务工程有限公司
38	2	广州市轨道交通6号线二期供电系统安装工程	中铁一局集团电务工程有限公司
39	3	深圳市城市轨道交通9号线BT项目9202标段系统机电安装及调试工程	中铁二局集团电务工程有限公司
40	4	南京地铁四号线一期工程信号系统安装项目	中铁三局集团电务工程有限公司
41	5	合肥市轨道交通1号线一、二期工程通信、信号系统安装施工项目	中铁四局集团电气化工程有限公司
42	6	苏州市轨道交通4号线及支线工程车站机电安装及装修施工项目（SRT4-12-8标）	中铁四局集团电气化工程有限公司
43	7	青岛地铁一期工程（3号线）机电系统安装施工01标段	中铁四局集团电气化工程有限公司
44	8	昆明市轨道交通3号线一期工程车站设备（风水电）安装及设备区装修工程项目（东段）四标	中铁四局集团钢结构建筑有限公司
45	9	聂庄至东港增二线和东港站改造工程（DGEXS-1）标段	中铁六局集团电务工程有限公司
46	10	新建贵阳至广州铁路信息系统及站后剩余工程GGXX标段	中铁七局集团电务工程有限公司
47	11	苏州市轨道交通2号线延伸线工程接触网、供电系统安装施工项目SRT2Y-12-3标	中铁七局集团电务工程有限公司
48	12	栾川县37.295MW村级光伏扶贫发电项目	中铁七局集团路桥工程有限公司
49	13	广州市轨道交通七号线一期信号系统安装工程	中铁九局集团电务工程有限公司
50	14	重庆至贵阳铁路扩能改造工程站后“四电”系统集成及相关配套工程YQSD-2标段	中铁电气化局集团有限公司 西安电务工程分公司
51	15	哈尔滨至满洲里铁路电气化改造工程ZHSD-Ⅰ标	中铁电气化局集团有限公司 沈阳电气化工程分公司
52	16	新建瑞昌至九江铁路“四电”系统集成、防灾安全监控、客服系统及相关工程	中铁电气化局集团有限公司 上海电气化工程分公司
53	17	新建长沙至昆明客运专线云南段“四电”系统集成及相关配套工程	中铁电气化局集团有限公司电气化公司
54	18	新建东莞至惠州城际轨道四电（含防灾、客服）系统集成工程GZH-16标段	中铁电气化局集团有限公司第二工程分公司
55	19	青岛地铁一期工程（3号线）供电系统安装工程	中铁电气化局集团有限公司 中铁电气化局集团有限公司城铁公司
56	20	福州市轨道交通1号线工程（一期）弱电安装工程及风水电安装工程	中铁电气化局集团有限公司 中铁电气化局集团有限公司城铁公司

续表

总序	分序	工程名称	申报单位
57	21	合肥市轨道交通1号线一、二期工程供电（含疏散平台）系统集成及安装工程	中铁电气化局集团有限公司 中铁电气化局集团西安电气化工程有限公司
58	22	新建宝鸡至兰州铁路客运专线站后“四电”系统集成工程	中铁电气化局集团有限公司 中铁电气化局集团有限公司电气化公司 中铁电气化局集团北京建筑工程有限公司 中铁电气化局集团西安电气化工程有限公司
59	23	新建石家庄至济南铁路客运专线工程“四电”系统集成、防灾及相关配套工程	中铁电气化局集团有限公司 中铁电气化局集团第一工程有限公司
60	24	新建郑州至徐州铁路客运专线站后“四电”系统集成及相关配套房屋工程	中铁电气化局集团有限公司 中铁电气化局集团第三工程有限公司
61	25	三江至南川铁路扩能改造站后四电集成工程	中铁武汉电气化局集团有限公司成都分公司
五		**水利工程（2项）**	
62	1	刚果民主共和国Mbengu-Matadi国际码头	中铁七局集团有限公司 中铁七局集团第三工程有限公司
63	2	西江（界首至肇庆）航道扩能升级工程（XJ7合同段）	中铁广州工程局集团港航工程有限公司
六		**市政工程（46项）**	
64	1	长春市北郊污水处理厂扩建及提标改造工程	中铁一局集团第二工程有限公司
65	2	沈阳二环快速路改造（二期）施工五标段工程	中铁一局集团第二工程有限公司
66	3	临潼渭河特大桥扩建工程	中铁一局集团第三工程分公司
67	4	深圳市龙华新区现代有轨电车示范线工程-BOT项目及同步实施工程-标段	中铁二局工程有限公司 中铁二局第六工程有限公司
68	5	东莞市城市快速轨道交通R2线（东莞火车站—东莞虎门站段）［2306标：鸿福路站、鸿福路站—西平站区间］土建工程施工项目	中铁三局集团广东建设工程有限公司
69	6	三水新城启动区一期市政道路及配套工程——河西路景观桥	中铁三局集团广东建设工程有限公司
70	7	郑州新郑国际机场二期扩建工程陆侧高架桥及GTCSG-07标	中铁三局集团桥隧工程有限公司
71	8	郑州航空港经济综合实验区（郑州新郑综合保税区）双鹤湖中央公园地下空间综合利用工程一标段	中铁四局集团第一工程有限公司
72	9	洛阳市洛河水系综合整治示范段工程	中铁四局集团第三建设有限公司
73	10	伊宁市城市供水工程	中铁四局集团第三建设有限公司
74	11	海口市地下综合管廊试点工程	中铁四局集团第四工程有限公司
75	12	黄山市G205国道改建及梅林南路新建工程	中铁四局集团第四工程有限公司
76	13	南宁市青山大桥	中铁四局集团第五工程有限公司
77	14	昌九快速路改造一期工程黄家湖立交	中铁四局集团第五工程有限公司
78	15	沈阳市南北快速干道工程2标	中铁四局集团第五工程有限公司
79	16	扬州市开发路东延（运河南路—沙湾路）工程施工一标段	中铁四局集团上海工程有限公司
80	17	G210三桥经沙文至扎佐一级公路兼城市干道工程	中铁五局集团有限公司 中铁五局集团路桥工程有限责任公司
81	18	南昌市轨道交通2号线生米南车辆综合基地工程	中铁五局集团有限公司 中铁五局集团第一工程有限责任公司
82	19	遵义海龙屯下寨片区旅游基础设施建设项目	中铁五局集团建筑工程有限责任公司
83	20	安康市城东汉江大桥主桥建设工程	中铁五局集团路桥工程有限责任公司
84	21	外环线京沪铁路立交桥改造工程	中铁六局集团北京铁路建设有限公司
85	22	卧虎山快速路建设工程六标段	中铁六局集团太原铁路建设有限公司
86	23	淮南孔李淮河大桥工程	中铁六局集团有限公司
87	24	郑东新区综合交通枢纽地下主隧道及地面道路（一期）工程施工第四标段	中铁七局集团郑州工程有限公司
88	25	桂林市龙门大桥新建工程	中铁七局集团有限公司 中铁七局集团武汉工程有限公司

续表

总序	分序	工程名称	申报单位
89	26	金沙萨卢蒙巴大道重建及现代化工程 LOT3 标（二期）	中铁七局集团有限公司 中铁七局集团第三工程有限公司
90	27	阜阳市东环路颍河大桥及接线工程	中铁八局集团昆明铁路建设有限公司
91	28	沈阳市南北快速干道工程（团结路—北二环）第 1 标段	中铁八局集团昆明铁路建设有限公司
92	29	合川区涪江四桥工程	中铁八局集团第一工程有限公司
93	30	济南二环南路建设工程老虎洞山隧道	中铁十局集团第一工程有限公司
94	31	深圳地铁 11 号线 11301-2 标香梅站	中铁十局集团城市轨道交通工程有限公司
95	32	泗水县圣华路泗河大桥工程	中铁大桥局集团有限公司 中铁大桥局集团第六工程有限公司
96	33	摄乐桥建设工程施工二标段	中铁大桥局集团有限公司 中铁大桥局第七工程有限公司
97	34	坦桑尼亚基甘博尼大桥及引道项目	中铁大桥局集团有限公司
98	35	郑州市红专路下穿中州大道隧道工程	中铁隧道局集团有限公司 中铁隧道股份有限公司
99	36	广州市 220 千伏航云输变电电力隧道工程	中铁隧道股份有限公司
100	37	郑州市红旗 220 千伏电缆隧道Ⅱ标段	中铁隧道股份有限公司
101	38	郑州市红旗 220 千伏电缆隧道Ⅰ标段	中铁隧道集团二处有限公司
102	39	南昌市城北水厂隧道土建工程	中铁隧道集团二处有限公司
103	40	成都地铁 7 号线城北客运中心站	中铁隧道局集团有限公司 中铁隧道集团四处有限公司
104	41	民族大道下穿青秀路隧道与轨道交通地下站点合建工程	中铁隧道集团四处有限公司
105	42	深圳市龙华新区现代有轨电车示范线工程二标	中铁广州工程局集团深圳工程有限公司
106	43	嘉闵高架 JMB2-7 标	中铁上海工程局集团有限公司
107	44	马来西亚 Timah Tasoh 输水隧道项目	中铁科学研究院有限公司 中国铁路工程（马来西亚）有限公司
108	45	长沙机场大道工程	中铁交通投资集团有限公司 中铁七局集团第三工程有限公司 中铁四局集团第一工程有限公司
109	46	南宁市沙井—南站立交工程	中铁交通投资集团有限公司 中铁三局集团有限公司 中铁三局集团桥隧工程有限公司
七		**交通综合工程（26 项）**	
110	1	新建云桂铁路云南段Ⅶ标铺架工程	中铁一局集团新运工程有限公司
111	2	新建山西中南部铁路通道 ZNTJ-11 标轨道工程	中铁一局集团新运工程有限公司
112	3	广西梧州至柳州高速公路第九合同段（№ A01-9）综合工程	中铁一局集团第三工程分公司
113	4	青海省民和（甘青界）至平安（小峡）段公路工程第 2 合同段	中铁二局工程有限公司 中铁二局第三工程有限公司
114	5	新建埃塞俄比亚亚的斯亚贝巴至吉布提港铁路 SEBTA-ADAMA-MIESO 段（第一 EPC 总包合同段）	中铁二局工程有限公司 中铁三局集团有限公司 中铁四局集团有限公司 中铁七局集团有限公司
115	6	新建宝鸡至兰州铁路客运专线（甘肃段）站前工程 BLTJ-5 标铺轨工程	中铁三局集团线桥工程有限公司
116	7	新建杭州至长沙铁路客运专线工程浙江段杭州南站站房及相关工程 HCZJZF-2 标段	中铁三局集团有限公司 中铁建工集团有限公司 中铁三局集团建筑安装工程有限公司
117	8	云南松木（小铺）至昆明（乌龙）高速公路改扩建工程土建 15 合同段	中铁四局集团第二工程有限公司
118	9	新建瑞昌至九江铁路站前 RJZQ-2 标	中铁四局集团有限公司第八工程分公司

续表

总序	分序	工程名称	申报单位
119	10	新建呼和浩特至准格尔铁路工程 HZSG-2 标段呼和浩特站站场改造工程	中铁六局集团呼和浩特铁路建设有限公司
120	11	新建张家口至呼和浩特铁路站前工程 ZHZQ-7 标段呼和浩特东站站场改造工程	中铁六局集团呼和浩特铁路建设有限公司
121	12	新建张家口至唐山铁路工程第 1 铺架段	中铁六局集团有限公司
122	13	孟平铁路孟庙至平顶山西站增建第二线工程（郑州局管段）	中铁七局集团有限公司 中铁七局集团第一工程有限公司
123	14	合凤线铜川至旬邑高速公路路基桥隧工程第二批施工Ⅰ类一组 TX-C09 标	中铁七局集团第二工程有限公司
124	15	省道 308 线小河西至上都段一级公路（含补充工程）TJ-2 合同段	中铁七局集团有限公司 中铁七局集团第四工程有限公司
125	16	湖南省永吉高速公路第 15 合同段	中铁七局集团有限公司 中铁七局集团郑州工程有限公司
126	17	博茨瓦纳 T-F A1 道路工程项目	中铁七局集团有限公司 中铁七局集团郑州工程有限公司
127	18	坦桑尼亚 Namtumbo-Kilimasera 道路项目	中铁七局集团有限公司 中铁七局集团有限公司海外公司
128	19	漩口隧道（国道 213 线映秀至都江堰段（粤汶公路）灾后恢复重建工程Ⅲ标段）	中铁八局集团第二工程有限公司
129	20	新建宝鸡至兰州铁路客运专线 BLZF-1 标段天水南站	中铁八局集团第四工程有限公司
130	21	武汉硚口至孝感高速公路（起点至京港澳高速公路段）一期土建工程 QXTJ-04 标段	中铁大桥局集团有限公司 中铁大桥局第七工程有限公司
131	22	新建辽源至长春铁路工程 LCS-Ⅰ标段	中铁建工集团有限公司
132	23	新建太原枢纽（北六堡）物流中心工程	中铁电气化局集团有限公司 中铁电气化局集团有限公司电气化公司
133	24	温州绕城高速公路西南线工程第 2 标段	中铁北京工程局集团第五工程有限公司
134	25	天水车站站房改造工程	中铁北京工程局集团北京有限公司
135	26	京新高速公路临河至白疙瘩段（阿拉善盟境内）施工总承包第 LBAMSG-2 标段京新高速公路临河至白疙瘩段（阿拉善盟境内）施工总承包第 LBAMSG-2 标段	中铁投资集团有限公司 中铁二局集团有限公司 中铁三局集团有限公司 中铁六局集团有限公司 中铁七局集团有限公司 中铁九局集团有限公司 中铁北京工程局集团有限公司 中铁广州工程局集团第三工程有限公司 中铁三局集团第六工程有限公司 中铁北京工程局集团（天津）工程有限公司
八		**公路隧道（12 项）**	
136	1	昆明绕城高速公路东南段 B 标三家村隧道	中铁二局工程有限公司 中铁二局第五工程有限公司 中铁八局集团有限公司
137	2	京沪高速济南连接线第一合同段浆水泉隧道	中铁四局集团有限公司第七工程分公司
138	3	青海省共和至玉树（结古）公路鄂拉山隧道	中铁五局集团有限公司 中铁五局集团第五工程有限责任公司
139	4	海西高速公路网厦沙三明段新联隧道	中铁五局集团机械化工程有限责任公司
140	5	湖南省武冈至靖州（城步）高速公路莲荷隧道	中铁五局集团有限公司 中铁五局集团机械化工程有限责任公司
141	6	青海省成都至香日德公路花石峡至久治（省界）段公路工程雪山 1 号隧道	中铁五局集团有限公司 中铁五局集团第一工程有限责任公司
142	7	青海省成都至香日德公路花石峡至久治（省界）段公路工程久治 2 号隧道	中铁五局集团有限公司 中铁五局集团第一工程有限责任公司

续表

总序	分序	工程名称	申报单位
143	8	南昌至宁都高速公路冈上至宁都段雩山隧道	中铁五局集团第一工程有限责任公司
144	9	龙泉至浦城（浙闽界）高速公路工程樟溪岭隧道	中铁十局集团第五工程有限公司
145	10	厦门（海沧）至漳州（天宝）高速公路天成山隧道	中铁隧道局集团有限公司 中铁隧道集团一处有限公司
146	11	共和至玉树公路 GY Ⅰ -SGB7 合同段通天河隧道	中铁隧道集团一处有限公司
147	12	福建湄渝高速公路莆田段 A11 标岐山隧道	中铁隧道集团三处有限公司
九		公路桥梁（9 项）	
148	1	交溪特大桥（宁德沈海复线高速公路 A9 标段）	中铁一局集团厦门建设工程有限公司
149	2	大广高速（粤境段）S27 标大江里特大桥	中铁二局第二工程有限公司
150	3	湖南永吉高速公路土建第 17 标	中铁二局第四工程有限公司
151	4	湖南省武冈至靖州（城步）高速公路梅口巫水特大桥	中铁五局集团有限公司 中铁五局集团机械化工程有限责任公司
152	5	赞比亚西尔马桥项目	中铁七局集团有限公司 中铁七局集团有限公司海外公司
153	6	屏山县新县城岷江大桥工程	中铁八局集团第一工程有限公司
154	7	江门大道北线工程 BT 项目广佛江快速通道双龙立交工程（JD-7 标）双龙大道跨线桥	中铁十局集团西北工程有限公司
155	8	东莞市东江梨川大桥工程第二标段	中铁大桥局集团有限公司 中铁大桥局集团第四工程有限公司
156	9	崇左至靖西高速公路土建工程第七 -1 分部古龙山大桥	中铁港航局集团第二工程有限公司
十		公共建筑工程（13 项）	
157	1	遵义市综合应急救援训练基地	中铁二局第一工程有限公司
158	2	成都市“战训合一”训练基地一期项目	中铁二局工程有限公司 中铁二局建筑有限公司
159	3	荣超后海大厦	深圳中铁二局工程有限公司
160	4	福州市三坊七巷保护修复工程南街项目	中铁三局集团第二工程有限公司
161	5	佛山（云浮）产业转移工业园标准厂房（一期）工程	中铁四局集团钢结构建筑有限公司
162	6	宁高城际轨道二期高淳车辆段与综合基地	中铁四局集团建筑工程有限公司
163	7	深圳市龙华区现代有轨电车示范线三标	中铁四局集团有限公司第七工程分公司
164	8	新建铁路厦门北动车运用所检查库及边跨工程	中铁六局集团建筑安装工程有限公司
165	9	中设大厦施工总承包工程	中铁建工集团有限公司
166	10	来福士广场总承包工程	中铁建工集团有限公司
167	11	章丘市中医医院门诊病房综合楼工程	中铁建工集团有限公司
168	12	石家庄市城市轨道交通线网运营指挥中心工程（OCC）	中铁建工集团有限公司
169	13	阜阳市规划展示馆（五馆合一）建设项目工程	中铁建工集团铁工建设公司
十一		地铁工程（45 项）	
170	1	马来西亚吉隆坡新捷运工程地下北段 A 标段	中铁东方国际集团有限公司
171	2	武汉轨道交通七号线一期工程第二十二标段土建工程野芷湖车辆段	中铁一局集团建筑安装工程有限公司
172	3	广州轨道交通 14 号线邓村车辆段工程	中铁一局集团建筑安装工程有限公司
173	4	厦门市轨道交通一号线一期工程厦门北车辆基地	中铁一局集团建筑安装工程有限公司
174	5	苏州市轨道交通 4 号线Ⅳ -TS-04 标土建工程	中铁一局集团城市轨道交通工程有限公司
175	6	成都地铁 7 号线一期工程土建 1 标段工程	中铁一局集团城市轨道交通工程有限公司
176	7	无锡地铁 3 号线工程土建施工 05 标	中铁一局集团城市轨道交通工程有限公司
177	8	武汉市轨道交通六号线一期工程轨道工程第一标段工程	中铁一局集团新运工程有限公司
178	9	南宁轨道交通 1 号线一期工程轨道工程 02 标段工程	中铁一局集团新运工程有限公司
179	10	成都地铁 7 号线工程土建工程第 4 标段	中铁二局工程有限公司 中铁二局第二工程有限公司

续表

总序	分序	工程名称	申报单位
180	11	成都地铁 1 号线南延线工程土建工程第一标段	中铁二局工程有限公司 中铁二局第四工程有限公司
181	12	苏州轨道交通 4 号线 5 标	中铁二局工程有限公司 中铁二局第五工程有限公司
182	13	成都地铁 7 号线工程土建工程第 4 标段崔家店停车场	中铁二局工程有限公司 中铁二局第六工程有限公司
183	14	广州市轨道交通六号线二期工程萝岗车辆段工程〔施工Ⅱ标〕	中铁二局工程有限公司 深圳中铁二局工程有限公司
184	15	广州市轨道交通二十一号线镇龙车辆段〔施工Ⅱ标〕	中铁二局工程有限公司 深圳中铁二局工程有限公司
185	16	天津地铁 6 号线工程土建施工第 15 合同段工程	中铁二局工程有限公司 中铁二局工程有限公司城通分公司 中铁二局第四工程有限公司
186	17	南昌轨道交通 2 号线一期工程土建施工 02 合同段	中铁二局工程有限公司 中铁二局第六工程有限公司 中铁二局工程有限公司城通分公司
187	18	武汉市轨道交通六号线一期工程第十三标段土建工程	中铁三局集团第二工程有限公司
188	19	天津地铁 6 号线工程土建施工第 9 合同段	中铁三局集团天津建设工程有限公司
189	20	成都地铁 3 号线一期 6 标土建工程	中铁三局集团桥隧工程有限公司
190	21	广州地铁六号线二期轨道工程	中铁三局集团线桥工程有限公司
191	22	常州市轨道交通 1 号线一期工程土建施工 14 标	中铁四局集团第二工程有限公司
192	23	宁和城际轨道交通一期工程 NH-TA12 标	中铁四局集团第二工程有限公司
193	24	深圳市龙华新区现代有轨电车示范线铺轨工程	中铁四局集团有限公司第八工程分公司
194	25	红谷滩新区九龙湖地下综合管沟工程土建施工 01 标段	中铁四局集团有限公司城市轨道交通工程分公司
195	26	杭州地铁 2 号线一期工程西北段土建施工 SG2-16 标	中铁四局集团有限公司城市轨道交通工程分公司
196	27	成都地铁 7 号线工程土建工程第 7 标段武侯大道站	中铁五局集团有限公司 中铁五局集团成都工程有限责任公司
197	28	南京地铁宁和城际轨道交通一期工程轨道施工 DNH-TA05 标	中铁五局集团有限公司 中铁五局集团第六工程有限责任公司
198	29	成都地铁 7 号线工程土建工程第 7 标段工程盾构区间	中铁五局集团有限公司 中铁五局集团有限公司城市轨道交通工程分公司
199	30	成都地铁 7 号线工程土建工程第 10 标段川师车辆段与综合基地工程	中铁六局集团有限公司 中铁六局集团呼和浩特铁路建设有限公司
200	31	天津地铁 6 号线工程土建施工第 8 合同段	中铁六局集团有限公司
201	32	苏州市轨道交通 4 号线工程土建施工项目Ⅳ -TS-07 标	中铁七局集团有限公司 中铁七局集团第三工程有限公司
202	33	西安市地铁三号线土建施工项目 TJSG-9 标	中铁七局集团西安铁路工程有限公司
203	34	武汉市轨道交通六号线一期第十八标段土建工程	中铁七局集团有限公司 中铁七局集团武汉工程有限公司
204	35	成都地铁 10 号一期工程土建工程	中铁八局集团城市轨道交通分公司
205	36	南宁市轨道交通 1 号线一期工程供电系统安装工程 02 标（民族广场站—火车东站）	中铁八局集团电务工程有限公司
206	37	合肥市轨道交通 2 号线土建 TJ07 标	中铁十局集团第三建设有限公司
207	38	南宁市轨道交通一号线一期工程土建施工 TJSG-11 标朝阳广场站	中铁隧道局集团有限公司 中铁隧道集团四处有限公司
208	39	广州市轨道交通六号线二期工程施工二标	中铁隧道集团三处有限公司 中铁隧道股份有限公司
209	40	南昌市轨道交通 2 号线一期工程土建施工 01 合同段	中铁隧道集团三处有限公司

续表

总序	分序	工程名称	申报单位
210	41	成都地铁 4 号线 1 期 4 标项目	中铁隧道股份有限公司 中铁隧道集团第五建筑工程有限公司
211	42	南宁市轨道交通一号线一期工程土建施工 TJSG-03 标	中铁广州工程局集团城轨工程有限公司
212	43	石家庄市城市轨道交通 1 号线一期工程土建及相关工程	中铁投资集团有限公司 中铁北方投资发展有限公司 中铁一局集团第二工程有限公司 中铁三局集团第二工程有限公司 中铁四局集团第四工程有限公司 中铁七局集团有限公司 中铁七局集团第三工程有限公司 中铁九局集团第七工程有限公司 中铁电气化局集团有限公司 中铁电气化局集团有限公司建设管理分公司 中铁电气化局集团第一工程有限公司 中铁电气化局集团有限公司电气化公司 中铁电气化局集团有限公司铁路工程公司 中铁北京工程局集团（天津）工程有限公司 中铁广州工程局集团城轨工程有限公司 中铁上海工程局集团有限公司
213	44	重庆轨道交通五号线一期北段（园博中心站—大石坝站）工程	中铁开发投资集团有限公司 中铁二局工程有限公司 中铁电气化局集团公司 中铁隧道局集团有限公司 中铁隧道集团四处有限公司 中铁隧道股份有限公司 中铁隧道集团三处有限公司
214	45	重庆市轨道交通十号线一期工程（建新东路—王家庄段）	中铁开发投资集团有限公司 中铁一局集团有限公司 中铁三局集团有限公司 中铁四局集团有限公司 中铁五局集团有限公司 中铁六局集团有限公司 中铁八局集团有限公司 中铁九局集团有限公司 中铁十局集团有限公司 中铁电气化局集团公司 中铁武汉电气化局集团有限公司 中铁建工集团有限公司 中铁北京工程局集团有限公司 中铁上海工程局集团有限公司 中铁一局集团城市轨道交通工程有限公司 中铁五局集团第二工程有限责任公司 中铁广州局集团第三工程有限公司

制表人：柴海楼

表 5-8　2018 年中国中铁获建设工程项目施工安全生产标准化工地

序号	工程名称	获奖单位
1	南昌地铁 2 号线 4 标（坛子口站、绳金塔站）	中国中铁股份有限公司
2	郑州轨道交通 5 号线工程土建施工 09 标	中铁一局四公司
3	武汉市轨道交通 8 号线二期 02 标	中铁一局城轨公司
4	新建商丘至合肥至杭州铁路 SHZQ-15 标段	中铁三局集团有限公司
5	新建北京至张家口铁路站前工程 JZSG-3 标段	中铁五局集团有限公司

续表

序号	工程名称	获奖单位
6	贵州省地质资料馆暨地质博物馆建设项目	中铁五局集团有限公司
7	上海市轨道交通 14 号线工程土建 3 标临洮路站、嘉怡路站	中铁七局集团有限公司 中铁七局集团郑州工程有限公司
8	南部滨海大道西延伸线工程（一标段）	中铁九局集团有限公司
9	新建福州至平潭铁路站前工程 FPZQ-3 标段（平潭海峡公铁两用大桥）	中铁大桥局集团有限公司
10	南宁轨道交通 3 号线一期工程（科园大道—平乐大道）施工总承包 02 标青秀山站	中铁隧道局集团有限公司 中铁隧道集团四处有限公司
11	重庆市轨道交通五号线一期工程土建 5110 标（中梁山车辆段）	中铁隧道局集团有限公司
12	海西会展中心建设项目	中铁建工集团有限公司
13	昆明地铁线网控制中心施工总承包工程	中铁建工集团有限公司
14	1# 科研业务用房（铁路产品认证检测试验基地）等 3 项（铁科院办公区科研业务用房（1#、2#、3#））	中铁电气化局集团有限公司
15	新建济南至青岛高速铁路工程 JQGTSG-6 标	中铁上海工程局集团有限公司
16	合肥市清溪净水厂 PPP 项目	中铁上海局集团有限公司
17	地铁汇通大厦 BT 项目	中铁北京工程局集团有限公司 中铁南方投资集团有限公司 中铁北京工程局集团北京有限公司

制表人：柴海楼

表 5-9-1　**2018 年获中国中铁安全标准工地表彰名单（境内）**

序号	工程项目	施工单位	项目经理
一	地铁工程（37 项）		
1	呼和浩特市轨道交通 1 号线一期工程 03 标段新华广场站	中铁一局集团第四工程有限公司	李群平
2	宁波市轨道交通 1 号线一期工程海晏北路站配套工程土建工程	中铁一局集团城市轨道交通工程有限公司	余　江
3	郑州市轨道交通 5 号线中州大道车辆段	中铁一局集团建筑安装工程有限公司	刘会军
4	武汉轨道交通 8 号线二期二标	中铁一局集团城市轨道交通工程有限公司	李　戈
5	上海市轨道交通 15 号线工程土建 6 标	中铁一局集团城市轨道交通工程有限公司	席　刚
6	上海地铁 18 号土建工程 8 标	中铁二局工程有限公司城通分公司	刘　斌
7	广州市轨道交通二十一号线工程施工 2 标土建工程	中铁三局集团广东建设工程有限公司	李建成
8	郑州市民文化服务区土建施工 C 合同段	中铁三局集团桥隧工程有限公司	袁　峰
9	北京地铁十二号线工程土建施工 03 合同段	中铁三局集团第四工程有限公司	苏君哲
10	无锡地铁 3 号线一期土建工程 11 标	中铁四局集团第二工程有限公司	陈朝阳
11	福州地铁 1 号线二期 2 标	中铁四局集团城市轨道交通工程分公司	陈　淼
12	西安地铁六号线 TJSG-9 标	中铁四局集团西安分公司	李　强
13	昆明地铁 4 号线金鼎山站、苏家塘站	中铁五局集团第五工程有限责任公司	刘　卓
14	成都轨道交通 9 号线一期工程土建 1 标三色路站	中铁五局集团成都工程有限责任公司	粟盈盈
15	长沙地铁 5 号线一期工程 1 标	中铁五局集团电务城通工程有限责任公司	任　飞
16	济南市轨道交通 R3 线一期土建工程施工四标段	中铁五局集团机械化工程有限责任公司	刘迎春
17	成都轨道交通 9 号线一期工程土建 3A/3B 标盾构区间	中铁六局集团有限公司交通工程分公司	冯　忱
18	西安地铁六号线一期工程 TJSG-6 标	中铁七局集团有限公司 中铁七局集团第三工程有限公司	谯　恒
19	西安地铁五号线 TJSG-12 标	中铁七局集团有限公司 中铁七局集团西安铁路工程有限公司	宁　波
20	成都轨道交通 9 号线一期工程土建 7 标	中铁八局集团城市轨道交通分公司	张子龙
21	呼和浩特市轨道交通 1 号线一期 06 标段	中铁九局集团第七工程有限公司	车广义
22	青岛地铁一号线土建一标 07 工区	中铁九局集团第六工程有限公司	张　伟

续表

序号	工程项目	施工单位	项目经理
23	西安市临潼线（9号线）一期工程 TJSG10 标	中铁十局集团西北工程有限公司 中铁城市发展投资集团有限公司	陈　鹏
24	合肥市轨道交通 5 号线土建施工总承包 1 标	中铁十局集团第三建设有限公司	陈永进
25	杭州地铁 6 号线一期工程土建施工 SG6-4 标	中铁隧道局集团有限公司杭州公司	许光明
26	宁波轨道交通 4 号线土建工程 TJ4009 标	中铁隧道股份有限公司	钟育刚
27	北京地铁 12 号线 01 标	中铁电气化局集团有限公司铁路工程公司	彭森林
28	乌鲁木齐轨道交通一号线百园路车辆基地工程 18A 标段	中铁武汉电气化局集团有限公司城铁分公司	潘少林
29	西安地铁 5 号线二期工程 D5-GC-TJ3 标	中铁广州工程局集团市政环保工程有限公司	肖望成
30	深圳市城市轨道交通 6 号线工程 6102 标段三工区	中铁北京工程局集团第二工程有限公司	刘军华
31	深圳市城市轨道交通 6 号线二期工程主体工程 6111 标四工区科学馆站	中铁上海工程局集团有限公司	郑华军
32	南宁市轨道交通 4 号线 02 标土建 11 工区	中铁交通投资集团有限公司 中铁二局第四工程有限公司 中铁二局工程有限公司城通分公司	谭世俊 杨祖恩
33	福州地铁 6 号线土建 2 标	中铁南方投资集团有限公司 中铁一局集团有限公司 中铁三局集团有限公司 中铁四局集团有限公司 中铁八局集团有限公司 中铁上海局集团有限公司	康　林
34	深圳市城市轨道交通 4 号线三期工程主体工程 4302 标	中铁南方投资集团有限公司 中铁二局集团有限公司 中铁四局集团有限公司	吴红亮
35	石家庄市城市轨道交通 2 号线一期工程土建及相关工程	中铁投资集团有限公司 中铁三局集团有限公司 中铁六局集团有限公司 中铁七局集团有限公司 中铁十局集团有限公司 中铁隧道局集团有限公司 中铁上海局集团有限公司	刘泽民
36	昆明市轨道交通 4 号线 PPP 项目土建工程项目	中铁开发投资集团有限公司 中铁四局集团有限公司 中铁五局集团有限公司 中铁七局集团有限公司 中铁隧道局集团有限公司 中铁北京局集团有限公司 中铁广州局集团有限公司	陈先智
37	成都轨道交通 8 号线一期工程	中铁城市发展投资集团有限公司 中铁一局集团有限公司 中铁二局集团有限公司 中铁三局集团有限公司 中铁四局集团有限公司 中铁隧道局集团有限公司 中铁上海工程局集团有限公司	张　勇
二	**建筑工程（11 项）**		
1	珠海无人船基地	中铁二局第三工程有限公司	章　伟
2	昆明市农村信用合作社联合社项目部	中铁二局集团装饰装修工程有限公司	洪　健
3	宜良依云溪谷养老养生开发项目	中铁十局集团第五工程有限公司	王继忠
4	南沙基地项目部	中铁隧道集团四处有限公司	史少英
5	北京地铁 7 号线东延工程张家湾车辆段	中铁电气化局集团北京建筑工程有限公司	刘亚伟

续表

序号	工程项目	施工单位	项目经理
6	大兴区旧宫镇YZ00-0801-0039、6001地块R2二类居住、A61机构养老设施用地项目-1#、2#、7#、8#、12#、13#、16#、17#、18#楼及地下室工程	中铁建工集团北京分公司	任　旭
7	波音737MAX飞机完工及交付中心定制厂房及配套设施建设项目工程	中铁建工集团华北分公司	陈　超
8	中成卫星微电子及物联网产业化基地（一期）	中铁建工集团广州分公司	陈　恺
9	东苑虹桥46#地块B-1北区总承包工程	中铁建工集团上海分公司	韩健峰
10	昆明市西山区草海北片区37号地块（A1、A2、A4、A5、A6、A7子地块）回迁安置房及附属设施建设项目基坑支护优化设计施工及主体工程施工总承包	中铁建工集团北方公司	张　涛
11	中铁上海工程局改扩建工业研发用房	中铁上海工程局集团有限公司	鲍大争
三	**公路工程（7项）**		
1	云南玉楚高速公路勘察试验段	中铁一局集团第五工程有限公司 中铁开发投资集团有限公司	张启陵
2	遵余高速公路TJ-Ⅲ标	中铁二局第一工程有限公司 中铁开发投资集团有限公司	徐　华
3	国道234焦作至荥阳黄河大桥及连接线工程JZDQTJ-2标	中铁七局集团郑州工程有限公司	谢卫伟
4	玉溪至楚雄高速公路勘察试验段B3标段 起止桩号：（K71+000～K78+575）	中铁八局集团昆明铁路建设有限公司	李永山
5	广东省龙川至怀集公路TJ23合同段	中铁隧道集团三处有限公司	曾哲平
6	寻沾高速公路土建1标	中铁北京工程局集团北京有限公司	乔永波
7	成都天府国际机场高速公路工程	中铁城市发展投资集团有限公司 中铁三局集团第五工程有限公司 中铁五局集团成都工程有限责任公司 中铁大桥局集团第八工程有限公司	赵爱军
四	**铁路工程（27项）**		
1	新建铁路银川至西安线（陕西段）YXZQ-3标段	中铁一局集团第三工程有限公司	赵红刚
2	新建格尔木至库尔勒铁路新疆段站前工程PJS标	中铁一局集团新运工程有限公司	黄克军
3	新建蒙西至华中地区铁路煤运通道MHPJ-1标段中铁一局物贸公司靖边制梁场	中铁一局集团物资工贸有限公司	燕会平
4	蒙华铁路MHTJ-28标段	中铁二局第四工程有限公司	熊开勇
5	昌赣铁路站前工程CGZQ-11标制运架工程	中铁二局集团新运工程有限公司	赵　毅
6	新建玉溪至磨憨工程YMZQ-16标	中铁三局集团桥隧工程有限公司	张九俊
7	新建北京至沈阳铁路客运专线北京段站前工程JSJJSG-10标二工区	中铁三局集团第六工程有限公司	王玉柱
8	郑济铁路站前ZPZQ-Ⅰ标段	中铁三局集团第二工程有限公司	薛海巍
9	新建杭州至黄山铁路站前工程HHZQ-4标铺架工程	中铁四局集团八分公司	王波军
10	新建济南至青岛高速铁路青州北站站房及相关工程（JQGTFWSG-4标段）	中铁五局集团建筑公司有限责任公司	杨秀敞
11	新建衢州至宁德铁路（福建段）站前工程QNFJZQ-5标段	中铁五局集团有限公司 中铁五局集团第一工程有限责任公司 中铁五局集团第六工程有限责任公司	吕兵新
12	新建银川至西安铁路甘宁段站前工程YX-SG-ZQ7标段	中铁五局集团有限公司 中铁五局集团机械化工程有限责任公司 中铁五局集团贵州工程有限公司	李荣飞
13	新建广州南沙港铁路站前工程NSGZQ-5标	中铁六局集团广州工程有限公司	巩天才
14	新建铁路玉溪至磨憨线站前YMZQ-Ⅰ标	中铁六局集团路桥建设有限公司	董永钢
15	太原铁路枢纽新建西南环线工程XNHX-1标段	中铁六局集团太原铁路建设有限公司 中铁六局集团有限公司交通工程分公司	王富强 卢　森

续表

序号	工程项目	施工单位	项目经理
16	蒙华铁路 MHTJ-14 标段	中铁七局集团有限公司 中铁七局集团第一工程有限公司 中铁七局集团第五工程有限公司 中铁七局集团郑州工程有限公司 中铁七局集团西安铁路工程有限公司	杨　植
17	重庆铁路枢纽东环线 DHZQ-5 标	中铁八局集团第二工程有限公司	杜世友
18	阿勒泰至富蕴至准东铁路工程 S2 标	中铁十局集团第一工程有限公司	于东新
19	新建合肥至安庆铁路站前工程施工 HAZQ-5 标	中铁十局集团第三建设有限公司	杨　东
20	京沈客专京冀段十三标	中铁隧道局集团有限公司 中铁隧道集团二处有限公司	李义华
21	新建格尔木至库尔勒铁路（新疆段）S6 标	中铁隧道局集团有限公司 中铁隧道集团一处有限公司	刘永刚
22	太焦铁路 TJXQ-1 标	中铁隧道局集团有限公司 中铁隧道股份有限公司	孟国基
23	新建宁波穿山港铁路站后四电及相关工程	中铁武汉电气化局集团有限公司上海分公司	刘荣辉
24	新建成都至贵阳铁路乐山至贵阳段站房及相关工程 CGZFSG-1 标段	中铁建工集团西南分公司	崔明春
25	合安铁路站前工程 HAZQ-4 标	中铁北京工程局集团第五工程有限公司	梅　旭
26	新塘经白云机场至广州北站城际轨道交通站前工程 XBZH-2 标段三工区花山站	中国中铁珠三角城际工程建设指挥部 中铁广州工程局集团有限公司珠三角城际新白广 XBZH-2 标三工区项目部	施龙清
27	新建广州南沙港铁路工程第 NSGZQ-6 标段	中铁广州工程局集团第二工程有限公司	周　晓
五	**市政工程（14 项）**		
1	国道 321 线新区富廊至端州前村段城市化改造二期工程	中铁一局集团有限公司广州分公司	张新立
2	陕西省委管廊	中铁一局集团第二工程有限公司	朱晓伟
3	贵阳市北京东路延伸段（东北城市干道）二期道路工程	中铁三局集团第六工程有限公司	张　铁
4	云南省凤庆县流域治理工程	中铁四局集团第三建设工程有限公司	王小明
5	池州市海绵城市－滨河区及天堂湖新区棚改基础设施 PPP 项目	中铁四局集团市政工程有限公司	胡小立
6	唐山市中心城区环线（二环路）工程施工 B-18 标段	中铁六局集团北京铁路建设有限公司	周立君
7	驻马店市西平县市政道路改扩建工程	中铁七局集团第四工程有限公司	冷有良
8	郑州机场至许昌市域铁路（郑州段）工程土建 07 标段	中铁十局集团第二工程有限公司	冀留涛
9	郑州市农业路快速通道工程 NYLDJSG-1 标段	中铁大桥局集团第一工程有限公司	代建兵
10	湘府路（湘江大道—浏阳河西岸）快速化改造工程 I 标	中铁大桥局集团有限公司湘府路快速化改造工程 I 标项目经理部	刘自理
11	长春东北亚国际物流港兴福大路道路工程	中铁北京工程局集团北京有限公司	白顺涛
12	武汉北湖污水处理厂及其附属工程土建工程	中铁上海工程局集团有限公司	张启显
13	苏州高新区人防停车场工程（代建）总承包施工项目 DJSG-2016-01 标	中铁上海工程局集团有限公司	李绍良
14	郑州航空港经济综合实验区 2016—2018 年片区城市基础设施一级开发建设项目施工总承包（第四标段）	中铁投资集团有限公司 中铁七局集团有限公司 中铁中原投资发展有限公司	陈国良
六	**机电安装（4 项）**		
1	温州市域铁路 S1 线一期工程风水电及设备区装修施工项目Ⅲ标段	中铁一局集团电务工程有限公司	王晓军
2	成都地铁 3 号线二、三期工程机电安装 1 标	中铁二局集团电务工程有限公司	钟化雨
3	成都地铁 7 号线工程机电安装及装修 10 标项目	中铁四局集团机电设备安装有限公司	武　林
4	郑州市轨道交通 5 号线风水电安装及装修工程 05 标	中铁七局集团有限公司 中铁七局集团电务工程有限公司	苏银德

续表

序号	工程项目	施工单位	项目经理
七	四电工程（5 项）		
1	上海浦东国际机场三期扩建工程捷运系统铺轨、供电及接触网（轨）、通信系统、信号系统安装工程	中铁四局集团电气化工程有限公司	陈青松
2	新建北京至沈阳铁路客运专线辽宁段“四电”集成及相关工程	中铁电气化局集团有限公司沈阳电气化分公司	王晓军
3	新建深圳至茂名铁路江门至茂名段站后工程“四电”集成 JMSG-9 标段	中铁电气化局集团有限公司第二工程分公司	邵世雄
4	沈阳地铁 9 号线供电系统集成项目	中铁电气化局集团有限公司城铁公司	侯晓军
5	重庆轨道交通十号线系统设备 10401 标	中铁开发投资集团有限公司 中铁电气化局集团有限公司重庆轨道交通十号线系统设备 10401 标项目经理部	张杰奇
八	桥梁工程（11 项）		
1	郑万铁路河南段站前Ⅱ标双洎河特大桥	中铁四局集团第一工程有限公司 中铁四局集团路桥公司	范　伟
2	蒙华铁路 MHTJ-3 标跨太中银铁路特大桥	中铁四局集团第四工程有限公司	沈宗彬
3	昌赣铁路赣抚运渠特大桥	中铁四局集团第五工程有限公司	徐　俊
4	荣乌国家高速公路潍坊至日照联络线潍城至日照段项目潍城经济开发区 2 号高架桥	中铁四局集团七分公司	徐圣斌
5	沈阳市东塔跨浑河桥工程	中铁四局集团钢结构建筑工程有限公司	杨从新
6	新建银西铁路陕西段站前工程 YXZQ-1 标咸阳渭河特大桥	中铁五局集团第四工程有限责任公司	杨建树
7	陕西绥德至延川高速公路（含清涧至子长高速公路连接线）土建 5 标西马家沟 5 号特大桥	中铁八局集团第三工程有限公司	王　正
8	四平市东丰路上跨铁路立交桥（主桥）工程	中铁九局集团第二工程有限公司	高利乾
9	怀来县城市道路工程（沙城—东花园）官厅水库特大桥	中铁大桥局集团第六工程有限公司	赵家利
10	武汉市四环线青山长江公路大桥	中铁大桥局武汉青山长江大桥项目经理部	刘承亮
11	沈阳中央大街跨浑河桥	中铁上海工程局集团有限公司	李泽鹏
九	隧道工程（2 项）		
1	米拉山隧道	中铁二局第五工程有限公司	龚　斌
2	广东汕揭高速公路 01 标第一项目经理部五联山隧道	中铁交通投资集团有限公司 中铁广州工程局集团第二工程有限公司	柳丽君 刘文生
十	铁路运输（2 项）		
1	锦白线铁路运输项目	中铁三局集团有限公司运输工程分公司	冯国旺
2	苏州维管段	中铁电气化局集团有限公司京沪高铁维护管理公司	牛亚军

制表人：柴海楼

表 5-9-2　　2018 年获中国中铁安全标准工地表彰名单（境外）

序号	工程项目	施工单位	项目经理
一	地铁工程（2 项）		
1	以色列特拉维夫轻轨红线 TBM 西标段	中铁隧道局集团有限公司	熊朝东
2	吉隆坡 MRT 二期项目	中国铁路工程（马来西亚）有限公司	冯庆元
二	建筑工程（5 项）		
1	委内瑞拉 RPLC 场平项目 A 包工程	中铁十局集团有限公司拉美分公司 中铁十局集团第二工程有限公司 中铁十局集团第三建设有限公司	焦国华
2	Waigani 国家法院综合建设项目	中铁建工集团国际工程公司	常连安
3	巴布亚新几内亚莫尔兹比港 1 & 9 地块办公楼工程项目	中铁建工集团北方工程有限公司	曾　军
4	巴哈吉四万人体育场项目	中铁建工集团国际工程公司	孙海涛

续表

序号	工程项目	施工单位	项目经理
5	吉隆坡雅益轩项目	中国铁路工程（马来西亚）有限公司	汪佑平
三	公路工程（4 项）		
1	蒙古国乌兰巴托新国际机场高速公路项目	中铁四局集团第一工程有限公司	邓二龙
2	埃塞俄比亚 Felegebrihan-Bahirdar（82.8 公里）道路项目	中铁七局集团有限公司 中铁七局集团海外公司	王 李
3	刚果（金）下刚果省马塔迪－博马公路重建（105km）项目	中铁七局集团有限公司 中铁七局集团第三工程有限公司	李绍友
4	斯里兰卡南部高速延长线项目	川铁国际经济技术合作有限公司	粟 利
四	铁路工程（2 项）		
1	磨万铁路Ⅵ标	中铁二局第六工程有限公司	刘清忠
2	罗安达铁路复线项目	中铁国际集团安哥拉分公司	邢向阳
五	市政工程（2 项）		
1	安哥拉姆班扎刚果新建供水项目	中铁四局集团建筑工程有限公司	刘 伟
2	乌干达市政道路升级项目	中铁七局集团有限公司 中铁七局集团有限公司海外公司	李万红
六	桥梁工程（1 项）		
1	孟加拉帕德马多功能大桥	中铁大桥局集团有限公司孟加拉帕德玛桥项目经理部	刘建华
七	隧道工程（2 项）		
1	新建铁路磨丁至万象段 ZLZQ-1 标 1 分部空琅村隧道	中铁五局集团贵州工程有限公司	谷雪峰
2	尼泊尔巴瑞巴贝引水隧道项目	中铁国际中海外尼泊尔分公司	胡天然
八	矿建工程（1 项）		
1	COMMUS SAS5000td 露天采选冶项目＼铜钴资源综合回收利用项目土建工程	中铁九局集团有限公司大连分公司	赵 佳
九	综合工程（1 项）		
1	埃塞俄比亚克林图工业园 2 标	中铁四局集团第一工程有限公司 中铁四局集团市政工程有限公司 中铁四局集团电气化工程有限公司	阳自强

制表人：柴海楼

勘察设计与咨询服务

中铁科研院勘察设计的雀儿山隧道工程荣获国际隧道协会 2018 年度杰出工程大奖

（上图①②）

勘察设计生产经营

【全公司勘察设计工作概况】2018 年，中国中铁勘察设计单位积极参与国家高速铁路、城市轨道交通、水利水电、地下综合管廊和海绵城市建设，特别是雄安新区、粤港澳大湾区、川藏铁路、京津冀协同发展，长江经济带和国家新型城镇化规划实施以及“一带一路”的深入推进，加快转变发展方式，持续开展勘察设计咨询与监理精细化管理，设计咨询板块生产经营保持平稳增长。勘察设计单位以股份公司提质增效和项目管理实验室活动为契机，加强了企业精细化管理，完善了管理流程，创新了管理机制体制，企业管理取得新成效，经济运行质量有所提高。先后组织对广州地铁 13 号线现场进行踏勘，对投标施组提出审阅意见及合理化建议，确保施组编制质量；对汉十铁路 9 标、南龙铁路 NLZQ-8 标项目施工组织事宜进行现场督导协调，提出施工组织优化建议，保证工程顺利推进；组织专家对孟加拉帕德玛大桥铁路连接线项目设计原则和指导性施组进行评审，加强了设计施工互动协调配合，提升了设计对施工现场的指导与服务工作质量。（贤　慧）

【勘察设计与咨询生产经营概况】2018 年，中国中铁勘察设计与咨询板块各企业全年完成新签合同额约 374.5 亿元，为年度计划的 101.1%，同比增加 39.7%；完成营业额 172.1 亿元，为年度计划的 98.9%，同比增加 4.4%。2018 年，中国中铁参与的举世瞩目的川藏铁路勘察设计工作紧张有序推进，参与勘察设计的孟加拉帕德玛大桥铁路连接线项目开工建设，参与设计、施工的世界最长的跨海大桥——港珠澳大桥正式通车。（贤　慧）

【ENR 全球 150 家最大设计企业排名】作为中国勘察设计和咨询服务行业的骨干企业，中国中铁在工程建设领域发挥了重要的引领和主导作用，尤其是在协助制定建设施工规范和质量验收等方面的铁路行业标准中发挥着重要作用。公司在 2018 年 ENR 全球 150 家最大设计企业中排名第 16 位，在 225 家最大国际设计企业排名第 77 位。（陈铁师）

【重点工程勘察设计工作进展情况】截至 2018 年底，各勘察设计单位开展项目 5137 项，其中勘察设计项目 2565 项、咨询 1013 项、监理 577 项、国外项目 93 项，其他项目 889 项。2018 年，公司承担了江苏常泰过江通道、盐泰锡常宜过江通道、山东聊泰黄河公铁两用大桥等重大项目的勘察设计，公司设计的中国目前最长的高地温山岭隧道高黎贡山隧道正在进入紧张施工阶段，孟加拉帕德玛大桥铁路连接线 EPC 项目正式实施。（贤　慧）

【中铁二院勘察设计经营管理】2018 年，中铁二院勘察设计板块新签合同总额 88.42 亿元，同比增长 5.77%。其中：铁路项目新签合同额 50.16 亿元，占新签合同总额的 56.73%，同比减少 3.81%；城市轨道交通项目新签合同额 24.67 亿元，占新签合同总额的 27.90%，同比增长 32.18%；公路项目新签合同额 4.47 亿元，占新签合同总额的 5.05%，同比增长 18.88%；市政工程项目新签合同额 8.40 亿元，占新签合同总额的 9.50%，同比增长 9.97%；其他项目新签合同额 0.72 万元，占新签合同总额的 0.81%，同比减少 45.57%。（董瀚路）

【中铁二院勘察设计工作进展情况】2018 年，中铁二院全年完成勘察设计实物工作量 4665.51 折算公里，比 2017 年同期 4592.11 折算公里增加 1.6 % 。中铁二院 2018 年设计工作概况如下。

一、国内项目

1. 铁路板块。2018 年，中铁二院共承担 117 项铁路项目，其中：勘察设计项目 93 项（前期项目 30 项、初步设计项目 8 项、施工图项目 4 项、在建项目 42 项、概算清理项目 9 项）、设计咨询项目 24 项。

2. 公路及市政板块。2018 年，中铁二院共承担 73 项，其中：勘察设计项目 68 项（可研 2 项、初步设计 10 项、施工图设计 27 项、配合施工 29 项）、咨询项目 5 项，项目主要集中在四川、重庆、贵州、云南、西藏、广东、广西、海南、福建、浙江、山西、湖南等 33 个城市。

3. 城市轨道交通板块。2018 年，中铁二院共承担了城市轨道交通项目 141 项，其中：勘察设计项目 120 项（勘察设计总承包及总体总包项目 40 项、工点及系统项目 80 项）、咨询项目 21 项，项目包含系统专业设计 313 项、车站 404 个、区间 400 个及场段 29 个，主要集中在成都、广州、深圳、贵阳、杭州、佛山、合肥、宁波、青岛、郑州、西安等地区。

二、国外项目

2018 年，中铁二院承担的海外勘察设计项目共计 31 项，合同总额约合 18.26 亿美元。项目主要分布于亚洲、非洲、美洲、欧洲和大洋洲共 17 个国家，其中非洲 17 项，亚洲 9 项，欧洲 3 项，南美洲 2 项。从项目实施阶段分类，可研（概念设计）3 项，初步设计 2 项，施工图（详细设计）12 项，配合施工 7 项，竣工验收 5 项，暂停 2 项。

三、工程总承包

2018 年，中铁二院执行的工程总承包项目共计 26 项，其中在建项目 18 项，未开工项目 2 项，完工项目 6 项。按照项目领域划分，铁路项目 14 项、涉铁市政项目 6 项、市政项目 2 项、电力项目 4 项。（董瀚路）

【中铁六院勘察设计生产经营】2018 年，中铁六院完成营业额 23.7795 亿元，为股份公司年度预算目标 23.5 亿元的 101.19%，同比增长 9.95%。全年共执行生产项目 3123 项，其中勘察设计 1903 项，工程总承包（含施工）12 项，境外项目 18 项，技术咨询（含施工图审核、设计咨询、集成服务等）1054 项，工程监理 124 项，产品产业化 10 项。完成地质钻探 175005 实钻米。全年新增生产项目 808 项，完工或投运项目 220 项。

铁路工程。承担勘察设计项目 453 项；承担设计咨询、施工图审核 38 项。

城市轨道交通工程。承担工可项目 38 项，总体总包项目 7 项，工点设计项目 297 项，系统设计项目 279 项；承担设计咨询、施工图审核项目 53 项；承担勘察、测绘及第三方监测项目 230 项。项目主要分布在北京、广州、郑州、天津、深圳、成都、重庆、长沙、武汉、西安、南京、杭州、南昌、南宁、苏州、福州、沈阳、太原、贵阳、石家庄、青岛等城市。

公路市政工程。承担勘察设计项目 175 项；承担设计咨询、施工图审核项目 26 项。项目主要分布在陕西、广州、深圳、南京、厦门、郑州、长沙、合肥、安庆、成都、汕头等地区。

工程总承包。承担工程总承包和施工项目 12 项，其中城轨项目 1 项，铁路项目 9 项，建筑项目 2 项。主要分布在河南、安徽、甘肃、陕西等地区。

建筑工程。承担勘察设计项目 441 项。其中开展可研项目 21 项，方案设计项目 21 项，初步设计项目 153 项，施工图设计项目 61 项，配合施工 112 项。主要分布在合肥、阜阳、肥东、六安、苏州等地区。

海外工程。承担海外工程项目 18 项。其中铁路项目 9 项，城轨项目 2 项，建筑项目 1 项，技术咨询项目 6 项。主要分布在马来西亚、新加坡、乌兹别克斯坦、巴基斯坦、以色列、中国香港等国家和地区。

工程监理。共承担工程监理 124 项。其中铁路项目监理共 36 项；城轨项目监理共 85 项；市政项目监理共 3 项。

配合经营前期研究和投标项目。配合经营前期研究项目 10 项，其中海外工程 5 项，境内工程 5 项。投标项目 281 项。（李红谍）

【中铁六院勘察设计工作进展情况】铁路项目：深圳至茂名铁路越珠江口工程是国内最长的高速铁路水下隧道，隧道长 13.74km，2018 年 12 月 2 日完成可研修编报告（送审版）。重庆至昆明高速铁路寻甸至会泽段（DK550+300-DK604+581.424）勘察设计工程，线路长度 52.481km，完成了加深地质工作、初步设计文件修改工作。焦柳铁路怀化至柳州段电气化改造工程线路长 442.67km，中铁六院为项目总体设计单位，负责南宁铁路局管辖塘豹（不含）至柳州段（K1370+069 ~ K1638+221）268.116km 的勘察设计工作，全线正处于配合施工阶段。京通铁路电气化改造工程线路全长 803.1km，其中朝阳地至通辽段正处于施工配合阶段，昌平至朝阳地段完成了可研修编、初步设计修编、施工图设计工作。华东二通道芜湖至杭州段电气化改造工程线路全长 301.365km，中铁六院为项目总体设计单位，负责宣杭线 221.435km、杭州枢纽和乔司编组站的改造设计工作，处于施工配合阶段，年底已经开通。受铁路总公司委托，开展全路铁路专用线发展规划研究工作，该项目完成了调查、研究，并完成了规划研究报告（初稿）。

城市轨道交通：天津滨海新区轨道交通 B1 线一期工程线路长度 31.33km，全部为地下线，设 22 座车站，一座车辆段，一座停车场，其中换乘站 8 座。完成了部分施工图设计工作，处于施工配合阶段。北京轨道交通 28 号线（原 CBD 线）线路长度 6.54km，全为地下线，设 8 座车站，一座停车场，其中换乘站 4 座。配合完成了线网规划调整工作，完成了车站方案研究和初步设计部分工作。重庆轨道交通 19 号线全长 44.2km，全线设车站 24 座，其中地下站 16 座，高架站 8 座；重庆轨道交通 25 号线全长 32.82km，共设站 26 座，均为地下站。配合完成了线网修编工作，并完成了 2 条线的预可行性研究工作。延安市红色旅游示范线，起点军委三局旧址站至终点新机场站，线路全长 25.416km。其中高架线 20.688km，地下线 4.728km。全线设 12 座车站。完成了 3 条线线网规划和 1 号线可行性研究工作。以色列特拉维夫地铁红线系统工程，正在开展概念设计和初步设计二作。（李红谍）

【中铁设计勘察设计生产经营】2018 年，中铁设计新签合同 1552 项，新签合同额 99.65 亿元，完成股份公司下达计划新签合同额 77.1 亿元的 129%，同比 2017 年新签合同额 55.01 亿元增长 81%。

2018 年，中铁设计完成营业额 33.67 亿元，完成股份公司下达计划营业额 32 亿元的 105%，同比增长 11%。

2018 年，中铁设计开展不同阶段的主要勘测设计、咨询、工程总承包项目共计 484 项，累计完成工程设计（或实物工作量）工作量 5001 折算 km（其中：铁路 2778 折算 km；城市轨道交通 1681 折算 km），同比上一年减少 7.6%；工程测量 1619 标准平方千米，同比上一年增加 37.3%；工程地质 40.07 实钻万 m，同比减少 7%。

根据中国勘察设计统计年报“勘察设计单位 2017

年营业收入和勘察设计收入排名”，中铁设计勘察设计收入在全国工程勘察设计单位勘察设计收入排名中名列第11名，这是中铁设计2005年至2017年连续13年勘察设计收入全国排名前50名。2018年度工程项目管理营业收入排名第8，与2017年持平；2018年度工程总承包完成合同额排名第90，比2017年下降了4名。

（谢晓玲　刘　彪　韩　宁）

【中铁设计勘察设计工作进展情况】一、铁路重点工程勘察设计工作进展情况：2018年，中铁设计承担铁路总公司项目26项（3585km），其中，前期工作（预可研、可研）项目8项（1391km），初步设计、施工图设计及配合施工项目18项（2194km）；承担铁路局及地方铁路项目138项，其中，前期工作（预可研、可研）项目66项（5255km），初步设计、施工图设计及配合施工项目17项（520km），铁路规划、方案研究项目55项。主要项目有：

（一）前期工作项目

1. 成都至达州至万州铁路（305km）：开展前期工作项目，2018年底开展预可研文件编制。

2. 通苏嘉甬铁路江苏段（146km）：开展前期工作项目，2018年底开展预可研文件编制。

3. 文山至蒙自铁路（116km）：开展前期工作项目，2018年底开展预可研文件编制。

4. 新建襄阳至常德铁路荆门西至五峰段铁路（143km）：开展前期工作项目，2017年10月完成了可研文件，尚未审查。铁路荆门至宜昌段，2018年10月完成可研，尚未审查。

5. 太子城至黑城子至锡林浩特铁路（381km）：开展前期工作项目，2016年8月完成初测、可研，已审查，待批复。

6. 龙川至梅州铁路（93km）：开展前期工作项目，2017年11月完成了可研鉴修文件，尚未批复。

7. 鄂克托前旗至上海庙铁路（92km）：2018年10月完成了可研修改，尚未批复。

8. 新建铁力至伊春铁路（115km）：2018年完成了初步设计、站前施工图，目前可研、初步设计已审查，待批复。

（二）初步设计、施工图设计及配合施工项目

1. 宜昌至郑万联络线引入宜昌枢纽工程（22km）：2018年11月完成了定测，并开展初步设计。

2. 龙川至龙岩铁路古田会址至武平（福建段）（64km）：2018年10月完成了初步设计，12月开展站前施工图。

3. 大莱龙铁路扩能（176km）：2018年完成了施工图，计划2019年2月开工建设。

4. 新建郑州至济南铁路（郑州至濮阳段）（198km）：2018年开展站后不受招标影响施工图，计划2020年底通车。

5. 新建北京至张家口铁路（174km）：2018年开展站后受招标影响施工图，计划2019年底通车。

6. 新建崇礼铁路（53km）：2018年开展站后受招标影响施工图，计划2019年底通车。

7. 太原至焦作城际铁路（河南段）（39km）：正开展配合施工工作，计划2020年底通车。

8. 淄博至东营铁路扩能（91km）：2018年8月建成。

9. 石太铁路北京局管内设施改造工程（120km）：继续开展配合施工工作，计划2019年6月完工。

10. 新建呼和浩特至张家口铁路（287km）：继续开展配合施工工作，2017年乌兰察布至呼和浩特东段开通，2019年底乌兰察布市至张家口开通。

11. 东乌至包西联络线工程（47km）：继续开展配合施工，计划2019年底建成通车。

12. 叶柏寿至赤峰铁路扩能改造工程（146km）：继续开展配合施工，计划2019年10月建成。

13. 通让线电化扩能改造工程太平川至让湖路段（294km）：继续开展配合施工工作，2018年底建成。

14. 新建吉林枢纽西环线（41km）：继续开展配合施工工作。

15. 蒙西至华中地区铁路煤运通道工程荆门至岳阳段（280km）：继续开展配合施工工作，计划2019年10月建成通车。

16. 新建湛江东海岛铁路（57km）：2018年2月建成通车。

17. 茂湛铁路塘口至湛江段电气化改造工程（84km）：2018年7月内建成。

18. 南同蒲线风陵渡至华山段电化改造工程（21km）：已开工建设，计划2019年9月建成通车。

二、城市轨道交通重点工程勘察设计工作进展情况：2018年，中铁设计承担的城市轨道交通主要设计项目109项，主要分布在北京、上海、天津、广东、四川等20个省、直辖市、自治区。常规轨道交通项目大部分处于初步设计和施工图设计阶段，跨座式轨道交通项目继续开展规划、勘察设计，其中芜湖、汕头、桂林等地已经开工建设。

主要设计项目如下。

1. 北京市：房山线北延设计总承包，22号线、昌平线南延工程02标、13号线加站等土建工点，新机场线、12号线、17号线、19号线、燕房线支线工程03标、新机场线延伸等轨道系统。

2. 天津市：4号线、6号线二期、8号线、11号线、B1线一期等轨道系统。

3. 河北省：石家庄3号线一期供电系统、信号系统，邯郸市轨道交通规划。

4. 山西省：太原1号线可研、总体总包、土建工点、车辆段、弱点系统、轨道系统及2号线土建工点、轨道系统、地勘等。

5. 浙江省：宁波4号线、5号线一期、2号线二期、3号线等轨道系统及金华义乌东阳城际05标。

6. 上海市：18号线一期、二期轨道系统。

7. 福建省：厦门4号线土建1标。

8. 山东省：青岛 1 号线、8 号线、青平城际等轨道系统，1 号线、6 号线土建工点，潍坊市、德州市、菏泽市轨道交通规划，菏泽 1 号线。

9. 江苏省：徐州 1 号线车辆段及土建工点、2 号线一期工程车辆段及四电系统，南京 5 号线、9 号线一期、10 号线二期、11 号线一期等轨道系统及南京 7 号线土建工点，苏州 6 号线、7 号线等轨道系统及苏州 S1 线、7 号线等土建工点，南通 1 号线一期、2 号线一期等轨道系统，盐城市交通规划。

10. 安徽省：合肥 5 号线工程土建，合肥市机场跨座式单轨示范线，合肥市市区现代有轨电车旅游示范线，芜湖市 1 号线、2 号线一期，蚌埠市轨道交通规划、蚌埠市云轨试验线、蚌埠市胶轮有轨电车项目。

11. 吉林省：长春市轻轨 3 号线东延线设计总承包、轻轨北湖线工程通信系统、地铁空港线一期土建、7 号线一期土建，吉林市市域旅游轨道交通。

12. 辽宁省：沈阳 4 号线土建、3 号线一期轨道系统。

13. 四川省：成都 8 号线一期、5 号线、13 号线、33 号线等土建工点。

14. 广东省：广州 21 号线、3 号线东延、14 号线二期、7 号线二期等轨道系统，广州 8 号线北延线土建，深圳 9 号线西延、10 号线、14 号线土建，深圳市新型轨道交通运营组织模式研究。

15. 江西省：九江轨道交通，上饶市旅游轨道交通，环庐山旅游轨道交通。

16. 河南省：安阳市轨道交通，安阳市旅游轨道交通示范线工程，安阳市胶轮有轨电车 L1 线，云台山至神农山旅游轨道交通。

17. 湖北省：宜昌市轨道交通 2 号线。

18. 湖南省：衡阳市 4 号线胶轮有轨电车项目。

19. 广西壮族自治区：南宁 2 号线东延轨道系统，桂林市轨道交通规划。

20. 贵州省：遵义市轨道交通规划及 1 号线工程。

（谢晓玲　刘　彪　韩　宁）

【中铁大桥院勘察设计生产经营】2018 年，中铁大桥院新签合同额 23.4 亿元，同比增长 40.12 %，完成年度预算 23.4 亿元的 100%；实现营业收入 13.45 亿元，同比增长 20.52%，完成年度预算 9.7 亿元的 138.66%；2018 年实现归母净利润 1.28 亿元，同比增长 16.36%，完成年度预算 1.11 亿元的 115.32%。全面完成中国中铁股份有限公司下达的各项生产经营考核指标。

桥梁工程领域。年内进行的勘测设计项目有新建安九铁路长江大桥、福州市道庆洲过江通道工程、宜宾江安第二长江大桥、江阴二通道、荆州李埠长江公铁大桥、马鞍山长江公铁大桥、南京仙新路长江大桥、南京龙潭长江大桥、重庆小南海长江大桥、赤壁长江公路大桥、深中通道项目、燕矶长江大桥、襄阳至常德铁路宜昌长江大桥、常泰过江通道、盐泰锡常宜铁路江阴第三过江通道、北沿江高铁过江通道、G3 铜陵长江公铁大桥、新建川藏铁路四座特大桥等 130 余项。持续加强工程监理、健康监测、维修加固、咨询审核、检测试验等桥梁产业链建设，并积极抢占景观设计、缆线过桥、招标概算、涉水专题、应急抢险等市场，保持了在手项目丰富、储备项目充裕的良好态势。

市政工程领域。承担的主要项目有厦门本岛至翔安机场快速路工程、G329 凤阳至蚌埠段改线工程、广州机场高架项目、国道 G324 线（深汕特别合作区路段）改扩建工程（Ⅱ标段）、武汉市黄陂区海航一号路（汉十南二路—临空北路）工程、武汉市黄陂区临空北路（海航侧路—川龙大道）工程、仙女山路（墨水湖北路—四新南路）工程、二七长江大桥临江大道匝道工程、聊泰铁路黄河公铁桥及公路接线工程、深圳鹏坝通道工程等 70 余项。

轨道交通领域。参与了武汉、北京、佛山、南宁、长春、沈阳、南京、厦门、南通、广州等多个城市轨道交通项目中高架、地下车站区间的勘察设计工作，并承担了多条地铁的监理、监测及沿线停车场设计等任务，共计 60 余项。

城乡规划领域。承接了南京浦口区 2040 发展规划大纲暨单轨交通规划研究、芜湖市区部分住宅小区二次供水工程、贵州国际旅游体育休闲度假中心白晶谷 24 组团（二期）、贵州国际旅游体育休闲度假中心白晶谷 38 组团（二期）、贵州国际旅游体育休闲度假中心白晶谷 38 组团（一期）、芜湖市通江大道城建道路改建工程、武汉黄孝河综合管廊（中一路—和谐大道段）工程勘察设计、佛山（云浮）生态环保产业国际合作乡村创新发展规划研究、雄安站周边地区概念规划及枢纽核心区站城一体化设计等 20 余项重点项目。

建筑设计领域。着力培育特色小镇、绿色建筑、智能建筑、BIM 产业等新的业务增长点，承担了中铁置业青岛博览城、中铁置业烟台东谭家泊村旧改、中铁文旅贵州国际旅游体育休闲度假中心悦龙国际城、中铁兴隆房产贵州国际旅游体育休闲度假中心白晶谷、中铁文旅四川眉山黑龙滩生态旅游度假区、广州明珠湾大桥 BIM 设计、深圳至中山跨江通道 B 段 BIM 设计、京福铁路客运专线芜湖北站站房 BIM 设计、中铁大桥局集团第五工程有限公司安九铁路鳊鱼洲长江大桥 BIM 建模等 20 余项重点项目。

铁道工程领域。承担了武汉枢纽直通线铁路、新建瓮马铁路南北延伸线工程马场坪至都匀段铁路、荆州煤炭铁水联运储备基地铁路、新建淮滨县淮上交通有限公司淮滨港专用铁路工程、南通港通海港区至通州湾港区铁路专用线、荆荆南延线荆州至荆州南段、新建三峡枢纽白洋港疏港铁路专用线、国家粮食现代物流（武汉）基地暨国家稻米交易中心铁路专用线、阳逻国际集装箱铁水联运二期工程等 40 余项重点项目。

海外业务领域。海外市场开发和在建项目共计 46 个，项目分布在 22 个国家和地区。2018 年 8 月 30 日，由中铁大桥院负责勘测、设计及现场设计咨询工作的援马尔代夫中马友谊大桥项目建成通车。全年重点深耕非洲加纳、亚洲孟加拉两个海外市场，其中加纳合作项目有阿克拉智能交通系统综合工程、加纳职业教育学院升级改造项目、阿克拉 POKUASE 立交桥、阿克拉外环线项目、特码至阿克拉 30km 道路及 10 座立交桥、加纳 42 所高中和 20 所职业技术学院及加纳 VOLTA 河钢桁拱桥、加纳北部 3 座桥梁项目、特码至阿科松博道路项目等，孟加拉合作项目有孟加拉加济布尔—迈门辛—杰马勒布尔铁路增建二线工程、孟加拉数字联通项目、孟加拉帕德玛桥施工详图设计、孟中友谊八桥等。

（郑　强　秉　晓）

【中铁大桥院勘察设计工作进展情况】1. 新建安九铁路长江大桥：高速铁路项目，中铁大桥院承担设计工作。其中大桥长 4257.58m，四线铁路，设计速度 350km/h，南汊航道桥为钢箱混合梁斜拉桥，主跨为 672m，北汊航道桥为 2×140m 独塔斜拉桥，水中引桥为 49.2m 跨简支梁，北岸大堤采用 100 米连续梁跨越，陆上除南岸跨越道路采用 70m、56m 连续梁外均采用 32m 标准跨预制箱梁。2018 年 11 月完成了下部结构及引桥上部结构施工图，余下施工图将随工程需要及专题进展出版。

2. 渝昆高铁宜宾临港长江大桥：公铁项目，中铁大桥院承担下部结构及主桥主塔设计。主桥为斜拉桥，跨度布置为（72.5+203+522+203+72.5）m，采用“4 线铁路 +6 车道公路”公铁合建方案，其中双线渝昆高铁和双线川南城际铁路，设计速度均为 350km/h。2018 年完成施工图设计。

3. 渝昆高铁小龙潭双线特大桥：高速铁路项目，中铁大桥院承担设计工作。工程全长为 741m，为双线铁路混凝土连续刚构桥，主桥桥跨布置为（72+142+168+142+72）m，引桥为 4 孔 32.7m 简支梁。2018 年完成初步设计送审稿。

4. 常泰过江通道：公铁项目，中铁大桥院与中设设计集团联合承担了该项目过长江通道的预可、工可、初设、施工图工作。工程采用“2 线城际铁路 +6 车道高速公路 +4 车道普通道路”的合建桥梁方案，过江段总长 5.31km，主桥跨度布置为（142+490+1176+490+142）m = 2440m。这一过江通道首创“平行 + 双层”的复合型结构。项目主梁采用上下层布置，上层桥面布置双向 6 车道高速公路，设计速度 100km/h；下层桥面“平行”布置了铁路和公路，上游侧布置两线城际铁路，设计速度 200km/h；下层桥面下游侧布置 4 车道一级公路，设计速度 80km/h。2018 年进行工可报批和初步设计。

5. 广东省深圳至中山跨江通道：高速公路项目，中铁大桥院承担该通道 B 合同段勘察设计工作。本项目东接机荷高速，跨越珠江口，西至中山马鞍岛，与规划的中开、东部外环高速对接，主体工程全长约 23.879km。包括 6.845km 的沉管隧道、东西两座人工岛、约 17.034km 的桥梁，是集“隧、岛、桥、地下互通”于一体的系超级集群工程。本工程设计共分 A、B、C 三个合同段，B 合同段设计桩号为 K22+784–K29+668，总长 6884m，包括中山大桥，泄洪区 110m 引桥，浅滩区 60 米引桥，以及横门互通和万顷沙互通等工程。其中主桥长 1.17km，双向 8 车道 + 紧急停车带，设计时速 100km。主桥为斜拉桥，跨度（110+185+580+185+110）m，推荐采用独柱塔分体箱中央索面钢箱梁。泄洪区引桥采用 110m 组合梁，浅水区引桥采用整孔吊装的设计方案。2018 年 5 月完成施工图设计，正在配合施工。

6. 赤壁长江公路大桥：高速公路项目，中铁大桥院承担勘测设计工作。该项目是国道 G351（台州—小金）重要过江通道，也是湖北省公路水路“十二五”规划的重要项目。大桥南岸位于赤壁市，北岸位于洪湖市。项目全长约 15.6km，大桥为 720 米双塔单侧混合结合梁斜拉桥。设计速度 100km/h，六车道，路基宽 33.5m。2018 年先后完成了主桥、滩桥及跨堤桥施工图设计，正在配合施工。

7. 贵港市城东大桥及接线工程：公路项目，中铁大桥院承担勘测设计工作。路线方案全长约 4.458km, 桥梁段长 2785m；其中主桥长 680m、两岸引桥长 2105m。主桥为跨度 334m 斜拉桥，引桥采用的标准跨径为 30m 连续梁，在两侧交叉路口和上跨铁路段包括主跨 150m、60m 及 40m 连续梁。两岸接线除两侧主道和辅道外，还包括一座下穿铁路涵洞。2018 年 7 月完成了初步设计文件评审及修编工作，由于项目业主的变更目前正在处于等待初步设计批复阶段。鉴于项目线位方案与主桥桥型方案均通过了市政府相关部门及专家评审会，现已完成了项目桥梁工程的施工图设计工作。

8. 泸州河东长江大桥：公路项目，中铁大桥院承担勘测设计工作。该桥为泸州市渡改桥项目的重点工程。工程全长 1.545km，按一级公路标准设计，设计速度 60km/h，双向四车道（具备远期改为六车道条件）。主桥为双塔双索面钢板结合梁斜拉桥，跨度布置为（61+72+75+520+75+72+61）m，主梁采用工字型钢板结合梁，主塔为 H 型混凝土塔，斜拉索采用高强平行钢丝拉索。2018 年进行初步设计。

9. 珠海香海大桥支线工程：公路项目，中铁大桥院承担勘测设计工作。路线方案全长约 6.031km，工程建安费约 16 亿元。主线全程采用高架桥梁，通过互通匝道与地面系统衔接。设坦洲枢纽互通、界坦互通、沥溪互通、梅华互通四个互通立交。工程内容包括路线、路基路面、桥梁涵洞、路线交叉、交通工程及沿线设施、排水工程及市政管线工程等，工程主线及互通面积近 30 万 m^2。2018 年 1 月 19 日中标勘察设计，8 月 15 日，广东省交通运输厅下发初步设计批复，9 月 7 日，广东省交通运输厅下发施工图设计文件批复。

10. 聊泰铁路黄河公铁桥及公路接线工程：公路工程项目，按一级公路标准修建，公路设计车速 80km/h，双向四车道标准修建，铁路设计速度为 120km/h，单线货运标准修建，公路路线全长 12.9km，其中公铁合建段公路桥梁全长 2099.7m（主桥 782.4m）。公铁分建段公路桥梁全长1370m，公路路基段跨水渠桥梁60m，公路路基段全长9369.2m。主桥采用（120+3×180+120）m=780m平弦钢桁梁公铁上下层布置方案。2018年5月完成投标工作，正开展初步设计工作。

11. 福州市道庆洲过江通道工程：市政公轨合建项目，中铁大桥院承担勘测设计工作。上层6车道公路和人非混行车道，下层福州地铁六号线，工程全长7km。跨江大桥总长2.268km，均采用钢桁结合梁方案，通航孔主桥采用主跨276m变高度钢桁结合梁为国际首创；跨江引桥共8联，有7×84m连续钢桁梁、2×84m连续钢桁梁，85m和73m变桁宽简支钢桁结合梁等，种类多、技术复杂。2018年1—4月提供主桥钢梁、引桥钢梁、接线混凝土梁（福州规划院）、混凝土桥面板及全部附属结构施工图，施工图至此已全部出版。目前为施工配合阶段。

12. 重庆黄桷坪长江大桥及鹿角隧道工程：市政公轨合建项目，中铁大桥院承担勘测设计工作。工程全长9km，含跨江大桥1座，全互通立交4座，特长隧道1座。跨江主桥为公轨两用地锚式空间缆悬索桥，跨度布置为（101+550+101）m，桥长752m，主梁采用双层钢桁梁。上层通行6车道快速路、人行道及两根D600过江供水管线，结构总宽41.5m；下层通行6车道主干路及规划地铁线；主塔为混凝土曲线门式框架结构，两岸均为重力式锚碇。跨江大桥采用的空间缆悬索桥技术难度复杂，四座立交中异形桥梁结构种类较多。2018年1月至3月开展项目的初步设计工作以及3项科研专题等工作。2018年3月底完成初步设计送审稿。

13. 重庆渝长复线连接道工程：市政公轨合建项目，项目起于内环快速路大佛寺南桥头立交，止于渝长高速复线收费站，沿线与内环快速路、机专线、六纵线、绕城高速等重要道路相交，全线总长21.78km。沿线经过南岸区弹子石、江北区唐家沱、两江新区鱼复工业园，全长约22km，含跨长江特大桥1座，穿铜锣山特长隧道1座，高架桥11.2km，新建互通立交2座，改建3座，设高架上下匝道10对。采用城市快速路标准，设计车速80km/h，双向6车道。2018年9月完成投标工作。10月底完成石马岗隧道段施工图设计送审稿（约500张）并提交。

14. 南京仙新路长江大桥：市政工程项目，中铁大桥院承担主桥设计工作。按城市快速路标准设计，全长13.17km。其中主桥长1760m，双向6车道，设计时速80km。主桥为悬索桥，跨度（580+1760+580）m，为单跨钢箱梁悬索桥，国内最大跨度悬索桥。2018年正在施工图设计。

15. 奉节宝塔坪大桥：市政项目，中铁大桥院与长江勘测规划设计研究有限责任公司联合设计。城市主干道标准，全长1196m。其中主桥长800m，双向4车道+两侧人行道，设计速度50km/h。主桥为空间缆索悬索桥，主跨800m单跨悬吊，加劲梁采用钢混结合梁，宽25.5m，主塔采用“双龙戏珠”造型，结构较为复杂，左岸采用隧道锚，右岸采用扩大基础重力锚。2018年正在施工图设计。

16. 广西贵港市江南大桥及接线工程：市政项目，中铁大桥院承担勘测设计工作。城市Ⅰ级主干道标准，线路全长约3516m，其中桥梁全长1880m，道路全长1636m。跨郁江主桥采用中央索面斜拉桥，跨度布置为（45+90+335+90+45）m，桥面布置为双向六车道和人非混行车道。2018年11月工可获批，目前进行施工图设计。

17. 福建省福州市闽侯二桥：市政项目，中铁大桥院承担设计工作。城市主干道标准，全长3353米，其中主桥长560m，双向6车道+非机动车道+人行道，设计速度60km/h。主桥为斜拉桥，跨度（140+280+140）m，主梁采用结合梁。2018年基本完成施工图。

18. 武汉市江汉七桥：市政项目，中铁大桥院承担主引桥、两岸接线及配套工程设计工作。城市次干道标准，全长2754m。其中主桥长672m，双向6车道并预留远期拓宽至双向8车道条件，设计速度40km/h。主桥为中承式三跨连续钢桁架拱桥，跨度（132+408+132）m，是武汉市首座钢桁拱桥结构。2018年进行施工图设计。

19. 南宁市东西至南北快速路下穿湘桂铁路和规划云桂南凭四线铁路工程：市政项目，中铁大桥院承担设计工作。城市快速路，主线双向6车道，设计行车速度为主线60km/h。设计范围为东西主线及南北主线下穿铁路段（255m+270m）。设计内容包含下穿铁路段主体结构、结构防水、基坑支护、排水、照明、路面附属、装饰工程等。2018年完成施工图设计，正在施工配合。

20. 南京地铁五号线工程单项设计07标段：轨道项目。地铁五号线全长37.4km，全部为地下线，共设地下车站30座。中铁大桥院承担07标段单项设计任务，设计范围包括4站4区间，车站从南往北依次为云南路站（与4号线换乘）、山西路站、虹桥站、福建路站（与7号线换乘）。07标段设计范围长约2.42km。2018年进行施工图设计。

21. 南京地铁六号线工程单项设计07标段：轨道项目。地铁六号线全长约33.2km，全部为地下线，共设地下车站19座。中铁大桥院承担07标段单项设计任务，设计范围包括1站1区间1出入段线，车站为6号线北端终点栖霞山站（与规划14号线换乘）。07标段设计范围长约3.4km。2018年进行初步设计、施工图设计。

22. 南京地铁七号线单项设计07标段：地铁七号线全长35.8km，全部为地下线，共设地下车站27座。中铁大桥院承担07标段单项设计任务，设计范围包括4站3区间，车站由西向东依次为福建路站（与5号线换乘）、五塘广场站（与3号线换乘）、窑上村站、万寿村站（与6号线换乘）。07标段设计范围长约5.36km。2018年进行施工图设计。

23. 南京地铁十一号线一期工程单项设计D11X–

XS02 标段：轨道项目。地铁十一号线一期工程整体呈西南—东北走向，南起马骡圩站，北至浦洲路站，线路全长约 27km。包含高架站 1 座，地下站 19 座，设石塘南车辆段一座，新建主变电站一座，设浦江控制中心一座。中铁大桥院承 D11X–XS02 标段单项设计任务，设计范围包括 3 站 3 区间：马骡圩站（高架站与宁和线换乘）、石塘公园站（地下两层）、绿水湾站（地下两层站与远期 15 号线换乘）；马骡圩站—石塘公园站（含出入段线非路基段）—绿水湾站—行知路站（不含），区间长度约 8.03 公里。2018 年进行初步设计。

（郑　强　粟　晓）

【中铁华铁勘察设计生产经营】2018 年，中铁华铁工程设计集团有限公司认真贯彻落实股份公司年度工作会议精神，把经营工作作为企业龙头工作，着力推动经营体制机制改革，大力推进立体经营、区域经营，不断拓展经营领域、不断优化经营结构，经营工作取得了显著成绩，超额完成了股份公司下达的年度任务指标。全年实现新签合同额 23.33 亿元，完成全年目标的 116.4%，同比增长 63.2%，创中铁华铁工程设计集团有限公司重组三年来最好水平。（李　冰）

【中铁华铁勘察设计工作进展情况】1. 江苏八字桥农业观光度假旅游项目勘察、设计、采购、施工 EPC 工程总承包，合同额 80000 万元，项目在建阶段。

2. 河北京车造车基地设计项目，合同额 3908 万元。项目占地 1500 余亩，总规划建筑面积 42.6 万 m^2，一期建设 35.9 万 m^2，工程投资约 45 亿元。目前已完成施工图设计，项目正在土建施工，预计 2019 年年底可投入运营。

3. 国家冰雪运动训练科研基地改建工程设计项目，合同额 2218 万元。其中速滑馆、轮滑馆、职工公寓、康复中心（游泳馆）已完成施工图设计。

4. 苏州市轨道交通 6 号线工程系统工点设计项目（VI–XTSJ06 标），合同额 2366.13 万元。浒墅关车辆段用地面积 101700m^2，建筑面积 62109m^2；桑田岛停车场占地面积为 133500m^2，建筑面积 50726m^2。车辆基地工程投资总额 8.78 亿元。目前已完成初步设计审查，2020 年 6 月完成施工图设计，预计 2024 年 4 月开通运营。

5. 市级第二消防训练基地设计项目，中标额 1659.22 万元，项目在建阶段。

6. 市级第二消防战勤保障基地设计项目，中标额 862.45 万元，项目在建阶段。

7. 罗浮山文化产业基地建设设计项目，合同额 1265 万元，项目实施阶段。

8. 成都阿坝工业园区标准化厂房建设设计项目（二期），合同额 902 万元，项目在建阶段。

9. 新蔡农商银行科技大厦综合办公楼设计项目，合同额 537 万元，项目实施阶段。

10. 天府新区眉山双创中心项目（大数据配套商务中心），合同额 516.8 万元，项目在建阶段。

11. 新建太焦城际铁路太原南到晋城段长治东站站房、雨棚及相关工程，站房面积 50203 平方米，目前已完成初步设计。

12. 高标准定制化厂房设计项目，合同额 780 万元。总建筑面积 27 万 m^2，项目在建阶段。

13. 张地 2017–B22 号地块项目施工图设计项目，合同额 580 万元。总建筑面积 18.9 万 m^2，高层住宅，施工图设计阶段。

14. 中铁隧道集团科技大厦设计项目，建筑面积 99339m^2，同步进行施工图设计和施工配合阶段。

15. 顺义区后沙峪镇 SY00–0019–6001、6003 地块 R2 二类居住用地和 SY00–0019–6004 地块 B1 商业用地项目基坑支护和地基处理工程勘察项目，合同额 50000 万元，项目在建阶段。

16. 北京轨道交通新机场线一期工程车辆工艺设备集成采购项目（二标），合同额 4186 万元，设备供货中。

17. 无锡地铁 3 号线一期工程工艺设备非标无基础设备及通用设备项目，合同额 2816 万元，设备供货中。

18. 合肥南动车运用所改扩建工程第一批甲供物质设备采购项目，合同额 2568 万元。设备已安装完毕，静态验收已完成。

19. 呼和浩特市城市轨道交通一号线一期工程车辆段工艺设备基础性大型工艺设备集成包、工艺运用检修类设备集成采购项目第二标段工艺运用检修类设备采购项目，合同额 3168 万元，设备供货中。

20. 新建北京至张家口铁路沙城站还建及北京北动车所站后工程，合同额 2830 万元，设备供货中。

21. 新建南昌至赣州客运专线南昌枢纽工程（CGFJ–1 标）甲供物质，合同额 3660 万元。轨道桥部分已供货，正在安装中。

22. 比克工业园二期，建筑面积 34648m^2，施工配合阶段。

23. 前海海珠区集中临建项目（二期），建筑面积 23294m^2，施工配合阶段。

24. 光明区白花余泥渣土受纳场，建筑面积 190 万 m^2，已完成初步设计。（张　静）

【中铁科研院勘察设计生产经营】2018 年，中铁科研院勘察设计板块新签合同额 13614 万元，比 2017 年减少 6527 万元，同比减少 32.4%。勘察设计板块实现营业额 14007 万元，比 2017 年增加 3852 万元，同比增长 38%。（伍海艳）

【中铁科研院勘察设计工作进展情况】1. 成都市轨道交通 17 号线一期工程。工程名称：成都轨道交通 17 号线一期工程车站 3 标（凤翔站（含中间风井）+ 凤溪大道南站 + 五桐庙停车场出入段线）设计。业主单位：中铁二院工程集团有限责任公司。合同额：1836 万元。成都地铁17号线是成都的一条处于建设阶段的轨道交通线路，大致呈西北~东南走向。起于位于一环路大石路口的5号线省骨科医院站，向西沿成新蒲快速路出中心城区后，线路呈Y字形分别延伸至温江区和盛镇（主线）与双流区东升街道（支线）。全长49.6公里，是连接中心城区、温江、双流东升的市域快线。一期工程为金星站（含）—机投桥站（含）线路长25.76km，其中高架段长约5.5km，过渡段长约0.5km，地下段长约19.76km，共设车站9座，其中高架站2座，地下站7座，平均站间距3.159km。设永义车辆段、五通庙停车场各一座，设主变电所两座。设计任务范围：全过程参与凤溪河大道南站、凤翔站+大断面盾构隧道区间建筑、结构、通风空调、动力照明、给排水等专业初步设计、施工图设计及施工配合工作。合同工期：2016年8月起至工程竣工验收合格为止。进展情况：项目部设计人员于2016年8月开展设计工作，2017年6月完成初步设计阶段工作并通过审查，2018年正在开展施工图设计工作。

2. 青岛市轨道交通6号线一期工程。工程名称：青岛市地铁6号线一期工程土建工点设计四标段设计。业主单位：青岛市地铁六号线有限公司（原青岛地铁集团有限公司）。合同额：2663万元。青岛地铁6号线一期工程起点为辛屯路站，终点为生态园站，线路正线全长30.19km，其中地下线29.72km，过渡段0.23km，高架线0.24km。全线设20座车站，包括地下站17座，高架站3座，平均站间距约1.54km。工程设抓马山车辆基地一处，由抓马山站南端接轨。设计任务范围：全过程参与港头站、黄河路站、淮河西路站、可洛石站、港头站至黄河路站区间、黄河路站至淮河西路站区间、淮河西路站至可洛石站区间、可洛石站至抓马山站建筑、结构、通风空调、动力照明、给排水等专业初步设计、施工图设计及施工配合工作。合同工期：2017年2月起至工程竣工验收合格为止。进展情况：项目部设计人员于2017年2月开展设计工作，2017年4月完成初步设计阶段工作并通过审查。2018年由于标段3站3区间改线，需要重新进行初步设计及专家评审，正在根据地形地勘进行线站位方案优化工作。

3. 佛山地铁11号线工程。工程名称：佛山城市轨道交通11号线工程。业主单位：中铁二院工程集团有限责任公司。合同额：1190万元。佛山地铁11号线起点顺德容桂，终点是广州鹤洞东，长41km，设站20座，其中顺德段29.8km，设站点14座。设计任务范围：全过程参与细滘站、红旗路站、桂州大道站共3车站建筑、结构、通风空调、动力照明、给排水等专业初步设计、施工图设计及施工配合工作。合同工期：2017年8月起至工程竣工验收合格为止。进展情况：项目部设计人员于2017年8月开展设计工作，2018年已完成初步设计阶段工作，由于工可暂未评审，现阶段已按照业主及总体要求时间节点完成初步设计送二签、咨询，目前工程处于暂停状态。

4. 广州市轨道交通12号线工程。工程名称：广州市城市轨道交通第三期建设规划（2017—2023年）线路设计等前期研究十二号线工程（含交通衔接工程）仓头站及仓头站至大学城南站区间设计（设计14标）设计。业主单位：广州地铁集团有限公司。合同额：2263万元。广州地铁12号线全长约37.6km，全线共设车站24座，其中换乘站14座，全部采用地下敷设方式。最大站间距为2.3km，最小站间距为0.82km，平均站间距为1.5km。线路标志色为茶绿色。全线设置一段一场，分别为槎头车辆段和科学中心停车场。设主变电站2处，分别位于白云文化广场、赤沙滘。设计任务范围：仓头站、仓头站至大学城南站区间共1车站、4区间初步设计、施工图设计及施工配合工作。合同工期：2017年11月起至工程竣工验收合格为止。进展情况：项目部设计人员于2017年11月开展设计工作，2018年4月完成初步设计阶段工作并通过审查，现正进行施工图设计工作。（龚　毅）

技术咨询与服务

【全公司技术咨询和服务情况】2018年勘察设计板块技术咨询与服务实现营业额32.2亿元，同比增长6.6%；完成新签合同额48.8亿元，同比下降8.5%。充分发挥股份公司专家委员会作用，广泛开展设计咨询，组织开展股份公司重大项目设计施工互动协调工作，组织专家对孟加拉帕德玛大桥铁路连接线项目设计原则和指导性施组进行评审；对雅万高铁项目开展隧道施工技术咨询服务，推广应用隧道软弱围岩条件下快速施工工艺和工法，确保工程顺利实施。（贤　慧）

【中铁二院技术咨询和服务与监理项目情况】2018年，中铁二院技术咨询和服务与监理板块完成新签合同总额12.81亿元，同比减少0.38%。成功获取了新建南昌至景德镇至黄山铁路（江西段）施工图审核、绵阳科技城集中发展区核心区综合管廊及市政道路建设工程PPP项目施工图设计文件审查、启元一街（原万安南18路）等8个项目施工图设计文件审查、成都至重庆客运专线电能质量测试评估工作技术咨询服务、宁波市轨道交通5号线一期及2号线二期工程拆复桥梁施工图设计审查、广州地铁22号线施工监理等项目。（董瀚路）

【中铁六院技术咨询和服务与监理项目情况】2018年，中标新建杭州经绍兴至台州铁路5标段监理、金华—义乌—东阳市域轨道交通工程供电系统施工监理等40个监理项目，完成新签合同额1.67亿元，占总合同额的3.88%。咨询业务承揽了湖北襄阳市东西轴线过汉江段隧道工程设计咨询、大连地铁5号线工程项目—梭鱼湾跨海隧道隧道盾构 BIM 应用等项目，共计 176 个，完成新签合同额 1.44 亿元，占总合同额的 3.35%。2018 年，公司完成技术咨询（含技术咨询、工程检测）营业额 12879 万元；工程监理营业额 15509 万元。

（陈仕勇）

【中铁设计技术咨询与服务】2018 年，中铁设计监理业务全年累计中标北京地铁 17 号线轨道工程、广州地铁 18 号线和 22 号线轨道工程、新建昌景黄铁路安徽段监理 1 标及北京轨道交通 7 号线二期机电安装工程等 13 个监理项目，新签合同额 46851 万元，占总合同额的 4.7%。

咨询业务稳步拓展，承揽了新建水厂矿区至曹妃甸港区集疏港铁路工程造价咨询、广州市城市轨道交通第三期建设规划、衡阳市轨道交通近期建设规划等项目，完成新签合同额 83822 万元，占总合同额的 8.4%。

2018 年，中铁设计完成工程监理营业额 46488 万元；完成技术咨询（含技术咨询、工程检测、地勘监理）营业额 48987 万元。（刘一评）

【中铁大桥院重大咨询与监理项目情况】2018 年，中铁大桥院技术咨询服务板块新签合同额 1.99 亿元，完成营业收入 1.6 亿元。重大咨询和监理项目有：

1. 浙江省宁波—舟山港主通道（鱼山石化疏港公路）公路工程。该项目全长 25.659km，其中海域主线桥全长 16.335km，双向 4 车道，设计速度 100km/h。北通航孔为主跨 260m 预应力混凝土连续刚构桥，主通航孔桥为两孔 550m 的三塔斜拉桥，南通航孔为主跨 390m 的双塔斜拉桥。2018 年已完成主体结构工程的施工图设计咨询工作。

2. 浙江省宁波—舟山港六横公路大桥工程。该项目全长 31.433km，其中海域路线长约 17.735km。双向 6 车道，设计速度 100km/h。双屿门大桥为主跨 1756m 悬索桥，青龙门 1 号桥为主跨 736m 的双塔斜拉桥，青龙门 2 号桥为主跨 220m 的独塔斜拉桥，梅山水道桥为主跨 260 米的双塔斜拉桥。2018 年，通过了初步设计审查，进入施工图设计阶段，公司将根据项目进度及时开展施工图咨询工作。

3. 南京长江第五大桥相关配套工程。五里桥互通主线桥及 A、B、C、D 匝道桥，主要采用 30m 跨径连续梁。丰子河路互通和临江路互通工程，主要是丰子河路互通 A、B 匝道和已征用地红线范围内的临江路互通 A、B、C、D、F、G、H 匝道。2018 年完成了施工图设计咨询工作。

4. 贵州龙里朵花特大桥工程。该项目路线全长 2.2365km，城市次干道，道路路基宽度 25m，双向四车道，沥青砼路面，设计 100km/h。朵花特大桥采用 490m 主跨跨越朵花大峡谷，主桥采用半漂浮体系塔墩固结、塔梁分离，主梁采用钢—混凝土组合梁。2018 年，初步设计阶段的咨询工作已经完成，正在开展施工图设计咨询工作。

5. 贵州省江口至都格高速公路瓮安至开阳段开州湖特大桥工程。开州湖特大桥主桥为主跨 1100m 单跨钢桁梁悬索桥，主梁采用板桁组合结构的钢桁加劲梁，两岸主塔采用门式框架结构，瓮安岸锚碇采用重力锚，开阳岸锚碇采用隧道锚，主缆采用预制平行钢丝束股。2018 年正在开展该项目的施工图设计咨询工作。

6. 贵州省遵义至余庆高速公路湘江特大桥及乌江特大桥工程。湘江特大桥跨度布置为（72+212+560+212+72）m，桥型为双塔双索面叠合梁斜拉桥，主梁采用工字形钢梁，桥面采用预应力混凝土桥面板，主塔采用钢筋混凝土薄壁空心菱形索塔，过渡墩及辅助墩均采用钢筋混凝土空心薄壁墩。乌江特大桥跨度布置为（9×40+680+5×40）m，桥型为简支钢桁梁悬索桥，主梁采用正交异性钢桥面板的钢桁加劲梁，主塔采用门形钢筋混凝土索塔，锚跨布置跨径为 40m 的预应力混凝土 T 梁。2018 年已完成两座特大桥的施工图设计咨询工作。

7. 新建沪通铁路沪通长江大桥 HTQ-2 标段。新建沪通铁路沪通长江大桥线路长 11072.106m（公铁合建桥梁长 6993.062m，铁路分建段桥长 4079.044m）。包括主航道桥，南岸跨大堤 3×112m 简支钢桁梁桥、南岸引桥。主航道桥采用双塔斜拉桥布置，主跨跨度 1092m，主跨两侧各设一个边跨，作为辅助通航孔，为使斜拉桥结构既满足通航又满足结构受力和梁端转角要求，辅助通航孔两侧各增加了辅助跨，主航道桥具体孔跨布置为（140+462+1092+462+140）m。主塔采用钻石型混凝土结构，在承台以上高度为 325m。主塔基础采用沉井结构形式，其中 28# 主塔墩沉井高 105m，29# 墩沉井高 115m。中铁大桥院与铁科院（北京）工程咨询有限公司联合承担该标段施工监理任务，开工日期为 2014 年 3 月，预计竣工日期为 2020 年 1 月。

8. 蒙西至华中铁路煤运通道施工监理 MHJL-09 标段。蒙西至华中铁路煤运通道施工监理 MHJL-09 标段起止里程 DK1344+640 ~ DK1509+933，计 142.62km 线路长（不含 DK1412+694.857 ~ DK1423+121.898 洞庭湖特大桥土建工程）。主要工程：路基 73.704km；车站 10 座；桥梁 56317.982 延米 /58 座（其中特大桥 47939.042 延米 /22 座）；隧道 10348 延米 /5 座；无砟轨道铺设 8.159 单线公里；坪田铺架基地（含梁场）1 处；君山梁场 1 处。中铁大桥院承担该标段施工监理任务，开工日期为 2015 年 8 月，预计竣工日期为 2020 年 3 月。

9. 新建连云港至镇江铁路五峰山长江特大桥工程 LZDQJL 标。LZDQJL 标起止里程 DK245+291.17 ~ DK260+619.39，DK273+073.310 ~ DK279+ 482.219 范围内除铺轨工程以外所有站前站后及配套工程等，不含 DK251+259.10 ~ DK260+619.39 制架梁工程。主要包括跨江主桥的土建及钢结构制造、主桥南北引桥及北岸引桥（含扬州南站）的施工监理，该项目属于铁路工程项目，监理范围内跨江大桥线路总长 6408.909m、北岸引桥线路全线长 11.321km，其中主桥桥型布置为（84+84+1092+84+84）m=1432m 的双塔连续钢桁梁悬索桥。中铁大桥院与铁科院监理公司联合承担该桥土建部分的监理工作，开工日期为 2015 年 11 月，预计竣工日期为 2020 年 8 月。

10. 商合杭铁路（安徽、浙江段）SHJL-11 标。商合杭铁路（安徽、浙江段）SHJL-11 标线路全长 43.984km，起讫里程 DK584+831.89 ~ DK628+815.78。主要工程内容包括该里程范围内的站前工程和站后工程（不含四电和 35kV 及以上电力迁改）、新建郎溪中间车站 1 座，以及 DK584+831.89 ~ DK714+450 范围内约 257.72 单线公里铺轨、铺设道岔 44 组。标段内共有路基 23 段共 11.4km，桥梁 23 座共 31.8km，隧道 2 座共 725m，制梁场 2 座共预制简支箱梁 1126 孔。另有十字铺站电气化改造、既有湖州站改造工程。中铁大桥院承担该标段施工监理任务，开工日期为 2015 年 11 月 18 日，预计竣工日期为 2020 年 10 月 30 日。

11. 新建郑州至万州铁路站前工程施工 ZWZQ-7 标。新建郑州至万州铁路站前工程施工 ZWZQ-7 标，起讫里程 DK227+778.385 ~ DK265+420.14，正线长度 37.642km，线路设计速度 350km/h，为双线无砟轨道。主要工程为路基 3.705km，特大桥 33.829km/1.5 座，设站场 1 座（方城站），全线控制性工程为跨南水北调干渠连续梁拱桥（74+160+74）m。本标段线路起点位于方城县城关镇经清河、券桥、赵河，跨越 103 省道后进入社旗县桥头镇，终点位于宛城区红泥湾。中铁大桥院承担该标段施工监理任务，开工日期为 2016 年 4 月 1 日，预计竣工日期为 2019 年 9 月 30 日。

12. 湖北省白洋长江公路大桥 BYJL-1 标。本项目采用设计速度 100km/h 每小时的双向 6 车道高速公路标准建设。全长 15.679km。长江大桥全长 2207m，其中主桥跨度 1000m，采用双塔钢桁梁悬索桥，两岸接线长约 13.5km。项目采用 BOT+EPC 模式，是湖北省宜昌市境内跨越长江的通道，湖北省"753"骨架公路网中规划重要组成部分。中铁大桥院承担该标段施工监理任务，开工日期为 2016 年 4 月 1 日，预计竣工日期为 2020 年。

13. 武汉杨泗港长江大桥 JL-2 标。该项目属于市政工程项目，全长 4.318km，其中，主桥采用单跨双层钢加劲梁悬索桥，主桁为华伦式桁架，主缆跨度布置为（465+1700+465）m。主桥车道规模为双向 10 车道，采用双层布置，上层采用 6 车道与两岸高架对接，为城市快速路标准，设计速度 80km/h，连接武昌南湖组团以及汉阳四新组团，下层则采用双向 4 车道 + 非机动车道，为城市主干道，设计速度 60km/h。中铁大桥院承担该标段施工监理任务，计划工期 56 个月，计划于 2019 年年底通车。

14. 湖北香溪长江公路大桥工程。湖北香溪长江公路大桥工程是湖北省重点公路工程项目，双向四车道一级公路标准，设计速度 60km/h。本工程路线全长 5.419km，由"五桥一隧"组成，其中，跨长江采用主跨 531.2m 的中承式钢箱桁架拱桥，桥跨布置为［2×35+531.2+3×（3×30）］m，全长 883.2m。中铁大桥院承担跨长江大桥施工监理任务，开工日期为 2015 年 12 月 28 日，计划于 2019 年底建成通车。

15. 武汉地铁 5 号线 8 标。包含 1 个明挖车站、1 个明挖区间和 2 个盾构区间，共计 1 站 3 区间。分别为建设十一路—都市工业园站盾构区间、都市工业园站（明挖车站）、都市工业园站—武钢站盾构区间、工人村车辆出入划段线明挖区间。中铁大桥院承担该标段施工监理任务，开工日期为 2016 年 12 月 15 日，竣工日期为 2019 年 3 月 4 日。

16. 广东虎门二桥 JL-1 合同段。虎门二桥主线全线均采用桥梁方式建设，设置东涌、骝东（规划预留）、海鸥岛、沙田互通立交共 4 处，设置跨海特大桥两座：坭洲水道桥采用主跨（658+1688）m 双塔双跨悬索桥，大沙水道桥采用主跨 1200m 双塔单跨悬索桥。悬索桥主梁采用钢箱梁，混凝土塔柱，设重力式锚碇。JL-1 合同段起于东涌枢纽立交，起点桩号为 K0+573，经骝东互通立交、大沙水道桥，止于海鸥岛互通立交桥，终点桩号 K7+289，全长 7.862km。中铁大桥院承担该标段施工监理任务，开工日期为 2013 年 12 月，计划于 2019 年年中通车。

17. 上海市北横通道新建二期工程。城市快速路标准设计，全长 1.652km。采用高架主线 + 地面辅道的布置形式。主线标准段桥梁上部结构采用简支小箱梁结构，节点桥及部分匝道和跨度较大简支梁采用钢箱梁结构。其中主线跨南北高架及立交转盘采用（42+76+42）m 连续钢箱梁，跨越恒丰路采用（35+60+36.5）m 连续钢箱梁，ZD 匝道跨苏州河采用主跨 70m 的下承式拱桥，FB 辅桥跨越铁路采用钢拱桥形式。中铁大桥院承担该工程施工监理任务，开工日期为 2017 年 2 月 21 日，计划 2021 年 6 月建成通车。

18. 新建武汉至十堰铁路 HSSG-6 标项目位于湖北中部至西北部。设计为时速 350km 高铁，线路自汉孝城际铁路孝感东站引出西行至十堰市，线路全长 399.126km，HSSG-6 标段起止里程 DK233+198.91 ~ DK269+606.4，共设大中桥 21 座 25141 延长米，桥梁比约为 69.1%，预制梁 1007 榀；路基工程长度为 11270 延长米，路基长度占比约为 30.9%。中铁大桥院承担该标段施工监理任务，开工日期为 2016 年 1 月 1 日，预计竣工日期 2020 年 1 月 1 日。 （粟　晓）

【中铁华铁重大咨询与监理项目情况】2018 年，中铁华铁技术咨询服务板块业务持续稳定发展，主要项目有：

1. 广州北车辆段扩建工程铁路建设工程勘察设计项目可研报告、勘察报告、初步设计编制，合同额 290.87 万元，已完成。

2. 浙江中铁工程装备有限公司盾构机生产基地建设工程设计采购施工总承包可研设计项目，合同额 120 万元，正在进行中。

3. 顺义区马坡镇西丰乐村棚户区改造土地开发项目立项申请报告，合同额 79.8 万元，已编制完成。

4. 安康车辆段厂休能力建设工程项目可行性研究报告，合同额 52.58 万元，已编制完成。

5. 上铁道岔生产项目可行性研究报告，合同额 60.61 万元，已编制完成。

6. 新建武汉至十堰铁路孝感至十堰段站房、“四电”及相关工程施工监理项目，合同额 1548.85 万元。正线长度约 222km，在建阶段。

7. 武汉轨道交通 12 号线科普公园站、国博中心南站土建预埋工程施工监理第二标段项目，合同额 1427.2702 万元，在建阶段。

8. 新建贵阳至南宁铁路贵州段工程施工监理 GNJL-2 标段监理项目，监理合同额 4850 万元。正线长度 66.505km，在建阶段。

9. 新建黄冈至黄梅铁路监理项目，合同额 1764 万元，在建阶段。

10. 新建弥勒至蒙自铁路监理 MMJL-3 标段项目，合同额 2126 万元。正线长度 29.866km，在建阶段。（张 静）

【中铁科研院重大咨询与监理项目情况】2018 年，中铁科研院技术咨询服务板块新签合同额总额 100695 万元，比 2017 年减少 16207 万元，降幅 13.8%。技术咨询服务板块完成营业额 87910 万元，比 2017 年增加 2007 万元，增长 2%。主要项目有：

1. 新建京雄城际铁路监理三标项目。该项目合同价 2218.32 万元，本标段包含正线为 18.718km 的霸雄特大桥，正线 3.113km 车站桥梁、正线 2.9km 以及同期施工津九线（京港台）约 2km 的制架梁工作，正线为 3.113km7 站 12 线的雄安车站桥梁。截至 2018 年底，进度完成 32.9%。

2. 广州市轨道交通十八号线工程监理 1 标项目，该项目监理合同价为 6510.32 万元；工程范围为十八号线 YDK0+690 至 YDK14+330（长度为 13640m），包含万顷沙车辆段出入线。该标段共 2 座车站、2 座中间风井、1 座盾构井、一条出入线及 4 段盾构区间（22 个联络通道）。为万顷沙站、万顷沙—万横中间风井盾构区间、万横中间风井、万横中间风井—横沥盾构区间、横沥站、横沥—番横 1 号盾构井盾构区间、番横 1 号盾构井、番横 1 号盾构井—番横 1 号中间风井盾构区间、番横 1 号中间风井，截至 2018 年底，进度完成 18.57%。

3. 中老铁路磨丁至万象段 JL-2 标监理项目。合同工期 60 个月，监理合同额 5030 万元。项目位于老挝乌多姆赛省至琅勃拉邦省之间。包含隧道 14 座，正洞全长 36126 延米，桥梁 27 座，全长 7654.72 延米；车站 6 座，房屋 16301m^2，场站土石方 158.4 万方；路基（含车站）长度 10114 米，路基土石方 119.166 万方；涵洞 35 座，总计 1883.3 横延米。截至 2018 年底，进度完成 35%。

4. 新建靖边至神木集运铁路项目站前工程 JSZQ-1 标监理项目。合同工期 30 个月，监理合同额 3013.4910 万元。标段起讫里程 DK0+000 ~ DK90+035.77。其中，路基土石方填方 942.48 万方，挖方 595.79 万方；站场填方 806.96 万方，挖方 192.15 万方；单钱特大桥 4 座 7067.45 延米，双线特大桥 3 座 4354.39 延米，环线特大桥 2 座 2615.46 延米；单线隧道 1 座 3585 延米；起鸡哈浪铺架基地（含梁场）1 处。截至 2018 年底，进度完成 84%。

5. 蒙西至华中地区铁路煤运通道站前工程监理一标监理项目。建设总工期 60 个月，监理合同额 3326.15 万元，包括路基 166.89 km；车站 6 座；桥梁 5257 延米 /16 座（其中，特大桥 1911 延米 /1 座）；乌审旗铺架基地（含梁场）1 处。截至 2018 年底，进度完成 88%。

6. 川南城际铁路 CNJL-1 标监理项目，合同价 2969.4 万元，区间长度 57.127km。线路涵盖路基、桥梁、隧道、车站及站后等铁路的各个专业。工点包括：内江北站站场改造 1 处；隧道 5 座；路基工点 176 个；桥梁 50 座。其中，桥梁总长度 32030m，约占本管段区间长度的 56%；超过 1000m 的特大型桥梁 11 座，分别跨越（下穿）既有铁路、高速公路、大江河流及城市主干道。截至 2018 年底，进度完成 69.6%。

7. 成都轨道交通 18 号线一期工程土建施工监理 4 标监理项目。合同价 2084.74 万元，成都轨道交通 18 号线龙泉山隧道进口位于成都市天府新区合江镇龙井村，出口位于简阳市武庙乡红庙村，隧道最大埋深 275 m，沿线地质条件多变，为高瓦斯隧道，是轨道交通 18 号线关键性工程；隧道分为左、右线，采用双线分修，左线全长 9657 m；右线隧道全长 9695m。截至 2018 年底，进度完成 90.2%。

8. 新建重庆铁路枢纽东环线 DHJL-3 标段施工监理项目，该项目监理合同价 2334.47 万元，标段范围站前工程施工图设计范围内的全部工程以及站后全部工程的施工监理，包括征地拆迁、路基、桥涵、隧道及明洞、轨道工程、通信信号及信息、电力及牵引供电、房屋、其他运营生产设备及建筑物、大型临时设施和过渡工程、配合辅助工程等所有站前站后工程项目，以及协助建设单位做好项目开工准备工作、竣工验收工作和按中国铁路总公司现行规定应纳入监理范围的其他内容。主要工作内容包含：庙坝左线烂泥沟特大桥路璜端桥台 D1K68+385.7 至 D1K73+516.45，庙坝右线桂龙湾隧道进口 YD1K67+864 至 YD1K73+516.45，东环正线 D1K73+516.45 至终点 DK82+300；正线 13.95km。特大桥 2 座，大桥 5 座，中桥 1 座，其中单线桥梁 6 座 /1836 延米，双线桥梁 2 座 /1670 延米；隧道 8 座，其中单线隧道 6 座 /3272m，双线隧道 2 座 /2167 延米。制架梁、铺轨施工范围：东环线 DK65+102-DK159+979.5，机场支线及黄茅坪支线全线。正线铺轨 278.24 km，站线铺轨 44.37 km，架梁 1738 单线孔。截至 2018 年底，进度完成 45%。

9. 南宁地铁 4 号线一期工程土建监理 1 标项目。合同工期 65 个月，监理合同额 2295.151 万元。项目位于南宁市江南区洪运路站至那洪立交站之间。包含三站两区间及沙井停车场出入线（箱型结构部分）；三站为洪运路站、那历村站、那洪立交站；两区间为洪运路站—那历村站区间、那历村站—那洪立交站区间。截至 2018 年底，进度完成 55%。

10. 天水市有轨电车示范线工程（一期）PPP 监理项目，合同额 1840.8504 万元。该项目里程为 DK7+042.5 ~ DK19+998.384，正线线路全长约 12.956km，设计时速 70km/h。包括峡口车辆段 1 座（占地 177 亩，道岔 29 组）、净水厂停车场 1 座（占地约 69 亩）、车站 12 座。截至 2018 年底，进度完成 28%。

11. 常州市轨道交通 2 号线 TJJL–03 标监理项目，合同额 1292.0 万元。线路全长 19.790km，包含三站三区间：五角场—三角场区间、三角场站、三角场站—紫云站区间、紫云站、紫云站—青洋路站区间、青洋路站。截至 2018 年底，进度完成 32%。

12. 新建梅州至潮汕铁路 MSJL–2 标监理项目。合同工期 44 个月，监理合同额 2818 万元。新建正线 45.829 km，其中：路基长 12.99km/35 段；桥梁总长 11.8km/33 座；涵洞 3233.13 横延米 /59 座，预制箱梁 292 孔，连续梁 10 联，其他特殊梁 21 孔；隧道总长 20.22 km/20 座，明洞总长 810m/12 座；车站 2 个，梅州西站、畲江北站。截至 2018 年底，进度完成 95%。

13. 新建黔江至张家界至常德铁路 QZCJL–5 标监理项目。合同工期 66 个月，监理合同额 1910 万元。合同段起讫里程 DK205+373.59~DK233+000，正线长度 27.613 正线公里；同时负责焦柳线及禾家村改建工程（不含轨道工程）。其中路基 3.033 km，正线双线桥梁 9 座 9627.47 延米，焦柳线单线特大桥 1 座 1163.68 延米，涵洞 11 座 547.41 横延米，隧道 6.5 座 14952.04 米。车站 1 座（禾家村站，含焦柳线及禾家村站改造线下部分），禾家村梁场 527 单线孔梁制架。截至 2018 年底，进度完成 86%。

14. 新建银川至西安铁路甘宁段 2 标监理项目。合同工期 52 个月，监理合同额 1616.67 万元。合同段 DK194+170~DK215+264，线路正线长 21.094 km，其中：路基 3.276km，桥涵 2.952km/6 座，隧道 14.866km/6 座，车站 1 座（宁县车站）。截至 2018 年底，进度完成 87%。

15. 重庆轨道交通五号线跳磴至江津段土建工程 2 标监理项目。合同工期 72 个月，监理合同额 1888.43 万元。线路全长 15.77km（江津区境内），其中路基 1.14km，高架 11.91km，地下线 2.72km，4 座高架车站，1 个车辆场。项目起于轨道五号线的终点站—跳磴车站（站前设折返线），沿华福路北侧东西向穿过中梁山，经九龙园—双福东—双岛湖—滨江新城—江津站。截至 2018 年底，进度完成 60%。

16. 新建金华至宁波至舟山铁路工程（金华至宁波段）先期开工段施工监理项目。合同工期 66 个月，监理合同额 1203.77 万元。新建金华至宁波至舟山铁路工程设计为 I 级、双线、客货共线铁路。标段施工范围为倪家岙大桥宁波端桥台至陈家岭隧道出口，线路长 22.383km，旦程桩号为 DK53+470 ~ DK75+820（长链 33.36m）。先期开工段共包括桥梁 2 座 1961.39 延米（倪家岙大桥 209.11m，金庭江特大桥 1752.28m），新建框架涵 6 座 115.7 横延米；隧道 2 座 18970 延米（千石岩隧道主洞 14684m，设斜井两座，其中曹家地斜井 1502m，榧树湾斜井 1374m；陈家岭隧道 4286m），路基 1452m。截至 2018 年底，进度完成 18%。

17. 南宁市轨道交通 3 号线一期工程机电工程监理项目，合同额 1262.8291 万元。该项目监理工作内容包括：牵引混合变电所 8 座（正线 7 座、车辆段 1 座），降压所 6 座，跟随所 2 座，再生制动装置 4 处；环网电缆 163.89 条公里；正线刚性接触网 45.56 条公里，车辆段柔性接触网 13.3 条公里；电力监控及运营安全管理系统 14 所；杂散电流防护与接地系统：正线约 17 正线公里、车辆段 1 座；供电车间 1 处；疏散平台 13 个区间。截至 2018 年底，进度完成 84%。（伍海艳）

优秀工程勘察设计奖

【优秀工程勘察设计奖】2018 年，中国中铁共获得省部级以上勘察设计奖 80 项；评选出 2018 年度中国中铁优秀工程勘察设计奖 207 项，其中：优秀工程勘察奖 34 项，优秀工程设计奖 153 项，优秀工程标准设计奖 7 项，优秀工程计算机软件奖 13 项。（贤　慧）

表 6–1　**2018 年度中国中铁获省部级以上工程勘察设计奖情况**

序号	项目名称	奖项名称	获奖单位	评选单位	获奖等级
1	中老铁路磨丁至万象段工程测量	四川省优秀工程勘察奖	中铁二院	四川省住建厅	一等奖
2	厦门至深圳铁路厦门至潮汕段工程地质勘察	四川省优秀工程勘察奖	中铁二院	四川省住建厅	一等奖
3	新建铁路郑州至万州线河南、湖北省界至万州段精密控制测量	四川省优秀工程勘察奖	中铁二院	四川省住建厅	二等奖

续表

序号	项目名称	奖项名称	获奖单位	评选单位	获奖等级
4	云桂高速铁路南宁至百色段膨胀土路基工程设计	四川省优秀工程勘察奖	中铁二院	四川省住建厅	二等奖
5	兴国至泉州铁路航空摄影测量	四川省优秀工程勘察奖	中铁二院	四川省住建厅	三等奖
6	柳州至武宣高速公路（第二合同段）工程地质详勘	四川省优秀工程勘察奖	中铁二院	四川省住建厅	三等奖
7	兰渝铁路 K101+294 ~ K101+540 双排桩基悬臂挡墙设计	四川省优秀工程勘察奖	中铁二院	四川省住建厅	三等奖
8	乌兹别克斯坦安革连至琵布铁路卡姆奇克隧道工程综合地质勘察	“海河杯”天津市优秀勘察奖	中铁六院	天津市勘察设计协会	一等奖
9	重庆至贵阳铁路天坪隧道工程地质勘察	“海河杯”天津市优秀勘察奖	中铁六院	天津市勘察设计协会	一等奖
10	广州市轨道交通七号线一期工程（广州南站至大学城南站）［土建工程第三方监测］监测 1 标	“海河杯”天津市优秀勘察奖	中铁六院	天津市勘察设计协会	一等奖
11	南京地铁四号线一期工程测量 D4-TE01-01 标	“海河杯”天津市优秀勘察奖	中铁六院	天津市勘察设计协会	二等奖
12	佛山市汾江路南延线工程（澜石路至裕和路段）岩土工程勘察	“海河杯”天津市优秀勘察奖	中铁六院	天津市勘察设计协会	三等奖
13	武汉市轨道交通 6 号线 一期工程红建路站及相邻区间岩溶处理	“海河杯”天津市优秀勘察奖	中铁六院	天津市勘察设计协会	三等奖
14	郑州市轨道交通 2 号线一期工程控制测量检测项目	“海河杯”天津市优秀勘察奖	中铁六院	天津市勘察设计协会	三等奖
15	郑州市轨道交通 1 号线二期工程 01 合同段优秀工程勘察	河南省优秀工程勘察奖	中铁设计	河南省勘察设计协会	二等奖
16	成安渝高速公路四川段第 C 合同段测绘	河南省优秀工程勘察奖	中铁设计	河南省勘察设计协会	三等奖
17	铜陵长江公铁两用大桥工程勘察	湖北省优秀工程勘察奖	中铁大桥院	湖北省勘察设计协会	一等奖
18	贵阳枢纽铁路龙洞堡机场隧道设计	四川省优秀工程设计奖	中铁二院	四川省住建厅	一等奖
19	林织铁路纳界河特大桥	四川省优秀工程设计奖	中铁二院	四川省住建厅	一等奖
20	青岛北客站工程	四川省优秀工程设计奖	中铁二院	四川省住建厅	一等奖
21	成都和谐型大功率机车检修段工程	四川省优秀工程设计奖	中铁二院	四川省住建厅	一等奖
22	新建铁路成绵乐客运专线双流机场站工程设计	四川省优秀工程设计奖	中铁二院	四川省住建厅	一等奖
23	深圳市城市轨道交通 11 号线工程设计	四川省优秀工程设计奖	中铁二院	四川省住建厅	一等奖
24	蜀蓉立交桥工程设计	四川省优秀工程设计奖	中铁二院	四川省住建厅	一等奖
25	埃塞俄比亚轻轨一期工程	四川省优秀工程设计奖	中铁二院	四川省住建厅	一等奖
26	贵阳至广州高速铁路工程	四川省优秀工程设计奖	中铁二院	四川省住建厅	一等奖
27	埃塞俄比亚亚的斯亚贝巴 LRT 一期工程弱电系统设计	四川省优秀工程设计奖	中铁二院	四川省住建厅	一等奖
28	东莞市城市快速轨道交通 R2 线工程机电设备系统	四川省优秀工程设计奖	中铁二院	四川省住建厅	二等奖
29	长沙地铁五一广场站、黄兴广场站、橘子洲站工程设计	四川省优秀工程设计奖	中铁二院	四川省住建厅	二等奖
30	兰渝铁路新井口嘉陵江四线特大桥	四川省优秀工程设计奖	中铁二院	四川省住建厅	二等奖
31	柳州至武宣公路（第二合同段）工程	四川省优秀工程设计奖	中铁二院	四川省住建厅	二等奖
32	宜宾至叙永高速公路	四川省优秀工程设计奖	中铁二院	四川省住建厅	二等奖
33	杭州地铁 2 号线一期工程（东南段）重难点工程设计	四川省优秀工程设计奖	中铁二院	四川省住建厅	二等奖
34	兰渝铁路电气化工程设计	四川省优秀工程设计奖	中铁二院	四川省住建厅	二等奖

续表

序号	项目名称	奖项名称	获奖单位	评选单位	获奖等级
35	新建织金至毕节铁路吴家寨隧道	四川省优秀工程设计奖	中铁二院	四川省住建厅	三等奖
36	上海轨道交通12号线35kV变电所、接触网及杂散电流防护设计	四川省优秀工程设计奖	中铁二院	四川省住建厅	三等奖
37	北京地铁16号线二期工程综合监控系统设计	“海河杯”天津市优秀勘察设计奖	中铁六院	天津市勘察设计协会	一等奖
38	北京地铁16号线二期工程供电、机电及综合监控系统设计	“海河杯”天津市优秀勘察设计奖	中铁六院	天津市勘察设计协会	一等奖
39	广州市轨道交通六号线二期工程（长湴站—香雪站）供电系统设计	“海河杯”天津市优秀勘察设计奖	中铁六院	天津市勘察设计协会	一等奖
40	地铁暗挖区间零沉降密贴下穿既有线及暗挖大断面下穿大型市政管线设计	“海河杯”天津市优秀勘察设计奖	中铁六院	天津市勘察设计协会	一等奖
41	大连地铁1号线兴工街站设计	“海河杯”天津市优秀勘察设计奖	中铁六院	天津市勘察设计协会	一等奖
42	长沙地铁2号线西延一期梅溪湖西站工程	“海河杯”天津市优秀勘察设计奖	中铁六院	天津市勘察设计协会	一等奖
43	珠江三角洲城际快速轨道交通广州至佛山段二期工程公铁合建段工程	“海河杯”天津市优秀勘察设计奖	中铁六院	天津市勘察设计协会	一等奖
44	青岛市地铁一期工程（3号线）江西路站设计	“海河杯”天津市优秀勘察设计奖	中铁六院	天津市勘察设计协会	一等奖
45	苏州市轨道交通4号线及支线综合监控系统设计	“海河杯”天津市优秀勘察设计奖	中铁六院	天津市勘察设计协会	二等奖
46	天津地铁6号线首通段工程牵引供电系统设计（南翠屏站至长虹公园站）	“海河杯”天津市优秀勘察设计奖	中铁六院	天津市勘察设计协会	二等奖
47	大连地铁2号线交通大学站设计	“海河杯”天津市优秀勘察设计奖	中铁六院	天津市勘察设计协会	二等奖
48	天津地铁6号线人民医院站及一端区间设计	“海河杯”天津市优秀勘察设计奖	中铁六院	天津市勘察设计协会	二等奖
49	深圳地铁9号线工程香梅站	“海河杯”天津市优秀勘察设计奖	中铁六院	天津市勘察设计协会	二等奖
50	深圳地铁11号线工程车公庙站—红树湾站区间	“海河杯”天津市优秀勘察设计奖	中铁六院	天津市勘察设计协会	二等奖
51	南宁市轨道交通1号线一期工程朝阳广场站	“海河杯”天津市优秀勘察设计奖	中铁六院	天津市勘察设计协会	二等奖
52	武汉市轨道交通6号线一期工程汉正街站及相邻区间设计	“海河杯”天津市优秀勘察设计奖	中铁六院	天津市勘察设计协会	二等奖
53	南宁市轨道交通1号线一期工程供电系统	“海河杯”天津市优秀勘察设计奖	中铁六院	天津市勘察设计协会	三等奖
54	长沙市轨道交通1号线一期工程供电系统	“海河杯”天津市优秀勘察设计奖	中铁六院	天津市勘察设计协会	三等奖
55	大连地铁1号线会展中心站—星海广场站区间设计	“海河杯”天津市优秀勘察设计奖	中铁六院	天津市勘察设计协会	三等奖
56	大连地铁1号线中长街站—兴工街站区间设计	“海河杯”天津市优秀勘察设计奖	中铁六院	天津市勘察设计协会	三等奖
57	南宁市轨道交通1号线一期工程火车站	“海河杯”天津市优秀勘察设计奖	中铁六院	天津市勘察设计协会	三等奖
58	杭州地铁2号线一期工程（西北段）庆菱路站	“海河杯”天津市优秀勘察设计奖	中铁六院	天津市勘察设计协会	三等奖
59	无锡地铁1号线工程金城路站	“海河杯”天津市优秀勘察设计奖	中铁六院	天津市勘察设计协会	三等奖
60	武汉市轨道交通6号线一期工程越江区间及两端车站设计	“海河杯”天津市优秀勘察设计奖	中铁六院	天津市勘察设计协会	三等奖

续表

序号	项目名称	奖项名称	获奖单位	评选单位	获奖等级
61	郑州市轨道交通2号线一期工程二里岗站（原帆布厂街站）	“海河杯”天津市优秀勘察设计奖	中铁六院	天津市勘察设计协会	三等奖
62	青岛市地铁一期工程（3号线）敦化路站设计	“海河杯”天津市优秀勘察设计奖	中铁六院	天津市勘察设计协会	三等奖
63	青岛地铁一期工程3号线错埠岭站—清江路站区间设计	“海河杯”天津市优秀勘察设计奖	中铁六院	天津市勘察设计协会	三等奖
64	苏州市轨道交通4号线及支线综合监控系统设计	“海河杯”天津市优秀勘察设计奖	中铁六院	天津市勘察设计协会	三等奖
65	宁波市轨道交通2号线一期工程总体	上海市勘察设计奖	中铁六院	上海市勘察设计协会	二等奖
66	南京地铁三号线工程	北京市优秀工程勘察设计奖	中铁六院	北京市勘察设计协会	一等奖
67	北京地铁7号线工程	北京市优秀工程勘察设计奖	中铁六院	北京市勘察设计协会	一等奖
68	宁天城际轨道交通一期工程	北京市优秀工程勘察设计奖	中铁六院	北京市勘察设计协会	二等奖
69	南昌市红谷隧道工程	中国施工企业管理协会优秀设计奖	中铁六院	中国施工企业管理协会	二等奖
70	乌兹别克斯坦安革连至琶布铁路甘姆奇克隧道	中国施工企业管理协会优秀设计奖	中铁六院	中国施工企业管理协会	二等奖
71	成安渝高速公路四川段（第C合同段）公路	河南省优秀工程勘察奖	中铁设计	河南省勘察设计协会	一等奖
72	郑州市陇海路快速通道107辅道南北延工程	河南省优秀工程勘察奖	中铁设计	河南省勘察设计协会	一等奖
73	援巴基斯坦国道公路网修复项目北段国道N35公路	河南省优秀工程勘察奖	中铁设计	河南省勘察设计协会	二等奖
74	新建陶利庙至鄂托克前旗铁路	河南省优秀工程勘察奖	中铁设计	河南省勘察设计协会	二等奖
75	武汉铁路桥梁学校、武汉铁路桥梁高级技工学校异地迁建（一期）工程房建	河南省优秀工程勘察奖	中铁设计	河南省勘察设计协会	三等奖
76	铜陵公铁两用长江大桥设计	湖北省勘察设计奖	中铁大桥院	湖北省勘察设计协会	一等奖
77	安庆铁路长江大桥设计	湖北省勘察设计奖	中铁大桥院	湖北省勘察设计协会	一等奖
78	宜昌市庙嘴长江大桥设计	湖北省勘察设计奖	中铁大桥院	湖北省勘察设计协会	一等奖
79	武汉铁路局安全生产指挥中心系统设计	湖北省勘察设计奖	中铁大桥院	湖北省勘察设计协会	一等奖
80	南京市第一医院扩建急诊楼项目	中国建材工程建设协会优秀工程设计奖	中铁华铁	中国建材工程建设协会	一等奖

制表人：贤　慧

表6–2　**2018年度中国中铁优秀工程勘察奖**

序号	项目名称	获奖单位	获奖等级
1	兰州至重庆铁路广元至重庆段工程地质勘察	中铁二院工程集团有限责任公司	一等奖
2	新建长沙至昆明铁路客运专线贵阳北至昆明南段北盘江特大桥工程勘察	中铁二院工程集团有限责任公司	一等奖
3	郑州至万州铁路航空摄影测量	中铁二院工程集团有限责任公司	一等奖
4	新建天津至保定铁路工程岩土工程勘察	中国铁路设计集团有限公司	一等奖
5	重庆到贵阳铁路天坪隧道工程地质勘察	中铁第六勘察设计院集团有限公司	一等奖

续表

序号	项目名称	获奖单位	获奖等级
6	新建南宁至广州铁路北岭山隧道工程地质勘察	中铁工程设计咨询集团有限公司	一等奖
7	山西中南部铁路通道长治整装煤田采空区选线勘察	中铁工程设计咨询集团有限公司	一等奖
8	郑州至济南铁路郑州至濮阳段精密工程测量	中铁工程设计咨询集团有限公司	一等奖
9	重庆地铁 10 号线施工监测	中铁大桥勘测设计院集团有限公司	一等奖
10	武汉市轨道交通 8 号线工程越江段勘察	中铁大桥勘测设计院集团有限公司	一等奖
11	南充—大竹—梁平（川渝界）高速公路工程地质勘察	中铁二院工程集团有限责任公司	二等奖
12	成贵铁路乐山至贵阳段精测网测量	中铁二院工程集团有限责任公司	二等奖
13	天津地铁 6 号线长虹公园站（红旗路站）岩土工程勘察	中国铁路设计集团有限公司	二等奖
14	新建兴县至保德铁路工程地质勘察	中国铁路设计集团有限公司	二等奖
15	新建赤峰至京沈高铁喀左站铁路精密工程控制测量	中国铁路设计集团有限公司	二等奖
16	天津市泰达城 R5 地块二期工程基坑对津秦高铁(天津地下直径线)影响变形监测	中国铁路设计集团有限公司	二等奖
17	南宁轨道交通 2 号线工程岩土工程勘察	中铁第六勘察设计院集团有限公司	二等奖
18	郑州市红专路下穿中州大道隧道岩土工程勘察	中铁第六勘察设计院集团有限公司	二等奖
19	佛山市汾江路南延线工程（澜石路至裕和路段）岩土工程勘察	中铁第六勘察设计院集团有限公司	二等奖
20	石武客专河南段运营期轨道控制网复测及结构变形监测	中铁工程设计咨询集团有限公司	二等奖
21	杭深铁路精测网复测及线型测量拟合	中铁工程设计咨询集团有限公司	二等奖
22	新建张呼铁路福生庄越岭段工程地质选线勘察	中铁工程设计咨询集团有限公司	二等奖
23	郑焦城际铁路黄河特大桥工程勘察	中铁工程设计咨询集团有限公司	二等奖
24	“退城搬迁入园建厂技术改造项目”一期建设工程项目地块一	中铁华铁工程设计集团有限公司	二等奖
25	国道 108 线剑阁县境内下寺至普安段公路改扩建工程地质勘察	中铁二院工程集团有限责任公司	三等奖
26	海南西环铁路精密控制网测量	中铁二院工程集团有限责任公司	三等奖
27	无锡市轨道交通一号线控制测量及施工测量工程项目 GD01CL-01	中铁第六勘察设计院集团有限公司	三等奖
28	新建铁路锡林浩特至二连浩特线（DK0+0.00~DK158+852.72 段）地质勘察	中铁工程设计咨询集团有限公司	三等奖
29	吉图珲高速铁路延吉盆地膨胀岩土地质勘察	中铁工程设计咨询集团有限公司	三等奖
30	唐呼线唐张段固定桩控制网测量	中铁工程设计咨询集团有限公司	三等奖
31	新建张呼铁路东土村地区工程地质选线勘察	中铁工程设计咨询集团有限公司	三等奖
32	芜湖“宏金—金色水岸”住宅小区工程勘察	中铁大桥勘测设计院集团有限公司	三等奖
33	中马友谊大桥工程定测	中铁大桥勘测设计院集团有限公司	三等奖
34	嘉峪关关城（不含罗城）墙体保护及防渗排水系统工程勘察	中铁科学研究院有限公司	三等奖

制表人：贤　慧

表 6-3　　2018 年度中国中铁优秀工程设计奖

序号	项目名称	获奖单位	获奖等级
1	沪昆客专长沙至昆明段北盘江特大桥工程设计	中铁二院工程集团有限责任公司	一等奖
2	大庆至广州高速公路粤境连平至从化段 D3 和 D4 合同段工程设计	中铁二院工程集团有限责任公司	一等奖
3	重庆北站综合交通枢纽工程设计	中铁二院工程集团有限责任公司	一等奖
4	沪昆客专玉屏至昆明段通信、信号、信息、防灾安全监控工程设计	中铁二院工程集团有限责任公司	一等奖
5	海南东环铁路综合视频监控系统补强工程设计	中铁二院工程集团有限责任公司	一等奖
6	海南环岛高速铁路工程设计	中铁二院工程集团有限责任公司	一等奖
7	昆明枢纽改扩建工程近接隧道群设计	中铁二院工程集团有限责任公司	一等奖
8	合肥轨道交通 1 号线合肥南站通风空调工程设计	中铁二院工程集团有限责任公司	一等奖
9	贵广高铁路基工程设计	中铁二院工程集团有限责任公司	一等奖
10	新建铁路重庆至万州线通信、信号、信息及防灾工程设计	中铁二院工程集团有限责任公司	一等奖
11	云桂铁路昆明南客运站工程总体设计	中铁二院工程集团有限责任公司	一等奖

续表

序号	项目名称	获奖单位	获奖等级
12	云桂铁路新莲隧道工程设计	中铁二院工程集团有限责任公司	一等奖
13	云桂铁路南盘江特大桥工程设计	中铁二院工程集团有限责任公司	一等奖
14	昆明轨道交通 3 号线工程西山公园站设计	中铁二院工程集团有限责任公司	一等奖
15	深圳地铁 11 号线松岗车辆段与综合基地工程设计	中铁二院工程集团有限责任公司	一等奖
16	东莞市城市快速轨道交通 R2 线工程设计	中铁二院工程集团有限责任公司	一等奖
17	沪昆客专云贵段艰险山区路基工程设计	中铁二院工程集团有限责任公司	一等奖
18	立体三线换乘车站—成都太平园站工程设计	中铁二院工程集团有限责任公司	一等奖
19	南京城市轨道交通 4 号线一期工程鼓楼站设计	中国铁路设计集团有限公司	一等奖
20	京台高速公路下穿京沪高铁工程设计	中国铁路设计集团有限公司	一等奖
21	新建铁路沈阳南站工程站场设计	中国铁路设计集团有限公司	一等奖
22	新建沈阳至丹东铁路客运专线总体设计	中国铁路设计集团有限公司	一等奖
23	新建哈尔滨至齐齐哈尔铁路客运专线工程总体设计	中国铁路设计集团有限公司	一等奖
24	新建张家口至唐山铁路工程总体设计	中国铁路设计集团有限公司	一等奖
25	大连地铁 1 号线一期工程兴工街站	中铁第六勘察设计院集团有限公司	一等奖
26	广州市轨道交通六号线二期工程（长湴站—香雪站）供电系统设计	中铁第六勘察设计院集团有限公司	一等奖
27	北京地铁 16 号线二期工程供电、机电及综合监控系统设计	中铁第六勘察设计院集团有限公司	一等奖
28	福州市轨道交通 1 号线一期工程通信系统（含 PIS）、信号系统设计	中铁第六勘察设计院集团有限公司	一等奖
29	北京地铁 7 号线工程广安门内站设计	中铁第六勘察设计院集团有限公司	一等奖
30	乌兹别克斯坦安革连—琶布铁路卡姆奇克隧道	中铁第六勘察设计院集团有限公司	一等奖
31	南昌红谷隧道工程	中铁第六勘察设计院集团有限公司	一等奖
32	新建铁路云桂线（云南段）红石岩隧道	中铁第六勘察设计院集团有限公司	一等奖
33	京津城际铁路无线超宽带设计	中铁工程设计咨询集团有限公司	一等奖
34	郑机城际临近既有高铁路基桩板结构设计	中铁工程设计咨询集团有限公司	一等奖
35	深圳市城市轨道交通 9 号线工程 9104-3 标设计	中铁工程设计咨询集团有限公司	一等奖
36	新建铁路吉林至珲春客运专线拉法山隧道工程设计	中铁工程设计咨询集团有限公司	一等奖
37	新建铁路锡林浩特至二连浩特线总体设计	中铁工程设计咨询集团有限公司	一等奖
38	东莞至惠州城际轨道交通工程轨道系统设计	中铁工程设计咨询集团有限公司	一等奖
39	宁安铁路安庆长江大桥工程设计	中铁大桥勘测设计院集团有限公司	一等奖
40	宜昌市庙嘴长江大桥工程设计	中铁大桥勘测设计院集团有限公司	一等奖
41	昆山农村商业银行大厦工程设计	中铁大桥勘测设计院集团有限公司	一等奖
42	武汉轨道交通 2 号线北延线天河停车场工程设计	中铁大桥勘测设计院集团有限公司	一等奖
43	菏泽市丹阳路上跨铁路转体斜拉桥工程设计	中铁大桥勘测设计院集团有限公司	一等奖
44	嘉峪关关城（不含罗城）墙体保护及防渗排水系统工程设计	中铁科学研究院有限公司	一等奖
45	南宁东站综合交通枢纽一期工程（地下空间）——公共服务工程	中铁华铁工程设计集团有限公司	一等奖
46	大连地铁张前路车辆段与综合基地	中铁华铁工程设计集团有限公司	一等奖
47	仁寿县第二水厂建设工程设计	中铁二院工程集团有限责任公司	二等奖
48	尼日尔 Maradi-Malbaza&Sorza-Zinder 132kV 电力输变电工程设计	中铁二院工程集团有限责任公司	二等奖
49	兰州市北环路（二环）东段工程设计	中铁二院工程集团有限责任公司	二等奖
50	云桂铁路通信、信号、信息、防灾安全监控工程设计	中铁二院工程集团有限责任公司	二等奖
51	都匀市政师院隧道工程设计	中铁二院工程集团有限责任公司	二等奖
52	昆明枢纽昆明南站多线特大桥	中铁二院工程集团有限责任公司	二等奖
53	新建昆明铁路局调度所工程运调系统设计	中铁二院工程集团有限责任公司	二等奖
54	沪昆客专玉屏至昆明段电气化工程设计	中铁二院工程集团有限责任公司	二等奖
55	埃塞俄比亚亚的斯亚贝巴轻轨一期工程车站结构设计	中铁二院工程集团有限责任公司	二等奖
56	兰渝铁路广元至重庆北段路基工程设计	中铁二院工程集团有限责任公司	二等奖

续表

序号	项目名称	获奖单位	获奖等级
57	昆明南站强膨胀土路堑超高边坡工程设计	中铁二院工程集团有限责任公司	二等奖
58	昆明市贵昆路城区段（三岔口—东连接线）市政道路工程设计	中铁二院工程集团有限责任公司	二等奖
59	新建海南西环铁路海口至三亚段凤凰机场站综合换乘交通枢纽设计	中铁二院工程集团有限责任公司	二等奖
60	厦门北动车运用所工程总体设计	中铁二院工程集团有限责任公司	二等奖
61	深圳车公庙综合交通枢纽工程设计	中铁二院工程集团有限责任公司	二等奖
62	兰渝铁路皇泽寺隧道群设计	中铁二院工程集团有限责任公司	二等奖
63	成都市蜀龙路五期船槽工程设计	中铁二院工程集团有限责任公司	二等奖
64	云桂铁路富宁隧道工程设计	中铁二院工程集团有限责任公司	二等奖
65	云南铁塔公司沪昆高铁公网通信覆盖工程设计	中铁二院工程集团有限责任公司	二等奖
66	大连地铁 1 号线一期工程姚家站建筑、装修设计	中国铁路设计集团有限公司	二等奖
67	牡丹江市太平路下穿牡丹江站工程	中国铁路设计集团有限公司	二等奖
68	大连市地铁 1 号线工程河口站设计	中国铁路设计集团有限公司	二等奖
69	大连地铁 1 号线一期工程中华广场站—千山路站区间施工图设计	中国铁路设计集团有限公司	二等奖
70	哈尔滨市轨道交通 3 号线一期工程设计	中国铁路设计集团有限公司	二等奖
71	于家堡站站房通风空调系统设计	中国铁路设计集团有限公司	二等奖
72	深圳市城市轨道交通 7 号线工程供电系统设计	中国铁路设计集团有限公司	二等奖
73	呼准铁路黄河特大桥设计	中国铁路设计集团有限公司	二等奖
74	京津城际铁路武清站路基差异沉降整治设计	中国铁路设计集团有限公司	二等奖
75	青岛至荣成城际铁路工程站场设计	中国铁路设计集团有限公司	二等奖
76	新建青岛至荣成城际铁路工程选线设计	中国铁路设计集团有限公司	二等奖
77	京津城际延伸线天津至于家堡工程四电系统集成设计	中国铁路设计集团有限公司	二等奖
78	天津至保定铁路引入天津枢纽、保定地区总体设计	中国铁路设计集团有限公司	二等奖
79	新建张家口至唐山铁路工程选线设计	中国铁路设计集团有限公司	二等奖
80	广州地铁 6 号线文化公园站	中铁第六勘察设计院集团有限公司	二等奖
81	西安市地铁三号线一期工程（鱼化寨—保税区） 咸宁路站—长乐公园站区间	中铁第六勘察设计院集团有限公司	二等奖
82	广州市轨道交通七号线一期工程供电系统设计	中铁第六勘察设计院集团有限公司	二等奖
83	广州市轨道交通七号线一期工程综合监控系统设计	中铁第六勘察设计院集团有限公司	二等奖
84	天津地铁 6 号线首通段工程牵引供电系统设计 （南翠屏站至长虹公园站）	中铁第六勘察设计院集团有限公司	二等奖
85	武汉市轨道交通 6 号线一期工程汉正街站及相邻区间设计	中铁第六勘察设计院集团有限公司	二等奖
86	新建太兴铁路静游至兴县段二青山隧道	中铁第六勘察设计院集团有限公司	二等奖
87	宁天城际一期、南京地铁三号线工程泰冯路站设计	中铁第六勘察设计院集团有限公司	二等奖
88	哈尔滨市轨道交通一号线二期工程哈尔滨南站—农科院站区间	中铁第六勘察设计院集团有限公司	二等奖
89	莞惠城际接触网工程设计	中铁工程设计咨询集团有限公司	二等奖
90	南京地铁 4 号线一期工程轨道系统设计	中铁工程设计咨询集团有限公司	二等奖
91	援巴基斯坦国道公路网修复项目北段（N35）公路综合设计	中铁工程设计咨询集团有限公司	二等奖
92	成安渝高速公路四川段（第 C 合同段）公路综合设计	中铁工程设计咨询集团有限公司	二等奖
93	新建日照南 30t 轴重货车检修车间工程设计	中铁工程设计咨询集团有限公司	二等奖
94	广深线信号系统时钟同步改造工程设计	中铁工程设计咨询集团有限公司	二等奖
95	新建天津新港北铁路集装箱中心站工程增压防堵真空联合堆载预压加固吹填土地基设计	中铁工程设计咨询集团有限公司	二等奖
96	南广铁路特殊路基设计	中铁工程设计咨询集团有限公司	二等奖
97	深圳市城市轨道交通 7 号线工程 SJ11 标设计	中铁工程设计咨询集团有限公司	二等奖
98	新建张家口至呼和浩特铁路、乌兰察布至呼和浩特东段桥梁设计	中铁工程设计咨询集团有限公司	二等奖

续表

序号	项目名称	获奖单位	获奖等级
99	山西中南部铁路通道莱芜特大桥跨省道主桥设计	中铁工程设计咨询集团有限公司	二等奖
100	新建张呼铁路呼和浩特东站工程建筑设计	中铁工程设计咨询集团有限公司	二等奖
101	芜湖市中医院儿童中医特色治疗中心及皖南精神卫生中心综合楼工程设计	中铁大桥勘测设计院集团有限公司	二等奖
102	渝黔铁路扩能改造工程苟江站工程设计	中铁大桥勘测设计院集团有限公司	二等奖
103	武汉铁路局安全生产指挥中心设计	中铁大桥勘测设计院集团有限公司	二等奖
104	武汉市雄楚大街（梅家山立交—楚平路）改造工程设计	中铁大桥勘测设计院集团有限公司	二等奖
105	南宁青山大桥设计	中铁大桥勘测设计院集团有限公司	二等奖
106	阿克纠宾油气股份公司生产技术指挥中心	中铁华铁工程设计集团有限公司	二等奖
107	任丘市博物馆	中铁华铁工程设计集团有限公司	二等奖
108	东莞市城市快速轨道交通 R2 线工程声屏障设计	中铁二院工程集团有限责任公司	三等奖
109	广州地铁六号线自动售检票系统工程设计	中铁二院工程集团有限责任公司	三等奖
110	贵龙经济带贵龙大道吴家庄特大桥	中铁二院工程集团有限责任公司	三等奖
111	兰渝铁路熊洞湾隧道设计	中铁二院工程集团有限责任公司	三等奖
112	柳州至武宣高速公路机电工程	中铁二院工程集团有限责任公司	三等奖
113	广州地铁 6 号线二期工程花岗岩地区区间隧道设计	中铁二院工程集团有限责任公司	三等奖
114	西安地铁 3 号线一期工程通信工程设计	中铁二院工程集团有限责任公司	三等奖
115	郑州市轨道交通 2 号线一期工程车站机电设备系统	中铁二院工程集团有限责任公司	三等奖
116	南昌地铁 1 号线一期工程供电系统设计	中铁二院工程集团有限责任公司	三等奖
117	埃塞俄比亚亚的斯亚贝巴轻轨一期工程限界设计	中铁二院工程集团有限责任公司	三等奖
118	成都市人民南路顶掘法隧道工程设计	中铁二院工程集团有限责任公司	三等奖
119	青岛市地铁一期工程（3 号线）安顺车辆基地工程设计	中铁二院工程集团有限责任公司	三等奖
120	广州市轨道交通七号线一期工程通信信号系统设计	中铁二院工程集团有限责任公司	三等奖
121	沪昆客专长昆段九度地震区桥梁设计	中铁二院工程集团有限责任公司	三等奖
122	深圳市城市轨道交通 7 号线信号系统设计	中国铁路设计集团有限公司	三等奖
123	沈阳至丹东铁路客专专线路基防冻胀设计	中国铁路设计集团有限公司	三等奖
124	大连市地铁 2 号线工程东海新区站设计	中国铁路设计集团有限公司	三等奖
125	天津至保定铁路重难点工程施工组织设计和概算	中国铁路设计集团有限公司	三等奖
126	哈齐客专路基沉降变形控制设计	中国铁路设计集团有限公司	三等奖
127	罗湖区优质饮用水入户改造工程	中国铁路设计集团有限公司	三等奖
128	绍兴市柯桥区湖光桥加固大修工程设计	中国铁路设计集团有限公司	三等奖
129	哈尔滨至齐齐哈尔铁路客运专线重难点工程施工组织设计和概预算	中国铁路设计集团有限公司	三等奖
130	新建张家口至唐山铁路工程赤城隧道设计	中国铁路设计集团有限公司	三等奖
131	太原铁路局各站段车间、班组接入路局综合信息网络改造工程设计	中铁第六勘察设计院集团有限公司	三等奖
132	西安市地铁三号线一期工程（鱼化寨—保税区） 延兴门站—咸宁路站区间	中铁第六勘察设计院集团有限公司	三等奖
133	陇海线宝鸡东 I 场、绛帐、武功站联锁设备改造工程	中铁第六勘察设计院集团有限公司	三等奖
134	哈尔滨西客站地铁联络线（3 号线一期）工程供电系统设计	中铁第六勘察设计院集团有限公司	三等奖
135	哈尔滨市轨道交通 1 号线 哈工大站	中铁第六勘察设计院集团有限公司	三等奖
136	大连地铁 2 号线交通大学站设计	中铁第六勘察设计院集团有限公司	三等奖
137	西安市地铁三号线胡家庙车站及胡家庙—石家街区间工程	中铁第六勘察设计院集团有限公司	三等奖
138	沪昆线百亩井至大龙段自动闭塞改造工程设计	中铁第六勘察设计院集团有限公司	三等奖
139	石家庄市城市轨道交通 1 号线一期工程	中铁第六勘察设计院集团有限公司	三等奖
140	山西中南部铁路通道太岳山隧道	中铁第六勘察设计院集团有限公司	三等奖
141	改建铁路甘钟线洛阳村隧道改线工程右嘴头隧道进口段滑坡防治工程设计	中铁第六勘察设计院集团有限公司	三等奖

续表

序号	项目名称	获奖单位	获奖等级
142	郑州市陇海路快速通道 107 辅道南北延工程（桥梁段）桥梁设计	中铁工程设计咨询集团有限公司	三等奖
143	新建菏泽铁路物流基地工程总体设计	中铁工程设计咨询集团有限公司	三等奖
144	新建陶利庙至鄂托克前旗铁路综合设计	中铁工程设计咨询集团有限公司	三等奖
145	深圳地铁竹子林车辆段改扩建工程设计	中铁工程设计咨询集团有限公司	三等奖
146	新建吉林至珲春铁路敦化盆地 DK134~DK191 段特殊（松）软土地基处理设计	中铁工程设计咨询集团有限公司	三等奖
147	山西中南部铁路太行山隧道工程设计	中铁工程设计咨询集团有限公司	三等奖
148	昆山市康复医院门诊病房综合楼工程设计	中铁大桥勘测设计院集团有限公司	三等奖
149	皖南医学院 4# 实验楼工程设计	中铁大桥勘测设计院集团有限公司	三等奖
150	襄阳市云湾铁道公寓工程设计	中铁大桥勘测设计院集团有限公司	三等奖
151	成昆铁路成都至峨眉扩能改造工程—峨眉站	中铁大桥勘测设计院集团有限公司	三等奖
152	石家庄地铁 1 号线一期工程工点设计 12 合同段（西兆通车辆段及出入线	中铁华铁工程设计集团有限公司	三等奖
153	南京市第一医院扩建门急诊楼项目	中铁华铁工程设计集团有限公司	三等奖

制表人：贤　慧

表 6-4　　2018 年度中国中铁优秀工程标准设计奖

序号	项目名称	获奖单位	获奖等级
1	计算机联锁车站半定型、电路模板（适用与 iLOCK 型计算机联锁）通用参考图	中铁二院工程集团有限责任公司	一等奖
2	城市轨道交通钢弹簧浮置板道床通用图	中铁工程设计咨询集团有限公司	一等奖
3	铁路路基基床设计（时速≥ 250km，无砟轨道）	中铁二院工程集团有限责任公司	二等奖
4	挡土板通用参考图	中铁二院工程集团有限责任公司	二等奖
5	时速 160km、200km 客货共线铁路简支箱梁	中铁工程设计咨询集团有限公司	二等奖
6	时速 160km、200km 客货共线铁路单线圆端形实体桥墩	中铁二院工程集团有限责任公司	三等奖
7	城市轨道交通车辆段用扣件通用图	中铁工程设计咨询集团有限公司	三等奖

制表人：贤　慧

表 6-5　　2018 年度中国中铁优秀工程计算机软件奖

序号	项目名称	获奖单位	获奖等级
1	铁路工程电子施工日志管理系统	中铁二院工程集团有限责任公司	一等奖
2	数字地形图自动化处理系统 V2.0	中铁二院工程集团有限责任公司	一等奖
3	PGZ 型智能轨道电路测试盘—调试软件	中铁第六勘察设计院集团有限公司	一等奖
4	大跨度悬索桥非线性分析软件 SNAS	中铁大桥勘测设计院集团有限公司	一等奖
5	现浇连续梁辅助设计软件	中铁二院工程集团有限责任公司	二等奖
6	门式墩辅助智能设计软件	中铁二院工程集团有限责任公司	二等奖
7	铁路钢筋混凝土框架桥设计软件	中铁二院工程集团有限责任公司	二等奖
8	地铁限界辅助设计系统软件	中铁二院工程集团有限责任公司	二等奖
9	基于三维空间模型的铁路站场平纵横一体化设计软件 V2.0	中铁二院工程集团有限责任公司	二等奖
10	高校应届毕业生在线招聘管理平台	中铁二院工程集团有限责任公司	三等奖
11	办公管理系统 6.0 版	中铁二院工程集团有限责任公司	三等奖
12	动态交互式地铁线路设计与综合铺轨软件	中铁二院工程集团有限责任公司	三等奖
13	CAD 极速工具箱软件	中铁二院工程集团有限责任公司	三等奖

制表人：贤　慧

优秀工程咨询成果奖

【优秀工程咨询成果奖】2018 年，中国中铁获得省部级以上优秀咨询成果奖 22 项；评选出中国中铁优秀工程咨询成果奖 119 项。

（贤　慧）

表 6–6　　2018 年度中国中铁获省部级以上优秀工程咨询成果奖

序号	项目名称	获奖类别	获奖单位
1	青岛第二海底隧道工程预可行性研究报告	省部级	中铁六院
2	合肥市轨道交通 1 号线一、二期工程供电系统集成（咨询）及监造服务	省部级	中铁六院
3	北京丽泽金融商务区智慧清洁能源系统供热管网工程上穿 14 号线东管头站—丽泽商务区站区间安全影响咨询评估合同	省部级	中铁六院
4	中条山隧道出口段地下水流数值模拟及水环境影响评价专题研究报告	省部级	中铁六院
5	京通铁路电气化改造工程可行性研究	省部级	中铁六院
6	福安市溪北洋非机动车及人行隧道工程可行性研究报告	省部级	中铁六院
7	东莞市城市快速轨道交通 R2 线（东莞火车站—虎门火车站段）供电系统集成服务	省部级	中铁六院
8	长沙市轨道交通 1 号线一期工程供电系统集成服务项目	省部级	中铁六院
9	南宁市轨道交通 1 号线一期工程供电系统及车站设备集成服务	省部级	中铁六院
10	湘江大道快捷化改造工程营盘路节点对营盘路湘江隧道工程的影响分析	省部级	中铁六院
11	蚌埠市市政基础设施投资 PPP 项目可行性研究	省部级	中铁设计
12	郑州市四环线及大河路快速化工程可行性研究	省部级	中铁设计
13	山西乾瑞德能源投资有限公司偏关铁路专用线工程可行性研究报告	省部级	中铁设计
14	国电电力大同湖东电厂 2×100 万千瓦上大压小工程项目铁路专用线工程可行性研究报告	省部级	中铁设计
15	省道（S232）怀幽线石门至幽州段改建工程可行性研究报告	省部级	中铁设计
16	北京铁路局核心网 MSC 改造工程可行性研究报告	省部级	中铁设计
17	锡林浩特至二连浩特线风沙防护工程咨询	省部级	中铁设计
18	同煤阳高 2×350MW 热电厂项目铁路专用线工程可行性研究报告	省部级	中铁设计
19	山西焦化股份有限公司专用铁路改扩建工程可行性研究报告	省部级	中铁设计
20	省道 S228 狼山至镇边城公路狼山至东花园段改建工程可行性研究报告	省部级	中铁设计
21	临汾地区物流基地改造工程可行性研究报告	省部级	中铁设计
22	宁静地方铁路宁武西站万吨改造工程可行性研究报告	省部级	中铁设计

制表人：贤　慧

表 6–7　　2018 年度中国中铁优秀工程咨询成果奖

序号	项目名称	获奖单位	获奖等级
1	滇中城市群城际铁路网规划环境影响报告书（咨询）	中铁二院工程集团有限责任公司	一等奖
2	新建铁路自贡至宜宾线宜宾临港长江大桥可行性研究报告	中铁二院工程集团有限责任公司	一等奖
3	贵阳铁路枢纽总图规划	中铁二院工程集团有限责任公司	一等奖
4	成都市三铁融合总体方案研究	中铁二院工程集团有限责任公司	一等奖
5	丝绸之路经济带的战略性项目实施策略研究——重大项目评估与实施方案	中铁二院工程集团有限责任公司	一等奖
6	贵安国际物流港规划	中铁二院工程集团有限责任公司	一等奖
7	成都轨道交通 18 号线二期工程可行性研究报告	中铁二院工程集团有限责任公司	一等奖
8	济南市济泺路穿黄隧道“道路 + 地铁”工程专题研究报告	中铁二院工程集团有限责任公司	一等奖
9	新建铁路成都至自贡线天府机场段可行性研究报告	中铁二院工程集团有限责任公司	一等奖
10	北京铁路枢纽丰台站改建工程可行性研究	中国铁路设计集团有限公司	一等奖
11	沿江高铁通道（武汉至合肥至南京至上海）规划方案研究	中国铁路设计集团有限公司	一等奖
12	牡丹江市太平路下穿牡丹江站工程可行性研究报告	中国铁路设计集团有限公司	一等奖

续表

序号	项目名称	获奖单位	获奖等级
13	新建铁路西安至成都客运专线施工图审核	中国铁路设计集团有限公司	一等奖
14	深圳市城市轨道交通 14 号线工程可行性研究报告	中国铁路设计集团有限公司	一等奖
15	天津地铁 11 号线一期工程可行性研究报告	中国铁路设计集团有限公司	一等奖
16	新建济南至青岛高速铁路济南东客站屋盖工程项目超限抗震设防专项	中国铁路设计集团有限公司	一等奖
17	印度尼西亚雅加达至万隆高速铁路工程可行性研究	中国铁路设计集团有限公司	一等奖
18	哈尔滨地铁 2 号线一期工程哈北车辆基地全自动驾驶专题报告	中国铁路设计集团有限公司	一等奖
19	改建铁路北京市中心城至城市副中心市郊铁路工程可行性研究	中国铁路设计集团有限公司	一等奖
20	长沙市轨道交通 1 号线一期工程供电系统集成服务项目	中铁第六勘察设计院集团有限公司	一等奖
21	超长铁路跨海隧道建设方案专题研究	中铁第六勘察设计院集团有限公司	一等奖
22	广州市轨道交通七号线（一期）车站设备监造采购项目	中铁第六勘察设计院集团有限公司	一等奖
23	海峡西岸城市群粤东地区城际铁路网规划社会稳定风险分析报告	中铁工程设计咨询集团有限公司	一等奖
24	吉林市城市轨道交通线网规划	中铁工程设计咨询集团有限公司	一等奖
25	宝鸡市城市轨道交通建设规划客流预测专题	中铁工程设计咨询集团有限公司	一等奖
26	粤东地区城际铁路建设规划	中铁工程设计咨询集团有限公司	一等奖
27	铁路快运中长期发展规划研究报告	中铁工程设计咨询集团有限公司	一等奖
28	海淀区建筑垃圾循环利用综合处置项目节能报告	中铁工程设计咨询集团有限公司	一等奖
29	汕头市城市轨道交通建设规划客流预测报告	中铁工程设计咨询集团有限公司	一等奖
30	山西中南部铁路通道洪洞北至日照南段全过程造价咨询	中铁工程设计咨询集团有限公司	一等奖
31	温州瓯江北口大桥工程可行性研究报告	中铁大桥勘测设计院集团有限公司	一等奖
32	芜湖市中心城区地下综合管廊专项规划（2016—2030）	中铁大桥勘测设计院集团有限公司	一等奖
33	中铁黑龙滩天府国际生态城总体城市设计	中铁大桥勘测设计院集团有限公司	一等奖
34	中国中车股份有限公司轨道交通车辆系统集成国家工程实验室建设项目	中铁华铁工程设计集团有限公司	一等奖
35	临沧市城北火车站片区控制性详细规划	中铁二院工程集团有限责任公司	二等奖
36	贵州省城际铁路网规划环境影响报告书（咨询）	中铁二院工程集团有限责任公司	二等奖
37	成都枢纽 GSM-R 系统网络规划	中铁二院工程集团有限责任公司	二等奖
38	潮州市城市地下管廊专项规划（2017—2035）	中铁二院工程集团有限责任公司	二等奖
39	新建弥勒至蒙自铁路调整可行性研究报告	中铁二院工程集团有限责任公司	二等奖
40	省道 S374 线霞山百篷至麻章田寮村段改建工程（湛江大道）可行性研究报告	中铁二院工程集团有限责任公司	二等奖
41	新建济南至莱芜高速铁路可行性研究报告	中铁二院工程集团有限责任公司	二等奖
42	渝西铁路通道规划方案	中铁二院工程集团有限责任公司	二等奖
43	三亚新机场轨道交通规划研究	中铁二院工程集团有限责任公司	二等奖
44	重庆市利用铁路开行公交化列车规划方案研究	中铁二院工程集团有限责任公司	二等奖
45	湄公河区域境外铁路网规划方案	中铁二院工程集团有限责任公司	二等奖
46	新建川南城际铁路自贡至宜宾线可行性研究报告	中铁二院工程集团有限责任公司	二等奖
47	洛阳市城市轨道交通 1 号线工程可行性研究报告	中国铁路设计集团有限公司	二等奖
48	黑龙江省铁路网“十三五”规划研究	中国铁路设计集团有限公司	二等奖
49	通辽铁路枢纽 GSM-R 网络规划	中国铁路设计集团有限公司	二等奖
50	杭州地铁 9 号线一期工程可行性研究报告	中国铁路设计集团有限公司	二等奖
51	洛阳龙门站综合交通枢纽中心北广场工程可行性研究	中国铁路设计集团有限公司	二等奖
52	邯郸市磁山路及地下综合管廊工程（秦皇大街—新城东大街）可行性研究报告	中国铁路设计集团有限公司	二等奖
53	北京地铁 27 号线二期（昌平线南延）工程西二旗至蓟门桥段环境影响报告书	中国铁路设计集团有限公司	二等奖
54	新建大同至原平铁路客运专线可行性研究	中国铁路设计集团有限公司	二等奖

续表

序号	项目名称	获奖单位	获奖等级
55	新建郑州至周口至阜阳铁路（河南省段）临时用地土地复垦方案报告书	中国铁路设计集团有限公司	二等奖
56	中山市轨道交通制式选择及近期重点实施项目研究	中国铁路设计集团有限公司	二等奖
57	北京地铁十九号线一期工程环境影响报告书	中国铁路设计集团有限公司	二等奖
58	焦柳铁路怀化至柳州段电气化改造工程可行性研究	中铁第六勘察设计院集团有限公司	二等奖
59	南宁市轨道交通 1 号线一期工程供电系统及车站设备集成服务	中铁第六勘察设计院集团有限公司	二等奖
60	杭州地铁 2 号线一期工程供电系统集成管理服务	中铁第六勘察设计院集团有限公司	二等奖
61	上饶市城市轨道交通线网规划客流预测专题报告	中铁工程设计咨询集团有限公司	二等奖
62	新建崇礼铁路可行性研究	中铁工程设计咨询集团有限公司	二等奖
63	新建吉林至珲春铁路线下工程沉降变形观测及评估	中铁工程设计咨询集团有限公司	二等奖
64	济南市刘长山路下穿京沪高铁济沪联络线、济南南站铁路立交桥工程可行性研究	中铁工程设计咨询集团有限公司	二等奖
65	海峡西岸城市群粤东地区城际铁路网规划环境影响报告书	中铁工程设计咨询集团有限公司	二等奖
66	国道 G110 怀来北辛堡至下花园段改建工程可行性研究	中铁工程设计咨询集团有限公司	二等奖
67	衡阳市城市轨道交通线网规划研究报告	中铁工程设计咨询集团有限公司	二等奖
68	宝鸡市城市轨道交通线网规划	中铁工程设计咨询集团有限公司	二等奖
69	新建鄂尔多斯铁路物流基地可行性研究报告	中铁工程设计咨询集团有限公司	二等奖
70	基于长江经济带的芜湖“港—产—城” 融合发展策略与空间布局研究	中铁大桥勘测设计院集团有限公司	二等奖
71	芜湖中心城区轨道交通沿线地区土地开发利用研究	中铁大桥勘测设计院集团有限公司	二等奖
72	商合杭客运专线沿线地区发展研究（含江北高铁站周边地区）	中铁大桥勘测设计院集团有限公司	二等奖
73	武汉市建设大道延长线（韦桑路—兴业路）工程可行性研究报告	中铁大桥勘测设计院集团有限公司	二等奖
74	焦柳线王集等站联锁设备更新工程可行性研究报告	中铁大桥勘测设计院集团有限公司	二等奖
75	芜湖市中心城区慢行系统专项规划（2017—2030）	中铁大桥勘测设计院集团有限公司	二等奖
76	宜昌市伍家岗长江大桥工程可行性研究报告	中铁大桥勘测设计院集团有限公司	二等奖
77	湖北省荆州市长江干流桥梁布局规划	中铁大桥勘测设计院集团有限公司	二等奖
78	皖南医学院弋矶山医院三山医养结合示范园项目可行性研究报告	中铁大桥勘测设计院集团有限公司	二等奖
79	肇庆市西江·国际未来科技城发展战略研究暨概念性总体规划	中铁大桥勘测设计院集团有限公司	二等奖
80	北京中车长客二七轨道装备有限公司中国北车北京轨道交通装备产业园建设项目（二期轨道客车）	中铁华铁工程设计集团有限公司	二等奖
81	中车青岛四方机车车辆股份有限公司高速动车组次轮五级检修建设项目（一期）	中铁华铁工程设计集团有限公司	二等奖
82	贵阳市轨道交通 S2 线一期北段工程可行性研究报告	中铁二院工程集团有限责任公司	三等奖
83	成都轨道交通 18 号线二期工程环境影响报告书（咨询）	中铁二院工程集团有限责任公司	三等奖
84	世行贷款灾后重建芦山县城镇基础设施可行性研究报告	中铁二院工程集团有限责任公司	三等奖
85	新建兴国至泉州铁路宁化至泉州段水土保持方案(弃渣场补充）报告书	中铁二院工程集团有限责任公司	三等奖
86	大理白族自治州综合交通枢纽规划	中铁二院工程集团有限责任公司	三等奖
87	成贵铁路威信站站区概念规划设计	中铁二院工程集团有限责任公司	三等奖
88	昆明市轨道交通 4 号线工程可行性研究报告	中铁二院工程集团有限责任公司	三等奖
89	新建玉磨铁路普洱火车站片区概念规划	中铁二院工程集团有限责任公司	三等奖
90	杭州地铁 7 号线工程可行性研究报告	中铁二院工程集团有限责任公司	三等奖
91	广安邓小平故里景区旅游连接线工程可行性研究报告	中铁二院工程集团有限责任公司	三等奖
92	离石至隰县高速公路投资咨询评估报告	中铁二院工程集团有限责任公司	三等奖
93	成都局综合 IP 数据网升级扩容规划咨询	中铁二院工程集团有限责任公司	三等奖
94	沪甬铁路跨杭州湾通道规划研究	中国铁路设计集团有限公司	三等奖
95	新建铁路南昌至赣州客运专线 CGSH-1 标段施工图审核	中国铁路设计集团有限公司	三等奖
96	新建天津至保定铁路清理概算	中国铁路设计集团有限公司	三等奖

续表

序号	项目名称	获奖单位	获奖等级
97	哈齐客专与既有线四线并行区段接触网对既有信号设备电化影响研究	中国铁路设计集团有限公司	三等奖
98	深圳市城市轨道交通第四期建设规划工程系统规划	中国铁路设计集团有限公司	三等奖
99	援约旦萨尔特公路升级改造项目可行性研究报告及项目建议书	中国铁路设计集团有限公司	三等奖
100	新建青岛（董家口港区）铁路物流基地工程可行性研究	中国铁路设计集团有限公司	三等奖
101	曼谷至廊开及耿奎至玛它普港准轨铁路技术经济研究报告	中国铁路设计集团有限公司	三等奖
102	深圳市城市轨道交通 14 号线工程节能报告	中国铁路设计集团有限公司	三等奖
103	新建牡丹江至佳木斯铁路客运专线工程水土保持方案	中国铁路设计集团有限公司	三等奖
104	河北省沧州市黄骅港综合港区管廊工程 PPP 项目	中国铁路设计集团有限公司	三等奖
105	大唐西市综合体项目 A2 地块基坑工程对邻近地铁结构安全影响预评估报告	中铁第六勘察设计院集团有限公司	三等奖
106	北京丽泽金融商务区智慧清洁能源系统供热管网工程管廊超近距离上穿地铁建成区间施工安全影响咨询评估	中铁第六勘察设计院集团有限公司	三等奖
107	郑州市四环线及大河路快速化工程可行性研究	中铁工程设计咨询集团有限公司	三等奖
108	深圳市城市轨道交通 6 号线二期工程环境影响报告书	中铁工程设计咨询集团有限公司	三等奖
109	淮南市城市轨道交通线网及近期建设规划（2017—2023）环境影响报告书	中铁工程设计咨询集团有限公司	三等奖
110	兰州市轨道交通 1 号线一期工程沿线站点附属人防工程可行性研究报告	中铁工程设计咨询集团有限公司	三等奖
111	新建铁路铁力至伊春线节能报告	中铁工程设计咨询集团有限公司	三等奖
112	安阳市城市轨道交通线网规划报告	中铁工程设计咨询集团有限公司	三等奖
113	汕头市城市轨道交通建设规划社会稳定风险分析报告	中铁工程设计咨询集团有限公司	三等奖
114	蚌埠市市政基础设施投资 PPP 项目可行性研究	中铁工程设计咨询集团有限公司	三等奖
115	安徽居巢经济开发区中科智城项目可行性研究报告	中铁大桥勘测设计院集团有限公司	三等奖
116	芜湖市消防支队应急救援训练基地建设项目可行性研究报告	中铁大桥勘测设计院集团有限公司	三等奖
117	G75 兰海高速渭源至武都高速公路陇南段路基及隧道工程地质技术咨询	中铁科学研究院有限公司	三等奖
118	中车长客重庆公司试验线和存车线建设项目可行性研究报告	中铁华铁工程设计集团有限公司	三等奖
119	眉山中车紧固件科技有限公司紧固件研发制造能力提升项目	中铁华铁工程设计集团有限公司	三等奖

制表人：贤　慧

工业制造

2018 年 5 月 8 日，2018 年中国品牌战略发展论坛暨“三个转变”重要指示发展四周年郑州峰会在中铁装备举办

工业企业生产经营

【**工业制造概况**】中国中铁工业板块主要生产厂家包括中铁工业和中铁电气化局下属的中铁电气工业有限公司。生产的主要产品有：钢梁钢结构、道岔、盾构、工程机械、混凝土制品和电气化专用器材等。2018 年，公司工程设备和零部件制造业务完成新签合同额 368 亿元，同比增长 12.6%，实现营业收入 149.99 亿元，营业额 275.7 亿元（261.8 亿元），利润总额 15.33 亿元，完成年度计划。2018 年新签整组道岔 9944 组，生产道岔 9253 组；新签高锰钢辙叉 9767 个，生产高锰钢辙叉 16999 个；全年共新承揽桥梁钢结构 134.2 万吨，生产钢结构 102.6 万吨。新签盾构及后配套 234 台（套），生产完成 360 台（套）；搬提运架设备 12 台（套），生产完成 37 台（套）。接触网零配件 8223655 套，生产完成 14268332 套。承揽了温州瓯江北口大桥、江汉七桥、湖北武穴长江公路大桥、南京浦仪公路跨江大桥、广州明珠湾大桥工程钢桁梁制造、贵州省都匀至安顺公路钢结构制造等项目。国际钢结构市场方面，中标了德国莱茵河大桥及瑞典首都斯鲁森大桥，在重特大项目和延伸产业链项目上取得了新突破。承揽了新建成都至兰州铁路成都至川主寺段、太焦铁路山西省境内站前工程、铁路建设项目总公司管理的甲供物资新建郑州南站项目、新建鲁南高速铁路工程日照至曲阜段道岔采购合同、渝怀铁路增建二线引入怀化枢纽工程、新建福州至平潭铁路、新建武汉至十堰铁路孝感至十堰段东津站、新建重庆铁路枢纽东环线、水曹铁路专用线工程、新建重庆铁路枢纽东环线工程等项目的道岔。承揽了 2 台敞开式 TBM 用于内蒙古引绰济辽工程隧洞段采购一标（2# 隧洞）、迪拜深埋排洪隧道新加坡东北延长线 715 项目、天津城建施工的杭海线项目台土压平衡盾构以及用于深圳地铁 12 号线、福州地铁、杭州地铁 7 号线的复合式土压平衡盾构机各 2 台。（孟祥红）

【**高铁电气新三板成功上市**】2018 年 10 月 26 日，中铁高铁电气装备股份有限公司（证券简称：高铁电气；股票代码：873023）在中国中小型企业股份转让系统（新三板）举行挂牌敲钟仪式。中铁高铁电气装备股份有限公司的前身为中铁电气化局集团宝鸡器材有限公司，隶属于中铁电气化局集团有限公司，是中国中铁间接全资子公司，注册资本 2.82 亿元。公司年生产能力可满足 6000 公里正线电气化铁路和 1000 公里城市轨道交通项目所需的全套供电系统产品，是国内电气化铁路接触网零部件和城市轨道交通供电产品研发、设计、制造和销售的龙头企业。公司设计制造的接触网零件系列产品不仅填补了中国高速铁路和客运专线接触网关键零件国产化的空白，而且达到国际领先水平。（孟祥红）

【**中铁工业生产经营概况**】2018 年，中铁工业完成营业额 210.93 亿元，为年度计划 200 亿元的 105.5%，较 2017 年同期 192.3 亿元，同比增长 9.69%。其中，国内完成 198.07 亿元，比 2017 年同期 181.95 亿元，同比增长 8.86%；海外完成 12.86 亿元，比 2017 年同期 10.35 亿元，同比增长 24.25%。

2018 年中铁工业生产制造隧道施工设备 356 台（套），比 2017 年同期 309 台（套），同比增长 15.2%，其中盾构机/TBM 新机 160 台（套），比 2017 年同期 142 台（套），同比增长 12.7%，盾构再制造 87 台（套），比 2017 年同期 80 台（套），同比增长 8.8%；整组道岔生产 8553 组，比 2017 年同期 8320 组，同比增长 2.8%；高锰钢辙岔生产 17411 个，比 2017 年同期 21213 个，同比下降 44.1%；钢梁钢结构制造安装约 102.6 万吨，比 2017 年同期 90 万吨，同比增长 13.6%；工程施工机械 453 台，比 2017 年同期 293 台，同比增长 54.6%，其中提运架 41 台，同比增长 36.7%。

截至 2018 年末，中铁工业主要加工设备总台数约 8000 台，拥有先进的数控设备近 400 台。在隧道施工设备及相关服务业务领域，拥有 18 个 TBM/ 盾构生产基地，55 条生产线，TBM/ 盾构最大年产能约 280 台套。新增隧道施工专用设备生产线，具备专用设备年产 159 台，后配套年产 60 台的能力。在工程施工机械业务领域，拥有 4 个生产制造基地，拥有各类加工机械、施工设备近 2000 台（套），具备大型工程机械设备年产 500 余台（套）的能力。在道岔业务领域，拥有 5 个生产基地，具备年生产铁路道岔 2 万组、高锰钢辙叉 4 万个的产能。在钢结构制造与安装业务领域，拥有 9 个生产拼装基地，具备年生产钢结构 100 万吨以上的产能。（邱守慈）

表 7-1　**2018 年中铁工业各业务板块营业额完成情况**　单位：亿元

板块类别	中铁山桥	中铁宝桥	中铁科工	中铁装备	中铁九桥	中铁工服	中铁磁浮
隧道施工设备	0	0	4.95	65.91	0	0	0
道岔	19.04	20.02	0	0	0	0	0
钢梁钢结构	19.58	25.63	12.73	4.29	16.64	0	0

续表

板块类别	中铁山桥	中铁宝桥	中铁科工	中铁装备	中铁九桥	中铁工服	中铁磁浮
工程施工机械	0.1	0.84	5.49	0	0.9	0	0.11
工程服务	0	0	1.23	0	1.6	8.36	0
其 他	0.34	2.1	1.03	0	0.02	0	0

制表人：邱守慈

【中铁山桥生产经营概况】2018 年中铁山桥完成新签合同额 68.73 亿元；完成营业额 39 亿元；实现营业收入 41.24 亿元；完成归属母公司净利润 5.17 亿元。全年完成钢结构 28.23 万吨；完成整组道岔 3500 组；完成辙叉 5623 个；完成高强度螺栓 178 万套；完成机械产品 16 台套。

全年累计开展钢结构项目 53 个。承建的新建京张铁路桥、同江桥、云南景洪市澜沧江大桥、南京长江大桥公路桥维修改造等项目顺利完工；万州三桥、济南桥、中派河桥实现合龙；重庆寸滩长江大桥、广西柳州白沙大桥、港珠澳大桥建成通车；平潭海峡公铁两用桥、芜湖桥、官厅水库桥等重大项目稳步推进；南京浦仪路桥、武穴长江大桥、广州明珠湾等新项目有序进行。

全年完成京张铁路、成贵铁路、贵广铁路、秦沈客运专线等国家铁路建设用客专道岔 301 组；完成了长春、哈尔滨、深圳、上海、成都等城市轨道交通项目道岔供应；完成了北京铁路局、上海铁路局、沈阳铁路局、乌鲁木齐铁路局等大维修道岔以及大秦线、朔黄线、蒙华铁路等重载道岔供应。（张 璇）

国家工业遗产

山海关桥梁厂

工业和信息化部

二〇一八年十二月

2018 年 12 月，工业和信息化部授予“山海关桥梁厂”国家工业遗产称号

【中铁宝桥生产经营概况】2018 年，中铁宝桥完成新签合同额 78.38 亿元，为年度计划 100.1%，同比增长 14.8%；完成企业营业额 48.6 亿元，为年度计划 105.9%，同比增长 17%；实现营业收入 48.48 亿元，为年度计划 110%，同比增长 16.7%；归属母公司净利润 3.67 亿元，为年度计划 95.1%，同比增长 3.7%。（蒋晓强）

【中铁科工生产经营概况】2018 年，中铁科工完成新签合同额 37.3 亿元，完成中铁工业下达指标的 100.81%，同比增长 29.22%，其中海外实现新签合同 3580 万美元，完成中铁工业下达指标的 119.35%；完成企业营业额 25.43 亿元，完成中铁工业下达指标的 114.05%，同比增长 15.46%；完成营业收入 22.7 亿元，完成中铁工业下达指标的 103.2%，同比增长 6.5%；归属母公司净利润 7123 万元，同比增长 24.3%。（刘则威）

【中铁装备生产经营概况】2018 年，中铁装备完成新签合同额 75.49 亿元，同比增长 16.29%，营业额 70.2 亿元，同比增长 11.43%。中铁装备共完成盾构设计制造 147 台，再制造 38 台，合计 185 台；完成专用设备 47 台，其中三臂凿岩台车 12 台，悬臂掘进机 17 台，湿喷机 18 台；水平运输编组列车出厂 164 列；刀具完成制造 3200 把；钢结构制作及安装 41919t；六合易家箱式集成房屋数量 522 套。（张 俊）

【中铁电气化局工业公司主要指标完成情况】2018 年，中铁电气工业有限公司完成新签合同额 43.03 亿元，其中铁路市场 34.31 亿元占比 79.7%，城市轨道交通市场 7.5 亿元占比 17.42%，海外市场 4400 万元占比 1.02%，地方轨外市场 8025 万元占比 1.86%。实现营业收入 26.86 亿元，完成工业产值 30.15 亿元，利润总额 8027.66 万元，产品出厂合格率 100%。（陈 楠）

主要产品

·隧道施工设备·

【中铁装备隧道施工设备】中铁装备拥有 18 个盾构生产基地，其中郑州、天津、厦门、昆明、南宁、济南、长沙、西安、佛山、无锡、杭州 11 个基地为自有基地；成都、德阳、武汉、上海、洛阳、大连、南昌 7 个基地为驻外生产基地，拥有 56 条生产线，基地的厂房配置了相关的机器加工制造设备、起重设备和检测设备等，最大可承担直径 16 米的 TBM/ 盾构关键零件的加工和部装、总装等生产任务，合计常用工位 TBM/ 盾构最大年产能约 280 台套。新乡专用设备生产基地设置了 3 条隧道成套化专用设备生产线（湿喷机、刀具、三臂凿岩台车）；4 个悬臂掘进机组装工位、1 个拱架安装台车组装工位、1 个人工组装非常规刀具工位、8 个水平运输

总装工位，合计 14 个总装工位。隧道成套化专用设备年产能约 180 台套、水平运输设备年产能约为 190 列、刀具年产能 10000 把。南京钢结构生产基地现有主车间 3 个，配套车间 3 个（油漆、喷砂、小件）；有 H 型钢生产线 3 条、箱型生产线 2 条、圆管相贯线切割生产线 1 条、热轧型材生产线 1 条，现具备年生产钢结构 10 万吨的生产能力。

2018 年，中铁装备共完成盾构设计制造 147 台，再制造 38 台，合计 185 台；共完成专用设备 47 台，其中三臂凿岩台车 12 台，悬臂掘进机 17 台，湿喷机 18 台；水平运输编组列车出厂 164 列；刀具完成制造 3200 把；钢结构制作及安装 41919 吨；其中六合易家箱式集成房屋数量 522 套。在重大产品生产方面，中铁装备 2018 年完成了深圳地铁春风路 φ15.8m 超大直径泥水平衡盾构，两台用于迪拜深部污水隧道项目的 φ11.02m 大直径土压平衡盾构，两台用于杭州博奥路隧道项目的 φ11.02m 大直径土压平衡盾构，两台用于新加坡地铁项目的 φ6.63m 土压平衡盾构，四台用于广佛城际项目的 φ9.09m 大直径土压平衡盾构，两台用于新疆额河项目的 φ7.83m 大直径主大梁式 TBM，两台用于洛阳市新安县引故入新项目的 φ3.83m 小直径双铰接土压平衡盾构，大连地铁 5 号线 φ12.21m 大直径泥水平衡盾构，多哈排洪渠道项目 φ4.39m 小直径土压平衡盾构。

（孙晓伟）

表 7-2　中铁装备 2018 年隧道施工设备产品一览表

序号	产品类别	应用领域 / 技术特点
1	 土压平衡盾构机 （图示：中国中铁 296 号盾构，服务于太原铁路枢纽西南环线项目）	适用于多种岩层复合地质隧道开挖，主要用于城市地铁隧道建设，目前应用于国内近 40 个城市地铁项目的掘进，形成了盾构族群 现有产品适用范围为直径 4~17m
2	 泥水平衡盾构机 （图示：中国中铁 588 号泥水盾构，服务于深圳春风隧道项目）	适用于含水量大的过江、跨海隧道施工，现主要用于公路、地铁、铁路工程，典型代表为下穿长江隧道二程以及规划中的渤海海峡、琼州海峡、台湾海峡跨海隧道工程 与土压平衡盾构外观相似，出渣方式和平衡方式不同。 现有产品适用范围直径为 4~17m
3	 硬岩掘进机（TBM） （图示：中国中铁 305 号 TBM，服务于大瑞铁路高黎贡山项目）	包括开敞式、单护盾、双护盾等不同类型的 TBM，适用于围岩相对稳定、高强度岩层隧道开挖，常用于水利、水电、铁路、公路等山岭隧道建设 现有产品适用范围直径为 1.5~13m

续表

序号	产品类别	应用领域 / 技术特点
4	 土压泥水双模式盾构机	土压泥水双模式盾构机，集成了土压平衡盾构机、泥水平衡盾构机的设计理念与功能，可根据地层变化快捷地在两种不同掘进模式之间相互切换，保证工程优质高效。适用于粉质黏土、强风化砂岩、弱风化粉砂岩、砂岩、泥灰岩等复杂地层，常用于城市地铁工程
5	 “马蹄形”盾构 （图示：中铁 269 号“马蹄形”盾构，服务于蒙华白城隧道）	适用于大型公路、铁路山体隧道领域等，能够最大限度增加空间利用率，较圆形截面减少 20%~30% 的开挖面积为全球首创的隧道开挖模式
6	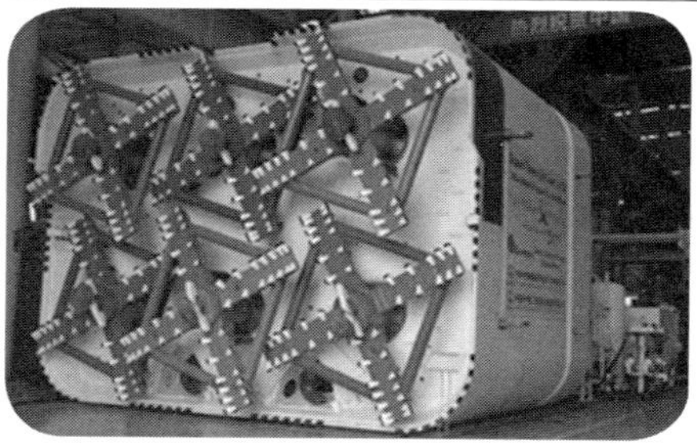 矩形盾构顶管机 （图示：中国中铁 236 号—新加坡地铁汤申线矩形顶管）	适用于矩形断面隧道开挖，主要用于城市交通下穿隧道建设和地下横通道建设 现有产品最大断面为 10.42m × 7.55m
7	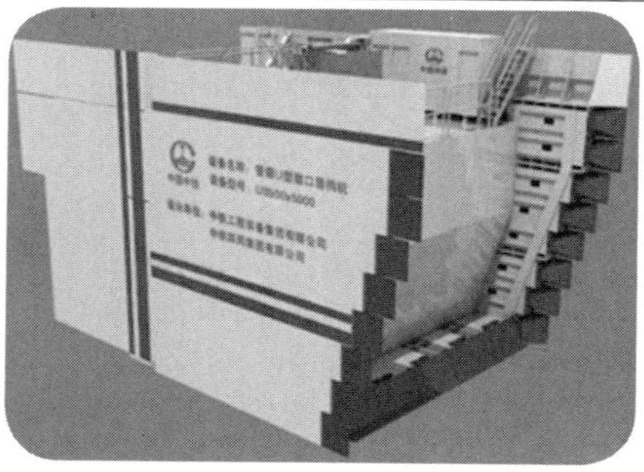 U 型盾构（图示：设备应用于海口项目）	U 型盾构机主要适用于土层，粉质黏土，砂土层，密实卵砾地层中的各类方涵、管廊的铺设，富水地层需进行降水，局部岩石方便破碎明挖，施工深度一般不大于 10m，宽度一般不大于 15m
8	 圆形顶管机	适用于浅覆土隧道开挖，主要用于城市地下共同管廊建设和油气输送管道建设 现有产品适用范围直径为 0.8~4m

续表

序号	产品类别	应用领域 / 技术特点
9	 扩孔式掘进机 TBE	先开挖导洞，再进行分级或以此扩孔掘进成洞的机器，适用于围岩相对稳定、高强度岩层隧道开挖 现有产品最大开挖直径 14m
10	 斜井 TBM	可开挖倾斜隧洞的 TBM 现有产品开挖能力为从上向下 10° 坡度，从下向上 30° 坡度
11	 隧道配套编组列车	适用于中短距离隧道开挖物料、人员、渣土运输 现有产品适用范围为 15T~60T 牵引机车
12	 悬臂掘进机	悬臂掘进机广泛应用于地铁、市政、公路、水利等隧道施工具有机械化程度高、对围岩损伤扰动少、超欠挖易控制、开挖出碴连续、作业人员少、劳动强度低、安全性高、适应断面灵活等特点。因其履带式的行走机构，便于转弯、爬坡，对复杂地质条件适应性强
13	 三臂凿岩台车	适用范围： 1）适用Ⅱ级、Ⅲ级、Ⅳ级围岩为主以及经过超前加固的Ⅳ级、Ⅴ级围岩； 2）采用以全断面或短台阶法施工的隧道工程； 3）断面面积：50~170 ㎡
14	 单臂拱架安装台车	适合在小断面或单线隧道中进行拱架短距离运输，吊装及完成其他高空作业

续表

序号	产品类别	应用领域 / 技术特点
15	 三臂三篮拱架安装台车	适应大断面、长大隧道的拱架作业、装药作业以及各种高空作业，配备的是轮式行走，转场运输迅速快捷
16	 混凝土湿喷台车	适用于长大隧道全断面开挖以及台阶法开挖的混凝土喷射支护作业 目前产品系列涵盖 20、25、30 方量，喷射高度最高可达 17m
17	 信息化二衬模板台车	隧道施工过程二次衬砌中须使用的专用设备，用于对隧道内壁的砼衬砌施工，采取分布式灌浆管道，易于操作
18	 新型防水板铺设台车	适用于隧道防水施工过程中的防水卷材、土工布自动铺设及支撑作业，能降低劳动强度及人工成本，提高铺设效率和质量
19	 连续皮带机	专门用于隧道开挖出渣的连续性物料运输设备，主要和盾构机或硬岩 TBM 配套施工，可实现不停机掘进，是隧道施工机械化、成套化的关键设备

续表

序号	产品类别	应用领域 / 技术特点
20	 竖井皮带机	垂直提升主要采用波纹挡边皮带机，多应用于煤矿、水泥厂和钢厂，优点是占用面积小，可连续输送，同比目前斗式提升效率高，而且可以根据不同的需求进行针对性的布置
21	 单刃滚刀、双刃滚刀、中心滚刀双联滚刀、17 寸、18 寸、19 寸、20 寸等	适用盾构 TBM 刀盘刀具更换，是盾构机掘进关键部件，选型时考虑到盾构 TBM 刀盘设计及刀具更换过程，使刀具与刀盘达到完美配合，并且对掘进地层特性进行研究，使刀具与掘进地层达到最佳匹配
22	 联络通道掘进机	目前隧道联络通道项目主要采用冷冻法或者注浆法加固、矿山法暗挖，成本高、工期长且存在一定的安全质量风险。采用联络通道施工掘进机施工，可大大降低施工加固成本，缩短施工工期。同时技术成熟后可拓展至各种 T 接隧道施工，对地下空间、综合管廊的支线管网施工提供新的解决方案
23	 曲线管幕机	曲线管幕机是一种应用于超大地下空间开发的机械装备，在避开地下障碍物、盾构机地下对接、主隧道与闸道结合部开挖、地铁车站开挖等超大地下空间工程中具有广泛应用前景

续表

序号	产品类别	应用领域 / 技术特点
24	SBM 竖井掘进机	SBM 竖井掘进机是结合隧道掘进机及竖井施工特点研制的新型竖井施工设备，设备集成了竖井开挖、出渣、支护、通风、排水等多项施工及施工保障，是一种集机、电、液于一体的大型集成化施工设备，是竖井施工行业的创新性产品
25	水平螺旋钻机	水平螺旋钻进法广泛应用在铺设管道、管棚工程，主要用于穿越铁路、公路路基、管棚施工。该方法可用于多种地层施工，避免明挖施工，减少对交通干扰，结构简单，操作方便
26	机械化建造装配式地下工程	主要为综合管廊、地铁车站、“海绵城市”等地下空间项目提供无须“开膛破肚”的实践新方案

· 道岔 ·

【**中铁山桥承揽道岔产品及生产情况**】2018 年中铁山桥道岔产品相继中标了成兰铁路、福平铁路、渝怀铁路和重庆枢纽等重点基建道岔项目；济南地铁、深圳地铁、福州地铁、长春地铁、北京地铁、上海机场线等地铁道岔项目；唐曹、淮北矿业、蒙自等铁路专用线道岔项目，道岔产品新签合同额 20.8 亿元。 （张　璇）

表 7–3 　　**中铁山桥 2018 年道岔产品一览表**

序号	图号	产品名称	主要结构特点	容许通过速度		应用时间
				直向	侧向	
1	SC848	混凝土长岔枕 60kg/m 钢轨 9 号单开减振道岔	1. 本道岔的轨下基础采用混凝土岔枕和整体道床 2. 尖轨设两个牵引点，各牵引点设计动程分别为 160mm、70mm 3. 辙叉采用高锰钢整铸式，趾、跟端均采用接头夹板连接 4. 护轨为分开式可调护轨，采用 UIC33 槽型钢轨制造 5. 采用Ⅲ型弹条扣件及轨距块 6. 转辙器跟端设置限位器 /8、钢轨轨下和辙叉下设置 12mm 厚弹性垫板	100km/h	35km/h	2018.01

续表

序号	图号	产品名称	主要结构特点	容许通过速度		应用时间
				直向	侧向	
2	SC849	整体道床 60kg/m 钢轨 9 号 5m 交叉渡线减振道岔	1. 本道岔的轨下基础采用混凝土岔枕和整体道床 2. 尖轨设两个牵引点，各牵引点设计动程分别为 160mm、70mm 3. 辙叉采用高锰钢整铸式，趾、跟端均采用接头夹板连接 4. 护轨为分开式可调护轨，采用 UIC33 槽型钢轨制造 5. 采用Ⅲ型弹条扣件及轨距块 6. 转辙器跟端设置限位器 /8、钢轨轨下和辙叉下设置 12mm 厚弹性垫板	100km/h	35km/h	2018.01
3	研线 1115	60kg/m 钢轨 12 号单开道岔	1. 货物列车轴重为 27t 2. 该道岔采用相离单圆曲线线型，导曲线半径 350m、相离值 40.8mm，并在基本轨和尖轨密贴段将基本轨工作边一侧刨切 5mm 来增加尖轨的厚度 3. 转辙器设置两个牵引点，动程为 160mm 和 80mm 4. 道岔轨下基础采用混凝土岔枕，岔枕上设置预埋铁座，通过Ⅱ型弹条、绝缘轨距块及 T 型螺栓与垫板固定 5. 辙叉采用高锰钢拼装辙叉 6. 道岔设 1 : 40 轨底坡或轨顶坡	重载货车 100km/h、其他货车 120km/h、客车 160 km/h	45km/h	2018.02
4	SC852	75kg/m 钢轨 12 号拼装辙叉	1. 首次采用了多种间隔铁贴合形式相结合，即起到了多重定位且防止旋转的作用，也降低了加工难度，提高了产品质量、生产效率 2. 采用了藏尖贴合型式，加大了趾端小断面的宽度，使得该部位的承受冲击能力加强，防止其剥落掉块、撕裂等问题 3. 采用了【R15 圆弧 +R80 圆弧 +1 : 20 斜面】的断面轮廓，在保证合理的轮轨关系的情况下，降低了顶面堆积高，满足了客户的要求 4. 采用了尾端四孔结构，缩短了尾端长度，加强了拼装辙叉尾端铸造质量，防止尾端底面出现裂纹等缺陷 5. 采用了尾端间隔铁上贴合面防拉开结构，有效加强了拼装辙叉组装整体性，防止锰钢心轨与叉跟轨密贴处出现缝隙	货车 90km/h	40km/h	2018.03
5	GTC−25−1−2	时速 400km1520 轨距 P65 钢轨 25 号单开道岔转辙器部分（试制）	1. 运用高速道岔平面线型的基本参数法设计及轮轨系统动力学评估理论相结合对道岔平面设计安全性、平稳性及轮轨力分布进行综合评估 2. 首次提出以改善转辙器区轮轨接触关系为目的的“接触迹线外移”轮载转移技术 3. 世界首创的新型扣件系统，设计了弹性补压结构，充分考虑了环境因素及线路客货混运的适应性 4. 首次对高寒环境下道岔零部件材质进行系统研究	客车 400 km/h、货车 200 km/h	120km/h	2018.03 试制完成
6	SC860	60kg/m 钢轨 4.5 号钝角拼装辙叉	1. 主体结构型式为带翼轨的锰钢叉心与钢轨栓接结构 2. 采用新型轨顶轮廓设计，改善轮轨关系，优化受力分布，提高心轨使用寿命，减少养护维修工作量 3. 叉心长度减短设计，保证了不同长度钝角拼装辙叉所用叉心通用性 4. 叉跟轨与叉心贴合部位采用了防拉开结构，有效加强了辙叉组装整体性，防止锰钢心轨与叉跟轨密贴处出现缝隙	120 km/h	35km/h	2018.04

续表

序号	图号	产品名称	主要结构特点	容许通过速度		应用时间
				直向	侧向	
7	SCW1711	俄铝几内亚1435轨距60E1钢轨7号单开道岔	1. 道岔直股轨距为1435mm，曲股设有5mm加宽，并在前后逐渐过渡至1435mm 2. 道岔轨下基础为钢枕，道岔区间内设置1∶20的轨底坡或轨顶坡 3. 道岔区间内采用普通夹板连接，道岔前后采用异型夹板进行连接 4. 转辙器基本轨为UIC60E1钢轨，尖轨为UIC60E1A5钢轨，尖轨采用弹性可弯尖轨，尖轨尖端为藏尖式结构，弹性可弯尖轨跟端设置限位器结构 5. 固定型辙叉采用高锰钢整铸辙叉，辙叉下设置铁垫板 6. 钢轨扣件采用e型弹条分开式扣件。铁垫板与钢枕也采用e型扣件连接	40km/h	25km/h	2018.05
8	SC857-SYG	莫斯科—喀山高速铁路时速400km 1520mm轨距P65钢轨25号单开道岔扣件系统	1. 技术关键之一：岔枕螺栓强度安全 （1）结构优化，降低横向力作用点高度 （2）让垫板螺栓孔壁与岔枕螺栓直接接触，通过中间界质实现软接触，以缓冲横向作用力 （3）延长螺栓光杆长度，降低光杆与螺栓交界面高度，以增强岔枕螺栓自身承载能力 2. 技术关键之二：板下弹性垫层在有限空间内实现低刚度 （1）改变橡胶垫层结构形式，包括单向沟槽、双向沟槽、圆柱体、空心圆柱体等形式 （2）采用新型材料（主要指聚胺脂等）替代橡胶 （3）岔枕与垫板的连接机构既要保持稳定的轴向力同时保持弹性垫层的正常工作			2018.06
9	SCW1805	肯尼亚50kg/m钢轨9号单开道岔	1. 本图转辙器采用6.45m 50AT直线尖轨，跟部为间隔铁式活接头联结 2. 辙叉部分采用整铸式高锰钢整铸辙叉 3. 护轨采用槽型护轨，护轨工作边顶面高出基本轨顶面12mm 4. 道岔转换设备按联动内锁闭装置设计。尖轨设置一个牵引点，设计动程为152mm，在正常情况下尖轨理论转换力为1300N	客车100km/h、货车80km/h	35km/h	2018.07
10	SC723	现代有轨电车50kg/m钢轨3号单开道岔	1. 针对现代有轨电车机车轮对尺寸的特殊性，为了保证在钢轨和轮缘最大垂直磨耗时不会轧伤尖轨尖端，且防止车轮爬轨，对尖轨降低值进行了优化，采用了全新的尖轨降低值方案 2. 为了增加尖轨的厚度，增加尖轨粗壮度，保证尖轨和基本承受载荷的平滑过渡，采用了切削基本轨的方案，基本轨工作边1∶4斜度切削厚度3mm 3. 护轨采用了分开式UIC33槽型护轨制造，护轨顶面高出基本轨12mm	30km/h	10km/h	2018.08
11	SC870	75kg/m钢轨12号拼装辙叉（合金钢叉心）	1. 研究能够充分发挥新材料性能满足现有设备能力的心轨结构 2. 以轮轨关系匹配为控制基础研究心轨翼轨同材质设计 3. 优化翼轨轨顶轮廓，改进加工工艺 4. 研究叉跟尖轨及其连接件的新型限位结构	货车90 km/h	40km/h	2018.08

续表

序号	图号	产品名称	主要结构特点	容许通过速度		应用时间
				直向	侧向	
12	SCW1807	肯尼亚 50kg/m 钢轨 26° 49′25″ 菱形交叉道岔	1. 采用高锰钢整铸辙叉，本次设计的菱形交叉由 50kg/m 和 BS80R 两种钢轨类型组成，轨距采月 1435mm 和 1000mm 两种类型，比较特殊，为首次两种轨距、两种钢轨类型设计，设计复杂 2. 该道岔为首次需要通过两种车轮线路，为了适应两种车轮的安全通过，经过复杂精确计算，高锰钢整铸辙叉内部轮缘槽深度由 50mm 均匀过渡到 25mm，宽度为 44mm，斜度为 1:6，该设计有利于车轮的顺利平滑的通过，该设计在高锰钢辙叉设计中也为首例 3. 菱形内部采用双轨头连接，高锰钢辙叉与线路连接处采用标准钢轨断面单轨头形式	20km/h	20km/h	2018.09
13	SC724	50kg/m 钢轨 5 号单开道岔	1. 道岔轨下基础采用混凝土长岔枕 2. 尖轨采用 50AT 曲线尖轨，尖轨尖端采用加厚结构，增强尖轨强度；尖轨设一个牵引点，设计动程 100mm 3. 辙叉为高锰钢整铸式，趾跟端采用接头夹板固定连接 4. 护轨为分开式 UIC33 槽型护轨 5. 钢轨及高锰钢辙叉下、铁垫板下分别设置橡胶垫板	60km/h	20km/h	2018.09
14	SC873	现代有轨电车 50kg/m 钢轨 7 号单开道岔	1. 道岔的轨下基础采用混凝土岔枕长枕埋入式整体道床，适用于现代有轨电车正线线路 2. 转辙器采用 50AT 曲线尖轨，跟部为间隔铁式活接头联结 3. 为保证行车安全，辙叉心轨工作边及护轨工作边的距离应大于 1405mm，辙叉翼轨工作边至护轨工作边的距离应小于 1378mm 4. 辙叉为高锰钢整铸式，趾跟端采用接头夹板固定联结 5. 道岔转换设备按联动内锁闭装置设计 6. 本道岔按不设轨道电路设计	70 km/h	25km/h	2018.10
15	SCW1811	印尼 60E1 钢轨 8 号单开道岔	1. 转辙器基本轨 60E1 钢轨，尖轨为 60E1A1 钢轨，尖轨采用弹性可弯尖轨，尖轨尖端为藏尖式结构，弹性可弯尖轨跟端设置间隔铁结构 2. 尖轨设置一个牵引点，牵引点动程为 160mm 3. 辙叉采用高锰钢整铸辙叉，高锰钢采用爆炸硬化处理，硬度不小于 350HB，辙叉趾跟端端头均需要焊接 60E1 钢轨，辙叉下设置铁垫板 4. 护轨为分开式、采用 UIC33 在线淬火钢轨制造，硬度不小于 320HB，护轨顶面高出基本轨顶面 12mm 5. 为加强基本轨稳定性，减少外倾，在基本轨外侧设置部分轨撑 6.60E1 钢轨及 60E1A1 材质采用 EN13674-1 的级别为 R350HT，硬度不小于 350HB	80km/h	30km/h	2018.11
16	SCRT-GD-03200-DC06-CD18	60kg/m 钢轨曲线尖轨 9 号混凝土长岔枕单开道岔	1. 转辙器采用 11.2m60AT 弹性可弯尖轨，尖轨尖端为藏尖式，弹性可弯跟端设间隔铁 2. 辙叉及护轨部分采用两种设计方式供选择：高锰钢辙叉及合金钢辙叉 3. 心轨和叉跟轨贴合面防拉开结构，有效加强了拼装辙叉组装整体性，防止实际应用中两者之间出现缝隙	120km/h	35km/h	2018.11

续表

序号	图号	产品名称	主要结构特点	容许通过速度		应用时间
				直向	侧向	
17	SCW1812	印尼 60E1 钢轨 12 号单开道岔	1. 国外道岔首次采用固定型辙叉应用于时速 200km 单开道岔中，因此高锰钢辙叉设计时，应尽量减缓竖向和横向的不平顺，优化轨顶轮廓；优化翼轨轮缘槽，使翼轨缓冲段、咽喉段的冲击角尽可能降低 2. 道岔平面线型的优选，相离半切线型尖轨以有利增加轨头粗壮度，提高尖轨的耐磨性和使用寿命作为首选 3. 扣件系统采用国内技术成熟的Ⅱ型弹条有螺栓扣件 4. 滑床板置有普通滑床板、辊轮滑床板及防跳滑床板三种	200km/h	50km/h	2018.12

制表人：宋岩峰

【中铁宝桥承揽道岔和提速道岔产品情况】2018 年，中铁宝桥中标汉十高铁和鲁南高铁 3.5 亿元高速道岔合同；深化西安铁路局、上海铁路局战略合作优势，收获订单 2.7 亿元；承揽郑州、苏州、厦门等地铁道岔项目 2.2 亿元，城市市场开发保持了强劲活力。全年累计承揽整组道岔 5806 组，高锰钢（商品）辙叉 4640 个，轨类配件 13750 根，实现订货 28.2 亿元。累计生产整组道岔 5053 组，计划完成率 109.9%，其中完成客专道岔 382 组，计划完成率 123.2%；完成道岔配件 15773 根，计划完成率 131.4%；生产辙叉 11819 个，计划完成率 90.9%。

（蒋晓强）

表 7–4　　中铁宝桥 2018 年道岔产品一览表

序号	图号	产品名称	主要结构特点	容许通过速度（km/h）		应用时间
				直向	侧向	
1	CZ2379	呼和浩特市轨道交通 50kg/m 钢轨 7 号单开道岔（碎石道床，砼枕）	转辙器采用 50AT1 曲线尖轨，跟端采用间隔铁式活接头联结。电务转换设备按联动内锁闭装置设计；尖轨设一个牵引点，牵引点动程为 152mm。固定辙叉采用高锰钢整铸式，辙叉下设置铁垫板。护轨为分开式，采用 43kg/m 钢轨制造，护轨顶面高出基本轨顶面 12mm。扣件采用Ⅰ型弹条分开式可调扣件，钢轨轨下及高锰钢辙叉下设置 5mm 厚橡胶垫板，铁垫板下设置 10mm 厚橡胶垫板。道岔前后设置顺坡垫板 P80、P60 分别用 M、N 表示，若与无轨底坡线路连接时取消顺坡垫板，采用平垫板 50–A	80	25	2018.4
2	CZ2380	呼和浩特市轨道交通 50kg/m 钢轨 7 号 5.0m 间距交叉渡线（碎石道床、砼枕）	转辙器采用 50AT1 曲线尖轨，跟端采用间隔铁式活接头联结。电务转换设备按联动内锁闭装置设计；尖轨设一个牵引点，牵引点动程为 152mm。固定辙叉采用高锰钢整铸式，辙叉下设置铁垫板。护轨为分开式，采用 43kg/m 钢轨制造，护轨顶面高出基本轨顶面 12mm；附加护轨采用 50kg/m 钢轨制造。扣件采用Ⅰ型弹条分开式可调扣件，钢轨轨下及高锰钢辙叉下设置 5mm 厚橡胶垫板，铁垫板下设置 10mm 厚橡胶垫板。钢轨件轨头顶面均全长淬火，导曲线半径按外轨工作边计。道岔前后设置顺坡垫板 P80、P60 分别用 M、N 表示，若与无轨底坡线路连接时取消顺坡垫板，采用平垫板 50–A	80	25	2018.4

续表

序号	图号	产品名称	主要结构特点	容许通过速度（km/h）		应用时间
				直向	侧向	
3	CZ2381	广州地铁8号线北延段50kg/m钢轨7号5m间距交叉渡线（木枕）	菱形部分及单开辙叉轨距采用1440mm（直股由中心线向两侧加宽），由轨距加宽引起单开辙叉后移值（35mm）通过调整单开道岔导曲线的配备长度来实现，以保证道岔中心位置不动。转辙器采用50AT1尖轨，跟端采用间隔铁式活接头联结。电务转换设备按联动内锁闭装置设计；尖轨设一个牵引点，牵引点动程为152mm。单开辙叉为高锰钢整铸式（与菱形交叉连接一侧为双轨式），锐角辙叉与钝角辙叉采用高锰钢整铸式双轨辙叉，辙叉下设置铁垫板。辙叉端头、接头夹板的贴合面、接头螺栓孔及耳板与轨距块的贴合面等部位进行表面机加工。护轨为分开式，采用43kg/m钢轨制造，护轨顶面高出基本轨顶面12mm。附加护轨采用50kg/m钢轨制造。扣件采用Ⅰ型弹条（B型弹条）分开式可调扣件，钢轨及锰叉下设置10mm厚橡胶垫板，垫板下设置5mm厚塑料垫片。轨下基础采用防腐木岔枕，不设置绝缘设计，钢轨顶面应进行全长淬火，不设轨底坡	80	25	2018.4
4	CZ2382	昆明地铁4号线50kg/m钢轨7号5.0m间距交叉渡线（砼枕）	转辙器采用50AT1曲线尖轨，跟端采用间隔铁式活接头联结。单开辙叉为高锰钢整铸式（与菱形交叉连接一侧为双轨式），锐角辙叉与钝角辙叉采用高锰钢整铸式双轨辙叉，辙叉下设置垫板。护轨为分开式，采用43kg/m钢轨制造，护轨顶面高出基本轨顶面12mm。扣件采用Ⅰ型弹条（B型弹条）分开式可调扣件，钢轨及锰叉下设置5mm厚橡胶垫板，垫板下设置10mm厚橡胶垫板。菱形部分及单开辙叉轨距采用1440mm（直股由中心线向两侧加宽），由轨距加宽引起单开辙叉后移35mm。本道岔电务转换设备按联动内锁闭装置设计，尖轨设一个牵引点，牵引点的动程为152mm	80	25	2018.6
5	CZ2385	50kg/m钢轨7号单开道岔（整体道床、砼枕）	道岔平面：半割线型曲线尖轨（割距4mm），割线型直线辙叉（割距12mm），导曲线半径150m。转辙器采用8.21m50AT1弹性可弯尖轨，弹性可弯跟端设间隔铁。曲线尖轨理论尖端厚度为2mm，以增加尖轨粗壮度。道岔采用内锁闭，尖轨设一个牵引点，牵引点动程为152mm，在正常养护情况下，尖轨理论扳动力为4000N。固定型辙叉采用整铸式高锰钢辙叉。辙叉下设置铁垫板。护轨为分开式，采用UIC33槽型钢轨制造，护轨顶面高出基本轨顶面12mm。扣件采用Ⅲ型弹条分开式可调扣件，钢轨及锰叉下设置5mm厚橡胶垫板，垫板下设置10mm厚发泡橡胶垫板。本道岔不设轨底坡，可采用调高垫板在板下橡胶垫板与岔枕之间调高，调高量为−4mm～+10mm	80	25	2018.11
6	CZ2386	50kg/m钢轨7号5.6m间距交叉渡线（整体道床、砼枕）	菱形部分轨距采用1440mm（由中心线向两侧加宽），由轨距加宽引起单开辙叉后移35mm，通过调整单开辙叉配轨长度来处理，以保持单开道岔转辙器位置不变。转辙器采用8.21m50AT1弹性可弯尖轨，尖轨跟端设间隔铁。曲线尖轨理论尖端厚度为2mm，以增加尖轨粗壮度。道岔采用内锁闭，尖轨设一个牵引点，牵引点动程为152mm，在正常养护情况下，尖轨理论扳动力为4000N。A（B）型辙叉、锐角辙叉及钝角辙叉均采用高锰钢整铸式，辙叉下设置铁垫板。护轨为分开式，采用UIC33槽型钢轨制造，护轨顶面高出基本轨顶面12mm。钢轨及锰叉下设置5mm厚橡胶垫板，垫板下设置10mm厚发泡橡胶垫板。本道岔不设轨底坡，可采用调高垫板在板下橡胶垫板与岔枕之间调高，调高量为−4mm～+10mm	80	25	2018.11

续表

序号	图号	产品名称	主要结构特点	容许通过速度（km/h）		应用时间
				直向	侧向	
7	CZ2387	天水有轨电车停车场50kg/m钢轨3号单开道岔（碎石道床）	转辙器尖轨采用半切线线型，50AT1钢轨制造，为增加尖轨厚度，在基本轨与尖轨密贴段将基本轨工作边一侧刨切3mm，尖轨跟端采用间隔铁活接头结构型式。转辙器按联动内锁闭设计，采用一点牵引，牵引点动程为120mm。转换设备设置于道岔外侧。为加强基本轨稳定性，减少外倾，在基本轨外侧设置轨撑。辙叉采用高锰钢整铸式辙叉。扣件采用B型分开式可调弹性扣件，护轨为分开可调式，采用33kg/m钢轨制造，护轨顶面高出基本轨顶面15mm。轨下及高锰钢辙叉下设置10mm厚的橡胶垫板，护轨垫板下设置7mm厚的橡胶垫板，其余垫板下设置10mm厚的橡胶垫板	25	10	2018.12
8	CZ4541	广州地铁新造车辆段用60kg/m钢轨伸缩量1000mm单向伸缩器	基本轨与尖轨贴合面采用半径300m的圆曲线，圆曲线与轨距线相切，尖轨实际尖端轨头宽1mm；伸缩器范围内设1∶40轨底坡与线路保持一致；尖轨采用60AT钢轨制造，尖轨尖端采用藏尖式；尖轨固定，基本轨作相对收缩	100	—	2018.1
9	CZ4543	西安北至机场城际轨道工程用60kg/m钢轨伸缩量±400mm单向伸缩调节器	本产品与调节器两端焊联的钢轨采用常阻力扣件，无须采用小阻力扣件；调节器轨撑螺栓采用了“穿销＋开槽螺母＋弹簧垫圈＋平垫圈”结构，提高轨撑螺栓的防松性能；增设了调节器基本轨可滑动扣件，最大减小基本轨伸缩阻力；增设了铁垫板偏心套结构，便于调整轨距轨向或矢距；采用了提速道岔弹条扣件系统，以提高结构稳定性并方便养护维修；采用了高速铁路无砟轨道调节器用的钢筋桁架长枕，以提高调节器铺设精度和整体稳定性；轨距调整量：±32mm，其中一股钢轨偏心套的轨距或矢距调整量为±6mm、轨撑的轨距调整量为±10mm；高低调整量为：-4mm ~ +20mm	200	—	2018.1
10	CZ4544	沈阳地铁60kg/m钢轨9号单开减振道岔（Ⅱ型弹条、整体道床）	转辙器采用11.2m长60AT1弹性可弯尖轨，尖轨尖端为藏尖式，转辙器跟端采用间隔铁结构；尖轨设置两个牵引点，采用分动外锁闭装置，第一牵引点动程为160mm，第二牵引点动程为70mm；辙叉采用高锰钢整铸式，辙叉下设置铁垫板；护轨为分开式，采用50kg/m钢轨制造，护轨顶面高出基本轨顶面12mm；钢轨及锰叉下设置10mm厚弹性垫板；铁垫板下设减振器（小减振器处除外）；道岔不设轨底坡，道岔前后通过短轨枕扭转过渡	100	35	2018.1
11	CZ4548	成都地铁5号线一、二期工程60kg/m钢轨9号5m间距交叉渡线（直线尖轨、混凝土长岔枕）	本图尖轨采用60AT1轨，尖轨尖端为藏尖式，跟端为间隔铁式活接头；尖轨设置一个牵引点，设计动程为152mm，在正常情况下尖轨理论转换力为1500N；A（B）型辙叉采用高强耐磨的合金钢组合辙叉，其余辙叉采用高锰钢整铸辙叉，辙叉下设置铁垫板；A（B）型辙叉直向护轨采用分开式33kg/m槽型钢轨制造，护轨顶面高出基本轨顶面12mm；附加护轨为间隔铁式，采用60kg/m钢轨制造；轨下及辙叉下设置10mm弹性垫板，各垫板下设置12mm弹性垫板	100	30	2018.2
12	CZ4549	城市轨道交通60kg/m钢轨9号单开道岔（整体道床、合成枕）	转辙器尖轨采用6.45m长60AT1直线尖轨，尖轨尖端为藏尖式，跟端采用间隔铁活接头型式；尖轨设置一个牵引点，牵引点设计动程为152mm，在正常养护情况下理论转换力为1500N；辙叉采用高锰钢整铸式，辙叉下设置铁垫板；护轨为分开式，采用50kg/m钢轨制造，护轨顶面高出基本轨顶面12mm；钢轨下和辙叉下设10mm厚橡胶垫板，垫板下设置12mm厚橡胶垫板；本道岔不设轨底坡，与1∶40轨底坡线路连接时，道岔前后端铺设顺坡垫板	95	30	2018.2

续表

序号	图号	产品名称	主要结构特点	容许通过速度（km/h）		应用时间
				直向	侧向	
13	CZ4550	城市轨道交通60kg/m钢轨9号5m间距交叉渡线（整体道床、合成枕）	转辙器尖轨采用6.45m长60AT1直线尖轨，尖轨尖端为藏尖式，跟端采用间隔铁活接头型式；辙叉采用高锰钢整铸式，辙叉下设置垫板；护轨为分开式，采用50kg/m钢轨制造，护轨顶面高出基本轨顶面12mm；尖轨设置一个牵引点，牵引点设计动程为152mm；钢轨及锰叉下设10mm厚橡胶垫板，铁垫板下设12mm厚橡胶垫板；本道岔不设轨底坡，与1∶40轨底坡线路连接时，道岔前后端铺设顺坡垫板	95	30	2018.2
14	CZ4556	昆明地铁60kg/m钢轨9号17m间距交叉渡线（整体道床）	转辙器采用相离型60AT弹性可弯曲线尖轨（相离值f=−22mm），尖轨尖端为藏尖式，跟端采用接头夹板连接。为降低转换力，尖轨弹性可弯段按刨切轨底设计；尖轨设两个牵引点，第一牵引点设计动程为160mm，第二牵引点设计动程为70mm；为加强基本轨稳定性，减少外倾，在基本轨外侧设置轨撑；辙叉采用高锰钢整铸式，趾、跟端均采用接头夹板连接；护轨为分开式可调护轨，采用33kg/m槽型钢制造，护轨顶面高出基本轨顶面12mm；钢轨轨下及高锰钢辙叉下设置12mm厚弹性垫板，护轨垫板下设置7mm厚的弹性垫板，其余垫板下均设置10mm厚弹性垫板	100	35	2018.7
15	CZ3594NB	宁波地铁3号线60kg/m钢轨9号单开道岔（整体道床）	转辙器采用10.68m的60AT1弹性可弯尖轨，尖轨尖端为藏尖式，弹性可弯跟端设间隔铁；尖轨设两个牵引点，各牵引点设计动程分别为160mm、80mm；固定辙叉采用高锰钢整铸式，辙叉下设置铁垫板；护轨为分开式，采用50kg/m钢轨制造，护轨顶面高出基本轨顶面12mm；钢轨及锰叉下设10mm厚弹性垫板，铁垫板下设12mm厚弹性垫板；道岔钢轨采用U75V钢轨，均进行轨头顶面全长淬火	100	35	2018.3
16	CZ4552	宁波地铁3号线整体道床60kg/m钢轨9号道岔4.6m间距交叉渡线	转辙器采用10.68m长的60AT1弹性可弯尖轨，尖轨尖端为藏尖式，弹性可弯跟端设间隔铁；尖轨设两个牵引点，采用分动外锁闭装置，各牵引点设计动程分别为160mm、80mm；为了改善列车运行条件便于制造和维修，在菱形部分轨距采用1440mm（中心向两侧加宽）；固定辙叉采用高锰钢整铸式，辙叉下设置铁垫板；单开辙叉直向护轨为分开式，采用50kg/m钢轨制造，护轨顶面高出基本轨顶面12mm。附加护轨为间隔铁式，采用60kg/m钢轨制造；钢轨及锰叉下设10mm厚橡胶垫板，铁垫板下设12mm厚橡胶垫板	100	35	2018.3
17	CZ4553	苏州市轨道交通60kg/m钢轨9号14m间距特殊交叉渡线	转辙器采用半割线型60AT1弹性可弯曲线尖轨（割据f=13mm两），尖轨尖端为藏尖式，跟端采用限位器结构；尖轨设两个牵引点，采用分动外锁闭装置；辙叉采用高锰钢整铸式，辙叉下设置铁垫板；护轨为分开式可调式，采用UIC33槽型钢轨制造，护轨顶面高出基本轨顶面12mm；钢轨轨下、高锰钢辙叉下设置12mm橡胶垫板。尖轨范围内的垫板上（不含跟端垫板），采用静刚度较大的橡胶垫板。为保护尖轨尖端，在尖轨尖端前的两块平垫板上，也采用与滑床板上相同的橡胶垫板；平垫板扣件是根据DT Ⅵ 2型无挡肩弹性分开式无螺栓扣件修改而成，减振道岔处垫板与道床采用减振扣件连接；道岔不设轨底坡，如与区间连接时，采用顺坡垫板过渡	120	35	2018.3
18	CZ4557	深圳地铁60kg/m钢轨9号14.2m间距交叉渡线（直尖轨、整体道床砼枕）	尖轨采用60AT1轨，尖轨尖端为藏尖式，跟端为间隔铁活接头形式；辙叉采用高锰钢整铸式，护轨为分开式，采用33kg/m槽型钢轨制造；护轨顶面高出基本轨顶面12mm；钢轨下和辙叉下设5mm厚橡胶垫板，其余垫板下设置10mm厚橡胶垫板；本道岔不设轨底坡，与1∶40轨底坡线路连接时，道岔前后端用顺坡垫板进行过渡；滑床板部分及护轨基本轨内侧为弹片+楔形调整块扣压结构；交叉渡线菱形中钝角辙叉范围内轨距采用1440mm。轨距过渡在锐角辙叉趾端接缝前完成	90	30	2018.5

续表

序号	图号	产品名称	主要结构特点	容许通过速度（km/h）		应用时间
				直向	侧向	
19	CZ4558	呼和浩特市轨道交通60kg/m钢轨9号单开道岔（合成枕）	转辙器采用10.68m的60AT1弹性可弯尖轨，尖轨尖端为藏尖式，弹性可弯跟端设间隔铁；尖轨设两个牵引点，第一牵引点动程为160mm，第二牵引点动程为85mm，在正常养护情况下，尖轨理论总扳动力不大于6000N；转辙器滑床板、护轨垫板上设置弹片扣压相应的基本轨；固定辙叉采用高锰钢整铸式，趾、跟端均采用接头夹板连接，辙叉下设置铁垫板；护轨为分开式可调护轨，采用50kg/m钢轨制造，护轨顶面高出基本轨顶面12mm；钢轨及锰叉下设10mm厚弹性垫板，铁垫板下设12mm厚弹性垫板	100	35	2018.5
20	CZ4560	昆明地铁4号线60kg/m钢轨9号4.6m间距交叉渡线（整体道床，混凝土长岔枕）	转辙器采用相离线型60AT1弹性可弯曲线尖轨（割距f=−22mm），尖轨尖端为藏尖式，跟端采用接头夹板连接。为降低转换力，尖轨弹性可弯段按刨切轨底设计；电务转换设备采用联动内锁闭。尖轨设两个牵引点，第一牵引点设计动程为160mm，第二牵引点设计动程为70mm；为加强基本轨稳定性，减少外倾，在基本轨外侧设置轨撑；辙叉采用高锰钢整铸式，趾、跟端均采用接头夹板连接；单开辙叉直向护轨为分开式可调护轨，采用33kg/m槽型钢轨制造，护轨顶面高出基本轨顶面12mm；附加护轨为间隔铁式，采用60kg/m钢轨制造；垫板与岔枕的紧固采用岔枕螺栓与复合偏心套或复合定位套联结结构	100	35	2018.7
21	CZ4561	杭州地铁5号线60kg/m钢轨9号单开减振道岔（整体道床）	转辙器采用半割线型60AT1弹性可弯曲线尖轨（割据f=13mm），尖轨尖端为藏尖式，跟端采用限位器结构；尖轨设两个牵引点，采用分动外锁闭装置；辙叉采用高锰钢整铸式，辙叉下设置铁垫板；护轨为分开式可调式，采用UIC33槽型钢轨制造，护轨顶面高出基本轨顶面12mm；钢轨轨下、高锰钢辙叉下设置12mm橡胶垫板；尖轨范围内的垫板上（不含跟端垫板），采用静刚度较大的橡胶垫板；为保护尖轨尖端，在尖轨尖端前的两块平垫板上，也采用与滑床板上相同的橡胶垫板；平垫板扣件是根据DT Ⅵ 2型无挡肩弹性分开式无螺栓扣件修改而成，垫板与道床采用减振扣件连接	120	35	2018.7
22	CZ4563	贵阳地铁2号线60kg/m钢轨9号单开道岔（短轨枕）	转辙器采用11.2m 60AT1弹性可弯尖轨，尖轨尖端为藏尖式，弹性可弯跟端设间隔铁；尖轨设两个牵引点，第一牵引点动程为160mm，第二牵引点动程为70mm；辙叉采用高锰钢整铸式，辙叉下设置铁垫板；护轨为分开式，采用UIC33槽型护轨制造，采用可调式轨撑扣件，护轨顶面高出基本轨顶面12mm	100	35	2018.7
23	CZ4566	杭州地铁6号线60kg/m钢轨9号单开减振道岔（整体道床，砼枕）	转辙器采用10.68m的60AT1弹性可弯尖轨，尖轨尖端为藏尖式，弹性可弯跟端设间隔铁；尖轨设两个牵引点，第一牵引点动程为160mm，第二牵引点动程为80mm；基本轨外侧间隔设置弹性轨撑滑床板，尖轨部分间隔设置弹性辊轮滑床板；固定辙叉采用高锰钢整铸式，辙叉下设置铁垫板；护轨为分开式，采用50kg/m钢轨制造，护轨顶面高出基本轨顶面12mm；钢轨下和辙叉下设5mm厚橡胶垫板；道岔钢轨轨头顶面均进行全长淬火，淬火技术条件按TB/T 1779的规定，钢轨螺栓孔均应按不小于1mm*45° 倒棱或$R \geq$ 1mm倒圆，并应清除毛刺	100	35	2018.8

续表

序号	图号	产品名称	主要结构特点	容许通过速度（km/h）		应用时间
				直向	侧向	
24	CZ4568	60kg/m 钢轨伸缩量 ±600mm 单向伸缩器	基本轨始端适当加长，调节器全长为 18200mm，铺设时基本轨跨越梁缝和伸缩装置；与调节器两端焊联的钢轨采用常阻力扣件（连续钢桁梁伸缩纵梁所在节间采用可滑动扣件），无须采用小阻力扣件；调节器轨撑螺栓采用了“穿销 + 开槽螺母 + 弹簧垫圈 + 平垫圈”结构，提高轨撑螺栓的防松性能；加长后的基本轨始端可根据现场配轨需要进行锯切；增设了调节器基本轨可滑动扣件，最大减小基本轨伸缩阻力；加长了尖轨长度和增加了尖轨垫板数量，使尖轨纵向更稳定	120	—	2018.8
25	CZ4569	60kg/m 钢轨 9 号直尖轨单开减振道岔	尖轨采用 60AT1 轨，尖轨尖端为藏尖式，跟端为间隔铁式活接头；尖轨设置一个牵引点，设计动程为 152mm，在正常情况下尖轨理论转换力为 1500N；转辙器基本轨内侧采用弹片扣压，辙叉及护轨采用可调式轨撑扣件；辙叉采用高强耐磨的合金钢组合辙叉，辙叉下设置铁垫板；护轨采用 33kg/m 槽型钢轨制造，护轨顶面高出基本轨顶面 12mm；钢轨轨下及辙叉下设置 10mm 厚聚酯弹性垫板，铁垫板下设减振器（小减振器处除外）	100	30	2018.12
26	CZ4570	60kg/m 钢轨 9 号 14.5m 间距交叉渡线	转辙器采用半割线型 60AT1 弹性可弯曲线尖轨，尖轨尖端为藏尖式，跟端采用限位器结构；护轨为分开式可调护轨，采用 33kg/m 槽型钢轨制造，护轨顶面高出基本轨顶面 12mm；钢轨轨下、高锰钢辙叉下设置 12mm 厚的弹性垫板，各垫板下设置 12mm 厚的板下弹性垫板；为保护尖轨，在尖轨范围（不含辙跟垫板）及尖轨尖端前两块垫板的轨下采用静刚度较大的弹性垫板；道岔钢轨轨头顶面均进行全长淬火，淬火技术条件按 TB/T 1779 的规定，钢轨螺栓孔均应按大于或等于 1mm*45° 倒棱或 $R \geqslant 1$mm 倒圆，并应清除毛刺	120	35	2018.8
27	CZ4571	60kg/m 钢轨 9 号 4.6m 间距交叉渡线（曲尖轨、整体道床合成枕）	本道岔直股轨距为 1435mm，曲股轨距加宽 5mm。道岔平面：采用相离半切线型，60AT1 弹性可弯尖轨，尖轨尖端采用藏尖式，跟端采用间隔铁结构。尖轨非工作边、工作边斜度均为 1∶4。道岔采用联动内锁闭。尖轨设两个牵引点，第一牵引点动程为 160mm，第二牵引点动程为 82mm。辙叉采用高锰钢整铸辙叉。护轨采用分开式，采用 33C1 槽型钢轨制造。护轨顶面高出基本轨 12mm。扣件采用Ⅲ型弹条分开式可调扣件，钢轨及锰叉下设置 5mm 厚橡胶垫板，垫板下设置 10mm 厚橡胶垫板，本道岔设 1∶40 轨底坡	100	35	2018.9
28	CZ4574	60kg/m 钢轨 12 号单开减振道岔（整体道床）	转辙器采用长度为 13m 的 60AT1 弹性可弯尖轨，尖轨尖端为藏尖式，跟端设间隔铁；辙叉下设置铁垫板；辙叉采用高耐磨的合金钢组合辙叉；护轨为分开式，采用 33kg/m 槽型钢轨制造，护轨顶面高出基本轨顶面 12mm；钢轨接头处通过切削接头夹板的方式，使接头位置处能安装普通轨距块及弹条；钢轨轨下及辙叉下设置 10mm 厚聚酯弹性垫板，铁垫板下设减振器（小减振器处除外）	120	50	2018.11
29	CZ4575	时速 250km 客运专线有砟轨道 60kg/m 钢轨动程 ±400mm 单向伸缩调节器	基本轨加长 6000mm，尖轨加长 1200mm，调节器全长为 18600mm；在基本轨轨撑下采用了间隙垫片，可灵活调整轨撑与轨底的间隙，以实现基本轨可滑动扣件、尖轨跟端大阻力扣件的功能；调节器轨撑螺栓采用了“穿销 + 开槽螺母 + 弹簧垫圈 + 平垫圈”结构，提高轨撑螺栓的防松性能；采用了优化设计的基本轨轨撑，提高了基本轨和尖轨跟端的垂向稳定性；加长后的基本轨始端可根据现场配轨需要进行锯切；采用增设具有较大阻力的辅助轨扣件和 2 根辅助轨（60kg/m 钢轨）的措施，使调节器范围的轨排联排，有效加强了调节器轨排的稳定性；铁垫板与轨枕的连接采用偏心套（复合定位套 + 缓冲调距块）结构，允许铺设在半径不小于 R2800m 的曲线或直线上；间隙垫片具有限位结构	250	—	2018.11

续表

序号	图号	产品名称	主要结构特点	容许通过速度（km/h）		应用时间
				直向	侧向	
30	CZ4576	石家庄市轨道交通2号线一期工程60kg/m钢轨9号15.2m间距交叉渡线（整体道床）	转辙器采用半割线型60AT1弹性可弯曲线尖轨（割距f=−13mm），尖轨尖端为藏尖式，跟端采用限位器结构，限位器水平螺栓采用高强度螺栓及高强度螺母；尖轨设两个牵引点，第一牵引点设计动程为160mm，第二牵引点设计动程为84mm，尖轨理论总扳动力不大于4000N；9号辙叉、4.5锐角辙叉、4.5钝角辙叉均采用普通高锰钢辙叉，辙叉采用爆炸硬化处理，出厂硬度不应小于320HBW，硬化深度不小于20mm，辙叉趾、跟端均采用接头夹板连接；护轨为分开式可调护轨，采用33kg/m槽型钢轨制造，护轨顶面高出基本轨顶面12mm	120	35	2018.11
31	CZ4577	60kg/m钢轨9号5m间距交叉渡线（曲线尖轨、混凝土长岔枕）	本图尖轨采用60AT1弹性可弯尖轨，尖轨尖端为藏尖式，弹性可弯跟端设间隔铁；尖轨设置两个牵引点，第一牵引点设计动程为160mm，第二牵引点设计动程为70mm；A（B）型辙叉采用高强耐磨的合金钢组合辙叉，其余辙叉采用高锰钢整铸辙叉，辙叉下设置铁垫板；A（B）型辙叉直向护轨采用分开式33kg/m槽型钢轨制造，护轨顶面高出基本轨顶面12mm，附加护轨采用60kg/m钢轨制造；轨下及辙叉下设置10mm厚橡胶垫板，各垫板下设置12mm厚橡胶垫板	120	35	2018.12
32	CZ6091	天水现代有轨电车示范线60R2槽型钢轨6号单开道岔（整体道床）	道岔导曲线半径50m，直、侧向轨距均为1435mm；道岔钢轨采用60R2槽型钢轨制造；转辙器为钢轨拼装框架式结构，采用整体大垫板结构。尖轨采用50AT1钢轨制造，尖轨水平藏尖3mm，尖轨密贴段范围加厚3mm。辙叉采用整铸高锰钢焊接辙叉，护轨采用合金钢板制造，尖轨设一个牵引点，牵引点设计动程60mm，尖轨前端开口值68mm，转换力及锁闭力不大于3000N；转辙器框架设置排水孔，框架间设排水槽，排水槽设计向直股侧排水，如需向曲股侧排水可将排水槽下部组件调整方向；道岔应用于无缝线路，尖轨跟端和导轨轨缝0mm，其余钢轨预留轨缝8mm	70	20	2018.12
33	CZ6094	天水现代有轨电车示范线60R2槽型钢轨6号4.0m间距交叉渡线（整体道床）	道岔导曲线半径50m，一般轨距均为1435mm，菱形交叉部分及A（B）型辙叉及护轨处为1440mm；道岔钢轨采用60R2槽型钢轨制造；转辙器为钢轨拼装框架式结构，采用整体大垫板结构。尖轨采用50AT1钢轨制造，尖轨水平藏尖3mm，尖轨密贴段范围加厚3mm。辙叉为整体式机加工辙叉，采用合金钢、钢板焊接制造。护轨采用合金钢板制造；尖轨设一个牵引点，牵引点设计动程60mm，尖轨前端开口值68mm，转换力及锁闭力不大于3100N；转辙器框架设置排水孔，框架间设排水槽，排水槽设计向直股侧排水，如需向曲股侧排水可将排水槽下部组件调整方向	70	20	2018.12
34	CZ6095	天水现代有轨电车60R2槽型钢轨6号单开道岔（碎石道床、砼枕）	道岔导曲线半径50m，直、侧向轨距均为1435mm；道岔钢轨采用60R2槽型钢轨制造；转辙器为钢轨拼装框架式结构，采用整体大垫板结构，尖轨采用50AT1钢轨制造，尖轨水平藏尖3mm,尖轨密贴段范围加厚3mm。辙叉采用整铸高锰钢辙叉，护轨采用合金钢板制造；尖轨设一个牵引点，牵引点设计动程60mm，尖轨前端开口值68mm，转换力及锁闭力不大于3100N；转辙器框架设置排水孔，框架间设排水槽，排水槽设计向直股侧排水，如需向曲股侧排水可将排水槽下部组件调整方向；道岔应用于无缝线路，尖轨跟端和导轨轨缝0mm，其余钢轨预留轨缝8mm	70	20	2018.12

续表

序号	图号	产品名称	主要结构特点	容许通过速度（km/h）		应用时间
				直向	侧向	
35	CZ1612	1435mm 轨距 60E1 钢轨 9 号单开道岔	道岔钢轨设置 1∶20 的轨底坡或轨顶坡，转辙器尖轨采用 60E1A1 钢轨制造，采用弹性可弯结构，跟端压型成 60E1 标准钢轨断面。转辙器采用一点牵引，牵引点动程为 160 ± 5mm；本次设计采用手动搬道器，为联动内锁闭。辙叉采用高锰钢整铸辙叉，辙叉趾端、跟端端头钻制与四孔鱼尾板相匹配的接头螺栓孔。辙叉护轨采用分开可调式槽型钢 UIC33 制造，护轨顶面高出基本轨顶面 14mm。扣件采用 SKL12 弹条扣件，轨下设置 5mm 厚的橡胶垫板，铁垫板下设置 4mm 厚的塑料垫片，基本轨、尖轨及导轨采用 R260 材质	直向：客车 160km/h；货物列车：当轴重为 23t 时 $V \leq 90$km/h，当轴重 25t 时 $V \leq 80$km/h	侧向设计速度：40km/h；侧向运营速度：35km/h	2018.6
36	CZ2614	1000mm 轨距 54E1 钢轨 8 号单开道岔	转辙器尖轨采用 54E1A1 钢轨制造，并设置弹性可弯段，跟端通过压型与 54E1 钢轨连接。转辙器采用一机一点牵引，牵引点动程为 120 ~ 160mm。辙叉采用高锰钢整铸式辙叉；辙叉趾端、跟端均在厂内均焊接标准 54E1 钢轨。转辙器采用一机一点牵引，牵引点动程为 120 ~ 160mm。辙叉采用高锰钢整铸式辙叉；辙叉趾端、跟端均在厂内均焊接标准 54E1 钢轨。扣件采用 Pandrol E2091TAV 分开式可调弹性扣件，护轨为分开可调式，采用 UIC33 钢轨制造，护轨顶面高出基本轨顶面 15mm。所有垫板均为整铸垫板。道岔除尖轨范围外，轨下及护轨垫板下设置 5mm 厚的橡胶垫板，其余垫板下设置 10mm 厚的橡胶垫板，道岔区设 1∶40 轨底坡或轨顶坡，该道岔用于无缝线路，钢轨不钻接头螺栓孔	160	30	2018.10
37	CZ1615	1067mm 轨距 54E1 钢轨 10 号单开道岔	转辙器尖轨采用 54E1A1 钢轨制造，并设置弹性可弯段，跟端压型与 54E1 钢轨连接。转辙器采用一点牵引，牵引点动程为 140mm，辙叉采用拼装式高锰钢辙叉。扣件采用Ⅲ型分开式可调弹性扣件，护轨为分开可调式，采用 UIC33 钢轨制造，护轨顶面高出基本轨顶面 12mm。轨下、护轨垫板及高锰钢辙叉下设置 5mm 厚的橡胶垫板；其余垫板下均设置 10mm 厚的橡胶垫板。岔区不设轨底坡，如用于设置轨底坡的线路时，由用户在道岔前后设置过渡段与线路过渡。基本轨、尖轨及导轨采用 R350HT 在线淬火轨	120	35	2018.3
38	CZ1616	1067mm 轨距 54E1 钢轨 12 号单开道岔	转辙器尖轨采用 54E1A1 钢轨制造，并设置弹性可弯段，跟端压型与 54E1 钢轨连接。转辙器采用一点牵引，牵引点动程为 140mm。辙叉采用拼装式高锰钢辙叉，扣件采用Ⅲ型分开式可调弹性扣件，护轨为分开可调式，采用 UIC33 钢轨制造，护轨顶面高出基本轨顶面 12mm。轨下、护轨垫板及高锰钢辙叉下设置 5mm 厚的橡胶垫板；其余垫板下均设置 10mm 厚的橡胶垫板。道岔区不设轨底坡，如用于设置轨底坡的线路时，由用户在道岔前后设置过渡段与线路过渡。基本轨、尖轨及导轨采用 R350HT 在线淬火轨	120	40	2018.4

· 钢结构制造与安装 ·

【中铁山桥承揽重点钢梁钢结构项目情况】2018 年中铁山桥钢结构产品中标了福州洪塘大桥、南沙港铁路大桥、福州道庆州桥、武穴长江大桥、南京浦仪长江大桥等项目，其中万吨级以上大桥 12 座，合同额 41 亿元。（张 璇）

· 福州洪塘大桥 ·

由中铁山桥承揽制造的福州洪塘大桥拓宽改建工程辅通航孔桥、东引桥及三环互通匝道桥钢梁制作、运输及安装工程，于 2018 年 1 月 15 日签订合同。该项目位于福建省福州市，洪塘大桥上部结构主要有三种形式，工字形组合梁、现浇混凝土连续箱梁和钢箱梁，东侧引桥段共长 384.5m，跨径布置采用（31.038+40+29.5+25.962+28+27）m（钢混组合梁）+（30+25.5）（钢混组合梁）+（40+72+35.5）（变截面工字形钢混组合梁），共重约 12748 吨。

· 沪通长江大桥主航道桥 ·

由中铁山桥承揽制造的沪通长江大桥为沪通铁路的控制性工程，于 2014 年 12 月 22 日签订合同。该项目位于江阴长江大桥下游 45km、苏通长江大桥上游 40km，沪通长江大桥全长 11072m，主航道桥跨度组成为 142+462+1092+462+142m 的钢桁斜拉桥，总重约 76000 吨。该项目采用的 Q500 级为第六代桥梁用高强钢为国内首次使用。大桥北接南通，南连张家港，是鲁东苏北与上海、苏南、浙东地区间最便捷的铁路运输通道，也是长三角地区快速轨道交通网的重要组成部分。大桥建成后将成为世界第一跨度公铁两用斜拉桥，也是世界上首座超过千米跨度的公铁两用桥梁；主塔高 325m，为世界上最高公铁两用斜拉桥主塔。中铁山桥负责承制沪通长江大桥张家港岸 Z0~Z18 共计 47 个阶段的制造，整体节段制造分为 14 个轮次，每轮按照 3+1 的模式进行连续匹配制造。

·温州瓯江北口大桥工程公路项目引桥·

由中铁山桥承揽制造的温州瓯江北口大桥工程公路项目引桥钢梁制造工程，工程合同签订于 2018 年 3 月 30 日，全桥约重 19275 吨。包括北引桥分离，段、北引桥合并段、南引桥合并段和南引桥分离段四个部分。北引桥钢混组合梁为槽形钢箱梁结构，主体采用 Q420D、Q345D、Q345C 钢。整体上由顶板、腹板、底板、桁架式空腹横梁、腹板加劲肋、底板加劲肋组成，其中顶板板厚 42~68mm，中间腹板顶宽 1.2m，边腹板顶宽 1.4m；腹板板厚 18~28mm，底板板厚 28~48mm，16.25m 梁宽段底宽 7.3m，20.0m 梁宽段底宽 11.05m。顶板采用 Q420D 钢材，底板和腹板采用 Q345D 钢材。桁架式空腹横梁标准间距 4.5m，主梁等宽段上弦杆采用双肢 L125×L125×12 等边角钢斜腹杆采用双肢 L140×L140×14 等边角钢，材质为 Q345C。

·温州瓯江北口大桥工程公路项目主桥·

由中铁山桥承揽制造的温州瓯江北口大桥工程公路项目主桥钢梁制造工程，工程合同签订于 2018 年 12 月 28 日，全桥约重 43356t。结构形式为钢桁梁悬索桥，主桥采用主跨 2×800m 三塔四跨双层连续钢桁梁悬索桥，主缆的跨度布置为（230+800+800+348）m。主桁采用 Q345qD，Q420qD 钢材，上下弦杆采用箱形断面，竖杆、斜杆采用工形断面，主桁节点为全焊接整体节点。上层公路桥面采用正交异性整体钢桥面板，下层公路桥面与上层公路桥面基本一致。加劲梁主图结构标准节段吊装重量约 707t，最大吊装重量 796t。

·南沙港铁路 NSGZQ-6 标站前工程跨龙穴南水道特大桥·

由中铁山桥承揽制造的南沙港铁路 NSGZQ-6 标站前工程跨龙穴南水道特大桥钢箱梁制造劳务分包合同签订于 2018 年 5 月 10 日，项目制造加工重量约 9100t，材质为 Q370qD。结构形式为钢箱混合梁斜拉桥，南沙港铁路龙穴南水道特大桥主桥采用（2×60+70+448+70+2×60）m 混合梁斜拉桥的桥跨布置，主跨 448m 跨越龙穴南水道，为钢箱梁斜拉桥。钢箱梁采用外置式风嘴的三室截面（不含风嘴），中箱和两侧边箱顶板间采用焊接形式、横隔板间采用栓接形式。钢箱梁由顶板、底板、腹板、横隔板、锚拉箱组成，风嘴不参与结构受力。钢箱梁顶板采用 U 肋内角焊的正交异性桥面板形式，9.1m 范围内为复合不锈钢板。节段间纵向连接采用栓焊结合的形式，除桥面板为焊接形式，其余纵向 U 肋、板肋、底板、腹板等全断面采用栓接的连接方式。

·福州市道庆洲过江通道工程·

由中铁山桥承揽制造的福州市道庆洲过江通道工程 A2 标段项目钢桁梁制造、工地焊接及安装Ⅱ标段合同签订于 2018 年 6 月 8 日，重约 16717t，主要材质为 Q345qD 和 Q420qE。本桥位于青洲大桥和乌龙江特大桥之间，起于南台岛三江口片区三江路，跨乌龙江，与省道 203 线相连，和长乐首占新区连接。道庆洲大桥建成后形成的交通走廊，将福州主城区、福州东部新城、长乐临江城的首占营前新区、鹤上组团、数字福建产业园以及滨海新城中心区联系起来，带动沿线区域的开发建设，加快福州市沿江向海发展步伐，提供福州城市沿江向海的市政交通支撑，弥补城市道路功能和路网分布不足的缺陷，对福州市的发展有着重大意义。道庆洲引桥为钢桁梁结构，钢桁梁第四联跨度布置为：0.7+7×84+0.7=589.4m，第五联跨度布置为：0.95+83.8+83.8+1.09=169.64m，第六联跨度布置为：1+7×81.6+1=83.6m。引桥上层为 8 车道公路，下层为两线城际轻轨。上层桥面采用结合梁，下层为正交异性钢桥面。

·南京浦仪公路西段工程钢结构制造工程·

由中铁山桥承揽制造的南京浦仪公路西段工程钢结构制造项目（B2 标段）工，合同签订于 2018 年 6 月 15 日，重约 26698t，材质为 Q345qD。浦仪公路西段工程起自与 205 国道交叉的浦泗立交，向东与永利铁路、南浦路、浦珠路、规划滨江大道交叉，跨上坝夹江。

浦仪公路西段上坝大桥主桥（以下简称浦仪大桥）主要包括：主桥钢箱梁制造，重约 2.5 万 t；桥面附属钢结构制造，重约 1500t。主桥钢箱梁斜拉桥跨度布置为（50+180+500+180+50）=960m，为独柱形钢塔双索面钢箱梁斜拉桥，主梁为扁平流线形分幅钢箱梁，其上翼缘为正交异性板结构，两幅钢箱梁采用横向联系横梁连接，标准横断面总宽 54.4m，钢箱梁断面分幅布置在索塔两侧，外腹板外侧设置行人与非机动车道，单幅箱梁（含人非系统挑臂）宽 22.05m。钢箱梁顶板采用 16mm 的板厚，横桥向靠近外腹板的锚索区采用 20mm 板厚；底板采用 14mm、16mm、20mm、28mm 四种板厚；外腹板采用 40mm 板厚；内腹板采用 16mm、20mm、28mm 三种板厚。人非挑臂顶板厚度 14mm、挑臂板厚 12mm、下翼缘板厚 14mm；在伸缩缝处挑臂板厚加厚至 20mm。全桥 U 肋分为 8mm 和 6mm 两种板厚，顶板及 28mm 厚度底板采用 8mm 板厚 U 肋；人非顶板及 14mm、16mm、20mm 底板采用 6mm 板厚 U 肋。主梁节段标准长度为 16m、边跨尾锁区节段标准长度为 9.6m。

·南京长江大桥公路桥维修改造工程·

由中铁山桥承揽制造的南京长江大桥公路桥维修改

造工程，工程合同签订于2017年4月，全桥重约5500吨。南京长江大桥是我国第一座自行设计施工的跨越长江天堑的公铁两用特大桥，是我国长江南北的重要区域过江通道，也是南京长江河两岸的交通枢纽，自1968年全面建成通车至2017年已营运49年。随着国民经济和交通运输的迅速发展，公路桥交通超饱和超载和超重载加剧了公路桥的损坏。2017年4月，中铁山桥承接了南京长江大桥公路桥维修改造工程。南京长江大桥公路桥维修改造工程，采用正交异性钢桥面板钢主梁整体更换原公路桥面系，更换后的正交异性钢桥面板整体桥面结构，由纵肋（梁）、横梁及其加劲的钢桥面板组成。大桥跨径为128m+3×160m+3×160m，双层桥面，桥宽20m。钢主梁采用Q345qD材质的钢材，跨中梁高820mm，桥面板顶板厚16mm，顶板设1.5%的双向排水坡，为承载桥面铺装等桥面设施恒载及公路活载，其下部设置间距U形纵肋及板肋。U形纵肋间距550mm、板厚8mm，U肋顶宽300mm、底宽196mm、高度260mm。板肋有120×8及240×20两种，板肋间距为350～386mm。倒T形纵梁下翼缘板底面与横梁下翼缘板底面平齐，纵梁腹板厚16mm，底板宽400mm，厚20mm。U肋、板肋和纵梁的跨距都是2.667（2.666）m，并且全桥连续。横梁、横肋腹板遇纵梁腹板断开，与纵梁腹板焊接连接。该桥于2018年4月主桥合龙。

·河北省延崇高速公路GQ3合同段钢结构制造·

由中铁山桥承揽制造的河北省延崇高速公路GQ3合同段钢结构制造工程合同签订于2018年6月18日，重约37118t，项目包括结合梁桥、钢桁梁、钢箱梁、异型钢塔等。其中延崇高速砖楼特大桥主桥为变高度钢桁组合梁结构，上部结构孔跨布置为（65+120+65）m上承式拱形变高钢桁组合连续梁，单幅2联，全桥共计4联。主桁杆件及连接系采用Q370qE材质钢材，主桁采用三角形桁架形式，主桁中心间距9.0m，主墩处桁高18.0m，边墩处及跨中桁高6.0m，单片主桁共22个上弦节点，23个下弦节点，节间长9.0～14.975m；杏林堡大桥为延崇高速上的节点桥梁工程，位于张家口市怀来县王家楼乡杏林堡村东北，属于怀来北互通立交工程范围。主线桥及左线桥结构形式均采用钢独塔钢主梁双索面斜拉桥；主线桥、左线桥跨径组合为（40+65+65+40）m，单幅桥宽为21.24m。斜拉桥主塔及钢箱梁，采用Q345qE钢材。斜拉桥主塔用钢约900t，钢箱梁用钢5300t，总重约6200t。延崇高速太子城互通式立交桥主线1号桥上部结构采用三塔双索面钢结构斜拉桥、双塔双索面钢结构斜拉桥及现浇等高度预应力混凝土箱梁。斜拉桥主塔及钢箱梁，采用Q345qE钢材。斜拉桥主塔用钢2800吨。

·武穴长江公路大桥·

由中铁山桥承揽制造的武穴长江公路大桥工程，合同签订于2018年6月22日，全桥重28049吨，主桥采用双塔单侧混合梁斜拉桥方案，桥跨布置为（80+290+808+75+75+75）m，主跨808m，桥梁全长1403m，全桥全桥梁段最大吊装重量332.1t，最小吊装重量93.9t，钢箱梁由顶板、底板、内腹板、外腹板、横隔板（横梁）、风嘴、索梁锚固构造等组成，钢箱梁示意图间图2。钢箱梁以顶板上缘线、底板上缘线为基准的轮廓高为3.8m，全宽38.5m（包括2×2.5m锚索区和风嘴），至索塔区缩窄为36.0m。钢箱梁主体结构钢材采用Q345qD，TMCP轧制工艺，厚度公差要求为C类。

·横琴新区环岛东路立交工程·

由中铁山桥承揽制造的横琴新区环岛东路立交工程项目钢箱梁位于珠海市横琴新区，合同签订时间为2018年10月17日，重约8774t。钢结构包含港澳大道立交G线主线桥、A线匝道桥、B线匝道桥、C线匝道以及濠江路立交F线匝道桥。G线主线桥桥长共420m，跨径组合为40m×2（钢混组合梁）+50m×2+40m×3+40m×3；A线匝道桥桥长共569.359m，A线共分为两部分，环岛东路以西部分长共330.82m，桥跨布置为40×2（钢混组合梁）+30+41+25+34.82+35+35+50m，环岛以东部分桥长共198.539m，桥跨布置为40×3（钢混组合梁）+33.539+45m；B线匝道桥桥长共120m，桥跨布置为40×3=120m（钢混组合梁）；C线匝道桥桥长共154m，桥跨布置为（34+40+40×2）m（钢混组合梁）；濠江路立交F线匝道桥桥长共248.18m，桥跨布置为42+44.18+42=128.18m（钢混组合梁）、40×3=120m（钢混组合梁）。港澳大桥立交桥梁标准断面宽度为7.5m、9m、12.5m、18.5m，局部存在变宽段，濠江路立交F线匝道标准宽度为7.5m。钢混组合梁均为等高梁，主线梁高2.07m，桥面通过整体旋转实现，钢混组合梁采用鱼腹式断面，钢箱梁桥梁高2.1m，标准段顶板设置双向1.5%横坡，顶底桥平行，通过绕设计中心线旋转实现横坡。

·广州明珠湾大桥·

由中铁山桥承揽制造的广州明珠湾大桥，合同签订于2018年11月20日，重约24584t。工程线路起始于万顷沙岛的万环西路，止于南沙经济开发区虎门联络道，是南沙明珠湾区的重要交通通道，全长约10.42km，大桥跨越龙穴南水道，水域宽度1300m。主桥为三主桁六跨连续钢桁拱双层桥，上层采用双向八车道，下层两侧为预留BRT车道、中间为管道走廊，主桥采用（96+164+436+164+96+60）m中承式六跨连续钢桁拱桥，水中引桥采用（60+3×96）m四跨连续梁钢桁梁结构。主跨436m，建成后将成为世界最大跨径的三主桁钢桁拱桥。全桥钢桁梁总重约5.4万吨，主桁及拱肋采用Q420qD、Q370qD材质的钢材，联结系及桥面系构件采用Q370qD材质的钢材。工地拼装除桥面系及上弦杆上水平板采用焊接外，其余均为高强度螺栓连接。

·西双版纳澜沧江大桥·

由中铁山桥承揽制造的西双版纳澜沧江大桥，工程合同签订于2016年8月，全桥重约3756.4吨。桥址位于云南省西双版纳傣族自治州州府所在地景洪市东南部勐罕镇澜沧江下游。主桥全长为700m，为双塔双索面混合式叠合梁斜拉桥。桥面纵坡相对于主跨中心线对称，坡度为2.4%，桥面全宽26m。斜拉索塔端全部采用钢锚梁配钢牛腿的锚固方式，钢梁与牛腿间连接方式为刚性连接。主梁结构特点：全桥顺桥向梁段以中跨中心线对称分布。钢主梁划分A、B、C共三种类型，长度分为12m、12m、4m三种，共31个梁段。单侧边主梁采用“上”字形截面，下翼缘水平设置，厚度为60mm，上翼缘设2%单项横坡，厚48mm，腹板采用直腹板，厚度为28mm。梁段间通过高强螺栓连接。钢横梁和小纵梁：鱼腹式钢横梁采用“工”字形截面。横梁上翼缘设双向2%横坡，横梁分为三段，之间通过高强螺栓拼接。小纵梁采用“工”字形截面。该桥于2018年2月主桥合龙。

·芜湖长江公铁大桥·

由中铁山桥承揽制造的芜湖长江公铁大桥，主要包括南北引桥（共4联）、跨江主桥（含两个塔钢锚梁及钢牛腿）、公路匝道钢箱梁（共6联）。跨江主桥为双塔双索面高低塔钢箱钢桁组合梁斜拉桥，全长1234.6m，桥面采用双层设计，上层为8车道公路，下层为四线铁路。跨度布置为：（99.3+238+588+224+85.3）m，两片三角形桁架，上层桁距33.8m，下层桁距为38m（锚箱中心），主桁桁高15.0m，节间长度14m。主梁上层为板桁结合，下层为钢箱结合钢桁梁，全桥不设横联，只在支点处设板式桥门架，斜拉索锚固在下弦主桁杆件内。主要采用Q500qE、Q420qE、Q370qE三种材质钢材，制造工程钢梁重约10.5万t，划分为A、B两个标段，主桥钢梁以铁路E47节点划分。A标段（无为侧）重约5.57万t，B标段（芜湖侧）重约4.93万t，主要包括：主桥钢箱钢桁组合梁共88个节间构件制造，重约8.38万t；2#、3#主塔钢锚梁及钢牛腿制造，重约3095t；南北引桥公路钢箱梁制造，重约1.2万t；公路立交匝道钢箱梁制造，重约3130t；钢梁桥面附属钢结构制造，重约3124吨；该桥于2016年1月签订合同，计划于2019年5月合龙，2018年10月架设完成。

·安徽省池州长江公路大桥·

由中铁山桥承揽制造的安徽省池州长江公路大桥，于2016年8月中标。该桥跨江主桥采用等高塔混合梁双塔斜拉桥方案，桥跨布置为48+48+48+96+828+280+100m = 1448m。跨江主桥主塔采用花瓶型，塔柱间钢横梁采用箱形结构形式，单塔柱设置6道钢横梁，南北塔柱共12道。钢横梁外包钢珠结构，斜拉索分组集聚锚固在球形钢结构中。主梁为混合梁，除枞阳岸采用混凝土箱梁结构，其余梁段为钢箱梁。钢箱梁全长1301m，共划分91个节段，分为DJH、D1 ~ D18、D2共20个节段类型，单节段重279 ~ 576t。中铁山桥中标的合同段钢结构总重约1.4万t，桥梁钢材材质为Q345qD、Q370qE。

·安徽省池州市秋浦河特大桥·

由中铁山桥承揽制造的安徽省池州市秋浦河特大桥，于2016年8月中标。该桥主桥为双塔三跨悬索桥，跨度布置为98+270=368m。加劲梁采用钢混结合梁，梁高2.97m，由钢主梁、钢横梁和混凝土桥面板组成。其中钢主梁梁高2.5m，横梁梁高2.75m，混凝土桥面板厚0.2m。钢梁横向设两片主梁，中心距25m。吊索横向间距为30m。钢结构总重约4093吨，材质为Q370qD、Q345qD。根据钢梁长度，全桥共分为八种类型，其中标准节段长9m，边跨两侧端部节段长分别为7.92m和8.66m，主跨端部节段长8.85m。钢梁最大节段重约90t。

·广西省柳州市白沙大桥·

由中铁山桥承揽制造的广西省柳州市白沙大桥，于2015年4月中标。该桥为单塔钢箱梁斜拉桥。主梁采用正交异性板流线型扁平钢箱梁，桥垮布置为200+200=400m。桥梁中心线处梁高4m，桥面全宽38m，桥跨总长400m，结构总重约13673t，其中钢箱梁总重9138t，钢塔总重4535t，材质为Q345qD。该桥钢塔为中国首个大型弯扭形桥梁索塔。钢塔塔柱形似门形，由空间曲线扭曲构成。钢塔塔柱采用单箱七室结构的矩形截面，四角倒角，横桥向截面内宽为4500m，顺桥向截面内宽为5000~10420mm，壁板板厚为24~50mm，采用板式加劲肋加劲。沿塔柱轴线每隔约2.5m设置一道横隔板，板厚12mm，除塔上锚索区中间箱室部分横隔板水平设置外，其余均沿塔柱轴线的法向平面设置。2018年1月12日广西柳州白沙大桥主塔合龙。

·孟加拉帕德玛（PADMA）大桥·

由中铁山桥承揽制造的孟加拉帕德玛大桥是连接中国和东南亚“泛亚铁路”重要通道之一，也是中国“一带一路”倡议的重要交通支点工程，被称为“梦想之桥”。于2014年9月2日中标。该桥为双层钢桁梁大桥，包括主桥（长6150m,宽21.5m）、公路引桥（长3100m）和铁路引桥（长3800m），重约12.6万吨，是孟加拉国最大的基建项目，该桥建成后，将可提升该国GDP 1.2个百分点。孟加拉帕德玛大桥主桥长6.15km，为上层双向四车道公路，下层单线铁路的公铁两用大桥，大桥主桥由41孔跨度为150m的板桁组合梁组成，其桥式布置为6×（6×150）+1×（5×150）=6150m。本桥单孔重约3000t，全桥总重约为12.58万t。截至2018年底，帕德玛厂内杆件加工基本完成。

·大连市南部海滨大道西延伸线工程·

由中铁山桥承揽制造的大连市南部海滨大道西延伸线工程，包含斜拉桥、钢梁桥两部分。中铁山桥合同为该工程的部分钢梁桥的制造，主要包括钢梁桥的四个主线桥和三个匝道桥。钢梁为Q345qE材质，总重1.3万t。主线桥采用单箱多室结构，匝道桥采用单箱单室结构，钢梁含变宽、变高梁段，且大多钢梁为曲线梁。桥面设单向1.5%的横坡，由箱梁整体旋转而成。钢梁在厂内做成块体后装船发运，中铁山桥合同段共制造钢梁块体563个。

·虎门二桥坭州水道桥 G4-2 标段·

由中铁山桥承揽制造的广东省高速公路虎门二桥坭州水道桥 G4-2 标段，于 2015 年 6 月中标。虎门二桥项目是广东省高速公路网规划中连接广州和东莞的重要东西向通道，全线采用桥梁方式，设置 4 处互通立交，共两座跨海特大桥。坭洲水道桥采用主跨（658+1688）m 双塔双跨钢箱梁悬索桥。坭洲水道桥建成后将成为世界第一跨度钢箱梁悬索桥，所有类型桥梁中主跨位居世界第二，国内第一。中铁山桥中标的合同段钢结构总重约 3.14 万 t，桥梁钢材材质为 Q345D。该标段全长（658+844）m，共划分 110 个节段，共分 9 个节段类型，标准段重 272.5 吨，共分成 11 轮进行拼装。中铁山桥于 2016 年 11 月开工拼接第一块板单元，到 2018 年 2 月 5 日完成最后一轮梁段拼装工作，共历时一年零三个月。

·裕溪河特大桥·

由中铁山桥承揽制造的安徽省芜湖市裕溪河特大桥，于 2016 年 11 月中标。裕溪河特大桥为跨度（60+120+324+120+60）m 的双塔钢箱桁梁斜拉桥，全长 686m。主梁为钢箱钢桁梁结构，标准梁段长 12m，每隔 3m 设置一道实腹横隔板。全桥共计 59 个钢箱梁梁段。主桁上弦中心距 14.0m，下弦箱中心间距 14m，桁高 12.0m。主塔为钢筋混凝土结构，塔顶高程 +130.9143m，塔底高程 +9.9130m，斜拉索为空间双索面，立面上每塔两侧共 13 对索，全桥 104 根斜拉索。钢结构总重约 1.8 万 t，材质为 Q370qD、Q345qD。

·通明海特大桥·

由中铁山桥承揽制造的东雷高速湛江东海岛至雷州高速公路 TJ2 标段，于 2017 年 8 月中标。东雷高速是广东省重点交通建设项目，是构建湛江“四通三环”大交通格局的组成部分，其建成将把东海岛与市重要交通干线连接起来。通明海特大桥是东雷高速的控制性工程，为湛江第一长跨海大桥。通明海特大桥主桥采用半封闭钢箱组合梁、A 型索塔斜拉桥结构，跨径布置为 146+338+146=630m，边中跨比为 0.431∶1，塔的高跨比为 0.358∶1。主桥中跨位于 R=20000m 的竖曲线范围内，与两侧边跨顺接（纵坡 1.8%）。梁段间采用焊缝连接。主桥桥址处风力大，风况复杂，采用扁平流线形半封闭钢箱组合梁。组合梁的桥面板采用钢筋混凝土构件，半封闭钢箱梁梁体与其采用剪力钉连接。主梁划分为 A、B、C-1、C-2、C-3、C-4、D、E、F 共 9 种类型、67 个梁段，主梁节段标准长度为 10.5m，边跨尾索区节段长度为 5.8m。钢结构总重约 9845t，材质为 Q370qD、Q345C。

·新建平潭海峡公铁两用大桥·

由中铁山桥承揽制造的新建平潭海峡公铁两用大桥是新建福州至平潭铁路、长乐至平潭高速公路的关键性控制工程，起于长乐市松下镇，经人屿岛，跨越松下港区进港航道（即元洪航道）和鼓屿门水道，再依次通过长屿岛和小练岛、跨越大小练岛水道抵达大练岛，大桥全长 11149.7m。于 2015 年 8 月 1 日中标，合同签订于 2015 年 11 月。该项目钢桥主要包括元洪航道桥、鼓屿门水道桥、大小练岛水道桥、深水高墩区非通航孔桥，其中深水高墩区非通航孔桥为 26 孔 80m 简支钢桁梁和 8 孔 88m 简支钢桁梁，主梁为上弦带副桁的钢混结合梁结构，主桁采用华伦式桁架形式，副桁设横梁和斜撑，分别于主桁相应的上下节点连接，主梁横断面呈倒梯形，钢梁为全焊结构。公路采用混凝土桥面板；铁路采用混凝土道砟槽板，简支钢桁梁总重约 4.66 万 t。34 孔简支梁均采用整体焊接吊装方案，80m 简支钢桁梁最大吊重 1330t，88m 简支钢桁梁最大吊重 1520t。钢梁主体结构钢板材质采用 Q370qD，少部分杆件材质采用 Q235C、Q235B、不锈钢 316L。钢结构共重约 13.6 万 t，全部由中铁山桥制造。简支钢桁梁采用整孔吊装技术，制造厂进行整孔预压缩施工，整孔吊装与预压缩技术的应用在国内尚属首次。截至 2018 年底，平潭桥已完成全部杆件制造，大节段拼装已完成 12 万 t。

·中派河特大桥·

由中铁山桥承揽制造的中派河特大桥合同签订于 2017 年 6 月。中派河特大桥为京台国家高速公路安徽省方兴大道至马堰段改扩建工程，设计行车速度 120km/h，单项横坡 2%。主桥采用 86m+140m+90m 三跨下承式变高度钢桁架梁桥。主桁结构采用 W 形桁架，其节间长度为 3m 至 14m 不等，主桁上弦高度采用二次抛物线变化，两边跨矢高 f=4.5m，中跨矢高 f=14m，中支点处桁高 22.0m，跨中桁高为 7.86m。由两片主桁组成，主桁中心间距 22m。外侧主桁设置有 1.5m 悬臂人行通道。钢梁主体结构钢板材质采用 Q345qD，少部分杆件材质采用 Q345B、Q345C、Q235C, 用钢量约 6500t。

·郑北大桥·

由中铁山桥承揽制造的郑北大桥合同签订于 2017 年 1 月。郑北大桥主桥为独塔钢—砼结合梁斜拉桥，跨度为 221+221=442m，桥宽 43m。钢主梁部分由纵梁、横梁及小纵梁共同组成，纵梁标准节段长度 12m，每间隔 4m 设置一道横梁，两纵梁间设置一道永久小纵梁，两道辅助小纵梁。钢结构包括上横梁、钢主梁、钢锚箱、钢导梁共重 8475t。材质采用 Q370qE、Q345qE、Q500qE、Q370qE 无缝钢管。

·水土嘉陵江大桥·

由中铁山桥承揽制造的水土嘉陵江大桥合同签订于 2017 年 9 月。重庆水土嘉陵江大桥工程位于距嘉陵江与长江汇合点 40 km 处的嘉陵江上，大桥连接两江新区水土组团和北碚蔡家组团。重庆水土嘉陵江大桥工程属于水土嘉陵江大桥及引道工程跨越嘉陵江的部分。全线路南接蔡家纵三路与横三路相交的江家坪立交，向北下穿两档 500kV 高压线（陈思线），上跨洪花溪，在洪花村处跨越嘉陵江，从江北机械厂西侧绕过，跨长田湾冲沟，再上跨绕城高速并与水土立交衔接，终点接水土云汉大道，路线全长 5.028km。其中重庆水土嘉陵江大桥长 972m，主跨 388m。由（60+60+60）m 等梁高变宽截面连续刚构引桥和（260+388+128）m 高低塔双索面叠合梁斜拉桥主桥构成；引桥标准宽 29m，主桥宽

31.8m。双向六车道设计。材质采用 Q345qD、Q420qD、Q420qD-Z25，全桥重约 8207t。（乔新旺）

【中铁宝桥承揽重点钢梁钢结构项目】2018 年，中铁宝桥中标江汉七桥、赤水河桥、金沙江大桥、西镇高速等重点项目，中标宝鸡三座跨渭河大桥项目，在宝鸡地区市场开发上实现了历史性突破。全公司累计承揽钢结构项目 36.74 万 t，合同额 42.9 亿元。（蒋晓强）

·西镇高速泾洋河大桥钢板梁·

2018 年 9 月 28 日，中铁宝桥与陕西高速公路建设集团有限公司签订西镇高速泾洋河大桥 XZ-04 标钢板梁加工制造合同。西乡至镇巴高速公路路线起于十天高速公路午子山立交，止于镇巴县北侧小渡坝，实现与镇巴县城的连通，路线全长 49.553km。西镇高速标段桩号起于 YK13+685（ZK13+700），止于 K19+735，全长 6050m。主要包括 3×35m、4×35m、（28+2×35+28）m 跨连续钢板组合梁桥；下部结构采用柱式墩，墩台采用桩基础。桥梁主体钢结构材质为 Q345qDNH，钢结构重量为 24706t。

·太原市十号线桥钢桁架拱桥·

2018 年 5 月 2 日，中铁宝桥与中铁大桥局第七工程有限公司山西分公司签订了太原市十号线桥（古城桥）专业分包合同。项目位于太原市南部新城综改区。太原古城桥为十号线跨汾河位置处布置一座 204m 的下承式钢桁架拱桥，桥宽 47.5m，主桥由拱肋和主梁组成；主梁与拱肋及系梁均采用固结形式连接。拱肋是由上拱肋、下拱肋及腹杆组成的桁架结构；两个双拱之间的中心距为 36.5m，上下弦杆在拱顶处竖向中心间距为 6.5m。上下弦杆均采用同心圆曲线，腹杆在中跨连接上、下弦杆，采用 X 形斜腹杆的形式，上下弦杆与腹杆采用焊接。系梁采用钢箱梁系梁，截面高度 2.52m；桥面采用正交异性钢桥面板，跨中桥面荷载由横梁传递到系梁上，横梁间距为 3.5m，横梁采用工字形截面，截面高度为 2.3m，横梁间共设置三道小纵梁，重量截面采用工字形截面，截面高度为 1.6m，桥头堡为多个箱形组合结构，材质采用 Q345qE 钢，钢箱梁工地临时连接件采用 Q235C 钢，钢结构总工程量约 9200t。

·福建省沙埕湾跨海公路通道工程钢梁·

2018 年 7 月 31 日，中铁宝桥与中交二航局第四工程有限公司签订了 A3 合同段沙埕湾跨海大桥南引桥制造专业分包合同；2018 年 11 月 10 日，中铁宝桥集团与中铁十四局集团第三工程有限公司签订了 A4 合同段坑门里互通 D 匝道钢箱梁劳务分包合同。福建省沙埕湾跨海公路通道工程是国家高速公路网宁波至东莞线（沈海高速并行线 G15W3）的重要组成部分，其中 A3 合同段沙埕湾跨海大桥是该通道控制性工程，主桥采用 168m+535m+258m 单侧混合梁斜拉桥（其中北边跨为混凝土箱梁，主跨与南边跨为钢箱梁），北引桥采用 3×50m 现浇连续箱梁，南引桥左幅采用［6×80+（64+4×80+64）］m 钢-混组合梁，右幅采用［6×80+（64+4×80）］m 钢-混组合梁，桥梁全长 2054m（左幅）、1990m（右幅）。全线采用双向六车道高速公路标准建设，设计速度 100km/h。南引桥钢槽梁中心线高 3.72m，桥面宽度（2×17.9）m，主体结构采用 Q420qD、Q345qD 和 Q345D 钢，总重约 1.03 万吨。D 匝道主结构材质为 Q345D 钢，箱梁总重约 240t。

·南水北调大桥钢箱梁·

2018 年 9 月 25 日，中铁宝桥与山东省公路桥梁建设有限公司签订青兰线南水北调大桥钢箱梁加工合同。青兰线南水北调大桥（K167+527）跨越南水北调干渠，大桥与南水北调干渠斜交 60°，跨径组合是（57+59+57）m。钢箱梁采用 Q345D 钢材，钢梁工程总量约 2300t。

·四川省雅安至康定高速公路项目 GL2 标段钢梁·

2018 年 4 月 24 日，中铁宝桥与四川雅康高速公路有限公司签订四川省雅安至康定高速公路项目 GL2 标段钢梁加工与运输安装合同。本项目分为 C17 标、C18 标和 C19 标三个标段。钢结构包括钢砼结合桥梁的钢主梁和钢盖梁。钢主梁分为钢箱结合梁和钢板组合梁两种形式，其中 C17 标段冷竹关大桥左右幅及龙进沟大桥右幅，C19 标段升航互通主桥左右幅和匝道桥为钢箱结合梁结构；C18 标段日地沟大桥左右幅、大河沟大桥左右幅及大丈沟大桥右幅为钢板组合梁结构。钢盖梁包含 C19 标 L16# 墩和 R22# 墩盖梁。钢结构主要材料采用 Q345qD、Q345D 钢，总工程量约 1.9 万 t。

·贵州省都匀至安顺公路钢结构制造第 GJGZZ-3 合同段·

2018 年 8 月 26 日，中铁宝桥与贵州高速公路集团有限公司签订贵州省都匀至安顺公路钢结构制造第 GJGZZ-3 合同段钢梁制造合同。贵州省都匀至安顺公路第 GJGZZ-3 合同段钢结构包括钢混工字组合梁、钢混箱型组合梁和钢箱梁三种结构。钢结构主要材料采用 Q500qD、Q420qD、Q345qD 钢，总工程量 2.1 万 t。

·平镇高速公路钢混组合梁—钢板梁·

2018 年 4 月 3 日，中铁宝桥与重庆交通建设（集团）有限责任公司、四川川交路桥有限责任公司等五家单位签订平镇高速公路钢混组合梁—钢板梁制作、现场拼装工程合同。该项目为陕南境内重大关键技术攻关项目。全线路共计 12 座 24 联 106 个吊装节段钢板梁，跨径主要为 45m 跨和 38m 跨主体材质为 Q345qDNH 钢，总工程量约 1.1 万 t。

·漳州市马洲大桥·

2018 年 10 月 25 日，中铁宝桥与中铁大桥局第五工程有限公司漳州市东环城路及其接线工程 A3 合同段项目经理部签订的主桥钢梁承揽合同。漳州市东环城路及其接线工程马洲大桥为 35m+100m+150m+100m+35m=420m 五跨连续拱桥，主跨跨径 150m，拱肋采用钢结构矩形截面，截面宽度均为 2.5m，高度由各拱拱顶高度 2m 按弧长线性变化至拱脚处 4m，主梁采用组合梁，由主纵梁、主横梁、端横梁、横梁及小纵梁共同组成钢梁格体系。全桥共有 14369t，材质为 Q345qD 。

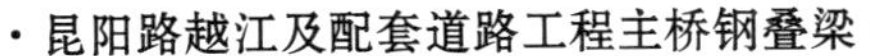

·昆阳路越江及配套道路工程主桥钢叠梁·

2018年3月31日，中铁宝桥与上海公路桥梁集团有限公司签订昆阳路越江及配套道路工程主桥钢叠梁加工与运输安装合同。昆阳路越江及配套道路工程主桥采用（50+220+220+50）m中央双索面独塔斜拉桥，每索面有21对斜拉索，主梁为封闭钢—混组合箱梁，主梁全长539.36m，双向四车道，并设双侧人行道。钢结构主要材料采用Q345qD钢，总工程量约7400t。

·赤水河大桥钢桁梁·

2018年7月9日，中铁宝桥与四川公路桥梁建设集团有限公司江津经习水至古蔺高速公路赤水河大桥项目部签订赤水河大桥钢桁梁加工与运输安装合同。赤水河大桥采用主跨1200m的单跨简支钢桁梁悬索桥，桥跨布置（325+1200+205）m。公路桥面采用正交异性钢桥面，位于组合结构上部。钢结构主要材料采用Q345D、Q235B、Q345C钢，总工程量约2.02万t。

·重庆南川至两江新区高速公路钢箱梁·

2018年10月12日，中铁宝桥与重庆南两高速公路建设有限公司签订重庆南川至两江新区高速公路钢箱梁加工与运输安装合同。大桥采用主跨808m的单跨简支钢箱梁悬索桥，主缆的跨径布置为（190+808+260）m，桥梁全长1436m。主梁采用钢箱梁，中心线处梁高3.0m，全宽39.6m；标准梁段长12m。钢结构主要材料采用Q345D钢，总工程量约1.4万t。

·温州瓯江北口大桥工程主桥钢梁第BKGL-04标段·

2018年12月28日，中铁宝桥与温州瓯江口大桥有限公司签订温州瓯江北口大桥工程主桥钢梁加工与运输安装合同。主桥全长7913m，其中跨瓯江主桥2090m。主桥桥型方案为（215+2×800+275）m三塔四跨双层钢桁梁悬索桥。钢结构主要材料采用Q345qD、Q420qD钢，总工程量约4.1万t。

·明月峡长江大桥钢桁梁·

2018年8月3日，中铁宝桥与中铁二局第五工程有限公司签订明月峡长江大桥钢桁梁加工与运输安装合同。明月峡长江大桥南北走向一跨过江，桥北为重庆市渝北区，桥南为重庆市南岸区；桥式为双层四线钢桁斜拉桥，孔跨布置为（65+125+425+175+75）m，中心里程DK64+555.40，桥梁全长877.8m，上层为预留客运专线、下层为重庆东环线双线铁路；钢结构主要材料采用Q345qD、Q370qD、Q370qE钢，总工程量约2.5万t。

·浦仪公路西段工程钢结构B1标·

2018年7月5日，中铁宝桥与南京市公共工程建设中心签订浦仪公路西段工程钢结构B1标加工与运输安装合同。浦仪公路西段工程跨江大桥主桥为50+180+500+180+50=960m双塔双索面独柱形钢塔钢箱梁斜拉桥。钢结构主要材料采用Q345qD钢，总工程量约2万t。

·126省道南京段改扩建工程（绕城公路至大周路段）S126YH-SG2标段钢箱梁工程·

2018年7月16日，中铁宝桥与中铁十五局集团第二工程有限公司签订126省道南京段改扩建工程（绕城公路至大周路段）S126YH-SG2标段钢箱梁工程加工与运输安装合同。126省道南京段改扩建工程（绕城公路至大周路段）S126YH-SG2标段钢箱梁工程采用三跨变高度钢—混凝土混合连续钢箱梁，总长200m，跨径组合为（35+130+35）m，主跨中间89m范围为钢箱梁主梁，两端钢混结合段连接长度均为2m，共分左右两幅布置，单幅桥宽为20m。钢结构主要材料采用Q345D钢，总工程量约2800t。（蒋晓强）

·工程机械·

【中铁科工工程机械类产品】2018年，中铁科工完成新签合同额12.5亿元，占年度新签合同额的33.51%。主要项目有：1000t、900t、550t等系列箱梁运架设备，450型门式起重机、电铲、80t全回转桥面吊、450t桥面吊机、盾构维修及结构制造、模块车、牵引电瓶车等。通过自主创新与对外联合创新，中铁科工研制了首台国产地下连续墙施工装备“双轮铣”、中国首台高铁1000t级架运装备、国内首个高铁施工监控与管理的平台——中国中铁“设备管理云平台”、液压震动冲击机器人、智能钉联机、550t运架设备、80t全回转架梁起重机、230t步履固定式架梁起重机等设备。（刘则威）

·地下连续墙施工装备—双轮铣·

双轮铣槽机是目前世界上最先进的地下连续墙施工专用设备，主要应用于城市轨道交通、桥梁锚锭、高层建筑地下室、地下停车场、水利水电等深基础工程中防水墙、挡土墙、承重墙的入岩成槽施工。通过铣轮切削，破碎岩层，泵举出渣，形成需要的成槽。已开发出两种型号双轮铣槽机：ZTSX100型（成槽长度3.15m、成槽宽度800~1200mm）和ZTSX100A型（成槽长度2.8m、成槽宽度800~1500mm）。双轮铣槽机具有施工效率高、成槽质量好（墙体垂直度可控制在3‰以内）、安全环保以及适应地层范围广等优点，更换铣轮上不同类型的刀具即可在淤泥、砂砾及坚硬的岩石、混凝土等不同地质条件下施工。双轮铣槽机具有较大的铣削成槽能力以及作业上的稳定性、可靠性和显著的生产效益，一直是深基坑工程中最主要的地下连续墙施工装备。

2018年6月17日，中铁隧道局深圳春风隧道首台

双轮铣成槽机开始调试，即将投入西明挖段地连墙成槽作业。该设备由中铁科工生产组装，重达 140 吨，具有环境适应性强、污染小，施工精度及效率高等优势。

·液压震动冲击机器人·

中铁科工研制的液压震动冲击机器人是为狭小空间施工进行研发设计的机器人，特点是身形小巧输出能量高，机动灵活，可进入狭窄的工作面危险场所作业，在大型设备不能到达的场所，替代人工进行高效作业，用于地铁隧道临时墙拆除、隧道的开拓、巷道的支护等。可配挖斗、破碎锤、铣挖机等多种工具头，在隧道施工中发挥“一机多能”的优势。机器人控制方式为遥控控制，同时可配备了远程监控及控制，人员可离开工作平面进行监控及施工，极大地保证了施工的安全性。

·JQ1000 型架桥机·

JQ1000 型架桥机用于郑济高铁 40 米跨 1000 吨箱梁的架设施工，后期将用于福厦、衢建高铁建设，是中国新一代高铁建设施工装备，满足高铁发展建设的最新要求。JQ1000 型架桥机为无导梁型式，采用单跨架梁模式，小车与运梁车上的驮梁台车同步拖拉取梁，步履式走行过孔主要由前辅助支腿、前支腿、机臂、中支腿、起重小车、后支腿、电气系统、液压系统等组成。架桥机前辅助支腿和前支腿可调整纵向位置，实现 24 ~ 40m 多种跨度箱梁的架设。采用后支腿走行轮和前支腿托轮驱动整机一次过孔到位，无须二次纵移。架桥机中支腿和后支腿采用可翻折式结构设计，前支腿和前辅助支腿采用多级循环伸缩结构设计，过隧时拆解量小，可实现进隧道 -20m 架梁，出隧道口 +7m 架梁。能实现 2000m 曲线和 30‰大坡度架梁。 整机实现各工序关键点的全数据采集，提高整机可靠性和安全性，逐步向自动化、智能化方向发展。

·超级电容机车·

超级电容机车广泛应用于公路、铁路、水利、电力隧道建设等行业场所窄轨铁路水平运输牵引。机车由超级电容供应直流电，直流电通过牵引变频器转换成电压和频率可调的三相交流电驱动两台或更多台交流异步电动机，电动机与轮对减速机连接，经过减速动力传递到车轮驱动机车运行。机车采用超级电容新能源、车载式充电机，开发了针对超级电容驱动的核心变频器单元，超级电容的电源管理及能量回收利用系统，车辆智能驾驶及辅助管理系统，具有人脸识别、疲劳预警、射频识别等功能，实现了智能驾驶及关键位自动停车。机车具有启动平缓、能量快速高效回收、制动性能强、制动距离短等特点。超级电容新能源在隧道施工中环保无污染、能效高、适应环境温度范围广、使用寿命长、充电时间短、免维护等优点。超级电容机车实现了隧道内绿色、安全、高效的牵引模式，填补了国内盾构行业水平运输作业 新能源技术应用的空白。

·80t 全回转架梁吊机起重机·

80t 全回转桥面架梁起重机主要用于公路及铁路钢桁梁的架设，可实现最大 80t × 30m 的起重能力，是目前国内起重力矩最大、功能最全的全回转桥面架梁起重机，具有国内领先水平，起重机自身具备起升、变幅、全回转、整机前移及轨道自行倒运的功能，同时能满足全方位取梁和架梁的需求。底盘为可拆装式结构，可以通过更换节段长度进行接长或缩短，以此满足不同桁宽、不同节间距的钢桁梁架设，起重机具有通用性好、适用性广和效率高等特点，随着钢结构桥梁大跨度发展趋势，80 吨全回转架梁起重机必将成为桥梁架设施工中的独门利器。

·50t 全回转应急减载船起重机·

起重机为动臂、全回转、全变频传动起重机。主要应用于葛洲坝到三峡大坝间及坝上至庙河段航道内：①对出现险情船舶实施应急减载（各种散货、矿物、煤炭、砂石料、土木方等）及集装箱和其他大件货物的吊装；②航道应急清障；③水下起吊等。起重机安装在航工 201 起重船上，尾部回转半径 7.5m，吊臂搁置后起重机最高点距主甲板面距离小于 14.0m。最大安全载荷为 50t，最大起升高度为船主甲板面以上 22m，主甲板面以下 10m。起升机构的设计满足吊钩与抓斗、集装箱吊具之间的转换。

·智能 AGV 小车·

智能 AGV 小车是一种无人驾驶，自动巡线导航的运输小车，载重量 1t，可应用于综合管廊，地下隧道，梁场运送等各种施工场所。该小车外观设计精巧，仿人脸造型，四周彩灯不仅绘出小车外形便于警戒，还可以通过彩灯的不同颜色轻松判断小车的运行模式。该小车采用色带导航，能沿指定路线自动行驶。自动运行与遥控操作可切换，采用全轮转向，可实现横行，斜行，自回转，灵活性极高。该小车采用四驱控制，适应地面能力强，可应用于环境复杂的施工场所。该小车配备激光传感器，光电开关，四周设置安全触边以保证小车行驶过程中安全性可靠，遇障碍自动减速停车。该小车采用模块化设计，装配式结构，可以多台小车连挂使用，并可通过一台遥控器对多台小车进行控制。该小车采用洁净能源锂电池作为动力，无污染，无噪声，适合各种狭小空间内对排放要求高的施工场所。 （朱 广）

2018 年 9 月，智能 AGV 小车在中铁科工研制成功

·电气化工业生产·

【**中铁电气化局砼制品生产**】2018年砼制品生产新签合同额1.88亿元，完成产量46677根。主要供货线路：青连客专、深茂客专、长白铁路、宁启铁路、渝怀铁路、邢和铁路、成兰铁路、蒙华铁路、大张铁路。（陈　楠）

【**中铁电气化局钢结构生产**】2018年钢结构生产新签合同额8.56亿元，完成产值7.52亿元，完成产量96806根。主要供货线路：长白铁路、青连铁路、格库铁路、京沈客专、深茂铁路、济青铁路、成渝铁路、唐曹铁路、商合杭铁路、昌吉赣铁路、宁启铁路、渝怀铁路、邢和铁路、成兰铁路、郑万铁路、蒙华铁路、大张铁路、黔张常铁路。（陈　楠）

【**中铁电气化局接触线及承力索生产**】2018年接触线及承力索新签合同额5.96亿元，完成产值3.6亿元，完成产量6060t，完成全年计划的100%。主要供货线路：济青铁路、永广铁路、胶州北站、昌吉赣铁路、蒙华铁路、广清铁路、金台铁路、成都枢纽、松江有轨T2线、重庆10号线、重庆10号线二期、济南R1线、西安机场线、上海2号线东延、长春北湖线、郑州5号线、珠海城际。（陈　楠）

【**中铁电气化局变压器类生产**】2018年变压器类生产新签合同额8.11亿元，完成变压器及配电箱产量5899台，完成产值3.7亿元，完成全年计划的72.55%。主要供货线路：青连铁路、格库铁路、南龙铁路、深茂铁路、永广铁路、济青铁路、京广铁路、石济铁路、京广铁路、昆广铁路、商合杭铁路、宁启铁路、渝怀铁路、昌吉赣铁路、准朔铁路、阳安铁路、连镇铁路、汉十铁路、郑万铁路、黔张常铁路。（陈　楠）

【**中铁电气化局接触网零部件生产**】2018年接触网零部件生产新签合同15.6亿元，完成产值13.21亿元，产量1427万套，完成全年计划的100%。主要供货线路：昆明枢纽、哈牡、哈佳、杭黄线、叶赤1标、京通1标、东海岛、连盐客专、吴中城际、赤峰到喀左、昆明铁路局、太原枢纽、淄东、皖赣铁路、阳大线、广大、成雅线、符夹铁路、茂湛、梅汕、吴中城际、武汉襄北三场、赤喀、焦柳、宝兰、石济、成都枢纽、青连、南龙、穗莞深、深茂、淮萧、永广、朔黄、济青、坪广、昆广、商合杭、宁启、昌吉赣、西宁枢纽、京沈、长白、京张、沪通、连镇、成兰、汉十、成渝等铁路；地铁生产供货线路有北京中低速磁浮S1线、昆明3号线首期、南昌地铁2号线、上海松江T2线、西安地铁3号线、厦门地铁1号线、乌鲁木齐1号线、苏州有轨电车2号线、青岛2号线、青岛3号线、武汉有轨T1线、重庆环线1期、西安地铁4号线、广州四号线南延段、福州2号线、济南R1线、西安机场线、西安地铁1号线、巴基斯坦拉合尔橙线、北京地铁7号线、北京地铁6号线西延伸、沈阳地铁9号线、重庆地铁10号线、上海地铁10号线二期、重庆地铁4号线、上海2号线东延、春北湖线、苏州3号线、沈阳10号线、郑州5号线、珠海城际、大连地铁1号线、呼和浩特1号线等。（陈　楠）

【**中铁电气化局声屏障类生产**】2018年声屏障类生产新签合同额2.83亿元，完成产值2.068亿元，完成声屏障产量152843m²，完成全年计划的98.47%。主要供货线路：青阜铁路、成兰铁路、西安机场线、京张高铁等线路。（陈　楠）

【**中铁电气化局服务类产品**】2018年服务类产品新签合同额900万元，完成产值600万元，完成全年计划的120%。（陈　楠）

表7-5　　中铁电工2018年主要经济技术指标完成情况

	单位	中铁电工合计		
		计划	完成	%
一、产值				
现行价格	万元	300500	301533	100.3
销售产值	万元	242000	268556	110.9
二、主要产品产量				
接触网配件	万套	/	1427	/
砼支柱	根	/	46677	/
钢结构	根	/	96806	/
变压器	台	/	3685	/
声屏障	m²	/	152843	/
承力索和接触线	吨	/	6060	/
各种配电箱柜	台	/	2214	/
三、质量				
机电产品一次合格率	%	96.5	98.6	102.2

续表

	单位	中铁电工合计		
		计划	完成	%
砼支柱合格率	%	99	99.5	100.5
配件（钢件）	%	99.2	99.6	100.4
（铸件）	%	90	98	108.9
四、劳动生产率				
全员劳动生产率	元/人	/	1935385	/
五、安全				
千人负伤率	‰	6	0	/
六、利润				
利润总额	万元	/	8027.66	/
七、设备				
机械利用率	%	90	90	100
主要设备完好率	%	90	95	105.6

制表人：陈楠

生产工艺及技术创新

【**中铁山桥生产工艺和技术创新**】2018年，中铁山桥深入贯彻国家科技兴企和创新驱动发展战略，增强创新思维和创新能力，不断推进关键技术突破。一是针对制约产品升级的技术瓶颈，全年立项98项科研课题攻关项目，完成道岔垫板智能化生产线、U肋内焊技术及工艺装备、超低温F级耐候钢焊接技术等重点课题。二是加快产品升级，莫喀高铁400km非标准轨距莫喀道岔项目、新型城市轨道交通减振道岔项目等完成试铺。三是一批关键技术达到国际领先水平，《沪通长江大桥整体桁架节段模块化拼装制造技术》《钢箱梁制造工厂化、大型化、模块化技术研究》《高锰钢拼装辙叉系统技术优化及应用》达到国际先进水平。四是积极推进产品资质认定，成为国内首家获得中铁检验认证中心颁发的URCC城轨装备认证证书企业。2018年，中铁山桥《港珠澳大桥装配化桥梁建设成套技术》获得“中国交建2018年度科技进步奖”特等奖，《严寒地区公铁两用钢桁梁桥成套建造技术》获得“中国施工企业管理协会科学技术进步奖”一等奖。（张　璇）

【**中铁宝桥生产工艺和技术创新**】2018年，中铁宝桥持续加大新产品开发力度，研制的75-12锻造高锰钢组合辙叉通过量超过4亿吨，在线状态良好；开发德令哈、佛山、天水有轨电车道岔6个品种；针对高原气候环境道岔无缝化要求研制的60-12号道岔顺利上道青藏铁路；莫喀高铁道岔试制顺利，进军俄罗斯市场步伐稳健；道岔远程监测系统通过安全评估，即将在上海局上道检测；新型城轨车辆技术储备扎实，创新动能不断积聚。持续强化技措增强力度，“新型钢混组合梁斜拉桥制作技术”等7项创新成果通过股份公司评审，2项被认定为国际先进，4项国内领先；合作开发的尖轨层流等离子表面强化技术，耐磨性能提升明显；城轨道岔产品系列化开发扎实推进；扬州公司积极实施桥梁关键课题研究，解决了焊接、涂装、断面加工等多项技术难题；天元公司利用新型冷喷锌涂料技术，解决了封闭漆喷涂后试件起包及涂层附着力不足问题。全年技开技措实施完成62项，终止1项，结转下年15项，年初计划得到了积极落实。全年共获专利授权34件，其中发明专利10件。技术创新取得丰硕成果，芜湖长江二桥获国际桥梁大会“乔治·理查德森”奖；马鞍山长江公路大桥、新建兰新铁路第二双线工程获中国土木工程詹天佑奖；南四桥、金沙江大桥获得中国建设工程鲁班奖”；《特大型桥梁工程BIM+应用技术研究》获“2017年度中国公路学会科学技术奖”一等奖；参与编写《公路钢结构桥梁制造和安装施工规范》《桥梁钢结构冷喷锌防腐技术要求》等标准4项；南京公司信息化与工业化融合成效显著，被国家工信部授予“制造业与互联网融合发展试点示范企业”；扬州公司联建院企工作站，桥梁技术创新迈出了新步伐。（蒋晓强）

【**中铁科工生产工艺及技术创新**】2018年，中铁科工引进吸收意大利卡萨双轮铣设备，经过国产化研究，形成了具有知识产权的国产ZTSX100A双轮铣槽机；完成40m跨1000t箱梁运架设备、智能钉联机、3套550t运架设备、2台900t搬运机、80t全回转架梁起重机、230t步履固定式架梁起重机、50t应急减载船起重机、压震动冲击机器人、大型工程施工机械互联网信息化平台和远程运维平台、MHP10E轮胎式地铁门式换铺机、GLB-6标准轨互换式地铁混凝土布料车等设备的研制工作。2018年，中铁科工完成省部级科技成果评审4项，其中“跨海大桥双幅大t位箱梁架运成套设备”成果达到国际领先水平；获得各级各类科技奖励11项；

获得武汉市、区政府研发补助、专利资助、技改补贴等各级专项资助12项，共获得资助经费485.35万元；多信息融合的预制梁施工设备远程管理系统、π型过孔支撑腿公铁两用架桥机等项目获批武汉市创新产品；新获批国家标准1项、国家铁路局铁道行业标准制订计划项目1项；申请专利共计111项，其中发明专利40项；获批授权专利共计48项，其中发明专利15项。

（刘则威）

【中铁装备生产工艺及技术创新】2018年，中铁装备持续开展基础技术和前沿技术研究，推进“973”计划项目，通过TBM-SMART智能掘进系统的研制，掌握了施工预警、状态感知、超前预报及智能控制等关键环节的核心技术，在国内外首次提出了一套完整的TBM智能掘进系统的功能规划和全套解决方案；“装备云”远程监控服务平台成功上线，实现了对掘进机集群的实时监控、业务管理及虚拟交互、现场三维可视化模拟；“中铁588号”泥水平衡盾构机的成功下线，攻克了超大直径、极限工况下的装备设计、制造关键技术；依托《φ18～22米大直径盾构关键技术研究》项目，突破了16～20m盾构机主轴承分块和主驱动密封承受20bar超高压关键技术；掌握了CJM沉井钻机主机、流体、电气系统集成技术，完成了ZJM竖井钻机高压装置密封试验台的设计与制造；掌握了高瓦斯环境煤矿用简易敞开式TBM整机集成技术，重点解决了TBM分块拆装以及小曲线转弯等技术，拓展了TBM应用领域；掌握了曲线管幕机的整机集成技术、始发与接收技术和管幕机位姿控制技术；加强了对TBM刀圈材料和软土刀具工艺研究；掌握了新能源牵引机车电源管理技术和整车量产技术；开展了凿岩台车、湿喷台车、模板台车等专用设备智能化功能研究。2018年，中铁装备7项科研成果通过股份公司评审，其中“12m大直径土压平衡盾构机研制”达到国际领先水平；“隧道联络通道用盾构机及其掘进工法研究及应用”“变断面无刀盘明挖盾构机关键技术研究”“机械化建造装配式大型矩形断面地下工程综合技术研究”“全断面岩石隧道掘进机装备（TBM）自主设计制造关键技术及应用”和“TBM专用混喷系统的研发”5项成果达到国际先进水平；“CTR323悬臂掘进机研究设计”达到国内领先水平。全年共申请专利245项，其中发明专利100项，实用新型专利145项；授权专利113项，其中发明专利38项，实用新型专利75项；截至2018年12月31日，中铁装备共有授权专利600项，其中国际发明专利6项，国内发明专利163项，实用新型专利431项。（张　俊）

【中铁电气化工业生产工艺和技术创新】申报并完成QC课题12项，其中4项成果参加中铁电气化局2018年第17次QC成果评审会发表并获得优秀奖，分别是宝鸡公司铸模QC小组《提高1037壳体产品的成品率》、宝鸡公司国铁研究所QC小组《金属表面防腐新工艺的研究》、宝鸡公司城轨QC小组《解决双接触线吊弦线夹吊弦保护套翻转及不锈钢线断裂问题》及德阳公司钢结构分厂QC小组《接触网支柱φ350法兰钢圈成型方式改进》。

保定制品公司进行混凝土建筑预制件产品的转型发展可行性研究及实施推进，各子、分公司不断推进技术改造，提升产品的制造水平。高铁电气公司针对中天山隧道刚性悬挂产品的结构及成型工艺进行了优化改进；北赛电工针对原有铜铬锆合金熔炼设备水平连铸炉体的使用进行技术革新，提高设备的使用寿命，减少了打炉成本；保德利公司完成接触线及承力索接头线夹的技术改进，完成吊弦压接平台改进；德阳公司进行环形混凝土支柱铭牌刻画二维码信息技术改进；宝鸡检测公司完成了温升试验系统、扭转试验机等设备的技改工作；保制公司设计制作混凝土支柱主筋下料长度相对误差的工装，自制自动张拉机校准工装。（陈　楠）

海外业务

南非约翰内斯堡 IFC 项目

【**海外业务**】2018年，中国中铁新签国际业务合同413个，新签合同额153.9181亿美元，完成年度计划150亿美元的102.61%；同比增加16.5669亿美元，增长率为12.06%。国际业务完成营业额61.8190亿美元，完成年度计划55亿美元的112.34%；同比增加8392万美元，增长率为1.38%。

截至2018年12月底，股份公司全系统境外在建项目和设计项目以及产品加工总数539个，涉及69个国家和地区，其中，境外在建工程项目429个，设计项目92个，道岔产品加工18大项。截至年末在建项目合同总额为406.5134亿美元，在建项目剩余工程合同总额249.5585亿美元。429个境外在建工程与设计项目中，500万美元以上有385个，1亿美元以上项目有65个。

2018年1月至12月，股份公司国际业务全系统新设机构29个（子公司4个、分公司19个、办事处6个），注销机构5个。截至2018年12月底，股份公司全系统在91个国家和地区设立境外机构308个（其中，子公司99个、分公司132个、办事处73个、经理部4个），其中以中国中铁名义注册的境外机构23个。境外机构分布如下：亚洲115个，占比37.34%；非洲130个，占比42.21%；美洲34个，占比11.04%；大洋洲14个，占比4.55%；欧洲15个，占比4.87%。

截至2018年12月底，股份公司全系统外经员工有8796人，其中，国内人员有1622人，派往境外工作的员工总数7174人；国内外派劳务7075人，雇用当地人员40947人。

中国中铁在2018年《财富》世界500强排名56位；ENR国际承包商排17位。

2018年，中国中铁已完成的“一带一路”重点项目主要包括乌兹别克斯坦安琶铁路隧道、马来西亚吉隆坡MRT和孟加拉栋吉至派罗布巴扎尔铁路增建二线工程等项目；重点在建项目主要包括印尼雅万高铁、老挝中老铁路、伊朗德伊高铁、以色列特拉维夫轻轨红线、孟加拉帕德玛大桥、马来西亚南部铁路、越南河内城市轻轨和俄罗斯莫喀高铁勘察设计等项目。

中国中铁坚持“一带一路”倡议和“走出去”战略，以项目实施带动工业产品出口。“十三五”期间，中国中铁工业板块出口产品趋向多元化，业务覆盖了五大洲36个国家和地区。道岔产品应用到美国和欧洲的一级铁路线路；钢结构产品在欧美发达市场取得重大突破，出口到德国、挪威、瑞典等国家；铁路铺架设备、隧道掘进设备等施工装备在站稳国内市场后大力走出国门。工业板块重组上市以来，随着战略结构调整，工业板块国际业务高质量发展的成效已经初显，海外新签合同额大幅增长，2018年同比增幅达28.6%。（朱志华）

【**海外工程**】**1.亚的斯–吉布提铁路运维项目（亚吉铁路运维项目）**。亚吉铁路全长767km，设计时速为客车120km、货车80km，是非洲第一条全线采用中国电气化铁路标准施二的现代电气化铁路。项目运营维护项目合同于2016年7月28日签署，合同金额为3.57亿美元（不含增值税），资金由埃塞政府自筹，业主为埃塞–吉布提联合铁路公司，运维期限为6年。项目自2018年1月1日正式开始商业运营，2018年累计实现运营收入3250万美元，开累实现营业收入3250万美元。中国中铁以EPC模式参与项目设计建设，并承担项目运营维护任务。

2.埃塞亚的斯轻轨运维项目。埃塞亚的斯轻轨全长31.048km，最高行车时速70km，旅行时度20km，是埃塞俄比亚乃至东非第一条城市轻轨。运营维护项目合同于2015年2月签署，合同金额约1.16亿美元，资金由埃塞政府自筹，业主为埃塞铁路公司，运维期限为41个月。项目于2015年4月1日起进入合同履约期，于2018年9月进入1年质保期，2018年累计实现运营收入447万美元，开累实现运营收入1481万美元。中国中铁以EPC模式参与项目设计建设，并承担项目运营维护任务。

3.印尼雅加达–万隆高铁项目（印尼雅万高铁）。正线全长142 3km，设计时速350km，总投资为60.71亿美元（25%为业主印中高铁公司自筹资本金，75%为中国国家开发银行贷款），合同工期为3年。中国中铁承建的EPC项目标段于2017年4月4日签订合同，于2018年6月9日正式开工建设，合同额为13.65亿美元，2018年累计完成产值4110万美元，开累完成产值5010万美元，占合同额13.65亿美元的3.67%。

4.新建磨丁至万象铁路项目（中老铁路或磨万铁路）。正线全长414.332km，设计时速160km，总概算约55.82亿美元（约374亿元人民币，汇率1美元=6.7元；其中40%为业主老中铁路公司自筹资本金，60%为中国进出口银行贷款），建设期5年，特许运营期50年。中国中铁所属中铁二局、八局、国际、五局承建的EPC项目标段于2015月12月21日签署合同，于2017年1月1日正式开工建设，合同额为15.52亿美元，2018年累计完成产值4.61亿美元，开累完成产值7.45亿美元，占合同额15.52亿美元的47.9%。

5.孟加拉帕德玛大桥铁路连接线项目。正线全长168.6km，设计客运时速120km，货运时速80km，于2016年8月8日签署合同，合同额为31.4亿美元（15%为孟加拉国政府自筹，85%为中国进出口银行贷款），业主为孟加拉国家铁路局，承包商为中国中铁，合同工期为4.5年。项目于2018年7月3日正式开工建设，2018年累计完成产值1590万美元，开累完成产值1590万美元，占合同额31.4亿美元的0.51%。

6.孟加拉阿考拉至拉克萨姆增建套轨二线项目。全长72km，线路设计时速为120km，于2016年6月

15 日签署合同，合同金额为 4.46 亿美元（3.9% 为孟加拉政府自筹，27.8% 为欧洲投资银行贷款，68.3% 为亚洲开发银行贷款），业主为孟加拉国家铁路局，承包商为中国中铁与外国企业联合体，合同工期为 4 年。项目自 2016 年 11 月 1 日正式开工建设，2018 年累计完成产值 8981 万美元，开累完成产值 1.88 亿美元，占合同额 4.46 亿美元的 42.19%。

7. 孟加拉国多哈扎里至考克斯巴扎尔铁路项目第一标段。全长 52.4km，设计时速 100km，于 2017 年 9 月 16 日签署合同，合同金额约 3.42 亿美元（资金来源为亚洲开发银行贷款），业主为孟加拉国家铁路局，承包商为中国中铁与外国企业联合体，合同工期为 1092 天。项目自 2018 年 7 月 1 日正式开工建设，2018 年累计完成产值 1098 万美元，开累完成产值 1098 万美元，占合同额 3.42 亿美元的 3.21%。

8. 孟加拉帕德玛大桥项目。全长约 7.7km，主桥由 41 孔 6×（6×150m）+（5×150m）跨度为 150m 的钢混结合连续梁组成，桥面下层为单线米轨铁路，上层为双向 4 车道公路，被誉为“孟加拉人民梦想之桥”。项目于 2014 年 6 月 2 日签署合同，合同金额为 15.49 亿美元（孟加拉政府自筹），业主为孟加拉国公路运输与桥梁部桥梁局，承包商为中国中铁所属中铁大桥局，合同工期为 1640 天。项目自 2014 年 11 月 26 日正式开工建设，2018 年累计完成产值 2.31 亿美元，开累完成产值 9.44 亿美元，占合同额 15.496 亿美元的 60.9%。

9. 埃及斋月十日城市郊铁路项目。全长 73.3km，设计时速为 120km。项目模式为 EPC+F+O&M，EPC 合同总价 12.39 亿美元（部分为中国进出口银行贷款，部分为埃及政府自筹），于 2016 年 1 月 21 日签署合同，业主为埃及国家隧道局，承包商为中国中铁与其他企业组成的联合体，合同工期 24 个月。项目正处于设计及施工筹备阶段，暂未开工。

10. 玻利维亚 ESPINO 公路项目。全长 159.4km，于 2015 年 9 月 18 日签署合同，合同金额为 2.53 亿美元（15% 为玻利维亚政府自筹，85% 为中国进出口银行贷款），业主为玻利维亚公路管理局，承包商为中国中铁，合同工期为 42 个月。项目自 2017 年 6 月 16 日正式开工建设，2018 年累计完成产值 2995 万美元，开累完成产值 3353 万美元，占合同额 25300 万美元的 13.25%。

11. 哈萨克斯坦阿斯塔纳轻轨一期项目。全长 21.39km，于 2016 年 5 月 5 日签署合同，合同金额为 18.88 亿美元（20% 为哈方自筹，80% 为中国国家开发银行贷款）合同工期为 2 年。中国中铁所属中铁二局承担标段项目合同额约 6.02 亿美元，自 2017 年 12 月 29 日正式开工建设，2018 年累计完成产值 2433 万美元，开累完成产值 2972 万美元，占合同额 60197 万美元的 4.94%。

12. 以色列特拉维夫轻轨红线系统及轨道设计施工维护项目。全长约 24km，于 2018 年 3 月 21 日签署合同，合同额约合 6.62 亿美元，业主为以色列特拉维夫城市公共交通系统有限公司，承包单位为中国中铁所属中铁隧道局集团和中铁电气化局集团联合体，合同工期为 197 周。项目于 2018 年 3 月 22 日正式开工，2018 年累计完成生产产值 1038 万美元，开累完成生产产值 1038 万美元，占合同额 6.62 亿美元的 1.57%。项目当前主要工作为概念设计、初步设计和施工策划等。

（庞华林）

【海外重大在建项目实施情况】截至 2018 年底，印尼雅万高铁项目开累完成 3390 万美元，占合同额 136500 万美元的 2.48%。中老铁路项目：中铁五局开累完成 111173 万元，占合同额 203995 万元的 54.5%；中铁国际开累完成 118987 万元，占合同额 270061.72 万元的 44%；中铁八局开累完成 122287 万元，占合同额 282374 万元的 43%；中铁二局开累完成 114562 万元，占合同额 227855 万元的 50%。孟加拉帕德玛大桥项目开累完成 90311.20 万美元，占合同额 154900 万美元的 58.3%。帕德玛大桥铁路连接线项目开累完成 1034 万美元，占合同额 313875 万美元的 0.33%。越南河内轻轨项目开累完成 64140.88 万美元，占项目总产值 64423.3 万美元的 99.5%。

（庞华林）

· 统计数据 ·

表 8-1　　**2018 年二级公司海外新签合同额完成情况及增减情况表**

序号	指标 / 单位	2017 年（万美元）	2018 年（万美元）	同比增减（%）
1	中铁国际	302889	519726	71.59
2	东方国际	145500	3204	−97.80
3	中铁一局	94938	157028	65.40
4	中铁二局	88807	14944	−83.17
5	中铁三局	76692	78414	2.25
6	中铁四局	153323	139689	−8.89
7	中铁五局	51130	65642	28.38

续表

序号	指标 单位	2017 年（万美元）	2018 年（万美元）	同比增减（%）
8	中铁六局	26980	28403	5.27
9	中铁七局	93701	113400	21.02
10	中铁八局	5102	16291	219.31
11	中铁九局	36525	60986	66.97
12	中铁十局	55055	120158	118.25
13	中铁大桥局	31097	95329	206.55
14	中铁隧道局	23440	212519	806.65
15	中铁电气化局	121605	106355	−12.54
16	中铁武汉电化局	0	7000	—
17	中铁建工	61281	60110	−1.91
18	中铁二院	45519	51291	12.68
19	中铁六院	634	750	18.30
20	中铁设计	3098	5054	63.14
21	中铁大桥院	2255	1642	−27.18
22	中铁科研院	658	405	−38.45
23	中铁广州局	27935	5877	−78.96
24	中国北京局	11283	20513	81.80
25	中铁上海局	13285	13500	1.62
26	中铁资源	85420	131405	53.83
27	中铁工业	17861	18691	4.65
28	中铁山桥	5013		
29	中铁宝桥	3911		
30	中铁科工	3646		
31	中铁装备	5291		
32	中铁九桥			
33	中铁物贸	0	0	
34	德伊高铁项目部		196431	
35	大项目	265000		
36	全公司汇总数据（含重复数）	1841013	2244757	21.93
37	总计（不含重复数）	1373512	1539181	12.06

表 8–2　　2018 年新签境外业务合同额按板块划分

分项 类别	承包工程	道岔机械产品加工	设计咨询	外派劳务	进出口贸易	境外实业	境外开矿	其他
金额（万美元）	1130674	18691	29142	62	198488	1295	112921	47908
占比（%）	73.46	1.21	1.89	0	12.90	0.08	7.34	3.11

注：总合同额 1539181 万美元。

表 8–3　　2018 年新签境外业务合同额按工程及业务类别划分

分项 类别	铁路	公路	市政	房建	水电	港码	机场	城轨	劳务	贸易	境外办厂	境外开矿	其他
金额（万美元）	252086	310665	71036	380367	33173	20765	7731	102684	62	198488	1295	112921	47908
占比（%）	16.38	20.18	4.62	24.71	2.16	1.35	0.50	6.67	0.00	12.90	0.08	7.34	3.11

注：总营业额 1539181 万美元。

表 8-4　　2018 年新签境外业务合同额按区域划分

类别＼分项	亚洲	非洲	拉美	欧洲	大洋洲
金额（万美元）	742110	528075	197800	8621	62575
占比（%）	48.21	34.31	12.85	0.56	4.07

注：总合同额 1539181 万美元。

表 8-5　　2018 年新签合同数量按地区划分　　单位：个

类别＼分项	亚洲	非洲	拉美	欧洲	大洋洲
项目个数	130	207	30	6	40

表 8-6　　2018 年度股份公司二级公司海外企业营业额完成情况及增减情况表

序号	单位＼指标	2017 年（万美元）	2018 年（万美元）	同比增减（%）
1	中铁国际	80853	88646	9.64
2	东方国际	30164	18198	-39.67
3	中铁一局	26754	33501	25.22
4	中铁二局	22550	33654	49.24
5	中铁三局	22487	25543	13.59
6	中铁四局	40680	41539	2.11
7	中铁五局	39061	43335	10.94
8	中铁六局	12212	3751	-69.28
9	中铁七局	52734	67065	27.18
10	中铁八局	11377	16279	43.09
11	中铁九局	16847	16889	0.25
12	中铁十局	41433	36600	-11.66
13	中铁大桥局	40011	28086	-29.80
14	中铁隧道	36447	25821	-29.15
15	中铁电气化局	5994	5341	-10.89
16	中铁武汉电化局	0	0	—
17	中铁建工	40086	37520	-6.40
18	中铁二院	10234	5007	-51.07
19	中铁六院	408	439	7.60
20	中铁设计	1141	1074	-5.87
21	中铁大桥院	607	500	-17.63
22	中铁科研院	507	740	45.96
23	中铁广州局	5599	8051	43.79
24	中铁北京局	2109	4603	118.26
25	中铁上海局	2797	2564	-8.33
26	中铁资源	101423	124378	22.63
27	中铁工业	15728	14724	-6.38
28	中铁山桥	2784		
29	中铁宝桥	1620		
30	中铁科工	6804		
31	中铁装备	4520		
32	中铁九桥			
33	中铁物资	318	0	
34	德伊高铁项目部	9150	1662	-81.84
35	股份公司大项目	0		

续表

序号	指标 / 单位	2017年（万美元）	2018年（万美元）	同比增减（%）
36	全公司汇总数据（含重复数）	669711	685510	2.36
37	总计（不含重复数）	609798	618190	1.38

表 8–7　　2018年海外完成营业额按板块划分

分项 / 类别	承包工程	道岔和机械产品加工	设计咨询	外派劳务	进出口贸易	境外实业	境外开矿	其他
金额（万美元）	464424	14724	7760	109	86409	1295	12184	31285
占比（%）	75.13	2.38	1.26	0.02	13.98	0.21	1.97	5.06

注：总营业额618190万美元。

表 8–8　　2018年海外完成营业额按工程及业务类别划分

分项 / 类别	铁路	公路	市政	房建	水电	港码	机场	城轨	劳务	贸易	境外办厂	境外开矿	其他
金额（万美元）	120989	147142	29558	63231	50419	2955	4138	68476	109	86409	1295	12184	31285
占比（%）	19.57	23.80	4.78	10.23	8.16	0.48	0.67	11.08	0.02	13.98	0.21	1.97	5.06

注：总营业额618190万美元。

表 8–9　　2018年海外完成营业额按区域划分

分项 / 类别	亚洲	非洲	拉美	欧洲	大洋洲
金额（万美元）	273709	277874	41081	4939	20587
占比（%）	44.28	44.95	6.65	0.80	3.33

注：总营业额618190万美元。

实业投资及金融物贸

2018 年 12 月 26 日，由中国中铁投融资建设的全长 29.5km 的成都地铁 3 号线二三期工程正式开通试运营

（图为“建设者之歌”主题列车）

实业投资

【全公司实业投资完成情况】截至2018年底，全公司基础设施和矿产资源存量投资项目355个，项目总投资规模13195亿元，其中权属投资规模9838亿元，开累完成权属投资3865亿元，开累回款1759亿元，剩余权属投资5973亿元。

基础设施投资既有项目347个，项目总投资规模12778亿元，其中权属投资规模9668亿元，开累完成权属投资3726亿元，开累回款1759亿元，剩余权属投资5941亿元。

矿产资源既有固定资产投资项目8个，项目总投资规模417亿元，权属投资规模171亿元，开累完成投资138亿元，剩余投资32亿元。

全公司在开房地产项目总计239个，包括土地一级开发项目30个（其中棚户区改造及城市综合建设类项目11个）和房地产二级开发项目209个（其中表内项目187个，表外项目22个），股份公司涉及房地产业务的二级单位共有25家。全公司房地产板块既有项目完成投资389.19亿元，为年度预算473.14亿元的82.26%，同比增长14.11%；新增项目投资511.9亿元，为年度预算518亿元的98.82%；回款441.78亿元，为年度预算322.54亿元的136.97%，同比增长26.27%；营业收入461.34亿元，为年度预算371.3亿元的124.25%，同比增长57.92%；新签合同额1969.04亿元（其中房地产二级销售额530.27亿元，同比增长47.13%；棚户区改造及城市综合建设类项目1251.57亿元；房地产二级开发表外项目完成销售额187.2亿元），为年度预算1804.52亿元的109.12%，同比增长446.32%。

（罗元恒　王大中）

【投资项目管理】2018年，中国中铁主动适应投融资体制改革和市场形势，进一步调整经营策略，加快各二级单位从承包商向“投资商+建设商+运营商”的理念转变，全面加强投资经营。一是充分发挥中国中铁的品牌影响力和各单位的优势，加强高端经营，深化政企合作，推动强强联合和战略合作，先后与天津、上海、重庆、四川、山东、河南、陕西、云南、广州、武汉、南昌、沈阳、银川、浙江交投、中国国新、杭州地铁等120多个省市地方政府和企业集团进行对接，推进区域开发及项目落地。与重庆、西藏、张家口、银川、张家港和贵州省交通厅等12个省市政府及地方企业签订战略合作协议，通过投资经营带动施工主业发展，2018年新承揽投资项目为股份公司新增施工任务2200亿元。二是加强与兄弟央企的横向联系，共同运作并联合投资项目，实现优势互补。三是加强协调项目投资投标条件，针对不合理的投资条件和合同条款，积极与业主沟通，和同行业单位进行协调，维护企业利益，确保合理投资回报及条件。四是加大项目前期统筹协调和指导力度，维护经营秩序，指导项目运作、可研论证和前期谈判，推进牛田洋快速通道、沈阳中德产业园、南梁至太白高速、沈阳快速路、宜宾高速、玉楚高速、南昌地铁、东莞地铁、贵阳地铁、鲁南高铁等重点跟踪项目如期落地。五是组织召开投资推进会，进一步理顺投资板块内部关系，对投资经营工作进行阶段性总结部署，解读国家有关政策，宣贯股份公司相关文件，交流投资经营工作经验　针对新形势、新问题深入探讨，促进基础设施投资板块有序健康持续发展。六是在巩固城轨、公路、市政等传统优势投资领域基础上，积极开拓铁路、地下管廊、环保等新型投资领域，年度新中标公路项目1086亿元，城轨项目411亿元，市政项目847亿元，铁路项目368亿元，地下管廊项目26亿元，环保项目205亿元。七是充分发挥投资带动作用，2018年共新签3297亿元投资项目，为股份公司新增施工任务2200亿元，建安占比67%。

（罗元恒）

【完善投资管理体系】为理顺投资经营关系，维护投资秩序，推进立体经营，进一步加强了统筹协调管理，合理配置和使用资源，优化顶层设计，并贯彻落实国资委相关监管要求，修改完善规章制度，健全管控体系。一是为避免内部竞争，提高经营效率，充分发挥投资公司和工程局在基础设施投资经营中的两个积极性，进一步理顺投资公司与工程局之间的内部关系，在充分调研、多次专题研究、广泛征求有关二级单位意见和建议的基础上，制定了《基础设施投资业务内部关系暂行办法》。二是加强投资项目评价管理，制定出台了《基础设施和矿产资源投资项目评价管理办法》，指导项目过程经济评价和后评价管理工作。三是制定了《基础设施投资项目运营管理指引》，指导PPP项目运营管理，规范运营管理行为，防范运营风险，保障投资收益。四是根据新政策、新规定和新监管要求，以及股份公司立体经营指导意见等对《基础设施投资项目管理办法》进行多次修改完善并印发，进一步规范基础设施投资行为，防范投资风险。五是根据公司领导要求，修订了《基础设施及矿产资源投资项目内部招投标指导意见》，规范投资项目工程施工内部承发包行为依法合规。

（罗元恒）

【BT项目清收】利用国家摸底排查地方政府隐性债务、融资平台改革、地方政府债务置换等良机，指导、协助、督促有关单位狠抓BT项目回购。下发了《关于切实防范BT投资风险的通知》，要求各二级单位防范BT

投资风险，开展BT项目清欠回购，力争将BT项目纳入地方政府债务，转化BT为合法模式，确保投资风险可控。采取督查督办等措施，向存在BT回款滞后的二级单位下发通知，要求加大BT项目清收清欠力度，督促有关二级单位和项目公司加快验工计价、财政评审、竣工验收等关键环节工作进度，确保项目按期足额回购，尽快回收逾期拖欠款。向逾期回购项目的业主及政府发函催收，为相关二级单位清欠工作创造良机。截至2018年12月底，基础设施项目开累提前回购469亿元，其中重庆地铁5号线项目提前回购55亿元，重庆地铁10号线项目提前回购57亿元，石家庄地铁1号线项目提前回购54亿元，成都地铁1、3、7号线项目提前回购32亿元，江门大道北线项目提前回购25亿元，有效降低了BT回购潜在风险，大幅提高了资金使用效率；全年共清收各类BT项目拖欠款20亿元，其中平潭安置房项目清收3.8亿元，南京江东路改造项目清收1.9亿元，昌九大道项目清收1.9亿元，霍永高速一期项目清收1.9亿元，石家庄地铁2号线项目清收1.6亿元，石狮安置房项目清收1.2亿元。

（罗元恒）

【基础设施投资项目信息化管理平上线】组织研发并上线试运行基础设施投资项目信息化管理平台，初步搭建了投资项目全流程跟踪及关键环节的分析和共享平台，对项目情况实施信息化管理，优化基础设施投资板块信息管理流程，通过网络技术和信息化手段，提升项目监管效率，提高项目信息统计的严肃性、准确性。

（罗元恒）

【加强项目运营管理】2018年随着PPP项目在企业新签合同额中的比重越来越大，运营管理压力攀升，中国中铁加快理念转变，强化运营管理能力。一是提高认识，从只追求投资施工的观念，转变到项目运营是PPP项目必不可少的组成部分，提前做好运营方案的调研、学习、编制、管理和数据库建设，提高投资项目全过程、全产业链风险管控水平。二是继续加强高速公路运营管理，一方面，对内开展高速公路运营管理大数据库研究，大力推进高速公路管理信息化建设，为高速公路运营管理大数据分析提供更有利的条件；另一方面，对外积极向同行业先进单位开展对标学习，强化路产路权维护，加强高速公路安全管理，高效准确清除安全危险源，进一步提升高速公路运营管理整体水平，实现整体盈利。

（罗元恒）

·基础设施投资·

【基础设施投资完成情况】2018年，中国中铁基础设施投资完成959亿元，为年度计划800亿元的120%。全年新签项目合同额3297亿元，为年度计划3000亿元的110%。BT项目回款257亿元，为年度计划120亿元的214%。11条运营高速公路实现清分收入33亿元，为年度计划28亿元的118%，日均清分收入906万元，为盈亏平衡点830万元的109%。

（罗元恒）

【基础设施投资项目情况】2018年，中国中铁基础设施投资既有项目347个，项目总投资规模12778亿元，其中权属投资规模9668亿元，开累完成权属投资3726亿元，开累回款1759亿元，剩余权属投资5941亿元。其中：

1.BT项目：共131个，项目总投资规模3629亿元，其中权属投资规模2657亿元，开累完成权属投资1926亿元，开累回款1463亿元，剩余权属投资731亿元。按实施阶段来看：在建项目88个，项目总投资规模2624亿元，其中权属投资规模1698亿元，开累完成权属投资996亿元，开累回款604亿元，剩余权属投资702亿元。建成在购项目43个，项目总投资规模1006亿元，其中权属投资规模959亿元，开累回款859亿元。

2.BOT项目：共41个，项目总投资规模2014亿元，其中权属投资规模1326亿元，开累完成权属投资709亿元，开累回款287亿元，剩余权属投资617亿元。按实施阶段来看：在建项目21个，项目投资规模1550亿元，其中权属投资规模911亿元，开累完成权属投资296亿元，剩余权属投资616亿元。建成运营项目11个，项目投资规模449亿元，其中权属投资规模401亿元，开累清分收入250亿元。建成运营水务项目9个，项目总投资规模14亿元，其中权属投资规模14亿元，开累运营收入38亿元。

3. PPP项目：共175个，项目总投资规模7135亿元，其中权属投资规模5685亿元，开累完成权属投资1092亿元，开累回款9亿元，剩余权属投资4593亿元。按实施阶段来看：在建项目172个，项目投资规模7118亿元，其中权属投资规模5668亿元，开累完成权属投资1073亿元，剩余权属投资4595亿元。建成运营项目3个，项目投资规模18亿元，其中权属投资规模17亿元。

（罗元恒）

【2018年基础设施投资项目完成情况】2018年，中国中铁基础设施投资完成投资959亿元，全年基础设施投资项目共回款302亿元。其中：BT项目完成权属投资182亿元，当年回款257亿元。BOT项目完成权属投资154亿元，当年回款41亿元。已运营的11条高速公路全年实现清分收入33亿元，为年度计划28亿元的118%。日均清分收入906万元，为盈亏平衡点830万元的109%。水务项目均已建成运营，当年运营收入8亿元。PPP项目完成权属投资624亿元，当年回款4亿元。

（罗元恒）

表 9-1　　中国中铁 2018 年在建及在购基础设施投资项目汇总表　　单位：亿元

序号	实施单位	项目名称	权属投资规模	本年投资	开累投资	本年回购	开累回购
基础设施项目合计（不含运营高速公路）			9266.80	959.24	3325.54	268.73	1508.75
一	在建 BT		1697.33	178.38	995.81	198.16	603.68
1	中铁三局	镇康（南伞）至耿马（清水河）高速公路政府和社会资本合作（PPP）项目	0.01				
2	中铁四局	京沪高速公路莱芜至临沂（鲁苏界）段改扩建工程资本金投资项目 4 标段	1.80				
3	中铁四局	明光市城北污水处理厂及乡镇污水处理厂 PPP 项目					
4	中铁四局	杭州市余杭塘河流域水环境综合治理 PPP 项目	0.02				
5	中铁四局	东港市城市内河综合治理工程 PPP 项目					
6	中铁四局	九江市中心城区水环境系统综合治理一期 PPP 项目	0.15	0.03	0.03		
7	中铁四局	南通启东市水环境综合整治工程 PPP 项目	0.01				
8	中铁四局	衡水市主城区水系生态修复工程 PPP 项目					
9	中铁大桥局	宜都至来凤高速公路鹤峰东段 PPP 项目	2.54				
10	中铁大桥局	武汉至大悟高速公路 PPP 项目	3.90				
11	中铁大桥局	新武金堤路（三环线—洪山江夏交界处、武泰闸—江国路）工程 PPP 项目	0.04				
12	中铁大桥局	南充市将军路嘉陵江大桥及引桥工程、滨江北路互通及石油东西路改造工程 PPP 项目					
13	中铁大桥局	滨州黄河大桥工程 PPP 项目	0.87				
14	中铁电气化局	武夷新区旅游观光轨道交通武夷山东站至武夷山景区线一期工程 PPP 项目	0.07	0.05	0.05		
15	中铁建工	新建曹妃甸铁路物流基地项目	0.39				
16	中铁二院	达州市城区智能交通二期项目	1.95				
17	中铁交通	湖南湘潭河东湘江风光带三期项目	36.51				
18	中铁开投	昆明市官渡区晓东村（地块十二）土地一级开发整理、棚户区改造项目	62.29				
19	中铁城投	陕西省西咸新区秦汉新城政府购买棚户区改造服务项目	12.60				
20	中铁城投	西昌市政府购买棚户区改造服务（北门城中村棚户区改造、一环路两侧城中村棚户区改造、马坪坝城中村棚户区改造 a 地块二期）项目	30.46				
21	中铁一局	肇庆市城市化道路改造工程 BT 项目	21.46	2.94	22.87	4.13	4.13
22	中铁二局	昆明轨道交通 9 号线 PPP 项目	0.10				
23	中铁二局	成都金马温江国际体育城项目	2.80	0.04	2.97	0.41	1.01
24	中铁三局	霍州至永和关高速公路西段二期（永和—永和关段）BT 投资项目	33.95	7.34	33.92	27.36	27.36
25	中铁四局	武汉市轨道交通 8 号线一期工程 4 标段 BT 项目	14.11	0.17	13.00	0.98	11.19
26	中铁四局	京沪高速济南连接线资本金 BT 项目	9.23		9.23		
27	中铁四局	青兰线泰安至东阿高速公路资本金 BT 项目	6.00		6.00		
28	中铁四局	青兰线潍坊至日照高速公路资本金 BT 项目	7.70		7.70		
29	中铁四局	国高青兰线东阿界—聊城（鲁冀界）段高速公路资本金 BT 项目	5.25				
30	中铁四局	西安北至机场城际轨道项目	4.00		4.00		
31	中铁四局	南昌轨道交通集团双限房住宅小区投资建设（BT）项目	11.63	4.08	7.31	2.54	5.73
32	中铁四局	莱西、平度等 13 对服务区提升改造工程资本金投资项目	0.77				

续表

序号	实施单位	项目名称	权属投资规模	本年投资	开累投资	本年回购	开累回购
33	中铁七局	巩义市农村骨干路网建设项目（康店至芝田段）	0.53		0.53	0.03	0.05
34	中铁八局	昆明空港经济区呈黄路（经开区至机场高速段）投融资—建设项目	21.34	2.33	14.77	1.43	3.43
35	中铁十局	招远市城市建设工程 BT 项目	15.64		9.81	0.10	6.21
36	中铁十局	新建济南至青岛高速铁路章丘北站、邹平站、临淄北站、青州北站及高密北站站房及相关工程 JQGTFWSJ-1 标	0.85	0.20	0.54		
37	中铁十局	京沪高速莱芜至临沂段改扩建项目 7 标段	0.65	0.65	0.65		
38	中铁大桥局	武汉杨泗港长江大桥 BT 项目	40.34	8.83	30.53		
39	中铁大桥局	湖北赤壁长江公大桥 PPP 项目	3.07	1.04	1.44		
40	中铁大桥局	湖北保神高速公路 PPP 项目	1.64	0.31	0.72		
41	中铁隧道局	汉十铁路	20.00				
42	中铁电气化局	西安北至机场城际轨道项目机电标	3.80		3.80		
43	中铁建工	北京 2022 年冬奥会和冬残奥会张家口赛区奥运村及古杨树场馆群建设项目	2.00				
44	中铁广州局	陕西西咸新区沣西新城六路两桥 BT 项目	13.70	0.97	9.75	0.91	9.06
45	中铁北京局	平潭综合实验区协和医院工程 BT 项目、平潭综合实验区澳前安置小区工程 BT 项目	26.93		26.64	1.36	17.00
46	中铁北京局	商丘市城乡一体化示范区东岳高铁新城棚户区改造项目	5.69	0.94	0.94		
47	中铁北京局	都江堰城区 2.5 环内排水管网体系改造工程	0.09	0.04	0.04		
48	中铁咨询	水曹铁路资本金 BT	29.00		10.00		
49	中铁交通	长沙市轨道交通 5 号线一期工程土建施工投资 + 总承包项目第一标段	9.50		3.00		
50	中铁交通	南宁市邕宁区龙岗新区城市基础设施 BT 建设项目	29.90	2.11	14.99	1.43	9.13
51	中铁交通	昆明市草海北片区及安置地块 基础设施 BT 项目	76.30	2.16	15.84	2.17	14.25
52	中铁交通	南宁市利用社会资金投资建设沙井—南站立交桥、沙井—富乐立交桥、延庆路（原核心区 16 号路，五象大道玉洞大道）、庆林路（原核心区 24 号路，体强路阳峰路）、东风路改造工程（建设路，堤园路）项目	8.77	1.13	12.37	2.25	6.78
53	中铁交通	衡阳市滨江新区耒水以北基础设施 BT 项目	55.00	3.34	31.15	4.87	22.41
54	中铁南方	佛山市城市轨道交通三号线特许经营项目 3203 标段	8.00	1.46	5.65		
55	中铁南方	广东轨道交通产业园配套基地（BT+EPC）	25.00	4.06	21.43	4.68	21.21
56	中铁南方	江门大道北线工程	28.80		28.60	1.27	26.43
57	中铁南方	广佛江快速通道江门段（五邑路至三江主辅道工程）	34.27	4.61	31.76	11.28	29.88
58	中铁南方	广佛江快速通道江门段（五洞至西环路隧道段辅道和西环路隧道至五邑路段主辅道工程）	31.36	4.06	30.30		19.58
59	中铁南方	九龙湖新城起步区市政基础设施 C 标段二期工程 BT 项目	3.90	0.62	1.62		
60	中铁南方	国道 319 线漳州段改线一期工程（厦漳同城大道）	9.93		9.92	2.10	6.93
61	中铁南方	深圳地铁 11 号线松岗车辆段上盖物业 BT 项目	15.70	0.13	3.39	0.52	2.07
62	中铁南方	深圳汇通大厦项目 BT 项目	5.94	0.47	4.18		1.59
63	中铁投资	石家庄市城市轨道交通 1 号线一期工程	90.46	0.02	86.20	3.23	81.23
64	中铁投资	郑州航空港经济综合试验区 2016—2018 年片区城市基础设施一级开发建设项目投资 + 施工总承包四标段	15.60	6.00	12.00	0.20	0.20

续表

序号	实施单位	项目名称	权属投资规模	本年投资	开累投资	本年回购	开累回购
65	中铁投资	石家庄市城市轨道交通 2 号线工程	64.00	14.06	29.38	10.25	15.60
66	中铁投资	渑池至淅川高速公路渑池至栾川段（洛阳境）	26.33	0.06	0.06		
67	中铁投资	渑池至淅川高速公路渑池至栾川段（三门峡境）	3.64	0.01	0.01		
68	中铁投资	青岛地铁 8 号线工程 PPP 项目（B2 包）	31.47	0.35	0.35		
69	中铁开投	重庆市轨道交通五号线一期（园博园中心站—跳蹬站）工程 BT 融资建设总承包	200.00	17.02	109.03	35.00	87.32
70	中铁开投	重庆是轨道交通十号线一期工程	170.95	13.00	133.35	34.00	100.97
71	中铁开投	玉溪至楚雄高速公路勘察试验段工程投资人暨合作承包建设者招标项目 B 标段	9.67	1.44	9.67		
72	中铁城投	成都地铁 3 号线二、三期工程	73.90	25.51	73.90	23.33	35.51
73	中铁城投	成都地铁 5 号线（高升桥站、神仙树西站、城北客运中心站）	5.57	0.97	5.81	1.38	3.29
74	中铁城投	博览城综合交通枢纽	21.70	0.63	12.82	5.69	7.57
75	中铁城投	成都地铁 1 号线三期南段	17.25	0.71	16.19	2.27	11.56
76	中铁城投	崇州市街子镇三期及琴鹤大桥	4.22	0.21	3.18	0.70	0.70
77	中铁城投	天府新区新兴工业园区道路工程	3.87		3.50	0.98	0.98
78	中铁城投	成都地铁 10 号线（太平园站）	3.29		3.08	0.16	2.18
79	中铁城投	崇州成蒲铁路站前广场、崇阳镇永安安置房、中医医院迁建项目	10.93	1.96	5.26	0.18	0.18
80	中铁城投	成都地铁 8 号线一期工程	114.10	30.60	45.92	7.85	7.85
81	中铁城投	西藏自治区日喀则市桑珠孜区农村公路 EPC 总承包建设项目	5.44	3.03	4.79	1.08	1.08
82	中铁城投	天府新区成都片区直管区合江街道龙井村安置房等 4 个建设项目	6.66	1.01	2.21		
83	中铁城投	成都市环城生态区生态修复综合项目（南片区）一期社会投资人比选（二标段）	20.00	7.64	7.64	2.03	2.03
84	中铁上海局	枞阳县农村自来水并网 PPP 项目		0.01	0.01		
85	中铁上海局	台州市黄岩江口污水处理厂改扩建工程 PPP 项目					
86	中铁上海局	淮安区黑臭水体综合整治 PPP 项目					
87	中铁上海局	官渡区河道综合治理工程 PPP 项目	0.02	0.01	0.01		
88	中铁上海局	江门鹤山市沙坪河 综合整治工程 PPP 项目	0.02	0.02	0.02		
二	在建 BOT		911.64	153.23	295.32		
1	中铁一局	新建潍坊至莱西铁路 WLTLZQSG-2 标段	3.60	1.20	1.20		
2	中铁一局	神木—瓦塘铁路冯家川至红柳林段铁路项目	20.16				
3	中铁三局	新建济南至莱芜高速铁路林家隧道	0.71				
4	中铁四局	山东新泰至台儿庄（鲁苏界）马兰屯段高速公路资本金投资项目	5.91	0.31	0.31		
5	中铁南方	惠（州）至龙（门）高速公路 BOT 项目	41.07				
6	中铁投资	濮阳至阳新高速菏泽段 BOT 项目	62.04				
7	中铁投资	鲁南高速铁路曲阜至菏泽段股权投资 + 施工总承包项目	30.84				
8	中铁四局	韶关市翁源之新丰高速公路项目	118.40	23.31	28.43		
9	中铁五局	甘肃省 G309 线金崖至河口（张家台）段公路	13.61		1.56		
10	中铁十局	新建潍坊至莱西铁路 WLTLZQSG-5 标段	5.51	1.84	1.84		
11	中铁十局	新建鲁南高速铁路临沂至曲阜段 LQTJ-4 标段	2.70	0.90	0.90		
12	中铁十局	山东新泰至台儿庄（鲁苏界）马兰屯段高速公路资本金投资项目	5.91	0.31	0.31		
13	中铁大桥局	武汉青山长江大桥 BOT 项目	4.94	0.44	3.16		
14	中铁建工	济南至青岛高速铁路淄博北站、潍坊北站及红岛站站房项目	4.52	1.52	4.52		

续表

序号	实施单位	项目名称	权属投资规模	本年投资	开累投资	本年回购	开累回购
15	中铁建工	新建鲁南高速铁路日照至临沂和临沂至曲阜段站房及相关工程 LNZF-2 标段	1.18	0.59	0.59		
16	中铁上海局	潍坊至莱西铁路 PPP 项目 3 标段	2.51	0.84	0.84		
17	中铁交通	广东汕揭高速公路 BOT 项目	105.46	19.83	47.59		
18	中铁交通	陕西省绥德至延川高速公路项目	131.00	24.03	81.58		
19	中铁交通	山西省静乐丰润至兴县黑峪口高速项目	106.50	8.20	13.33		
20	中铁城投	成都新机场及蒲都高速公路	178.80	40.53	79.77		
21	中铁城投	资阳至潼南（四川境）高速公路项目	66.27	29.40	29.40		
三	在建 PPP		5667.88	624.16	1073.14	2.20	4.06
1	中铁一局	G108 国道韩城金城至合阳界公路改建工程 PPP 项目	9.51				
2	中铁一局	乌兰察布市集宁至凉城公路工程 PPP 项目	35.10				
3	中铁一局	杭州至富阳城际铁路附属配套工程（富阳段）土建施工等工程 PPP 项目	0.63	0.39	0.39		
4	中铁一局	富阳区金桥北路市政综合管廊工程 PPP 项目	0.41	0.28	0.28		
5	中铁一局	靖远县靖乐渠环境治理工程 PPP 项目	0.25				
6	中铁一局	长春市经济技术开发区南区市政道路及基础设施 PPP 项目	3.93				
7	中铁一局	新疆建设兵团十二师五一新镇污水处理厂项目	0.61				
8	中铁一局	平潭综合实验区高铁中心站综合交通枢纽 PPP 项目	26.28				
9	中铁一局	乌兰察布（集宁）七苏木 中欧班列枢纽物流基地利用呼铁永辉铁路设施 配套 PPP 项目					
10	中铁一局	贵阳市南明区人民大道一期及配套工程 PPP 项目	22.85				
11	中铁一局	广东省清远市佛冈县城市综合公共建筑及交通基础设施 PPP 项目	14.95				
12	中铁三局	海口市公交场站一期工程（八个场站）PPP 项目	5.10				
13	中铁三局	朔州市奥林匹克体育中心（一场三馆一校）PPP 项目	6.57				
14	中铁三局	朔州市和丽中学等四所中小学建设 PPP 项目	4.69				
15	中铁三局	朔州市大医院建设 PPP 项目	13.45				
16	中铁四局	南京浦口区秋江路建设工程 PPP 项目	11.55				
17	中铁四局	南京化学工业园区王山头地块棚户区改造 PPP 项目	24.63	3.50	3.50		
18	中铁四局	南京市浦口区白檀路建设工程 PPP 项目	14.18				
19	中铁四局	南京市浦口区百合路南延等道路建设工程 PPP 项目	11.03	0.01	0.01		
20	中铁四局	玉溪市（城北区）地下综合管廊 PPP 项目	16.05				
21	中铁四局	淮南（高新区）山南新区道路（南经十六路及南纬十三路）PPP 项目	11.15				
22	中铁四局	南京内河港高淳港区小花作业区公共码头及输运体系建设 PPP 项目	13.23				
23	中铁四局	徐州市睢宁经济开发区环境提升及综合治理 PPP 项目	8.95				
24	中铁四局	潍坊滨海经开区中央城区综合提升 PPP 项目	11.40				
25	中铁五局	广西省崇左市环城北路工程 PPP 项目	16.68				
26	中铁五局	柳格国高（G3011）敦煌至当金山口公路 PPP 项目	4.38				
27	中铁五局	G105 赣州中心城区改线公路改建工程章贡区 PPP 项目	3.94				

续表

序号	实施单位	项目名称	权属投资规模	本年投资	开累投资	本年回购	开累回购
28	中铁六局	南梁至太白高速公路工程政府和社会资本合作PPP项目	36.78				
29	中铁七局	濮阳市至濮阳县城乡一体化路网PPP项目	12.93				
30	中铁七局	哈密市伊州区西部片区综合管廊PPP项目	5.74				
31	中铁七局	国道107线新乡境改建工程项目	20.87				
32	中铁七局	国道207（原S237）焦作至温县段改建工程PPP项目	12.51				
33	中铁七局	临夏至大河家高速公路（含大河家黄河大桥）PPP项目	1.11				
34	中铁七局	包头市110国道改造、综合管廊及沼南大道综合管廊工程PPP项目一标段	10.83				
35	中铁七局	新乡市平原城乡一体化示范区平原医院建设PPP项目	0.70				
36	中铁七局	G310巩义境（焦桐高速至回郭镇段）改建工程PPP项目	13.40				
37	中铁九局	宜宾临港经济技术开发区产业园区基础设施（一期）PPP项目	1.55	1.35	1.35		
38	中铁十局	淄博市博山区第一职业中等专业学校新校区建设ppp项目	2.82				
39	中铁十局	濮阳市至清丰县城乡一体化路网建设PPP项目	19.39				
40	中铁十局	省道233焦桐线宝丰县周庄镇至鲁山县张良镇段改建工程PPP项目	8 06	0.25	0.25		
41	中铁十局	省道324郸汝线叶县遵化店至鲁山县黄庄段改建工程PPP项目	12.39				
42	中铁大桥局	商丘市城区市政道路建设工程PPP项目	21.72				
43	中铁大桥局	武汉市江汉七桥工程PPP项目	12.41				
44	中铁大桥局	信阳市市政道路PPP项目	11.06				
45	中铁隧道局	上饶市滨江东路道路及防洪堤景观建设工程PPP项目	3.74				
46	中铁隧道局	228国道苍南龙港至龙沙段PPP项目	20.29				
47	中铁隧道局	包头市集中供热环城北干线工程PPP项目					
48	中铁隧道局	临夏至大河家高速公路（大河家黄河大桥）PPP项目	1.11				
49	中铁电气化局	江宁开发区滨水风光带等基础设施PPP项目	9.99	1.59	1.59		
50	中铁电气化局	哈尔滨市地下综合管廊建设二期工程（第一批）二包PPP项目	13.33	1.21	1.21		
51	中铁电气化局	昆明市轨道交通4号线工程PPP项目B部分	1.98	0.08	0.08		
52	中铁电气化局	运城文化艺术中心PPP项目	18.41				
53	中铁建工	太原国际会展中心PPP项目	10.51				
54	中铁建工	广州金融城站综合交通枢纽PPP项目	12.81	3.27	3.27		
55	中铁交通	山西省太原西、北二环高速公路项目	218.05				
56	中铁南方	牛田洋快速通道和金砂西路西延打包PPP项目	60.20	1.20	1.20		
57	中铁城投	青海省西海（海晏）至察汗诺公路工程XC-1标段	24.32				
58	中铁城投	定西至临洮高速公路项目	63.74				
59	中铁城投	新都区天府动力新城基础设施和公共服务配套一期PPP项目	34.73				
60	中铁城投	自贡市东部新城生态补水工程、东部新城水系连通工程、双河口至凤凰坝片区综合治理示范项目PPP项目	41.28	2.01	2.01		

续表

序号	实施单位	项目名称	权属投资规模	本年投资	开累投资	本年回购	开累回购
61	中铁上海局	柳州市凤凰岭大桥工程 PPP 项目	14.61				
62	中铁投资	石家庄市滹沱河生态修复工程（中华大街至藁城城区东）PPP 项目二标段	26.05				
63	中铁城投	成都天府国际空港新城 起步区市政基础设施及景观工程 PPP 项目	48.45				
64	中铁城投	宜宾城市过境高速公路西段和宜宾至彝良高速公路（四川境段）PPP 项目	179.40				
65	中铁投资	沈阳中德园基础及公共设施建设 PPP 项目	76.49				
66	中铁开投	G8012 弥勒至楚雄高速公路玉溪至楚雄段工程 PPP 项目	198.79				
67	中铁城投	宜宾至威信高速公路（四川境）PPP 项目	103.46				
68	中铁开投	贵阳市城市轨道交通 3 号线一期工程	287.12				
69	中铁上投	滁宁城际铁路（滁州段）一期工程 PPP 项目	44.54				
70	中铁上投	安庆山口片（化工产业园）综合开发 PPP 项目	45.46				
71	中铁上海局	江阴高新区新城镇综合开发 PPP 项目	34.14				
72	中铁上海局	长江、沙湖水环境提升工程 PPP 项目	4.37				
73	中铁一局	327 国道韩城龙门至象山公路改造工程	9.33	0.5565	10.0941		
74	中铁一局	国道 321 线肇庆城市化改造二期工程 PPP 项目	26.70	7.8394	26.7753		
75	中铁一局	河源市西环路旅游大道南段（迎客大道；粤赣高速城北出口）升级改造 PPP 项目	2.63	1.6065	2.3145		
76	中铁一局	新疆哈密市伊州区西区道路工程 PPP 项目（二标段）	6.59	0.79	2.29		
77	中铁一局	湛江乾塘至龙头（省道 S08 1—官滘段）道路工程及湛江市实验小学 PPP 项目	5.27	0.20	0.95		
78	中铁一局	肇庆东站站前综合体及站前大道建设工程 PPP 项目	16.70	8.73	15.24		
79	中铁一局	平潭综合实验区地下综合管廊干线工程（一期）PPP 项目	36.03	11.34	32.50		
80	中铁一局	肇庆市四会南江工业园至肇庆新区一级公路新建工程（肇庆市国道 321 线改造三期工程）PPP 项目	46.68	14.87	15.20		
81	中铁一局	江西萍乡五陂海绵小镇一期 PPP 项目	18.17	3.18	3.18		
82	中铁一局	远安县城乡污水治理工程 PPP 项目	0.02				
83	中铁三局	海口国家高新区 PPP 项目包（一）	1.29		1.31		
84	中铁三局	海口市西沙路等 5 个道路、照明 PPP 项目	7.82	0.91	5.50	0.54	0.54
85	中铁三局	海口美安科技新城河道改造 PPP 项目	3.81		0.64		
86	中铁三局	东营港疏港铁路 PPP 项目	53.39	18.51	27.47		
87	中铁三局	晋中市迎宾街、龙湖大街(玉湖北路至环城东路)、锦纶路（文苑街至龙湖大街）改造工程	0.56		0.56	0.74	0.74
88	中铁三局	晋城市中原街改造及地下综合管廊道路工程 PPP 项目	0.60	0.45	0.45		
89	中铁四局	邳州港搬迁工程铁路专用线 PPP 项目	3.70	1.29	3.04		
90	中铁四局	江北滨江大道（西江路至绿水湾南路）建设工程 PPP 项目	4.85	1.70	2.97		
91	中铁四局	海口市地下综合管廊 PPP 项目	48.67	7.20	27.87		
92	中铁四局	池州市海绵城市—滨江区及天堂湖新区棚改基础设施 PPP 项目	10.82	4.18	9.65		
93	中铁四局	海口市博义—盐灶—八灶片区棚户区改造基础设施 PPP 项目	1.61	0.25	0.40		
94	中铁四局	柳州市西外环工程 PPP 项目	10.16	5.56	6.71		

续表

序号	实施单位	项目名称	权属投资规模	本年投资	开累投资	本年回购	开累回购
95	中铁四局	唐山市地下综合管廊一期工程 PPP 项目	7.89	6.56	6.56		
96	中铁四局	景德镇市地下综合管廊 PPP 项目	13.83	1.60	12.26		
97	中铁四局	徐州市迎宾大道高架快速路工程 PPP 项目	20.11	18.20	18.20		
98	中铁四局	六安市体育中心 PPP 项目	7.05	2.14	2.14		
99	中铁四局	南京市溧水区新建城区公共建筑 PPP 项目	6.60	0.30	0.30		
100	中铁五局	长沙经济技术开发区盼盼路及其片区改造 PPP 项目	12.44	2.27	3.27		
101	中铁五局	魅力芙蓉城市双修（有机棚改）PPP 项目	27.21	2.70	3.70		
102	中铁五局	禹州市高铁站前广场及相关基础设施建设工程 PPP 项目	0.47	0.48	0.48		
103	中铁五局	青海（海晏）至察汗诺公路 PPP 项目 XC-2 标段	12.51	0.59	0.59		
104	中铁五局	遵义市南部新区基础设施及公共服务类 PPP 项目第二项目包	1.24				
105	中铁七局	韶关市曲江大道 PPP 项目	12.14	8.71	8.71		
106	中铁八局	G105 潜山野寨至桃花铺段改建工程 PPP 项目	4.35	0.52	1.42		
107	中铁八局	湖南省吉首市保障性安居工程 PPP 项目	9.34	1.21	1.76		
108	中铁九局	宁乡高新区南片区路网及部分土地整理 PPP 项目	0.02		0.02		1.08
109	中铁十局	濮阳市示范区市政工程建设（1 包）PPP 项目	12.28	0.48	1.14		
110	中铁十局	瑞安市丁山二期围垦区市政道路及附属配套 PPP 项目	10.98	0.69	0.69		
111	中铁大桥局	国家级汉中经济开发区基础设施建设和市政道路建设 PPP 项目	13.07	2.95	6.30		
112	中铁大桥局	湛江调顺跨海大桥 PPP 项目	14.89	1.82	2.17		
113	中铁隧道局	湖州市经济技术开发区基础设施 PPP 项目	21.48	6.67	13.82	0.70	0.70
114	中铁隧道局	安阳市城乡一体化示范区 14 条城市道路 PPP 项目	9.64	4.46	10.22		
115	中铁隧道局	福州城区北向第二通道工程（晋安段）PPP 项目	25.21		0.50		
116	中铁电气化局	福州市轨道交通 2 号线机电设备 PPP 项目	1.90	1.14	1.90		
117	中铁建工	南京紫金（江宁）科技创业启动区（未来网络产业创新综合体）PPP 项目	2.78	0.05	0.10		
118	中铁广州局	南京空港枢纽经济区市政道路 PPP 项目	19.14	4.89	6.99		
119	中铁北京局	铜仁高新技术产业开发区智能终端触控显示产业园 PPP 项目	49.00	3.00	3.00		
120	中铁北京局	乌鲁木齐西山路西延（原 S105 线）改建工程（含南山大桥新建工程、乌鲁木齐县水西沟镇冰雪运动特色小镇外部交通道路及绿化工程）PPP 项目	20.18	2.20	2.20		
121	中铁上海局	柳州官塘大桥 PPP 项目	9.33	5.15	9.98		
122	中铁上海局	新沂市棚户区改造金唐新城安置房 PPP 项目	5.00	4.32	6.38		
123	中铁上海局	防城港市堤路园工程 PPP 项目	11.44	3.05	3.05		
124	中铁交通	长沙空港城建设及综合开发 PPP 项目	40.50	8.93	29.24		
125	中铁交通	长沙机场联络线改造等道路交通工程建设开发 PPP 项目	35.84	2.77	21.10		
126	中铁交通	娄底市中心城区路网完善 PPP 项目	24.60	3.12	5.62		
127	中铁交通	四川宜宾市南部新区至临港快速通道打营盘山隧道及连接线工程 PPP 项目	12.04	1.22	1.22		
128	中铁交通	四川宜宾市南部新区金沙江大道至绕城高速连接线工程 PPP 项目	13.91	3.59	3.59		
129	中铁交通	山西临汾市规划三街道路工程和河西新城中心区综合管廊工程打捆 PPP 项目	22.89	2.08	2.08		

续表

序号	实施单位	项目名称	权属投资规模	本年投资	开累投资	本年回购	开累回购
130	中铁交通	宜宾新机场至中心城区快速通道东连接线工程PPP项目	19.99	5.80	5.80		
131	中铁交通	贵州双龙土地一级整理及市政工程项目	72.00	12.68	19.51		
132	中铁交通	陕西省旬邑至凤翔、韩城至黄龙高速公路PPP项目	198.69	12.75	12.75		
133	中铁南方	佛山顺德区菊花湾大桥等PPP项目	10.97	1.75	10.71		
134	中铁南方	佛山（云浮）产业园基础设施及产业配套（一期）PPP项目	17.41	0.19	4.00	0.11	0.90
135	中铁南方	国道G324线（深汕特别合作区路段）改扩建与潮莞高速连接大道开发、建设和运营PPP项目	17.82	1.79	7.78		
136	中铁南方	贵州新蒲经济开发区职业技术学校、宝合中学、新田东路道路、清坪棚户区改造、社区中心等工程PPP项目	22.84	7.37	14.18		
137	中铁南方	莆田市涵江区市政道路工程（一期）PPP项目	7.61	0.66	1.18		
138	中铁南方	广州市南沙新区大岗先进制造业基地综合开发项目	20.70	0.36	0.36		
139	中铁南方	广佛江快速通道江门段（三江至南门大桥）PPP项目	26.55	1.00	1.00		
140	中铁投资	呼和浩特市城市轨道交通1号线一期工程PPP项目	74.87	24.33	44.08		
141	中铁投资	公主岭市地下综合管廊PPP项目	21.78	1.69	16.02		
142	中铁投资	长春新区东北亚国际物流港项目	48.59		2.45		
143	中铁投资	大连地铁5号线PPP项目	176.84	37.70	44.69		
144	中铁投资	连霍二广高速联络线（新安至伊川高速）项目	94.09	1.31	1.31		
145	中铁投资	沈阳市快速路网PPP项目	53.35	24.85	24.85		
146	中铁开投	昆明市轨道交通4号线PPP项目土建工程PPP项目	185.36	30.95	88.97		
147	中铁开投	S25昆明至巧家高速公路东川至格勒段政府和社会资本合作项目	45.91	23.96	43.04		
148	中铁开投	寻甸至沾益高速公路（昆明段）政府和社会资本合作项目	40.71	26.72	41.55		
149	中铁开投	贵州省遵义至余庆高速公路PPP项目	136.19	20.23	32.55		
150	中铁开投	贵阳西南商贸服务业聚集区综合管廊PPP项目	14.91	2.61	2.61		
151	中铁开投	江南中心绿道武九线综合管廊工程PPP项目	43.73	10.32	10.32		
152	中铁开投	贵州省江口至都格高速公路瓮安至开阳段PPP项目	70.24	8.07	8.07		
153	中铁开投	贵州省威宁至围杖（滇黔界）高速公路PPP项目	37.66	2.69	2.69		
154	中铁城投	国道321泸州沱江二桥加宽改造	66.27	0.12	6.95	0.11	0.11
155	中铁城投	广元市西二环一期	8.95	0.86	7.28		
156	中铁城投	广元市朝天区七盘关国际石材城PPP项目	1.56		1.56		
157	中铁城投	内江师范学院新校区项目	28.68	6.45	12.72		
158	中铁城投	乌鲁木齐轨道交通3号线一期项目	139.52	3.32	20.33		
159	中铁城投	西安地铁临潼线（9号线）一期工程PPP项目	122.22	19.21	31.95		
160	中铁城投	成都轨道交通9号线一期工程PPP项目	172.95	50.92	53.92		
161	中铁城投	泸州市江阳区农村公路提档升级三年攻坚江北片区干线公路及联网道路PPP项目	9.09	2.40	9.21		
162	中铁城投	新疆塔城地区S101线等国省干线及农村公路包PPP项目	108.19	13.71	15.63		
163	中铁城投	新疆伊犁哈萨克自治州直属G218线等三条经营性公路PPP项目包	76.74	9.48	10.20		

续表

序号	实施单位	项目名称	权属投资规模	本年投资	开累投资	本年回购	开累回购
164	中铁城投	绵阳游仙经济开发区二期基础设施建设 PPP 项目	13.58	3.38	6.72		
165	中铁城投	巴音郭楞蒙古自治州 G0612 若羌至民丰高速公路、G216 轮台至民丰公路及国有农林牧场道路 PPP 项目	128.93	17.00	17.00		
166	中铁城投	乌鲁木齐市道路交通 PPP 项目二标段（西二环快速路新建工程项目）	73.40	0.37	0.37		
167	中铁城投	西昌市瑶山棚户区改造安置点 ABC 区 PPP 项目	17.58	0.83	0.83		
168	中铁上投	芜湖市轨道交通 1 号线及 2 号线一期 PPP 项目	43.32	7.79	8.84		
169	中铁上投	杭州至海宁城际铁路工程 PPP 项目	27.20	9.43	13.51		
170	中铁城投	乌鲁木齐市老城区改造提升建设工程（B2 项目包）PPP 项目	8.05	3.21	3.21		
171	中铁南方	西江国际未来科技城 PPP 项目	190.38	0.67	0.67		
172	广州地铁 11 号线	广州市中心城区地下综合管廊（沿轨道交通十一号线）工程 PPP 项目	52.49	3.07	10.82		
四		运营 PPP	16.58		17.99	1.72	4.44
1	中铁一局	广东省河源市第一中学高中部工程 PPP 项目	2.80		2.89	0.03	0.03
2	中铁四局	黄山 G205 国道及梅林南路改扩建工程 PPP 项目	9.74		10.54	0.22	1.60
3	中铁南方	佛山（云浮）产业转移工业园标准厂房（一期）工程 PPP 项目	4.14		4.56	1.48	2.82
五		在购 BT	959.36	3.20	930.03	58.53	859.04
1	中铁一局	平潭综合实验区竹屿湖景观整治工程 BT 项目	7.27		7.27	0.58	7.92
2	中铁一局	平潭综合实验区道路及安置房 BT 工程（金井湾安置房一期工程、平潭金井湾大道Ⅱ标段、平潭综合实验区环岛公路工程）	23.82		24.13	3.79	21.03
3	中铁一局	广东河源迎客大桥	4.65		4.48	0.19	5.12
4	中铁一局	滨江大道二期工程	2.64		2.64		3.24
5	中铁一局	贵阳市清镇职教城东区中学建设	0.26		2.93		
6	中铁一局	石狮市洋内亭安置房、城北片区安置房、城北小学、梧园安置房 BT 项目	10.25		10.25	2.99	11.18
7	中铁二局	达州金龙大桥	2.50		3.34		3.31
8	中铁二局	达州凤凰大桥	0.78		0.96		0.80
9	中铁三局	福州八一七路南街地下空间开发	9.51		9.47	0.25	7.56
10	中铁三局	霍州至永和关高速公路西段一期（隰县—永和段）BT 投资项目	32.93		35.58	5.98	35.86
11	中铁四局	南京城西干道改造	21.46		21.46	1.80	25.09
12	中铁四局	南京江东路改造	13.29		13.29	2.52	14.88
13	中铁四局	扬中滨江大道	8.84		8.84		9.88
14	中铁九局	沈阳北站综合交通枢纽 BT 项目	4.15		3.95		3.95
15	中铁九局	大连市甘井子区甘南路、棋南线公路施工总承包 BT 招标项目	8.00		4.46		4.46
16	中铁九局	新津县花桥镇棉花沱新居工程二期项目				1.10	1.10
17	中铁十局	昆明市环湖南路古城段 4 标	2.87	0.17	3.09	0.55	2.51
18	中铁大桥局	武汉鹦鹉洲长江大桥 BT 项目	21.87	0.04	21.63	3.95	17.74
19	中铁大桥局	武汉墨水湖北路 BT 项目	9.19		9.12		5.27
20	中铁大桥局	宜昌至喜长江大桥 BT 项目	5.65		5.94	0.83	5.61
21	中铁隧道局	重庆会展中心支线	25.60		25.60	0.09	25.38
22	中铁隧道局	南昌西客站南广场	6.03		6.03		4.80
23	中铁隧道局	南昌九龙湖隧道	3.20		3.20	0.49	3.09
24	中铁隧道局	南昌玉带河截污提升	3.30		2.20	0.14	2.26

续表

序号	实施单位	项目名称	权属投资规模	本年投资	开累投资	本年回购	开累回购
25	中铁隧道局	红谷滩中心区、凤凰洲加密支路路网工程 BT 项目	0.86		0.17		0.05
26	中铁隧道局	内江 321 国道 BT 项目	3.58		3.58	0.35	3.03
27	中铁上海局	临海公路如东段（连接线港城中通道）	4.08		4.08	1.11	4.73
28	中铁上海局	昆明环湖南路 BT 项目 2 标	6.02		6.06	1.39	5.36
29	中铁交通	长沙县黄兴大道南延线等道路工程 BT 项目	27.30	0.49	27.34	1.60	24.36
30	中铁南方	东莞虎门镇长堤路	13.57	0.76	11.31	1.00	10.40
31	中铁南方	深圳地铁 5 号线塘朗车辆段保障性住房工程项目	14.68	1.43	14.68	1.12	12.93
32	中铁南方	深圳市城市轨道交通 11 号线 BT 项目	204.16	0.12	199.15	4.91	181.30
33	中铁南方	九龙湖新城起步区市政基础设施一期工程 C 标	7.76		6.51		3.48
34	中铁南方	南昌市港口大道工程	24.66		23.48	2.06	20.12
35	中铁南方	福州市金山大桥及南北立交拓宽改造工程	4.00		3.00		2.18
36	中铁南方	南昌九州大道高架	9.08		8.92	1.90	8.42
37	中铁南方	佛山高明快线—海天立交	5.90	0.18	2.84	0.16	2.99
38	中铁投资	沈阳市四环快速路工程 BT 项目	83.00		79.40	1.32	78.55
39	中铁城投	天府大道南延线	43.80		39.45	0.09	37.87
40	中铁城投	天府大道三期	22.85		12.83	1.41	11.81
41	中铁城投	成都地铁（1、3、7 号及 7 号线同步）	252.00		252.62	14.05	224.98
42	中铁上投	安徽省池州教育园 BT 工程	3.00		3.76	0.80	3.30
43	中铁上投	安庆龙眠山道路改造项目	1.00		1.00		1.16
六	运营水务项目合计		13.91	0.27	13.26	8.13	37.52
1	中铁一局	马鞍山市第二污水处理厂 TOT 项目	2.00		2.00	0.29	3.03
2	中铁一局	兰州盐场污水处理厂 BOT 项目	0.72		0.72	0.14	0.85
3	中铁一局	银川自来水股权转让项目	7.07		6.09	6.99	31.43
4	中铁一局	河南漯河市经开区污水处理厂 BOT 项目	0.73		0.79	0.14	0.68
5	中铁一局	河南漯河市源汇区马沟污水处理厂 BOT 项目	0.44		0.48	0.08	0.42
6	中铁一局	北京大兴区西红门再生水厂 BOT 项目	1.94	0.27	2.17	0.23	0.47
7	中铁一局	广德县新杭镇污水处理厂 BOT 项目	0.19		0.21	0.03	0.06
8	中铁一局	广德县第二污水处理厂 BOT 项目	0.62		0.61	0.09	0.21
9	中铁一局	马鞍山市东部污水处理厂特许经营权项目	0.20		0.20	0.14	0.37

制表人：罗元恒

表 9–2　中国中铁 2018 年基础设施投资完成及回款情况表

项目分类	年度投资计划（亿元）	年度完成投资（亿元）	计划完成率	年度 BT 回款计划（亿元）	年度回款额（亿元）	BT 回款完成年度计划
BT	166.0	181.6	110%	120	256.7	214%
BOT	140.7	153.5	109%	/	41.1	/
PPP	493.4	624.2	127%	/	3.9	/
其他	0	0	/	/	/	/
合计	800	959	120%	/	302	/

注：BOT 和 PPP 回款额为运营收入。

制表人：罗元恒

表 9–3　中国中铁 2018 年 BOT 高速公路项目汇总表

序号	项目名称	起始地点	开通日期	运营里程（km）	项目总投资（亿元）	项目权属投资（亿元）	本年清分收入（亿元）	开累清分收入（亿元）
1	广西岑梧	岑溪—梧州	2008.01.16	65	23.2	23.3	1.37	14.97
2	广西岑兴	岑溪—兴业	2008.12.20	148	51.5	34.0	7.68	55.36
3	广西全兴	全州—新安	2008.11.30	58	16.5	10.7	1.84	13.84

续表

序号	项目名称	起始地点	开通日期	运营里程（km）	项目总投资（亿元）	项目权属投资（亿元）	本年清分收入（亿元）	开累清分收入（亿元）
4	山东德商	菏泽—曹县	2008.11.28	85	30.6	28.8	3.82	18.55
5	云南富砚	富宁—砚山	2008.04.28	141	80.0	72.0	3.65	33.57
6	重庆渝邻	重庆—邻水	2004.07.15	53	17.3	8.5	2.85	26.08
7	河南平正	平舆—正阳	2007.10.10	52	24.1	24.1	1.76	14.22
8	重庆忠垫	忠县—垫江	2007.12.28	75	42.7	34.1	2.22	23.25
9	陕西榆神	榆林—神木	2010.12.08	107	62.4	62.4	3.66	33.16
10	四川绵遂	绵阳—遂宁	2010.12.29	97	51.5	51.2	2.63	13.03
11	陕西神佳米	神木—佳县	2015.11.24	67	52.3	51.5	1.5	3.57
合　计				952	452.1	400.6	32.97	249.6

制表人：罗元恒

表 9-4　中国中铁 2018 年运营 BOT 高速公路收入表

序号	项目名称	项目投资规模（亿元）	权属投资规模（亿元）	本企业投入资本金（亿元）	2018 年度实现收入（亿元）	同比收入增长率（%）	至 2018 年累计收入（亿元）
1	山东德商	28.76	28.76	7.4	3.8	22%	18.5
2	重庆渝邻	17.28	8.47	4.7	2.9	−9%	26.1
3	广西全兴	16.45	10.65	4.7	1.8	1%	13.8
4	广西岑兴	51.53	34.01	13.6	7.7	5%	55.4
5	河南平正	24.17	24.17	2.3	1.8	−10%	14.2
6	广西岑梧	23.26	23.26	4.2	1.4	17%	15.0
7	云南富砚	80.04	72.03	21.7	3.7	−7%	33.6
8	陕西榆神	62.36	62.36	20.0	3.7	22%	33.2
9	四川绵遂	51.44	51.44	12.8	2.6	10%	13.0
10	重庆忠垫	42.67	34.14	15.4	2.2	13%	23.2
11	陕西神佳米	51.53	51.53	14.1	1.5	83%	3.6
	合计	449.5	400.8	120.9	33.0	8%	249.6

制表人：罗元恒

·矿产资源开发投资·

【矿产资源开发投资完成情况】2018 年，矿产资源板块投资预算为 3.56 亿元，实际完成 2.12 亿元，投资计划完成率 60%。其中刚果（金）绿纱铜钴矿生产系统完善工程完成投资 8922 万元，刚果（金）布桑加水电站完成投资 10209 万元，蒙古乌兰铅锌矿开拓系统完成投资 2057 万元。全年共实现营业收入 125 亿元，同比增长 5.93%；实现归母净利润 17.06 亿元，同比增长 269.26%。（罗元恒）

【资源板块项目总体情况】截至 2018 年底，矿产资源板块共有固定资产投资项目 8 个，计划投资规模 170.6 亿元，累计完成投资 138.4 亿元，剩余投资 32.2 亿元。其中：已完工、投入运营项目 5 个，计划总投资 96.8 万元，实际完成投资 97.2 亿元；在建项目 3 个，计划总投资 73.8 亿元，已累计完成投资 41.2 亿元，剩余投资 32.6 亿元。

2018 年，矿产资源板块全年共生产钼金属 1.51 万 t，较 2017 年增长 8.6%；生产阴极铜 19.03 万 t，较 2017 年增长 6.3%；生产钴金属 2458t，较 2017 年增长 90.4%；生产铅金属 13131t，较 2017 年增长 32.8%；生产锌金属 12035t，较 2017 年增长 16.1%。（罗元恒）

表 9-5　2018 年矿产资源投资项目一览表

序号	项目名称	项目地点	项目状态	中铁持有项目公司股权比例（%）	中铁投资情况				
					投资规模（万元）	截至上年末投资累计（万元）	本年投资（万元）	截至报告期投资累计（万元）	后续剩余投资（万元）
1	伊春鹿鸣钼矿	黑龙江	建成	83	601700	602579		602579	
2	刚果（金）MKM 铜钴矿	刚果（金）	建成	80.20	119525	123524		123524	

续表

序号	项目名称	项目地点	项目状态	中铁持有项目公司股权比例（%）	中铁投资情况				
					投资规模（万元）	截至上年末投资累计（万元）	本年投资（万元）	截至报告期投资累计（万元）	后续剩余投资（万元）
3	刚果（金）绿纱铜钴矿	刚果（金）	建成	72	213780	176346	8922	185268	28512
4	刚果国际钴盐厂	刚果（金）	建成	51	29447	26505		26505	
5	刚果（金）华刚矿业SICOMINES铜钴矿	刚果（金）	在建	41.72	458689	205721		205721	252968
6	刚果（金）布桑架水电站	刚果（金）	在建	46.70	65240	7548	10209	17757	47482
7	刚果（金）阳极板加工厂	刚果（金）	建成	60	1257	1289		1289	
8	蒙古国乌兰铅锌矿—查夫银多金属矿	蒙古国	建成	100	216506	216506	2057	218563	
	总计				1706143	1360017	21188	1381206	328962

制表人：罗元恒

· 房地产开发投资 ·

【房地产开发总体情况】2018 年全公司房地产板块完成投资额 901.09 亿元，为年度计划 991.14 亿元的 90.91%，其中房地产二级开发项目完成投资 785.12 亿元，为年度计划 865.87 亿元的 90.67%；土地一级开发项目完成投资 115.97 亿元，为年度计划 125.27 亿元的 92.58%；实现回款 441.78 亿元，为年度计划 322.54 亿元的 136.97%，其中房地产二级开发项目实现回款 390.13 亿元，为年度计划 277.54 亿元的 140.57%；土地一级开发项目实现回款 51.65 亿元，为年度计划 45 亿元的 114.78%。（王大中）

【房地产开发板块项目总体情况】截至 2018 年底，房地产开发投资项目 217 个，投资规模 7492.45 亿元，开累完成投资 3713.39 亿元，开累回款 2660.62 亿元。其中，土地一级开发项目（包含棚户区改造及城市综合建设类项目）30 个，总投资规模 2132.99 亿元，开累完成投资 433.39 亿元，开累回款 305.52 亿元；房地产二级项目 187 个，总投资规模 5359.46 亿元，开累完成投资 3280 亿元，开累回款 2355.1 亿元。（王大中）

【房地产二级开发项目情况】2018 年，中国中铁共有房地产二级开发项目 187 个，分布在北京、上海、广州、深圳等 50 个城市。公司房地产开发业务销售金额 530.3 亿元，同比增长 47.1%；销售面积 432 万 m^2，同比增长 27.2%；开工面积 497 万 m^2，同比增长 29.1%；竣工面积 415 万 m^2，同比增长 64.7%；新增土地储备 442.76 万 m^2，较 2017 年同期增长 3.7 倍。截至 2018 年末，公司在建房地产项目占地面积 3945.2 万 m^2，待开发的土地储备面积 1505.0 万 m^2。

【新增房地产项目】2018 年，中国中铁新增 35 个房地产项目，新增项目投资总额为 2471 亿元，较 2017 年新增项目投资总额（494 亿元）增长 500%。其中，新增棚户区改造及城市综合建设类项目共 11 个，投资总额为 1182 亿元，带动二级开发 540 亿元，拉动工程施工 556 亿元；新增二级开发项目 24 个，投资总额为 1289 亿元。

新增的 11 个棚户区改造及城市综合建设类项目为：中铁置业（4 个，总投资 453 亿元，占比 38%）即北京市顺义区天竺镇项目、北京市通州区宋庄镇项目、联合中铁二局常州市天宁新城项目、联合中铁十局无锡市梁溪区刘潭片区项目；中铁建工（2 个，总投资 445 亿元，占比 38%）即张家口市客运枢纽项目、济南市章丘区绣惠街道综合改造项目；中铁南方（1 个，总投资 38 亿元，占比 3%）即遵义市红花岗区长征八厂项目；中铁信托联合中铁五局（1 个，总投资 33 亿元，占比 3%）即遵义市红花岗区万里路项目；中铁投资（1 个，总投资 59 亿元，占比 5%）即北京顺义北务项目；中铁上投（1 个，总投资 95 亿元，占比 8%）即联合中铁电气化局徐州市铁路物流园项目；中铁电气化局（1 个，总投资 58 亿元，占比 5%）即邢台前晋祠村项目。

新增的 24 个二级开发项目为：中铁置业（14 个，总投资 979 亿元，占比 76%）即门头沟曹各庄项目、长春市汽开区项目、杭州市萧山区新街项目、北京市顺义区后沙峪限价商品住宅项目、武汉市黄陂区 39 号地项目、厦门市同安区西湖东路项目、以增资扩股方式获取的南通市开发区东方大道项目、贵阳市观山湖区文化山项目、沈阳市丁香湖 19 号东 -1 项目、菏泽高新区中华西路项目、北京丰台白盆窑 L11 项目、武汉市新洲区阳逻经济开发区 139 号项目、联合中铁三局与华侨城共同开发太原市煤气化厂项目、广州市白云区江高镇项目；中铁建工（4 个，总投资 213 亿元，占比 16%）即广州增城区荔城街 1 号地项目、杭州富阳区银湖 36A 项目、联合中铁开投昆明草海 5# 片区地块二项目、北京丰台白盆窑 L10、L13 项目；中铁大桥局（3 个，总投资 61 亿元，占比 4.5%）即武汉市新洲区阳逻街 092 号地块项目、十堰发展大道项目、吉首市乾城大道项目一期；中铁四局（2 个，总投资 33 亿元，占比 3%）即淮南市山南新区项目、合肥市包河区 S1815 宿松路项目；中铁上投（1 个，总投资 2 亿元，占比 0.5%）即安庆市林语棠三期项目。

（王大中）

【新增土地储备】2018 年，中国中铁房地产板块年内新增 24 宗土地储备（未含中铁文旅土地），新增土地储备面积 323.99 万 m^2，是 2017 年新增土地储备面积（93.95 万 m^2）的 3.4 倍；新增计容建筑面积 791.36 万 m^2，是 2017 年新增计容建筑面积（201.04 万 m^2）的 3.9 倍；土地成交总价约 646.71 亿元，是 2017 年土地成交总价（137.93 亿元）的 4.7 倍。

新增 24 宗土地按单位划分：中铁置业新增土地储备 218.71 万 m^2，占比 67.50%，土地总价 475.68 亿元，占比 73.55%；中铁建工新增土地储备 35.92 万 m^2，占比 11.09%，土地总价 138.08 亿元，占比 21.35%；中铁大桥局新增土地储备 46.97 万 m^2，占比 14.50%，土地总价 16.84 亿元，占比 2.60%；中铁四局新增土地储备 22.04 万 m^2，占比 6.80%，土地总价 15.89 亿元，占比 2.46%；中铁上投新增土地储备 0.34 万 m^2，占比 0.01%，土地总价 0.2 亿元，占比 0.03%。

中铁置业新增土地 14 宗：长春市汽开区项目、北京市门头沟区曹各庄项目、杭州市萧山区新街街道项目、武汉市黄陂区 39 地块项目、沈阳丁香湖 19 号东 -1 项目、北京市顺义区后沙峪镇限价商品房项目、厦门市同安区西湖东路项目、南通市开发区东方大道项目、贵阳市观山湖区文化山项目、菏泽市高新区中华西路地块二、北京市丰台区白盆窑 L11 地块、武汉市新洲区阳逻经济开发区 F139 地块、广州市白云区江高镇中心地块、太原市万柏林区煤气化厂地块。

中铁建工新增土地 4 宗：广州市增城区荔城街 1 号地、杭州市富阳区银湖 36A 地块、联合中铁开投昆明草海 5# 片区地块、北京市丰台区白盆窑 L10、L13 地块。

中铁大桥局新增土地 3 宗：十堰市张湾区发展大道地块、武汉市新洲区阳逻街 092 号地块、湘西州吉首市乾城大道一期地块。

中铁四局新增土地 2 宗：淮南市山南新区地块二、合肥市包河区 S1815 宿松路地块。

中铁上投新增土地 1 宗：安庆市林语棠三期地块。

（王大中）

表 9-6　　2018 年中国中铁房地产板块各单位既有项目投资完成情况表

序号	单位名称	2018 年 1~12 月					2017 年 1~12 月
		项目个数	年度预算（亿元）	完成（亿元）	完成率	同比增长	完成（亿元）
1	中铁置业	63	201.15	182.83	90.89%	11.01%	164.69
2	中铁建工	39	82.50	76.18	92.34%	40.61%	54.18
3	中铁文旅	9	81.48	51.79	63.56%	94.61%	26.61
4	中铁八局	18	20.85	19.26	92.37%	22.05%	15.78
5	中铁二局	31	34.88	15.52	44.50%	71.90%	9.03
6	中铁大桥局	6	14.00	12.72	90.86%	−56.20%	29.04
7	中铁四局	8	9.22	7.57	82.10%	−29.47%	10.73
8	中铁电化局	4	8.40	5.69	67.74%	35.48%	4.20
9	中铁交通	1	3.14	3.57	113.69%	54.55%	2.31
10	中铁开投	1	3.15	2.99	94.92%	67.98%	1.78
11	中铁城投	1	3.35	2.41	71.94%	−32.68%	3.58
12	中铁北京局	2	2.84	2.25	79.23%	−22.68%	2.91
13	中铁一局	4	1.11	1.16	104.50%	−7.94%	1.26
14	中铁国际	9	0.66	1.08	163.64%	−71.50%	3.79
15	中铁七局	2	1.13	0.88	77.88%	15.79%	0.76
16	中铁九局	4	0.53	0.77	145.28%	120.00%	0.35
17	中铁六局	2	2.73	0.73	26.74%	−6.41%	0.78
18	中铁广州局	2	0.63	0.72	114.29%	22.03%	0.59
19	中铁五局	6	1.39	0.66	47.48%	−18.12%	0.81
20	中铁上投	5	0.00	0.21			0.00
21	中铁三局	2	0.00	0.11		−92.72%	1.51
22	中铁二院	11	0.00	0.09		−96.19%	2.36
23	中铁十局	6	0.00	0.00			0.00
24	中铁南方	2	0.00	0.00		−100.00%	0.02
25	中铁投资	1	0.00	0.00		−100.00%	4.00
合计		239	473.14	389.19	82.26%	14.11%	341.07

制表人：王大中

表 9–7　　2018 年中国中铁房地产板块各单位新签合同额完成情况表

序号	单位名称	2018 年 1~12 月					2017 年 1~12 月
		项目个数	年度预算（亿元）	完成（亿元）	完成率	同比增长	完成（亿元）
1	中铁置业	63	1000.00	809.74	80.97%	370.18%	172.22
2	中铁文旅	9	500.00	423.32	84.66%	4215.19%	9.81
3	中铁建工	39	120.00	289.71	241.43%	341.70%	65.59
4	中铁电化局	4	8.00	177.61	2220.13%	1750.10%	9.60
5	中铁上投	5	0.00	168.46		88563.16%	0.19
6	中铁投资	1	60.00	139.00	231.67%		0.00
7	中铁十局	6	0.18	99.86	55477.78%	16825.42%	0.59
8	中铁二局	31	7.23	99.26	1372.89%	980.09%	9.19
9	中铁南方	2	0.00	38.12			0.00
10	中铁五局	6	2.22	34.33	1546.40%	9436.11%	0.36
11	中铁八局	18	20.35	30.39	149.34%	23.99%	24.51
12	中铁大桥局	6	33.00	23.60	71.52%	−33.31%	35.39
13	中铁二院	11	0.00	15.42		386.44%	3.17
14	中铁交通	1	5.14	10.28	200.00%	110.22%	4.89
15	中铁四局	8	4.61	6.64	144.03%	25.05%	5.31
16	中铁一局	4	0.80	4.08	510.00%	1673.91%	0.23
17	中铁广州局	2	1.10	1.75	159.09%		0.00
18	中铁六局	2	0.93	1.32	141.94%	−76.00%	5.50
19	中铁城投	1	6.28	0.36	5.73%	−97.07%	12.29
20	中铁七局	2	20.00	0.22	1.10%	−51.11%	0.45
21	中铁北京局	2	7.69	0.22	2.86%	−43.59%	0.39
22	中铁九局	4	0.71	0.11	15.49%	−84.93%	0.73
23	中铁三局	2	0.00	0.00			0.00
24	中铁国际	9	2.08	0.00	0.00%	−100.00%	0.01
25	中铁开投	1	4.20	0.00	0.00%		0.00
26	东方国际	0	0.00	0.00			0.00
合计		239	1804.52	1969.04	109.12%	446.32%	360.42

制表人：王大中

表 9–8　　2018 年中国中铁房地产板块各单位营业收入完成情况表

序号	单位名称	2018 年 1~12 月					2017 年 1~12 月
		项目个数	年度预算（亿元）	完成（亿元）	完成率	同比增长	完成（亿元）
1	中铁置业	63	170.01	180.00	105.88%	23.60%	145.63
2	中铁建工	39	63.88	98.01	153.43%	64.47%	59.59

续表

序号	单位名称	2018年1~12月					2017年1~12月
		项目个数	年度预算（亿元）	完成（亿元）	完成率	同比增长	完成（亿元）
3	中铁文旅	9	24.67	45.54	184.60%	240.11%	13.39
4	中铁八局	18	17.08	37.12	217.33%	117.46%	17.07
5	中铁大桥局	6	31.00	30.97	99.90%	2.21%	30.30
6	中铁二局	31	18.29	30.49	166.70%	585.17%	4.45
7	中铁电化局	4	8.41	11.30	134.36%	316.97%	2.71
8	中铁四局	8	9.04	8.88	98.23%	28.51%	6.91
9	中铁城投	1	9.37	8.07	86 13%	247.84%	2.32
10	中铁交通	1	5.88	6.14	104.42%		0.00
11	中铁七局	2	2.05	2.05	100.00%	25.00%	1.64
12	中铁五局	6	0.61	0.95	155.74%	39.71%	0.68
13	中铁二院	11	0.00	0.65		−88.66%	5.73
14	中铁上投	5	0.00	0.53		82.76%	0.29
15	中铁北京局	2	7.69	0.44	5.72%	120.00%	0.20
16	中铁九局	4	0.71	0.11	15.49%	−75.00%	0.44
17	中铁十局	6	0.31	0.09	29.03%	−85.94%	0.64
18	中铁一局	4	0.75	0.00	0.00%	−100.00%	0.14
19	中铁三局	2	0.00	0.00			0.00
20	中铁六局	2	0.02	0.00	0.00%		0.00
21	中铁广州局	2	1.50	0.00	0.00%		0.00
22	中铁国际	9	0.03	0.00	0.00%	−100.00%	0.01
23	中铁南方	2	0.00	0.00			0.00
24	中铁投资	1	0.00	0.00			0.00
25	中铁开投	1	0.00	0.00			0.00
26	东方国际	0	0.00	0.00			0.00
合计		239	371.30	461.34	124.25%	57.92%	292.14

制表人：王大中

表9-9　2018年中国中铁房地产板块各单位回款完成情况表

序号	单位名称	2018年1~12月					2017年1~12月
		项目个数	年度预算（亿元）	完成（亿元）	完成率	同比增长	完成（亿元）
1	中铁置业	63	127.51	186.36	146.15%	16.77%	159.60
2	中铁建工	39	67.92	94.22	138.72%	22.32%	77.03
3	中铁文旅	9	36.24	56.61	156.21%	244.61%	16.43
4	中铁八局	18	18.11	30.67	169.35%	30.96%	23.42
5	中铁二局	31	12.80	20.46	159.84%	105.90%	9.94
6	中铁大桥局	6	20.00	14.06	70.30%	−29.84%	20.04
7	中铁四局	8	6.28	11.09	176.59%	89.81%	5.84
8	中铁交通	1	4.46	10.02	224.66%	71.58%	5.84
9	中铁电化局	4	5.50	9.86	179.27%	−14.56%	11.54
10	中铁城投	1	5.60	4.11	73.39%	−53.40%	8.82
11	中铁六局	2	0.96	1.03	107.29%	−72.46%	3.74
12	中铁广州局	2	0.75	0.88	117.33%		0.00
13	中铁五局	6	1.81	0.62	34.25%	−32.72%	0.92
14	中铁二院	11	0.00	0.44		−85.90%	3.12
15	中铁一局	4	0.10	0.38	380.00%	−19.15%	0.47
16	中铁上投	5	0.00	0.31		47.62%	0.21

续表

序号	单位名称	2018 年 1~12 月					2017 年 1~12 月
		项目个数	年度预算（亿元）	完成（亿元）	完成率	同比增长	完成（亿元）
17	中铁北京局	2	7.66	0.18	2.35%	−79.55%	0.88
18	中铁十局	6	0.28	0.17	60.71%	−63.04%	0.46
19	中铁七局	2	0.80	0.16	20.00%	−88.24%	1.36
20	中铁九局	4	0.71	0.15	21.13%	−25.00%	0.20
21	中铁三局	2	0.00	0.00			0.00
22	中铁国际	9	0.85	0.00	0.00%	−100.00%	0.01
23	中铁南方	2	0.00	0.00			0.00
24	中铁投资	1	0.00	0.00			0.00
25	中铁开投	1	4.20	0.00	0.00%		0.00
26	东方国际	0	0.00	0.00			0.00
合计		239	322.54	441.78	136.97%	26.27%	349.87

制表人：王大中

表 9–10　　2018 年中国中铁房地产板块各单位表内二级项目销售额情况表

序号	单位名称	2018 年 1~12 月					2017 年 1~12 月
		项目个数	年度预算（亿元）	完成（亿元）	完成率	同比增长	完成（亿元）
1	中铁置业	63	140.38	210.62	150.04%	22.30%	172.22
2	中铁建工	39	84.66	181.38	214.25%	176.54%	65.59
3	中铁八局	18	20.35	30.39	149.34%	23.99%	24.51
4	中铁二局	31	7.23	26.65	368.60%	189.99%	9.19
5	中铁文旅	9	28.05	24.31	86.67%	147.81%	9.81
6	中铁大桥局	6	33.00	23.60	71.52%	−33.31%	35.39
7	中铁交通	1	5.14	10.27	199.81%	110.02%	4.89
8	中铁电化局	4	8.00	9.62	120.25%	0.21%	9.60
9	中铁四局	8	4.61	6.64	144.03%	25.05%	5.31
10	中铁广州局	2	1.10	1.75	159.09%		0.00
11	中铁六局	2	0.93	1.32	141.94%	−76.00%	5.50
12	中铁五局	6	2.22	0.99	44.59%	175.00%	0.36
13	中铁一局	4	0.25	0.69	276.00%	200.00%	0.23
14	中铁二院	11	0.00	0.59		−81.39%	3.17
15	中铁上投	5	0.00	0.46		142.11%	0.19
16	中铁城投	1	6.28	0.36	5.73%	−97.07%	12.29
17	中铁七局	2	1.00	0.22	22.00%	−51.11%	0.45
18	中铁北京局	2	7.69	0.22	2.86%	−43.59%	0.39
19	中铁九局	4	0.71	0.11	15.49%	−84.93%	0.73
20	中铁十局	6	0.18	0.08	44.44%	−86.44%	0.59
21	中铁三局	2	0.00	0.00			0.00
22	中铁国际	9	2.08	0.00	0.00%	−100.00%	0.01
23	中铁投资	1	0.00	0.00			0.00
24	中铁开投	1	4.20	0.00	0.00%		0.00
25	东方国际	0	0.00	0.00			0.00
26	中铁南方	2	0.00	0.00			0.00
合计		239	358.06	530.27	148.10%	47.13%	360.42

制表人：王大中

金融信托

【金融业务概况】中国中铁拥有全资或控股的金融、类金融子企业共8家，涉及信托、公募基金、资产管理、融资租赁、保险经纪等业务，其中，以中铁信托有限责任公司业务收入、利润占比为最大。中国中铁始终贯彻落实产融结合整体方针，落实“稳就业、稳金融、稳外贸、稳外资、稳投资、稳预期”的宏观政策，金融业务的开展坚持以服务内部金融需求为基础、以促进基础设施建设主业发展为中心、以创造价值为导向，全面构建内部金融服务体系，为公司提高经济效益和发展质量提供有力支撑。（樊　伟）

【中铁保理成立】2018年7月2日，中铁资本与中铁隧道局合资成立中铁商业保理有限公司。中铁保理是中国中铁进一步深化产融结合，完善金融布局，打造金控平台作出的一项重要部署。中铁保理，将为中国中铁提供有效的资金支持；股份公司总部各相关部门和各成员企业要利用其提供的金融服务，共同推进中国中铁产融结合与提质增效。（颜配强）

【建立PPP项目财务管理制度体系】建立健全PPP财务管理制度体系。针对PPP等项目新业态，制定《中国中铁股份有限公司产业基金管理暂行办法》，推进基金公司设立试点工作，在充分调动二级企业参与产业基金业务工作积极性的同时，有效防止产业基金公司设立及开展业务所带来的各种风险，对五家试点单位设立基金公司正式下达批复，同时，梳理固化基金选择标准、流程，规范基金业务管理，形成良性竞争机制，拓宽融资渠道，降低融资成本。下发《中国中铁关于“PPP项目融资方案”若干事项的通知》，进一步明确PPP项目融资总体要求及融资方案评审与变更流程，全面梳理PPP存量项目，坚持问题导向，主动排查风险，同时，严格审查新项目经济性和融资方案的可行性、合规性，坚持项目优中选优，严格按照未来投资能力和2018年投资预算进行PPP投资，无预算不投资。（樊　伟）

【规范融资方案推动PPP项目实施】2018年，组织召开多次专题会议研究各单位项目由表外转入表内必要性及对中国中铁整体资产负债率和有息负债总额的影响，形成推进存量项目融资问题的解决方案，截至年末，按照“两平衡”的原则，在不推高中国中铁整体资产负债率的管控前提下，已批复23个PPP项目由“表外”转入“表内”实施，同时在过程中，对项目资金管理实施全过程监督，不断提高项目成本管理水平及收益水平。敦促各金融板块企业充分发挥主观能动性，探索研究新形势下推动产融结合的举措，加强与金融机构、审计机构的联系沟通，密切关注监管政策和市场形势变化，及时对产业基金进行调整和创新，拓宽融资渠道、降低融资成本。主动出击，联合兄弟单位、地方性国企及产业链上下游合作伙伴，引入战略投资，共同参与项目投资，风险共担、利益共享。（樊　伟）

【加强金融机构合作】持续开展与金融机构总部的“总对总”对接，协调各家金融机构，拓宽融资渠道，创新融资模式，确定双方合作的模式及框架，制定股份公司内部“总对总”协调机制及具体流程。全面开展与中国政企合作基金的深度合作，谈判签署“总对总”战略合作协议，协助符合条件的PPP项目引入中国政企合作基金。将保险资金作为股份公司资金渠道的引入重点，通过优质项目吸引金融机构“真股权”，进一步扩宽融资渠道，降低融资成本。（樊　伟）

【梳理PPP融资业务流程】对PPP项目融资主要工作的内部流程进行梳理及标准化，明确各工作环节的主要内容、相应要求；设计需要收集建立的资料台账体系，包括：中国中铁PPP剩余投资能力、投资项目、融资方案实施、金融机构审批，资本金投放、项目公司组建、项目建设进展、现金流等；结合投资发展部已有的报表台账，建立二级企业对股份公司财务部的定期上报制度；财务部定期对上报资料进行汇总分析，并出具相关报告。（樊　伟）

【金融业务管理与风险管理】一是根据国资委和股份公司相关规定，对系统内的套期保值业务进行监督和管理。主要包括审核业务预算、组织套期保值方案的评审工作、根据监管要求定期向国资委汇报等。目前，股份公司系统内主要有总部、中铁资源、电气化局等单位开展了套期保值业务，产品涉及利率、外汇、阴极铜等种类。二是加强了对金融业务和金融企业的风险管理工作，根据审计署、国资委、财政部等监管机构要求，组织了中铁工对所属企业的金融企业国有资产分析、金融业务全面风险自查、央企投资基金专项报告、金融业务风险问题整改、信托等有关金融业务风险排查、PPP项目融资情况调查等工作，并督促相关子企业积极落实整改、采取措施规避风险，目前，中铁工金融业务均稳妥开展，风险基本可控。（樊　伟）

【保险业务集中管理】一是积极推进相关办法的贯彻落实，协调各二级单位与中铁汇达开展相关工作，通过季度《保险集中管理报表》对各二级单位集中统保工作进行监管，对各二级单位的保险集中工作进行考核打分。二是重点就职代会提出的保险索赔问题，组织开展了加强索赔工作宣贯提升索赔意识、健全各子企业沟通机制以利于分享索赔经验、督促中铁汇达加强索赔业务培训等工作。（樊　伟）

物资贸易

【物贸企业概况】中国中铁共有二级、三级物贸子企业21家，其中二级企业一家，为中铁物贸，三级企业20家（不含中铁物贸所属子公司），包括中铁一至十局、大桥局、隧道局、电气化局、武汉电化局、上海局、北京局、国际、资源所属物资公司。两级物贸企业对内承载着物资集中采购供应、参与现场物资管理等功能，对外适度开展市场经营，并承担部分中国铁路总公司、大型地铁项目等的物资供应、代理服务等业务。

（李　根）

【物资贸易业务】制定发布了物资贸易业务管理办法，明确两级物资贸易业务经营范围和经营方式，对各项物贸业务活动提出明确要求；建立了物资贸易业务负面清单，严禁展开融资性贸易、空转走单贸易等高风险贸易业务，防范物贸业务风险。督导两级物贸企业按照股份公司物贸业务管理办法要求，建立覆盖物资贸易业务项目调查与分析、评审、合同签订、供应组织、仓储管理、业务授信、效果评价等全流程的管理制度，并通过实践检验进行修订完善，依法合规开展物贸经营活动。进一步明确两级物贸企业在两级集中采购中的地位，引导两级物贸企业发挥专业化优势，立足并服务于股份公司主业开展物资贸易，促进物资贸易持续健康发展。2018年，物贸企业内部集采供应规模不断扩大，经营状况不断好转，经营利润持续提升，全年，物贸企业实现内部集采供应686.89亿元，同比增长16.96%；实现营业收入176.77亿元，同比增长4.40%；毛利率为8.35%。持续强化物贸风险管控，继续加大风险处置力度，督导各物贸风险单位采取有效措施化解既有物贸风险，减少物贸风险损失，截至2018年底，各单位回收债权32.51亿元，风险敞口进一步降低。　（李　根）

【中铁物贸入选全国供应链创新与应用试点企业】2018年10月17日，全国供应链创新与应用试点工作会在上海召开，中铁物贸作为中国中铁系统唯一入选企业应邀参加会议。2018年4月，国家商务部、工业和信息化部、生态环境部、市场监管总局等八部门下发通知，明确在部分城市和企业中，开展供应链创新与应用试点。经八部委联合审核、评选、公示等多个环节，最终确定55个试点城市及266家试点企业，中铁物贸成功入选。本次供应链创新与应用试点实施期为2年，试点企业的主要任务是应用现代信息技术，创新供应链技术和模式，构建和优化产业协同平台，提升产业集成和协同水平，带动上下游企业形成完整高效、节能环保的产业供应链，推动企业降本增效、绿色发展和产业转型升级。　（孔　月　夏姗姗）

科技创新

2018 年，中国中铁获国家科技进步奖 4 项，技术发明奖 1 项

【科技工作综述】科技与信息化部发挥科技创新在全面创新中的引领作用，推动企业创新发展步伐。积极抓好国家级创新平台建设和战略性科技力量培育，新成立了单轨交通工程、一带一路互联互通、路基与地基工程、爆破安全、智慧城市、气动列车6个专业研发中心，在莫斯科举办了首届高速铁路国际学术论坛，2018年新增国家级技术中心2个、省部级技术中心15个、省级重点实验室1个。承担国家重大战略科研任务，推动科研、设计、施工和装备制造企业联合创新，围绕川藏铁路和高速铁路发展方向，深入开展多功能TBM成套机械快速施工技术、高寒强震及复杂环境山区铁路建设关键技术、400km/h高速铁路技术体系及建设成套技术等重大课题研究，加快了极端装备和智能装备研究制造步伐。新获省级（含国家认可的社会力量设奖）科技进步奖328项，比2017年增加30项；新获省部级工法377项（国家级工法未评选），比2017年增加76项；新增专利1888项，其中发明专利389项、PCT专利1项，专利数量较2017年增加683项；有32项成果达到国际领先水平，113项成果达到国际先进水平。中国中铁数字化管控中心完成建设并投入运行，是国内建筑业企业首个数控中心；中铁隧道局盾构核心部件研制取得突破，国产盾构主轴承通过专家组评估验收；2人分获中施企协最高科学技术奖和约翰·罗布林终身成就奖。

（刘建廷　黄佳强　耿治平　罗静峰）

【科技创新】2018年，中国中铁获国家科技进步奖4项，技术发明奖1项。获省级（含国家认可的社会力量设奖）科技进步奖328项，其中省部级科技进步奖28项，中国施工企业协会科学技术奖86项（其中股份公司刘辉副总裁获最高科学技术奖、特等奖1项、一等奖25项、二等奖59项），其他社会力量设奖214项。有12项工程获第十六届中国土木工程詹天佑奖。获授权专利1888项，其中发明专利389项，有4项专利获第二十届中国专利优秀奖；获省部级工法377项。

（刘建廷　黄佳强　耿治平）

【企业技术中心建设】2018年，中铁三局、中铁电气化局被确定为国家级企业技术中心。中铁一局第二工程有限公司、中铁二局第二工程有限公司、中铁三局桥隧工程有限公司、中铁三局线桥工程有限公司、中铁四局路桥有限公司、中铁五局机械化工程有限责任公司、中铁七局武汉工程有限公司、中铁八局第三工程有限公司、中铁十局第一工程有限公司、中铁隧道二处有限公司、中铁武汉电气化局、中铁广州工程局、中铁上海工程局第四工程有限公司、中铁六院14家单位被确定为省级企业技术中心。截至2018年底，中国中铁拥有国家级企业技术中心13家、省级技术中心73家。

（罗静峰）

【新成立6个专业研发中心】2018年，中国中铁新成立"一带一路"互联互通研究中心、中国单轨交通发展研究中心、路基与地基工程技术研发中心、爆破安全技术研发中心、智慧城市研究中心、气动列车研发中心6个专业研发中心。截至2018年底，中国中铁共拥有15个专业研发中心。

（罗静峰）

【科研课题】2018年，中国中铁科技开发计划新开课题1293项，其中重大专项Ⅰ类课题3项、Ⅱ课题3项，重大课题20项，重点课题59项，引导课题121项。

（罗静峰）

【科技成果鉴定与评审】2018年，全公司共有906项科技成果通过了各级鉴定、评审或验收，其中通过省（市）科技成果鉴定（评审）62项，股份公司科技成果评审266项。在通过省部级及股份公司组织鉴定评审的329项成果中，有32项成果达到国际领先水平，113项成果达到国际先进水平。

（刘建廷　黄佳强）

【117项技术获总公司科学技术奖】2018年，117项技术获得中国铁路工程总公司科学技术奖，其中特等奖7项、一等奖38项、二等奖72项。

（刘建廷　黄佳强）

【信息化建设】运用云计算、物联网、大数据、GIS、BIM等技术，建设中国中铁数字化管控中心，并以企业管理、经营开发、项目管理、财务共享、应急指挥等业务管理内容为切入点，运用新技术促进创新管理，为中国中铁生产经营活动注入新的活力。强化网络安全意识、提升网络安全保障能力，在全公司范围内选拔网络安全优秀人才，组队参加首届中央企业网络安全攻防大赛。完成总部IPv6网络出口建设，扩大海外骨干网络香港接入中心试点。业财共享信息平台入围国资委2018年中央企业信息化优秀成果，被中国施工企业管理协会推荐为"第14届工程建设行业信息化高峰论坛典型案例（企业级信息化专项应用类）"。对现有邮件系统架构进行扩容升级和电子邮件网关升级改造，2018年收发电子邮件271万封，召开视频会议116次，参会人40余万人次。

（杨晶晶）

【知识产权管理】2018年，全公司下达专利计划1192项，其中发明专利648项。下达工法计划833项，其中国家级工法14项。全系统获授权专利1888项，其中发明专利389项，PCT专利1项；获省部级工法377项（国家级工法未评选）。将国家级、省部级和成员企业级工法录入科技管理信息系统，按桥梁、隧道、四电、房建、综合组五个方面及相应的四十个二级专业建立工法台账。开展股份公司专利现状研究及分析预警研究。结合承担的国家铁路局《铁路知识产权相关问题课题研

究》项目，系统梳理分析了股份公司知识产权管理现状及专利情况。（刘建廷　黄佳强）

【4项专利获中国优秀专利奖】中铁电气化局开发的“超级电容有轨电车充电轨系统”、中铁大桥局开发的“钢桁梁纵向多点连续拖拉施工方法”、中铁大桥院、中铁大桥局开发的“一种串、并联多级阀黏滞阻尼方法及阻尼器”、中铁隧道局开发的“一种孔内注浆并有效止浆的方法及装置”4项发明专利获第20届中国专利优秀奖。（刘建廷　黄佳强）

【12项工程获中国土木工程詹天佑奖】2018年，中国中铁参建的12项工程获第十六届中国土木工程詹天佑奖，占获奖工程总数（30项）的40%，系统内共有14个单位获奖。（耿治平）

【专业施工技术】2018年，中国中铁在饱和软黄土地层浅埋地铁暗挖车站下穿西安火车站施工关键技术、大吨位（35m/850t）非对称整孔箱梁制运架施工技术及关键设备、基于围岩扰动效应与荷载演变特征的超大扁平公路隧道施工关键技术研究、CRTS Ⅲ型先张法预应力轨道板智能自动生产线设计关键技术研究、广东湿热地区长寿命沥青路面设计及施工成套技术、蒙华铁路洞庭湖特大桥建造关键技术、盾构施工远程信息化管理关键技术研究、川藏铁路深切峡谷桥址区脉动风特性研究、轨道惯性导航动态测量系统、跨海桥隧工程高精度测量基准建设与应用、大厚度黄土湿陷特性及其测试评价新方法研究、跨海大桥双幅大吨位箱梁架运成套设备、基于移动互联网的智能化实时动态运营管理综合平台等方面达到国际领先水平；在城市轨道交通新能源轨道铺设机研制、重载铁路风沙路基填筑施工技术研究、非对称悬浇大跨度宽幅波形钢腹板PC箱梁施工技术研究、铁路隧道渗漏水治理措施研究、复合地层盾构空舱掘进施工关键技术与围岩稳定性控制研究等方面达到国际先进水平。（刘建廷　黄佳强）

【新技术推广和成果转化】2018年，共有266项科技成果通过了股份公司组织的科技成果评审，进一步促进了新技术的推广和优秀科技成果的转化。

（刘建廷　黄佳强）

【博士后工作站】截至2018年底，全系统拥有中国中铁总部、中铁一局、中铁四局、中铁大桥局、中铁二院、中铁山桥、中铁时代建筑设计院7家博士后工作站。（马志伟）

【期刊管理】围绕土木工程施工生产管理新理论、新技术、新方法、新手段进行组稿，强化审稿和编辑工作，2018年编辑出版中国中铁主办的科技刊物《铁道工程学报》12期，共发稿219篇。督导中国中铁主管的《桥梁建设》《世界桥梁》《现代隧道技术》《隧道建设》《路基工程》《铁道标准设计》《铁道勘察》《电气化铁道》《高速铁路技术》9个期刊的主办单位按时保质保量完成出版工作。完成《现代隧道技术》增刊2期、《高速铁路技术》增刊1期、《路基工程》增刊1期、《电气化铁道》增刊1期。（耿治平　冯莎莎）

【节能减排工作】2018年，全公司积极开展节能减排工作，全面落实中国中铁“十三五”节能减排规划，大力开展节能减排标准化工地建设，推广应用新技术、新工艺和新设备，提高能源利用效率的同时对污染物排放量进行严格控制，加大技术改造和淘汰落后设备力度，减少废气、废液的排放，充分利用废渣等废弃物。修订发布了《中国中铁绿色施工科技示范工程评选办法》《中国中铁节能低碳技术评选管理办法》。2018年全公司无环境责任事故及节能减排重大违规违纪事件，排放污染物均达到国家和所在地相应排放标准。2018年，全公司每季度按时完成节能减排数据统计和总结分析报告，年度万元营业收入综合能耗（可比价）为0.0553吨标煤/万元，同比下降3.2%，圆满完成了节能减排既定年度工作目标。

公司共有10个项目获得首批中国中铁绿色施工科技示范工程称号，72个项目获得中国中铁节能减排标准化工地称号。2018年，中国中铁进一步加大节能低碳重点技术研发力度，共立项节能减排和绿色环保技术课题20余项，课题研究经费5亿多元，37项技术被评选为中国中铁重点节能低碳技术。《桥梁工程绿色施工规范及评价标准》企业标准正式发布，隧道及地下工程、铁路工程、公路工程和城市轨道交通工程绿色施工规范及评价标准的编制工作正在有序开展，参与中国施工企业管理协会绿色建造评价水平指标体系研究。

（马志伟）

【科技管理信息系统】2018年5月30日，2017版科技管理信息系统正式上线运行。科技管理信息系统包括科技信息、科技台账、科管流程、教学交流、知识管理、成果评选、系统管理、页面展示八大板块，47个信息管理与22个业务流程模块，实现了科研信息与项目管理、科技奖励管理和知识管理等业务处理的网络协同化、规范化和数据资源化等功能。截至2018年底，科技管理信息系统已录入专利12445条，工法3690条，科技奖励384条，科技成果705条，科研课题1450条，科管流程项目9258条。（李永全）

【科技情报】2018年，中国中铁科技开发重点课题《科技情报管理、采集、发布平台系统建设》，依托该课题申请软件著作权5个、发表论文1篇。2018年11月，科技情报平台正式上线运行。按期出版了24期《中国中铁科技情报》和《城建情报动态》。完成《石墨烯技术与相关产业投资价值分析报告》《岩峰公司湿喷机发展研究分析报告》2项情报咨询业务。2018年推出“中铁科技情报”微信公众号，发布科技前沿信息

151条。（李永全）

【首届中国中铁“卓越杯”BIM大赛】2018年，中国中铁举办首届“卓越杯”BIM大赛。大赛分为技能赛和成果赛。12月20日，中国中铁首届“卓越杯”BIM大赛成果汇报暨颁奖仪式在总部机关举行。公司领导及高管、总部机关各部门负责人、机关全体青年及个获奖单位领导、选手参加会议。李长进董事长发表讲话指出：中国中铁首届“卓越杯”BIM大赛为中国中铁进一步推广应用BIM技术搭建了平台、探索了经验。要以本次大赛为契机，掀起创新驱动发展的新高潮，凝心聚力、全面推动BIM技术的普及和应用，为企业争创一流提供动力。中国中铁总工程师孔遁宣读《中国中铁关于表彰首届“卓越杯”BIM大赛获奖单位和个人的决定》，授予中铁二院“拉林铁路BIM应用项目”等36个项目成果奖，授予中铁四局董海峰等27名同志技能赛个人奖，授予中铁六院等9家单位团体奖。中铁六院、中铁四局作了经验交流发言。中铁二局、中铁大桥局、中铁广州建设、中铁建工4家单位作了成果汇报，针对BIM技术在工程项目的具体应用进行路演。全系统共计20000余人在900多个分会场参加会议。“中国中铁青年”微信公众号进行网络同步直播，累计在线观看人数达18000余人次，评论达5000余条。（杨晶晶）

【第四届中国BIM学术会议】2018年11月24日至25日，由中国中铁和中国图学学会BIM专业委员会主办，中铁四局承办的第四届全国BIM学术会议在合肥召开。中国铁道学会理事长、中国工程院院士卢春房到会指导，股份公司总工程师孔遁参加会议并致辞。中国铁路BIM联盟常务副理事长、秘书长盛黎明，美国斯坦福大学综合设施工程中心项目总监及兼职教授甘嘉恒，广州市地铁集团公司建设事业总部书记邹东，中铁四局副总经理、总工程师伍军作会议主旨报告。股份公司科技与信息化部人员及系统内设计、施工单位代表，来自全国多个省市的高校师生，建筑企业的主管领导、技术负责人及BIM从业人员近400人参加了会议。会议结合BIM技术的研究热点和应用需求，通过参会人员相互交流及论文分享，总结经验，将BIM技术广泛应用到基础设施建设领域。（黄佳强）

【中国铁道学会工程分会工作开展情况】2018年，召开中国铁道学会工程分会线路分专业委会“中国铁道学会工程分会第七届线路专委会第三次会议”、中国铁道学会工程分会隧道与地下工程分专业委会“2018年长大山岭隧道施工技术专题交流会”、中国铁道学会工程分会爆破分专业委会“2018地下工程钻爆技术与安全管理学术研讨会”等会议，会议交流学术报告约120篇。中国铁道学会工程分会向中国铁道学会推荐的11篇优秀论文全部获奖。（冯莎莎）

【召开中国铁道学会工程分会第七届委员会全体会议】2018年12月14日，中国铁道学会工程分会第七届委员会全体会议暨学术报告会在中国中铁总部召开。中国铁道学会理事长、中国工程院院士卢春房，中国工程院院士梁文灏出席会议。会议审议通过了中国铁道学会工程分会第六届委员会工作报告，选举产生了中国铁道学会工程分会第七届委员会，中国中铁总裁张宗言在会上当选为中国铁道学会工程分会第七届委员会主任委员。中国铁路设计、中铁隧道局、中铁二院等相关专家就“轨道交通牵引供电系统技术发展回顾与展望”“盾构/TBM大数据与智能掘进”“川藏铁路建设面临的挑战和对策”等专题，分别作学术报告。会议由中国中铁总工程师孔遁主持。中国铁道学会是中国铁道行业唯一的全国性科技社团，工程分会是重要分支机构和骨干力量，挂靠单位为中国中铁。中国铁道学会工程分会第六届委员会组建以来，围绕高速铁路、高原铁路、重载铁路、城市轨道交通等领域，针对工程地质、桥梁隧道、线路路基、防灾减灾、工程爆破等制约铁路建设的热点难点问题以及风险管控、节能环保、绿色施工与智慧建造等工程实践新领域，积极开展学术研讨和国际学术交流，有力促进了铁路建造技术的发展和进步。由分会编辑出版的《铁道工程学报》作为国内核心期刊和美国工程索引EI收录期刊，成为铁道行业最具影响力的学术期刊之一。（冯莎莎）

【首届高速铁路国际学术论坛】2018年5月30日，中铁二院与俄罗斯交通大学联合主办的首届高速铁路国际学术论坛在莫斯科举行。来自中俄等国240余名专家、学者参加本次论坛。中国铁路总公司副总经理黄民，俄罗斯铁路公司第一副总裁、俄罗斯交通科学院院长米沙林，中国中铁副总裁、总工程师刘辉，俄罗斯科学院院士索科洛夫，中铁二院总经理朱颖，俄罗斯交通大学校长廖温等出席论坛并作主题发言。本次论坛以“高速铁路—经济发展的驱动力”为主题，围绕“高铁——社会发展的驱动力”“高铁——城市群和工业发展的驱动力”“高铁——教育发展的动力”“高铁——高寒地区高铁设计、施工、运营以及高速列车特点”四个方面展开充分交流和互动，对“高铁对城市群及人口聚集区发展的影响”“基于高铁的国际运输物流通道”“高铁生命周期各阶段的数字技术”“现代高铁列车全球化和本地化生产”“高铁人才储备及教育培训”“高寒地区高铁设计与施工技术”等专题进行了广泛深入的分析与探讨。（孟美辰　谷　峰）

表 10–1　　中国中铁获 2018 年度国家科学技术进步奖情况

序号	项目名称	获奖等级	完成单位
1	地质工程分布式光纤监测关键技术及其应用	一等奖	中铁隧道局集团有限公司
2	大跨度缆索承重桥梁抗风关键技术与工程应用	二等奖	中铁大桥勘测设计院集团有限公司
3	风沙灾害防治理论与关键技术应用	二等奖	中铁西北科学研究院有限公司
4	异形全断面隧道掘进机设计制造关键技术及应用	二等奖	中铁工程装备集团有限公司 中铁隧道局集团有限公司 盾构及掘进技术国家重点实验室 中铁隧道股份有限公司
5	长大跨桥梁安全诊断评估与区域精准探伤技术	技术发明 二等奖	中铁大桥科学研究院有限公司 （汪正兴、钟继卫）

制表人：刘建廷　黄佳强

表 10–2　　中国中铁获第十六届中国土木工程詹天佑奖情况

序号	项目名称	获奖单位
1	四川合江长江一桥（波司登大桥）	中铁二院（成都）咨询监理有限责任公司
2	重庆东水门长江大桥、千厮门嘉陵江大桥	中铁大桥局集团有限公司
3	长沙西北上行联络线特大桥	中铁三局集团有限公司 中铁三局集团桥隧工程有限公司
4	新建铁路大同至西安客运专线工程（太原南—西安北）	中铁上海工程局集团有限公司 中铁三局集团有限公司 中铁二局工程有限公司
5	合肥至福州铁路	中铁隧道局集团有限公司 中铁四局集团有限公司 中铁二局集团有限公司 中铁大桥局集团有限公司
6	海南环岛高铁	中铁二院工程集团有限责任公司 中铁三局集团有限公司 中铁四局集团有限公司 中铁七局集团有限公司 中铁电气化局集团有限公司
7	长沙市营盘路湘江隧道工程	中铁隧道局集团有限公司 中铁第六勘察设计院集团有限公司
8	乌兹别克斯坦安革连至琶布铁路卡姆奇克隧道工程	中铁隧道局集团有限公司 中铁第六勘察设计院集团有限公司
9	四川雅砻江锦屏二级水电站	中铁二局工程有限公司
10	上海市轨道交通 11 号线工程	中铁四局集团电气化工程有限公司 中铁上海工程局集团有限公司
11	长沙磁浮快线工程	中铁二院工程集团有限责任公司 中铁宝桥集团有限公司
12	上海市白龙港城市污水处理厂污泥处理工程	中铁上海工程局集团市政工程有限公司

制表人：耿治平

表 10–3　　中国中铁获 2018 年度省部级科学技术进步奖

序号	项目名称	获奖等级	完成单位
1	大跨度桥梁自适应减振抗震关键技术及工程应用	湖北省人民政府二等奖	中铁大桥科学研究院有限公司 中铁大桥局集团有限公司
2	内河沉管隧道建设关键技术研究与应用	天津市人民政府一等奖	中铁第六勘察设计院集团有限公司
3	深水同步、安全围堰技术研发与应用	广西壮族自治区人民政府三等奖	中铁上海工程局集团第五工程有限公司
4	上海轨道交通 12 号线工程关键技术研究与应用	上海市人民政府二等奖	中铁一局集团有限公司

续表

序号	项目名称	获奖等级	完成单位
5	复杂环境条件下高铁大倾斜裸岩深水桥墩施工关键技术研究	福建省人民政府三等奖	中铁二局工程有限公司
6	大流速高位差过江沉管隧道关键技术及应用	河北省人民政府二等奖	中铁隧道集团二处有限公司 中铁隧道集团有限公司 中铁隧道勘测设计院有限公司
7	敏感环境约束下软弱岩（土）层隧道设计理论与安全防控技术	湖北省人民政府一等奖	中铁大桥局集团第六工程有限公司
8	复杂环境下大型深基坑支撑梁爆破拆除关键技术及应用	湖北省人民政府二等奖	中铁广州工程局集团有限公司
9	三塔四跨结合梁悬索桥建造关键技术	湖北省人民政府二等奖	中铁大桥局集团有限公司 中铁大桥勘测设计院集团有限公司
10	高速铁路高精度位移沉降自动实时监测技术及应用	湖北省人民政府三等奖	中铁大桥科学研究院有限公司
11	具有均衡防摇功能的铁路集装箱桥式起重机	湖北省人民政府三等奖	中铁科工集团有限公司 中铁重工有限公司
12	铁路大跨度上承式提篮钢桁拱桥关键施工技术	四川省人民政府三等奖	中铁二局工程有限公司 中铁二院工程集团有限责任公司
13	高速铁路路基长期变形状态控制技术	四川省政府一等奖	中铁二院工程集团有限责任公司
14	先张法无砟轨道板设计及制造技术研究	四川省政府二等奖	中铁二院工程集团有限责任公司
15	艰险山区铁路高墩大跨桥梁关键技术及应用	四川省政府二等奖	中铁二院工程集团有限责任公司
16	艰险山区高速铁路隧道空气动力学效应研究及应用	四川省政府三等奖	中铁二院工程集团有限责任公司 中铁西南科学研究院有限公司
17	高速铁路无砟轨道服役性能提升关键技术研究	四川省政府三等奖	中铁二院工程集团有限责任公司
18	高海拔地区复杂地质条件下公路隧道设计与施工技术研究	四川省人民政府三等奖	中铁西南科学研究院有限公司
19	复杂山区公路边坡灾害全过程放控新技术及应用	云南省人民政府一等奖	中铁西北科学研究院有限公司
20	大跨度斜拉桥施工及成桥阶段减振抑振综合技术	江西省人民政府二等奖	中铁大桥科学研究院有限公司
21	深埋第三系粉细砂地层隧道防坍涌施工成套技术	山西省人民政府二等奖	中铁三局集团有限公司 中铁三局集团第六工程有限公司
22	一种新型高效900t箱梁运架一体机研制及施工技术研究	山西省人民政府二等奖	中铁三局集团有限公司 中铁三局集团线桥工程有限公司
23	一种胶粉改性沥青混合料及其制备方法	山西省人民政府三等奖	山西省交通科学研究院 中铁三局集团有限公司 山西交科桥梁附件有限责任公司
24	新建大型铁路资源高效利用及节能降排绿色施工技术研究	山西省人民政府三等奖	中铁三局集团有限公司 中铁三局集团第五工程有限公司
25	超浅埋岩溶地层泥水盾构综合掘进施工技术研究	山西省人民政府三等奖	中铁三局集团有限公司 中铁三局集团广东建设工程有限公司
26	地铁车站近距离下穿大直径城市供水主管道原位保护施工技术	山西省人民政府三等奖	中铁三局集团有限公司 中铁三局集团桥隧工程有限公司
27	内燃机车节能降耗技术研究	山西省人民政府三等奖	中铁三局集团有限公司 中铁三局集团有限公司运输工程分公司
28	黄土隧道支护理论与设计施工关键技术	中国公路学会科学技术奖特等奖	中铁七局集团有限公司
	1960MPa悬索桥主缆索股技术研究		中铁大桥科学研究院有限公司
29	超大跨径自锚式悬索桥成套技术研究	中国公路学会科学技术奖二等奖	中铁大桥局集团有限公司

续表

序号	项目名称	获奖等级	完成单位
30	江顺大桥建设关键技术研究	中国公路学会科学技术奖二等奖	中铁广州工程局集团有限公司 中铁建设投资集团有限公司 中铁大桥局集团有限公司
31	江顺大桥建设关键技术研究	中国公路学会科学技术奖二等奖	中铁广州工程局集团有限公司 中铁建设投资集团有限公司 中铁珠三角投资发展有限公司 中铁大桥局集团有限公司
32	宜昌庙嘴长江大桥施工关键技术	中国公路学会科学技术奖二等奖	中铁大桥局集团有限公司 中铁大桥局集团第七工程有限公司 中铁大桥局集团第一工程有限公司
33	高海拔复杂地质公路特长公路隧道关键施工技术	中国公路学会科学技术奖二等奖	中铁一局集团有限公司 中铁一局集团第四工程有限公司
34	悬臂式掘进机铣挖法隧道建造关键技术	中国公路学会科学技术奖三等奖	中铁九局集团有限公司
35	大跨度钢管系杆拱桥整体吊装施工技术	中国公路学会科学技术奖三等奖	中铁十局集团第四工程有限公司 中铁十局集团有限公司
36	单索面超宽薄壁混凝土梁斜拉桥施工技术	中国公路学会科学技术奖三等奖	中铁大桥局集团有限公司 中铁大桥局集团第五工程有限公司
37	高速铁路复杂岩溶勘察成套技术及应用	中国岩石力学与工程学会科技进步一等奖	中铁二院工程集团有限责任公司
38	超大跨度超高回填荷载明洞衬砌结构设计关键技术研究	中国岩石力学与工程学会科技进步二等奖	中铁二院工程集团有限责任公司
39	大轴重重载铁路路基基床结构设计理论及关键技术研究	中国岩石力学与工程学会科技进步三等奖	中铁二院工程集团有限责任公司
40	刘辉	2017年度中国施工企业管理协会科学技术进步奖最高奖	中国中铁股份有限公司
41	中铁大桥局集团有限公司海洋长大桥梁建造创新团队	2017年度中国施工企业管理协会科学技术进步奖 创新团队	中铁大桥局集团有限公司 中铁大桥勘测设计院集团有限公司
42	复杂环境混合地层条件下地铁修建关键技术与应用	2017年度中国施工企业管理协会科学技术进步奖 一等奖	中铁二局集团有限公司 中铁二局集团新运工程有限公司
43	大风戈壁环境高速铁路施工技术创新	2017年度中国施工企业管理协会科学技术进步奖 一等奖	中铁三局集团有限公司 中铁三局集团第六工程有限公司
44	复杂换乘地铁站超大基坑开挖及环形支护综合施工技术研究	2017年度中国施工企业管理协会科学技术进步奖 一等奖	中铁三局集团有限公司 中铁三局集团线桥工程有限公司
45	盾构近接河流驳岸始发、狭窄场地接收、下穿保护建筑群综合施工技术	2017年度中国施工企业管理协会科学技术进步奖 一等奖	中铁三局集团建筑安装工程有限公司 中铁三局集团有限公司
46	基于BIM技术的铁路综合项目施工数字化、信息化技术及其应用研究	2017年度中国施工企业管理协会科学技术进步奖 一等奖	中铁四局集团有限公司
47	下穿文保建筑物及紧贴既有地下构筑物地铁施工关键技术	2017年度中国施工企业管理协会科学技术进步奖 一等奖	中铁四局集团电气化工程有限公司
48	基于广域信息的高速铁路智能供电系统关键技术研究及应用	2017年度中国施工企业管理协会科学技术进步奖一等奖	中铁大桥局集团有限公司 中铁大桥局集团第六工程有限公司
49	川藏公路迫龙沟特大桥	2017年度中国施工企业管理协会科学技术进步奖一等奖	中铁大桥局集团有限公司 中铁大桥局集团第六工程有限公司
50	摩洛哥梭形塔钢混组合梁斜拉桥建造技术	2017年度中国施工企业管理协会科学技术进步奖一等奖	中铁大桥局集团有限公司

续表

序号	项目名称	获奖等级	完成单位
51	宜昌市庙嘴长江大桥工程	2017年度中国施工企业管理协会科学技术进步奖一等奖	中铁大桥局集团有限公司 中铁大桥局集团第一工程有限公司 中铁大桥局集团第八工程有限公司
52	双层六线大跨度重载铁路钢桁梁斜拉桥建造关键技术	2017年度中国施工企业管理协会科学技术进步奖一等奖	中铁山桥集团有限公司 中铁大桥局集团有限公司
53	严寒地区公铁两用钢桁梁桥成套建造技术	2017年度中国施工企业管理协会科学技术进步奖一等奖	中铁大桥局集团有限公司 中铁大桥勘测设计院集团有限公司
54	复杂条件下双向六车道沉管隧道施工关键技术	2017年度中国施工企业管理协会科学技术进步奖一等奖	中铁隧道局有限公司 中铁隧道局二处有限公司 中铁电气化局有限公司
55	大型地下水封储气洞库修建关键技术	2017年度中国施工企业管理协会科学技术进步奖一等奖	中铁隧道局集团有限公司、中铁隧道集团一处有限公司
56	高磨蚀深埋地层刀具磨损研究	2017年度中国施工企业管理协会科学技术进步奖一等奖	中铁隧道局集团有限公司 盾构及掘进技术国家重点实验室
57	三站八隧交叉重叠复杂环境地铁施工关键技术	2017年度中国施工企业管理协会科学技术进步奖一等奖	中铁隧道局集团有限公司 中铁隧道勘察设计研究院有限公司
58	沪昆客专北盘江445m跨度劲性骨架钢筋混凝土拱桥建造技术	2017年度中国施工企业管理协会科学技术进步奖一等奖	中铁广州工程局集团有限公司
59	深圳蛇口邮轮中心工程	2017年度中国施工企业管理协会科学技术进步奖一等奖	中铁建工集团有限公司
60	超大跨度超高回填荷载明洞衬砌结构设计关键技术研究	2017年度中国施工企业管理协会科学技术进步奖一等奖	中铁二院工程集团有限责任公司
61	艰险山区高速铁路隧道空气动力学效应研究及应用	2017年度中国施工企业管理协会科学技术进步奖一等奖	中铁二院工程集团有限责任公司 中铁西南科学研究院有限公司
62	地震滑坡稳定性评价方法及新型防治结构研究	2017年度中国施工企业管理协会科学技术进步奖一等奖	中铁西北科学研究院有限公司 中铁科学研究院有限公司
63	多功能空间索面玻璃悬索桥设计新技术	2017年度中国施工企业管理协会科学技术进步奖一等奖	中铁大桥勘测设计院集团有限公司
64	严寒地区公铁两用钢桁梁桥成套建造技术	2017年度中国施工企业管理协会科学技术进步奖一等奖	中铁山桥集团有限公司
65	适用于复合地层的小直径泥水平衡顶管设备技术研究及应用	2017年度中国施工企业管理协会科学技术进步奖一等奖	中铁工程装备集团有限公司
66	大直径搅拌加劲复合桩机	2017年度中国施工企业管理协会科学技术进步奖一等奖	中铁科工集团轨道交通装备有限公司 中铁科工集团有限公司 中铁科工集团工程装备有限公司
67	济齐黄河公路大桥大跨度钢混组合梁斜拉桥综合施工技术	2018年度中国施工企业管理协会科学技术进步奖二等奖	中铁一局集团有限公司 中铁一局集团桥梁工程有限公司
68	盾构下穿深圳湾海域复杂地层长距离快速掘进技术	2018年度中国施工企业管理协会科学技术进步奖二等奖	中铁一局集团有限公司 中铁一局集团城市轨道交通工程有限公司
69	渝黔铁路夜郎河双线特大桥综合施工及BIM技术应用	2018年度中国施工企业管理协会科学技术进步奖二等奖	中铁一局集团有限公司 中铁一局集团桥梁工程有限公司
70	城市轨道交通预制板式轨道施工关键技术及装备研究	2018年度中国施工企业管理协会科学技术进步奖二等奖	中铁一局集团有限公司 中铁一局集团新运工程有限公司
71	高速铁路CRTS Ⅲ型板式无砟轨道施工关键技术及自密实混凝土应用	2018年度中国施工企业管理协会科学技术进步奖二等奖	中铁一局集团有限公司 中铁一局集团第四工程有限公司
72	长三角地区富水软弱地层超深地铁车站施工关键技术	2018年度中国施工企业管理协会科学技术进步奖二等奖	中铁二局集团有限公司 中铁二局第六工程有限公司
73	大型地下储油洞库群施工关键技术	2018年度中国施工企业管理协会科学技术进步奖二等奖	中铁二局集团有限公司 中铁二局第二工程有限公司
74	富水粉砂不降水条件下桥涵下穿既有线顶进成套施工技术	2018年度中国施工企业管理协会科学技术进步奖二等奖	中铁三局集团有限公司 中铁三局集团广东建设工程有限公司

续表

序号	项目名称	获奖等级	完成单位
75	深基坑智能化全自动降水回灌关键技术研究	2018年度中国施工企业管理协会科学技术进步奖二等奖	中铁三局集团有限公司 中铁三局集团天津建设工程有限公司
76	湿陷性黄土原位注水素土挤密桩成套关键技术研究	2018年度中国施工企业管理协会科学技术进步奖二等奖	中铁三局集团有限公司
77	复杂换乘地铁站超大基坑开挖及环形支护综合施工技术研究	2018年度中国施工企业管理协会科学技术进步奖二等奖	中铁三局集团有限公司 中铁三局集团第三工程有限公司
78	盾构近接河流驳岸始发、狭窄场地接收、下穿保护建筑群综合施工技术	2018年度中国施工企业管理协会科学技术进步奖二等奖	中铁三局集团建筑安装工程有限公司 中铁三局集团有限公司
79	基于BIM技术的铁路综合项目施工数字化、信息化技术及其应用研究	2018年度中国施工企业管理协会科学技术进步奖二等奖	中铁三局集团建筑安装工程有限公司 中铁三局集团有限公司
80	高速铁路CRTS Ⅲ型板式无砟轨道铺设施工技术	2018年度中国施工企业管理协会科学技术进步奖二等奖	中铁四局集团有限公司 中铁四局集团第一工程有限公司 安徽中铁工程材料科技有限公司
81	地铁运营线整体道床改为浮置板道床施工技术及成套设备研制	2018年度中国施工企业管理协会科学技术进步奖二等奖	中铁四局集团有限公司
82	运营线路隧道内高等级轨道减振改造技术研究	2018年度中国施工企业管理协会科学技术进步奖二等奖	中铁四局集团有限公司
83	大跨度钢箱提篮拱桥梁拱同步施工技术	2018年度中国施工企业管理协会科学技术进步奖二等奖	中铁四局集团有限公司 中铁四局集团第二工程有限公司
84	预制装配式住宅建筑设计及施工技术研究	2018年度中国施工企业管理协会科学技术进步奖二等奖	中铁四局集团有限公司 中铁四局集团建筑工程有限公司
85	“芦笙”造型塔墩高墩矮塔斜拉桥建造关键技术研究	2018年度中国施工企业管理协会科学技术进步奖二等奖	中铁五局集团有限公司 中铁贵州旅游文化发展有限公司 中铁五局集团路桥工程有限责任公司 中铁大桥勘测设计院集团有限公司
86	非煤系油砂岩地层高瓦斯隧道综合施工技术研究	2018年度中国施工企业管理协会科学技术进步奖二等奖	中铁五局集团有限公司 中铁五局集团成都工程有限责任公司 中铁五局集团第一工程有限责任公司 中铁五局集团第五工程有限责任公司 中国中铁二院集团有限责任公司
87	高原高寒多年冻土区隧道关键施工技术研究	2018年度中国施工企业管理协会科学技术进步奖二等奖	中铁五局集团有限公司 中铁五局集团第五工程有限责任公司
88	客运专线铁路大断面隧道穿越淤泥质地层施工处理技术研究	2018年度中国施工企业管理协会科学技术进步奖二等奖	中铁五局集团有限公司 中铁五局集团第五工程有限责任公司
89	大吨位宽梁体悬浇梁拱形塔斜拉桥施工技术研究	2018年度中国施工企业管理协会科学技术进步奖二等奖	中铁六局集团有限公司
90	软土、基岩及孤石地层复杂工况下盾构施工关键技术研究	2018年度中国施工企业管理协会科学技术进步奖二等奖	中铁六局集团有限公司
91	深水复杂地质大跨度连续钢系杆拱桥综合施工技术研究	2018年度中国施工企业管理协会科学技术进步奖二等奖	中铁六局集团有限公司 中铁六局集体路桥建设有限公司
92	太古供热隧道陡坡斜井施工技术研究	2018年度中国施工企业管理协会科学技术进步奖二等奖	中铁六局集团有限公司 中铁六局集团太原铁路建设有限公司
93	下穿运营铁路特殊条件施工工艺研究与配套装置研发	2018年度中国施工企业管理协会科学技术进步奖二等奖	中铁六局集团有限公司
94	城轨U形梁综合施工技术研究	2018年度中国施工企业管理协会科学技术进步奖二等奖	中铁七局集团有限公司
95	城市轨道交通牵引供电安全及智能维护管控系统	2018年度中国施工企业管理协会科学技术进步奖二等奖	中铁七局集团有限公司
96	高速铁路桥面系附属构件材料、制造工艺及成套设备研究	2018年度中国施工企业管理协会科学技术进步奖二等奖	中铁八局集团有限公司 中铁八局集团第四工程有限公司
97	兰新高铁穿越古长城段文物保护技术研究	2018年度中国施工企业管理协会科学技术进步奖二等奖	中铁九局集团有限公司

续表

序号	项目名称	获奖等级	完成单位
98	快速铁路近接隧道交叉段施工关键技术研究	2018年度中国施工企业管理协会科学技术进步奖二等奖	中铁九局集团第二工程有限公司 中铁九局集团第六工程有限公司 中铁九局集团有限公司
99	CRTS Ⅲ型先张法预应力轨道板智能自动生产线设计关键技术研究	2018年度中国施工企业管理协会科学技术进步奖二等奖	中铁九局集团第二工程有限公司 中铁九局集团有限公司
100	地铁塔柱式车站设计及施工综合技术研究	2018年度中国施工企业管理协会科学技术进步奖二等奖	中铁九局集团第二工程有限公司 中铁九局集团第六工程有限公司 中铁九局集团有限公司
101	多跨连续拱形箱梁综合施工技术	2018年度中国施工企业管理协会科学技术进步奖二等奖	中铁十局集团第三建设有限公司 中铁十局集团有限公司
102	黄土高原地区132m高墩及上部大跨度连续刚构施工技术研究	2018年度中国施工企业管理协会科学技术进步奖二等奖	中铁十局集团西北工程有限公司 中铁十局集团有限公司
103	钢筋混凝土薄壁空心高墩日照温差影响 分析及施工控制技术研究	2018年度中国施工企业管理协会科学技术进步奖二等奖	中铁大桥局科学研究院有限公司
104	中低速磁浮轨道交通道岔梁减振降噪技术及应用	2018年度中国施工企业管理协会科学技术进步奖二等奖	中铁大桥局集团有限公司 中铁大桥科学研究院有限公司
105	拱桥吊杆摆式调谐质量阻尼器减振技术	2018年度中国施工企业管理协会科学技术进步奖二等奖	中铁大桥局集团有限公司 中铁大桥科学研究院有限公司
106	普宣高速公路普立特大桥	2018年度中国施工企业管理协会科学技术进步奖二等奖	中铁大桥局集团有限公司 中铁大桥局集团第五工程有限公司
107	工程结构模拟试验平台研究	2018年度中国施工企业管理协会科学技术进步奖二等奖	中铁隧道局集团有限公司 中铁隧道勘察设计研究院有限公司
108	苏埃通道软硬不均地层滚刀破岩适应性关键技术	2018年度中国施工企业管理协会科学技术进步奖二等奖	中铁隧道局集团有限公司 盾构及掘进技术国家重点实验室
109	富水地区临近既有地铁线路超深基坑关键施工技术研究与监测	2018年度中国施工企业管理协会科学技术进步奖二等奖	中铁建工集团有限公司
110	绿色施工技术在大型公建中的综合应用	2018年度中国施工企业管理协会科学技术进步奖二等奖	中铁建工集团有限公司
111	体育场径向环形大悬挑 钢结构综合施工技术研究	2018年度中国施工企业管理协会科学技术进步奖二等奖	中铁建工集团有限公司
112	严寒地区大型医院混凝土综合施工技术研究	2018年度中国施工企业管理协会科学技术进步奖二等奖	中铁建工集团有限公司
113	BIM技术在大型医院工程施工中的应用	2018年度中国施工企业管理协会科学技术进步奖二等奖	中铁建工集团有限公司
114	厦门站改关键施工技术研究	2018年度中国施工企业管理协会科学技术进步奖二等奖	中铁建工集团有限公司 中铁十局集团建筑工程有限公司
115	中承式钢箱系杆拱桥敞口格构式钢梁整节段架设技术	2018年度中国施工企业管理协会科学技术进步奖二等奖	中铁广州工程局集团有限公司
116	外径4700钢筋混凝土管顶进穿越滇池底软土地层施工关键技术	2018年度中国施工企业管理协会科学技术进步奖二等奖	中铁上海工程局集团有限公司
117	城市轨道交通工程铺轨机快速变跨及整机转场施工技术研究	2018年度中国施工企业管理协会科学技术进步奖二等奖	中铁上海工程局集团有限公司 中铁上海工程局集团华海工程有限公司
118	铁路三维空间智能选线技术研究及系统开发	2018年度中国施工企业管理协会科学技术进步奖二等奖	中铁二院工程集团有限责任公司
119	悬挂式单轨交通系统在国内应用的适应性及关键技术研究	2018年度中国施工企业管理协会科学技术进步奖二等奖	中铁二院工程集团有限责任公司
120	非煤系油砂岩地层高瓦斯隧道综合施工技术研究	2018年度中国施工企业管理协会科学技术进步奖二等奖	中铁二院工程集团有限责任公司
121	大跨度自锚式结合梁悬索桥设计与建造关键技术	2018年度中国施工企业管理协会科学技术进步奖二等奖	中铁大桥勘测设计院集团有限公司
122	长大锚索施工关键技术研究	2018年度中国施工企业管理协会科学技术进步奖二等奖	中铁西北科学研究院有限公司 中铁科学研究院有限公司

续表

序号	项目名称	获奖等级	完成单位
123	跨运营铁路人行天桥转体法建造成套技术	2018 年度中国施工企业管理协会科学技术进步奖二等奖	中铁西南科学研究院有限公司
124	多信息融合的预制梁施工设备远程管理系统	2018 年度中国施工企业管理协会科学技术进步奖二等奖	中铁工程机械研究设计院有限公司 中铁科工集团有限公司
125	隧道爆破振动与冲击波破坏效应安全技术研究	中国爆破行业协会科技进步奖一等奖	中铁五局集团有限公司
126	超大断面短延时爆破成井技术研究	中国爆破行业协会科技进步奖二等奖	中铁隧道股份有限公司
127	超大断面极硬岩水封洞库爆破开挖施工关键技术	中国爆破行业协会科技进步奖二等奖	中铁隧道局集团有限公司
128	大型储油库区高陡边坡与隧道协同爆破关键技术及应用	中国爆破行业协会科技进步奖一等奖	中铁广州工程局集团有限公司
129	复杂条件下双向六车道沉管隧道施工关键技术	中国交通运输协会科技进步奖一等奖	中铁四局集团有限公司
130	高磨蚀深埋地层刀具磨损研究	中国交通运输协会科技进步奖一等奖	中铁隧道集团二处有限公司
131	黄河库区急流裸岩条件下低桩承台施工关键技术研究	中国交通运输协会科技进步奖一等奖	中铁四局集团有限公司
132	复杂条件下双向六车道沉管隧道施工关键技术	中国交通运输协会科技进步奖一等奖	中铁隧道集团二处有限公司
133	高磨蚀深埋地层刀具磨损研究	中国交通运输协会科技进步奖一等奖	中铁隧道局集团有限公司 盾构及掘进技术国家重点实验室
134	苏埃通道软硬不均地层滚刀破岩适应性关键技术	中国交通运输协会科技进步奖一等奖	中铁隧道局集团有限公司 盾构及掘进技术国家重点实验室
135	双层六线大跨度重载铁路钢桁梁斜拉桥建造关键技术	中国交通运输协会科技进步奖一等奖	中铁大桥局集团有限公司 中铁大桥局集团第一工程有限公司 中铁大桥局集团第八工程有限公司
136	恶劣海洋环境下桥梁基础大直径钻孔桩施工技术研究及应用	中国交通运输协会科技进步奖一等奖	中铁大桥局集团有限公司 中铁大桥勘测设计院集团有限公司 中铁大桥局集团第四工程有限公司 中铁大桥局集团第五工程有限公司 中铁大桥局集团第六工程有限公司
137	高寒高烈度深埋长大铁路隧道设计关键技术	中国交通运输协会科技进步奖一等奖	中铁第六勘察设计院集团有限公司
138	大厚度黄土湿陷性特性及其测试评价新方法研究	中国交通运输协会科技进步奖二等奖	中铁西北科学研究院有限公司 中铁科学研究院有限公司
139	超大断面马蹄形土压平衡盾构机关键技术研究与应用	中国交通运输协会科技进步奖二等奖	中铁工程装备集团有限公司
140	CRTS Ⅲ型板式无砟轨道用自密实混凝土的性能及施工技术研究	中国交通运输协会科技进步奖二等奖	中铁四局集团有限公司 安徽中铁工程材料科技有限公司
141	曲面异型混凝土索塔斜拉桥施工关键技术	中国交通运输协会科技进步奖二等奖	中铁四局集团有限公司 中铁四局集团第五工程有限公司
142	六导洞支护形式暗挖地铁车站下穿既有线关键技术	中国交通运输协会科技进步奖二等奖	中铁第六勘察设计院集团有限公司
143	隧道纳米—细颗粒复合掺合料高性能混凝土应用技术研究	中国交通运输协会科技进步奖三等奖	中铁西南科学研究院有限公司
144	盾构刀具破岩试验平台与刀盘选型设计技术	中国交通运输协会科技进步奖三等奖	盾构及掘进技术国家重点实验室 中铁隧道局集团有限公司 中铁隧道股份有限公司
145	大跨度双边箱钢—混组合梁斜拉桥施工技术研究	中国交通运输协会科技进步奖三等奖	中铁四局集团有限公司 中铁四局集团第二工程有限公司
146	城市繁华环境复杂地层中异形基坑盖挖逆作施工技术研究	中国交通运输协会科技进步奖三等奖	中铁四局集团有限公司 中铁四局集团第五工程有限公司
147	深水复杂地质的大跨度连续钢系杆拱桥综合施工技术研究	中国交通运输协会科技进步奖三等奖	中铁六局集团有限公司

续表

序号	项目名称	获奖等级	完成单位
148	城市中心区道路框架桥上穿运营地铁下穿运营铁路施工技术研究	中国交通运输协会科技进步奖三等奖	中铁六局集团有限公司
149	上跨繁忙铁路拆架梁施工技术研究	中国交通运输协会科技进步奖三等奖	中铁六局集团有限公司
150	天津西南环铁路施工关键技术研究	中国交通运输协会科技进步奖三等奖	中铁六局集团有限公司
151	长春市亚泰大街双塔斜拉桥施工技术研究	中国交通运输协会科技进步奖三等奖	中铁十局集团青岛工程有限公司 中铁十局集团有限公司
152	临近既有线高路堑施工技术研究	中国交通运输协会科技进步奖三等奖	中铁十局集团青岛工程有限公司 中铁十局集团有限公司
153	轨道交通牵引网工程信息模型技术	中国交通运输协会科技进步奖三等奖	中铁电气化勘测设计研究院有限公司 天津中铁电气化设计研究院有限公司
154	城市复杂环境下软岩浅埋超大断面地铁暗挖车站建造关键技术与应用	中国交通运输协会科技进步奖三等奖	中铁隧道集团二处有限公司
155	城市轨道交通工程硬岩双护盾 TBM 综合技术	中国交通运输协会科技进步奖三等奖	中铁隧道集团二处有限公司
156	盾构施工远程信息化管理关键技术研究	中国交通运输协会科技进步奖三等奖	中铁隧道局集团有限公司 盾构及掘进技术国家重点实验室
157	运营隧道病害综合整治技术与装备研究	中国交通运输协会科技进步奖三等奖	中铁西南科学研究院有限公司
158	复杂地质隧道地质预报技术及设备系统研究	中国交通运输协会科技进步奖三等奖	中铁西南科学研究院有限公司 中铁科学研究院有限公司
159	小半径螺旋形曲线隧道施工通风技术研究	中国交通运输协会科技进步奖三等奖	中铁西南科学研究院有限公司
160	维护多年冻土路基热稳定的太阳能制冷新技术研究	中国交通运输协会科技进步奖三等奖	中铁西北科学研究院有限公司 中铁科学研究院有限公司
161	全断面岩石隧道掘进装备（TBM）自主设计制造关键技术及应用	中国机械工业科学技术奖一等奖	中铁工程装备集团有限公司
162	高水压高智能大直径盾构关键技术开发与应用	中国机械工业科学技术奖二等奖	中铁隧道集团有限公司 盾构及掘进技术国家重点实验室
163	高氧化率复杂铜矿高效浮选新工艺研究及应用	中国有色金属工业科学技术奖一等奖	华刚矿业股份有限公司 湖南有色金属研究院 广东省资源综合利用研究所 长沙矿冶研究院有限责任公司
164	特大型钢桥用低屈强比易焊接高性能桥梁钢的开发与应用	中国钢铁工业协会、中国金属学会冶金科学技术奖二等奖	中铁宝桥集团有限公司
165	深圳填海区邻近运营线地铁深大基坑变形控制及关键施工技术研究	中国职业安全健康协会科学技术奖二等奖	中铁一局集团有限公司
166	深谷高墩大跨连续刚构桥快速施工技术研究	中国职业安全健康协会科学技术奖一等奖	中铁三局集团有限公司 中铁三局集团第五工程有限公司
167	隧道及地铁工程预警平台研制	中国职业安全健康协会科学技术奖三等奖	中铁七局集团有限公司
168	高速铁路 1700t 下承式节段拼装架桥机研制与应用	中国职业安全健康协会科学技术奖三等奖	中铁上海工程局集团有限公司
169	DN4.0m 超大口径长距离 S 形曲线顶管施工技术	中国职业安全健康协会科学技术奖二等奖	中铁上海工程局集团有限公司
170	深大基坑自动化监测及智能化预警系统技术	中国测绘地理信息学会科技进步奖三等奖	中铁四局集团第一工程有限公司
171	沉管隧道移动干坞预制管段及水下最终接头关键技术及应用	华夏建设科学技术奖励委员会科技进步奖三等奖	中铁隧道勘测设计院有限公司
172	张家界大峡谷玻璃桥	国际桥梁大会（IBC）亚瑟·海顿奖	中铁大桥勘测设计院有限公司
173	兰渝铁路挤压性围岩隧道修建技术及应用	中国铁道学会科学技术奖特等奖	中铁西南科学研究院有限公司 中铁隧道局集团有限公司
174	城际铁路 CTCS2+ATO 列控系统研究与应用	中国铁道学会科学技术奖一等奖	中铁工程设计咨询集团有限公司

续表

序号	项目名称	获奖等级	完成单位
175	大型地下综合交通枢纽于家堡站建造技术研究	中国铁道学会科学技术奖一等奖	中铁建工集团有限公司
176	高寒高纬高速铁路牵引供电系统成套技术创新及应用	中国铁道学会科学技术奖一等奖	中铁电气化局集团有限公司 宝鸡保德利电气设备有限责任公司
177	铁路工程高强钢筋试验研究与应用	中国铁道学会科学技术奖一等奖	中铁工程设计咨询集团有限公司 中铁大桥科学研究院有限公司
178	隧道衬砌缺陷防治成套技术	中国铁道学会科学技术奖一等奖	中铁一局集团有限公司 中铁五局集团有限公司
179	两跨式过隧运架设备研制与施工技术研究	中国铁道学会科学技术奖一等奖	中铁四局集团有限公司 中铁科工集团有限公司
180	高速铁路大跨度钢箱拱桥关键技术	中国铁道学会科学技术奖一等奖	中铁工程设计咨询集团有限公司 中铁大桥局集团有限公司 铁路广州局集团有限公司工务处
181	电气化铁路大型卷铁心节能型系列变压器的研制及应用	中国铁道学会科学技术奖一等奖	中铁工程设计咨询集团有限公司
182	高速铁路车—桥系统抗风设计关键参数深化研究及应用	中国铁道学会科学技术奖一等奖	中铁大桥勘测设计院集团有限公司 中铁二院工程集团有限责任公司高速铁路建造技术国家工程实验室
193	铁路工程试验检测智能管理信息系统	中国铁道学会科学技术奖二等奖	中铁一局集团第五工程有限公司 中铁隧道股份有限公司郑万高铁湖北段ZWZQ-9标项目经理部
194	CRTS Ⅲ型先张板式无砟轨道成套施工技术研究	中国铁道学会科学技术奖二等奖	中铁三局集团有限公司 中铁一局集团有限公司
195	渝黔铁路夜郎河双线特大桥综合施工及BIM技术应用	中国铁道学会科学技术奖二等奖	中铁一局集团有限公司 中铁一局集团桥梁工程有限公司
196	铁路大跨度上承式变截面提篮式钢桁拱桥建造关键技术	中国铁道学会科学技术奖二等奖	中铁二局工程有限公司 中铁二院工程集团有限责任公司
197	TCM60铺轨机适应大坡度（25‰）及短距离无砟线路铺轨的应用研究	中国铁道学会科学技术奖二等奖	中铁三局集团有限公司 中铁三局集团线桥工程有限公司
198	聚羧酸减水剂产业化关键技术应用研究	中国铁道学会科学技术奖二等奖	中铁四局集团有限公司 安徽中铁工程材料科技有限公司
199	广州南站工程综合施工技术	中国铁道学会科学技术奖二等奖	中铁北京工程局集团有限公司 中铁北京工程局集团第二工程有限公司
200	复杂岩溶区高速铁路勘察技术研究及应用	中国铁道学会科学技术奖二等奖	中铁二院工程集团有限责任公司
201	复杂岩质地层双护盾TBM设计施工关键技术	中国铁道学会科学技术奖二等奖	中铁二院工程集团有限责任公司
202	高寒高烈度特长深埋铁路隧道设计关键技术	中国铁道学会科学技术奖二等奖	中铁第六勘察设计院集团有限公司
203	轨道交通线路动力学理论及应用技术	中国铁道学会科学技术奖二等奖	中铁二院工程集团有限责任公司
204	既有铁路枢纽客站新建高架连廊顶推施工技术研究	中国铁道学会科学技术奖三等奖	中铁九局秦沈客运专线能力加强工程项目经理部钢结构分部
205	消除高铁车站股道上方玻璃幕墙危害行车安全隐患研究	中国铁道学会科学技术奖三等奖	中铁建工集团有限公司
206	城市建成区既有铁路客站综合开发问题及策略研究	中国铁道学会科学技术奖三等奖	中铁二院工程集团有限责任公司
207	新建铁路西安至成都客运专线朱鹮防护措施	中国铁道学会科学技术奖三等奖	中铁五局西成客专项目部
208	重载铁路试验段铺架施工综合技术研究	中国铁道学会科学技术奖三等奖	中铁一局集团有限公司 中铁一局集团新运工程有限公司

续表

序号	项目名称	获奖等级	完成单位
209	铁路混凝土路肩边坡滑模摊铺施工技术	中国铁道学会科学技术奖三等奖	中铁四局集团有限公司 中铁四局集团第二工程有限公司
210	预应力混凝土曲线连续梁多点转向顶推施工技术	中国铁道学会科学技术奖三等奖	中铁十局集团第一工程有限公司 中铁十局集团有限公司
211	250km/h 低净空隧道弓形腕臂系统研究	中国铁道学会科学技术奖三等奖	中铁电气化局集团有限公司 中铁高铁电气装备股份有限公司

制表人：刘建廷　黄佳强　耿治平

表 10-4　　2018 年度中国铁路工程总公司科学技术奖情况

序号	项目名称	获奖等级	完成单位
1	大跨度悬索桥非线性分析的关键技术及软件开发	中国铁路工程总公司科学技术奖特等奖	中铁大桥勘测设计院集团有限公司
2	跨海桥隧工程高精度测量基准建设与应用	中国铁路工程总公司科学技术奖特等奖	中铁大桥勘测设计院集团有限公司港珠澳大桥管理局
3	全断面岩石隧道掘进装备（TBM）自主设计制造关键技术及应用	中国铁路工程总公司科学技术奖特等奖	中铁高新工业股份有限公司 中铁工程装备集团有限公司
4	复杂岩质地层条件下地铁区间隧道双护盾 TBM 设计施工关键技术	中国铁路工程总公司科学技术奖特等奖	中铁二院工程集团有限责任公司 西南交通大学
5	12m 大直径土压平衡盾构机关键技术研究	中国铁路工程总公司科学技术奖特等奖	中铁高新工业股份有限公司 中铁工程装备集团有限公司 中铁六局集团有限公司
6	木寨岭隧道围岩变形机理与控制技术研究	中国铁路工程总公司科学技术奖特等奖	中铁隧道局集团有限公司 中铁隧道勘察设计研究院有限公司 中铁隧道集团二处有限公司 中铁隧道股份有限公司
7	高速铁路复杂岩溶勘察成套技术及应用	中国铁路工程总公司科学技术奖特等奖	中铁二院工程集团有限责任公司 成都理工大学 中国地质科学院岩溶地质研究所 中国铁路经济规划研究院有限公司
8	行进过程自动变跨铺轨机技术研究	中国铁路工程总公司科学技术奖一等奖	中铁上海工程局集团有限公司 中铁上海工程局集团华海工程有限公司
9	全断面钢轨焊缝打磨成套设备的研制与应用	中国铁路工程总公司科学技术奖一等奖	中铁上海工程局集团有限公司 中铁上海工程局集团华海工程有限公司
10	渝黔铁路夜郎河双线特大桥综合施工及 BIM 技术应用	中国铁路工程总公司科学技术奖一等奖	中铁一局集团有限公司 中铁一局集团桥梁工程有限公司
11	芜湖长江公路二桥施工关键技术的研究及应用	中国铁路工程总公司科学技术奖一等奖	中铁大桥局集团有限公司 中铁大桥局集团第四工程有限公司 中铁大桥科学研究院有限公司
12	机械化建造装配式大型矩形断面地下工程综合技术研究	中国铁路工程总公司科学技术奖一等奖	中铁高新工业股份有限公司 中铁工程装备集团有限公司
13	BDS 及 GNSS 高程新技术在长大桥梁工程中的应用研究	中国铁路工程总公司科学技术奖一等奖	中铁大桥局集团有限公司 中铁大桥局集团第一工程有限公司
14	艰险山区高速铁路智能选线及舒适性评价系统及应用	中国铁路工程总公司科学技术奖一等奖	中铁二院工程集团有限责任公司 中南大学 西南交通大学 石家庄铁道大学 昆明理工大学
15	大吨位（35m/850t）非对称整孔箱梁制运架施工技术及关键设备研究	中国铁路工程总公司科学技术奖一等奖	中铁二局集团有限公司 中铁二局集团新运工程有限公司 宁波市高等级公路建设指挥部 中铁工程机械研究设计院有限公司 宁波工程学院

续表

序号	项目名称	获奖等级	完成单位
16	铁路隧道结构极限状态法设计验证研究	中国铁路工程总公司科学技术奖一等奖	中铁二院工程集团有限责任公司 石家庄铁道大学
17	中低速磁浮轨道施工技术和配套工装设备研究	中国铁路工程总公司科学技术奖一等奖	中铁一局集团有限公司 中铁一局集团新运工程有限公司
18	高海拔复杂地质特长公路隧道关键施工技术	中国铁路工程总公司科学技术奖一等奖	中铁一局集团有限公司 中铁一局集团第四工程有限公司
19	铁路工程建设设计、施工阶段 BIM 应用关键技术研究	中国铁路工程总公司科学技术奖一等奖	中铁二院工程集团有限责任公司 中铁一局集团有限公司 中铁四局集团有限公司 中铁建工集团有限公司 中铁山桥集团有限公司 陕西铁路工程职业技术学院 西安理工大学
20	高速铁路高精度位移（沉降）自动实时监测技术及应用	中国铁路工程总公司科学技术奖一等奖	中铁大桥局集团有限公司 中铁大桥科学研究院有限公司
21	支挡工程安全风险识别及可靠性提升技术	中国铁路工程总公司科学技术奖一等奖	中铁二院工程集团有限责任公司 西南交通大学
22	永临结合的墩顶转体法施工铁路连续梁桥关键技术	中国铁路工程总公司科学技术奖一等奖	中铁工程设计咨询集团有限公司
23	水平产状砂质板岩隧道成形施工技术	中国铁路工程总公司科学技术奖一等奖	中铁隧道局集团有限公司 中铁隧道集团四处有限公司 西南交通大学
24	高速铁路地震预警监测系统	中国铁路工程总公司科学技术奖一等奖	中铁二院工程集团有限责任公司
25	复杂环境下城市高铁隧道建造关键技术与应用	中国铁路工程总公司科学技术奖一等奖	中国铁路设计集团有限公司 中铁十六局集团有限公司
26	盾构设备综合故障诊断关键技术研究	中国铁路工程总公司科学技术奖一等奖	盾构及掘进技术国家重点实验室 中铁隧道局集团有限公司
27	客运专线黄土隧道施工关键技术研究	中国铁路工程总公司科学技术奖一等奖	中铁四局集团有限公司 西南交通大学
28	合川涪江深水库区连续刚构拱桥施工综合技术研究	中国铁路工程总公司科学技术奖一等奖	中铁八局集团有限公司 中铁八局集团第一工程有限公司
29	武汉地铁泥水盾构下穿汉江施工技术研究	中国铁路工程总公司科学技术奖一等奖	中铁一局集团有限公司 中铁一局集团城市轨道交通工程有限公司
30	超浅埋岩溶地层泥水盾构综合掘进施工技术研究	中国铁路工程总公司科学技术奖一等奖	中铁三局集团有限公司 中铁三局集团广东建设工程有限公司
31	超大淤泥质软土深基坑新型双排 PCMW+ 注浆锚杆复合支护系统施工技术研究	中国铁路工程总公司科学技术奖一等奖	中铁建工集团有限公司
32	TBM 专用混喷系统的研究及应用	中国铁路工程总公司科学技术奖一等奖	中铁高新工业股份有限公司 中铁工程装备集团有限公司
33	CRTS Ⅲ型先张法预应力轨道板智能化生产线关键技术研究	中国铁路工程总公司科学技术奖一等奖	中铁九局集团有限公司 烟台中科蓝德数控技术有限公司 河北益铁机电科技有限公司 沈阳东荣机械有限公司
34	城市复杂环境下异形组合结构超高层建造关键技术研究	中国铁路工程总公司科学技术奖一等奖	中铁三局集团有限公司 中铁三局集团建筑安装工程有限公司
35	城市轨道交通牵引供电安全及智能维护管控系统	中国铁路工程总公司科学技术奖一等奖	中铁七局集团电务工程有限公司 宁波市轨道交通集团有限公司 珠海优特电力科技股份有限公司
36	“超前模筑初期支护法”设计施工研究	中国铁路工程总公司科学技术奖一等奖	中铁工程设计咨询集团有限公司 东北大学

续表

序号	项目名称	获奖等级	完成单位
37	有轨电车接触线滑动式弹性悬挂装置	中国铁路工程总公司科学技术奖一等奖	中铁电气化局集团有限公司 中铁高铁电气装备股份有限公司
38	CRTS Ⅲ型板式无砟轨道用自密实混凝土的性能及施工技术研究	中国铁路工程总公司科学技术奖一等奖	中铁四局集团有限公司 安徽中铁工程材料科技有限公司
39	重庆地铁区间矿山法隧道穿越富水未固结土石回填地层关键技术研究	中国铁路工程总公司科学技术奖一等奖	中铁开发投资集团有限公司 中铁八局集团第一工程有限公司 西南交通大学 重庆市轨道交通（集团）有限公司 重庆市轨道交通设计研究院 重庆市勘测院 中铁隧道勘测设计院有限公司
40	盾构施工远程信息化关键技术研究	中国铁路工程总公司科学技术奖一等奖	盾构及掘进技术国家重点实验室 中铁隧道局集团有限公司
41	大型储油库内高陡边坡与隧道协同爆破关键技术及应用	中国铁路工程总公司科学技术奖一等奖	中铁广州工程局集团有限公司 武汉科技大学
42	高原峡谷不对称、不等高、扣缆塔合一型缆索吊机建造技术	中国铁路工程总公司科学技术奖一等奖	中铁广州工程局集团有限公司
43	空间扭转钢主塔反对称公路斜拉桥建造关键技术	中国铁路工程总公司科学技术奖一等奖	中铁上海工程局集团有限公司 中铁上海工程局集团第五工程有公司
44	复合材料填芯的V型钢质防撞梁合理构造研究与应用	中国铁路工程总公司科学技术奖一等奖	中铁大桥勘测设计院集团有限公司
45	城市中心区道路框架桥上穿运营地铁下穿运营铁路施工技术研究	中国铁路工程总公司科学技术奖一等奖	中铁六局集团有限公司 中铁六局集团北京铁路建设有限公司
46	铁路大跨度上承式变截面提篮式钢桁拱桥建造关键技术	中国铁路工程总公司科学技术奖二等奖	中铁二局集团有限公司 中铁二院工程集团有限责任公司 西南交通大学
47	中低速磁浮桥梁结构与环境适应性技术研究	中国铁路工程总公司科学技术奖二等奖	中国铁路设计集团有限公司
48	曲面异型混凝土索塔斜拉桥施工关键技术	中国铁路工程总公司科学技术奖二等奖	中铁四局集团有限公司 中铁四局集团第五工程有限公司
49	济齐黄河大桥大跨度钢混组合梁斜拉桥综合施工技术	中国铁路工程总公司科学技术奖二等奖	中铁一局集团有限公司 中铁一局集团桥梁工程有限公司
50	城市轨道交通行车环境安全监测系统的研究与开发	中国铁路工程总公司科学技术奖二等奖	中铁二院工程集团有限责任公司
51	轨道交通牵引网工程信息模型技术	中国铁路工程总公司科学技术奖二等奖	中铁电气化勘测设计研究院有限公司 天津中铁电气化设计研究院有限公司
52	复杂环境下大坡度、长距离、小净距重叠隧道盾构掘进关键技术	中国铁路工程总公司科学技术奖二等奖	中铁二局集团有限公司
53	“鼎”字形独塔双索面钢箱梁斜拉桥关键施工技术研究	中国铁路工程总公司科学技术奖二等奖	中铁一局集团有限公司 中铁一局集团第四工程有限公司
54	城市轨道交通新能源轨道铺设机研制	中国铁路工程总公司科学技术奖二等奖	中铁一局集团有限公司 中铁一局集团新运工程有限公司
55	黄河库区急流裸岩条件下低桩承台施工关键技术研究	中国铁路工程总公司科学技术奖二等奖	中铁四局集团有限公司 西南交通大学
56	工程结构模拟试验平台研究	中国铁路工程总公司科学技术奖二等奖	中铁隧道局集团有限公司 中铁隧道勘察设计研究院有限公司
57	山区CRTS Ⅰ型双块式无砟轨道及长枕埋入式道岔关键施工技术	中国铁路工程总公司科学技术奖二等奖	中铁五局集团有限公司 中铁五局集团第五工程有限责任公司 中铁五局集团第六工程有限责任公司 中铁五局集团机械化工程有限责任公司
58	高速铁路隧道瓦斯抽排揭煤防突成套施工技术研究	中国铁路工程总公司科学技术奖二等奖	中铁五局集团有限公司 中铁五局集团第四工程有限责任公司 中国矿业大学（北京）

续表

序号	项目名称	获奖等级	完成单位
59	城市轨道交通用预制钢弹簧浮置板轨道技术研究	中国铁路工程总公司科学技术奖二等奖	中铁工程设计咨询集团有限公司 隔而固（青岛）振动控制有限公司
60	大连滨海大跨双联变宽隧道施工关键技术研究	中国铁路工程总公司科学技术奖二等奖	中铁一局集团有限公司 中铁一局集团第二工程有限公司
61	悬挂式单轨轨道技术研究与应用	中国铁路工程总公司科学技术奖二等奖	中铁高新工业股份有限公司 中铁宝桥集团有限公司
62	寒冷地区跨海大桥综合施工技术	中国铁路工程总公司科学技术奖二等奖	中铁大桥局集团有限公司 中铁大桥局集团第二工程有限公司
63	傍山临江复杂环境既有电气化铁路棚洞施工关键技术	中国铁路工程总公司科学技术奖二等奖	中铁十局集团有限公司 中铁十局集团第二工程有限公司
64	空间交叉索面独塔斜拉桥快速施工技术	中国铁路工程总公司科学技术奖二等奖	中铁大桥局集团有限公司 中铁大桥局第七工程有限公司
65	LNG 隧道关键技术研究	中国铁路工程总公司科学技术奖二等奖	中铁工程设计咨询集团有限公司
66	高铁典型地段既有风沙防护措施评价及优化	中国铁路工程总公司科学技术奖二等奖	中铁西北科学研究院有限公司 中铁科学研究院有限公司 中铁成都科学技术研究院有限公司
67	有害气体特长隧道智能通风系统研究	中国铁路工程总公司科学技术奖二等奖	中铁五局集团有限公司 中铁五局集团成都工程有限责任公司
68	基于组合惯导技术的桥梁线形快速测试技术	中国铁路工程总公司科学技术奖二等奖	中铁大桥局集团有限公司 中铁大桥科学研究院有限公司
69	跨既有线地铁曲线连续梁大坡度顶推施工关键技术	中国铁路工程总公司科学技术奖二等奖	中铁八局集团有限公司 中铁八局集团昆明铁路建设有限公司
70	超前地质预报信息化管理平台研发	中国铁路工程总公司科学技术奖二等奖	中铁西南科学研究院有限公司 中铁科学研究院有限公司 中铁成都科学技术研究院有限公司
71	特大断面地铁车站浅埋暗挖施工关键技术研究	中国铁路工程总公司科学技术奖二等奖	中铁四局集团有限公司 中铁四局集团第四工程有限公司
72	铁路风沙防治关键技术研究	中国铁路工程总公司科学技术奖二等奖	中国铁路设计集团有限公司
73	沙漠地区穿越无水砂层大口径长距离深埋式钢筋混凝土顶管施工技术研究	中国铁路工程总公司科学技术奖二等奖	中铁四局集团有限公司 中铁四局集团市政工程有限公司
74	坡积体中浅埋偏压特长隧道施工关键技术研究	中国铁路工程总公司科学技术奖二等奖	中铁隧道局集团有限公司 中铁隧道集团四处有限公司 中南大学
75	大跨浅埋下穿高速公路隧道暗挖施工技术	中国铁路工程总公司科学技术奖二等奖	中铁一局集团有限公司
76	上跨高铁营业线大型站房屋盖钢桁架分段滑移关键技术研究	中国铁路工程总公司科学技术奖二等奖	中铁三局集团有限公司 中铁三局集团建筑安装工程有限公司
77	呼准铁路大路黄河特大桥关键技术研究	中国铁路工程总公司科学技术奖二等奖	中国铁路设计集团有限公司
78	客运专线铁路大断面隧道穿越淤泥质地层施工处理技术研究	中国铁路工程总公司科学技术奖二等奖	中铁五局集团有限公司 中铁五局集团第五工程有限责任公司
79	全液压履带式自行栈桥	中国铁路工程总公司科学技术奖二等奖	中铁隧道局集团有限公司 中铁隧道集团二处有限公司
80	轻量化多功能集装箱门式起重机	中国铁路工程总公司科学技术奖二等奖	中铁重工有限公司 中国铁道科学研究院运输及经济研究所 中铁科工集团有限公司 中铁高新工业股份有限公司
81	变断面无刀盘明挖盾构机关键技术研究	中国铁路工程总公司科学技术奖二等奖	中铁高新工业股份有限公司 中铁工程装备集团有限公司 中铁四局集团有限公司

续表

序号	项目名称	获奖等级	完成单位
82	非对称悬浇大跨度宽幅波形钢腹板PC箱梁施工技术研究	中国铁路工程总公司科学技术奖二等奖	中铁七局集团有限公司 中铁七局集团郑州工程有限公司
83	小半径曲线大跨度槽型梁转体施工技术研究	中国铁路工程总公司科学技术奖二等奖	中铁七局集团有限公司 中铁七局集团武汉工程有限公司
84	铁路隧道渗漏水治理措施研究	中国铁路工程总公司科学技术奖二等奖	中铁隧道局集团有限公司 中铁隧道勘察设计研究院有限公司
85	广东湿热地区长寿命沥青路面设计及施工成套技术	中国铁路工程总公司科学技术奖二等奖	中铁十局集团第三建设有限公司 中铁十局集团有限公司 中铁投资集团有限公司 华南理工大学
86	上海S7公路装配式桥墩综合施工技术研究	中国铁路工程总公司科学技术奖二等奖	中铁十局集团有限公司 中铁十局集团第五工程有限公司
87	公路桥梁装配化施工成套关键技术研究	中国铁路工程总公司科学技术奖二等奖	中铁上海工程局集团有限公司 中铁上海工程局集团第一工程有限公司
88	高原库区大跨度斜拉桥加劲梁制造与安装技术	中国铁路工程总公司科学技术奖二等奖	中铁宝桥集团有限公司 中铁高新工业股份有限公司
89	斜面花岗硬岩潜孔钻 + 冲击钻 + 双轮铣复合成槽技术研究	中国铁路工程总公司科学技术奖二等奖	中铁七局集团有限公司 中铁七局集团西安铁路工程有限公司
90	沉积漂卵石地层地铁联拱隧道暗挖台车施工技术研究	中国铁路工程总公司科学技术奖二等奖	中铁七局集团有限公司 中铁七局集团西安铁路工程有限公司
91	区间高路堤营运客专线插铺42号有砟道岔机械化成套施工技术研究	中国铁路工程总公司科学技术奖二等奖	中铁七局集团有限公司 中铁七局集团第一工程有限公司
92	小角度下穿高速公路浅埋暗挖矩形隧道施工综合技术研究	中国铁路工程总公司科学技术奖二等奖	中铁四局集团有限公司
93	复杂条件下炭质片岩隧道大变形控制技术	中国铁路工程总公司科学技术奖二等奖	中铁隧道局集团有限公司 中铁隧道集团一处有限公司
94	铁路隧道基底加固标准及措施研究	中国铁路工程总公司科学技术奖二等奖	中铁工程设计咨询集团有限公司
95	超深特大断面车站近距离下穿既有地铁车站施工及设备安装技术研究	中国铁路工程总公司科学技术奖二等奖	中铁六局集团有限公司 中铁六局集团北京铁路建设有限公司 中铁六局集团建筑安装工程有限公司
96	繁忙营业线跨线改造综合施工技术研究	中国铁路工程总公司科学技术奖二等奖	中铁建工集团有限公司
97	摄影测量（数码相机）隧道监控量测技术研究	中国铁路工程总公司科学技术奖二等奖	中铁八局集团有限公司 中铁八局集团第二工程有限公司
98	盾构钢套筒始发、接收成套技术研究	中国铁路工程总公司科学技术奖二等奖	中铁二院工程集团有限责任公司 广东华隧建设股份有限公司
99	智能全站仪与GPS协同BIM技术在建筑施工测量领域的应用研究	中国铁路工程总公司科学技术奖二等奖	中铁四局集团有限公司 中铁四局集团建筑工程有限公司
100	复合地层小径距侧穿在建暗挖隧道施工技术	中国铁路工程总公司科学技术奖二等奖	中铁北京工程局集团有限公司 中铁北京工程局集团城市轨道交通有限公司
101	山地城市轨道交通暗挖隧道长距离穿越深回填土区施工关键技术研究	中国铁路工程总公司科学技术奖二等奖	中铁开发投资集团有限公司 重庆大学 中铁八局集团第一工程有限公司 中铁隧道股份有限公司 中铁隧道集团三处有限公司
102	大跨度宽幅组合梁斜拉桥安装施工强迫位移控制技术	中国铁路工程总公司科学技术奖二等奖	中铁大桥局集团有限公司 中铁大桥科学研究院有限公司
103	膨胀土地层地铁综合施工技术研究	中国铁路工程总公司科学技术奖二等奖	中铁十局集团第三建设有限公司 中铁十局集团有限公司
104	大跨度空间桁架结构累积滑移及整体异步落架关键技术研究	中国铁路工程总公司科学技术奖二等奖	中铁四局集团有限公司 中铁四局集团钢结构建筑有限公司

续表

序号	项目名称	获奖等级	完成单位
105	重庆北新建地铁站与既有站四站交叉换乘修建技术	中国铁路工程总公司科学技术奖二等奖	中铁开发投资集团有限公司 北京交通大学 中铁三局集团有限公司 北京城建设计集团有限责任公司
106	复合材料 SMC 电缆槽的研制	中国铁路工程总公司科学技术奖二等奖	中铁八局集团有限公司 中铁八局集团电务工程有限公司
107	时速 350km 高速铁路 CRTS Ⅲ型板式无砟轨道道岔板铺设技术研究	中国铁路工程总公司科学技术奖二等奖	中铁四局集团有限公司 中铁四局集团第一工程有限公司
108	接触网施工同步检测技术研究	中国铁路工程总公司科学技术奖二等奖	中铁武汉电气化局集团有限公司 中铁武汉电气化局集团第一工程有限公司
109	车辆段整体工程减震降噪测试研究与应用	中国铁路工程总公司科学技术奖二等奖	中铁四局集团有限公司 中铁四局集团建筑工程有限公司
110	道床 SMC 独立式应急疏散平台的研制	中国铁路工程总公司科学技术奖二等奖	中铁八局集团有限公司 中铁八局集团电务工程有限公司
111	双排桩基悬臂式挡土墙研究	中国铁路工程总公司科学技术奖二等奖	中铁二院工程集团有限责任公司 中铁二院（成都）建设发展有限责任公司 西南交通大学 成都信息工程大学
112	长江低漫滩地区高灵敏深厚软土层地铁深基坑修建关键技术	中国铁路工程总公司科学技术奖二等奖	中铁上海工程局集团有限公司 中铁上海工程局集团华海工程有限公司
113	砂卵石地层盾构掘进渣土分离减排系统集成研究与应用	中国铁路工程总公司科学技术奖二等奖	中铁上海工程局集团有限公司
114	无人机 +BIM 助力施工现场管理技术研究	中国铁路工程总公司科学技术奖二等奖	中铁一局集团有限公司 中铁一局集团第五工程有限公司
115	城市轨道交通数据管理平台研究	中国铁路工程总公司科学技术奖二等奖	中铁电气化局集团有限公司 福州地铁集团有限公司 南昌轨道交通集团有限公司
116	下穿时速 350km 京沪高速铁路、长桥体、大吨位、长顶程框构桥顶进施工关键技术研究	中国铁路工程总公司科学技术奖二等奖	中铁六局集团有限公司 中铁六局集团北京铁路建设有限公司
117	中国中铁采购电子商务企业数据融合平台	中国铁路工程总公司科学技术奖二等奖	中铁物贸集团有限公司 鲁班（北京）电子商务科技有限公司

制表人：刘建廷　黄佳强

表 10-5　　中国中铁获 2018 年度省部级工法目录

序号	工法名称	开发单位	认定机构
1	隧道衬砌液位继电感应技术预防拱顶空洞施工工法	中铁一局集团有限公司	陕西省住房和城乡建设厅
2	浅埋暗挖超大断面车站隧道双侧壁导坑钻爆开挖施工工法	中铁一局集团有限公司	陕西省住房和城乡建设厅
3	中低速磁浮轨道连续轨排架轨施工工法	中铁一局集团有限公司	陕西省住房和城乡建设厅
4	双连拱隧道联合套拱施工工法	中铁一局集团有限公司	陕西省住房和城乡建设厅
5	单边可调节台车隧道二衬施工工法	中铁一局集团有限公司	陕西省住房和城乡建设厅
6	硬岩富水隧道泄水降压施工工法	中铁一局集团有限公司	陕西省住房和城乡建设厅
7	富水隧道超长距离反坡排水施工工法	中铁一局集团有限公司	陕西省住房和城乡建设厅
8	斜拉桥主塔上横梁悬空组拼式牛腿支架施工工法	中铁一局集团有限公司	陕西省住房和城乡建设厅
9	钢混组合梁悬臂拼装施工工法	中铁一局集团有限公司	陕西省住房和城乡建设厅

续表

序号	工法名称	开发单位	认定机构
10	钢管拱肋大方量超高内压混凝土施工工法	中铁一局集团有限公司	陕西省住房和城乡建设厅
11	钢桁——槽型梁组合结构施工工法	中铁一局集团有限公司	陕西省住房和城乡建设厅
12	城市轨道交通接触网刚柔过渡安装施工工法	中铁一局集团有限公司	陕西省住房和城乡建设厅
13	城市轨道交通杂散电流防护系统施工工法	中铁一局集团有限公司	陕西省住房和城乡建设厅
14	隧道内接触网腕臂吊柱安装工法	中铁一局集团有限公司	陕西省住房和城乡建设厅
15	地下室逆作法型钢柱施工工法	中铁二局集团有限公司	四川省住建厅
16	深基坑钻孔漂浮沉管施工工法	中铁二局集团有限公司	四川省住建厅
17	软土地层既有盾构隧道上方长大明挖基坑施工工法	中铁二局集团有限公司	四川省住建厅
18	重叠隧道液压支撑台车施工工法	中铁二局集团有限公司	四川省住建厅
19	盾构密闭钢套筒始发施工工法	中铁二局集团有限公司	四川省住建厅
20	“双高压”三管旋喷桩施工工法	中铁二局集团有限公司	四川省住建厅
21	盾构机过站施工工法	中铁二局集团有限公司	四川省住建厅
22	先插法钢管混凝土柱施工工法	中铁二局集团有限公司	四川省住建厅
23	超高单侧墙模板支撑体系施工工法	中铁二局第六工程有限公司	四川省住建厅
24	厚层软岩地连墙成槽施工工法	中铁二局第六工程有限公司	四川省住建厅
25	超大型地铁停车场深基坑施工工法	中铁二局第六工程有限公司	四川省住建厅
26	混凝土自动喷淋养护工法	中铁二局集团有限公司	四川省住建厅
27	火山渣填料施工工法	中铁二局第六工程有限公司	四川省住建厅
28	大跨度混凝土板无粘结预应力施工工法	中铁二局第六工程有限公司	四川省住建厅
29	风积沙地区钢波纹管施工工法	中铁二局第六工程有限公司	四川省住建厅
30	超小半径曲线预制梁架设施工工法	中铁二局集团有限公司	四川省住建厅
31	履带牵引式长栈桥仰拱施工工法	中铁二局集团有限公司	四川省住建厅
32	高原高瓦斯特长分离式隧道施工通风工法	中铁二局集团有限公司	四川省住建厅
33	暗挖隧道穿越淤泥质软土超前预加固定工法	中铁二局集团有限公司	四川省住建厅
34	城市高架连续刚构节段拼装施工工法	中铁二局集团有限公司	四川省住建厅
35	微风化砂岩地层浅埋大跨地铁车站中洞法开挖工法	中铁二局集团有限公司	四川省住建厅
36	交通隧道穿越斜交缓倾煤层揭煤工法	中铁二局集团有限公司	四川省住建厅
37	隧道二衬环向中埋式止水带平展对夹固定施工工法	中铁二局一公司	贵州省住建厅
38	长距离浅埋穿越断层隧道地表组合注浆加固施工工法	中铁二局一公司	贵州省住建厅
39	系杆拱桥系梁施工工法	中铁二局一公司	贵州省住建厅
40	地铁区间正线上方竖井进洞施工工法	中铁二局一公司	贵州省住建厅
41	城市主干道人行天桥快速拆除施工工法	中铁二局一公司	贵州省住建厅
42	地铁车站深基坑预制叠合桩施工工法	中铁二局一公司	贵州省住建厅
43	强发育岩溶区域超细（深）孔桩施工工法	中铁二局一公司	贵州省住建厅
44	滇西铁路炭质页岩单线隧道开挖变形控制工法	中铁二局一公司	贵州省住建厅

续表

序号	工法名称	开发单位	认定机构
45	软弱大变形隧道长锚杆主动约束施工工法	中铁二局一公司	贵州省住建厅
46	岩溶地区硬切割法咬合桩施工工法	中铁二局一公司	贵州省住建厅
47	中心城区地铁车站半幅结构顶板盖挖施工工法	中铁二局一公司	贵州省住建厅
48	变截面碗状钢结构分步吊装施工工法	中铁三局集团有限公司 中铁三局集团有限公司运输工程分公司	山西省住建厅
49	超高层不规则立面玻璃幕墙施工工法	中铁三局集团有限公司 中铁三局集团建筑安装工程有限公司	山西省住建厅
50	站房屋盖钢桁架分段滑移施工工法	中铁三局集团有限公司 中铁三局集团建筑安装工程有限公司	山西省住建厅
51	屋盖钢桁架滑移拼装平台施工工法	中铁三局集团有限公司 中铁三局集团建筑安装工程有限公司	山西省住建厅
52	站房屋盖基座桁架制作安装施工工法	中铁三局集团有限公司 中铁三局集团建筑安装工程有限公司	山西省住建厅
53	高铁绿化智能养护体系施工工法	中铁三局集团有限公司 中铁三局集团建筑安装工程有限公司	山西省住建厅
54	内插式预制混凝土方桩基坑围护结构施工工法	中铁三局集团有限公司 中铁三局集团第五工程有限公司	山西省住建厅
55	紧邻高层建筑石灰岩地层基坑 CO_2 爆破施工工法	中铁三局集团有限公司 中铁三局集团第五工程有限公司	山西省住建厅
56	高水位碎石层潜孔冲击高压旋喷桩施工工法	中铁三局集团有限公司 中铁三局集团第五工程有限公司	山西省住建厅
57	桥梁钻孔桩基桩头施工精确控制施工工法	中铁三局集团第五工程有限公司 太焦铁路 TJZQ-1 标项目经理部	山西省住建厅
58	水中墩信息化施工工法	中铁三局集团有限公司 中铁三局集团有限公司运输工程分公司	山西省住建厅
59	多叶片搅拌桩施工工法	中铁三局集团有限公司 中铁三局集团天津建设工程有限公司	山西省住建厅
60	钻孔灌注桩旋挖钻套筒跟进施工工法	中铁三局集团有限公司 中铁三局集团华东建设有限公司	山西省住建厅
61	地下结构既有桩基厚板托换施工工法	中铁三局集团有限公司 中铁三局集团桥隧工程有限公司	山西省住建厅
62	下翻梁侵限条件下盾构平移施工工法	中铁三局集团有限公司 中铁三局集团第二工程有限公司	山西省住建厅
63	海底高标号混凝土二衬质量控制工法	中铁三局集团有限公司 中铁三局集团第四工程有限公司	山西省住建厅
64	T-I 型中隔墙移动模架浇筑施工工法	中铁三局集团有限公司 中铁三局集团第四工程有限公司	山西省住建厅
65	大直径 PCCP 供水管原位保护施工工法	中铁三局集团有限公司 中铁三局集团桥隧工程有限公司	山西省住建厅
66	盾构顶升侧移空推过站施工工法	中铁三局集团有限公司 中铁三局集团桥隧工程有限公司	山西省住建厅
67	砂质板岩隧道光面爆破控制施工工法	中铁三局集团有限公司 中铁三局集团广东建设工程有限公司	山西省住建厅
68	连续梁 0# 块落地倚靠式支架施工工法	中铁三局集团有限公司 中铁三局集团天津建设工程有限公司	山西省住建厅
69	重载铁路简支 T 梁人行道组合结构施工工法	中铁三局集团有限公司 中铁三局集团第二工程有限公司	山西省住建厅
70	后张法预应力混凝土简支 T 梁裂纹控制施工工法	中铁三局集团有限公司 中铁三局集团第二工程有限公司	山西省住建厅

续表

序号	工法名称	开发单位	认定机构
71	路基下穿公路U形支挡结构施工工法	中铁三局集团有限公司 中铁三局集团第二工程有限公司	山西省住建厅
72	预制梁薄顶板圆锚张拉施工工法	中铁三局集团有限公司 中铁三局集团第三工程有限公司	山西省住建厅
73	CRTS Ⅲ型板式无砟轨道底座板滑模施工工法	中铁三局集团有限公司 中铁三局集团第五工程有限公司	山西省住建厅
74	复合边坡防护机械化施工工法	中铁三局集团有限公司 中铁三局集团第五工程有限公司	山西省住建厅
75	基于BIM的转体连续梁桥施工工法	中铁三局集团有限公司 中铁三局集团第五工程有限公司	山西省住建厅
76	基于精确预弯的钢筋笼机械化施工工法	中铁三局集团有限公司 中铁三局集团第五工程有限公司	山西省住建厅
77	基于互联网+的连续梁冬期智能养生工法	中铁三局集团有限公司 中铁三局集团第五工程有限公司	山西省住建厅
78	小型预制件标准化施工工法	中铁三局集团第六工程有限公司 太焦铁路TJZQ-1标项目经理部	山西省住建厅
79	现浇梁钢筋及预应力管道精准定位施工工法	中铁三局集团第六工程有限公司 太焦铁路TJZQ-1标项目经理部	山西省住建厅
80	现浇梁0#段多孔定点振捣施工工法	中铁三局集团第六工程有限公司 太焦铁路TJZQ-1标项目经理部	山西省住建厅
81	下承式挂篮悬臂浇筑连续梁施工工法	中铁三局集团有限公司 中铁三局集团第六工程有限公司	山西省住建厅
82	大跨度刚构—连续组合曲线梁施工工法	中铁三局集团有限公司 中铁三局集团第六工程有限公司	山西省住建厅
83	路堑二氧化碳致裂开挖施工工法	中铁三局集团有限公司 中铁三局集团第六工程有限公司	山西省住建厅
84	高寒隧道泄水洞排水系统施工工法	中铁三局集团有限公司 中铁三局集团第六工程有限公司	山西省住建厅
85	震区高陡岩堆体隧道进洞施工工法	中铁三局集团有限公司 中铁三局集团桥隧工程有限公司	山西省住建厅
86	现浇箱梁抛物线型桁架施工工法	中铁三局集团有限公司 中铁三局集团桥隧工程有限公司	山西省住建厅
87	倾斜塔柱底部应力控制施工工法	中铁三局集团有限公司 中铁三局集团桥隧工程有限公司	山西省住建厅
88	大体积混凝土智能降温养护施工工法	中铁三局集团有限公司 中铁三局集团桥隧工程有限公司	山西省住建厅
89	铁路高架车站单双线箱梁施工工法	中铁三局集团有限公司 中铁三局集团线桥工程有限公司	山西省住建厅
90	900t架桥机过提梁拱架梁施工工法	中铁三局集团有限公司 中铁三局集团线桥工程有限公司	山西省住建厅
91	下承式节段拼装造桥机拆卸施工工法	中铁三局集团有限公司 中铁三局集团有限公司运输工程分公司	山西省住建厅
92	铁路预制梁孔道压浆质量快速检测施工工法	中铁三局集团有限公司	山西省住建厅
93	三维激光扫描检测隧道净空施工工法	中铁三局集团有限公司	山西省住建厅
94	地铁运营线运输岔区轨道施工工法	中铁三局集团有限公司 中铁三局集团线桥工程有限公司	山西省住建厅
95	地铁预制轨道板式整体道床施工工法	中铁三局集团有限公司 中铁三局集团线桥工程有限公司	山西省住建厅
96	市域铁路橡胶减震垫道床施工工法	中铁三局集团有限公司 中铁三局集团线桥工程有限公司	山西省住建厅

续表

序号	工法名称	开发单位	认定机构
97	地铁轨道道床轨底坡控制施工工法	中铁三局集团有限公司 中铁三局集团线桥工程有限公司	山西省住建厅
98	短线法节段梁预制施工工法	中铁三局集团有限公司 中铁三局集团广东建设工程有限公司	山西省住建厅
99	上行式移动模架现浇梁快速施工工法	中铁三局集团有限公司 中铁三局集团广东建设工程有限公司	山西省住建厅
100	先后张结合U形梁预制施工工法	中铁三局集团有限公司 中铁三局集团广东建设工程有限公司	山西省住建厅
101	变电设备柜体孔洞防火封堵施工工法	中铁三局集团有限公司 中铁三局集团电务公司有限公司	山西省住建厅
102	基于GPS测量接触网硬横梁施工工法	中铁三局集团有限公司 中铁三局集团电务公司有限公司	山西省住建厅
103	既有地铁OCC通信系统改造施工工法	中铁三局集团有限公司 中铁三局集团电务公司有限公司	山西省住建厅
104	动车运用所CCS系统施工工法	中铁三局集团有限公司 中铁三局集团电务公司有限公司	山西省住建厅
105	斜拉桥扇形塔柱施工工法	中铁四局集团有限公司	安徽省住房和城乡建设厅
106	F2赛车场连续起伏反向多弯道路面沥青摊铺施工工法	中铁四局集团有限公司	安徽省住房和城乡建设厅
107	斜拉桥墩顶段钢梁异位拼装纵移就位施工工法	中铁四局集团有限公司	安徽省住房和城乡建设厅
108	铁路混凝土路肩边坡滑模摊铺施工工法	中铁四局集团有限公司	安徽省住房和城乡建设厅
109	高速铁路载体桩地基处理施工工法	中铁四局集团有限公司	安徽省住房和城乡建设厅
110	利用分层辅助导洞九部开挖特大断面地铁车站施工工法	中铁四局集团有限公司	安徽省住房和城乡建设厅
111	高速铁路墩台垫石支座预埋孔精确定位成孔施工工法	中铁四局集团有限公司	安徽省住房和城乡建设厅
112	特种设备基础精确预埋大面积钢板施工工法	中铁四局集团有限公司	安徽省住房和城乡建设厅
113	直肋纹灌注桩施工工法	中铁四局集团有限公司	安徽省住房和城乡建设厅
114	叠合装配式管廊预制施工工法	中铁四局集团有限公司	安徽省住房和城乡建设厅
115	叠合装配式管廊安装施工工法	中铁四局集团有限公司	安徽省住房和城乡建设厅
116	接触网基坑机械成孔施工工法	中铁四局集团有限公司	安徽省住房和城乡建设厅
117	大跨三主桁刚性悬索加劲连续钢桁梁带加劲弦顶推施工工法	中铁四局集团有限公司	安徽省住房和城乡建设厅
118	大跨度铁路变桁高连续钢桁梁悬臂架设跨中合龙施工工法	中铁四局集团有限公司	安徽省住房和城乡建设厅
119	大跨度连续钢桁梁加劲弦整体装配式节点制造工法	中铁四局集团有限公司	安徽省住房和城乡建设厅
120	干砂层大口径长距离土压平衡顶管施工工法	中铁四局集团有限公司	安徽省住房和城乡建设厅
121	特大断面暗挖地铁车站预留“凸形”核心岩体六步开挖施工工法	中铁四局集团有限公司	安徽省住房和城乡建设厅
122	超大断面四车道公路隧道斜井转正洞施工工法	中铁四局集团有限公司	安徽省住房和城乡建设厅
123	超大断面隧道钢架岩墙组合支撑分部开挖工法	中铁四局集团有限公司	安徽省住房和城乡建设厅
124	TJ165架桥机单线隧道口架设铁路T梁施工工法	中铁四局集团有限公司	安徽省住房和城乡建设厅
125	地铁盾构穿越微风化基岩预处理施工工法	中铁四局集团有限公司	安徽省住房和城乡建设厅
126	盾构穿越岩溶区施工工法	中铁四局集团有限公司	安徽省住房和城乡建设厅

续表

序号	工法名称	开发单位	认定机构
127	花岗岩球形风化地层地下连续墙成槽施工工法	中铁四局集团有限公司	安徽省住房和城乡建设厅
128	深水硬质岩大倾角河床桥梁基础施工工法	中铁五局集团第五工程有限责任公司	湖南省住房和城乡建设厅
129	道钉涂油及台上自动散枕组装框架轨排施工工法	中铁五局集团第五工程有限责任公司	湖南省住房和城乡建设厅
130	无砟道床线间有轨运输混凝土快速浇筑施工工法	中铁五局集团第五工程有限责任公司	湖南省住房和城乡建设厅
131	特长高风险铁路合分修隧道贯通平导超前施工工法	中铁五局集团第五工程有限责任公司	湖南省住房和城乡建设厅
132	三条并行特长隧道施工通风施工工法	中铁五局集团第五工程有限责任公司	湖南省住房和城乡建设厅
133	超大扁平隧道拱墙衬砌钢筋安装施工工法	中铁五局集团第五工程有限责任公司	湖南省住房和城乡建设厅
134	滇中红层大变形隧道三台阶六部铣挖施工工法	中铁五局集团第五工程有限责任公司	湖南省住房和城乡建设厅
135	填方车站路基单侧包裹式加筋土挡土墙施工工法	中铁五局集团第五工程有限责任公司	湖南省住房和城乡建设厅
136	深斜井小断面软弱围岩隧洞快速掘进施工工法	中铁五局集团第五工程有限责任公司	湖南省住房和城乡建设厅
137	深斜井小断面引水隧洞快速衬砌施工工法	中铁五局集团第五工程有限责任公司	湖南省住房和城乡建设厅
138	地铁隧道敞口式盾构施工工法	中铁五局集团有限公司城市轨道交通工程分公司	湖南省住房和城乡建设厅
139	盾构钢套箱始发施工工法	中铁五局集团有限公司城市轨道交通工程分公司	湖南省住房和城乡建设厅
140	铁路站场软土地基置换墩处理施工工法	中铁五局集团第一工程有限责任公司	湖南省住房和城乡建设厅
141	浅海滩潮夕地段锁扣钢管桩围堰施工工法	中铁五局集团第一工程有限责任公司	湖南省住房和城乡建设厅
142	单铰接可调节式二衬端模施工工法	中铁五局集团第一工程有限责任公司	湖南省住房和城乡建设厅
143	现浇简支箱梁侧模滑移就位及底模整体下落施工工法	中铁五局集团第二工程有限责任公司	湖南省住房和城乡建设厅
144	预制箱梁预应力管道成孔抽拔橡胶棒机械安装与拔除施工工法	中铁五局集团第二工程有限责任公司	湖南省住房和城乡建设厅
145	南方多雨地区 SMA 沥青混凝土路面施工工法	中铁五局集团机械化工程有限责任公司	湖南省住房和城乡建设厅
146	淤泥固化处理软基工法	中铁五局集团有限公司	贵州省住房和城乡建设厅
147	深大竖井施工工法	中铁五局集团有限公司	贵州省住房和城乡建设厅
148	隧道岩爆分级防治施工工法	中铁五局集团有限公司	贵州省住房和城乡建设厅
149	梁体自动喷淋养护施工工法	中铁五局集团有限公司	贵州省住房和城乡建设厅
150	现浇简支箱梁侧模滑移就位及底模整体下落施工工法	中铁五局集团有限公司	贵州省住房和城乡建设厅
151	瓦斯突出隧道倾斜中厚煤层揭煤施工工法	中铁五局集团有限公司	贵州省住房和城乡建设厅
152	铁路单线隧道水沟电缆槽长内模施工工法	中铁五局集团有限公司	贵州省住房和城乡建设厅
153	超大断面隧道“品”字形施工工法	中铁五局集团有限公司	贵州省住房和城乡建设厅
154	隧道内预应力锚索压注速凝高强浆液施工工法	中铁五局集团有限公司	贵州省住房和城乡建设厅
155	反井钻机扩挖大口径竖井施工工法	中铁五局集团有限公司	贵州省住房和城乡建设厅
156	泥水平衡顶管隧道施工工法	中铁五局集团有限公司	贵州省住房和城乡建设厅

续表

序号	工法名称	开发单位	认定机构
157	饱和土地层袖阀管注浆加固工法	中铁五局集团有限公司	贵州省住房和城乡建设厅
158	水工隧洞混凝土裂缝浅表自动恒压灌浆处理技术施工工法	中铁五局集团有限公司	贵州省住房和城乡建设厅
159	台上机械散枕组装框架轨排施工工法	中铁五局集团有限公司	贵州省住房和城乡建设厅
160	施工面有轨运输混凝土快速浇筑无砟道床施工工法	中铁五局集团有限公司	贵州省住房和城乡建设厅
161	运营前水害致双块式无砟轨道轨向超标整治施工工法	中铁五局集团有限公司	贵州省住房和城乡建设厅
162	运营后水害致隧道内双块式无砟轨道几何超限抢险施工工法	中铁五局集团有限公司	贵州省住房和城乡建设厅
163	隧道防水板机械辅助铺设及超声波焊接施工工法	中铁五局集团有限公司	贵州省住房和城乡建设厅
164	隧道有多个加宽值变断面A字形台车衬砌施工工法	中铁五局集团有限公司	贵州省住房和城乡建设厅
165	高速铁路长大桥梁有砟轨道聚氨酯泡沫固化道床施工工法	中铁五局集团有限公司	贵州省住房和城乡建设厅
166	CRTS Ⅰ型双块式无砟道床轨排框架法施工工法	中铁五局集团有限公司	贵州省住房和城乡建设厅
167	城市地铁预制轨道板整体道床施工工法	中铁五局集团有限公司	贵州省住房和城乡建设厅
168	高原高寒沼泽地区水泥搅拌桩快速施工工法	中铁五局集团有限公司	贵州省住房和城乡建设厅
169	单边侧墙工况下盾构接收技术施工工法	中铁五局集团有限公司	贵州省住房和城乡建设厅
170	客运专线隧道标准断面突变超大断面施工工法	中铁五局集团有限公司	贵州省住房和城乡建设厅
171	油气瓦斯隧道超前探测施工工法	中铁五局集团有限公司	贵州省住房和城乡建设厅
172	硫化氢瓦斯特长铁路隧道施工工法	中铁五局集团有限公司	贵州省住房和城乡建设厅
173	基坑围护桩桩间模筑混凝土施工工法	中铁五局集团有限公司	贵州省住房和城乡建设厅
174	不规则异形结构柱施工工法	中铁五局集团建筑工程有限责任公司	贵州省住房和城乡建设厅
175	异形镂空铝板单元组合吊顶施工工法	中铁五局集团建筑工程有限责任公司	贵州省住房和城乡建设厅
176	石膏砂浆薄抹灰施工工法	中铁五局集团建筑工程有限责任公司	贵州省住房和城乡建设厅
177	石材蜂窝板倾斜幕墙安装施工工法	中铁五局集团建筑工程有限责任公司	贵州省住房和城乡建设厅
178	压力管道带压开孔施工工法	中铁五局集团建筑工程有限责任公司	贵州省住房和城乡建设厅
179	装配式综合支架施工工法	中铁五局集团建筑工程有限责任公司	贵州省住房和城乡建设厅
180	造型铝板幕墙施工工法	中铁五局集团建筑工程有限责任公司	贵州省住房和城乡建设厅
181	新型综合桥架施工工法	中铁五局集团建筑工程有限责任公司	贵州省住房和城乡建设厅
182	混凝土结构站台雨棚钢支撑早拆体系工法	中铁五局集团建筑工程有限责任公司	贵州省住房和城乡建设厅
183	顶推锁定一体化劲性骨架合龙段施工工法	中铁五局集团路桥工程有限责任公司	贵州省住房和城乡建设厅
184	可移动式高墩薄壁空心墩内操作平台施工工法	中铁五局集团路桥工程有限责任公司	贵州省住房和城乡建设厅
185	跨越式贝雷梁辅助边跨合龙段合龙施工工法	中铁五局集团路桥工程有限责任公司	贵州省住房和城乡建设厅
186	满堂支架错位搭设施工工法	中铁五局集团路桥工程有限责任公司	贵州省住房和城乡建设厅
187	自行式液压栈桥仰拱施工工法	中铁五局集团贵州工程有限公司	贵州省住房和城乡建设厅
188	墩身自动喷淋养护系统施作工法	中铁五局集团贵州工程有限公司	贵州省住房和城乡建设厅

续表

序号	工法名称	开发单位	认定机构
189	超深大孔径通风竖井中心导孔冷开挖施工工法	中铁五局集团贵州工程有限公司	贵州省住房和城乡建设厅
190	喀斯特石灰岩地貌仿真塑石施工工法	中铁五局集团贵州工程有限公司	贵州省住房和城乡建设厅
191	水中钢栈桥搭设钢管桩采用贝雷梁悬臂式可调定位架施工工法	中铁五局集团贵州工程有限公司	贵州省住房和城乡建设厅
192	隧道深埋中心水沟施工工法	中铁五局集团贵州工程有限公司	贵州省住房和城乡建设厅
193	缆索吊提篮拱对位安装施工工法	中铁五局集团机械化工程有限责任公司	河南省建筑业协会
194	桁架内大管径供热管道安装施工工法	中铁六局集团有限公司 中铁六局集团太原铁路建设有限公司	山西省住房和城乡建设厅
195	集装箱堆积区大板混凝土铺面施工工法	中铁六局集团有限公司 中铁六局集团太原铁路建设有限公司	山西省住房和城乡建设厅
196	大体积轴向内压供热补偿器隧道内安装施工工法	中铁六局集团有限公司 中铁六局集团太原铁路建设有限公司	山西省住房和城乡建设厅
197	上跨铁路 40m 箱梁履带吊机单机架设施工工法	中铁六局集团太原铁路建设有限公司 朔州市住房保障和城乡建设管理局	山西省住房和城乡建设厅
198	小半径变曲率曲线混凝土连续梁步履式顶推施工工法	中铁六局集团有限公司 中铁六局集团太原铁路建设有限公司	山西省住房和城乡建设厅
199	高速公路隧道避免防水板纵向施工缝施工工法	中铁六局集团有限公司 中铁六局集团太原铁路建设有限公司	山西省住房和城乡建设厅
200	下穿既有线框构顶进线路加固施工工法	中铁六局集团有限公司 中铁六局集团太原铁路建设有限公司	山西省住房和城乡建设厅
201	地铁防护刚构移动浇筑平台施工工法	中铁六局集团有限公司 中铁六局集团太原铁路建设有限公司	山西省住房和城乡建设厅
202	长大干线复杂地形带状控制网布控施工工法	中铁六局集团有限公司 中铁六局集团太原铁路建设有限公司	山西省住房和城乡建设厅
203	悬挂式止水帷幕基坑内降水施工工法	中铁六局集团有限公司 中铁六局集团太原铁路建设有限公司	山西省住房和城乡建设厅
204	路堑高边坡变形监测施工工法	中铁六局集团有限公司 中铁六局集团太原铁路建设有限公司	山西省住房和城乡建设厅
205	下穿既有设备梁体架设横向推移施工工法	中铁六局集团有限公司 中铁六局集团太原铁路建设有限公司	山西省住房和城乡建设厅
206	明挖隧道下穿既有河道施工工法	中铁六局集团有限公司 中铁六局集团太原铁路建设有限公司	山西省住房和城乡建设厅
207	近距离上跨既有线门式墩横梁支架拆除施工工法	中铁六局集团有限公司 中铁六局集团太原铁路建设有限公司	山西省住房和城乡建设厅
208	超声波检测地铁地下连续墙施工工法	中铁六局集团有限公司 山西华诚工程检测有限公司	山西省住房和城乡建设厅
209	城市明挖铁路隧道衬砌混凝土冬季施工工法	中铁六局集团有限公司 山西华诚工程检测有限公司	山西省住房和城乡建设厅
210	桥梁转体支座安装施工工法	中铁六局集团有限公司 中铁六局集团太原铁路建设有限公司	山西省住房和城乡建设厅
211	转体桥落梁施工工法	中铁六局集团有限公司 中铁六局集团太原铁路建设有限公司	山西省住房和城乡建设厅
212	桥梁全自动养护施工工法	中铁六局集团有限公司 中铁六局集团太原铁路建设有限公司	山西省住房和城乡建设厅
213	跨高铁营业线天桥吊装施工工法	中铁六局集团有限公司 中铁六局集团太原铁路建设有限公司	山西省住房和城乡建设厅
214	深大竖井反井快速施工工法	中铁六局集团有限公司 中铁六局集团太原铁路建设有限公司	山西省住房和城乡建设厅
215	浅埋暗挖下穿既有铁路线分离式小净距大断面隧道施工工法	中铁六局集团有限公司 中铁六局集团太原铁路建设有限公司	山西省住房和城乡建设厅

续表

序号	工法名称	开发单位	认定机构
216	HSC 特种注浆材料处理隧洞涌水施工工法	中铁六局集团有限公司 中铁六局集团太原铁路建设有限公司	山西省住房和城乡建设厅
217	跨大型铁路电气化站场纵移 1~168m 系杆拱桥施工工法	中铁六局集团有限公司 中铁六局集团太原铁路建设有限公司	山西省住房和城乡建设厅
218	轨道交通检修库大面积超厚环氧树脂自流平地面施工工法	中铁六局集团有限公司 中铁六局集团石家庄铁路建设有限公司	山西省住房和城乡建设厅
219	连续箱梁内腔顶板锯齿块快速张拉施工工法	中铁六局集团有限公司 中铁六局集团石家庄铁路建设有限公司	山西省住房和城乡建设厅
220	内套框架涵顶升施工应用工法	中铁六局集团有限公司 中铁六局集团石家庄铁路建设有限公司	山西省住房和城乡建设厅
221	隧道钢拱架链接板快速精确焊接及安装施工工法	中铁六局集团有限公司 中铁六局集团石家庄铁路建设有限公司	山西省住房和城乡建设厅
222	水下桩基混凝土防超灌施工工法	中铁六局集团有限公司 中铁六局集团石家庄铁路建设有限公司	中国公路建设行业协会
223	大直径土压盾构多级出渣施工工法	中铁六局集团有限公司交通工程分公司	山西省住房和城乡建设厅
224	复杂地层超大直径盾构洞门密封施工工法	中铁六局集团有限公司交通工程分公司	山西省住房和城乡建设厅
225	有限空间大直径盾构负环管片分级拆除施工工法	中铁六局集团有限公司交通工程分公司	山西省住房和城乡建设厅
226	大直径土压平衡盾构机多次组装施工工法	中铁六局集团有限公司交通工程分公司	山西省住房和城乡建设厅
227	大直径盾构始发负环管片加固施工工法	中铁六局集团有限公司交通工程分公司	山西省住房和城乡建设厅
228	大直径铁路隧道土压盾构掘进与轨下结构快速、同步施工工法	中铁六局集团有限公司交通工程分公司	山西省住房和城乡建设厅
229	轻型牵引车跨越障碍吊装搬运重型材料施工工法	中铁六局集团有限公司 中铁六局集团电务工程有限公司	山西省住房和城乡建设厅
230	10kV 环网式箱变倒接施工工法	中铁六局集团有限公司 中铁六局集团电务工程有限公司	山西省住房和城乡建设厅
231	安全型滑触线安装施工工法	中铁六局集团有限公司 中铁六局集团电务工程有限公司	山西省住房和城乡建设厅
232	激光桁架摊铺机防水保护层施工工法	中铁六局集团呼和浩特铁路建设有限公司	内蒙古自治区住房和城乡建设厅
233	铁路石质路基路堑段二氧化碳致裂施工工法	中铁六局集团呼和浩特铁路建设有限公司	内蒙古自治区住房和城乡建设厅
234	连续梁钢管柱支架法施工工法	中铁六局集团呼和浩特铁路建设有限公司	内蒙古自治区住房和城乡建设厅
235	创新型桥梁支承垫石施工工法	中铁六局集团呼和浩特铁路建设有限公司	内蒙古自治区住房和城乡建设厅
236	预制小箱梁走行式液压模板施工工法	中铁六局集团呼和浩特铁路建设有限公司	内蒙古自治区住房和城乡建设厅
237	D 型梁纵移架设施工工法	中铁六局集团呼和浩特铁路建设有限公司	内蒙古自治区住房和城乡建设厅
238	超大直径圆涵顶进精度控制施工工法	中铁六局集团有限公司 中铁六局集团天津铁路建设有限公司	山西省住房和城乡建设厅
239	淤泥砂土地质人工挖孔桩钢板护壁施工工法	中铁六局集团有限公司 中铁六局集团天津铁路建设有限公司	山西省住房和城乡建设厅
240	DJ180 架桥机 16m 梁快速架梁施工工法	中铁六局集团丰桥桥梁有限公司	山西省住房和城乡建设厅
241	多向衔接异型钢柱标准化加工施工工法	中铁六局集团有限公司 中铁六局集团建筑安装工程有限公司	山西省住房和城乡建设厅

续表

序号	工法名称	开发单位	认定机构
242	预张拉装配式加筋挡土墙施工工法	中铁六局集团有限公司 中铁六局集团建筑安装工程有限公司	山西省住房和城乡建设厅
243	ASLOC板悬挂式遮阳百叶幕墙模块化安装施工工法	中铁六局集团有限公司 中铁六局集团建筑安装工程有限公司	山西省住房和城乡建设厅
244	太阳能日光源建筑照明系统施工工法	中铁六局集团有限公司 中铁六局集团建筑安装工程有限公司	山西省住房和城乡建设厅
245	大粒径卵石层条件下长螺旋改进型钻孔灌注桩成孔施工工法	中铁六局集团有限公司 中铁六局集团建筑安装工程有限公司	山西省住房和城乡建设厅
246	超深地铁站集束大截面BTTYZ型矿物电缆安装施工工法	中铁六局集团有限公司 中铁六局集团建筑安装工程有限公司	山西省住房和城乡建设厅
247	地铁出入口长大坡道常规设备安装综合施工工法	中铁六局集团有限公司 中铁六局集团建筑安装工程有限公司	山西省住房和城乡建设厅
248	地铁车站91m超深竖井管道及设备安装施工工法	中铁六局集团有限公司 中铁六局集团建筑安装工程有限公司	山西省住房和城乡建设厅
249	大吨位钢构桥连续拖拉安装施工工法	中铁六局集团有限公司 中铁六局集团建筑安装工程有限公司	山西省住房和城乡建设厅
250	整体式节点板杆件精确制造施工工法	中铁六局集团有限公司 中铁六局集团建筑安装工程有限公司	山西省住房和城乡建设厅
251	多曲线叠合钢箱梁快速定位组装施工工法	中铁六局集团有限公司 中铁六局集团建筑安装工程有限公司	山西省住房和城乡建设厅
252	高水位湿陷性黄土路基建筑垃圾综合处理施工工法	中铁六局集团有限公司 中铁六局集团建筑安装工程有限公司	山西省住房和城乡建设厅
253	双层贝雷梁支架体系落梁施工工法	中铁六局集团路桥建设有限公司	山西省住房和城乡建设厅
254	等截面挤密螺纹桩施工工法	中铁六局集团路桥建设有限公司	山西省住房和城乡建设厅
255	沟渠挡墙工程采用钢模台车施工工法	中铁六局集团路桥建设有限公司	山西省住房和城乡建设厅
256	铁路轨道交叉渡线整体纵移施工工法	中铁六局集团路桥建设有限公司	山西省住房和城乡建设厅
257	城轨U梁制运架施工工法	中铁七局集团有限公司 中铁七局集团郑州工程有限公司	中国公路建设行业协会
258	超20m长分离式双套管试桩施工工法	中铁七局集团第五工程有限公司	河南省建筑业协会
259	350km时速高铁三墩曲线及大坡度连续梁桥转体施工工法	中铁七局集团有限公司	河南省建筑业协会
260	跨多股道连续梁桥宽幅封闭式挂篮施工工法	中铁七局集团有限公司 中铁七局集团郑州工程有限公司	河南省建筑业协会
261	高速铁路600t简支箱梁高位多点同步横移施工工法	中铁七局集团第五工程有限公司	河南省工程建设协会
262	斜面花岗硬岩地层潜孔钻+冲击钻+双轮铣复合成槽施工工法	中铁七局集团有限公司	河南省建筑业协会
263	沉积漂卵石地层地铁联拱隧道暗挖台车施工工法	中铁七局集团有限公司	河南省建筑业协会
264	大型路基土方无人机航测施工工法	中铁七局集团有限公司	河南省建筑业协会
265	复杂条件下钢管拱安装施工工法	中铁七局集团有限公司	河南省建筑业协会
266	悬臂钢箱梁对称分级落梁及支架拆除施工工法	中铁七局集团有限公司	河南省建筑业协会
267	盾构无导台空推+拼管片过矿山法隧道施工工法	中铁七局集团有限公司	河南省建筑业协会
268	水源保护区大跨度连续梁绿色施工工法	中铁七局集团有限公司	河南省建筑业协会
269	非对称悬浇大跨度宽幅波形钢腹板PC箱梁施工工法	中铁七局集团有限公司	河南省建筑业协会

续表

序号	工法名称	开发单位	认定机构
270	隧道511工装设备配套施工工法	中铁七局集团有限公司	河南省建筑业协会
271	小半径曲线槽型连续刚构转体姿态测量施工工法	中铁七局集团有限公司	河南省建筑业协会
272	有限空间下槽型连续刚构合龙段吊架施工工法	中铁七局集团有限公司	河南省建筑业协会
273	自行式整体膺架法现浇梁施工工法	中铁七局集团有限公司	河南省建筑业协会
274	大孔径机械化装药深孔爆破施工工法	中铁七局集团有限公司海外公司	河南省建筑业协会
275	大型场馆大跨度超高度超荷载模板支撑体系施工工法	中铁八局集团有限公司	四川省住建厅
276	地铁钢轨绝缘电阻及纵向电阻测试工法	中铁八局集团有限公司	四川省住建厅
277	装配式建筑楼梯板预制工法	中铁八局集团有限公司	四川省住建厅
278	索道桥主索快速架设施工工法	中铁八局集团有限公司	四川省住建厅
279	350km高速铁路软基处理螺杆桩施工工法	中铁八局集团有限公司	四川省住建厅
280	高铁高墩连续梁挂篮千斤顶预压施工工法	中铁八局集团有限公司	四川省住建厅
281	深回填土区隧道防大变形组合初支施工工法	中铁八局集团有限公司	四川省住建厅
282	接触网单跨式无交叉线岔施工工法	中铁八局集团有限公司	四川省住建厅
283	隧道二次衬砌逐窗浇筑施工工法	中铁八局集团有限公司	云南省住建厅
284	十字梁塔吊基础施工工法	中铁八局集团有限公司	云南省住建厅
285	钢箱提篮拱桥拱脚施工工法	中铁八局集团有限公司	云南省住建厅
286	斜岩地质地连墙新型冲击钻锤成槽施工工法	中铁八局集团有限公司	云南省住建厅
287	在土石坝河堤中大型钢围堰吸泥下沉施工工法	中铁八局集团有限公司	重庆市建委
288	复杂水工构筑物吊模施工工法	中铁八局集团有限公司	贵州省住建厅
289	地铁拱盖法大断面开挖支护施工工法	中铁九局集团有限公司	山东省住房和城乡建设厅
290	铁路隧道工程衬砌逐窗入模分层浇筑施工工法	中铁九局集团第五工程有限公司	辽宁省住房和城乡建设厅
291	城市隧道临近既有建筑物段复式掏槽分区控制爆破施工工法	中铁九局集团第五工程有限公司	辽宁省住房和城乡建设厅
292	铁路隧道工程衬砌带模注浆施工工法	中铁九局集团第五工程有限公司	辽宁省住房和城乡建设厅
293	地铁侧墙三角背撑大模板施工工法	中铁九局集团第六工程有限公司	辽宁省住房和城乡建设厅
294	地铁车站明挖法新型防水材料施工工法	中铁九局集团第六工程有限公司	辽宁省住房和城乡建设厅
295	CRTS Ⅲ型板式无砟轨道板先张法自动化生产线（流水机组法）预制施工工法	中铁九局集团有限公司	辽宁省住房和城乡建设厅
296	高速铁路动车走行线大坡道（29.212‰）箱梁架设工法	中铁九局集团有限公司	辽宁省住房和城乡建设厅
297	悬臂式掘进机铣挖法隧道掘进工法	中铁九局集团有限公司	辽宁省住房和城乡建设厅
298	高速铁路粉细砂掺水泥化学改良土路基施工工法	中铁九局集团有限公司	辽宁省住房和城乡建设厅
299	高速铁路桥面防水层施工工法	中铁九局集团有限公司	辽宁省住房和城乡建设厅
300	高速铁路路基排水沟滑模施工工法	中铁九局集团有限公司	辽宁省住房和城乡建设厅
301	跨铁路营业线钢桁架天桥顶推施工工法	中铁九局集团第四工程有限公司	辽宁省住房和城乡建设厅

续表

序号	工法名称	开发单位	认定机构
302	盾构下穿富水砂卵石浅埋河床抗拔桩抗浮板加固工法	中铁九局集团第四工程有限公司	辽宁省住房和城乡建设厅
303	大直径、超长钻孔灌注桩施工工法	中铁九局集团第七工程有限公司	辽宁省住房和城乡建设厅
304	基于BIM技术的通信铁塔基础制作及铁塔安装工法	中铁九局集团电务工程有限公司	辽宁省住房和城乡建设厅
305	双幅箱梁斜腿支架及箱梁横移施工工法	中铁大桥局集团有限公司 中铁大桥局集团第二工程有限公司	江苏省住房和城乡建设厅
306	浅埋大断面管幕—箱涵顶推施工工法	中铁大桥局集团有限公司 中铁大桥局集团第四工程有限公司	江苏省住房和城乡建设厅
307	同向回转锚固体系斜拉索施工工法	中铁大桥局集团有限公司 中铁大桥局集团第四工程有限公司	江苏省住房和城乡建设厅
308	隧道近距下穿巨型滑坡体坡体稳定监测工法	中铁隧道局集团有限公司	河南省建筑业协会
309	单线铁路隧道长锚杆快速施工工法	中铁隧道局集团有限公司	河南省建筑业协会
310	导洞内连体管幕高精度独头施工工法	中铁隧道局集团有限公司	河南省建筑业协会
311	外嵌肋柱式锚杆板挡墙静态切割施工工法	中铁隧道局集团有限公司	河南省建筑业协会
312	盾构无端墙接收临时防水装置安装施工工法	中铁隧道局集团有限公司	河南省建筑业协会
313	高地应力软岩大变形隧道衬砌扩拆施工工法	中铁隧道局集团有限公司	河南省建筑业协会
314	盾构隧道边箱涵结构快速施工工法	中铁隧道局集团有限公司	河南省建筑业协会
315	大坡度斜井中隔墙衬砌台车施工工法	中铁隧道局集团有限公司	河南省建筑业协会
316	稳定地层盾构施工多序注浆施工工法	中铁隧道局集团有限公司	河南省建筑业协会
317	现浇连续梁通长束预应力施工工法	中铁隧道局集团有限公司	河南省建筑业协会
318	TBM施工复杂环境不良地质综合超前预报施工工法	中铁隧道局集团有限公司	河南省建筑业协会
319	敞开式TBM在圆形钻爆段长距离连续快速步进施工工法	中铁隧道局集团有限公司	河南省建筑业协会
320	大直径盾构洞内平移、旋转施工工法	中铁隧道局集团有限公司	河南省建筑业协会
321	复杂条件下浅埋大跨拱盖法暗挖车站施工工法	中铁隧道局集团有限公司	河南省建筑业协会
322	小空间富水细粒地层长锚索拔除施工工法	中铁隧道局集团有限公司	河南省建筑业协会
323	铁路隧道风机段组合式模板台车衬砌施工工法	中铁隧道局集团有限公司	河南省建筑业协会
324	立式皮带机垂直提升施工工法	中铁隧道局集团有限公司	河南省建筑业协会
325	高速铁路无预应力束体系钢混结合连续梁施工工法	中铁隧道局集团有限公司	河南省建筑业协会
326	高速铁路跨既有线支架现浇转体梁施工工法	中铁隧道局集团有限公司	河南省建筑业协会
327	大断面矩形盾构洞内拆机施工工法	中铁隧道局集团有限公司	河南省建筑业协会
328	铁路隧道水平砂泥岩地层成型控制施工工法	中铁隧道局集团有限公司	河南省建筑业协会
329	第三系泥质粉砂岩富水地层暗挖隧道高频破碎锤、铣挖头联合机械开挖工法	中铁隧道局集团有限公司	河南省建筑业协会

续表

序号	工法名称	开发单位	认定机构
330	隧道仰拱及中心水沟整体模板施工工法	中铁隧道局集团有限公司	河南省建筑业协会
331	超深管井综合降水施工工法	中铁隧道局集团有限公司	河南省建筑业协会
332	隧道智能化通风施工工法	中铁隧道局集团有限公司	河南省建筑业协会
333	大断面竖井超深孔反向掘进爆破成井施工工法	中铁隧道局集团有限公司	中国爆破行业协会
334	超大断面水封洞库爆破开挖施工工法	中铁隧道局集团有限公司	中国爆破行业协会
335	大跨度钢筋混凝土三角形桁架施工工法	中铁电气化局集团有限公司	贵州省住房和城乡建设厅
336	仿古钢结构斗拱肌理板安装施工工法	中铁建工集团有限公司	甘肃省住房和城乡建设厅
337	铝镁锰＋蜂窝铝板组合屋面施工工法	中铁建工集团有限公司	甘肃省住房和城乡建设厅
338	超深二次液压扩孔钻孔灌注桩可视可控施工工法	中铁建工集团有限公司	山东省住房和城乡建设厅
339	大区域多标段平面控制网联测施工工法	中铁建工集团有限公司	山东省住房和城乡建设厅
340	墩柱自动循环养护工法	中铁建工集团有限公司	山东省住房和城乡建设厅
341	基于 BIM 技术的大体量钢筋集中加工施工工法	中铁建工集团有限公司	山东省住房和城乡建设厅
342	明挖隧道变截面台车模板施工工法	中铁建工集团有限公司	山东省住房和城乡建设厅
343	膨胀性泥岩土体加固注浆施工工法	中铁建工集团有限公司	山东省住房和城乡建设厅
344	新型便携式对拉螺栓加固头施工工法	中铁建工集团有限公司	山东省住房和城乡建设厅
345	桩头套管整体切除工法	中铁建工集团有限公司	山东省住房和城乡建设厅
346	钢结构屋面热塑性聚烯烃类（TPO）防水施工工法	中铁建工集团有限公司	山东省住房和城乡建设厅
347	高处作业吊篮无配重悬挂机构施工工法	中铁北京工程局集团有限公司 中铁北京工程局集团北京有限公司	山西省住房和城乡建设厅
348	高大仓顶锥壳旋转盘扣网架悬吊施工工法	中铁上海工程局集团第六工程有限公司 中铁上海工程局集团有限公司	云南省住房和城乡建设厅
349	桥梁水下系梁无围堰安装施工工法	中铁上海工程局集团有限公司 中铁上海工程局集团第六工程有限公司	云南省住房和城乡建设厅
350	柔性减胀生态护坡施工工法	中铁二院工程集团有限责任公司	四川省住房和城乡建设厅
351	隧道宽幅防水板施工工法	中铁二院工程集团有限责任公司	四川省住房和城乡建设厅
352	复杂岩质地层条件下地铁区间隧道 TBM 施工工法	中铁二院工程集团有限责任公司	四川省住房和城乡建设厅
353	浅埋隧道三叶螺旋钻长管幕施工工法	中铁二院工程集团有限责任公司	四川省住房和城乡建设厅
354	钢制框架内填石挡土墙施工工法	中铁二院工程集团有限责任公司	四川省住房和城乡建设厅
355	框架式抗滑桩施工工法	中铁二院工程集团有限责任公司	四川省住房和城乡建设厅
356	水泥火山灰碎石桩（CPG 桩）施工工法	中铁二院工程集团有限责任公司	四川省住房和城乡建设厅
357	复杂条件下大跨度暗挖地铁车站初支拱盖施工工法	中铁二院工程集团有限责任公司	四川省住房和城乡建设厅
358	基于探灌结合的铁路路基岩溶分序注浆施工工法	中铁二院工程集团有限责任公司	四川省住房和城乡建设厅
359	抗震包裹式加筋土挡墙施工工法	中铁二院工程集团有限责任公司	四川省住房和城乡建设厅

续表

序号	工法名称	开发单位	认定机构
360	预制＋现浇组合式面板包裹式加筋土挡墙施工工法	中铁二院工程集团有限责任公司	四川省住房和城乡建设厅
361	大断面瓦斯隧道钻场集中抽放煤层瓦斯施工工法	中铁二院工程集团有限责任公司	四川省住房和城乡建设厅
362	大断面铁路隧道煤与瓦斯突出危险性三步预测施工工法	中铁二院工程集团有限责任公司	四川省住房和城乡建设厅
363	空窗式锚网模筑混凝土护坡施工工法	中铁二院工程集团有限责任公司	四川省住房和城乡建设厅
364	h 型锚固桩施工工法	中铁二院工程集团有限责任公司	四川省住房和城乡建设厅
365	大跨桥梁无砟轨道伸缩调节器施工工法	中铁二院工程集团有限责任公司	四川省住房和城乡建设厅
366	软弱易滑地层隧道进洞施工工法	中铁二院工程集团有限责任公司	四川省住房和城乡建设厅
367	河网密布区吹砂结合包边土填筑路堤施工工法	中铁二院工程集团有限责任公司	四川省住房和城乡建设厅
368	大型组合梁整孔制作工法	中铁宝桥集团有限公司	中国公路建设行业协会
369	钻孔桩泥浆循环处理施工工法	中铁（山东）投资有限公司 青岛市市政管理处	山东省住房和城乡建设厅
370	城市地铁隧道异形内部结构混凝土台车施工工法	中铁（山东）投资有限公司	山东省住房和城乡建设厅
371	地铁拱盖法大断面开挖支护施工工法	中铁（山东）投资有限公司 中铁九局集团有限公司	山东省住房和城乡建设厅
372	城市地铁明挖车站格构柱施工工法	中铁（山东）投资有限公司 中铁八局集团昆明铁路建设有限公司	山东省住房和城乡建设厅
373	地铁深基坑 TRD 止水帷幕施工工法	青岛城建集团有限公司 中国中铁股份有限公司青岛地铁 1 号线土建一标项目总部	山东省住房和城乡建设厅
374	地铁深基坑防水卷材热熔爬焊施工工法	青岛城建集团有限公司 中国中铁股份有限公司青岛地铁 1 号线土建一标项目总部	山东省住房和城乡建设厅
375	地铁围护桩通长全护筒旋挖成桩施工工法	青岛城建集团有限公司 中国中铁股份有限公司青岛地铁 2 号线土建一标项目总部	山东省住房和城乡建设厅
376	城市地铁隧道光面爆破周边眼钻孔精度控制施工工法	中国中铁股份有限公司青岛地铁 1 号线土建一标项目总部	山东省住房和城乡建设厅
377	城市地铁车站可调式立柱模板施工工法	中国中铁股份有限公司青岛地铁 1 号线土建一标项目总部	山东省住房和城乡建设厅

制表人：黄佳强

表 10-6　**2018 年度中国中铁科技成果鉴定、评审项目目录**

序号	项目名称	完成单位	组织鉴定（评审）单位	成果评价	类别
1	铁路钢桁—槽型梁组合结构施工技术研究	中铁一局集团有限公司	四川省科学技术信息研究所	国内领先	评审
2	重庆地铁大跨度车站及区间隧道施工技术	中铁一局集团有限公司	四川省科学技术信息研究所	国际先进	评审
3	轻型薄壁全体外预应力箱梁节段预制拼装施工关键技术	中铁一局集团有限公司	四川省科学技术信息研究所	国内领先	评审
4	矩阵式可循环使用钢结构台座 CRTS Ⅲ型轨道板预制技术	中铁一局集团有限公司	中国公路建设行业协会	国际先进	评审
5	铁路预制梁场建设标准化设计及绿色智能技术的应用	中铁一局集团有限公司	中国公路学会	国内先进	评审

续表

序号	项目名称	完成单位	组织鉴定（评审）单位	成果评价	类别
6	BIM 技术在北京地铁轨道施工中的应用研究	中铁一局集团有限公司	中国公路建设行业协会	国内领先	评审
7	时速 200km 及以上有砟轨道精调整理新技术应用研究	中铁一局集团有限公司	中国公路建设行业协会	国际先进	评审
8	城市轨道交通新型有轨电车轨道施工综合技术及预算定额研究	中铁一局集团有限公司	中国公路建设行业协会	国内领先	评审
9	南宁轨道交通深基坑安全风险控制和关键施工技术	中铁一局集团有限公司	中国中铁股份有限公司	国内领先	评审
10	北京地铁长距离富水砂卵石地层盾构隧道施工技术	中铁一局集团有限公司	安徽省科技成果转化服务中心	国内领先	评审
11	山岭重丘区高速铁路移动模架现浇梁和高墩大跨连续刚构施工技术	中铁一局集团有限公司	安徽省科技成果转化服务中心	国内领先	评审
12	米仓山特长公路隧道硫化氢及岩爆防治关键施工技术	中铁一局集团有限公司	安徽省科技成果转化服务中心	国内领先	评审
13	接触网无轨测量关键技术研究	中铁一局集团有限公司	安徽省科技成果转化服务中心	国内领先	评审
14	MTC3082-12 型单线隧道矩形框架台车研制	中铁一局集团有限公司	安徽省科技成果转化服务中心	国内领先	评审
15	城市复杂交通条件下桥梁拆除施工技术研究	中铁二局集团有限公司	安徽省科技成果转化服务中心	国内领先	评审
16	复杂环境浅埋大跨地铁车站暗挖施工关键技术研究	中铁二局集团有限公司	中国爆破行业协科技成果评价中心	国内领先	评审
17	高承压水粉细砂地层超深地铁车站盖挖逆作快速施工关键技术	中铁二局集团有限公司	四川省科学技术信息研究所、四川省科技情报学会	国内领先	评审
18	城市轨道大跨度平曲线连续刚构拱桥施工技术	中铁二局集团有限公司	四川省科学技术信息研究所、四川省科技情报学会	国内领先	评审
19	城市高架连续刚构桥节段预制拼装绿色施工技术	中铁二局集团有限公司	湖南省建筑科学研究院	国际先进	评审
20	高铁站场现浇梁高支架群信息化技术应用研究	中铁三局集团有限公司	湖南省建筑科学研究院	国内领先	评审
21	内插装配式预制混凝土方桩新型复合基坑围护结构施工技术	中铁三局集团有限公司	中国铁道学会	国际先进	评审
22	跨高铁 800m 半径 PC 连续箱梁顶推施工关键技术	中铁三局集团有限公司	河南省科技咨询业协会	国内先进	评审
23	市域铁路支架现浇箱梁施工关键技术研究	中铁三局集团有限公司	中国公路建设行业协会	国内先进	评审
24	城市轨道交通复杂工况下特殊结构道床综合施工技术研究	中铁三局集团有限公司	广东国评科技成果评价有限公司	国内领先	评审
25	含钙质胶结层粉土粉砂地层大跨度车站下穿隧道及盾构施工技术研究	中铁三局集团有限公司	广东国评科技成果评价有限公司	国内领先	评审
26	大坡度复杂地质条件土压平衡盾构超近距离穿越建构筑物综合技术研究	中铁三局集团有限公司	广东国评科技成果评价有限公司	国际先进	评审
27	跨多条营业线连续梁支架现浇墩顶转体与悬臂浇筑组合施工技术	中铁三局集团有限公司	广东国评科技成果评价有限公司	国内领先	评审
28	全体外预应力宽幅薄壁箱梁节段预制及架设施工关键技术研究	中铁三局集团有限公司	广东国评科技成果评价有限公司	国际先进	评审
29	彩色夜光涂层在桥梁防撞墙工程中的应用研究	中铁三局集团有限公司	中国电力企业联合会	国内领先	评审
30	大型铁路工程综合配套绿色施工技术	中铁三局集团有限公司	中国电力企业联合会	国内领先	评审

续表

序号	项目名称	完成单位	组织鉴定（评审）单位	成果评价	类别
31	寒冷地区高速铁路 CRTS Ⅲ型板式无砟轨道综合施工技术研究	中铁三局集团有限公司	广东省建筑业协会	国内领先	评审
32	多跨度大坡度小半径 400t 整孔箱梁架设关键技术研究	中铁三局集团有限公司	广东省建筑业协会	国内先进	评审
33	地铁隧道下穿高铁线路及特大型地铁换乘站与高铁互通换乘综合施工技术研究	中铁三局集团有限公司	广东省建筑业协会	国际先进	评审
34	第四纪松散沉积地层换乘车站深大基坑施工技术研究	中铁三局集团有限公司	广东省建筑业协会	国内领先	评审
35	时速 350km 高速铁路路基施工综合技术研究	中铁三局集团有限公司	山西省住房和城乡建设厅	国内先进	评审
36	山城不等跨变截面梁移动模架综合施工技术研究	中铁三局集团有限公司	四川省科学技术信息研究所	国内先进	评审
37	连续梁液压走行下承式挂篮快速施工技术研究	中铁三局集团有限公司	四川省科学技术信息研究所	国内领先	评审
38	湿陷性黄土山岭重丘区穿越窑洞密集区桥梁综合施工技术研究	中铁三局集团有限公司	四川省科学技术信息研究所	国内领先	评审
39	断面可调式大净空衬砌台车施工技术研究	中铁四局集团有限公司	四川省科学技术信息研究所	国际先进	评审
40	高速铁路 CRTS Ⅲ型无砟轨道板矩阵式台座法预制关键技术研究	中铁四局集团有限公司	四川省科学技术信息研究所	国际先进	评审
41	CRTS Ⅲ型无砟轨道板外形快速智能检测技术研究	中铁四局集团有限公司	四川省科学技术信息研究所	国际先进	评审
42	铁路东风 4 型内燃机车改为公路运输相关技术研究	中铁四局集团有限公司	四川省科学技术信息研究所	国内先进	评审
43	波形钢腹板变截面 PC 组合箱梁桥施工技术研究	中铁四局集团有限公司	四川省科学技术信息研究所	国内先进	评审
44	复杂环境下浅埋暗挖岩层车站洞桩法施工关键技术	中铁四局集团有限公司	四川省科学技术信息研究所	国际先进	评审
45	黄河库区急流裸岩条件下低桩承台施工关键技术研究	中铁四局集团有限公司	四川省科学技术信息研究所	国际先进	评审
46	小角度跨越繁忙铁路干线盖板梁桥施工技术研究	中铁四局集团有限公司	四川省科学技术信息研究所	国内先进	评审
47	车辆段整体工程减震降噪测试研究与应用	中铁四局集团有限公司	天津市科学技术评价中心	国际先进	评审
48	CRTS Ⅲ型板式无砟轨道底座施工装备研制及施工工艺研究	中铁四局集团有限公司	天津市科学技术评价中心	国际先进	评审
49	现代有轨电车“四电”系统标准化施工技术研究	中铁四局集团有限公司	四川省科学技术信息研究所	国内领先	评审
50	超浅埋富水砂层矩形大断面车站管幕洞柱法施工关键技术研究	中铁四局集团有限公司	天津市高新技术成果转化中心	国际先进	评审
51	跨铁路营业线矮塔斜拉桥转体施工技术研究	中铁四局集团有限公司	天津市高新技术成果转化中心	国内领先	评审
52	大跨度双边箱钢—混组合梁斜拉桥施工技术研究	中铁四局集团有限公司	天津市科学技术评价中心	国内领先	评审
53	严寒地区季节性冻土路基施工技术研究	中铁四局集团有限公司	天津市高新技术成果转化中心	国内领先	评审
54	基于智能张拉系统的拱桥吊杆测控一体化施工技术研究	中铁四局集团有限公司	中国铁路总公司	国内领先	评审
55	小角度下穿高速公路浅埋暗挖矩形隧道施工综合技术研究	中铁四局集团有限公司	中国铁路总公司	国内领先	评审

续表

序号	项目名称	完成单位	组织鉴定（评审）单位	成果评价	类别
56	地铁明挖车站及盾构区间穿越锚索群关键施工技术研究	中铁四局集团有限公司	天津市城乡建设委员会	国际先进	评审
57	新型聚合物泥浆关键技术研究与产业化	中铁四局集团有限公司	湖北省技术交易所	国内领先	评审
58	高速铁路隧道瓦斯抽排揭煤防突成套施工技术研究	中铁五局集团有限公司	四川省科学技术信息研究所	国内领先	评审
59	重载铁路车站高填深挖路基施工技术研究	中铁五局集团有限公司	甘肃省科技发展促进中心	国内领先	评审
60	无碱无氯液体速凝剂在高铁隧道初支及修复加固中的应用与研究	中铁五局集团有限公司	中科合创（北京）科技成果评价中心	国内领先	评审
61	酷寒地区高速铁路隧道冬季施工配套技术研究	中铁五局集团有限公司	成都西南交大科技园管理有限责任公司	国内领先	评审
62	隧道有多个加宽值变截面A字形衬砌台车研制及衬砌技术研究	中铁五局集团有限公司	中国机械工业联合会	国内领先	评审
63	高陡边坡断层破碎带小净距半路半隧并行段施工技术研究	中铁五局集团有限公司	四川省科技信息研究所	国内先进	评审
64	高地应力挤压性软岩大变形隧道施工技术研究	中铁五局集团有限公司	四川省科技信息研究所	国内领先	评审
65	特长多导洞硫化氢高瓦斯隧道施工关键技术研究	中铁五局集团有限公司	四川省科技信息研究所	国际先进	评审
66	复杂环境铁路框架桥下穿运营高速铁路施工关键技术研究	中铁六局集团有限公司	四川省住房和城乡建设厅	国内领先	评审
67	古交至太原山区长距离大管径供热工程土建及安装施工技术研究	中铁六局集团有限公司	四川省住房和城乡建设厅	国内领先	评审
68	架桥机更换既有线T梁施工技术研究	中铁六局集团有限公司	四川省科学技术信息研究所	国内领先	评审
69	下穿时速350km京沪高速铁路、长桥体、大吨位、长顶程框构桥顶进施工关键技术研究	中铁六局集团有限公司	陕西省工业和信息化厅	国内领先	评审
70	城市中心区道路框架桥上穿运营地铁下穿运营铁路施工技术研究	中铁六局集团有限公司	陕西省工业和信息化厅	国内领先	评审
71	北京城区复杂环境下隧道工程微振动控制爆破技术研究与应用	中铁六局集团有限公司	中国中铁股份有限公司	国内先进	评审
72	超深特大断面车站近距离下穿既有地铁车站施工及设备安装技术研究	中铁六局集团有限公司	中国机械工程学会	国内领先	评审
73	尼尔森体系系杆拱桥施工阶段三维稳定性研究	中铁七局集团有限公司	云南省运输厅	国内先进	评审
74	土压平衡盾构机在全断面紧密富水砂层中穿越高铁道岔区的沉降控制技术	中铁七局集团有限公司	中国中铁股份有限公司	国际先进	评审
75	高速铁路三墩曲线梁桥转体施工中的不平衡问题及稳定性研究	中铁七局集团有限公司	中国中铁股份有限公司	国内领先	评审
76	跨越铁路营业线钢箱梁桥先顶推后转体施工技术研究	中铁七局集团有限公司	中国中铁股份有限公司	国内领先	评审
77	小半径曲线大跨度槽型梁转体施工技术研究	中铁七局集团有限公司	中国中铁股份有限公司	国内领先	评审
78	斜面花岗硬岩潜孔钻＋冲击钻＋双轮铣复合成槽技术研究	中铁七局集团有限公司	中国中铁股份有限公司	国内领先	评审
79	沉积漂卵石地层地铁联拱隧道暗挖台车施工技术研究	中铁七局集团有限公司	中国中铁股份有限公司	国内领先	评审
80	气动式张力补偿装置的研制及应用	中铁七局集团有限公司	中国中铁股份有限公司	国内先进	评审
81	合川涪江深水库区连续刚构拱桥施工综合技术研究	中铁八局集团有限公司	中国中铁股份有限公司	国际先进	评审

续表

序号	项目名称	完成单位	组织鉴定（评审）单位	成果评价	类别
82	城市轨道交通暗挖隧道下穿回填土区总体施工技术研究	中铁八局集团有限公司	中国中铁股份有限公司	国内领先	评审
83	跨既有线 33.5m 大宽幅高速公路桥转体施工关键技术	中铁八局集团有限公司	中国中铁股份有限公司	国内领先	评审
84	跨既有线地铁曲线连续梁大坡度顶推施工关键技术	中铁八局集团有限公司	中国中铁股份有限公司	国内领先	评审
85	大跨度高支架螺栓球钢结构网架施工技术研究	中铁八局集团有限公司	中国中铁股份有限公司	国内领先	评审
86	复合材料 SMC 电缆槽的研制	中铁八局集团有限公司	中国中铁股份有限公司	国内先进	评审
87	复杂地形条件下下穿既有铁路框架桥快速施工技术研究报告	中铁八局集团有限公司	中国中铁股份有限公司	国内领先	评审
88	滇西红层软岩地质特长大小断面铁路隧道悬臂掘进机施工技术研究	中铁八局集团有限公司	中国中铁股份有限公司	国际先进	评审
89	高速铁路桥面遮板无垫片预制工艺研究	中铁八局集团有限公司	中国中铁股份有限公司	国内先进	评审
90	摄影测量（数码相机）隧道监控量测技术研究	中铁八局集团有限公司	中国中铁股份有限公司	国际先进	评审
91	纵连架桥机拆除多孔桥梁关键技术研究	中铁八局集团有限公司	中国中铁股份有限公司	国内领先	评审
92	成都地铁综合施工技术研究	中铁八局集团有限公司	中国中铁股份有限公司	国内领先	评审
93	三舱大断面薄壁城市地下综合管廊预制与安装工艺研究	中铁八局集团有限公司	中国中铁股份有限公司	国内领先	评审
94	FBBR 工艺污水处理厂综合建造技术研究	中铁八局集团有限公司	中国中铁股份有限公司	国内领先	评审
95	基于 BIM 技术的数字化加工及安装在超大吨位转体斜拉桥施工中的应用研究	中铁九局集团有限公司	中国中铁股份有限公司	国际先进	评审
96	基于 BIM 技术的简支系杆拱桥顶推转体施工关键技术研究	中铁九局集团有限公司	中国中铁股份有限公司	国际先进	评审
97	BIM 技术在呼和浩特地铁中的应用	中铁九局集团有限公司	中国中铁股份有限公司	国内领先	评审
98	盾构顶推快速过站施工技术	中铁十局集团有限公司	中国中铁股份有限公司	国内先进	评审
99	地铁车站局部盖挖结合框架逆作法施工技术	中铁十局集团有限公司	中国中铁股份有限公司	国内先进	评审
100	傍山临江复杂环境既有电气化铁路棚洞施工关键技术	中铁十局集团有限公司	中国中铁股份有限公司	国内领先	评审
101	上海 S7 公路装配式桥墩综合施工技术研究	中铁十局集团有限公司	中国中铁股份有限公司	国内先进	评审
102	高灵敏性土层城市轨道交通地下车站深基坑土建施工关键技术研究	中铁十局集团有限公司	中国中铁股份有限公司	国内领先	评审
103	复杂隧道软弱围岩开挖支护技术研究	中铁十局集团有限公司	中国中铁股份有限公司	国内先进	评审
104	长春市亚泰大街双塔斜拉桥施工技术研究	中铁十局集团有限公司	中国中铁股份有限公司	国内先进	评审
105	临近既有线高路堑施工技术研究	中铁十局集团有限公司	中国中铁股份有限公司	国内领先	评审
106	下穿既有线大直径 TBM 顶管施工技术研究	中铁十局集团有限公司	中国中铁股份有限公司	国内先进	评审
107	装配式钢框架结构施工关键技术研究	中铁十局集团有限公司	中国中铁股份有限公司	国内先进	评审
108	高海拔高寒隧道综合施工技术研究	中铁十局集团有限公司	中国中铁股份有限公司	国内先进	评审
109	大跨度双层公铁两用系杆拱桥施工技术	中铁大桥局集团有限公司	中国中铁股份有限公司	国际先进	评审
110	BDS 及 GNSS 高程新技术在长大桥梁工程中的应用研究	中铁大桥局集团有限公司	中国中铁股份有限公司	国际先进	评审

续表

序号	项目名称	完成单位	组织鉴定（评审）单位	成果评价	类别
111	多孔简支拱形钢桁梁架设施工技术	中铁大桥局集团有限公司	中国中铁股份有限公司	国内领先	评审
112	空间交叉索面独塔斜拉桥快速施工技术	中铁大桥局集团有限公司	中国中铁股份有限公司	国内领先	评审
113	大跨度宽幅组合梁斜拉桥安装施工强迫位移控制技术	中铁大桥局集团有限公司	中国中铁股份有限公司	国内领先	评审
114	基于组合惯导技术的桥梁线形快速测试技术	中铁大桥局集团有限公司	中国中铁股份有限公司	国内领先	评审
115	铁路桥隧建筑物检养修大数据运用及状态评估研究	中铁大桥局集团有限公司	中国中铁股份有限公司	国际先进	评审
116	大跨径地锚式斜拉桥快速换索与旧索钢丝再利用技术	中铁大桥局集团有限公司	中国中铁股份有限公司	国内领先	评审
117	隧道施工通风智能化与信息化技术研究	中铁隧道局集团有限公司	中国中铁股份有限公司	国际先进	评审
118	接触网施工同步检测技术研究	中铁武汉电气化局集团有限公司	中国中铁股份有限公司	国内先进	评审
119	变电所送电检验装置研究	中铁武汉电气化局集团有限公司	中国中铁股份有限公司	国内先进	评审
120	高寒地区既有铁路新建电气化施工关键技术研究	中铁武汉电气化局集团有限公司	中国中铁股份有限公司	国内先进	评审
121	繁忙营业线跨线施工综合技术研究	中铁建工集团有限公司	中国中铁股份有限公司	国内领先	评审
122	城市轨道交通车站安装装修工程综合施工技术研究	中铁建工集团有限公司	中国中铁股份有限公司	国内先进	评审
123	重庆塔深大基坑综合施工技术研究	中铁建工集团有限公司	中国中铁股份有限公司	国内先进	评审
124	杭州南站 BIM 建模施工的技术研究与应用	中铁建工集团有限公司	中国中铁股份有限公司	国内先进	评审
125	全钢超高层建筑施工技术研究	中铁建工集团有限公司	中国中铁股份有限公司	国内领先	评审
126	钢框架—斜支撑结构施工竖向变形影响研究	中铁建工集团有限公司	中国中铁股份有限公司	国内领先	评审
127	新建重庆北站站房及相关工程综合施工技术	中铁建工集团有限公司	中国中铁股份有限公司	国内领先	评审
128	高原峡谷不对称、不等高、扣缆塔合一型缆索吊机建造技术	中铁广州工程局集团有限公司	中国中铁股份有限公司	国内领先	评审
129	高原强风河谷地形大吨位钢管拱节段提升下河吊机建造技术	中铁广州工程局集团有限公司	中国中铁股份有限公司	国内领先	评审
130	倾斜裸岩河床钢管砼拱桥拱肋及叠合梁安装关键技术	中铁广州工程局集团有限公司	中国中铁股份有限公司	国内领先	评审
131	深茂铁路大跨独塔双线斜拉桥钢箱梁架设技术研究	中铁广州工程局集团有限公司	中国中铁股份有限公司	国内领先	评审
132	提高长距离硬岩地层中盾构机掘进工效技术	中铁广州工程局集团有限公司	中国中铁股份有限公司	国内先进	评审
133	铁路隧道衬砌施工成套技术	中铁广州工程局集团有限公司	中国中铁股份有限公司	国内先进	评审
134	蒙华铁路大围山隧道高地应力软岩隧道关键技术研究	中铁广州工程局集团有限公司	中国中铁股份有限公司	国内先进	评审
135	库区深水隧道管道安装施工技术研究	中铁广州工程局集团有限公司	中国中铁股份有限公司	国内领先	评审
136	42m 跨变截面异型钢柱＋张弦桁架结构施工技术研究	中铁北京工程局集团有限公司	中国中铁股份有限公司	国内领先	评审
137	城市地下综合管廊快速施工技术研究	中铁北京工程局集团有限公司	中国中铁股份有限公司	国内领先	评审
138	城市地下综合管廊复杂施工深基坑工程支护技术研究	中铁北京工程局集团有限公司	中国中铁股份有限公司	国内先进	评审
139	长大坡度小半径曲线盾构隧道施工技术研究	中铁北京工程局集团有限公司	中国中铁股份有限公司	国内领先	评审

续表

序号	项目名称	完成单位	组织鉴定（评审）单位	成果评价	类别
140	综合管廊全断面智能建造关键技术研究	中铁上海工程局集团有限公司	中国中铁股份有限公司	国内领先	评审
141	行进过程自动变跨铺轨机技术研究	中铁上海工程局集团有限公司	中国中铁股份有限公司	国际先进	评审
142	公路桥梁装配化施工成套关键技术研究	中铁上海工程局集团有限公司	中国中铁股份有限公司	国际先进	评审
143	复杂地质条件城市高架桥下地铁车站建造关键技术	中铁上海工程局集团有限公司	中国中铁股份有限公司	国内先进	评审
144	基于BIM技术的重载铁路大跨度连续梁施工关键技术研究	中铁上海工程局集团有限公司	中国中铁股份有限公司	国内先进	评审
145	基于BIM技术的高层建筑群中绿色施工的应用研究	中铁上海工程局集团有限公司	中国中铁股份有限公司	国内先进	评审
146	水上现浇公路双幅箱梁侧模滑移施工技术研究	中铁上海工程局集团有限公司	中国中铁股份有限公司	国内领先	评审
147	长江低漫滩地区高灵敏深厚软土层地铁深基坑修建关键技术	中铁上海工程局集团有限公司	中国中铁股份有限公司	国内领先	评审
148	大跨度中承式钢箱拱桥深水裸岩主墩基础施工关键技术	中铁上海工程局集团有限公司	中国中铁股份有限公司	国内领先	评审
149	有轨电车轨道工程施工关键技术	中铁上海工程局集团有限公司	中国中铁股份有限公司	国内领先	评审
150	铁路明挖隧道型钢混凝土桩锚支护技术研究	中铁上海工程局集团有限公司	中国中铁股份有限公司	国内先进	评审
151	基于惯导三维激光扫描移动测量系统在铁路既有线测量中的应用研究	中铁二院工程集团有限责任公司	中国中铁股份有限公司	国际先进	评审
152	城市轨道交通高架线路振动与噪声控制关键技术研究及应用	中铁二院工程集团有限责任公司	中国中铁股份有限公司	国际先进	评审
153	高速运行下的城市轨道交通车地宽带无线通信系统研究	中铁二院工程集团有限责任公司	中国中铁股份有限公司	国内领先	评审
154	基于高程自动监测的铁路桥梁高度可调整支座研究	中铁二院工程集团有限责任公司	中国中铁股份有限公司	国际先进	评审
155	圆钢和矩形板式吊杆的风致振动与疲劳累积损伤研究	中铁二院工程集团有限责任公司	中国中铁股份有限公司	国际先进	评审
156	缓粘结预应力技术在铁路桥梁中的应用研究	中铁二院工程集团有限责任公司	中国中铁股份有限公司	国际先进	评审
157	悬挂式单轨交通车地综合无线通信系统关键技术及工程应用研究	中铁二院工程集团有限责任公司	中国中铁股份有限公司	国内领先	评审
158	大型空港客运枢纽综合交通集疏运布局研究	中铁二院工程集团有限责任公司	中国中铁股份有限公司	国内领先	评审
159	交流牵引供电系统接触网全线电气连续贯通式同相供电关键技术研究	中铁第六勘察设计院集团有限公司	中国中铁股份有限公司	国内领先	评审
160	客运专线用60kg/m钢轨12号无砟道岔及配套交叉渡线的研究	中铁工程设计咨询集团有限公司	中国中铁股份有限公司	国内领先	评审
161	城市轨道交通用60kg/m钢轨9号对称三开道岔技术研究	中铁工程设计咨询集团有限公司	中国中铁股份有限公司	国内领先	评审
162	“超前模筑初期支护法”设计施工研究	中铁工程设计咨询集团有限公司	中国中铁股份有限公司	国际先进	评审
163	LNG隧道关键技术研究	中铁工程设计咨询集团有限公司	中国中铁股份有限公司	国内领先	评审
164	跨座式单轨隧道结构设计技术	中铁工程设计咨询集团有限公司	中国中铁股份有限公司	国际先进	评审
165	复合材料填芯的V型钢质防撞梁合理构造研究与应用	中铁大桥勘测设计院集团有限公司	中国中铁股份有限公司	国际先进	评审

续表

序号	项目名称	完成单位	组织鉴定（评审）单位	成果评价	类别
166	混凝土箱梁牛腿改造新技术	中铁大桥勘测设计院集团有限公司	中国中铁股份有限公司	国内领先	评审
167	地铁车辆段上盖开发隔震技术研究	中铁华铁工程设计集团有限公司	中国中铁股份有限公司	国内领先	评审
168	悬挂单轨车辆检修工艺及工艺设备研究	中铁华铁工程设计集团有限公司	中国中铁股份有限公司	国内先进	评审
169	维护多年冻土路基热稳定的太阳能制冷新技术研究	中铁西北科学研究院有限公司	中国中铁股份有限公司	国际先进	评审
170	复杂地下结构开孔中隔墙及横通道气动效应设计参数优化研究	中铁西南科学研究院有限公司	中国中铁股份有限公司	国际先进	评审
171	组合板式复合抗滑结构研究	中铁西北科学研究院有限公司	中国中铁股份有限公司	国际先进	评审
172	高铁典型地段既有风沙防护措施评价及优化	中铁西北科学研究院有限公司	中国中铁股份有限公司	国际先进	评审
173	高海拔严寒地区长隧道防冻融技术研究	中铁西南科学研究院有限公司	中国中铁股份有限公司	国内领先	评审
174	无柱式大跨度暗挖地下车站结构设计研究与风险控制技术研究	中铁科学研究院有限公司	中国中铁股份有限公司	国内领先	评审
175	高锰钢尖轨关键制造技术研究	中铁高新工业股份有限公司	中国中铁股份有限公司	国内先进	评审
176	城市曲线箱型钢桥梁制造及安装技术	中铁高新工业股份有限公司	中国中铁股份有限公司	国内领先	评审
177	分离式开口组合梁建造精度控制技术	中铁高新工业股分有限公司	中国中铁股份有限公司	国内领先	评审
178	高强度钢焊接技术在现代钢桥梁上的应用研究	中铁高新工业股份有限公司	中国中铁股份有限公司	国际先进	评审
179	大曲率曲线桥梁节段拖拉施工技术	中铁高新工业股份有限公司	中国中铁股份有限公司	国内先进	评审
180	免基础集装箱式混凝土搅拌站的研制	中铁高新工业股份有限公司	中国中铁股份有限公司	国内领先	评审
181	充电机车载式超级电容智能工矿牵引机车	中铁高新工业股份有限公司	中国中铁股份有限公司	国内领先	评审
182	全断面岩石隧道掘进装备（TBM）自主设计制造关键技术及应用	中铁高新工业股份有限公司	中国中铁股份有限公司	国际先进	评审
183	CTR323 悬臂掘进机研究设计	中铁高新工业股份有限公司	中国中铁股份有限公司	国内领先	评审
184	TBM 专用混喷系统的研发	中铁高新工业股份有限公司	中国中铁股份有限公司	国际先进	评审
185	机械化建造装配式大型矩形断面地下工程综合技术研究	中铁高新工业股份有限公司	中国中铁股份有限公司	国际先进	评审
186	桥梁钢结构工厂精密测量技术研究	中铁高新工业股份有限公司	中国中铁股份有限公司	国际先进	评审
187	60E1 钢轨 36t 轴重铁路重载道岔产品开发	中铁高新工业股份有限公司	中国中铁股份有限公司	国内领先	评审
188	跨座式单轨关节型单开道岔研制	中铁高新工业股份有限公司	中国中铁股份有限公司	国内领先	评审
189	层状岩地层超大断面暗挖车站双层叠合初支拱盖法修建成套技术研究	中铁开发投资集团有限公司	中国中铁股份有限公司	国际先进	评审
190	城市地铁混凝土结构抗渗性及耐久性关键技术研究	中铁开发投资集团有限公司	中国中铁股份有限公司	国内领先	评审
191	重庆北新建地铁站与既有站四站交叉换乘修建技术	中铁开发投资集团有限公司	中国中铁股份有限公司	国际先进	评审
192	重庆地铁区间矿山法隧道穿越富水未固结土石回填地层关键技术优化研究	中铁开发投资集团有限公司	中国中铁股份有限公司	国际先进	评审
193	往复冲击动载作用下层状岩地层 TBM 近接施工关键技术	中铁开发投资集团有限公司	中国中铁股份有限公司	国际先进	评审
194	重庆地区富水浅埋扁平超大断面隧道修建关键技术研究	中铁开发投资集团有限公司	中国中铁股份有限公司	国际先进	评审
195	城市轨道交通新能源轨道铺设机研制	中铁一局集团有限公司	中国中铁股份有限公司	国际先进	评审
196	无人机 +BIM 助力施工现场管理技术研究	中铁一局集团有限公司	中国中铁股份有限公司	国内领先	评审

续表

序号	项目名称	完成单位	组织鉴定（评审）单位	成果评价	类别
197	饱和软黄土地层浅埋地铁暗挖车站下穿西安火车站施工关键技术	中铁一局集团有限公司	中国中铁股份有限公司	国际领先	评审
198	大吨位（35m/850t）非对称整孔箱梁制运架施工技术及关键设备	中铁二局集团有限公司	中国中铁股份有限公司	国际领先	评审
199	架桥机信息化管理云平台研发	中铁三局集团有限公司	中国中铁股份有限公司	国内领先	评审
200	膨胀土地区高路堑铁路路基施工技术研究	中铁三局集团有限公司	中国中铁股份有限公司	国内领先	评审
201	F2 赛车场综合施工技术研究	中铁四局集团有限公司	中国中铁股份有限公司	国际领先	评审
202	横跨繁忙铁路简支桁架梁桥架设关键技术研究	中铁四局集团有限公司	中国中铁股份有限公司	国内领先	评审
203	铁路有砟无砟轨道铺设一体式牵引车研制	中铁四局集团有限公司	中国中铁股份有限公司	国际先进	评审
204	基于围岩扰动效应与荷载演变特征的超大扁平公路隧道施工关键技术研究评审证书	中铁四局集团有限公司	中国中铁股份有限公司	国际领先	评审
205	城市轨道交通胶轮路轨 APM 核心机电供电系统施工技术研究	中铁四局集团有限公司	中国中铁股份有限公司	国际先进	评审
206	智能全站仪与 GPS 协同 BIM 技术在建筑施工测量领域的应用研究	中铁四局集团有限公司	中国中铁股份有限公司	国际领先	评审
207	重载铁路风沙路基填筑施工技术研究	中铁四局集团有限公司	中国中铁股份有限公司	国际先进	评审
208	山区 CRTS Ⅰ型双块式无砟轨道及长枕埋入式道岔关键施工技术	中铁五局集团有限公司	中国中铁股份有限公司	国际先进	评审
209	高速铁路 CRTS Ⅱ型板式无砟轨道伤损机理与修复关键技术——实尺试验研究	中铁六局集团有限公司	中国中铁股份有限公司	国际先进	评审
210	自行式整体膺架法在现浇梁施工中的研究与应用	中铁七局集团有限公司	中国中铁股份有限公司	国际先进	评审
211	利用既有分体式 900t 运架设备技术升级再造为 900t 无导梁式运架一体机技术研究	中铁七局集团有限公司	中国中铁股份有限公司	国际先进	评审
212	非对称悬浇大跨度宽幅波形钢腹板 PC 箱梁施工技术研究	中铁七局集团有限公司	中国中铁股份有限公司	国际先进	评审
213	蒙华铁路黄土隧道 511 成套化机械设备和工法配合施工组织技术研究	中铁七局集团有限公司	中国中铁股份有限公司	国际先进	评审
214	道床 SMC 独立式应急疏散平台的研制	中铁八局集团有限公司	中国中铁股份有限公司	国际先进	评审
215	CRTS Ⅲ型先张法预应力轨道板智能自动生产线设计关键技术研究	中铁九局集团有限公司	中国中铁股份有限公司	国际领先	评审
216	基于 Autodesk 的路桥隧精确建模及临时结构分析一体化系统研发及应用	中铁九局集团有限公司	中国中铁股份有限公司	国内先进	评审
217	广东湿热地区长寿命沥青路面设计及施工成套技术	中铁十局集团有限公司	中国中铁股份有限公司	国际领先	评审
218	蒙华铁路洞庭湖特大桥建造关键技术	中铁大桥局集团有限公司	中国中铁股份有限公司	国际领先	评审
219	沪通长江大桥主航道桥沉井基础施工关键技术	中铁大桥局集团有限公司	中国中铁股份有限公司	国际领先	评审
220	芜湖长江公路二桥施工关键技术的研究及应用	中铁大桥局集团有限公司	中国中铁股份有限公司	国际先进	评审
221	铁路隧道渗漏水治理措施研究	中铁隧道局集团有限公司	中国中铁股份有限公司	国际先进	评审
222	盾构施工远程信息化管理关键技术研究	盾构及掘进技术国家重点实验室	中国中铁股份有限公司	国际领先	评审
223	盾构设备综合故障诊断关键技术研究	盾构及掘进技术国家重点实验室	中国中铁股份有限公司	国际先进	评审

续表

序号	项目名称	完成单位	组织鉴定（评审）单位	成果评价	类别
224	城市轨道交通数据管理平台研究	中铁电气化局集团有限公司	中国中铁股份有限公司	国际先进	评审
225	复合地层盾构空舱掘进施工关键技术与围岩稳定性控制研究	中铁电气化局集团有限公司	中国中铁股份有限公司	国际先进	评审
226	超高层建筑部分关键技术研究	中铁建工集团有限公司	中国中铁股份有限公司	国内先进	评审
227	中丹科研教育中心工程绿色建筑节能技术研究	中铁建工集团有限公司	中国中铁股份有限公司	国内领先	评审
228	BIM 技术在提升城市交通工程信息化管理中的综合研究	中铁北京工程局集团有限公司	中国中铁股份有限公司	国内先进	评审
229	BIM 技术在城市轨道工程施工实时管理应用的研究	中铁北京工程局集团有限公司	中国中铁股份有限公司	国内先进	评审
230	空间扭转钢主塔反对称公路斜拉桥建造关键技术研究	中铁上海工程局集团有限公司	中国中铁股份有限公司	国际先进	评审
231	全断面钢轨焊缝打磨成套设备的研制与应用	中铁上海工程局集团有限公司	中国中铁股份有限公司	国际先进	评审
232	林织铁路纳界河特大桥 352m 上承式钢桁拱桥关键技术研究	中铁二院工程集团有限责任公司	中国中铁股份有限公司	国际先进	评审
233	川藏铁路深切峡谷桥址区脉动风特性研究	中铁二院工程集团有限责任公司	中国中铁股份有限公司	国际领先	评审
234	悬挂式单轨交通系统限界研究	中铁二院工程集团有限责任公司	中国中铁股份有限公司	国际先进	评审
235	铁路复合地基成桩过程质量信息化技术研究	中铁二院工程集团有限责任公司	中国中铁股份有限公司	国内领先	评审
236	现代铁路客站客运无线通信系统关键技术与工程应用研究	中铁二院工程集团有限责任公司	中国中铁股份有限公司	国际领先	评审
237	高速铁路地震预警监测系统	中铁二院工程集团有限责任公司	中国中铁股份有限公司	国际领先	评审
238	长大铁路跨海隧道工程方案及关键技术研究	中铁第六勘察设计院集团有限公司	中国中铁股份有限公司	国际先进	评审
239	轨道惯性导航动态测量系统	中铁工程设计咨询集团有限公司	中国中铁股份有限公司	国际领先	评审
240	城市轨道交通用预制钢弹簧浮置板轨道技术研究	中铁工程设计咨询集团有限公司	中国中铁股份有限公司	国际先进	评审
241	铁路隧道基底加固标准及措施	中铁工程设计咨询集团有限公司	中国中铁股份有限公司	国内领先	评审
242	智能式压力试验机	中铁工程设计咨询集团有限公司	中国中铁股份有限公司	国际先进	评审
243	跨海桥隧工程高精度测量基准建设与应用	中铁大桥勘测设计院集团有限公司	中国中铁股份有限公司	国际领先	评审
244	无人驾驶地铁车辆检修安全管理系统研究	中铁华铁工程设计集团有限公司	中国中铁股份有限公司	国内领先	评审
245	大厚度黄土湿陷特性及其测试评价新方法研究	中铁西北科学研究院有限公司	中国中铁股份有限公司	国际领先	评审
246	利用地热能的寒区隧道及洞口路面防冻保温系统研究	中铁西南科学研究院有限公司	中国中铁股份有限公司	国际先进	评审
247	超前地质预报信息化管理平台研发	中铁西南科学研究院有限公司	中国中铁股份有限公司	国内领先	评审
248	基于 BIM 的桥梁运营期长期健康监测系统研究	中铁西南科学研究院有限公司	中国中铁股份有限公司	国际先进	评审
249	高位陡倾堆积体滑坡半坡桩支挡作用机理及应用研究	中铁西南科学研究院有限公司	中国中铁股份有限公司	国际先进	评审
250	悬挂式单轨轨道技术研究与应用	中铁高新工业股份有限公司	中国中铁股份有限公司	国际先进	评审
251	跨海大桥双幅大吨位箱梁架运成套设备	中铁高新工业股份有限公司	中国中铁股份有限公司	国际领先	评审

续表

序号	项目名称	完成单位	组织鉴定（评审）单位	成果评价	类别
252	12m 大直径土压平衡盾构机研制	中铁高新工业股份有限公司	中国中铁股份有限公司	国际领先	评审
253	隧道联络通道用盾构机及其掘进工法研究及应用	中铁高新工业股份有限公司	中国中铁股份有限公司	国际先进	评审
254	变断面无刀盘明挖盾构机关键技术研究	中铁高新工业股份有限公司	中国中铁股份有限公司	国际先进	评审
255	沪通长江大桥整体桁架节段模块化拼装制造技术	中铁高新工业股份有限公司	中国中铁股份有限公司	国际先进	评审
256	山地城市轨道交通暗挖隧道长距离穿越深回填土区施工关键技术研究	中铁开发投资集团有限公司	中国中铁股份有限公司	国际先进	评审
257	中国中铁电子采购供应协同平台	中铁物贸集团有限公司	中国中铁股份有限公司	国际先进	评审
258	中国中铁工程项目物资管理系统	中铁物贸集团有限公司	中国中铁股份有限公司	国内领先	评审
259	中国中铁采购电子商务企业数据融合平台	中铁物贸集团有限公司	中国中铁股份有限公司	国际先进	评审
260	中国中铁招标中心远程开标系统开标大厅	中铁物贸集团有限公司	中国中铁股份有限公司	国内先进	评审
261	基于移动互联网的智能化实时动态运营管理综合平台	中石油铁工油品销售有限公司	中国中铁股份有限公司	国际领先	评审
262	超高层建筑—深基坑双向逆作的GIM-BIM 耦合模型及虚拟施工技术	中铁二局集团有限公司	中国中铁股份有限公司	缓评	评审
263	临近岸坡水中连续梁施工技术	中铁三局集团有限公司	中国中铁股份有限公司	缓评	评审
264	预制梁场测控一体智能张拉系统技术研究与开发	中铁四局集团有限公司	中国中铁股份有限公司	缓评	评审
265	地铁预制轨道板倒铺法施工技术研究	中铁五局集团有限公司	中国中铁股份有限公司	缓评	评审
266	BIM 技术在西安地铁 OCC 工程建筑中的应用研究	中铁上海工程局集团有限公司	中国中铁股份有限公司	缓评	评审
267	铁路大跨度上承式变截面提篮式钢桁拱桥建造关键技术	中铁二局工程有限公司 中铁二院工程集团有限责任公司	四川省科学技术信息研究所	国际领先	鉴定
268	三跨连续超宽曲线梁非对称外倾式钢箱拱桥施工技术	中铁二局工程有限公司 中铁二局集团第五工程有限公司	四川省科学技术信息研究所	国际领先	鉴定
269	复杂山区环境高墩小半径互通立交桥施工关键技术	中铁二局工程有限公司 中铁二局集团第四工程有限公司	四川省科学技术信息研究所	国际领先	鉴定
270	建筑物密集区超大断面城市隧道（群）施工关键技术	中铁三局集团有限公司 中铁三局集团桥隧工程有限公司	中国公路建设行业协会	国际先进	鉴定
271	全体外预应力宽幅薄壁箱梁节段预制及架设施工关键技术研究	中铁三局集团有限公司 中铁三局集团西北建设有限公司	中国公路学会	国际先进	鉴定
272	内插装配式预制混凝土方桩新型复合基坑围护结构施工技术	中铁三局集团有限公司 中铁三局集团第五工程有限公司	中国公路建设行业协会	国内领先	鉴定
273	路基附属工程机械化高效施工技术	中铁三局集团有限公司 中铁三局集团第五工程有限公司	中国公路建设行业协会	国际先进	鉴定
274	基于互联网＋的连续桥梁冬期施工及智能养生技术	中铁三局集团有限公司 中铁三局集团第五工程有限公司	中国公路建设行业协会	国际先进	鉴定
275	高铁站场现浇梁高支架群信息化技术应用研究	中铁三局集团有限公司 中铁三局集团第三工程有限公司	中国中铁股份有限公司	国内领先	鉴定

续表

序号	项目名称	完成单位	组织鉴定（评审）单位	成果评价	类别
276	铁路大跨度钢—混混合梁斜拉桥关键技术研究	中铁四局集团有限公司 中铁四局集团第二工程有限公司	安徽省科技成果转化服务中心	国际领先	鉴定
277	预制装配式住宅建筑设计及施工技术研究	中铁四局集团有限公司 中铁四局集团建筑工程有限公司 中铁四局集团有限公司设计研究院	安徽省科技成果转化服务中心	国际先进	鉴定
278	大跨度空间桁架结构累积滑移及整体异步落架关键技术研究	中铁四局集团有限公司 中铁四局集团钢结构建筑有限公司	安徽省科技成果转化服务中心	国际先进	鉴定
279	现代有轨电车“四电”系统标准化施工技术研究	中铁四局集团有限公司 中铁四局集团电气化工程有限公司	安徽省科技成果转化服务中心	国内领先	鉴定
280	城市轨道交通胶轮路轨 APM 核心机电供电系统施工技术研究	中铁四局集团有限公司 中铁四局集团电气化工程有限公司	安徽省科技成果转化服务中心	国内领先	鉴定
281	沙漠地区穿越无水砂层大口径长距深埋式钢筋混凝土顶管施工技术研究	中铁四局集团有限公司 中铁四局集团市政工程有限公司	安徽省科技成果转化服务中心	国际先进	鉴定
282	基于围岩爆破损伤与变形特征的大断面隧道快速掘进技术研究	中铁四局集团有限公司	中国爆破行业协科技成果评价中心	国际先进	鉴定
283	有害气体特长隧道智能通风系统研究	中铁五局集团有限公司 中铁五局集团成都工程有限责任公司	四川省科学技术信息研究所、四川省科技情报学会	国际先进	鉴定
284	油气瓦斯铁路隧道关键施工技术研究	中铁五局集团成都工程有限责任公司 中铁五局集团有限公司	四川省科学技术信息研究所、四川省科技情报学会	国际先进	鉴定
285	高海拔多年冻土区公路隧道、路基关键施工技术	中铁五局集团有限公司 中铁五局集团第五工程有限责任公司	湖南省建筑科学研究院	国际先进	鉴定
286	山区 CRTS Ⅰ型双块式无砟轨道及长枕埋入式道岔关键施工技术	中铁五局集团第五工程有限责任公司 中铁五局集团有限公司 中铁五局集团第六工程有限责任公司 中铁五局集团机械化工程有限责任公司	湖南省建筑科学研究院	国际领先	鉴定
287	城市轨道交通牵引供电安全及智能维护管控系统	中铁七局集团电务工程有限公司	中国铁道学会	国际领先	鉴定
288	国产盾构极限半径条件下始发技术研究	中铁七局集团第五工程有限公司	河南省科技咨询业协会	国内领先	鉴定
289	深水大落差基础施工技术	中铁大桥局集团有限公司 中铁大桥局集团第七工程有限公司	中国公路建设行业协会	国内先进	鉴定
290	隧道施工通风智能化与信息化技术研究	中铁隧道局集团有限公司 中铁隧道勘察设计研究院有限公司	广东国评科技成果评价有限公司	国际先进	鉴定
291	工程结构模拟试验平台研究	中铁隧道局集团有限公司 中铁隧道勘察设计研究院有限公司	广东国评科技成果评价有限公司	国内领先	鉴定
292	高磨蚀深埋地层刀具磨损研究	中铁隧道局集团有限公司 盾构及掘进技术国家重点实验室	广东国评科技成果评价有限公司	国际领先	鉴定

续表

序号	项目名称	完成单位	组织鉴定（评审）单位	成果评价	类别
293	大直径土压平衡盾构穿越湘江及地表复杂建（构）筑物施工关键技术研究	中铁隧道局集团有限公司 中铁隧道股份有限公司	广东国评科技成果评价有限公司	国内领先	鉴定
294	特长单线铁路隧道机械化配套应用研究	中铁隧道局集团有限公司 中铁隧道股份有限公司	广东国评科技成果评价有限公司	国内领先	鉴定
295	OD-ZNM-25000/55 智能化环保节能型自耦变压器	中铁电气工业有限公司 中国铁路设计集团有限公司 中铁电气化局集团京沈项目部	中国电力企业联合会	国际先进	鉴定
296	s-QY.ZN-（16000+16000）/110 智能牵引变压器	中铁电气工业有限公司	中国电力企业联合会	国际先进	鉴定
297	河谷陡峭边坡拱桥拱座基础施工技术	中铁广州工程局集团有限公司	广东省建筑业协会	国内领先	鉴定
298	峡谷倾斜裸岩深水高墩重型栈桥施工技术	中铁广州工程局集团有限公司	广东省建筑业协会	国内先进	鉴定
299	东南亚软弱围岩隧道施工关键技术研究	中铁广州工程局集团有限公司	广东省建筑业协会	国内先进	鉴定
300	沉箱提运关键施工技术研究	中铁广州工程局集团有限公司	广东省建筑业协会	国内先进	鉴定
301	高处作业吊篮无配重悬挂机构施工工法	中铁北京工程局集团有限公司 中铁北京工程局集团北京有限公司	山西省住房和城乡建设厅	国内领先	鉴定
302	重载铁路新型列车通信及控制系统关键技术及应用	中铁二院工程集团有限责任公司	四川省科学技术信息研究所	国际领先	鉴定
303	高速铁路虚拟环境与动力学选线设计平台研究	中铁二院工程集团有限责任公司	四川省科学技术信息研究所	国际先进	鉴定
304	中铁二院技术创新体系升级版工程	中铁二院工程集团有限责任公司	四川省科学技术信息研究所	国际先进	鉴定
305	牵引供电系统钢轨导体相关电气防护原理及技术研究	中铁二院工程集团有限责任公司	四川省科学技术信息研究所	国内领先	鉴定
306	高速铁路双边牵引供电系统方案研究	中铁二院工程集团有限责任公司	四川省科学技术信息研究所	国际先进	鉴定
307	基于 DOE（创新方法）的扣件系统 ω 弹条多参数优化研究	中铁二院工程集团有限责任公司	四川省科学技术信息研究所	国内领先	鉴定
308	重载铁路桥上无砟轨道动力特性及关键设计参数研究	中铁二院工程集团有限责任公司	四川省科学技术信息研究所	国内领先	鉴定
309	中低速磁浮车岔耦合振动控制与结构优化	中铁二院工程集团有限责任公司	四川省科学技术信息研究所	国际先进	鉴定
310	400km/h 高速铁路接触网系统关键技术方案研究	中铁二院工程集团有限责任公司	四川省科学技术信息研究所	国际领先	鉴定
311	严寒环境下接触网零部件的适应性研究	中铁二院工程集团有限责任公司	四川省科学技术信息研究所	国际领先	鉴定
312	双排桩基悬臂式挡土墙研究	中铁二院工程集团有限责任公司	四川省科学技术信息研究所	国际先进	鉴定
313	轨道交通牵引网工程信息模型技术	中铁电气化勘测设计研究院有限公司 天津中铁电气化设计研究院有限公司	天津市科学技术评价中心	国际先进	鉴定
314	牵引供电系统动静态数字化三维仿真建模系统	天津中铁电气化设计研究院有限公司 中铁电气化勘测设计研究院有限公司	天津市科学技术评价中心	国内领先	鉴定
315	高寒高烈度特长深埋铁路隧道设计关键技术	中铁第六勘察设计院集团有限公司	四川省科学技术信息研究所	国际先进	鉴定
316	长大隧道防火安全及通风节能关键技术研究	中铁第六勘察设计院集团有限公司	天津市高新技术成果转化中心	国际先进	鉴定

续表

序号	项目名称	完成单位	组织鉴定（评审）单位	成果评价	类别
317	内河沉管法隧道建设关键技术研究与应用	中铁第六勘察设计院集团有限公司 中铁隧道集团二处有限公司	天津市高新技术成果转化中心	国际领先	鉴定
318	刚性接触网不均匀磨耗研究	中铁电气化勘测设计研究院有限公司 天津中铁电气化设计研究院有限公司	天津市科学技术评价中心	国内领先	鉴定
319	高寒高烈度高地应力深埋长大隧道关键技术研究	中铁第六勘察设计院集团有限公司	天津市高新技术成果转化中心	国际先进	鉴定
320	重载铁路隧道结构设计与施工关键技术研究与应用	中铁工程设计咨询集团有限公司 中铁二院工程集团有限责任公司	中国铁路总公司	国际领先	鉴定
321	客用专线用60kg/m钢轨12号无砟道岔及配套交渡线的研究	中铁工程设计咨询集团有限公司	中国铁路总公司	国际先进	鉴定
322	装配式双向先张预应力轨道板系统研究	中铁工程设计咨询集团有限公司	天津市城乡建设委员会	国内领先	鉴定
323	大跨度悬索桥非线性分析的关键技术及软件开发	中铁大桥勘测设计院集团有限公司	湖北省技术交易所	国际先进	鉴定
324	CRTS Ⅲ型无砟轨道离缝伤损无损检测技术研究	中铁西南科学研究院有限公司	四川省科学技术信息研究所	国际先进	鉴定
325	山区机场高填方边坡变形机理和控制技术研究	中铁西北科学研究院有限公司	甘肃省科技发展促进中心	国际先进	鉴定
326	柔性支护结构应用技术深化研究	中铁西北科学研究院有限公司 中铁科学研究院有限公司	中科合创（北京）科技成果评价中心	国际先进	鉴定
327	盾构远程在线监测云平台	中铁工程服务有限公司	成都西南交大科技园管理有限责任公司	国内领先	鉴定
328	全断面岩石隧道装备（TBM）自主设计制造关键技术及应用	中铁工程装备集团有限公司 中铁隧道局集团有限公司	中国机械工业联合会	国际领先	鉴定

制表人：黄佳强

表 10–7　　**2018 年度中国中铁获授权发明专利目录**

序号	专利名称	专利号	权属单位
1	隧道排水沟施工方法	ZL 201510401426.2	中铁一局集团有限公司 中铁一局集团第四工程有限公司
2	基于下行式架桥机的节段拼装箱梁架设施工工艺	ZL 201610168340.4	中铁一局集团有限公司
3	基于垂直吊装系统的超大断面倾斜式单桩基础施工工艺	ZL 201610378782.1	中铁一局集团有限公司
4	一种地铁盾构施工通用环管片拼装点位确定方法	ZL 201610093860.3	中铁一局集团有限公司
5	一种大跨度缆索吊连续横移式施工方法	ZL 201610795101.3	中铁一局集团有限公司
6	盾构隧道管片超前量测量装置及方法	ZL 201510213435.9	中铁一局集团有限公司
7	组合式地铁车站衬砌模板台车	ZL 201410843152.8	中铁一局集团有限公司
8	盾构机滚刀动态检测装置	ZL 201610654074.6	中铁一局集团有限公司
9	超大断面倾斜式单桩基础开挖及出碴施工工艺	ZL 201610378846.8	中铁一局集团有限公司
10	一种富水深埋条件下盾构法隧道施工洞门封水方法	ZL 201510608239.1	中铁一局集团有限公司 中铁一局集团第四工程有限公司
11	液压全回转套管钻机	ZL 201610738234.5	中铁一局集团有限公司 中铁一局集团桥梁工程有限公司 中铁一局集团建筑安装工程有限公司
12	节段梁体外预应力锚垫板置换定位方法	ZL 201610793396.9	中铁一局集团有限公司 中铁一局集团桥梁工程有限公司

续表

序号	专利名称	专利号	权属单位
13	拼装机离线检测装置及检测方法	ZL 201610783467.7	中铁一局集团有限公司 中铁一局集团城市轨道交通工程有限公司
14	上软下硬地层地铁车站围护结构钻孔桩施工方法	ZL 201511022817.X	中铁一局集团有限公司 中铁一局集团有限公司广州分公司
15	超大断面大倾角隧道式桩基施工工艺	ZL 201610378904.7	中铁一局集团有限公司 中国中铁股份有限公司 中铁一局集团桥梁工程有限公司
16	一种中低速磁浮轨道用F型导轨精调标架	ZL 201710210424.4	中铁一局集团有限公司 中铁一局集团新运工程有限公司
17	盾构掘进式空推过地裂缝暗挖隧道施工方法	ZL 201610668406.6	中铁一局集团有限公司 中铁一局集团城市轨道交通工程有限公司
18	基于钻锤的钢护筒着床控制方法	ZL 201610790382.1	中铁一局集团有限公司 中铁一局集团桥梁工程有限公司
19	超大断面倾斜式单桩基础开挖及护壁施工工艺	ZL 201610378818.6	中铁一局集团有限公司 中铁一局集团桥梁工程有限公司
20	一种隧道施工中减少硫化氢气体排出量的方法	ZL 201610065089.9	中铁一局集团有限公司 中铁一局集团第四工程有限公司
21	含裂隙岩土地层预应力锚索注浆锚固施工方法	ZL 201610906137.2	中铁一局集团有限公司 中铁一局集团建筑安装工程有限公司
22	一种基于拱套拱的双连拱进洞施工方法	ZL 201710255154.9	中铁一局集团有限公司 中铁一局集团第二工程有限公司
23	预应力混凝土整孔预制箱梁梁上运梁模拟加载试验方法	ZL 201511029145.5	中铁二局集团有限公司 中铁二局集团新运工程有限公司
24	一种黄土地层隧道锁脚锚管竖向承载力试验方法	ZL 201610214876.5	中铁二局集团有限公司 中铁二局股份第四工程有限公司
25	一种既有线路区间整体插铺1/42道岔的施工方法	ZL 201510408590.6	中铁二局股份有限公司 中铁二局集团新运工程有限公司
26	双模式盾构机在长距离复合地层中模式转换方法	ZL 201510248995.8	中铁二局股份有限公司 中铁二局股份有限公司城通分公司
27	一种桥梁空心墩封顶施工工法	ZL 201610231696.8	中铁二局集团有限公司 中铁二局第一工程有限公司
28	一种强震后高原寒区隧道两侧松散体地层施工方法	ZL 201510717087.9	中铁二局集团有限公司 中铁二局第四工程有限公司
29	一种采用瞬变电磁法检测地下储备库水幕质量的方法	ZL 201410853544.2	中铁二局第二工程有限公司 成都中铁新瑞工程检测技术有限公司
30	一种基于BIM的火灾报警系统	ZL 201610460215.0	中铁二局集团勘测设计院有限责任公司
31	一种基于BIM的建筑照明系统	ZL 201610459314.7	中铁二局集团勘测设计院有限责任公司
32	一种基于物联网技术的加筋土挡墙内部应力检测系统	ZL 201610458193.4	中铁二局集团勘测设计院有限责任公司
33	利用BIM实现钢桁拱桥施工辅助设施的设计方法及装置	ZL 201510123011.3	中铁二局第五工程有限公司
34	利用BIM实现钢桁拱桥施工仿真的方法和装置	ZL 201510121832.3	中铁二局第五工程有限公司
35	一种利用BIM实现钢桁拱桥快速建模的方法及装置	ZL 201510121791.8	中铁二局第五工程有限公司
36	拱脚定位装置及其定位方法	ZL 201510996031.1	中铁二局集团有限公司 中铁二局第五工程有限公司
37	利用BIM实现钢桁拱桥梁的碰撞检测方法及装置	ZL 201510122811.3	中铁二局第五工程有限公司
38	基于永临结合理念的大直径自来水管安全防护施工方法	ZL 201610048957.2	中铁三局集团有限公司 中国中铁股份有限公司
39	一种现场多根钢筋回直调弧两用机	ZL 201510342321.4	中铁三局集团有限公司 中铁三局集团华东公司
40	辅助导梁式900t架桥机高位过提梁拱的施工方法	ZL 201611053994.9	中铁三局集团有限公司

续表

序号	专利名称	专利号	权属单位
41	基于自我调平反压装置的人工挖孔桩施工方法	ZL 201610572089.8	中铁三局集团有限公司 中铁三局集团三公司
42	全自动隧道端头模	ZL 201610205190.X	中铁三局集团有限公司 中铁三局集团五公司
43	多功能设备构件安装就位标尺	ZL 201510738967.4	中铁三局集团有限公司 中铁三局集团五公司
44	辅助导梁式 900t 架桥机低位过提梁拱的施工方法	ZL 201611054611.X	中铁三局集团有限公司
45	一种释放连续桥梁结构主梁温度轴力的构造	ZL 201510774146.6	中铁三局集团有限公司 中铁三局集团三公司 太原理工大学
46	一种地下管线探挖切割方法	ZL 201610534871.0	中铁三局集团有限公司 中铁三局集团广东公司
47	一种单洞双线隧道超欠挖测定方法	ZL 201511011424.9	中铁三局集团华东公司 中铁三局集团有限公司
48	车钩三态试验自动演示教学模具及其演示方法	ZL 201511006867.9	中铁三局集团有限公司 中铁三局集团有限公司运输工程分公司
49	对 CRTS Ⅲ型双向先张法预应力轨道板模板预拱度调整施工方法	ZL 201610659634.7	中铁三局集团有限公司
50	一种高铁无砟轨道线路快速修复的方法	ZL 201710160379.5	中铁三局集团有限公司 中铁三局集团五公司
51	高铁无砟轨道路基防排水维修方法	ZL 201710161068 1	中铁三局集团有限公司
52	高架站单双线箱梁架设施工方法	ZL 201710339574.5	中铁三局集团线桥公司 中铁三局集团有限公司
53	一种适用于倾斜坚硬岩石地段地下连续墙施工方法	ZL 201510247853.X	中铁三局集团有限公司 中铁三局集团广东公司
54	管片吊装孔抗拉拔动态试验方法及试验装置	ZL 201510323571.3	中铁三局集团有限公司 中铁三局集团二公司
55	一种直墙混凝土的浇筑施工方法	ZL 201610241206.2	中铁四局集团有限公司
56	一种 CRTS Ⅲ型板自密实混凝土专用黏度改性材料	ZL 201510131323.9	中铁四局集团有限公司
57	超高索塔大跨度上横梁牛腿钢桁支架施工方法	ZL 201510710052.2	中铁四局集团有限公司
58	城市轨道交通长枕式钢弹簧浮置板道床道岔施工方法	ZL 201510822596.8	中铁四局集团有限公司
59	一种深水构筑物增设大型闸门的快速施工方法	ZL 201610103554.3	中铁四局集团有限公司
60	用于列车清洗时稳定性构件及制作方法	ZL 201610150740.2	中铁四局集团有限公司
61	一种采用凸型刮尺控制混凝土面负高程的施工方法	ZL 201610243584.4	中铁四局集团有限公司
62	一种连续急弯沥青路面的施工方法	ZL 201610280888.8	中铁四局集团有限公司
63	隧道二衬钢筋骨架施工装备及其应用	ZL 201610280847.9	中铁四局集团有限公司
64	超浅埋湿陷性黄土隧道地基水泥土挤密桩加固结构及施工方法	ZL 201610473303.4	中铁四局集团有限公司
65	一种高速铁路板式无砟轨道板的混凝土专用复合掺合料	ZL 201610539831.5	中铁四局集团有限公司
66	一种用于厂房屋面板运输与安装的设备	ZL 201610578604.3	中铁四局集团有限公司
67	一种地铁车辆段梁板混凝土结构的滑模施工方法	ZL 201610695829.7	中铁四局集团有限公司
68	地铁道床钢筋笼悬吊式绑扎胎具及其应用	ZL 201610742379.2	中铁四局集团有限公司
69	钢锚梁吊具及其使用方法	ZL 201610794099.6	中铁四局集团有限公司
70	一种新型钢桁梁桥道砟槽板高效安装方法	ZL 201710146013.3	中铁四局集团有限公司
71	一种基坑悬挂通道装置	ZL 201711415951.5	中铁四局集团有限公司
72	一种低温季节墩柱混凝土保温养生设备	ZL 201610828730.X	中铁四局集团有限公司
73	加强箍自动焊接弯圆机	ZL 201610940565.7	中铁四局集团有限公司

续表

序号	专利名称	专利号	权属单位
74	一种施工电梯附着与塔吊的连接装置	ZL 201610721284.2	中铁五局集团有限公司 中铁贵州旅游文化发展有限公司 中铁五局集团路桥工程有限责任公司
75	一种铁路移动式起道标高尺	ZL 201610187859.7	中铁五局集团有限公司 中铁五局集团第六工程有限责任公司
76	一种铺轨机自动刹车铁鞋	ZL 201610187874.1	中铁五局集团有限公司 中铁五局集团第六工程有限责任公司
77	大型履带起重机吊装上跨铁路桥箱梁施工方法	ZL 201711343658.2	中铁六局集团有限公司 中铁六局集团太原铁路建设有限公司
78	复杂既有铁路线下涵洞顶进过程中的线路加固结构	ZL 201510739691.1	中铁六局集团有限公司 中铁六局集团石家庄铁路建设有限公司
79	管幕支护顶推施工中箱体外跟进注入触变泥浆施工方法	ZL 201610812808.9	中铁六局集团有限公司 中铁六局集团石家庄铁路建设有限公司
80	分体始发盾构机及临时出渣系统	ZL 201610238639.2	中铁六局集团有限公司 中铁六局集团有限公司交通工程分公司
81	低温环境道岔放散锁定的施工方法	ZL 201610266617.7	中铁六局集团有限公司 中铁六局集团呼和浩特铁路建设有限公司
82	一种铁路调车用驼峰线加固施工方法	ZL 201610981902.7	中铁六局集团有限公司 中铁六局集团天津铁路建设有限公司
83	一种接触网杆改移方法	ZL 201610644902.8	中铁六局集团有限公司 中铁六局集团天津铁路建设有限公司
84	一种驼峰线下顶进箱体的施工方法	ZL 201710822281.2	中铁六局集团有限公司 中铁六局集团天津铁路建设有限公司
85	用于调整框架桥上箱体顶进高差的方法	ZL 201710822647.6	中铁六局集团有限公司 中铁六局集团天津铁路建设有限公司
86	一种人工挖孔桩的成孔施工方法	ZL 201710450746.6	中铁六局集团有限公司 中铁六局集团天津铁路建设有限公司
87	一种转体球铰及滑道骨架辅助安装工具及其施工方法	ZL 201710199914.9	中铁六局集团有限公司 中铁六局集团北京铁路建设有限公司
88	采用桩撑支护体系的明挖装配整体式结构地铁站施工方法	ZL 201610528579.8	中铁六局集团有限公司 中铁六局集团北京铁路建设有限公司
89	拼装车站预制侧墙拼装施工缝的防水方法	ZL 201710720360.2	中铁六局集团有限公司 中铁六局集团北京铁路建设有限公司
90	地铁暗挖区间正线装配式二衬的施工方法	ZL 201710241934.8	中铁六局集团有限公司 中铁六局集团北京铁路建设有限公司
91	一种地铁车站预制侧墙与底部基础灌浆连接施工方法	ZL 201610842370.9	中铁六局集团有限公司 中铁六局集团北京铁路建设有限公司
92	2209 梁翼缘板现浇施工工法	ZL 201610713928.3	中铁六局集团有限公司 中铁六局集团丰桥桥梁有限公司
93	一种防水材料喷涂台车及喷涂方法	ZL 201710282484.7	中铁六局集团有限公司 中铁丰桥桥梁有限公司
94	梯形轨枕预制施工装置及方法	ZL 201610609302.8	中铁六局集团有限公司 中铁丰桥桥梁有限公司
95	应用 BIM 技术的 DJ180 架桥机隧道口架梁模拟施工方法	ZL 2017102878917	中铁六局集团有限公司 中铁六局集团丰桥桥梁有限公司
96	双柱墩和中系梁桁架整体移动施工方法	ZL 201611226934.2	中铁六局集团有限公司 中铁六局集团路桥建设有限公司
97	一种铁路道岔铺设机组	ZL 201610742505.4	中铁七局集团第一工程有限公司
98	一种高架桥施工用钢筋结构及其紧固方法	ZL 201710101046.6	中铁七局集团第三工程有限公司
99	一种基于铁索应用开发的高架桥施工用养护装置	ZL 201710100749.7	中铁七局集团第三工程有限公司
100	一种采用自行式整体膺架法进行现浇梁施工装置	ZL 201710250577.1	中铁七局集团第三工程有限公司
101	深埋大直径废弃污水管道的封堵方法	ZL 201610203200.6	中铁七局集团第五工程有限公司

续表

序号	专利名称	专利号	权属单位
102	冲孔桩卡钻处理装置及方法	ZL 201510903203.6	中铁七局集团武汉工程有限公司
103	一种桥梁下垂加固装置及其施工方法	ZL 201710043332.1	中铁七局集团武汉工程有限公司
104	站房风雨棚大跨度桥架	ZL 201610723175.4	中铁八局集团建筑工程有限公司
105	一种大吨位铁路单线简支槽型梁跨铁路捆绑式吊装的装置	ZL 201710551423.6	中铁九局集团第二工程有限公司
106	适用于高速铁路无砟轨道板钢筋笼自定位绑扎工装	ZL 201611113649.X	中铁九局集团有限公司 烟台中科蓝德数控技术有限公司
107	适用于高速铁路无砟轨道板钢筋笼张拉杆自动安装锁紧机器人	ZL 201611113621.6	中铁九局集团有限公司 烟台中科蓝德数控技术有限公司
108	一种桥梁施工方法	ZL 201711445016.3	中铁九局集团第二工程有限公司 中铁九局集团有限公司 湖南大学 长吉城际铁路有限责任公司
109	混凝土结构物落梁用托架装置及利用其落梁施工方法	ZL 201721710163.11	中铁十局集团有限公司
110	上跨既有铁路防护支架施工中的钢立柱的吊装施工方法	ZL 201721710163.12	中铁十局集团有限公司
111	上跨既有铁路防护支架施工中的钢立柱的吊装施工方法	ZL 201721710163.13	中铁十局集团有限公司
112	一种聚羧酸系减水剂及其制备方法	ZL 201510283712.3	中铁十局集团有限公司
113	一种盖梁可快速调节支架及其施工方法	ZL 201610310112.6	中铁十局集团有限公司
114	现浇梁底贝雷片拆除技术	ZL 201710380982.5	中铁十局集团有限公司
115	一种现浇箱梁通气孔加固方法	ZL 201710380980.6	中铁十局集团有限公司
116	一种铁路简支箱梁大坡度架设施工方法	ZL 201611252695.2	中铁十局集团有限公司
117	超大型集束多边形煤仓群多功能隔离施工平台及施工方法	ZL 201610953479.X	中铁十局集团有限公司
118	超大型集束多边形煤仓群的圆锥体钢煤斗安装用平台	ZL 201610953481.7	中铁十局集团有限公司
119	一种外置式钢管虾米弯头下料放样器	ZL 201410342648.7	中铁十局集团有限公司
120	一种桥墩墩基开挖设备	ZL 201610124444.5	中铁十局集团有限公司
121	一种实现结构减震的摆式电涡流调谐质量阻尼器及方法	ZL 201510599764.1	中铁大桥科学研究院有限公司 中铁大桥局集团有限公司
122	用于岩石地层低桩承台的植桩围堰平台一体化施工方法	ZL 201510735718.X	中铁大桥局集团有限公司 中铁大桥局集团第一工程有限公司
123	桥梁预制结构拼装连接的方法以及桥梁	ZL 201510893555.8	中铁大桥局上海工程有限公司 中铁大桥局集团有限公司
124	一种稀索斜拉桥索梁同步施工方法	ZL 201510976888.7	中铁大桥局集团有限公司
125	一种旋转式贴壁支撑架及装有该支撑架的施工通道	ZL 201510990409.7	中铁大桥局集团第二工程有限公司 中铁大桥局集团有限公司
126	一种斜置式桥梁抗震阻尼器及其参数优化方法	ZL 201510796428.6	中铁大桥科学研究院有限公司 中铁大桥局集团有限公司
127	一种超长大直径桩斜向插打多级导向支架	ZL 201610023744.4	中铁大桥局集团有限公司
128	一种桥梁箱梁内部自动检测装置及检测方法	ZL 201610222064.5	中铁大桥科学研究院有限公司 中铁大桥局集团有限公司
129	一种受控结构上竖向流固耦合调谐质量阻尼器及其调校方法	ZL 201610223224.8	中铁大桥科学研究院有限公司 中铁大桥局集团有限公司
130	用于公铁合建段公路箱梁的下行式移动模架及其使用方法	ZL 201610270384.8	中铁大桥局集团有限公司
131	一种重物浮吊止摆装置	ZL 201610285076.2	中铁大桥局集团有限公司
132	一种龙门吊机电缆线防拉断装置及自动控制系统	ZL 201610377007.4	中铁大桥局武汉桥梁特种技术有限公司 中铁大桥局集团有限公司

续表

序号	专利名称	专利号	权属单位
133	沉井的刃脚正下方土体水下爆破取土装置及其方法	ZL 201610391907.4	中铁大桥局集团有限公司
134	钻孔平台自调平安装的施工方法	ZL 201610472507.6	中铁大桥局集团有限公司
135	大节段钢桁梁的吊装方法	ZL 201610536386.7	中铁大桥局集团有限公司 中国中铁股份有限公司
136	钢筋笼的加工系统及钢筋笼的加工方法	ZL 201610614388.3	中铁大桥局集团第一工程有限公司 中铁大桥局集团有限公司
137	一种铁路槽梁提架一体化设备	ZL 201610638791.X	中铁大桥局集团有限公司
138	一种过桥管道的支撑装置及安装有该支撑装置的桥梁	ZL 201610645079.2	中铁大桥局集团有限公司
139	一种斜拉索梁端挂索设备	ZL 201610728738.9	中铁大桥局集团有限公司 中国中铁股份有限公司
140	一种钢栈桥快速施工方法	ZL 201610786361.2	中铁大桥局集团有限公司
141	一种悬索桥分段式猫道及其施工方法	ZL 201611055259.1	中铁大桥局集团有限公司
142	一种悬索桥吊索更换系统及更换悬索桥吊索的方法	ZL 201611058841.3	中铁大桥局武汉桥梁特种技术有限公司 中铁大桥局集团有限公司
143	含有鞍座的主塔吊装节段及桥梁主塔鞍座的施工方法	ZL 201611137030.2	中铁大桥局集团有限公司
144	一种自锚式斜拉桥无轴力中间铰偏移的校正方法	ZL 201710056465.2	中铁大桥局武汉桥梁特种技术有限公司 中铁大桥局集团有限公司
145	圆弧形墩帽施工用拱形支架组件及圆弧形墩帽施工方法	ZL 201710134025.4	中铁大桥局集团有限公司
146	用于延长正交异形桥面板钢箱梁桥梁寿命的管理养护方法	ZL 201410242542.X	中铁大桥科学研究院有限公司 中铁大桥局集团有限公司
147	滚刀复合磨蚀实验仪	ZL 201510649604.3	中铁隧道集团有限公司 盾构及掘进技术国家重点实验室
148	一种用于 TBM 的刀盘结构	ZL 201410346549.6	中铁隧道集团有限公司 盾构及掘进技术国家重点实验室
149	单护盾 TBM 平面滑行步进装置及其步进方法	ZL 201510332352.1	中铁隧道集团有限公司
150	一种防结泥饼的高效改良剂	ZL 201610910431.0	中铁隧道集团有限公司
151	一种砂卵石地层盾构专用渣土改良剂	ZL 201610910641.X	中铁隧道集团有限公司
152	一种压制地震面波的聚束滤波方法	ZL 201510059142.X	中铁隧道集团有限公司 中铁隧道集团科学技术研究院有限公司
153	一种基于电子雷管的超深大断面竖井一次性爆破成井方法	ZL 201710026593.2	中铁隧道集团有限公司 中铁隧道股份有限公司
154	一种盾构机主轴承密封压力控制方法	ZL 201610733175.2	中铁隧道集团有限公司
155	一种用于盾构刀盘的可转动辐条	ZL 201610829807.5	中铁隧道集团有限公司 盾构及掘进技术国家重点实验室
156	一种大直径超长试验桩制造施工方法	ZL 201510428747.1	中铁隧道集团有限公司 石家庄铁路职业技术学院
157	斜井辅助双洞施工的通风方法	ZL 201510724033.5	中铁隧道集团有限公司 中国中铁股份有限公司 中铁隧道股份有限公司
158	小断面特长隧道运输系统及运输方法	ZL 201510720810.9	中铁隧道集团有限公司 中铁隧道股份有限公司
159	盾构到达无主体结构临时防水装置安装结构及其施工方法	ZL 201710067234.1	中铁隧道集团有限公司 中铁隧道股份有限公司
160	一种隧道锚杆安装设备	ZL 201710098018.3	中铁隧道集团有限公司
161	一种适应于单线铁路隧道的窄体双缸混凝土输送泵	ZL 201710315460.7	中铁隧道集团有限公司
162	一种适用于大流速条件下的沉管法隧道管节掉头施工方法	ZL 201610172111.X	中铁电气化局集团有限公司

续表

序号	专利名称	专利号	权属单位
163	超级电容储能式有轨电车的地面供电系统	ZL 201610630273.3	中铁电气化局集团有限公司
164	铁路接触网参数的测量方法	ZL 201610309818.0	中铁电气化局集团有限公司
165	有轨电车接触线滑动式弹性悬挂装置	ZL 201610210725.2	中铁电气化局集团有限公司
166	一种绝缘断圈的加工装置	ZL 201510087238.7	中铁电气化局集团有限公司
167	一种多级调容牵引变压器	ZL 201510129774.9	中铁电气化局集团有限公司
168	一种变压器螺旋式绕组排线器	ZL 201510087237.2	中铁电气化局集团有限公司
169	有轨电车用分段绝缘器	ZL 201610343898.1	中铁电气化局集团有限公司
170	铰接式限位定位装置	ZL 201610708401.1	中铁电气化局集团有限公司
171	一种手持液压工具	ZL 201610464575.8	中铁电气化局集团有限公司
172	直螺纹钢筋端头修平器	ZL 201610269420.9	中铁建工集团有限公司
173	建筑施工用装配式高空防护棚及其装配方法	ZL 201610674579.9	中铁建工集团有限公司
174	一种钢板桩围堰先多层内撑整体下放后围堰施工的方法	ZL 201610423375.8	中铁广州工程局集团有限公司 中铁广州工程局集团桥梁工程有限公司
175	一种城市立交桥现浇花池式防撞墙模板加固的方法	ZL 201610401970.1	中铁港航局集团有限公司 中铁港航局集团深圳工程有限公司
176	无预作竖向支撑体系地下结构盖挖逆作施工方法	ZL 201610486812.0	中铁航空港集团第一工程有限公司 北京交通大学
177	地下车站施工用悬挑系统及地下车站施工方法	ZL 201510600528.7	中铁上海工程局集团有限公司 中铁上海工程局集团第一工程有限公司
178	竖井施工装置及方法	ZL 201510727838.5	中铁上海工程局集团有限公司 中铁上海工程局集团第一工程有限公司
179	一种长距离直线顶管中心简易控制测量系统及方法	ZL 201510971529.2	中铁上海工程局集团有限公司 中铁上海工程局集团市政工程有限公司
180	一种箱梁侧模转运机具	ZL 201610041530.X	中铁上海工程局集团有限公司 中铁上海工程局集团第一工程有限公司
181	一种钢轨移动专用吊架及使用方法	ZL 201610129850.0	中铁上海工程局集团有限公司 中铁上海工程局集团华海工程有限公司
182	一种顶进轴线偏移量的测量装置及其使用方法	ZL 201610242990.9	中铁上海工程局集团有限公司 中铁上海工程局集团第五工程有限公司
183	一种超宽低渗透淤泥深基坑开挖施工方法	ZL 201610247429.X	中铁上海工程局集团有限公司 中铁上海工程局集团华海工程有限公司
184	一种地铁车辆段一般整体道床预留凹槽轨道施工方法	ZL 201610248267.1	中铁上海工程局集团华海工程有限公司
185	一种移动钢管插打锚固式钻孔漂浮施工平台及其施工方法	ZL 201610358252.0	中铁上海工程局集团有限公司
186	一种无拉杆式承台模板及其安装方法	ZL 201610385201.7	中铁上海工程局集团有限公司
187	一种双层组合桁架加固式钢围堰及其施工方法	ZL 201610388819.9	中铁上海工程局集团有限公司
188	一种可收缩桩基孔检测装置	ZL 201610421037.0	中铁上海工程局集团有限公司
189	一种用于钢管整体性离岸下水的助推装置及其使用方法	ZL 201610653958.X	中铁上海工程局集团有限公司 中铁上海工程局集团市政工程有限公司
190	大悬臂盖梁施工中的移动门架的施工方法	ZL 201610899520.X	中铁上海工程局集团有限公司 中铁上海工程局集团第三工程有限公司
191	一种基于 BIM 和铝合金模板准确预埋给水排水套管及施工方法	ZL 201611007414.2	中铁上海工程局集团有限公司 中铁上海工程局集团建筑工程有限公司
192	基于 BIM 的装配式桥梁施工方法	ZL 201710152358.X	中铁上海工程局集团有限公司 中铁上海工程局集团北方工程有限公司
193	一种极小间距分离式薄壁墩的施工方法	ZL 201710273949.2	中铁上海工程局集团有限公司 中铁上海工程局集团第一工程有限公司
194	硬岩地层大跨地铁车站暗挖施工方法	ZL 201510045392.8	中铁二院
195	一种中低速磁浮道岔主梁抑振构造	ZL 201610444541.2	中铁二院
196	钻头锚固桩复合地基加固结构	ZL 201510780082	中铁二院

续表

序号	专利名称	专利号	权属单位
197	中低速磁浮道岔吸振型主梁结构	ZL 201610147876.8	中铁二院
198	摩擦阻拦式空轨列车挡车器	ZL 201610343118.3	中铁二院
199	一种利用梁体提高桥梁抗震性能的方法	ZL 201610719699.6	中铁二院
200	一种浮置板轨道用定频非线性橡胶隔振器的设计方法	ZL 201610152999	中铁二院 四川瑞明斯商贸有限公司
201	液压拉索式空轨列车挡车器	ZL 201610340222.7	中铁二院
202	翼墙式隧道洞门整体抗滑移设计方法	ZL 201410100376.X	中铁二院
203	高压富水采空区注浆加固方法	ZL 201510179339.7	中铁二院
204	一种混凝土拱桥成拱方法	ZL 201610257174.5	中铁二院
205	一种富水地基抗冻胀无砟轨道路基结构	ZL 201610029615.6	中铁二院
206	悬挂式单轨交通列车的乘客紧急疏散系统	ZL 201510524265.6	中铁二院
207	溜砂坡路堑加固防护结构	ZL 201510937798.7	中铁二院
208	一种用于磁浮列车的线圈式永磁电动悬浮装置	ZL 201610563045.9	中铁二院
209	一种线圈式轴向永磁电动磁浮轴承	ZL 201610564548.8	中铁二院
210	公路—铁路两用大桥错层主梁断面构造	ZL 201610534488.5	中铁二院 川南城际铁路有限责任公司
211	盐渍土地区高速铁路路堤加固构造	ZL 201710054365.6	中铁二院
212	一种用于多线高速铁路桥梁的轨道线形控制方法	ZL 201710230107.9	中铁二院
213	基于子载波索引调制的多载波非正交传输方法	ZL 201510651017.8	中铁二院
214	陡坡反拉式加固桩结构	ZL 201510937659.4	中铁二院
215	具有疏水功能的箱式隧底复合拱形隧道衬砌构造	ZL 201610409487.8	中铁二院
216	用于悬挂式单轨交通系统箱型轨道梁的巡检小车	ZL 201610439815.9	中铁二院 成都大学
217	用于高架桥梁的弹性短枕式纵向承轨台减振轨道	ZL 201611128091.2	中铁二院
218	电力线路带电指示装置和方法	ZL 201610236749.5	中铁二院
219	一种 GSM-R 网络频率规划的方法及系统	ZL 201510205154.9	中国铁路总公司 中铁通信信号勘测设计（北京）有限公司
220	一种铁路接触网空间位置模拟台	ZL 201510856654.90	天津中铁电气化设计研究院有限公司
221	一种铁路轨旁设施扫描装置	ZL 201510853390.10	天津中铁电气化设计研究院有限公司
222	新型地铁牵引供电系统正线钢轨与回流电缆接线方法	ZL 201510664890.00	天津中铁电气化设计研究院有限公司
223	一种钢壳外包的沉管管段浮态制作方法	ZL 201610714069.X	中铁隧道勘测设计院有限公司
224	一种复合地层单拱超大跨地铁车站拉槽支撑代换的施工方法	ZL 2015106509221	中铁隧道勘测设计院有限公司
225	岩质地层暗挖地下结构高边墙锚拉初支结构及施工方法	ZL 2015100959713	中铁隧道勘测设计院有限公司
226	一种地下结构内衬墙与地下连续墙叠合面构造及其施工方法	ZL 2015107364018	中铁隧道勘测设计院有限公司
227	一种单管双洞矩形盾构隧道的衬砌结构及其拼装方法	ZL 2015101820248	中铁隧道勘测设计院有限公司
228	一种单线铁路隧道基底防排水加强系统	ZL 2016104199738	中铁隧道勘测设计院有限公司
229	一种利用矩形顶管开挖大断面地下空间结构体系转换方法	ZL 2016104138240	中铁隧道勘测设计院有限公司
230	长大水下交通隧道内消防水管爆管预警装置	ZL 2016106856630	中铁隧道勘测设计院有限公司
231	一种盾构隧道的纠偏加固方法	ZL 201510736563.1	中铁工程设计咨询集团有限公司
232	高精度的轨道空间数据同步采集方法和装置	ZL 201410758806.7	中铁工程设计咨询集团有限公司
233	基于北斗卫星授时信号的车载设备系统	ZL 201510148609.8	中铁工程设计咨询集团有限公司
234	跨座式单轨导向滑移车挡	ZL 2016107977365	中铁工程设计咨询集团有限公司
235	底模可移动的整体移转式跨座式单轨 PC 轨道梁模板	ZL 2017101312396	中铁工程设计咨询集团有限公司

续表

序号	专利名称	专利号	权属单位
236	侧沟电缆槽组合单体及制备方法和侧沟电缆槽组合结构	ZL 201510208264.0	中铁工程设计咨询集团有限公司
237	一种高速铁路高压全电缆贯通线路在线故障定位系统	ZL 201510280164.9	中铁工程设计咨询集团有限公司
238	混合梁连续刚构桥钢箱梁安装方法	ZL 201810035837.8	中铁大桥勘测设计院集团有限公司
239	一种新型斜拉桥主梁预拱度设置方法	ZL 201810059707.8	中铁大桥勘测设计院集团有限公司
240	一种防护装置及球型支座	ZL 201810063400.5	中铁大桥勘测设计院集团有限公司
241	一种勾连体、防冲促淤结构及制造方法	ZL 201810118190.5	中铁大桥勘测设计院集团有限公司 南京工业大学
242	钢桁梁的横联结构的安装方法及连接结构	ZL 201810122924.7	中铁大桥勘测设计院集团有限公司
243	一种带泄水孔的底板结构及其施工方法	ZL 201810255412.8	中铁大桥勘测设计院集团有限公司
244	一种多塔长联斜拉桥支撑体系	ZL 201810251612.6	中铁大桥勘测设计院集团有限公司
245	散粒填充型薄壁软体防船撞装置	ZL 201810347305.8	中铁大桥勘测设计院集团有限公司 南京工业大学
246	一种适用于悬索桥加劲梁的架设装置及架设方法	ZL 201810372294.9	中铁大桥勘测设计院集团有限公司
247	正交异性钢—超高性能混凝土桥面结构及其施工方法	ZL 201810372274.1	中铁大桥勘测设计院集团有限公司
248	新型钢砼组合梁混凝土板的内力调整方法	ZL 201810487661.X	中铁大桥勘测设计院集团有限公司
249	一种斜拉桥索塔钢结构锚固构造	ZL 201810569665.2	中铁大桥勘测设计院集团有限公司
250	一种斜拉悬索协作体系桥梁架设方法	ZL 201810602526.5	中铁大桥勘测设计院集团有限公司
251	一种混凝土板孔洞无破损封堵结构及方法	ZL 201810605220 5	中铁大桥勘测设计院集团有限公司
252	一种 GNSS 水准测量方法	ZL 201810668738.3	中铁大桥勘测设计院集团有限公司
253	一种组合式主索鞍结构	ZL 201810708077.2	中铁大桥勘测设计院集团有限公司
254	一种钢柱砼根深水基础结构及其施工方法	ZL 201810709496.8	中铁大桥勘测设计院集团有限公司
255	一种适用于水上的锚锭结构及悬索桥	ZL 201810720350.3	中铁大桥勘测设计院集团有限公司
256	一种桥梁承台的施工方法	ZL 201810708401.0	中铁大桥勘测设计院集团有限公司
257	一种曲线桥面的钢桁架梁结构	ZL 201810724929.7	中铁大桥勘测设计院集团有限公司
258	一种多斜置式主塔的曲线斜拉桥	ZL 201810737219.8	中铁大桥勘测设计院集团有限公司
259	一种 GNSS 平面控制网已知点兼容性检验的方法	ZL 201810777470.7	中铁大桥勘测设计院集团有限公司
260	一种缆索协作体系桥成桥索力确定方法	ZL 201810782148.3	中铁大桥勘测设计院集团有限公司
261	腹杆与弦杆的连结结构及焊接方法	ZL 201810782508.X	中铁大桥勘测设计院集团有限公司
262	一种曲线塔异形斜拉桥及其施工方法	ZL 201810782175.0	中铁大桥勘测设计院集团有限公司
263	一种曲线塔异形斜拉桥结构	ZL 201810782146.4	中铁大桥勘测设计院集团有限公司
264	一种新型曲线形斜拉桥桥塔	ZL 201810782317.3	中铁大桥勘测设计院集团有限公司
265	一种基于磁悬浮的倾角测量装置和测量方法	ZL 201810783420.X	中铁大桥勘测设计院集团有限公司 中铁大桥（南京）桥隧诊治有限公司
266	一种主梁结构及桥梁	ZL 201810837018.5	中铁大桥勘测设计院集团有限公司
267	一种非对称大挑臂一钢箱组合结构	ZL 201810904521.8	中铁大桥勘测设计院集团有限公司
268	一种多主梁式钢混组合连续梁	ZL 201810942650.6	中铁大桥勘测设计院集团有限公司
269	基于三维扫描技术的桥梁结构尺寸检测方法及系统	ZL 201810943321.3	中铁大桥（南京）桥隧诊治有限公司 中铁大桥勘测设计院集团有限公司
270	一种防止墩顶劈裂的环向加固结构信其铺设方法	ZL 201810959775.X	中铁大桥（南京）桥隧诊治有限公司 中铁大桥勘测设计院集团有限公司
271	一种钢纵梁与行车道板之间的抗拉拔装置	ZL 201810966878.9	中铁大桥（南京）桥隧诊治有限公司 中铁大桥勘测设计院集团有限公司
272	一种桥梁集成式灯槽盒	ZL 201811003764.0	中铁大桥勘测设计院集团有限公司
273	一种桥梁阻尼结构及其具有阻尼约束功能的球型支座	ZL 201811141804.8	中铁大桥勘测设计院集团有限公司
274	一种防撞圈节段连接法兰、桥梁防撞圈及加工方法	ZL 201811178158.2	中铁大桥勘测设计院集团有限公司

续表

序号	专利名称	专利号	权属单位
275	一种用于钢箱梁节段的对位匹配装置及其对位匹配方法	ZL 201811184097.0	中铁大桥勘测设计院集团有限公司
276	一种多主桁钢桁梁结构的悬臂拼装施工方法	ZL 201811187706.8	中铁大桥勘测设计院集团有限公司
277	一种桥梁基础防冲刷的加固施工方法	ZL 201811362094.1	中铁大桥（南京）桥隧诊治有限公司 中铁大桥勘测设计院集团有限公司
278	一种曲线梁桥斜腹板预应力钢束的设计方法	ZL 201811362629.5	中铁大桥勘测设计院集团有限公司
279	一种跨河水准测量方法	ZL 201811385441.2	中铁大桥勘测设计院集团有限公司
280	健康监测故障数据修复的方法和系统	ZL 201811448903.0	中铁大桥（南京）桥隧诊治有限公司 中铁大桥勘测设计院集团有限公司
281	铁水联运铁路港湾站至港区堆场卸车的作业系统及方法	ZL 201810609434.X	中铁武汉勘察设计研究院有限公司
282	铁水联运铁路港湾站与港区交换货物的作业系统及方法	ZL 201810609432.0	中铁武汉勘察设计研究院有限公司
283	铁水联运铁路港湾站至港区堆场卸车的作业系统及方法	ZL 201810608706.4	中铁武汉勘察设计研究院有限公司
284	铁水联运铁路港湾站至港区堆场卸车的作业系统及方法	ZL 201810607674.6	中铁武汉勘察设计研究院有限公司
285	铁水联运铁路港湾站至港区堆场卸车的作业系统及方法	ZL 201810607672.7	中铁武汉勘察设计研究院有限公司
286	一种基于轨道集卡车的江海联运集装箱中转系统及方法	ZL 201810902877.8	中铁武汉勘察设计研究院有限公司
287	一种基于轨道集卡车的江海联运集装箱运输系统及方法	ZL 201810904035.6	中铁武汉勘察设计研究院有限公司
288	一种基于轨道集卡车的集装箱江海联运中转系统及方法	ZL 201810904688.4	中铁武汉勘察设计研究院有限公司
289	基于轨道集卡车的江海联运集装箱中转运输系统及方法	ZL 201810904689.9	中铁武汉勘察设计研究院有限公司
290	一种基于江海联运的集装箱运输系统及方法	ZL 201810904749.7	中铁武汉勘察设计研究院有限公司
291	铁水联运铁路港湾站集装箱卸车和装车运输系统及方法	ZL 201810914562.5	中铁武汉勘察设计研究院有限公司
292	铁水联运铁路港湾站集装箱货场自动化控制系统及方法	ZL 201810915874.8	中铁武汉勘察设计研究院有限公司
293	一种铁路车辆三维定位系统	ZL 201810973414.0	中铁武汉勘察设计研究院有限公司
294	一种铁路车辆定位系统	ZL 201810974507.5	中铁武汉勘察设计研究院有限公司
295	一种铁路车辆平面定位系统	ZL 201810975301.4	中铁武汉勘察设计研究院有限公司
296	多支撑点桥梁转体系统及利用其进行桥梁转体施工的方法	ZL 201810996840.6	中铁武汉勘察设计研究院有限公司
297	一种运输车辆车号与集装箱箱号关联系统	ZL 201811038124.3	中铁武汉勘察设计研究院有限公司
298	一种铁路集装箱货场进路控制方法及系统	ZL 201811044801.2	中铁武汉勘察设计研究院有限公司
299	一种轨道动力平车集群的联锁进路控制方法及系统	ZL 201811045441.8	中铁武汉勘察设计研究院有限公司
300	集装箱轨道动力平车及运行方法	ZL 201811162480.6	中铁武汉勘察设计研究院有限公司
301	用于联运的集装箱轨道动力平车及运输集装箱的方法	ZL 201811162479.3	中铁武汉勘察设计研究院有限公司
302	集装箱轨道动力平车运行模式控制系统及控制方法	ZL 201811162551.2	中铁武汉勘察设计研究院有限公司
303	一种轨道动力平车移动充电控制系统及方法	ZL 201811160660.0	中铁武汉勘察设计研究院有限公司
304	一种轨道动力平车动力源管理方法及系统	ZL 201811162547.6	中铁武汉勘察设计研究院有限公司
305	一种轨道动力平车自动连挂装置及方法	ZL 201811162740.X	中铁武汉勘察设计研究院有限公司
306	轨道动力平车及其制动系统以及制动控制方法	ZL 201811158956.9	中铁武汉勘察设计研究院有限公司
307	集装箱轨道动力平车的定位系统	ZL 201811159134.2	中铁武汉勘察设计研究院有限公司
308	集装箱轨道动力平车的走行系统	ZL 201811160532.6	中铁武汉勘察设计研究院有限公司

续表

序号	专利名称	专利号	权属单位
309	一种轨道动力平车通信方法及装置	ZL 201811162413.4	中铁武汉勘察设计研究院有限公司
310	一种集装箱图像采集系统及集装箱装载状态检测方法	ZL 201811159979.1	中铁武汉勘察设计研究院有限公司
311	一种智能集装箱轨道平车控制系统及轨道平车	ZL 201811159405.4	中铁武汉勘察设计研究院有限公司
312	一种跨铁路站场大跨度高架桥	ZL 201811261057.1	中铁武汉勘察设计研究院有限公司
313	一种跨铁路站场的高架桥施工方法	ZL 201811259414.0	中铁武汉勘察设计研究院有限公司
314	一种用于水平作动器与反力墙的连接装置	ZL 201810036983.2	中铁时代建筑设计院有限公司
315	一种多功能现浇大直径基坑支护管桩及地温交换系统	ZL 201810460010.1	中铁时代建筑设计院有限公司
316	一种模块化单元中间柱节点的卡榫式连接装置	ZL 201810814007.5	中铁时代建筑设计院有限公司
317	一种模块化单元的边柱节点连接装置	ZL 201810812373.7	中铁时代建筑设计院有限公司
318	回转式移车台	ZL 201410562309.X	中铁华铁工程设计集团有限公司
319	一种适用于隧底填充结构隆起开裂的整治方法	ZL 201610538478.9	中铁西南科学研究院有限公司
320	一种新型的电容变压器	ZL 201510270171.0	中铁西北科学研究院有限公司
321	压力分散型锚索的分单元张拉系统	ZL 201510208681.5	中铁西北科学研究院有限公司深圳南方分院 福建省高速公路建设总指挥部
322	锚固工程中锚索预应力补偿或者张拉方法	ZL 201510208347.X	中铁西北科学研究院有限公司深圳南方分院 福建省高速公路建设总指挥部
323	基于水准仪法的地下工程拱顶沉降量测装置	ZL 201610217264.1	中铁西南科学研究院有限公司
324	基于全站仪法的地下工程拱顶沉降量测装置	ZL 201610216253.1	中铁西南科学研究院有限公司
325	一种溶蚀试验装置及其实现方法	ZL 201510969903.5	中铁西南科学研究院有限公司
326	铁路隧道多功能作业吊篮	ZL 201510389782.7	中铁西南科学研究院有限公司
327	一种钢桁梁节段船位拼装方法	ZL 201611138080.2	中铁山桥集团有限公司
328	一种桥梁钢用高强高韧气保护药芯焊丝	ZL 201610906348.6	天津市永昌焊丝有限公司 中铁山桥集团有限公司
329	一种应用于钢桁梁整体顶推的长行程步履式顶推装置及施工工艺	ZL 201610341513.8	中铁九桥工程有限公司 中铁科工集团有限公司
330	CRTS Ⅲ型板自密实混凝土灌注施工设备及工作流程	ZL 201610788922.2	中铁磁浮科技（成都）有限公司
331	一种超声相控阵测量U肋焊缝熔深的方法	ZL 201410775173.0	中铁宝桥集团有限公司
332	一种板单元无损翻身吊具及翻身方法	ZL 201510983635.2	中铁宝桥集团有限公司
333	随行浮动夹紧装置及随行浮动方法	ZL 201511008553.2	中铁宝桥集团有限公司
334	纤维冒口易割片	ZL 201610080133.3	中铁宝桥集团有限公司
335	城市轨道交通减振道岔结构	ZL 201610243596.7	中铁宝桥集团有限公司
336	铸件标识补铸设备及其补铸方法	ZL 201610246905.6	中铁宝桥集团有限公司
337	一种组合辙叉叉心与叉跟轨的装配结构	ZL 201610589433.4	中铁宝桥集团有限公司
338	一种中低速磁浮轨排F型钢多面同时加工装置及其加工方法	ZL 201610629255.3	中铁宝桥集团有限公司
339	大断面马蹄形隧道的装配式管片衬砌结构	ZL 201611255264.7	中铁工程装备集团有限公司
340	应用于矩形合口盾构的管片拼装系统及拼装方法	ZL 2017103179996.	中铁工程装备集团有限公司
341	一种小直径开敞式TBM无轨后配套台车支架	ZL 201610372363.7	中铁工程装备集团有限公司
342	一种全断面掘进自行走式U形盾构机	ZL 201710108044.X	中铁工程装备集团有限公司
343	偏心转盘驱动勒洛三角形刀盘切削装置	ZL 201710318010.3	中铁工程装备集团有限公司
344	一种适合复杂硬岩地质的矩形盾构机	ZL 201710196498.7	中铁工程装备集团有限公司
345	一种可拆卸常压换刀装置	ZL 201610241635.X	中铁工程装备集团有限公司
346	多自由度矩形管片变位拼装机构及其拼装方法	ZL 201710305062.7	中铁工程装备集团有限公司
347	一种盾体防滚转隧道掘进机	ZL 201610750550.4	中铁工程装备集团有限公司
348	硬岩掘进机的稳定支撑装置	ZL 201610540010.3	中铁工程装备集团有限公司
349	一种盾构机双激光靶导向系统	ZL 201510529418.6	中铁工程装备集团有限公司
350	一种综合管廊明挖施工支挡装置及其施工方法	ZL 201610587430.7	中铁工程装备集团有限公司

续表

序号	专利名称	专利号	权属单位
351	新型出渣方式的 TBM 及其出渣方法	ZL 201610569682.7	中铁工程装备集团有限公司
352	超大直径盾构用螺旋输送机无级调速液压驱动系统	ZL 201611254621.8	中铁工程装备集团有限公司
353	一种泥水盾构全自动换管吊机	ZL 201710149332.X	中铁工程装备集团有限公司
354	土压平衡矩形合口盾构设备及施工工法	ZL 20171031852.0	中铁工程装备集团有限公司
355	一种盾构机隧道异型管片吊运装置	ZL 201710080296.6	中铁工程装备集团有限公司
356	边滚刀超挖装置及长距离硬岩隧道掘进机超挖刀盘	ZL 201510473281.7	中铁工程装备集团有限公司
357	隧道联络通道用盾构机及其联络通道掘进方法	ZL 201610975537.9	中铁工程装备集团有限公司
358	一种盾构机用可编程自动控制注浆泵	ZL 201611035218.6	中铁工程装备集团有限公司
359	矩形曲线管幕掘进机	ZL 201710503066.6	中铁工程装备集团有限公司
360	盾构机回转接头	ZL 201510634831.9	中铁工程装备集团有限公司
361	适用于隧道掘进机的泥水搅拌装置	ZL 201710318868.X	中铁工程装备集团有限公司
362	一种数控伞钻及其立柱调垂方法	ZL 201611028329.4	中铁工程装备集团有限公司
363	大直径盾构机的可伸缩主驱动密封装置	ZL 201610275360.1	中铁工程装备集团有限公司
364	盾构机主轴承密封系统密封性能试验装置及试验方法	ZL 201610829766.X	中铁工程装备集团有限公司
365	盾构机铰接机构密封性能试验装置及试验方法	ZL 201610829754.7	中铁工程装备集团有限公司
366	一种伞钻的大臂自动定位装置及方法	ZL 201611028828.3	中铁工程装备集团有限公司
367	一种 TBM 专用混喷系统	ZL 201611250755.2	中铁工程装备集团有限公司
368	一种护盾式多臂掘进机与新奥法相结合的隧道施工方法	ZL 201610646165.5	中铁工程装备集团有限公司
369	一种盾构与新奥法相结合的隧道施工方法	ZL 201610366892.6	中铁工程装备集团有限公司
370	一种安装滚刀的冻土沟壕开挖刀盘	ZL 201510718969.7	中铁工程装备集团有限公司
371	大型地下停车场机械暗挖施工方法	ZL 201510652873.5	中铁工程装备集团有限公司
372	一种基于双重优先级的路由带宽分配方法	ZL 201510619525.8	中铁工程装备集团有限公司
373	超大直径盾构用螺旋输送机无极调速液压驱动系统	ZL 201611254621.8	中铁工程装备集团有限公司
374	一种过隧型双主梁轮胎式铁路 T 梁架桥机及架桥方法	ZL 201610651228.6	中铁工程机械研究设计院有限公司
375	一种多支腿轮胎式铺轨起重机及施工方法	ZL 201610643364.0	中铁工程机械研究设计院有限公司
376	一种凿岩机的平行动作控制系统及方法	ZL 201610704105.4	中铁工程机械研究设计院有限公司
377	一种水泥深层搅拌船桩架系统及成桩方法	ZL 201611022122.6	中铁工程机械研究设计院有限公司
378	一种提高架桥机纵移过孔稳定性的前支腿支撑装置	ZL 201611090881.6	中铁工程机械研究设计院有限公司
379	一种用于架桥机的可旋转式齿条纵移驱动装置	ZL 201611086839.7	中铁工程机械研究设计院有限公司
380	一种模块化多功能凿岩台车系统	ZL 201611090882.0	中铁工程机械研究设计院有限公司
381	地铁板式道床施工方法	ZL 201710023559.X	中铁工程机械研究设计院有限公司
382	一种架桥机支腿受载均衡控制装置及方法	ZL 201710362971.4	中铁工程机械研究设计院有限公司
383	一种多点平衡可调仰角的吊臂搁置锁定装置及方法	ZL 201710324302.8	中铁工程机械研究设计院有限公司
384	一种轻量化多功能集装箱门式起重机及其组装方法	ZL 201610460112.4	中国铁路总公司 中国铁道科学研究院 中国铁道科学研究院运输及经济研究所 中铁重工有限公司
385	一种高速铁路道岔大部件换铺装备及换铺方法	ZL 201610629416.9	中铁重工有限公司
386	一种履带式管片二次衬砌设备	ZL 201510697726.X	中铁科工集团轨道交通装备有限公司
387	一种用于双管高压旋喷工艺的钻具	ZL 201510650078.2	中铁科工集团轨道交通装备有限公司
388	一种带持续张力的管片二次衬砌设备	ZL 201510629109.6	中铁科工集团轨道交通装备有限公司
389	一种盾构隧道管片接缝受力的原位测量方法	ZL 201510226784.4	中铁南投 北京交通大学

制表人：黄佳强

行政工作

2018 年 5 月 10 日，以“中国品牌，世界共享”为主题的首届中国自主品牌博览会在上海展览中心开幕
（图为中国中铁展位）

董事会办公室（监事会办公室）

【董事会办公室（监事会办公室）】2018年1月1日至3月16日，依据《关于公布中国中铁股份有限公司总部行政部门机构编制、部门职能和岗位系列的通知》（中铁股份劳社〔2017〕118号）履行职能。2018年3月17日至11月13日，依据《中国中铁关于调整股份公司总部部分行政部门职能的通知》（中铁股份劳社〔2018〕76号）履行职能，董事会办公室主要职能为：①负责股份公司股东大会、董事会及其专门委员会日常工作。负责建设规范董事会试点日常工作。②负责股份公司股东大会、董事会及其专门委员会会议等公司章程规定的有关会议的组织、承办和会议决议的执行督办及情况反馈工作。③负责股份公司信息披露、定期报告编制、业绩推介、相关新闻发布和路演等活动的组织。负责与证券监管机构、中介机构、相关新闻媒体的沟通、联络和协调工作。④负责投资者关系管理。负责股东持有公司股票管理。负责股份公司关联（关连）交易的相关管理工作。负责股份公司网站投资者关系网页的日常维护工作。⑤负责牵头市值管理相关工作。配合实施资本市场的发债、增发等再融资事项。负责牵头资本市场的分拆分立、股份回购、大股东减持增持等工作。⑥负责股份公司董事监事和派出专职董事监事的日常履职支持服务。指导、监督、检查所属境内外子公司建立规范公司治理工作，指导境内外子公司董事会日常工作。监事会办公室主要职能为：①负责股份公司监事会制度建设及落实、监督工作。负责监事会日常工作。②负责支持和配合国务院派驻公司的国有企业监事会开展工作。③负责股份公司监事会会议等公司章程规定的有关会议的组织、承办和会议决议的执行督办及情况反馈工作。④负责国有企业监事会企业年度报告编制工作。⑤指导境内外子公司监事会或类似监督机构日常工作。2018年11月14日起，依据《关于调整股份公司总部部分行政部门职能和机构编制的通知》（中铁股份劳社〔2018〕255号），董事会办公室负责子公司法人治理结构的编制管理工作职能调整到劳资社保部。

截至2018年底，部门设置定员15名，实际在职人员11人，包括主任1名，副主任1名，处长3名；另有股份公司执行董事章献、股份公司委派到子公司的3名专职董事监事和股份公司1名专职监事组织人事关系在部门，不占部门编制定员。（张睿开）

【年度工作综述】2018年，董事会办公室（监事会办公室）贯彻落实建设中国特色现代国有企业制度要求，修订公司章程和董事会议事规则，积极促进公司治理结构规范有效运行。组织董事会监事会调研，服务组织董事监事培训，协助新任监事、经理层成员和董事会秘书履行任职程序，加强董事监事董秘依法规范履职服务和支撑。发挥公司治理实践和专业优势，参与完成了一批公司治理课题和配套规章制度起草。深化母子公司治理协同，修订议事规则模板，加强对专职产权代表履职服务支持，加强对全资和非全资子公司治理业务指导。依法合规开展信息披露和关联交易，境内外资本市场交流持续加强，投资者关系管理工作再上新台阶。加强政策和市场研究，紧密联系监管机构，推进市值管理新探索新实践。认真开展"两学一做"，支部建设进一步加强。（张睿开）

【会议筹备和服务】确保会议各项程序合规，会议记录和议案资料完整，强化境内外律师和公司法律事务部门的合规性议案审查，完善董事会决策与党委前置讨论程序流程、方式方法，明确董事会"集体审议、独立表决、个人负责"运行原则，积极试行无纸化会议、可视化会议。2018年组织召开集团公司董事会会议10次，审议通过议案26项。组织召开股份公司股东大会会议2次，审议通过议案27项；股份公司董事会会议11次，审议通过议案175项；董事会5个专门委员会会议19次，共计审议通过议案82项；监事会会议9次，审议通过议案84项，会议运作规范有序。根据监管要求，3月27日，股份公司独立董事与年审机构召开见面会，就2017年度审计情况进行沟通。4月27日，股份公司董事长李长进与非执行董事举行沟通会，就企业管治、内部控制及风险管理、董事会建设、专门委员会作用发挥等事项进行沟通。（张睿开）

【信息披露】制定信息披露暂缓披露和豁免标准与制度，优化信息披露与新闻宣传的衔接和配合。依法合规做好四期定期报告的编制和发布，全年发生的全部法定披露事项均依法合规披露，合规率100%；围绕高铁电气新三板挂牌、国企改革"双百行动"、债转股等资本运作加大了自愿性信息披露的内容和范围。及时完成了上海证券交易所4项问卷，完成北京证监局16项统计等工作。积极与监管机构沟通央企ETF对债转股、大股东增持计划、无偿划转涉及的短线交易、内幕交易以及中铁工业重组业绩承诺等问题，有效规避信息披露违规风险。2018年收集整理重大事项共计189件，纳入信息披露范围178项。起草并公告及通函530项，其中A股公告247项，H股公告及通函中英文283项。公司信息披露连续第五年获得上海证券交易所年度评价

A 类。（张睿开）

【定期报告编制】2018 年召开两次定期报告编制工作分工会，四次定期报告管理层讨论分析会，通过对报告内容进行充分研究、讨论，确保定期报告编制符合境内外证券监管机构，特别是建筑行业信息披露指引的要求，不断提高信息质量和披露深度，打造公司在资本市场公开、诚信、透明的良好形象。全年编制并合规披露 2017 年年度报告、2018 年第一季度报告、2018 年中期报告以及 2018 年第三季度报告共四期定期报告，完成《业绩路演模拟问答》、路演推介 PPT 等推介材料和新版业绩宣传片改版制作。为深入配合每期定期报告的披露工作，还组织编写新闻通稿、邀请资深分析师撰写点评文章并向主流财经媒体投放，进一步增强公司定期报告披露的效果，积极引导资本市场舆论方向，引导资本市场正面理解公司情况，增加对公司的投资信心。

（张睿开）

【投资者关系管理】以多种形式加强与境内外资本市场沟通交流，塑造资本市场良好形象。组织 8 场业绩和新闻发布会，累计与 372 位境内外知名投资机构、52 家媒体记者进行了交流互动。选择参加境内外投资机构峰会 25 场，接待境内外投资机构分析师、基金经理调研 372 人次，与境内外知名投资机构召开电话会议 17 场次。组织赴中国香港、新加坡、波士顿及纽约等地开展了 2017 年度业绩及 2018 年中期业绩推介活动，召开 40 场会议会接待重要股东及潜在投资者。2018 年 11 月在广州地区组织开展反向路演活动，35 家投资机构分析师、基金经理和 3 家媒体参与。均形成报告将股东建议转化为公司内部提质增效措施。配合财务部与债转股投资人进行多轮一对一沟通，获得 9 家投资人投资入股。接听投资者热线 1176 话次，处理 IR 邮件 8210 件，回复上证 E 互动问询 39 条，反馈了 GES 等问询。

（张睿开）

【股权管理】保管股东持股资料，更新和完善股东名册，加强股东身份识别，做好内幕信息管理和内幕交易防控。定期书面通知提示董事、监事和高级管理人员及相关内幕信息知情人公司股票的禁售期并履行相关内部信息保密义务。按照监管要求对大股东是否存在股权质押行为进行确认，对登记在册的全部内幕信息知情人对其在禁售期是否进行了买卖中国中铁股票的行为进行确认，并通过中国证券登记结算有限公司提供的股东名册，对部分内幕信息知情人的股票持有及变动情况进行了抽样核对，形成《中国中铁内幕信息知情人 2017 年度买卖本公司股票的自查报告》报送公司董事会。截至 2018 年底，公司未发生内幕信息知情人在影响公司股价的重大敏感信息披露前利用内幕信息买卖公司股份的情况，也不存在被监管部门查处和要求整改的情况。（张睿开）

【市值管理】加强政策研究，撰写 2 份市值管理报告、12 份月度财经舆情信息，向管理层介绍资本市场动态等信息，提出管理建议。推进资本运作新探索新实践。协助中铁电气化局完成宝鸡公司股份改制，完成国资委对国有股权管理和资产评估备案以及香港联交所的多轮审查，2018 年 10 月高铁电气在全国中小企业股份转让系统挂牌。依法合规完成市场化债转股所涉及的停复牌、投资者沟通、监管机构沟通、决策程序的筹备等工作。完善宏盛项目后续工作。参与完成了境内债项评估机构、国际三大评估机构对公司 2018 年度及相关债券的评级访谈工作。通过股东增持，稳定公司股价。年内，股份公司增持中铁工业 1.94% 股份；中铁工于 12 月增持中国中铁总股本 0.043% 股份。（张睿开）

【产权代表履职支持服务】依据制度要求，积极主动为委派到子公司担任专职董事和专职监事的同志（即专职产权代表）履职提供服务支持，充分发挥专职产权代表在母子公司治理协同中的桥梁纽带重要作用。为 16 位新任专职产权代表开通 OA 办公平台账号，及时提供履职所需各类文件资料。积极要求各相关单位及时汇报公司基本情况、提供任职所需文件资料、做好履职服务支持。积极主动开展工作，为专职产权代表日常办公、信息传递、党群活动、参加会议和培训提供保障。组织开展 2018 年专职产权代表培训暨联席会议，开展工作交底、讲解履职重点、充分答疑解惑，确保专职产权代表掌握全面情况，理顺工作关系，明确权责义务，为专职产权代表依法合规、履职尽责奠定基础。按季度、半年度、年度定期编制《专职产权代表述职报告汇编》并呈送有关领导和部门。（张睿开）

【规范子公司董事会运作】深化母子公司治理协同，开展了中国中铁第七期董事监事董秘培训、中国中铁第六期董秘和董办监办主任培训，进一步提高全公司治理工作能力与水平。召开了子公司董办监办负责人座谈会，交流解答业务问题，全面摸查公司治理工作情况。以参加 16 家子公司治理结构换届考核、6 家子公司法治检查、2 家子公司内控检查等为契机，检查子公司董事会监事会内业资料，有针对性地提出整改要求和工作建议。更新子公司议事规则模板并修订了 28 家子公司《董事会议事规则》和《监事会议事规则》，配合修订了子公司章程。以多元股东、债转股、境外、控股上市、参股等非全资子公司的公司治理合规和权益维护为重点，加强研究指导，提出“管资本”形势下股东代表规范履职流程，通过公司治理维护中国中铁股东权益。

（张睿开）

【董事会试点工作】牵头承担国资委改革局《中央企业公司章程管理问题研究》课题研究，参加国资委党委中央企业法人治理结构研究课题组，参与起草加快推进中央企业法人治理现代化若干意见稿等，参与证监会《上市公司治理准则》修订研究。报送《董事会 2017 年度履职报告》《2018 年度完善法人治理结构相关工作情况的报告》，配合开展国资委对董事会董事考评工作，2017年度公司董事会被评价为“运行良好”。组织完善董事会授权方案。重点协助董事会加强PPP项目投资风险管控研究。组织开展董事会北京、四川、安徽、大连、沈阳、郑州等地区调研，同步开展决议执行跟踪评价。进一步推动董事会专门委员会作用。顺利完成2017年度股份公司高管评价工作和2018年度高管个人绩效合约签署工作。（张睿开）

【资本市场获奖情况】2018年，中国中铁获中国上市公司协会“2017年度最受投资者尊重的上市公司”、证券时报“天马奖——中国主板上市公司最佳董事会”、董事会杂志“金圆桌——最佳董事会”、香港财华社“港股100强及港股最高营业额10强”、财富“世界500强第56位”“中国500强第8位”、福布斯“2000强第188位”、大公报“一带一路最佳实践上市公司”、华顿“中国百强企业奖”，中国中铁宏盛项目获得新财富资本运作项目TOP10等奖项。董事长李长进获“金圆桌——企业家精神奖”“中国上市公司十大创业领袖人物”，时任董事会秘书于腾群获“金圆桌——功勋董秘”、证券时报“最佳董秘”“中国上市公司资本运作杰出董秘”等奖项。（张睿开）

总裁办公室

【部门职责】1.负责组织、承办股份公司行政重要会议，起草股份公司行政工作计划、工作总结、重要会议报告及领导讲话，督办有关会议和领导批示执行情况。

2.负责股份公司行政内、外公文的收发和处理、情况简报、档案管理、证照管理、行政印章和法人代表印章管理等工作。组织编写史志、年鉴和大事记。

3.负责股份公司督查督办实施管理工作，对股份公司集中、定期和专项重点事项进行督查督办。

4.负责股份公司对外公共关系工作，协调对外联络和接待工作。协助股份公司领导组织处理突发性事件和重大事故。

5.负责股份公司质量、环境、职业健康安全管理体系《文件控制程序》和《协商与信息交流控制程序》的制定及运行过程的监督检查。参与股份公司全面风险管理和内控工作。

6.负责企业新购及处置公务用车、配置公务用车标准的管理工作。负责股份公司总部汽车队日常管理工作。

7.负责股份公司信访工作。负责股份公司行政职能部门综合协调工作。

2018年11月14日起，依据《关于调整股份公司总部部分行政部门职能和机构编制的通知》(中铁股份劳社〔2018〕255号)，取消总裁办公室“牵头组织管理股份公司督导巡视组，负责各督导巡视组有关事项的上传下达及协调工作”职能。

【制度建设】按照股份公司规章制度清理工作实施方案的安排，总裁办将职能范围内147个制度文件进行归类整理。2018年，总裁办新增和修订《中国中铁股份有限公司总裁办公会议规则》《中国中铁股份有限公司办公室信息工作管理办法》《中国中铁股份有限公司总部公务用车管理办法》《中国中铁股份有限公司电子公文处理办法》《中国中铁股份有限公司总部收文办理实施细则》《中国中铁股份有限公司文件发送总表》《中国中铁股份有限公司会计档案管理办法》《中国中铁股份有限公司文书档案管理办法》《中国中铁股份有限公司归档文件整理规则》《中国中铁股份有限公司档案工作协作组管理办法》《中国中铁股份有限公司电子文件归档与电子档案管理办法》《中国中铁股份有限公司境外档案管理办法》《中国中铁股份有限公司总部值班工作管理办法》《中国中铁总部复印室管理规定》《中国中铁总部收发室工作规定》等制度15项。健全和完善了部门内部管理制度，以规章制度为基础，梳理工作的关键环节和基本步骤，编制规范、简化、严谨的工作程序，编印《2018版中国中铁总裁办公室制度汇编》《会务与公务接待手册》等规范管理行为。（王琳）

【秘书工作】2018年，领导秘书积极做好服务公司经理层领导工作，较好地完成了陪同领导出差或现场办公以及有关日程安排、商务接待、文件呈转、文稿撰写、信息报送等工作，累计出差484天，起草整理修改各类材料271篇。明确总裁办公会和总经理办公会的组织流程，规范议案提交、领导签字、资料保管等相关会议流程，组织筹办总裁办公会39次，总经理办公会15次，整理总裁办公会议纪要39份，总经理办公会议纪要15份。组织筹办季度工作例会4次。根据要求，完成2018年召开的总裁办公会（除分管领导主持总裁办公会以外）的会议记录、会议纪要、议案签字表的公司领导签字工作。完成了经理层关于董事会决议及授权事项的定期报告。服务领导、参政辅政能力进一步提高。（江炳堃）

【调研工作】围绕企业发展中的重点、难点、热点问题和领导交办事项，随同领导或组织有关人员开展调研活动，先后赴系统内30余家单位进行调研，赴中国铁建、中国建筑进行调研交流，并将调研成果及有关单位所提建议，适时向股份公司领导反映，并体现在有关材料中，为领导决策和工作部署提供第一手资料和参考依据。先后起草撰写了2018年工作会、中铁三局民主生活会、机关离退休干部迎新春座谈会及联谊会、经营工作会暨区域经营经验交流会、全面开发城市建设市场动员会、学习贯彻党的十九大精神集中轮训班专题党课、安全质量专题视频会、经济运行分析会、总部机关离退休人员情况通报会、国资委领导调研汇报材料以及成本管理暨二次经营工作专题会领导讲话等20余篇文稿。

（徐　勇）

【**信息工作**】2018年，中国中铁编发《中国中铁简报》96期，向国资委报送信息254条（篇），采用86条（篇），被国资委办公厅上报中央办公厅、国务院办公厅57条（篇），其中综合信息17条（篇），动态信息42条（篇），总得分676分，在央企排名第14名，在中央建筑企业中排名第一。组织撰写的《中国中铁推进我国高速铁路智能建设》《技术创新打造中国高铁四电示范线》《中国中铁大桥局在京张高铁项目践行绿色施工的做法》《中国中铁资源结构性改革的做法》《中国中铁通过财务共享中心建设持续推动企业改革》等重要综合信息被《国资工作交流》刊用，《中国中铁关于对发展智能制造面临的瓶颈分析及相关建议》《中央企业推进机器人研制和应用的工作情况、存在问题和有关建议》《中国中铁关于当前中资企业参与贝宁共和国投资建设的形势分析及存在的挑战和建议》《中国中铁对当前长江流域水环境治理的问题分析及对策建议》《中国中铁关于马哈蒂尔当选马来西亚总理对在马中资企业的利弊分析》《中国中铁关于城市地下空间绿色开发现状分析及相关建议》等近20篇综合信息被国资委上报中央办公厅、国务院办公厅，综合类信息采用率同比提升53%。中国中铁被国资委办公厅授予“信息工作优秀单位”称号，曾蕾、李巍巍等五位同志获得“信息工作优秀个人”称号，企业作为优秀信息工作代表在国资委举办的中央企业信息工作座谈会上进行了经验交流。修订《中国中铁股份有限公司办公室信息工作管理办法》，完善计分标准和分组分类。

（曾　蕾）

【**信息报送系统研发**】2018年，按照国资委信息报送系统的模式，总裁办公室会同科技与信息化部设计开发了适用于中国中铁管理特色的信息报送系统。该系统覆盖46家企业和直属项目部，实现了信息的报送传输、归纳统计、分享利用等功能，于2018年底实现全面上线。信息报送系统的开发利用提高了信息工作效率，规范了信息报送工作的管理流程，激励了信息员报送信息的积极性。

（曾　蕾）

【**综合协调工作**】在股份公司年初工作会议和经济活动分析会等重要会议召开后，第一时间进行重点工作事项的分解、布置及跟踪督办，通过改进督查督办工作流程，增强督查督办工作的针对性和实效性。优化督查督办工作流程，规范督办事项办理情况表格模板，全年共发布年度重点工作督查督办分解事项通知、督查工作通报8期，形成按季度进行督查督办任务下达、情况通报的长效机制，提升督查督办质量和效率。根据总部机关机构设置及职能的调整变化，对年初工作会议集中督办事项的主责部门进行调整，通过对季度工作例会部署的重点督办事项的分解、落实、反馈，推进总部机关阶段性工作的相互协调和闭合管理。对9家单位以函件形式发出董事会成员调研反馈问题整改落实情况的专项督查督办清单，推动相关问题整改落实到位。2018年1月，总部机关实行行政工作月报制度，坚持每月收集、汇总、整理机关各部门上月重点工作完成情况和本月工作计划，形成《总部行政工作计划摘要》。2018年，组织安排总部机关节假日值班33天，74人次，处理国家各部委紧急通知30余项。

（吴晓婧）

【**会议接待工作**】2018年，为中国中铁二届三次职工代表大会暨2018年工作会议、经济运行分析会、二次经营暨成本管理推进会等大型会议以及国资委委托的会议组织筹备工作提供会议服务。规范公司会议管理，制定《中国中铁股份有限公司总部会议管理规定》《中国中铁股份有限公司会议管理办法》，明确了会议分类、参会范围、会议时间、会议组织与纪律。明确总裁办公会和总经理办公会的组织流程，规范议案提交、领导签字、资料保管等相关会议流程，全年共组织召开总裁办公会30余次、总部季度工作例会4次，协调有关专题会议、签约拜访等会议近百次。安排国资委领导现场调研、省市政府领导来访以及重要合作伙伴洽谈签约等大型公务接待活动47次，服务580余人次。编印《会务与公务接待手册》，统一接待工作标准，规范接待流程与程序，细化会场布置与座次排序，调整接待专用宴会厅布置，全面提升公务接待工作水平。

（吴晓婧）

【**公务用车管理**】一是推进公务用车改革。启动公司公务用车制度的修订工作，通过对18家二级单位进行专项调研，进一步梳理资料，推动公务用车制度修订顺利开展。二是优化公务用车管理，按照层级管理原则，对二级企业机关及股份公司设立的分公司、指挥部、项目部等机构购置（租赁）公务用车进行审核备案，督促二级单位对巡视或审计检查中，发现的诸如超标购置公务用车、封存超标车辆未及时处理等问题，进行及时有效整改，不断完善公务用车管理的体制机制。三是规范总部车队管理。重新修订了《中国中铁股份有限公司总部公务用车管理办法》，对总部机关车队的车辆和人员进行有效管理。2018年，总部机关车队出车1195次，行驶里程约24万km，未发生安全责任事故和非责任事故。

（吴晓婧）

【**文书管理**】制定《中国中铁股份有限公司电子公文处理办法》《中国中铁股份有限公司总部收文办理实施细则》《中国中铁股份有限公司文件发送总表》《中国中铁总部复印室管理规定》《中国中铁总部收发室工作规定》，协同科技与信息化部对OA公文流程进行优化设计，加快文件流转速度，提高办文质量，规范并简化办文程序。首次实行所属单位请示类来文节点处理情况月度通报制度，提升公文办理效率。2018年，收文4480件，较2017年增加1289件、增长40.39%；发文2521

件，较 2017 年增加 487 件、增长 23.94%；复印机使用登记 380 人次，用纸约 6 万张。（何立强）

【印章管理】严格遵守印鉴管理相关制度和办法，规范用印审批程序和印章的刻制、使用、收缴、销毁程序。2018 年办理证照借用 110 人次，较 2017 年增加 34 人次、增长 44.74%；审批用印 2880 人次，较 2017 年增加 231 人次、增长 8.72%；监刻印章 59 枚；外出用印 35 人次 112 天；开具介绍信 109 件。（何立强）

【机要文件交换】严格遵守机要文件交换规定，2018 年办理机要通信 145 次，发送和接收文件 3803 件，较 2017 年增加 91 件、增长 2.45%，全年未发生错发、漏发、失密、泄密现象。机要交换员何立强被中央国家机关机要文件交换站授予“2018 年优秀交换员”称号。（何立强）

【完善档案管理体系】2018 年，根据国家档案局关于档案管理的相关规定，结合股份公司档案工作实际情况，新订《中国中铁股份有限公司审计档案管理办法》《中国中铁股份有限公司境外档案管理办法》，重新修订《中国中铁股份有限公司会计档案管理办法》《中国中铁股份有限公司文书档案管理办法》《中国中铁股份有限公司归档文件整理规则》《中国中铁股份有限公司档案工作协作组管理办法》《中国中铁股份有限公司电子文件归档与电子档案管理办法》。（周　慧）

【档案协作组活动】根据股份公司所属单位和机构的调整，结合档案协作组活动组织开展情况，对协作组的构成进行调整，由原来的四个组调整为三个组。调整后一组组员单位为中铁一局、中铁六局、中铁七局、中铁九局、中铁电气化局、中铁建工、中铁北京局、中铁国际、东方国际、中铁置业、中铁资源、中铁物贸、德伊项目部、印尼雅万项目经理部、孟铁项目经理部、中铁国资。二组组员单位为中铁二局、中铁八局、中铁大桥局、中铁隧道、中铁武汉电气化局、中铁二院、中铁六院、中铁设计、中铁大桥院、中铁科研院、中铁华铁、中铁工业、中体信托、中铁财务、中铁资本、总公司党校。三组组员单位为中铁三局、中铁四局、中铁五局、中铁十局、中铁广州局、中铁上海局、中铁交通、中铁南方、中铁投资、中铁开投、中铁城投、中铁上投、中铁文旅、广州轨道交通指挥部、双洮公路项目指挥部。年内，三个协作组分别制订活动方案、安排开展组内活动并完成组内换届工作。（周　慧）

【项目档案管理】一是开展以股份公司名义中标项目档案的验收工作。2018 年，完成北京地铁奥运支线 BT 工程档案收集工作，共收集科技档案 39 卷；完成中铁城投成都地铁 1 号线南延线项目档案的验收归档工作，共入库纸质档案 18 卷，电子档案 531 卷 9878 件；完成中铁交通大广高速公路平正段河南平正高速公路项目档案的验收，共入库纸质档案 5 卷，电子档案 156 卷 4332 件。二是推进项目档案的收集整理归档工作，建立报送机制，对以股份公司名义中标的项目及时跟进指导。三是在中铁大桥局仁新项目部举办 2018 年中国中铁项目档案培训观摩会，来自所属 14 家单位的 70 名档案管理人员参加观摩活动。（吴颖慧）

【“国际档案日”宣传活动】按照国家档案局关于做好“国际档案日”宣传活动的通知要求，中国中铁以“档案见证改革开放”为主题，通过举办档案知识讲座、发放宣传画册、编发微信专题文章、制作编研成果等方式，在全系统开展系列宣传活动，展示中国中铁改革开放四十周年取得的辉煌成就和档案工作在企业改革发展中的重要作用。组织在京单位档案工作人员参加国家档案局举办的《中国梦·航天梦——从档案看中国航天事业发展》专题讲座，增强档案服务企业改革发展意识。（吴颖慧）

【档案利用】2018 年，股份公司总部机关利用档案 1535 件，利用人员 135 人次，为总部机关整章建制、资质申报、审查审计、工作查考、宣传教育、编史、解决历史遗留问题等工作发挥重要作用。（吴颖慧）

【总部机关档案归档】2018 年，收集股份公司总部机关管理类档案 7246 件，文件资料 1699 件。（吴颖慧）

【片区督导巡视组档案移交】2018 年，股份公司档案室接收 8 个片区督导巡视组移交纸质档案 603 件，电子档案 1420 件，实物档案 8 件，照片档案 1 卷，声像档案 19 件，电子文件资料 33800 件，总容量约 151G。（吴颖慧）

【《中国铁路工程总公司年鉴（2017）》出版】2018 年 5 月，《中国铁路工程总公司年鉴（2017）》由中国铁道出版社出版，印发 1000 册。全书编辑文字约 120 万字，刊用图片 169 余幅，较为全面翔实地记述了中国中铁 2017 年度企业改革发展、经营管理、工程施工、科技文化及党群工作等方面的主要成果、经验和重要活动信息，较好地反映了中国中铁的企业概貌和整体竞争实力。在设计编排方面进一步创新探索，随着企业的发展变化不断增设新的栏目，图片专栏中增设“战略合作”栏目，以“企业发展”栏目记载中铁华铁、中铁上投、中铁资本、中铁广州局等单位重组与成立。全书正文由 14 个类目、96 个分目、8 个次分目、829 个条目、81 份表格、3 篇文章组成。（王　琳）

【编辑出版《中国铁路工程集团有限公司年鉴（2018）》】《中国铁路工程集团有限公司年鉴（2018）》编辑工作从 2018 年 4 月启动，制定下发了组稿工作通知、年鉴框架及编写分工、所属单位篇目编写模板的通知。《中国铁路工程集团有限公司年鉴（2018）》由中国经济出版社出版，印发1000册。2018卷全书收集材料390余万字，图片500余幅；编辑成书150万字，刊用图片241幅，年鉴设类目14个，条目1169条，表格125份，文章3篇。全面、翔实地记述了中国中铁2017年度企业改革发展、经营管理、工程施工、科技文化及党群工作等方面的主要成果、经验和重要活动信息，反映了中国中铁的企业概貌和整体竞争实力。2018年卷在设计排版等方面进一步创新探索，根据企业发展的年度重大事件，彩页中增设共建"一带一路""一带一路"建设精品工程、"精准扶贫"等栏目，以"企业发展"栏目记载中铁工业、中铁北京局的成立上市及更名挂牌；在正文中，按照年鉴编撰的要素，增设人物篇目，选取2017年度新闻人物、科技人物、模范人物进行记述撰写。增设索引，编制符合规范化要求的年鉴索引，提供比目录更为全面的信息量，引导读者直接快捷地查找到信息资料的确切位置，不断增强年鉴的科学性和可读性。从年鉴封面设计上，本卷采用布艺烫金工艺，其美观性较往年年鉴有所提升。（王 琳）

【配合各部委、各行业协会完成年鉴史志资料的供稿工作】2018年，在编辑《中国铁路工程总公司年鉴（2017）》和《中国铁路工程集团有限公司年鉴（2018）》的同时，还向《中国国有资产监督管理年鉴》《中国建设年鉴》《中国建筑业年鉴》提供相关企业发展、生产经营等情况资料近3.5万字。向《中国铁路志·工业志》提供相关工业企业历史发展、基础工业、主要产品及相关工业图片182幅。（王 琳）

【志鉴利用】2018年6月，中央广泛开展庆祝中国改革开放40周年"百城百县百企"调研活动，原铁道部孙永福副部长率调研组对中国中铁进行专项调研，需要改革开放以来公司获得的国家级荣誉奖项。经查找，在《中国铁路工程总公司志》《中国铁路工程总公司年鉴》及档案库存中，提取资料近8万字，统计改革开放以来公司获得的国家级荣誉奖项，截至2017年底，中国铁路工程集团有限公司获国家级奖项5003项。向全国57家省市图书馆及高校图书馆捐赠2011—2017卷年鉴741册，不断提升年鉴的使用利用率和中国中铁的社会美誉度及影响力。（王 琳）

【《国资年鉴》征订工作】按照国资委办公厅有关《中国国有资产监督管理年鉴》征订通知的要求，2018年在中国中铁系统征订国资年鉴94册。（王 琳）

【信访维稳体系机制建设】根据国务院国资委党委和股份公司、股份公司党委的部署，着力健全中国中铁信访维稳工作体系，完善中国中铁信访工作机制。起草修改《中国中铁股份有限公司信访工作办法》《中国中铁信访工作责任制》《处置到股份公司总部非正常上访当事单位责任规定》等制度。建立中国中铁信访办工作月报、重点信访事项要情、重大事件专报及基层单位信访维稳事项报告机制。针对基层重点突出的信访问题，建立重点信访问题专项调研制度。（高奥璇）

【做好敏感时期信访维稳工作】为做好"两节""两会"等敏感时期信访维稳工作，精心组织、严密部署，对全公司信访维稳工作提出明确要求。有效协调，强化源头治理，压实基层信访维稳责任。综合施策，狠抓涉事单位预防、预警机制和处置应对，实现了北京地区群体性零上访。（高奥璇）

【矛盾纠纷排查化解】2018年，中国中铁深入开展矛盾纠纷隐患排查化解工作，实现排查工作全覆盖。全公司共排查发现各类涉及信访稳定的矛盾纠纷及隐患问题500余项，其中141项报中国中铁信访办备案。针对排查矛盾纠纷及隐患问题，建立了重大隐患和突出问题台账，明确矛盾化解的责任单位和责任人，制定可能引发恶劣社会影响信访事件的化解目标、整改时限和应急处置预案。针对备案的矛盾纠纷问题进行再次危害评估，将15项较为突出的矛盾纠纷隐患问题列入中国中铁2018年信访维稳重点事项，并要求涉事单位领导亲自包案或挂牌督办，组织有关单位和部门分析原因、找出源头，研究解决措施，有效化解。（高奥璇）

【受理来信来访】2018年，中国中铁信访办共接待群众来访91批/452人次，集体访15批/312人次，办理群众来信118件，其中领导及上级交办的信访事项7件，各项来访来信均在限期内完成调查并妥善处理，未出现一起因协调、督办不及时而到北京敏感地区群体性上访事件。（高奥璇）

【办公室主任座谈会】2018年5月12日，中国中铁在合肥召开办公室主任座谈会。股份公司总裁办公室主任齐伟、副主任李辉、薛健，各单位办公室主任及总裁办各业务处室相关人员共63人参加会议。各单位办公室主任就办公室工作情况和遇到的困难问题等进行交流，中铁四局、中铁一局、中铁二局、中铁八局、中铁十局、中铁大桥局、中铁隧道7家单位发表经验交流。股份公司总裁办齐伟主任对办公室工作提出具体要求，要围绕企业中心工作，加强自身建设，提高工作质量和效率，保证以文辅政、信息调研、督查督办、综合协调、保障服务等各项工作发挥积极作用。（王 琳）

2018 年 5 月 12 日，中国中铁在合肥召开办公室主任座谈会

2018 年 8 月 26 日，总裁办公室党支部、党委办公室党支部联合组织主题党日活动

【办公室业务培训】1. 2018 年 6 月 24 日至 7 月 4 日，在清华大学举办第八期中国中铁办公室负责人高级研修班。中国中铁所属二级企业党委办公室、行政办公室主任、副主任，总裁办公室员工等 85 人参加培训。培训内容包括深刻领会党的十九大精神、当前国际形势与国家安全、宏观经济形势分析、“一带一路”发展战略、领导艺术与执行力提升、新形势下 PPP 模式解析及最新政策解读、大数据对未来社会的影响、清华文化与精神以及公文材料写作等内容。2. 2018 年 7 月 27 日，在成都举办中国中铁信息工作专题培训班，首次创新了信息培训形式，邀请当地省政府信息处领导现场授课，通过培训进一步提高广大信息员的工作站位、选题视野和采编能力。（王琳 曾蕾）

【支部建设】2018 年，总裁办党支部充分发挥政治引领作用，积极推进公司党委重大决策部署的落实，通过党员大会、十九大精神轮训、OA 网络课堂，深入组织学习贯彻习近平新时代中国特色社会主义思想工作；组织全体党员开展了“铭记历史、牢记使命”主题党日活动；认真贯彻落实公司系列会议精神，加强和创新了督查督办工作。强化四项建设，全面提升党建工作质量。通过认真开展党支部“三会一课”活动，组织党员集中学习加强思想政治建设；通过健全支部班子，完善组织关系转接，严格发展党员程序，严肃缴纳党费和完备内业资料加强组织建设；通过定期召开组织生活会，坚持党内有关事项公开制度加强党内民主建设；通过坚持全员参加“卓越讲坛”专家讲座，积极组织参加网络学院学习和员工的业务培训加强业务能力建设。从严落实管党治党责任，全面加强机关党风廉洁建设。严格落实机关党建工作责任、严格落实党内政治生活、严格落实“两个责任”、严格落实党内监督，以党章为根本遵循，以党纪为基本准绳，切实加强党员的日常监督，把纪律挺在前面。（高奥璇）

战略规划部

【部门职责】（一）负责股份公司中长期及滚动发展规划的组织编制和股份公司各层级企业职能定位的界定，指导各业务和职能战略、二级公司中长期及滚动规划的编制。负责股份公司董事会战略委员会赋予的工作。

（二）负责全面深化改革和政策研究。

（三）负责股份公司内部控制与风险管理体系建立，维护及运行监督工作。负责股份公司质量、环境、职业健康安全管理体系运行管理工作。

（四）负责企业内外部改革、重组和并购方案的制定与实施。负责企业设立、注销及关闭、破产清算工作。牵头负责亏损企业治理相关工作。负责企业办社会职能移交工作。

（五）负责股份公司各类资质规划和管理，总部及二级企业资质的申报、变更工作。牵头负责国家执业资格管理和股份公司总部建造师的注册登记工作。

（六）负责组织股份公司所属三级公司二十强、十佳企业的评选工作。

（七）负责项目管理实验室活动、现代化管理创新及成果评选工作、负责各板块 QC 质量管理成果审核、评选工作。

（八）负责与政府、企业和相关单位战略合作等事宜。负责与对口行业协会和企业管理协会的日常管理工作。

2018 年 11 月 14 日起，依据《关于调整股份公司总部部分行政部门职能和机构编制的通知》（中铁股份劳社〔2018〕255 号），将战略规划部牵头负责股份公司、二级企业对非控股企业参股股权投资管理职能调整到财务部；将负责股份公司计划编制、统计职能调整到经营开发部。取消战略规划部“牵头负责股份公司投资项目负面清单管理”职能，相关工作由投资发展部负责。

【战略管理】一是制定总体战略规划。根据国资委《关于认真做好中央企业2018—2020年滚动规划编制工作的通知》要求，认真总结2017年发展规划执行情况，加强国际国内政治、经济、社会、行业发展形势及发展趋势的分析研判，对公司“十三五”发展规划进行滚动调整，编制完成股份公司2018—2020年滚动规划。二是强化评价考核机制。有组织、有计划地开展战略规划实施情况的评价考核，定期向董事会总结汇报战略规划执行情况，及时根据经济发展形势、市场竞争及企业内部情况变化，调整发展方向、目标和措施。（林生辉）

【深化企业改革】召开“一对一”专题会议，听取了25家所属单位的有关意见和建议，制定《中国中铁三级工程公司重组改革方案》，召开6家投资公司关于所属三级公司撤并工作座谈会，各单位完成了具体方案制订。制订《中国中铁房地产业务改革方案》，经股份公司党委常委会、总裁会、董事会审议通过，颁布实施。完成中铁北京工程局下属北京颐和工程监理有限公司重组整合。按照国资委《国企改革双百行动工作方案》要求，完成中铁九局、中铁二院、中铁国际三家企业“双百行动”方案的评审上报工作。按照国资委《关于召开中央企业首批员工持股试点工作座谈会的通知》要求，编制试点企业员工持股情况报告及经验交流材料。完成中铁建投、中铁上投、咸阳干院更名和办理事业法人登记工作。牵头协调处理中铁五局置业公司重组过程中关于下属铁五建自然人股东法律纠纷问题，经过协调，小股东撤诉，保持企业继续存续经营。（林生辉）

【“三供一业”、医疗教育机构改革】推进剥离企业办社会职能和解决历史遗留问题工作，按期完成了国资委下达的“三供一业”分离移交各阶段工作目标，截至2018年底，累计拨付“三供一业”分离移交补助资金21.88亿元，其中中央财政补助资金10.95亿元、企业配套资金10.93亿元。医疗教育机构改革有序推进并取得积极进展，截至2018年末，完成32家所办医疗机构的改革与处置任务。（林生辉）

【管理创新】2018年，中国中铁持续推进全面管理实验室活动。印发《中国中铁关于进一步推进全面管理实验室活动的通知》，对推进全面管理实验室活动进行安排部署。在北京、武汉、成都、总部机关召开4个片区现场管理实验室推进会议，总结阶段工作，针对各板块存在的问题，提出下一阶段具体工作要求。做好项目管理实验室活动全面工作总结。印发《中国中铁关于做好蒙华铁路项目管理实验室活动全面工作总结的通知》，组织各施工企业开展蒙华铁路项目管理实验室活动全面总结工作，筹备召开管理实验室活动总结表彰大会。开展优秀项目管理制度评审评选工作。所属18家施工企业围绕《总体方案》明确的10个方面重点管理内容，分别在集团公司、工程公司、项目部三个层级共评选推荐上报了508项项目管理制度，抽调各单位从事各项重点管理内容的业务骨干53名，组成10个评审组，开展评审评选工作，形成评审报告及拟表彰建议。开展质量提升专项行动。为全面落实党中央、国务院关于开展质量提升专项行动的重大战略部署，招标聘请咨询机构提供质量提升管理咨询服务，组织对总部机关及所属26家单位进行专项访谈，为研究制定《中国中铁质量提升行动总体方案》打下基础。（林生辉）

【管理创新成果评选】2018年，组织开展管理创新课题立项及成果评选工作。所属31个二级单位及4个总部机关部门共优选上报109项管理创新课题立项，共有60项成果获得2018年度股份公司管理创新奖，其中一等奖18个，二等奖20个，三等奖22个；共有9项成果获第二十三届全国企业管理现代化创新奖。2015年以来，累计共有21项成果获得国家级企业管理现代化创新奖。（林生辉）

【专项治亏工作】按照国资委《关于中央企业开展亏损企业专项治理工作的通知》要求，根据2015年印发的《中国中铁亏损企业专项治理工作方案》，全公司各级企业按照“一企一策”的原则制订实施方案，有条不紊地开展治亏专项工作。2018年，通过统计对比2015年中期至2017年末全级次亏损企业数量及金额变化情况，对2015年以来各单位亏损企业，特别是三级亏损企业专项治理情况进行分析，从亏损额连续数年较高、亏损额同比不降反升等方面筛选出重点关注企业，持续推进各单位亏损企业治理工作。截至2018年12月31日，与2015年末相比，各层级亏损企业户数合计减少88户，亏损额合计下降35.15亿元，治亏工作取得阶段性成效。（林生辉）

【资质管理】2018年，组织申报股份公司公路工程施工总承包特级资质。指导协助各单位完成各类总承包、专业承包以及各类设计资质85项，其中获得10项公路特级、2项市政特级、3项建筑特级等共15项特级资质。申报并公示了3项市政特级和1项建筑特级。完成中铁南方、中铁开投、中铁城投、中铁上投的资质转移申请工作。协助中铁一局、中铁三局获得铁路运输企业准入许可证。完成股份公司铁路运输许可的申报工作。截至2018年末，公司共拥有各类资质1490项，其中铁路工程施工总承包特级18项，铁路工程施工总承包一级38项；公路工程施工总承包特级22项，公路工程施工总承包一级41项；建筑工程施工总承包特级18项，建筑工程施工总承包一级45项；市政公用工程施工总承包特级8项，市政公用工程施工总承包一级116项，港航工程施工总承包特级资质1项。专业承包资质854项，其中专业承包一级资质565项。公司在勘察设计与咨询服务领域拥有工程勘察设计资质247项，其中勘察资质56项，设计资质191项。（林生辉）

【内控风险管控】一是编制全面风险管理报告。按照国资委要求，印发《中国中铁关于2018年开展全面风险管理工作有关事项的通知》，对全公司2018年全面风险管理工作进行了安排部署，开展公司层面风险评估工作，编制《2018年度全面风险管理报告》，经董事会审议上报国资委。二是按照国资委《关于做好中央企业境外风险防控专题会精神贯彻落实工作的通知》要求，召开专题会议研究部署境外风险防控工作，编制《中国铁路工程集团有限公司关于贯彻落实中央企业境外风险防控专题会精神的报告》并上报国资委。三是开展管理体系认证审核工作，顺利通过管理体系认证审核。

（林生辉）

【开展QC小组活动】组织召开股份公司施工系统第三十八次质量管理小组成果发布会，有56个质量管理小组成果在现场发表，61个质量管理小组成果书面交流。推荐并荣获全国优秀质量管理小组成果104个、质量管理优秀企业6家、质量管理卓越领导者5人和质量管理优秀推进者5人。（林生辉）

财务部

【部门职责】（一）负责研究国家财经、金融政策。负责根据财经、金融法律、法规、规章和国务院国资委有关规定及公司章程、发展战略等拟定并牵头组织实施公司的财务子战略；负责全面预算、财务报告、经营业绩考核、税务管控、产权、产融结合、金融投资、债务性筹资、内部资金融通调剂、担保、清收清欠、经济关系和运行秩序、经济运行分析、会计、监察等方面财务管理制度（办法）的建设。

（二）负责牵头组织国有资产保值增值工作。负责公司全面预算管理；牵头组织编制公司对外披露、上报中国铁路工程总公司（国资委）的财务预算；组织、指导所属企业（单位）预算的编制；审核、批复所属企业各项预算、考核指标。负责编制财务报告；负责因股权关系产生的关联人管理及关联交易会计信息报送工作。

（三）负责管理并实施对所属企业年度、滚动经营成果（业绩）考核工作。组织开展经济活动分析。

（四）负责公司税务事项管理；指导所属企业税务事项管理；统一筹划公司所得税；协调、管控所属企业间税务事项。

（五）负责公司、所属企业资产的产权管理；协同、配合相关职能部门管理、办理兼并、收购、重组中的产权事项。负责管理公司（本部）设立的各类产业基金，对所属企业各类基金的设立进行管理；负责各类基金对基础设施投资项目（PPP项目等，下同）的准入管理。组织、指导所属企业建立基础设施投资项目融资方案和责任体系；牵头组织所属单位与基础设施投资项目融资方（金融或类金融机构）之间“总对总”的谈判、协调。负责对所属企业财务资源（净资产、金融机构借款）的配置。

（六）负责公司、所属企业产融结合管理。指导、协调所属金融板块企业各种外部监督和同业关系。负责金融资源管理；统一管理公司及其所属企业金融授信资源的获取、使用、再生。统筹公司融资管理，统一管理、办理债务性筹资和资产证券化。

（七）负责公司货币资金集中管理。负责募集资金使用情况的日常管理和监督。负责公司担保管理；集中管理公司、所属企业对外担保和反担保事项。负责本部门管理的重大合同签约信息的报送工作。

（八）负责配合相关职能部门规划公司所属金融板块企业的发展规划。负责公司、所属企业外汇、股票、基金、理财、金融衍生品等金融投资业务的管理；负责管理套期保值业务。负责保险业务的集中管理。

（九）负责清收清欠管理；负责所属企业清欠工作的组织、管理、指导、督查、考核；负责所属企业间债权债务清算工作。

（十）负责公司与所属企业间、所属企业相互间、公司及所属企业与关联表外企业之间经济关系的管理；指导所属企业内部经济关系管理。

（十一）负责公司财务监察工作；指导所属企业财务监察工作。

（十二）负责公司财务会计信息化管理；统筹组织、协调公司所属企业财务会计信息化工作；负责公司（本部）、指导公司所属企业财务共享中心的建设、运行、维护。

（十三）负责对口国家各部委相关工作；负责组织、协调相关部门申领国家财政或财政性质资金补助（贴）工作；负责对接、承办国资委经营绩效考核、经济运行分析、财务监督相关工作。

（十四）负责公司所属企业办公用房管理和工业厂房设施投资管理。

（十五）比照上述职责管理关联表外企业。

（十六）负责财务会计从业人员的培训；负责管理公司财会学会。

（十七）负责公司机关财务会计事项的管理、办理工作。

根据《中国中铁关于调整股份公司总部部分行政部门职能的通知》（中铁股份劳社〔2018〕76号），负责组织测算、下达二级组织机构的运营管理成本。

2018年11月14日起，依据《关于调整股份公司总部部分行政部门职能和机构编制的通知》（中铁股份劳社〔2018〕255号），将战略规划部牵头负责股份公司、二级企业对非控股企业参股股权投资管理职能调整到财务部。

【工作综述】2018年，财务工作按照“抓重点聚焦中心工作、促落地保障经营目标、勇担当严抓风险防控、提质量强化业务能力、谋长远打造运营体系”总体思路，在公司党委、董事会、经理层的正确领导下、通过包括财务人员在内的广大干部职工的奋斗努力，公司主要财务指标稳中向好，收入利润等核心指标再创历史新高，降杠杆减负债工作成效明显，资产负债率管控已见成效，历史遗留问题得到稳妥处理，财务风险得到有效控制，“两金”压降工作取得积极效果，成员企业和不同业态发展不充分不平衡的问题得到逐步改善，公司资产质量得到进一步夯实，财务领域“补短板、提质量”工作向纵深发展，财务业务“依法合规、提质增效”要求正走深走实，圆满落实了公司年度重点工作要求，有效助力公司向“国内领先、世界一流的特大型综合产业集团”目标迈进。（樊　伟）

【2018年经济运行情况分析会】2018年8月19日至20日，中国中铁2018年经济运行情况分析会在中铁四局召开。股份公司党委书记、董事长李长进，总裁张宗言在会上作重要讲话。

李长进在题为《学透用好习近平新时代中国特色社会主义思想坚决贯彻执行党的路线方针政策和决策部署》的讲话中，从十个方面对全力抓好下半年各项重点工作提出了具体要求并作出安排部署，强调务必坚持和加强党的领导，务必加强和改进党的建设，务必防范化解重大风险，务必全面深化企业改革，务必推动创新驱动发展，务必增强国际化经营和境外风险防控，务必加强企业领导干部和人才队伍建设，务必坚持抓基层打基础，务必推进精准扶贫脱贫，务必提升企业品牌影响力。

张宗言在会上作了题为《知机识变奋发进取全力开创企业高质量发展新局面》的报告。报告总结回顾了2018年上半年生产经营工作情况，剖析了2017年以来的经济运行情况。他指出，2018年上半年中国中铁各项工作呈现出了市场开发持续进步、营业规模稳定增长、经济效益持续提升、资产质量有效改善、改革管理纵深推进五个显著特点，企业新签合同额、营业收入、利润总额、归属母公司净利润、资产负债率均创近年同期最好水平。针对下半年和今后一个时期的重点工作，要把握市场变化，强化开发力度，推动企业经营稳定发展；锁定财务指标，强化精准给力，推动经济运行趋好向优；聚焦关键环节，对症综合施治，推动提质增效取得实效；深化改革创新，激发整体活力，推动发展潜能充分释放。

会上，张宗言与6家二级单位负责人签订了《2018—2020年资产负债率管控责任书》；股份公司财务总监杨良对下一阶段的“双清”工作作出安排部署，副总裁、总法律顾问于腾群对“三供一业”分离移交工作提出要求；中铁四局总经理王传霖、中铁建工总经理毕彦春作了改革发展与管理经验介绍。会议期间，与会人员还参观了中铁四局企业大学、管理研究院、机关员工福利设施。（杨　晨）

【财务制度建设】2018年，制定《中国中铁关于“PPP项目融资方案”若干事项的通知》，进一步明确PPP项目融资总体要求及融资方案评审及变更流程；制定《中国中铁资产经营指导意见》，促进资产负债瘦身，降低资产负债率；修订发布了《中国中铁2018年二级单位业绩考核方案的通知》，增加及调整了抓党建、降杠杆、控两金、重创新等专项考核内容；制定发布《关于总部部门国有资本经营预算工作相关规定的通知》，健全“统一部署、统筹协调、主动安排、积极储备”工作机制；制定《中国中铁扶贫资金管理办法》，加强和规范扶贫资金使用与管理，促进提升资金使用效益；制定下发了3个专项的财税管理办法，具体包括《中国中铁股份有限公司PPP项目财务管理暂行办法》《中国中铁股份有限公司境外投资财务管理暂行办法》《中国中铁股份有限公司研发费用加计扣除管理办法》，规范财税管理行为、防范经营风险、税务风险，降低税费；结合企业执行的实际情况，对《中国中铁股份有限公司税务管理暂行办法》《中国中铁股份有限公司增值税管理暂行办法》进行了修订和完善，增强了可操作性，补充了节税的激励机制。上述制度办法的制定和完善进一步建立健全了股份公司财务管理制度体系和内控制度体系，提高了股份公司财务管控的制度化和科学性。（樊　伟）

【资金管理】一是强化资金集中与调剂工作。完善现金管理系统，与已挂牌财务共享中心单位的G6资金系统进行对接。研究海外资金支付通道及资金集中方案，开展跨境人民币资金集中运营管理业务，解决孟加拉帕德玛大桥项目等跨境付款问题，对于铁工（香港）财资管理有限公司的外币进行资金归集。针对股份公司全级次资金紧张现状，继续贯彻《中国中铁关于进一步加强资金集中工作的紧急通知》，要求各成员企业深挖资金集中潜力，努力提高资金集中度。下发《中国中铁关于大额资金支付监测有关事宜的通知》，要求已上财务共享服务的单位，所有资金支付必须通过财务共享服务线上支付流程对外支付，鼓励各单位充分利用中国中铁内部资金集中及结算平台优势。结合现行政策，更新资金集中考核方式，增加二级资金集中度考核指标。严格贯彻股份公司禁令，对于投资类公司、施工项目总包单位设置障碍，阻止或妨碍参建单位资金集中工作等行为坚决制止并要求限期改正。2018年各单位在股份公司日均存款达到约660亿元，内部调剂资金余额年末预计将突破1000亿元。

二是加强融资成本管控力度，筹划降低集团整体财务费用。利用境内资金市场价格下行走势，及时与交通银行、招商银行等沟通，调整存量贷款利率。其中交通银行存量贷款70亿元，从此前的基准上浮5%或基准调整到基准下浮5%~6%；招商银行23亿元存量贷款从基准调整到下浮5%。根据货币市场流动性及金融市场融资成本的变化，适时调整清算中心存款、贷款利率，增强了各单位对外融资成本谈判的议价能力。利用资本市场价格下行趋势，利用资本市场规则，及时行使发行人利率调整选择权，调整了2016年发行的20.5亿元公司债券。对各单位高息融资进行了多轮排查和清理置换，对各单位的融资成本进行了严格管控，给各单位增加降低融资成本的压力。

三是强化融资预算管控、严控融资规模。推进上一层级对下一层级财务资源供给侧结构性改革；按照“安全性、流动性、效益性”原则，配合完成融资预算中期调整工作。加强内部融资预算管控力度。通过加强融资审批力度、严肃融资预算刚性和财经纪律、加强财务监督检查等手段，配合加大股份公司内部调剂力度，2018年末中铁工合并层面有息负债规模约为1826亿元，扣除房地产新增土地储备增加融资外，融资规模较2017年下降超过200亿元。

四是加大权益融资力度。2018年6月，完成债转股第一阶段“标的公司债转股”的所有工作，股份公司整体增加权益资金约116亿元，将降低资产负债率约1.37个百分点，年节省财务费用5.8亿元。利用资本市场融资便利和发债窗口期，先后发行了4期可续期公司债和3期永续中票，共计发行200亿元永续债。启动了保险永续债券计划。通过市场化债转股和发行永续债，权益融资316亿元。

五是积极推动存量资产的资产证券化和应收账款无追保理等出表业务。将资产证券化目标纳入中期预算调整，并将募集资金至少50%用于偿还银行贷款的要求纳入中期融资预算调整方案中。经股份公司第四届董事会第三次会议审议通过，计划开展不超过300亿元的资产证券化（出表）业务，并授权董事长或总裁全权处理所有相关具体事宜。2018年6月19日，完成61.27亿元的应收账款出表。ABN的发行，以最低的成本提前变现了应收账款，提高了应收账款的周转速度，提升了资金的利用效率。各单位全年新增发行资产证券化ABN/ABS约179亿元，无追保理约89亿元。（樊　伟）

【产权、股权管理】2018年，组织对产权工作设计的评估机构、进场交易经纪机构、并购业务财务尽调机构等的招标，建立机构库并签订框架协议。确定了10家资产评估机构、5家经纪机构和5家尽调机构为入库单位。组织对中铁物贸、中铁国际、中铁财务等单位进行增资。以现金增资方式对中铁物贸补充净资产18亿元；对中铁国际以未分配利润转增实收资本2.5854，以现金增资12.06746亿元；对中铁财务按股比以现金增资47.5亿元。办理中铁四局对所属四家子公司增资、总公司增资北京雅万高速铁路有限公司、中铁资本对中铁汇达保险经纪公司和中铁保理公司增资、中铁工业向控股子公司中铁轨道交通装备有限公司增资等事项。2018年，全公司完成国有资产评估备案项目53个，总资产账面值1722.11亿元，净资产账面值335.72亿元，净资产评估值459.97亿元，评估增值124.25亿元，增值率37.01%，实现了国有资产保值增值。其中涉及股权转让、收购、增资、债转股的备案项目40个，占比75%，净资产332.63亿元，净资产评估值449.06亿元，评估增值116.43亿元，增值率35%；涉及资产转让的备案项目13个，资产账面总额3.09亿元，评估值10.91亿元，评估增值7.82亿元，增值率253.07%。完成户数压减类股权转让项目资产评估备案16个，净资产账面值2.38亿元，净资产评估值12.3亿元，评估增值9.92亿元。完成“双清”任务的项目，评估备案抵偿欠款金额6.09亿元。完成清理低效无效资产，处置抵销无效资产评估，涉及金额2141.84万元。完成涉及资产盘活项目资产评估净值3.54亿元。截至2018年12月末，股份公司（合并）累计完成产权交易13宗，其中：国有股权转让11宗，挂牌价值合计85103.33万元，成交价85894.05万元，增值额790.72万元；国有企业增资1宗，挂牌价值20079.60万元，成交价20079.60万元；资产转让1宗，挂牌价值5600万元，成交价5600万元，严格按照资产评估价值执行，确保国有资产保值增值。截至2018年12月末，股份公司（合并）累计进场但尚未完成产权交易8宗，其中：股权转让6宗、资产转让2宗。资产评估备案价合计106901.57万元，挂牌价总计106901.57万元。预挂牌股权转让项目4宗，目前均已完成预挂牌，待正式挂牌。办理中铁置业内部转让济南中铁置业有限公司和中铁置业集团济南有限公司股权、中铁二局内部转让中铁二局集团物管公司和成都市金马瑞城投资有限公司股权、中铁四局内部转让淮南山南新区城市基础设施投资建设有限公司股权、中铁建工内部股权转让梓进大连梓金发展有限公司和大连梓元开发有限公司股权、中铁上海局向中铁四局协议转让所持淮南山南投资公司股权、中铁置业协议收购中铁国际所属青岛熙越置业有限公司股权、中铁资源所属2公司将所持华刚矿业股权内部转让给中国铁路（香港）工程有限公司、中铁上投内部转让所持芜湖市运达轨道交通建设运营有限公司股权、中铁十局内部转让中铁置业集团济南有限公司股权、中铁建工内部转让上海华升置业有限公司股权等事项。办理中铁一局建安公司处置汉中市土地房屋资产、中铁建工处置上海市普陀区真南路1820号和1838号土地房屋资产、中铁四局处置九江市濂溪区五里乡土地及附属物资产、中铁六局处置呼和浩特市两宗土地等的批复。

2018年，在北京产权交易所2017年度企业国有产权交易年度奖项评选活动中，中国铁路工程集团有限公司被授予“年度最佳产权交易组织奖”。同年，在上海联合产权交易所举办的2017年度优秀会员评选活动中，中国铁路工程集团有限公司荣获“年度产权交易组织金奖”。

（樊　伟）

【业绩考核评价管理】2018年，财务部充分利用业绩考核这个抓手引领财务管理各项工作，获得国资委2017年度经营业绩考核A级的结果。对内部所属二级单位业绩考核评价上，一是敦促二级单位对照2017年度考核结果“找到差距、分析原因、采取措施”，并将有关整改建议按照管理职责分送给各部门、督促整改；二是组织开展了3次2018年度二级单位季度业绩预考核工作，敦促各单位强化过程管控、实施过程评价、促进及时整改，确保最终完成年度考核目标；三是及时归纳总结2017年业绩考核以及2018年三次预考核中的问题和偏差，贯彻落实党中央、国务院、国资委关于中央企业最新监管、考核要求，进一步修订业绩考核办法，使其更加切合实际、顺应发展趋势，更加全面准确地评价二级单位经营业绩。

（樊　伟）

【税务管理】一是建立完善税务管理制度体系。2018年，财务部先后组织制定了《中国中铁股份有限公司PPP项目财务管理暂行办法》《中国中铁股份有限公司境外投资财务管理暂行办法》《中国中铁股份有限公司研发费用加计扣除暂行办法》《中国中铁股份有限公司财税高端人才管理办法》4项财税管理办法，修订了《中国中铁股份有限公司税务管理暂行办法》《中国中铁股份有限公司增值税管理暂行办法》。规范企业在拓展PPP项目投资领域、“一带一路”国际业务以及享受税收优惠中财税管理行为、防范经营风险、税务风险，降低税费成本。二是积极开展税务规划。指导各单位用足税收优惠政策，积极开展高新技术企业认定和研发费用加计扣除工作。通过现场调研，对存在大额不良资产、亏损子企业，提出通过转让部分股权、资产证券化等方式实现问题单位出表、合理安排转让定价确保盈亏平衡等措施以实现税负水平回归正常。梳理中铁投资代管项目管理模式存在的核算主体单位与管理人员错位、人员社保缴纳单位与费用列支单位错位、利润归属单位与利润核算单位错位等问题，起草了《投资类公司提供服务收费方案的建议》。三是完成国税总局税务稽查自查及应对。通过全集团的税务自查工作，对所有的涉税问题及风险进行了梳理总结，提出了针对性地改进税务管理薄弱环节、有效控制税务风险的建议措施，形成了税务自查总结报告。四是持续推进税务管理信息化建设。组织中铁一局、二局、四局、六局等单位对税务管理信息化需求进行梳理，对增值税管理信息系统进行了优化升级，并组织进行了测试、研讨、总结。五是强化股份公司直属单位税务管控。2018年先后到成都、广州、南宁、青岛等21个项目部进行了税务检查，对不合规现象下发整改通知书，并监督落实；先后两次到双洮项目现场调研税收落地事宜，召开专题会议、与业主进行沟通，确保了项目的顺利实施；到广东省南沙区召开入统专题会议，解决2018年入统承诺事宜。2018年对股份母公司范围内71个项目部开具发票392亿元，认证专用发票12478张，票面金额169.36亿元，开具发票上千张，票面金额约380亿元。六是开展PPP项目财税管理课题研究。通过开展中国中铁PPP项目财税管理研究，形成PPP项目财税管理解决方案和操作指南，指导各单位科学、规范开展PPP项目财税管理工作。财务部牵头组织的《PPP项目财税管理》课题成果报告获得2018年度中国中铁企业管理现代化创新成果一等奖。七是加强估计业务税务管控工作。组织集团内单位完成关联申报和同期资料准备工作，组织集团所属各单位按照42号公告要求填报国别报告、编报本地文档和主体文档，并通过此项工作发现国际税收业务中存在的问题，形成惯例建议报告。参与境外项目评审提出建议，通过深入研究相关国家税收政策，在国际项目标前评审中，充分揭示税务风险、明确应考虑的税务因素。参与制定股份公司直管境外项目税务管理办法、税务筹划方案。针对股份公司直管的孟加拉项目拟定税务管理办法，为境外项目税务合规性提供制度上的保障。八是主动应对税制改革。针对2018年5月1日增值税的税率下调，印发了《关于做好应对增值税深化改革相关工作的通知》，指导各单位充分理解政策，提前做好与业主、供应商等上下游的沟通确认工作，避免企业在税改中受到损失，最大限度分享红利。针对国地税机构改革，社保征管自2019年由税务部门负责，及时印发了《关于做好2019年1月1日起社会保险费由税务机关征收相关准备工作的通知》。针对研发费用加计扣除比例、固定资产税前扣除标准的提升，以及所得税前扣除凭证管理的新政策的出台，撰写了《关于进一步加强税务管理落实有关税收政策的通知》。深入研读新的个人所得税法以及个人所得税专项附加扣除暂行办法征求意见稿，拟定个人所得税法实施指引并做好宣传准备工作，努力实现个人所得税合规申报的同时确保个人利益最大化。

（樊　伟）

【会计和信息化管理】根据国资委、财政部、证监会及其他监管机构要求，组织全公司各级独立核算单位，按照会计准则规定，按时完成了2017年度、2018年一季度、半年度和三季度的财务决算。编写管理层分析报告，为公司领导路演提供分析材料。中国中铁2017年度的财务决算工作得到了国资委和财政部的通报表扬，公司2017年度财务快报工作得到了财政部的认可并通报表扬。组织全公司新准则和新会计政策应用培训，分别在武汉和成都组织两轮新准则应用和决算编报专场培训，全公司共计198位财务骨干参加培训；组织各单位业务专家12人会同普华事务所在充分论证、广泛征求意见的基础上，完成了对《中国中铁会计核算手册》、在用会计科目的修订工作；提前筹划和实施2018年度财务报表期初数调整工作，确保新旧准则的有序衔接；进行技术攻关，顺利完成了信息系统中标准会计科目转换，实现新旧准则在财务信息系统的平稳过渡；抽调股份公司本部及部分二级单位业务专家19人完成了对浪潮报表体系修订和测试工作。开展2018年度财务决算准备工作。开展预对账工作，规范内部单位关联交易的核对与抵销。启动三轮决算指标摸底、推演，在摸清家底的基础上，对决算指标提前进行精准预判和把控；成功开发了财务决算备案、大型总分包项目拉整线、内部销售和采购信息化模块，提高合并报表的编制效率和质量；与普华事务所建立了良好的沟通协调机制，召开审计周报会15次，及时推动审计中发现问题解决；通过风险提示函、业务指导意见书、决算上报声明书，推动未决事项、漏洞或风险进一步关注和解决，及时发现并推动解决决算中影响年度报表编制的重要事项，将风险化解在决算过程中，决算过程中共计下发风险提示函12份，业务指导书2份，收集决算上报声明书41份；组织各单位决算编报人员及审计人员145人在青岛集中会审，将会审节点设置为流程图形式进行逐个书面会签，并进行集中现场办公，提高会审质量和效率。（樊　伟）

【财务共享中心】全面推动基建建设、设计咨询、工业制造、投资、物资贸易等板块单位上线挂牌工作，积极组织协调，建立相关工作机制进行督导。2018年，中铁开投、中铁九局、中铁北京局、中铁城投、中铁六局、中铁上海局、中铁上投、中铁物贸、中铁投资、中铁十局、中铁广州局、中铁南方、中铁交通、中铁二局、中铁八局、中铁科研院、中铁三局、中铁电气化局、中铁七局、中铁建工、中铁工业、中铁设计、中铁六院、中铁华铁、中铁国际等单位财务共享服务中心先后挂牌成立。截至2018年末，全集团共有32家二级企业挂牌成立财务共享中心，同时积极安排剩余其他业务板块以及总部财务共享中心的建立运行，保证2019年实现财务共享全覆盖。研究境外、房地产开发、金融板块的财务共享建设解决方案及建设路径，继续推进虚拟总包项目财务共享中心建设；调研挂牌后单位系统运行情况和所存在的问题，明确总部财务共享中心职能定位，统筹协调各项建设相关事宜。收集系统开发需求，开发完善系统功能，逐步甩掉原有旧核算系统，完成共享平台会计新旧科目转换工作，重点安排部署自动账转表、管理会计平台及对账平台开发、薪酬管理模块上线等工作。持续收集各单位的使用意见和建议，分阶段优化和升级系统功能，发布了共享平台V2018.2.0版，新增了会计人员信息统计功能，通过流程审批实现了对会计人员的管理；优化了合同登记、凭证归档、表单明细数据等功能的操作方式，增强了系统易用性；系统速度方面，提高了任务办理、表单界面的加载速度，提升了工作效率。财务共享平台顺利完成了新旧科目对应和年初余额结转工作，帮助各单位顺利地度过了科目替换期。2018年，完成对账平台、资产系统、工资系统等专项系统的开发工作，为相关财务人员提供了专项管理功能。（樊　伟）

【财务培训】一是产权培训。2018年9月，在中铁咸阳管理干部学院举办2018年中国中铁产权管理业务培训班，对股份公司所属二级子企业产权管理人员的全业务流程培训与政策解析，财务部相关领导和人员亲自参与培训授课，并邀请了国资委产权局评估处领导、北京产权交易所中央企业产权交易中心主任、资产评估机构负责人进一步从政策解读到实务操作进行讲解。二是财税培训。2018年先后组织二级单位总会计师、二级单位财务部门负责人培训、税务专题培训各两期，内容包括区块链与金融创新、宏观经济形势与金融形势分析、管理会计指引和应用、新会计准则变化、国际财税管理、企业税务风险管控等，取得了良好的效果。在日常工作中，内部不定期组织员工间学习交流，同时也借助中介机构力量按季进行税务新政宣贯培训和研讨。每月将当期税收新政进行解读，全年编辑制作12期财税政策电子专刊，并在中国中铁财务部电子平台和税务微信群发布，以提升整体税务团队政策理论水平。三是金融业务培训。2018年分层级先后于清华大学PPP研究中心和北京国家会计学院组织举办了两期产融结合与金融政策业务培训班，培训范围涵盖自上而下各层级投、融资主管领导及业务部门骨干，培训课程包括中国PPP现状与政策前瞻、新形势下基础设施项目PPP模式运作探索、中国中铁内部PPP投资项目所存问题及内部金融企业产融结合新路径等方面，学懂、吃透192号文等一系列政策要求，通过培训吃透政策、用好政策，创新融资路径、拓宽融资渠道、降低融资成本，解决存量项目融资难以落地问题，防范、化解当前项目融资风险、违约风险，探索新增项目切实可行的融资方案。（樊　伟）

【财会学会管理】2018年，财会学会严格按照中国铁道财务会计学会要求履行职能，全面搭建队伍培训和学术研究两大平台，在财会人员培训、科研课题研究、学术交流等方面开展工作，充分发挥学会的桥梁和纽带作用。一是积极与相关培训机构进行沟通，组织财务人员培训。二是组织开展财会课题研究，推动理论创新，有效指导实践。2018年5月，铁道财会学会2017年课题评审中，集团公司获奖总数占非运输企业获奖总数40%，其中一等奖得奖率为50%，二等奖得奖率为48%，成绩优异。同时，组织安排2018年课题申报工作，各学会共立项课题117项，完成上报100项，计划选送15项优秀课题参加2018年铁道财会学会课题评选活动。三是提供财务理论学术交流机会，鼓励财会人员发挥主观能动性，营造良好学习氛围。2018年共征集到所属学会推荐的优秀论文100余篇，精选出47篇水平较高的论文，在《国际商务财会》杂志上发表。分别向《铁道财会》、商务财会学会推荐2~3篇优秀论文，参加2018年优秀论文评选活动。（樊伟）

【办公用房管理】2018年，根据股份公司办公用房管理办法，负责审核、整理各单位申请材料，组织股份公司办公用房评审小组评审30项，其中：同意核备项目合计11项，否决1项，提交总裁办会及董事会审批18项。按照“管理制度化、制度流程化、流程信息化”要求，提升办公用房管理水平，财务部根据《中国中铁股份有限公司办公用房管理暂行办法》规定，制定办公用房审批流程图并更新了申请报告模板、审批（核备）表，在征求各主责部门意见的基础上，正在OA工作平台中建立办公用房审批流程。

（樊　伟）

干部部

【工作综述】2018年，在股份公司党委和股份公司的正确领导下，干部部坚持以习近平新时代中国特色社会主义思想和党的十九大精神为指导，认真学习贯彻全国组织工作会议精神，紧密围绕股份公司中心工作，以加强领导班子建设为重点，以从严管理干部为主线，以培养优秀年轻干部和高端人才为目标，强化干部选拔任用，注重干部日常监督，创新干部教育培训，不断加强干部人才队伍建设，为企业持续健康发展提供了有力的组织保证和人才支撑。

（张劲枫）

【所属单位领导班子建设】深入贯彻落实习近平总书记关于干部管理新理念、选人用人新思想的重要论述，坚持党管干部原则，坚持德才兼备、以德为先，坚持五湖四海、任人唯贤，坚持事业为上、公道正派，坚持政治标准是第一标准，不断在领导班子选优配强上下功夫，领导干部选拔配备更加科学合理。干部选拔过程中，始终坚持新时期“好干部”标准和国有企业领导人员“20字”要求，注重提拔任用树立“四个意识”、坚定“四个自信”、践行“两个维护”、全面贯彻执行党的理论和路线方针政策、忠诚干净担当的干部。严格执行新修订的《二级企业领导人员管理办法》有关规定，坚持“两个不得”“三个不上会”“凡提四必”“五个不准”要求，认真落实执行考察预告、民主推荐、党委集体研究、任前公示、试用期制等措施，扩大职工群众对干部选拔任用的知情权、参与权和监督权，进一步规范了选人用人各个环节，推动干部选任工作更严更实。综合运用日常履职考察、年度考核、任期考核、董事会（监事会）考核及党委巡视巡察、经济责任审计等各种途径，全方位、多角度、立体式考察干部，广泛深入开展谈话调研，准确分析研判干部，确保选拔的领导人员政治素质和专业能力过硬。2018年，提拔任用领导人员43人、交流46人，调整补充27家二级企业班子成员156人次，其中提拔二级企业班子正职11人、副职21人、20人改任非领导职务。从严监督管理干部，完成了对所属42家二级企业领导班子和班子成员年度考核、二级企业党委年度选人用人工作的“一报告两评议”，完成了对所属38家二级企业领导班子任期考核、24家二级企业董（监）事会及董（监）事的年度综合考核评价工作。抓紧抓实优秀年轻干部队伍建设，对38家二级企业开展了领导班子优秀年轻干部公开选拔工作，共选拔二级企业领导班子正职优秀年轻干部人选18名、领导班子副职优秀年轻干部人选62名，其中“70后”64名、占优秀年轻干部的80%，为改善所属企业领导班子结构打下了坚实基础。深入推进“四好班子”创建活动，评选表彰了13家股份公司“四好班子”，进一步引导和促进了所属单位领导班子不断加强政治、思想、能力和作风建设。

（陈光建）

【领导人员培训】坚持把思想政治建设放在各级领导班子建设的首要位置，把坚定理想信念作为领导班子思想建设的第一要务，扎实开展习近平新时代中国特色社会主义思想和党的十九大精神的学习培训，根据国资委党委要求，及时组织9名公司领导参加国资委党委组织的党的十九大精神集中轮训。同时，配合完成了所属各二级企业领导班子成员和总部机关内设机构处长及以上干部共计773人的分类分批分期集中轮训。围绕政治能力和专业素质提升，强化领导干部“三维一体”培训，分别在中国井冈山干部学院、中国浦东干部学院、中国大连高级经理学院、中国中铁党校组织举办了4期“补钙、筑基、提能”领导人员培训班，共培训二级企业领导班子成员和总部部门负责人220人，占公司党委管理干部的1/3以上。围绕系统理论知识提升，强化年轻干部党性教育，举办了中央党校国资委分校2018年秋季学期中国中铁处级干部进修班，组织55名二级企业年轻处级干部在党校进行了为期3个月的脱产学习。

（张劲枫）

【高层次专家技术人才队伍建设】深入贯彻实施《中国中铁2016—2020高端人才培养实施计划》，立足提升企业核心竞争力和自主创新能力，不断创新人才使用评价机制，坚持以高层次专家人才为引领，深入推进专业技术人才队伍建设。组织开展了2018年股份公司专家评选和考核工作，增补中国中铁特级专家4名，中国中铁专家30名。对已聘任的中国中铁专家进行了聘期业绩考核，解聘了3名业绩考核不称职的专家。政府及行业协会专家推荐成效明显，中铁科研院严金秀当选国际隧道和地下空间协会主席，22人获批享受国务院政府特殊津贴，1人推荐为国务院国资委第18批博士服务团人选，8人获得2018年度茅以升铁道工程师奖，6人荣获“詹天佑铁道科学技术奖”称号，1人入选2018年最美科技工作者，1人入选铁路行业青年人才托举工程。人才评价机制不断创新，根据国家《关于深化人才发展体制机制改革的指导意见》和《关于深化职称制度改革的意见》，结合企业实际，在充分调研和广泛征求意见的基础上，修订完善了工程、经济、会计系列高级、工程系列正高级评审实施办法，印发了经济、会计系列正高级评审实施办法，进一步调整优化了评审条件、评价方式及外语、计算机等有关要求，突出一线和业绩导向，对有特殊贡献的人才开设了绿色通道。2018年评审通过正高级工程师264人、高级工程师3658人、正高级经济师41人、高级经济师434人、正高级会计师 29 人、高级会计师 181 人。进京落户工作成效明显。加强与国家人设部的沟通交流，积极争取政策支持，并通过加大统筹引导力度、严格审核把关，大力提升工作质量，共争取调干指标 30 个、高校毕业生进京指标 405 个、特批专项指标 22 个，对保障公司人才队伍稳定起到了积极促进作用。（任玉超　张晓明）

【1 人被聘为国际隧道和地下空间协会主席】（1 人）

严金秀　中铁科学研究院集团有限公司

【22 人获得国务院政府特殊津贴】（22 人）

安国勇　中铁一局集团有限公司
马　辉　中铁二局集团有限公司
陈德斌　中铁五局集团有限公司
郭相武　中铁八局集团有限公司
王爱平　中铁十局集团有限公司
李军堂　中铁大桥局集团有限公司
周外男　中铁大桥局集团有限公司
李志军　中铁隧道局集团二处有限公司
孙振川　中铁隧道局集团有限公司盾构及掘进技术国家重点实验室
黄　新　中铁上海工程局集团有限公司
喻　渝　中铁二院工程集团有限责任公司
张海波　中铁二院工程集团有限责任公司
扈　森　中铁二院工程集团有限责任公司
沈建明　中铁工程设计咨询集团有限公司
肖海珠　中铁大桥勘测设计院有限公司
王杜鹃　中铁工程装备集团有限公司
李军平　中铁宝桥集团有限公司
陈庆怀　中铁北京局集团有限公司

·技能人才·

瞿　伟　中铁二局集团第五工程有限公司
翟长青　中铁四局集团第八工程分公司
何　军　中铁电气化局集团第三工程有限公司
李　刚　中铁工程装备集团有限公司

【8 人获茅以升铁道工程师奖】（8 人）

静国锋　中铁一局集团桥梁工程有限公司
褚晓辉　中铁三局集团有限公司
孙小猛　中铁四局集团第二工程有限公司
陈海锋　中铁隧道局集团一处有限公司
徐久勇　中铁二院工程集团有限责任公司
赵海军　中铁第六勘察设计院集团有限公司电气化设计院分公司
郑宗溪　中铁二院工程集团有限责任公司
刘永锋　中铁工程设计咨询集团有限公司

【6 人获得詹天佑铁道科学技术奖】（6 人）

范建国　中铁第六勘察设计院集团有限公司（成就奖）
陈克坚　中铁二院工程集团有限责任公司（成就奖）
刘卫华　中铁二局集团有限公司（青年奖）
周秋来　中铁三局集团有限公司（青年奖）
贾连辉　中铁工程装备集团有限公司（青年奖）
刘建友　中铁工程设计咨询集团有限公司（青年奖）

【1 人获得最美科技工作者】（1 人）

王杜鹃　中铁工程装备集团有限公司

【1 人获得铁路青年人才托举工程】（1 人）

王　翔　中铁大桥局集团有限公司

【国务院国资委第 19 批博士服务团成员】

杜　俊　中铁科学研究院集团中铁西南科学研究院有限公司

【专业技术职务任职资格评审】根据人力资源和社会保障部、国资委有关政策和股份公司专业技术职务评审工作的总体安排，2018 年 5 月股份公司下发通知，布置专业技术职务评审工作。通过评审，有 264 人取得正高级工程师任职资格，3658 人取得高级工程师任职资格，41 人通过正高级经济师任职资格，434 人通过高级经济师任职资格，29 人取得正高级会计师任职资格，181 人取得高级会计师任职资格，1 人取得教授级高级政工师，204 人取得高级政工师任职资格。（任玉超　尚宪鹏）

【总部机关人员管理】截至 2018 年底，中国中铁总部机关职能部门 24 个，正式人员 273 人。学历结构：博士研究生 7 人，硕士研究生 52 人，大学本科 209 人，大学专科 4 人。专业技术职务：正高级技术职务 35 人，高级技术职务 185 人，中级技术职务 40 人，初级技术职务 12 人，未聘任专业职务 1 人。年龄结构：40 岁及以下 132 人，41 ~ 45 岁 41 人，46 ~ 50 岁 36 人，51 ~ 54 岁 44 人，55 岁以上 20 人。

2018 年，坚持规范管理、从严要求，不断完善总部员工管理机制，提升总部员工整体素质。研究制定了《总部员工管理暂行办法》，对总部员工的任职标准、总部缺员补充原则及方式、挂职锻炼、职务晋升、日常管理、纪律监督等进行了规范。修订完善了《总部部门及员工业绩考核暂行办法》，通过工作业绩与综合表现充分结合、引入基层单位评价要素、考核结果与绩效挂钩等措施，促进总部员工绩效考核更加科学合理。按新修订的《总部部门及员工业绩考核暂行办法》，规范、严谨、高效地完成了 2017 年度总部部门和员工业绩考核工作。加大双向挂职交流培养力度，总部机关 1 人交流到二级企业担任领导班子成员，3人调入二级企业担任中层干部，1人到海外项目挂职锻炼。2018年，总部机关任免中层管理人员13人次，提拔部门负责人及内设机构处长共21人，试用期满考核转正47人，退休6人。分批组织了21名总部部门负责人到中国井冈山干部学院、中国浦东干部学院、中国大连高级经理学院及总公司党校培训学习，全年总部员工网络学院总学时达14000学时，人均40学时，总部员工素质进一步提升。（毛祥虎）

【总部机关工作人员年度绩效综合评价】根据2018年6月22日股份公司总部部门及员工2017年度业绩考核工作领导小组通过的《股份公司总部部门及员工2017年度业绩考核工作实施方案》，考核评价部门24个，考核评价员工240名，其中，部门以上人员30人、部门正职24人、部门副职61人、部门副职以下149人。24个部门中，评定优秀10个，良好14个；240名员工个人中，评定优秀95人、良好145人。（毛祥虎）

【干部教育培训】深入贯彻落实中央《干部教育培训工作条例》《2018—2022年全国干部教育培训规划》和《中国中铁股份有限公司“十三五”人才培训规划》，持续推进教育培训创新创效，推动培训工作上台阶。策划组织了中国中铁首届微课大赛，从124部高质量作品中共评选出一等奖作品5项、二等奖作品10项、三等奖作品15项、优秀奖作品15项、优秀组织奖3个。推进内训师队伍建设，研究制定了《内部培训师管理办法》。持续开展国际化人才培养工作，分别举办了为期一个月的国际工程项目管理人员高级研修班、国际商务人员高级研修班，举办了为期八个月的青年海外人才英语及国际商务研修班，培养培训海外业务骨干152人。开展了第四届“3+1”国际工程班订单式培养工作，分别在中南大学、西南交通大学等七所高校集中培养了376名优秀大学生。2018年，高质量完成股份公司2018年培训计划，全年股份公司层面共举办培训班86期，共培训11300人次，全公司培训突破100万人次。

（张劲枫　毛祥虎）

【扶贫工作】认真贯彻落实党中央、国务院扶贫办以及国务院国资委关于“精准扶贫、精准脱贫”的有关要求，以教育扶贫、产业扶贫为先导，以重点援建项目为抓手，注重扶贫思路创新，推动扶贫项目落地，着力探索多渠道、多元化的精准扶贫新路径，助力贫困地区脱贫攻坚。公司主要领导亲自挂帅，分别带队赴山西省保德县、湖南省桂东县和汝城县3个定点扶贫县调研考察。考察了中国中铁援建项目，走访了建档立卡贫困村及贫困户，召开了座谈会，慰问了3名扶贫干部和2名驻村第一书记，对定点扶贫县遇到的主要问题提出了意见和建议。积极推动专项治理，按照中央纪委和国资委党委有关要求，成立了4个调研检查工作组，对3个对口扶贫县建档立卡贫困户扶贫、产业扶贫、教育扶贫、就业扶贫、援建项目扶贫、干部扶贫和资金投入使用情况7个方面进行了深入的调研检查，进一步为扶贫开发工作有序深入推进奠定了基础。2018年，公司共投入4319.4万元支持湖南省桂东县、汝城县和山西省保德县建设。通过各方共同努力，桂东县大塘工业园一期三栋厂房建设项目以及保德县内中南部公路项目已顺利完工，汝城职校新城建设正在有序推进。桂东县经过评估组检查，已顺利脱贫摘帽。援藏工作取得新成绩，参与了国资委“央企助力西藏脱贫攻坚”系列活动，国资委党委书记郝鹏视察了中铁二局承建的米拉山隧道并对中国中铁援藏工作予以高度认可，张宗言总裁作为援藏干部选派企业唯一代表在大会上作了经验交流，中国中铁与西藏自治区签署了3项合作意向，涉及金额10.9亿元。（胡丁旺）

【干部档案管理】按照中组部要求，严格领导人员档案审查及日常管理工作，在严格审查的基础上，组织完成了二级企业领导班子成员及总部机关员工共计919卷、24万页人事档案材料的数字化制作。（殷　实）

劳资社保部

【部门职能】依据《关于公布中国中铁股份有限公司总部行政部门机构编制、部门职能和岗位系列的通知》（中铁股份劳社〔2017〕118号）和《中国中铁关于调整股份公司总部部分行政部门职能的通知》（中铁股份劳社〔2018〕76号），劳资社保部职责是：

（一）负责制定、实施股份公司薪酬福利、编制定员、劳动用工、技能人才、社会保险管理的规章制度；负责股份公司员工总量控制和员工队伍整体结构调整工作。

（二）受董事会薪酬与考核委员会委托，负责牵头组织公司高管绩效管理工作，负责公司高管薪酬方案、薪酬报告拟定和报批工作，负责公司董事、监事薪酬（报酬）管理工作。

（三）负责股份公司境内外人员薪酬体系建设。负责公司总部员工薪酬管理工作；负责二级公司企业负责人、股份公司专职外派董监事、片区督导巡视组成员、派驻纪检组成员薪酬管理工作。

（四）负责股份公司工资总额预算、清算管理工作；负责归口管理股份公司专项奖励工作；负责制定公司具有共性的津补贴标准。

（五）负责公司中长期薪酬激励制度的制定和实施工作；负责公司全员绩效考核体系建设与指导实施。负责指导、核定新设二级单位基本薪酬制度和薪酬水平。

（六）负责对接国资委薪酬调查工作，开展薪酬调查等专项统计、分析工作。负责公司薪酬信息化建设和日常维护工作。负责公司工资内外收入监督检查工作。

（七）负责股份公司总部行政部门机构、职能、定员和岗位标准的管理；负责二级公司机关定员的编制、监督；负责各级指挥部、项目部定员标准的制定、实施与监督；负责指导二级公司开展机构编制定员管理和岗位体系建设工作。

（八）负责企业设立、撤销和直属项目机构设置。

（九）负责牵头企业履职待遇和业务支出管理工作，开展履职待遇预算方案管理等工作；负责牵头开展“三项制度”改革工作，建立薪酬分配和劳动用工的市场化体制机制。

（十）负责股份公司技能人才队伍建设工作；负责公司技能人才技能等级鉴定管理和高级技师、特级技师、工匠技师的审定与评审工作；负责牵头股份公司职业技能大赛管理工作。受国家人社部委托，履行总公司鉴定指导中心对所属鉴定站、考评员、管理员的管理职能。

（十一）负责组织开展技能人才培训工作；负责国家级技能大师工作室的申办、建设、指导与监管；负责股份公司大师工作室的评审与建设指导工作。

（十二）负责对股份公司境内外劳动用工管理工作进行业务指导和监督检查；负责建立分包企业资格准入、登记注册、考核评价和资信等级管理制度并指导落实；负责分包企业负面清单管理。

（十三）负责总部员工劳动合同的签订、变更、终止、解除等工作，指导所属公司劳动合同管理工作。

（十四）负责企业劳动定额、工时假期等劳动标准化工作，对接国家人社部劳标委铁道工程劳动定额标准化委员会；负责职幼教师移交地方等分离办社会的相关遗留问题及有关待遇的组织调整与清算工作，对接北京市国资委。

（十五）负责股份公司系统基本养老保险、医疗保险、失业保险、工伤保险、生育保险和企业年金管理工作；承担北京市社会保险基金管理中心直属代办机构的相关工作。

（十六）负责在京单位社会保险费收缴、清算、拨付管理，负责社会保险财务报表，预、决算编制管理和社会保险稽核自查管理。

2018 年 11 月 14 日起，依据《关于调整股份公司总部部分行政部门职能和机构编制的通知》（中铁股份劳社〔2018〕255 号），将董事会办公室负责子公司法人治理结构的编制管理工作职能调整到劳资社保部。（宋智聪）

【工作综述】贯彻国家及国资委有关收入分配、劳动用工和社会保险的政策，落实股份公司年初工作会议精神和各项重大决策部署，深化改革创新，加强制度建设，完善体制机制，提升管理水平，强化管控责任，抓执行落实，全面完成各项重点工作。特别是，优化工资总额管理，完善了与经济效益和劳动生产率挂钩的工资决定机制。发挥薪酬专项激励作用，发布《科技成果转化奖励办法》《科技成果奖励管理办法》，加快科技成果向生产力转化，调动了科技人员积极性、创造性；加强员工总量调控，落实 2018 年调控计划，督导所属企业采取有效措施，转变用工方式，确保年初压减 4000 人任务目标的完成。规范项目机构编制和定员管理，制定项目机构编制和定员标准，优化企业人力资源配置，促进了企业瘦身健体和降本增效；系统推进技能人才队伍建设，举办国家级技能竞赛，加强技能培训，加大评价力度，落实有关待遇，选树先进典型，为企业发展提供了坚实的技能人才保障。践行社保政策指导职责，获失业保险稳岗补贴 1.15 亿元；督导实现被批准自管医疗保险的单位全部纳入地方统筹。发挥社保代办机构平台作用，维护参保单位和职工的合法权益。（王源海）

【员工总量管理】强化员工总量控制，调整员工队伍结构，优化人力资源配置，建立规模适度、结构合理、精干高效的员工队伍，根据 2018 年企业营业规模持续扩张、在建项目增多、保障安全生产和职工队伍稳定等客观实际，结合员工队伍结构调整、人才梯队建设等客观因素，制定 2018 年员工总量控制目标为 307912 人，较 2017 年末实际 312398 人，减少 4486 人。其中：在册员工减员 146 人，其他从业减员 4340 人。（宋智聪）

【制度建设】2018 年制定和修订制度办法 11 项，完善了劳资社保管理体系。主要有：制定《工程项目管理机构定员标准》《科技成果转化奖励管理办法》《科技成果奖励管理办法（试行）》《2017 年度经营开发奖励办法》等，修订《劳务（专业）分包企业管理办法》等。（王源海）

【技能人才队伍建设】按照“提素质、扩渠道、增待遇、强管理、树形象”五位一体要求，深入推进技能人才队伍建设工作，组织召开技能人才队伍建设推进会，学习贯彻三部委落实《提高技术工人待遇意见》专题会议精神。举办试验工和盾构机操作工两个国家级技能竞赛，宣传了企业品牌形象，扩大了企业影响力，通过大赛选拔 40 多名优秀技能人才，获得国家级荣誉，搭建了优秀技能人才交流成长平台。评审高级技师 702 人，特级技师 92 人，工匠技师 2 人。（王源海）

【劳动用工管理】围绕提质增效要求，按照“落实政策、服务企业、防范风险”思路开展劳动用工管理工作。一是落实国资委关于“员工能进能出”政策要求，督促二级企业深化劳动用工改革，加快员工队伍结构调整，转变用工模式，促进企业持续健康发展。落实党和国家关于退役士兵政策，构建股份公司、二级公司、三级公司和项目部层层落实的接收安置体系，年度退役士兵接收安置率高于行业平均水平。二是围绕企业战略，制定出台《中国中铁股份有限公司劳务分包企业管理办法》，规范分包企业和劳动用工管理。完善了分包企业资格准入管理，健全了考核评价管理体系，严格组织开展分包企业资信评级，提高了分包企业积极性，实现分包企业分类分级管理，强化用工管理和农民工工资支付保障，提升公司整合利用社会资源能力。严格执行分包企业准入制度，及时发布不合格分包企业名录，有效防范了分包风险。三是强化内控管理，制定《中国中铁股份有限公司关于规范职工内退管理有关工作的通知》，消除内退管理隐患。预防用工管理风险，完善2018年度集体合同有关条款。组织召开农民工工资治欠保支工作视频会，开展专项监督检查，落实处理讨薪舆情，消除用工隐患，保障农民工切身利益，履行中央企业社会责任。

（谢学文）

【高管绩效考核和薪酬管理】规范组织高管绩效考核和薪酬管理。一是组织制订了股份公司高管2017年度绩效考核工作方案，完成高管2018年绩效合约编制和签订工作，根据年度重点工作调整优化了考核指标。二是规范组织高管能力素质考核，规范编制并提交了2017年度股份公司高管业绩考核报告。三是组织兑现高管年度薪酬，2017年高管正职薪酬按94.56万元确定（含2015年度任期激励收入），副职根据个人考核结果确定，合理拉开了差距。认真组织落实国资委关于高管薪酬报备管理要求。

（王　鋆）

【工资总额管理】持续改进和提升工资总额管理。一是根据《国务院关于改革国有企业工资决定机制的意见》《中央企业工资总额管理办法》等政策规定，落实“建立工资总额与劳动生产率、经济效益挂钩的关联机制，实现工资总额能增能减”有关工作要求，坚持效益导向、结构优化、分类管理原则，加大与企业经济效益和劳动生产率挂钩的工资决定机制，薪酬资源优先向效率高、贡献大的单位倾斜，促进企业优化薪酬资源配置，提高薪酬资源投入产出效率，修订《中国中铁股份有限公司工资总额管理制度》。二是建立和完善专项奖励制度，制定印发《中国中铁股份有限公司科技奖励管理办法》，奖励在科学技术进步中做出突出贡献的集体和个人，调动广大技术人员的积极性、创造性，加快科技成果向生产力的转化，提高全公司的技术创新能力。制定印发《中国中铁股份有限公司2017年度经营开发奖励办法》，对经营工作中取得突出成绩的单位、集体和个人给予经营开发奖励，激励各单位全力强化市场经营，激发和调动经营人员的工作热情。（王　鋆　张顺昌）

【二级企业负责人薪酬管理】优化完善二级企业负责人薪酬管理。健全分级、分类、差异化管理机制，综合考虑不同业务板块功能定位、不同企业发展战略和发展阶段，发挥不同薪酬单元功能，理顺板块间及企业间企业负责人的薪酬水平关系。科学确定企业负责人薪酬水平，坚持业绩升、薪酬升，业绩降、薪酬降的基本原则，紧密挂钩考核评价结果及承担风险和责任，合理拟订薪酬结算方案。完成2017年度二级企业负责人年薪兑现工作，二级企业主要负责人2017年度年薪平均值97.7万元，较2016年度增长8.96%，充分发挥薪酬激励约束作用。

（王　鋆　林震远）

【履职待遇和业务支出管理】按照国资委通知要求，认真组织拟定并上报《中国铁路工程集团有限公司关于企业负责人履职待遇、业务支出2017年度管理情况及2018年度预算方案的报告》，严格控制预算水平。对所属企业负责人履职待遇、业务支出相关制度体系建设和执行情况进行督导检查，切实保证履职待遇、业务支出管理相关规定有效落实。

（李　猛）

【企业年金管理】持续推进企业年金规范管理。修订完善《企业年金基金受托管理框架合作协议》，调整年金服务收费标准，增加年金服务项目，缩短年金报告提交时间，构建对年金投管机基于目标考核的激励约束机制。督导新批准建立年金计划的中铁十局和中铁上海局加快年金管理合同备案，加速基础数据建账，实现上线运作。启动股份公司年金方案及总部年金实施方案修订，落实国家和国资委政策规定，研究建立年金缴费水平与企业运行质量的挂钩和动态调整机制，合理确定缴费水平，发挥年金激励保障作用；完善总部年金实施方案，提高缴费比例，优化分配方式。新增手机APP公布年金信息查询方式，方便总部机关员工实时查询和掌握个人账户信息；及时办理总部年金人员增减，核定缴费标准，按时划拨年金费用，梳理年金个人账户转移，及时支付年金待遇，确保总部年金计划运行平稳。

（王源海）

【举办全国首次国家级盾构大赛】2018年9月11日至14日，2018年全国技能大赛——中国中铁股份有限公司职业技能竞赛暨中国中铁第十七届青年职业技能竞赛盾构项目决赛在中铁工业旗下中铁装备举行。此次大赛由中国就业培训技术指导中心和中国中铁联合主办，是全国首次举办国家级盾构技能大赛。股份公司副总裁刘宝龙及国家人力资源和社会保障部、住房和城乡建设部，河南省人社厅、总工会、团委，股份公司机关有关部门负责人等参加了开幕式。大赛分为盾构机基础知识和施工技术及安全措施的理论考试，以及盾构机操作和盾构机故障诊断及排除的实作比赛，共有15家参赛单位的64名优秀盾构操作人员参赛。中铁六局、中铁八局、中铁七局、中铁四局、中铁隧道局分别获得大赛团体组前五名，中铁工业获得优秀组织奖。中铁六局黄帅军、中铁工业刘傲杨、中铁八局曹亮杰分别获得大赛个人组前三名。本次大赛对于引导各单位积极开拓城市轨道交通市场和提升盾构操作技能，大力推进盾构操作培训和高技能人才培养具有重要促进作用，同时也进一步提升了股份公司自有品牌的盾构设备在国内市场上的知名度和影响力。

（谢学文）

法律合规部

【部门职能】（一）负责股份公司法治建设工作，建立法治工作体系和机制，推动总法律顾问制度的落实，组织普法宣传和教育，检查和指导股份公司所属单位法律事务工作。

（二）负责股份公司合规管理，推动建立合规管理体系，组织进行合规评价，检查和指导股份公司所属单位合规管理工作，培育合规文化。

（三）负责股份公司规章制度体系建设和综合管理工作；牵头负责股份公司规章制度的计划、评审、评估和持续改进工作，检查和指导所属各单位规章制度综合管理工作。

（四）负责合同的综合管理；负责合同管理体系建设，合同专用印章的保管和使用，检查和指导所属单位的合同管理工作。

（五）负责股份公司董事会、总裁办公会等各类决策会议议案合法合规审查工作，包括重要决策、规章制度、合同的合法合规审查工作。

（六）负责组织和指导各项业务的法律尽职调查、法律论证及法律评审等工作；负责相关课题研究；负责关联人、关联交易的识别、审查。

（七）负责企业权益维护工作，指导所属单位重大法律纠纷的处理；负责股份公司调解委员会的日常工作；负责境内外外聘法律服务机构的选聘、评价、考核等管理工作。

（八）负责股份公司各公司章程管理工作；负责股份公司法定代表人授权管理工作；负责办理股份公司国内外工商及事业单位登记事务、企业信息公示事务，指导各子分公司办理工商注册登记及进行企业信息公示。

（九）负责股份公司境外业务法律风险防范工作，建立股份公司涉外法律服务工作机制；研究境外业务主要经营地国家和地区所适用的法律法规。

（十）负责督促股份公司中标的各投资项目、总包项目建立规范的法律合规管理机制；负责股份公司各指挥部、项目部法律合规机制建设工作。

【法治央企建设】全面落实企业主要负责人履行推进法治建设第一责任人职责。制定《中国中铁企业主要负责人履行推进法治建设第一责任人职责实施办法》，对企业主要负责人履行推进法治建设第一责任人职责的具体要求和职责内容进行了明确细化。要求各二级单位根据本办法并结合自身实际制定本企业主要负责人履行推进法治建设第一责任人职责的实施办法，截至2018年末，已有39家二级单位完成了本企业主要负责人履行推进法治建设第一责任人职责实施办法的制定工作。贯彻落实《法治建设第一责任人职责实施办法》。成立了中国中铁法治建设工作领导小组，公司党政主要领导担任组长，公司党委副书记、总法律顾问担任副组长，带领公司党政纪工团全面开展法治建设；将第一责任人履职情况作为主要负责人年终述职的重要内容，纳入业绩考核体系；加强法律合规队伍建设，做到全议案审核率达到100%。（余　爽）

【法治建设第一责任人调研检查工作】一是配合国资委第一责任人调研检查。2018年10月22日，国资委法规局副局长衣学东一行对中国中铁主要负责人履行推进法治建设第一责任人职责落实情况进行调研检查。股份公司副总裁、总法律顾问于腾群代表公司向衣学东副局长一行就公司第一责任人职责落实情况进行了汇报，衣学东副局长对公司第一责任人职责落实情况给予了充分的肯定。二是受国资委委托，代表国资委对部分中央企业进行第一责任人调研检查。股份公司副总裁、总法律顾问于腾群受国务院国资委的委托，代表国资委对中国电子、中国移动、中国联通、中国电信、中国铁建及中国信科集团等六家单位进行调研检查，按时高质量完成国资委交办的工作。三是对各二级单位主要负责人履行推进法治建设第一责任人情况进行调研检查。11月19日至11月30日，股份公司对各二级单位主要负责人履行推进法治建设第一责任人职责落实情况进行调研检查，通过调研检查，对比分析数据，厘清了各单位、各业务板块履行推进法治建设第一责任人的情况，发现了总法律顾问不到位、法律顾问晋升渠道不顺畅、法律顾问流失严重，特别是成熟法律顾问流失特别严重等问题，同时也发现了部分单位在法治建设方面的工作亮点。针对各单位第一责任人职责建设的薄弱环节，进一步落实企业主要负责人履行推进法治建设第一责任人职责，对各单位法治建设方面的工作亮点、好的做法将在全系统范围内进行推广学习应用。（余　爽）

【合规管理工作】深入开展公司合规管理工作。制定印发了《中国中铁股份有限公司合规管理制度（试行）》。截至2018年12月底，股份公司所属各二级单位均出台制定了本单位的合规管理制度。推进合规机构设立、建立合规联络员制度。全系统共有14家二级单位在法律合规部内设置了合规管理科，明确专职合规管理人员202人，设立合规联络员5338人，2018年全系统共召开合规联络员会议107次，合规联席会议48次。通过构建合规管理体系和合规管理组织，加强了员工的合规意识。2018年8月24日至25日，在云南省勐腊县召开“中国中铁‘一带一路’暨中老铁路建设法律合规工作现场推进会”。中纪委国际局和国资委政策法规局领导出席会议并作重要讲话。中国中铁“大合规”管理理念得到社会各界的肯定和推广。根据国务院国资委的安排，股份公司副总裁、总法律顾问于腾群先后到中纪委、中央党校、国务院国资委、北京市国资委等单位介绍了中国中铁“大合规”管理经验。中国电信、中国联通、中国航发、中核工业、中国三峡、铜陵有色金属集团等单位到股份公司调研学习中国中铁的“大合规”管

理理念。2018 年，股份公司共接待合规调研学习来访 12 次。（余　爽）

【法律合规审核】推进合规管理体系建设，细化依法决策实施流程，严格落实“决策先问法，违法违规不决策”的原则，做好企业风险防控工作。2018 年，全公司审核规章制度 7480 项，提出法律合规审核意见 2.2 万条，审核意见被采纳 2 万余条，规章制度法律合规审核率达 100%，审核意见被采纳率 92%。出具各类决策会议法律合规审核意见近万份，提出审核意见 3 万余条，被采纳法律评审意见近 2.6 万余条，决策会议议案审核率达 100%，审核意见采纳率达 84%。审核合同 27 万余份，标的额共计 346942531.6 万元，提出审核意见 1623 万余条。批复各二级公司章程 34 份，审核参股公司章程 17 件，全面支持服务所属二级公司党建、治理结构、注册资本、营业范围等有关事项。（余　爽）

【案件纠纷管理】2018 年，全系统处理各类纠纷案件 5861 件，标的额 312.9 亿元，其中办结 3361 件，标的额 102.2 亿元；未办结 2500 件，标的额 210.7 亿元。新发生纠纷案件 3173 件，标的额 93.4 亿元，较 2017 年新发生纠纷案件 3983 件，标的额 144.7 亿元相比，案件数量减少 810 件，同比减少了 20.3%，案件标的额减少 51.3 亿元，同比减少 35.5%。（余　爽）

【风险案例汇编】2018 年，法律合规部强化案例教育，编写完成了《境外项目典型案例汇编及借鉴》《境内项目典型案例汇编及借鉴》2 个风险案例汇编，收集“境内”和“境外”汇编案例 61 个。（余　爽）

【总部机关规章制度清理工作】2018 年，法律合规部开展对总部机关所有规章制度的清理工作，梳理了自 2007 年以来集团公司（总公司）和股份公司所有党纪政工团规章制度，将所有具有规章制度效力的文件，按照股份公司现行部门职能进行汇总识别和分发。经识别筛选，具有规章制度效力的文件共计 1382 件。其中，需保留的共计 670 件，需废止的共计 359 件，需修订的共计 135 件。通过制度梳理，为公司下一步流程再造打下了基础。（余　爽）

【法律合规管理信息化建设】2018 年，法律合规部开展信息化建设试点工作，选取中铁六局、中铁七局作为法律合规管理信息化建设的试点单位。截至年末，试点单位中铁七局合同电子用印系统已全面推行，实现了实体印章模式向电子印章模式的平稳过渡，经合同电子用印系统审核的合同 14341 份，合同用印 34632 份，标的总额 26.8 亿元。试点单位将为下一步股份公司法律合规管理信息系统建设与推广积累了宝贵的经验。（余　爽）

【项目法律合规管理实验室试点活动】积极开展管理实验室活动，在充分调研的基础上，选取了中铁一局、中铁七局、中铁武汉电化局、中铁二院、中铁城投 5 家单位作为项目法律合规管理实验室活动的试点单位。通过项目法律合规管理实验室活动将公司现有法律合规管理资源和项目部管理资源有效整合，在不增加项目部人员编制的情况下，探索通过设立项目兼职法律合规管理人员的方式，将项目“双清”、纠纷案件处理、保险理赔、合同管理、二次经营、普法宣传等纳入项目管理实验室活动中。截至年末，5 家试点单位共有 795 个项目部选定了 809 名项目兼职法律合规人员（合规联络员），中铁大桥局作为非试点单位，也积极开展项目法律合规管理实验室活动，选定了 100 余名项目兼职法律合规管理人员。（余　爽）

【课题研究】根据股份公司新型业务发展方向开展课题研究。2018 年，在梳理 PPP 项目和施工总承包项目法律风险成果的基础上，完成《中国中铁股份有限公司 PPP 项目法律合规风险防范指引》《中国中铁股份有限公司施工总承包项目合同管理操作指引》等文件的制定与印发。根据市场形势变化和公司业务发展方向的需要，启动了 PPP 项目融资模式及法律风险分析课题、城市综合开发建设业务法律风险研究课题、PPP 项目公司法人治理研究课题的研究。各二级单位结合自身业务发展实际情况，也积极开展相关课题研究，2018 年，股份公司所属二级单位共组织课题研究 34 项，通过课题研究，有力推动公司的发展。（余　爽）

【加强普法工作】2018 年，全系统组织各类法律合规专题培训班 734 期，参培人数 36155 人次，公司领导班子及高管参加法律合规专题培训 2076 人次；党委中心小组学习法律合规 518 次，其中开展宪法专题学习 228 次；开展法治宣传下项目培训 1146 次，参培人数 38966 人次。根据股份公司经营开发、纪检监察、审计等业务进行针对性培训授课 17 次，有效开展法律合规培训。编写普法书籍 67 套，法律期刊 127 期，刊载法律类文章 417 篇。中铁一局、中铁九局、中铁十局等单位编辑《法务》月刊，中铁七局、中铁大桥局、中铁电气化局等还在局报开设《法务园地》专栏，取得了良好的效果。所属各二级单位通过制作工作亮点展板、文化宣传等多种方式进行法制宣传，提升全体员工的合规意识。（余　爽）

审计部

【工作综述】2018 年，全公司共计完成审计项目 3222 项（其中：境外审计 101 项），为年度审计计划的 106%，其中：工程项目审计 1109 项、经济责任审计

691 项、内部控制审计 124 项、财务决算审计 24 项。审计覆盖企业资产总额 7700 亿元，覆盖子企业 695 户。通过审计，促进企业增收节支 8.48 亿元，提出审计建议被采纳 14392 条，完善管理制度 365 项。股份公司审计部积极配合国家审计工作，组织开展了 10 个单位 15 名领导人员的任期经济责任审计，对 5 个亏损项目开展专项审计，对 2 个 PPP 项目开展投资项目审计，完成中铁六局越南轻轨项目审计，完成 9 家单位审计发现问题专项检查工作，完成内部控制评价工作。（于艳芹）

【审计署对中国铁路工程集团有限公司开展专项审计调查】2018 年 5 月 17 日，审计署对中国铁路工程集团有限公司专项审计调查进点会在京召开。审计组长赵继旺，副组长张振良、王彦斌、郭西，审计调查组的全体成员；公司党委书记、董事长李长进，总裁张宗言等领导及高管出席会议。

根据国家审计署的统一安排，专项审计调查组自 5 月上旬起，对集团公司 2017 年度资产负债损益和境外投资及境外国有资产管理使用情况进行专项审计调查，必要时将追溯到相关年度和延伸调查有关单位。

赵继旺在讲话中指出，此次专项审计调查以企业经营状况、经营业绩完成情况为重点，检查企业资产负债损益和境外投资及境外国有资产的真实性、合法性、效益性，对于促进中央企业加强财务管理，规范财务收支，实现国有资产保值增值，提高企业经济竞争力，促进企业提升国际化经营能力和抗风险能力，推动国有资本做强做优做大，具有重要意义。他在介绍本次专项审计调查的主要目标、范围、内容，以及主要方式、方法后，对企业配合本次专项审计提出要求：一是高度重视，正确认识与对待此次审计调查工作；二是积极有力配合，确保审计调查工作顺利进行；三是做好涉密资料的提供和保管；四是充分理解，严格监督审计组执行各项纪律要求。李长进董事长和张宗言总裁分别对此次审计工作提出具体工作要求。

会议以网络视频形式召开，同时连线到股份公司各二、三级单位会场。总部机关部门副职以上负责人，在京单位相关负责人在主会场参加会议；股份公司二、三级单位班子成员、各部门负责人在分会场参加会议。（叶智勇）

【配合国家审计工作】一是高度重视审计署资产负债损益和境外投资及境外国有资产管理使用情况专项审计调查工作，在公司主要领导亲自领导和指导下，审计部门积极沟通协调，组织专业力量，细化配合方案，确保专项审计调查顺利开展。针对审计组提出的问题和意见，组织有关单位立整立改，认真回复审计意见。二是围绕京张高铁、京新高速公路等重点工程项目，加强与审计署主管司局和各审计组的沟通，做好迎审配合和组织协调。三是做好与审计署企业审计八局的业务对接。四是协助审计署企业司完成了企业年报编报软件升级工作。五是按照审计署驻各地特派办和地方审计机关的要求，全公司选派多名审计骨干和业务专家参加政府审计项目的审计。（于艳芹）

【召开 2018 年审计工作会议】2018 年 3 月 20 日，中国中铁 2018 年审计工作会在京召开。中国中铁党委书记、董事长李长进等公司领导及高管出席会议。马力副总裁主持会议。

李长进作了题为《围绕中心，全面履职，为企业实现高质量发展保驾护航》的讲话。他强调，要深刻领会、准确把握，认真落实审计全覆盖要求。积极适应审计监督新常态，完善审计监督全覆盖机制。要突出审计重点和质量，加强审计发现问题整改，强化审计结果运用。要推动审计工作改革向纵深发展，加强审计队伍建设，整合监督力量形成合力。

王士奇作了题为《持续推进审计改革，切实加强审计监督，促进企业提升发展质量和效益》的审计工作报告。他强调，2018 年股份公司审计工作的总体要求是：深入贯彻落实党的十九大精神，公司第四次党代会及 2018 年工作会的要求，紧密围绕推动企业高质量发展这一根本任务，持续推进审计工作改革，进一步突出审计工作重点，提高审计质量和效率，努力促进企业提质增效和持续健康发展。他提出 2018 年的审计工作重点一是持续推进审计改革，有效实施各类审计；二是突出审计工作重点，切实提高审计业务质量；三是坚持问题导向，加强审计问题整改和成果应用；四是夯实业务基础，推动审计标准化和信息化建设；五是加强团队建设，不断提升履职能力；六是加强企审共建，为企业发展创造良好的环境。

杨良宣读了股份公司 2017 年度审计先进单位和先进个人表彰决定。中铁一局、中铁二局、中铁四局、中铁九局、中铁大桥局、中铁建工 6 家先进单位，以及 84 名先进个人受到表彰。会议还对有关专项审计情况进行了通报。

会议期间还开展了“中国中铁卓越讲堂”活动，邀请有关专家作了“企业依法合规经营”和“央企审计关注重点及主要方法”专题讲座。（叶智勇）

2018 年 3 月 20 日，中国中铁 2018 年审计工作会在京召开

【开展经济责任审计】组织开展了对中铁大桥局原总经理胡汉舟同志等10家单位15位领导人员的任期经济责任审计。审计实施过程中重点关注领导干部按照职责和程序行使权力的情况，以及履行经济责任的经济效益和社会效益情况，重点反映违规违纪及失责问题，揭示企业管理中存在的问题和风险，并有针对性提出解决措施，充分发挥经济责任审计的监督和评价作用。2018年，股份公司审计部按国资委要求将二级企业党委书记纳入了经济责任审计范围，对部分党委书记开展了任期经济责任审计，党政同责，同责同审。（于艳芹）

【持续开展亏损企业和亏损项目审计】审计部制订计划，编制工作方案，做好审前培训，牵头组织财务部、劳资社保部、经营开发部、成本与采购管理部，组成5个联合审计组，对中铁一局四公司沪通项目、中铁二局深圳公司林芝鲁朗小镇项目等5个亏损项目开展专项审计。通过亏损项目审计，发现问题161个，针对因主观原因造成的损失提出追责建议21条。（于艳芹）

【开展投资项目审计】股份公司审计部对中铁投资呼和浩特市轨道交通1号线一期工程和中铁四局景德镇地下综合管廊等PPP项目开展了审计。通过审计，针对PPP项目管理中存在的风险和问题，提出了改进意见和建议，积累PPP投资业务的审计经验。（于艳芹）

【开展境外项目审计】2018年，审计部派出审计组对中铁六局越南轻轨项目进行了审计，重点核实境外投资管理七大原则的管理落实情况，以及项目建设期间事前、事中、事后管理流程的执行情况，提出加强境外项目管理的意见和建议。按领导指示派出审计组对原中铁东方国际集团总经理开展经济责任审计，加强境外项目内部控制，防范境外经营管理风险。（于艳芹）

【推进审计制度建设】2018年，起草制定了《中国中铁股份有限公司审计工作规定》《中国中铁违规经营投资责任追究实施办法（试行）》《中国中铁股份有限公司专项审计调查办法》等9项制度，进一步完善股份公司审计制度体系。组织中铁大桥局编制《审计质量管理手册》，推动审计质量控制的标准化管理。（于艳芹）

【开展审计发现问题整改情况专项检查】根据《国资委2018年中央企业内部审计重点工作建议》精神，审计部将组织开展审计发现问题整改检查工作列入《2018年度审计工作要点》，推动了对审计发现问题的整改落实，实现审计发现问题整改的闭环管理。为做好审计发现问题整改检查工作，2018年审计部细化了审计发现问题整改的工作方案，采取了股份公司审计部牵头组织、各二级单位选派力量、通过交叉检查、相互借鉴的方法，对中铁电气化局、中铁建工、中铁上海局等9个单位，进行了审计整改专项检查，督促被检查单位对未完成整改事项，落实责任，持续整改，促进各单位审计发现问题整改工作的整体提升。（于艳芹）

【2018年度内控评价工作】审计部根据《企业内部控制基本规范》及其配套指引的规定和其他内部控制监管要求，结合公司内部控制制度和评价办法，督促各部门、各单位层层分解，明确责任，通过“以评促建”，全面推进企业内部控制体系建设，在此基础上审计部汇总编制了《2018年度股份公司内部控制评价报告》，与年报一起对外披露。（于艳芹）

【组织业务培训】2018年，审计部在咸阳、合肥、长沙、成都、石家庄举办5期内部审计实务培训班，对股份公司及所属单位全体审计人员开展轮训。培训过程中，优化课程设计、加强师资配备、细化培训安排、严格培训管理、创新管理手段，推动2018年内部审计培训取得良好成效，提高了审计人员的综合素质和业务技能。同时，审计部结合股份公司投资业务和工程项目审计的实际需要，组织所属工程、投资业务板块审计业务骨干参加审计署时代经济出版社和南京审计大学联合举办的企业工程投资审计业务培训，通过与高校和审计署专业机构的互动，提升了参训人员的履职能力，拓展了审计视野。（于艳芹）

【获得奖项】积极参与中国内部审计协会以及各地方审计协会的活动，巩固交流渠道，扩大公司内部审计工作影响。2018年，中国中铁获“审计署关于内部审计工作规定知识大赛”优秀组织奖；所属中铁大桥局、中铁四局获审计报告质量提升优秀成果奖。中国中铁当选中国内部审计协会常务理事单位。（于艳芹）

经营开发部

【部门职能】（一）负责股份公司国内经营战略的分析、研究、拟定和推进实施工作。负责制定和实施股份公司国内基建工程承包经营开发管理制度。

（二）负责国内基础设施建设相关招投标政策、法律法规的分析研究，指导落实国内经营开发计划。

（三）负责股份公司国内市场的经营策划、组织协调、业务建设及国内承包项目使用股份公司资质证书的审核等工作。

（四）负责股份公司国内市场分析、相关政府部门联系、重要客户合作及重大项目的信息收集、筛选、追踪等工作。

（五）负责以股份公司名义参与的国内总承包项目（含设计施工总承包项目）的投标、合同评审、合同签订及招标、移交工作和重大合同签约信息报送工作。

（六）负责股份公司国内区域指挥部的协调、指导、服务等工作。

2018 年 11 月 14 日起，依据《关于调整股份公司总部部分行政部门职能和机构编制的通知》（中铁股份劳社〔2018〕255 号），将负责股份公司计划编制、统计职能调整到经营开发部。明确经营开发部负责股份公司资质投标经营要素建设管理工作。（李少林）

【工作综述】2018 年，经营开发部认真贯彻股份公司年度工作会议和经营工作会议精神，大力推动营销管理动能转换、效率转换、质量转换，着力推动经营体制机制改革向纵深发展，全力破解立体经营的瓶颈和关键难题，广泛深入推进营销信息化工作，持续开展营销人员培训工作，基础管理工作不断加强，投标管理协调提质增效显著，重点市场份额继续保持领先，国内基建承揽任务额再创新高。（李少林）

【创新开展经营开发】2018 年经营开发部以深化营销管理体制改革为导向，以区域经营向纵深推进为抓手，以推动开展立体经营为契机，以重点市场和重大项目开发管理协调为载体，强化投标协调管理并不断拓展范围，不断提升企业凝聚力和市场竞争能力，为企业提质增效和健康可持续发展提供基础。

一是推动区域经营向纵深发展。2018 年制定下发了《中国中铁区域经营工作指导意见》《区域经营建设考核暂行办法》，为所属各子公司系统、深入推进区域经营提供了方向指引、细化了区域经营建设各项建设指标，明确了考核指标要求，推动了各单位区域经营建设加快补短板。对 18 家工程局区域经营建设进行了首次考核，对各局区域经营建设的体系制度、管理架构、人员就位、资源匹配等情况进行了全面检查，每个局抽取 1 个区域指挥部进行了现场检查，既是考核检查，又是宣贯指导，全面摸底各单位区域经营建设情况，为后续加强管理指导、精准施策、纵深推进提供了依据。二是全面推进立体经营工作，起草《中国中铁股份有限公司立体经营工作指导意见》，要求各单位围绕企业发展战略，推进立体经营，激发经营活力，强化协同经营。三是通过研究政策、市场、模式、方法，强化对各单位的营销指导，有效提升营销系统市场竞争力。四是新兴领域不断取得新突破。2018 年全面加强城市建设市场开发，在装配式建筑、生态环保、水务处理、军民融合、运管维护等新兴业务方向上，结合自身实际，积极选择合适的领域，精准发力，重点突破，以做大“增量”的方式扩大市场份额。先后中标了一批重大典型项目，包括长江及沙湖水环境提升工程、保定市满城区城市生态修复项目、海口市红城湖棚改片区、贵州黔西南州贞丰县三岔河山地温泉旅游休闲度假区建设项目、贡市东部新城生态补水工程、西江国际未来科技城项目、赤峰市宁城县八里罕圣城特色小镇、云南楚雄州及甘肃兰州市军民融合项目等一批开拓性项目。五是创新引领，指导各区域总部，以立体经营理念和方法，以商业模式创新为引领，强化重大项目的运作，有效开展高端经营，努力创造项目、创造客户、引领市场，整体竞争优势进一步发挥，营销成果丰硕。（李少林）

【以股份公司名义参与的国内总承包项目情况】2018 年，股份公司把握国家大力倡导建筑市场工程总承包模式政策机遇，抢抓地方政府大力推行城轨交通、市政工程和园区建设项目大标段总承包的市场机会，依托中国中铁品牌优势运作大业主、大市场，充分发挥融资、人才、技术和管理优势，积极策划承接大项目，强力承揽优质高端项目，促进形成建筑业上游综合优势和市场滚动开发的良性循环，倡导和鼓励对重大项目优先运作施工总承包、工程总承包模式，2018 年以股份公司资质中标国内总承包项目 832.9 亿元，较 2017 年 752.9 亿元增加 80 亿元，同比增长 10.6%。（李少林）

【区域经营管理情况】一是建立区域经营管理体制，形成了“股份公司协调经营、集团公司主体经营、工程公司辅助经营”的经营管理体系，共成立 271 个直属区域经营机构、1589 个办事处和省市区域经营机构。二是完善区域经营配套机制。建立完善了人员选用、经费收支、考核奖惩、要素配置、工程监管、投标管理和党的建设等有关配套措施和制度办法。各业务板块经营业务人员达到 14925 人，占总人数的 5.16%，按照 2018 年承揽合同额 16921.6 亿元计算，平均每亿元达到 0.88 人。三是不断增强区域经营机构市场开发能力。2018 年，各工程局通过区域经营机构承揽非铁路基建任务 10233 亿元，占比达到 77.1%，其中中铁一局、四局、七局、十局、上海局等 11 家单位区域经营机构承揽任务达到 80% 以上。四是加快推进股份公司总部区域经营建设。明确投资公司区域总部职能，不断加强高端经营平台建设，全面发挥投资公司服务其他二级单位的作用。（李少林）

【召开 2018 年经营工作暨区域经营经验交流会】2018 年 4 月 3 日至 4 日，中国中铁 2018 年经营工作暨区域经营经验交流会在京召开。中国中铁总裁张宗言等领导班子成员及高管出席会议。会议全面总结了企业 2017 年以来的经营工作，深入分析了企业当前面临的市场形势，对当前和今后一个时期的经营工作进行了全面部署。

张宗言在讲话中指出，全公司 2017 年经营工作取得了显著成绩，实现了新签合同额快速增长、经营体制机制不断完善、经营模式创新强力推进、市场经营领域取得突破、经营要素建设持续加强、经营理念不断更新进步。他要求各单位要从发展规模、发展质量、完善机制、专业队伍、整合资源等方面创新经营理念，实现经营理念大变革。他强调，要以推进立体经营为抓手，准确理解立体经营的深刻内涵、破解立体经营中的突出矛盾、加快构建分进合击的立体经营格局，实现市场经营大发展。要以落实区域经营为根本，进一步明晰基本思路、狠抓核心问题、正确处理各种关系，实现经营能力大提升。

会议表彰了中国中铁2017年度经营工作先进单位、集体和个人，授予中铁一局、中铁四局、中铁建工和中铁城投4家单位“经营工作优秀单位”称号；授予9家单位“经营工作先进单位”称号；授予30个集体“区域经营工作先进集体”称号；授予151名同志“经营工作先进个人”称号。会议期间，股份公司经营开发部和大企业市场开发事业部有关负责同志就相关管理办法进行了解读，与会人员进行了分组讨论。中铁一局、中铁六局、中铁开投、中铁五局西北区域指挥部、中铁七局华南指挥部、中铁十局山东区域指挥部、中铁大桥局华南片区指挥部7家单位就区域经营作了经验交流。大会还播放了股份公司经营工作专题片《耕耘》，播放了2017年度经营工作优秀单位和先进单位专题片《奋进》。股份公司总部各部门以及各直属指挥部负责人，所属各二级单位有关负责人、获奖代表共340余人参加了会议。（王永胜）

4月3日至4日，中国中铁2018年经营工作暨区域经营经验交流会在京召开

【召开全面开发城市建设市场动员会】2018年6月1日，中国中铁在北京召开全面开发城市建设市场动员大会。股份公司领导及高管、区域经营机构负责人、所属各单位主要领导及相关人员参加了会议。李长进董事长和张宗言总裁分别发表了讲话，会议分析了市场形势发展与国家政策变化，研究部署了城市建设市场开发工作，明确提出了总体要求和主要目标，确定了重点领域和具体举措，动员系统上下掀起全面开发城市建设市场的热潮。中国中铁部署全面开发城市建设市场是公司业务重大战略转型的重要体现，具有重大意义，所属单位和全体员工都应深刻认识全面开发城市建设市场的重要性和紧迫性，全面推动经营工作发展，努力开创企业持续健康高质量发展的新局面。中铁置业、中铁建工和中铁南方进行了案例分享和经验交流发言。（李少林）

【经营管理人员业务培训】2018年8月19日至9月14日、11月18日至11月30日，经营开发部组织举办了中国中铁第三期、第四期经营开发高级管理人员培训班，培训各二级公司经营部门负责人和区域经营机构负责人共215人，培训提升了管理人员素质，对宣贯、推动区域经营和立体经营起到了重要作用。5月6日至6月16日，经营开发部与成本管理部联合举办了中国中铁第四期经营/工经业务人员培训班，24家二级公司共107名业务人员参加了培训，为经营和工经管理储备人才。（李少林）

投资发展部

【部门职责】（一）负责制定和实施股份公司基础设施、矿产资源投资业务的管理制度，拟定和落实基础设施、矿产资源投资板块的发展战略和年度投资计划。

（二）负责基础设施、矿产资源投资项目的负面清单具体管理。负责由投资形成资产并以营业为目的的基础设施、矿产资源的项目公司股权投资管理。

（三）负责指导和协调股份公司及二级子（分）公司国内基础设施投资项目的开发和管理工作，负责矿产资源投资项目的立项审批工作。

（四）负责组织由股份公司履行决策权的基础设施和矿产资源投资项目（含相关股权投资）的可行性研究报告评审，负责提交上会议案及批复。

（五）负责以股份公司名义实施的基础设施投资项目的合同评审、开工报告审批，负责矿产资源投资项目的合同评审、初步设计审查和开工报告审批。

（六）负责基础设施、矿产资源投资项目的建设监管工作。

（七）负责对基础设施、矿产资源投资项目的执行情况进行过程监控和预警，组织建立项目投资及回收风险管理体系，落实相应的风险防范和风险预控措施。

（八）负责指导二级子（分）公司对基础设施投资项目的过程经济评价工作和矿产资源投资项目的自我评价工作，负责组织实施对基础设施、矿产资源投资项目的后评价工作。

（九）负责基础设施、矿产资源投资项目的运营监管工作。

（十）负责本部门管理的重大合同签约信息报送工作。

2018年11月14日起，依据《关于调整股份公司总部部分行政部门职能和机构编制的通知》（中铁股份劳社〔2018〕255号），投资发展部牵头负责股份公司投资项目负面清单管理职能。

【工作综述】2018年，国家及相关部委密集出台了一系列新政策，从地方政府、金融机构、国有企业等市场主体入手，全方位防控地方债务、管控金融闸口、降低

企业负债、规范PPP行为，对投资经营带来严重挑战，企业面临的投资经营压力和潜在风险持续加大。面对新形势、新变化和新挑战，投资发展部紧密围绕股份公司年度工作要求，以防范风险为前提，坚持“确保在建，依法合规，梳理整改，适度新增，严控风险”的投资原则，加强政策研究，制定应对措施，进一步完善规章制度，规范投资行为，维护投资秩序，加大项目前期运作指导和统筹协调力度，严把项目评审关，加强重点项目的过程监管，督导重难点项目，年度各项工作顺利推进。矿产资源板块紧紧围绕“盘活存量、提质增效、加强监管、注重收益”中心任务，把握矿产品市场回暖契机，继续保持矿山稳产高产，严格管控成本费用，继续创收增利；积极落实整改，企业依法合规经营工作取得实效，矿产资源板块步入良性发展轨道。（罗元恒）

【严控投资风险】一是贯彻落实国资委监管要求，将PPP项目的投资决策权限收归至股份公司总部，进一步强化集团管控，防范投资风险。二是贯彻落实股份公司投资管理规定，严格履行投资决策程序，坚决制止“先斩后奏”“斩而不奏”等违规投资行为，加大基础设施投资项目问责力度，对中铁投资违规决策程序投资石家庄滹沱河环境整治PPP项目进行问责，严肃投资纪律。三是进一步规范投资项目可研报告的编制，加强可研报告的评审和审查，提高可研报告的科学性和真实性。四是根据国资委192号文有关要求，在不考虑资产负债率的情况下，测算了存量PPP项目全周期现金流和未来三年投资空间，编制《基础设施投资专项发展规划》。五是严把项目评审关，确保项目合法合规，坚持原则、严控风险，将推高企业资产负债率的投资项目纳入负面清单，以项目依法合规、不推高企业资产负债率并满足股份公司投资回报要求为原则，优选新增项目。2018年共对各二级单位上报的145个项目进行综合评审，对风险较大、不满足股份公司投资条件的项目坚决予以否决，经优中选优，严格把关，最终推荐提交总裁办公会审议94个，提交董事会审议24个。六是严把项目合同评审关，督促各二级单位认真落实总裁办公会和董事会的决议内容，严禁擅自降低投资条件、变更融资方案投标，全年共组织评审了《江门市广佛江快速通道江门段（江门大道）PPP改造项目合同书》《静乐丰润至兴县黑峪口高速公路工程施工总承包合同》《陕西省旬邑至凤翔、韩城至黄龙高速公路PPP项目合同》《寻甸至沾益高速公路PPP项目合同》等100余份投资项目合同，签署59份，确保股份公司投资决策内容在项目合同中得到具体落实。七是加大PPP项目开工管理力度，坚持开工报告审批制度，督促各二级单位贯彻落实投资项目“五不开工”原则，有效防范投资风险。（罗元恒）

【项目监管】一是成立了专项工作组，制定下发了《关于开展基础设施投资项目风险排查专项活动的通知》，组织各二级单位开展存量PPP、BOT、BT等业务风险排查工作，全面梳理存量项目，查清了存量项目存在的主要问题和潜在风险，按照“一项一策”原则，有针对性地提出了整改指导意见和建议，并向国资委和股份公司领导分别提交了风险排查和有关工作建议的报告。二是持续督促问题项目整改工作，下发了《关于进一步做好基础设施投资项目专项整改的通知》，针对排查出来的主要问题，提出了整改阶段工作的指导意见和工作要求，指导督促相关二级单位及时完成问题整改，确保问题整改落到实处。三是配合有关投资项目股权变更和融资方案变更，确保项目资本金整改到位，加快融资落地，全年共配合完成36个PPP项目融资方案变更。四是加大督导力度，推进重点项目实施进展，及时解决翁开高速、威围高速、遵余高速、绥延高速、旬凤高速等已中标项目实施过程中存在的问题，保障项目正常实施。五是向政府和业主发函，协助有关二级单位解决西江新城二期、池州教育园等项目历史遗留问题；向政府和业主复函，协调解决绥延项目建设资金及征地拆迁问题，积极协商乌鲁木齐轨道交通3号线、福州北向第二通道项目缓建事宜，协调滦滦高速项目协议签订、诚意金缴纳、工程资金监管等问题。六是组织召开新疆PPP项目专题会，研究新疆地区PPP项目停缓建问题解决方案，明确解决思路，部署相关工作，跟进项目进展。（罗元恒）

【召开2018年投资推进会】2018年11月6日，中国中铁2018年投资推进会在中铁城投召开。股份公司总裁张宗言、副总裁段永传、董事会秘书何文，总部相关部门负责人，股份公司区域指挥部主要领导，各二级单位主要领导、投资业务分管领导、总会计师、相关业务部门负责人共162人参加会议。

张宗言在讲话中肯定了投资业务在企业推动经济质量增长、拉动业务板块协同发展、增强综合竞争优势、加速转型升级等方面作出的积极贡献，并从市场占领、经营质量、任务分配、规模成本、专业化发挥、自身站位、合力发挥、现场管理、专业人员、立体区域经营以及经营关系、经济关系、管理关系等方面剖析了当前投资业务存在的问题。要求股份公司所属各单位要全面理清理顺投资业务关系，全力开创投资工作新局面。一是要强化战略引领，加快投资业务发展；二是要落实经营理念，加强业务板块协调；三是要转变思想理念，提高投资业务效益；四是要深挖产融结合，推进融资落地；五是要强化责任担当，全面完成年度任务。他指出党建是国有企业的根和魂，在投资工作中要加强党的领导和党的建设，强化党风廉政建设。

会议回顾了企业近年来投资工作，通报了股份公司2018年基础设施、矿产资源和房地产业务投资完成情况，明确了企业基础设施投资业务的发展定位，全面界定了投资公司、工程企业等二级单位的管理关系、经营关系和经济关系，听取了9家投资公司、18家工程局年度投资工作情况汇报，下发了《中国中铁关于基础设施投资业务内部关系的指导意见（征求意见稿）》，股份公司各业务部门对相关工作提出要求。

（罗 乐 廖金阳）

【投资业务培训】采用“以会代培”的方式，充分利用城市建设市场动员会、基础设施投资推进会等有利时机，集中对各参会单位主要领导、分管领导及部门负责人进行培训，编制印发了《投资项目经典案例汇编》和《基础设施投资政策汇编》，分享成功经验和典型项目案例，解读有关最新政策文件和规章制度，不断提高各二级单位的风险防范意识和投资管理水平。大力支持并积极派员对各单位组织的培训班进行授课，先后对股份公司董监事人员培训班、高级经营管理人员培训班、产融结合培训班，以及中铁一局、中铁五局、中铁六局、中铁隧道局、中铁北京局、中铁城投、中铁开投、中铁南方、中铁交通等二级单位组织的投资培训班进行了投资授课。2018年股份公司及各单位组织培训班达90多个，参训人员达4200多人次。派员参加国家有关部委及机构组织的大型培训班及专题座谈会，学习投资新政策。通过上述以内部培训为主，外出培训为辅，以系统内及外聘授课老师相结合的方式，对投资业务人员尽快掌握投融资市场新政策，转变投资理念、提高投资管理水平、增强风险防范意识奠定了坚实的基础。（罗元恒）

房地产与养老产业部

【工作综述】2018年，公司紧跟国家政策导向，把握市场需求，注重对传统业态的创新和升级，加强对新房地产业务模式的研究探索，开拓新的业务发展空间和新的盈利增长点，努力克服化解国家宏观调控政策带来的不利影响。2018年，公司进一步深化房地产业务体制机制改革，推动内部整合，提高资源效率，加强房地产业务品牌建设，加快房地产项目去化速度，实现营业收入433.24亿元，同比增长42.74%。（王大中）

【制度建设】2018年，房地产与养老产业部加强制度建设，印发了《关于推动房地产板块高质量健康发展的指导意见》，从体制机制、模式创新、经营格局、品牌建设、决策流程、过程管控、党的领导等不同方面对房地产业务的各个基本环节再次进行了明确；下发了《关于切实加强区域经营、立体经营管理，进一步优化房地产项目市场布局的通知》，进一步优化了房地产项目市场布局；下发了《关于加强中国中铁房地产板块数据统计工作的通知》，提高了数据分析统计的准确性；拟定了《中国中铁房地产品牌建设指导意见》；转发了《商务部办公厅关于进一步明确境外投资管理工作有关问题函的通知》等一系列国家部委的文件通知，对各单位在执行层面提出了具体要求。

【拓展房地产新兴市场】2018年，房地产与养老产业部认真研究行业政策，紧跟市场步伐，在做好传统住宅、商业房地产开发的同时，加快推动产品转型升级，积极探索新兴房地产业务，大力拓展棚户区改造、文旅地产、养老养生地产和特色小镇项目，全面进入城市建设市场。中铁置业、中铁建工、中铁投资、中铁上投、中铁南方、中铁五局、中铁电化局、中铁北京局等单位积极推进棚户区改造和城市综合建设项目，2018年共有11个项目落地，投资总额为1182亿元，带动二级开发540亿元，拉动工程施工556亿元，其中中铁五局、中铁南方和中铁电化局与当地政府签署合作协议，通过一级开发为介入二级开发创造了有利条件，有效降低了投资风险；中铁建工、中铁文旅等单位在城市综合体项目上持续发力，成功运作山东济南章丘秀慧古镇综合升级改造项目；中铁置业持续拓展一线城市保障性住房，继2017年成功取得北京后沙峪共有产权房以及海淀北部新区共有产权房项目，2018年又成功取得了北京门头沟曹各庄共有产权房项目；中铁文旅贵州国际生态城项目作为典型实战案例收录进《全国高校房地产专业案例教材》。（王大中）

【推动立体经营】房地产与养老产业部认真贯彻落实股份公司立体经营工作指导意见，积极推进房地产业务与投资、基建施工、设计及其他业务的协同发展，鼓励设计企业发挥前期规划和设计咨询优势、投资公司发挥区域经营平台和政府资源优势，房地产主业企业发挥项目运营和策划销售优势，施工单位发挥施工质量、工期、成本优势，全面打造“地产+”经营生态，实现了运作大项目，运作好项目的经营目标。2018年，实现了北京顺义区北务镇棚改项目、遵义红花岗区万里路棚改项目、徐州铁路物流园棚改项目、常州天宁新城棚改项目、无锡梁溪区刘潭片区棚改项目、邢台前晋祠村棚改项目、太原市万柏林区煤气化公司住宅项目、昆明草海项目8个项目顺利落地，投资规模786亿元。中铁置业和中铁投资利用正在联合运作的天津、哈尔滨地铁项目，探索打造“地铁投资置换土地资源”模式，中铁投资、中铁七局、中铁文旅等单位正在联合运作焦作国际生态城项目，努力推动“国际生态城”模式再升级。（王大中）

【开展区域经营】房地产与养老产业部认真贯彻落实股份公司区域经营工作指导意见，下发了《加强区域经营优化房地产业务市场布局的通知》，要求相关二级单位，尤其是房地产主营业务企业，进一步优化市场布局，聚焦细分市场，积极参与雄安新区、长江中游、山东新旧动能转换区、粤港澳大湾区、海南自由贸易区等新区建设，围绕新区中心城市和周边城市进行重点布局，全面加强城市公司建设，建立以城市为单元的经营统筹格局，通过具体项目扎根区域市场，提升市场开发能力，逐步做深做透，实现区域滚动发展。2018年，房地产与养老产业部多次组织房地产专家组前往江浙、川渝、贵州、山东、北京等片区督导调研，推动在开发项目加快实施，研究区域市场开发现状，为项目公司深耕区域市场出谋划策。2018年，中铁置业、中铁文旅、中铁建工3家房地产主营业务企业共设立区域经营指挥部或区域经营机构10个，已在北京、济南、沈阳、长春、武汉、杭州、徐州、厦门、广州、贵阳、遵义、十堰、南通、淮南和安庆等23个城市获取新项目。（王大中）

【加快房地产存货去化】房地产与养老产业部加强对存货的动态监测和科学管理，定期开展全系统房地产存货清查，摸清房地产存货状态和结构，针对不同类型的库存产品制定不同的策略，督促有关二级企业拓展库存去化渠道，加快资金回笼；根据国务院国资委对企业“两金”压控的具体要求和股份公司对房地产存货的考核标准，专门下发通知，要求有关二级企业按照国资委认定房地产存货的新标准和新要求，明确责任主体、去化方案和去化目标，进一步加快政府审批事项的办理，加快项目开发节奏，加强营销管理，确保剔除土地储备、已销售未结转的房地产存货因素后房地产存货零增长；对明确为年度双清重点单位的中铁置业、中铁建工、中铁二局、中铁八局、中铁二院等单位，房地产与养老产业部积极督促制订存货去化实施方案，明确去化目标，集中解决了“去哪里、去多少、怎么去、由谁去”等一系列问题；对16个重点房地产存货去化项目进行挂牌督办，采取“一项一策”，加快去化速度，以点带面、以重点促全局，有效推动全公司房地产存货去化工作。（王大中）

【推进房地产板块专业化重组】按照股份公司总体部署，主动配合改革主责部门，积极稳妥推进房地产板块专业化重组的相关工作，开展了一系列调查研究，全面总结分析房地产板块发展现状，为板块重组奠定了基础。2018年7月，股份公司党政联合印发了《中国中铁房地产业务改革方案》，明确了房地产业务改革的总体要求、原则和主要目标，为在新形势下加快房地产业务转型升级提质增效，实现做强做优做大的目标奠定了基础。（王大中）

【规范项目投资决策程序】2018年，房地产与养老产业部严格按照国务院国资委和股份公司有关要求履行房地产项目投资决策，进一步完善了房地产项目投资决策指标体系，调整了房地产决策委员会组成人员和工作职责，充分发挥总部部门联合评审的作用，加强和有关二级单位的沟通协调，提高了决策的质量和效率，缩短了决策时间。全年共组织召开了20次部门联合评审会，涉及60个房地产项目，召开了12次房地产决策委员会会议，共有52个项目提交决策，50个项目通过决策。（王大中）

【提升既有房地产项目开发水平】2018年，房地产板块围绕“优遴选、强营销、提效益、保在建、快去化、降成本”的工作思路，进一步加强既有项目开发过程管控，项目管理水平显著提升。一是加强重点项目监管。建立了重点项目监管制度，对中铁置业北京顺义后沙峪项目、中铁建工山东章丘绣惠街道改造项目和中铁文旅四川中铁国际生态城等项目列入重点项目过程监管清单，进一步加强对重点项目的调研督导。组织房地产专家组成员，先后前往杭州、苏州、贵阳、济南、成都、北京、大连、合肥等10多个城市、40多个重点项目进行了督导调研，实地解决项目遇到实际困难。对中铁置业济南彩石项目等10余个推进不力的重点项目，及时约谈了相关二级单位主要领导、分管领导和项目公司主要负责人，确保重点项目按可研目标推进。二是加强项目过程管控。2018年中铁文旅黑龙潭国际生态城项目已累计完成拆迁19261亩，已完成70%安置房投资建设任务；贵州国际生态城开发正常，累计取得建设用地指标12780亩，共取得土地使用权4430亩；中铁置业青岛西海岸项目展馆和会馆于2018年8月交付使用，10月，举办了全球最大的海洋科技展——中国国际海洋技术与工程设备展；北京海淀永丰共有产权房项目实现年内开盘销售，年内售罄；北京海淀西北旺共有产权房项目实现开盘销售，中铁建工章丘绣惠古镇项目总占地面积4606亩。三是加强项目成本管理。各有关单位进一步建立完善成本管理体系，加强委外项目合同管理，加强人工成本控制，扎实推进房地产业务精细化管理；明确项目开发各环节成本管控要点，坚持把项目管理策划、模拟股权（跟投）、责任矩阵、集中管控和效能监察作为房地产项目成本管理的“五个抓手”，认真编制项目管理策划书，注重加强项目班子的配备和管理，根据具体项目实际进行组织结构设计和有关制度安排，科学合理配置资源，挑选部分项目公司进行项目跟投试点，建立更加完善的考核体系，发挥激励和约束的长效作用。中铁置业以成本标准化、产品线标准化为重点，修订完善了成本费用、合同、招评标管理办法，确保了可研、定位、方案、施工图四阶段目标层层递减、逐级受控；中铁大桥局全面建设成本信息化平台，实现项目动态成本跟踪；进一步进行成本事前策划，强化合同的执行过程管控；中铁电化局充分发挥成本控制系统的作用，强化经济运行体系建设，提高了过程管控、风险预警、分析评价能力。四是加强亏损项目治理。2018年，房地产与养老产业部多次组织项目现场调研并召开专题会议，指导中铁置业、二局、八局、二院等单位，共同探讨项目亏损形成原因和扭亏措施，按照“一项一策”的思路，明确了亏损项目治理的措施、责任和目标。（王大中）

【房地产业务调研督导】2018年，组织公司房地产专家组先后对江浙沪片区、北京地区、山东地区、四川地区以及贵阳、苏州、济南、大连、合肥的重点片区、重点城市和重点项目进行了调研督导，形成调研报告12篇。通过调研督导，对国家部委有关政策、股份公司系列重要会议精神进行了宣贯，了解了具体项目和片区市场的最新情况，听取了基层对房地产板块未来发展的意见建议，对在开发项目实施进度、成本管控、库存去化等方面提出了具体要求，取得了良好效果。（王大中）

【房地产板块信息管理系统】2018年，房地产板块信息管理系统已完成开发、测试、上线试运行等工作内容，并已通过股份公司专家组验收。股份公司房地产信息化系统上线，可以实现对项目实行清单式管理，对每一个项目要从决策拿地到策划定位、规划设计、前期报建到工程建设管理、营销管理再到售后服务直至清算退出全过程进行实时、动态监管。截至2018年末，共有25个二级单位、63个三级单位、221个项目公司、895个账户上线运行，系统运行情况稳定。（王大中）

【房地产与养老产业业务培训班】2018年9月13日至18日，中国中铁房地产与养老产业业务培训班在京举办。股份公司副总裁段永传出席培训班开班仪式并提出工作要求；来自公司所属各二级、三级企业的171名房地产从业人员参加了此次培训。培训班邀请了国家部委有关领导、行业专家、咨询机构专家以及总部机关有关部门负责人现场授课。培训内容涵盖宏观经济和市场形势分析，行业及企业发展格局展望，棚户区改造及城市建设政策解读，房地产项目分析定位、营销策划、风险防控以及养老服务宏观发展形势，国有企业介入养老服务案例分享等。培训期间还组织学员到中铁置业开发的和园项目进行现场调研。（孙玉宝）

【支部建设】按照股份公司党委和机关党委的部署要求，房地产与养老产业部组织员工深入学习党章党规和习近平总书记系列重要讲话精神，并结合工作实际开展讨论；把党风廉政建设纳入了年度部门整体工作安排和部门员工目标管理，贯穿于部门日常工作的全过程；坚持在部门月度例会和部务专题会议以及碰头会等不同会议上，对部门党风廉政建设工作进行研究部署；制定了《房地产养老产业部廉洁从业制度》，部门负责人与部门员工签订《房地产养老产业部党风廉政建设责任书》；部门负责人不定期与部门员工进行党风廉政谈话。通过发放学习资料、召开学习会议、组织专题党课、开展学习交流，引导部门全体党员切实提高党纪意识；注重业务培训与廉政教育紧密结合，在部门牵头组织举办的中国中铁房地产业务培训，在课程设置上专门安排了学习贯彻十九大精神、加强党风廉政建设课程。（王大中）

生产管理部

【部门职能】（一）负责制定和实施股份公司设计咨询、工程施工、设备管理、运营生产业务板块的管理规章制度。负责联络政府、行业等有关主管部门，办理生产相关行政许可等事项。

（二）负责股份公司境内企业、协助境外总承包项目的生产指导、协调、服务、监管等工作。

（三）负责股份公司勘察设计咨询监理业务归口管理工作。负责设计咨询创优评先工作。承担股份公司设计咨询分公司工作。

（四）负责组织股份公司总承包项目、投资项目的施工组织设计方案及重大专项方案的审查与核备；负责组织所属单位特级风险工程施工组织设计方案的评审。负责组织对总承包项目的施工管控。

（五）负责监督股份公司设备资产管理。负责组织大型机械设备选型论证工作。负责股份公司设备购置预算审核和监管。

（六）负责建立股份公司大型设备租赁平台，指导设备租赁、使用及调剂管理。指导股份公司重大总承包项目和建设项目的主要机械设备配置工作。

（七）负责指导、协调、监管投资项目运营维护生产管理工作。

（八）负责指导股份公司所属单位的铁路运输工作，协助办理路用车审批、自轮运转设备过轨运输等事宜。负责股份公司国防交通战备和人防等工作。

（九）负责收集、统计、分析股份公司在建工程项目基础信息。

（十）负责管理与指导股份公司所属单位国内工程项目信用评价工作。

（十一）负责组织、指导企业及项目开展生产新技术、新装备的培训、推广工作。

依据《中国中铁关于调整股份公司总部部分行政部门职能的通知》（中铁股份劳社〔2018〕76号），增加“负责下达生产调度指令，并督导执行”职能。生产管理部负责组织所属单位特级风险工程施工组织设计的评审，调整为“负责组织所属单位需股份公司提供技术支持的特级风险工程施工组织设计的评审”。

2018年11月14日起，依据《关于调整股份公司总部部分行政部门职能和机构编制的通知》（中铁股份劳社〔2018〕255号），明确生产管理部负责指导、协调公司试验、检测和测量工作，负责对口与国家有关部门联系与沟通。（孟祥红）

【工作综述】2018年，生产管理部在股份公司党委的领导下，坚持新发展理念，牢牢把握推动企业高质量发展的根本要求，抓好施组管理，加强生产协调，服务施工现场，重难点项目顺利推进；加强生产调度，畅通生产信息，严控进度管理，调度管理水平明显提升；坚持设计创优，提升标准管理，促进技术交流，勘察设计咨询健康发展；统筹设备管理，严控设备投资，加强设备调配，确保重大设备使用安全；广泛调研，积极探索，不断规范投资项目运营管理；积极落实，有效推进，做好交通战备、人防和运输管理工作。全面完成各项工作

任务。（孟祥红）

【整章建制工作】颁布了《中国中铁股份有限公司生产调度工作管理办法》，进一步明确了生产调度管理职责及权限；积极宣贯中国铁路总公司2018版信用评价办法，修订了股份公司《内部信用评价办法》；修订了《中国中铁股份有限公司机械设备管理办法》，进一步明确了各管理层级设备管理职责及权限；为进一步明确和规范重点工程（项目）的监管，制定了《中国中铁股份有限公司重点工程（项目）监管规定（试行）》；部署了《高速公路运营管理指南》《铁轨道交通运营管理指南》《综合管廊运营管理指南》和《水务环保运营管理指南》等编写工作。在南宁召开了专家评审会，对《高速公路运营管理指南》进行了审议，编写小组根据审议情况及机关有关部门提出的意见进行了修改完善。组织完成《工程施工组织设计》的编写、评审和出版，发布《中国中铁桥梁工程绿色施工标准》等2项企业标准。（孟祥红）

【施工组织管理】生产管理部加强股份公司重难点项目的设计优化、施工组织方案审核，组织开展印尼雅万高铁、孟加拉帕德玛大桥铁路连接线项目设计方案、施工组织方案审查和优化，节省了施工成本和工程投资。组织对磨万铁路湄公河特大桥、梅汕铁路大岭隧道、玉磨铁路安定隧道等施工专项方案进行专家评审；对大连地铁5号线，洛阳地铁1、2号线，芜湖地铁1、2号线等进行审批；对双洮01合同段总包工程、南龙铁路8标、汉十铁路9标等进行协调、督促，确保施工顺利开展。对莞惠城际松山湖隧道病害进行现场诊断、方案优化和施工整治，取消了中国铁路总公司督导的限速点。2018年7月组织160余人在平潭大桥召开桥梁施工技术交流会议，推广桥梁施工先进技术和管理经验。2018年8月向中国中铁资质中标的61位业主发函征询项目管理意见，对反馈的问题进行了梳理汇总并及时协调处理。

【信用评价工作】积极宣贯中国铁路总公司2018版信用评价办法，修订了《中国中铁股份有限公司内部信用评价办法》。完成了《中国中铁投资建设项目和总承包施工项目内部信用评价暂行办法》的修订工作，2018年上半年，中铁一局、三局、四局、十局、广州局、北京局、武汉电化局7家施工企业在铁路信用评价中被评为A级；下半年，中铁三局、四局、五局、武汉电化局4家施工企业在铁路信用评价中被评为A级。2018年上半年，中铁一局、二局、四局、隧道局、北京局5家施工企业在内部信用评价中被评为A级；下半年，中铁二局、四局、大桥局、隧道局、上海局5家施工企业在内部信用评价中被评为A级。（孟祥红）

【生产调度工作】2018年，制定并发布《中国中铁股份有限公司生产调度工作管理办法》，进一步明确了生产调度管理职责及权限。督导所属单位及项目部落实月度、季度生产进度计划，分区域、分层级、抓重点、保节点，全过程督导西安地铁4号线、青岛地铁8号线、大连地铁5号线、乌鲁木齐地铁1号线等重点项目，重点督导大瑞铁路高黎贡山隧道出口塌方事件的处理，以及莞惠城际、雅万高铁业主反映突出的项目。畅通生产信息，对重点项目采用周、月、季、半年和年报等方式动态监管。为应对强台风“山竹”，下发调度指令，启动应急响应机制，确保步调一致，措施有效，确保了台风区域在建项目无伤亡情况，企业财产免受损失。（李卫华）

【设备管理】2018年，股份公司施工设备共批复采购13162台套，金额约48.60亿元，其中盾构机/TBM 35台套，金额计16.44亿元，占总投资额度33.83%。严格落实股份公司设备调剂管理规定，遵从“先内后外”的原则，实施租赁限价，推进集中租赁，降低租赁价格，启动盾构机租赁平台建设，审批大型设备租赁报告120份，内部调剂盾构机（TBM）、搬提运架设备等大型设备共计73台套，合计金额约8亿元，提高了企业自有设备利用效率。组织开展铁路运架设备和盾构机使用维护培训，系统内156名操作和管理人员参加，有效促进了大型设备现场使用和安全管理的工作水平的提升。为落实国资委中央企业安全生产工作视频会议精神，对15个工程局盾构机使用管理情况进行检查，宣贯有关制度，推广先进经验，有效促进了大型设备现场使用和安全管理水平的提升。

【交通战备、人防和运输管理工作】贯彻落实国家交通战备办公室《二〇一八年全国交通战备工作安排》，推进“十三五”铁路战备建设项目，落实交通战备物资储备工作计划，加强战备储备物资进行出厂验收，认真执行《国防交通训练管理暂行规定》，组织参加国家交通战备办公室“新任交通战备干部培训班”，如期完成线路拨接演练任务。开展了交通战备责任考核工作，贯彻落实中央国家机关人防办人防管理各项规定，公司与中央国家机关人防办签订了《2018年中央国家机关人民防空工作责任书》，并与所属在京单位签订了工作责任书，加强人防工程建设管理、扎实开展人防业务培训、认真开展地下空间防汛和综合整治，全面完成人防工作“目标管理”和“责任制”工作，年度人防工作顺利通过年度考核。

2018年，中铁一局至五局承揽运输运营任务的铁路线有36条，运营里程约7148km，货运量约28356.68万t，货运周转量7427798.66万t·km。2018年路用车实际批准总数5845辆，满足了各施工单位对车辆使用的需求。（孟祥红）

【勘察设计业务管理和组织奖项评审工作】组织召开了勘察设计咨询工作座谈会，聚焦行业发展，研究对策措施。交流了生产经营管理经验，分析面临的新形势，存在的问题，研究对策措施；发布了《中国中铁桥梁工程绿色施工标准》和《中国中铁桥梁工程绿色施工评价标准》2项企业标准。组织编写完成了中国中铁《工程施工组织设计》，组织所属单位积极参与国家和铁路行业标准编制和研讨评审，负责主编《国外工程建设标准动态》《国内工程建设标准动态》，编制完成了《铁路客车车辆设备设计规范》《铁路车辆运行安全监控系统设计规范》《铁路工程地质勘察监理规程》等标准规范；完成了勘察设计与咨询奖评选办法和总部外来技术标准管理办法三个制度的修订，完善职能对接清单和权责清单。贯彻三标体系，发布股份公司总部管理体系受控文件目录（技术标准类），确保文件的有效性，提高文件执行力；开展了中国中铁所属设计单位历年完成高速铁路、普速铁路、城市轨道交通工程、跨海跨长江跨黄河桥梁项目的梳理统计分析工作；2018年组织申报的铁路优秀工程勘察设计奖，共获得省部级勘察设计奖80项，优秀咨询成果奖22项。组织共评审出2018年度股份公司优秀工程勘察设计奖项中，共评选出207项，优秀工程咨询成果奖119项，为历年申报最多的一年。

（孟祥红）

【项目经理高级研修班】2018年，组织114人参加为期27天、15天的两期项目经理高级研修班，每期约20余位专家授课，采用立体化教学模式，全方位搭建能力训练平台，有效促进了工程项目管理人员的能力升级。

（孟祥红）

【装备制造业评审】组织召开专家组会议对中铁工业“液压震动冲击机器人”“双轮铣国产化研制”“160~200km/h磁悬浮列车总体技术方案”和“产业智能化升级改造”等项目进行评审，对工业产品的创新、研制，既有产品的升级改造、结构优化等工作提出具体要求。（孟祥红）

安全质量监督部

【工作综述】2018年，安全质量监督部以习近平新时代中国特色社会主义思想为指导，深入贯彻落实党的十九大精神，全面落实党和国家关于安全生产工作的各项要求及公司党代会、安全质量工作会精神，按照《中共中央 国务院关于推进安全生产领域改革发展的意见》和应急管理部、国资委等部委有关要求，以公司安全生产“十三五”规划为指引，持续推进安全生产“管”“监”分离工作，强化企业主体责任、领导第一责任、部门系统责任、员工切身责任、检查监督综合责任落实，部署开展建筑施工安全专项治理行动，加强股份公司资质中标项目安全质量管控，强化安全质量检查和隐患排查治理，不断提升应急救援能力，推进工程项目安全质量标准化建设，促进全公司建立健全生态环保组织管理体系和工作机制，增强职业健康意识，提高员工自我保护能力，继续策划开展安全生产“学习年”培训活动，通过全公司共同努力，实现了事故件数、死亡人数同比双下降，确保了全公司安全生产状况保持稳定，工程质量创优、环保和职业健康工作取得较好成效，9项工程获得鲁班奖（其中承建6项、参建3项），51项工程获得国家优质工程奖，10项工程进入在全国范围组织学习交流的建设工程项目施工安全生产标准化工地名单。

（任乐春）

【“管”“监”分离】为深入贯彻《中共中央 国务院关于推进安全生产领域改革发展的意见》，深化企业安全质量管理创新，明晰各层级安全质量管理责任，落实全员安全质量责任制，真正形成安全质量管理长效机制，整体提高企业和项目安全质量自控能力，安全质量监督部研究制定并以2018年1号文件党政工团联合印发了《关于推进‘管’“监”分离 提升安全质量自控能力的通知》，提出了实现一个目标、推进两个转变、抓好三项工作、坚持四个原则的基本思路，要求各单位和项目深刻理解“管”“监”分离，全面落实安全质量责任制，努力推动安全质量自控能力提升。1月9日，安全质量监督部下发了《中国中铁股份有限公司2018年安全生产、工程质量、环境保护和职业健康监督管理工作要点》，明确了全年工作思路和工作目标，提出了12项重点工作要求。各单位按照工作部署，迅速响应，各项工作有序推进。11月22日，安全质量监督部组织举办了新时期安全生产工作讲座，着重解读了“管”“监”分离的核心内涵、意义和目的，对“管”“监”分离工作进行了全面部署，进一步统一了思想，明确了方法和步骤，推动各系统各司其职、各负其责，形成“管”“监”合力，实现常态化保安全。安质监督部坚持组织召开季度视频会议、专题会议等，有针对性部署安全质量阶段重点工作。

（任乐春）

【宣贯检查《铁路建设项目质量安全红线管理规定》】按照中国铁路总公司宣贯检查《铁路建设项目质量安全红线管理规定》的统一安排，安全质量监督部高度重视，先后下发了《关于贯彻落实中国铁路总公司〈铁路建设项目质量安全红线管理规定〉的通知》《关于进一步做好铁路建设项目质量安全红线管理自查自纠工作的通知》《关于迅速开展贯彻落实〈铁路建设项目质量安全红线管理规定〉情况检查和做好当前安全生产工作的通知》等文件，安排各单位对铁路建设项目落实红线管理规定情况进行全覆盖检查。3月2日至25日派出4个专项督查组对18家施工企业按照一局、一处、一项目的方式进行专项督查并向中国铁路总公司递交了落实红线管理规定的报告及问题库清单。4月9日至25日，遴选出8名质量安全专家配合中国铁路总公司开展铁路建设项目质量安全红线第一次专项督查。5月，收到《中国铁路总公司关于建设项目质量安全红线管理专项督查发现中国铁路工程总公司所属单位问题处理情况的通报》后，在6月1日中国中铁全面开发城市建设市场动员大会上，公司领导对铁路总公司专项督查发现问题处理情况进行了通报，提出了整改工作部署和下一步工作要求。同时，安全质量监督部下发了《关于严肃铁路“红线”问题整改消号的通知》，跟踪、收集被处罚单位落实通报要求情况，并汇总后上报至中国铁路总公司。

（任乐春）

【**开展铁路开通项目隧道实体质量检测**】2月8日，安全质量监督部下发了《关于开展铁路隧道衬砌质量检测工作的通知》，抽调各单位专家并组织中铁科研院组成8个隧道质量实体检测组，对2018年计划开通的铁路项目隧道进行了专项实体质量检测。共计检测铁路建设项目13个（覆盖全部隧道），施工标段35个（项目部或工区），对171座隧道（295.8km）进行地质雷达检测1358962测线米，回弹检测29810个测区，钻芯取样42组，开孔检测136处。3月20日，在成都召开了隧道质量检测工作第一阶段总结会，充分肯定了铁路隧道衬砌质量检测第一阶段工作，对下一步工作进行了安排。4月，安全质量监督部将隧道检测综合报告、分单位报告、重要数据摘要报告发送到各施工单位进行整改，将质量隐患坚决消除在运营之前。（任乐春）

【**开展建筑施工安全专项治理行动**】为认真贯彻落实《国务院安委会办公室关于开展建筑施工安全专项治理行动的通知》（安委办〔2018〕10号）、《国务院安委会办公室关于切实加强“五一”节和汛期安全防范工作的通知》（安委办明电〔2018〕7号）工作部署要求，安全质量监督部制定下发了《中国中铁股份有限公司开展建筑施工安全专项治理行动实施方案》，部署自2018年5月3日至12月底，在全公司范围内开展以隧道与地下工程施工安全为重点的建筑施工安全专项治理行动，明确了行动目标、治理范围和内容、工作安排、工作措施和工作要求，以进一步强化复杂地质条件下隧道与地下工程施工安全保障能力，强化关键时段和关键节点风险管控，提升安全质量自控能力，促进全公司安全生产形势稳定可控。（任乐春）

【**安全质量标准化建设**】按照公司《关于积极推广安全教育培训微课堂试用及全面应用工作安排的通知》要求，积极组织安全教育培训微课堂试用及逐步推广应用工作，5月2日，安全质量监督部组织对“中国中铁安全教育培训微课堂系统”进行了技术评审，一致认为该系统实现了安全教育培训内容的趣味化、规范化和手段的信息化、系统化，实现了安全教育培训的现代化，具有较强的实用性和推广价值。6月30日至7月1日，安全质量监督部组织在青岛召开了“中国中铁工程项目安全质量标准化建设推进会”，观摩了青岛地铁项目安全质量标准化施工现场，有关单位就盾构施工现场安全文明施工标准化管理、盾构集群远程监控及智能化决策支持系统、基于盾构云的盾构法隧道信息化管控平台、项目质量安全精益化管理、地下工程项目安全质量标准化管理做了交流发言，通过观摩与交流进一步总结推广了全公司安全质量标准化建设成果和经验，将全面提升项目安全质量标准化水平，促进企业实现本质安全。

（任乐春）

【**安全生产“学习年”培训活动**】2018年，继续推动“学习年”活动深入开展，组织各单位利用施工现场安全体验馆和相关培训场所，开展多种方式教育培训，积极推广应用安全教育培训“微课堂”，筑牢作业层安全质量知识基础，防范一般惯性事故。定期在“微课堂”云平台发布“学习年”培训课件，通过“微课堂”培训箱反馈数据，对各单位和项目培训工作进行考核、考评。2018年，安全质量监督部先后举办了安全质量监督及创优管理培训班、注册安全工程师继续教育培训班、铁路隧道衬砌质量检测技术培训班、2018年安全生产“学习年”培训班等9期培训班，共2300余名学员接受培训，有效提高了各级管理人员安全生产技能和质量安全意识。（任乐春）

【**环境保护**】以“生态优先、绿色发展”为导向，进一步加强生态环境保护工作，有效防范生态环保风险、提高环境治理水平，坚决打好污染防治攻坚战，实现中国中铁高质量发展。安全质量监督部下发了《关于进一步加强生态环境保护工作的通知》《关于全面排查治理生态环境保护问题有关事项的通知》及《关于认真贯彻“打赢蓝天保卫战三年行动计划”加强大气污染防治工作通知》，促进全公司建立健全生态环保组织管理体系和工作机制，进一步加强生态环境保护领导工作和生态环境保护基础管理工作，对生态环境事件（问题）信息报送进行了规范统一；组织开展生态环境污染源和风险点开展全面排查，梳理生态环保问题，监督各单位限期整改；加强大气污染防治工作，切实做好“打赢蓝天保卫战”。通过对在建工程、作业场所环境因素的识别和评估，确定重点控制的环境因素，编制项目环境管理工作计划，加强生产过程中废水、废气、扬尘、噪声、固体废弃物、放射性危害的排放控制，持续改善生活与生态环境。

（任乐春）

【**保障职业健康**】2018年，认真落实《中华人民共和国职业病防治法》，坚持依法依规做好职业健康工作。从源头控制职业危害的发生，保证员工健康。全年组织培训20期，内容涉及隧道施工安全质量控制、桥梁施工安全质量控制、民用爆炸用品安全管理、起重吊装安全技术措施、支撑体系技术要点、环保及职业健康监管等内容，提高了项目管理人员、作业人员的施工技术水平和安全质量意识。完善员工健康档案，定期组织员工体检，为员工办理职业伤害保险，开展健康讲座，引导员工和企业共同做好职业危害源头控制，积极配合相关部门做好职业危害科学防治。在工程现场，加大资金投入力度，改善员工工作环境，不断完善现场防尘、降噪及安全设施，加强作业场所有毒有害气体、粉尘、噪声的检测和治理，为作业人员提供符合安全卫生标准的劳动保护设施和个人防护用品，最大限度地减少职业危害，积极为员工创造安全、卫生、舒适、和谐的工作环境。（任乐春）

科技与信息化部（技术中心）

【科技创新工作】2018 年度立项的科研课题共 1649 项，其中股份公司直接管理的重课题共 206 项，其中重大专项Ⅰ类课题 3 项、Ⅱ课题 3 项，重大课题 20 项，重点课题 59 项，引导课题 121 项。全年共有 328 项科技成果通过了省部级及股份公司组织鉴定评审，其中通过省（市）科技成果鉴定（评审）62 项，股份公司科技成果评审 266 项，有 32 项成果达到国际领先水平，113 项成果达到国际先进水平。获国家科技进步奖 4 项（其中一等奖 1 项），获国家技术发明奖 1 项。省级（含国家认可的社会力量设奖）科技进步奖 328 项，其中省部级科技进步奖 28 项，中国施工企业协会科学技术奖 86 项（其中股份公司刘辉副总裁获最高科学技术奖、特等奖 1 项、一等奖 25 项、二等奖 59 项），其他社会力量设奖 214 项。获詹天佑大奖 8 项。修订发布了工法管理办法。获授权专利 1888 项，其中发明专利 389 项；获省部级工法 377 项；2 家国家级企业技术中心和 15 家省部级企业技术中心获认定，新成立股份公司专业研发中心 6 家。（黄佳强　罗静峰）

【信息化工作建设】组织召开了公司网信领导小组会，完善领导机构，全面启动信息公司成立、信息化绩效考评、规范软件系统开发等工作。组织修订了《网络信息安全管理办法》《视频会议管理办法》《无纸化会议管理办法》《计算机网络管理规定》《IT 系统建设条件和标准》等制度办法和技术标准。以 BIM 技术推广应用为抓手，推动企业生产管理的数字化转型。初步建成并持续优化数字化管控中心，实现对企业管理数据的采集展示，全面掌握重点施工项目的进度、安全、质量情况，初步实现项目的在线数字化管控，全面提升股份公司对重难点项目的远程在线监管能力。大力支持公司财务共享中心建设应用，完成了北京地区、广州地区及成都地区财务共享云平台建设方案的制订、评审及优化完善等工作。完成公司大额资金监管网络建设，实现股份公司与国资委之间的网络数据的互联互通。贯彻落实《网络安全法》，全面开展网络信息安全专项检查工作，自查发现各类问题 100 余项，及时进行了整改完善。开展网络安全态势感知平台建设，采集各安全态势要素，结合智能分析技术，有效预防和及时发现各类信息安全隐患和网络攻击行为。全面启动灾备系统二期建设，重点解决所属各单位财务、成本等重要业务数据的异地容灾需求，建成以总部、中铁物贸、中铁建工同城数据中心为主，以中铁二院异地数据中心为辅的“两地三中心”的灾备体系架构。根据两办、国资委对 IPv6 部署应用有关工作要求，按期完成了企业门户网站等应用系统出口的 IPv6 改造工作，着手研究 IPv6 环境下移动互联网、物联网、工业互联网及云计算、大数据应用，为所属单位下一阶段开展 IPv6 项目建设奠定了基础。扩大海外骨干网络香港接入中心试点，完成香港接入中心项目验收，接入了乌干达、蒙古、马来西亚、孟加拉国等海外项目部，为股份公司所属各单位实现海外数据回传和后台管控前台提供网络技术支撑。（杨晶晶）

【学术交流活动】组织举办俄罗斯首届高速铁路国际学术论坛、茅以升基金会第二十七届颁奖大会暨第八届桥梁与隧道工程技术论坛、复杂艰险山区高速铁路修建关键技术学术研讨会等多项具有较大影响力的国际、国内学术论坛，多位院士、大师和国家铁路局、中国铁路总公司领导参加，通过学术交流，对股份公司专业技术水平的提升起到了积极的作用，同时也有效地提升了股份公司的知名度和影响力。（冯莎莎）

成本与采购管理部

【部门职责】（一）负责构建股份公司的成本管理、工程经济管理、采购管理、物资管理及物资贸易业务管理体系。

（二）组织、指导、监督子（分）公司加强成本管理工作。

（三）负责股份公司工程项目精细化管理。负责监督、指导子（分）公司加强项目成本管控，实行责任成本管理。

（四）负责指导、监督股份公司专业、劳务分包选择与管理工作。

（五）负责组织、指导股份公司工程经济管理工作，健全项目目标绩效考核责任制。组织测算、下达股份公司直管工程项目和直管投资项目的目标利润。负责项目降本增效管理和亏损项目治理相关工作。

（六）负责推进工程项目成本管理信息化建设。负责搭建股份公司工程分包指导价格信息平台；组织指导各子公司测定企业内部定额，建立内部分包价格体系。

（七）负责股份公司二次经营的组织、指导、协调、监督工作。

（八）负责概（预）算定额、行业工程造价制（修）订管理等有关工作和政策研究。

（九）负责股份公司物资、机械设备、办公用品、计算机设备、商旅服务、外包服务等产品和服务的采购管理工作。

（十）负责股份公司战略采购、区域性物资集中采购供应的组织与监管，负责指导和监督股份公司直管项目物资采购管理工作方案的制订和实施。

（十一）负责股份公司物资贸易产业规划与业务监管工作。

（十二）负责股份公司内部产品的评审组织与采购管理工作。

（十三）负责股份公司采购电子商务平台、项目物资管理信息系统的建设与应用管理工作。

（十四）负责股份公司采购专家库、供应商档案库的建设与应用管理工作。

（十五）负责牵头组织总部机关各类产品和服务的招标采购、竞争性谈判采购和竞价采购工作。

（十六）负责股份公司物资管理工作。

2018年11月14日起，依据《关于调整股份公司总部部分行政部门职能和机构编制的通知》（中铁股份劳社〔2018〕255号），明确成本与采购管理部负责股份公司商旅管理职能，承担总部机关员工差旅服务集中采购工作。（撖应群）

【工作综述】2018年，成本与采购管理部坚持以习近平新时代中国特色社会主义思想为指导，围绕推动企业高质量发展的根本要求，以管理实验室活动为载体，深挖降本增效潜力，在成本管理、二次经营、采购管理、物资管理、物贸业务管理方面取得了新进展、新成效，全年各项管理指标圆满完成。

成本与采购管理部深入贯彻成本管理“六大理念”、二次经营“八要八不要”、变更索赔“五定”预控等举措，深挖各项工作降本增效潜力，通过项目管理实验室活动，体制机制建设得到了系统性提升；宏观成本与微观成本统筹兼顾，成本管控能力持续增强；狠抓基础业务管理，推进成本管理和二次经营管理进入新常态；深入开展专项治理，推进项目创效能力再提升；优化信息系统，强化人员培训，不断提高工经人员业务素质和技能，打牢成本管理基础，为企业高质量发展提供支撑；继续深化采购管理体系改革，推动多层级、多职能协同管控采购，深挖采购管理降本增效潜力；在集中采购的广度、深度上下功夫，推动供应链体系建设，提升集中采购质量和效益；完善采购业务监督体系，强化采购业务监管；加快信息系统改造融合，提高采购信息化应用质量；以集中采购、关键物资质量管控、优化施工组织控制消耗为重点，持续提升物资管理专业化、集约化、精细化、信息化水平。（撖应群）

【制度建设】开展管理实验室活动，完善各项管理制度。制定并发布了《工程项目责任成本预算编制指导意见》《工程项目二次经营工作指引》《工程施工劳务（专业）分包管理指导意见》《工程项目成本管理指导意见》《物资贸易业务管理暂行办法》《总部机关采购管理规定》，为各项工作规范有序开展提供支撑。（撖应群）

【召开中国中铁成本管理暨二次经营专题会】2018年11月23日，召开2018年度成本管理暨二次经营专题会，会议从战略层面、整体层面审视企业的成本管理工作，从宏观成本管理和微观成本管理等方面进行了全面阐述，明确了成本管理和二次经营的工作方向，会议对下一阶段成本管理与二次经营的工作重点进行了安排部署。会议对成本管理先进集体与个人进行了表彰，部分单位在会上进行了经验交流。（杨　斌）

【开展成本管理调研】深入开展调研，掌握成本管理与二次经营工作情况。开展了对同行业其他央企中国建筑和中国铁建的调研，对18个工程局、11家三级公司、3个设计院、4个投资公司进行了调研，了解内外部单位成本管理和二次经营管理情况、先进管理经验，找到自身存在的问题。通过调研，为下一步研究解决成本管理、二次经营的工作，提供了基础信息和依据。（撖应群）

【成本管理对比分析】找差距，补不足，强措施，提管理。进一步加强对标管理，通过企业内部同类单位、项目的对标，促成本管理水平上台阶。针对二级企业18个工程局的营业收入完成百分比、人均营业收入、毛利率、管理费用率、变更索赔率五项数据进行统计、对比，对玉磨铁路项目、太焦铁路项目、商合杭铁路项目等五个项目部的劳务分包、物资、机械、管理费等方面15类成本管理数据进行统计、对比和分析，通过对标，促使各单位找出差距、制定措施、弥补不足，提高管理水平。（撖应群）

【责任成本预算编制质量评比】落实成本管理理念，强化责任成本预算。针对18个工程局开展了工程项目责任成本预算文件编制质量评比活动，通过评比，促进各单位提高工程项目责任成本预算文件编制质量，进一步完善责任成本预算编制管理体系，使责任成本预算真正成为项目管理的一条主线，为质量提升提供基础保障。（撖应群）

【督导与监管】加大督导监管力度，提高工程分包管理和项目治亏成效。对8个项目开展工程分包管理督导检查，针对主要问题督导整改、分析、总结和通报，促进工程分包管理相关制度的落实，2018年，采用招标平台采购金额占招标总计金额的总体比率为95%，较2017年提高了27%；加大亏损项目治亏扭亏力度，制定切实可行的扭亏措施。2018年，亏损项目减少89个，占年度目标77个的116%，减亏金额19.72亿元，占年度目标16.27亿元的121%，两项减亏指标均超额完成了年度目标要求。（撖应群）

【二次经营】狠抓二次经营工作落实，提升二次经营创效水平。对平潭跨海大桥、双洮项目开展实地调研，指导推动项目概算清理和二次经营；持续加强同有关部委和业主的沟通，推动解决大瑞铁路、平潭跨海大桥等项目问题，铁路项目存在的人工调差、地材调差、大临工程费用不足造成施工企业成本管理增加的问题，有关情况取得了阶段性进展；对120个收尾销号铁路项目标段进行概算清理，确保收尾项目概算清理工作取得实效；指导、督促各单位加大清收工作力度，2018年，已完工未结算存货较年初已完工未结算存货余额增加1.67%，全公司变更索赔率达12.65%，同比增加1.78个百分点。 （撒应群）

【目标利润测算】做好市场调查，合理确定投资项目和施工总承包项目内部招标限价和目标利润。在投资项目评审阶段，对可行性研究报告中相关指标数据进行审核把关，严格制定内部招标限价和目标利润，分别测算下达了昆明市轨道交通1号线西北延项目、贵州省遵义至余庆高速公路PPP项目、娄底市中心城区路网完善工程PPP项目、遵义市新浦经开区PPP项目、西安地铁临潼线9号线一期工程PPP项目等12个项目的目标利润。 （撒应群）

【造价与定额测定】做好造价与定额测定修编，努力主动引领市场。承揽国家铁路局、中国铁路总公司经规院有关定额测定课题，组织指导课题研究，路基工程完成167条定额子目测定、桥梁定额完成231条定额子目测定、涵洞定额完成26条定额子目测定、隧道定额完成127条定额子目测定；完成国家铁路局2018年、2019—2021年铁路工程造价标准86项造价标准制修订项目的申报；协调解决蒙华项目在地材运距运费、浆砌片石价格、AB组填料运距费用、雨季施工费用、费用测算等有关问题，有关费用得到了相应的调整；向国家铁路局、铁路总公司反映高铁、城铁与普铁项目施工、验收标准差异及对工程造价的影响，加快在概预算标准源头上解决有关问题。 （撒应群）

【集中采购】优化两级集中采购范围，引导各单位以合理的采购组织形式和采购方式积极实施各类产品和服务的两级集中采购，提高管控能力。2018年，全公司物资采购供应总额2512亿元，集中采购率94.9%；设备采购总额56.7亿元，集中采购率95%以上；办公用品和计算机设备鲁班商城采购金额1.27亿元，较2017年同期增长49.4%；商旅集中采购金额1.66亿元。

（段勇理）

【物资集中采购供应】加强股份公司层面物资集中采购供应组织，提升集中采购质量和效益。深化钢轨、石化产品战略采购合作，启动了沥青、润滑油脂及盾构油脂的战略采购供应，扩大战略采购供应品种范围；按季度优化、发布战略采购供应价格，确保战略采购供应价格处于较低水平。2018年，年累计供应石化产品66.8万t，较市场价格累计节约成本2.79亿元；供应钢轨道岔9.33亿元，累计节约成本4232万元。持续优化集中采购供应网络，扩大区域集中采购供应覆盖范围，2018年，启动了北京、天津等14个省、自治区、直辖市建筑钢筋、水泥的集中采购供应，截至年底，开展区域物资集中采购供应的省、自治区、直辖市达19个，年累供应金额43.4亿元，累计降低采购成本1.92亿元。督导中铁物贸做好股份公司投资（直管）项目和大型项目的物资集中采购供应工作，年累为88个投资（直管）项目及大型项目集中采购供应钢材、水泥等186.02亿元，降低成本8.3亿元。 （段勇理）

【机械设备框架协议采购】抓好通用机械设备框架协议的执行和落实，2018年度通用机械设备框架协议招标采购平均中标单价较2017年下降2.6%，各单位年累执行框架协议采购金额19.67亿元。 （撒应群）

【商旅集中采购管理】完成商旅服务平台建设和商旅管理服务商招募工作，全面推行商旅服务集中采购管理。截至2018年底，已选定商旅管理服务商开通支付权限、具备正式运行商旅平台的法人单位总计775家，平台注册有效用户11.4万人；全年完成商旅集中采购金额1.66亿元，其中，机票采购总额1.64亿元，机票集中采购平均折扣由2017年的74折下降至67折，累计节约采购成本1148万元。 （李　根）

【内部产品和服务】扩大内部产品和服务品种范围。组织开展2018年度新增内部产品及服务准入评审，共将54种物资、23种设备、19种服务类列入股份公司内部产品和服务采购目录。2018年，全公司各单位在目录下采购各类设备20.13亿元，占设备采购总金额的35.5%。 （撒应群）

【招标采购管理】2018年，全公司累计开展物资招标采购6393次，招标采购总金额1576亿元，和市场（调查）价相比，降低成本约88.4亿元，成本降低率约为5.3%。 （段勇理）

【采购监管】完善鲁班平台采购管理功能，引导各单位充分利用平台开展各类产品和服务上网采购，通过全面上网采购实现对各项采购活动的全流程监管。建立招评标服务体系，引导各二级公司成立招标服务机构，建设标准化评标场所，对本单位集中采购的产品和服务，由招标服务机构实施招标采购、采购管理部门进行监督，充分发挥股份公司和各二级公司招标服务机构的专业优势，推进采管分离。定期对各单位在鲁班平台上开展的采购活动进行抽查，对发现的不合规行为及时予以纠正和处理。制定发布总部机关采购管理规定，组织对股份公司财务审计鉴证、券商、税务咨询、资产评估、产权

交易、外聘律师等外包服务实施框架协议招标采购，有效规范了总部机关各类产品和服务采购行为。（段勇理）

【物资管理】聚焦现场物资管理，提高物资质量和消耗管控能力。督导各二、三级公司建立现场物资管理工作标准，编制现场物资管理工作手册或作业指导书，明确各项管理工作的流程和标准，推动现场物资管理的标准化、精细化。加强建筑钢筋、水泥等关键物资质量管控工作，对各单位建筑钢筋、水泥等关键物资的采购来源、供应渠道、进场验收开展清查、核查，对发现的问题及时整改，切实降低物资采购质量风险。指导各单位建立地材集中加工、采购、管理等新机制，组织总结在地材集中管控中好的管理模式和经验并推广应用。督导健全和完善消耗控制体系，落实消耗管控主体责任，定期开展消耗核算分析，严格兑现节超奖惩，提高项目物资消耗管控水平。（段勇理）

【信息系统】在广泛收集基层单位对成本系统优化的建议和开展项目调研的基础上，组织召开成本管理信息系统 V2.0 优化座谈会，制订系统优化方案；对 18 家工程局 2018 年前 3 个季度成本系统运行质量进行评比，调动各单位使用成本管理信息系统的积极性。完善鲁班电商平台动态竞价采购、供应商评价管理、供应商不良行为申诉、框架协议二次寻源等功能，提高系统的易用性，满足各单位使用需求。根据试点应用情况，完善新版项目物资管理系统功能，制订新版工程项目物资管理系统全面应用部署工作方案，开展系统地全面推广应用工作。不断优化完善鲁班平台功能，引导各单位利用鲁班平台实施网上采购。2018 年，各单位完成物资上网采购成交金额 1995.66 亿元，其中鲁班平台成交金额 1965.41 亿元，阿里巴巴中国中铁专区辅助材料采购成交金额 79.92 亿元，网上采购成交规模较 2017 年同期增长 33.6%。搭建鲁班平台变更索赔直报系统，满足股份公司和各工程局报表填报需求。（段勇理）

行政管理部（离退休人员管理部、保卫部）

【主要职能】负责公司总部机关办公用品、办公电话以及低值易耗品、印刷品的管理，非网络类固定资产的实物管理；负责公司总部机关办公楼的物业管理公司选用、合同签订和履行及日常监督管理；负责公司领导及高管履职待遇中的办公用房、通信费用管理和总部机关员工通信费用补贴标准制定工作，以及公司所出资企业负责人履职待遇中的异地任职住房租赁、通信费用标准制定工作；负责公司领导及高管、员工餐厅工作用餐管理和总部机关办公用房、办公家具、会议室管理，劳动保护用品及员工健康体检、计划生育等工作；负责公司所属企业离退休人员工作的指导和总部机关离退休人员的管理工作；负责公司总部机关住房委员会日常工作和住房公积金政策落实工作，员工临时租房补贴与人才公租房的管理工作；负责公司注册地租赁、总部机关办公大楼的租赁和合同执行等工作；负责公司所属企业内部治安保卫工作的指导和总部机关的内部治安保卫、卫生防疫、绿化、“门前三包”、消防及社会治安综合治理、地面停车场管理、重要来宾和重大活动安保等工作，及与属地公安、消防部门的沟通和协调工作；负责与公司总部机关所在地各级政府的联系与沟通工作；负责做好领导交办的其他各项工作。负责制定总部员工出差报告制度，负责总部电子考勤系统维护，负责总部出差、考勤、请假登记督查工作。（王馈华）

【工作综述】2018 年，行政管理部坚持以“六精”管理为主线，始终把融入中心、服务大局作为定位，践行始终坚持工作经济性和成效性的统一、日常服务与系统管理的统一、部门工作多业性与专业性的统一、后台工作和窗口工作的统一、内部事务与外联管理的统一，明确工作理念方向以推动工作实践；始终把制度建设作为根本，全方位加强了企业内部保卫、离退休人员管理、行政事务管理制度机制建设，用制度规范工作、夯实基础；始终把统筹协调作为保障，统筹资产资源和服务管理，加大与相关部门沟通协调力度，初步构建了大后勤、大保障、大服务的工作格局；始终把以员工为本作为宗旨，尽心竭力为总部机关服务、为广大员工服务，为离退休人员服务；始终坚持严格按公司党委、公司的决议决策办事、按制度办事、按程序办事、按职责办事，紧密围绕企业改革发展中心工作，高效推进、较好地完成了各项工作。（王馈华）

【行政事务管理】定期召开专题会议对部门预算过程管控情况进行研究分析和精测，优化总部办公用品、家具等资产购置、保管、发放、组固等日常管理，办公用品的网络集中采购率达 100%。做好办公家具等资产“修旧利废”工作，定期进行全覆盖修补维护。完成办公楼 B 座一层、二层等装修改造工作，全年共调整办公室 31 间次，更换开水器 21 个，保障了总部员工及相关机构日常办公正常有序。加强了 C 座办公楼的租赁管理及协调服务，全年对外租赁总收入为 2140 万元。同时，积极主动完成了国资委巡视及审计等重大任务的保障服务，加大与相关区委区政府、有关部门、友邻单位的协调沟通，主动做好各项社会事务，不断深化企地共建工作。（王馈华）

【离退休人员管理与服务】截至 2018 年末，全公司离休干部 1410 人，离退休人员 24.5 万人。坚持把加强政治建设放在首位，对总部离退休党总支和6个党支部进行了换届改选，开展纪念建党97周年活动，评选表彰1个离退休先进党支部、7名优秀党支部工作者和优秀党员。组织老同志代表集中学习十九大精神、参加公司重大会议及“卓越讲坛”专家讲座、参加中组部举办的专题报告会等活动。2月，召开了总部机关老领导、老同志、老专家座谈会和离退休人员迎新春联谊会，公司主要领导对离退休工作提出明确要求。先后开展了总部老同志迎新春走访慰问、春秋游、体检、新退休人员座谈会等活动。组织了在京单位600名退休员工参加北京市免费疗养，坚持养学结合，积极开展了“五个一”学习教育和文娱活动。按时为总部老同志发放“五项补贴”和慰问金。以纪念改革开放40周年为契机，组织总部机关老领导老专家代表前往郑州开展了基层现场观摩和座谈活动。坚持加强宏观指导，年初召开了全公司离退休工作视频会议，公司党委书记、董事长李长进出席会议并作重要讲话，表彰了10个先进集体和46名先进离退休工作者，交流了经验。开展了“我看改革开放新成就”调研活动，配合国资委做好了中央企业离休干部待遇专题调研。督导推进了所属单位在相关地区退休人员社会化管理试点工作，稳步推动全公司离退休工作向前发展。

（王馈华）

【企业内部治安保卫工作】以“平安企业”建设为目标，抓好“11、22、33”任务落实，3月以来先后对总部机关秩序维护员和保安员进行了4次系统培训，每月组织一次法律、消防知识学习，每周进行队列、执勤动作和反恐防恐训练，多次聘请北京市消防中心专职讲师进行消防知识授课。加强检查巡查，消除安全隐患，落实“日例行巡查、周重点检查、月专项检查、季综合检查”制度，定期联合对办公楼施工改造、外来人员和C座外租单位检查。突出工作重点，节假日、全国“两会”、“一带一路”高峰论坛、“中非”论坛和国资委会议重要时期专门下发通知，安排部署安保工作，先后做好了巴布新几内亚总理等外国领导人及重要外宾安保工作，高标准做好了承办国资委重要会议、公司职代会、工作会等重大节日、重大活动期间安保任务。加强所属企业指导，举办了中国中铁第四期保卫人员培训班，公司所属单位保卫部门工作人员共129人参加了培训和座谈活动。针对总部机关访客和临时工作人员较多的特点，严格进出入管理。建立了总部机关部门安全员制度和队伍，开展了“119”消防日应急疏散演练活动，全年圆满完成了68次上级领导莅临、外宾来访以及大型活动的安保任务，妥善处置了80起1124人次闹访、群体性上访秩序的维护，总部机关年度实现了“三零”目标。

（王馈华）

【物业管理】更新完善《中国中铁总部办公楼物业管理标准与服务流程手册》，突出了办公楼物业管理服务内容、标准、制度、流程的基础性规定，修订完善了《总部办公楼物业管理与服务考核规定》。截至2018年底，物业管理处共开展入室保洁75750房次，会议室开水服务6200次，清运垃圾7272余袋，更换绿植784盆，工程维修3155单次；共完成会议服务2439次，其中重要会议264次，贵宾接待195次，服务人数为54792人次。对物业管理处进行了4次总部员工问卷调查和物业管理服务考核，员工满意度达99.53%，考核结果均为优秀。召开了年度物业工作总结表彰会议，表彰了1个优秀团队和18名优秀个人。

（王馈华）

【后勤保障服务】牵头组织研究、积极推动北京地区自有土地盘活、中铁六局万寿路2号项目启动、中铁电气化局金家村1号院东院开发、中铁四局万寿路西街16号院危旧房改造；向丰台区争取了22套人才公租房，并加强了管理、再分配和共有产权住房申购工作；公正、透明、高效完成了总部机关闵航路19号院职工住宅配售及后续工作；牵头协调解决所属在京单位办公用房紧张问题，完成了华熙LIVE1号写字楼租赁，协调解决了多年来部分职工住房办证难等遗留问题；开展员工子女入学需求调查，争取部分入学名额；协调开通了公司至中铁西城快速公交专线；高度重视员工生活工作保障，引入竞争机制，提高员工体检针对性；制定下发了《总部机关内部工作餐管理规定》《总部机关员工供餐考核评价办法》《总部机关职工住房供热采暖补贴办法》，并按政策为在职和离退休员工落实了相关待遇；稳步改善员工工作生活环境，认真抓好总部员工住房补贴、供暖费、劳保用品、工装定制、生日慰问、公园年票、节日慰问、图书电影卡等发放管理，建立了总部机关医务室，组织开展了健康科普和常见病义诊、“学习雷锋、走进雄安”植树活动、“强素质、作表率”全员读书活动，进一步深化总部机关“家文化”建设。

（王馈华）

国际事业部

【部门职责】(一)负责组织制定股份公司国际业务经营战略、发展规划和相关管理制度。

（二）负责编制下达股份公司国际业务年度计划，并进行相关统计和分析工作。

（三）负责与国家相关部委、金融机构、行业协会以及外国相关政府部门进行国际业务有关的高端对接。

（四）负责股份公司海外市场区域化经营与管理、品牌使用、区域市场准入与项目开发协调工作。

（五）负责牵头组织、协调和运作政府间合作项目、海外重大或特殊项目以及其他十亿美元以上的海外大型项目，重点负责国家发改委、铁总、国家铁路局、商务部等牵头的中国铁路“走出去”重大项目的经营开发。负责归口管理海外重大合同签约信息的报送工作。

（六）负责以中国中铁品牌运作和投标的海外项目的归口管理，按照股份公司规定组织对相关项目进行评审和复评审并办理相关授权手续。

（七）负责对股份公司列入的海外重点关注项目进行监管和协调。

（八）负责牵头组织各类海外重大投资项目的经营开发，办理股份公司海外投资项目的立项和部委核准或报备，建立海外投资项目的安全风险评估和监测预警体系。

（九）负责组织国际业务相关的政府补贴资金的申报工作。

（十）负责管理股份公司因公出国（境）、邀请境外相关人员来华、接待外宾来访和应急处置境外突发事件。负责股份公司网站的外文翻译审核工作。

（十一）根据股份公司授权，按规定履行相应的人事管理权及财务管理权。

2018 年 11 月 14 日起，依据《关于调整股份公司总部部分行政部门职能和机构编制的通知》（中铁股份劳社〔2018〕255 号），国际事业部配合股份公司境外项目安全、质量等突发事件处理，负责外交部、商务部、大使馆等机构的沟通协调工作。负责公司外文网站的建设、管理工作。负责公司外文网站的建设、管理工作。明确国际事业部牵头负责股份公司境外投资、并购业务。境外投资由投资发展部、房地产与养老产业管理部、财务部、法律合规部等部门配合；境外并购由战略规划部配合。（赵　磊）

【海外制度体系建设】2018 年，国际事业部起草并发布《中国中铁海外重大经营项目实行经理负责制的暂行规定》《中国中铁关于发布首批纳入项目经理负责制的海外重大项目及项目经理人选清单的通知》及《中国中铁境外工程项目内部招投标管理办法》等，编写《礼仪手册》等指南性文件。（赵　磊　祝建生　付晓江）

【强化市场服务机制】2018 年，共审核二级单位新设境外机构 / 企业申请共计 41 项，完成新设境外企业商务部备案 35 项。办理 23 项合同登记，55 个事项授权。办理 10 个项目的商务部备案手续。通过境外项目正反面案例教育，总结项目实施的经验和教训，编写《境外项目风险防控指南》，强化风险防范意识。完成了 2018 年《中国中铁国际业务信息简报》（季度报）、《中国中铁境外重点追踪和在建项目信息月报》。

（赵　磊　祝建生　付晓江）

【召开中国中铁海外重点工作推进视频会议】2018 年 8 月 21 日，中国中铁召开海外重点工作推进视频会议。股份公司副总裁任鸿鹏出席会议并部署相关工作。会议通报了 2018 年上半年海外经营工作、海外项目信息报送、海外投融资业务、中非论坛北京峰会经营策划、非生产性安全和舆情工作、境外业务依法合规经营等情况，宣布了首批纳入项目经理负责制的海外重大项目和项目经理人选，进一步强调了外事管理。会议强调，要坚持经营生产目标不动摇，确保完成年度计划任务；坚持经营开发龙头地位，加快推进重大项目落地；加强重点在建项目管理，确保实现管理目标；构建海外投融资并购平台，努力实现“弯道超车”；抓住中非论坛有利时机，做好高端经营策划；构建海外合规风险管理体系，规范海外经营行为；加快国际化人才队伍建设，提升国际化经营能力；加快海外经营顶层设计，培育国际合作竞争新优势；履行当地社会责任，塑造良好央企形象；加强海外党建工作，为海外经营工作保驾护航。股份公司国际事业部、财务部、法律合规部、投资发展部、房地产与养老产业管理部负责人，在京二级单位海外业务分管领导、国际部负责人在主会场参加会议。中铁国际、东方国际领导班子成员及部门负责人；各二级单位及股份公司各直属境外项目部、指挥部相关负责人在分会场参加会议。（唐　刚）

【海外业务合规管理】一是组织合规培训；二是开展合规调研，筹划体系建设；三是编写海外合规体系建设推进方案，拟聘任第三方咨询机构对海外合规体系建设提供专业服务；四是规范各项海外经营行为，下发《关于进一步规范境外竞标类项目经营秩序的通知》等，进一步强化了中国中铁境外区域市场管理，保障了企业海外业务依法合规经营。（赵　磊　祝建生　付晓江）

【重点项目管理】为更好更快“走出去”，中国中铁成立了以公司主要领导为组长、分管领导为副组长，总部业务部门负责人为成员的公司“一带一路”工作领导小组，总部层面实行“国际事业部统筹、总部各部门广泛参与”的齐抓共管的管控模式。为加强股份公司境外重点项目监管，股份公司国际事业部内设境外重点项目管理办公室（简称重点办；2018 年 10 月，更名为项目管理部），牵头组织对股份公司境外重点项目实施过程进行日常监管和风险管控，履行国际事业部境外重点项目监管责任。股份公司各子分公司设有专职的国际业务部门或公司，具体履行境外重点项目及其他项目的主体责任。

中国中铁建有项目管理数字化管控中心，动态监控项目运行情况。建立在施项目月报、视频会议、现场督查等制度，适时派遣合同商务、项目管理、工程技术、审计财务等专业技术人员赴项目进行现场检查和指导帮扶，必要时成立公司督导组、专家组，及时发现排查化解风险，确保国有资产保值增值。

（赵　磊　祝建生　付晓江）

【外事管理】中国铁路工程集团有限公司根据企业国际化业务发展需要，秉承“围绕中心管外事，服务大局办外事”的工作理念，着力加强外事管理和服务工作。一是加强制度建设，进一步规范企业外事管理。适时调整“集团公司外事工作领导小组”“股份公司境外突发事件应急处置领导小组”，由党委书记和总经理（总裁）亲自担任“领导小组”组长，加强党委对外事工作的集中领导。修订《中国铁路工程集团有限公司外事工作管理办法》和《中国铁路工程集团有限公司因公证照管理实施细则》等管理文件，强化外事工作的原则性、透明性和高效性。二是认真履职，严把因公出访审核关。根据“目的明确、人员精干、时间合理、路线经济”的原则，认真履行出访任务审核和出访人员审查职责，从严把关，规范管理，杜绝照顾性和无实质内容的一般性出访。2018 年共审批因公出国（境）团组 2672 个，涉及出访人员 7929 人次，均依法合规完成了出访任务。三是开展专项清查，强化监督职责。对所属各单位因公证照申办、驻外人员合规办理居留手续、因公证照收缴、注销及登记等工作进行清查，理顺工作关系、明确管理流程和各级单位管理责任。四是加强外事人员能力建设。对所属各单位外事主管部门负责人、外事管理人员等进行外事业务培训，就因公出国（境）审批、因公证照申办和管理等内容进行业务指导。五是加强外派人员安全和健康管理。继续践行“以人为本”理念，健全境外机构和人员安全管理体系和相关制度，调整境外突发事件应急处置预案，开展防范安全风险培训和应急处置演练，加强境外安全管理工作检查和督导，切实提高因公出国（境）人员安全风险防范意识和应急处置能力，解除出国（境）人员后顾之忧。

（赵　磊　祝建生　付晓江）

大企业市场开发事业部

【年度工作综述】2018 年，大企业市场开发事业部按照股份公司整体部署，在股份公司和主要以及分管领导的正确领导下，始终认真贯彻落实股份公司生产经营一体化战略思想，认真抓好外部协调、内部管控、统筹组织、高端经营、项目落地、生产监管等各项工作，基本建立了“股份公司对大企业总部，集团公司对大企业二级公司，工程公司管干”的分层级营销架构。重点对中央企业中的发电企业、兵工企业、航空企业进行了对接，共与 10 家企业签署了战略合作协议，此外还与 16 家大企业达成了签约共识。（郭宗明）

【基础管理工作建设】大企业市场部利用现有的机构和人员作了大量外部关系协调和内部职责管控工作，逐渐实现了定位清晰、关系清楚、责任明确的管理机制。即：大企业市场部是全公司推进大企业市场经营开发的主责营销机构，与股份公司相关职能部门是指导与被指导的关系，与股份公司国际事业部是平行协作、合作共赢的关系，与二级单位是统筹与被统筹的关系。大企业、军民融合市场经营是股份公司区域经营和立体经营的重要组成部分，重点瞄准中央企业和军队两个市场，其他大企业市场为辅，开展总部经营，签订战略协议，统筹协调协议为项目的落地和实施。

内部管控方面：大企业市场部根据现状，创新管理模式，要求员工在处理好部室业务工作的同时，重点做好市场经营开发工作，基本形成“内部部门岗位职责明确，具体工作打破岗位限制，一人统筹，全体协同”的管理模式，不断理顺经营信息管理、项目经营管理、文件处理、财务管理、业务接待、用车管理等工作的管理流程，取得了较好效果。（郭宗明）

【重点项目运作情况】2018 年，中国中铁与三峡集团合作，成功中标长江大保护全国第一个示范项目—江西九江水环境综合治理一期工程，一期总投资约 77 亿元（建安约 26 亿元），二期计划投资 34 亿元。芜湖市无为县综合治理项目也已实现了提前进场。中国中铁与兵器工业集团的合作再结硕果，承建了兵器工业下属的万宝矿业约 80 亿元的矿山剥离工程。中国中铁与华电集团合作，中标华电集团华中总部研发基地工程，中标合同额 24.6 亿元。中国中铁与三一重工集团合作，成功中标沙特阿拉伯王国吉达公寓楼、达曼公寓及别墅项目 3 大保障性房屋建筑工程施工总承包项目及 PC 构件工厂建设、构件生产等任务，中标合同额约 90 亿元。

（郭宗明）

【召开中国中铁 2018 年大企业市场开发工作座谈会】2018 年 4 月 14 日，中国中铁 2018 年大企业市场开发工作座谈会在京召开。股份公司副总裁、总工程师刘辉，战略规划部、经营开发部、投资发展部、房地产与养老产业管理部、国际事业部、大企业市场开发事业部等相关部门，以及部分所属二级单位有关负责人共 90 余人参加了会议。

会议要求，各单位要设计科学系统的大企业市场经营规则，充分发挥股份公司整体经营集成优势，主动作为、瞄准重点、精耕细作、加强学习，将传统经营和技术经营有机结合。在经营过程中要注重业绩建设、资质建设、人才建设，全方位、全覆盖地推进大企业市场经营工作，使各自的大企业市场经营工作在股份公司大经营格局下有所作为，实现经营能力大提升。会议期间，股份公司大企业市场开发事业部就相关管理办法、中央企业市场分析以及重点工作思路进行了解读。中铁二局等 10 家单位就大企业市场经营作了经验交流。

（郭宗明）

党群工作

2018年9月5日，国务院国资委党委书记郝鹏到中铁二局五公司西藏国道318线米拉山隧道项目，考察指导项目管理及党建、扶贫工作

党委（保密）办公室

【党委（保密）办公室】党委（保密）办公室作为公司党委直接领导下负责党委日常工作的职能部门。主要职责是：认真贯彻党的路线方针政策和上级指示，及时了解和掌握党委各项重点工作的进展情况，为领导决策提出工作建议和方案；督促检查上级指示和公司党委各项重要决策、重要部署以及党风廉政建设主体责任的贯彻落实情况；协助党委领导统筹安排各项工作，处理好党委的日常工作和具体事务，认真做好会议和重要活动的组织协调；落实党委常委会议事规则、“三重一大”决策制度等有关要求，协调做好企业重大经营事项党委会研究讨论工作；起草党委在重要会议上的报告、讲话、党委工作总结和安排，审核党委以及有关部门的公文文稿；抓好信息调研工作，提出有价值的调研文章；管理党委机要文件和有关档案、党委各项重要会议的记录及大事记，负责收发文件、党委印鉴的管理使用；负责党和国家以及公司关于保密工作的方针、政策、决定和指示的落实，分析研究公司保密工作中的重大问题，及时总结和部署公司保密工作。定员7人，现员6人；设主任1人（兼任保密办主任），副主任1人；下设综合处、秘书处。

（赵家兴）

【工作综述】党办（保密办）在公司党委的领导下，全面深入学习贯彻党的十九大精神，以习近平新时代中国特色社会主义思想为指导，认真落实中央经济工作会议、中央企业负责人会议和公司第四次党代会精神，坚持党对企业的领导，坚持全面从严管党治党，以总书记“五个坚持”重要要求为根本遵循，在公司党委的正确领导下，锤炼善作善成的能力本领，扎实推进党委交办的各项任务。

（赵家兴）

【落实党委重点工作】制定了《党委（常委）会研究讨论企业重大经营管理事项实施细则》《党委书记专题会议事规则》《党委办公会规定》，建立健全党委发挥领导作用的制度体系，先后承办18次党委常委会，前置讨论45个重大事项。启动了“三重一大”决策运行系统建设，编制了系统需求说明书，联合董事会办公室、总裁办公室上传了系统资料。配合落实原国有重点大型企业监事会2017年度监督检查发现问题的整改落实工作，并上报了有关情况的报告。认真贯彻中央纪委《工作建议》和国资委党委《工作方案》，起草了《工作落实方案》《自查自纠活动通知》和《情况报告》，对总部机关各部门的36项工作任务229项工作措施及时进行挂牌督办，对二级单位自查自纠活动加强督促指导。牵头完成了2017年度和2018年度中央企业党建责任制考核工作，以及国资委党委第二巡视组对公司党委落实中央纪委《工作建议》深入开展自查自纠情况的调研检查，对考核和检查中发现的问题进行梳理并制定了整改台账。

（赵家兴）

【以文辅政】围绕推动党委重点工作，先后为协助党委领导起草了年初工作会、审计工作会、经济运行分析会、成本管理暨二次经营工作专题会、片区安全质量现场会、全面开发城市建设市场动员会、首批巡视工作动员会、党风廉政建设和反腐败工作年中推进会、季度安全质量工作视频会、中老铁路“廉洁之路”调研座谈会等各类会议讲话，以及学习贯彻十九大精神集中轮训班上的辅导报告。围绕公司重要会议和活动，先后起草了公司领导在首届丝路国际产能合作领军论坛、中国发展高层论坛2018专题研讨会、改革开放40周年建筑业在行动纪念大会、“一带一路”国家企业合作发展大会、“一带一路”轨道交通国际高峰论坛、全国政协有关会议等材料。围绕上级重要指示精神的贯彻落实，起草了贯彻中央纪委《工作建议》自查自纠报告、关于加强党的领导和完善公司治理有机统一的情况报告、年度领导班子述职报告、中央企业党建责任制考核评价自查报告、年度党风廉政建设及反腐败工作报告等材料。

（赵家兴）

【协助党委落实主体责任】印发了《贯彻落实中央八项规定精神实施细则》《总部人员境内内部公务活动用餐管理规定》《党委党内监督工作实施办法》《党务公开工作实施方案》，起草了《中国中铁党委加强和改进监督实施办法》《关于加强贯彻落实中央八项规定精神督促检查工作的实施办法》，修订了党风廉政建设主体责任定期报告制度。配合组织召开了党风廉政和反腐败工作会、年中推进会、警示教育大会，协助党委研究部署党风廉政和反腐败工作。认真落实国资委党委《全面落实管党治党主体责任和监督责任促进中央企业治理效能进一步提升的实施意见》精神，细化分解17方面71项任务，明确责任部门和时间节点。紧盯元旦、春节、国庆、中秋等重大节假日，会同纪委印发《关于做好2018年“两节”期间贯彻落实中央八项规定精神和纠正“四风”工作通知》《关于做好中秋、国庆节日期间巩固和拓展落实中央八项规定精神成果的通知》和《关于2019年元旦、春节期间紧盯“四风”问题坚持不懈正风肃纪的通知》，及时转发《中央纪委驻国资委纪检组关于在重大节日期间严明“十五个严禁”纪律要求的通知》，明确要求各级党纪组织切实履行好党风廉政建设“两个责任”。监督二级单位落实党风廉政建设主体

责任月度制度，按时向国资委报送了公司党委党风廉政建设和反腐败工作情况报告、执行落实中央八项规定精神情况报告。（赵家兴）

【督查督办】加强重点工作督办，依据国资委党委年度党建重点工作、公司两会精神、年度经济活动分析会、党风廉政建设和反腐败工作年中推进会等，分解形成143项党建重点工作，及时跟踪督办，严格执行挂牌督办和办结销号机制，联合总裁办公室下发了3期督查督办通报。对中铁四局万寿路16号院有关工作专题会进行了专项督办。坚持对公司党委常委会、党委办公会等日常会议项，进行实时督办、实时总结。及时向公司各位领导和高管印送了《公司领导及高管政治生活提醒通知》，对二级单位党委落实三重一大制度备案机制、落实国安保密机构调整备案机制、前置程序制度制定、重要制度修订、党建工作进章程等情况进行了督办。落实《国资委督促检查工作实施办法》精神，对国资委党委巡视回头看分解任务、落实中组部和国资委党委"两个文件"分解任务、党建考核现场评价分解任务、落实中纪委工作建议工作台账等分别进行了专项督办。（赵家兴）

【国安保密】加强保密防范能力建设，组织召开了年度保密工作会议，研究提出了当前及"十三五"期间的保密工作指导思想，确定了提升"三大管理"水平、坚持"三个并重"、落实"五个全覆盖"的工作目标 。不断提升商密保护规范化和信息化水平，积极开展企业商密事项梳理工作和传输系统建设调研工作，会同宣传部、科技与信息化部开展电子邮件系统安全专项整治行动，对公司数字化管控平台提出了保密建议，配合国资委办公厅测试了普通密码传输网的传真机功能，补充采购了保密软硬件设备。加强保密制度体系建设，先后起草印发了《对外交往与合作提供涉密资料保密管理规定》《落实"十三五"时期全国保密事业发展规划的工作计划》以及国家安全工作系列制度文件，修订了公司计算机信息系统安全保密规定。加强保密教育培训，参加了国资委保密工作专项培训，组织开展了党委国家安全形势任务专题中心组学习暨"卓越讲坛"专家讲座，联合机关党委在"4·15"国家安全日进行了主题宣传展。加强保密工作对标检查，履行中央企业保密协作区组长单位职责，对协作区13家成员央企保密对标材料进行复核。对所属各二级单位国安、保密工作开展了指导检查，还联合有关部门对境外保密国安工作进行检查。（赵家兴）

【信息调研】按照公司党委要求，先后开展了公司存在"四风"问题、"如何破解企业党建工作和生产经营工作两张皮问题""如何用习近平新时代中国特色社会主义思想指导实践、推动工作"的三个课题调研活动，起草了三个课题的调研报告。加强日常信息调研，会同总裁办修订下发了《信息工作管理办法》，举办了2018年信息工作培训班，对2017年度以及2018年三个季度的信息工作进行了及时通报，对有关表现突出单位给予通报表扬。2018年，共收到各单位报送党务信息简报2808期4849篇，编发党务简报43期，向国资委报送党务信息53篇，被采纳4篇，其中《遵循"六安法则"凸显人本思想》调研文章得到国资委党建局高度评价。（赵家兴）

【综合事务】按照公司党委安排，先后筹备党建工作领导小组会14次、党委办公会11次，编印了相关学习文件、工作报告、会议纪要等会议材料。配合筹备了西博会系列活动、中老铁路"廉洁之路"调研活动、五个片区以股份公司资质中标项目安全质量管理会等重要会议活动。及时对2017年度公司党委重要发文、会议纪要进行整理归档，对2017年度中办、国办文件进行清销处理。2018年完成党委发文194个，处理机要文件162件1082份，机要资料551份，党委用印242人/次，监刻印章25枚。加强制度文件管理，建立了《党委党内规范性文件联席会议以及审查和备案制度》，对两级党委十八大以来重要文件制度进行了梳理汇总。服务党委依规治党建设，起草了国资委法规局落实《中央党内法规建设指导意见》情况调研材料，汇编了《中国共产党党内重要法规选编》和《习近平总书记关于制度治党依规治党重要论述摘编》。按照向中央请示报告制度要求，梳理了向国资委党委请示报告事项清单。起草下发了《关于征求企业基础数据协助提报内容意见的通知》，建立了季度汇总统计机制。（赵家兴）

【部门建设】开展部门管理实验室活动，对部门岗位职责进行系统梳理调整，推行部门责任矩阵建设，梳理编制了12大类33项工作流程。会同总裁办举办了全公司办公室负责人研修班，党委（保密）办公室在2017年度总部机关业绩考核中被评为优秀部门。开展支部主题党建活动，以"严作风、强执行、重学习、尚真情"主题党建活动为抓手，编制了36项作风建设正负面清单，全体党员做到了亮身份、亮岗位、亮作风。2018年，党支部先后到京张高铁清河站开展基层专题党课活动，联合总裁办党支部到白洋淀和雄安指挥部开展主题党日活动，与机关党委、行管部党支部到中铁电气化局京沪高铁维管公司开展了联合主题党日活动。2018年1月29日，党支部按要求召开了年度组织生活会，李长进同志作为普通党员参加了支部组织生活会，并认真开展批评和自我批评。（赵家兴）

党委组织部

【党组织和党员队伍状况】截至2018年底，公司系统共有党的基层委员会772个，其中局级党委42个，处级党委730个，其他党委243个。有党工委1069个，党总支1561个，党支部9975个，其中生产一线党支部6913个，多经党支部17个，离退休党支部757个，机关党支部1428个，其他党支部134个。

全公司共有党员164308名，其中预备党员3577名；女党员28410名，占党员总数的17.29%。党员队伍年龄结构：35岁以下26486名，占党员总数的16.12%；36～45岁37182名，占党员总数的22.63%；46～55岁32688名，占党员总数的19.89%；56～60岁9925名，占党员总数的16.12%；61岁及以上9304名，占党员总数的5.66%。文化结构：大专以上文化程度109861名，占党员总数的66.86%；中专及高中文化程度30796名，占党员总数的18.74%；初中及以上23651名，占党员总数的14.39%。职业结构：在职党员121593名，占党员总数的74.00%；离退休党员42715名，占党员总数的26.00%；在职党员中工人党员121319名，占党员总数的73.84%；企业管理人员55801名，占党员总数的33.96%；各类专业技术人员51258名，占党员总数的31.20%。（刘　卫）

【部门职责及人员】公司党委组织部是主管全公司党的组织建设工作的业务部门。其主要职责是：认真贯彻全面从严治党要求，指导所属企业党委发挥领导作用，把方向、管大局、保落实。指导所属企业党委落实党组织在公司法人治理结构中法定地位的重要制度安排和认真贯彻执行民主集中制。检查指导全公司各级党委贯彻执行党代会（党员大会）、民主生活会、党内生活等制度情况。做好所属企业党委换届选举和增补委员的指导、审批工作。负责协调所属单位与地方党组织建立党的双重领导关系有关工作。了解掌握所属企业领导班子政治思想和班子建设情况。组织召开党员领导干部民主生活会，做好领导班子成员报告职责范围内党风廉政建设情况和落实“一岗双责”情况的相关工作。指导全公司各级党委贯彻落实党建工作责任制，组织开展所属单位党建工作考核和党委书记抓党建工作述职评议考核工作。指导全公司各级党委加强基层党组织书记和党群干部的培训工作。组织开展党内集中教育实践活动和专项活动，推进学习教育常态化制度化。制定加强党员教育、管理和发展党员工作的规划和措施，检查指导贯彻落实情况，提出加强和改进的意见。贯彻落实公司党委加强基层党组织建设的总体要求，指导全公司基层党组织建设，提出具体意见和措施，推进向外协队伍委派党群工作协理员制度的贯彻落实，加强海外项目党建工作，不断增强党建工作的针对性和实效性。指导开展党内“创先争优”“红旗项目部”等活动，负责做好先进基层党组织、优秀共产党员、优秀党务工作者的推荐表彰工作，抓好党建工作方面的研究，做好先进典型的选树和总结推广工作。检查指导所属企业党费的收缴、使用和管理工作；负责公司党委留用党费的收缴、使用和管理；做好党内有关刊物的征订、分发工作；指导做好全公司党员党籍、组织关系管理工作；指导所属企业党委搞好党内统计工作。负责公司总部机关党群机构设置及定员编制工作；了解和掌握所属企业党群工作机构定编定员及有关情况。完成上级组织和领导交办的其他工作。定员6人，设部长1人，副部长1人，现员4人。（刘　卫）

【加强思想政治建设】2018年，中国中铁党委坚持把党的政治建设摆在首位，着力抓好各级领导干部的学习教育工作，进一步强化思想政治建设，认真学习宣贯习近平新时代中国特色社会主义思想和党的十九大精神，在2017年“五个到位”“五个全覆盖”的基础上，以各级领导干部为重点，通过中心组学习、民主生活会、“三会一课”、集中培训、座谈交流等多种形式，进一步推动学习贯彻往深里走、往实里走、往心里走。指导所属各级党组织认真学习、深刻领会党的十九大精神，并以会议精神指导开展创先争优活动、领导班子思想政治建设、基层党组织建设和党员队伍建设等基础性工作，切实用习近平新时代中国特色社会主义思想和党的十九大精神武装头脑、指导实践、推动工作，确保党的十九大决策部署贯彻落实到全公司党建工作和组织工作中。坚持集中教育与经常性教育相结合，组织安排9256名副处职以上领导人员参加两级集中轮训，实现了全覆盖。同时，股份公司党委研究制定了加强项目党组织书记培训的指导意见，坚持每年举办一期党支部书记培训班，各二、三级企业党委每年举办培训班，每年培训4000余人次。2018年4月15日至19日，在延安举办了组工干部和基层党组织书记培训示范班，起到了很好的带动效应。2018年，各二级单位培训党群干部7528人次、三级单位培训党群干部13611人次，全公司共培训基层党组织书记15804人次，新培训党员4615人次，实现基层党组织书记和班子成员每年集中学习培训时间不少于56学时，培训党员数不低于党员总数的25%，取得了明显实效。（刘　卫）

【贯彻落实全国国企党建会重点工作任务】贯彻落实全国国企党建会重点工作任务，是推进全面从严治党落实落地的有力抓手。2018年2月5日，公司党委在总部机关召开了2017年度党委书记抓基层党建工作述职评议会议，中铁六局、九局、十局、武汉电气化局、北京局、国际、六院、设计、大桥院、科研院、华铁、资源、信托13家单位党委书记进行了现场述职，33家二级单位党委书记进行书面述职。持续深化落实全国国企党建会重点任务，针对2016年梳理的6个方面50项任务清单，先后2次开展集中督查督办，确保重点工作抓深入，全面工作无死角。印发了开展党建工作责任制落实情况自查自评的通知，指导所属42家单位对照《中国中铁党建工作责任制考核评价办法》中明确的6个一级指标、19个二级指标、53个评价要点，开展了2018年党建工作责任制考核工作。配合国资委党建工作责任制考核评价第七考评组，对公司党委2017年度党建工作进行考评。落实党建工作基层联系点制度，制定了专门分工方案，公司16名领导班子成员和高管均建立了基层联系点，均以普通党员身份深入联系点，参加学习讨论，带头做好交流发言；注重运用身边事例现身说法，讲党的方针政策、讲党规党纪、讲形势要求；围绕全面从严治党、深化改革、提质增效等工作，听取基层党员的意见建议。7月15日，李长进书记深入党建工作联系点中铁五局四公司京张铁路三标项目部，以普通党员身份参加了项目党组织生活会，并对基层党建工作进行了调研指导。11月27日，张宗言总裁深入五局长沙地铁项目基层党建工作联系点检查指导工作，与基层党员干部交流座谈，提出具体要求，并亲切慰问了生产一线参建员工。2016年，公司在整体境内外上市的中央企业中率先完成“进章程”工作。2018年又按照党的十九大精神修订了上市公司章程，并以93.79%同意率高票通过股东大会。截至2018年底，所属42家二级企业和具备条件的369家三级企业全部完成“进章程”工作。完善“双向进入、交叉任职”领导体制。所属二、三级企业全部实现党委书记、董事长“一肩挑”，11家二级骨干企业配备了专职党委副书记，其余二级企业调整配备了主抓党建工作的兼职副书记。严格抓好所属二级单位党委换届选举工作，切实做到了“应换尽换”。

（刘　卫）

【召开两级领导班子专题民主生活会】根据中纪委和国资委党委要求，组织召开了中国中铁党委落实中央纪委《工作建议》专题民主生活会。会前，及时与中央纪委国家监委驻国资委纪检监察组，国资委企干二局、党建局等协调沟通，向国资委党委上报了召开专题民主生活会的请示文件，邀请国资委有关领导莅临指导。按照国资委党委要求，研究制订了民主生活会会议方案，广泛征求了所属单位意见建议，撰写了领导班子对照检查材料。8月28日，公司党委在总部机关召开落实中央纪委《工作建议》专题民主生活会，李长进书记主持会议并带头发言，公司班子成员及高管参加会议。驻委纪检监察组七室主任陈坤，国资委企干二局五处调研员罗雪军，党建局组织处调研员毛溪泉等领导到会指导。按照公司党委要求，从9月开始，公司所属各单位相继组织召开了落实中央纪委《工作建议》专题民主生活会。李长进书记、张宗言总裁等16名领导班子成员及高管，4名巡视组组长，9名党群部门负责人分别深入42家二级单位对领导班子专题民主生活会进行指导。9月18日，李长进书记到中铁一局参加专题民主生活会并进行指导。9月26日，张宗言总裁到中铁三局参加民主生活会并作了重要讲话，就下一步工作提出了具体要求。全公司42家二级单位全部召开了领导班子民主生活会。同时，按照公司党委安排，配合机关党委组织董事会办公室、财务部、干部部、经营开发部、投资发展部、房地产与养老产业管理部、科技与信息化部、成本与采购管理部、大企业市场开发事业部9个部门召开了专题组织生活会，并列席会议进行了具体指导。

（刘　卫）

【开展“找差距、补短板、强实效”党建质量提升活动】为了切实提升党建工作质量，贯彻落实国资委“中央企业党建质量提升年”的有关要求，按照公司党委安排部署，结合党建工作责任制考核评价，起草印发了《关于深入开展“找差距、补短板、强实效”党建质量提升活动的通知》，明确了开展党建质量提升活动的重要意义、时间安排、主要任务以及有关具体要求，并指导所属各单位推进活动深入开展。所属42家二级单位按照公司党委要求，对照6个一级指标、19个二级指标和53个三级指标认真开展自查自评，共查找出了涉及加强党的政治建设贯彻落实党对企业的领导、党的组织基础工作、党的干部人才工作、党的宣传思想工作、党风廉政建设和反腐败工作、工会和共青团工作6个方面的491个问题，并分门别类制定了详细的问题清单，向公司党委上报了自查自评报告。同时，所属各单位围绕查找出来的问题和不足，在企业内部深入开展自查自纠，逐条逐项明确责任人和时间节点，研究制定了责任清单和整改清单，采取切实措施补齐补强短板，为下一阶段“强实效”工作奠定了坚实基础。5月18日、6月12日、6月13日，按照股份公司党委安排部署，分别在北京、成都、南京组织召开了党建质量提升活动督导座谈会，听取了所属42家二级单位的情况汇报，总结交流特色做法，分析存在的不足和问题，并要求所属单位要坚持一级抓一级、层层抓落实，责任到人、工作到位，加强督导检查，强化跟踪问效，及时发现新情况、解决新问题，及时总结典型经验和好的做法，推进活动深入有序开展。

（刘　卫）

【培养选树先进典型】2018年6月28日，公司党委在总部机关召开中国中铁党委纪念建党97周年暨“一先两优”表彰大会。会议表彰了全公司81个先进基层党组织、124名优秀共产党员和56名优秀党务工作者，展播了党的十八大以来公司党建工作巡礼片和“一先两优”代表视频短片。8月8日，在中铁建工京张高铁清河站项目举行“詹天佑杯”京张高铁劳动竞赛暨党建主题实践活动，大会对“詹天佑杯”京张高铁劳动竞赛暨党建主题实践活动先进集体、先进个人和优秀党务工作者进行了表彰。结合双洮高速公路建设实际，指导双洮高速公路项目以争创改革、党建、创新“三位一体”示范工程，以开展党员先锋工程、劳动竞赛、科技创新、路地共建、“五型”员工队伍建设、廉洁工程、项目文化建设、道德讲堂、“激扬青春·双洮先行”等系列活动为抓手，深入开展“双洮高速党旗红 全面创优争先锋”党建主题实践活动，为安全优质高效建设双洮高速公路提供坚强保障。党委组织部指导中铁四局总结了安顿、安抚、安保、安全、安康、安心为主要内容的“六安”工作法，以《中国中铁党组织探索“六安”工作法加强外派员工人文关怀》为题，被《国资委工作交流》

第78期刊发推广。6月8日，中组部组织召开工作部署会，在纪念建党97周年之际，集中宣传一批奋战在国家重点工程、脱贫攻坚和“一带一路”建设一线的基层党组织、共产党员先进典型。按照股份公司党委领导指示，及时联系所属有关单位，认真审核把关，形成了中铁二局六公司磨万铁路一分部总工程师徐州，中铁五局中老铁路项目经理、党工委书记周小霞，中铁国际中老铁路二标一分部副经理张恒祥等三名生产一线党员的事迹材料，推动形成榜样引领、见贤思齐、干事创业、砥砺奋进的时代风尚。（刘　卫）

【基层党建重点工作】坚持目标导向和问题导向，大力加强项目党建和境外党建，取得了良好成效。7月27日，国资委党建局局长姚焕与党建局、企干一局、企干二局、人事局、直属机关党委等厅局部分人员深入印尼和孟加拉开展了党建工作调研，调研期间，姚焕对中铁四局坚守人本理念，探索“六安法则”为员工群众搭建“海外幸福家”的做法给予充分肯定。在国资委党建局深入中国中铁雅万高铁、孟加拉帕德玛大桥项目开展调研之后，组织部认真总结境外党建有关经验做法，制订了雅万高铁创建“党建示范线”实施方案和孟加拉帕德玛大桥项目创建“党建示范工程”实施方案，受到境外项目的好评。按照中央和国资委党委要求，7月初，公司党委安排党委宣传部、党委组织部和纪委组成宣讲团，分赴马来西亚、伊朗、印尼雅万高铁项目开展学习贯彻党的十九大精神轮训。党委组织部作为宣讲团成员之一，充分利用宣讲党的十九大精神契机，组织对海外企业和项目党建工作进行了督导检查，全面摸底了境外党组织设置和人员配备、保证监督党和国家方针政策贯彻落实、党员干部教育管理监督、思想政治工作和文化建设、境外党建工作的组织领导等有关情况，并对建立党建工作规章制度、突发事件应对预案、党员教育管理、人文关怀和心理疏导、境外宣传文化工作、履行境外社会责任、境外党建工作责任制等18个关键点开展了检查督导，推进海外党建工作规范有序开展。11月20日，国资委党委在山东东营胜利油田召开落实全国组织工作会议精神推进中央企业基层党建座谈会，张宗言总裁参加会议并代表公司党委作了题为《从严从实抓基层 多措并举建堡垒》的大会经验交流发言，中国中铁是5家发言单位中唯一一家非53家央企，受到与会领导和兄弟单位的一致好评。中铁五局京张高铁三标项目部被国资委党委命名表彰为“中央企业基层示范党支部”称号。按照中组部和国资委党委要求，党委组织部积极参加第四届全国党员教育培训教材展示交流活动，对相关单位上报的党员教育培训教材进行层层遴选，推荐中铁电气化局党委编写的《党务工作1000问》参加展示交流，并及时上报国资委党委。参加了中组部和国资委组织召开的案例选编座谈会，根据初步审定意见，我们有7个基层党建案例顺利入围，并按要求从7个入选案例中，重点对《“蜂巢式”党建让基层党组织更具活力》和《实施“五心工作法”搭建“红色强磁场”》2个案例进行了修改完善，及时报国资委。（刘　卫）

【基层党组织建设及党员队伍建设】2018年，党委组织部按照股份公司党委安排部署，认真抓好总部机关党群部门权责清单梳理、二级单位换届选举、党内有关会议筹备、党建工作调研、党组织建设、党内统计、党员信息化管理、党费收缴管理、党员慰问帮扶等工作，推动组织工作水平再上新台阶。一是按照公司领导批示，组织部在对8个党群部门与二级公司对接职能进行了梳理提炼的基础上，印发了《关于梳理完善职能对接清单和权责清单的通知》，要求党群部门对权责的类别、事项及相关内容进行补充完善，并按照审批、核准、审核、备案4类进行梳理填报，进一步健全和完善股份公司职能体系管理系统。二是按照党章规定和《基层党组织选举工作条例》要求，严格抓好所属二级单位党委换届选举工作，指导中铁二局、中铁四局、中铁六局、中铁国际、中铁设计、中铁大桥院、中铁资源、中铁投资8家单位筹备召开党代会，顺利完成换届选举工作，切实做到了“应换尽换”。三是指导开展了金融投资类企业和海外机构党群部门编制情况调研摸底。按照公司领导要求，8月17日，组织部印发了《关于开展党群部门机构编制情况调查摸底的通知》，对金融投资类企业和海外机构党群机构和人员配置情况开展了书面调研。同时，组织部还结合工作安排，先后深入5家投资公司和海外机构进行实地调研。9月，党委组织部在对中铁信托、中铁资本、中铁财务、中铁交通、中铁南方、中铁投资、中铁开投、中铁城投、中铁文旅、中铁上投、德伊高铁项目部、雅万高铁项目部、孟加拉帕德玛大桥项目部13家单位和项目进行调研摸底的基础上，对13家金融投资类企业和海外机构党群机构和人员配置情况进行了综合分析，指出了存在的突出问题，并就机构设置和人员配置提出了具体意见建议。四是起草了金融投资类企业和海外项目党群机构、人员配置方案。按照公司党委要求，组织部在对10家二级金融投资类企业和3家海外项目部调研摸底的基础上，完成了调研情况报告，起草了金融投资类企业和海外项目党群机构、人员配置方案，待公司领导审定后，指导相关单位进一步规范党群机构设置，配齐配强工作人员。五是认真配合做好党委巡视办巡视问题整改的督查工作，对第一批巡视的单位开展巡视整改工作，并对巡视发现的问题进行督导验收。六是认真做好党员发展工作，根据“控制总量、优化结构、提高质量、发挥作用”的新要求，严格程序，严肃纪律，狠抓工作落实，有领导、有计划、积极慎重地做好发展党员工作。2018年，共发展新党员3093人，其中高知识群体479人，占新发展党员人数的15%；产业工人815人，占新发展党员人数的26%；大学生10人，占新发展党员人数的0.003%。七是按照国资委和公司党委要求，9月，党委组织部采取书面形式，对所属各单位开展失联党员管理处置以及发展党员工作进行了摸底排查，指导所属各单位对165名失联党员进行了组织处置，并形成工作总结及时上报国资委党委。八是开展业务工作培训。8月22日，举办了中国中铁组织业务工作培训班，11月26—28日，在上海举办2018年党内统计工作部署会议。同时，先后分2批对所属二级单位上报的党组织和党员信息进行反复审核，指导所属各单位分批到股份公司机关开展党组织和党员信息录入工作，顺利完成了全公司162277名党员信息录入工作。九是认真做好慰问老党员和生活困难党员工作。2018年元旦春节期间，及时下发通知，明确走访慰问的对象、形式和慰问标准，组织各单位扎实开展慰问生活困难党员和老党员工作，共慰问老党员379人、生活困难党员3420人，慰问金1337.54353万元。（刘　卫）

【召开纪念建党97周年暨“一先两优”表彰大会】6月28日，中国中铁党委召开纪念中国共产党97周年暨“一先两优”表彰大会。股份公司党委副书记、总裁张宗言出席会议并讲话。股份公司党委常委、副总裁刘辉宣读了《中国铁路工程集团有限公司党委关于表彰中国中铁先进基层党组织、优秀共产党员和优秀党务工作者的决定》。杨良、于腾群、段永传、任鸿鹏等公司领导班子成员出席会议。总部机关各部门负责人，离退休老同志老党员代表，受表彰的优秀共产党员、优秀党务工作者和先进基层党组织代表，总部机关全体党员等240多人参加了会议。张宗言在讲话中回顾了中国共产党97年的光辉历程和企业改革发展取得的成就，深刻阐述了企业党建工作取得的显著成效和宝贵经验，并针对当前和今后一个时期企业党建与改革发展提出了明确要求。与会人员先后观看了中国中铁党建工作巡礼片和“一先两优”代表先进事迹短片并重温了入党誓词。会议表彰了全公司81个先进基层党组织、124名优秀共产党员和56名优秀党务工作者。中铁四局五公司党委书记卢志刚、中铁一局城轨公司西安地铁四号线项目部经理梁西军、中铁上海局一公司党委书记章胜华分别代表受表彰的先进基层党组织、优秀共产党员和优秀党务工作者作交流发言。（范勤学　刘　卫）

【先进组织、先进个人】在中国共产党成立97周年之际，股份公司党委表彰先进基层党组织81个、优秀共产党员124名、优秀党委工作者56名。

中国中铁先进基层党组织

中铁一局二公司北京地铁12号线工程土建施工02项目部党支部

中铁一局新运公司党委

中铁一局四公司呼和浩特市轨道交通1号线项目部党支部

中铁一局市政环保公司银吴项目部党工委

中铁二局四公司蒙华铁路项目部党工委

国家隧道应急救援中铁二局昆明队党支部

中铁二局建筑公司清远恒大银湖城项目部党支部

中铁二局五公司林拉公路工米段7标段项目部党支部

中铁三局新建京张铁路六标项目部党工委

中铁三局运输分公司党委

中铁三局建安公司党委

中铁三局桥隧公司第十四工程队党支部

中铁四局五公司党委

中铁四局一公司蒙古国乌兰巴托新国际机场高速公路项目部党工委

中铁四局人力资源部（党委干部部）党支部

中铁四局电气化公司上海经理部党工委

中铁五局四公司新建京张铁路三标项目部党工委

中铁五局一公司拉林铁路指挥部党工委

中铁五局机械化公司蒙华铁路MHTJ-15标段项目部党工委

中铁五局二公司磨万铁路第1标项目部党工委

中铁六局北京铁路建设有限公司党委

中铁六局太原铁路建设有限公司党委

中铁六局交通工程分公司成都轨道交通9号线土建3标盾构项目部党支部

中铁七局西安铁路工程公司北京地铁19号线一期土建施工01标项目党支部

中铁七局海外公司坦桑尼亚88.8km道路升级项目部党支部

中铁七局郑州工程有限公司西藏察芒公路改建工程项目部党支部

中铁八局第三工程有限公司党委

中铁八局第六工程有限公司党委

中铁八局现代物流公司物流中心党支部

中铁九局第七工程有限公司党委

中铁九局电务工程公司电力工程队党支部

中铁十局一公司蒙华铁路MHTJ-6标段项目部党工委

中铁十局三建公司合肥地铁5号线1标项目部党支部

中铁十局四公司连镇铁路灌云制梁场党支部

中铁大桥局第二工程有限公司党委

中铁大桥局第七工程有限公司党委

中铁大桥局六公司武汉杨泗港长江大桥项目部党支部

中铁大桥局福平铁路FPZQ-3标项目部党工委

中铁隧道局以色列分公司党工委

中铁隧道股份有限公司佛莞城际FGZH-3标项目部党支部

中铁隧道局成昆铁路峨眉至米易段项目部党工委

中铁电气化局京沪高铁维管公司党委

中铁电气化局宝兰客专四电系统集成项目部党工委

中铁电气化局一公司第二分公司第一党支部

中铁武汉电气化局一公司信号分公司党委
中铁武汉电气化局广州分公司湛江东海岛项目部第一党支部
中铁建工集团诺德投资公司党委
中铁建工集团西南分公司贵安站项目部党支部
中铁广州工程局第二工程公司海口市江东大道二期项目部党总支
中铁广州工程局第三工程公司寻沾高速公路土建 4 标项目部党支部
中铁北京工程局北京有限公司党委
中铁北京工程局第一工程公司汶马项目部党支部
中铁上海局第七工程有限公司党委
中铁上海局第六工程公司东格高速公路土建 3 标项目部党支部
中铁国际集团南太平洋公司 Goroka 机场项目部党支部
中铁国际集团安哥拉分公司铁路复线项目和设备供货项目部联合党支部
中铁二院地下铁道设计研究院党委
中铁二院土建二院川藏铁路拉林项目部党支部
中铁六院电气化设计院分公司党委
中铁设计咨询集团济南设计院党委
中铁设计咨询集团电通院电力党支部
中铁大桥院武汉勘察设计研究院党委
中铁大桥院华东分公司党总支
中铁华铁集团铁路工程监理公司党委
中铁科研院西南院隧道所党支部
中铁山桥集团山海关桥梁公司党总支
中铁宝桥集团道岔车间党支部
中铁装备集团盾构制造有限公司党委
中铁信托有限责任公司金融同业部党支部
中铁交投集团云南富砚高速公路有限公司党工委
中铁南方投资集团轨道交通事业部党工委
中国中铁股份有限公司青岛市地铁 8 号线项目总部党工委
中铁开投集团东格高速公路工程指挥部党工委
中铁城投集团四川分公司党工委
中铁置业集团上海有限公司党委
中铁文旅集团贵州公司党委
中铁资源集团廊坊物探公司党委
中铁物贸集团鲁班（北京）电子商务科技有限公司党委
中铁国资资产管理有限公司四局第四医院党支部
中铁国资资产管理有限公司兰州铁路技师学院党委
中国中铁股份有限公司总裁办公室党支部

中国中铁优秀共产党员

梁西军 李雪峰 李保强 韦 刚 尹铁路
田 野 苟罗波 刘立志 徐 州 荀 伟
胡力绳 刘 洋 于庆福 薛建峰 申秦勇
林益武 李 晋 冀永新 郭庆三 高 强
齐胜利 于福生 王海波 胡佩杨 蒋 思
李跃文 吴江华 朱红光 蒋 军 王 林
杨武平 宋文泽 李红旗 邓鹏宇 孙德志
琚立雄 罗小新 张玲君 曹 君 杨军强
李 超 饶 彪 杨铁刚 张师睿 陈家祥
王东利 薛亚林 朱立春 李克俭 赵 凯
刁操金 王玉亮 梁俊强 胡贵生 查道宏
陈洪军 徐振玲 秦伟朋 王建军 吴健林
林 锐 柴富奇 赵宝华 但功祥 李育冰
李增勤 张良田 丁秋迪 任海波 姚振宁
陈国伟 陈乐林 王玉生 强 鹏 杜 鹏
闫彬雪 施龙清 方振平 张立军 唐兴发
李聚发 陈 静 唐 俊 李 华 曾凡冲
姚传波 杨孟晗 张恒祥 李明佳 梅 熙
蒋志华 陈世浩 张水清 袁真秀 简 骁
校立帆 孔 骁 肖海珠 郑清刚 张广军
安利强 谈发帮 车 平 谢继伟 李 刚
龚晓林 余 冀 王晓晋 黄荣虹 陈晓智
李美霞 拓守盛 肖慈斌 裴昌红 方朝刚
刘 可 陈建国 唐胜军 张承荣 滕 龙
谢成斌 李 然 段银华 赵家兴

中国中铁优秀党务工作者

张新宁 赵一林 张友正 蔡 坤 魏 杰
李敏文 龚丽娟 余承宏 井 源 胡世山
李芃芃 侯丽芳 冷 静 朱宏林 敖春城
张来兵 刘明宇 王建伟 卢靖峰 游 刚
杨文军 孟庆一 丁瑞靓 姜 雪 徐风江
张可可 孔祥云 何建伟 宋 剑 张高生
安智勇 郑新志 朱家麟 朱春清 胡建勋
李卫国 杜小沆 王新华 陈 睿 李昌江
郭玉明 黄 彬 章胜华 李安蓉 亓永慧
郭建民 胡学均 张怡军 王 虎 刘 峰
吕正君 贾连辉 魏 芳 曹 伟 张洁辉
王宏光

（刘 卫）

党委宣传部

【工作综述】在股份公司党委和股份公司的领导下，2018 年，党委宣传部（企业文化部）紧密围绕股份公司年度中心任务，印发了《2018 年全公司宣传思想文化工作要点》，从学习贯彻党的十九大精神、职工思想政治工作、新闻宣传和舆论引导、精神文明建设、企业文化建设、社会责任工作、加强组织领导和队伍建设等七个方面明确了全年工作的重点要求和具体安排，扎实推进全公司宣传思想文化工作，充分发挥引领推动、服

务保证作用，为企业改革发展提供了精神动力和文化支撑。（姜　帆）

【十九大精神集中轮训】按照中央和国资委党委的部署要求，认真组织开展学习贯彻党的十九大精神大轮训大宣贯大研讨。一是扎实开展集中轮训，股份公司党委举办10期轮训班，培训局级干部632人，组织十九大精神宣讲团赴境外进行宣讲，全公司共轮训副处职以上领导干部9207人，进一步深化了理论武装。二是加大宣传引导力度，全公司共组织各类宣贯活动2万余次，通过讲党课、知识竞赛、征文、演讲等活动，营造了浓厚氛围，三是扎实开展主题研讨，股份公司党委召开学习“习近平新时代中国特色社会主义思想”暨庆祝改革开放40周年理论研讨会。各单位以中心组学习会、民主生活会、党支部组织生活会等形式，组织广大党员和干部职工进行深入学习研讨，深化了入脑入心、真信真用。持续开展中国中铁第四次党代会精神宣贯，深入推进2018年系列工作会确定的各项工作任务。

（续海龙　姜　帆）

【意识形态工作】公司党委围绕“牢牢把握意识形态工作领导权”这一根本，坚定不移管好方向、把好导向，始终保持意识形态向好向上的态势。印发了中国中铁党委《关于进一步贯彻落实意识形态工作责任制的通知》《网络意识形态工作责任制实施细则》，细化任务清单、责任清单，严格落实意识形态工作新要求。全年，两次召开党委常委会专题研究意识形态工作，两次向国资委党委上报意识形态工作总结，同时要求二级企业党委每半年以书面形式报告一次意识形态工作情况，并结合两轮政治巡视和党建工作责任制考核，对二级企业意识形态工作进行了检查考核，层层传导压力，让制度发威、让责任见效。各单位及时分析研判意识形态领域情况、强化意识形态阵地建设、认真做好思想政治工作，取得实实在在效果。（续海龙　姜　帆）

【党委中心组学习】2018年，股份公司党委组织召开了4次党委中心组学习会议，学习传达了党的十九大、十九届三中全会、全国两会的重要精神，学习传达了习近平总书记系列重要讲话精神，以及中共中央、国资委党委有关重要会议及文件精神。组织开展了2次专题研讨，公司党委中心组成员围绕学习领会习近平新时代中国特色社会主义思想十个方面内容进行了充分研讨，并形成汇编。按照《中国共产党党委（党组）理论学习中心组学习规则》、国资委党委《关于认真贯彻执行〈中国共产党党委（党组）理论学习中心组学习规则〉的通知》要求，结合国资委党委对股份公司党建考核情况，修订完善了《股份公司党委理论学习中心组学习制度》。公司党委结合两轮政治巡视和党建工作责任制考核，对二级企业中心组学习情况进行了检查考核，进一步规范了各单位学习内容形式、学习方法、学习考勤、学习档案管理等，压紧压实了工作责任。（续海龙　姜　帆）

【开展精神文明建设】一是持续深化文明单位创建。按照中央文明办要求，在组织系统内各单位全面开展文明单位自查的基础上，认真对照《全国文明单位测评标准》，对15家所属全国文明单位开展了年度检查，检查率100%，并向国资委报送了《中国中铁全国文明单位检查报告》，同时，对所属单位获得省级文明单位荣誉情况进行了全面摸底。二是深入开展中国中铁诚信敬业道德讲堂活动。2018年，全公司共建设道德讲堂2100多个，开展活动9000余场次，参加活动25万人次，在广大员工中营造了诚信敬业的良好氛围，公司精神文明建设取得较好成效，收到国资委的充分肯定，在中央企业精神文明建设工作现场会上，中国中铁作了题为《广泛开展“道德讲堂”建设 推动社会主义核心价值观落地生根》的交流发言。（续海龙　姜　帆）

【企业文化建设管理】坚持以社会主义核心价值观为引领，在全公司深入实施“十三五”企业文化建设规划，统一五大理念、夯实五大基础、推进五大工程、培育五大优势、强化五大机制，为企业改革发展提供强大文化支撑。进一步加强了基层文化建设，在充分调研的基础上，制定印发了《关于进一步加强基层文化建设的指导意见（试行）》，明确了新时期基层文化建设的内涵、指导思想、重点工作及考核要点，为推动企业文化在基层落地生根奠定了坚实基础。全公司广泛开展丰富多彩、形式多样的群众性文化活动，进一步调动激发了广大员工干事创业的热情。（续海龙　姜　帆）

【重大宣传】2018年，中国中铁对外宣传报道总数达246350篇次。其中，在中央媒体刊播稿件2483篇次。突出抓好企业重大事件、重点工程、重要典型和海外经营的宣传报道，先后组织了多次集中采访活动。

5月，策划并重点宣传中国中铁参加中国首届自主品牌博览会活动，公司党委书记、董事长李长进应邀出席并作为央企唯一代表参加了中国品牌发展国际论坛企业家对话。人民日报、新华社、中央电视台、中央人民广播电台、经济日报、中国日报、中新社等12家中国品牌日活动官方合作媒体，围绕中国中铁践行“三个转变”、推进科技创新、加强品牌建设等进行了集中宣传，进一步提升了中国中铁的品牌形象。9月，中国电气化铁路60周年暨中铁电气化局建局60周年纪念大会在北京举行。中央、行业媒体对中国电气化铁路的发展历程和中铁电气化局建局以来取得的辉煌业绩进行了集中报道，较好地宣传了中国中铁在中国电气化铁路发展进程中的突出贡献。11月，策划中国中铁参加首届进口博览会期间的宣传报道工作，央视焦点访谈节目对中国中铁采购签约仪式进行报道，中铁工业总经理李建斌出镜接受采访。12月，中央、地方、行业媒体记者对中宣部“百城百县百企调研行”典型企业中国中铁进行了集中宣传。人民日报、新华社、中央广播电台、中央电视台、经济日报等媒体先后刊发了《开路先锋实现“三级跳”》《以传承创新筑民族复兴路》等多篇新闻报道，集中宣传了中国中铁改革发展40年来取得的辉煌成就。12月，国务院国资委举办第三届“央企楷模”发布仪式，中铁装备总工程师王杜鹃荣获“央企楷模”荣誉称号。中央、地方、行业媒体记者对王杜鹃进行了集中采访，并刊发多篇深度专题报道，得到社会广泛好评。

全年紧紧围绕“一带一路”建设，策划了上合组织峰会、东方经济论坛、APEC峰会等重大活动期间的宣传；对中老铁路、雅万高铁、亚吉铁路、帕德玛大桥、南极科考站建设等海外重点项目进行宣传；召开中老铁路建设宣传工作现场推进会，对加强外宣工作进行部署。 （李 元 沈 苏）

【制作大型纪录片《永远的开路先锋》】2018年是中国改革开放40周年，也是中国中铁为国家富强和民族复兴奋斗的40年。半个多世纪以来，中国中铁人发扬“开路先锋”精神，逢山开路、遇水架桥，用汗水和智慧修建了一大批国家重点难点工程，在祖国大地上树立起一座座历史丰碑，谱写了一首首可歌可泣的动人诗篇，涌现出一大批先进典型和模范人物。为缅怀历代中铁人艰苦奋斗的光荣历程、继承和发扬“开路先锋”精神，股份公司党委宣传部制作了大型纪录片《永远的开路先锋》，该片引用大量史实资料，首次以近半个世纪的时间为跨度、以缅怀、实干、传承的开路先锋精神为脉络，通过一个个中国中铁一线人物感人的真实故事，展现和讴歌了中铁儿女栉风沐雨、砥砺奋进的创业精神。 （刘 赪）

【舆情管理】2018年，通过健全舆论引导体系，不断提高舆情监测、研判水平，面对多起突发事件和被社会公众关注的舆情问题，积极介入，妥善处置，及时回应，未发生二次炒作或舆情次生灾害，较好地维护了企业形象和声誉。配合新闻发言人组织召开11次联席会议，研究部署舆情管理工作。坚持舆情处置流程，严格执行并不断完善工作制度，全年监测负面舆情共1419条，及时进行预警，向所属单位督办的舆情信息均在规定时间内处置。同时，对进一步加强和改进海外新闻舆论工作进行了部署。 （李 元）

【新媒体建设】2018年，持续加强公司新媒体的日常管理运营，及时推送和更新公司信息，展示企业形象。开设“庆祝改革开放40周年”专栏，讲述在改革开放的伟大历史进程中，中国中铁认真履行政治责任、经济责任和社会责任所涌现出的感人事迹；及时对党和国家重要政策文件进行解读，对《2018年政府工作报告》《关于进一步激励广大干部新时代新担当新作为的意见》《中国共产党纪律处分条例》《中国共产党支部工作条例（试行）》等文件进行了宣贯；及时宣传公司领导的重要会谈活动、公司重大会议报道，中央主流媒体聚焦中国中铁重点工程建设，“三重一外”重要信息等，充分展示企业形象。2018年，“中国中铁”“中国中铁报道”微信公众号共报道了1000余件公司重要资讯，总阅读量突破700万，向社会公众和广大员工展示了企业良好形象。中国中铁微信公众号每月综合评价在中央企业新媒体前10名。 （何俊冶）

【公共关系管理】2018年，中国中铁继续大力加强企媒联动，开展了“走进中铁”系列活动，畅通了媒体关系，优化了舆论环境，增强了沟通互信，为企业持续健康发展营造了良好的舆论环境。先后开展了中央媒体走进青岛地铁，国资委、中央媒体集中采访大瑞铁路、蒙华铁路等国企开放日、基层采风、媒企共建等开放日活动，得到了社会公众和各级媒体的广泛关注，建立了有利于企业发展的公共关系，在公众中建立了开放、阳光的企业形象。 （沈 苏）

【党建政研工作】一是推进中国中铁党建标准化课题研究。完成了课题主报告和11个子课题报告的汇编，结合公司党建工作实际，编辑了《新时代中国中铁党建工作新格局建设指导手册》和《中国中铁党支部建设标准化工作指导手册》。课题主报告已在央企智库专报上刊发，国资委副主任徐福顺给予了批示，认为报告反映了中国中铁贯彻落实习近平新时代中国特色社会主义思想的生动实践。二是做好中央企业党建政研会课题研究。对2017年度牵头负责的中央企业党建研究会课题组的19家单位课题成果进行了汇总整理，会同国家发改委《中国经贸导刊》杂志社，编辑出版了《新时代国企党建》。作为中央企业党建政研会2018年第十课题组牵头单位，在中铁大桥局平潭海峡公铁两用大桥项目部组织召开了课题初评会，20家单位依次交流了课题研究成果，并进行了初评打分，中国中铁党委的课题获本课题组第一名。三是多项课题成果荣获表彰。4项课题成果荣获中央企业党建政研会表彰，其中股份公司党委关于智慧党建的课题荣获一等奖。4项课题成果荣获全国党建研究会表彰，其中获三等奖两项、优秀奖两项。中铁九局海外家文化建设的经验材料得到了全国总工会副主席、国资委副主任徐福顺的批示，在国资委网站和《宣传工作》简报进行了刊发。《宣传工作》简报第16期刊发了中国中铁创新宣传思想文化工作的经验做法。四是积极推动成果转化。受邀参加求是杂志社读者座谈会和“改革开放和高质量发展”理论研讨会，作交流发言，并以“落实新发展理念，推动企业高质量发展”为主题向大会提交了论文。加强基层调研工作，2018年编发《调研参要》52期，出版发行《中铁党建》杂志6期。 （尚宪鹏）

【召开学习习近平新时代中国特色社会主义思想暨庆祝改革开放40周年理论研讨会】10月26日，中国中铁党委召开学习习近平新时代中国特色社会主义思想暨庆祝改革开放40周年理论研讨会。国务院国资委宣传局局长夏庆丰，中国中铁党委书记、董事长李长进出席会议并讲话。中国中铁副总裁刘辉、纪委书记王士奇、副总裁段永传、工会主席刘建媛、总经济师马江黔、董事会秘书何文等公司领导班子成员及高管出席会议。国资委宣传局新闻处负责人，股份公司总部党群部门负责人，以及所属各二级单位党委书记、专职党委副书记、党委宣传部部长、党委组织部部长等共170余人参加大会。夏庆丰在讲话中指出，中国中铁把学习贯彻习近平新时代中国特色社会主义思想，融入了企业百年历史的血脉传承中、融入了坚持党的领导的绝对忠诚中、融入了打造国家品牌的自觉担当中、融入了新时代新使命的崭新征程中，推进有力、扎实有效。他还对改革开放40周年来国有企业改革发展历程和所取得的成就进行了全面总结回顾，对下一步深入学习贯彻全国宣传思想工作会议和中央企业宣传思想工作会议精神提出要求。

李长进要求，在建设世界一流企业的新征程上，要全面践行习总书记关于国企党的建设重要论述，坚决打好补齐党建工作短板的硬仗；要全面践行习总书记关于国有经济重要论述，坚决打好高质量发展的硬仗；要全面践行习总书记关于国企改革重要论述，坚决打好深化改革的硬仗；要全面践行习总书记关于创新发展重要论述，坚决打好新旧动能转换的硬仗；要全面践行习总书记关于党管干部、党管人才重要论述，坚决打好抓班子带队伍的硬仗；要全面践行习总书记关于宣传思想工作重要论述，坚决打好知行合一、学以致用的硬仗；要全面践行习总书记关于党风廉政建设和反腐败工作重要论述，坚决打好正风肃纪的硬仗，推进中国中铁全面迈向建设世界一流企业的新征程。

中铁一局、中铁四局、中铁电气化局、中铁建工、中铁上海局5家单位作了大会交流发言，与会人员观看了中国中铁纪念改革开放40周年专题片《永远的开路先锋》。会议期间，著名专家、学者朱继东教授作了《深入学习习近平新时代中国特色社会主义思想》的专题辅导报告。（何俊冶）

【**理论研究**】10月26日，召开中国中铁学习“习近平新时代中国特色社会主义思想”暨庆祝改革开放40周年理论研讨会，国资委宣传局局长夏庆丰，中国中铁党委书记、董事长李长进出席会议并讲话。会上，中铁一局、四局、电气化局、建工、上海局5家单位作了大会交流。会议期间，著名专家学者朱继东教授作了《深入学习习近平新时代中国特色社会主义思想》的专题辅导。在《求是》杂志刊登公司党委署名文章《争当新时代创新驱动发展的排头兵》。受邀参加求是杂志社读者座谈会和“改革开放和高质量发展”理论研讨会，作交流发言，并以“落实新发展理念，推动企业高质量发展”为主题向大会提交了论文。2018年12月23日至24日，中宣部等九部委在北京联合召开庆祝改革开放40周年理论研讨会。中共中央政治局常委、中央书记处书记王沪宁出席会议并讲话。李长进董事长出席会议，并代表公司党委作了题为《以传承创新筑造民族复兴路》的主题发言。2018年12月25日，全国党建研究会在京举办庆祝改革开放40周年理论研讨会。中国中铁党建政研会提交的论文《改革开放40年中国中铁思想政治工作成就与经验研究》在会上进行了书面交流。（尚宪鹏　陈　丽）

【**社会责任管理**】一是编制发布2017年度《社会责任报告暨ESG（环境、社会与管治）报告》。增加了对公司履行精准扶贫社会责任情况和排放物、资源使用、环境及天然资源三个层面的关键绩效指标的披露，从11个方面客观全面反映了公司社会责任管理和履行情况，报告还披露了2017年十佳优秀社会责任实践。二是积极开展社会责任实践。全公司积极参与各地各类抢险救灾，2018年参与了成昆铁路山体垮塌、国道347线四川茂县段山体垮塌、国道317线泥石流、超强台风“山竹”等抢险救灾工作。三是企业社会责任发展指数不断提升。参加了国资委和社科院联合举办的《中国企业社会责任蓝皮书》发布会，在2017年度中国企业300强社会责任发展指数中，中国中铁排名第77位，较2016年上升19位；在中国上市公司ESG（环境、社会及管治）发展指数中排名第17位。（尚宪鹏　陈　丽）

【**统战工作**】2018年，制订了年度统战工作计划，公司党委常委会进行了专题研究。对全公司的统战信息进行了统计，并完成报告上报国资委党委，全公司有统战成员40072人，统战代表人士399人。推荐中铁二局侨胞陈艳同志参加了中央企业侨联代表大会。印发了《中国中铁党委关于开展“党外代表人士建言献策工作室”建设工作的通知》，积极为广大统战代表人士建言献策、学习交流搭建平台。（尚宪鹏）

【**政工职评**】2018年，根据工作实际，对高级政工师评审委员会进行调整。召开培训会对全公司各单位政工职评工作人员进行业务培训，进一步规范高级政工师和教授级高级政工师的申报工作。开展了教授级高级政工师申报审核和推荐工作。组织完成2018年度政工系列职称评审工作，对全公司申报高级政工师任职资格的207人进行审核评审，对204人授予高级政工师资格，通过率99%。召开集团公司政工专业中级和初级评审会，完成了对总部机关及未设立中评委单位的政工师、助理政工师人员任职资格评审工作。（尚宪鹏　陈　丽）

纪委（监察部）

【**组织机构及主要职能**】中国中铁股份有限公司纪律检查委员会与监察部为合署机构，是中国中铁股份有限公

司监督、执纪、问责专责机关，履行党的纪律检查和行政监察两项职能，对股份公司党委和行政全面负责。股份公司纪委在党委和上级纪委的双重领导下开展工作，纪检业务以上级纪委领导为主。主要职能：1. 监督检查公司各单位、公司总部机关贯彻执行党的路线方针政策、国家法律法规、上级及公司党委、公司重大决策和重要规章制度执行情况。2. 监督检查公司各单位、公司总部机关落实党风廉政建设“两个责任”落实情况，协助公司党委抓好企业党风建设，组织协调反腐败工作。3. 负责信访举报登记管理和案件统计管理工作，按规定程序做好呈批和上报工作。4. 调查处理公司党委管理的领导人员违反党纪政纪的案件，监督检查公司各单位案件查办工作。5. 审理公司纪检监察组织调查和上级纪检监察机关交办的违反党纪政纪的案件。6. 受理对党员和监察对象的检举、控告，受理党员和监察对象的申诉，保护其合法权益。7. 组织协调上级立项和公司立项的效能监察工作，指导公司各单位自立项目效能监察工作；组织对总部机关职能部门履行监督管理职责进行再监督。8. 组织开展公司和公司党委重大决策、重要管理制度、重点工作事项的督查督办考核工作，负责资产损失责任追究日常管理工作。9. 按照公司党委巡视工作领导小组部署，研究政策、健全制度、拟订计划，综合协调开展企业巡视工作，并对公司各单位巡视工作进行督办和指导。10. 组织开展领导人员廉洁从业警示教育，协助公司党委推进企业党风建设宣传、反腐倡廉教育和廉洁文化建设。11. 参与所属单位领导班子的考核和领导人员选拔任用考察，监督企业选人用人管理工作。12. 会同有关部门对各单位纪委领导人员进行提名和考察，指导各单位加强纪检监察组织建设。13. 落实与司法机关和相关单位配合协调机制，抓好企检共建以及与地方纪委监委协调配合、反腐倡廉区域联建和片区督导巡视相关工作。14. 承办上级纪检监察组织和公司党委、公司交办的其他工作。定员 17 人（巡视办 2 人）。其中：副书记 3 人。与监察部合署办公。下设综合室、纪检监察一室、纪检监察二室、纪检监察三室。

（钟芳林）

【工作综述】2018 年，在国资委党委和中央纪委驻国资委纪检组的正确领导下，公司党委、纪委切实履行党章赋予的职责，加强党的政治建设、持续深化正风反腐，为推动企业实现高质量发展提供坚强保证。公司纪委突出政治建设，践行“两个维护”更加自觉。压紧压实责任，管党治党氛围更加浓厚。深入纠治“四风”，作风建设成果更加巩固。强化监督管理，工作深度融合更加有效。坚持标本兼治，反腐败斗争成效更加突出。坚定政治站位，巡视利剑作用更加彰显。持续深化“三转”，纪检监察队伍建设更加有力。（钟芳林）

【突出政治建设践行“两个维护”】始终把党的政治建设摆在首位，参加 23 次党委常委会、中心组学习会，持续跟进学习习近平总书记重要讲话精神，以及中央纪委、国资委党委和驻委纪检监察组关于推进全面从严治党、加强党风廉政建设和反腐败工作的各项部署要求，研究贯彻落实的具体措施。坚持集中教育与经常性教育相结合，协助党委组织安排 9256 名副处职以上领导人员参加两级十九大精神集中轮训，实现全覆盖；先后举办理想信念、政治理论等培训班 5 期，培训领导人员 275 人次。加强对习近平新时代中国特色社会主义思想的研讨，公司主要领导、专职副书记、纪委书记带头作党课交流，开展了理论研究和调研活动，召开了学习“习近平新时代中国特色社会主义思想”暨庆祝改革开放 40 周年理论研讨会，形成学习成果 828 篇、理论文章和调研报告 132 篇。严肃党内政治生活，按要求组织召开了 2017 年度领导班子民主生活会，91 名接受组织约谈函询或问责处理的二级企业领导人员分别作了说明或检查；认真落实中央纪委查办王晓林案件提出的工作建议，公司党委、总部机关 9 个党支部和 983 家二、三级企业党委均召开了专题民主（组织）生活会，公司纪委对 2 家涉案单位和 7 个业务部门进行了调研督导。各级党组织、纪检组织通过中心组学习会、专题研讨等形式，强化理论武装，加强党的政治建设，进一步增强了践行“两个维护”的自觉性和坚定性。（钟芳林）

【压紧压实管党治党责任】坚持以党建工作责任制为抓手，协助组织召开了党风廉政建设和反腐败工作会和中期推进会，逐一签订了《党风廉政建设责任书》，细化分解了 124 项年度重点任务，完善了党委履行主体责任定期报告制度，协助组织二级企业党委书记现场述职评议，修订了党建工作责任制考核评价办法，开展了二级企业党建工作责任制现场考核，推动全公司各级党组织履职尽责更加到位。协助党委落实主体责任，新修订了上市公司章程，制定了党委（常委）会研究讨论企业重大经营管理事项实施细则，全年共前置研究讨论重大事项 45 个，审议党风廉政建设议题 18 个。协助党委主要领导认真落实“四个亲自”，分 6 个片区主持召开投资项目党风廉政建设专题会。公司纪委围绕落实“两个责任”，先后约谈二级企业主要负责人 70 人次、二级企业纪委书记 54 人次；严格“一案双查”，全年共问责 31 起，给予党纪处分 27 人，政纪处分 13 人，组织处理 20 人，有力推动了企业全面从严治党责任的落实。

（钟芳林）

【深入纠治“四风”】认真落实中央纪委、驻委纪检监察组部署，组织开展了整治形式主义、官僚主义座谈调研和问卷调查，制定了《贯彻落实习近平总书记重要指示精神集中整治形式主义、官僚主义的实施方案》。持续加大监督检查力度，对发现的“四风”问题态度鲜明，揪住不放、立行立改。全年共查处违反中央八项规定精神问题 44 件，问责 90 人次，给予党纪处分 60 人次，政纪处分 49 人次，采取组织措施 18 人次，震慑氛围不断强化。督促协助出台了贯彻落实中央八项规定精神进一步加强作风建设的实施意见、总部人员境内内部

公务活动用餐管理规定、领导人员廉洁从业承诺制度等文件。（钟芳林）

【推动与业务工作深入融合】围绕控风险、提质量、增效益，制定了对职能部门履行监督管理职责进行再监督的实施办法，并针对国家审计署移交、驻委纪检监察组转办有关问题以及质量安全事故等相关人员进行了严肃问责。围绕提升治理效能，制订了吸取王晓林案件教训的工作落实方案，督促和推动各单位开展自查自纠，全公司共查找五个方面问题5693项，制定整改措施7017项，总部修订或制定相关制度119项，纪检系统查处相关案件39件，问责55人。围绕“关键少数”，组织开展了领导人员日常履职考察，对二级企业选人用人问题整改进行专项督查，对27名未如实报告个人有关事项的领导人员进行了组织处理；公司纪委参与重要人事安排初始酝酿159人次，回复党风廉政意见145人次。围绕抓基层、打基础，督导二级企业分层级建立项目廉洁风险台账，开展扶贫领域腐败和作风问题专项治理，加强对劳务队伍使用、物资招标采购等重点领域的典型案件查处，先后问责286人次。认真贯彻习近平总书记关于中老铁路廉洁建设的重要指示，积极探索境外项目廉洁风险防控机制，制订了中老铁路“廉洁之路”建设实施方案，开展了以“双安双优”为目标的廉洁建设。（钟芳林）

【加大执纪问责力度】2018年，全公司各级纪检监察组织共接到信访举报2018件次，处置问题线索1617件，其中初核1308件次，立案634件，结案645件；问责2252人，其中给予党纪处分459人次，政纪处分1206人次，组织处理1006人次，刑事处理16人。坚持抓早抓小、防微杜渐，出台了运用监督执纪“四种形态”的实施办法，共处理2967人次，其中第一种形态1583人次，占53.4%；第二种形态1215人次，占41%；第三种形态153人次，占5.2%；第四种形态16人次，占0.5%，监督执纪由“惩治极少数”向“管住大多数”拓展。（钟芳林）

【巡视巡察及问题整改】协助党委编制了巡视工作五年规划，修订了巡视工作办法等10项制度，完善了27个巡视工作模板和巡视工作手册，制定了新一轮巡视工作要点指引，明确了16项巡视重点内容和75个巡视监督检查要点，为新一轮巡视提供了制度保障。组建了4个党委巡视组，采取“一拖二”方式，分两批对16家二级企业开展巡视，共发现和报告主要问题269个，给予党纪政纪处分72人次、组织处理98人次，健全规章制度124项。认真做好巡视整改“后半篇文章”，把上轮巡视整改情况纳入新一轮巡视监督范围，召开了总部部门专项巡视反馈会，制定了《第一批巡视问题整改督办清单》，扎实做好移交办理事项。坚持巡视巡察统一谋划、协同推进，制定了二级企业党委书记听取巡察汇报情况报备制度，督促和推动二级企业党委履行巡察主体责任。2018年，所属二级企业党委共对399个三级企业及项目部进行了巡察，累计发现问题11514个，制定整改措施10037项，完成问题整改9794个，开展专项治理364次，问责处理人员3241人，健全规章制度2200项，基本形成巡视巡察上下联动的工作格局。（钟芳林）

【纪检监察队伍建设】组织开展了“1+N”区域联建工作和调研督导活动。采取书面履职、现场述职和领导评议等方式，组织对二级企业纪委书记2017年度履职履责考核，并当面反馈考核结果，提出工作建议。制定了二级企业纪委领导人员提名考察工作规则，2018年提名考察3名二级企业纪委书记交流任职，提名考察11名二级企业纪委副书记人选。坚持以案代训，深入开展督办和指导上报结果信件，2018年督办要结果件117件；举办纪委业务培训班，邀请上级领导授课，107名纪检监察业务骨干参加；先后选派8名纪检监察领导干部参加中纪委、国资委举办的6期培训班，为二级企业纪检监察组织授课49人次。（钟芳林）

工　会

【组织机构】中国铁路工程集团有限公司工会隶属于中华全国铁路总工会和国务院国资委群众工作局领导，拥有下属52个工会（工会工委）组织，集团公司工会机关设：综合部、生产宣传部（体协）、权益保障女工部。（马　萌）

【年度工作综述】2018年，全公司各级工会组织认真贯彻中央、上级工会和公司党委的工作部署，紧紧围绕“创新驱动、质量为本”企业中心任务，奋力进取，在加大工会宣传力度、加强职工教育引导、深化素质提升工程、强化企业民主管理、做实普惠关爱服务、做强巾帼提素工程、加强工会自身建设等方面积极作为，各项工作有序推进，工会组织活力有效增强，工会影响力不断扩大。2018年，全公司共荣获2个全国模范职工之家、6个模范职工小家、7名优秀工会工作者、5名优秀工会积极分子、2名优秀工会之友；9个全路模范职工之家、7个模范职工小家、7名优秀工会工作者、7名优秀工会积极分子、2名优秀工会之友。中国中铁工会首次荣获全国模范职工之家红旗单位，成为全国十面红旗之一。全公司有10名代表出席了中国工会十七大，有4人当选全总执委，巨晓林再次当选全总副主席，这是中国中铁有史以来当选全国工会代表大会代表和执委数量最多的一次，也是当选代表和执委最多的中央企业之一。其中，刘建媛主席首次当选全国总工会、全国妇联双执委。中国工会十七大期间，中国中铁工会被全总

推荐为中宣部重点宣传的唯一组织，经济日报、光明日报、工人日报、中央电视台等中央媒体集中进行了采访报道，刘建媛主席作为5位代表之一，受邀参加全总工会干部媒体见面会，接受了中工网专访，并在中央电视台播出，进一步扩大了中国中铁和中国中铁工会的社会影响力。（马　萌）

【企业民主管理】一是深化企业民主管理。成功召开二届四次职代会，按程序圆满完成了听取审议行政工作报告、提案征集处理报告、集体合同履行报告，以及民主评议领导干部、签订集体合同、大会提案发言等议程。会后及时将222项立项提案分配到总部有关部门处理办复。加强职工董监事履职管理，选派17人次参加公司董监事培训班和全总、铁总职工董监事培训班，邀请职工监事参加了集体合同履约检查。加强企业改革中民主管理，积极参与和跟进“双百改革”试点单位改革，督促严格履行民主程序，保障职工合法权益。公司民主管理工作先后在全总、铁总职工董监事、中央企业群团工作培训班上作经验交流，并邀参加全国厂务公开工作20周年座谈会。二是抓好集体合同签订履行。积极推动将集体合同履约情况纳入二级企业业绩考核体系和经济责任审计范畴，研究制定了集体合同履约纳入企业业绩考核和党建责任制考核的评分细则。开展了集体合同协商签订履行情况书面检查，并联合职工监事、职工代表和有关部门，对24家二三级公司进行了抽查，首次采用量化考核打分。针对检查中发现的问题，积极与行政平等协商，及时把职工关切的问题列入2019年集体合同，切实维护职工权益。三是关心职工生产生活。广泛开展冬送温暖、夏送清凉、金秋助学活动，组织协调做好暑期和汛期职工服务工作，开展了“山竹”台风受灾情况调查统计，为受灾单位下拨慰问救助款114万元。全年共筹集“两节”送温暖资金1.68亿元，走访慰问职民工数十万余人次，发放金秋助学款807万元，资助困难职民工子女2992人次，先后为国内外重点工程拨付慰问款6000多万元。（刘治国　于金显）

【组织建设】2018年，开展基层工会建设规范年活动，指导8家单位完成了工会组建和换届改选工作。制定下发《工会兼职委员管理办法》，邀请兼职委员参与了帮扶解困工作督导调研、集体合同履约检查。2月8日至9日，召开中国中铁工会三届七次全委（扩大）会议暨三届六次经审委会议，会议总结2017年工会工作，部署2018年重点工作。期间，中华全国总工会兼职副主席巨晓林传达了十九大精神，并对《工会兼职委员管理暂行办法》《关于推动实施员工健康关爱计划的指导意见（征求意见稿）》进行讨论。5月10日，召开中国中铁工会三届八次全委（扩大）会议，增补王喜军为中国铁路工程集团有限公司工会副主席。10月10日，召开中国中铁三届九次全委（扩大）会议，总结2018年上半年工会工作、部署安排对下半年工作。期间，举行了工会干部党风廉政教育暨业务培训。中华全国铁路总工会财务部部长王守勤、中国中铁纪委（监察部）三室主任魏心柏作了工会经费管理规定、党风廉政建设等专题授课。中铁一局郑州地铁项目部、中铁电气化局三公司、中铁武汉电气化局一公司、中铁装备4家单位作了员工健康关爱工作经验交流。10月22日，中国工会十七大在京召开。中国中铁产生10名中国工会十七大代表。刘建媛、巨晓林、李朋谦（中铁四局）、徐州（中铁二局）当选全总新一届执行委员。巨晓林再次当选全总工会副主席。刘建媛出席全国总工会在十七大召开前举行的工会干部媒体见面会，并围绕当好职工“娘家人、贴心人”与媒体记者见面交流。人民日报、新华社、中央广电总台、工人日报等中央媒体集中采访进行了报道，中央电视台两次对刘建媛主席进行了采访报道，中工网也进行了专访访谈，进一步扩大了中国中铁工会的社会影响力。9月3日至9日，举办清华大学第五期工会干部培训班，88名工会干部参加。（郑　黎　马　萌）

【中国中铁智慧工会云平台上线】2018年10月10日，中国中铁智慧工会云平台正式上线试运行。中国中铁智慧工会云平台是一个集管理、服务、互动功能于一体的综合性服务平台。通过平台，着力打造移动互联的网上职工之家，实现工会业务线上处理、职工服务线上办理、工会活动线上组织，切实打通工会联系服务职工的“最后一公里”，搭建沟通“零障碍”、服务“零距离”、关爱“零时差”的桥梁，为职工提供更直接、更精准、更普惠、更便捷、更温馨的服务，不断提升职工的获得感、幸福感、安全感，使网上工会成为广大职工的“学习之家”“快乐之家”“幸福之家”“温馨之家”。自2013年以来，中国中铁工会主动适应互联网发展趋势，积极探索网上工会建设，通过搭建“中国中铁工会网”、组建系列工作群、开设“中国中铁职工之声”微信公众号、开通“中国中铁职工电子书屋”等方式，拓宽服务职工渠道。2017年9月以来，为积极响应中华全国总工会、中华全国铁路总工会要求，推动工会工作转型发展，中国中铁工会以“中铁惠园”APP为抓手，启动智慧工会云平台建设，于2018年10月上线试运行，标志着中国中铁工会网上服务工作体系初步成型。

（郑　黎　马　萌）

【中国中铁“十大最可信赖的娘家人、十大最满意的职工之家”评选】为迎接中国工会十七大胜利召开，深化“双争”活动，深入总结好经验、好做法、好典型，中国中铁工会组织开展寻找和评选“最可信赖的娘家人、最满意的职工之家”活动。活动历时6个月，经各级公平推荐、层层评选、线上线下投票，授予10名工会干部“十大最可信赖的娘家人”、10家工会组织“十大最满意的职工之家”荣誉称号，评选出23个最满意职工之家、23个最可信赖娘家人。（郑　黎　马　萌）

【“致敬芳华 传承卓越”活动】2018年8月22日，中国中铁纪念改革开放40周年——“致敬芳华 传承卓越”活动在总部机关举行。活动采取网络直播方式进行，共有6万余名员工通过网络观看了活动盛况。本次活动以“致敬方华、传承卓越”为主题，以一本《致敬芳华》的画册、一部专题片和一场访谈活动为核心，以中国中铁工会组织开展“为爸爸妈妈的芳华点赞”网络活动为铺垫，回首中国中铁在改革开放以来四十年的芳华岁月，弘扬几代中国中铁人“艰苦奋斗、无私奉献、忠诚企业、大爱无疆”的优秀品质。活动通过展示几代中国中铁人的芳华，通过老旧照片的真实记录，通过三组家庭的访谈，从不同角度、不同侧面反映了我们中国中铁不畏艰险走过的不平凡历程、穿越风雨取得的不平凡成就，既有艰苦创业的艰辛，又有高歌猛进的欣慰，更有与祖国共命运、同发展的自豪，一部形式新颖的企业改革发展史，是一堂生动形象的企业精神教育课，是一次卓有成效的企业发展动员会，也是一次非常成功的企业精神、企业文化、企业理念的宣传活动。与会人员共同观看了“中国中铁人的芳华”专题片，对砥砺奋进、艰苦奋斗的芳华岁月进行了回顾。中铁隧道局母永奇、中铁工业王中美和中铁二院刘晓辉三组家庭，分别上台接受了访谈，畅谈了一代又一代中国中铁人精神的传承，抒发了对企业未来的美好祝愿。（郑　黎　马　萌）

【劳动竞赛】2018年，围绕重点工程建设，组织开展了“詹天佑杯”“京雄杯”“双洮杯”“中铁投资杯”“成都地铁杯”“天府机场高速杯”“平潭大桥杯”劳动竞赛，并分别召开了现场启动会和表彰会。联合广东省总开展了“建功地铁，筑梦羊城”示范性劳动竞赛；联合云南省总完成了玉磨铁路劳动竞赛检查考核，并召开了现场推进会，表彰了先进集体和个人。四季度开展了大干90天劳动竞赛，动员组织广大职工全力以赴打好生产经营攻坚战，促进了各项任务的完成。（陈宝华　朱成亮）

【开展职工创新创效活动】深入开展职工创新创效活动，组织编印了2016—2017年度职工创新创效优秀成果汇编，召开了“创新创效中的群众智慧——庆‘五一’先进模范座谈会”，表彰全国五一劳动奖章获得者和职工创新创效优秀成果，交流职工创新创效工作经验。各级工会以工匠精神为引领，以创新工作室为平台，广泛开展“五小”创新活动，涌现出一大批劳模创新工作室。截至2018年底，全公司有劳模创新工作室329个，其中国家级技能大师工作室3个，全国示范性劳模创新工作室1个，省部级劳模创新工作室38个。白芝勇、巨晓林、张瑞霞、母永奇创新工作室被评为火车头劳模创新工作室。认真落实新时期产业工人队伍建设改革方案，大力实施职工素质提升工程，在清华大学举办了第六期劳模疗休养研修班，会同有关部门举办了第二届员工技能大赛试验工比赛和盾构项目决赛，促进了职工技能素质提升。中铁大桥局秦环兵获得中华技能大奖，成为全国建筑业唯一获奖者。中铁一局白芝勇、高新工业王汝运获得全国技术能手称号。（陈宝华　朱成亮）

【班组长责任制】组织开展班组长津贴发放情况专项调研，深入部分单位和重点工程，对班组长安全质量责任制推进落实情况进行督导检查，整理汇编了《班组长安全质量责任制工作指南》。深化群众性安全生产监督“六个一”活动，评选表彰了50名优秀群安员和18名优秀班组长。配合安全生产月活动，组织开展了安全宣传、安全文化、安全竞赛、安全表彰“四个集中”系列活动，指导部分单位开展了群安工作联合互检、群安员技能大赛，充分发挥了群众保安全作用。全公司共荣获全国“安康杯”竞赛示范单位1个、优胜单位7个、优秀班组12个、先进个人2人。（朱成亮）

【先进典型评选推荐】2018年，全公司有4家单位荣获全国五一劳动奖状，6个集体荣获全国工人先锋号，6名同志荣获全国五一劳动奖章；有7个集体荣获火车头奖杯、36名同志荣获火车头奖章。省级五一劳动奖状18个、工人先锋号45个、五一劳动奖章62个；推荐申报中央企业先进集体12个、中央企业劳模20个。全国五一劳动奖章获得者王中美、十大全国最美职工徐州受邀参加全国五一表彰大会并上台领奖，王中美在会上作交流发言；白芝勇被全总推荐为十七大期间重点宣传的劳模典型，巨晓林入选党中央表彰的百名改革开放杰出贡献对象。（朱成亮）

【权益维护】2018年，持续加大“三工”建设投入，深入推进项目部“幸福之家十个一”工程，广泛开展“三不让”帮扶、冬送温暖、夏送清凉、金秋助学活动。全年支出“三不让”资金9968万元，救助困难职工及家属3万人次；筹集发放夏送清凉和“两节”送温暖资金2.31亿元，走访慰问职工24万余人次、农民工43万余人次；发放助学款892万元，资助职（民）工子女3840人次。开展“山竹”台风受灾情况专项调研慰问，为台风受灾单位下拨慰问救助款114万元。

3月1日，印发《关于推动实施中国中铁员工健康关爱计划的指导意见》，广泛开展EAP培训和健康关爱服务。全公司全年共建立EAP试点单位417个，心灵驿站775个，举办5期健康委员培训班、2期内训师培训班、1期健康委员督导培训班，开展心理疏导和咨询活动1100多场次，受益人群达4.3万人次。

2018年，公司将集体合同履约情况纳入二级企业业绩考核和党建工作责任制考核，出台集体合同履行情况考评细则。组织开展2018年度集体合同签订履约检查，并会同有关部门、职工监事、职工代表，对部分单位和项目进行了重点抽查，推动了集体合同核心条款履行。（刘治国　章　静　于金显）

【帮扶解困】2018年，中国中铁党政工团联合下发《关

于坚决打赢企业困难职工帮扶解困攻坚战的实施意见》，先后 2 次开展困难职工帮扶救助情况督查调研。各级组织经精准识别、精准建档，把符合条件的 3447 名困难职工列为重点帮扶对象，通过层层制订帮扶解困方案，建立“一帮一”结对帮扶包保责任制，采取“五个一批”举措，努力使困难职工家庭人均可支配收入高于当地低保标准 1.5 倍。截至 2018 年底，全公司建档立卡困难职工脱困解困 2146 户，其中特困 237 户，重困 482 户，一般困难 1046 户，其他困难 385 户，供养人口同步脱困解困 6292 人。全年投入帮扶救助资金 3075.2 万元，人均月补助 1195 元，困难职工脱困解困率达到 62%。

组织召开对口扶贫县农产品推介会。各在京二级公司工会主席及机关工会主席，在京三级公司工会主席、工会干部共计 60 余人参加。鼓励各在京单位在春节员工福利中适量购买对口贫困县农产品，通过消费进一步加大对贫困县帮扶。据统计，约 70 余家二三级在京单位有购买意向，货品总额达 416 万余元。

（刘治国　章　静　于金显）

【职工之家建设】2018 年，全公司共投入“三工”建设资金 8.41 亿元。中国中铁工会荣获全国模范职工之家红旗单位称号，2 个集体荣获全国模范职工之家称号，6 个集体荣获全国模范职工小家称号，8 名同志荣获全国优秀工会工作者称号，6 名同志荣获全国优秀工会积极分子称号，2 名同志荣获全国优秀工会之友称号；9 个集体荣获全国铁路模范职工之家称号，7 个集体荣获全国铁路模范职工小家称号，7 名同志荣获全国铁路优秀工会工作者称号，7 名同志荣获全国铁路优秀工会积极分子称号，2 名同志荣获全国铁路优秀工会之友称号。（郑　黎　马　萌）

【生产宣传】围绕推动企业本质安全，组织各单位深入开展群众安全生产监督、全员安全教育培训和班组长安全质量责任制工作。2018 年 3 月 20 日至 24 日，在中国中铁党校举办了群安工作培训研讨班，对 100 多名工会干部和群安员代表进行了业务培训，通过专题论坛的形式，对如何促进群安工作与班组长责任制有效结合进行了研讨交流，并评选表彰了安全卫士百日竞赛先进集体、先进个人和“十大群安标兵”。深入基层部分单位和重点项目，开展了群安工作和班组长责任制推进落实情况调研检查，及时总结经验，推广典型。评选表彰了十大诚信班组和十大优秀班组长，会同有关部门制定下发了《关于进一步推进班组长安全质量责任制的若干实施性意见》。开展班组长津贴发放情况的专项调研，编印下发《班组长安全质量责任制标准化管理手册》。

（陈宝华　朱成亮）

【女职工管理】一是加强女工工作。组织召开了女工委全会和专业组会议，总结部署年度重点工作，评选表彰了一批女职工特色工作、先进集体和个人，全公司有 8 个女职工集体、21 名个人获省部级以上表彰，其中王中美、黄莹荣获全国“三八”红旗手，严金秀荣获“2018 年时代女性榜样”“中国品牌联盟十大品牌女性”，王杜娟荣获第三届“央企楷模”“全国十大最美科技工作者”。认真组织学习传达中国妇女十二大会议精神，邀请国资委党建局副局长熊洁作专题报告会，在京女职工代表 370 余人参加了培训。二是实施巾帼提素工程。制定下发了《实施女职工素质提升“百千万”工程指导意见》，通过片区大培训、“互联网 +”培训、层层建女校的方式，实现百个二、三级公司建分校、千个项目建学习小组、万名女职工接受培训，培养和造就一支适应企业发展需要的女领导、女专家、女经营管理人才、女科技骨干、女技能人才等组成的优秀女职工队伍。在清华大学举办了第十期先进女职工素质提升研修班。分三个片区开展了“花开中国中铁——先进女职工事迹巡讲暨女工委主任走基层”活动，期间举办了先进女职工事迹报告会、员工健康关爱论坛、一线女职工座谈会、女工素质提升培训、女工干部交流会，先后有 700 余人参加了活动。广泛开展书香三八读书活动，有 44 篇征文、书画、摄影作品在第六届全国“书香三八”、第四届“书香铁路”读书活动中获奖。三是深化巾帼建功工程。大力选树女职工先进典型，全公司获省部级以上表彰的女职工先进集体 7 个、先进个人 21 个，其中王中美、黄莹荣获全国“三八”红旗手，严金秀荣获“2018 年时代女性榜样”“十大品牌女性”。王中美、王杜娟、严金秀、王丽、董燕囡、徐科英、黄红、张瑞霞 8 人入选中国女摄影家协会主办的“新时代巾帼建设者主题摄影展”，严金秀、王杜娟、王中美等影像作品，还在 2018 北京国际摄影周上进行了展出。

（刘治国　章　静　于金显）

【劳模管理】2018 年，全公司共建立各类劳模（专家型职工）工作室 319 个，其中国家级技能大师工作室 3 个，省部级劳模创新工作室 33 个，秦环兵、李友坤、王汝运、郭平 4 个创新工作室被评为中国中铁首批技能大师工作室。中国中铁工会就劳模创新工作室建设工作在中华全国铁路总工会弘扬劳模精神主题现场会上做了经验介绍。9 月 3 日至 9 日，举办清华大学第六期劳模疗休养研修班，63 名劳模参加培训。按人社部、国资委《关于评选表彰中央企业先进集体和劳动模范的通知》要求，做好 13 个先进集体（含备选 1 个）、24 名劳动模范（含备选 4 名）推荐参评、材料上报工作。

（陈宝华　朱成亮）

【职工文化生活】2018 年，组织开展了第二届职工才艺大赛、漫画大赛，以及中铁物贸杯网络桥牌邀请赛，组队参加雄安新区全民健身运动会乒乓球比赛、全路羽毛球比赛、全路女职工广场舞通讯赛，均取得了优异成绩。各单位结合文化节、周年庆典等，组织举办多种形式的职工文化活动，积极开展送文化、送体育下基层活动，进一步活跃了职工生活，促进了身心健康。

（陈宝华　朱成亮）

【财务和经费审查】结合新的形势，修订下发了《工会财务管理办法》，配合完成了铁总经费审计和财务工作检查，组织了财务软件使用培训，加大对下审计力度，组织完成了部分单位经费收支审计、主席离任审计，促进了财务规范管理。财务和经审工作在铁总规范化考核评比中均获得特等奖。（郑　黎　徐哲璐）

【首届“中国中铁杯”职工篮球赛】2018年4月至7月，中国中铁举办首届“中国中铁杯”职工篮球赛。全公司共有37家单位组队参赛，500余名员工开展了71场精彩比赛。此次篮球赛是股份公司工会认真贯彻党的十九大精神和全民健身国家战略，根据全公司群众体育工作的开展情况，结合一线员工的强烈呼声，于近年来首次组织开展的大球类团体赛事。在组织模式上，股份公司工会借鉴国际、国内篮球赛事的组织模式，分南北两个片区进行，分别有18家和19家单位报名参加比赛。每个片区采取同城竞技、主客场对阵的淘汰赛方式进行，胜者进入下一轮，最终产生南北两个片区的前两名。总决赛在中铁建工、置业、广州局、文旅4支球队中展开。中铁建工代表队获得冠军，中铁文旅代表队获得亚军，中铁置业、广州局代表队获得季军。

（朱成亮）

【3个集体荣获2018年全国五一劳动奖状】

中铁四局集团崇礼铁路三标项目建设指挥部

中铁工程装备集团盾构制造有限公司

中铁大桥勘测设计院集团有限公司

【3个集体荣获2018年工人先锋号】

中铁八局商合杭铁路站前十标项目经理部商合杭铁路淮河特大桥分部

中铁隧道局集团有限公司以色列特拉维夫轻轨红线项目部

中国中铁一局集团有限公司城轨公司梁西军劳模创新工作室

【7名个人荣获全国五一劳动奖章】

魏大翻　中铁四局集团第五公司盾构分公司管片拼装手

王中美（女）　中铁九桥工程有限公司电焊工

查道宏　中铁大桥局沪通长江大桥项目部项目经理

徐　州　中铁二局第六工程有限公司老挝磨万项目部工程师

郑宗溪　中铁二院工程集团有限责任公司土木建筑设计研究二院副总工程师

冉启贵　中铁八局二公司项目经理

母永奇　中铁隧道集团股份有限公司盾构主司机

【8名个人荣获中华全国总工会“全国优秀工会工作者”】

刘　鹏　中铁六局集团石家庄铁路建设有限公司工会副主席

徐振玲　中铁大桥局集团有限公司工会副主席、经审委主任、女职工委员会主任

葛海峰　中铁大桥勘测设计院集团有限公司工会副主席、经审委主任

刘　洪　中铁二局集团有限公司工会副主席、职工监事

李松柏　中铁二院公路与市政设计研究院党总支副书记、副院长、工会主席

胡发远　中铁二局第一工程有限公司工会副主席

卢卫平　中铁建工集团工会主席

程巧利　中铁八局昆明公司工会主席、总法律顾问

【6名个人荣获中华全国总工会“全国工会积极分子”】

叶明哲　中铁十局集团第一工程有限公司组织部部长、工会委员

冯友平　中铁隧道集团四处汉十铁路三表项目部党工委书记

张茂霞　深圳中铁二局工程有限公司人力资源部长、工会女职工委员会主任

周　宣　中铁八局集团现代物流有限公司物流中心副经理、工会主席

吴　玉　中铁二院工程集团有限责任公司党委组织部长、机关党工委书记

高　文　中铁四局电气化公司工会主席

【2名个人荣获中华全国总工会“全国优秀工会之友”】

张繁荣　中铁广州局深圳公司党委书记

陈国栋　中铁二院成都设计院党委副书记

【7个单位荣获火车头奖杯】

中铁三局集团线桥工程有限公司

中铁五局集团路桥工程有限责任公司

中铁七局集团路桥工程有限公司

中铁电气化局集团有限公司运营维护管理有限公司

中铁建工集团舟山波音737完工及交付中心厂房及配套项目部

中铁投资集团有限公司

中铁物贸集团鲁班（北京）电子商务有限公司

【36名个人荣获火车头奖章】

赵红刚　中铁一局第三工程分公司项目经理

金　洲　中铁二局四公司广州地铁14-3标项目部经理

徐光辉　中铁二局五公司副总工程师兼南通地铁1号线3标4工区经理

张如涛　中铁三局三公司阳大铁路项目部经理

邓远兵　中铁四局四公司工地模架中心班组长

莫永春　中铁四局五公司沈茂铁路JMZQ-2标经理部经理

熊　胜　中铁五局长沙市轨道交通5号线一标项目

经理部工程部部长
安晋哲　中铁六局太原公司西南环项目部综合四架子队架子队长
郝晋新　中铁六局路桥公司福厦项目部经理
张迎波　中铁七局集团电务工程有限公司项目副经理
肖功夷　中铁八局工程管理部部长
汪建清　中铁八局电务公司三项目部经理
周广新　中铁九局路桥分公司京沈 4 标喀左梁场班长
赵　佳　中铁九局大连分公司刚果（金）项目部经理
王　谦　中铁十局青岛公司新建董家口疏港铁路项目经理
陈　芳　中铁十局西北公司共玉项目工经部部长工经部长
蒋　华　中铁大桥局集团第二工程有限公司沪通长江大桥项目部桥梁装吊工
崔　巍　中铁大桥局四公司副总工程师、测量中心主任
吴　鹏　中铁隧道集团第五建筑有限公司商合杭五标一分部经理
李剑峰　中铁电气化局石家庄机械装备分公司修理厂厂长
黄国建　中铁建工集团北京分公司项目经理
王寿庚　中铁上海局乌鲁木齐地铁 3 号线项目部经理
周　文　中铁广州工程局桥梁工程有限公司副总工程师
郭鸿强　中铁北京工程局六公司南北快速干道项目部经理
郭　锴　中铁工程设计咨询集团线站院副总工程师
刘　巍　中铁第六勘察设计院线站院项目总体室主任
吕志坤　中铁山桥集团山海关桥梁公司机加工班工班长
王英琳　中铁科工集团机械院桥梁机械所所长
胡永清　中铁文旅集团贵州投资公司副总经理
张幸福　杭州中铁和丰置业有限公司经理
张吉贵　中铁资源集团华刚矿业股份有限公司技术总监
何益民　中铁国资公司中铁四局集团第四医院院长
段江飞　中铁财务有限责任公司财务部高级经理
余　翔　中国中铁股份有限公司国际事业部商务经理
王晓明　中铁国际集团中海外公司东非公司总会
张琛忠　中铁开发投资集团工程设计部设备科科长

【中国中铁“玉磨杯”劳动竞赛】建功玉磨铁路标兵单位（4 个）

中铁隧道局集团有限公司玉磨铁路项目经理部
中铁三局集团有限公司玉磨铁路项目经理部
中铁上海局集团有限公司玉磨铁路项目经理部
中铁四局集团有限公司玉磨铁路项目经理部

【中国中铁“玉磨杯”劳动竞赛】建功玉磨铁路十大模范（10 个）

王宇飞　中铁二局工程有限公司玉磨铁路项目经理部纪委书记、工会主席
张九俊　中铁三局集团有限公司玉磨铁路项目经理部经理
李鹏程　中铁四局集团有限公司玉磨铁路项目经理部经理
刘建陵　中铁五局集团有限公司玉磨铁路项目经理部副经理、党工委书记
许志文　中铁六局集团有限公司玉磨铁路项目经理部路桥分部经理
马洪波　中铁八局集团有限公司玉磨铁路项目经理部经理
黎文明　中铁十局集团有限公司玉磨铁路项目经理部经理
安春伟　中铁隧道局集团有限公司玉磨铁路项目经理部二分部副经理
栗　俊　中铁上海局集团有限公司玉磨铁路项目经理部常务副经理
戴晓春　中铁二院工程集团有限公司土建一院桥梁所特桥组高级工程师

【中国中铁“玉磨杯”劳动竞赛】云南省总表彰五一劳动奖状（2 个）

中铁隧道局玉磨铁路项目经理部
中铁二局玉磨铁路项目经理部

【中国中铁“玉磨杯”劳动竞赛】云南省总表彰五一劳动奖章（5 个）

张九俊　中铁三局玉磨铁路项目经理部项目经理
栗　俊　中铁上海局玉磨铁路项目经理部常务副经理
李鹏程　中铁四局玉磨铁路项目经理部项目经理
刘建陵　中铁五局玉磨铁路项目经理部副经理、党工委书记
许志文　中铁六局玉磨铁路项目经理部隧道分部经理

【中国中铁“玉磨杯”劳动竞赛】云南省总表彰工人先锋号（10 个）

中铁六局玉磨铁路项目经理部路桥分部
中铁隧道局玉磨铁路项目经理部二分部
中铁四局玉磨铁路项目经理部一分部
中铁五局玉磨铁路项目经理部

中铁十局玉磨铁路项目经理部
中铁八局玉磨铁路项目经理部二分部
中铁上海局玉磨铁路项目经理部
中铁三局玉磨铁路项目经理部第十一工程队
中铁二局玉磨铁路项目经理部隧道工区
中铁二院昆明公司玉磨铁路项目经理部

【中国中铁“詹天佑杯”劳动竞赛】先进集体（8个）
中铁三局京张铁路六标项目部
中铁四局崇礼铁路项目部
中铁五局京张铁路三标架子三队
中铁六局京张二标项目部
中铁七局京张铁路十标项目部
中铁隧道局崇礼铁路一标项目部进口分部
中铁大桥局京张铁路五标项目部一工区
中铁建工集团京张铁路清河站项目工程技术部

【中国中铁“詹天佑杯”劳动竞赛】先进个人（17名）
张民栓　中铁三局京张铁路六标项目部常务副总经理
刘志如　中铁三局京张铁路六标项目部总工程师
阮仁义　中铁四局崇礼铁路项目部总工程师
祝卫华　中铁四局崇礼铁路项目部生产队长
李铁良　中铁五局京张铁路三标电工班班长
段仕军　中铁五局京张铁路三标常务副经理
边军生　中铁六局北京铁建公司京张桥梁项目部经理
赵庆芳　中铁六局京张铁路二标项目部副指挥长
郑艳红　中铁七局京张铁路十标项目部作业队队长
蔡　强　中铁大桥局京张铁路五标项目部一工区党支部副书记、副经理
武立冬　中铁大桥局京张铁路五标项目部副总工程师
刘　威　中铁电气化局京张高铁三电迁改项目工程经济部部长
从晓飞　中铁隧道局崇礼铁路一标项目部安全总监
何晓奇　中铁隧道局崇礼铁路一标项目部出口分部生产副经理
曾科斌　中铁建工集团北京分公司副总经理、京张高铁清河站项目经理
庞小军　中铁建工集团京张高铁清河站总工程师
夏　龙　中铁设计桥梁工程设计研究院高级工程师

【2名个人荣获全国三八红旗手】
黄　莹　中铁四局国际部迪拜办事处商务经理
王中美　中铁九桥公司高级技师

【1名个人荣获2018年度时代女性榜样】
严金秀　中铁科研院副总经理

【1个单位荣获安徽省先进女职工组织】
中铁四局建筑公司女工委

【1个单位荣获河南省五一巾帼标兵岗】
中铁七局五公司工程技术中心

【1个单位荣获湖北省五一巾帼集体、湖北省工人先锋号】
中铁大桥局六公司中心实验室技术管理部

【1个单位荣获河南省五一巾帼奖状】
中铁隧道局特拉维夫轻轨红线项目综合班龙门吊班组

【1个单位荣获湖北省巾帼文明岗】
中铁武汉电化局信号女子突击队

【1个单位荣获湖北省女职工建功立业标兵岗】
中铁武汉电化局输变电工程有限公司市场开发部

【1个单位荣获上海市巾帼文明岗】
中铁上海工程局华海公司成本管理部

【1个单位荣获北京市三八红旗集体】
中铁设计综合服务中心

【3名个人荣获四川省五一巾帼标兵】
李远平　中铁二局城通分公司广州市轨道交通14号线一期施工9标土建工程项目经理
朱　颖　中铁二院机动院高级工程师
金　琰　中铁城市发展投资集团有限公司投资开发部副部长

【1名个人荣获贵州省五一巾帼标兵】
张　燕　中铁二局一公司济南市轨道交通R2线一期土建施工九标段项目经理部工经部长

【1名个人荣获安徽省五一劳动奖章、安徽省五一巾帼标兵】
曹博思　中铁四局设计院工程师

【3名个人荣获河南省五一巾帼标兵】
索丽娟　中铁七局三公司法律合规部副部长
冯晓燕　中铁隧道局勘测设计院编辑部主任
袁丽敏　中铁工程装备集团工会办主任、女工委副主任、机关工会主席

【1名个人荣获四川省五一巾帼奖章、四川省五一巾帼标兵】
钟安珍　中铁八局桥梁工程有限责任公司混凝土制

品项目部质检班班长

【4 名个人荣获湖北省女职工建功立业标兵】

邓明玲　中铁大桥局二公司财务部部长

刘芸欣　中铁大桥勘测设计院集团有限公司科研院软件所副所长

王英琳　中铁科工集团中铁工程机械研究设计院有限公司桥梁机械研究所所长

董　慧　中铁科工集团有限公司工会工作部综合科科长

【2 名个人荣获北京市三八红旗奖章】

丁秋迪　中铁电气化局集团城铁公司广州地铁 13 号线通信项目部项目执行经理

钟婷婷　中铁建工集团设计院 DSC 设计所所长

【1 名个人荣获湖北省三八红旗手、湖北省女职工建功立业标兵】

柴文娟　中铁武汉电气化局集团输变电公司市场开发部部长

【1 名个人荣获北京市三八红旗奖章】

程会娥　中铁北京局一公司贵阳房建项目总工程师

【1 名个人荣获河北省五一巾帼标兵】

宋　艳　中铁山桥桥梁公司焰切工

【2018 年中国中铁十大最满意的职工之家】

中铁一局建安公司西安地铁 9 号线香王车辆段项目部工会

中铁四局城轨分公司昆明地铁 4 号线 4 标项目部工会

中铁七局三公司贵安新区片区工会

中铁十局电务工程有限公司工会

中铁建工成都中电项目部工会

中铁北京工程局北京新机场飞行区场道工程八标段项目部工会

中铁二院土木建筑设计研究二院工会

中铁大桥院武汉勘察设计院研究院有限公司工会

中铁装备盾构制造有限公司工会

中铁资源华刚矿业股份有限公司工会

【2018 年中国中铁十大最可信赖的娘家人】

何　伟　中铁二局五公司深圳岗厦北项目部工会工委主任

龚丽娟　中铁三局四公司青岛分公司工会主席

俞浩峰　中铁四局一公司工会主席

曹　波　中铁五局二公司工会主席

孙秀青　中铁六局天津铁路建设有限公司工会主席

刘劲松　中铁八局建筑工程有限公司工会主席

赵进文　中铁大桥局福平铁路 FPZQ-3 标项目部工会工委主任

朱　敏　中铁隧道局二处工会办公室主任

田　野　中铁电气化局三公司工会主席

张雪刚　中铁上海局工会权益保障部部长

【2018 年中国中铁最满意的职工之家名单】(23 个)

中铁二局三公司工会

中铁二局四公司工会

中铁三局运输工程分公司第二运输段工会

中铁三局六公司贵阳分公司工会

中铁四局二公司工会

中铁六局建安公司工会

中铁六局北京地铁 17 号线土建施工 16 合同段项目经理部工会

中铁九局大连分公司刚果(金)项目部工会

中铁大桥局二公司工会

中铁大桥局五公司工会

中铁隧道局一处成昆铁路峨米段九标项目经理部工会

中铁电气化局城铁公司工会

中铁电化局运管公司呼和浩特公司额济纳运营维管段工会

中铁武汉电气化局城铁分公司工会

中铁广州局深圳公司工会

中铁国际中海外工会

中铁工业九桥公司工会

中铁山桥山海关桥梁公司工会

中铁科工中铁重工有限公司工会

中铁交通全兴公司工会

中铁南方投资珠三角投资发展有限公司工会

中铁(山东)投资有限公司工会

中铁置业沈阳公司工会

【2018 年中国中铁最可信赖的娘家人名单】(23 个)

李　强　中铁二局一公司工会主席

张　丹　中铁三局建安公司工会副主席、女工主任

关世东　中铁四局建筑公司工会主席

覃　愚　中铁五局建筑公司工会主席

郑文峰　中铁七局西安公司工会主席

王建伟　中铁七局郑州公司兰州地铁项目部工会主席

徐长生　中铁九局二公司市政专业工程队工会主席

黄爱民　中铁十局城轨公司工会主席

廖玉华　中铁武汉电气化局输变电公司工会主席

李建虎　中铁建工山东公司工会主席

孙宁莉　中铁广州局桥梁公司党群工作部副部长、女工委主任、机关工会主席

和建平　中铁北京工程局一公司工会副主席

李建新　中铁北京工程局建筑分公司贵州小碧项目

部工会主席
王秀卿　中铁东方国际工会副主席
郭凤龙　中铁二院贵阳公司工会主席
李金华　中铁六院电化院工会主席
谢秋秋　中铁科研院西南院工会主席
赵　辉　中铁宝桥钢结构车间工会主席
冯培培　中铁装备设计研究总院女工委主任
丁　宁　中铁信托宝盈基金管理公司工会主席
肖慈斌　中铁开发投资武汉武九北综合管廊建设指挥部工会工委主任
胡志彬　中铁城投党群工作部部长、机关工会工委主任
戎玉红　中铁资源伊春鹿鸣矿业有限公司工会女工委员　（陈宝华　朱成亮）

团　委

【团组织和团员队伍状况】截至2018年底，全公司有35岁以下青年14.3万余人，其中团员青年56000余人。有下级组织5382个，其中：团委430个，团工委269个，团总支121个，团支部4562个。2018年，全公司有16个集体获得“全国青年安全生产示范岗”称号，10个集体荣获“全国青年文明号”，1个团组织获得“全国五四红旗团委”称号，1个团组织获得“全国五四红旗团支部”称号，1个团组织获得“中国技能大赛优秀组织奖”，29名个人获“全国青年岗位能手”称号，2名同志被授予“全国优秀共青团干部”称号，1名同志被授予“全国优秀共青团员”，1名同志被授予“全国岗位学雷锋标兵”，18名个人及16个集体获得中央企业系统五四“两红两优”及“青年号手”表彰，10名同志被授予中国中铁“十大杰出青年”，10名同志被授予中国中铁“新兴业务十佳青年”，21名同志被授予中国中铁“青年岗位能手标兵”。　（谈　阳）

【基层团组织建设】深入贯彻落实团十八大精神，持续加强和改进新形势下团的基础建设，团委在总结“团组织建设年”工作的同时，启动了“制度建设年”活动，旨在通过强化制度创新，狠抓制度落实，以制度凝聚共识、以制度规范行为、以制度促进工作，推动基层团建各项工作迈上科学化、规范化、制度化轨道。全年，团委经过梳理完善，共计修订了《中国中铁青年安全质量监督岗工作实施办法》等文件2项，制定下发了《中国中铁中国中铁团委关于中国中铁青年技能人员导师带徒工作实施意见》等文件3项，废止文件10项。全年指导4家单位完成了更名、1个指挥部成立了团工委，健全组织机构；指导2家单位团委召开了团代会，按期做好换届选举；批复12家单位调整团委委员，配齐配强专兼职团干部。积极配合党委做好党建工作考核评价，围绕党委研究共青团工作、团建基础、服务中心工作、服务青年成长以及青年思想引导、新媒体平台建设等方面加强考核评价，逐步建立健全企业共青团工作考核评价机制。　（谈　阳）

【贯彻落实公司“两会”等系列重要会议精神】紧密围绕改革开放40周年、建党97周年等重大活动依托系列主题团日、报告会、座谈会等活动载体，组织团员青年到井冈山、延安及西柏坡等革命圣地广泛开展主题教育实践，深入学习宣传贯彻习近平新时代中国特色社会主义思想和党的十九大精神，积极开展“不忘初心 牢记使命”新时代优秀企业精神宣讲活动，进一步挖掘和传播好优秀企业精神，引领青年在学习中不断增强“四个意识”，打牢听党话、跟党走的思想基础。围绕企业改革发展实际，团委在认真汲取公司“两会”上系列重要讲话精神的基础上，从青年人的视角、以青年人关注的重点对报告进行了全面解读，并精心制作了H5页面，在中国中铁青年微信公众平台予以推送，引导青年深刻理解公司新一年度工作的系列新思路、新举措、新任务，激发广大青年的使命感，引导青年树立与企业新时代发展进步同心同向的理想信念，号召全公司广大青年员工认真学习贯彻落实好年度各项决策部署，推动“两会”精神传达至基层一线，在推动企业实现高质量发展的实践中，牢记新使命，展现新作为。　（谈　阳）

【召开三届五次全委（扩大）会议和协作区会议】在年初公司“两会”召开期间，团委组织召开了共青团中国中铁三届五次全委（扩大）会议，股份公司团委作了《不忘初心 牢记使命 引导青年为建设国内领先世界一流的特大型综合产业集团贡献青春力量》为题的工作报告，总结了2017年工作，分析了当前面临的新形势及新任务，部署了2018年重点工作，7家先进单位代表分别结合年度工作亮点进行了PPT经验交流汇报，18家单位做了书面汇报。与会人员结合《中国中铁共青团工作考核评价办法》《中国中铁共青团新媒体工作管理办法》《中国中铁共青团信息工作管理办法》《关于在全公司开展团组织“制度建设年”活动的通知》等文件，就如何落实好“两会”精神、开展好2018年工作进行了交流研讨。全年各级团组织围绕中心积极开展了特色团支部创建、团支部书记公开竞聘及专兼职团干部任前承诺公示等活动，不断优化和完善了工作机制，全面激发基层团组织活力。　（谈　阳）

【中国中铁四人当选共青团十八大代表】2018年，中国中铁各单位团组织遵照团章和团中央有关规定，结合国资委和地方总体安排部署，在股份公司党委的正确指导下，严把关口，充分发挥民主集中制原则，严格按照自下而上、上下结合、反复酝酿、逐级遴选的要求开展十八大代表推选工作，确保了基层团组织实现“全覆

盖”。经中共中央批准，中国中铁青年员工曹彬、杨鹏、孙颖悟、冷玲4人当选共青团十八大代表。（谈　阳）

【深入推进贯彻习近平总书记重要讲话精神“青年大学习”主题活动】在公司党委的部署下，各级团组织全面组织学习了习总书记对成昆铁路青年来信的重要回应精神。团中央书记处作出重要批示并委托团中央青年发展部一行到项目开展慰问调研，鼓励和寄语项目青年甘于吃苦、敢于担当。团委结合五四表彰组织开展了贯彻总书记重要讲话精神“青年大学习”主题活动，精心制作了《有一种精神叫沙木拉达》《成昆线上的九零后》等视频片，系统梳理了总书记点赞中国中铁青年背后的故事。4名基层优秀青年代表分别围绕“继承、接力、担当、忠诚”主题报告了中国中铁青年学习总书记重要讲话精神的心得，400余人现场聆听了报告，15000余人参加了视频会议，43000余人观看了网络直播，参与直播互动评论达13370余条，在青年员工中引起了强烈反响，得到了中央企业团工委的充分肯定。（谈　阳）

中国中铁贯彻总书记重要讲话精神“青年大学习”主题活动暨庆五四表彰视频会

【团委新媒体建设】2018年，成立了中国中铁共青团新媒体中心，编制下发了《中国中铁共青团新媒体工作管理办法》和《中国中铁共青团信息工作管理办法》，公开招募并组建了25人的新媒体创作团队，定期召开选题及总结交流会议，实时追踪网络舆论热点，结合企业实际创新推出了“青声青语、青热解读、青传承、青原创、安全漫画、青年大学习”等栏目，积极传播正能量，全面加强新媒体和信息工作，并选送1人到团中央新媒体中心挂职助勤，取得了突出成效。经统计，2018年中国中铁青年微信阅读量和粉丝关注数量大幅增加，截至年末关注人数达到121514人，全年累计增加22419人；全年总阅读量达到1017285次，较2017年（128620次）增幅近9倍；多次进入全国基层团组织微信公众号综合影响力排行中前十名，其中有3次排行周榜第二名，2次月榜第四名，原创文章《强强对决|“卓越杯”BIM成果赛，这波操作666！》位列全国基层团组织微信文章阅读量11月份周榜第一。（谈　阳）

【推进“双创”活动】以“创新发展 青年担当”主题实践活动为载体，继续深入开展重点项目“青年创新创效百人攻坚组”，狠抓创新成果转化和创新人才培训，推动“创意”向“产品”，“实验室”向“生产线”的转化。联合战略规划部、科技与信息化部、工会和中铁资本全力推进“智汇未来·双创”共享云平台建设和应用，多次组织青年代表及中铁六院设计团队召开中国中铁“智汇未来·双创”共享云平台项目需求分析评审会，分两批次共计240余名团干部围绕创新创意项目申报、首创鉴定、价值评估、内部共享交易、专利服务以及应用推广等功能进行测试及培训，取得了初步成效。同时，在首届青年创新创意大赛的基础上，依托“智汇未来·双创”共享云平台，及时启动了第二届青年创新创意大赛，持续激发一线员工的创新创效激情，通过做实双创平台，打破企业内部技术壁垒，以大数据、常态化管理，打造企业创新创效中心，助力企业创新驱动发展。（谈　阳）

【创建“双岗”强化青年质量强企意识】2018年，在前期工作实践的基础上，联合安全质量监督部修订下发了《中国中铁青年安全质量监督岗工作实施办法》，进一步强化基层青年安全质量监督岗的哨兵作用，层层落实安全质量管理包保责任，公司所属各二、三级生产类企业结合自身实际与行政签订了《青年安全质量生产包保责任书》，覆盖率达到100%。同时，围绕《关于推进“管”“监”分离、提升安全质量自控能力的通知》总体部署及安排，团委在一线青年中大力推进安全质量技术交底工作。各级团干部突出重点抓关键环节，落实好自身安全质量共管责任，积极配合做好安全质量管理工作；广大青年骨干发挥自身优势，积极配合各级团组织落实青年包保责任，在协作队伍中积极推广全工序作业指导视频和《安全生产微课堂》软件培训，全面开展针对班组长和作业层的安全质量技术交底工作，助力班组长安全质量责任制的落实；广大团员青年加强自身学习，全面提升安全质量管理技能水平，主动参与到青年安全质量监督、青年“学规范、学标准、识图纸”活动、安全质量隐患排查系统应用及《安全生产微课堂》培训中来，充分发挥团员青年在企业安全质量生产中的积极作用。全年共计开展青年安质岗授牌、教育培训、隐患排查、安全质量知识竞赛及主题团日等活动12100余场次，累计参与青年82500余人次。（谈　阳）

【“幸福之家”志愿服务】在公司党、政、工的大力支持下，团委在年初集中全面开展了“优秀海外青年家访”活动。活动期间，率先走访了中铁六局、中铁九局、中铁资源等单位10名海外青年家庭，带去了海外青年的工作生活影像资料以及集团公司各级领导的问候。各级团组织结合实际，开展了各具特色的青年家访活动，共计走访慰问海外员工家属223人。持续深入开展“幸福之家”志愿服务活动，全公司各级团组织利用3月“雷锋月”的契机，在全公司开展了精准扶贫服务、社区公益活动、特殊家庭应急服务等“幸福之家”志愿服务活动1500余场次，服务人员达29600余人次，树立了良好的央企形象。继续拓展和外延青年志愿服务项目，团委组建志愿者团队，联合团凉山州委组织20名彝族青少年到北京举行了“我向国旗敬个礼”圆梦行动，全程做好服务接待和后勤保障工作。团中央书记处书记、全国青联副主席汪鸿雁、青年发展部部长杨松与青少年进行了交流座谈，并向青少年赠书。联合工会多次组织探索北京地区职工子女暑期托管班和“素质夏令营”活动机制，解决职工实际困难；组织20余名在京青年志愿者圆满完成了公司“两会”及重大活动志愿服务活动；召集200余名青年志愿者积极参与了“社区英雄 为爱行走”（北京站）大型公益徒步活动，并荣获了组委会颁发的“最佳爱心行走团队”称号；推荐4个集体和1名个人申报了全国2017年学雷锋志愿服务“四个100”先进典型；“暖夕阳·爱心接力”志愿服务项目荣获首届中央企业青年志愿服务项目大赛银奖。（谈　阳）

【开展“青年文明号”创建】各级团组织紧紧围绕企业“十三五”改革发展任务，年初“两会”制定的各项目标，持续深入开展“青年文明号”创建、争当“青年岗位能手”“青年安全质量监督岗”创建和“青年突击队”活动，带动更多青年弘扬工匠精神，激励广大青年立足岗位、建功立业，积极投身企业急难险重任务攻坚克难，充分发挥了生力军和突击队作用。全年中国中铁两度单独列项受到团中央表彰，其中，29名个人及10个集体分别荣获“全国青年岗位能手”及“全国青年安全生产示范岗”，获奖人数创历史新高。（谈　阳）

【搭建青年技能提升平台】一是持续强化导师带徒活动实效。各级团组织全面落实《中国中铁 中国中铁团委关于中国中铁青年技能人员导师带徒工作实施意见》，在联合人力资源部门扎实开展好2018年度新入职大中专毕业生迎接工作的基础上，严把导师“入口关”、活动“落实关”以及徒弟“出师关”，坚持集中培养与分散使用相结合、导师配备与双向选择相结合、全面管理与动态调整相结合、见习考核与述职答辩相结合等原则，采取多种活动形式，全方位、多角度地开展“3家+”导师带徒活动，全年落实师带徒协议12094份，基本实现新入职员工师徒结对全覆盖的工作目标。二是畅通技能人才培养渠道。按计划联合劳资社保部成功举办了2018年中国技能大赛——中国中铁职业技能竞赛盾构项目和试验项目大赛，结合企业当前青年人才发展实际，联合国际事业部、科信部分别成功举办了首届国际化人才大赛和首届“卓越杯”BIM大赛，共有来自全公司99支代表队、366名选手参与比赛角逐，一批优秀青年脱颖而出，受到了广大青年员工的广泛关注。其中，6人将推荐申报“全国技术能手”称号，4人将推荐申报“全国青年岗位能手”称号。首次派员参加了第十四届“振兴杯”全国青年职业技能大赛获得了“优秀组织奖”。同时，团委聚焦各单位常驻海外员工人数、35岁以下青年所占海外员工总数比例、海外项目数量、海外项目外籍管理人员及劳务工数量及国内外劳务所占全部劳务工的比例等内容，顺利完成了海外用工基本情况调研，为企业“走出去”发展战略提供了数据支撑。（谈　阳）

【开展青年典型培育和选树工作】以纪念五四运动99周年为契机，联合党政工深入开展了“两红两优”评选表彰，加大青年典型选树力度。全年命名表彰包含“青年文明号”和“优秀团员”在内的先进集体392个、先进个人928名，授予20名青年“十大杰出青年”及“新兴业务十佳青年”称号。各级团组织以“奋斗的青春最美丽”“青春励志会”等内容为主题，特别是以白芝勇、王中美、母永奇等青年典型代表为重点，大力开展青年典型宣传工作，通过主题宣讲、交流分享和学习实践等多种载体和方式，讲好青年故事，激励广大青年学习先进、争当先进。（谈　阳）

【青年人文关怀】2018年，团中央青年发展部部长杨松、国资委党建局群工处处长张蕾蕾莅临京沈客专望京隧道项目部看望慰问奋战在施工一线的青年员工，向他们送上了新春慰问品和节日祝福。团委结合年度工作安排，先后到中铁四局、中铁五局及中铁七局等单位同一线青年就工作、生活、职业规划、婚恋交友等方面存在的普遍诉求展开了座谈交流，倾听心声，解决困扰，不断完善服务青年工作机制。各级团组织通过加强内部交流和属地外联相结合的方式积极了开展青年联谊活动90余场，团委联合军事科学院开展了“悦动夏日·幸福绽放”联谊活动，60余名单身青年积极参与，加强了与其他央企青年的沟通与交流。同时，各级团组织利用重大节日及施工生产间隙创新开展了各类文体娱乐及团队拓展活动，凝聚团队合力。（谈　阳）

【青年交流活动】积极服务企业社会责任履行，加强与中央企业团工委等上级组织沟通联络，承办了多项具有一定影响力的重要活动。应全国青联部署，组织50余名全国青联委员到京张高铁八达岭长城站项目开展了“全国青联委员走基层”活动；按照中央企业团工委要求，全年协助组织召开了“中央企业青年宣讲团”组建工作协调会、共青团中央企业系统（在京）代表会议及中央企业系统学习宣传团十八大精神视频会，承办了《青春央企读书会——〈国家相册〉走进中国中铁》活动，起草了《国有企业共青团工作条例》并多次组织研讨会予以修改完善，协助筹备了中央企业团委书记培训班，团委负责人主持了开班及结业仪式，圆满地完成了各项工作任务。作为中央企业代表积极参加了团中央出访美国交流活动；牵头联系航天科工团委，双方科技与设计部门及单位就真空管高速飞行列车技术展开了交流

座谈，并建立了良好的沟通合作机制。（谈　阳）

【团干部队伍建设】全面从严加强团干部的教育培训和高标准管理，严把入口关，通过公开竞聘、公推直选的方式把真正在状态有激情的青年员工选拔出来担任团组织的负责人，同时畅通出口关，做好团干部的转岗工作，全年二级单位团委负责人转岗11人，全部完成了各项交接手续，确保了团干部队伍的合理流动。2018年，团委组织举办了学习宣传贯彻团十八大精神骨干培训班，各二、三级单位132名团干部参加了培训。此次培训以加强共青团思想建设、组织建设、作风建设和能力建设为重点，坚持理论与实践相结合、学习与交流相结合、专家讲座与互动教学相结合，对习近平新时代中国特色社会主义思想和党的十九大精神以及团十八大精神进行了解读，邀请团中央新媒体中心专家分享了做好共青团新媒体与宣传工作的经验，同时，分组对团内“三会两制一课”等基础制度及活动进行了模拟演练及点评，促进了大家对基础业务知识与技能的消化和吸收，圆满完成了各项学习任务，达到了预期目的。

（谈　阳）

【1个团组织获得“中国技能大赛优秀组织奖”】

中国铁路工程集团有限公司团委

【1个集体获得“全国五四红旗团委”】

中铁一局团委

【1个集体获得“全国五四红旗团支部”】

中铁一局城轨公司北京地铁工程事业中心团工委

【16个集体荣获“全国青年安全生产示范岗”】

中铁一局城轨公司西安地铁四号线11标项目部

中铁二局岗厦北综合交通枢纽工程项目部

中铁二局青岛市地铁8号线工程PPP项目（B2包）土建02工区项目部

中铁三局郑万高铁湖北段ZWZQ-2标项目部

中铁四局钢结构建筑公司制造分公司生产车间

中铁五局建筑公司贵安新区甘河棚户区改造建设项目

中铁六局北京铁建京张铁路桥梁项目部

中铁七局五公司郑州南站项目部

中铁八局三公司贵州双龙航空港物流园项目部

中铁八局商合杭铁路站前十标项目部

中铁十局三建公司怀宁制梁场

中铁建工集团新建京张铁路清河站站房工程项目部

中铁广州局二公司南沙港铁路项目部

中铁北京局六公司双洮高速公路第二项目部

中铁工业宝桥机械车间铣工组

中铁资源华刚矿业公司冶炼厂电积作业区

【10个集体荣获“全国青年文明号”】

中铁一局大瑞铁路项目青年突击队

中铁三局运输工程分公司第二运输段HXD17134机车包乘组

中铁七局西安公司蒙华铁路MHTJ-14标项目部

中铁二院川藏铁路项目青年突击队

中铁置业贵州公司贵阳中铁阅山湖青年突击队

中铁资源伊春鹿鸣矿业有限公司选矿厂磨浮车间

中铁信托有限责任公司金融同业部

中铁物贸鲁班电子商务青年突击队

中铁交通广西岑兴高速公路玉林收费站

中国中铁印尼雅万高铁青年创新创效百人攻坚组

【7个集体荣获中央企业“青年文明号”】

国家隧道应急救援中铁二局救援队

中铁五局电务城通公司昆明地铁4号线3标青年突击队

中铁八局建筑公司检测中心

中铁十局郑万铁路河南段项目部

中铁大桥局七公司湖北香溪长江公路大桥项目部

中铁上海局银西铁路甘宁段YXZQ-8标段项目工程技术部

中铁南方工程管理中心

【4个集体荣获中央企业“五四红旗团委”】

中铁七局团委

中铁九局团委

中铁隧道局二处团委

中铁电气化一公司团委

【5个集体荣获中央企业“五四红旗团支部”】

中铁大桥局一公司武汉青山长江大桥项目部团支部

中铁电气化局设计研究院机关团支部

中铁武汉电气化局一公司通信分公司第四项目部团支部

中铁上海局建筑公司改扩建工业研发用房项目团支部

中铁设计电通院团支部

【1名同志被授予“全国岗位学雷锋标兵”】

白芝勇　中铁一局五公司

【2名同志被授予“全国优秀共青团干部”】

常友川　中铁武汉电气化局集团有限公司

刘施成　中铁二局集团物资有限公司

【1名同志被授予“全国优秀共青团员”】

欧阳晃云　中铁四局集团机电设备安装有限公司

【29名个人被授予“全国青年岗位能手”】

郭建斌　中铁一局新运公司

高　翔　中铁一局五公司
霍永花　中铁二局五公司
王生雨　中铁三局六公司
孙中华　中铁三局六公司
马贵武　中铁三局测绘检测公司
邹泽泽　中铁四局城轨分公司
姚胜红　中铁四局城轨分公司
谌小彤　中铁五局电务城通公司
孙燕萍　中铁六局建安公司
李勇强　中铁七局三公司
许力刚　中铁七局郑州公司
田　耐　中铁七局西安公司
姚　斌　中铁七局西安公司
杨福刚　中铁九局大连分公司
刘　庆　中铁大桥局七公司
王保成　中铁大桥局东北分公司
余　敏　中铁大桥局五公司
刘　斌　中铁隧道局一处
卢巍骠　中铁隧道局隧道股份公司
叶志强　中铁隧道局隧道股份公司
黄晓波　中铁隧道局隧道股份公司
李烈龙　中铁电气化局一公司
杜　毅　中铁电气化局一公司
冯　园　中铁电气化局一公司
丁武行　中铁武汉电气化局城铁分公司
孙立志　中铁武汉电气化局一公司
罗文彬　中铁建工广州分公司
王安永　中铁工业装备集团

【5 名个人被授予中央企业“优秀共青团干部”】

赵冬梅　中铁九局集团有限公司
张　尧　中铁隧道局五公司
冯松彬　中铁第六勘察设计院集团有限公司
邓　达　中铁大桥勘测设计院集团有限公司
刘　俊　中铁城市发展投资集团有限公司

【6 名个人被授予中央企业“优秀共青团员”】

王彬彬　中铁七局郑州公司
张　浩　中铁十局电务公司
冯晓博　中铁隧道局隧道股份公司
阳振霖　中铁科研院甘肃铁科建设工程咨询有限公司
毛吉宇　中铁城投投资开发部
曾晓凤　中铁交通绵遂公司

【7 名个人被授予中央企业“青年岗位能手”】

杨　道　中铁二局城通公司
杜周洪　中铁五局四公司
许力刚　中铁七局郑州公司
刘　凯　中铁大桥局九公司
刘　达　中铁电气化局运管公司

戢鸿鑫　中铁上海局华海公司
王中美　中铁工业九桥公司

【中国中铁“十大杰出青年”】（10 个）

朱孟艳　中铁一局三公司 245 省道泗洪项目部项目经理
霍永花（女）　中铁二局五公司米拉山项目部总经济师
邓　飞　中铁三局四公司副总经理（主持工作）
李振洲　中铁四局城轨分公司技术中心精测大队副队长
雷建华　中铁五局机械化公司副总经理兼蒙华铁路 15 标一工区经理
王　波　中铁大桥科学研究院新技术研究所所长
母永奇　中铁隧道局佛莞城际铁路 3 标项目盾构主司机
何晔庭　中铁建工山东公司党委副书记、总经理
王英锋　中铁宝桥辙叉分公司维修电工
王光欣　中铁科工机械院总工程师

【中国中铁“新兴业务十佳青年”】（10 个）

李松泉　中铁七局海外公司赞比亚地区党总支书记兼地区经理
卫晓军　中铁国际亚洲分公司副总经理
段国杰　中铁置业北京公司党委书记、执行董事
谢　添　中铁资源 MKM 矿业公司总经理
王云飞　中铁信托房地产信托部总经理
贺传亮　中铁财务结算业务部总经理
魏帼钧　中铁投资投资发展部部长
王　谊　中铁开投副总工程师兼投资开发部部长
刘新平　中铁上投副总经济师兼投融资研究中心主任
卫立珩（女）　中铁伊朗德伊高铁项目部商务经理

【中国中铁“青年岗位能手标兵”】（21 个）

汪　凯　中铁六局中南指挥部党工委副书记、常务副指挥长
谭小怡（女）　中铁八局三公司双龙生态体育公园项目部党工委书记
杨福刚　中铁九局大连分公司副总经理
戚乐方　中铁十局委内瑞拉分公司党委副书记、总经理
张立志　中铁电气化局一公司党委副书记、总经理
李　庆　中铁武汉电气化局一公司项目总工程师
周　文　中铁广州局桥梁公司总工程师
李　锋　中铁北京局六公司副总经理
曾凡冲　中铁上海局蒙华铁路工程指挥部党工委副书记
卿伟宸　中铁二院土建一院隧道所副总工程师
赵兴华　中铁六院电化院副总经理

胡江民　中铁设计线站院副总工程师
胡　骏　中铁大桥院华东分公司总经理
尚海松　中铁科研院西南院副总经理、总法律顾问
沈　伟　中铁山桥道岔设计研究院副院长
叶　蕾　中铁装备设计研究总院总工程师
汪　涛　中铁资本副总经理、总会计师
任　毅　中铁物贸鲁班（北京）电子商务科技公司技术部部长
韩雪峰　中铁建投科技设计部副部长
李俊杰　中铁城投开发部副部长
郭一家　中铁党校研究中心　（谈　阳）

机关党委（机关工会）

【主要职能】负责党的路线、方针、政策以及公司党委的决定、决议的宣传、贯彻和落实工作。负责做好总部机关党员教育、管理和服务，督促党员履行义务，保障党员的权利。对总部机关党员进行监督，督促党员干部和其他员工严格遵守法律和公司规章制度；加强党风廉洁建设，严格执行党的纪律，监督检查总部机关完善惩防体系和党风廉洁建设责任制及有关规定的落实；做好对违纪党员的教育和处理工作。协助完成公司改革发展和生产经营管理工作任务，抓好总部机关精神文明建设，做好员工的思想政治理论学习，提升员工思想政治素养。负责总部机关党建标准化建设，抓好党组织“三会一课”制度的落实；组织开展党内建设活动，做好评选表彰先进党组织和优秀共产党员、优秀党务工作者。负责总部机关党内统计、组织关系转递和党费收缴、使用、管理工作，负责机关党委、总支和支部换届选举工作。做好总部机关发展党员工作，指导机关党组织做好对预备党员和积极分子的培养教育和考察工作。协助做好总部机关干部提拔任用考核和员工年度业绩考核工作。按照党组织的隶属关系，做好公司直属单位党组织党内统计、党费交纳、党员发展和组织关系转接工作。加强对总部机关工会、共青团组织的政治领导，支持其独立负责地开展工作。贯彻落实党的路线、方针、政策以及机关党委、上级工会有关指示、决定，依照工会章程履行职责和义务。加强民主管理，发挥维护、建设、参与和教育职能，动员组织总部机关员工围绕公司中心工作，立足本职，建功立业。负责总部机关各支会的组织建设，积极开展群众性的劳动竞赛、合理化建议活动和文化体育活动，开展职业责任、职业道德、职业纪律和职业技能教育。关注总部机关员工身心健康，做好扶贫帮困、员工慰问、有关休假登记工作。负责总部机关工会经费使用和管理、会员关系转接工作。做好总部机关先进工作者和劳动模范的评选、表彰工作。负责总部机关女职工工作，维护女职工特殊权益。做好总部机关计划生育工作。完成上级组织和领导交办的其他工作。（常金盛　郭凌云）

【工作综述】2018年，机关党委在公司党委的领导下，坚持以习近平新时代中国特色社会主义思想为指引，深入学习贯彻落实党的十九大精神，紧扣新时代发展主题和全面从严治党要求，认真做好“服务中心，建设队伍”两大中心任务，全力抓好机关党的建设和机关建设，并取得明显成效。（常金盛　郭凌云）

【持续贯彻落实习近平新时代中国特色社会主义思想】2018年，机关党委开展了“学以致用 学用相长 切实贯彻落实习近平新时代中国特色社会主义思想”活动，总部机关40名党支部书记、部长及以上人员上报了撰写的学习心得，先后分别在《机关党建》《中国中铁》报开设专版进行刊登，并汇编成册下发至处长及以上人员。同时，坚持学用成果转化，对研讨文章进行了整理归纳和提炼总结，形成了“建言献策专辑”，内容涵盖了企业党建、公司治理、改革发展等29个方面130条建议。对总部机关24名支部书记和56名支部委员进行了集中培训，开展了“纪念党的十九大召开一周年——好好复习十九大报告关键词活动”，结合“七一”党的生日开展了“戴党徽、亮身份、树形象、作表率”活动。（常金盛　郭凌云）

【创新工作载体提升党建工作科学化水平】召开了机关党的工作会议，总结了2017年机关党的工作，明确了2018年机关党的工作总的指导思想和主要工作任务，下发了《2018年总部机关党的工作要点》。持续开展“强素质、作表率”全员读书活动，广泛营造“崇尚知识、全员读书”的文化氛围，不断增强广大员工创新创效和服务企业改革发展的本领。先后与北京市轨道交通建设公司、中国化学工程公司开展了党建结对联建共建交流活动，机关党委“六个注重与强化”为重点的企业机关党建工作经验，受到了共建单位的高度认可。严格规范支部换届及党员发展工作，指导7个党支部按规定完成了换届选举；牵头举办了入党积极分子培训班，66名积极分子参加了培训；年内发展和转正党员2名，转接组织关系92人，确保了党组织和党员政治生活的顺利开展。不断加强离退休党组织建设，完成了总部机关离退休人员党总支及6个党支部换届改选工作。寓教于养，组织在京单位600名离退休人员进行健康疗养，并在期间开展“五个一”活动。

【机关党的组织力建设】助力开展部门专项巡视，对总部机关24个部门和支部进行了专项巡视，配合召开了部门专项巡视情况反馈大会，通报和反馈了专项巡视情况，强化了问题整改工作。隆重纪念建党97周年，召开了纪念建党97周年暨“一先两优”表彰大会，表彰先进党支部10个、优秀共产党员标兵10名、优秀党支

部工作者24名，表彰离退休人员先进党支部1个、优秀党支部工作者和优秀共产党员7名。进一步激发党支部工作活力，制订下发了《下拨党支部建设活动经费方案》，按每名党员500元的标准，向机关24个党支部下拨党建活动经费共计13.75万元。严格做好党费收缴工作。制发各类文件14项，编发《机关党建》37期，在《中国中铁简报》《中国中铁》报发表各类信息50余篇。（常金盛　郭凌云）

【机关党的组织生活】严格规范和落实“三会一课”制度，制定下发了《关于进一步规范和落实“三会一课”制度的实施意见》《组织生活会和民主评议党员方案》，机关24个党支部全部召开了组织生活会，243名党员参加了民主评议和对党支部工作的测评，其中评定为好的支部为24个，评定为优秀的党员76名，合格党员167名。进一步规范组织生活基础工作，购买发放了《中国共产党支部工作条例（试行）》，修订下发了《党支部工作手册》，编制下发了《党员学习工作笔记》，开展了党支部党建基础资料检查指导工作，对24个党支部党建基础资料进行了全面检查，将存在的问题以文件形式进行了通报。丰富主题党日活动形式，先后组织党员员工代表60余人参观“真理的力量——纪念马克思诞辰200周年主题展览”和“伟大的变革——庆祝改革开放40周年大型展览”，指导12个党支部开展了主题鲜明的党日活动，组织原局级离退休党员干部8人参加中央和国家机关老同志专题报告会，开展了“走进雄安、学习雷锋”义务植树活动，进一步丰富了机关党建主题活动的形式与内容。（常金盛　郭凌云）

【机关党风廉洁建设】从严落实管党治党责任，深入开展党规党纪学习教育，为机关每名党员和离退休人员党员购买发放了新修订的《中国共产党纪律处分条例》，教育引导广大党员干部严守党的“六大纪律”，真正知敬畏、存戒惧、守底线。扎实推进落实中央纪委《工作建议》，制定下发了《关于召开落实中央纪委〈工作建议〉专题组织生活会的通知》，明确了财务部、经营开发部、投资发展部、房地产与养老产业管理部、成本与采购管理部、大企业市场开发事业部等9个党支部召开专题组织生活会。召开了落实中央纪委《工作建议》专题组织生活会和公司党委《方案》推进会议，有效推进了中央纪委《工作建议》和自查自纠工作的落实。9个党支部聚焦主题，深刻分析自身存在的问题，深挖问题存在的根源，制定努力方向和整改措施，全部按时完成规定动作，公司相关领导和高管分别参加了所在党支部和分管部门党支部专题组织生活会，机关党委、党委组织部全程参加了每个支部专题组织生活会。同时，19个支部以此案为鉴，举一反三，组织学习讨论，汲取教训，查找不足，进行整改。总部机关广大党员，进一步增强了落实全面从严治党的政治自觉、思想自觉和行动自觉。（常金盛　郭凌云）

【凝聚群团合力巩固提升机关建设成效】坚持以党建带工建、党建带团建，不断增强机关凝聚力和活力，进一步加强了机关建设。突出典型示范引领，彰显群团工作先进性，结合“三八”妇女节，选树表彰先进女职工10名；结合“五四”青年节，评选表彰青年岗位能手、优秀专兼职团干部7人，青年文明号、优秀团支部2个，积极营造了学先进、赶先进、当先进的浓厚氛围。开展丰富多彩文娱活动，增强群团工作群众性，举办和召开了离退休老同志座谈会和离退休人员春节团拜会、机关员工迎新春联谊会；开展了“不忘初心跟党走、青春建功新时代”主题团日活动，30余名青年员工前往狼牙山红色爱国主义教育基地接受爱国主义教育和英雄主义的洗礼；开展国粹体验活动，52名女职工到中国宋庆龄国际体验中心进行国粹体验。同时，充分发挥机关员工兴趣活动协会作用，党工团联合广泛开展篮球、羽毛球、乒乓球和瑜伽健身等系列健康向上、凝心聚力的文体活动。关心关爱职工，强化幸福之家建设，慰问困难党员16人、困难职工9人，继续推行了员工生日蛋糕慰问活动和员工自选菜单式福利，满足了广大员工的生活需求，有效增强了机关的凝聚力和向心力。（常金盛　郭凌云）

中国中铁报社

【中国中铁报社】《中国中铁》报创刊于2003年1月，原名《中国铁路工程》报，是由中国铁路工程总公司党委主办的、在全公司内部发行的报纸，截至2018年底已出刊779期。目前报社定员5人，现员5人，设总编1人，副总编1人，部员3人。

2018年，中国中铁报社以习近平新时代中国特色社会主义思想为指导，深刻领会习近平关于新闻舆论工作的论述，坚持全面从严管党治党、坚持稳中求进总基调，牢牢把握企业高质量发展根本要求，突出创新驱动和质量为本，围绕股份公司重点工作，认真抓好党建及党风廉政建设、生产经营和改革发展等方面报纸新闻宣传，讲好中铁故事，弘扬正气，树立先进典型，加强内部建设，不断提升报纸质量，充分发挥了企业报纸新闻宣传阵地和舆论导向作用。中国中铁报社全年收到来稿42140篇；编辑、刊登稿件4285篇；编辑、出版、制作数字报49期共292个版面；推送微信650条。因总公司更名，报社及时到北京新闻出版广电局办理了《中国中铁》报内部准印证变更及年审事宜，确保了报纸发行规范。（戴　骥）

【围绕重点工作加强新闻舆论引导力】2018年，中国中铁报社围绕股份公司年初工作总体要求，把握报纸新闻宣传规律，灵活运用新闻报道的形式和方法，努力提高舆论引导的针对性和有效性，较好地发挥出报纸宣传教育、鼓舞干劲、释疑解惑的作用，提高了报纸新闻宣传效果，有效增强了报纸舆论引导力。一是突出抓好学习贯彻落实党的十九大精神、习近平新时代中国特色社会主义思想的报道，并根据学习推进进程，把握各时期报道重点，引导新闻舆论。二是积极做好股份公司重要会议、重要精神的新闻宣传，及时将股份公司的要求传播进基层，并注意组稿刊登基层落实股份公司会议、精神的情况，促成上下互动，提升了新闻报道宣传和舆论引领效果。三是围绕股份公司提升党建质量和加强党风廉政建设等重点工作，加大报道力度，形成舆论强势。四是加强企业在高质量发展、深化改革、项目管理实验室活动、"双清"等企业重点管理内容方面的报道，在新闻舆论上呼应了企业重点工作，把握了舆论导向。五是围绕市场营销中心工作，着重刊发了区域经营、立体经营、城市经营、国际经营、大企业市场开发类稿件，配合宣传了股份公司对市场营销工作的新要求。（戴　骥）

【紧抓热点增强新闻舆论影响力】2018年，《中国中铁》报更加联系和关注时政，对热点新闻进行专题宣传，努力在社会、企业热点舆论中形成规模宣传效应，发挥引领作用，有效增强了报纸新闻舆论影响力。借助习近平主席访问非洲、举办中非合作论坛北京峰会、"一带一路"倡议提出五周年、访问太平洋岛国等热点；港珠澳大桥通车；推进安全质量环保工作；企业助力地方脱贫；员工暑战高温、冬战严寒等重大节点开展报道，充分表现了国企及企业员工履行社会责任意识和良好的精神风貌。（戴　骥）

【精心策划把握新闻舆论工作主导权】2018年，《中国中铁》报开展两个大型策划。一是重点策划推出"中国中铁英雄烈士谱"专栏。于6月至9月隆重推出"中国中铁英雄烈士谱"专栏。刊发了具有材料的13名烈士事迹，弘扬了爱国主义、英雄主义，进一步激发了企业员工昂扬奋发的精神，有力宣传了社会主义核心价值观。二是重点策划了改革开放40周年的新闻宣传。于7月11日开设"与改革开放同行40年"专栏，反映了改革开放40年来企业在党的建设、改革发展、经营管理和企业文化建设等方面所发生的巨大变化。（戴　骥）

【遵循规律提高新闻舆论工作品质】2018年，报社进一步完善工作流程、努力提高报纸编辑质量和通讯员素质，探索报纸版式运用，选好编好新闻稿件，研究改进发行方式，有效提升了报纸新闻工作品质。一是工作流程更加标准化。每期报纸出版之前，报社用半天召开编前会，每位编辑汇报各自版面编辑思路，互相讨论各版的主题和呼应关系、有关稿件需要修改注意的事项，极大提高了编辑质量。同时，进一步完善了报纸印发前签发程序，落实责任，使报纸出版流程更加规范。二是报纸新闻时效性进一步增强。报社逐渐从等新闻向找新闻、抢新闻发展。建立与机关业务部门沟通的长效机制，全面了解股份公司重大活动。通过新媒体实时关注二级单位动态，及时组织稿件。三是报纸可读性更强。报纸版面语言运用更充分。在保持庄重沉稳大气的央企党报总体风格上，编辑们运用版面语言，探索推动报纸版面向着更加灵活和更吸引人"眼球"的方向转变。（戴　骥）

【探索报纸新闻数字化发行方式】2018年，加强媒体融合，进一步研究新闻推送到手机等智能终端的编排方式，如研究语言、图片及字体字号在新媒体上运用特点等，做活企业新闻，增强读者阅读兴趣，增强新闻舆论引导合力。拟引入微报纸、微信小程序等方式，使数字报显示能够自适应手机等智能终端，方便读者阅读。（戴　骥）

【采访、发行、成果集结工作】2018年，中国中铁报社下载来稿42140篇；编辑、刊登稿件4285篇；编辑、出版、制作数字报49期共292个版面；推送微信650条。参加总部机关112项活动采访拍摄报道工作，并为相关部门、单位提供采访资料。因总公司更名，报社及时到北京新闻出版广电局办理了《中国中铁》报内部准印证变更及年审事宜，确保了报纸发行规范。2018年，报社完成了2017年《中国中铁》报合订本编印，评选了《中国中铁》报2017年好新闻作品、第七届"中国中铁杯"摄影大赛作品，选送的5篇作品获评2017年中国铁路报纸优秀新闻作品。（戴　骥）

【业务研讨与指导】一是加强业务研讨。召开第九次编委会暨新闻业务研讨会，收集、整理一年来各单位对报纸工作的意见，并交流新闻业务，促进报纸工作水平提升。二是开展每周评报活动，互相找出缺点和不足；加强业务学习，为每名编辑发放了5本新闻业务学习书籍，每人撰写了一篇业务研讨文章并召开会议作了研讨。三是开展调研活动，通过对人民铁道报社进行调研学习，加强沟通交流，促进业务水平提高。四是举办华南片区通讯员培训班，共有146名通讯员参加培训，有效解决了通讯员在新闻写作认识上的问题，提高了新闻业务能力。五是继续坚持骨干通讯员到报社轮训的工作做法，2018年，共有10名骨干通讯员通过轮训提升业务能力。（戴　骥）

人　物

中铁装备总工程师王杜鹃获得 2018 年度“央企楷模”荣誉称号

新闻人物

【巨晓林·改革开放40年“改革先锋”】巨晓林，男，汉族，1962年9月生，中共党员，陕西省岐山县人，1987年3月参加工作，高中学历，高级技师，全国创先争优优秀共产党员，全国劳动模范，“全国五一劳动奖章”获得者，“北京市劳动模范”“中华技能大奖”获得者。现任中铁电气化局第一工程有限公司第六项目（高铁）管理分公司接触网技术员，高级技师，国家级首批技能大师工作室（接触网专业）。

巨晓林参加工作30多年来，先后参加了大秦线、京沪高铁、合福客专等十几条国家重点电气化铁路工程的施工。创新施工方法143项，创造经济效益1000多万元，主编的《接触网施工经验和方法》，被配发给数千名接触网工作为工具书。先后荣获“全国五一劳动奖章”“国家级技能大师”“全国创先争优优秀共产党员”“全国劳动模范”“改革先锋”等荣誉。

2011年11月，成为国家人力资源和社会保障部首批命名的国家级技能大师工作室（接触网专业）核心成员，即“巨晓林技能大师工作室”；2012年当选党的十八大代表，2014年当选为第十二届全国人大代表，2016年1月任中华全国总工会副主席（兼职），2017年当选为党的十九大代表。2018年10月26日在刚结束的工会十七大上再次当选全总兼职副主席。2018年12月17日，任国家监察委员会第一届特约监察员。2018年12月18日，党中央、国务院授予巨晓林同志“改革先锋”称号，颁授“改革先锋奖章”。 （于　雁）

【窦铁成·事迹入选国家庆祝改革开放40周年大型展览】窦铁成，男，1956年生，陕西省蒲城县人，中共党员，中铁一局电务工程有限公司电力工、工匠技师，电力试验所质量负责人。曾任陕西省总工会副主席（兼职）。

窦铁成荣获省部级以上荣誉数十项，其中，2008年，获“全国五一劳动奖章”；2009年获“全国知识型职工标兵”“全国知识型职工先进个人”称号；2009年入选“时代领跑者——新中国成立以来最具影响的劳动模范”“100位新中国成立以来感动中国人物”，入选“第二届全国道德模范敬业奉献模范”提名奖；2010年荣获“全国劳动模范”“全国职工职业道德建设个人标兵”称号；2011年荣获“全国优秀共产党员”称号；2012年光荣当选党的十八大代表，2012年“窦铁成技能大师工作室”通过国家认证；2013年4月28日，窦铁成等26位全国劳模受到中共中央总书记、国家主席、中央军委主席习近平的亲切接见；2016年1月，当选陕西省总工会副主席（兼职）；2017年6月被评为“西安工匠之星”；2018年，其事迹入选国家庆祝改革开放40周年大型展览。

窦铁成先后参与京秦、京九、西康、达成、浙赣、东乌、西成、宝兰等十多条铁路电力施工，参加了深圳、北京、上海、西安、大连等多条地铁的建设，累计解决技术难题60多项，排除电力运行故障400多次，负责安装的60多个变配电所一次性通过验收，全部被评为优质工程。参加工作以来，坚持自学，探索电力施工技术，撰写自学笔记80多本、100多万字，从一个只有初中文化的普通工人成长为专家型技术工人。在北京地铁施工中，窦铁成发明的“城轨牵引变电所地线用绝缘机构”获得国家实用型专利。 （刘彬彬）

【白芝勇·2018年全国岗位学雷锋标兵】白芝勇，男，汉族，本科，中共党员，1978年8月出生，四川省巴中市人。中铁一局第五工程有限公司精测队测量工高级技师、分队长，陕西省建设工会副主席（兼职）。

白芝勇同志自1999年参加工作以来，先后参加了秦岭特长隧道、乌鞘岭特长隧道等多个国家重点工程项目的外业测量及内业处理，他参与建设的工程全部一次性验收通过并获得优质工程。他参加的中铁一局第五工程有限公司精测队QC小组在“提高CPⅢ平面控制网测量效率”项目中取得显著成绩，被命名“全国优秀管理小组”。

多年来，白芝勇敢想敢干、勇于创新，先后完成9项发明专利及31个项目攻关。参加工作近20年来，热爱学习，勤勉敬业，严谨精细，锐意创新，成为专家型青年技能人才的楷模。多次在中国中铁、陕西省、国务院国资委举办的测量工技能大赛中获奖，荣获“陕西省杰出能工巧匠”“陕西省技术状元”“陕西省劳动模范”“陕西省雷锋式职工”“全国青年岗位能手标兵”“全国劳动模范”“全国最美青工”和“十大最美职工”等荣誉称号，并享受国务院政府特殊津贴。2017年，荣膺“首届央企楷模”称号，并当选党的十九大代表。2018年当选“全国岗位学雷锋标兵”。 （刘彬彬）

【严金秀·2018年度时代女性榜样】严金秀，女，1964年9月出生，中共党员，现任中铁科学研究院有限公司副总经理、研究员，国际隧协（ITA）主席，享受国务院政府特殊津贴专家。2000年被评为“铁道部科技拔尖人才”，2002年获“第五届詹天佑铁道科学技术人才奖”，2008年获“火车头奖章”，2012年荣获“中国经济女性年度创业人物”称号，2016年当选国际隧道和地下空间协会（ITA）副主席；2017年被授予“全国三八红旗手”称号。2017年被中宣部确定为全国重点宣传典型，人民日报、新华社、中央电视台等全国10多家媒体进行了集中宣传报道；被联合国妇女署和网易联合评选为“2017年度女性榜样”；荣获“2018年度时代女性榜样”，并出席全国妇联宣传部与中央电视台共同推出的“三八”庆典活动《花开中国——CCTV时代女性盛典》；荣获“2018中国十大品牌女性”，并出席“第十一届品牌女性高峰”论坛。

严金秀1984年大学毕业后，长期从事隧道工程技术研究，对国内外隧道工程技术现状、发展方向、长大和复杂山岭隧道设计及施工技术、水下隧道设计及施工技术、隧道风险管理、隧道防排水技术等方面有较深的研究。先后主持多项省部级以上科研项目，在国内外发表论文20余篇，应邀做国际隧道会议主题报告20次、国际培训授课5次，主编了500多万字的隧道专业论文集及期刊。获“中国铁道学会科学技术奖”特等奖1项、一等奖1项、二等奖1项；“中国公路学会科学技术奖”二等奖1项；“青岛市科学技术奖”二等奖1项；“四川省科技进步奖”三等奖1项；“中国施工企业管理协会科学技术创新成果奖”一等奖1项；“中国铁路工程总公司科学技术奖”二等奖1项。

（陈兴鹏）

【王杜娟·2018年度央企楷模、“最美科技工作者”】王杜娟，女，1978年3月出生，汉族，陕西扶风人，2001年毕业于石家庄铁道学院。历任中铁隧道集团隧道设备制造公司工程师；中铁隧道装备制造公司设计研究总院院长；现任中铁工程装备集团总工程师，教授级高级工程师。长期致力于隧道掘进装备的研发工作，为推动盾构重大技术装备的国产化以及产业发展做出了积极贡献。

作为技术骨干，先后主持参与3项国家“863”计划、2项“973”计划、1项国家重点研发计划、3项河南省重大科技专项项目的研究工作，其中通过“复合盾构机的研制”项目的实施，成功研制出拥有自主知识产权的国内首台复合盾构机，获“河南省科学技术进步奖”一等奖；“盾构/TBM控制系统可靠性技术开发及应用”项目的研究到达国际先进水平，获“河南省科学技术进步奖”二等奖；“异形全断面隧道掘进机关键技术研究及应用”项目的实施，成功研制出拥有自主知识产权的世界最大断面的马蹄形盾构机和矩形盾构顶管机，多项关键技术达到国际领先水平，荣获“国家科学技术进步奖”二等奖；“盾构变频驱动系统的研制”“硬岩盾构成套装备关键技术研究及应用”“ф4m小直径土压平衡盾构研制”“超大断面矩形盾构顶管机的研制”“主动铰接式复合盾构机关键技术研究及应用”“ф6.3m泥水盾构样机研制”“适用于复合地层的小直径泥水平衡顶管设备技术研究及应”“三臂隧道凿岩台车研制”等项目的研究均达到国际先进水平，先后获2项“中国施工企业管理协会科学技术奖创新成果奖”一等奖、2项“中国铁路工程总公司科学技术奖”特等奖、5项“中国铁路工程总公司科学技术奖”一等奖，并取得40余项国家授权专利，发表多篇学术论文，在隧道掘进装备设计制造与施工技术方面积累了丰富的研发及实践经验。目前在研的国家“973”项目“大直径硬岩隧道掘进装备关键技术研究及应用”已至收尾阶段，国产8.03m硬岩掘进机用于吉林引松供水工程已顺利贯通，并创造月掘进1318m的国内硬岩掘进机施工纪录，用于大瑞铁路高黎贡山项目的9.03m大直径硬岩掘进机已开始掘进施工；国家“863”项目“超大直径泥水盾构关键技术研究及应用”项目均已取得阶段性突破，国内最大直径15.8m泥水平衡盾构机已用于深圳春风路隧道项目，该台设备集合了“超高承压能力系统集成设计”“常压换刀刀盘技术”“伸缩摆动式主驱动技术”“双气路压力控制技术”“智能化程度高”五大创新点，填补了国内关于超大直径泥水平衡盾构机研制的空白，并彻底打破国外设备大直径领域的垄断。

作为中国盾构国产化研究的开拓者及产业化发展的重要参与者，长期致力于盾构国产化研究、开发、制造事业，在盾构国产化研制方面进行了大量卓有成效的工作，取得了突出成绩。主持及参与多项国家“863”计划、“973”计划、河南省重大科技专项等重大技术攻关课题的研究工作，带领技术人员完成40多项技术攻关，相继创新研制出国内首台具有完全自主知识产权的复合式土压平衡盾构机、首台敞开式岩石隧道掘进机、世界最大断面矩形顶管机、世界首台大断面马蹄形盾构机、世界最小岩石隧道掘进机、国内首台最大直径泥水平衡盾构机、国内最大直径敞开式硬岩掘进机、世界首台高压水力耦合破岩TBM、千米级全断面竖井钻机等重大装备500余台套。

2013年获得“中国中铁十大杰出青年”称号；2012年被河南省人民政府授予“河南省学术技术带头人”称号；2014年获“茅以升铁道科学技术奖—铁道工程师奖”；2015年被河南省总工会授予“河南省五一巾帼标兵”称号；2015年被中华全国铁路总工会授予“火车头奖章”“全国铁路先进女职工”称号；2016年被中华全国总工会授予“全国五一巾帼标兵”称号；2016年被詹天佑基金会授予“詹天佑青年奖”；2018年当选第十三

届全国人民代表大会代表；2018年被中央宣传部、科技部、中国科协评为“最美科技工作者”；2018年被国务院国资委授予“第三届央企楷模”称号。（张　俊）

【王中美·全国三八红旗手、全国五一劳动奖章获得者】王中美，女，汉族，中共党员，1981年出生，湖北黄梅人。中铁工业所属中铁九桥电焊工特级技师。自2001年参加工作以来，一直从事特大型桥梁的焊接技术攻关及电焊作业工作。她在实践中敢于突破固有经验和传统，对焊接功法和焊接工艺进行了大胆、有效的创新。她革新厚度16mm以上钢板熔透焊接必需开双面坡口的传统焊接工法，采用开单面坡口焊接工法，实现了厚度16mm至28mm的钢板熔透焊接无须开双面坡口，这一技术创新成果被公司命名为“王中美焊接工法”，并在公司内被广泛推广使用。在铜陵长江特大桥钢梁焊接试验中，她采用WER60实芯焊丝配氩气体焊代替二氧化碳气体保护焊，克服了原工艺焊接成型差、力学试验性能不达标难题，为铜陵桥钢梁制造全面铺开提供了焊接保障。在世界首座跨度超千米的公铁两用斜拉桥——沪通长江大桥新钢种焊接中，她又一次参与工厂实验，攻克了Q500qE钢材在钢桥上首次采用的焊接技术难关，解决了重达1800吨的大型全焊整节段桁梁的焊接难题。从而，为实现中国铁路桥梁新钢种从Q370qE到Q420qE到Q500qE的三大跨越，做出了重要贡献。参加工作18年来，先后参与了武汉天兴洲长江大桥、南京大胜关长江大桥、沪通长江大桥、孟加拉帕德玛大桥等40多座世界一流桥梁的前期焊接试验任务，带领团队通过优化参数、改进工序、创新工艺，取得新型钢种焊接、重型钢梁焊接、特殊工位焊接等创新成果17项，多项工艺填补国内空白，为中国桥梁建设事业做出了积极贡献。王中美参建的重点工程获得“国家优质工程奖”“鲁班奖”，以及9项“全国优秀焊接工程奖”一等奖等众多大奖。她个人先后获得中国中铁“十大专家型工人”“中国中铁劳动模范”“江西省五一劳动模范”“全国三八红旗手”“全国五一劳动奖章”称号，2017年当选为党的十九大代表，2018年当选为中国工会十七大代表。（刘　灿）

科技人物

【安国勇·国务院政府特殊津贴获得者】安国勇，男，汉族，中共党员，1970年生，陕西省绥德县人。中铁一局集团有限公司总工程师、副总经理，正高级工程师。

自参加工作以来，一直从事隧道与地下工程专业施工及管理工作，先后参与了青藏铁路、宜万铁路、哈大铁路、京沪高铁、襄渝铁路、西宝客专等重大铁路工程项目建设，主持了雀儿山隧道、金瓜山隧道、石家庄地铁、西安地铁四号线等30多项重大工程施工方案的制定，组织开展了科技攻关课题20余项。个人获省部级科学技术奖6项，开发国家级、省部级工法各1项，获得国家授权专利5项，发表科技论文10余篇。被授予“全国铁路新长征突击手”“陕西省职工经济技术创新工程标兵”“中国铁路工程总公司创新创效奖”“全国工程建设优秀项目经理”“中国中铁优秀企业家”等荣誉称号，被聘为陕西省土木建筑学会高级人才专家和中国施工企业管理协会科技专家。2018年被批准为享受国务院政府特殊津贴专家。（刘彬彬）

【马辉·国务院政府特殊津贴获得者】马辉，男，汉族，1971年11月出生，甘肃武威人，工学博士/博士后。自1995年7月起，先后在铁道部科学研究院西北分院、中铁西北科学研究院、铁道部青藏铁路建设总指挥部、中铁二局集团有限公司工作。现任中铁二局科学技术部部长，教授级高级工程师，受聘为中国中铁专家、中铁二局首席专家、兰州交通大学客座教授、四川大学校外创新实践导师、《隧道建设》编委，2013年获批为四川省学术和技术带头人后备人选，2018年获批享受国务院政府特殊津贴。自2000年起，作为国内首批直接针对青藏铁路（格拉段）多年冻土区工程技术科研工作者，经历了青藏铁路从科研试验、设计施工到通车运营的全过程；参加完成的《青藏铁路路桥涵关键技术试验研究》等十多项高原冻土铁路技术攻关重点研究项目，主编和参编完成了《青藏铁路多年冻土区路基施工技术细则》等3项青藏铁路专项技术标准，完成了《国外铁路冻土技术文献汇编》和《青藏铁路技术文献汇编》（青海人民出版社出版发行）的编译和出版工作；参加完成的《寒区桩基工程的热学力学特性研究及其应用》获“甘肃省科技进步奖”一等奖，《青藏铁路工程》获“国家科技进步奖”特等奖；期间先后被青海省、中华全国总工会授予“青年岗位能手”和“创新示范岗”等荣誉称号。作为主编单位主要成员，完成了《客货共线铁路隧道工程施工技术规程》《铁路隧道工程施工质量验收标准》《铁路路基工程施工质量验收标准》的编制工作，完成了《高速铁路隧道工程施工技术规程》英文版的翻译审核工作。先后在《岩土力学》《土木工程学报》《铁道工程学报》《现代隧道技术》等国内外核心学术期刊发表学术论文22篇，其中SCI、EI、ISTP检索9篇。

（蔡以智）

【瞿伟·全国五一劳动奖章获得者、国务院政府特殊津贴获得者】瞿伟，男，1982年06月生，四川省遂宁市蓬溪县人。中铁二局五公司测量队队长，测量特技技师。先后参加了遂渝铁路、靖安高速、京津城际、广砚高速路面、绵遂等国家重点项目的建设。圆满完成了各个项目施工测量任务，过程中未出过一次测量事故。在分析和研究隧道控制测量的贯通精度及复测的方法有着自己独到的见解。在隧道测量工作，隧道洞内的环境条件较为恶劣，在测量条件差、干扰大等因素的影响下，通过自己不断的努力学习和实践，研究出既保证了测量的精度和可靠性又使得测量效率大大地提高的方法。在隧道施工进行的中期阶段，及时对导线网贯通误差进行估算，掌握现有的控制网是否符合隧道贯通要求，并及时的调整控制方案，使隧道顺利贯通。

2018年，在担任在任职测量队队长期间，带领公司测量团队，完成共计37个项目的复测加密测量任务，完成测绘产值765万元。

多次在中铁二局、中国中铁举办的测量工技能大赛中获奖。并先后荣获了“中国中铁青年岗位能手标兵”“全国青年岗位能手”“全国技术能手”“四川省最美青工”“四川省青年岗位技术能手”“四川省国资委个人先进”“全国五一劳动奖章”等荣誉称号。（匡小明）

【翟长青·国务院政府特殊津贴获得者】翟长青，男，1961年生，山西昔阳人，特级技师，就职于中铁四局集团有限公司第八工程分公司机械部。

翟长青毕业于湖北襄樊技工学校，是中国第一台电传动轨道车安装调试负责人，曾为中国电传动轨道车的成功研制做出了突出贡献。先后参建了合宁、合武、温福、武广、甬台温、沪宁、合蚌、宁杭、石武等工程。2003年，翟长青参与了中国第一台450T及900T运架桥机和CPG500铺轨机研制，研制成果先后获得“中国铁路工程总公司科学技术奖”一等奖、“河南省科学技术成果奖”以及“中国铁道学会科学技术奖”一等奖。2005年，中国高铁建设进入施工高潮，经过高铁试验段修建、秦沈铁路铺架和设备研制等一系列技术储备的中铁四局一马当先，投入5亿多元研发、购置了世界一流大吨位、具有尖端技术的高铁铺架设备，使高铁铺架技术居于全国领先、世界先进水平。翟长青以“善于学习、引领团队、开拓创新、不怕吃苦”的精神，刻苦学习钻研，掌握技术性能，创建学习型团队，实施技术创新，带领一线管理人员和操作工人及时解决各种难题，确保了世界一流设备的“一流”运转，为中国高铁建设的快速发展做出了积极贡献，被誉为“高铁铺架设备守护神”，其本人也先后荣获2010年“全国劳动模范”、中华全国铁路总工会“火车头奖章”、2016年中国建筑业协会“中国建设工程优秀工匠”、2017年“安徽省直敬业奉献道德模范”、2018年国务院政府特殊津贴等荣誉。2014年，中铁四局八分公司以翟长青的名义成立“全国劳模创新工作室”，为公司培养输出机械方面人才，2017年工作室被评为中国中铁劳模（专家型职工）创新工作室，多项研发成果获得国家专利和科技大奖。其中，《地铁整体道床混凝土施工（设备）系统研制及施工技术研究》获2016年获“中国建筑学会科技进步奖”三等奖、2015年“中国铁路工程总公司科学技术奖”一等奖；《铁路自轮运转设备改造成公路运输相关技术研究》科研项目获2014年度“中国铁路工程总公司科学技术进步奖”一等奖、2015年“中国建筑学会科技进步奖”二等奖；《两跨式过隧运架设备研制与施工技术研究》科研项目获2017年度“中国铁路工程总公司科学技术进步奖”一等奖、2018年度“中国铁道学会科学技术进步”一等奖。2015年，他和他的团队开发了一种“用于铁路施工铺架基地的滑触线式龙门吊接触网组件”。该组件维修无须爬高上低，不仅安全方便，还大大增加了使用寿命，可多次周转使用，做到节能环保，并于2015年获得了国家专利局的实用新型专利。

（孙丹丹）

【陈德斌·国务院特殊津贴获得者】陈德斌，男，汉族，1962年10月出生，1984年毕业于西南交通大学土木工程系铁道工程专业本科学历，现任中铁五局总工程师，正高级工程师，享受国务院特殊津贴。他致力于铁路隧道工程、水利水电工程和城市轨道交通工程等建设管理工作，在高速铁路隧道、水利水电工程和城市轨道交通工程建设方面做出了重大贡献。

先后参加了衡广复线、南昆、内昆、兰武二线、遂渝、武广高铁、沪昆高铁等重大铁路；乌江渡水电站等水利工程；昆明地铁、长沙地铁、北京地铁等工程建设。主持了内昆铁路新寨隧道、兰武二线乌鞘岭隧道、武广高铁海棠隧道、沪昆高铁壁板坡隧道等重难点隧道建设工作。

2008年任局总工程师以来，在隧道、桥梁、路基、无砟轨道、工程机械等专业技术方面取得了较大进步和突破，部分技术在全国处于领先水平。一是长大、超大断面、岩溶、瓦斯、高地热、高地应力、高原高寒冻土等不良地质和复杂环境下的隧道施工技术取得了新优势，巩固了以山岭隧道为代表的钻爆法施工技术在全国的领先地位。二是在高铁无砟轨道施工、自流平混凝土施工、制架梁施工、轨道板预制安装、轨道测控技术等方面取得了新突破，高速铁路施工技术处于国内一流水平。三是在超大断面地铁车站施工、软硬不均地层和过江隧道盾构掘进控制、敞口式盾构和泥水平衡盾构操作等方面的技术研究取得了新进展，地铁施工技术在国内保持先进水平。四是在900T及以上箱梁制运架、桥梁悬臂灌注、节段预制拼装、独墩双钢拱倾斜塔斜拉桥、中低速磁悬浮轨道梁、大跨渡槽钢筋混凝土箱形拱预制吊装等方面的施工技术取得了新进步，桥梁施工技术紧跟国内先进水平。五是掌握了CRTS Ⅲ型板式无砟轨道板施工核心技术，处于国内领先地位。六是隧道机械制造技术具有一定实力，自主研制了一系列挖掘装载机、砂浆搅拌站、直—交变频牵引电机车等隧道机械装备。七是工程材料开发取得新突破，研发了无碱速凝剂、高效减水剂、保塌剂等混凝土外加剂，掌握了机制砂配制高性能混凝土技术，开发了温拌沥青混凝土技术。

先后获得了国家级、省部级、股份公司级科技进步奖7项，并主持国家级工法2项。经常参与国家和省部级行业标准审核以及重难点工程技术方案审核。

（周高全）

【郭相武·国务院特殊津贴获得者】郭相武，男，1965年出生，1988年7月参加工作，硕士研究生学历，现任中铁八局集团有限公司副总经理、总工程师，教授级高级工程师。现为中国铁道协会、中国建筑业协会、中国施工企业协会、中国轨道交通协会等多个行业协会的理事，中国中铁股份有限公司科技拔尖人才，中国中铁股份有限公司专家，中国中铁股份有限公司专家委员会成员，享受国务院特殊津贴。个人先后荣获中国铁路总公司“火车头奖章”、中国中铁“优秀项目经理”、四川省国资委“优秀共产党员”。

先后主持完成了20余项重大项目的工程施工，主持工程施工建筑获得国家优质工程奖2项，省部级优质工程奖8项；主持完成了10余项省部级（含中国中铁股份公司）科研计划重大、重点课题的研发，其中1项经省部级鉴定技术水平达到国际领先水平，3项经省部级鉴定技术水平达到国际先进水平，获得中国铁路工程总公司科技进步一等奖2项。其中，《高寒地区高速铁路（哈大）综合修建技术》通过科技创新攻克了在高寒地区修建时速350km高速铁路的诸多技术难题，积累了大量技术管理经验，获得中国中铁股份公司“十二五”十大优秀科技成果；主持完成了10余项专利技术开发，其中获得发明专利2项；主持完成了30余项工法技术开发，其中国家级工法2项；主持完成了8项国家行业标准的编制，其中主编2项。

他具有较高的理论水平，潜心于未来工程施工技术研发，积极推广建筑工业化，在海绵城市、装配式桥梁技术、装配式房屋建筑技术、中低速磁浮技术、城市地下综合管廊、建筑节段拼装技术、人工智能等方面，进行了大量技术研究开发工作。在《铁道工程学报》《铁道建筑》《铁道标准设计》等国家核心刊物上发表6篇专业技术论文。其中包括《会车平台在哈大铁路客运专线长大桥梁运架梁中的应用》。在世界工程师大会上发表专业技术论文《D型施工便梁动态特性的有限元分析》。

近年来他积极推进“互联网+”运用，在全集团现场技术管理中推行二维码、APP技术，逐步构建企业大数据平台，推进云计算以及BIM技术在工程施工的运用。

（张　杰）

【王爱平·国务院政府特殊津贴获得者】王爱平，男，1961年8月出生，安徽怀宁人。中共党员，教授级高级工程师，1983年毕业于长沙铁道学院铁道工程专业，现任中铁十局集团有限公司总工程师，兼任山东土木建筑学会副理事长、中国施工企业管理协会科技专家，享受国务院政府特殊津贴。先后荣获“‘十一五’全国建筑业企业优秀总工程师”2011年度“中国施工企业管理协会技术创新先进个人”、2014年度中国建筑业协会“全国建筑业企业优秀总工程师”、2016年度中国中铁股份有限公司“‘十二五’十大科技标兵”等荣誉称号。2018年被评为中国中铁专家，并获得国务院政府特殊津贴。

在做好行政管理事务同时，一直开展施工技术研究，积极解决施工现场技术难题，在桥梁、隧道、房建等领域积累了丰富技术经验。高铁、客专修建技术：以客运专线、高速铁路工程为依托，研究并掌握了无砟轨道CRTS Ⅰ、CRTS Ⅱ型板制造等关键技术，研发了具有自主知识产权的高速搅拌压浆台车、预应力橡胶管拔管机等重要设备。桥梁修建技术：主持了诸如兰州雁盐黄河大桥、石家庄和平路高架曲线钢箱梁转体桥、济宁洸府河斜拉桥、浦东铁路金汇港特大桥钢桁梁等多项研发项目，研究并掌握了钢管混凝土系杆拱桥、斜拉桥等多种桥梁施工关键技术，开发了国内公路桥梁中竖向承载力最大（16000kN）的球型钢支座，自主开发了钢桁梁浮托顶推施工工法等多项国家级工法。隧道及城市地铁修建技术：主持了大丽铁路禾洛山隧道，黄塔高速公路龙瀑隧道多项隧道施工技术工作，指导解决了公司参见的合肥地铁、呼和浩特地铁、青岛地铁等多个地铁项目技术难题。房屋建筑技术：结合胶济客专青岛站改造工程，围绕大跨度无站台柱雨棚的安装、预应力后张框架梁施工、光伏太阳能屋面板的铺设等技术难题主持科技攻关，形成了整体吊装与高空散装相结合安装43.9m大跨度单层柱面网壳雨棚的技术、预应力框架梁逐层浇筑与逆向张拉相结合的控制技术、光伏建筑一体化技术等，提高了公司大型铁路旅客车站的修建技术。

先后参与和指导了沪宁城际、沪杭高铁、石济客专、张呼客专、连镇客专、济青高铁、郑万高铁等多条高铁、客专施工技术方案研究制定，解决了路基沉降、桥梁制提运架、无砟道床施工中诸多技术难题，总结形成了一批高质量技术成果，其中多项成果获得省部级科技进步奖。主持编制了《铁路桥涵工程施工安全技术规程》标准规范一部，获得了《无碴轨道板安装方向调节仪》等多项发明专利。

任职中铁十局集团公司总工程师期间，带领中铁十局先后荣获国家级优质工程21项，省部级优质工程90余项，国家级工法13项，取得发明专利81项，实用新型专利400余项，省部级科学技术奖105项次；同时还荣获2010、2012、2014年度“中国施工企业管理协会技术创新先进企业”以及“‘十一五’全国建筑业科技进步与技术创新先进企业”等荣誉称号。（许 冲）

【李军堂·享受国务院特殊津贴专家】李军堂，男，1968年1月出生，汉族，山东莱阳人，中共党员，1989年获得西南交通大学桥梁工程专业学士学位，2012年获得西南交通大学项目管理领域工程硕士学位。历任中铁大桥局助理工程师、工程师、高级工程师、教授级高级工程师、二公司项目总工程师、施工设计事业部总工程师、施工设计事业部部长、设计分公司总经理等职，现任中大桥局集团有限公司副总工程师，教授级高级工程师。长期从事大型桥梁的施工设计、科技研发以及技术管理工作，主持完成了天兴洲长江大桥、大胜关长江大桥、郑黄公铁两用桥、安庆长江大桥、铜陵长江大桥、黄冈长江大桥、港珠澳桥等多座大桥的施工设计，勇于创新，不断在桥梁科技领域取得新突破，创造了良好的经济和社会效益。

在武汉天兴洲长江大桥施工设计中，首创了双壁钢围堰活动挂桩技术和围堰锚墩定位技术，有效降低了围堰高度，提高了定位精度；首次研制成功梁模合一型移动模架造桥机，应用于铁路引桥40米混凝土箱梁施工，该型式移动模架施工工法获铁道部部级工法。做为主要人员参与的“三索面三主桁公铁两用斜拉桥建造技术”项目获2011年“湖北省科技进步奖”特等奖和2013年“国家科学技术进步奖”一等奖。

在南京大胜关长江大桥施工设计中，采用多层吊索塔架、水平拉索辅助来调整钢梁内力及变形，创新了大跨度连续钢桁拱架设方法；在对称的两联拱中间墩上双悬臂拼装钢梁时，首次采用水平拉索来代替吊索塔架，节约大量钢材。

在南京郑州公铁两用黄河大桥施工设计中，采用多点同步顶推方式架梁，有效保证了钢桁梁的拼装和焊接质量，加快了工期。发明的“大跨度双线箱梁串架法施工造桥机”获武汉市发明专利金奖。

在武汉二七长江大桥施工设计中，首次采用“钢板桩围堰多层内支撑整体拼装、整体下放就位”和“无墩旁托架双悬臂架设墩顶钢梁”等施工技术，节约大量投资。

在沪通长江大桥工作期间，主持研发了“巨型钢沉井整体制造、出坞、浮运技术”“大直径钢桩锚泊定位系统及液压千斤顶多向同步快速定位技术”和“沉井内部大直径钢桩锚泊定位技术”等，提升了中国桥梁深水基础的建设水平。

主持完成多个科研项目，获得“国家科技进步奖”一等奖1项，“湖北省科技进步奖”特等奖1项，“湖北省科技进步奖”一等奖1项；中国铁路总公司、中国钢结构协会、中国铁道协会、中国施工企业管理协会特等奖5项，一等奖15项，二等奖4项，三等奖3项；中国优秀专利奖1项，武汉市发明专利金奖1项；发表论文12篇，编撰《桥梁漫笔》（2015年出版）第6篇“桥梁下部结构的类型与施工方法”和第22篇“跨海大桥”；授权国家专利59项（排名前三），其中发明专利39项（排名前三）；省部级工法1项。

2009年获湖北省政府津贴，2011年获中国施工企业管理协会“科学技术奖科技创新先进个人”，2012年获“全国优秀科技工作者”，2012年获评湖北新世纪高层次人才工程第二层次人选，2013年获“茅以升科学技术奖——桥梁青年奖”，2018年获国务院政府特殊津贴。（高 翔）

【周外男·享受国务院特殊津贴专家】周外男，男，1966年1月出生，汉族，江西萍乡人，中共党员，1989年获得西南交通大学桥梁工程专业学士学位。历任中铁大桥局五公司副总工程师、技术中心主任、总工程师、中铁大桥局施工设计事业部部长等职，现任中铁大桥局集团有限公司副总工程师，教授级高级工程师。长期从事桥梁施工、科研及技术管理工作，先后主持或参与了江西九景高速公路湖口大桥（现名“鄱阳湖大桥”）、重庆菜园坝长江大桥、武汉天兴州长江大桥、郑州黄河公铁两用大桥、南京大胜关长江大桥、合福铁路铜陵长江大桥、商合杭铁路芜湖长江公铁大桥等多个特大型项目的建设。

担任合福铁路铜陵长江大桥项目部总工程师期间，针对该桥3#主墩沉井基础下沉中突遇胶结层的难题，研发了贴面爆破辅助沉井下沉新工法（“深水特大型沉井施工工法”被评为国家级工法，“深水中大型沉井穿越胶结夹层的施工方法”获国家发明专利授权）；针对主桥上部结构国内首次采用双节间全焊桁片新结构，组织研究制定了双节间全焊桁片的制造与验收规则，研发了桁片式钢桁梁架设新工艺，成功解决了桁片式钢桁梁安装及线型控制的技术难题；针对铁路桥梁首次采用钢绞线斜拉索，研发了钢绞线斜拉索单根索力均匀性等值张拉控制技术，解决了斜拉索单根索力均匀性精度要求高的技术难题。创新了大吨位三主桁钢桁梁单点顶推施工技术，“大吨位钢桁梁的顶推施工方法及滑块倒换系统”取得国家和美国发明专利授权。担任商合杭铁路芜湖长江公铁大桥项目部总工程师期间，组织了对国内首座设置式沉井基础的施工技术研究，攻克了深水倾斜岩层深基坑爆破施工与成型检测、沉井调平与封底等一系列技术难题。

任中铁大桥局五公司总工程师期间，组织完成了重庆莱园坝长江大桥主要施工方案的制定，针对Y型刚构复杂三位空间结构体系的特点及施工难点，研究解决了悬臂梁分节段悬臂浇注的技术难题。参与研制了跨度420m、吊重420t的缆索吊机（为当时国内规模最大的缆索吊机）。

作为主要成员之一参与了湖北省重大课题“大跨度桥梁建造关键技术及其产业化”的研究，参与构筑了企业科技创新平台、制定了企业科技发展规划，负责主持了多座大跨度桥梁建造关键技术的研究及其成果的推广应用。该项目获得“湖北省科学技术进步奖”一等奖。

担任中铁大桥局施工设计事业部部长期间，参与了武汉天兴洲长江大桥、郑州黄河公铁两用大桥、南京大胜关长江大桥等项目的施工方案与技术研究。在整节段钢桁梁架设、连续钢桁拱架设、连续钢桁梁顶推施工过程中研究解决了一系列技术难题，创新了诸多施工技术，“多孔大跨度连续钢桁梁多点同步顶推施工方法”“三桁式连续钢桁梁顶推装置及其布置方法”“大跨度连续钢桁拱的架设方法”等获国家发明专利授权。

先后获得省级科学技术进步奖一等奖2项、三等奖1项；中国铁路工程总公司科学技术奖特等奖1项、一等奖5项；行业协会科学技术奖特等奖3项、一等奖3项。

获得国家发明专利15项、美国专利1项。编写国家级工法1项；在国家核心刊物独著或以第1作者身份发表科技论文10余篇。

2002年被评为“中国中铁首届十大杰出青年”；2005年被评为“中国铁路工程总公司青年科技拔尖人才”；2010年被评为“中国中铁股份有限公司有突出贡献的中青年专家”；2014年被授予中华全国铁路总工会“火车头奖章”；2015年获“茅以升科学技术奖——铁道工程师奖”，同年享受湖北省政府特殊津贴；2018年享受国务院政府特殊津贴。

（高　翔）

【李志军・国务院政府特殊津贴获得者】李志军，男，1975年10月出生，汉族，四川省眉山市洪雅县人，中共党员，2000年毕业于兰州铁道学院铁道工程专业，大学本科学历。历任工程师、高级工程师、教授级高级工程师等职，现任中铁隧道集团二处有限公司总工程师，教授级高工。参加工作以来，先后参与了广州地铁二号线越秀公园站、广州地铁五号线小北站、南昌红谷隧道等重点工程建设，长期从事隧道及地下工程领域的技术研究工作，解决了多项技术难题，取得了丰硕的科研成果，为中国隧道与地下工程的技术发展做出了突出贡献。

2005—2008年作为项目总工程师科研的广州市轨道交通五号线小北站《城市密集建筑区、明暗挖结合立体交叉洞室群地铁车站修建技术》科技成果获得2008年度“中国中铁科技进步奖”一等奖、“中施协科技进步奖”一等奖；2010—2013年参研长沙湘江隧道《水下超浅埋大断面立交隧道修建技术研究》科技成果获得了2012年度“中国中铁科技进步奖”特等奖、“中施协科技进步奖”一等奖；参研南京地铁一号线TA01标《软弱地层复杂结构三线大跨度断面地铁隧道施工技术》科技成果，获得了“中国中铁科技进步奖”一等奖；参研南京地铁一号线TA09标《复杂环境下浅埋暗挖隧道穿越薄富含水层的冻结技术研究》科技成果，获得了2014年度“河南省科技进步奖”三等奖、“洛阳市科技进步奖”二等奖、“华夏建设科技进步奖”三等奖；2014—2017年，担任南昌市红谷隧道工程项目总工程师主持的《大流速高位差过江沉管隧道关键技术及应用》科技成果，获得2017年“河北省科技进步”二等奖，《复杂条件下双向六车道沉管隧道施工关键技术》科技成果获得了2017年度中国施工企业协会一等奖、“中国中铁科技进步奖”特等奖、2018年度“中国交通运输协会科技进步奖”一等奖、2018年度“河南省科技进步奖”二等奖，《内河沉管隧道建设关键技术研究与应用》获得2018年“天津市科技进步奖”一等奖。参建的工程广州地铁二号线越秀公园站获得“詹天佑奖”、南昌红谷隧道获得“鲁班奖”。

个人获得发明专利28项，实用新型专利38项，省部级工法13项，软件著作权2项，国家级QC成果2项，省部级QC成果8项；共计出版学术著作3部：《大流速高位差过江沉管隧道关键技术》（中国科学出版社）、《城市轨道交通工程硬岩双护盾TBM隧道修建关键技术》（人民交通出版社）、《浅埋软岩超大断面地铁暗挖车站修建关键技术》（人民交通出版社）以及技术论文专刊1本；在国内核心期刊发表学术论文中文8篇，英文2篇，中英双语论文1篇。

2016年被聘为南昌市政府授于南昌市洪城特聘专家、获得“河南省五一劳动奖状”；2017年被聘为中铁隧道局集团有限公司专家，河北省建筑业专家；2018年被评为中国中铁专家、中国施工企业管理协会绿色建造工作委员会专家、科技专家，享受国务院政府特殊津贴专家。

（程思铭）

【孙振川·国务院政府特殊津贴获得者】孙振川，男，1972年1月出生，汉族，陕西韩城人，中共党员，2009年毕业于石家庄铁道大学建筑与土木工程专业，硕士研究生学历。历任工程师、高级工程师、教授级高级工程师、中铁隧道股份有限公司总工程师、中铁隧道局集团有限公司科技设计部部长等职，现任盾构及掘进技术国家重点实验室执行主任、党工委副书记，教授级高工。参加工作以来，先后主持厦门翔安海底隧道、参与了京福高铁闽赣Ⅵ标、广深港高铁狮子洋隧道等项目建设和科研攻关工作，长期从事隧道及地下工程领域的技术研究和管理工作，解决了多项技术难题，为隧道与地下工程的技术发展做出了突出贡献。

主持修建了中国第一座钻爆法海底隧道，依托该工程进行科研攻关取得的《跨江越海暗挖隧道修建关键技术与应用》成果获得“2016年国家科技进步奖”二等奖，《海底隧道浅埋大跨软弱富水围岩CRD工法施工技术研究》获“福建省科技进步奖”二等奖；参与研制的土压平衡大断面矩形顶管成功应用于郑州红专路、天津黑牛城下穿隧道等项目，参与研制的马蹄形盾构首次成功应用于山岭铁路——蒙华铁路白城隧道施工，其系列技术集成成果荣获“河南省2017年科技进步奖”一等奖、“2018年国家科技进步奖”二等奖，其带领的盾构及掘进技术创新团队通过承担国家重点研发计划项目（课题）或自主选题开展应用基础研究和重大基础前沿关键技术研究，在水下盾构施工、富水砂卵石地层大断面隧道施工、盾构TBM关键零部件、系统控制等方面取得了25项重要成果。

孙振川参建的重点工程（重点研发项目）先后获“国家科技进步”二等奖2项、省部级科技进步奖一等奖11项、二等奖3项，获省部级工法7项，专利25项，发表论文（著）22篇。

2008年获“福建省劳动模范”；2013年评为“河南省建筑业优秀总工程师”；2016年当选“中国科协九大代表”；2016年评为“河南省学术技术带头”“中国中铁专家”；2017年评为“中国爆破行业专家库专业”“住建部绿色施工专家委员会委员”；2018年享受国务院政府特殊津贴。

（程思铭）

【何军·国务院政府特殊津贴获得者】何军，男，49岁，1989年参加工作，衡水铁路电气化技工学校毕业。中铁电气化局集团三公司接触网工，高级技师。从事电气化铁路建设30年，在接触网施工中创造了四个绝活，即，支柱整正“一吊准”，整正时间由原来的12分钟缩减到3分钟；腕臂安装“一拉起”，使原来的整体安装法改为分解法安装；硬点克服“一调准”，使受电弓不管是顺滑逆滑都达到了冷滑试验标准；接触网计算“一门清”，能够针对不同供电方式、不同设计标准的腕臂、吊弦、软横跨进行准确测量、计算，实现了接触网施工预制工厂化，安装标准化。2005年参加中铁工程总公司接触网比赛获得团体第一名。2007在中国中铁第六届青年接触网技术竞赛中，获团体和个人第一名。2010年，以其为组长成立“QC小组”；2015年成立“全国劳模何军创新工作室”。何军创新工作室，先后在中铁电气化局、中国中铁股份公司和北京市发表了《倒牵牛法架设承力索、导线》《网外线双支并挂时等张力紧线法》《利用安列配合快速架设网外线》等技术创新成果70多项，其中26项成果获得全国、铁道部、北京市和集团优秀成果奖，创造价值1390余万元。他先后获得中铁电气化局集团“金牌职工”，中国铁路工程总公司“专家职工”，全国铁路系统“火车头奖章”、全国“知识型职工”以及“中央企业劳动模范”，2010年获“全国劳动模范”荣誉称号，2017年获“全国交通技术能手”荣誉称号，2018年获国务院政府特殊津贴。

近年来，在企业开展的导师带徒活动中，他先后为企业培养出电气化铁路接触网高级工32名，技师2名，技术员5人，施工管理人员8人。

（于　雁）

【陈庆怀·国务院特殊津贴获得者】陈庆怀，男，1971年6月出生，河北霸州人，硕士研究生学历，1994年7月毕业于上海铁道学院铁道工程专业。历任助理工程师、工程师、处副总工程师、处总工程师、教授级高级工程师等职，现任中铁北京工程局集团有限公司副总工程师。他参与建设了北京等多个城市轨道交通项目以及襄渝二线、兰渝、西秦岭、西格二线、北京地下直径线等多条铁路隧道项目，其中2项工程获得“鲁班奖”，1项工程获得“詹天佑奖”。

他长期从事隧道及地下工程“四新”技术推广、施工风险控制及环境保护、施工工艺及维修加固技术研究，主持了100多项铁路、公路、城市轨道交通、市政及人防工程、房建深基坑等重难点项目的施工组织设计和施工方案审定工作。在山岭隧道项目软弱围岩地段全面推行以微台阶法为主的暗挖工法；在隧道及地下工程项目推行施工机具和设备配套标准配置；主持制定20多项盾构和TBM项目的始发、掘进和接收方案并成功实施；主持或参与多项科研课题研究工作，获得省部级科技成果一等奖3项，二等奖2项，三等奖1项。获得国家发明专利5项，实用新型专利8项，参与编制了2项国家级工法和4项省部级工法。近年来，在省部级刊物发表学术论文11篇。

担任中国土木工程学会隧道及地下工程分会第九届理事会常务理事，《隧道建设》杂志社理事会常务理事、编委、审稿专家，北京工程爆破学会第五届理事会常务理事，河南省青联第十届委员会委员。2014年被评为中国中铁专家，2017年被评为中国中铁劳模，2018年享受国务院特殊津贴。

（张烈侠）

【黄新·国务院政府特殊津贴获得者】黄新，男，1971年2月出生，汉族，安徽天长人，中共党员，硕士研究生学历，1994年毕业于西南交通大学铁道工程专业。历任助理工程师、工程师、高级工程师。现任中铁上海工程局集团有限公司副总经理、总工程师，教授级高级工程师。参加工作以来，一直从事铁路、公路桥梁施工方案设计、施工组织，铁路大型搬提运架设备的设计等工作，为推动桥梁技术进步做出了贡献。

黄新同志在实际工作中，注重将科技创新与企业产业发展相结合，加大产业发展的科技含量，以达到创造更高的附加值和经济效益，提升企业整体竞争优势和运行质态。2006年，他主持了云南祥（云）临（沧）公路澜沧江悬索桥施工，该桥桥为跨径380m的钢筋混凝土叠合梁悬索桥，享有“云南第一跨”的美称。在该桥施工中，他提出了“张拉锚跨丝股法”施工悬索桥的计算方法，并研究出等力同步多顶张拉控制系统，实现了对等力同步多顶张拉的精确控制，整套工艺开辟了悬索桥施工的新方法和新途径，被授予发明专利。

他主持的“舟山金塘跨海大桥60m/1600t箱梁整孔预制及移运出海关键技术研究”获“2008年度中国铁路工程总公司科技进步奖”三等奖、中国公路协会二等奖。同时与郑州大方公司联合，成功开发并拥有自主知识产权的国内最大的DLT2×900t双机同步联动轮胎式搬运机（跨度45m、额定起吊能力1800t），在起吊能力和跨度上均刷新了国内此前最大2×900t搬运机的纪录。

主持研究的绍兴—嘉兴跨海大桥直径3.8m、长度116m超长大钻孔桩的技术研究，该桩号称“国内第一桩”，在国内尚属首例，为交通部科研项目。其成功的深海钻孔平台设置、设备选型、工艺参数研究和应用成果为绍兴—嘉兴跨海大桥的后续建设提供了宝贵的第一手资料。

主持的柳州双拥大桥，主跨430m为当时世界最大跨度单主缆宽幅地锚式公路悬索桥，主桥全宽38m为双向六车道。宽桥面钢箱梁擦用单滑道柔性高墩多点连续顶推方案，解决了钢箱梁多点连续顶推的同步控制及横向稳定问题，主梁安装系统有效保证了单主缆安装和体系转换中的稳定，确保项目顺利进行。“大跨度单主缆宽幅悬索桥施工技术研究”获得“中国铁路工程总公司科学技术奖”一等奖、“中施协科学技术奖”一等奖。

主持开发的“大西客运专线晋陕黄河特大桥施工关键技术研究”，采取钢桁梁节点间栓接与焊接相结合的连接技术，成功解决加劲钢桁下节点预埋精度控制的安装难题，设置墩旁360度转向垂直提升站，避免了设置地面长距离运梁便道。晋陕黄河特大桥工程获“詹天佑奖”和“鲁班奖”。

主持研发的“外径4700钢筋混凝土管顶进穿越滇池底软土地层施工关键技术”成功实施了大直径，超长距离穿越滇池底工程。该技术是在已经开发的“DN4.0m超大口径长距离“S”型曲线顶管施工技术”上的进一步开发、提升，使中国的大直径长距离顶管技术处于国际先进水平。

主持开发的“空间扭转钢主塔反对称公路斜拉桥建造关键技术”，研制了超高门架智能提升系统、钢管内支撑加预应力临时索辅助系统，实现了钢塔节段安装的精确、稳定、安全高效。“空间扭转钢主塔反对称公路斜拉桥建造关键技术”成果获得“中国铁路工程总公司科学技术奖”一等奖，并已申报中国土木工程学会“詹天佑奖”。

主持研发筹建“中国中铁城市轨道工程技术研发中心”，进行城市轨道施工技术研发，研发中心成立以来共承担股份公司立项课题12项，获专利授权44项（其中发明专利10项），形成科技成果5项，工法7项，“全断面钢轨焊缝打磨成套设备的研制与应用”和“行进过程自动变跨铺轨机技术研究”成果，极大提高了城市轨道工程铺轨机械化程度，缩短工期，并获“2018年度中国铁路工程总公司科学技术奖”一等奖。

积极组织中铁上海工程局知识产权建设，围绕集团公司核心专业，如城市轨道、水务环保、高难桥梁、长大隧道等进行专利开发，2018年共申请专利225项（其中发明专利75项），专利授权196项（其中发明专利26项）。大力推广BIM技术在企业内部应用，组织业内专家集中问诊，突破技术难题，2018年度获国内外BIM课题成果奖项37项，其中《BIM技术在北湖污水处理工程中的应用》和《BIM技术在苏州高新区滨河路人防停车场项目中应用》2项课题成果，分别获Bentley全球基础设施年度光辉大奖赛和BuildingSMART第四届国际BIM大奖赛大奖。

先后发表论文10余篇，参与了2008年10月铁道部发布的铁路大型临时工程和过渡工程设计暂行规定的起草工作；获省部级奖励8项，获国家工法2项，技术专利3项。是中国施工企业管理协会科技专家、中国公路建设行业协会专家、中铁中铁专家。2007年获“中国铁路工程集团公司科技拔尖人才"；2011 年获中国铁路总工会"火车头奖章"；2015 年被评为中国施工企业管理协会"全国施工企业科技精英"；2018 年度享受政府特殊津贴；2018 年入选中国中铁专家。

（辛本彬　陈　昕）

【喻渝·国务院政府特殊津贴获得者】喻渝，男，1967 年 9 月出生，汉族，四川省成都市人，中共党员，本科学历，1988 年毕业于西南交通大学地下工程与隧道专业。历任助理工程师、工程师、高级工程师、桥隧处副总工、土建二院副总工、教授级高级工程师等职，现任中铁二院集团有限公司副总工程师，长期从事铁路勘察设计、科研和规范标准的编制工作。曾获得"四川省工程设计大师""四川省有突出贡献的优秀专家"等荣誉称号，荣获"詹天佑铁道科技成就奖"。在高速铁路隧道修建技术、复杂地质隧道设计、行业标准编制及计算机软件的研发等方面积极创新，成绩突出。

曾获得国家级、省部级、总公司级科技进步奖或优秀工程设计 27 项，获得发明专利和实用新型专利 21 项，创中国企业新记录 5 项，编制行业规范、标准 18 项，发表学术论文 20 余篇，学术专著 2 部，出版高校教材 1 部。自 2009 年担任中铁二院工程师以来，负责成兰线、郑万线、川藏线、成渝客专、西成客专、成贵线、成昆二线、俄罗斯高铁等共计 20 余条铁路干线的隧道专业公司技术管理工作；作为课题主要负责人，完成高速铁路超大断面黄土隧道成套技术课题研究，建立了高速铁路黄土隧道设计施工技术体系，成果纳入了行业通用设计图和规范，编写了《黄土隧道工程》专著，对中国黄土隧道修建技术的提升和发展起到了重要作用，研究成果获"国家科技进步奖"二等奖。作为主要负责人，承担铁路隧道规范的编制和设计标准的制定工作，是《铁路隧道设计规范》《铁路隧道运营通风设计规范》《铁路隧道监控量测技术规程》和《铁路建设工程风险管理设计规范》的主要编制人员，目前负责铁路隧道设计可靠度理论研究及规范转轨的编制工作，出版了专著《铁路隧道概率极限状态设计方法及应用》；编制了中国第一套时速 250km 高速铁路隧道设计通用参考图《时速 250 公里双线隧道复合式衬砌》，统一了设计标准，在东南沿海高速铁路、石太、合武等高速铁路中应用，节省工程投资 3 亿元以上，该通用图获全国优秀工程设计银奖；研发了第一套中铁二院通用隧道设计绘图软件《铁路隧道计算机辅助设计系统》，解决了长期以来设计人员"人机交互式"绘图效率低下的难题，获四川省优秀工程勘察设计一等奖。长期致力于中国西南艰险山区特殊复杂地质隧道修建技术的设计和研究，代表工程有家竹箐隧道（4.9km）、龙门山隧道（20km）和平安隧道（28km）等，在煤系地层隧道瓦斯防治、高地应力大变形和岩爆控制技术、岩溶涌突水预防和长大隧道运营防灾等关键技术方面有较深入的研究并取得创新性成果，对铁路隧道的发展与科技进步有突出贡献。

（董瀚潞）

【张海波·国务院政府特殊津贴获得者】张海波，男，1962 年 4 月出生，汉族，云南玉溪人，中共党员，1983 年毕业于西南交通大学。历任助理工程师、工程师、高级工程师、桥隧处处长、教授级高级工程师、中铁二院副总工程师等职务，从事铁路、公路、地铁轻轨工程的勘察设计和研究工作 35 年，获国家级优秀设计奖二等奖 2 项、省部级优秀设计一等奖 11 项、二等奖 8 项、专利 6 项，获"四川省学术和技术带头人"称号。

主持或参与了 26 项（南昆、内昆、达成、成昆、株六、渝怀、玉蒙、蒙河、云桂、沪昆、广大、大瑞、大临、大丽、丽香、玉磨等）国家重点铁路隧道、4 项（成渝中梁山、缙云山、达县铁山、广临华蓥山）重点公路隧道、31 项（重庆地铁 3 条、成都地铁 8 条、贵阳地铁 4 条、昆明地铁 4 条、北京、广州、上海、杭州、深圳地铁等项目、蒙自、弥勒有轨电车等）城市轨道交通勘察设计和 6 项科研项目（南昆家竹箐高瓦斯、大瑞高黎贡山超长隧道、贵阳枢纽龙洞堡综合枢纽、贵阳地铁 1 号线长大坡道研究等）等工作。

主持设计中国第一条跨座式单轨（重庆轻轨二号线）和西南地区第一条地铁（成都地铁 1 号线一期），正在主持设计西南地区第一条全自动无人驾驶地铁（成都地铁 9 号线）和中国第一条地铁 A 型车改造 140km/h 速度交流 25kV 城市轨道交通快线系统的设计（成都轨道交通 18 号线），在城市轨道交通总体性综合技术方面具有丰富的实践经验，其内容涉及跨座式单轨、地铁、市域快线、磁浮、有轨电车等多种制式和技术标准的设计。主持完成了中国最长高黎贡山隧道（34.5km）的设计和科技攻关，主持了众多西南山区铁路隧道的设计、施工配合及病害处理工作，涉及岩溶富水、高瓦斯、有害气体、软弱围岩、大变形、岩爆、高地温、高地震烈度、超浅埋等严酷环境、不良地质的隧道设计施工工程处理，对隧道产生的坍方、突泥涌水、有害气体暴突等引起的工程事故应急处理有较为丰富的对策和经验。作为副主编编制了国家标准《跨座式单轨交通设计规范》，主编了地方标准《成都市地铁设计规范》《成都市域快速轨道交通设计规范》和《成都现代有轨电车设计规范》。作为主编，正在组织编制住建部下达的行业标准《现代有轨电车设计规范》及《市域快线设计规范（120 ~ 140km/h 速度目标值）》的编制工作；作为审查专家，参加了《地铁设计规范 GB50157-2013》的审查工作。多次作为专家及专家组组长，参与及主持了各城市轨道交通项目评估，技术审查、技术论证等

工作。（董瀚潞）

【扈森·国务院政府特殊津贴获得者】扈森，男，1965年11月出生，汉族，四川泸县人，中国党员，1988年毕业于西南交通大学。历任助理工程师、工程师、高级工程师、地铁院副院长、教授级高级工程师等职，现任中铁二院副总经理。个人先后从事铁路、地铁等勘察设计和管理、工程施工管理、国际工程项目开发和管理等工作。

在国内业务上，致力于国家基础设施建设，先后参与设计了南昆线、广大线、成昆线、达成线等长大铁路；主持了广州、深圳、南京、成都等城市的地铁、轻轨项目的设计、总体总包管理等工作。其中作为广州地铁二号线纪念堂站总体设计负责人，提出的方案解决了地铁施工与周边环境的矛盾，该站成为中国最大的无柱大跨车站，创造了一项中国企业新纪录。负责成都地铁一期工程试验段工程设计总体总包管理，提出了火车北站地铁换乘方案及地铁与公交火车站的综合交通衔接方案，节省工程造价5000万元。任常务副指挥长，具体组织、部署了深圳地铁桩基托换工程的设计攻关，实施了目前世界上托换轴力最大，变形控制标准最高的托换工程，具有很强的技术创新意义。在国际业务上，全力响应国家"一带一路"战略，积极推动中国技术和中国标准"走出去"，成功运作和实施了包括非洲大陆第一条现代化城市轻轨亚的斯亚贝巴轻轨，中国高铁技术标准走向国外的第一个项目莫喀高铁，中国铁路全产业链"走出去"的第一个示范项目亚吉铁路，中国铁路网与周边国家互联互通的第一个项目中老铁路等标志性工程，以及中国至巴基斯坦铁路通道、（太平洋—大西洋）两洋铁路通道、（泛亚铁路）中国、缅甸、印度、孟加拉国铁路通道、埃及开罗—斋月十日城铁路、埃塞因多德工业与物流城等一大批具有国际影响力的重大项目，为国家"一带一路"战略实施提供有力支持。主持完成了《地铁明挖隧道预制化修建技术研究》《地下铁道施工引起地表沉降 预测技术研究》《地铁重叠隧道设计与施工关键技术研究》《深圳地铁一期工程百货广场桩基托换研究》《大型地下空间综合受力分析》等多项科研课题。其中，《深圳地铁百货广场基础托换设计》《深圳地铁一期工程国贸站—老街站—大剧院站区间重叠隧道工程设计》分别获得"中国铁路工程总公司优秀工程设计奖"二等奖和一等奖，《地铁重叠隧道设计与施工关键技术研究》荣获"国家科技进步奖"二等奖。

2013年11月当选四川省科技青年联合会第五届主席。被授予中国铁路工程总公司"青年科技拔尖人才""青年岗位能手标兵"，四川省人民政府"四川省有突出贡献的优秀专家"，"四川省劳动模范"等荣誉称号。2016年当选中国中铁股份公司专家。（董瀚潞）

【沈建明·国务院政府特殊津贴获得者】沈建明，男，汉族，1963年3月生，浙江桐乡人。1984年毕业于西南交通大学，本科，学士；2005年天津大学硕研。历任铁道第三勘察设计院（简称铁三院）站场处副总、处总、副处长、处长、科技处处长、院副总工程师；2012年12月到中铁工程设计咨询集团有限公司（简称中铁设计），现任中铁设计副总工程师，突出贡献专家，正高级工程师。

一直从事铁路建设项目勘测设计和综合技术管理工作，主持或负责了京津城际铁路及其延伸线、京沪高速铁路、秦沈客运专线、津秦客运专线、天津站改扩建、天津地下直径线、津保城际铁路、烟大铁路轮渡、天津津滨轻轨、莞惠城际铁路、广清城际铁路、新白广城际、郑济高速铁路、襄常高速铁路、通苏嘉甬高速铁路、成达万高速铁路、蓝烟线增二线、邯济线、胶新线、张唐线等数十项重点工程的勘察设计、技术管理及科技创新，解决了许多重大复杂关键技术难题，在高速铁路、城际铁路、重载铁路、新技术开发和应用等方面取得了重要成绩；参与了多项部级重大科研项目研究及设计规范和标准设计编制；作为中国国际工程咨询公司、国家铁路局、中国铁路总公司、中国中铁工程总公司的专家参加项目评审、技术咨询、科技成果鉴定等，在铁路行业具有一定的知名度。

主持了中国第一条350km/h等级的京津城际铁路勘察设计。作为中国最早开工建设和最早建成的第一条高标准客运专线铁路，按照"世界一流"的技术标准、工程质量组织建设，充分吸取秦沈客运专线基础工程建设经验及国外高速铁路最新研究成果和运营经验，系统研究了引入北京、天津枢纽方案，确定了全线系统设计和总体设计的相关原则和技术标准，对基础工程建设组织了技术攻关，攻克了软土地区路基设计和施工技术、900t简支箱梁桥梁设计和施工技术、无砟轨道设计和施工技术、500m长轨一次铺设无缝线路和高速道岔施工技术、建立了精测网并应用了沉降变形计算和观测评估技术、研究了综合接地技术和无砟轨道与轨道电路的接口技术、采用了四电系统集成技术。开创了中国350km/h高速铁路先河，实现了北京、天津30分钟到达，拉近了天津北京时空距离，为构建中国高速铁路技术标准体系起到了重要的作用，多项成果已纳入《高速铁路设计规范》，为其他高铁建设起到示范性作用，达到国际领先水平。

主持了天津站改扩建工程全过程勘测设计，在保留既有站房风貌前提下，结合津秦客专和地下直径线引入，在狭小的空间布设了10台18线，车站设计充分体现"五性"理念，采用了"上进下出"与"下进下出"相结合的旅客流线，实现"零换乘"设计，首次采用多跨连续张弦结构无站台柱雨棚。

主持了津秦客运专线铁路勘测设计，根据天津滨海新区定位为国家级开发区，自天津站引出并连通京津城际铁路，绕经滨海新区并设滨海站，强化滨海新区的对外交通联络，促进滨海新区的可持续发展，同时天津西站至天津站修建地下直径线连通京沪高速铁路，极大提高了高速铁路网的效益；为充分利用天津站、天津西站城市枢纽功能，充分发挥地下直径线的作用，优化旅客列车开行方案，采用天津西站和天津站对开、滨海站辅助天津站开行部分对开方案，实现部分城市轨道交通功能，极大方便旅客出行；线路、轨道、路基、桥梁等专业系统设计，综合应对区域沉降；优化高烈度地震区、地震断裂带结构设计。

作为站场专业主管总工主持了中国第一条250km/h等级的秦沈客运专线全过程站场设计，在借鉴国外成功经验基础上，根据中国重点科技攻关研究成果，对技术标准、设计原则、设计方案进行深化研究。引入沈阳枢纽和秦山地区首次采用客运专线与普速铁路分场分线布置，对全线车站渡线及区间渡线布置进行专题研究满足综合维修要求，中间站首次采用两台夹四线站型布置，正线间渡线首次60kg/m 38号单开道岔，研究确定车站咽喉区38号与18号、18号与18号道岔间插入短轨标准，首次研究确定站内正线和到发线不同的路基填筑标准，提出的列车风对站台上旅客安全影响研究纳入铁道部综合试验项目。相关研究成果纳入200km/h设计暂规，为后续其他高标准客运专线勘测设计和工程建设积累了丰富经验。

主持了莞惠城际铁路，2009年开工，2017年12月开通，时间跨度长，设计时速200km、具备自动驾驶功能的莞惠城际铁路全线贯通运营，多项成果纳入《城际铁路设计规范》。主持了郑济高铁，深入研究了引入郑州枢纽方案、黄河特大桥公铁合建及350km/h无砟轨道与168m大跨双层钢桁梁综合应用研究，提升了高速铁路综合技术水。主持了新白广城际铁路，研究了制约建设的下穿机场滑行道、下穿武广客专等专题。主持了中原和太原2个城市群的综合交通规划，结合不同城市群特点，按照客运零换乘、货运无缝衔接的新理念深入研究城市群综合交通布局和不同交通方式的合理分工。作为站场主管总工主持了烟大铁路轮渡站场设计，在借鉴粤海铁路轮渡和国外跨海轮渡技术基础上，主持对轮渡站的作业方式、布置图型、各项设计参数、作业能力计算、车站设备配置等进行深入系统研究，为减少转场作业、提高车站能力，烟台端四突堤轮渡站采用待渡场与到发场混合式布置，中部加腰岔方案；根据地形和港区规划，为节省工程投资，大连端羊头洼轮渡站采用待渡场与到发场纵列布置方案。作为站场主管总工主持了天津津滨轻轨站场设计，在车辆段布置方案研究中，根据试车线直线段长度技术要求，创造性地提出试车线沿正线左侧直线布置，以直线段长度要求，车辆段在正线右侧布置，充分利用正线跨越城市道路的纵断面修建试车线与车辆段间的走行线，节省了大量开发区占地。

作为主要起草人编制了《时速200公里新建铁路线桥隧站设计暂行规定》《京沪高速铁路线桥隧站设计暂行规定》《京沪高速铁路技术设计文件编制办法（站前部分）》《铁路驼峰及调车场设计规范》《铁路工业站港湾站设计规范》《京沪高速铁路设计暂行规定（上册）》《铁路工程设计技术手册—站场及枢纽》《铁路建设项目预可行性研究、可行性研究和设计文件编制办法》；作为站场主管总工主持了《区段站咽喉区布置图集》《60kg/m钢轨道岔组合布置图集》《道岔间插入钢轨长度及轨（岔）枕布置图集（叁站8085）》《铁路站场设计集成系统（RSD）》。作为主要研究人员参加了重大科研项目《京津城际精密工程控制测量技术与方法的研究》《区域地面沉降对京津城际轨道交通工程的影响及对策研究》等标准、规范。

获得“全国优秀工程勘察设计金奖”1项、“全国优秀工程建设标准设计银质奖”1项、“全国优秀工程咨询成果奖”一等奖1项、“全国优秀工程勘察设计行业建筑工程奖”二等奖1项；省部级铁道科技奖、优秀工程设计奖、优秀标准设计、优秀工程咨询奖13项。其他荣誉：2009年授予中华全国铁路总工会“火车头奖章”，2010年聘为铁道部评标专家，2012年推荐为国家科学技术奖评审专家，2017年聘任为中国国际工程咨询公司第二届专家学术委员会专家、2018年聘任为中国铁道学会高速铁路委员会委员、2018年被授予“中国中铁股份有限公司专家”称号、2018年被授予享受国务院政府特殊津贴专家。

主要论文：《枢纽闲置铁路发挥城市轨道交通功能研究》《客运专线铁路跨越断裂带有关问题探讨》《京津城际轨道交通工程设计新理念》《新形势下铁路枢纽总图规划的特点》。

（李　莉）

【肖海珠·国务院政府特殊津贴获得者】肖海珠，男，汉族，1970年7月出生，安徽池州人，中共党员，1992年毕业于西南交通大学桥梁及地下工程专业，2000—2001年铁道部公派赴日本大阪府土木部及大阪工业大学进修，2007年获同济大学建筑与土木工程硕士学位。现任中铁大桥勘测设计院集团有限公司副总工程师，教授级高工。20多年来一直从事桥梁工程设计工作，为中国高铁大跨度桥梁、海洋桥梁及绿色建造技术做出了重大贡献。

参加工作以来，历任助理工程师、工程师、高级工程师、副所长、所长、分院院长。先后主持和参与了北京地铁五号线高架工程、南京大胜关长江大桥、郑州黄河公铁两用桥、安庆铁路长江大桥、沪通铁路长江大桥、黑瞎子岛乌苏大桥、武汉杨泗港长江大桥、南京仙新路长江大桥、长沙湘府路高架工程等国内多项重点工程的设计工作。主持了商务部援外工程援马尔代夫中马友谊大桥和援孟加拉中孟友谊八桥的设计工作，为践行国家“一带一路”战略做出较大的贡献。正在主持沪嘉甬铁路杭州湾大桥，甬舟铁路跨海大桥等海洋桥梁的设计工作。

在京沪高速铁路南京大胜关长江大桥、郑州黄河公铁两用桥等高速铁路大桥的设计中，采用了双主拱三主桁拱桁组合结构、钢正交异性板整体桥面、多重拉索调整双主拱安装合龙技术、矩形大切角断面吊杆和新型液体质量双调谐减振器以及斜主桁等多项新技术。

主持设计的长沙市湘府路快速化改造工程创造性地采用了绿色建造技术。采用墩身立柱、盖梁在工厂预制，现场吊装，灌浆套筒连接的施工方法。上部结构采用多片式钢板结合梁方案。设计方案体现了“工厂化、预制化、装配化”的理念，减少了施工现场作业量，减少了环境的污染和对现状交通的干扰，为市政桥梁的建设提供了一条新的思路。

主持设计的援马尔代夫中马友谊大桥是中国“一带一路”的援外工程，是中国第一次在印度洋上修建的跨海大桥。该项目自然条件恶劣，水深近 50 米，长周期波波长超过 200 米，周期约 20 秒，珊瑚礁地质质脆且各向异性，主桥长联 V 构长 760 米。主桥下部结构采用钢管复合桩基础，上部结构采用混合梁构造，克服了复杂的自然条件和结构难题。主持了宁波至舟山（甬舟）铁路跨海大桥的设计工作。其中西堠门公铁两用大桥主跨 1488m，建成后将成为世界最大跨度公铁两用桥，设计采用了斜拉 - 悬索协作体系桥型方案以及分离箱、空间缆索等新技术。

参加了秦顺全院士主持的中国工程院重点咨询研究项目——海洋桥梁工程结构及设计理论战略研究。主持编写了中国中铁股份公司《桥梁、建筑施工常用支撑体系的设计原则和施工标准》，参与编写了交通部《公路与铁路两用桥梁通用技术要求》。

在国家核心期刊上发表多篇论文。获得国家专利 40 项，其中发明专利 26 项。

2008 年获得“茅以升铁道工程师奖”“詹天佑青年奖”；2010 年获“中国中铁十大杰出青年”称号；2014 年获“湖北省五一劳动奖章”；2018 年获得“湖北省有突出贡献的中青年专家”称号；2018 年享受国务院政府特殊津贴。

（粟 晓）

【李军平 · 2017—2018 年度十大桥梁人物】李军平，男，1965 年生，中共党员，陕西省凤翔县人。中铁工业所属中铁宝桥副总工程师、教授级高工，技术中心主任、党委副书记。

作为技术总负责人或项目总工，先后主持了芜湖长江大桥钢桁梁、南京长江三桥钢塔柱、广州珠江黄埔大桥钢箱梁、泰州长江公路大桥钢塔柱、南京长江第四大桥钢箱梁、马鞍山长江公路大桥钢塔柱及钢梁、港珠澳大桥九洲航道桥钢塔和钢梁等多个具有里程碑意义的项目，累计钢梁总吨位达 50 多万吨。参建工程先后荣获“国家建筑工程鲁班奖”、“国家科学技术进步奖”一等奖、“詹天佑土木工程大奖”、中国公路学会特等奖、“国家优质工程金质奖”、“古斯塔夫斯 · 林德恩斯国际大奖”，荣登全国十大建设科技成就金榜等 30 多项各种奖励。累计完成钢梁总量 50 多万吨，获得授权发明专利 10 项、实用新型专利 11 项、科技成果、工法多项，荣获“全国施工企业科技精英”称号。

他先后获得“中国铁路工程总公司青年科技拔尖人才”“全国铁路火车头奖章”“陕西省劳动模范”“中国铁路工程总公司首届十大杰出青年”“全国五一劳动奖章”“全国劳动模范”“全国施工企业科技精英”“国务院政府特殊津贴专家”等荣誉称号。2018 年 12 月，被评为中国“2017—2018 年度十大桥梁人物”。 （蒋晓强）

【李刚 · 央视大国工匠代表人物、国务院政府特殊津贴获得者】李刚，男，1973 年 3 月出生，汉族，四川安岳人，中共党员，1993 年毕业于铁道部永济电机厂技术学校。历任中铁工程装备集团盾构制造有限公司电气车间主任、技术管理部研发中心主任、中铁工程装备集团特级技师。长期从事一线电气组装及调试工作，在国内盾构机电气配电系统制造相关领域具有较高的知名度。

2003 年，作为一名基础的电气工，参与到刚刚启动的“盾构机模拟实验平台‘863’计划”，投身国产盾构机的自主研发事业中。在当时国内外市场均被国外盾构垄断的局面下，李刚用 5 年时间从图纸开始，梳理每个系统、每个电缆走势、每个接头对接，从陌生到烂熟于心，逐步成长为盾构机电气系统领域的专家。2008 年，“盾构机模拟实验平台”顺利通过国家“863”计划专家评审组验收。2008 年，中国开始研制第一台盾构机，李刚负责其中的电气系统，过程中，李刚带领他的团队排除万难，修改了无数次的设计，最后保证了国内首台盾构机的顺利下线。经过 20 多年在电气方面的摸爬滚打，李刚逐渐成长为国内最顶尖的盾构机电气操盘手。他和团队秉承匠心精神，为中铁装备全球首台马蹄形盾构机、全国最大直径土压平衡盾构机等创新产品的诞生提供了专业的电气技术保障；李刚研发制造的盾构机核心部件液位传感器打破了国外企业的百年垄断，性能越居世界第一。2016 年，由中央电视台新闻频道打造的《大国工匠》大型新闻专题片，李刚作为盾构制造行业的唯一代表接受了大国工匠摄制组的采访和拍摄，并于国庆期间登录央视荧屏。凭借过硬的技术和勇于创新的精神，在 2015 年荣获了中华全国铁路总工会“火车头奖章”；2017 年，先后荣获“中国中铁专家型工人”荣誉称号、“河南省中原青年工匠”“河南省五一劳动奖章”“中国中铁优秀党员”荣誉称号，2018年获得国务院政府特殊津贴。（张　俊）

【静国锋·茅以升铁道工程师奖获得者】静国锋，男，汉族，中共党员，1978年12月出生，内蒙古赤峰市人。2000年7月毕业于大连理工大学交通土建工程专业，本科学历。现任中铁一局桥梁工程有限公司总工程师，正高级工程师。

参加工作以来，先后参与了青藏铁路、忠县长江大桥、沪杭转体桥、合福铁路、芜湖长江二桥节段梁预制拼装5个项目的施工建设。参建的项目先后获得青藏铁路优质样板工程、重庆“巴渝杯”、国优银奖、“乔治·理查德森奖”等奖项。个人先后获得“桥梁公司技术标兵”“先进共产党员”“中铁一局青藏铁路先进工作者”“革新能手”“‘十三五’先进技术工作者”“中国中铁杰出青年项目总工程师”，以及各建设单位优秀项目管理者等荣誉称号。

担任桥梁公司总工程师以来，主要从事公司各项目重大方案制定和审批、科研成果、专利和工法管理、科技创新、人才培养等工作。在深水基础桥梁、大跨斜拉桥、自锚式悬索桥、大吨位转体桥、大跨度钢管拱桥、全体外预应力节段梁等大型桥梁施工技术有较丰富的施工经验。

个人先后获得“中国中铁科技奖”4项，省部级科技奖9项。主持及参与获得专利23项，省部级工法3项。（刘彬彬）

【褚晓晖·2018年度茅以升铁道工程师奖获得者】褚晓晖，男，1979年10月出生，汉族，山西交城人，中共党员，本科学历，2001年7月毕业于同济大学交通土建工程专业，历任助理工程师、工程师、项目总工、中铁三局桥隧公司技术开发部部长、高级工程师等职，现任中铁三局集团有限公司总工程师、技术开发部副部长、教授级高级工程师。参加工作以来，参加了宝兰二线、兰武二线、武广客专等多条铁路项目建设，一直在施工、科研一线工作。

在武广客专项目，针对隧道工程位于丘陵区、埋深浅、上软下硬的特点，创新的提出上台阶CD法施工方案，在确保隧道施工安全的基础上，较CRD法极大减少了资源投入，加快了隧道施工进度。

作为主要研究者参与的股份公司课题《水平砂泥岩互层特长隧道快速施工综合技术研究》，通过试验确定了在水平砂泥岩互层隧道中采用预裂爆破与光面爆破结合的爆破方法，很好的保护了隧道围岩的稳定性，有效控制了隧道超欠挖。该课题成果获得“铁道学会科技进步奖”二等奖。

作为主要研究者参与的股份公司课题《大跨度非对称槽形梁独塔斜拉桥水平转体跨越运营高铁成套施工技术》，该课题依托两座（32+80+112）m跨越武广客专的非对称独塔斜拉桥，主梁采用槽型梁结构，该桥梁创下“桥梁结构第一次使用”“高铁跨高铁转体重量第一”等六项第一。针对196m长的槽形梁桥位现浇，设计了“分三段现浇+两道后浇带”的浇筑方案，解决了塔梁结合处因支架与球铰不均匀沉降产生次应力的问题；针对非对称斜拉桥存在较大不平衡力矩以及槽型梁受力特点，开发了“两次配重、两次交替张拉”的配重方法和斜拉索张拉方法；开发了《球铰的精确定位装置及方法》发明专利，实现了球铰精确、快速定位。该课题成果获得“中国铁路工程总公司科技进步奖”一等奖。

主持了股份公司课题《建筑物密集区超大断面城市隧道（群）施工关键技术》，该课题依托的杭州紫之隧道是国内最长的市政隧道群，中部超大断面施工中，主持开发了双车道断面先行、台阶反向扩挖的超大断面隧道（宽度25.02m，高度17.4m）施工技术，提高了隧道总体施工进度，该课题成果获得“中国铁路工程总公司科技进步奖”一等奖。

撰写了《上台阶CD法在客专某浅埋隧道中的开发应用》等四篇论文，获得“山西省科技奖”1项，“中国铁路工程总公司科技奖”9项，“中施企协科技奖”6项，“铁道学会科技奖”2项，开发省级工法15部，授权专利16项，其中发明专利7项。获得2012年度“詹天佑铁道科学技术奖—中铁三局集团有限公司詹天佑专项奖”，2015年获得中华全国铁路总工会“火车头奖章”，2018年，获得“茅以升铁道工程师奖。”（徐建军）

【孙小猛·茅以升铁道工程师奖获得者】孙小猛，男，汉族，1980年11月出生，安徽利辛人，中共党员，博士后，高级工程师，硕士导师。2009年7月毕业于大连理工大学建设工程学部结构抗震研究所，先后工作于中铁四局无锡惠澄路葑溪大桥项目部、二公司技术开发中心、宁波铁路枢纽二分部、无锡地铁区域经理部。2013年1月提任项目总工，同期自中铁四局集团有限公司博士后工作站出站。2014年1月入选合肥工业大学专家库，兼职合肥工业大学土木水利学院硕士导师。2015年5月任中铁四局二公司技术开发中心主任，现任中铁四局二公司总工程师。

他先后被中国中铁、中铁四局授予各类荣誉10余项，撰写科技论文20余篇，其中5篇被EI（美国《工程索引》）收录或检索；带领分部工程技术人员取得国家专利授权9项；编纂国家级工法2项、省部级工法

2项等一系列殊荣；荣获各类科技进步奖5项。所组建科研小组两次荣获“全国工程建设优秀质量管理小组”一、二等奖。

孙小猛先后获得2013年度“中国中铁优秀青年项目总工”、2014年度“中国中铁优秀共产党员”“中铁四局十大优秀共产党员标兵”“中铁四局优秀共产党员”“中铁四局十大杰出青年”、中铁四局“十二五科技创新标兵”、2016年度中铁四局桥梁工程一级专家、“2017年度中国中铁股份公司科学技术奖”二等奖、“2018年度安徽省科学技术奖”“中国铁道学会科学技术奖”三等奖，“茅以升铁道工程师”“中铁四局一级专家”“安徽省劳动模范”等称号。

（孙丹丹）

【陈海锋·茅以升铁道工程师奖获得者】陈海锋，男，1979年2月出生，汉族，浙江缙云人，中共党员，2011年毕业于西南交通大学建筑与土木工程专业，硕士研究生学历。历任工程师、高级工程师、教授级高级工程师、中铁隧道集团一处有限公司副总工程师、总工程师、副总经理等职，现任中铁隧道集团一处有限公司副总经理，教授级高工。先后参与了浙江杭金衢、安徽马芜、安徽沿江、广西宜河等高速公路项目和温福、渝利铁路等重点工程建设，长期从事隧道及地下工程领域的技术研究工作，具有扎实的专业理论知识和较为较丰富的实践经验，在重庆市、国内隧道和地下工程施工领域有较高的知名度。

2009—2010年，主持了《浅埋高风险隧道下穿密集民房施工爆破震动控制技术》课题研究，获“2011年度中国铁路工程总公司科学技术奖”一等奖、“2011年度中国施工企业管理协会科学技术奖科技创新成果奖”一等奖、“2013年度重庆市科技进步奖”二等奖、“2013年度中国铁道学会科技进步奖”三等奖、“2014年中国工程爆破协会科学技术奖”三等奖；2009—2010年，主持了《特长隧道分隔巷道与风管联合式施工通风研究》课题开发，获“2013年度重庆市科技进步奖”三等奖、“2013年度中国铁道学会科技进步奖”三等奖；2010—2011年，作为主要人员参与了《TBM施工的地铁关键技术研究与应用》课题开发，获“2013年度重庆市科技进步奖”二等奖、“2013年度中国施工企业管理协会科学技术奖科技创新成果奖”一等奖；2011—2013年，主持了股份公司课题《地下水封洞库修建关键技术》开发，获“中国铁路工程总公司科学技术奖”一等奖、“重庆市科技进步奖”三等奖；2010—2012年，参与了《苏村坝大渡河斜拉桥施工技术研究》科研课题，开发了发明专利“钻孔桩桩基二次清孔装置及清孔方法”，获“2014年度中国公路建设行业协会科技创新成果奖”三等奖；2012—2015年，参与了中国中铁股份有限公司重点课题《渝黔铁路天坪隧道修建技术研究》，成果达到国际领先水平。

2008年获得国家一级注册建造师执业资格，2014年被聘为重庆市交通行业及安监局专家，2017年被聘为国家铁路局成都监管局专家，2017年被中国施工企业管理协会授予“2016—2017年度国家优质工程奖突出贡献者”荣誉称号，2018年荣获“茅以升铁道工程师奖”。

（程思铭）

【徐久勇·茅以升铁道工程师奖获得者】徐久勇，男，1980年9月出生，汉族，重庆开县人，中共党员，2002年毕业于西南交通大学机械工程及自动化专业，本科学历。历任助理工程师、工程师、高级工程师、设计所副所长、所长等职，现任中铁二院工程集团有限责任公司机械动力工程设计研究院总工程师，高级工程师。参加工作以来，长期从事铁路和城市轨道交通的设计工作，先后主持或参与了40余项轨道交通车辆基地的设计工作，在轨道交通车辆基地领域做出了贡献。

主持设计的深圳地铁11号线松岗车辆段是中国首座时速120km/h的机场快线地铁车辆段，也是中国首座地铁列车、地铁工程车双料大架修基地。松岗车辆段设计项目获2018年度四川省勘察设计“四优”一等奖和“中国中铁优秀工程设计奖”一等奖。主持设计的深圳地铁2号线后海停车场是国内第一座刚性接触网车辆基地，上盖体育公园，在集约利用土地、降低停车场层高和控制投资方面值得业内借鉴。参与主持设计的深圳地铁3号线横岗车辆段是国内第一座地铁双层车辆段，也是第一座DC1500V接触轨供电的车辆段，该段在集约化利用土地方面取得了巨大的成功，引起了业界瞩目，值得轨道交通车辆段规划设计研究和借鉴。横岗车辆段获2012年度四川省勘察设计“四优”一等奖和“中国中铁优秀工程设计奖”一等奖。主持地铁自动化车辆段科研项目，制定了自动化车辆段各专业设计标准，该项目成果在国内处于领先水平，已在成都、杭州、宁波、深圳等车辆基地工程中应用，对推动行业的技术进步、经济发展做出了重要贡献。

相关成果获国家级优秀工程设计一等奖和二等奖各1项，获省部级优秀工程设计及优秀咨询成果一等奖10项、二等奖4项。参与和主持科研项目4项，参编行业规范标准4项，发表学术论文4篇。被评为“中铁二院第二届优秀青年专家”，荣获“2018年度茅以升铁道工程师奖”。

（董瀚璐）

【郑宗溪·茅以升铁道工程师奖、全国五一劳动奖章获得者】郑宗溪，男，1975年10月出生，江西广丰人，中共党员，1998年7月毕业于西南交通大学。历任助理工程师、工程师、高级工程师，现为

隧道专业教授级高级工程师，目前担任中铁二院川藏铁路拉林段项目部经理、中铁二院土建二院副总工程师。在中铁二院从事隧道工程设计工作20余年。

自工作以来作为项目负责人或主要设计者，完成了20余项国家重点项目的设计工作和10余项科研项目，所参加或主持的项目获省部级及以上优秀设计奖25项，其中“全国优秀工程勘察设计奖”银质奖1项，“詹天佑工程奖”1项；“科技进步奖”11项；“优秀QC奖”3项；获得省部级工法1项；获授权专利15项，其中发明专利4项，实用新型专利11项。在本专业具有较高的造诣和较强的实践能力，成绩显著，尤其在岩溶水整治、大跨长隧、特殊结构、非煤瓦斯及风险管理等方面取得突出成就。在复杂艰险山区铁路隧道工程设计方面积淀深厚，特别是在非煤系地层高瓦斯隧道修建方面取得了重大突破，建立了非煤瓦斯隧道设计方法。在铁路工程风险管理方面成果丰硕，主持编制《铁路建设工程风险管理技术规范》《铁路隧道工程风险管理技术规范》，建立了中国铁路建设工程风险管理体系。

2015年获“火车头奖章”，2016年获“全国向上向善好青年”称号，2018年获“全国五一劳动奖章”，2018年当选“四川省学术和技术带头人后备人选”。

（董瀚璐）

【赵海军·茅以升铁道工程师奖获得者】赵海军，男，汉族，中共党员，1977年2月出生，2000年毕业于大连铁道学院机械工程及自动化专业，2012年获中国电力科学研究院高电压与绝缘技术硕士学位。现任中铁第六勘察设计院集团有限公司电气化设计院分公司东北分院分院长兼总工程师、教授级高级工程师。历任专业负责人、项目部长、副分院长、所总工程师、副所长、分院长兼总工程师等职。从业19年来，该同志一直在工程设计及科学研究一线工作，掌握本专业最新技术发展动态，具有较强的科技创新和技术攻关能力、丰富的工程设计经验，多次解决工程技术难题，先后完成多项工程设计工作及科学研究工作并多次获奖。在架空刚性接触网和接触网雷电防护方面的研究，为建设安全可靠的高速铁路和城市地铁做出了贡献。入选天津市2018年度“131”创新型人才培养工程第一层次人选。

参与完成架空刚性悬挂接触网零部件设计及国产化研制，保证了省部级科研《架空刚性悬挂的研究》顺利完成；主持完成架空刚性悬挂工程安装设计，满足了工程需求，保证了国内首条架空刚性悬挂地铁工程——广州地铁2号线顺利开通。创新设计出一整套适合国产化的架空刚性悬挂零部件，填补了国内技术空白；创新设计出适合中国工程实际低净空安装的架空刚性悬挂方案，保证了架空刚性悬挂研究成果在广州地铁2号线的首次工程应用。《架空刚性悬挂的研究》获“2005年中铁总公司科学技术奖”一等奖、“2007年中国施工企业管理协会科学技术奖技术创新成果奖”特等奖。广州地铁2号线工程设计获“2007年国家科学技术进步奖”二等奖、“2005年中铁总公司优秀工程设计奖”一等奖。目前该技术成果在国内城市地铁工程中广泛推广应用。本人获实用新型专利5项。

主持完成架空刚性接触网计算机辅助设计平台的研发工作，自主创新开发出具有自动完成悬挂点布置、标识、锚段标注及拉出值计算等功能的专用计算机辅助设计软件，不仅提高了设计质量还提高工作效率近6倍。技术成果填补了国内技术空白，被应用于目前中铁电气化勘测设计研究院有限公司所有采用架空刚性悬挂技术的地铁工程设计。该研发成果提升了中国架空刚性悬挂接触网设计技术水平，促进了架空刚性悬挂接触网在中国的推广应用。

主持完成快速架空刚性悬挂受流技术研究及国内首条120km/h架空刚性接触网工程设计，完善了中国地铁接触网技术体系。创新提出“扁平式150mm^{2}银铜接触导线”“膨胀元件式锚段关节”“全正弦波锚段布置”等一系列新技术，满足了架空刚性悬挂快速受流要求，保证了架空刚性悬挂技术在国内首条120km/h地铁工程——广州地铁3号线的成功应用。广州地铁3号线获“2008年中铁总公司优秀工程设计奖”一等奖，刚性悬挂快速受流技术获“2008年中铁总公司科学技术奖”三等奖。

主持完成首条“柔改刚”工程设计，实现中国地铁接触网技术重大突破。广州地铁1号线隧道漏水且呈强碱性，腐蚀架空柔性接触网线材，存在断线危险，危及运营安全。创新采用“U型绝缘横撑”“循环刚柔过渡”等技术，与运营和施工部门密切配合，首次实现从柔性到刚性接触网的改造。不停运条件下“柔改刚”工程改造获“2009年中铁总公司优秀工程设计奖”二等奖，目前该技术在广州地铁1号线余下的“柔改刚”改造工程中推广应用。本人获实用新型专利1项。

主持完成国内首条运营线路拆解工程——广州地铁2号和8号线拆解工程接触网专业的方案设计、初步设计、施工设计、施工配合、运营调试、技术服务等工作，保证了该工程的顺利开通。广州市轨道交通2号和8号线拆解工程是是中国第一次将既有运营中的线路进行拆解和延长的线路，为了将拆解造成的停运时间缩短到最低，在设计过程中创新提出了“多组道岔代替常规交叉布置”“特殊悬挂安装过渡”等设计方案，使绝大部分工作提前利用夜间检修时间实施，最终成功将接触网拆解停运时间缩短至6个小时内。开通后弓网受流良好，满足了拆解后2号线和8号线不同线路的运营需求。该项目的成功实施对中国类似拆解工程的设计具有指导性作用，获“中国中铁股份有限公司优秀工程设计奖”一等奖。

参与完成了“城市轨道交通架空接触网雷害防治研

究”科研项目。天津津滨轻轨工程开通运营后，高架桥上接触网遭受严重雷击危害，影响到正常的运营安全。在国内首次建立接触网仿真计算模型研究雷击闪络特性，建设性地提出了架空接触网雷电防护方案，研发了城市轨道交通接触网用球头电极避雷器、接触网用环形电极避雷器等专用雷电防护装置，通过在天津津滨轻轨工程、北京地铁14号线等工程应用，效果良好，有效降低了雷电危害，保证了轨道交通供电系统运行的安全可靠性，技术指标达到国际领先水平。研究成果分别通过了中国中铁股份有限公司、天津市科委组织的专家评审。申请获得国家发明专利1项，实用新型专利3项。研究成果获“2012年度中国中国铁路总公司科学技术”特等奖、“2014年度中国铁道学会铁道科技”三等奖。该研究成果目前在全国城市轨道交通推广应用，本人正在主持国家标准《城市轨道交通 架空接触网雷电防护导则》编制工作。

参与完成了中国中铁股份有限公司科技开发计划项目“客运专线铁路牵引供电系统雷电过电压防护研究”、“十一五”国家科技支撑项目“中国高速列车关键技术研究及装备研制”中“牵引供电系统雷电防护技术及装置研究”子任务的研究工作。京津城际客运专线、京沪高速铁路开通后，接触网遭受不同程度的雷击危害，影响到正常的运营安全。在国内首次建立了面向客运专线和高速铁路运行环境的雷击特性及影响的计算模型，提出了牵引供电系统雷电防护工程措施及实现技术，研发了电气化铁路专用的接触网雷电防护装置，获得发明专利2项，实用新型专利3项，并形成了产业化能力。任务成果在京沪高速铁路工程中成功应用，有效降低了雷击跳闸次数，提高中国高速铁路的雷电防护水平。研究成果通过了各级专家评审，总体水平达到国内领先水平，可在全国客运专线和高速铁路推广应用。目前正在主持编写行业标准《高速铁路牵引供电系统雷电防护设计导则》编制工作。

作为项目总体、专业负责人、专线负责人主持完成了北京市轨道交通骨干项目——地铁6号线、地铁7号线、14号线工程设计。为了满足不同工程的具体需求，三个项目分别在北京首次采用了DC1500V架空接触网、DC1500V第三轨、DC1500V高架桥架空柔性接触网技术，填补了北京地铁DC1500V供电技术以及架空接触网的技术空白，提升了北京地铁接触网技术水平。北京地铁6号线获“2015年度全国优秀工程勘察设计行业奖市政公用工程类奖”一等奖，北京地铁14号线工程获“2015年度全国优秀工程勘察设计行业奖”市政公用工程类三等奖、“海河杯”天津市优秀勘察设计评选市政公用工程轨道交通一等奖、“中国中铁股份有限公司优秀工程设计”一等奖。

在设计工作及科学研究过程中，积极参与新产品新技术的研发，在高速铁路及城市轨道交通接触网雷电防护、刚性架空接触网等方面获得8项发明专利、18项实用新型专利，发表专业技术论文10余篇。（刘胜利）

【刘永锋·2018年度茅以升铁道工程师奖获得者】刘永锋，男，1972年7月出生，汉族，河北省人，1994年毕业于上海铁道学院铁道工程专业，历任铁专院助理工程师、工程师、高级工程师、副所长等职，现任中铁工程设计咨询集团有限公司桥梁院副总工程师、教授级高级工程师。参加工作以来，长期在一线从事铁路、公路、城市桥梁设计和科研工作，主持和参加了多项重点桥梁设计和科研，获“国家科技进步”二等奖1项，国家优秀工程设计金奖1项，省部级科学技术奖12项，省部级优秀设计奖15项，在高速铁路桥梁标准梁桥、混凝土斜拉桥、跨座式单轨桥梁以及桥梁转体、顶推施工工艺方面做出重要贡献。

参加了高速铁路标准梁桥设计研究项目，是高速铁路预应力混凝土连续箱梁设计研究负责人，优选了高速铁路标准梁桥的合理结构形式，形成了高速铁路预制整孔简支箱梁设计、制造、运输、架设成套技术，实现了铁路预应力混凝土梁桥长期变形由“厘米级”向“毫米级”的突破，获“国家科技进步”二等奖。

主持了北京市六环路斜拉桥设计，解决了15000吨墩顶转体技术、W形截面主梁受力规律、索梁锚固构造、双圆柱塔受力特性、卵石土区沉井基础等关键技术，成功地建成了世界上第一座墩顶转体施工的斜拉桥，获“中国铁路工程总公司科学技术奖”一等奖、“北京市科学技术”三等奖。

主持了京新高速公路上地斜拉桥设计，提出的顶推法施工的主跨230m独塔单索面预应力混凝土曲线斜拉桥，解决了大桥小交角度跨越既有京包铁路及城铁13号线的技术难题，完成的单点顶推重量25000吨复杂曲线混凝土箱梁成果，综合指标居世界同类型桥梁的首位，获“2013年度北京市科学技术奖”二等奖。

主持了重庆单轨2号线一期工程PC轨道梁设计、芜湖市轨道交通1及2号线、蚌埠市单轨交通试验线及跨座式单轨轨道梁桥相关科研工作，解决了轨道梁制造线形控制及模板系统、轨道梁融冰雪技术、大跨度连续刚构PC轨道梁、大跨度简支及连续钢—混结合轨道梁、大吨位承拉支座等设计关键技术问题，通过优化连续刚构主梁的截面形式，简化了施工工艺、提高了施工质量，降低了工程造价；通过钢—混凝土结合轨道梁的设计研究与推广应用，解决了单轨交通跨越公路、铁路、城市道路需要大跨度轨道梁的技术难题，取消了以前常用的梁上梁结构形式，大幅提升了景观效果，同时降低了工程造价，获得《一种PC轨道梁融冰雪装置、辅设方法及PC轨道梁》等授权国家发明专利5项，《变高度PC轨道梁可调式模板》等实用新型专利15项。

作为主要起草人参加了《铁路桥涵混凝土结构设计规范》(TB 10092-2017)、《铁路桥涵设计规范（极限状态法）》（Q/CR 9300–2018）、《轻型跨座式单轨交通设计导则》T/CAMET 04001–2018 等多项行业和团体标准的编写工作，获发明专利 9 项，实用新型专利 22 项、国家级工法 2 项，省部级工法 3 项，发表学术论文 15 篇。

1997 年获“北京市爱国立功标兵”称号，2001 年获“全国铁路劳动模范”称号，2004 年被评为“中国铁路工程总公司岗位能手标兵”，2005 年被授予“中国铁路工程总公司青年科技拔尖人才”，2008 年荣获“第十八届北京优秀青年工程师标兵”称号，2011 年获“中关村丰台科技园优秀科技人才”，2018 年获“茅以升铁道工程师”。（李　莉）

【范建国·百千万人才工程国家级人选、国家有突出贡献的中青年专家、詹天佑铁道科学技术奖（成就奖）获得者】范建国，男，1968 年 12 月出生，汉族，中共党员，1989 年毕业于西南交通大学铁道工程专业。现任中铁第六勘察设计院集团有限公司副总经理、总工程师，教授级高级工程师。历任专业负责人、设计所长、项目总工程师、副总工程师、总工程师等职；2012 年当选“天津市设计大师”，2013 年入选“国家百千万人才工程”，荣获“国家有突出贡献中青年专家”称号，2014 年荣获享受国务院政府特殊津贴专家；先后获“天津市五一劳动奖章”两次，“詹天佑成就奖”“詹天佑青年奖”“火车头奖章”“铁道部青年科技拔尖人才”“股份公司劳动模范”“杰出青年项目总工”等多项荣誉。主持或负责了中国首条高速铁路京津城际铁路、世界上首条高寒地区高速铁路哈大客运专线、中国首条重载铁路大秦线 2 亿吨扩能改造工程、中国首条新能源悬挂式单轨、渝昆客专等 30 多项重点工程的勘察设计、技术管理及科技创新，解决了许多重大、疑难铁路、轨道交通设计关键技术难题，在高速铁路、城际铁路、重载铁路、城市轨道交通、新型交通设计及新技术开发和应用等方面取得了重要成绩，在同行中有较高的知名度。

主持完成中国首条时速 350km 高速铁路——京津城际铁路勘测设计工作。针对京津城际铁路作为中国第一条时速 350km 高速铁路，国内无成熟的标准和应用实践，系统研究了高速铁路空间线形、线路方案及引入天津市、北京市方案、无砟轨道形式、路基桥梁设计标准、区域地面沉降控制、精密工程测量、综合接地、防灾安全监控、环境保护等一系列关键技术。构建了京津城际铁路主要技术标准，确定了引入天津站线路设计方案，将铁路、城市轨道交通、公交有机融合，创造性提出了零换乘的概念，解决了深厚松软土地基条件下和区域地面沉降条件下修建高速铁路的世界性技术难题，开创了中国时速 350km 高速铁路的先河，实现了北京、天津 30 分钟到达，拉近了天津北京时空距离，极大促进了天津、北京社会经济发展和滨海新区的开发开放，为构建中国高速铁路技术标准体系起到了重要的作用，多项成果已纳入《高速铁路设计规范》，运营速度 350km 为世界之最，处国际领先水平。

主持完成了世界上首条寒冷地区高速铁路——哈大铁路客运专线的勘测设计工作。针对严寒地区修建高速铁路需要解决极端低温、冻胀的难题，组织研究解决了严寒地区路基、无砟轨道、桥梁、隧道、海水侵蚀、运梁车通过等技术难题，为建立高寒区高速铁路技术标准体系起到了重要的作用。

负责中国首条重载铁路大秦线 2 亿吨扩能改造工程勘测设计工作。解决了为满足 2 亿吨扩能，车站设置距离、到发线设置长度、数量、轨道类型、场站布置、运输组织等关键技术问题，解决了煤炭集疏运综合技术问题。

主持完成了中国首条新能源悬挂式单轨——成都双流空铁试验线的勘察设计工作，建立了设计技术标准，解决了线形、轨道梁建造等关键技术难题。

主持完成了石郑、京沈、沈丹、盘营客运专线、长吉城际铁路等多条客运专线的勘测设计工作，研究解决了主要技术标准和功能定位、运输组织、线路方案选择、系统集成等多项技术难题，多项成果纳入相关规范。主持完成了具有我国自主知识产权的时速 350km 高速铁路Ⅲ型无砟轨道设计。

主持完成了环渤海京津冀地区城际铁路规划，朔黄铁路、丹大铁路、长白铁路、白乌铁路多条普速、重载铁路设计，及土耳其高铁、塞拉利昂、刚果等国外铁路的前期研究工作。

曾担任重大课题《京津城际高速铁路土建成套技术研究》《哈大铁路客运专线基础工程综合技术研究》《中国伊朗土耳其铁路技术标准的适应性研究》《天津海滨新区 B1 线关键技术研究》等课题研究负责人。其研究成果部分已纳入行业设计规范或为行业规范制定奠定了基础。

先后获国家科技进步一等奖 1 项、国家优秀勘察设计金、银、铜奖、优秀咨询奖，省部级科技进步、勘察设计、优秀咨询等奖项共计 30 多项，专利 3 项，出版专著一本，发表论文多篇。（宋军帅）

【陈克坚·詹天佑铁道科学技术奖获得者】陈克坚，男，1966 年 1 月出生，四川成都人，中共党员，1988 年毕业于同济大学桥梁专业。历任助理工程师、工程师、高级工程师、中铁二院桥梁处副总工、教授级高级工程师、土建一院总工等职，现任中铁二院副总工程师。

长期从事铁路桥梁设计、科研工作，在铁路大跨度桥梁设计和科研等方面积极创新，成绩突出，多项设计和科研成果达到国际先进或领先水平。作为公司桥梁技术负责人，先后主持渝利、云桂、拉林、成兰、郑万、大瑞等20余条铁路及成都、重庆、贵阳等8个枢纽的桥梁重大技术方案审定和相关技术标准确定。主持“铁路大跨度钢管砼拱桥新技术研究”，任课题负责人，研发了大跨度拱桥横向刚度控制技术和万吨单铰转体施工技术，2005年获“国家科技进步奖”二等奖，排名第五。主持“大跨度铁路斜拉桥建造关键技术研究”，任课题负责人，研发了铁路大跨度斜拉桥刚度控制方法，首创了采用分段导流板抑制桁梁涡振技术，2015年获“铁道学会科学技术奖”一等奖，排名第一。担任中国铁路首座钢管砼拱桥——水柏铁路北盘江大桥设计负责人，主持大桥设计工作。解决了腹杆与弦管连接疲劳设计、万吨单铰转体设计等关键技术难题。该大桥2004年获“国家优秀设计”银奖，排名第三。

担任当时世界最大跨度的铁路斜拉桥——渝利铁路韩家沱长江大桥设计公司级技术负责人，主持大桥技术方案研究和决策。大桥建设实现了铁路斜拉桥最大跨度由254~432m的飞跃，2015年获“四川省优秀设计奖”一等奖，排名第一。

陈克坚同志是“国务院政府特殊津贴”获得者，四川省工程勘察设计大师。在铁路大跨度桥梁设计和科研等方面积极创新，勇于进取，坚持不懈，成绩突出。主持设计了十座以上代表中国领先水平乃至世界先进水平的铁路桥梁，创造了中国和世界铁路桥梁多项新记录，多项设计和科研成果达到国际先进或领先水平。获得国家级、省部级、总公司级科技进步奖或优秀工程设计23项，获得发明专利和实用新型专利60项，发表学术论文29篇。为中国铁路大跨度桥梁技术的发展与科技进步做出了突出贡献。

（董瀚路）

【刘卫华·詹天佑铁道科学技术青年奖获得者】刘卫华，男，1979年07月生，汉族，湖南洞口人，中共党员，2001年毕业于长安大学建筑工程专业，2004年毕业于长安大学岩土工程专业（硕士研究生），2008年毕业于成都理工大学地质工程专业（博士研究生），2010—2016年在成都理工大学地质灾害防治与地质环境保护国家重点实验室开展博士后研究工作。历任中铁二局技术中心副总工程师，国家隧道救援中铁二局昆明队/中铁二局昆明工程公司总工程师，现任中铁二局信息中心副主任，教授级高级工程师。先后获得“四川省学术与技术带头人后备人选”“第十四届詹天佑铁道科学技术奖”“中铁二局集团有限公司技术带头人”等荣誉称号。主要从事隧道应急救援技术，隧道、路基工程施工技术，岩体稳定与环境地质工程研究，在隧道坍方应急救援、边坡危岩体等领域取得较大技术成果。

在隧道坍方应急救援技术领域，作为国内第一支国家级隧道坍方应急专业队伍的技术负责人，建立和完善了隧道塌方应急救援体系，研究了先进救援装备的配套使用，首次提出了水平快速钻机打通生命通道，大口径水平钻机打通救援通道，卫星通信车、应急平台终端实施现场和远程指挥的快速救援方案。

在隧道施工技术领域，主持了中国中铁重点科研项目“超长深埋隧道施工深部岩体水文地质条件的演化及突水预测控制研究”，开展了风积沙隧道、黄土隧道、瓦斯隧道、浅埋小净距隧道等施工技术研究，攻克了特殊岩围岩隧道诸多施工难题。

在边坡危岩体研究领域，主持了中国博士后基金“西部山区高边坡危岩体风雨作用下启动机制及滚石运动特征研究”项目研究，撰写了中国第一篇专门研究危岩体的博士学位论文，提出大型工程危岩体基本类型及失稳模式，发展了危岩体精细化调查方法。（李文艺）

【周秋来·詹天佑铁道科学技术青年奖获得者】周秋来，男，汉族，中共党员，1979年生，山东胶州人，教授级高级工程师，现任中铁三局技术开发部副部长。2003年参加工作以来长期致力于道路与桥梁施工技术及技术创新管理方法的研究，注重理论研究和工程实践相结合，在专业上精益求精，解决了施工中遇到的诸多技术难题。主持研发课题先后获得山西省、铁道学会、中铁工总等各类省部级科技奖20余项；国家级工法1项、省部级工法30余项；授权专利40余项（其中发明专利17项）。

在沥青混合料施工领域方面做出了贡献，开拓创立了“物料平衡法控制间歇式拌和机施工理论及生产工艺”，系统研究了生产配合比与目标配合比的关系，将两者的关系具体化、量化，填补了现有技术空白，解决了拌和机出现溢料、等料、混合料性能不稳定等难题；有效减少了沥青的用量并提高了回收粉的用量，保证质量控制成本，减少了资源的浪费。“物料平衡法控制间歇式拌和机生产沥青混合料施工工法”获得国家级工法。成套技术获“中施企协科学技术”一等奖、“中铁工总科技进步”一等奖，排名第1。

主持完成了“深谷高墩大跨连续刚构桥快速施工技术”课题，在郑卢高速提出了连续刚构桥快速施工理念，课题组基于这一理念成功修建了河南省第一高桥大铁沟特大桥，获“山西省科技进步奖”三等奖、“中铁工总科技进步奖”一等奖、“全国滑模爬模工艺技术创新成果奖”一等奖，排名第一。

作为课题组长主持开发的“高速铁路深厚松软土地基加固技术及受力变形特性研究”，获“山西省科学技术奖”二等奖；“高速公路高填方湿陷性黄土路基处理及关键施工技术”，获“中施企协科学技术奖”二等奖；“临近既有高铁多种围护结构深基坑施工技术”，获“中施企协科学技术”二等奖、“中铁工总科技进步奖”一等奖；“新建大型铁路资源高效利用及节能降排绿色施工技术研究”，获“山西省科学技术奖”三等奖。

先后荣获“山西省五一劳动奖章”“山西省铁道学会优秀科技人才”“詹天佑铁道科学技术奖专项奖”“中国中铁青年岗位能手”“中铁三局劳动模范”“詹天佑铁道科学技术奖青年奖”等荣誉称号。（徐建军）

【刘建友·詹天佑铁道科学技术青年奖获得者】刘建友，男，1982年11月生，江西抚州人，中共党员，2010年7月参加工作。现任中铁工程设计咨询集团有限公司城交院科研开发中心主任，高级工程师，国家注册岩土工程师。

刘建友同志2010年毕业于中国科学院地质与地球物理所，获得地质工程专业博士学位，主要从事隧道设计和研究工作，先后承担了8项省部级科研课题的研究工作，共荣获铁道学会科学技术奖3项，中国铁路工程总公司科学技术奖5项，获得发明专利7项，实用新型专利20项，发表论文16篇。负责完成的铁路总公司重点课题《隧道下穿高速铁路路基沉降控制关键技术研究》提出了下穿高速铁路工程的风险评价及控制技术，先后荣获“中国铁路工程总公司科学技术奖”一等奖、“中国交通运输协会科学技术”一等奖、“中国施工企业管理协会科技创新成果奖”一等奖。刘建友同志2012年开始参加京张高速铁路工程的建设，负责铁路总公司重大课题“京张城际铁路大跨度深埋地下车站综合修建技术研究（2014G004–C）”“京张高铁八达岭地下车站施工关键技术研究（2017G007–A）”和“京张高铁城市密集区复杂地质高风险大直径盾构隧道修建关键技术研究（2017G007–B）”等课题的研究，长期深入工地，负责现场设计变更和配合、现场监测和试验等设计和研究工作。为了解决八达岭长城站复杂洞室群结构受力计算和稳定性控制问题，基于水流通过复杂障碍物流量保持守恒的现象，研究提出了围岩应力流守恒原理及洞室群隧道支护结构设计方法，为八达岭长城站的建设做出突出贡献，获得“第四届詹天佑铁道科学技术青年奖”。（李　莉）

【贾连辉·詹天佑铁道科学技术青年奖获得者】贾连辉，男，1981年6月生，汉族，河北三河人，中共党员，2004年毕业于河北工程大学。历任中铁隧道装备制造有限公司设研总院液压所所长、院长助理、副院长，中铁工程装备集团有限公司设计研究总院副院长、党委书记，现任中铁工程装备集团有限公司设计研究总院党委书记、院长，高级工程师。长期从事隧道掘进装备的设计研发和科技创新工作，是中国盾构机科技创新和产业发展的中坚力量，为推动盾构机国产化事业做出重要贡献，在国内隧道掘进装备相关领域具有较高的知名度。

作为中国盾构机领域开拓者之一，以核心骨干技术人员身份，参与国家“‘863’计划复合盾构样机研制”等科研项目，完成30多项关键技术攻关，打破了国外技术封锁，成功研制中国首台具有自主知识产权的盾构机，并在此基础上带领技术团队完成了盾构机的系列化、标准化设计研发工作。研究成果取得了广泛的推广应用，为中国隧道修建技术的大幅提高奠定了良好的基础，助推了盾构装备的国产化。主持完成“超大断面马蹄形土压平衡盾构机的研制与应用”“富水砂卵石层矩形顶管机关键技术研究及应用”等多项省部级重点科研项目，突破了异形隧道全断面低扰动开挖等多项世界难题，研制出世界首台超大断面马蹄形盾构机、世界首台砂卵石层矩形顶管机、世界最大断面矩形盾构顶管机等多种世界首台套异形盾构机，实现了圆形断面到非圆形断面的革命性跨越，并成功应用中国首个盾构法地下停车场等多个重大工程，使中国在异形隧道掘进机装备及应用领域处于世界领先地位。

作为中国硬岩复合地层顶管机领域的开拓者，主持完成中国中铁重大科技专项“适用于复合地层的小直径泥水平衡顶管设备技术研究及应用技术”科研项目，通过项目技术攻关，成功克服了变位剪切二次破碎等多项技术难题，研制出中国首台复合地层硬岩泥水平衡顶管机，并完成了系列化研究设计工作，打破了国外垄断，填补了国内技术空白，为中国地下管廊建设提供新的解决方案。

通过其多年的技术攻关，创新成果转化为隧道掘进装备300余台套，其中包含了一批具有奠基性、开创性的创新产品，并在全球40多个国家和地区推广应用，助推中铁装备在国内地下工程装备领域连续7年市场占有率第一，对提高中国高端装备技术水平、促进基础设施建设、维护国家安全、改善民生具有重大意义，对国际盾构机行业发展有积极的推动作用。

个人先后主持或参与了国家“863”计划“复合盾构样机研制”、河南省重大科技专项“超大断面矩形盾构顶管机（10×7m）研制”等10余项重大科研项目，授权发明专利27项，发表高水平论文16篇（其中SCI 3篇、EI 2篇），参编《顶管技术》书籍一本，参与了国内首个盾构机行业标准《全断面隧道掘进机土压平衡盾构机》的编制工作。主持或参与项目获得“国家科学技术进步奖”二等奖1项、“河南省科技进步奖”一等奖1项、“中国铁路工程总公司科技进步奖”特等奖2项、“中国铁路工程总公司科技进步奖”一等奖3项，“中国施工企业管理协会科技创新成果奖”一等奖1项。

个人先后被授予“中国中铁青年创新个人”“中国中铁青年岗位能手”“郑州市青年岗位能手”“中国施工企业管理协会科技创新个人”“茅以升铁道工程师奖”“河南省五一劳动奖章”等荣誉称号，并于2016年成功当选河南省第十届党代表。（张　俊）

【王翔·入选铁路青年人才托举工程】王翔，男，1986年7月出生，汉族，湖南岳阳人，2010年7月毕业于清华大学航天航空学院力学专业，工学硕士。2010年7月参加工作，历任中铁大桥局桥科院助理工程师、工程师，现任中铁大桥局桥科院新技术研究所副所长、高级工程师。参加工作以来长期扎根在科技研发一线，主要从事桥梁结构健康监测研究以及检测新技术、新装备的研发，为大跨度桥梁和高速铁路提供高效、高精度的健康状况诊断与评估。

先后主持了3项中国中铁股份有限公司科研课题、9项中铁大桥局科研课题，列入技术骨干成员名单，参与2项国家重点研发计划、1项交通运输部科研课题，主持1项湖北省地方技术标准的编制。

主持研发的“结构动态位移图像识别测试系统”通过工业相机高频采集结构待测部位的数字化图像，实时得到待测点的动态平面二维位移。该系统能够在线路外远程、非接触对大型工程结构进行高频动态位移监测，对交通无干扰，安全优势显著。2011年针对京沪高速铁路某路段接触网异常晃动问题，该技术在列车运行的情况下对接触网多个部位进行了多次实时监测，为问题处置决策提供了科学依据，以较高的精度和优异的安全性能得到铁路管理部门的一致肯定。该技术还大量运用于高速铁路桥梁和大跨度公路桥梁的动态挠度监测、桥梁主塔偏位监测、拱桥的拱肋偏位监测等。在此基础上开发了一套高速摄影采集分析系统，为解决京沪高速铁路电弧灼伤钢轨和胶结绝缘节问题提供了关键技术支撑。

负责研发的高速铁路高精度位移（沉降）自动实时监测技术，为桥梁等结构的竖向位移提供±0.1mm的高精度、高效率的自动实时测试，实现了封闭式运营中的高速铁路基础沉降亚毫米级全天候无人化监测及预警，系统长期稳定性、可靠性、安全性较高，该技术提高了高速铁路基础沉降长期监测以及桥梁荷载试验、桥梁挠度监测的效率和精准水平。

负责研发的桥梁拉索检测机器人通过图像识别拉索表观损伤和磁场探测拉索内部钢丝缺陷，实现了缆索体系桥梁拉索的无人化高空远程自动检测，提高了处于交通命脉核心位置的特大跨度桥梁的健康诊断和安全保障水平。“桥梁拉索检测机器人研发及应用”项目在2017年中国中铁首届青年创新创意大赛和第二届湖北省企业团工委创新创业大赛中均以第一名的成绩获得金牌。

研究成果获得“湖北省科学技术进步奖”三等奖1项（排名4）、“中国铁路工程总公司科技进步奖”一等奖1项（排名3）、“中国铁路工程总公司科技进步奖”二等奖1项（排名2）、“中国施工企业管理协会科技成果奖”一等奖1项（排名2），参与获得其他省部级科技进步奖4项。作为主要发明人（排名前三）取得授权发明专利10项，以第一作者发表EI论文2篇、核心期刊论文4篇，其中1篇入选国家铁路局“铁路重大科技创新成果入库证”。

2011年荣获中铁大桥局“青年岗位能手”，2017年荣获中铁大桥局“青年岗位能手标兵”等荣誉称号，入选中国铁道学会第二届“铁路青年人才托举工程”和中国科协第四届“青年人才托举工程”。（李涵宁）

模范人物

【徐州·全国十大最美职工、全国五一劳动奖章获得者】徐州，男，1983年出生，现居四川彭州市，中铁二局第六工程有限公司磨万项目部工程师，于2005年在中国第一条高铁京津城际铁路项目参加工作，经过广珠、钦北铁路等多个国家重点工程历练。2012年起，他先后参与亚吉铁路、中老铁路等“一带一路”重点工程建设，获“四川省劳动模范”“全国十大最美职工”“全国五一劳动奖章”等荣誉，并在2018年荣誉当选中国工会十七大代表和全总第十七届执行委员会委员。

2012年，他参与非洲第一条全线采用中国电气化铁路标准施工的铁路——亚吉铁路的建设。他组建由6名党员和5名职工组成的“党员科技攻坚小组”，在当地向导的带领下，克服了恶劣的自然地理环境，走完铁路沿线100多千米。经过上千次的配比实验，成功攻克“火山细角砾掺拌粘土用于路基填筑”（即“火山灰技术”）和“天然火山角砾用于铁路底碴施工”技术，解决了当地填料匮乏的难题，节约了巨额的工程建设成本，为埃塞俄比亚找到了一种可以广泛应用的施工技术和材料，也为当地未来的建设发展拓展了资源。

2017年，他转战中老铁路，成立党员突击队，克服雨季施工难题。组建徐州工作室，实施技术攻关，实现了诸多“不可能”：创下中老铁路全线第一个桥梁桩基成桩、第一个桥梁墩台成型，1个月建设完成老挝境内最长桥梁（楠科内河特大桥）和万象北站两个标准化施工示范段，造就了中国制造的过硬品质。（唐大力）

【黄莹·2018年全国三八红旗手】黄莹，女，1982年5月出生，湖南湘潭人，英语专业本科学历，中共党员。2005年7月毕业于安徽工业大学。中铁四局集团有限公司中东及东欧区域中心商务经理。2005—2018年先后在尼泊尔、阿曼、阿联酋等国家常驻7年，曾担任项目部翻译、公司团委书记、项目党支部书记、公司营销部部长、区域中心商务经理等。2010年8月担任中国驻阿曼大使馆馆舍新建项目党支部书记，作为中铁四局首个海外项目支部女书记，牢记使命、以身作则，因地制宜地与使馆共同策划“党旗飘扬阿曼湾”等党组织活动，带领支部党员和积极分子努力改善员工在酷热的中东地区工作、生活及学习条件，关心员工家属，解决大家驻外的实际困难，努力营造海外项目“大家庭”的温暖，形成和谐、积极、团结的驻外工作氛围。2013年9月，中国驻阿曼大使馆馆舍新建项目全面竣工并顺利通过外交部验收，圆满的完成项目施工任务。2015年，在担任中铁四局海外公司营销部部长期间带领团队通力协作，成功中标埃塞俄比亚克林图工业园、援毛塔瓦克肖特城市排水雨水工程、援蒙古残疾儿童发展中心等多个海外项目，取得了丰硕的营销战果。2017年，在中铁四局集团成立海外八大营销中心后，主动申请驻守海外一线，为企业践行“一带一路”倡议做出了积极努力。自工作以来，先后获得中铁四局“青年岗位能手”“创先争优党员先锋示范岗”“十佳杰出青年”“劳动模范”“中国中铁优秀共产党员”等荣誉称号；2018年荣获“安徽省巾帼标兵”“全国三八红旗手”称号。

（孙丹丹）

【魏大翻·全国五一劳动奖章获得者】魏大翻，男，1980年生，安徽省太和县关集镇未庄村人。中铁四局集团第五工程有限公司盾构分公司管片拼装手。先后参与建设了南宁地铁1号线、沈阳地铁10号线、武汉地铁蔡甸线和深圳地铁4号线等工程，逐步成长为全国新型岗位工人、农民工楷模。2013年9月，魏大翻以农民工身份加入中铁四局五公司盾构分公司，从事盾构隧道管片拼装工作，成为该公司实现自购盾构机成套设备施工成立盾构分公司后的首批管片拼装手，他通过入职培训、自学钻研，迅速完成了由学徒新手向专业师傅转变，成功掌握多种类型管片拼装工艺，在曲线段管片拼装过程中，注意管片的转弯趋势，因势利导拼装管片紧固螺栓，使拼装管片质量合格率达到100%，优良率达到98%以上，多次在大干关键期消除阻工技术难题，展现出了高超的专业素养。作为农民工成长起来的行家里手，随着自有盾构机成套设备的不断增加，他“先进带后进”把工作以来获得的心得经验无偿教授给后来从事相关岗位的农民工兄弟，带领他们一起成长，成立的“魏大翻创新工作室”，培养了多批次盾构隧道管片拼装人才，先后在南宁、厦门、深圳等地铁施工中独挡一面，助力施工任务完成。他认真履职、乐于助人，主动为职民工朋友排忧解难的作风，获得职工广泛认可和好评。2018年获“全国五一劳动奖章”荣誉。

（陈　振）

【冉启贵·中华全国总工会第十七次代表大会代表】冉启贵，男，1977年9月生，四川省南充市营山县人。中铁八局集团第二工程有限公司成兰项目部项目经理。

冉启贵同志自1994年参加工作以来，一直从事项目管理工作，先后参与了南涪铁路、遂渝二线、重庆枢纽、兰渝铁路及成兰铁路等多项国家重点铁路项目建设；已完项目均一次性验收通过，全部获得优质工程评价。多年来，冉启贵同志敢想敢干，用自身责任诠释了担当，在立足实干中带领项目逆境中斗风雨，克服重重困难，赢得一个又一个的艰苦战斗胜利。多年的现场管理经验造就了不浅薄的创新根基，创新施工方法达30项之多，为企业创造经济价值约2000万，特别是对桥梁T180架桥施工的程序简化以及声屏障现浇施工的工艺创新得到各大施工单位的广泛推广和应用。先后荣获全国中华总工会“火车头奖章”和“全国五一劳动奖章”；2018年当选中华全国总工会第十七次代表大会代表。

（熊苏琳）

【秦环兵·全国五一劳动奖章获得者、中华技能大师】秦环兵，男，汉族，本科文化，中共党员，1974年2月28日生，江苏省如皋市人。中铁大桥局第二工程有限公司测绘工匠技师、芜湖轨道交通项目部副经理，中铁大桥局集团工会兼职副主席。秦环兵同志自1990年参加工作以来，凭借自己的毅力、勤奋和好学，以做专家型桥梁工人为志向，从一名初中未毕业的普通工人，逐渐成长为一名工程测量工匠技师。工作中他求真务实、大胆创新，将传统的“仪器跟踪调整法”革新为“空间弦线控制法”，使调整索道管的速度提高了4倍。他给仪器穿上羽绒衣、搭上防风帐篷有效解决了在七八级大风及零下20多度等恶劣气候条件下不能测量的重大难题。先后完成技术革新、小改小革89项，优化测量方案135项，解决大型桥梁现场施工测量难题26项，为企业创造经济效益约990万元。以他名字命名的“中国中铁秦环兵测量技能大师工作室”先后完成专利9项，全国优秀测绘工程奖一项，省级QC成果一项、中国公路工程工法及中铁大桥局企业工法各一项。他个人先后荣获“中国中铁劳动模范”“中国中铁十大专家型技术工人”“湖北省楚天工匠”“全国知识型职工先进个人”“全国技术能手”“全国五一劳动奖章”“中华技能大奖”等荣誉称号并享受国务院政府特殊津贴。（韦忠树）

【查道宏·全国五一劳动奖章获得者】查道宏，男，1973年10生，安徽安庆人，1997年7月参加工作，现任中铁大桥局沪通长江大桥项目部常务副经理，教授级高级工程师。参加工作20余年来，主持或参与了京沪高铁南京大胜关长江大桥、嘉绍跨江大桥、蒙华铁路洞庭湖特大桥、沪通铁路沪通长江大桥等10余座特大型桥梁的建设。

参与解决了南京大胜关长江大桥钢梁三主桁结构体系复杂、合龙点多、精度要求高等技术难题，创造了连续钢桁拱梁架设4天一个节间的施工新纪录。攻克了嘉绍跨江大桥强涌潮区直径3.8米、长110米钻孔桩施工，130根单桩独柱经第三方检测都达到了Ⅰ类桩的最高标准。主持了沪通长江大桥Q500qE高强度钢、2000MPa级斜拉索等新型材料和1800吨架梁吊机设计、主航道桥钢桁梁大节段拼装及架设工艺等研究，推进了新型材料的生产制造和主航桥钢梁的制造架设；提出了沪通长江大桥29号墩斜拉索同步张拉系统，并得到有效实施；参与制定了沪通长江大桥29号主塔墩“塔梁同步”施工方案，即在主塔上塔柱施工至第39节后开始架设钢梁并挂设斜拉索。沪通长江大桥29号主塔墩斜拉索同步张拉系统和“塔梁同步”方案的成功运用，主塔、钢梁、斜拉索施工较常规施工方法相比节省6个月工期，保证了项目本质安全，节省了项目管理成本。

主持的“京沪高速铁路南京大胜关长江大桥大跨度钢桁拱安装与合龙技术”“强潮区大直径单桩独柱、短线法制架连续刚构桥施工关键技术”均获”中国铁路工程总公司科学技术奖“一等奖。

个人先后荣获中国中铁“优秀项目经理”、中国中铁“优秀共产党员”、中国施工企业管理协会“全国工程建设优秀项目经理”、浙江省重点建设立功竞赛“先进个人”、中国建筑业协会“鲁班奖工程项目经理”、江苏省“五一劳动奖章”、全国“五一劳动奖章”等称号。

（李涵宁）

【母永奇·全国五一劳动奖章获得者】母永奇，男，1985年9月出生，汉族，中共党员，大学专科学历。中铁隧道股份有限公司盾构主司机，高级技师。2011年5月参加工作，成为了一名盾构主司机学徒，通过对盾构知识的不断学习，熟练的掌握了中铁号、小松盾构、海瑞克盾构的操作方法，形成了自己独特的操作技巧。通过研究渣土改良方法，总结出了不同地层掘进时的渣土改良方法，被行业内单位多次邀请进行盾构掘进指导，解决了众多盾构掘进难题。工作至今，先后参与了宁波地铁、郑州地铁、成都地铁、佛莞城际铁路的施工建设，总掘进里程超过了20km。

2014年“河南省职工技能竞赛盾构操作工比武”荣获第一名，2015年“中国中铁第十四届职工技能大赛盾构操作工比武”第一名，被授予“中国中铁青年岗位能手标兵”称号；2016年享受国务院政府特殊津贴；先后荣获“全国青年岗位能手”“中国中铁十大专家型工人”“河洛大工匠”“中原青年工匠”“河南青年五四奖章”“河南省五一劳动奖章”“中国中铁十大杰出青年”等荣誉；2018年被中华全国总工会授予“全国五一劳动奖章”。

（程思铭）

【王汝运·第十四届全国技术能手】王汝运，男，1970年生，中共党员，山东省宁阳人。中铁工业所属中铁宝桥钢结构车间电焊特级技师。

在学习上，他立足岗位，刻苦钻研，先后夺得了“中国铁路工程总公司焊接技能大赛”第二名、“中国建设系统第六届焊工技术比赛”第十五名的好成绩。2017年，作为中国中铁代表队的领队兼总教练，率队参加了“上海金砖国家国际焊接大赛”，获得团体银奖和优秀组织奖两项殊荣，实现了中国中铁在此类赛事中奖牌“零的突破”。在工作中，他实干巧干，创新创效，先后参建了南京长江二桥、南京长江三桥、芜湖长江公铁两用大桥等重点工程，总吨位超过50万t、累计50万延长米的几十项国家和地方重点工程，20多项工程捧回了“全国优秀焊接工程奖”“古斯塔夫·林德恩斯奖”等国际和国内殊荣。

多年来，他实现了由一名学徒工向知识型工人的华丽转身，先后荣获宝鸡市“十大杰出青年”“宝鸡工匠”、中国中铁“劳动模范”“十大专家型技术工人”“优秀共产党员”“中华铁路总工会全路火车头奖章”“陕西省首席技师”“陕西省杰出能工巧匠”“陕西省十大杰出工人”“全国劳动模范”“国务院政府特殊津贴专家”。2018年，被评选为“第十四届全国技术能手”。

（蒋骁强）

逝世人物

【王梦恕】原中国中铁股份有限公司副总工程师，原中铁隧道局集团有限公司副总工程师，中国工程院院士，北京交通大学教授、博士生导师，第九、十、十一、十二届全国人大代表，第九、十届全国政协委员。2018年9月20日因病医治无效在北京逝世，享年81岁。

王梦恕，男，1937年12月出生，汉族，河南温县人，中共党员，1964年获得唐山铁道学院隧道与地下工程专业硕士学位。历任隧道局助理工程师、工程师、高级工程师、教授级高级工程师、科研所结构室主任、科技开发处总工、中铁隧道局集团有限公司副总工程师等职。先后参与了大瑶山隧道、大秦线军都山双线铁路隧道等重难点工程的技术管理和研究工作，在中国隧道理论研究、科学试验，开发新技术、新方法、新工艺，指导设计施工等方面做出了突出贡献。

（冯欢欢　程思铭）

所属单位

2018 年 3 月 9 日，中铁隧道举行"学习十九大 走进新时代 践行新思想 整装再出发"誓师大会

中铁一局集团有限公司

【简况】中铁一局集团有限公司（简称中铁一局）是中国中铁股份有限公司的全资子公司，主要负责铁路、城市轨道、公路、市政、房建等领域项目施工，为大型综合性建筑施工企业。中铁一局具有铁路、公路、市政公用、建筑工程施工总承包四项特级资质；子公司建安公司和二公司分别具有建筑和公路工程施工总承包特级资质；具有铁路铺轨架梁、桥梁、隧道、公路路面工程专业承包壹级资质等。企业驻地陕西省西安市。

中铁一局前身为西北铁路干线工程局，1950年5月始建于甘肃天水，后迁至兰州、乌鲁木齐，1970年由乌鲁木齐迁至西安，2000年改制为中铁一局集团有限公司，脱离铁道部。截至2018年底，中铁一局下辖20个实体子（分）公司及海外、水务2个事业部。在册员工24990人，其中管理干部10090人；各类专业技术人员14545人，拥有高级职称1760人，正高级工程师113人，享受国家级政府津贴6人；技术工人9331人。

截至2018年底，中铁一局资产总额525.98亿元，其中流动资产387.92亿元，非流动资产138.06亿元；净资产105.45亿元。共保有机械设备8179台（套），原值623149.45万元，净值253425.34万元，机械总功率1147650.20kW，技术装备率10.24万元/人，人均动力装备率46.38kW/人，主要施工机械实有完好率为91.73%，利用率90.36%。在地铁、隧道、桥梁、铺轨、养护、路面等施工中广泛应用各类机械设备，尤其是大型专用设备如盾构机、900t提运架、管棚钻机、挖装机、铺轨机、混凝土湿喷机、全电脑凿岩台车、拱架安装台车等，机械化施工程度不断提升，为施工生产提供了有力保障。2018年，实现新签合同额1381.23亿元，企业营业额765.16亿元。

中铁一局始终坚持“百年大计，质量为本”的方针，铸就了一座座不朽的精品工程。共获得中国建筑工程鲁班奖19项、詹天佑土木工程大奖16项，国家优质工程奖59项；5项工程被评为新中国成立60年“百项经典暨精品工程”。中铁一局坚持科技兴企战略，累计有100多项科研成果达到国际先进或国内领先水平，拥有有效专利333项，其中发明专利120项，实用新型专利213项。同时，还获得“全国五一劳动奖状”“全国工程建设质量管理优秀企业”“全国重合同守信誉企业”“全国企业文化建设优秀单位”等上百项国家级荣誉。

中铁一局1998年通过了ISO9002标准质量体系认证，2003年通过了质量、环境和职业健康安全管理三位一体化认证，2010年12月，通过了新加坡SGS国际认证机构对企业质量管理体系运行的外部认证审核，2011年12月通过了北京SGS国际认证机构的环境和职业健康安全管理体系运行外部认证审核，2016年通过了新加坡建筑局（GGBS）的绿色优雅建筑商认证。近年来，在保持企业管理体系持续有效运行的基础上，结合企业发展实际，开展了系列管理活动，推进提质增效工作，企业管理水平和产品质量持续提升，抵御风险能力进一步增强。（刘彬彬）

【主要指标】中铁一局2018年完成营业收入651亿元，较预算目标650亿元超额完成1亿元。实现归属母公司净利润10.23亿元，较预算目标8.94亿元超额完成1.29亿元。资产总额525.98亿元。净资产收益率11.13%，较2017年减少4.58个百分点。净资产收益率下降的主要原因是上级母公司中国中铁在2018年下半年增资17.68亿元所致。总资产报酬率2.95%，较2017年的3.37%减少了0.42个百分点。

2018年实现经营性净现金流入22.75亿元，超额完成年度预算目标。全员劳动生产率303.30万元/人·年，较2017年增长了9.23%。国有资本保值增值率112.67%，较2017年减少了5.58个百分点。

（杨祖文）

表14–1　2018年中铁一局集团有限公司主要经济指标

项目	2018年	2017年	比上年增长（%）
资产总额（亿元）	525.98	505.57	4.04
所有者权益（亿元）	105.45	86.85	21.42
营业收入（亿元）	651.25	671.91	–3.07
利润总额（亿元）	12.30	13.77	–10.68
净利润（亿元）	10.71	11.59	–7.59
归属于母公司所有者的净利润（亿元）	10.23	11.53	–11.27
技术开发投入（亿元）	9.93	8.90	11.57
利税总额（亿元）	36.48	28.68	27.20

续表

项目	2018 年	2017 年	比上年增长（%）
应交税金总额（亿元）	24.18	14.91	62.17
全员劳动生产率（万元 / 人 · 年）	303.30	277.67	9.23
净资产收益率（%）	11.13	15.71	减少 4.58 个百分点
总资产报酬率（%）	2.95	3.37	减少 0.42 个百分点
国有资本保值增值率（%）	112.67	118.25	减少 5.58 个百分点

制表人：杨祖文

【改革发展】为贯彻落实国资委及中国中铁关于中央企业瘦身健体、提质增效的部署和要求，结合中铁一局“十三五”战略规划及压减计划完成情况，建立了“统筹规划、统一领导、目标明确、责任落实”的工作机制，大力推进企业清理整合工作。2018 年度压减 4 家子公司、4 家分公司，自 2016 年以来，累计完成压减子公司 22 家、分公司 16 家，按时间节点均超额完成中国中铁下达的压减计划。通过对子、分公司的压减，简化了企业管理链条，提高了企业整体管控能力，全面提升了企业的整体素质和发展质量。

继续推行宽带薪酬改革，并先后在中铁一局三公司和厦门公司试点推行工作。宽带薪酬改革改变了原有单一的只有管理序列员工才能获得高薪，导致所有员工千方百计挤入管理序列的现象；使各类优秀专业技术人才能够获得较高的薪酬水平，激发其积极性，拓宽了员工的职业发展通道；使企业的人才结构更加科学合理，保障企业健康稳定发展。（李颖飞　陈　宏）

【重大项目】重大决策方面，紧紧围绕转型升级、提质增效两大任务，持续深化区域经营体制机制建设，改组区域经营机构，调整主营区域，制定配套制度，明确机构职责，构建权责分明、分进合击的经营格局。持续推进“压减”工作，不断瘦身健体、提高效率，超额完成中国中铁下达任务。推进剥离企业办社会职能和解决历史遗留问题，按期完成“三供一业”分离移交工作任务，积极稳妥推进医疗机构改革。深入推进安全质量“管”“监”分离、数字化监察系统建设、项目安全生产条件验收等工作，不断提升安全质量自控水平。加强成本管控和资金管理，依托成本管理信息系统，监控重点项目成本运行情况，预警成本风险；进一步加大“双清”工作力度，加快资金回笼。

重大项目方面，中铁一局承建的渝黔铁路 8 标、铜玉铁路 1 标、广深港客专 PJ 标深圳福田站至香港界河段、香港高铁 830 项目、哈佳客专 7 标、哈牡客专 4 标、济青高铁 9 标、南三龙铁路 8 标、京沈客专京冀段 1 标、怀邵衡铁路 6 标、连盐铁路 1 标等项目顺利按期实现开通；承建的郑万高铁 8 标、潍莱高铁 2 标、西安地铁 5 号线一期 1 标（阿房宫车辆段）、昆明地铁 4 号线 PPP 项目装饰装修 4 标、无锡地铁 4 号线 5 标、大连地铁 5 号线 4 标、沈阳地铁 4 号线 9 标等项目通过标准化施工、精细化管理，树立了良好的企业形象；承建的国道 109 线那羊公路 3 标、江苏 121 省道 S1 标、京滨城际 1 标等项目，应用信息化手段，强化过程管控，生产高效推进；承建的沈阳快速路 PPP 项目 6 标、澄江农村生活污水处理项目、南宁金良路综合管廊等市政项目，通过管理创新、实现技术攻关，赢得各方好评。

对外投资与经营方面，中铁一局 2018 年实现投资新签合同额 295.84 亿元，其中自主投资 209.71 亿元，联合体投资 86.13 亿元。全年共完成投资额 70.97 亿元（含长春铁威），收回回购款 11.73 亿元。

重大科研开发方面，2018 年国家发改委“城市地下空间工程大数据智能分析与公共服务平台建设及示范应用”科研项目按计划实施；承担中国中铁“气动轻轨综合技术研究”“多功能泥水平衡盾构机的研制及施工关键技术研究”等 4 项重大专项或重大、重点科研课题研究，均进展顺利，取得良好成果。

（党　强　苟耀辉　王　先　唐　明）

【走向海外】2018 年中铁一局中标境外项目 20 个，实现新签合同额 107.09 亿元人民币，海外业务首次突破百亿大关；全年完成施工产值 21.71 亿元，超额完成生产经营指标。中铁一局获“陕西省对外投资合作优秀企业”称号，中铁一局香港公司获“香港第 24 届公德地盘嘉许计划模范分包商奖”，中铁一局新加坡分公司被新加坡国家建筑局授予“绿色及优雅建筑商卓越奖”。2018 年在建的重点项目有：哥伦比亚安提奥基亚马尔利 2 号公路项目、孟加拉帕德玛大桥铁路连接线项目、新加坡地铁 T302 项目、香港大埔公路（沙田段）扩阔及加建隔音屏障工程、斐济 FHL 大厦等项目。（杨　萌）

【重大创新】技术创新方面，2018 年完成中铁一局级科技成果评审、验收 44 项；组织通过中国中铁级科技成果评审 17 项；完成的“渝黔铁路夜郎河双线特大桥综合施工及 BIM 技术应用”等 2 项成果入选国家铁路局重大科技创新成果库；完成专利申报 31 项，取得发明专利授权 20 项，实用新型专利授权 16 项；新增省部级工法 23 项，完成及在编国家和行业标准 8 项；在省部级以上学术刊物上发表论文 200 多篇；共有 25 项科研成果获省部级以上科学技术奖。

管理创新方面，重视管理创新，选拔聘任综合管理专家，组建专家委员会。发布管理创新立项课题 32 项，其中、中铁一局立项课题 29 项，上报中国中铁立项课题 3 项。完成《大型国有建筑企业基于互联网的差旅管理》等 27 项课题研究工作，组织成果评审工作，择优推荐参评中国中铁和各级协会管理创新成果奖，其中，荣获“中企联全国企业管理现代化创新成果奖”二等奖 1 项；“中国中铁企业管理现代化创新成果奖”一等奖 1 项，二等奖 1 项，三等奖 1 项；荣获中国建筑业协会“全国建筑业企业管理现代化创新成果奖”一等奖 7 项，二等奖 13 项。（唐　明　李颖飞）

【工程创优】2018 年中铁一局获“中国建设工程鲁班奖”2 项，“国家优质工程金质奖”1 项、“国家优质工程奖”11 项，省部级优质工程奖 21 项，地市级优质工程奖 25 项；国家级安全文明工地 2 项，省部级安全文明工地 33 项，地市级安全文明工地 30 项。（张　锋）

【企业文化】中铁一局顺应国内外形势变化和企业改革发展实际，全面构建了具有自身特色的文化体系，按照《中铁一局“十三五”企业文化建设规划》提出的总体要求、主要目标和主要任务，重点推进中国铁路工程集团有限公司文化理念与中铁一局文化建设的融合，打造了以“追求卓越是我们的人生品格”为核心内涵的中铁一局文化，提出了“夯实五大基础、推进五大工程、培育五大优势、强化五大机制”四个“五大”的重点工作，持续加强“诚信、责任、安全、创新、廉洁、和谐文化”的六大文化建设，确定了企业经营理念和企业管理方针，明确了文化建设考核标准，进一步深化项目文化建设达标活动，展现一局人的文化底蕴、文化品位和文化追求，不断创新、丰富和发展，从而形成了符合时代气息和中铁一局自身特色的优秀企业核心价值体系。（杨　坤）

【党建工作】一是加强政治理论学习，用党的最新理论成果武装头脑。中铁一局党委坚持把学习宣贯党的十九大精神作为首要政治任务落实落细，连续组织开展 5 期“党的十九大精神轮训班”，对全公司 412 名处级领导干部进行了轮训，在全体党员中深入开展了党的十九大精神知识答题活动。推动党的十九大精神不断往深里走、往实里走、往心里走；严肃党内政治生活，修订了“党委理论中心组学习制度”，全年围绕“全国两会精神”“中央八项规定实施细则”“庆祝改革开放 40 周年”等八个方面的主题组织 5 次集中学习，同时对各单位党委中心组进行了督学，促进提高民主生活的质量和效果；持续加强党员和政工干部培训，全年共举办培训班 23 期，对 1380 名党员进行了轮训；严格落实“政工干部培训规划”，指导中铁一局天津公司、广州分公司等单位举办培训班 27 期，培训专兼职政工人员 1218 人，进一步提高了各级政工干部的政治素质和业务能力；以落实中心组学习、民主生活会和“三会一课”等制度为主要抓手，深入开展“两学一做”，引导党员干部职工不断增强“四个意识”、强化“四个自信”，自觉在思想上政治上行动上与党中央保持高度一致。

二是压实管党治党责任，推动全面从严治党向纵深发展。中铁一局党委深入开展党建工作责任制考核评价，修订了“党建工作责任制考核评价办法”，细化分解了 53 项考核评价指标，对 23 家单位落实党建工作责任制情况进行了检查考核；修订了党委常委会议事规则、“三重一大”决策制度实施办法，起草了党委履行前置程序实施细则，全年党委前置研究讨论企业重大经营管理事项 83 项，使党委的意见在企业重大决策中得到了充分体现；在各单位党委书记书面述职的基础上，采取“述、问、评、测”的方式，组织对 7 家单位的党委书记进行了现场述职评议，推动各级党组织全面落实管党治党主体责任、党组织书记认真履行管党治党第一责任人的职责。

三是加强干部队伍建设，为企业改革发展提供人才保障。中铁一局党委持续开展“四好班子”创建活动，授予广州分公司、四公司、三公司、新运公司、五公司 5 家单位 2017 年度“四好班子”称号；修订了《领导人员管理办法》《后备干部管理办法》，制定了《进一步发挥改任企业非领导职务人员作用的通知》《关于对党员干部进行批评教育和提醒谈话暂行办法》等制度，持续推动选人用人和干部管理工作科学化、制度化、规范化；优化后备干部选拔程序，在开展的第 14 次后备干部选拔工作中，将资格审查前置，将确定后备干部的方式由“差额定”改为“择优定”，进一步提高了后备干部选拔的针对性和岗位的匹配度；持续增强干部培训工作的针对性和有效性，全年共举办处级领导培训班、后备干部培训班、“五部两室”培训班、机关科级人员培训班、内训师培训班等各类培训班 5092 期，培训员工 116180 人次，培训人次创历史新高。

四是加强宣传文化工作，为企业改革发展提供精神支撑。中铁一局党委持续宣贯中国中铁五大理念、十二项文化，积极将中国中铁文化理念与中铁一局文化传承有机结合，形成具有一局特色的文化形式，先后深入 18 个重点项目开展企业文化理念宣贯 22 次，培训 1200 余人次；举办第三届“践行价值观，最美一局人”摄影大赛，丰富了职工群众业余文化生活；大力开展典型宣传。持续推进白芝勇、梁西军及大柱山英雄群体的宣传工作，记录反映白芝勇先进事迹的纪实文学《大工匠》分别在《纪实》杂志、中央人民广播电台、《工人日报》等国家级媒体刊发和播出；梁西军及大柱山英雄群体的先进事迹分别在中央媒体进行了广泛报道，进一步扩大了重大先进典型的影响力；结合庆祝改革开放 40 周年等重大活动和企业重难点工程推进情况，策划和组织战役性报道 22 次，在中央主流媒体刊发报道 314 篇，中央电视台各栏目共播出 194 篇；全年在地方媒体刊发报道 2799 篇，在行业媒体刊发报道 2341 篇，在各大网站刊发报道 5656 篇，在新媒体刊发报道 5503 篇。

五是加强党风廉政建设，强化企业改革发展的纪律保障。中铁一局党委认真落实“两个责任”的具体分工、定期报告和联席会议等制度，进一步推动各级纪检机构深化“三转”和落实“两个为主”。制订了《中铁一局运用监督执纪“四种形态”指导意见》，不断提升运用“四种形态”的精准度，全年对7名干部的有关问题采取谈话函询方式进行处置；两级纪检监察组织全年共实施诫勉23人次、通报批评6人次、批评教育13人次，党政纪轻处分80人次，党政纪重处分9人次、重大职务调整9人次，移交地方监委监察调查1人次。修订了“党委巡察工作办法”及配套制度，组织对16家单位开展常规巡察，对机关本部和海外事业部开展专项巡察，实现了本届党委任期内巡察全覆盖目标。认真落实中央纪委《工作建议》精神，结合企业实际制定工作实施方案，梳理出了包括本级落实和指导下级落实的具体措施216项，严格按照工作计划有序推进；组织各部门、各单位开展了为期3个月的自查自纠工作，从《工作建议》要求的五个方面认真对照检查，深入整改落实。加大亏损项目问责力度，全年对113人次进行了亏损问责，对相关责任人处以经济赔偿194.67万元，特别是针对南龙铁路严重亏损问题，成立专案组深入项目进行核查，共计问责43人，对22人处以经济赔偿，赔偿金额100.65万元，同时对承担直接责任的相关管理人员给予从重处理，其中撤职2人，降职3人，职务禁入2人，取消后备资格1人。持续强化警示教育，把吸取奥凯问题电缆事件教训和王晓林案件教训相结合，先后在陕西片区、华南片区、华东片区举办了警示教育大会，对1280余人进行了廉洁从业警示教育。

六是加强党的群团工作，夯实建功新时代的群众基础。中铁一局党委围绕企业生产经营中心工作、聚焦“和谐幸福一局”建设，强基提升，主动作为，深入推进厂务公开和民主管理，不断提升“三工建设”水平，认真落实“员工健康关爱计划”，全面推进“幸福家园”建设，广泛开展劳动竞赛和经济技术创新，持续深化劳动保护和群众安全生产监督，精心打造职工文化品牌，精准帮扶困难职工家庭，积极助力脱贫攻坚行动，着力提升企业女工工作活力，大力选树劳模先进典型。共有1个集体荣获“全国工人先锋号”，4个集体获得“五一劳动奖章”等省部级荣誉，白芝勇等6人次荣获“火车头奖章”。各级团组织深入贯彻落实团的十八大精神，立足“青年大学习”活动，全面加强青年理想信念教育和形势任务教育，深入开展“奋斗的青春最美丽”、青年“双争双创”“学技练功”等主题活动，组织开展“魅力团支书”评选，扎实推进青年安全生产监督工作，丰富拓展青年志愿服务，全面打造青年文化品牌，“青春一局”公众号影响力不断攀升，青年先进典型不断涌现。全年共有23个青年集体和44名青年个人先后受到中国中铁团委、共青团陕西省委及共青团中央等不同层级的表彰。加强维稳和信访工作，积极健全落实维稳信访工作机制，定期组织召开工作联席会议，全面加强事态研判、预防预警、动态分析，着力推动工作流程再细化、责任主体再压实、工作水平再提升。（齐国庆）

【**信息化建设**】2018年信息网络中心由公司办公室整体划拨到技术研发中心，改为信息化管理科，理顺了管理体制，提高了信息化管理效率。发布了《中铁一局集团有限公司计算机设备采购管理规定》，调整了中铁一局网络安全和信息化领导小组成员；更新了上网行为管理系统，部署了日志统计分析系统，对OA协同平台、成本、财务共享、财务管理、网站、经营开发、邮件、安全质量隐患排查八个系统进行网络安全等级（二级）保护测评；为扩展视频会议的应用范围和应用领域，部署了华为视频会议系统（200点）用以逐步替换原宝利通系统；部署了群杰物联网印章系统，并实现了与OA的对接；建设了能够直观展示企业经营、生产状况的大数据展示及调度指挥中心。（李增平）

【**履行社会责任**】2018年，中铁一局积极参与各铁路线路抢险，履行央企社会责任，得到了西安铁路局、郑州铁路局、成都铁路局、济南铁路局等业主单位的认可和嘉奖。1月31日包西线羊马河隧道出口突发黄土崩塌中断行车，中铁一局组织抢险人员135人、挖掘机11台、装载机2台，经过220小时抢通线路。7月12日宝成线K227+460处山体崩塌掩埋隧道进口造成行车中断，中铁一局组织抢险人员272人、挖掘机5台、装载机2台、破碎锤机1台，经过377小时抢通线路。8月18日京九铁路商丘南工区至木兰工区路基边坡溜塌抢险，中铁一局出动救援人员120人次，救援机械22台次，经60小时抢通线路。8月24日德大铁路东营段路基边坡发生溜坍险情，中铁一局组织抢险人员118人、挖掘机6台，经过180小时奋战，确保了线路畅通。通过建设社区移民工厂、开展劳务合作等方式，推进商洛和周至东大墙村定点扶贫，有效履行了央企社会责任。（苟耀辉）

【**领导人员**】

张为和	党委书记、董事长	（10月免）
马海民	党委书记、董事长	（10月任）
李挠峰	总经理	（10月任）
郭秀春	副董事长	
朱卫东	副总经理	
李冬立	副总经理	
郭　炜	副总经理	
王　力	工会主席、副总经理	
汤　勇	副总经理	
三兴忠	副总经理	
安国勇	总工程师、副总经理	
罗田郎	副总经理	
王新年	党委副书记	
王文吉	党委副书记、纪委书记	
鲁和友	副总经理	
杨育林	总会计师	（3月任）

（景江宏）

中铁二局集团有限公司

【简况】中铁二局集团有限公司（简称中铁二局）的前身是成立于1950年6月12日的西南铁路工程局，是邓小平、贺龙等老一辈革命家亲手缔造并授予“开路先锋”大旗的新中国第一家铁路施工企业，是第一家建立现代企业制度和股票上市的铁路施工企业，也是中国中铁核心成员企业。2015年11月，中国中铁股份有限公司与中铁二局股份有限公司开展了资产置换及发行股份购买资产的重大资产重组事项，设立中铁二局工程有限公司，整体承接中铁二局股份有限公司名下的全部资产、负债、业务、人员及相关证照、资质及业务许可、权证、业绩、荣誉及资格。2018年3月29日，根据中国中铁股份有限公司《关于中铁二局工程有限公司更名有关事宜的批复》的批准，并经国家工商行政管理总局核准，原“中铁二局工程有限公司”于2018年9月28日正式更名为“中铁二局集团有限公司”。

中铁二局始终秉承“干一项工程，树一座丰碑”的理念，转战南北，东进西移，从修建新中国第一条铁路成渝铁路开始，先后参加宝成、成昆、南昆、京九、青藏、京广、京津、京沪、哈大、京福、兰渝、贵广、西成、杭黄、成蒲、成雅等300多条重点铁路建设，累计里程15000余千米，占全国铁路总里程的1/8，为中国铁路建设做出了重要贡献。参建200多条高速公路、30余项水利水电、10多个机场港口、数千项市政以及国内大部分城市轨道交通等工程，足迹遍布中国大陆及海外50多个国家和地区。

经过几代二局人的奋勇开拓，中铁二局已从单一的铁路施工劲旅，发展成为拥有各类人才近2万人，全资及控股子公司25个，总资产达700亿元，年综合生产能力1000亿元以上，集工程施工、基础设施建设管理、房地产开发、国际业务、勘察设计咨询、商贸物流、商业物业等业务于一体的大型现代产业集团。先后荣获国家及省部级科技进步奖76项、国家及省部级工法319项，荣获“鲁班奖”31项、“国家优质工程奖”34项、“詹天佑土木工程奖”21项、“全国市政金杯示范工程奖”14项、“中国建筑工程装饰奖”18项，省部级优质工程奖411项，创中国企业新纪录19项、授权国家专利384件。荣膺“全国抗震救灾英雄集体”“全国五一劳动奖状”“全国优秀施工企业”“中国工程建设诚信典型企业”等称号。

中铁二局《“十三五”发展规划》的愿景是：致力于把中铁二局打造成为管理更科学、运营更规范、发展更稳健、竞争力更强的国内领先的、具有国际竞争力的企业集团；总体战略是：以发展工程施工及服务为主，做强施工主业，调整优化投资及多元业务，实现企业持续健康发展，致力于把中铁二局打造成为管理更科学、运营更规范、发展更稳健、竞争力更强的国内领先的、具有国际竞争力的企业集团；总体目标是：到2020年末，新签合同额超过1000亿元，营业额超过800亿元，施工主业以年均不低于5%的增速增长，投资及多元业务实现稳健发展，通过不断强管理、提效益，将中铁二局打造成中国中铁的优秀企业。

公司本部设在四川省成都市。公司办公地址：四川省成都市马家花园路10号；邮政编码：610031。

（任文锋）

表14-2　　2018年中铁二局主要经济指标

项目	2018年	2017年	比上年增长（%）
资产总额（亿元）	876.54	706.22	24.12
所有者权益（亿元）	104.15	116.16	−10.34
营业收入（亿元）	520.10	470.74	10.49
利润总额（亿元）	−35.46	16.71	−312.23
净利润（亿元）	−36.95	18.48	−299.94
归属于母公司所有者的净利润（亿元）	−22.29	47.49	−146.93
技术开发投入（亿元）	7.34	7.14	2.80
利税总额（亿元）	−27.93	19.13	−245.98
应交税金总额（亿元）	6.37	3.75	69.79
净资产收益率（%）	−33.54	19.42	减少52.96个百分点
总资产报酬率（%）	−4.67	3.71	减少8.38个百分点
国有资本保值增值率（%）	125.03	155.11	减少30.08个百分点

制表人：戴　超

【职工队伍】截至2018年末，中铁二局职工总人数为19731人，同比减少150人，其中，在岗职工18193人，非在岗职工1538人。职工中，管理人员13301人，占职工总人数的67.4%，技能人员6430人，占职工总人数的32.6%；具有各类技术职称人员11959人，占管理人员总数的89.9%。其中：正高级职称78人，占专业技术人员的0.6%；高级职称1503人，占专业技术人员的12.57%；中级职称3763人，占专业技术人员的31.5%。技能人员中，高级技师614人，占技能人员总数的9.5%，技师1475人，占技能人员总数的

22.9%。（刘　芳）

【主要技术设备】中铁二局共有设备6879台（套），原值44.46亿元、净值14.00亿元，设备新度系数0.32，设备完好率87.83%，利用率85.35%，自有机械设备总功率76.23万kW，其中海外设备1306台（套），原值7.40亿元、净值2.79亿元，设备新度系数0.38，2018年公司共新投入施工设备原值2.32亿元。（张　媚）

【改革发展】按照中国中铁深化改革、提质增效总体要求，以理顺层级关系、整合内外资源为主线，纵深推进企业改革，管理潜能得到有效释放，发展活力进一步增强。扎实推进全面管理实验室活动标准化、精细化管理工作，采取“全面管理实验＋重点实践检验＋典型样板引路”相结合的方式，广泛开展标杆选树活动，及时总结提炼管理实验室活动中好的经验和做法，对先进机制、先进制度、先进流程进行固化。选取铁路、公路、房建、城轨等业务板块代表性项目开展调研，全面检验管理体系和制度流程，对一些操作性差、流程冗长复杂等设计缺陷，适时进行了调整和改进。2018年共优化规章制度188项，调整业务流程209项。全面推进机构调整改革，中铁二局工程有限公司顺利更名中铁二局集团有限公司，有力化解宏盛项目重大资产重组遗留难题。对中铁二局本部8个部门机构职能和定员进行了优化调整，整合完成2家生产性子公司、1家区域公司，新增设片区项目管控机构、财务共享中心和信息中心，管理效能深入释放。以关闭、撤销、重组、整合及政策化解等为主要手段，成功压减企业8家，3年累计压减法人企业30家，企业法人户数下降至52家，企业压减治亏工作成效明显。（陈　红）

【重大项目】中铁二局参建的贵南铁路、天府机场、广州地铁13号线等新上项目高起点开局、高标准推进；成贵铁路铁盔山隧道、梅汕铁路丰顺隧道、郑济铁路40m箱梁制架工程、青岛地铁8号线TBM等一大批重难点工程按期兑现节点目标；亚吉、成蒲、成雅、杭黄、渝黔、广大铁路等按期交付、顺利投入运营；中老铁路项目援建老挝阿速坡省18号公路桥梁，获得“老挝国家发展勋章”。（李晓桔）

【经营成果】2018年中铁二局累计中标工程249项目，中标金额958.99亿元，其中铁路工程39项，金额129.22亿元（国内118.78亿元，国际10.44亿元）；非铁路工程210项，金额829.77亿元，为中铁二局年度计划1050亿元的91.33%，中国中铁年度计划1038亿元的92.39%，较2017年相比，增加115.69亿元，增幅13.72%。其中，国内铁路项目增加20.7亿元，增幅21.11%，国内非铁路项目增加130.72亿元，增幅18.70%，国外铁路减少35.73亿元，减幅77.39%。公路、房建及其他行业呈现大增幅涨，公路工程192.38亿元，较2017年增长63.83%，房建工程226.03，较2017年增长16.06%，其他工程52.49亿元，较2017年增长540.90%。市政及城轨小幅增涨，市政及城轨工程358.86亿元，较2017年增加8.76%。（金晓红）

【科技创新】2018年中铁二局新列科研项目54项，延续项目72项，新列中国中铁重大课题2项、重点课题3项、引导课题3项，科技成果推广应用33项。完成中国中铁科技成果评审6项，四川省科技成果评价3项，完成中铁二局科技成果评审验收35项。《铁路大跨度上承式提篮钢桁拱桥关键施工技术》获“四川省2018年度科学技术奖”三等奖，《复杂环境下高铁大倾斜裸岩深水桥墩施工关键技术研究》获“福建省2018年科技进步奖”三等奖，《复杂黄土地层大断面隧道施工关键技术》获“中国公路学会2017年度科学技术奖”三等奖，《大风戈壁环境高速铁路施工技术创新》获得“中国施工企业管理协会科学技术奖”一等奖，《长三角地区富水软弱地层超深地铁车站施工关键技术》《大型地下储油洞库群施工关键技术》获得“中国施工企业管理协会科学技术奖”二等奖，《大吨位（35m/850t）非对称整孔箱梁制运架施工技术及关键设备研究》获得“中国中铁2018年科学技术奖”一等奖，《铁路大跨度上承式变截面提篮式钢桁拱桥建造关键技术》《复杂环境下大坡度、长距离、小净距重叠隧道盾构掘进关键技术》获得‘中国中铁2018年科学技术奖”二等奖。中铁二局共申请专利94件，授权专利56件，其中发明专利20件，实用新型专利36件；获省部级工法33项，中国中铁股份有限公司工法2项。（李文艺）

【工程施工】2018年，中铁二局共有在建项目365个，完成施工产值540.61亿元，为中铁二局年度计划的91.8%，同比增加40.47亿元，增幅8.1%。完成主要实物工程量：隧道工程69成洞千米、路基土石方6868万立方米、制梁6807孔（片）、架梁3919孔（片）、无砟轨道208千米、盾构65千米，铺轨392千米，房建1596万平方米。参建的亚吉铁路、渝黔铁路、广大铁路、杭黄铁路、连盐铁路、成雅铁路、成蒲铁路及成都地铁3号线二期、三期，广州地铁14号线、北京地铁8号线等一大批铁路、地铁项目按期投入运营。

2018年，中铁二局获“中国建设工程鲁班奖”3项、“中国土木工程詹天佑奖”4项、“国家优质工程奖”6项、“中国建筑工程装饰奖”4项，获省（部）级优质工程奖56项，“中国中铁优质工程”21项。获“全国绿色施工示范工程奖”1项。另获“2018年度广东省建设工程质量创优特别贡献奖”，获中国工程建设质量管理体系卓越级（AAA）认证证书。全年未发生生产安全责任事故。获中国中铁安标工地13项，省（部）级及以上安标工地20项。（蒲　伟　景志君）

【信息化建设】成立信息中心，明确了系统建设、系统运维、BIM研用等职能，修订发布《中铁二局信息化管理办法》，启动中铁二局信息化集成平台建设，组织完成了企业门户、主数据管理平台原型开发和迭代，基于云环境搭建了企业服务总线和消息中心；完成云机房规划建设和中国中铁财务共享云平台建设，配合实施系统部署和相关培训等工作，优化网络安全和网络配置；组织开展网络信息安全专项检查，开展电子邮件系统安全专项整治工作；推进“知识管理与科技创新服务系统”研发，推进“军工涉密业务咨询服务安全保密条件审查认证”信息化相关部分工作；完善“2018年水利水电建设市场信用评价”所需配套网站评价相关工作；参加中国中铁、中国图学学会、工业和信息化部、四川省建筑协会等单位举办的BIM大赛，获得相关奖项14项。（罗家贵）

【党建工作】深入推进组织促学、精讲细学、交流互学、检查督学，逐级明确了学习重点和工作要求，参加股份公司集中轮训、四川省委读书班、国资改革大讲堂、专题交流座谈会等18期次，邀请专家教授专题辅导、宣讲6场次，专题交流发言1次。分3期对中铁二局副处职以上领导干部进行全覆盖式轮训，组织开展“不忘初心 牢记使命”红色主题教育、中心组专题学习9期次。各级党组织书记讲党课510余场次，撰写学习体会文章360篇，刊发讨论文章40余篇。召开中铁二局第五次党代会，确立了建设以“强根固魂、强企富工”为鲜明特征的新时代开路先锋企业发展新愿景。坚持“双向进入、交叉任职”，具备条件的单位全部完成“进章程”“一肩挑”。全面推行“前置程序”“三重一大”“党政会签”制度，前置研究重大议题33项。明确各层级管党治党主要任务，修订《党建工作责任制考核评价办法》，连续9年开展党建工作责任制考核。深入开展党建质量提升、“三分类三升级”活动，全年帮扶企业89次、项目137个。组建、撤销7个党纪组织，指导5个子公司党委顺利完成换届选举，建立起641人的专职党群干部队伍，培训410余人次，落实使用活动经费540.11万元。高标准完成发展党员、失联党员处置、党费管理等工作，拨出慰问困难党员及军属专项党费70.8万元。开展“党旗红”等党建主题活动8次，公司党委和公司获评“四川省企业党建与思想政治工作先进单位”“四川省先进企业党组织”，12个集体和个人荣获2018年度中国中铁“一先两优”表彰。（毛　祥）

【纪检监察】正确运用“四种形态”，推动监督执纪由“惩治极少数”向“管住大多数”拓展，2018年党政纪共处理134人次。强化对本部职能部门、三级企业履职履责、审计发现问题、成本管理等领域的问责再监督，全年共扣减（下浮）考核薪金（绩效工资）445人次，政纪处分51人次。贯彻落实中纪委《工作建议》，开展“四风”问题专项调研和整治工作，拍摄警示教育微电影《掘墓人》，对3家单位进行了巡察监督。中老铁路“廉洁之路”建设得到中央纪委国际合作局致信肯定和感谢。（李　飞）

【企业文化】大力加强思想政治工作，深入开展主动谈心、EAP、员工思想与心理状况调查，意识形态工作有关做法得到四川省委督查组高度肯定。深入开展改革开放40周年系列主题活动，促成《焦点访谈》等一大批中央级媒体重磅栏目深入报道一线先进人物和典型事迹，累计对外宣传12124篇次，兴起宣传学习彭祥华、徐州、霍永花等典型人物高潮。应邀参加中央政研会全国政研干部培训交流，代表在川央企在四川省社会主义核心价值观会议上作了主题发言。（魏　潘）

【群团工作】积极推进“幸福二局”建设，细化“精准帮扶”目标和手段，大力开展“幸福之家十个一工程”“职工幸福基金”等普惠职工服务，全年开展助困、助医、助学3103人次共922.9万元，发放“送清凉”“送温暖”慰问金2294万元，帮助299名困难职工实现脱贫解困。中铁二局各级群团组织广泛开展各具特色的竞赛比武和团青活动，中铁二局职工徐州参加中国铁路工会第十七次代表大会并当选为全总第十七届执行委员会委员，中铁二局团委书记当选共青团十八大代表。“全国五一劳动奖章”获得者龙明、“全国青年岗位能手”霍永花等一大批集体和个人荣获上级表彰。（陈　刚　杨　鹏）

【领导人员】

邓元发　集团（建设）公司党委书记、董事长
王广钟　集团（建设）公司党委副书记、总经理、副董事长
方国建　集团（建设）公司党委副书记
汪国明　集团（建设）公司党委副书记、纪委书记
张文杰　集团（建设）公司工会主席
林　原　集团（建设）公司副总经理
刘剑斌　集团（建设）公司副总经理、总法律顾问
崔江利　集团（建设）公司副总经理
陈道圆　集团（建设）公司副总经理
王　勇　集团（建设）公司副总经理、总工程师
胡志勇　集团（建设）公司副总经理
蒋光全　集团（建设）公司副总经理
刘恒书　集团（建设）公司总会计师
张　兵　集团（建设）公司副总经理
王声扬　集团（建设）公司副总经理
熊志勇　集团公司副巡视员
张次民　集团公司副巡视员　（龙　振）

中铁三局集团有限公司

【简况】中铁三局集团有限公司（简称中铁三局）成立于1952年4月1日，前身是内蒙古牙克石库图段工程处。1972年4月，局机关由哈尔滨迁往山西太原。2000年11月28日，正式改制为中铁三局集团有限公司。主要从事交通基础设施工程建设施工，是中国首批工程总承包建筑企业。截至2018年底，中铁三局拥有四大特级资质（铁路、建筑、市政、公路工程施工总承包特级资质），四项工程设计行业甲级资质（铁路、建筑、市政、公路行业甲级资质），以及水利水电等一级总承包资质在内的各类资质110项。经营范围涵盖国内外土木工程施工、机械租赁、地方和专用铁路运营与管理、投资及BT项目建设、房地产开发、建筑工程勘测设计咨询服务等。单位驻地山西省太原市新建南路1号。

中铁三局所属实体子公司15家，分公司3家。按企业类别统计，综合类施工企业9家（二公司、三公司、四公司、五公司、六公司、天津公司、华东公司、广东公司、桥隧公司）；专业类施工企业4家（线桥公司、建安公司、电务公司、运输分公司）；投资公司1家；物资公司1家；勘测设计公司1家；其他非施工企业1家（测绘检测公司）。

截至2018年底，中铁三局在册员工总数22300人，其中：在岗员工20524人，非在岗员工1776人；从事管理、技术人员13907人，从事作业人员8393人。中铁三局干部总数为13907人。学历结构：博士研究生2人，硕士研究生215人，本科7206人，专科4235人，中专及其以下2249人。职称结构：正高级职称86人，副高级职称1356人，中级职称4332人，助理职称4096人，员级职称1484人，未聘任技术职务人员961人。截至2018年底，中铁三局工人总计8393人，其中：女职工1095人，技术工人5551人。初级工441人，中级工1406人，高级工2078人，技师947人，高级技师679人。本科及以上学历76人，大专570人，中专1441人，高中3274人，初中以下学历3032人。

2018年末，中铁三局资产总额为386.62亿元，较年初354.42亿元增加32.20亿元，增幅9.09%；年末所有者权益87.62亿元，较年初53.15亿元增加34.47亿元，增幅64.86%。拥有主要机械设备5863台（套），原值48.27亿元，净值18.94亿元，总功率107.82万kW，主要机械设备台数比2017年底5590台（套）增加4.88%，设备原值比2017年底48.19亿元增加0.17%，总功率比2017年底110.99万kW减少2.86%。2018年新增施工生产机械设备696台（套），设备原值6.795亿元。已有600吨以上混凝土箱梁制运架设备及无砟轨道施工设备等高铁设备78台（套），原值6.58亿元；地铁施工盾构机组20台（套），原值9.25亿元。

2018年，中铁三局推荐2018年省部级QC成果36项，其中一等奖19项，二等奖11项，三等奖6项。推荐2018年国家级成果19项，其中一等奖9项，二等奖10项。所获一等奖中，有2项成果获中国质量协会优秀奖。中铁三局运输公司、桥隧公司和建安公司三家单位在股份公司开展2017年度的三级综合、专业公司“双20强”评选活动中，分别位列综合公司20强第8、18位，专业公司20强第15位。先后有4人获“全国工程建设质量管理卓越领导者”称号；3人获“全国工程建设质量管理优秀推进者”称号。中铁三局二公司、线桥公司获“全国工程建设质量管理小组活动优秀企业”称号。2018年，中铁三局七个专业板块积极推进，子分公司和指挥部共梳理制度1200余项。

（尚　丽　吕安萍　樊永红　李　帆）

【主要指标】2018年中铁三局营业收入480.81亿元，实现净利润7.80亿元，技术开发投入总额为10.28亿元，较2017年8.67亿元增加1.61亿元，同比增长18.53%。利税总额为23.14亿元，同比增长11.86%，应交税金15.34亿元，较2017年13.06亿元增加2.28亿元，同比增长17.54%。全民劳动生产率为27，较2017年增长19.73%。净资产收益率为11%，较2017年下降20.63%；总资产报酬率为3%，与2017年保持一致；国有资产保值增值率为113%，较2017年116%下降3个百分点，降幅2.7%。

（李　帆）

表14-3　2018年中铁三局集团有限公司主要经济指标

项目	2018年	2017年	比上年增长（%）
资产总额（万元）	3866231	3544205	9.09
所有者权益（万元）	876157	531458	64.86
营业收入（万元）	4808087	4630234	3.84
利润总额（万元）	91145	76334	19.40
净利润（万元）	77977	67106	16.20
归属于母公司所有者的净利润（万元）	77989	67105	16.22
技术开发投入（万元）	102801	86731	18.53
利税总额（万元）	231425	206887	11.86
应交税金总额（万元）	153448	130552	17.54
全员劳动生产率（万元／人·年）	27	22	19.73

续表

项目	2018 年	2017 年	比上年增长（%）
净资产收益率（%）	11	14	−20.63
总资产报酬率（%）	3	3	0
国有资本保值增值率（%）	113	116	−2.70

制表人：李　帆

【改革发展】2018 年，山西三江工程检测有限公司与山西天昇测绘工程有限公司分步实施企业重组。加快中铁三局由承包商向承包商 + 投资商转型，全面提升综合经营能力，中铁三局投资公司与山西房地产开发有限公司合署办公。山西房地产开发有限公司所属人员、资产整体现状划归投资公司管理，山西房地产开发有限公司作为项目公司管理，保留牌子。整合公司投融资资源，加快推进结构调整，投资公司吸收合并北京容源投资管理有限公司，原北京容源投资有限公司的资产、债权、债务由中铁三局集团投资有限公司承继。

2018 年，中铁三局修订出台《中铁三局领导人员管理办法》，进一步明确了干部选拔任用的资格，将提任副职领导人员的工作经历年限由试行办法中规定的 2 年改为 3 年，并要求副职领导人员应具有一级建造师职业资格，从事过项目管理工作，且项目管理经验丰富，业绩突出。进一步细化了选拔任用程序。在干部选拔任用过程中，新增了动议环节。在建议人选上会前，纪委要出具关于拟提拔人选在廉洁自律、群众来信来访等方面的审核意见，从源头进一步严把选人用人质量关。严格落实制度办法要求。在干部考察过程中，按照领导人员管理办法要求，坚持选拔任用标准，执行选人用人程序，落实干部选拔全程纪实，保证了干部选拔任用质量。发布了《中铁三局集团财务共享服务中心薪酬管理办法》。（尚　丽）

【重大科研开发】2018 年中铁三局联合广东建设工程公司、洛阳腾誉隧道机械有限公司开展防水板台车的研制工作。研制的一代防水板台车可整体垂直调节，防水板的爬行轨道可左右横向移动，已有 5 套应用于赣深 2 标的隧道施工。研究下承式挂篮和配套桥上龙门吊的研制和试用，摸索出提高施工效率和质量的新的连续梁的施工设备和工艺。开展双块式轨枕的喷涂脱模剂、套管及螺旋筋安装、自动化出入窑系统、蒸汽养护、脱模、轨枕自动化检测、轨枕缓存、信息化建设 8 个关键技术的研究，实现了在京张轨枕厂和郑万轨枕厂的成功应用；在 CRTS Ⅲ型无砟轨道板制造领域，开展了流水机组法生产线的研发，开发的轨道板的张拉、放张、振动、脱模等关键技术及专用设备已经过第三方试验检测，已在郑济濮阳板厂完成安装调试。（韩　磊）

【重大项目】1. 市场开发。2018 年中铁三局完成新签合同额 1186 亿元，与 2017 年同比增加了 119 亿元，增幅 11.2%。其中：铁路市场完成新签合同额 295 亿元，占总额的 24.87%；公路市场完成新签合同额 144 亿元，占总额的 12.11%；市政工程完成新签合同额 144 亿元，占总额的 12.19%；房建工程完成新签合同额 213 亿元，占总额的 17.98 %；城轨市场完成新签合同额 191 亿元，占总额的 16.09 %；基础设施投资完成新签合同额 88 亿元，占总额的 7.45%；海外市场完成新签合同额 53 亿元，占总额的 4.45%；其他 58 亿元占总额的 4.88%。主要中标工程项目有：深圳市城市轨道交通 14 号线工程施工总承包（联合体），新签合同额 63 亿元。

2. 投资项目。2018 年，中铁三局投资项目新签合同额完成 130 亿元，自主投资经营任务完成 71 亿元，包括朔州奥体中心 PPP 项目 6.85 亿元、济南至莱芜高铁林家隧道项目 2.83 亿元、晋城中原街改造及地下管廊项目 15.55 亿元、朔州和丽中学等四所中小学 PPP 项目 5.04 亿元、镇康至耿马高速公路 PPP 项目 22.45 亿元、朔州市大医院建设 PPP 项目 14.95 亿元、霍永新增项目 3.3 亿元。以联合体方式获得施工任务额 59 亿元，主要包括：沈阳市快速路网 PPP 项目 7.87 亿元、自贡市水系综合治理示范项目 PPP 项目 10.84 亿元、新都区天府动力新城基础设施和公共服务配套一期 PPP 项目 9.8 亿元、石家庄市滹沱河生态修复工程 PPP 项目 18.4 亿元、沈阳中德园基础及公共设施建设 PPP 项目社会资本采购项目 12 亿元。投资项目涉及了铁路、公路、水利、地铁、管廊、房地产、市政道路、场馆、学校、医院等多板块业务。

3. 在建重点项目。①新建赣州至深圳铁路客运专线（江西段）GSJXZQ-4 标。合同额：270603 万元，合同工期：2017 年 10 月 28 日至 2021 年 9 月 30 日。2018 年完成产值 6.3526 亿元。龙南特大桥设计桩基 1078 根完成 241 根，承台设计 146 个完成 12 个，墩身 146 个完成 9 个。②东营港疏港铁路 PPP 项目。合同额：412915 万元，合同工期：2017 年 12 月 1 日至 2020 年 5 月 31 日。2018 年完成产值 15.47 亿元，累计完成产值 19.93 亿元，完成合同额的 50.07%。③安九铁路（安徽段）AJSG-3 标段。合同额：249358 万元，合同工期：2017 年 12 月 18 日至 2021 年 10 月 1 日。2018 年完成产值 6.4472 亿元。路基区间路基土石方 36.43 万平方米，站场路基土石方 70.45 万平方米。桥梁桩基 7854 根 /142525.8 米，承台 701 个 /74076 平方米，墩身 551 个 /65001 平方米。预制梁 157 孔，架梁 32 孔。隧道开挖支护 61.8 米，仰拱 28 米。④京沈客专京冀段 10 标。合同价额：229618 万元，合同工期：2015 年 10 月 20 日至 2019 年 6 月 30 日。2018 年项目完成施工产值4.4849亿元，完成合同额的19.3%，累计完成施工产值16.9973亿元，完成合同额的73.1%。⑤新建赣深铁路赣粤省界至塘厦段站前工程GSSG-2标。合同价款：238710万元，合同工期：2017年12月28日至2021年9月30日。2018年完成产值6.97亿元。林围大桥：全长140.9米（1-（64+64）mT构），桩基完成11根，承台完成1个。⑥大瑞铁路DRBRTJ-5标。合同价款：189611万元，合同工期：2015年12月1日至2022年5月31日。2018年项目完成产值3.65亿元，累计完成产值9.28亿元，完成合同额的48.9%。⑦兴泉铁路站前工程XQNQ-2标。合同价额：160520万元，合同工期：2017年4月1日至2021年9月30日。2018年，路基土石方完成328.7万平方米，开累完成79.7%；软基处理完成2.3万米，开累完成100%。⑧新建银川至西安铁路甘宁段站前工程YXZQ-9标。合同价额：194273万元，合同工期：2016年12月1日至2020年12月31日。2018年项目完成产值7.24亿元，累计完成产值17.89亿元，完成合同额的92.1%。⑨太焦铁路TJZQ-1标。合同价额：251043万元，合同工期：2016年10月10日至2020年12月31日。2018年项目完成产值8.77亿元，累计完成产值16.53亿元，完成合同额的68.86%。⑩新建贵阳至南宁铁路贵州段站前工程GNZQ-3标段。合同价额：272567万元，合同工期：2017年12月28日至2023年12月27日。。2018年，独山一号隧道全长8488m，Ⅲ级围岩2765m，Ⅳ级围岩4675m，Ⅴ级围岩1048m。洞身通过灰岩、白云岩为主的可溶岩地层，可溶岩段落长7052m，除DK84+775 ~ DK87+320段岩溶中等至强烈发育外，其余可溶岩段落岩溶均为弱至中等发育；非可溶岩地层主要为页岩、砂岩、石英砂岩，长约1436m。洞身穿越5条断层，3处可溶岩与非可溶岩接触带。独山一号隧道进口已进洞154.8m；横洞完成318m；斜井已施工完成，斜井正洞施工50m。（张玉荣　王红梅　李　伟）

【**走向海外**】2018年，中铁三局实施“大海外”经营战略，重组中铁三局三公司和国际公司，依托中铁三局三公司的技术、管理优势，提高海外项目管控能力。对海外事业部进行优化调整。成立印尼雅万高铁项目领导组。截至2018年末，中铁三局海外营销完成62114万美元。主要营销区域为“非洲”+“一带一路”沿线国别以及中国政府的援外项目。2018年共办理了50余个因公出国团组的出国手续以及相关人员的公务普通护照。（梁聪玲）

【**重大创新**】2018年，中铁三局获批通过国家企业技术中心认定，中铁三局桥隧公司、线桥公司通过省级技术中心的认定。截至2018年末，组建28个技术创新平台。立项研发课题176项，其中，重大研发项目10项、重点研发项目66项。2018年，中铁三局在中国公路学会组织开展了“全体外预应力宽幅薄壁箱梁节段预制及架设施工关键技术研究”的成果鉴定，达到国际先进水平；组织开展了股份公司科技成果评审21项，达到国际先进水平4项、国内领先水平12项、国内先进水平5项。2018年，共组织申报各类科技奖90项次，其中，申报省部级（山西省、铁道学会、公路学会）科技进步奖20项次，申报各类社会力量设奖（中施企协、中国铁路工程总公司、山西省建协、中国职业安全健康协会、中国建筑学会等）70项次。共获得股份公司及以上科学技术奖27项。组织开展2018年度工法关键技术鉴定工作，52项达到国内领先水平、41项达到国内先进水平；2018年度，共申请专利194项，其中发明专利50项，软件著作权1项；授权专利数量145项。截至年末，中铁三局的专利申请数量达到1062件；授权专利总数近900件，其中发明专利133件、软件著作权30件。继续开展《实用技术手册》的编制工作，完成新编手册31部；新开发五小成果14项，全年共转化应用成果30余项。（韩　磊）

【**工程创优**】2018年，中铁三局承建的中铁三局科技研发中心工程、参建的深圳地铁11号线工程、重庆地铁10号线工程3个项目获得“中国建设工程鲁班奖”。施工的沪昆客专长沙西北上行联络线特大桥以主申报、参建的大西客专工程（太原南—西安北）和海南环岛客专工程3个项目获得“第十六届中国土木工程詹天佑奖”。施工的郑州市轨道交通2号线一期工程、武汉地铁3号线升官渡停车场工程、南广铁路郁江双线特大桥3个项目获得“国家优质工程奖”。施工的宁夏自治区固原市原州区至王洼铁路程儿山隧道获得“山西省太行杯奖”；青岛市地铁2号线一期工程轨道安装施工工程一标、天津地铁6号线工程铺轨施工第2合同二期工程、宝兰铁路客运专线BLTJ-5标轨道工程钢轨焊接获得“2018年国家级优质焊接工程奖”；杭州南站站房工程获得‘全国钢结构金奖”。

2018年，中铁三局桥隧公司施工的商合杭铁路15标项目获得1项“国家级安全文明标准工地”称号。北疆工程指挥部获得“新疆维吾尔自治区建设杯”（安全质量等综合考核）、北疆工程指挥部第一项目部获得“新疆维吾尔族自治区安康杯”荣誉称号；参建的毕节至都格高速公路和芜湖长江公路二桥荣获“2016—2017年度公路水运平安工程”共4项省部级安全生产奖项。（徐小平）

【**企业文化**】2018年，中铁三局围绕《中国中铁十三五企业文化建设规划》要求，系统宣贯中国中铁五大核心理念，深入推进“十二项文化”建设工程。企业文化手册初稿完成，发布了《中铁三局集团有限公司VIS视觉识别系统手册》。完成施工现场员工工装招标工作。2018年，中铁三局获得“改革开放40年企业文化建设优秀单位”称号，中铁三局运输分公司获得“改革开放40年企业文化建设先进单位”称号。中铁三局党委副书记（主持工作）、董事长郝刚同志荣获“企业文化建设杰出人物”称号，李秋旺同志荣获“企业文化建设先进个人”称号。党委宣传部部长石海鹰同志受聘为中国企业文化标准化工作专家智库“党建与企业文化一体化研究专家”，企业宣传片《崛起的中铁三局》被评为“最美企业之声”银奖，中铁三局线桥公司机械分公司员工罗圣全被评为“最美企业匠人”。中铁三局继续保持了“全国文明单位”称号，开展了第四届道德模范的评选表彰，建立道德讲堂276个，中铁三局四公司北京地铁3号线04标项目道德讲堂等5个讲堂被股份公司命名为股份公司“示范讲堂”，员工李娟当选“2018年度太原市孝老爱亲类身边好人”。（徐建军）

【党建工作】2018年，中铁三局党委制定下发了《党建工作责任制实施办法》《党建工作责任制考核评价办法》《关于深入贯彻落实中央八项规定精神进一步加强作风建设的实施意见》《基层党组织工作实务》《集团公司直属工程项目党群组织机构工作职责》。开展了党委书记抓基层党建述职评议考核工作，对6家三级公司党委书记进行了现场述职评议。开展了“不忘初心绘蓝图、筑梦城轨立新功”“党旗高扬万里红、提质增效铸精品”“党建示范工程”“区域项目党建联建联创”等党建主题实践活动，助力项目施工生产。指导6家三级单位党委相继召开党员代表大会或党员大会完成换届选举。2018年，中铁三局党委和纪委履行党风廉政建设主体责任和监督责任，坚持将制度建设贯穿党风廉政建设全过程，制定出台《反映领导干部问题线索处置督办管理实施办法》《工程项目纪检监察工作业务手册》，对巡视巡察制度进行修订完善。坚持推进警示教育启发思想自觉，多方式学习贯彻《国家监察法》《中国共产党纪律处分条例》，编撰《效能监察案例解析》《企业违纪问题典型案例解析》，分层次开展“五个一次”活动和党风廉政宣传教育，累计开展党章党纪党规及警示教育281场8979人次。严格落实沟通谈话制度，分级建立《领导人员廉政档案“活页夹”》，分层分级签署了《党风廉政建设目标责任书》《廉洁从业承诺书》。坚持“惩前毖后、治病救人”方针，有效运用“四种形态”，全年处理党员领导干部35人次。落实中央纪委《深入剖析王晓林严重违纪违法案件典型特征将办案成果转化为国企治理效能的工作建议》，围绕五方面问题开展了全面自查自纠。先后对所属6家单位启动了巡察工作，实现对18家三级单位巡察全覆盖。（杨　文）

【信息化建设】2018年，中铁三局以主数据平台建设推广应用为基础，完成了主数据管理项目建设，构建了全公司信息数据统一交互平台，推动主要业务系统与主数据平台的集成衔接。加大BIM技术研究和推广力度，搭建满足业务发展需要的资源共享、协同设计、协同管理的信息化管理体系，构建云计算、大数据、知识管理等BIM云平台。加强核心网络运行监控，打造稳定高效的数据中心。完成企业云视频会议建设，通过云平台计算技术，对数据中心的服务器计算资源、储存资源和网络资源的运行状态实现智能监控和服务管理监测，强化对各类网络信息安全风险的预警能力和管控水平，逐步打造智能化运行保障能力和统一服务能力，实现信息化核心基础环境和数据中心的高稳定、高可靠、高可用。积极开展项目部信息化促标准化工作，探索数字化工地试点建设，推动以项目成本管理为核心的项目部“一套软件”管控业务的体系化建设，制定项目部信息化标准规范，编制项目数字化管控手册，推进信息化工具的一线业务替代作用，促进信息技术在智能建造、智慧工地、绿色建筑、安全检测等方面的创新应用。以管理制度为基础、以信息系统为抓手，深化开展财务共享、物资设备、人力资源、电子商务、安全隐患排查等各重点业务系统推广应用，推进业务与信息系统深度融合。（冯栋梁）

【履行社会责任】2018年7月8日，中铁三局成兰铁路指挥部接到四川省松潘县政府紧急求助，四川省松潘县毛儿盖地区多条道路、电力等全部中断。中铁三局抢险队员第一时间赶赴救援。中铁三局商合杭铁路指挥部全面贯彻习近平“绿水青山就是金山银山”的新理念，坚持“强基达标、提质增效”，按照京福客专公司“来时青山绿水，走时绿水青山”的环保要求，以资源节约为导向，坚持“依法合规、因地制宜、综合施策、绿色发展”的环水保工作思路，严格过程管控，综合利用废弃沟塘作为弃渣场，集中填埋平整、覆耕植土，重造耕地65466.7平方米，在全线起到了示范引领作用。积极运用新技术，创新研发了“拌和站废水废渣分离回收系统”，实现了拌和站混凝土生产及运输过程中的废水、废渣“零排放”，对周边环境“零污染”，取得了良好的社会效益。（任丽君）

【领导人员】

刘宝龙　党委书记、董事长、法定代表人（7月免，调离）
郝　刚　总经理、党委副书记、副董事长（7月免）
　　　　董事长、法定代表人、党委副书记（7月任，主持党委工作）
李新远　总经理、党委副书记、董事（7月任）
于天生　党委副书记、董事
贺　庆　党委副书记、纪委书记、监事、监事会主席
常乃超　副总经理（6月不再担任董事职务）
张俊兵　副总经理、总工程师
杨向歌　总会计师
马文亮　工会主席、副总经理（7月任）
王树伟　副总经理（6月免，调离）
张振兴　副总经理

黄　林　副总经理
张　威　副总经理
李建光　副总经理
李　彪　副总经理　（6月不再担任董事职务）
孙洪利　副巡视员
葛复存　副巡视员　（7月退休）

（吕安萍）

中铁四局集团有限公司

【简况】中铁四局集团有限公司（简称中铁四局）总部位于安徽省合肥市，前身是1950年组建的中国人民志愿军抗美援朝铁道工程总队。铁道工程总队于1953年11月从朝鲜胜利回国，同年，铁道部陆续在全国组建12个工程局、4个专业工程公司，铁四局即其中之一。后经多次归并组合和调整，于1966年8月正式更名为“铁道部第四铁路工程局”（“文革”期间一度改称为交通部第四铁路工程局，到1975年2月复更名为“铁道部第四工程局”，简称铁四局）。铁四局2000年6月28日改制为中铁四局集团有限公司。

中铁四局是一家具有综合施工能力的跨行业、跨国经营的国有大型建筑企业，是中国中铁股份有限公司的骨干成员企业和“标杆”单位。截至2018年底，中铁四局年生产、经营能力在1000亿元以上。中铁四局采用“集团本部＋子、分公司（派出机构）＋项目经理部”的基本组织架构，拥有以施工类为主，包括投资、运营、设计监理、物贸、服务类的26家子（分）公司，5家直属单位，以及10个区域指挥部，32个国内营销办事处，8个境外营销机构。中铁四局本部现有22个行政、党群职能部门，6个后勤机构。

中铁四局拥有铁路工程、建筑工程、市政公用、公路工程四项特级资质，以及铁道行业甲二级、建筑行业、市政行业、公路行业、测绘行业五项甲级设计资质，是安徽省以及中国中铁系统首家“四特五甲”企业，并拥有机电安装工程施工总承包一级资质，桥梁、隧道、公路路基、公路路面、铁路铺轨架梁、铁路电务、电气化工程、建筑机电工程、环境保护工程，建筑装修装饰工程、建筑幕墙工程、地基基础、消防设施工程、钢结构工程，公路交通工程等专业承包一级资质，水利水电、港口航道、通信工程等施工总承包二级资质；机场场道、输变电、电子与智能化等专业二级资质。钢结构设计甲级资质，环保工程甲级资质，工程勘察专业类岩土工程（勘察）甲级资质，建筑工程甲级测绘资质。同时，中铁四局还拥有国外工程承包资质和对外经营权。除基础设施工程施工外，公司业务范围还包括建筑勘察设计、新型材料制造、铁路运营服务、大型施工机械租赁、设备及材料出口、房地产开发、国家基础建设投资、交通园林、国际旅游等多个领域。

中铁四局先后参与新建、改扩建了100多条铁路干、支线和专用线，建成大型铁路枢纽10余个，并在高速公路、市政、水利水务、汽车试验场、城市轨道交通、工业与民用建筑、电气化工程等施工领域取得辉煌业绩和卓著信誉。同时，公司积极参与国际市场竞争，在20多个国家和地区完成或正在施工铁路、公路、房建、水利等工程百余项。所建工程中，28项获“中国建设工程鲁班奖”（国家优质工程），32项获“中国土木工程詹天佑奖”，29项被评为“全国用户满意建筑工程”，15项被评为“国家市政金杯示范工程”，43项被评为“全国优秀焊接工程”，21项获“中国建筑钢结构金奖”，40项荣获“国家优质工程奖”，200余项获省部级优质工程奖，13项成果荣获国家级科技进步奖，257项成果荣获省部级与行业科技进步奖。所开发的工法中，获得国家级工法24项，省部级工法287项。拥有有效国家授权专利920项，其中，发明专利246项。

中铁四局是国家级高新技术企业，并建有国家级企业技术中心和博士后工作站。截至2018年末，中铁四局现有员工23000余名，包括各类专业技术人员14100余人，各类技术工人7400余人。其中，具有高中级技术职称的专业技术人员4800余人（包括11名专家享受国家特殊津贴）。拥有各类先进机械设备9800余台（套），总功率达109万千瓦。其中，用于铁路客运专线重型桥梁制、运、架及轨道生产、铺设，城市地铁区间施工，高速公路路面施工的大型设备近二百套（台）。由于卓越的管理和良好的信誉，中铁四局成为自铁道部2005年开展铁路信用评价以来，是近百家铁路施工企业中获得A类企业次数最多的单位，获得银行授信额度499亿元；多次荣获“全国优秀施工企业”称号和“全国五一劳动奖状”，先后被评为“全国文明单位”“全国重合同守信用企业”“全国工程建设质量管理优秀企业”“全国建筑科技进步与技术创新先进单位”“全国思想政治工作优秀企业”“中国品牌文化影响力十大最具价值品牌”“中国企业形象管理典范单位”“全国模范劳动关系和谐企业”“‘十二五’中国创新品牌企业”。

（徐立林）

【主要指标】2018年中铁四局实现营业收入773.91亿元，完成股份公司下达挑战目标770亿元的100.51%；实现归属于母公司净利润14.66亿元，完成股份公司下达确保目标10.98亿元的133.52%；实现经营性现金净流量48.06亿元，完成股份公司下达挑战目标36.94亿元的130.10%；年末资产负债率79.79%，控制在股份公司下达的目标80%以内；年末两金净额152.48亿元，控制在股份公司下达的目标189.2亿元以内。（尹　亮）

表 14-4　2018 年中铁四局集团有限公司主要经济指标

项目	2018 年	2017 年	比上年增长（%）
资产总额（亿元）	644.29	587.88	9.6
所有者权益（亿元）	130.22	94.46	37.86
营业收入（亿元）	773.91	720.07	7.48
利润总额（亿元）	17.73	16.86	5.16
净利润（亿元）	14.68	13.61	7.86
归属母公司净利润（亿元）	14.66	13.60	7.79
科技支出（亿元）	12.33	12.20	1.07
本年应交税费总额（亿元）	19.91	20.91	−4.78
全员劳动生产率（万元 / 人）	36.93	33.00	11.91
净资产收益率（%）	12.98	15.53	减少 2.55 个百分点
总资产报酬率（%）	2.92	3.05	减少 0.13 个百分点
国有资产保值增值率（%）	114.99	116.74	减少 1.75 个百分点

制表人：尹　亮

【职工队伍】截至 2018 年底，中铁四局在册员工 23047 人，其中管理人员 13447 人、研究生及以上学历 365 人、本科 9874 人；拥有各类专业技术人员 15209 人，其中高级职称 1617 人（其中正高级 107 人）、中级职称 4871 人；拥有技能人才 6190 人，其中特级技师 37 人、高级技师 540 人、技师 851 人。拥有局级及以上各类专家 69 人（其中 3 人享受国务院特殊津贴，另有 7 名享受国务院特殊津贴的退休老专家）、一级注册建造师 1213 人。

（吴　健）

【主要技术设备】截至 2018 年底，中铁四局共保有机械设备 4805 台（套）（国内），固定资产原值 47.24 亿元，净值 21.64 亿元，总功率约 65.92 万千瓦时。主要大型专用设备有：盾构设备 53 套；900 吨箱梁运架设备 11 套；900 吨箱梁搬运机 11 套；2*450 吨箱梁提梁机 9 套；铁路 T 梁架桥机 8 套；铺轨机 12 套；混凝土搅拌设备 380 套；电气化施工作业设备 15 套。其中，大型机械设备 80% 由专业公司保有，20% 由综合公司保有。

（万国平）

【改革发展】中铁四局基于对内外部环境的深刻分析和判断，全面推进转型升级，打造“员工幸福、客户推崇、伙伴信赖的新时代一流现代化企业集团”。提出“三大转变”和“三大升级”思路。“三大转变”，首先是由传统的工程建设承包商向全产业链综合服务商转变。主动跳出低端竞争红海，向价值链上下游进发、向高端迈进，推进设计、投融资、施工建造、运营一体化，为客户提供一揽子解决方案。2018 年，建立了 PPP、EPC 项目设计管理体系，24 个总承包项目实现常态管理；逐步完善了运营标准化管理和服务模型，黄山、景德镇项目进入（试）运营期，池州、滨江大道等项目运营筹备顺利推进。其次是由铁路市场为主向国内外基建环保市场全覆盖转变。主要是做精施工、做优工程、做强品牌，其中国内市场要打造中国最优秀的交通基础设施 + 生态环保领域全产业链综合服务商；国际市场主要狠抓“一带一路”机遇，加速“走出去”，提升企业国际化程度。最后是由单一建筑产品向相关多元产品转变。向丰富周边产品与适度跨行业进发，特别是瞄准健康养老产业，积极打造企业转型新支点；截至 2018 年底，中铁佰和佰乐健康养老项目一期基本建成，睿龄产品正式发售，签订了佰和康复医院托管协议。“三大升级”首先是推进管理升级，以标准化、信息化、集约化、专业化、扁平化为抓手，推进组织变革与流程优化，将传统的建筑施工劳务密集型企业打造成知识、技术密集型企业。其次是推进建造升级，以标准化、工厂化、机械化、智能化、绿色化为抓手，带动建造方式的工业化，实现工程传统建造向精益建造升级。最后是推进文化升级，在传承发扬务实优良文化的基础上，继续注入“学习、创新、争先、幸福、诚信”文化元素，更好地引领企业转型升级。

（徐立林）

【经营管理】2018 年，中铁四局企业经营管理情况：

1. 市场开发。中铁四局聚焦国内、投资、境外三大领域，以“国内工程承包、投资开发、运营管理、境外工程、工程服务”五大业务板块为支撑，打造中国最优秀的交通基础设施 + 生态环保领域全产业链综合服务商。2018 年，中铁四局实现新签额 1392 亿元，同比增长 9.8%。其中在国内经营上，实现承包经营新签额 1099 亿元，承揽 EPC 项目 24 个 119 亿元，10 亿元以上大项目 31 个，顺利实施了长江大保护水环境综合治理、无锡太湖隧道等一批重大工程；打造了长三角“超四百亿”大区域，以及江苏、浙江、贵州和安徽 4 个百亿级省份；打造了铁路、公路、市政、城轨、房建、环境治理等 6 个百亿级市场，其中铁路一级市场新签额占有率达 7.23%，市政和环境治理市场总份额突破 500 亿元，水利市场承揽了嘉兴市域外配水工程等 5 个项目。在投资经营上，坚持“新项目开发”与“存量项目整改”并重，基本化解了因国家金融政策变化给前期中标项目带来的融资风险，与北控水务、三峡集团、南京城建等优质客户合作加深，全年完成基础设施投资新签额 297 亿元；新增土地储备 22 万平方米。在境外经营上，新签境外项目17个，首次进入孟加拉、斯里兰卡、哥斯达黎加，中标蒙古国污水处理厂项目，首次尝试以投资拉动基建模式运作蒙古国重载公路项目。所属一公司、二公司、四公司、五公司体量持续扩大，所属三公司、城轨公司、建筑公司实际跨入营销“百亿级”阵营。

2. 安全质量。中铁四局持续加大“风险分级管控”与“安全质量隐患排查”力度，平稳通过两轮铁路质量安全红线检查，重大安全风险项目管控系统试点测试，进度管理系统在600余个项目应用；启动了品质工程建设和精品样板工程评选活动，18家单位31个项目已开展品质工程试点。截至2018年底，中铁四局累计获得中国建设工程鲁班奖27项、国家优质工程奖40项。

3. 项目管理。2018年全年完成新建桥梁158km、隧道168km、盾构区间75.396km、铺轨848km、地下管廊10.443km、房屋建筑37万m^2，施工土石方1.1927亿m^3。

全年完成企业营业额1019.19亿元。其中国内工程完成954.2568元，占比93.6%；铁路327.3120亿元，占比32.1%；公路164.9853亿元，占比16.2%；市政197.5006亿元，占比19.4%；房建44.7358亿元，占比4.4%；水利水电1.2772亿元，占比0.1%；城市轨道交通207.8159亿元，20.4%；其他工程10.6264亿元，占比1.0%。境外工程完成25.5466亿元，占比2.5%；铁路1.1975亿元，占比0.1%；公路9.6292亿元，占比0.9%；市政12.8614亿元，占比1.3%；房建1.3683亿元，占比0.1%；其他工程0.4902亿元，占比0.0%。

4. 财务管理。2018年，中铁四局实现净利润14.7亿元、营业收入774亿元、经营性净现金流48亿元、经营活动收回现金816.4亿元、两金余额152.5亿元、资产负债率79.8%，均圆满完成了股份公司的管控目标；年末净资产130.1亿元；资金集中度85.5%，实现资金集中管理净收益4.9亿元，银行综合授信首次突破600亿元。

5. 节能减排。2018年度，中铁四局综合能耗34.4899万吨标煤，万元营业收入综合能耗0.0385吨标煤/万元（可比价）。比2017年下降3.27%，完成股份公司年下降3.2%的指标。在首次中国中铁“十佳”绿色施工科技示范工程评比中，中铁四局市政公司池州市海绵城市棚改基础设施PPP项目和八分公司杭黄铁路站前Ⅳ标项目成功入选。中铁四局建筑公司厦门轨道交通3号线工程蔡厝车辆基地、二公司南京市南部新城红花—机场地区南片区基础设施EPC项目、城轨分公司昆明地铁4号线4标、钢结构公司徐盐铁路盐城特大桥新洋港斜拉桥等4个项目被评为“2018年度中国中铁节能减排标准化工地”。中铁四局建筑公司的“基于BIM的模板集中化加工技术”被列入第四批“中国中铁重点节能低碳技术”，纳入股份公司重点节能低碳技术目录库。

（孙丹丹）

【**科技创新**】2018年，中铁四局举办了首届微课大赛、第二届创新论坛、首届师资建设论坛及高端制造论坛；连续两年开展“万众创新”活动，总结、提炼、评选和推广了238项技术与管理类成果，并在实践中逐步转化为企业标准；以管理研究院、企业大学两大创新载体为平台，加大“云大物移”“智慧工地”和BIM技术的研究与应用，加强企业人才队伍培养培训及组织学习技术的探索与实操。“铁路大跨度钢—混混合梁斜拉桥关键技术研究”成果获“安徽省科技进步奖”一等奖，“两跨式过隧运架设备研制与施工技术研究”成果获“中国铁道学会科学技术奖”一等奖，与中铁装备在蒙华铁路合作研发的大断面马蹄形盾构施工方法获“国际隧道协会技术创新大奖”，郑万铁路、凤阳体育中心项目BIM应用分别获得“2018全球工程建设业卓越BIM大赛中国区施工类别中型项目组最佳实践奖”第一名、第二名；“大型建筑企业关键岗位胜任力模型的构建与应用”成果获“全国企业管理现代化创新成果奖”二等奖，“城轨云”等两项成果获“安徽省企业管理现代化创新成果奖”一等奖。

（徐立林）

【**科技进步与开发**】截至2018年底，中铁四局累计获得国家科技进步奖12项、省部级与行业科技进步奖287项、国家级工法24项，累计获得国家授权专利1121项；拥有有效专利920项（其中发明专利246项），荣获“中国土木工程詹天佑大奖”32项。其中“十二五”期间，中铁四局完成国家创新能力建设专项1项，参与国家科技支撑项目1项，承担省部级课题35项；获得国家科技进步奖2项、省部级科技奖12项，行业学会、协会奖132项；形成国家级工法12项、省部级工法110项；获国家授权专利512项；主编、参编各类标准17项。

（徐立林）

【**工程施工**】2018年中铁四局施工建安产值完成977.1149亿元（含国外建安产值25.5836亿元），占中铁四局年度计划800亿元（含国外计划25亿元）的122.1%。

2018年主体完工项目（合同价5亿元以上项目）：新建成都至贵阳铁路乐山至贵阳段站前工程、新建南昌至赣州铁路客运专线站前工程施工总价承包CGZQ-2标段、新建织金至毕节铁路站前工程、蒙古国乌兰巴托新国际机场高速公路项目、郑州市轨道交通5号线工程土建施工06标段、台州湾大桥及接线工程TS14标段、广东省仁化至博罗公路TJ13标段、洛阳市故县水库引水工程一标项目、厦门市轨道交通2号线一期工程、南昌市红谷滩新区九龙湖地下综合管沟工程土建施工01标段、浙江省乐清湾大桥及接线工程、龙川至怀集公路（连平至英德段）TJ25标段、无锡地铁3号线一期工程11标土建工程、广州市轨道交通14号线支线工程（施工3标）及广佛线鹤洞站土建剩余工程、凯里未来城一期房建四标段、杭州地铁5号线一期工程土建施工

SG5-3 标段、郑州航空港经济综合试验区双鹤湖中央公园地下空间综合利用工程第一标段、深圳市前海双界河路（及其地下道路）市政工程。

2018 年开通的铁路项目有：新建深圳至茂名铁路江门至茂名段引入江门地区站前工程 JMZQ-2 标、新建杭州到黄山铁路 HHZQ-4 标、改建铁路南平至龙岩扩能改造工程 NLZQ- Ⅶ标、新建哈尔滨至牡丹江铁路客运专线 SG-1 标工程、新建北京至沈阳铁路客运专线京冀河北段 JSJJSG-4 标、新建北京至沈阳铁路客运专线（辽宁段）JSLNTJ-5 标、新建连云港至盐城铁路工程 LYZQ- Ⅲ标。

开通的地铁（轨道交通）项目有：长沙市轨道交通 4 号线一期工程 13 标、郑州轨道 5 号线土建 06 标、成都地铁 3 号线二、三期工程土建 2 标、北京地铁 8 号线三期工程土建施工 07 合同段、天津地铁 5 号线 R2 标、沈阳地铁 10 号线土建 14 标、沈阳地铁 10 号线 15 标、沈阳地铁 10 号线（丁香公园—张沙布段）土建施工第一合同段、沈阳地铁 9 号线一期工程铁西广场—沈辽路段土建施工第一合同段、南宁市轨道交通 3 号线一期工程（科园大道—平乐大道）02 标、武汉市轨道交通 2 号线南延线土建工程 9 标、武汉市轨道交通 7 号线一期工程第十八标段土建工程、武汉轨道交通蔡甸线 9 标、乌鲁木齐轨道交通 1 号线工程土建施工 08 合同段、贵阳市轨道交通 1 号线轨道施工 2 标、哈尔滨市城市轨道交通 1 号线三期工程轨道工程、上海地铁 13 号线二、三期轨道工程 113 标轨道工程、上海浦东国际机场三期扩建捷运系统轨道工程、沈阳地铁 9 号线一期工程轨道工程、重庆市轨道交通 4 号线一期工程轨道工程、乌鲁木齐轨道交通 1 号线机电安装、深圳地铁 3 号线横岗车辆段扩建工程、深圳地铁 1 号线 17-1 标、沈阳地铁 9 号线曹仲车辆段、武汉市轨道交通 7 号线一期工程越江隧道装修工程、广州城市轨道交通 3 号线厦滘车辆段扩容改造工程、贵阳市轨道交通 1 号线小河停车场（±0.00 以上）工程、南京地铁宁溧线土建工程 TA02 标、成都地铁 5 号线神仙树站、重庆轨道交通 4 号线一期土建六标。

（万国平）

【**信息化建设**】推广运用先进生产技术及管理经验，推动中铁四局在建项目施工现场信息化水平。一是继续推进工程进度管理系统建设。截至 2018 年末所有在建项目已全部上线，系统已建立 545 个项目（分）部和 64 个（代）局指组织机构，日报周报等系统应用工作正常展开。二是开发“标准化助手”APP。2018 年中铁四局在《中铁四局集团项目施工管理标准化指导手册》基础上开发了“标准化助手”APP，并于 2018 年 4 月 16 日部署上线，正式使用。“标准化助手”主要功能为：通过 H5 网页、实拍视频、VR 虚拟场景以及三维动画等多种形式，将标准化建设各模块的标准流程和规范进行立体展现，同时，提供关键字检索和案例上传讨论功能，极大增强标准化手册的实用性、便捷性。三是中国中铁设备管理信息系统有效落地。中铁四局联合思源公司对中铁四局的专版成本 2.0 系统和设备管理信息系统进行了二次开发，成功实现了两个信息系统之间的数据互通，项目部设备管理人员通过在成本 2.0 系统录入设备使用相关数据，即可自动推送到设备管理信息系统，使三级公司和局设备管理员通过后台可全面掌握全局各单位机械设备使用情况。截至 2018 年底中铁四局 5000 余台（套）（含境外）机械设备固定资产信息均已录入设备管理信息系统，新开工项目和部分开工时间不长的项目也已正式使用成本 2.0 系统中新增加的设备管理信息模块，实现了股份公司对设备管理信息化工作的要求和目标。

积极探索“互联网 + 党建”。建立了党员电教中心、党课录播室、直播室等电化教育阵地。对“四局手机党校”学习平台进行开发升级，运用视频、现场直播等形式提升学习热情，扩大教育覆盖面，创建经验在股份公司党建内刊进行交流。逐步形成中铁四局党建网站、党员在线学习平台、党建电视频道、微信公众号“四位一体”的党建信息化平台。四公司、五公司依托项目探索了智慧党建云平台、“慧党务”APP。二公司、三公司、电气化公司党建微课作品在股份公司及局微课大赛中获奖，党建工作信息化水平的提升进一步激发了党建工作活力。

（万国平　陈　燕）

【**党建工作**】中铁四局共有三级单位党委 34 个、局工程指挥部党工委 11 个，区域指挥部党工委 9 个，党总支 286 个、基层党支部 902 个，其中工程项目党支部 638 个。共有党员 14139 人，在岗党员 10736 人，其中管理人员党员 4579 人，技术人员党员 5078 人，离退休党员 3402 人。按照股份公司党委“找差距、补短板、强实效”党建质量提升活动部署，对贯彻国企党建工作会议工作进行自查和整改，强化党建工作责任制和四个《实施意见》的落实，抓好“基本组织、基本队伍、基本制度”（简称“三基”）建设。结合行业新特点和区域经营新要求，深化区域党建内涵，探索党建联建新模式，与业主等单位建立联合党支部，通过“活动联办、党员联培、阵地联用”，进一步夯实了基层党建。开展了“涪秀二线展风采、攻坚克难勇争先”“不忘初心绘蓝图、筑梦京张立新功”党建主题活动，“不忘初心红色精神永传承、牢记使命跨越发展扬新帆”“党旗飘扬五彩城、中铁四局争先锋”“大美阜阳党旗红、中铁四局立新功”“联创共建铸就精品工程、信守承诺圆梦济南地铁”“众志同行十五载、勇于争先续辉煌暨庆祝上汽大众安亭试车场启用 15 周年”党建品牌文化交流，“党旗飘扬杭绍台、联建共创筑精品”“信守承诺保节点、创岗建区勇争先”“南昌地铁十周年、携手共建谱新篇”等 10 余项大型党建主题活动。随着企业“走出去”步伐加大，加强境外党组织设置、制度建设和力量配备，开展了“一带一路扬党旗、奋战东非立新功”等党建主题活动，涌现出“一带一路·中铁玫瑰”黄莹以及郭庆

三、陈祥炎等优秀党员。（陈　燕）

【企业文化】在企业改制、转型过程中，中铁四局坚持以“铸魂、育人、塑形”为重点，系统推进新时期的企业文化建设，构建了自身独特的企业文化体系。提炼、培育了以“勇于争先，永不满足”企业精神为主的企业核心价值体系；深入开展企业形象标识、项目文化建设达标工作，编纂发行了《企业故事》《脚步》《楷模》等企业文化丛书，已连续16年定期举办企业文化节、“四局好人”评选，成功承办了三届“中国中铁四局杯农民工·我的兄弟姐妹”全国摄影大赛。2018年10月，中铁四局在第九届企业文化节再次推出大型（原创）场景歌舞剧《薪火相传》，反映了中铁四局在长达68年的企业发展历程中，不同时期创造的企业精神在推动企业发展过程中的作用，展示了中铁四局始终听从党和国家的召唤，积极投身国家经济建设，创造无愧时代、无愧人民、无愧自我的丰碑伟绩的历史过程。近年来，中铁四局先后有10名员工被评为“中国好人”和“全国优秀志愿者”；“四局好人”评选、“企业文化节”被评为安徽省精神文明创建十大品牌；企业历史展览馆被安徽省委省政府授予“安徽省爱国主义教育基地”；先后荣获“中国企业文化建设实践创新奖”“全国企业文化建设工作先进单位”“中国文化管理百强企业”“中国文化管理示范基地”“全国践行社会主义核心价值观企业文化模范单位”等称号。（徐立林）

【幸福企业建设】在确保国有资产保值增值的同时，中铁四局坚持企业发展成果惠及全体员工，全面建设幸福企业。近年来，中铁四局平均每年投入生产一线“幸福之家”建设、员工“三不让”与“送温暖送清凉”资金2亿元左右，新建了一批员工住房，中铁四局机关及一批子（分）公司机关大院经过精心改造，环境面貌发生了彻底变化，其中中铁四局机关大院多次荣膺安徽省省直机关“花园式单位”、合肥市“样板生活小区”。2018年，中铁四局幸福企业建设初步构建了“一个中心，双酬定律，三维体系，四大步骤，五项工程”的基本框架，正在同步推进各项工作；成立了员工健康管理中心，为7000余名员工提供了体检服务；20个单位先后建立心灵驿站112个；北区拆迁改造的有序进展、王下份地块的成功获得，为员工安居宜业再添有利条件。此外，中铁四局大力延伸幸福企业建设触角，认真落实企业社会责任，近5年中铁四局共接受高校毕业生、退伍军人4300多人，平均每年吸纳农民工约10万人，农民工“五同”“五自”管理做法受到了社会各界的好评。幸福企业建设已成为增进员工福祉、拉近客户距离、塑造品牌形象的重要力量。（徐立林）

【履行社会责任】组织实施“三让三不让”职工关爱工程，积极创建幸福之家。按照《中铁四局职工大病医疗保障金无息贷款办法（试行）》，给3名患大病的职工贷款28万元，累计贷款70人次，共计327.6万元。2018年为14个单位的47名在岗患大病职工发放“三不让”承诺高额医疗救助金33.9万元；为387名困难职工子女，发放助学金96万元；为112名在岗家庭遭受意外的职工发放慰问补助费70.78万元；为困难离退休职工（含遗属）发放困补资金82.2万元。

按照中铁四局“幸福企业”建设的总体要求，进一步做实中铁四局“阳光筑爱”公益品牌，持续深化“小候鸟欢乐行”“冬日暖阳”“与爱同行”“暖夕阳”“蒲公英”等子品牌内涵，2018年各级团组织广泛开展了定点帮扶、捐资助学、抢险救援、敬老爱老等活动500余次，服务时长超过2000小时，切实履行“发展自我 造福社会”的企业使命。

按照安徽省委省政府要求，做好安徽省颍上县八里河镇朱岗村和杨湖镇汪李村的定点扶贫工作。挂牌成立“中铁四局集团颍上县八里河镇劳务扶贫基地”“中铁四局集团颍上县杨湖镇劳务扶贫基地”。援建汪李村新村部暨党群活动中心顺利竣工；投入110多万元援建汪李村道路及村庄亮化、健身中心及篮球场、贫困户旱厕改造、边坡护坡、主干道交通标识划线、气调保鲜库等扶贫项目；投入150万元援建朱岗村新村部。同时，春节慰问走访贫困户、资助贫困家庭子女上学，帮助帮扶对象解决实际困难。扶贫帮扶专题片《牵挂》获得安徽省属和中央驻皖单位驻村帮扶工作图片和微视频评选二等奖。（孙丹丹）

【教育培训】2018年，中铁四局加强能力素质培训，在各层级干部培训方面：举办7期学习贯彻党的十九大精神轮训班，实现全局副处及以上领导干部全覆盖；分批组织领导干部到井冈山、延安等革命圣地接受理想信念教育，补足领导干部“精神之钙”；圆满完成第二期清华大学领导力提升研修项目，第三期已完成4次研修，第四期即将启动；组织完成党群、工经、技术三个系统131名领导干部第二轮制度化轮训；实施了海豚、菁英、卓越和雄鹰四类人才选拔和培养工作。在业务及取证培训方面：中铁四局层面持续举办项目部负责人岗位胜任力建设与提升学习项目、项目部关键岗位负责人任职资格培训认证项目、组织学习技术培训项目、执业（职业）资格取证考前培训项目以及局机关业务系统培训项目，不断提高员工队伍的技能水平和综合素质。截至2018年末，中铁四局共有一级注册建造师取证1140人，持证数量在系统内排名第一，为特级资质就位提供了保证。在新入职员工培训方面：对新入职员工培训课程体系和培训方式进行系统优化，各单位均高质量完成新入职员工集中培训，加快了新员工了解企业、融入企业；加强新员工见习期的岗位培训和动态管理，充分发挥导师带徒的作用，加速新员工的成长。2018年，中铁四局累计举办培训班162期，培训约11865人次。（孙丹丹）

【领导人员】

张河川　党委书记、董事长
王传霖　总经理
袁　敏　党委副书记
万　明　党委副书记、纪委书记
李朋谦　工会主席、副总经理
汪志成　副总经理
刘　勃　副总经理
耿　锦　副总经理
张庭华　副总经理
邵　刚　副总经理
伍　军　副总经理、总工程师
王传越　副总经理
耿树标　副总经理、总法律顾问
汪海旺　副总经理
魏成富　总会计师

（孙丹丹）

中铁五局集团有限公司

【简况】中铁五局集团有限公司（简称中铁五局）是中国中铁股份有限公司的全资子公司，注册地贵州省贵阳市。中铁五局拥有各类资质95项，包括施工资质90项、设计资质5项。其中，具有铁路工程、建筑工程、公路工程、市政工程施工总承包特级资质5项（建筑工程特级2项），铁道行业甲（11）级、建筑、公路、市政行业甲级设计资质5项（建筑行业甲级设计资质2项）；水利工程、市政工程、公路工程、机电工程等施工总承包一级19项，其他施工总承包二、三级资质13项；桥梁工程、隧道工程、公路路基、公路路面等专业承包一级资质40项，其他专业承包二、三级资质12项，不分等级资质1项。具有军工涉密业务咨询服务安全保密条件备案证书。中铁五局是中国对外承包工程商会理事单位，享有外经、外贸权，具有对外援助成套项目总承包资格。2018年2月6日中铁五局取得市政特级资质及市政行业甲级设计资质；2018年9月10日取得军工涉密资质。

2018年1月19日，注册资本金由22.9458亿元变更为30亿元；2018年4月4日，注册资本金由30亿元增加到41亿元，变更经营范围：市政由一级升为特级，增加园林绿化工程，增加市政设计；2018年6月27日，中铁五局增加注册资本金到56亿元，新增7个股东，公司性质由有限责任公司（非自然人投资或控股的法人独资）变更为其他有限责任公司；中铁五局公司章程进行修改并在工商局备案；2018年8月13日，公司法定代表人变更为徐中义。截至2018年底，中铁五局共有机械设备8688台，原值47.55亿元，净值19.07亿元。其中200万元以上大型设备218台（套）。自有设备总功率110.42万kW，装备生产率25.2，设备新度系数0.4。2018年，机械设备集中采购率95%，累计采购设备502台，价值1.63亿元。审核报废机电设备286台，原值19018.44万元。

中铁五局先后参加中国120多条铁路主干线，200多条公路主干线，以及中国各地机场码头、城市轨道、水利水电、市政工程的建设。近年来，在武广高铁、京沪高铁、哈大高铁、沪昆高铁等国家“四纵四横”高速铁路网建设中发挥主力军作用。中铁五局承建的工程质量优良，共有50项工程获“中国建设工程鲁班奖”“中国土木工程詹天佑奖”“国家优质工程奖”等国家级奖项。同时，还获得“中国企业形象AAA级单位”“全国优秀施工企业”“全国精神文明建设工作先进单位”“十五年来全国最佳施工企业”“全国建筑行业百强企业”“全国五一劳动奖状”“全国建筑业科技进步与技术创新先进企业”“全国质量效益型先进施工企业”“全国质量管理小组活动优秀企业”“全国企业文化建设优秀单位”“中国企业文化竞争力十强”“十三五开局企业文化建设·执行力文化优秀单位”“全国守合同重信用单位”等荣誉。2018年，中铁五局完成新签合同额837亿元；完成企业营业额428亿元；实现归属母公司净利润8亿元。（夏清华　师　强　程　锐　熊　君）

【主要指标】2018年中铁五局资产总额486.31亿元。货币资金55.62亿元，固定资产原值66.12亿元，其中累计折旧39.21亿元，固定资产净值26.92亿元。营业收入428.49亿元，其中主营业务收入425.71亿元，营业利润9.35亿元，利润总额9.83亿元。（肖金桃）

表14–5　2018年中铁五局主要经济指标

项目	2018年	2017年	比上年增长（%）
资产总额（亿元）	486.31	429.35	13.27
所有者权益（亿元）	101.01	64.57	56.43
营业收入（亿元）	428.49	465.19	–7.89
利润总额（亿元）	9.83	8.03	22.42
净利润（亿元）	8.13	7.00	16.14
归属于母公司所有者的净利润（亿元）	8.12	6.96	16.67
技术开发投入（亿元）	8.92	8.58	3.96
利税总额（亿元）	17.27	23.71	–27.16

续表

项目	2018 年	2017 年	比上年增长（%）
应交税金总额（亿元）	11.25	17.88	-37.06
全员劳动生产率（万元 / 人·年）	27.83	28.98	-3.97
净资产收益率（%）	9.79	12.23	-2.44
总资产报酬率（%）	3.20	2.80	0.4
国有资本保值增值率（%）	114.83	129.68	-14.85

制表人：肖金桃

【改革发展】2018 年，中铁五局新成立中铁五局项目部 2 个，新成立子分公司代局履行职责的项目经理部 78 个、项目更名 7 个。对 8 个区域指挥部进行了调整，新增设北京办事处、南京分公司、合肥分公司、石家庄分公司、长春分公司、银川分公司、长沙经营分公司；对局科技设计部进行了更名及内设机构调整，科技设计部更名为“科技管理部”，内设科技管理科、技术开发科、综合管理科，撤销科技部贵阳分部；局纪委（监察部）“执法监察室”更名为“纪检监察三室”。下发机构文件 109 份。机电公司与贵州公司重组、广州工程分公司重组、长沙分公司重组、完善华北、西北、华东、华南、西南、云贵、中南、东北 8 个区域指挥部及其下属 31 个经营性分公司的机构设置。完成中铁五局集团上海工程咨询有限公司、中铁五局集团第三建筑工程有限责任公司、贵州长源房地产开发有限责任公司 3 家法人企业的注销工作，累计完成 12 家法人企业的注销工作。确定一公司、四公司、五公司下属医院改革方式为撤消医院改卫生所，四公司医院完成改卫生所的全部手续。二公司医院的改革方式为参与股份公司国资管理公司牵头负责的资源整合。（熊　君　师　强）

【重大项目】2018 年，中铁五局完成企业营业额 558 亿元（其中，施工产值 503 亿元，附营产值 55 亿元），完成股份公司年度计划 550 亿元的 101%。截至年末，在建项目共计 358 个，合同造价共计 1691 亿元，其中铁路工程占 35%，路外工程占 65%。截至 2018 年底中铁五局剩余在建工程 845 亿元，其中，铁路工程剩余 141 亿元、城市轨道 156 亿元、公路工程 294 亿元、市政工程 155 亿元、海外工程 45 亿元、房建工程 58 亿元、水利电力 35 亿元。按工程专业类别划分：铁路工程 48 个、城市轨道交通 64 个、市政工程 79 个、公路工程 73 个、房建工程 60 个、水利水电工程 26 个、机场码头 1 个、其他工程 7 个。在建隧道共 203 座，设计长度 588km，年完成隧道成洞 156km（不含斜井、横洞等辅助导坑），剩余 230km（39%）。共有桥梁 766 座，施工任务总长为 303km，剩余施工长度 137km。完成主要实物工程量：土石方 9450 万 m^3、桥梁 85km、隧道 110km、铺轨 702km、房屋建筑 152 万 m^2。（励　青　曾力锋）

【走向海外】2018 年，中铁五局在全球 20 多个国家有序开展经营工作，共完成新签合同额 44.09 亿人民币，同比增长 28.09%。2018 年 12 月，中铁五局集团有限公司与加纳铁道部对加纳西部铁路合同重启谈判，双方在多领域达成了一致，对推动项目发展起到重要作用。2018 年 11 月 28 日，中铁五局集团有限公司以中国中铁股份公司名义与贝宁政府商议，延期了贝宁—尼日尔铁路重建及扩建项目合作备忘录。（张　羽）

【重大创新】2018 年，中铁五局共获得省部级工法 66 项，其中 47 项工法被评为 2016—2017 年度贵州省级工法、18 项工法被评为 2017 年度湖南省级工法、1 项工法被评为河南省级工法；25 项工法被评为股份公司级工法（包含 1 项优秀工法）。知识产权方面，2018 年中铁五局新申请专利 52 件，其中发明专利 18 件、实用新型专利 34 件，新获得专利证书 40 件，其中发明专利 3 件、实用新型专利 37 件，获得计算机软件著作权 1 件，1 项发明专利申报了贵州省专利奖，2018 年中铁五局通过知识产权管理贯标体系认证，获得知识产权局管理体系认证证书。（颜桢炜）

【工程创优】2018 年中铁五局获“中国建设工程鲁班奖”3 项，“国家优质工程奖”6 项，“全国用户满意工程”3 项，“全国建设工程项目施工安全生产标准化建设工地（原 AAA 工地）”2 项，省部级优质工程 23 项，省部级安标工地 15 项；获国家级 QC 小组奖 17 个，省部级 QC 奖 57 个；全国质量信得过班组 3 个，省部级质量信得过班组 5 个；蒲青松等 13 人分别获国家级或省部级“卓越领导者”“杰出推进者”“优秀推进者”“安装之星突出贡献者”等荣誉称号。中铁五局机械化公司分别获全国用户满意优秀企业（中质协）、全国工程建设质量管理小组活动优秀企业（中施协）和贵州省 QC 小组活动优秀企业称号；中铁五局六公司获全国工程建设质量管理小组活动优秀企业（中施协）。（谈李茜）

【文化建设】2018 年，中铁五局党委宣传部完成学习宣传贯彻习近平新时代中国特色社会主义思想和党的十九大精神培训活动。全局 460 名副处级以上领导干部和 60 多名各单位党委组织部、宣传部、党群工作部部长和团委书记脱产参加封闭培训；组织开展 4 次集中学习；共在《中铁党建》《学习与探索》《企业文明》等刊物上刊发理论文章 114 篇；精心拍摄制作《筑梦新丝路》之《情连陆锁国》《40 年 40 城》之《生态家园》

《百年惟人》《跨越》《四十年·一分钟》《独具匠心洛河桥》多部专题片和微视频。下发中铁五局党委《2018年度意识形态工作安排》《关于进一步贯彻落实意识形态工作责任制的通知》《网络意识形态工作责任制实施细则》等相关文件。对外宣传方面：《人民日报》2次，央视报道20次（新闻联播2次），新华社11次，《经济日报》3次，《工人日报》7次，《中国青年报》6次。共编辑《铁道开发》报50期，策划编发分建局以来《铁道开发》报3000期专刊。《中铁五局资讯》推送资讯280余篇；制定《中铁五局先进典型选树宣传工作机制》，先后选树宣传中铁五局四公司京张项目经理蒋思、全国交通技术能手电务城通公司特级技师王平等25名管理专家、技术拔尖人才，以及50多名"爱岗敬业、吃苦奉献"的一线职工和农民工。有效处置7起失信信息和负面舆情；获中国文化管理协会"改革开放40周年企业文化建设标杆单位"，连续8年荣获企业文化建设国家级荣誉，编制的《执行力文化手册》被评为"最美形象之声"代言作品。4个工程项目获"中国中铁工程项目文化建设示范点"。5个道德讲堂顺利荣获股份公司表彰的"中国中铁示范讲堂"荣誉。

【党建工作】2018年，中铁五局按照中央和中国中铁党委的总体部署和要求，举办两轮学习贯彻十九大精神集中培训班，全局副处级以上党员领导干部460人参加培训。召开中铁五局党建工作推进会，明确2018年各项工作要求，为全面提升党建工作质量，推动企业高质量发展夯实了基础。对局区域指挥部、局指挥部（经理部）党组织开展全面清理，组建8个区域指挥部党工委和纪工委，配备8名专职党工委书记；撤销20个收尾的局指（经理部）党工委，将收尾项目的党员纳入区域指挥部党工委管理；充实完善26个局指挥部（经理部）两委成员，配备17名专职党工委书记。健全2个局管境外项目部党组织。1个基层党委、9个党总支和73个党支部完成换届选举工作。指导中铁五局机械化公司、建筑公司党委委员缺员增补和机电公司党员移交贵州公司、六公司和电务城通公司工作。结合中铁五局实际，制定《中铁五局党委2018年党建工作指导意见》《中铁五局党委2018年党建工作创优细则》《中铁五局所属单位党建工作责任制考核办法（试行）》3个制度文件，进一步明确全局2018年党建工作的具体目标和工作要求，以及局党委各部门和所属各单位落实党建工作责任制的具体任务。2018年发展新党员185名，其中生产一线党员154名，占83%；35岁以下青年党员136名，占73.5%。举办基层党组织书记培训班、局指党工委书记培训和全局组工干部培训班，共培训党组织书记和组织系统干部129名。推荐3名党务干部参加股份公司、贵州省国资委党委组织的业务培训。各子分公司党委累计培训党群干部687人。积极参与中国中铁对汝城县的扶贫工作和和贵州省国有企业扶贫工作，选派驻县、驻村干部认真履行职责。组织召开三级公司党委书记抓基层党建述职评议会，6名党委书记现场述职，11名党委书记书面述职。所属397名党工委（党支部）书记参加述职评议考核，其中78名书记现场述职。落实党内政治生活制度，局领导班子召开落实中央纪委《工作建议》专题民主生活会和2017年度民主生活会，督促指导三级单位领导干部召开民主生活会和坚持以普通党员身份参加党建联系点及所在支部组织生活会。组织开展"找差距、补短板、强实效"活动，对照落实全国国企党建工作会议精神，按照《中铁五局所属单位党建工作责任制考核评价办法（试行）》评价要点，共查找六个方面258个问题，分门别类建立问题清单，制定整改措施，开展整改落实工作。开展股份公司党委第一巡视组巡视和局党委巡察的整改工作，及时反馈落实情况。开展2016年以来先进基层党组织、优秀共产党员、优秀党务工作者的推荐评选工作。组织召开中铁五局"纪念建党97周年暨'一先两优'表彰视大会"，大会表彰27个先进基层党组织，85名优秀共产党员和38名优秀党务工作者。4个基层党组织、6名共产党员、3名党务工作者受到股份公司党委表彰。（唐亚国）

【信息化建设】2018年，中体五局按照股份公司"十三五"信息化发展规划要求，加强信息化建设组织领导。调整局网络安全和信息化领导小组。所属单位成立相应的组织领导机构，形成了局、子分公司和局项目部、子分公司项目部信息化应用三级信息化建设领导组织机构。加大信息化平台的推广使用。新推广应用公务通、微风、业务审批和专家管理系统。同时，进一步加强OA协同工作平台、网络视频会议系统、工程项目成本管理信息系统、营销管理系统、工程信息管理系统、物资管理信息系统、物贸企业ERP系统、施工分包招标平台、电子档案系统、企业财共享平台、中国中铁财务信息平台、人力资源管理系统、安全质量隐患排查治理系统、电子商务采购系统以及企业门户网站等平台的应用。健全信息化管理制度。重新制定网络设备管理、机房管理、计算机设备管理、配件及耗材管理等办法，建立信息安全管理、保密管理、账号管理、密码管理、数据备份等安全管理制度，制定了协同工作平台运行管理、财务信息系统运行管理、网站管理、视频会议管理等制度和办法。完善信息化基础架构。坚持以IT基础架构为企业信息化战略目标服务的原则，紧密结合业务应用需求，整合业务流程，采用基于ITIL的微软Microsoft Operation Framework（MOF）运维管理为指南，不断优化和完善企业信息化基础架构。各子分公司以及各项目部、指挥部、经理部等机构通过局域网建设和互联网接入，已全面实现了与公司本部网络互联互通，资源共享。完成构建远程视频监控平台。利用国家应急救援中心平台建立了局可视化远程视频监控中心，中心设置大屏监控室和数据存储设备，搭建可视化远程监控系统，可同时兼容32个项目端口进行实时监控。研究制定远程监控建设方案，已将玉磨铁路、成昆铁路、蒙华铁路5标、大瑞铁路、京张高铁、张吉怀高铁、大临铁路、成兰铁路6标、郑万湖北9个具备监控条件的高风险项目接入系统，进行实时监控。强化信息化安全防护。升级和优化SonicWALL防火墙、SolarWinds监控和网络管理软件、Symantec协同防护杀毒软件等安全软件，强化全局信息化高可靠性、高安全性、易管理和维护性。采用Dell KACE管理应用方案与OpenManage Essentials增强服务管理相结合，实现硬件设备的安全控制；使用SolarWinds监控和管理网络，实现动态、智能网络管理；应用由Quest公司提供支持的备份和恢复一体机DELL DL4000，实现智能、快速的保护数据和应用程序。（饶　力）

【履行社会责任】中铁五局积极履行社会责任，参加抢险救援。参与地方扶贫工作，选派1名同志在湖南省汝城县挂职，开展驻点帮扶工作。2018年3月选派1名同志到贵州省丹寨县任驻村干部，驻村干部被评为“贵州省脱贫攻坚优秀共产党员”。4月，中铁五局利比里亚哈菲项目部主动援助公安部第五支赴利比里亚维和警察防暴队撤回国内。7月20日晚，老挝北部琅南塔省遭暴雨袭击导致13号公路中断，中铁五局磨万铁路项目部主动请缨参与抢险，受到老挝琅南塔省交通厅的高度赞扬。8月3日，老成昆铁路白果段发生泥石流灾害致使成昆铁路主干道行车中断，中铁五局成昆项目部立即成立抢险救援队参与抢险。8月2日至9日，中国人民解放军和平方舟号医院船访斐期间，中铁五局斐济项目部派出志愿者队伍积极参加志愿者服务。12月18日，广铁集团怀化东站一辆装有磷矿的车辆发生自燃，中铁五局组织员工赶赴卸车开展磷矿抢卸工作。（夏清华）

【领导人员】

张回家　董事长、党委书记、法定代表人（6月免，调离）
徐中义　董事长、党委书记、法定代表人（7月任）
　　　　总经理、党委副书记、副董事长（6月免）
曹吉波　党委副书记、纪委书记
刘晓辉　党委副书记、副总经理（主持行政工作）（7月任）
黄　武　副总经理
陈广森　副总经理
陈德斌　总工程师
梁承欢　副总经理、总经济师
陈佐林　副总经理
周海辉　总会计师、董事会秘书
刘少林　副总经理、工会主席
蒲青松　副总经理
龙　禹　副总经理
曹良华　副总经理
刘　勇　副总经理
陈　彬　副总经理

（熊　君）

中铁六局集团有限公司

【简况】中铁六局集团有限公司（简称中铁六局）是依据国资委、原铁道部和中国铁路工程总公司有关企业重组规划和部署，由原属北京铁路局的北京、太原铁建集团，原属呼和铁路局的呼和铁建集团和原属中国铁路工程总公司的丰台桥梁工厂四家企业重组，于2004年1月6日正式挂牌成立，为中国中铁股份有限公司的全资子公司，注册所在地为北京市海淀区，注册资本金22亿元。业务范围覆盖铁路、公路、地铁、高铁、基础施工等专业化施工领域。拥有铁路工程、公路工程、建筑工程施工总承包特级，及其设计行业甲级的“三特三甲”资质企业，同时拥有市政、机电工程施工总承包一级；桥梁、隧道、公路路基、铁路铺轨架梁专业承包一级；环保、钢结构、地基与基础、建筑装修装饰、电力、铁路电务、铁路电气化、电子与智能化、通信、预拌混凝土、城市及道路照明、水利水电、房地产开发、工程勘察设计等资质共计73项，以及国家（CMA）计量认证资质、公路工程试验检测综合乙级资质和对外承包工程资格证书。下设北京、太原、呼和、天津、石家庄、路桥、建安、电务、丰桥、物贸、广州、置业、信达13个子公司，海外、交通、设计院3个分公司。截至2018年12月31日，中铁六局共有正式员工13714人（正式员工12509人，市场化聘用1205人），干部与技术干部比例为1.1∶1（8096/7353），工人与技术工人比例为5.52∶1（5618/1018）。资产总额251.43亿元，固定资产净值16.19亿元、流动资产207.38亿元、其他资产27.86亿元。保有施工机械设备7111台，设备原值213915.15万元，设备净值88982.36万元，设备总功率37.4万kW，新度系数0.42，人均动力装备率29.42 kW/人，技术装备率6.99万元/人，主要施工机械完好率为93.7%，利用率为86.6%，2018年施工生产能力达315亿元，装备生产率35.41万元，机械化施工程度高，装备生产能力覆盖了高速铁路、既有线施工、公路、轨道交通、房建等众多施工领域，尤其是保有大型桥梁、盾构法施工等复杂施工需要的地铁盾构、大直径盾构、高速铁路900吨提运架、公路及铁路架桥机、无碴轨道板生产线设备、多功能钻机等大型成套设备，其他还有铁路、既有线施工需要的机械化铺轨机组、焊轨机、大型养路设备、接触网作业设备等，施工专业化和机械化水平较高。同时积极推进“一体两翼”生产组织模式，2018年，中铁六局保有107座大容量混凝土拌合机组和96个钢筋加工厂，为施工生产提供了设备资源保障。中铁六局自成立以来，先后荣获“中国建设工程鲁班奖”“中国土木工程詹天佑奖”“国家优质工程奖”“全国用户满意工程奖”等国家级优质工程及优质专项工程奖56项，省部级优质工程奖184项；荣获国家和省部级科技进步奖90项，国家和省部级工法420项，专利540项；参与或主编了铁路通信、信号、电力、电力牵引供电工程施工安全技术规程等20项行业标准；承建的北京西站无站台柱雨棚改造工程等14项工程被载入“中国企业新纪录”名册。通过了质量、环境、职业健康安全管理体系认证。多次获得“全国优秀施工企业”“全国工程建设质量管理优秀企业”“中国优秀诚信企业”“全国建筑业诚信企业”“中国公路建设行业先进企业”“全国用户满意企业”“AAA级信用等级单位”“质量AAA级单位”等荣誉。（王　峰　刘小辉　陶　虹　齐　明　郑志敏　裴　涛　张　华　马群英）

【主要指标】截至2018年12月31日，中铁六局资产总额251.43亿元，较2017年底增长8.41%；所有者权益51.99亿元，较2017年底增长42.38%。实现营业收入305.07亿元，同比增长8.76%。实现利润总额1.51亿元，同比下降69.20%；归属于母公司股东的净利润1.25亿元，同比下降69.33%。技术开发投入5.67亿元，同比增长18.68%；利税总额7.61亿元，同比降低28%；应交税金总额6.49亿元，同比降低15.41%；全员劳动生产率25.38万元/人·年，同比增长3.47%；净资产收益率2.82%，与2017年相比下降9.49个百分点；总资产报酬率1.24%，与2017年相比下降1.44个百分点。国有资本保值增值率102.89%，与2017年相比下降10.72个百分点。（齐　明）

表14–6　**2018年中铁六局主要经济指标**

项目	2018年	2017年	比上年增长（%）
资产总额（亿元）	251.43	231.92	8.41
所有者权益（亿元）	51.99	36.51	42.38
营业收入（亿元）	305.07	280.50	8.76
利润总额（亿元）	1.51	4.91	−69.20
净利润（亿元）	1.25	4.07	−69.33
归属于母公司所有者的净利润（亿元）	1.25	4.07	−69.33
技术开发投入（亿元）	5.67	4.77	18.68
利税总额（亿元）	7.61	10.57	−28.00
应交税金总额（亿元）	6.49	7.49	−15.41
全员劳动生产率（万元/人·年）	25.38	24.53	3.47
净资产收益率（%）	2.82	13.31	下降9.49个百分点
总资产报酬率（%）	1.24	2.68	下降1.44个百分点
国有资本保值增值率（%）	102.89	113.61	下降10.72个百分点

制表人：齐　明

【机构调整】根据中铁六局战略发展需要，成立中铁六局大企业市场部、财务共享中心（下设北京、太原、长沙三个分中心）；根据集团区域经营管理及市场拓展需要，成立长春办事处、天津办事处、海口办事处、拉萨办事处等机构；为加强施工生产组织管理及安全管控，根据中铁六局生产管理需要成立南太指挥部、深圳地铁指挥部2个直属指挥部，并增设了第八片区管理稽查队；根据中铁六局子分公司申请及中标项目生产管理需要，认真校验项目部名称，了解业主特定要求，合理确定项目部组织架构及定员，2018年共完成了60余个以局资质中标的工程项目机构成立、变更名称、撤销等文件和函件等。截至2018年底，本企业共分二级，除母公司外共有各级子企业16家，其中二级子企业13家；有分公司3家。（汤鋆铭）

【改革发展】1.产权管理。股份公司于2018年8月、12月分别以增加资本公积的形式向中铁六局增资104万元（现金增加资本公积）、17亿元（现金增加资本公积）。

2.干部管理。一是完善领导干部管理制度。先后印发了《中铁六局集团有限公司领导人员管理办法》《关于进一步加强和改进优秀年轻领导人员台阶式培养选拔工作的实施办法》《关于修订中铁六局集团有限公司调研员制度的通知》《中铁六局党委关于对党员干部进行批评教育和提醒谈话暂行规定》《中铁六局集团有限公司退休返聘人员管理办法》；二是加强“四好班子”建设。中铁六局获股份公司2017年度“四好班子”荣誉称号。并授予北京铁建公司、太原铁建公司、天津铁建公司、广州公司、交通分公司、铺架分公司、物贸公司7个单位领导班子2017年度“四好班子”荣誉称号。三是加强领导干部队伍建设。2018年，中铁六局党委调整配备各级领导人员79人次，其中提拔3人，职务调整交流66人，改任调研员10人；另办理调出（辞职）8人、退休10人、离岗休养1人。对33名试用期满领导人员进行了考核。一批对党忠诚、勇于创新、治企有方、兴企有为、清正廉洁的优秀干部走上了领导岗位，为中铁六局持续稳定发展提供了坚强有力的组织保证。

3. 绩效考核管理。根据《中铁六局集团有限公司加强全员业绩考核工作的指导意见》文件精神，明确开展全员业绩考核工作的指导思想、基本原则和工作目标的总体要求，引入了科学考核指标体系和考核方法，积极开展年度各级员工绩效考核工作。一是开展了中铁六局领导班子副职年度绩效考核及年薪兑现工作；二是完成了子分公司、指挥（项目）部、片区管理稽查队、区域指挥部、经营办事处年度绩效考核并实施兑现；三是认真开展各单位班子副职年度绩效考核；四是开展了本部和指挥部一般员工年度绩效考核工作。

4. 开展首签劳动合同期内考核。2018 年 7 月，中铁六局首次组织 1359 人进行考核、考试，考核结果良好及以上人员总参考人员总数的 98.6%。通过考核、考试，增强了新进员工立足岗位，学技练功的主动性，促进了新进员工整体素质的提高。

5. 工资总额管理。2018 年，根据工资总额预算管理办法，测算编制下达了各单位 2018 年工资总额预算，11 月进行工资总额预算中期调整。预算坚持以效益为导向，按照利润总额、劳动生产率增长情况，合理调控各单位平均工资增幅。建立了工资总额预算执行情况定期分析制，密切关注各单位工资总额预算的执行情况，坚持定期分析，及时监测、预警，确保年度工资总额预算目标实现。加强人工成本分析，全面掌握薪酬情况。从薪酬构成、水平、津补贴政策等角度，对中铁六局本部和项目机构、三级公司本部和项目机构进行分析。2018 年实际发生工资总额 150219 万元，职工人均收入 10.87 万元，较 2017 年增长 13.25%。

6. 薪酬管理。对所属各单位从薪酬体系、分配政策、收入水平等方面给予指导和建议，对丰桥公司、交通公司等单位的薪酬办法、分配政策、收入水平等方面给予指导和建议，使薪酬设计既符合本单位实际又科学合理。（齐　明　雷静波　汤鋆铭）

【重大项目】1. 市场开发。2018 年，中铁六局，全年完成新签合同额 745.3 亿元，与 2017 年同比增加了 42.95 亿元，增幅 6.12%。其中：铁路 128.31 亿元占总额的 17.22%；公路 320.95 亿元占总额的 43.06%；市政 104.22 亿元占总额的 13.98%；房建 43.11 亿元占总额的 5.78%；城轨 48.39 亿元占总额的 6.49%；基础设施投资 52.54 亿元占总额的 7.05%；房地产 1.32 亿元占总额的 0.18%；海外 19.66 亿元占总额的 2.64%；其他 26.79 亿元占总额的 3.59%。主要中标工程项目有：深圳市城市轨道交通 14 号线工程施工总承包（联合体），新签合同额 28 亿元。新建珠海市区至珠海机场城际轨道交通项目横琴至珠海机场段站前工程（含金海公路大桥代建工程）施工（HJZQ-1 标），新签合同额 5.01 亿元。汝州市煤山街道洗耳河片区赵庄城中村改造项目三期，新签合同额 5.8 元。广州市轨道交通十三号线二期及同步实施工程总承包合同（联合体），中标金额 8.6 亿元。日喀则市农村公路建设项目 D 片区施工，中标金额 2.32 亿元。北京市海淀区北部地区 0404 街区 HD00-0404-6005、6006 地块 R2 二类居住用地二级开发项目施工总承包第Ⅱ标段，中标金额 6.31 亿元。郏县 2018 年，城市棚户区改造项目（南环路“祥云”安置社区）施工，中标金额 10 亿元。石家庄市城市轨道交通 2 号线嘉华车辆段上盖工程，中标金额 6 亿元。

2. 投资项目。2018 年 8 月 9 日，中铁六局中标甘肃省庆阳市南梁至太白高速公路 PPP 项目获得 525426 万元投资项目新签合同额，实现了中铁六局自主投资项目零突破。此外，这个项目带来物贸新签合同额 200296 万元，实现了一次投资多个专业板块受益，一次经营多个单位共同发展的良好局面。

3. 重点工程。新建北京至张家口铁路。中铁六局承建新建北京至张家口铁路工程 JZSG-2、JZSG-9 两个标段。JZSG-2 标段，合同额 228733 万元，合同工期 2016 年 4 月 1 日至 2019 年 12 月 31 日。2018 年 9 月南口隧道贯通，11 月桥梁顺利贯通，年底路基土方基本完成。新建蒙西至华中地区铁路煤运通道。中铁六局承建新建蒙西至华中地区铁路煤运通道土建工程 MHTJ-17 标，标段合同额 249401 万元，合同工期 2015 年 8 月 1 日至 2020 年 2 月 29 日，于 12 月底全线贯通，确保了铺架顺利通过。新建商丘至合肥至杭州铁路。中铁六局承建新建商丘至合肥至杭州铁路 SHZQ-16 标，标段合同额 298922 万元，合同工期 2015 年 11 月 18 日至 2020 年 10 月 30 日。2018 年 9 月至 12 月，开展“大干四个月排障保销板”劳动竞赛活动，无砟轨道施工平稳推进，为铺轨奠定了坚实的基础。新建衢州至宁德铁路。中铁六局承建新建衢州至宁德铁路（福建段）站前工程施工总价承包 QNFJZQ-1 标，标段合同额 151200 万元，合同工期 2015 年 9 月 20 日至 2019 年 6 月 20 日。2018 年 11 月 14 日芳源隧道（6625 米）安全贯通，11 月 29 日主跨 110 米的熊城特大桥连续梁顺利合龙，仙岩隧道（11729 米）也即将实现贯通。新建梅州至潮汕铁路。中铁六局承建新建梅州至潮汕铁路站前工程 MSSG-4 标段，标段合同额 292808 万元，合同工期 2016 年 1 月 1 日至 2019 年 4 月 10 日。2018 年完成了潮汕站东咽喉改造，目前，线下工程基本全部完工，标段架梁任务全部完成，作为全国首座大规模高铁车站站场改造施工进展顺利。太原铁路枢纽西南环线。中铁六局承建太原铁路枢纽西南环线 XNHS-1 标，标段合同额 282530 万元，合同工期 2009 年 9 月 1 日至 2013 年 8 月 31 日，受拆迁及Ⅰ类变更设计影响，预计 2019 年 5 月底竣工。2018 年，国内最大直径的土压平衡式盾构机“麒麟号”安全掘进 2500 多米，顺利穿越 64 处重大风险源，12 月 25 安全顺利出洞。北京地铁 6 号线西延。中铁六局承建北京地铁 6 号线西延工程土建施工 07 合同段，合同额 52981 万元，合同工期 2014 年 12 月 1 日至 2018 年 4 月 30 日。2018 年积极组织剩余工程施工，配合联调联试与试运行工作，于 12 月 28 日顺利开通运营。北京地铁17号线。中铁六局承建北京地铁17号线16合同段，为北神树站（不含）朝阳港站（不含）区间，区间长度5634.743m，其中五环路南侧设置单渡线明挖区间，双丰铁路南侧设置停车线明挖区间。区间设置8处联络通道及2处区间风井兼联络通道兼废水泵房，合同额7.7亿元。2018年10月31日明挖段主体结构顺利封顶，单渡线明挖区间至北神树站区间盾构于2018年4月18日正式始发。（张　楠　于立荣　刘晓明）

【走向海外】2018年，中铁六局海外板块完成产值5亿元，实现营业收入6.5亿元，新签合同额19.56亿元。新增设津巴布韦和几内亚办事处，使境外办事处国别拓展到5个。重点跟踪项目27个，组织投标6次，实地考察洽谈分包项目7个，其中3个项目签署了分包或MOU。中铁六局与29家单位签署开发战略合作协议和项目合作协议，进一步扩大了自身开发工作的渠道和领域。

海外主要在建项目情况：越南河内（吉灵—河东）轻轨2号线项目。中铁六局承建的越南河内（吉灵—河东）轻轨2号线项目为EPC合同，合同额人民币248996万元（35057.3万美金），是越南国内第一条城市轻轨项目。该项目最高设计速度为80km/h，线路经过河内市的栋多郡、青春郡，连接河东市，全长13.021km，共设车站12座，平均站间距为1151米，全线均为高架结构。在河东郡设置车辆段一座，占地26.2公顷，包括16个单体建筑和相关室外工程、车辆段工艺设备等。该项目采用中国政府优惠贷款实施，业主方是越南交通运输部，设计单位是北京城建设计发展集团股份有限责任公司，监理单位分别是北京铁研建设监理有限责任公司和越南交通运输科技院，中铁六局为该项目EPC总承包商。2018年，完成全部剩余工程施工，9月20日启动试运行。援津巴布韦医院二期项目。中铁六局承建援津巴布韦医院二期项目为中国对外援助项目，是津巴布韦医院的扩建工程，总投资1936万。该项目业主为商务部国际经济事务局东南非处，项目管理单位为湖南省建筑设计院项目管理组。

（杨　臻）

【工程创优】2018年，中铁六局新建九景衢铁路景德镇北站获国家优质工程奖；深圳市城市轨道交通11号线工程、重庆轨道交通10号线一期工程获中国建设工程鲁班奖。全年获国家级优质工程专项奖3项、省部级优质工程奖14项、“中国中铁杯优质工程”15项，省部级安标工地8项，国家级优秀QC成果10项、省部级优秀QC成果39项。（侯红廷）

【重大创新】1.技术创新。2018年，中铁六局太原公司和石家庄公司共同完成的“南水北调下穿既有铁路干线安全施工控制成套技术”获“河北省科技进步奖”二等奖。中铁六局太原公司完成的“大吨位宽梁体悬浇梁拱形塔斜拉桥施工技术研究”“太古供热隧道陡坡斜井施工技术研究”；天津公司完成的“下穿运营铁路特殊条件施工工艺研究与配套装置研发”；路桥公司完成的“深水复杂地质大跨度连续钢系杆拱桥综合施工技术研究”和交通分公司完成的“软土、基岩及孤石地层复杂工况下盾构施工关键技术研究”分别获得“中国施工企业管理协会科学技术进步奖”二等奖。交通分公司完成的“12米大直径土压平衡盾构机关键技术研究”荣获”中国中铁股份有限公司科学技术奖”特等奖；太原公司完成的“城市中心区域上穿运营地铁下穿运营铁路施工技术研究”荣获“中国中铁股份有限公司科学技术奖”一等奖。2018年度共获得省部级级股份公司工法78项；全年获专利授权138项，其中发明专利25项，实用新型专利113项。

2.科技管理。加强全局技术创新体系建设。中铁六局根据专业技术人才队伍的变化情况，及时对技术中心机构和成员进行了调整，补充了一大批优秀技术人员，有效保证了技术中心的科研实力和专业领先能力；通过加强对技术中心的日常管理及检查，强化了各专业研究室和分中心的职责，加强了技术中心在技术研发方面的引领和主导作用。科技管理方法进一步改进，过程控制日趋完善。一是强化系统职责。科技系统工作会。就2018年的科技工作做出了总体安排和布置，确定了全局科研工作努力方向，推动科技工作进一步向为生产经营服务方向转变。二是强化研发机构和人员的引领作用。对课题、工法、专利计划按专业进行分类，并分解到技术中心各专业研究室，以充分发挥各研究室和各专业带头人在科研立项、过程指导、成果提炼、规范编写等方面的指导作用。三是加强对科研课题的过程检查。中铁六局对以往年度结转和今年立项的课题进行了梳理，认真了解科技研发过程中存在的问题，及时帮助课题组解决各种困难，充分调动了课题组人员的工作积极性。四是加强了对成果提炼的把关。邀请了上级及兄弟单位、科研院所的多位专家与局内专家一起对当年中铁六局结题的科研项目成果进行了指导，丰富了成果内容，明确了成果创新点，提高了成果的档次。五是积极兑现科技成果奖励。对中铁六局上一年度获得的工法、专利、股份公司级科技进步奖进行奖励，用以奖励成果的主要研发和编写人员，极大地调动了广大科技工作人员和技术人员的积极性和创造性。六是加强了成果推广和技术交流。在充分利用中铁六局网站及其他媒介进行宣传和交流。为广大技术人员搭建了一个很好的技术交流平台，推动了科研成果向现实生产力的转化。全年共有8个管理创新成果分别荣获国家级、省部级及股份公司奖项12项（1个成果获得3项，2个成果分别获得2项）。中铁六局与中铁六局太原公司合作研创的《施工企业基于高铁项目数据驱动的智慧工地建设》获得“第二十五届全国企业管理现代化创新成果奖”二等奖，另有省部级创新成果一等奖2项、二等奖5项、三等奖1项，股份公司创新成果一等奖1项、二等奖2项。

3.攻关研究课题。2018年，按照中铁六局技术创新工作的总体要求，结合延崇高速工程、北京地铁6号线西延线工程、西安地铁工程、成都地铁工程以及一大批既有站场线路改造等重点工程项目，经技术中心专家评定，共确定立项课题37项，工法开发75项，专利开发63项，内容广泛，涉及高速铁路、桥梁、隧道、房建、四电、设备等十大专业技术领域和企业管理领域。全年确定的研究项目，内容广泛，覆盖了普速铁路、高速铁路、桥梁、隧道、设备标准、软件开发等专业技术领域和节能减排等企业管理领域。这些科研项目的开展，对进一步提高业务系统管理效率，确保工程的顺利实施起到了很好的引领和推动作用。

4.技术咨询与服务。2018年，中铁六局试验检测工作以提升检测技术能力和系统管理水平为重点，以服务为导向，紧密围绕施工生产，注重发挥体系作用，标准化管理持续推进，切实加强项目试验室标准化建设，着力打造试验检测管理新思路，检测资质得到有效维护，检测能力满足施工生产和投标的需要，为中铁六局承揽任务、施工生产试验控制提供有力保障。

5.联合研制国内最大直径复合土压平衡盾构机“麒麟号”。2018年12月28日，中铁六局联合研制的国内最大直径复合土压平衡盾构机“麒麟号”顺利出洞，标志着太原铁路枢纽西南环线东晋隧道顺利贯通。该盾构机完全自主知识产权，是中国首次应用于铁路隧道施工最大直径的土压平衡盾构机，开创了铁路隧道盾构施工的技术先河，填补了国内大直径土压平衡盾构设备研制和应用的空白，打破了中国大直径土压平衡盾构产品技术长期依赖进口、核心技术受制于国外企业的局面。该设备具有科技含量高、作业标准严，地下占用空间小、更安全环保、不干扰城市交通、规避拆迁、节约经济成本等特点，创造了中国铁路盾构施工月掘进420米，日掘进22米的新纪录。（刘小辉　陶　虹　郑志敏）

【企业文化】1.开展首届企业文化节系列活动。为深入学习宣传贯彻习近平新时代中国特色社会主义思想和党的十九大精神，进一步丰富企业文化内涵，全力推进企业改革发展，制定下发了《中铁六局集团有限公司首届企业文化节工作方案》，以“优秀文化引领企业优质发展”为主题，全面开展“工程管理文化、安全质量文化、廉洁文化、合规文化、共享创效文化、品牌文化”六大主题活动，开展了企业文化理念展、盾构发展历程展、员工书画摄影展、文化成果展、征文比赛、篮球比赛、演讲比赛、文化大讲堂等丰富多彩的文化活动。6月8日，中铁六局首届企业节“优秀文化引领企业优质发展”主题大会在中铁六局会议中心举办。北京市总工会、北京市国资委、北京市工业（国防）工会、中国中铁及中铁六局领导班子成员、高管及所属单位代表300余人参加了大会。会上发布了中铁六局新版《企业文化理念识别系统》《“我与六局共成长”征文选集》《企业形象宣传片》，表彰了首届“感动六局”十大人物和“感动六局”特别奖，组织开展了文艺节目展演活动，全面展示企业了文化成果、展现了企业职工风采、传承了企业文化，激励了广大干部员工砥砺前行，以实际行动和优异成绩，为实现中铁六局早日迈入中国中铁第一方阵的目标做出积极贡献。

2.弘扬企业核心价值理念。认真贯彻落实《中国中铁“十三五”企业文化建设规划》和中铁六局企业文化建设工作总体部署，以中国中铁“五大理念”为统领，印发了关于发布新版《中铁六局集团有限公司文化理念识别系统》的通知，编发了新版《企业文化理念识别系统手册》，为推动企业改革发展注入强大精神动力。

3.开展项目文化建设及特色活动。一是加强项目文化建设的管理策划，深入推进“十二项文化”建设工程在生产一线落地生根，使项目文化和文明施工成为向业主、向社会展示企业形象的重要窗口。2018年，中铁六局荣获“改革开放40周年企业文化建设标杆单位”称号，推荐报送的音舞快板《中国梦·六局情》荣获“第五届最美企业之声企业文艺作品”银奖，1人荣获2018年度‘企业文化突出贡献人物”，1人荣获2018年度“企业文化创新人物”，1人被聘为“企业文化标准化工作专家智库”党建与企业文化一体化研究专家，1人被聘为“企业文化标准化工作专家智库企业文化研究员”，一篇企业文化建设优秀成果入编中国企业文化促进会《改革开放四十周年企业文化建设优秀成果选编》。中铁六局3个工程项目部获“2017年度中国中铁工程项目文化建设示范点”称号。二是打造特色文化产品，微电影《留守》获第四届全国微电影春晚暨第二届中国金风筝国际微电影大赛优秀作品奖；《薪火相传》获中华总工会“第五届全国职工微视影大赛”银奖，3部微电影作品在交通部“第二届微电影大赛”中获奖。三是高质量完成中铁六局展厅的20余场的参观接待，参观人数近200余人次，大力宣传了“中国中铁六局”企业品牌。（王兵华）

【党建工作】2018年，中铁六局各级党组织认真贯彻落实习近平新时代中国特色社会主义思想和党的十九大精神，全面加强党的领导、党的建设，为企业改革发展提供了坚强保证。一是全面从严治党形成新格局。坚持思想建党与制度治党同向发力，进一步压紧压实管党治党责任。组织党员干部尤其是各级领导干部深入学习贯彻习近平新时代中国特色社会主义思想和党的十九大精神，举办了四期领导干部集中轮训班，培训324人，实现全覆盖，学习宣贯工作得到国资委督查组的好评。成功召开中铁六局第三次党代会，提出今后五年企业改革发展实现“一大目标”、突出“两大主题”、推进“六大突破”的总体目标，部署了党建工作主要任务，做到企业改革发展与党的建设同步推进。开展了党委书记抓基层党建述职评议及党建工作专项调研检查，推动全面从严治党向基层延伸。制定了党建责任制考核评价办法和构建‘三级联动双考双挂”项目党建工作考核体系的实施意见，健全了党建工作考核体系。对16个子分公司、8个区域指挥部、12个工程指挥部党建责任制进行了全覆盖考评，考评结果与单位领导班子成员绩效年薪挂钩，形成了考核层层落实、责任层层传递、激励层层连接的从严治党新格局。二是干部队伍建设取得新进展。坚持树立重实干重实绩的鲜明用人导向，激励广大干部履职尽责、担当作为。修订了领导人员管理办法，制定了优秀年轻领导人员台阶式培养选拔实施办法，进一步完善了干部选拔任用工作机制。全年调整配备各级领导干部 79 人次，其中提拔 3 人，交流 76 人次，发挥了党委在规范标准程序、推荐考察人选等方面的领导和把关作用。开展了领导班子日常履职情况巡察和年度考核评价工作，加强各级领导班子和领导人员监督管理。中铁六局北京公司、太原公司等 7 家单位被评为中铁六局“2017 年度四好班子”。中铁六局领导班子被评为股份公司“2017 年度四好班子”。制定了《项目人才队伍建设指导意见》，通过实施项目“见习副经理”制度、提高一线待遇、增加职称津贴、院校津贴、推进项目经理持证上岗等措施，建立完善人才引进、资源配置、培养、选拔、考核、激励六项机制，不断加强项目人才队伍建设。通过持续实施“百千成才计划”和开展“四优评选活动”等，加大了生产一线人才培养力度。2018 年，通过高级职称评审 221 人。三是基层党建质量实现新提升。坚持抓基层打基础，从基本组织、基本队伍、基本制度严起，大力加强基层党建工作。在健全子分公司、工程指挥部党的组织和配齐党组织书记的同时，在 8 个区域指挥部全部配备了党工委书记，确保党的组织和工作全覆盖。严格党内政治生活，组织召开了年度民主生活会和组织生活会，开展了民主评议党员。按照股份公司党委的部署，认真落实中央纪委《工作建议》，深入开展自纠自查工作，并召开专题民主生活会和组织生活会，切实提升企业治理效能。开展了“找差距、补短板、强实效”党建质量提升活动，列出问题清单，抓好整改落实，促进党建质量提升。加强党内评先评优，在评选表彰“一先两优”的基础上，首次评选表彰了“十大先进基层党组织标杆”“十大优秀共产党员标兵”“十大优秀党务工作者标兵”，发挥标杆示范带动作用。加强党员队伍建设，全年发展党员 150 名，完成计划 100%，其中 35 岁及以下占 76.7%，大专及以上学历占 92%，党员队伍结构不断改善。举办了组工干部党性党风教育培训班，激励广大组工干部展示新作为。加强党建重点课题研究，推进基层党建创新，《关于构建“三级联动双考双挂”项目党建工作考核体系的实施意见》被股份公司项目管理实验室活动制度评审组推荐为优秀管理制度；《关于建立党建工作业绩考核评价机制的探索与实践》被北京市国企党建研究会列为重点研究课题，并上报了研究成果；太原、天津公司 2 项课题研究成果被评为北京市国资委系统基层党建创新项目。四是宣传思想工作引领新风尚。坚持党管宣传、党管意识形态，全面落实意识形态工作责任制，深入推进新形势下宣传思想工作和企业文化建设，凝聚了企业正能量。在加强对内宣传的同时，重点策划了越南轻轨、京张高铁、蒙华铁路、唐山二环路跨津山铁路斜拉转体桥等重点工程对外宣传，推进了企业品牌建设。全年对外报道发稿 5000 余篇，其中在中央电视台、新华社、人民日报等中央媒体发稿 77 篇（条），创造对外宣传报道新纪录，19 篇新闻作品荣获中国铁路和北京市企业好新闻奖。企业精神文明和文化建设深入开展，中铁六局再度荣获“首都文明单位标兵”称号，北京、丰桥公司分别荣获“首都文明单位”称号。5 个道德讲堂荣获股份公司“示范道德讲堂”称号，3 个项目部荣获“中国中铁工程项目文化建设示范点”称号。举办了首届企业文化节，开展了优秀企业精神宣讲大赛、“我与六局共成长”主题征文、书法家笔会、书画摄影展、企业文化理念展、文化成果展等系列主题活动，推动企业文化建设迈入新阶段。推出了一批企业文化产品，太原公司创作的音舞快板《中国梦・六局情》获第五届最美企业之声“企业文艺作品”银奖。5 部微电影获国际国内大奖。2 部作品分别获股份公司第二届才艺大赛三等奖。《打造优秀企业文化 引领企业高质量发展》入编中国企业文化促进会《改革开放四十周年企业文化建设优秀成果选编》。中铁六局荣获“改革开放 40 周年企业文化建设标杆单位”“市国资委系统首都国企职工宣讲工作先进单位”称号。五是党风廉政建设取得新成效。坚持把落实党委主体责任、纪委监督责任作为全面从严治党的前提和保障，坚持不懈深化党风廉政建设。通过层层签订党风廉政建设责任书，制定项目部党风廉政建设指导意见，逐级压实“两个责任”。通过坚持述廉议廉和任前谈话制度，新任职领导人员递交廉洁从业承诺书，加强领导人员监督。通过开展效能监察、监审联席办公、区域联建等工作，加强重点环节监督。加强资产损失责任追究，对 4 个亏损项目进行全面认真核查，对亏损事实、亏损原因、亏损数额及管理责任进行确认，并严肃问责。积极运用“四种形态”，对存在苗头性问题的 3 名正处级、4 名副处级领导干部和 15 名党员干部分别进行了警示和提醒谈话。分三批对天津铁建公司、呼和浩特铁建公司等 8 家单位开展了巡察。全年两级纪委共处置反映领导干部问题线索 54 件次，其中涉及处级干部 11 件次，科级干部 22 件次，一般干部 21 件次。两级纪委共立案 12 件，给予党纪处分 11 人次，政纪处分 14 人次，组织处理 3 人。针对自查处理的个别典型案件，进行深入剖析，运用典型案例开展警示教育，发挥了警示作用。六是幸福企业建设迈出新步伐。坚持把幸福企业建设作为共同奋斗目标，充分发挥工会、共青团组织的桥梁纽带作用，努力形成齐抓共建格局。在推进民主管理的同时，在成都、重庆地铁、京张高铁等重点工程开展了“五比五创”劳动竞赛，在 26 个地铁（城轨）项目中开展了“中铁六局地铁杯”劳动竞赛，激发了广大职工的劳动热情。5 个集体、5 名个人获省部级“工人先锋号”和“五一劳动奖章”。中铁六局被评为全国“安康杯”竞赛优胜单位，连续 6 次获此殊荣。广泛开展员工创新创效活动，命名“员工（劳模）创新工作室”22个，2个员工创新工作室被北京市命名为“员工级创新工作室”。评选表彰了劳模先进及首届“感动六局十大人物”，展示了广大职工奋进争先的精神风貌。制定了《关于坚决打赢企业困难职工帮扶解困攻坚战的实施方案》，落实精准帮扶措施，推进困难职工帮扶解困。深入开展“三工建设”、送温暖、“三让三不让”职工关爱工程，落实员工健康关爱计划，命名了12个员工心灵驿站建设示范点。深入推进项目部“幸福之家十个一工程”，新命名22个示范点，表彰了“十大标杆”项目部，幸福企业创建氛围更加浓厚。召开了中铁六局第三次团代会，团组织建设得到加强。开展了青年突击队、安全争先、志愿者、创新创效、技能竞赛等活动，展示了青年活力。在股份公司技能竞赛中分别取得盾构操作、工程试验项目团体第一、第六名的好成绩，3项创新成果获中国中铁首届“卓越杯”BIM大赛优秀奖。（陈　勇）

【**信息化建设**】BIM技术应用。经2018年1月3日中铁六局总经理办公会批准，中铁六局BIM技术应用中心由工程设计院调整至本部科技管理部管理，全面负责中铁六局BIM技术应用工作。BIM中心调整后，中铁六局各子分公司按要求，相继成立了负责各自公司BIM技术应用工作的BIM分中心，配置了技术管理岗位和BIM应用工作需要的软件和硬件设备，启动BIM技术应用推广工作。2018年5月建设了中铁六局BIM管理云平台，平台支持5个项目同时进行BIM技术应用协调工作，至9月底，已经开展BIM技术应用的项目BIM模型全部录入了平台并进行平台管铁六局共开展BIM技术项目应用18项。9月，中铁六局举办的第一届BIM大赛中，共有12个项目参加，其中广州公司南沙港洪奇沥特大桥项目、太原公司延崇高速特大桥项目获得一等奖，太原公司的唐山二环路特大桥项目、福厦项目、静兴高速项目等5个项目获得二等奖，排名前三的3个项目被推荐参加股份公司的第一届卓越杯BIM大赛，全部获得优胜奖。太原公司延崇高速项目参加了2018年中国图学会龙图杯BIM大赛，获得二等奖。2018年，中铁六局BIM中心组织了5期内部BIM人员取证培训，共120余人参加培训，其中76人取得人社部和图学会BIM一级证书，9人取得2级证书。截至2018年12月底，中铁六局共有109人取得BIM技术资格证书。

2018年，中铁六局财务共享中心成立，财务系统新版软件与老版财务核算软件同步运行，中铁六局财务共享中心软硬件设备由股份公司统一部署。中铁六局项目成本系统软件升级，完成了项目成本管理系统2.0版与物资、设备系统的统一和整合，新版软件于11月上线运行。2018年10月，中铁六局本部网络互联网接入由原来的3条线路扩充到4条，总带宽突破200Mbps；11月，中铁六局本部VPN设备SSL VPN并发用户授权数由1000个扩容至2000个，解决了移动用户，特别是项目部访问中铁六局财务系统、项目成本系统、OA系统等由于授权数满无法访问问题。2018年7月中铁六局设立保密工作室，工作室设在大厦715房间，配置3台保密工作计算机、1台中间计算机、1台涉密打印机，1组手机屏蔽柜、1台保密碎纸机、2个双节保密文件柜，至2018年11月底，工作室部署工作全部完成，可以开展涉密信息处理。（刘小辉）

【**履行社会责任**】2018年7月19日，内蒙古包头市固阳县境内连日强降雨影响引发山洪，包（包头）白（白云鄂博）线K81处3孔16米铁路梁桥被洪水冲毁，导致包白线行车中断，中铁六局接到抢险命令后，立即组织挖掘机、装载机、自卸汽车等大型设备，集结370名抢险人员赶赴现场，经过连续29天不间断抢险施工，完成了桥梁新建、路基填筑任务，修复线路600米，确保在最短时间恢复行车。2018年7月31日，持续强降雨导致成昆线双福至峨眉区间K153+753新峨眉大桥2#桥墩周围铺砌被水冲毁，影响桥墩基础稳定，导致行车中断，中铁六局接到成都局中铁六局抢险通知后，立即启动应急预案，紧急集结抢险人员52人，和多台挖掘机、装载机等大型设备，利用大卵石填充石笼回填损毁河床铺砌，经过10天连续抢险，圆满完成抢险任务，确保了行车安全。2018年3月28日中铁六局所属北京铁建公司向北京詹天佑土木工程科学技术发展基金会捐赠资金8万元。（刘晓明　齐　明）

【**领导人员**】

季志华　党委书记、董事长
马江黔　总经理、党委副书记、副董事长（7月免，调离）
肖于太　总经理、党委副书记（7月任）
黄新宇　党委副书记、工会主席
周恒武　副总经理
王朝义　副总经理
赵剑发　副总经理、总工程师
杨振江　副总经理（10月免）
王　波　党委副书记、纪委书记
王东旭　副总经理、总经济师
熊守富　副总经理
王新华　总会计师
李永青　副总经理
马祥春　副总经理（7月任）

（雷静波）

中铁七局集团有限公司

【**简况**】2003年12月25日，按照铁路主辅分离的改革部署，中铁七局集团有限公司（简称中铁七局）由原郑州铁路建设集团有限公司、武汉铁路建设集团有限公司、洛阳铁路工程有限公司、襄樊铁路工程有限公司、安康铁路工程有限公司、中铁一局集团第三工程有限公司6家单位重组成立；2014年8月，按照中国中铁股份有限公司深化企业改革总体安排，原中铁电气化局集团西安铁路工程有限公司整体并入中铁七局。企业注册地在河南省郑州市，注册资本金26亿元。截至2018年12月31日，企业资产总额271.79亿元，其中流动资产226亿元，占资产总额的83.2%，非流动资产45.79亿元，占资产总额的16.9%；企业拥有铁路工程、建筑工程、公路工程施工总承包三项特级资质，市政、桥梁、路基、隧道、城市轨道交通等多个专业壹级施工资质及境外工程承包经营权。企业年营销额700亿元以上、营业额400亿元以上；中铁七局下辖12个全资子公司、2个分公司、1个国家级技术中心，主要分布在河南、湖北、陕西、辽宁等地区。截至2018年12月31日，中铁七局在册职工人数为16394人，其中，各类管理及专业技术人员10437人，占在册职工人数的63.7%。作业人员5957人，占在册职工人数的36.3%。现有各类专业技术人员9557人，其中，正高级职称45人，高级职称1309人，中级职称3807人；企业拥有大型成套设备7223台（套），资产原值34亿元以上，施工技术及装备实力居行业领先地位。中铁七局多次被评为"铁路、公路、隧道、桥梁建筑业100家最大经营规模企业""全国优秀施工企业""全国最佳施工企业""全国守合同重信用企业""全国铁路安全生产先进单位"，获中国建设工程鲁班奖、中国土木工程詹天佑奖和国家优质工程奖44项、省部级优质工程奖138项，先后获得"全国五一劳动奖状""河南省省长质量奖""全国工程建设质量管理优秀企业""全国铁路信用评价A级施工企业"等称号。拥有国家专利授权310项、国家级工法8项、主参编国家行业标准和规范10余项，省部级以上科技成果114项。

（蔡百顺）

【主要指标】2018年，中铁七局实现营业收入425.78亿元，同比增加20.53亿元，增幅为5.1%，完成预算目标值420亿元的101.38%；实现利润总额6.75亿元，实现归母净利润5.29亿元，同比增加0.69亿元，增幅14.9%，完成预算目标值5.27亿元的100.38%；2018年，中铁七局经营活动产生的现金流量净额10.07亿元，完成预算目标值5.80亿元的173.62%，连续6年经营活动现金净流量10亿元以上；盈余现金保障倍数为1.9倍，盈利能力指标良好；现金流动负债比率5.0%，保持良好的偿债能力。

（孔　辉）

表14–7　**2018年中铁七局主要经济指标**

项目	2018年	2017年	比上年增长（%）
资产总额（亿元）	271.79	279.76	−2.85
所有者权益（亿元）	55.93	45.72	22.35
营业收入（亿元）	425.78	405.24	5.07
利润总额（亿元）	6.75	5.69	18.63
净利润（亿元）	5.44	4.63	17.49
归属于母公司所有者的净利润（亿元）	5.29	4.60	14.9
技术开发投入（亿元）	9.64	8.79	9.67
利税总额（亿元）	23.21	16.25	42.83
应交税金总额（亿元）	17.77	11.62	52.93
净资产收益率（%）	10.71	11.54	减少0.83个百分点
总资产报酬率（%）	3.05	2.68	增加0.37个百分点
国有资本保值增值率（%）	113.78	105.98	增加7.8个百分点

制表人：宋立其

【改革发展】2018年，中铁七局积极推进特级资质申报工作，取得公路工程特级资质2项（其中一项为中铁七局三公司获得）；加快企业清理整合，完成注销法人企业9家，非法人分公司90家；截至2018年底，中铁七局完成营业额432.5亿元，完成股份公司计划的103%；完成新签合同额733亿元，占股份公司计划的101.8%。

发布《中铁七局工程项目管理机构定员标准》，明确了中铁七局直管、共管、代管、自管四种项目管理模式和不同专业、不同规模、不同管理模式下项目管理机构的机构设置和岗位定员标准，规范项目机构定编管理工作，建立精干高效的项目管理机制。明确区域指挥部机构设置及定员编制，建立"8+1"区域经营格局，优化中铁七局经营布局。成立中铁七局装备智能化和装配式建筑产业技术研发实验中心、财务共享中心等机构，强化企业管理的各项职能。制定《中铁七局领导人员交流工作实施办法》，全年共提拔机关部门正副职级领导人员30人，对37名试用期满领导人员进行了考核；对所属单位（部门）115名领导人员进行了补充和调整，其中单位之间交流34人，单位内部交流51人。中铁七局党委按照《领导班子和领导人员考核评价暂行办法》，对所属子（分）公司、直属派出机构领导班子和领导人员进行了年度或任期考核。制定《中铁七局关于进一步调整员工薪酬待遇的通知》，将收入分配向生产一线、技术骨干、关键岗位倾斜的导向落到实处。制定

《中铁七局区域指挥部负责人薪酬管理办法》，将区域指挥部负责人收入与区域的绩效考核结果挂钩，实现业绩升、薪酬升、业绩降、薪酬降。对区域指挥部经营人员实行以经营开发为主的综合绩效考核奖惩制度，对区域指挥部工程监管人员实行以工程监管为主的综合绩效考核奖惩制度，推动股份公司关于区域经营“5个50%”要求落到实处。修订“四好班子”奖励标准，加强负责人特殊奖励审批，坚决杜绝年薪以外收入及乱发奖金行为。（魏文帅 孟 妍 郑会星 别 磊）

【重大项目】2018年，中铁七局召开董事会会议4次，审议由董事长、总经理组织提交的各类议案51项，形成决议51项。其中涉及重要报告及经营目标类议案5项，PPP项目等投资类议案15项，财务报告、融资类议案9项，公司设立、变更、增资类议案9项，内控、审计、风险管理类议案3项，薪酬管理类议案3项，重要人事调整类议案4项，制度建设类议案3项。其中37项决议已执行完毕或基本执行完毕；8项决议正在分阶段实施；6项决议因外部条件发生变化或其他原因终止执行。

中铁七局参建的广通至大理铁路3标、改建宁西二线南阳站站房改扩建工程、新建郑万铁路郑州东动车所及相关工程、乌鲁木齐市轨道交通1号线、西安地铁4号线TJSG-17标、四川省汶川至马尔康高速公路项目23标段、广东省仁化（湘粤界）至博罗公路新丰至博罗段第TJ24标等国内76个项目按期开通或完工。截至2018年12月31日，国内在建项目共计253个，合同造价共计1285亿元，其中铁路项目43个，路外项目210个。重点项目有：郑万铁路3标、汉十铁路3标、蒙华铁路14标、太焦铁路Ⅱ标、郑济铁路Ⅷ标、郑阜铁路郑州南站3标、中兰铁路5标、7标工程、敦白铁路1标、郑州地铁4号线、郑州地铁5号线工程、洛阳地铁1号线2标、大连地铁5号线7标、成都地铁9号线一期6标、北京地铁12号线工程、北京地铁16号线工程、北京地铁19号线工程、杭州地铁3号线一期12标、杭州地铁7号线1工区、南京地铁7号线2标、郑州航空港经济综合实验区城市基础设施项目、江南中心绿道武九线综合管廊工程、天河潭景区提升建设项目、定西至临洮高速公路、双辽至洮南高速公路1标、G8012弥勒至楚雄高速公路玉溪至楚雄段、遵义市汇川区学堂堡棚户区改造工程等。

2018年，中铁七局海外市场签订合同47个，合同总额11.34亿美元；海外在建项目55个，全年完成产值67065万美元，完工项目9个。中铁七局莫桑比克分公司及塞内加尔机械设备分公司获商务部颁发的《企业境外机构证书》。

2018年，中铁七局科技开发计划的科研课题共110项，其中新立课题56项，结转课题54项。“铁路隧道高品质二衬混凝土质量控制关键技术与应用”和“基于4G和云数据的工程机械状态远程网络监测系统开发”被列为2018年度股份公司重点科研课题，并获得股份公司36万元经费支持。

（宛 霞 商 泉 王延延 武进广）

【走向海外】2018年，中铁七局海外业务形成“以重点项目为依托、以区域化市场为主阵地、辐射周边市场”的大海外经营格局，以“十三五”海外发展目标为攻坚方向，持续加强海外系统管理和集中管控，深入推进区域经营战略。2018年，中铁七局签订海外工程项目合同47项，合同金额11.34亿美元，位居中国对外工程承包业务新签合同额100强第40位。传统现汇项目保持一定规模，矿建和剥离业务成为海外业务新的增长点，刚果（金）庞比铜钴矿采剥工程合同金额5.75亿美元，成为中铁七局开展海外业务以来最大的单体海外项目。中标并成功实施刚果（金）布桑加水电站220kv输变电工程，开拓了海外电力市场，拓宽了海外业务经营范围。加大投融资类上游项目运作力度，取得了实质性突破。中铁七局牵头的以股份公司名义运作的赞比亚既有线修复改造项目，被纳入中国中铁首批海外重大项目库。海外项目管理继续以项目管理实验室为载体，持续推进海外项目属地化管理，全面提升履约水平。2018年海外在建项目55个，完成海外营业额6.71亿美元，位居中国对外承包营业额100强企业第35位。项目安全、质量管理有序可控，通过属地化管理和区域大项目管理，海外业务经营效益进一步提升，提高了海外业务发展质量。中铁七局积极履行企业社会责任，积极参与境外突发事件抢险、企业捐助等活动。注重海外党建工作和企业宣传工作，开展了海外业务集中宣传活动，企业国际化品牌效应进一步彰显。（刘政局）

【重大创新】2018年，中铁七局向股份公司推荐4项优秀企业管理创新成果，其中3项分别获股份公司一、二、三等奖；组织管理创新成果评审表彰工作，表彰18项优秀成果，发放奖金57万元；将近三年来优秀成果进行收集汇编，发布推广各类创新成果20项。科技开发计划的科研课题共110项，其中新立课题56项，结转课题54项。完成各级科技成果评审、评价和鉴定48项，其中1项成果达到国际领先，5项达到国际先进，6项达到国内领先，2项达到国内先进。获得省部级科学技术奖21项，其中“城市轨道交通牵引供电安全及智能维护管控系统”成果获得“中国铁路工程总公司科学技术奖”一等奖；“非对称悬浇大跨度宽幅波形钢腹板PC箱梁施工技术研究”等5项成果获得“中国铁路工程总公司科学技术奖”二等奖；“城轨U型梁综合施工技术研究”等3项成果获得“中国施工企业管理协会科学技术奖”二等奖；获得“河南省工程建设协会科技奖”特等奖5项，一等奖7项。“350km时速高铁三墩曲线及大坡度连续梁桥转体施工工法”“跨多股道连续梁桥宽幅封闭式挂篮施工工法”“沉积漂卵石地层地铁联拱隧道暗挖台车施工工法”等26项工法被审定为省部级工法，其中河南省省级工法17项，股份公司级工法9项。组织各公司申报专利120项，其中发明专利40项，实用新型专利80项；另有93项专利获得授权，其中“一种铁路道岔铺设机组”“一种高架桥施工用钢筋结构及其紧固方法”等7项获得发明专利授权；“桥梁高墩盖梁的担式托架结构”“悬臂浇筑施工挂篮预压装置”等86项获得实用新型专利授权。

（邹栋佳　武进广　宋娟娟）

【**工程创优**】2018年，中铁七局承揽的上海市轨道交通14号线3标获得2018年度建设工程项目施工安全生产标准化建设工地（原AAA级安全文明标准化工地）。获国家级、省部级、股份公司级优质工程62项，其中天河潭景区建设项目、深圳市城市轨道交通11号线工程获中国建设工程鲁班奖；海南环岛高铁获第十六届中国土木工程詹天佑奖；大理至丽江高速公路工程获国家优质工程金奖；新建郑州至徐州铁路客运专线徐州特大桥、刚果民主共和国Mbengu-Matadi（马塔迪莫本谷）国际港口项目、博茨瓦纳T-F A1道路工程项目、新建宝坻区体育馆工程等7个项目获得国家优质工程奖；武九铁路客运专线马家垄特大桥连续梁钢管拱工程和武汉市楚雄大街改造工程铁路跨主线（28+68.5+63.5）m连续钢箱梁桥获“全国优秀焊接工程奖”；重庆华岩（石板）隧道工程等6项工程获省部级优质工程奖；孟平铁路孟庙至平顶山西站增建第二线工程（郑州局管段）、长沙机场大道工程等22项工程获“中国中铁杯优质工程奖”；新建铜仁至玉屏铁路站后工程TYZH-2标段铜仁站站房、新建埃塞俄比亚亚的斯亚贝巴至吉布提港铁路SEBTA-ADAMA-MIESO段等21项工程获“中国中铁优质工程奖”。

（魏建国）

【**企业文化**】中铁七局持续推进“家文化”建设。通过参加第十四届工程建设行业信息化高峰论坛暨信息化成果展示交流会并作“家文化”建设经验交流，扩大了企业的对外知名度；坚持以各类会议、报纸、网站、微博、微信、专栏等多种方式，持续开展“家文化”核心理念的宣贯，使“家文化”真正达到识别、认知、接纳、传播、扩散的目的，主动践行“家文化”理念成为了广大员工的自觉习惯，进一步推进了“家文化”在工程项目的落地生根；大力宣传了一批“家文化”建设的典型经验，讲好“家故事”，不断加大“家文化”品牌的宣传推广力度，达到了典型引路，凝聚人心、鼓舞士气，推动项目管理不断加强的目的，既提高了企业软实力，又扩大了企业知名度和影响力；结合企业发展实际，重新规划改造了家史馆影音播放系统、空调系统，提升了接待质量，家史馆全年接待参观60余场次。

（代梦颖）

【**党建工作**】2018年，中铁七局党委深入贯彻习近平新时代中国特色社会主义思想和党的十九大精神以及全国国有企业党建工作会精神，紧密围绕全面深化改革和生产经营，深入推进“两学一做”学习教育常态化制度化，着力加强“三基”建设，持续深化以基层党建、项目党建、海外党建、区域党建、廉洁党建、新媒体党建、党群共建、农民工党建为主要内容的“八位一体”党建格局，为中铁七局持续和谐稳定发展提供了坚强的政治保证和组织保证。完善党建工作量化考核评价机制，把“软指标”变成“硬约束”，对8家单位党委（党工委）书记抓基层党建工作进行了述职评议；4家任期届满的党委完成换届工作。两级领导班子召开了2018年度党员领导干部民主生活会和落实中纪委《工作建议》专题民主生活会；基层党支部开展了组织生活会和民主评议党员工作。全年发展党员160名，举办入党积极分子培训班6期，并在延安进行了革命理想信念培训。9000多名党员和400多个党支部录入股份公司和河南省国资委党员信息化管理系统。编印《中铁七局海外项目党建工作指导手册》；开展纪念建党97周年及庆“七一”系列活动，表彰了43个先进基层党组织、71名优秀共产党、20名优秀党务工作者。对基层党组织书记、组工干部、副处级以上党群干部进行培训，到海外项目进行了党建检查调研，党群工作协理员建设持续推进。

（王建伟）

【**信息化建设**】中铁七局BIM技术培训及推广应用工作取得新突破，截至2018年12月31日，一级建模师取证人数383人，二级建模师取证人数56人；在科研项目《基于BIM的施工信息化技术研究》研究的基础上进行了较为广泛的应用推广，截至2018年底已有47个工程项目开展应用，涉及轨道交通、道路路基、桥梁隧道、房建工程、机电安装、装饰装修、大临设施等各个专业，占中铁七局工程项目总数的16.1%。中铁七局在首届中国中铁“卓越杯”BIM技能大赛中获团体三等奖，成果赛取得银奖1项，3人获技能赛个人三等奖；在国家最高奖“龙图杯”大赛中获综合组一等奖第一名，施工组三等奖2项；荣获省部级成果奖16项。为确保信息安全与系统运营服务效率，2018年1月启动财务共享中心项目建设，历经项目调研、方案设计、项目招标、安装调试、上线运行，已有下属10个工程类子公司完成上线；启动二级单位与三级单位之间的WOC技术广域网建设，经过认真研究及本地反复测试总结出最优方案，并督促三级单位落实到位，保障了各信息系统的顺利上线。

（赵　玲）

【**履行社会责任**】中铁七局以绿色施工理念为引领，紧抓绿色施工方案、工程项目前期策划和技术创新，开展绿色施工示范工程和节能减排标准化工地建设。截至2018年12月31日，企业万元营业收入综合能耗（可比价）为0.0418吨标准煤，与2017年同期相比下降了3.24%，无环境责任事故和节能减排违规违纪事件的发生；2018年，中铁七局3个项目获“中国中铁节能减排标准化工地”，12个项目通过“河南省建筑业绿色施工示范工程”立项，1项技术荣获“中国中铁重点节能低碳技术（第四批）”，入选中国中铁股份有限公司重点节能低碳技术目录库。

2018年4月11日，中铁七局积极参与京广铁路路基塌陷抢险，先后投入人员660人、挖掘机13台、运输车辆500台、50t吊车2台、推土机4台、铲车3台、150型发电机2台、其他车辆20余辆，以及大量雨具、线路工具及照明设备等抢险应急物资，克服连续降雨、场地狭小、交通不便等困难，迅速完成塌陷路基插打12m长拉森钢板桩1875根，填筑碎石及便道用材料10万余方，经过48小时抢险后实现线路恢复通行。

2018年4月15日，中铁七局为刚果（金）金莎萨市SOURIRE D'ENFANT孤儿院捐赠7台空调。

2018年6月25日，中铁七局三公司积极参与304省道天水市秦安县路段塌方救援工作，投入人员30名、装载机2台、渣土运输车2台，防护桶及防护锥100余个，雨衣雨鞋30余套、铁锹扫把30余把。经过两个小时的奋力抢险，道路上的落石被清理干净，确保了304省道畅通和人民群众生命财产安全。

2018年8月28日，中铁七局参加西藏自治区昌都市洛隆县"交通系统精准扶贫结对帮扶捐赠仪式"，为藏族同胞捐赠了电视机、洗衣机等60余件家用电器，为贫困大学生送去了助学金，累计捐款捐物15万元。

（高海英　赵红燕　商　泉　袁　艺　赵　鹏）

【领导人员】

王珂平　党委书记、董事长
张建国　总经理、党委副书记、董事
何继中　党委副书记、董事
董炬洪　总工程师、副总经理、董事
郭建群　副总经理、董事
何　江　副总经理、董事
师建军　副总经理
卢家友　副总经理
杜翔斌　副总经理
范中兵　党委副书记、纪委书记、监事
黄树金　副总经理
赵红新　副总经理
曹洪超　总经理助理　（5月任）
徐万瑜　工会主席、副总经理、职工董事　（3月免，改任副巡视员）
刘宝贵　副巡视员
姜满金　巡视员　（3月退休）
黄江刚　监事会主席、外部监事
金龙华　监事
李国柱　职工监事
钟克生　职工监事

（郑会星）

中铁八局集团有限公司

【简况】中铁八局集团有限公司（简称中铁八局）总部位于四川省成都市，是集建筑施工、工程勘察设计、项目策划、投资及管理、工业设备制造、房地产开发、汽车销售服务、仓储物流、混凝土制品和其他业务于一体的国有特大型企业集团，注册资本为59亿元。拥有铁路工程施工总承包特级资质，建筑工程施工特级资质，公路工程施工总承包、水利水电工程施工总承包、市政公用工程施工总承包、房建工程施工总承包、隧道工程专业承包、桥梁工程专业承包、铁路铺架工程专业承包一级资质，铁道行业甲（Ⅱ）级设计资质，建筑行业设计甲级资质，市政行业乙级设计资质，测绘甲级资质，工程勘察专业类乙级资质，工程试验检测资质，通信工程施工总承包三级资质。中铁八局下辖3个分公司、7个区域指挥部、11个全资子公司、1个国家级技术中心和1个勘察设计研究院。现有员工1.1万余人，其中一级建造师529人，教授级高级工程师、教授级高级经济师56人，高级、中级专业技术及管理人员6000余人。拥有大型关键成套施工机械设备5000余台（套），年施工能力400亿元以上。集团定位为科技型、管理型、效益型企业，在铁路综合工程、铁路客运专线工程、桥梁施工、无砟轨道、无砟道岔、CA砂浆配方及施工、成套施工设备等多个领域拥有国内技术领先地位，特别是于2004年圆满完成了遂渝无砟轨道综合试验段的施工任务，完善了中国高速铁路建设标准体系，开启了中国高铁元年，主要技术成果"遂渝线无砟轨道关键技术及应用"获国家科技进步一等奖，完成了中国高铁"引进技术—中国制造—中国创造"的跨越式发展，形成了自主知识产权。

2018年，中铁八局新签合同额652.18亿元，为股份公司年度计划600亿元的108.69%，同比增长7.6%；完成营业额328.67亿元，为股份公司年度计划255亿元的128.89%，同比增长18.16%；实现营业收入290亿元，为股份公司年度目标255亿元的113.73%，同比增长20.83%；实现经营性正向现金流23亿元，实现归属母公司净利润5.59亿元，为年度目标4.87亿元的114.79%，同比增长27.05%。　（许　静　马春芝）

【主要指标】2018年，企业实现总收入290.22亿元，营业成本270.04亿元，税金及附加1.61亿元，销售费用1.08亿元，管理费用7.65亿元，研发费用1.97亿元，财务费用2.28亿元，资产减值损失0.82亿元，信用减值损失0.28亿元，其他收益0.09亿元，投资收益0.46亿元，资产处置收益0.82亿元，实现营业利润5.86亿元，营业外收入0.59亿元，营业外支出0.44亿元，实现利润总额6.01亿元，所得税费用1.08亿元，净利润4.92亿元，其中实现归属于母公司的净利润4.91亿元。（韩绚丽）

表14–8　　2018年中铁八局主要经济指标

项目	2018年	2017年	比上年增长（%）
资产总额（亿元）	348.90	347.14	1.76
所有者权益（亿元）	77.02	52.34	24.68
营业收入（亿元）	290.22	240.01	50.21
利润总额（亿元）	6.01	1.87	4.14
净利润（亿元）	4.92	1.59	3.33
归属母公司所有者的净利润（亿元）	4.91	1.59	3.32
技术开发投入（亿元）	8.16	4.86	3.3
利税总额（亿元）	7.62	4.30	3.32
应交税金总额（亿元）	8.32	7.38	0.94
全员劳动生产率（万元／人·年）	28.21	26.94	1.27
净资产收益率（%）	7.57	4.15	3.42
总资产报酬率（%）	2.29	1.50	0.79
国有资本保值增值率（%）	108.41	106.50	1.91

制表人：韩绚丽

【职工队伍】截至2018年12月31日，全集团共有员工10433人，其中干部6402人，占员工总数的61.3%，工人4031人，占员工总数的38.7%。学历结构：博士1人，研究生106人，占专业技术干部总数的1.67%；大学本科生4357人，占专业技术干部总数的68.05%；大学专科生1293人，占专业技术干部总数的20.1%；中专生及以下401人，占专业技术干部总数的6.2%。年龄结构：30岁及以下2158人，占专业技术干部总数的33.7%；31~35岁1180人，占专业技术干部总数的18.4%；36~40岁566人，占专业技术干部总数的8.8%；41~45岁761人，占专业技术干部总数的11.8%；46~50岁709人，占专业技术干部总数的11.0%；51~55岁658人，占专业技术干部总数的9.1%；56岁及以上196人，占专业技术干部总数的3.0%。职称结构：工程系列4661人，占专业技术干部总数的72.8%；其中正高级工程师49人，高级工程师548人，工程师1829人，初级1732人（其中未评定503人）；会计系列696人，占专业技术干部总数的10.8%，其中正高级会计师1人，高级会计师67人，会计师117人，初级511人（其中未评定57人）；经济系列441人，占专业技术干部总数的6.8%，其中正高级经济师1人，高级经济师70人，经济师86人，初级284人（其中未评定33人）；政工专业316人，占专业技术干部总数的4.9%；其他系列44人（其中：卫生系列26人，教育系列9人，统计系列3人，档案系列4人，法律系列2人），占专业技术干部总数的0.6%。（徐　江）

【主要技术设备】截至2018年12月末，中铁八局施工设备保有量3662台（套），原值207361.34万元，净值68894.41万元，新度系数0.33。2018年新增各类施工机械439台（套），购置金额21570.59万元，报废设备349台（套），金额7669.35万元。主要施工机械722台（套），原值161456万元，占全部设备原值207361万元的77.86%；其中进口设备75台，原值36762万元，占主要施工机械原值22.76%。（樊春刚）

【工程施工】2018年中铁八局在建项目总计213个，新开工项目63个，完工项目63个。其中新开工铁路项目48个，完工铁路项目18个；新开工路外项目165个（含海外工程在建项目12个，其中铁路项目1个，市政项目10个，公路项目1个），完工路外项目45个（其中：公路项目29个，完工公路项目10个；房建项目42个，完工房建项目16个；市政项目58个，完工市政项目14个；轨道交通项目35个，完工轨道交通项目4个；水利水电项目1个；完工水利水电项目1个）。

2018年，承揽的贵阳北动车所、渝黔铁路扩能改造工程、改建铁路广大扩能改造工程、重庆西动车所站后工程客整场工程、重庆西动车所增设八线库工程、新建杭黄铁路站房工程、新建重庆枢纽小南垭货场站前工程、新建川藏铁路成都至雅安段雅安、名山站房工程、新建成蒲铁路站前工程10项铁路工程按期开通。

2018年，试行《中铁八局技术交底范本》，推动了现场施工技术交底工作；组织编制企业内部图集《临建工程建设标准图》，规范企业现场临时规划及建设行为，提升企业形象；组织编制《关键工序（特殊过程）施工问题案例分析范本》，提高现场工序管理意识和质量管控能力。（陈国强）

【改革发展】2018年，中铁八局取得公路工程施工总承包特级资质、工程设计公路行业甲级资质。压减三级及以下法人企业20家，法人企业从61家减至43家（含项目公司15家），管理层级压缩至4级。取得建筑行业首

批卓越质量管理体系 AAA（卓越级）认证。（张　桀）

【经营指标】2018 年，中铁八局完成新签合同额 652.18 亿元，为股份公司下达年度计划 600 亿元的 108.69%。其中：国内建筑工程新签合同额 574.28 亿元，为股份公司下达年度计划 548.27 亿元的 104.74%，为中铁八局下达年度计划 570 亿元的 100.75%，较 2017 年同期 517.72 亿元增加 56.56 亿元，增幅为 10.92%；完成海外业务新签合同额 1.49 亿美元，折合人民币 9.37 亿元，为股份公司下达年度计划 1.3 亿美元的 114.38%，较 2017 年同期 5102.25 万美元（折合人民币 3.32 亿元）增加 6.05 亿元人民币，增幅为 182.23%；完成房地产业务新签合同额 30.39 亿元，为股份公司下达年度计划 20.35 亿元的 149.35%，较 2017 年同期 27.62 亿元增加 2.77 亿元，增幅为 10.03%；勘察设计、工业、物资贸易和其他经营共计 38.14 亿元，为股份公司下达年度计划 23.19 亿元的 164.45%，较 2017 年同期 25.80 亿元增加 12.34 亿元，增幅为 47.83%。（马春芝）

【科技创新】2018 年，中铁八局完成局级科技成果 27 项，通过省部级科技成果评审及鉴定 15 项，其中 4 项国际先进、9 项国内领先水平、2 项达到国内先进水平；获省部级科技进步奖 8 项，其中获“中国施工企业管理协会科技进步奖”二等奖 1 项、“中国铁路工程总公司科技进步奖”一等奖 2 项、二等奖 5 项；申请国家专利受理 82 项，其中发明 28 项；获国家专利授权 59 项，其中发明专利 1 项，截至 2018 年末，累计获得国家专利授权 310 项，其中发明专利 81 项；主参编国家行业标准规范 4 项，累计主参编国家行业标准规范 46 项；获得中国施工企业管理协会 2017 年度工程建设行业互联网发展优秀实践案例 2 项；获得“股份公司第四批重点节能低碳技术”2 项，获得股份公司“节能减排标准化工地”4 项。

获奖情况：2018 年中铁八局《高速铁路桥面系附属构件材料、制造工艺及成套设备研究》获中国施工企业管理协会科技创新成果二等奖；《合川涪江深水库区连续刚构拱桥施工综合技术研究》《重庆地铁区间矿山法隧道穿越富水未固结土石回填地层关键技术研究》获“中国铁路工程总公司 2018 年度科技进步奖”一等奖，《跨既有线地铁曲线连续梁大坡度顶推施工关键技术》《摄影测量（数码相机）隧道监控量测技术研究》《山地城市轨道交通暗挖隧道长距离穿越深回填土区施工关键技术研究》《复合材料 SMC 电缆槽的研制》《道床 SMC 独立式应急疏散平台的研制》获“中国铁路工程总公司 2018 年度科技进步奖”二等奖。（赵代强）

【工程创优】2018 年，中铁八局获“中国建设工程鲁班奖”1 项，国家优质工程奖 1 项、省部级优质工程奖 19 项，中国中铁优质工程 10 项，全国“用户满意工程”奖 3 项，全国“用户满意企业”奖 2 项。

“中国建设工程鲁班奖”1 项：一公司、电务公司参建的重庆地铁十号线重庆轨道交通十号线一期（建新东路—王家庄段）工程。国家优质工程奖 1 项：二公司参建的成都—自贡—泸州—赤水（川黔界）高速公路成都至眉山（仁寿段）项目。省部级优质工程 19 项：一公司承建的合川涪江四桥工程、一公司、电务公司参建的重庆地铁十号线重庆轨道交通十号线一期（建新东路—王家庄段）工程获巴渝杯；一公司承建的合川涪江四桥工程、重庆市渝北区春华大道渝北段道路工程、四川省屏山县岷江大桥工程、一公司、电务公司参建的重庆地铁十号线重庆轨道交通十号线一期（建新东路—王家庄段）工程获“重庆市市政工程金杯奖”；电务公司承建的长沙市轨道交通 1 号线一期工程 35 kV 变电所、环网、杂散电流防护工程获天府杯；昆明公司承建的昆明市轨道交通六号线一期工程上跨下穿沾昆铁路工程、昆明轨道交通 1 号线首期轨道工程获“云南省市政基础设施工程优质奖”；一公司承建的合川涪江四桥工程、四川省屏山县岷江大桥工程，二公司承建的漩口隧道［国道 213 线映秀至都江堰段（粤汶公路）灾后恢复重建工程Ⅲ标段］，四公司承建的新建宝鸡至兰州铁路客运专线 BLZF-1 标段天水南站，电务公司承建的南宁市轨道交通 1 号线一期工程供电系统安装工程 02 标（民族广场站—火车东站），城通公司承建的成都地铁 10 号一期工程土建工程，昆明公司承建的昆明绕城高速东南段 B3 标段、沈阳市南北快速干道工程（团结路—北二环）第 1 标段、阜阳市东环路颍河大桥及接线工程，一公司、电务公司参建的重庆地铁十号线重庆轨道交通十号线一期（建新东路—王家庄段）工程获中国中铁杯。中国中铁优质工程 10 项：一公司承建的合川涪江四桥工程、四川省屏山县岷江大桥工程，二公司承建的漩口隧道［国道 213 线映秀至都江堰段（粤汶公路）灾后恢复重建工程Ⅲ标段］，四公司承建的新建宝鸡至兰州铁路客运专线 BLZF-1 标段天水南站，电务公司承建的南宁市轨道交通 1 号线一期工程供电系统安装工程 02 标（民族广场站—火车东站），城通公司承建的成都地铁 10 号一期工程土建工程，昆明公司承建的昆明绕城高速东南段 B3 标段、沈阳市南北快速干道工程（团结路—北二环）第 1 标段、阜阳市东环路颍河大桥及接线工程，三公司承建的宁德沈海复线高速公路 A8 标柯洋大桥程获中国中铁杯；全国用户满意工程奖 2 项：建筑公司承建的中铁・奥维尔二期工程，电务公司承建的长沙市轨道交通 1 号线一期工程 35kV 变电所、环网、杂散电流防护工程获全国用户满意工程奖。2018 年全国实施用户满意工程先进单位 2 个：桥梁公司、市政公司荣获 2018 年全国实施用户满意工程先进单位。（陈晓斌）

【党建工作】截至 2018 年 12 月 31 日，中铁八局有 384 个党组织，其中，党委 17 个，党总支 19 个，党支部 348 个，党员 6664 名。2018 年 11 月，党委组织部按照股份公司党委、四川省国资委党委有关要求，对补交党费使用管理情况进行了自审并上报。经统计，自启动党费清理收缴工作以来，中铁八局党委共收缴党费9285436.58元。除按规定上缴上级党组织外，重点用于帮扶慰问生活困难党员及老党员、拨付一定数额的党建活动经费、开展党员教育等方面，累计支出3883867.2元，截至年末，党费结余5401569.38元。2018年收集上报政工信息260条，其中11条被股份公司《中国中铁简报》采用，2条（次）党务信息被股份公司推荐上报国务院国资委，年度党务信息工作排名股份公司46家子分公司第一名。编发《工程之声》报21期，网站上传新闻1300条，推送微信667条。完成2018年卷《年鉴》印发工作。举办以“奋勇争先，筑梦未来”为主题的首届企业文化节。全年在中央级主流媒体刊稿94篇次，中央级媒体刊稿330篇次，地市级以上媒体刊稿930篇次，《中国中铁》报上稿202篇，股份公司微信平台上稿47篇。处理完成11起舆情事件，有效维护了企业形象。组织召开党委中心组集中学习会4次，组织开展“巴炬大讲堂”4次；在《中国中铁党建》《学习与探索》《一带一路》《创新世界周刊》共计发表调研文章15篇在《中国中铁党建》发表调研文章1篇，在《学习与探索》发表调研文章15篇。

（王　良　蒋昌丽　许　静）

【纪检监察】2018年，两级纪委立案审查61件，涉及处职人员24人，科职及以下人员125人；给予党纪政纪处分171人次；共受理信访举报114件，其中纪检内95件；处置问题线索191条，初步核实170件次，谈话函询21件次，中铁八局纪委处置50条；发送廉洁短信2.98万条，瞄准国资委“十五个严禁”组织自查1441次，暗访229次，突击检查242次；严肃查处违反八项规定精神案件，对2名干部给予党政纪处分和通报曝光；全年共问责222人次，罚款6.62万元，挽回直接经济损失约800万元。

（王　畅）

【工会工作】2018年，中铁八局工会累计投入140.2万元为9902名职工送上生日祝福；投入77.21万元慰问生病职工3246人；投入45.8万元慰问遇事职工366人；投入13.2万元欢送退休职工311人；“两节”送温暖资金560万元，共计慰问15户特困职工、136户重困职工、274户一般困难职工及20户困难职工遗属；慰问一线职工3600人，农民工2366人次，劳模先进96人，老干部112人，离退休人员3960人；共计资助192名困难职工子女，发放助学金58.26万元；下拨慰问资金48.2万元，为高原寒冷地区项目职工添置保暖御寒物品；表彰20个女职工先进集体（组织）、20名先进女职工工作者和25名“三八”红旗手，连续两年获“全国书香三八读书活动优秀组织奖”及“四川省‘玫瑰书香’活动优秀组织奖”，其中，3篇女职工读书作品荣获“全国优秀作品奖”，4篇作品荣获“四川省优秀作品奖”；表彰15个模范职工之家、21个模范职工小家、53个优秀工会工作者和43个工会积极分子。

2018年，中铁八局工会通过《中国工运》《中铁工运》、中华全国总工会网站、四川省总工会网站、云南省总工会网站、工人日报、四川工人日报、中国中铁报等媒体，共计发表工会信息190条（省部级以上媒体62条）、新闻稿件248条（省部级以上媒体75条），发表调研文章8篇（省部级以上媒体3篇）。1人获“全国五一劳动奖章”；4人获“火车头奖章”；5人获“云南省五一劳动奖章”；2人获“贵州省五一劳动奖章”；1人荣获“四川省五一巾帼标兵”“五一巾帼奖章”；2人荣获“中国中铁先进女职工”。

（张兴才）

【共青团工作】截至2018年末，中铁八局团委下辖13个团委，2个团工委，170个团支部。有青年团员1647人，保留团籍党员466人；有团干部531人，其中专职团干部15人。2018年，中铁八局有3个单位获得“中国中铁青年文明号”，6名个人获得“中国中铁青年岗位能手”，21个单位和个人获“中国中铁五四红旗团委”“五四红旗团支部”“优秀团干部”“优秀兼职团干部”“优秀团员”称号；4个单位荣获中铁八局“五四红旗团委”，17个集体、48名个人分获中铁八局“五四红旗团支部”“优秀团干部”和“优秀团员”。

（范　凌）

【履行社会责任】中铁八局对口帮扶乐山金口河区和平彝族乡蒲梯村。截至2018年底，中铁八局对口帮扶乐山金口河区和平彝族乡蒲梯村，该村已实现全村59户166人全部脱贫。新增对口帮扶的永胜乡花茨村、民主村、顺河村、桅杆村、五池村五个村子，也在2018年底实现高标准脱贫。2018年1月3日，安徽省蚌埠市暴雪导致蚌埠市陷入交通瘫痪状态。中铁八局一公司蚌埠云轨项目部主动与蚌埠市淮上区区委联系，投入人力220人次、3台大型设备装载机、3台挖掘机、5辆运输车辆参加交通梳理工作。2018年6月21日，贵州省盘州市境内突降暴雨。中铁八局昆明公司盘县项目部在接到通知后立即组织抢险作业人员，配合曲靖工务段组织的抢险作业人员对坍塌土体进行清理，经过6个小时的不停作业，坍塌土体全部清理完成，消除全部安全隐患，保证了沿线列车正常运行。2018年7月23日，老挝南部阿速坡省一在建水电站大坝发生溃坝事故，中铁八局磨万铁路项目部募捐46069.33元，用于支援灾区重建工作。

（雷成宸）

【领导人员】

刘胜尧	集团公司董事长、党委书记
吴家兴	集团公司总经理、党委副书记
李　俊	集团公司党委副书记、副总经理
王国明	集团公司副总经理、总会计师
郭相武	集团公司副总经理、总工程师
董冲锋	集团公司副总经理、总法律顾问、董事会秘书（4月任）
左兴明	集团公司副总经理、工会主席
陈守忠	集团公司副总经理、总经济师
张俊峰	集团公司副总经理

喻修正　集团公司副总经理
钟　俊　集团公司党委副书记、纪委书记
栾宏源　集团公司副总经理
张　峰　集团公司总经理助理
夏发宝　集团公司总经理助理
张　敏　集团公司巡视员　（3 月退休）
赵　智　集团公司副巡视员

（廖靖锋）

中铁九局集团有限公司

【简况】中铁九局集团有限公司（简称中铁九局）由原沈阳铁路工程建设集团有限公司、沈阳铁路局锦州工程（集团）有限责任公司、沈阳铁路局吉林建设工程集团有限公司三家企业重组而成，于 2003 年 12 月 23 日经国家工商行政管理总局核准，在辽宁省沈阳市工商局注册，2003 年 12 月 26 日，中铁九局在沈阳正式挂牌成立，是中国中铁的独资子公司，是集设计、施工、科研、房地产开发、矿业、机加工为一体的多功能大型集团，年施工能力 200 亿元以上。

中铁九局具有铁路、公路、建筑和市政四项施工总承包特级资质，是东北地区唯一一家拥有四项特级资质的企业，具有机电工程施工、桥梁工程等多项总承包和专业承包壹级资质。中铁九局先后通过了 ISO 9001：2015 质量体系（GB/T 50430–2007）、ISO 14001：2016 环境管理体系、GB/T 28001：2011 职业健康安全管理体系认证。

中铁九局总部设在沈阳，下设 8 家全资子公司、7 家分公司、2 家控股子公司、1 个事业部。其中，中铁九局四公司、五公司、六公司、七公司、路桥分公司、电务公司、大连分公司、物资公司、检测公司和勘察设计院在辽宁地区；在吉林、陕西、四川、浙江、北京等省市设有 5 家实体三级公司。

截至 2018 年末，中铁九局共有职工 9051 人，拥有专业技术职务 5560 人，其中：管理干部 5631 人（技术干部 5141 人，占管理干部总数的 91.3%），工人 3420 人（技术工人 2283 人，占工人总数的 67%）。

截至 2018 年末，中铁九局资产总额 188.08 亿元，其中：固定资产净值 12.84 亿元、流动资产 149.11 亿元、其他资产 26.13 亿元。设备总保有量 5784 台，资产总原值 22.27 亿元，资产总净值 8.04 亿元，新旧系数 0.36。机械设备动力数 443166.82 kW。全体职工人均动力装备率 48.59 kW / 人，人均技术装备率 8.81 万元 / 人，装备生产率 19.29 万元，年施工能力 200 亿元以上。

截至 2018 年末，中铁九局获中国建设工程鲁班奖 8 项，中国土木工程詹天佑奖 3 项，国家优质工程奖 5 项，省部级优质工程奖 111 项；主编国家行业标准 1 项、参编 6 项；荣“获国家和省部级科技进步奖” 51 项，国家级工法 10 项，省部级工法 146 项；发明及实用型专利 115 项，其中有效专利 80 项。（白元平　张冬梅　甘　铎　焦自香　金毓红　刘　洋　孙化东）

【主要指标】2018 年，中铁九局完成新签合同额 328.63 亿元，营业收入 124.27 亿元，完成归属母公司净利润 0.5 亿元，实现经营活动现金净流量 12.87 亿元。

（孙化东）

表 14–9　2018 年中铁九局主要经济指标

项目	2018 年	2017 年	比上年增长（%）
资产总额（亿元）	188.08	186.37	0.92
所有者权益（亿元）	38.06	30.67	24.1
营业收入（亿元）	124.27	138.08	–10
利润总额（亿元）	0.51	0.45	13.33
净利润（亿元）	0.43	0.35	22.86
归属于母公司所有者的净利润（亿元）	0.5	0.46	8.7
技术开发投入（亿元）	3.75	2.63	42.59
利税总额（亿元）	5.25	4.08	28.68
应交税金总额（亿元）	5.44	7.21	–24.55
净资产收益率（%）	1.24	1.25	–0.8
总资产报酬率（%）	1.53	1.23	24.39
国有资本保值增值率（%）	98.15	98.91	–0.77

制表人：孙化东

【改革发展】2018 年 8 月，中铁九局被国务院国资委列入“双百行动”综合改革企业名单，围绕“五突破一加强”，与企业脱贫解困和解决主要矛盾相结合，稳步推进各项改革工作，助推企业实现高质量发展。2018 年 3 月，中铁九局财务共享服务中心正式挂牌成立，对中铁九局财务建设、企业发展具有里程碑意义。大力实施三级及以下企业压减，2018 年减少 2 户，累计完成清理 48 户，组织管理体系更加精简高效。深入推进困难企业治理，经过努力，中铁九局二公司顺利通过国资委“处僵治困”专项审计。2018年中铁九局获得公路工程施工总承包特级资质，成为拥有铁路、公路、建筑、市政施工总承包特级资质企业，是东北地区唯一一家“四特”级建筑施工企业。

（白元平　张　苏　孙化东　宁毛辉）

【重大项目】2018年，中铁九局参建的京沈高铁（辽宁段）、通新客运专线正式开通运营；承建的四平市东丰路立交桥成功转体，刷新了国内桥梁转体施工在重量、跨度、净高等方面的新纪录；承担主要施工任务的京沈客专沈阳枢纽“7.05”转线顺利完成，是京沈客专沈阳枢纽最后一次大规模Ⅰ级转线施工；承建的京雄城际铁路雄安站特大桥首桩正式开钻；此外，水曹铁路和内江师范学院等项目实现了快速推进。

2018年，中铁九局通过传统承包经营、投资经营等多种方式，中标了京雄城际铁路JXSG-7标段、沈阳铁路局“三供一业”工程、沈阳市快速路项目、中德产业园项目、成兰铁路站房工程、新建盐城至南通铁路和合肥地铁等一批重点项目。（张　苏　杨红磊　蒋振超）

【走向海外】截至2018年末，中铁九局有境外机构15个，分布在马来西亚、哈萨克斯坦、沙特阿拉伯、刚果（金）、乌干达、匈牙利、白俄罗斯、厄瓜多尔和委内瑞拉等11个国家和地区。2018年，中铁九局海外新签合同额6.1亿美元，中标项目包括刚果（金）庞比铜钴矿项目、白俄罗斯布列斯特州保障房项目等，匈塞铁路项目取得重大进展；海外在建项目分布在8个国家共计33个项目，完成营业额1.7亿美元，承建的首个欧洲项目——白俄罗斯独立大街综合楼工程和非洲经援项目——马里职业技术培训中心工程顺利完成移交。拥有境外员工3013人，其中中铁九局员工246人；共有大型设备820台（套），固定资产原值4.47亿美元。自2013年以来连续5年被中国对外承包商会评为企业信用等级AA级，并获得2018中国对外承包工程企业社会责任绩效评价“先进型企业”称号，是中国中铁系统内唯一一家获评企业。

（魏　宁）

【重大创新】2018年，中铁九局主持的《兰新高铁穿越古长城段文物保护技术研究》《快速铁路近接隧道交叉段施工关键技术研究》《CRTS Ⅲ型先张法预应力轨道板智能自动生产线设计关键技术研究》《地铁塔柱式车站设计及施工综合技术研究》获中施企协科学技术奖二等奖；主持的《悬臂式掘进机铣挖法隧道建造关键技术》获公路学会科学技术奖三等奖；参与的《既有铁路枢纽客站新建高架连廊顶推施工技术研究》获铁道学会科学技术奖三等奖；参与的《新型速凝混凝土研发及配套技术研究与应用》获“辽宁省科技进步奖”三等奖；共有《铁路隧道工程衬砌逐窗入模分层浇筑施工工法》等18项工法获评省级工法；《CRTS Ⅲ型板式无砟轨道板先张法自动化生产线预制施工工法》等2项工法获评部级工法；共申请发明专利21项，获得授权发明专利4项。分别是：《一种大吨位铁路单线简支槽型梁跨铁路捆绑式吊装的装置》《适用于高速铁路无砟轨道板钢筋笼自定位绑扎工装》《适用于高速铁路无砟轨道板钢筋笼张拉杆自动安装锁紧机器人》《一种桥梁施工方法》。2018年，中铁九局3家三级公司进入沈阳市“双培育计划”入库企业，并成功认定成为高新技术企业。

（刘　洋　白元平）

【工程创优】中铁九局参建的重庆轨道交通十号线一期（建新东路—王家庄段）工程和深圳市城市轨道交通11号线工程获“中国建设工程鲁班奖”；参建的郑州市轨道交通2号线一期工程和南部滨海大道东端桥隧建设工程——莲花山隧道获国家优质工程奖。（金毓红）

【企业文化】全面推行股份公司和中铁九局企业文化建设标准，规范企业标识、企业名称等核心文化要素应用。在新员工入职培训中，安排企业文化培训，组织新员工学习中国中铁企业文化和五大理念。积极推行文化建设审批制度，派专人参与重点项目文化建设策划。扎实推进十二项文化建设，以责任文化和效益文化建设为重点，组织开展了“忠诚企业、爱岗敬业”主题教育活动，持续推进项目文化建设示范点创建。2018年，中铁九局有2个项目获“中国中铁项目文化建设示范点”称号；中铁九局内部命名表彰了19个工程项目文化建设示范点。特别是结合纪念改革开放40周年契机，制作了宣传片《跨越》，诠释了中铁九局人“实干精神”，丰富了文化内涵。

（吴　楠）

【党建工作】深入贯彻新时代中国特色社会主义思想和党的十九大精神，不断发挥党组织“把方向、管大局、保落实”作用。修订了《贯彻落实“三重一大”决策制度实施办法》《党委（常委）会研究讨论企业重大经营管理事项实施细则》等制度，进一步理顺了党委会、董事会、经理层和职代会之间的职能关系，前置研究审核涉及机构调整、投资等经营管理重大问题22项。修订了《党建工作责任制考核评价办法》，并与党组织书记抓基层党建述职评议、干部履职考察、党委巡察、薪酬考核等工作相结合，不断完善“述评考用”机制。在股份公司党建工作责任制考核评价中，中铁九局党委内业资料评分98.5分，名列前茅。连续3年开展“提质增效党旗红，共产党员当先锋”主题实践活动，2018年完成攻关课题238个，为企业创效创誉做出了积极的贡献。持续加强纪律审查工作，高度重视信访举报和线索处置，准确把握运用“四种形态”，对领导干部进行党政纪处分，并对违纪违规典型问题进行了通报。落实纪委书记与同级党委班子成员定期沟通制度，促进了党委班子成员充分履行党风廉政建设“一岗双责”。制定了副处级以上领导干部党风廉政“活页夹”，全年对拟提拔干部回复党风廉政意见，严把政治关和廉洁关。首次开展了三级单位纪委书记、纪检组长现场述职评议和考核。吸取王晓林案件的教训，召开专题民主生活会深刻反思、查摆问题，推进全面从严治党向纵深发展。全年对多家在建局属项目部进行专项巡察和“回头看”，按照分类处置、分级管理原则移交有关部门处理。构建了常态化的纠治“四风”机制，通过自查、暗访、突击检查等方式，有效遏制了“四风”反弹，对涉及违反八项规定人员进行了党纪政纪处理。（柳金海　闫克伟）

【信息化建设】完善信息化基础设施建设、深化基础信息应用、强化信息安全、大力推进主营业务信息系统及电子商务的建设与应用。积极开展BIM技术研究与推广，2018年度立项中国中铁BIM研究重点科研课题1项，引导课题1项。依托京雄城际铁路、玉楚高速等开发的CEM项目级管理云平台实现了与铁路建设管理信息系统的数据互通，为适应未来铁路、公路等领域的基于大数据模式下的智慧建造打下坚实基础。开发中铁九局工程危险感知能力VR训练与考试系统（V1.0），切实转变安全培训方法和模式。按照“时间服从质量”的总体要求有序推进共享平台上线工作，顺利完成了项目层、综合层和公司层的上线任务。做好财务共享中心业财共享平台与成本、物资等信息管理工具的融合融通，以信息化推动项目管理水平的进一步提升。

（刘　洋）

【履行社会责任】高度重视履行社会责任，中铁九局共参加铁路应急抢险救灾工作4次，其中，沈阳铁路局抢险救灾3次，西安铁路局抢险救灾1次，确保了铁路大动脉及时畅通和人民生命财产安全。深入贯彻落实习总书记“绿色发展”理念，通过健全环境保护制度、优化技术方案、引进新工艺新材料等推动节能减排工作有效开展，树立了良好的企业形象。

2018年，中铁九局深入落实“员工普惠三策”，不断提升员工幸福指数。共支出“两节”送温暖资金353.01万元。深入基层项目部和海外项目部开展“送清凉”和专项慰问活动，投入资金427.94万元。“金秋助学”走访困难职工40户，发放慰问金10.06万元，全年共支出助医、助学、助困帮扶救助资金270.31万元。为重点工程项目拨付“三工”建设专项经费168.5万元。（常　新　杨红磊）

【领导人员】

段广和　董事长、党委书记、法定代表人
赵中华　总经理、副董事长、党委副书记
周文明　副总经理
王贺彩　总会计师
刘海东　副总经理
刘长城　副总经理、总法律顾问
赵金祥　副总经理
彭　齐　副总经理
金　耀　总工程师、副总经理
王学军　副总经理
王学东　党委副书记、工会主席
王志山　副总经理
陈金亮　党委副书记、纪委书记、监事会主席

（甘　铎）

中铁十局集团有限公司

【简况】2003年12月26日，根据国资委、铁道部《关于将铁道部第二第三勘察设计院等22户企业划转中国铁路工程总公司有关问题的批复》（国资改革函〔2003〕373号文件）以及中国铁路工程总公司《关于筹备成立中铁十局集团有限公司的通知》（中铁程劳〔2003〕385号文），在原济南铁路工程（集团）有限责任公司、中铁三局集团第三工程有限公司、中铁四局集团第三工程有限公司基础上成立中铁十局集团有限公司。

中铁十局集团有限公司是以工程施工总承包为主的跨国跨行业经营的特大型企业集团，拥有各类资质81项，包括总承包资质40项，专业承包资质41项。其中：铁路工程、市政工程、建筑工程（2项）、公路工程（2项）共计6项工程总承包特级资质；铁路行业、市政行业、建筑行业（2项）、公路行业（2项）共计6项甲级工程设计资质。水利水电工程总承包壹级，桥梁、隧道、铁路铺轨架梁、环保、钢结构、铁路电气化、路基、路面工程等专业承包壹级，拥有对外承包工程资格证书和对外援助成套项目A级资质。

中铁十局集团有限公司注册资本金人民币38亿元，下设17个子分公司，主要分布在济南、天津、合肥、郑州、西安、南京、广州、青岛等经济发达的省会城市或计划单列市和拉美、东非、南亚等国家；年施工能力600亿元以上；现有员工14500余人，共有各类专业人员10000余人，其中拥有高中级及以上专业技术职务人员4700多人。一级建造师近730人。

截至2018年底，中铁十局集团有限公司资产总额329亿元，2018年完成营业额445亿元。国内保有施工机械设备5040台（套），原值17.88亿元，净值9.52亿元，总功率33.52万kW。国外保有施工机械设备667台，原值4.6亿元，净值1.15亿元，总功率11.35万kW。其中，在用大型专用施工机械设备91台套，原值8.8亿元。2018年采购施工机械设备共计236台（套），采购金额9320.74万元。

中铁十局集团有限公司承建的项目，先后获得“中国建设工程鲁班奖”“中国土木工程詹天佑奖”“国家优质工程奖”等国家级优质工程奖18项，获山东省“泰山杯”等省部级优质工程奖156项。获得国家级工法13项，省部级工法176项，专利授权421项（其中发明专利81项）。省部级科技进步奖（含国家认可的社会力量设奖）106项次，省级以上技术创新优秀成果奖

124 项。通过了质量管理体系、环境管理体系、职业健康安全管理体系认证，先后被授予“全国优秀施工企业”“全国优秀诚信企业”“全国文明单位”“全国公路行业优秀施工企业”“全国质量效益型先进施工企业”“重合同守信用企业”“全国科技进步与技术创新先进企业”“山东省企业文化建设十佳单位”“山东省劳动关系和谐企业”“富民兴鲁劳动奖状”等多项荣誉称号，连续多年保持山东省“最佳信贷诚信企业”称号。

（刘泓泽　花　蓉）

【主要指标】2018 年中铁十局实现归母净利润 6.18 亿元，同比增长 3.86%，营业收入净利润率为 1.51%，比 2017 年提高 0.01 个百分点；经营现金净流量 5.75 亿元，较 2017 年同期增加 6.87 亿元；资产负债率由年初的 82.95% 下降至 80.29%，完成了股份公司下达的考核目标。

（俎万祯）

表 14–10　　2018 年中铁十局集团有限公司主要经济指标

项目	2018 年	2017 年	比上年增长（%）
资产总额（亿元）	328.7	344.3	−4.53
所有者权益（亿元）	64.8	58.6	10.58
营业收入（亿元）	410	401	2.24
利润总额（亿元）	7.7	7.3	5.48
净利润（亿元）	6.3	5.95	5.88
归属于母公司所有者的净利润（亿元）	6.18	5.93	4.22
技术开发投入（亿元）	7.3	7.1	2.82
利税总额（亿元）	23.5	22.5	4.44
应交税金总额（亿元）	16.8	15.2	10.53
全员劳动生产率（万元 / 人・年）	34.11	33.23	2.65
净资产收益率（%）	10.2	13.4	−3.2
总资产报酬率（%）	3.17	3.3	−0.13
国有资本保值增值率（%）	110.3	118.9	−8.6

制表人：俎万祯

【改革发展】2018 年，中铁十局完善了区域经营网络体系。确立了“深耕山东、融入三地（京津冀、长三角、珠三角）、拓展四区（西南、西北、东北、华中）”的国内市场布局；加强了区域经营组织机构及队伍建设，增设了长沙、海口、贵阳、拉萨、宁波、临沂办事处，撤销了深圳办事处，对指挥部和办事处人员进行了市场化招聘，充实了经营力量。改善营销考核方式。制定了经营开发管理及考核办法，按照职责定位，以“二八比例”（区域指挥部考核指标中经营指标占 80%，其他占 20%；三级公司反之）为总体原则，对三级公司和区域指挥部进行考核，理顺了指挥部、办事处和三级公司关系，明确了各自职责和分工，倒逼区域指挥部发挥营销主体责任；将办事处作为经营考核工作的基本单元，区域指挥部副指挥长薪酬与分管办事处业绩挂钩，常务副指挥薪酬与本区域营销任务完成情况挂钩，充分发挥营销工作人员主观能动性。认真贯彻落实股份公司城市建设开发动员会精神，专题研究部署城市开发经营，制定 2018 年城市开发建设领域专项营销目标，层层分解任务、下达指标；坚持发挥自身优势资源，立足优势城市，突出谋篇布局，先后中标了济南热电公司城市供热管线项目、威海南海新区黄金海岸小区、昆明呈贡区白龙潭片区城市棚户区改造等项目。完善领导班子副职、机关各部门、子分公司领导班子、区域指挥部和办事处等各层级薪酬管理体系，合理拉开同岗级人员收入差距。规范劳务派遣和外聘人员管理，规避了劳动用工风险。子分公司机关部门数量压缩 16%，定员压缩 5%；清理 78 家三级及以下企业，完成压减计划的 163%；“三供一业”分离移交协议全部签订，分离企业办社会职能迈出了重要一步。

（许　冲　刘泓泽）

【重大项目】2018 年中铁十局完成新签合同额 851 亿元，同比增长 39%；完成营业额 445 亿元，同比增长 6%，两项指标均创历史最高值。铁路工程施工：2018 年，完成施工产值 431 亿元，完成年度计划 427 亿元的 102%，同比增长 7%。年内，在建项目 335 个，其中铁路工程 89 个，公路工程 57 个，市政工程 107 个，城轨工程 30 个，水利工程 1 个，房建工程 34 个，海外工程 17 个。

（刘泓泽　花　蓉）

【走向海外】2018 年，中铁十局研究出台了海外业务改革方案，明确提出建立集团公司国际部—区域外经公司—国别公司（办事处）三级经营管理机制。注册设立泰国公司、东帝汶公司，并整合东南亚、俄罗斯等现有市场资源，组建了亚太区域外经公司，正式形成非洲、拉美、亚太三大区域市场多轮驱动发展格局。年内，与山东大学开展校企合作，联合举办为期半年的首届中铁十局国际化骨干人才英语培训班，加快外经人才培养。2018 年，中铁十局中标海外施工项目 9 个，签订贸易类项目 14 个，累计实现新签合同额 12 亿美元。在建境外施工项目 20 个，累计完成年营业额 36600 万美元。

（杨展鹏）

【重大创新】2018年，中铁十局开展管理实验室活动，修订各类制度办法109个。加强科技创新，推进技术中心建设，建成4家高新技术企业、5家省级技术中心。依托重难点项目开展重点领域科技攻关并取得积极成效，BIM技术应用能力得到提升。年内，获得省部级科技奖（含国家认可的社会力量设奖）15项次；新增企业级工法56项，获得省部级工法19项；获专利授权84项，其中发明专利12项。（许　冲　殷倩倩）

【工程创优】2018年，中铁十局获国家优质工程奖3项，获省部级优质工程奖17项。

2018年，中铁十局承建的重庆轨道交通十号线一期（建新东路—王家庄段）工程获“中国建设工程鲁班奖”；参建的新建兰州至重庆铁路广元至重庆段土建工程LYS–14标段新井口嘉陵江特大桥获“国家优质工程奖”；承建的新建兰州至重庆铁路广元至重庆段土建工程LYS–14标段兰渝人和场隧道获“国家优质工程奖”。

2018年度获省部级优质工程的项目：重庆轨道交通十号线一期工程（建新东路—王家庄段）获“重庆市市政工程金杯奖”；353省道海安段建设获“江苏省扬子杯”；潮州至惠州高速公路工程获“中国铁建杯”；武汉市轨道交通6号线一期工程获“湖北省市政示范工程金奖”；广东省潮州至惠州高速公路TJ1合同段获“山东省泰山杯”；广佛江快速通道江门棠下段工程鹤山连接线佛开高速跨线桥获“山东省泰山杯”；龙泉至浦城（浙闽界）高速公路工程樟溪岭隧道获“山东省泰山杯”；中新天津生态城7号雨水泵站工程一标段获“天津市政公路工程金奖”。

2018年度获中国中铁杯优质工程（省部级）的项目有：江门大道北线工程BT项目广佛江快速通道双龙立交工程（JD–7标）双龙大道跨线桥；济南二环南路建设工程老虎洞山隧道；济南至东营高速公司工程路桥十五标段；广佛江快速通道江门大道鹤山连接线一标佛开高速跨线桥；合肥市轨道交通2号线土建TJ07标；龙泉至浦城（浙闽界）高速公路工程樟溪岭隧道；呼铁佳园二期；重庆市轨道交通十号线一期工程（建新东路—王家庄段）；深圳地铁11号线11301–2标香梅站。（王　旭）

【党建工作】深入学习贯彻党的十九大精神和习近平新时代中国特色社会主义思想，举办副处职以上领导干部集中培训5期，组织两级党委中心组集中学习144次、“管理痛点诊断”集中研讨4场、集中宣讲351次，撰写理论调研文章和学习体会300余篇。贯彻落实“三重一大”决策制度，2018年召开党委常委（扩大）会15次，前置研究企业经营管理议题56项。贯彻落实中纪委《工作建议》要求，高质量召开专题民主生活会，集团公司及各子分公司两级党组织自查自纠发现问题180项，制定整改措施210项，制定相关制度96项。

在所属单位设立了党委组织部或组织宣传部。成立了企业党校，搭建良好教育平台。开展“掌上学院”线上学习和“班级管理”集中培训。围绕重要时期、重点工程、重大节点开展一系列党建主题活动。制定了党建工作责任制实施及考核评价办法。

严格落实“一报告两评议”制度，实行子分公司领导班子成员分工调整报备制，完成了16家子分公司领导班子、183名领导人员的日常履职巡察，提醒诫勉谈话4人；全年择优提拔28人，调整交流98人次，改任调研员26人。制定了构建“不能腐”体制机制工作任务分工与推进计划，建立完善了干部廉洁情况“活页夹”和机关部门廉洁风险台账，对176名班子成员进行了背靠背“画像”。年内，对26起企业内部典型案例进行通报，2018年给予党政纪处分239人次。

组织开展了“习近平新时代中国特色社会主义思想”理论研讨、“十局记忆”演讲比赛、“我的照片故事”征集等庆祝改革开放40周年系列活动，扎实推进“保安全、创精品、争先进”主题教育活动，鼓舞了员工士气。加强企业文化建设和形象宣传，开展了企业品牌宣传PPT设计大赛，在股份公司2018年工作会议上做了经验交流。加强传统媒体和新媒体宣传报道，重大节点新闻连续登上中央电视台新闻联播，中铁十局微信公共账号关注人数和阅读量创历史新纪录，舆情监控和应对能力明显增强。各子分公司全国文明单位2个，省级文明单位数量增加至9个，中铁十局集团有限公司获得“厚道鲁商”称号。（许　冲）

【信息化建设】根据《网络安全法》的具体要求，对业财共享平台、成本系统、协同办公平台、安全隐患排查系统和门户网站进行了定级备案，取得了公安局颁发的备案证明。对业务系统进行数据的集中备份管理，实现了数据的自动备份，并制订了数据演练恢复计划，保证了数据安全性和可靠性。举办了网络信息安全培训班，提高了信息化管理人员的信息安全意识和网络信息安全技能。

部署业财共享平台，实现业财共享平台的虚拟化和高可靠性，为中铁十局业财共享平台的推广提供了坚实的基础保障。对技术中心平台进行升级，建立中铁十局大数据中心，实现知识产权转化的引导和管理功能。基于OA办公系统和档案系统，建立了集团公司数字化档案室。实现了档案借阅利用的信息化、流程化，实现了系统一体化整合。完成新建26个办事处视频分会场的部署调试，视频分会场总数达60个。

中铁十局承担的《山东省市政工程BIM实施导则》《山东省轨道交通工程BIM技术应用标准》两项标准通过省级评审。（殷倩倩）

【履行社会责任】2018年困难职工已解困脱困111名，解困脱困率达到73.5%。全面推进员工健康关爱计划，建立项目心灵驿站21个。2018年元旦、春节期间，中铁十局共走访慰问困难职工235户、劳模、离退休职工129人、一线职民工7872人。开展了“送凉爽”工作，为1万多名职民工送上了凉爽。开展了“金秋助学”活动，共资助144人，发放助学款40.92万元。2018年，中铁十局共支出“三不让”帮扶救助资金268.01万元，帮扶救助困难职工1700多人次。争取地方帮扶资金20.6万元，对79名特重困职工进行了帮扶救助。全年共资助困难职工子女106人，资助金额140344元。（许　冲　韩志勇）

【领导人员】

杨兰松　董事长、党委书记
李学民　总经理、副董事长、党委副书记
李海峰　党委副书记
陈　伟　党委副书记、纪委书记、监事会主席
崔　军　工会主席、副总经理
陈国清　副总经理
王祥玉　副总经理（7月免）
郭建封　总会计师
董文德　副总经理
　　　　总法律顾问（1月免）
王爱平　总工程师
杜强泽　副总经理
高　峰　副总经理
李仲峰　副总经理
杨玉泉　副总经理
贺贤栋　副巡视员（10月免）
武海光　副巡视员
徐为民　总经理助理

（任文隆）

中铁大桥局集团有限公司

【简况】中铁大桥局集团有限公司（简称中铁大桥局）是中国中铁的全资子公司，是中国唯一一家集桥梁科学研究、工程设计、土建施工、装备研发四位于一体的承包商兼投资商，具备在各种江、河、湖、海及恶劣地质、水文等环境下修建各类型桥梁的能力。

中铁大桥局具有铁路、公路、市政公用工程施工总承包特级资质；桥梁工程、隧道工程、港口与海岸工程、铁路铺轨架梁工程专业承包壹级以及城市轨道交通工程专业承包资质；铁路行业甲（Ⅱ）级、公路行业甲级设计资质。

1950年经中央人民政府指示，铁道部开始武汉长江大桥的筹建工作，1953年4月成立“铁道部新建铁路总局武汉大桥工程局”。1958年3月，改称“铁道部大桥工程局”。1970年8月，铁道部与交通部合并，又改称“交通部大桥工程局”。1975年3月，铁道部与交通部分设，仍属铁道部，名称恢复为“铁道部大桥工程局”。此前及此后，单位名称还有“革命委员会”“桥梁与基础工程公司”等短期变更，但隶属关系及内部机构均无实质性变化。2000年10月，与铁道部脱钩，更名为“中铁大桥工程局”，属中国铁路工程总公司领导。2001年4月26日，改制为“中铁大桥局集团有限公司”。

2004年10月28日，经国务院国有资产监督管理委员会批准，中铁大桥局股份有限公司依法成立。中铁大桥局股份有限公司是由中铁大桥局集团有限公司、武汉钢铁（集团）公司、中铁隧道集团有限公司、中铁山桥集团有限公司、铁道科学研究院共同发起，以中铁大桥局集团有限公司桥梁建设等土建施工资产改制重组设立的股份有限公司。2015年2月10日，中铁大桥局集团有限公司按照法定程序吸收合并中铁大桥局股份有限公司，中铁大桥局股份有限公司正式注销。

2018年，中铁大桥局正式启用桥梁科技大厦，公司从汉阳大道38号搬入四新大道6号，下设子公司20家（其中：备案类2家）、分公司32家（其中：备案类26家），项目部196个、片区指挥部8个。职工期末人数为12662人。其中，在岗职工11934人，非在岗职工728人；干部人数8480人，工人4182人；正高179人，副高1739人；高级技师467人，技师804人。中铁大桥局资产总额391.82亿元，较2017年增长4.56%。自有机械设备12051台（套），总原值43.37亿元，净值19.25亿元，总功率47.71万kW。技术装备率15.52万元/人，动力装备率38.45kW/人，主要设备完好率86.99%，利用率80.94%，机械化施工程度高。

中铁大桥局先后获“国家科技进步奖”33项，国际乔治·里查德森大奖6项、新中国成立60周年“百项经典暨精品工程”10项、“中国建设工程鲁班奖”38项、“中国土木工程詹天佑大奖”28项、拥有国内外专利558项。从20世纪50年代援建越南河内铁路桥梁开始至今，先后在缅甸、孟加拉、印尼、南非、坦桑尼亚、安哥拉、摩洛哥等20多个国家和地区建设了一大批精品工程；入选美国《工程新闻记录》(ENR）评选的世界最大225家国际承包商，跻身“国际十大桥梁承包商”。（易　爽）

【主要指标】2018年中铁大桥局完成新签合同额715.1亿元，企业营业额360.1亿元，实现利润总额13.04亿元，净利润10.07亿元，企业综合毛利润率达10.01%。

表14-11　2018年中铁大桥局集团有限公司主要经济指标

项目	2018年	2017年	比上年增长（%）
资产总额（亿元）	391.82	374.73	4.56
所有者权益（亿元）	79.01	62.67	26.07

续表

项目	2018 年	2017 年	比上年增长（%）
营业收入（亿元）	350.06	292.54	19.66
利润总额（亿元）	13.04	13.84	-5.75
净利润（亿元）	10.07	10.64	-5.37
归属于母公司所有者的净利润（亿元）	8.23	8.63	-4.58
技术开发投入（亿元）	5.28	4.30	22.79
利税总额（亿元）	25.13	24.61	2.1
应交税金总额（亿元）	11.04	7.24	52.44
全员劳动生产率（万元 / 人・年）	264.66	238.87	10.80
净资产收益率（%）	14.11	18.43	-23.44
总资产报酬率（%）	2.62	4.23	-38.06
国有资本保值增值率（%）	124.08	118.9	4.36

制表人：潘成兵

【改革发展】机构改革。片区指挥部合并重组片区督导组。重新界定片区指挥部定位、片区机构设置、片区项目分类、营销管理职责及经营要素联动、绩效考核等关键点，稳步推进生产经营一体化。成立大企业事业部，优化建立“118”新型经营体系，区域经营机构基本做到国内全覆盖。组建机械化施工分公司。以中铁大桥局集团有限公司机械租赁分公司和中铁大桥局集团有限公司基础工程分公司为基础，成立中铁大桥局集团有限公司机械化施工分公司，与机械管理中心按照“两块牌子，一班人员”进行管理，已于 2018 年 12 月 29 日完成工商登记工作。成立 BIM 研发与应用管理中心。该中心于 2018 年 9 月 20 日正式成立，为中铁大桥局职能部门，与工程技术部合署办公。研究子分公司发展定位。解除二公司对上海公司托管以及九公司对深圳分公司托管，明确上海公司、深圳分公司发展定位及具体管理措施。

推进“压减”工作。注销中铁大桥集团珠海工程有限公司（注销日期：2018 年 5 月 30 日）、中铁大桥局集团有限公司无锡分公司（注销日期：2018 年 10 月 26 日）、中铁大桥局集团有限公司河北分公司（注销日期：2018 年 11 月 9 日）。推行薪酬分配改革。实施分级分类考核，修订完善薪酬、业绩考核体系，调整工龄工资标准，实施工效联动，突出精准激励。实施天堑变通途“四位一体”质量管理模式，2018 年 12 月 3 日，中铁大桥局获第三届中国质量奖。推行项目管理人员职业化。出台《实行委派职业项目管理团队共同管理项目的指导意见》。初步建立科级及以上项目经理业绩数据库，实行定量分析、动态管理。优化干部队伍结构。出台《关于加强和改进优秀年轻领导人员培养选拔工作的实施意见》，建立领导人员改任非领导职务机制，落实领导人员退出岗位机制。

实施“六大举措”。坚持“问题导向”，狠抓督导检查问题销号、巡视反馈问题整改、失职违规问题追责，形成了求实务实扎实的干事风气；坚持“典型引路”，不分指标，只讲标准，真选先进，选真先进，深入开展项目管理实验室活动，总结管理实践中的做法，优秀个人、先进集体、管理经验涌现，典型引路作用有效发挥，营造了向上向善向优的良好氛围；坚持“快速施工”，发挥专业优势，加强标前联动、超前主动介入，突出施组优先、注重系统策划，科学调配资源、提升执行效率，强化过程管控、及时纠偏定向，构建了重谋重干重效的管理格局；坚持“精准激励”，深化“盈利光荣、亏损可耻，共创价值、共享成果”理念，正向激励与负面约束并重，把后台的服务与前台的经营紧密联系、绩效互动，建立了共赢共荣共享的利益关系；坚持“作风建设”，大力倡导“凡事在心不在形”，加强机关基本建设和项目基础管理，从办文办事办会、督查督办、高效落实入手，树立了从严从实从细的执行导向；坚持“安全稳定”，不断增强忧患意识、红线意识、责任意识，强化精准稽查、动态监控、查漏补缺、风险预警，夯实了人防技防物防的安全保障。（李　倩）

【重大项目】2018 年，中铁大桥局新开工项目 76 项，其中铁路工程 3 项，非铁路工程 73 项；年度在建工程累计 196 项，其中铁路工程 27 项，非铁路工程 169 项，分布在中国 24 个省、直辖市、自治区；年内有 50 项工程完工或收尾。重点工程成贵铁路 5 标施工完成；新建商合杭铁路芜湖长江公铁大桥及相关工程 SHZQ-1 标段主塔施工完成，钢梁架设完成 58%；武汉杨泗港长江大桥主桥钢梁已顺利实现合龙，大桥主体工程已基本完工；新建铁路福州至平潭铁路 FPZQ-3 标平潭海峡公铁两用大桥全桥下部结构铁路墩身全部完成，六个主塔全部封顶，铁路砼箱梁全部完成，首座通航孔桥——大小练水道桥钢梁合龙；连镇铁路五峰山长江特大桥 4 号主塔施工完成，南北岸主索鞍和散索鞍安装完成，5 号、6 号墩铁路墩身浇筑完成，南锚碇基础填芯完成，锚体浇筑完成，南引桥钻孔桩和承台全部完成；青山长江公路大桥钢梁架设完成 78%；赤壁长江公路大桥主墩承台施工完成，开始进行主塔施工；香溪长江公路大桥项目香溪河桥和长江桥主桥钢梁施工完成；沪通长江大桥 HTQ-2 标 28 号主塔封顶，29 号墩中塔柱顺利实现合龙，墩顶 5 节段钢梁架设完成，南引桥主体工程已全部完成，全面进入上部结构施工；官厅水库公路大桥主桥合龙；郑济铁路黄河特大桥主桥372#墩承台完成，简支钢梁架设完成14个节间，引桥钻孔桩完成1164根；澜沧江特大桥外包混凝土完成84%；丽香铁路金沙江特大桥隧道锚完成99%；张吉怀铁路5标钻桩基完成1068根，承台完成141个，预应力锚索完成701孔；溧阳至宁德国家高速公路浙江省淳安县QHTJ–05标段1条隧道贯通，临歧二号桥主墩12#墩承台浇筑完成；香丽高速公路虎跳峡金沙江大桥主塔施工完成，猫道架设完成。

2018年中标牛田洋快速通道PPP项目、新武金堤南北段PPP项目、南充将军路嘉陵江大桥PPP项目、信阳中心城区市政道路PPP项目、山东滨州黄河大桥PPP项目和G8012玉楚高速PPP项目共6个PPP项目，新签合同额179亿元，占中铁大桥局新签合同额比例25%。2018年，中铁大桥局既有18个基础设施投资项目，总投资1160亿元，项目全周期需出资47亿元，中铁大桥局年度完成出资7.5亿元，年累计完成比例16%。（易　爽）

【走向海外】2018年，中铁大桥局实现海外新签合同额65.84亿元，完成海外营业额16.29亿元。

2018年海外项目进展情况：①孟加拉帕德玛大桥项目：完成产值141628万元，试桩施工全部完成，主桥正式桩累计完成439节，已完成钢梁架设5跨（第7联），四大预制件预制及架设正有序开展；②坦桑尼亚姆特瓦拉港口新增泊位工程项目：完成产值8298万元，完成钢护筒累计完成375节（1节6m），堆场累计填筑7.4万方，连接栈桥及主栈桥施工完成72m，堆场开挖及填筑、软土区疏浚工程正在施工；③马来西亚婆罗洲大道升级改造工程拉让江桥项目：完成产值8149万元，拉让江大桥进入主体结构施工，11#、12#墩柱施工正在进行，芦楼立交桥现浇梁施工正处于收尾阶段，乌也大桥梁场基础回填施工完成，即将进入台座基础施工及预制梁施工；④香港屯门至赤腊角连接路—南连接路高架桥段项目：完成产值1484万元，项目已完工；⑤港珠澳大桥香港口岸基础设施二期（南面）节段梁预制工程：完成产值1119万元，项目已完工；⑥香港沙田36C房屋预制件项目：完成产值1943万元，项目主体工程完工；⑦香港蓝田将军澳预制梁项目：完成产值328万元，目前正在进行大临建设及模板的施工，主体工程尚未开始施工；⑧孟加拉帕德玛铁路连接线项目：1#高架桥主营地78间活动板房安装完成，股指项目经理部会议室正在进行拼装施工，二工区北高架引桥营地房屋基础建设完成，三工区Arial Khan特大桥北岸场地临建厕所及浴室已完成，搅拌站水泥罐基础、配料仓基础、斜皮带基础、主机楼基础完成。（宋　阳）

【重大创新】开展技术创新。中国工程院重点咨询项目《海洋桥梁工程技术发展战略研究》年内顺利完成并提交结题申请；2项中国铁路总公司科研课题完成研究工作并申请验收；3项中国中铁科技开发计划课题通过结题验收；组织开展验收中铁大桥局科研项目课题27项。承担国家重点研发计划课题1项，湖北省技术创新专项重大项目2项，中国中铁科技开发计划课题8项，其他外部课题3项，新立项中铁大桥局科研项目课题57项。获授权专利111项，其中发明专利33项，实用新型专利70项，外观专利8项。获第二十届中国专利优秀奖2项，第十一届湖北省专利银奖1项。获评国家知识产权示范企业称号。获科技奖励46项，其中国家技术发明奖1项，湖北省科技进步奖3项，河南省科技进步奖1项，中国铁道学会科技进步奖2项，中国公路学会科技进步奖5项，中国施工企业管理协会科技进步奖10项，中国交通运输协会科技进步奖2项，国家铁路局铁路重大科技创新成果12项，中国铁路工程总公司科技进步奖7项，国际桥梁大会乔治理查德森奖1项，詹天佑奖2项。

开展管理创新。修订《中铁大桥局集团有限公司企业管理现代化创新成果管理办法》，进一步提高管理创新成果奖励标准，将管理创新工作列入子分公司业绩专项考核项目。中铁大桥局2018年度管理创新课题立项65项，评选成果48项，其中一等奖9项。获“2018年度中国中铁管理创新成果一等奖”2项，二等奖1项。获“第二十五届全国企业管理现代化创新成果二等奖”1项。获“第十七届全国交通企业管理现代化创新成果二等奖”1项。获“2018年全国国企管理创新成果二等奖”1项。（舒海华）

【工程创优】2018年，中铁大桥局承建的南通东方大道快速路高架工程、宜兴市太湖大道跨芜申运河桥梁（新庄大桥）工程、353省道海安段建设三项工程获2017年度江苏省“扬子杯”；滨北线松花江公铁两用桥改建工程获2017年度黑龙江省建设工程“龙江杯”；郑东新区北三环跨东、西运河桥梁及其连接道路工程施工第二标段荣获2018年度河南省市政工程金杯奖。

（王振伟）

【企业文化】大力宣贯中国中铁“五大理念”和基层文化建设指导意见，严格按照中国中铁企业文化手册要求，统一规范使用企业标识。弘扬“坚守质量 传承创新”的优良传统和五大桥梁“里程碑”精神，有效推进桥梁博物馆建设，推动“三像”文化在各层级落地生根。督促深中通道、郑济铁路、安九铁路等新开工项目完成“三个一”工程及项目标准化塑形建设；完成港珠澳大桥、蒙华铁路荆州长江公铁大桥等完工项目完成了“五个一”工程。2个项目部荣获“中国中铁项目文化建设示范点”，《工地塑形五步走》荣获中国中铁首届微课大赛一等奖，中铁大桥局获“改革开放40年中国企业文化优秀单位”，“桥文化”入选改革开放40周年企业文化优秀成果选编。推动文化产业繁荣发展，推出拥有自主IP的桥梁主题系列文创产品，进军点播院线等影视投资领域，参展北京“第十四届国际交通技术与设备展览会”及香港“创科博览2018”，武汉桥梁传媒公司被认定为国家高新技术企业和武汉市首批科技“小巨人”企业。（吴　霏）

【党建工作】政治建设方面。持续推进学习宣传贯彻习近平新时代中国特色社会主义思想和党的十九大精神，制定《中铁大桥局处级领导干部学习贯彻党的十九大精神集中轮训工作方案》，4月9日—6月16日，分5期、组织475名领导干部开展学习贯彻党的十九大精神集中轮训，实现处级领导干部全覆盖。坚持以全面从严治党统领企业各项工作，修订了《贯彻落实“三重一大”决策制度实施办法》，制定了《党委（常委）会研究讨论企业重大经营管理事项实施细则》，完善党委会议事规则，进一步规范执行重大经营管理事项决策“前置程序”，实现了党的领导和公司治理的有机统一。2018年共召开党委常委（扩大）会议20次，履行“前置程序”研究讨论重大经营管理事项69项。坚决执行党中央和上级党委重大决策部署，有效推动供给侧结构性改革、新发展理念、创新驱动战略，法治建设第一责任人制度等重大决策部署在企业落地见效。严肃党内政治生活，1月15日，召开中铁大桥局2017年度领导班子民主生活会。9月1日，召开中铁大桥局领导班子落实中央纪委《工作建议》专题民主生活会。

思想建设方面。围绕学习宣传贯彻习近平新时代中国特色社会主义思想和党的十九大精神这条主线，开展学思践悟活动，严格执行“一学一报”、述学述评、参学督学、学习追责制度，2018年中铁大桥局党委理论学习中心组组织学习13次，其中专题研讨4次，“凤凰山讲坛”开讲10次，听课人数达30000人次。及时调整各级领导干部“两学一做”学习教育联系点，推进“两学一做”学习教育常态化制度化，开展书记讲党课、形势任务教育等活动。开展理论研讨和调研工作，16篇政研论文在《中国中铁党建》《湖北国资》等刊物发表，5篇调研报告被《中国中铁简报》《调研参要》刊载。各级党组织策划开展“不忘初心、牢记使命”主题教育，组织党员赴延安、井冈山、大别山、红安等红色教育基地轮训，开展主题演讲等活动，引导党员干部重温党的历史、牢记党的宗旨、继承光荣传统、坚定理想信念，自觉担负起推动企业实现高质量发展的历史使命。

队伍建设方面。坚持正确用人导向，履行选好用好管好干部的重大政治责任，严格执行领导干部选拔任用标准和程序，以选准用好班子正职为重点，合理使用各个年龄段的领导干部，科学配备各级领导班子，全年共调整领导干部462人次，其中提拔87人。出台《改任企业非领导职务人员管理办法》《关于加强和改进优秀年轻领导人员培养选拔工作的实施意见》，全年共34名领导人员改任非领导职务，推进企业干部队伍结构更加趋于合理。坚持严管和厚爱结合、激励与约束并重，持续构建领导人员日常履职考核、年度考评、任期考核相结合的监督管理体系。加大引进力度、强化培养举措、建立多层次培训体系，统筹推进专家、专业技术人才、高技能人才等队伍建设，进一步激发人才队伍活力，巩固了企业人才优势。

组织建设方面。开展“找差距、补短板、强实效”党建质量提升活动，优化党建工作格局，推进党建工作与生产经营有机融合。修订了《中铁大桥局党委打造“全面从严治党示范性工程”实施办法》，制定了《中铁大桥局党委“全面从严治党示范党支部”选树实施办法》，全面开展打造“全面从严治党示范性工程”和选树“全面从严治党示范党支部”活动。研究制定《党建工作标准化及责任制考核评价办法》，研发“大桥红”智慧党建工作平台，形成了“321”的党建工作体系。持续开展党组织书记抓基层党建工作述评考核。加强党组织机构动态管理，积极探索新经营业态和新组织管理模式的党组织机构设置，全年新成立21个党工委，调整13个基层单位党组织委员会委员，撤销10个基层党组织，4个二级公司党委成功换届。严格执行党员教育管理各项制度，规范“三会一课”和支部主题党日活动，出台《中铁大桥局集团有限公司党委党务公开工作实施方案》，基层党组织政治功能更为突出。

党风廉政建设方面。先后召开党风廉政建设和反腐败工作会议及年中推进会议，推动中央部署和上级要求在企业落地落实。出台《关于深入贯彻落实中央八项规定精神进一步加强作风建设的实施意见》《内部公务活动用餐管理规定》等制度办法，在重大节日期间严明“十五个严禁”纪律要求，组织开展片区指挥部落实“八项规定”精神专项检查，坚决杜绝“四风”问题反弹复燃。持续加强纪律教育，5月开展了党风廉政建设宣传教育月活动。发挥巡视巡察“利剑”作用，接受了中国中铁党委巡视，分3批、对16家单位进行了内部巡察。加强廉洁风险防控，深化廉洁谈话、工作约谈制度，开展了重点项目专项监督检查、典型亏损项目排查。强化纪律执行，建立健全线索督办机制和违纪违法典型问题通报曝光制度，全年共立案20件，给予党纪政纪处分62人、组织处理51人。加大“一案双查”力度，问责处职领导干部15人，发挥了惩处的震慑作用。

宣传思想工作方面。全面落实意识形态工作责任制，统筹网上网下两条战线，牢牢掌握意识形态工作的领导权和主动权。坚持全媒体建设思路，打造“中央厨房”，讲好“桥故事”，弘扬“桥文化”。全年围绕纪念改革开放40周年、南京长江大桥通车50周年、港珠澳大桥通车、荣获中国质量奖等重要事件策划专题宣传20余次，与中央电视台联合开展“唱响新时代”大型国庆专题节目，举办建党97周年“不忘初心 牢记使命”演讲比赛、纪念改革开放40周年大桥局发展成就暨新中国桥梁建设成就展。围绕重大事件、工程节点唱响“建桥国家队”品牌，在中央级媒体刊发新闻报道1783条，其中中央电视台报道243条（新闻联播10

条），媒体刊稿数量继续保持中国中铁首位。开发网络舆情实时监控系统，全年舆情管控平稳有序。

和谐企业建设方面。坚持党的依靠方针，加强对群众工作的领导。各级工会和共青团组织围绕中心、服务大局，广泛开展了“大桥杯”劳动竞赛、职工技能大赛、劳模创新工作室创建、“十大杰出青年”评选、双导师带徒、青年创新创效、青年学习型标兵选树等活动，搭建了广大职工成长的台阶、展示的舞台、建功的平台，涌现出了一批荣获“中华技能大奖”“全国五一劳动奖章”“全国青年岗位能手”“全国青年安全示范岗”“荆楚工匠”等荣誉的先进典型。推进员工普惠工作，继续实施“三让三不让”关爱员工工程、“幸福之家十个一工程”以及“员工健康关爱计划”，全年共支出“三不让”资金265万元，在项目部建成了20家员工心灵驿站。持续开展“六送”活动，两级工会共筹集资金2096万元，惠及职工、农民工49538人次。（张　琦）

【信息化建设】“大桥云”作为交通、建筑行业唯一一家数据中心入选国资委中央企业境内A级共享数据中心名录。中铁大桥局入选2018年国家工信部两化融合试点单位，入选首批“长江BIM技术联盟”理事单位。中铁大桥局工程指挥中心正式启用，可查看所有在建项目现场实时施工情况，并进行沟通，实现工程在线指挥；网络安全建设持续加强，高清视频会议建设覆盖至年度重点及重点关注项目。“互联网+BIM技术在安九铁路鳊鱼洲长江大桥施工中的应用”案例获评中国施工企业管理协会工程建设行业互联网发展最佳实践案例。深中通道项目“智慧梁场”项目的信息化建设成为行业标杆。

中国中铁华中区域共享中心如期成功顺利挂牌，成为中国中铁范围内首个跨集团、多业态的区域财务共享中心。“中心”探索出多集团、多业态共享中心组建的实践经验和工作组织方法，实现了股份公司“探索建立区域共享中心，深层次高起点共享资源”的目标，得到股份公司的认可。“中心”突出“业财融合”的现代财务管理趋势，通过与成本、物资、机械、税务等业务系统的互联互通，构建“业财一体化”大共享生态圈。（宋　军）

【履行社会责任】抢险救灾：积极参与各类抢险救援工作。2018年1月，武汉暴雪，组织近800名员工，奔赴武汉市近百余千米战线上通宵奋战扫雪除冰；2018年8月，南方多日暴雨爆发洪涝等灾害，组织300余名管理和作业人员奔赴受暴雨和塌方影响的内六铁路云南水富段铁路展开抢险工作，恢复铁路通车。扶贫帮困：按照湖北省委省政府的要求，加大对口扶贫点的帮扶力度，赞助宣恩县20余名留守儿童开展了“走出大山看大桥”公益游学活动。带领孩子们参观大桥工地、桥文化博物馆等地并走进弘桥小学，将精准扶贫与桥梁知识科普、桥文化传播结合起来。志愿服务：组建学雷锋志愿服务队38支，常态化开展爱心募捐、帮困助残、文明指引、公益宣传、义务劳动、赛会服务等形式多样的志愿者活动，如助力高考志愿服务，“大手拉小手 爱心满校园”志愿服务等。环境保护：重视节能减排标准化工地建设和绿色施工示范工程创建，全面完成中国中铁下达的年度节能减排量化指标。4项成果被确立为中国中铁重点节能低碳技术，2项工程被授予“2018年度中国中铁绿色施工科技示范工程”，4项工程被授予“2018年度中国中铁节能减排标准化工地”。（吴　霏）

【领导人员】

刘自明　董事长、党委书记
文武松　总经理、党委副书记
秦顺全　科学技术委员会主任
黄支金　党委副书记
古继洪　副总经理、总会计师、总法律顾问
张春新　副总经理、总经济师
汪小平　党委副书记、纪委书记
刘杰文　副总经理
李富仓　副总经理
季跃华　副总经理
蔡登山　副总经理
潘东发　总工程师
高振东　副总经理
罗　兵　副总经理
张红心　副总经理　（3月任职）
肖佳鹏　副总经理、工会主席　（10月任职）
高兴泽　副巡视员
（林兴武）

中铁隧道局集团有限公司

【简况】中铁隧道局集团有限公司（简称中铁隧道局）是中国中铁股份有限公司下设的专业从事隧道与地下工程建设的国有大型施工企业。公司地址：广东省广州市南沙区广意路23号。主要经营业务范围涉及铁路、公路、市政、房建、水利水电、机电工程等施工总承包和隧道、桥梁、公路路基、铁路铺轨架梁等专业承包，以及设计、机械制造、科研咨询等领域。施工类资质方面具有铁路工程、公路工程施工总承包等两项特级和市政公用、房屋建筑、机电安装等施工总承包一级，及隧道、桥梁、公路路基等多项专业承包一级资质；设计资质方面具有铁道行业甲Ⅱ级和公路行业甲级等两项甲级资质。企业通过了GB/T 28001职业健康安全管理体系认证、GB/T 19001质量管理体系认证、GB/T 24001环境管理体系认证。

1978年5月，为修建黄河水下隧道，经铁道部报请国务院批准，在河南洛阳成立铁道部4501工程指挥部，1978年10月，国务院批准将4501工程指挥部

 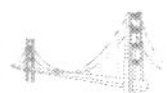

改组为铁道部隧道工程局。1999年8月，与铁道部脱钩，更名为“中铁隧道工程局”，纳入中央企业系统管理。2001年5月，实行公司制改造，组建了以中铁隧道集团有限公司为核心，集勘测设计、建筑施工、科研开发、机械制造四大功能为一体的中铁隧道集团。2017年4月27日，中铁隧道集团有限公司科技大厦奠基，中铁隧道集团正式搬迁至广东省广州市南沙区办公，2017年7月31日，中铁隧道集团有限公司更名为中铁隧道局集团有限公司。2018年6月26日，中铁隧道局集团正式在广州南沙工商注册成功。

中铁隧道局是中国中铁股份有限公司的全资子公司，注册资本29.98亿元，所有者权益59.33亿元，资产总额296.29亿元，拥有全资子公司15个、控股子公司2个、参股子公司2个、国际事业部1个、分公司7个，国家级企业技术中心1个，盾构及掘进技术国家重点实验室1个。2018年在建工程项目近300个，遍布全国各地及中东、中亚、东南亚、南美等地。

2018年，中铁隧道局员工总数14889人，拥有管理、专业技术人员8274人（高级职称893人、中级职称2258人），其中国家级有突出贡献专家2人，享受国务院政府特殊津贴9人，入选“国家百千万人才工程”1人，全国技术能手1人，中原学者1人。

中铁隧道局保有机械设备19923台（套），原值834756.75万元，净值369970.45万元，总功率1202832.03kW，设备新度系数44.3%。其中盾构/TBM共80台（组资），原值463622.21万元，净值198403.8万元，功率158105.75kW,新度系数42.8%。2018年主要施工机械设备完好率91%，利用率89%。是国内拥有盾构、TBM门类最齐全、数量最多的施工企业，年隧道施工能力在500km以上。

中铁隧道局共有615项科研成果通过省部级评审、鉴定和评价，其中具有国际领先水平31项，国际先进水平103项，国内领先水平131项，国内先进水平70项。获“国家科技进步奖”15项，其中大瑶山长大铁路隧道修建新技术获“国家科技进步奖”特等奖，秦岭特长铁路隧道修建技术、盾构装备自主设计制造关键技术及产业化以及地质工程分布式光纤监测关键技术及其应用获“国家科技进步奖”一等奖，跨江越海大断面暗挖隧道修建关键技术与应用以及高速铁路狮子洋水下隧道工程成套技术等课题获“国家科技进步奖”二等奖。获“华厦建设科学技术奖”5项、省部级科技进步奖297项。拥有知识产权178项，其中发明112项、实用新型专利47项、软件著作权14项、外观设计5项。拥有各级工法532项，其中国家级工法13项、省部级工法200项、企业级工法319项。

中铁隧道局先后获“中国建设工程鲁班奖”20项，“中国土木工程詹天佑大奖”30项，“国家优质工程奖”40项，“全国市政金杯奖”11项，省部级优质工程奖350项，国际项目管理银奖1项，新加坡工程项目管理金奖1项。被认定为河南省高新技术企业、国家级企业技术中心，盾构及掘进技术国家重点实验室、中国土木工程学会隧道与地下工程分会设在中铁隧道局集团，中国工程机械协会授权中铁隧道局集团成立“全断面隧道掘进机状态监测与评估中心”。先后获得“全国用户满意施工企业”“全国优秀施工企业”“中国优秀企业”“中国诚信单位”“全国五一劳动奖状”“中国企业文化竞争力十强”等荣誉。 （程思铭）

【主要指标】2018年，中铁隧道局实现新签合同额820.8亿元，完成股份公司年度计划79.7%；实现营业额450.3亿元，完成股份公司年度计划400亿元的112.56%；实现归母净利润1.62亿元。项目毛利率5.71%；经营性净现金流23.88亿元，实现年度目标6.61亿元的361.27%；年末有息负债降至32.5亿元；资产负债率79.97%，较2017年下降3.64个百分点，实现了资产负债率和有息负债的双下降。

创新“G6+N9”模式实现资金集中度84.12%；实现保险集中度59.96%，高出预算目标9.96个百分点；年末“两金”规模97.79亿元，较预算目标105.7亿元下降7.91亿元。利用高新技术企业、研发加计扣除等税收优惠政策，实现所得税税率19.79%，控制在预算目标20%范围内。 （王冉冉）

表14-12 **2018年中铁隧道局集团有限公司主要经济指标**

项目	2018年	2017年	比上年增长（%）
资产总额（亿元）	296.29	303.75	−2.46
所有者权益（亿元）	59.33	49.85	19.02
营业收入（亿元）	400.11	380.28	5.21
利润总额（亿元）	2.24	7.36	−69.57
净利润（亿元）	1.79	6.08	−70.56
归属于母公司所有者的净利润（亿元）	1.62	5.93	−72.68
技术开发投入（亿元）	8.67	8.18	5.99
利税总额（亿元）	15.42	19.94	−22.67
应交税金总额（亿元）	8.1	13.14	−38.36
全员劳动生产率（万元/人·年）	36.27	35.2	3.04
国有资本保值增值率（%）	103.25	114.1	−9.51

制表人：王冉冉

【改革发展】2018年，中铁隧道局利用南沙自贸区区位优势和集团公司品牌优势，围绕“隧道及地下工程领域领军企业”总体发展目标，坚持专业化发展，不断强化资源、技术、品牌及产业一体化优势，企业核心竞争力和行业影响力持续攀升，完成了企业2018年各项经营生产任务，保持了健康可持续发展态势。在企业改革方面一是继续推动国内经营体制改革，持续优化国内市场经营布局，结合中铁隧道局业务分布和市场开拓现状，及时调整南沙指挥部职能定位，增设深圳指挥部，适时加密经营网点，实现了国内各省、市（直辖市）、自治区的全面覆盖；二是持续推进集团公司国际事业部改革，出台国际事业部相关管理办法，明确了国际事业部的机构编制和运行管理机制，促进国际事业部尽快完成“身份转换”，同时出台了支持集团国际业务发展的相关政策措施，为国际业务管理体系的顺畅运行保驾护航。管理体系运行方面按照“至精、至诚，更优、更新”的企业管理方针，项目重要环境因素、重要危险源管理基本受控，中铁隧道局年度职业健康安全质量环境管理目标基本实现。内控方面以管理实验室为契机，大力推行管理制度梳理整合工作，通过进一步梳理系统管理制度，汇编同类管理制度核心条款，发布了工程经济管理、机械设备管理、计划统计管理等14项管理分册，进一步提升企业管理制度文件可执行性。（张　鲁）

【重大项目】2018年，中铁隧道局承建工程项目284个，其中铁路项目33个，公路项目49个，市政项目64个，城市轨道项目93个，水电项目9个，房建项目12个，其他项目24个。崇礼铁路正盘台隧道、京沈客专望京隧道、汉十铁路四方山、谷城隧道、衢宁铁路地州、田源隧道、蒙华铁路段家坪、高家山、阳城隧道、银西铁路庆阳隧道、格库铁路依吞布拉克1#隧道、重庆东环铁路松林湾隧道、丽香铁路蒙古哨隧道、金台铁路将军岭隧道、雅康C17标大杠山隧道等一批重难点隧道贯通，大瑞铁路、苏埃通道、成都地铁8号线、厦门地铁2号线、哈尔滨地铁二号线、新疆引额供水二期、宁波市轨道交通4号线TJ4009标、4011标、昆明轨道四号线12标、郑州地铁4号线07标、南昌地铁3号线二标、五标、无锡地铁3号线04、05、06标、深圳地铁6号线6111标、6112标、常州2号线5标、洛阳市轨道交通1号线02标、杭州地铁5-1标、杭州地铁6-4标、杭临10标、杭海9标等一大批盾构或TBM项目顺利始发。（程思铭）

【走向海外】2018年，中铁隧道局加大海外项目的市场开发力度，保持海外业务持续增长，全年新签合同额149.37亿元，其中中标以色列特拉维夫轻轨红线辅轨及机电系统项目，合同额52.02亿元人民币，中标沙特房建项目，合同额88.54亿元人民币。全年履约实施的项目共13个，当年续建项目3个，新中标开工项目4个，收尾项目6项。2018年公司计划完成施工营业额21310万美元，截至年底，实际完成23414万美元，完成年度计划的109.9%。（程思铭）

【重大创新】2018年，中铁隧道局新签科研项目59项，新签订科研合同经费5891万元。全年承担股份公司科研课题8项，获经费支持200万元。通过中铁隧道局评审验收科研成果14项，通过省部级评价/评审/验收的科研成果25项（其中省部级评价12项，股份公司评审4项、验收9项）。工法立项81项，获各级工法75项，其中：省部级工法27项、股份公司工法12项、企业级工法36项。取得发明专利15项、软件著作权11项。（韩　丹）

【工程创优】2018年，中铁隧道局承建的南昌红谷隧道、深圳地铁11号线获“中国建设工程鲁班奖”；8项工程奖获“国家优质工程奖”，其中郑州地铁2号线、宁波地铁2号线以参建单位获得“国家优质工程奖”，另外北京铁路地下直径线前三门隧道、关角隧道、长沙南湖路湘江隧道、广乐高速长基岭隧道、合肥南站北广场、龙怀高速粗石山隧道6项工程以主申报单位获得“国家优质工程奖”。2018年，中铁隧道局承建的长沙市营盘路湘江隧道工程、乌兹别克斯坦卡姆奇克隧道和合福铁路3项工程以参建单位荣获“中国土木工程詹天佑奖”。乌兹别克斯坦卡姆奇克隧道经中国市政工程协会国际合作专业委员推荐，获得了“国际市政工程协会2018年的特殊国际荣誉奖”。

2018年，中铁隧道局承建（参建）的重庆市轨道交通五号线一期工程土建5110标（中梁山车辆段）、南宁轨道交通3号线一期工程施工总承包02标青秀山站、南昌市轨道交通4号线一期工程土建施工02合同段获中建协2018年度建设工程项目施工安全生产标准化工地。深圳地铁10号线1011-3标获“广东省房屋市政工程安全生产文明施工示范工地”。无锡地铁3号线一期工程4标土建工程、常州市轨道交通1号线一期工程土建施工TJ02标荣获江苏省建筑施工标准化星级工地。广东省东山（闽粤界）至潮州古巷公路、广东江门至罗定高速公路、杭瑞国家高速公路湖南省临湘至岳阳公路获2016—2017年度公路水运建设“平安工地”。山西省辛安泉供水改扩建工程获全国水利建设工程文明工地。武汉市轨道交通蔡甸线工程第六标段土建工程获“湖北省安全文明施工现场”。重庆轨道交通五号线一期工程土建5101标获重庆市建筑安全文明工地。昆明市轨道交通4号线土建12标获云南省建筑施工安全生产标准化工地。京沈客专京冀段十三标等11个项目获得“中国中铁2018年度安全标准工地”。（何建华）

【党建工作】2018年，中铁隧道局党委围绕经营生产中心和全面从严治党要求，加强和改进党的建设，发挥党委的政治核心和领导核心作用、基层党组织的战斗堡垒作用和广大党员的先锋模范作用，实现了党建工作与经营生产的“同频共振”。政治理论学习进一步加强，围绕学习贯彻落实习近平总书记系列重要讲话精神、党的十九大和股份公司第四次党代会等会议精神，抓实抓严党建理论学习；举办6期处职领导干部集中轮训班，330名副处以上干部全部参加了轮训。以“两网一报一端”为平台，以十九大精神宣讲为载体，加强意识形态教育；推进“两学一做”学习教育常态化制度化，制定和完善了一系列管理制度办法。领导干部队伍建设推进，以“四好班子”为创建载体，强化领导班子建设；修订发布领导人员管理办法，确保“党管干部”原则坚决落实；创新人才引进渠道，开展了订单式海外人才培养和社会招聘，实施“鸿鹄计划”。党建工作效能进一步增强，落实国有企业党建工作会议精神，制定了党组织会议议事规则、重点工作导引、考核评价暂行办法等管理制度，全年召开党委常委（扩大）会6次，党委办公会12次；落实“三同步”原则，开展党建主体实践活动，“三会一课”制度有效落实。企业品牌形象大幅提升，宣传工作突出重点、紧扣主题，先后51次登上中央电视台，6次登上央视新闻联播，策划了央视《我爱发明》《发现之旅》等品牌节目，举办了庆祝改革开放40周年和隧道局建局40周年系列活动。党风廉政建设推进，贯彻落实中央八项规定精神，持之以恒纠正“四风”，发布了党风廉政建设10条禁令及负面清单、作风建设22条禁令。（周海东）

【信息化建设】2018年，中铁隧道局信息化工作结合企业经营生产实际和专业特点，积极推动“十三五”信息化发展规划落地，完成了盾构、TBM大数据平台的二期开发，完善了平台功能和应用深度，入选“数博会”百家大数据优秀案例；集成研发“中铁隧道局工程进度管理信息系统”，提高了工程项目进度管理信息化水平，解决全集团各工程项目进度数据获取效率不高、报表统计周期长的问题；依托深中通道项目，研发了虚拟沙盘后台控制软件，利用虚拟现实技术建立了工程三维空间信息系统，提高了工程项目规划管理水平；依托张吉怀项目研发了设备二维码智能管理系统，取得中国设备管理协会认可，获“技术创新类奖项”三等奖。按照“管理制度化、制度流程化、流程表单化、表单信息化”的总体要求，突出抓“表单信息化”工作，先后完成了用印申请单、付款审批单、出国审批单、投标申请审批表、合规审查审批表、机关部门工作联系单等19个部门45个业务表单及对应流程的后台编制、设置，并在OA平台上线运行。根据军工备案工作要求，完成涉密计算机管理及涉密办公自动化设备管理制度编制。（李　岩）

【履行社会责任】2018年，中铁隧道局积极参与地方抢险救灾行动，2月4日，参与广州市荔湾区芳村茶叶城火灾抢险，顺利扑灭火灾；6月17日，参与四川阿坝州理县米亚罗境内317国道山体滑坡泥石流抢险；7月，多次参与甘肃文县洪水抢险；8月29日，参加深圳福田区滨河大道抢险，协助过往行人、车辆顺利脱险；9月16日，参与广州、深圳多地抗击台风“山竹”抢险；10月30日，参与珠海板障山火情救援，会同消防部门扑灭火灾，踏实履行了央企的社会责任。（朱致胜）

【领导人员】

于保林　党委书记、董事长、法定代表人
唐　忠　总经理、党委副书记、副董事长
罗　琼　党委副书记、董事
范国文　工会主席、副总经理、职工董事
薛　峰　党委副书记、纪委书记、监事会主席
洪开荣　总工程师、董事
陈　建　副总经理、董事
高　伟　副总经理、董事
赵玉良　副总经理、董事
王水海　副总经理
韩静玉　副总经理
李献林　总会计师、总法律顾问、董事
李少利　副总经理
南晓宇　副总经理
赵全民　副总经理

（李　丹）

中铁电气化局集团有限公司

【简况】中铁电气化局集团有限公司（简称中铁电气化局）成立于1953年，是中国中铁股份有限公司成员企业，具有铁路、建筑工程施工总承包特级资质；机电、市政公用、通信工程施工总承包一级等17项总承包资质；铁路电气化、铁路电务、电子与智能化工程等26项专业承包资质；铁道行业甲Ⅱ级、建筑行业甲级，铁道行业（电气化）专业甲级设计资质；承装一级、承修一级、承试二级电力施工许可证；铁路运输许可证；测绘资质。总部设在北京。

截至2018年底，中铁电气化局员工总数11877人，其中，管理人员、专业技术人员7885人；工人3992人，分别占职工总数的66%和34%。中级及以上专业技术职务人员4198人，其中教授级高工34人，高级技术职称1105人，中级技术职称3059人。高级技师327人，技师516人。员工的年龄结构：35岁以下4607人，占39%，36～45岁3166人，占27%，46～55岁3385人，占28%，55岁以上719人，占6%；员工的文化结构：大专以上8262人，占70%，中专及高中2607人，占22%，高中以下1008人，占8%。

截至年底，中铁电气化局拥有下属企业48家，拥有机械设备4159台（套），总功率38.64万kW，总原值16.57亿元，设备新度系数33.73%。其中大型电

气化轨行设备439台（恒张力放线车15台，接触网作业车222台，立杆作业车48台，轨道车46台，轨道平板车94台，其他轨行车辆14台），大型土建施工机械67台，盾构施工设备6套，塔式起重机28台等，由中铁电气化局运管公司使用和管理的大型轨行设备541台（产权归路局）。机械运输设备总量2290台、原值58689.60万元、净值15904.88万元、总功率259700.38kW。人均动力装备率32.17kW/人、技术装备率4.65万元/人、设备完好率93.40%、利用率92.13%、机械化施工程度达到80%～90%，年施工生产能力为381.22亿元。

中铁电气化局承建了国内70%的电气化铁路、60%的高速铁路和70%以上的城市轨道交通供电工程。拥有世界最大的铁路电气化和城市轨道交通接触网器材生产厂，累计为中国供应了70%的电气化铁路、78%的城市轨道交通接触网零部件等产品，是国内该领域最大的电气化器材系统集成商。

中铁电气化局是国家高新技术企业，拥有省级企业技术中心、省级工程技术研究中心和国家级技能大师工作室，是铁道行业标准归口单位和国家“牵引供电系统”标准化组长单位，主持编写了多部行业标准、规范。中国铁道学会电气化委员会设在公司本部，出版发行的《电气化铁路》是国家一级学术期刊和国内唯一的电气化铁道专业期刊。

中铁电气化局先后获得多项“中国建设工程鲁班奖”“中国土木工程詹天佑奖”“国家优质工程金质奖和国家科技进步奖”，获得“全国五一劳动奖状”“全国文明单位”“全国优秀企业”“全国质量管理先进单位”和“火车头奖杯”等荣誉。截至2018年末，共获“国家级优质工程奖”103项，“AAA级安全文明标准化工地奖”8项，省部级优质工程奖258项。

（王怀亮　孙震红　巨　龙　邹云迅）

【主要指标】2018年，中铁电气化局企业营业额完成374.91亿元，其中，完成基建建设产值313.78亿元，比2017年同期减少了12.70亿元，同比下降了3.89%。实现新签合同额658.88亿元，完成股份公司营销目标650亿元的101.37%，同比增长3.55%。实现归母净利润10.05亿元，完成股份公司利润目标7.43亿元的135.26%；完成二次经营34. 67亿元，占年度计划29.52亿元的117.45%，变更索赔率11.75%；2018年在建项目利润率为9.12%，较年初制定的目标高1.62%。物资集采完成111.49亿元，通过股份公司电商平台完成物资采购90.72亿元、设备采购1740.9万元，直接降低采购成本约10.96亿元。

截至2018年末，中铁电气化局既有亏损项目（截至2015年6月）14个，首次确认亏损额67037万元，实现过程减亏36564万元，亏损额降幅54.54%。石太线北京铁路局管内设施设备改造工程、黄陵至韩城至侯马铁路（西安局管内）HHZQ-3标、新建西安至平凉铁路工程XPZH标段、宁启铁路复线电气化工程Ⅱ标段、新建漳州港尾铁路工程和南昌市轨道交通1号线瑶湖定修段工程6个项目实现扭亏，扭亏项目数量占过程亏损项目42.86%。2015年6月至2018年12月，新增过程亏损项目2个，即北六堡物流中心项目和商合杭四电系统集成2标项目，至2018年底均已扭亏为盈，开累减亏6047.74万元，扭亏比例100%。

通过资金集中调配、账户集中授权等多项措施，持续强化区域、内部资金池管理，年末全口径资金集中度59.6%，剔除受限资金口径资金集中度62.7%。充分利用高新技术企业、研发加计扣除等税收优惠政策努力降低税务成本，企业所得税率同比下降2.41个百分点。

（姚全忠　郑旭东　蒋　琪　李树锋　巨　龙　邹云迅）

表14-13　**2018年中铁电气化局集团有限公司主要经济指标**

项目	2018年	2017年	比上年增长（%）
资产总额（亿元）	360.21	348.82	3.27
所有者权益（亿元）	72.88	54.68	33.28
营业收入（亿元）	353.96	352.41	0.44
利润总额（亿元）	12.47	13.03	−4.3
净利润（亿元）	10.12	10.25	−1.27
归属于母公司所有者的净利润（亿元）	10.05	9.95	1.01
技术开发投入（亿元）	8.39	7.12	17.84
利税总额（亿元）	25.17	21.5	17.07
应交税金总额（亿元）	15.05	11.42	31.79
全员劳动生产率（万元/人·年）	24.51	20.21	21.28
净资产收益率（%）（不含少数股东权益）	15.94	19.66	−18.92
总资产报酬率（%）	3.6	4.10	−12.20
国有资本保值增值率（%）	118.5	120.80	−1.90

【改革发展】2018年，中铁电气化局完成1户法人企业压减工作，将中铁电气化局一公司、三公司、电气化公司、西安电化公司机械管理机构并入中铁电气化局机械装备分公司管理，年内，中铁电气化局上海公司与

华东公司、电气化公司与中铁科公司合并重组，撤销南京建管公司并推进基础设施投资事业部组建。加强企业资质管理，对资质升级、资质维护进行系统筹划，推动各子分公司施工总承包、专业承包及设计资质升级。完成宝鸡器材有限公司股份制改造，更名为中铁高铁电气股份有限公司，并于10月26日在新三板成功挂牌。完成三体系换版认证，获得首批卓越质量管理认证3A级企业。

企业产权。建立资产管理体系，严格进行产权登记、资产评估工作。2018年完成北京城市快轨建设管理有限公司14.3%股权的进场转让及上海富欣智能交通控制有限公司进场收购工作；完成了对子公司的增资、注销、资产评估、出资人变更等18家产权变更登记、资产评估报备工作，权属都能取得相应的权证。为保证国有资产不流失，集团公司规定，对有关资产的处置必须组织进行资产评估，在局域网或规定的地区公示，报股份公司备案后方可处置。集团公司完成了股份公司组织的产权登记情况自查工作，未发现问题。截至2018年底，集团公司共有产权登记企业43家。

人事、分配、考核、薪酬方面。2018年，根据股份公司有关规定，制定完善了中铁电气化局相关规章制度，加强了绩效管理、负责人年薪管理、履职待遇、业务支出管理。

完善制度办法。2018年，重新修订、发布了《中铁电气化局集团有限公司本部绩效考核管理办法》《中铁电气化局集团有限公司子分公司绩效考核制度》《中铁电气化局集团有限公司工程指挥部绩效考核管理制度》《中铁电气化局集团有限公司区域指挥部绩效考核管理制度》《中铁电气化局集团有限公司非权重事项考核管理办法》《中铁电气化局集团有限公司所属单位负责人薪酬管理制度》等制度，对中铁电气化局绩效考核体系进行优化、完善，进一步加大了绩效与薪酬挂钩的力度，实现了员工薪酬能随企业效益的升降进行相应调整，做到“收入能增能减”。修订发布了《中铁电气化局集团有限公司负责人履职待遇、业务支出管理实施细则》《中铁电气化局集团有限公司本部人员履职待遇、业务支出管理办法》《中铁电气化局集团有限公司所出资企业负责人履职待遇、业务支出管理办法》，严格规范了各级人员履职待遇、业务支出管理。

职工收入情况。2018年实发工资总额22.9亿元，较2017年增长2.7 %；境内职工平均工资13.92万元，较2017年增长8.5%；境外职工平均工资26.56万元，较2017年增长15.1%；境内在岗职工平均工资14.35万元，较2017年增长8.0%，实现了年初计划目标。

（王怀亮　戚　跃　孙震红）

【重大项目】2018年，中铁电气化局完成施工产值320.8亿元，为年度施工产值计划310.7亿元的103%。参与建设项目共308项，其中新开工项目57项，其中铁路项目23项、城市轨道交通工程项目28项、工民建工程1项、市政工程5项。竣工、开通工程68项，其中铁路工程27项，工民建房建工程8项，城市轨道交通工程27项，其他工程6项。在建工程240项，其中铁路综合工程2项，铁路土建工程5项，铁路“四电”系统集成工程20项，铁路站后“四电”工程42项，铁路房建工程9项，城市轨道交通工程85项，市政工程15项，公路工程1项，工民建房建工程16项，水利水电工程1项，维管工程44项。中铁电气化局建成（含已开通）电气化铁路2549.8正线公里，其中已开通电气化铁路2417.5正线公里，占中国铁路总公司2018年计划开通电气化铁路4000km的60.4%，建成电气化铁路2549.3正线公里，开通2417.5正线公里，投产牵引供电所亭145座，电力配电所66座，箱式变电站968座，通信线路1445.68正线公里，信号自闭线路1269.2正线公里；投入使用各类房屋134.85万m^2；完成土石方89.94万m^3，折合贯通铁路隧道31.83洞米，折合完成桥梁5270.32折合延长米，制梁28片，架梁224孔，完成涵洞34.61横延米。建成开通城市轨道交通工程458.57正线公里，其中开通站后四电工程451.82正线公里，土建工程6.75正线公里，完成城市轨道交通隧道盾构1730.5m，开挖城市轨道交通隧道2953.06洞米，正线铺轨1.62km，车辆段铺轨2.201km。2018年，中铁电气化局梳理重点管控项目29项，依托精品工程建设标准，研究分析工程项目特点，制订可行性方案，兑现节点工期目标，各工程项目有序推进。

（王一鸣　陈希武　张　华）

【走向海外】中铁电气化局发挥“四电”专业化优势，加大自主经营开发力度，完善“一带一路”沿线国别布点工作，强力开拓国际市场，成功签署色列特拉维夫轻轨等项目。2018年中铁电气化局海外板块完成新签合同额70.5亿元，完成企业营业额3.0561亿元，实现利润总额792.56万元。境外在建项目10个（其中伊朗1个、中国香港3个、中国澳门1个、斯里兰卡1个、印度尼西亚1个、巴基斯坦1个、乌兹别克斯坦1个、以色列1个），主要分布在中东、中亚、东欧、东南亚及中国香港地区。2018年追踪和投标项目有匈塞铁路、新加坡环线六期供电系统，继续深度拓展乌兹别克斯坦工程市场和伊朗铁路市场。

（万明明）

【重大创新】管理创新。结合中铁电气化局实际情况，编制印发了《中铁电气化局集团有限公司开展全面管理实验室活动方案》，在集团公司、子分公司各层级全面开展了管理实验活动。一是以问题为导向选定管理实验课题，切实解决企业当前存在的问题。围绕提升项目管理水平、优化责权统一的“4+1”组织模式、建立立体经营责任体系等八项管理实验重点内容，各单位上报管理意见和建议63条，梳理后形成了管理实验课题。二是系统总结前一阶段项目管理实验经验，抓好“工程项目经济运行管理”等项目管理实验成果落地。三是以管理实验为抓手，组织开展企业管理创新活动。发布13项《企业管理创新建议课题》，确定17项市场经营管理创新建议课题，探索和总结企业创新管理、市场经营开发的思路和方法。四是信息收集工作全面启动，“管理三化”有效推进。“管理三化”是中铁电气化局全面管理实验活动的重要内容，通过对管理流程及表单的梳理，运用信息化的手段，构建简洁高效的管理流程，解决信息孤岛和资源共享问题，提高企业管理质量和管理效率。截至年末，中铁电气化局各业务系统已完成了业务流程和业务表单的全面梳理，并逐一对业务流程和表单进行了评审。立项研究“高速铁路电力及牵引供电工程工艺质量标准管理创新”“高速铁路接触网自动化装配生产线技术创新管理”等30项企业管理创新课题，推荐上报的3项成果分别获股份公司一等奖、二等奖、三等奖。

科技创新。中铁电气化局技术中心获得国家企业技术中心认定，宝鸡器材企业中心获得国家企业技术中心分中心认定，为开展科技创新工作搭建平台。2018年，中铁电气化局新开科研项目85项，其中重大科研项目5项，重点科研项目47项，引导课题33项。新增授权专利32项，其中发明专利6项，新增软件著作权22项，全年获得省部级工法2项，股份公司级工法2项，评审局级工法19项。《重载铁路接触网成套关键技术创新及应用》等3项成果获省部级科技进步奖；《复合地层盾构空舱掘进施工关键技术与围岩稳定性控制研究》等4项成果通过省部级科研鉴定；《超级电容有轨电车充电轨系统》荣获“第二十届中国专利优秀奖”。积极推动设计、施工、管理技术、工业产品及维管成果向国家标准、行业标准转化，提升企业软实力和行业影响力。组织编写了《铁路电力、电力牵引供电工程施工安全技术规程》等3项铁道行业建设标准，《电气化铁路接触网零部件系列标准》等10项铁道行业技术标准，承揽主译《电气化铁路用铜及铜合金接触线》等2项铁道行业标准翻译。（王怀亮　张　华）

【工程创优】2018年，中铁电气化局获得“国家级优质工程奖”13项，省部级优质工程奖13项，“中国中铁杯优质工程奖”14项。创建局级安全标准工地35个，7个项目获“中国中铁安全标准工地称号”，5项工程获省级安全文明工地称号，1项工程获得“国家级AAA安全文明工地”。（邹云迅）

【党建工作】中铁电气化局党委坚持以思想政治建设为统领，不断把学习贯彻习近平新时代中国特色社会主义思想和党的十九大精神引向深入。举办5期培训班，对385名领导干部进行了集中轮训。修订党委理论学习中心组制度，加强对所属单位党组织中心组学习的督查指导，建立了259名中心组成员信息台账。全年中铁电气化局党委中心组集中学习6次。建立集团公司领导班子成员党建工作联系点14个，所属各单位建立领导班子成员基层联系点202个，每名班子成员做到了为联系点讲专题党课。在股份公司庆祝改革开放40周年理论研讨会上，集团公司党委作了《强企业之“根”，固发展之“魂”，努力打造享誉全球的轨道交通系统集成企业集团》的经验交流发言。

不断加强基层党组织建设，开展“找差距、补短板、强实效”党建质量提升活动，分层分级建立问题清单2268个，整改清单2464个，责任清单2005个。开展第二次党支部“星级达标、晋位升级”评审工作，评选“三星级”党支部278个，“四星级”党支部142个，“五星级”党支部44个。开展“创先争优”活动，突出表彰了“十佳财审党员”。加强党建工作考核，组织14家单位党委书记进行了现场述职。制定或修订了《党建工作领导小组工作规则》《党委办公会议制度》和党建工作考核办法。《加强党建工作责任考核，扎实推进“三型党委”建设》调研报告获北京市国企党建研究会课题调研一等奖。

坚持党管干部原则，严格管理干部。对10家单位领导班子进行了日常履职考察，提醒谈话主要领导1人，诫勉谈话主要领导2人；对2名领导人员启动了不胜任、不称职认定程序，对1名领导人员进行了岗位调整。深入推进交流制、退出制，交流领导人员17人，改任非领导职务14人。2018年共选拔任用中层领导干部36人。6家单位领导班子被评为2017年度集团公司“四好”班子。坚持党管人才原则。全集团共举办各类培训班3637期，培训员工52610人次；76人通过了一级建造师执业资格考试；推荐上报高级技术职称191人；2人被继续认定为中国中铁专家，1人被新认定为中国中铁专家。

认真落实党风廉政建设主体责任，开展贯彻落实中纪委《工作建议》自查自纠活动，召开专题民主生活会，梳理查摆问题34个，制定整改措施124项，建立或完善相关规章制度20项。制定贯彻落实中央八项规定精神《实施办法》《违纪违规典型问题通报曝光制度》，对2017年以来37起典型案例进行集中通报。在保定党校建成股份公司系统第一家党风廉政建设教育基地，共接待参观学习人员44批1343人次。分两批对10家单位进行“双察”，实现“三年双察全覆盖”。实践运用监督执纪“四种形态”，其中运用第一种形态2263人次。全年共立案33件次，给予纪律处分71人次。撰写的调研报告《聚焦“两个维护”，强化专责监督，持续推动全面从严治党向纵深发展向基层延伸》在股份公司全系统宣传推广。

认真落实意识形态主体责任，坚持正面宣传教育，举办纪念中国电气化铁路60周年暨建局60周年“六个一”系列活动。全年累计在省部级以上主流媒体发稿1601篇。集团公司及所属3家单位荣获“首都文明单位”，王秀军被评为“全国交通运输行业文明职工标兵”。

坚持“依靠”方针，加强对群团组织的领导。各级工会组织深入开展爱企立功竞赛、群众性创新创效和“安康杯”竞赛等活动，33个集体和个人获省部级以上荣誉。全面实施“幸福之家十个一工程”，加强“三工”建设，兑现“三让三不让”承诺，全集团共筹集慰问款1693.85万元，慰问一线员工21682人，“三不让”专项资金投入202.73万元；“三工”建设投入4826万元。共青团工作成效显著。6人受邀出席团十八大开幕式，3人获“全国青年岗位能手”，额济纳机务车间获“全国青年安全示范岗”。（赵茂楠）

【信息化建设】成立中铁电气化局信息技术中心，启动信息收集工作，推动“管理三化”咨询工作，“管理三化”是中铁电气化局全面管理实验活动的重要内容，通过对管理流程及表单的梳理，运用信息化手段，构建简洁高效的管理流程，解决信息孤岛和资源共享问题，提高企业管理质量和管理效率。截至年末，中铁电气化局各业务系统已完成业务流程和业务表单的全面梳理，并逐一对业务流程和表单进行了评审。完成无线网络全覆盖、有线网络升级改造与财务共享平台及其他相关平台建设。举办中铁电气化局首届“BIM技术青年技能大赛”，为信息化发展提供了人才储备保障。（杨　柳）

【履行社会责任】中铁电气化局拥有志愿者服务队130支，2018年开展志愿者活动约400次，投入志愿服务3300多人次；为社会困难群众和公司困难职工提供救助。2018年，中铁电气化局累计参与各类抢险救灾150多次，投入抢险救灾人数达22700人次、投入设备约320台（套），投入资金860多万元。发挥了国有企业的社会责任。（赵　刚）

【领导人员】

韦　国　党委书记、董事长　（6月任党委书记）
张建喜　党委书记、副董事长　（6月调离）
李爱敏　总经理、党委副书记
池洪军　党委副书记、纪委书记
沈九江　副总经理
刘德海　副总经理
赵印军　副总经理、总工程师
刘保顺　副总经理、总经济师
陈建明　副总经理
李争科　副总经理
宋连持　副总经理、工会主席
徐勇烈　副总经理
张永康　副总经理
周　绩　副总经理
牛光辉　总会计师、总法律顾问
邹领权　总经理助理

（曹忠义）

中铁武汉电气化局集团有限公司

【简况】中铁武汉电气化局集团有限公司（简称中铁武汉电化局）于2014年8月18日在湖北省武汉市工商行政管理局注册成立，注册资本9亿元。由中铁电气化局集团第二工程有限公司整体及中铁一局集团电务工程有限公司、中铁二局集团电务工程有限公司、中铁三局集团电务工程有限公司、中铁四局集团电气化工程有限公司、中铁五局集团电务城通工程有限公司部分人员和项目重组成立，中铁六局、七局、八局、九局、十局电务公司分别以2000万元现金形式向中铁武汉电气化局增资入股。截至2018年12月31日，实收资本8.804108亿元（尚有中铁七局、九局电务公司2017年增资各979.46万元未缴到位）。下设第一工程有限公司、输变电、物贸、科工装备、设计院5个子公司和北京、上海、广州、成都、西安五个区域分公司以及城铁、建设两个专业分公司。主要从事铁路电气化、电力、通信、信号和城市轨道交通、公路交通、机电设备、输变电、楼宇智能化、工业与民用建筑等工程建设，是集科研开发、设计咨询、工程施工、运营维护、产品制造和商务开发为一体的“四电”系统集成商和工程总承包商。拥有“6总13专”等19项建筑企业资质，涵盖铁路工程、铁路电气化工程、电务工程、通信、电信、送变电、机电、房建、市政、钢结构、电力设施承装承试、建筑智能化、建筑装饰装修等设计施工领域。2018年，中铁武汉电气化局完成施工产值63.6亿元，在建工程项目265个，铁路工程项目190个、轨道交通项目47个，其他项目28个，承建（参建）的哈牡电化改造、哈尔滨枢纽改造、哈牡客专、湛江东海岛铁路、天仙潜铁路、重庆西动车所、茂湛电化改造、重庆轨道交通十号线、成都地铁3号线、武汉地铁7/21号线等60多个项目顺利开通。

中铁武汉电化局现有员工4498人，其中专业技术干部2297人，占员工总数的51%，具有教授级高级专业技术资格专家13人，高级专业技术资格专家369人，中级专业技术人员736人，初级专业技术人员901人；工程类专业干部1638人，占员工总数的36%（其中，高级269人，中级584人，初级576人）；工人2201人，其中，技术工人2103人，技术工人中初级工58人，中级工222人，高级工847人，技师500人，高级技师281人，特技技师2人。

中铁武汉电化局现有机械设备1292台，总功率7.5万kW，总原值3.03亿元，净值0.81亿元。其中铁路电气化施工机械89台，原值1.78亿元，净值0.39亿元。设备平均新度系数0.27，人均动力装备率16.72kW/人，人均技术装备率1.8万元/人。

（黄　进　杨　成　杨山荣　肖会建）

【主要指标】截至2018年底，中铁武汉电化局完成营业收入63.34亿元、完成年度预算的115.16%，实现净利润0.78亿元、完成年度预算的125.73%；资产负债率81.46%，与2017年相比降低1.4%，净资产10.86亿元；实现经济增加值1.55亿元，完成年度预算的246.03%。（胡国新）

表14–14　　2018年中铁武汉电化局主要经济指标

项目	2018年	2017年	比上年增长（%）
资产总额（亿元）	58.6	58.51	0.15
所有者权益（亿元）	10.86	10.03	8.28
营业收入（亿元）	63.34	50.36	25.77
利润总额（亿元）	0.90	0.46	95.65
净利润（亿元）	0.78	0.39	100.00
归属于母公司所有者的净利润（亿元）	0.78	0.39	100.00
技术开发投入（亿元）	1.78	1.62	9.88
利税总额（亿元）	3.02	2.28	32.46
应交税金总额（亿元）	2.24	1.89	18.52
全员劳动生产率（万元/人·年）	139.56	101.00	38.18
净资产收益率（%）	7.18	3.89	增加3.29个百分点
总资产报酬率（%）	1.74	0.67	增加1.07个百分点
国有资本保值增值率（%）	107.77	105.42	增加2.35个百分点

制表人：胡国新

【改革发展】2018年，中铁武汉电化局结合企业战略规划和经营目标，制定人才发展规划，新订或修订《中铁武汉电气化局员工管理办法》《中铁武汉电气化局劳动合同管理办法》《中铁武汉电气化局薪酬管理办法》和《中铁武汉电气化局所属子公司负责人薪酬管理办法》等92项制度，规范了招聘程序，理顺了员工管理，强化了绩效考核，激励了员工工作积极性，提高了子（分）公司运行效率、推动了子（分）公司良性发展。配套完善了关于规范人事调动管理、职业项目经理聘任管理、岗位公开招聘管理以及规范干部职名、职级及规格等措施，形成了较为完整的人力资源（干部）管理的制度体系。领导班子建设方面：一是对成立满三年的中铁武汉电气化局一公司、北京分公司、上海分公司、广州分公司、西安分公司、成都分公司6个单位进行了任期考核评价；二是运用多维度评价，组织对子分公司领导班子及成员进行民主评议，形成综合分析材料，并与2015年度、2016年度评议情况比对，对下降幅度超过10%且优秀、称职合计占比没有达到85%的7名班子成员进行批评教育和提醒谈话，对下降幅度较大的5家单位领导班子进行提醒谈话；三是运用多维度考核评价方式，对子公司执行董事、监事进行了考核评价。干部管理方面：一是根据公司发展情况，补充调整了中铁武汉电化局机关有关职能部门、事业部负责人职数及规格，对工会工作部、团委、机械设备中心等部门配备人员层级进行了调整；二是对中铁武汉电化局机关部门正职领导进行配备。由于重组遗留问题，部分部门一直是副职主持工作，2018年配备了8个部门的部门正职；三是对中层管理干部进行了选拔聘任，2018年共提拔中层副职及以上管理人员24人；四是对集团公司机关各部门主管及科长进行了考核聘任，2018年共提拔集团公司机关部门主管及科长32人；五是对11名试用期满的领导人员进行了期满考核，同时对四名延长试用期人员进行了考核；六是对10名集团公司中层副职及以上人员进行了岗位调整。后备干部管理方面：制定了子分公司领导班子后备干部管理办法（试行），对子分公司领导班子后备干部进行了选拔、聘任、培训工作，共确定了18名正职后备干部，44名副职后备干部。围绕选人用人专项治理五个方面的重点内容，开展选人用人工作情况专项检查。强化干部选拔任用“一报告两评议”工作，严格履职待遇、业务支出管理。修订完善中铁武汉电化局子分公司履职待遇和业务支出管理办法及中铁武汉电化局本部人员履职待遇和业务支出管理办法，不断强化各级领导人员履职待遇和业务支出管理；人才队伍建设。以落实中铁武汉电化局“十三五”人才发展规划为重点，组织修订了高校毕业生见习管理办法、制定下发了《工程技术首席专家管理办法》《工程技术专家评选管理办法》《优秀高校毕业生、工程技术新秀评选办法（试行）》等，不断健全人才队伍建设的制度基础。组织开展专业技术职务评审工作。评审通过工程师68名、经济师2名、会计师4名；向股份公司推荐正高工3名、正高会1名，正高经2名，高工51名、高经16名、高会1名。组织做好人才引进工作，招聘2018年高校毕业生129名。积极推进技能人才队伍建设，全年共累计组织各工种职业技能鉴定244人，其中初级工40人、中级工86人、高级工118人；参加高技能人才评价150人，其中评审通过技师49人，评审推荐高级技师15人。组织技师、高级技师任期内技能提升培训31期，培训人员431人次；工班长素质提升培训22期，培训人员180人次；“四新”技术推广应用培训19期，培训人员189人次，组织举办了集团

 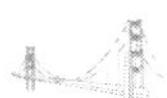

公司首届信号职业技能大赛，通过大赛涌现出了一批岗位标兵和技术能手，展示了集团公司员工积极进取、奋发有为的精神风貌。薪酬管理。2018年，中铁武汉电化局严格遵照股份公司制度精神，出台了《中铁武汉电化局集团有限公司机关部门及员工绩效考核管理办法》《中铁武汉电化局集团有限公司经营开发绩效考核办法（试行）》《中铁武汉电化局集团有限公司直管项目机构薪酬管理暂行办法》《中铁武汉电化局集团有限公司区域经营指挥部薪酬绩效管理办法》《中铁武汉电化局集团有限公司子（分）公司负责人薪酬管理办法》相关办法，在股份公司的管理调控下，按照年度生产经营目标、经济效益情况和人力资源管理的要求，坚持合理调控与所属单位自主分配相结合、效益导向与促进公平相结合等原则，以"岗位薪点制"为主要薪酬管理制度，开展中铁武汉电化局年度工资总额的确定、发放和职工工资水平的调整工作，确保职工薪酬按时发放和合理增长。（杨　成）

【重大项目】2018年，中铁武汉电气化局实现新签合同额159.54亿元，其中铁路项目93.44亿元，占比58.57%；非铁路项目66.1亿元，占比41.43%；完成主营业务收入63.6亿元。

铁路项目。全年新签合同额93.44亿元。经营区域基本覆盖中国各省市，重大项目集中在鄂、粤、蒙、陕、闽、黑、云、黔、渝、湘、川、浙、苏等省市区；业务构成上，以铁路"四电"项目为重点，加强与中铁建工、中铁通号、中铁三局、中铁电气化局、中铁第三设计院等单位沟通合作，努力突破行业限制。首次中标突破设计时速为350km的汉十高铁"四电项目"，首次中标金额突破33亿元的蒙华铁路"四电项目"，参投铁路大中型项目28项，中标10项，共计766872万元。先后独立中标新建潜江至张家界至常德铁路"四电"及相关工程、新建蒙西至华中地区铁路煤运通道四电工程MHSD–1标、新建玉溪至磨憨铁路玉溪地区站后工程施工总价承包招标、成昆铁路米易至攀枝花段扩能改造工程站后四电系统集成工程，与中铁建工、中铁通号、中铁电气化局、中铁三局、中铁三院等单位联合中标佛管城际轨道交通广州南站至望洪站段FGZH–5标、新建福州至平潭铁路工程"四电"系统集成及相关工程FPSD标段、新建武汉至十堰铁路站后"四电"系统集成2标、新建牡丹江至佳木斯铁路四电系统集成及房屋等工程施工总价承包、盐通3标、杭绍台迁改等项目。中铁武汉电气化局围绕"保产值、保开通、保安全"三个重点，统筹部署安排，合力攻坚克难，承建的连镇、梅汕客专"四电"系统集成项目有序推进，哈牡电化改造、哈尔滨枢纽改造、哈牡客专、湛江东海岛铁路、重庆西动车所、茂湛电化改造等41个项目顺利开通，完成实物工作量1300折算公里。

轨道交通项目。全年新签合同额36.93亿元。2018年，中铁武汉电气化局以城铁"四电"、机电安装、钢结构、装修装饰、风水电等专业为主导，先后中标合肥市轨道交通3号线工程机电系统（风、水、电）安装及装修总承包项目（1–8）标–07标段、杭州地铁7号线工程施工总承包、杭州地铁5号线一期工程车站（含区间）设备安装及装修工程Ⅰ标、广州市轨道交通7号线二期及同步实施工程总承包项目合同、成都地铁8号线一期工程机电系统1标、中卫市沙漠旅游观光线工程、西安市地铁六号线工程外部电源施工项目、成都轨道交通8号线一期工程信号系统施工承包合同、成都轨道交通9号线一期工程机电系统1标、武汉市轨道交通蔡甸线工程沿线供变电系统安装工程、成都轨道交通11号线一期工程通信系统施工项目、厦门市轨道交通2号线工程车站设备安装及装修工程4标、青岛地铁1号线工程供电系统安装施工1标段、青岛市地铁1号线工程机电系统安装施工三标段、厦门3号线站后专业（全线接触网安装）、乌鲁木齐市轨道交通3号线一期工程01标段等轨道项目。

其他项目。全年新签合同额29.17亿元。持续巩固湖北、广东、陕西、四川、新疆、西藏等地域区域经营优势。新开发内蒙古、青海等新的区域市场，中标内蒙古三新铁路有限责任公司上海庙站站场技术改造（环保煤棚）扩建工程合同、青海省扎麻隆至倒淌河公路沿线设施供电工程ZDGDSG标段等项目。业务构成上，以市政照明、房建、电力输变电、地方通信工程为主。相继承揽了河池市金城江城区路灯节能改造项目（黑改白）、兰州树屏丹霞旅游景区一期建设项目道路工程（G312线到G109线连接段）设计施工总承包、莫期尼尔基镇特色小镇一期工程、咸丰土苗风情特色小（城）镇一期、光谷中华科技园滨湖社区建设项目（二期）设计施工总承包（EPC）、湖北荆州煤炭铁水联运储配基地一期工程铁路专用线工程施工总承包项目、铁塔及三大运营商的代维项目、枣阳至潜江高速公路荆门钟祥至潜江段机电工程施工等多项路外工程项目。

（杨山荣　周　建　兰　婷）

【走向海外】2018年，中铁武汉电化局与中国技术进出口公司、东方电气集团、北方国际、中航国际、烽火通信、中兴公司等企业进行定期互访交流，形成联合出海合作模式。首次进入孟加拉帕德玛大桥铁路连接线站后四电工程建设，打开了国际市场的大门。与相关企业联合积极追踪中老铁路、埃及斋月十日城铁路等站后"四电项目"。通过校企合作联合培养的方式，加大国际化人才的引进和培养力度。（邓知友）

【重大创新】2018年，中铁武汉电气化局新增科研课题25项，其中"一种集装箱式腕臂全自动预配平台研究"和"接触网公铁两用车研究"被列为中国中铁2018年度科技开发计划的重点课题。全年共组织科研课题结题验收11项，通过中铁武汉电化局科技成果评审8项，通过中国中铁股份有限公司评审3项，申报"中国铁路工程总公司科学技术奖"3项，获"中国铁路工程总公司科学技术奖二等奖”1项。主持研究的“第三代跨座式单轨作业”成果与中铁宝桥“全电控跨座式单轨作业”合并报奖，2018年1月获“中国铁路工程总公司科学技术奖”一等奖。开展“中铁武汉电化局2018年度科学技术奖”评选，共评选出一等奖2项，二等奖4项，三等奖9项。下达工法计划8项，评选《基于BIM技术地铁动力与照明系统施工工法》等6项工法为中铁武汉电气化局2018年度企业级工法。申请发明专利12项，申请实用新型专利33项，获得实用新型专利授权21项，软件著作权授权2项。（吴荣超）

【工程创优】2018年，中铁武汉电气化局2项工程获国家级优质工程奖、3项工程获“中国中铁杯优质工程”、1项工程获省部级优质工程奖。参建的重庆地铁10号线设备安装工程入选2018—2019年度第一批“中国建设工程鲁班奖”（国家优质工程）；承建的上海分公司苏州轨道交通4号线机电安装工程荣获苏州市“姑苏杯”优质工程奖；承建的武汉市轨道交通6号线一期工程供变电系统安装工程荣获“武汉市市政工程金奖”；承建的江门大道城市照明工程荣获“广东江门市建设工程优质奖”；承建的三江至南川铁路扩能改造站后四电集成工程获得“中国中铁杯优质工程奖”。（邹婷）

【企业文化】2018年，中铁武汉电化局确立了“合创”文化体系，围绕“建设国内一流、全球知名，绿色智能轨道交通四电系统集成企业”战略目标，建设“合力合作、创新创造”企业文化。制作完成非铁市场企业宣传画册，修改完善企业专题宣传片，申报湖北省文明单位，开办电气化大讲堂和诚信敬业道德讲堂23期，建设项目文化建设示范点3个，重点开展了安全文化和执行文化建设，进一步规范新开工项目的标识、形象、品牌的统一，认真落实宣传文化工作“六个一”工程，做好蒙华铁路开工及哈牡客专、天仙潜项目开通对外宣传报道及资料收集整理工作。（林伟强）

【党建工作】2018年，中铁武汉电化局党委积极落实“中央企业党建提升年”活动的部署，围绕基层党组织设置、严格党组织生活、加强监督考核、党员教育管理等各方面内容，从源头入手、从顶层规划，先后成立党委党建工作领导小组，确定领导班子项目党建工作联系点，整合党建工作资源，形成党建工作合力；制定下发《中铁武汉电气化局2018年度基层党建工作任务指导书（清单）》，厘清基层党组织抓党建工作的详细内容；制定下发《中铁武汉电气化局党建工作责任制考核评价办法》，建立抓党建工作具体考核标准和量化指标；印发《关于规范集团公司各级党组织设置的通知》，规范集团公司各级党组织设置，理顺党组织隶属关系。组织编印中铁武汉电气化局党建工作制度汇编，对重组以来集团公司党建工作制度分类进行了梳理，并整理成册编印下发，使其成为基层党组织书记的案头书，对促进基层党建工作制度化起到积极作用。召开2017年度党委书记抓党建工作述职评议会议，采取“述、问、评、测”的方式，对子分公司党委书记进行了评议，进一步夯实了党建工作责任。组织修订党建责任考核评价办法，强化考核结果运用，将党建工作责任制考核评价结果与所属各单位领导班子成员绩效年薪挂钩，以绩效年薪一定比例给予奖励或扣减。考核评价坚持突出重点、注重实绩，坚持切实可行、有效管用，坚持定量与定性相结合、以定量为主的原则，修订考核评分标准，明确19个大项、54个小项的量化考核指标；推进党建管理标准体系建设。一是落实“两个实施意见”，不断强化组织建设。按照“四同步”要求，对新成立的区域经营指挥部建立了党组织，并配备了相应的专兼职书记，确保组织全覆盖。二是推动党建工作“三册一台账”（三册：《党员手册》《党支部工作手册》《党组织业务工作流程图图册》；一台账：《党支部工作台账》）标准化管理工作，为下属各单位统一制作、配备了“三册一台账”等共计5700余套促进基础工作不断规范。三是开展“找差距、补短板、强实效”党建质量提升活动，通过找差距建立党建问题库，逐项制订整改措施方案，推动党建工作质量提升。四是深入开展党建主题活动。连镇项目部以打造“科技连镇”、创建“精品工程”为主题，开展了“科技连镇我先行，精品工程当先锋”党建主题活动，集团公司党委同步在连镇项目部召开了项目党建工作现场推进会；梅汕项目部开展了“党员红色先锋工程”创建活动，聚红色能量，激发“红色磁场”效应，推动“四个梅汕”创建目标；城铁分公司党委联合武汉地铁业主开展了“质量提升筑精品，匠筑不凡谱新篇”联创共建活动；成都分公司党委开展了“创建标准化党员活动室，打造党建工作新阵地”活动；建设分公司党委结合实际开展了“全面从严治党示范项目部”建设活动。七一期间，表彰13个先进基层党组织、45名优秀共产党员、11名优秀党务工作者，4个基层党组织、4名共产党员、3名党务工作者被股份公司、湖北省国资委表彰；抓牢党员教育管理体系建设。以规范理论学习为抓手，特别是把学习党的十九大精神、习近平新时代中国特色社会主义思想等作为重要政治任务，通过“三会一课”、民主生活会、组织生活会、专题辅导等方式，重点加强党员干部的理想信念和党性教育，推动党性教育与经营生产工作有机集合，共开展各类专题集中学习研讨5次，督促和指导各单位开展各类政治理论学习、上党课等124次，参与人员累计达2000余人次。组织各单位、项目部召开了民主生活会并开展了民主评议党员活动，实现了在全局范围内154个支部、1985名党员全覆盖。（郭艳　张艳　徐祥云　林伟强）

【信息化建设】2018年，中铁武汉电化局采用私有云、公有云和混合云等方式建立满足企业多层级管理需求的数据中心。在施工现场建设互联网基础设施，广泛使用无线网络及移动终端，利用《安全隐患排查系统》

和《可视化调度指挥系统》提升了项目管理水平，实现项目现场与企业管理的互联互通；普及项目管理信息系统，开展施工阶段的BIM基础应用。着手研究BIM应用条件下的施工管理模式和协同工作机制，推动建立基于BIM的项目管理信息系统。完善并集成项目管理、人力资源管理、财务资金管理、劳务管理、物资材料管理等信息系统，实现企业管理与主营业务的信息化。以《财务共享中心》建设推进企业管理信息系统中项目业务管理和财务管理的深度集成，实现了业务财务管理一体化。推动基于移动通信、互联网的施工阶段多参与方协同工作系统的应用，实现企业与项目其他参与方的信息沟通和数据共享。推进企业知识管理信息系统、商业智能和决策支持系统的应用，积极探索大数据技术的集成应用，支撑智慧企业建设；建立并完善电子商务系统，利用《鲁班商务网》，开展物资设备采购和劳务分包，降低成本。开展BIM与物联网、云计算、3S等技术在施工过程中的集成应用研究，建立施工现场管理信息系统，创新施工管理模式和手段。（吴荣超）

【履行社会责任】2018年，中铁武汉电化局先后对重点项目开展30余次慰问活动，发放慰问物品折合人民币100余万元；慰问劳模、困难职工14人次，发放慰问金3.4万元。所属各子分公司也广泛开展了慰问活动，为3名重症职工和家属募集筹措医药费23余万元；积极落实中央精准扶贫部署，投入资金，为定点帮扶的呼和浩特市武川县一村庄（西乌兰不浪镇圪妥村）整修11km进出村道路，方便村民出行。2018年7月中旬，宝成线受持续降雨影响发生山体崩塌，造成线路中断，第一时间组织人员设备主动请求抢险救灾。2018年6月9日至11日，中铁武汉电化局团委开展“圆梦儿童‘微心愿’喜看江城新变化”公益行动。

（陈　诚　徐祥云　于　沁）

【领导人员】

周志宇　党委书记、董事长
豆保信　总经理、党委副书记　（7月任）
吴永兵　副总经理
陈思贵　党委副书记、纪委书记
徐毛宏　副总经理
吴国琦　党委副书记、工会主席、副总经理
马海军　副总经理、总工程师
夏永强　总会计师、总法律顾问
张万全　副总经理　（7月任）
刘　刚　副总经理　（7月任）

（杨　成）

中铁建工集团有限公司

【简况】中铁建工集团有限公司（简称中铁建工）是中国中铁股份有限公司的全资子公司。中铁建工的前身是在成立于1953年的铁道部建厂公司和铁道部工厂设计事务所的基础上，1965年整编为铁道部第五设计院，1998年更名为中铁建厂工程局，2002年改制为中铁建工集团有限公司。

中铁建工具有国家房屋建筑施工总承包和铁路工程施工总承包双特级资质；建筑行业（建筑工程）甲级、铁路行业甲（Ⅱ）级双设计资质；两个房地产开发一级资质；三个工程施工总承包壹级资质：公路工程施工总承包壹级、市政公用工程施工总承包壹级、机电工程施工总承包壹级；八个工程专业承包壹级资质：地基基础工程专业承包壹级、起重设备安装工程专业承包壹级、桥梁工程专业承包壹级、隧道工程专业承包壹级、钢结构工程专业承包壹级、建筑装修装饰工程专业承包壹级、铁路铺轨架梁工程专业承包壹级。中铁建工集团以设计、施工、房地产为“三大主业”，形成了房建、房地产、路桥隧、设计、安装、装饰、钢结构、工业制造八大业务板块，构成了投资、设计、施工、物业管理一体化的全产业链发展模式。中铁建工共获得省部级及以上优质工程共计752项，其中国家级奖177项（“中国建设工程鲁班奖”38项，“国家优质工程奖”29项，“中国建设工程鲁班奖参建奖”32项，“国家优质工程奖参建奖”10项，“中国土木工程詹天佑奖”11项，“詹天佑住宅小区奖”4项；“全国用户满意工程”24项；“其他国家级奖”29项），省部级奖575项。

中铁建工下辖20个子分公司，业务范围遍及全国31个省、直辖市、自治区和亚洲、欧洲、非洲等29个国家。截至2018年底，中铁建工共有职工9971名，其中在岗职工9639名，占职工总数的96.67%；非在岗职工332名，占职工总数的3.33%。干部9074名，占职工总数的91%，工人897名，占职工总数的9%。中铁建工共有各类专业技术人员8820名。其中，高级专业技术职务947名，中级专业技术职务2488名，分别占技术人员总数的10.74%和28.21%。专业技术人员中，工程技术人员7058名，占技术人员总数的80.02%；会计人员1030名，占技术人员总数的11.68%；经济人员503名，占技术人员总数的5.7%；政工人员156名，占技术人员总数的1.77%。截至2018年底，中铁建工自有机械设备台数2405台，原值：54348万元，净值：23372万元，功率：69543kW，技术装备率2.34，动力装备率6.95，装备生产率160.04，设备新度系数0.43，主要设备完好率90.87%，主要设备利用率90.58%。2018年中铁建工资产总额898.51亿元，较2017年740.36亿元增加158.15亿元，增长21.36%，其中：流动资产793.19亿元，较2017年664.38亿元增加128.81

亿元，增长 19.39%；非流动资产 105.33 亿元，较 2017 年 75.98 亿元增加 29.35 亿元，增长 38.63%，其中固定资产净值 18.26 亿元，较 2017 年 19.39 亿元减少了 1.13 亿元，降低 5.83%。

作为中国铁路站房建设王牌军，中铁建工累计建成北京南站、深圳北站、成都东站、兰州西站、郑州东站、拉萨站、贵阳站、昆明站、南京站、福州南站等中国三百余座火车站；作为大型公共建筑专家，中铁建工连续打造了国家数字图书馆、深圳市民中心、北京亮马河大厦、福州高法大楼、深圳南山文化中心、长富金茂大厦、兰州中心、马鞍山体育馆、重庆塔等一大批地标性公用建筑工程和临汾机场、白城机场等机场建设工程。在房地产开发领域，中铁建工坚守"一诺千金、德行天下"的价值理念，累计开发"诺德中心、诺德花园、诺德湾、诺德街"四大系列共计三十余项房地产项目。在海外建设领域，中铁建工集团紧跟国家发展战略导向，在东非、北非、中亚和南太平洋四大区域市场承揽工程百余项。坦桑尼亚达累斯萨拉姆火车站、乞力马加罗君悦酒店、尼雷尔基金会广场、哈萨克斯坦阿克纠宾中石油生产技术指挥中心大楼以及南极长城站、中山站等优质海外工程不断为走向世界的中铁建工书写着辉煌篇章。

（曹　慧）

【主要指标】2018 年中铁建工实现新签合同额 1408 亿元，完成股份公司年度新签合同额计划 1400 亿元的 100.57%，较 2017 年增加了 352 亿元，同比增长 33.33%。

2018 年中铁建工实现营业收入 446.05 亿元，较 2017 年 388.18 亿元增加 57.87 亿元，增长 14.91%；实现利润总额 21.15 亿元，较 2017 年 19.13 亿元增加 2.02 亿元，增长 10.56%；实现净利润 16.58 亿元，较 2017 年 14.59 亿元增加 1.99 亿元，增长 13.64%，其中：归母净利润 16.94 亿元，较 2017 年 14.86 亿元增加 2.08 亿元，增长 14.00%；年末所有者权益 180.66 亿元，较 2017 年 122.65 亿元增加 58.01 亿元，增长 47.30%；净资产收益率 10.94%，总资产报酬率 3.39%，国有资本保值增值率 115.39%。

（左　星）

表 14-15　　2018 年中铁建工主要经济指标

项目	2018 年	2017 年	比上年增长（%）
资产总额（亿元）	898.51	740.36	21.36
所有者权益（亿元）	180.66	122.43	47.56
营业收入（亿元）	446.05	388.18	14.91
利润总额（亿元）	21.15	19.13	10.56
净利润（亿元）	16.58	14.59	13.64
归属于母公司所有者的净利润（亿元）	16.94	14.86	14.00
利税总额（亿元）	28.8	30.97	−7.65
应交税金总额（亿元）	23.17	22.62	2.86
净资产收益率（%）	10.94	14.33	−3.41
总资产报酬率（%）	3.39	3.12	0.27
国有资本保值增值率（%）	115.39	119.53	−4.14

制表人：左　星

【改革发展】中铁建工不断完善总部所属组织机构。新成立财务共享服务中心、建筑工程研究院、七大区域经营指挥部、超高层建筑技术研发中心、装配式建筑技术研发中心等多个下设机构。持续推进分子公司组织结构优化工作，新设 6 家公司，分别是山东中铁诺德物业管理有限公司青岛分公司、中铁建工集团有限公司南京分公司、中铁建工集团山东有限公司胶州分公司、广州金融城站综合交通枢纽有限公司、中铁诺德（杭州）投资有限公司、广州中铁诺德置业有限公司。3 家公司变更注册地，分别是中铁建工集团北京机械制造有限公司、中铁建工集团山东有限公司、北京中铁诺德房地产开发有限公司；1 家公司更名并增加营业范围，山东中铁诺德物业管理有限公司；1 家公司完成股权变更，上海华升置业有限公司；审议同意注销 2 家法人企业，分别是芜湖公司和大连建筑工程有限公司。2018 年，完成注销公司 4 户。

加强国有资产和产权管理，确保国有资产保值增值，年末国有资产总额 898.51 亿元，较年初增加 158.15 亿元，国有资产保值增值率 115.39%。在严格执行国资委、股份公司产权管理制度的基础上，结合实际制定了《中铁建工集团有限公司产权管理暂行办法》等 6 项产权管理办法，保证中铁建工产权管理归属清晰、

权责明确、保护严格、流转顺畅，保障中铁建工产权的安全与完整。6月28日，中铁建工财务共享服务中心正式挂牌运营，搭建了业财资税一体化的财务共享管理平台，为确保共享业务顺利开展，制定业务指导手册7册，梳理业务流程230项，编制和优化业务表单158张，组织业务培训10次，共培训人员1784人次。升级财务共享业务基础设施，完成了中国中铁北京区域财务云平台建设，承载股份公司京津地区20家单位的共享业务数据。落实股份公司“降减”要求，10月26日组织召开了“降杠杆、控两金”专题推进会，与子分公司签订了责任书，将“降减”责任层层传达。组织开展了“国庆、中秋”和“力争两金零增长，确保正向现金流”两次专项清收清欠行动，累计回收工程款93.57亿元。开展资产经营工作，联合中银证券设立了第二期应收账款ABS专项计划，通过资产转让方式压降应收账款29.12亿元。

加强三级公司领导班子建设，中铁建工集团领导班子连续9年被评为股份公司“四好”班子，5家所属单位被评为中铁建工集团“四好”班子。严格按照程序和原则选拔使用干部，突出政治标准，坚持业绩导向，深入推进“赛场选马”，全年共计调整使用中层干部77名。积极推行干部人事制度改革，修订完善《中铁建工集团中层管理人员管理办法》等6项制度规定。对所属19家分子公司领导班子及成员进行日常履职情况考察，督促干部正确履职。着眼企业近期需求和长远战略需要，组织开展后备干部推荐考察工作，干部队伍的积极性、主动性进一步提升。

根据企业生产经营需要，加大人才引进工作力度，不断提升人才引进质量，持续优化人才队伍结构。贯彻落实国家和股份公司深化职称制度改革政策要求，做好专业技术职称评审工作，规范评审程序，提高评审质量。组织开展专家评选、推荐和考核工作，建立专家考核聘任机制，持续激发和调动专家的引领、创新和示范效应。做好人力资源信息系统建设、干部人事档案审核和档案数字化工作，不断夯实人力资源管理基础工作。

着力加强制度优化，进一步完善激励约束机制。严格按照国资委、股份公司等上级单位要求，做好负责人薪酬管理与规范工作，修订所属单位负责人薪酬管理办法，建立负责人基薪动态调整机制。进一步加强中铁建工集团工资总额管理，贯彻落实股份公司工资总额管理政策。明确薪酬管理责任体系，规范薪酬管理流程，及时规避风险，确保薪酬制度、管理、结果受控。进一步发挥考核评价的激励约束作用，推进全员绩效考核，下发所属单位其他负责人绩效考核管理办法，打破平均主义，细化考核指标，强化结果应用，通过考核结果合理拉开负责人副职的薪酬差距。

（*左　星　杨启昉　王坤宇*）

【重大项目】2018年，中铁建工成立七大区域经营指挥部，大力推进立体经营，充分发挥中铁建工全产业链优势，统筹协调各方资源，实现各类经营模式的有机融合、相互促进。实现新签合同额1408亿元，完成2017年股份公司调整后计划1400亿元的100.57%。完成投资231亿元（含一级投资额15亿元），同比增长88%，完成年度投资计划200亿元的116%。其中既有项目完成投资86亿元，完成股份公司批复投资预算83亿元的104%，新增项目完成投资145亿元。

2018年，中铁建工承接的重点项目：北京铁路枢纽丰台站改建工程站房和相关工程ZFSG-1标段、新建北京至雄安新区城际铁路雄安站站房及相关工程主体结构工程JXZF-2标段、惠盐高速公路深圳段改扩建工程土建工程（第1合同段）、中铁建工呼和浩特市海拉尔东街—海拉尔西街—金海路改造提升工程、太原市迎泽区松庄村城中村改造项目路桥、太原国际会展中心PPP项目、宁夏宝丰健康城项目、日照铁运广场综合体EPC项目、玉楚高速、济南市章丘区经十东路北侧城中村改造项目工程总承包（EPC）、悦泰金融中心、军民融合示范创新园项目（江北新区大数据产业园项目）、广州白云（棠溪）站综合交通枢纽一体化建设工程施工总承包项目土建工程1标、张家口南综合客运枢纽项目、襄阳东津站站房及相关工程ZWHBZF-1标、新建赤峰至京沈高铁喀左站铁路站房（含生产生活房屋）及相关工程、金融城站综合交通枢纽PPP项目。

主要重大投资项目如下：包头诺德国际花园、大连诺德滨海花园、北京诺德中心二期、旅顺中铁琥珀湾、呼市中铁诺德龙湾、天津诺德中心一期、天津诺德中心二期、上海诺德国际中心、成都中铁诺德壹号、济南诺德名城、珠海凤凰谷、天津诺德英蓝国际金融中心、海南丽湖半岛、天津诺德名苑、广州中铁诺德中心、珠海诺德国际花园、济南诺德名府、北京诺德中心三期、苏州2016-WG-53号、苏州2016-WG-54号、深圳北站汇德大厦、杭州景芳项目、武汉江城之门、广州增城地块、杭州富阳36A地块、昆明市西山区草海5#片区地块二项目、北京丰台花乡白盆窑BPY-L010、L013项目、南京紫金（江宁）科技创业启动区（未来网络产业创新综合体）PPP项目、广州金融城站综合交通枢纽PPP项目。

依托中铁建工承建的北京冬奥会三场一村场馆工程，联合清华大学、北京工业大学开展科技部冬奥会专项科研课题《局部山体切削面的生态再造格宾支护体系》，被科技部列为国家重点研发计划科研课题项目。 积极申报中国中铁股份有限公司2018年科技研究开发计划，“青岛新机场高、地铁站房施工综合技术应”“智慧工地可实施技术研究”2项课题被立为股份公司重大课题；“波音737完工及交付中心项目综合技术研究”“大型铁路、地铁综合交通枢纽一体化施工技术研究”“新型绿色装配式建筑关键技术研究”3项课题被立为股份公司重点课题；“大型复杂结构施工力学分析及数值分析方法研究”“房屋建筑基于3D打印模型技术研究”“基于BIM技术的项目集成管理平台研究与应用”3项课题被立为股份公司引导课题。

（郭剑铮　贾宏瑾　赵晓娜）

【走向海外】2018年，中铁建工集团海外实施的投资项目共计6个，具体情况如下：坦桑尼亚尼雷尔基金会广场项目总投资9400万美元，累计完成投资7911万美元；坦桑尼亚达市革命党工业园项目总投资14533万美元，累计完成投资3326万美元；坦桑尼亚维多利亚诺德中心项目总投资3921万美元，累计完成投资3692万美元；坦桑尼亚半岛诺德中心项目总投资3442万美元，累计完成投资954万美元；巴新莫尔兹比港诺德中心项目总投资6512万美元，累计完成投资3513万美元。

2018年，中铁建工集团海外在建项目总数78个，1000万美元以上重大项目有49个，1亿美元以上重大项目有4个，在建项目合同总额约为25亿美元，未完成合同总额约为11.6亿美元；在建项目分布在坦桑尼亚、阿尔及利亚、巴布亚新几内亚、哈萨克斯坦、乌干达、肯尼亚、卢旺达、南苏丹、加纳等国家（地区）；在施5000万美元以上的重点项目情况如下：①坦桑尼亚尼雷尔基金会广场项目，合同额5020万美元，合同工期30个月，完成合同额的150%；②肯尼亚卡卡梅加医院项目，合同额6662万美元，合同工期60个月，完成合同额的21%；③肯尼亚瑞奇综合体项目，合同额7804万美元，合同工期38个月，完成合同额的4%；④阿尔及利亚巴哈吉四万人体育场项目，合同额35986万美元，预计完工日期为2019年12月30日，完成合同额的53%；⑤阿尔及利亚阿尔及尔省1500套公共社会福利住房工程项目，合同额5054万美元，合同工期42个月，完成合同额的90%；⑥阿尔及利亚奥兰省Sidi Chahmi Hayet Regency 2100套公共商品房设计施工项目，合同额16927万美元，合同工期48个月，完成合同额的78%；⑦阿尔及利亚阿尔及尔省-SIDI ABDELLAH新城大学城11000床位公寓项目，合同额17017万美元，合同工期40个月，完成合同额的42%；⑧阿尔及利亚阿尔及尔省Sidi Abdelallah新城1080套公共商品房设计施工项目，合同额8146万美元，合同工期34个月，完成合同额的78%；⑨阿尔及利亚奥兰省Misserghin镇1区2区6区3000/13000套租售住房设计与施工项目，合同额8514万美元，合同工期28个月，完成合同额的15%；⑩巴布亚新几内亚国WNCC法院工程项目，合同额15207万美元，合同工期29个月，完成合同额的25%；⑪中国驻哈萨克斯坦使馆新建馆舍工程项目，合同额5419万美元，合同工期40个月，完成合同额的41%。

（王　忠）

【重大创新】中铁建工全面推进管理实验室活动。发布《中铁建工集团全面开展管理实验室活动的总体方案》以及九大业务板块的《管理实验室活动实施方案》。召开管理实验室活动视频推进会，全面启动了中铁建工集团管理实验室活动。中铁建工总部机关积极推进管理实验室活动，原有制度372项，通过系统的梳理，发现需修订的制度90项，需废止的制度10项，需增加的制度50项，截至2018年末，完成修订制度24项，新订制度35项，废止制度9项，形成有效制度398项。积极推进九大业务板块管理实验室活动，完成相关制度的梳理及文件汇编工作，形成经营预算卷、财务管理卷、工程管理卷、科研技术卷、安质环保卷、物资设备卷、党群管理卷八大卷宗，涉及总部可执行制度202项，3000余页的汇编资料。中铁建工获中国中铁股份公司工程项目管理实验室活动优秀制度创新奖。

2018年，收集管理创新课题58个，比2017年增长52%，其中总部机关3项，13家子分公司报送课题55项。经总部机关各部门评审，确定了2018年度重点管理创新课题45项，确定评选出3个股份公司级课题：《上海公司——BIM组织、科学装配，占领建筑技术制高点》《山东公司——机场高地铁站房施工综合技术应用》《诺德房地产——打造员工专业晋升通道 构建公平公正职业发展生态》。发布《2018年度中铁建工集团重点管理创新课题及2017年度管理创新成果汇编的通知》。2018年共形成管理创新成果21项，比2017年增长200%，实现直接经济效益6705.3万元，《工程总承包项目管理中EPC的深度融合和项目控制的概念与应用》《基于BIM技术的建筑数据集成创新》获“中国中铁管理创新成果奖”二等奖，《浅析房地产企业开发全周期税收筹划方案》获“中国中铁管理创新成果奖”三等奖。开展中铁建工集团2018年度企业管理创新成果评选工作，共评选出11个一等奖、3个二等奖、4个三等奖。

中铁建工组织股份公司科研课题结题验收工作，7个项目通过验收。组织科研成果鉴定和科技奖申报工作，有9项成果申报股份公司科技成果评审，其中“中丹科研教育中心工程绿色建筑节能技术研究”“繁忙营业线跨线施工综合技术研究”“全钢超高层建筑施工技术研究”、钢框架—斜支撑结构施工竖向变形影响研究”“新建重庆北站站房及相关工程综合施工技术”被专家鉴定为国内领先水平；“超高层建筑部分关键技术研究”“城市轨道交通车站安装装修工程综合施工技术研究”“重庆塔深大基坑综合施工技术研究”“杭州南站BIM建模施工的技术研究与应用”4项成果被专家鉴定为国内先进水平。

2018年获“中国铁路工程总公司科技进步奖”4项，其中“机场航站楼施工技术研究”“深圳蛇口邮轮中心综合施工技术研究”2项成果获得“中国铁路工程总公司科学技术进步”一等奖，“厦门站改关键施工技术研究”“大型地下车站防水施工技术研究”2项成果获中国铁路工程总公司科技进步二等奖；2018年获“中施企协科技创新成果奖”7项，其中“深圳蛇口邮轮中心工程”获得“中施企协科技创新成果奖”一等奖，“BIM技术在大型医院工程施工中的应用”“体育场径向环形大悬挑钢结构综合施工技术研究”“厦门站改关键施工技术研究”“富水地区临近既有地铁线路超深基坑关键施工技术研究与监测”“绿色施工技术在大型公建

中的综合应用”“严寒地区大型医院混凝土综合施工技术研究”获“中施企协科技创新成果奖”二等奖。

2018年获得“中国铁道学会科技奖”2项，其中“大型地下车站半逆做法及双螺旋单层网壳屋面施工综合技术研究”“大型站房工程综合施工技术研究”获得“铁道学会科技奖”二等奖。获得“铁路重大科技创新成果入库成果奖”1项，为“大型地下车站半逆做法及双螺旋单层网壳屋面施工综合技术研究”。

2018年积极组织各单位参加BIM技术各类比赛，共获奖项61项。在工信部举办的“优路杯”全国BIM技术大赛中，中铁建工集团在房建组、轨道交通组、综合组共获得7项金奖；舟山波音737项目获得“国际BIM大赛”三等奖；广州地铁21号线车站设备安装工程获得“安装之星全国BIM应用大赛”一等奖；另获得“地方组织的建筑信息模型（BIM）技术应用成果奖”施工组一等奖3项。在中国中铁首届“卓越杯”BIM大赛成果赛决赛，中铁建工集团《BIM技术在鞍山百脑汇商业综合体项目中的研究与应用》获成果赛金奖，《“新艺术运动”欧式风格大型火车站房BIM应用及关键技术研发》和《BIM技术在中型铁路站房深度应用探索》获成果赛优秀奖。昆明地铁指挥中心、蛇口邮轮中心、中国—丹麦科研教育中心三个工程通过验收，被授予“住房和城乡建设部2018年绿色施工科技示范工程”。3个项目通过建设部2018年度绿色施工科技示范工程的立项。2018年获得“国家发明专利”2项，“实用新型专利”90项；获得省部级工法20项。

（杨启昉　赵晓娜）

【工程创优】2018年，中铁建工获“国家级优质工程”10项：深圳蛇口邮轮中心工程、茅台镇国酒主题展演项目荣获2018—2019年度“国家优质工程奖”，月亮湾B工程、华为北京环保园无线终端研发中心三期工程、南部滨海大道东端桥隧建设工程莲花山隧道工程荣获“2018—2019年度国家优质工程奖（参建奖）”，北京诺德中心三期、太原迎泽桥项目、中铁缤纷新城Ⅱ期标段工程荣获全国实施用户满意工程，昆明地铁线网控制中心施工总承包工程荣获全国优秀焊接工程一等奖，新建沈阳南站站房工程（水暖空调安装工程）获中国安装工程优质奖；湛江西站攻坚克难QC小组、紫金建邺QC小组、南昌中航国际广场二期QC小组、南昌明园QC小组、贵安站先锋QC小组、中国中铁诺德名城QC小组、清河站站房项目经理部的9个课题等获国家级QC小组；荣获“2018年全国建设工程项目施工安全生产标准化工地”2项：昆明地铁线网控制中心施工总承包工程、海西州会展中心建设项目；荣获“全国绿色施工科技示范工程”2项：广州地铁线网运营指挥中心、长富金茂大厦；荣获“省部级优质工程奖”44项；荣获“省部级QC小组”70项；荣获“省部级绿色环保奖”18项。

（高　平）

【企业文化】2018年，中铁建工不断加强VI管理、丰富文化活动、加强理论研究、打造文化产品、强化宣传引导，积极构建具有中铁建工特色的企业文化，6个工程项目部获评中国中铁工程项目文化示范点荣誉称号、4个单位荣获中国中铁示范道德讲堂荣誉称号。围绕改革开放40周年开展系列活动，在市国资委“纪念改革开放40周年”大型主题展览、“中国中铁纪念改革开放40周年纪录片”等工作中，讲述企业勇做改革先锋的故事。依托年度工作，推进《远征南极》一书的编制出版，制作站房专题画册，《凝心聚力拓市场 砥砺奋进谱新篇》《匠心筑梦千岛湖》《建德锋从磨砺出》专题宣传片，丰富企业文化产品。参与北京市国资委“传承中华优秀传统文化与首都国企现代企业文化建设”课题调研、股份公司企业品牌建设，形成《加强文化建设 助推企业发展》《诺德品牌战略规划》等多项加强企业文化建设理论成果。坚持正面引导，依托社会媒体、企业微信等平台，以北京冬奥会场馆建设、尼雷尔领导力学院奠基、杭黄铁路千岛湖站竣工等重点工程和中非论坛期间海外发展情况等重要事件为依托，讲述建工故事，17次登上央视，“内聚人心、外树形象”效果明显。

（刘　威）

【党建工作】2018年，中铁建工党委认真落实全面从严治党责任，坚持把方向、管大局、保落实、控风险，聚焦基层强党建，融入中心展作为，推动企业党建工作与行政工作有机融合、同频共振，实现精神文明与物质文明“双丰收”，企业各项发展指标取得历史性突破。强化党员教育引导，在国家行政学院、江西干部学院，组织4期领导干部学习贯彻十九大精神轮训班，轮训中层以上领导干部257人；修订党委中心组学习制度，全年组织中铁建工集团党委中心组学习4次。组织召开2017年度党员领导干部民主生活会、落实中央纪委《工作建议》专题民主生活会；组织召开党委书记抓基层党建工作述职评议会6家单位党委（党工委）书记进行了现场述职；制定《中铁建工集团党建工作责任制考核评价办法》，并在年底对所属27家单位党委（党工委）进行了全覆盖检查；研究制定“达标创好争先”活动方案，推动全面从严治党责任落实落细；扎实开展“找差距、补短板、强实效”党建质量提升活动，三级党组织共查摆问题682个，到年底除需要长期坚持、系统提升情况外，均整改完成；组织评选“一先两优”、首届“十佳党支部书记”，在纪念建党97周年及“七一”表彰大会上进行了隆重表彰；举办中铁建工2018年度基层党支部书记实地践学培训班，共计组织培训64名基层党支部书记和党务工作者；依托清河站、丰台站、雄安站等重大影响力的工程，全力打造“全面从治党示范性工程”；扎实做好党员发展、党员信息系统管理、党费管理和党统工作；围绕如何破解企业党建工作和生产经营工作“两张皮”问题开展调研研究。规范系统管理，出台了《中铁建工集团党建工作考核管理办法》《中铁建工集团新媒体管理办法》。

2018年，中铁建工纪委完成了总部机关纪检监察组织内设工作机构调整，纪委（监察部）下设纪委办公室（与党委巡察办合署办公）和纪检监察一室、二室，建立纪委委员联系点制度，重点开展“四个一”活动，发挥纪委全委会作用。协助党委落实主体责任，定期研究部署党风廉政建设重点工作任务，逐级签订党风廉政建设责任书，督促推进“不能腐”的体制机制建设，开展深入剖析王晓林案件典型特征推进企业治理效能提升活动，开展集中整治形式主义、官僚主义和党风廉政建设检查。纪委书记全年与班子成员沟通62人次、约谈所属单位党政负责人97人次，参与重要人事安排初始酝酿6批77人次，回复党风廉政建设意见52人次，开展任职前廉洁谈话38人次，建立党员干部廉政档案。两级纪检监察组织共处置信访举报和问题线索112件，初核了结63件，约谈函询了结12件，初核转立案27件，正在初核8件，正在约谈函询2件，处理处分215人、232人次。统一立项开展合同管理效能监察，深入4个单位、5个项目部现场检查，督促职能部门履行监督管理职责。结合项目精益化管理流程体系，查找廉洁风险点，制定防控措施，建立项目廉洁风险台账。

按照中国中铁党委巡视巡察工作要求和中铁建工集团党委统一部署，党委巡察部门认真贯彻“发现问题、形成震慑、推进改革、促进发展”的中央巡视工作方针，结合企业实际，紧紧围绕“党的领导、党的建设、全面从严治党、选人用人、企业合规管理”五个方面，稳妥推进巡察工作，分别对深圳分公司、装饰公司、华北分公司、安装公司、诺德房地产公司、诺德投资公司6家单位开展巡察，共发现并整改问题118项，推动了企业党的建设和经营管理工作同步提升。

（王　霖　杨　洁　孙亚磊）

【信息化建设】中铁建工承建了中国中铁北京区域共享中心暨云平台项目，项目总投资2000万元，为一平台三中心架构，云平台统一管理中铁建工、股份公司总部和中铁物贸3个数据中心，为北京区域20家单位的财务共享业务提供云计算服务。组织筹划中铁建工数字化管控中心建设，管控中心建成后将实现六大功能：业务管理大数据、项目管理大数据、党建大数据、IT管理大数据、情报大数据和调度指挥中心。持续推进业务审批流程网络化。新增网络评审流程26个，业务审批流程总数达到60个，全年公文流转和业务流程审批事项超40000件；部署上线OA微信版“微风”，改善了系统稳定性和优化了用户体验。做好中铁建工集团网络和数据安全保障工作。完成中铁建工集团核心网络安全设备的更新、调试和优化工作，强化核心网络的防火墙、入侵防御、网络准入、安全分析和流量管理；优化了财务共享数据库，实现双机集群，负载分担；妥善做好财务共享系统、成本系统等12套核心业务系统的数据备份工作，累计备份数据量达6120G。积极做好视频会议服务保障，制订视频会议系统改造升级方案；积极做好网络中心机房运维、桌面运维、计算机设备购置安装、技术支持等日常服务和保障工作。组织第三届信息化技能培训，对各部门和各单位文书、各单位系统管理员进行了OA系统的深化培训，提升各单位的OA系统应用和维护水平。

（赵晓娜）

【履行社会责任】2018年，中铁建工高度重视履行企业社会责任，建立健全相关制度建设，规范相关管理，积极承担社会责任。落实“三让三不让”承诺，全年共拨付“三让三不让”专项经费125万元，偏远困难重点项目“送清凉、送温暖”350余万元。利用金秋助学、两节送温暖等活动，将中铁建工集团困难职工子女、中铁建工集团困难职工、海外员工家属、退休老干部等纳入帮扶范围，提高了职工幸福感。落实“五同”管理，精心布置农民工服务站，为农民工提供宿舍，让农民工吃住安心、工作顺心、安全放心。清河站农民工服务站获得人民日报社民生周刊评选的“2018年民生示范工程”称号。中铁建工集团山东公司连续3年举办“牵手关爱·七彩假期——建设工地小候鸟驿站”爱心暑托班，共计服务200余名农民工子女。2018年1月，江苏、安徽等地普降大雪，中铁建工集团上海分公司苏皖各项目部多措并举，全力组织抗雪救灾，积极投身于社区、市政道路清扫工作，为人民群众出行提供了安全保障。同时，中铁建工集团积极践行国家“一带一路”倡议，在海外市场拓展中积极与所在国建立了共融、共进、共享的和谐关系，提供优质服务，奉献精品工程，践行央企海外社会责任。

（刘　威）

【领导人员】

段永传	董事长、党委书记	（6月调离）
张建喜	董事长、党委书记	（6月任）
毕彦春	总经理、副董事长、党委副书记	
邱振虎	副总经理	（10月免）
黄振庭	副总经理	
张学军	副总经理	
孟庆军	副总经理	
周志立	副总经理	
杨智艳	副总经理	
贾国明	副总经理、总经济师	
王建营	副总经理	
郭俊亮	总会计师	
杨　煜	总工程师	
陈文志	党委副书记、纪委书记	
邓银国	党委副书记	
卢卫平	工会主席	

（王坤宇）

中铁广州工程局集团有限公司

【简况】中铁广州工程局集团有限公司（简称中铁广州局）原单位组建于1988年，隶属于海军后勤部。1992年10月注册为全民所有制企业，名称为“广东中海工程建设总局”。1999年划归三九企业集团，后并入华润集团。2008年11月整体划归中国铁路工程总公司管理。2009年4月改制并更名为“中铁港航工程局有限公司”。2010年3月，资产整体注入中国中铁股份有限公司，注册地广东省广州市，注册资本金3.8994亿元。2010年11月，中国中铁股份有限公司对中铁港航工程局有限公司进行了重组，公司注册资本金增至8亿元。2011年1月设立企业集团，中铁港航工程局有限公司作为集团母公司名称变更为“中铁港航局集团有限公司”。2012年11月，公司注册资本金增至11.872亿元。2013年8月，公司注册资本金增至12.3701亿元。2016年11月，按照中国中铁的战略部署，重组新设了中铁广州工程局有限公司，注册资本金为13亿元，将中铁港航局以及中铁建投下属企业深圳中铁观澜投资有限公司整合重组并入中铁广州局。2017年3月10日，设立企业集团，中铁广州工程局有限公司作为母公司名称变更为“中铁广州工程局集团有限公司”，因生产经营需要，2017年中铁广州局进行企业内部重组，将中铁港航局旗下11个子公司和1个参股公司重组并入中铁广州局。中国中铁分别于2017年10月16日、12月29日增加注册资本13000万元、87000万元，截至2018年底，中铁广州局注册资本金为23亿元。

中铁广州局具有铁路工程施工总承包特级（含铁道行业设计甲（Ⅱ）级）、港口与航道施工总承包特级（含水运行业设计甲级）、房屋建筑工程施工总承包特级（含建筑行业设计甲级）、公路工程施工总承包壹级、市政公用工程施工总承包壹级、矿山工程施工总承包叁级、地基与基础工程专业承包壹级、桥梁工程专业承包壹级、隧道工程专业承包壹级、钢结构工程专业承包壹级、铁路电务工程专业承包叁级、铁路电气化工程专业承包叁级，爆破作业单位许可证贰级。

截至2018年12月31日，中铁广州局编制内行政管理部门共有16个：公司办公室、企业发展部、人力资源部（党委干部部）、财务部、法律合规部、审计部、安全质量环保部、海外部、技术管理中心、经营开发中心、成本管理部、设备物资部、投资发展部、工程管理部、内保管理部和专家委员会；编制内党群机构共有7个部门：党委（董监事）办公室、党委组织部（保密办）、党委宣传部（报社）、纪委（监察部）、工会、党委巡察办和团委；另设编制外机构16个：8个区域指挥部（华南、华中、华东、华北、东北、西北、西南、鲁豫）、社会事业管理中心、安全质量稽查大队、招标采购配送中心、财务共享服务中心、北京办事处（大企业市场开发部）、吉隆坡办事处、精测大队和城市建设市场开发事业部。中铁广州局所属成员企业共有13家，其中全资子公司12家，参股子公司6家。12家全资子公司包括：中铁港航局集团有限公司、中铁广州工程局集团港航工程有限公司、中铁广州工程局集团第二工程有限公司、中铁广州工程局集团第三工程有限公司、中铁广州工程局集团深圳工程有限公司、中铁广州工程局集团城轨工程有限公司、中铁广州工程局集团桥梁工程有限公司、中铁广州工程局集团市政环保工程有限公司、中铁广州工程局集团检测中心有限公司、中铁广州工程局集团西北投资开发有限公司、中铁广州工程局集团置业有限公司、中铁港航局集团惠州置业有限公司。6家参股子公司：中铁广州工程局集团管线工程有限公司（占股40%），南京久路市政建设工程有限公司（占股40%），肇庆中铁西江高科投资有限公司（占股1%）、贵州威围高速公路发展有限公司（占股5%）、贵阳轨道交通三号线一期工程建设管理有限公司（占股0.77%）和沈阳西部建设投资有限公司（占股5%）。

截至2018年12月31日，中铁广州局共有员工5531人，其中研究生及以上学历83人、本科学历2764人、专科学历1212人，大专以上学历占员工总数的73%；各类管理人才2157人，占员工总数的39%，各类专业技术人才3533人，占员工总数的63.87%；各类技能人才1094人，其中高级技师103人、技师160人、高级工309人，高技能人才占工人总数的52.28%。公司级以上专家16人，享受国务院政府特殊津贴1人。

中铁广州局拥有主要施工设备1234台（套）(不含测量、实验仪器及小车），其中，工程船舶17艘，原值39435.97万元，占集团公司机械设备总原值的比例为25.84%；盾构机11台，原值46742万元，占集团公司机械设备总原值的比例为30.63%。固定资产原值152606.26万元，净值79739.04万元，总功率156459.74kW。新度系数为0.52，动力装备率28.29kW/人，技术装备率14.42万元/人，设备完好率91.9%，利用率88.1%。年施工生产能力达155亿元。

2018年，中铁广州局获得“广东省2016—2017年度守合同重信用企业”荣誉称号、2017年度中施协“全国优秀施工企业”和中国企业改革与发展研究会、中国合作贸易企业协会“中国AAA级信用企业”荣誉称号，获得“广东省2017年度诚信示范企业”荣誉称号。公司自成立以来，获得“国家级优质工程奖”5项、“优质工程奖”77项，“省部级、地市级优质工程”72项。开展科研课题立项183项，通过省部级科技成果鉴定74项，获得国家级工法6项、省部级工法61项，获得发明专利34项、实用新型专利75项，获得“省部级及行业协会科技奖”36项，获得中国施工企业科技创新先进企业、广东省自主创新标杆企业。中铁广州局二公司贵南客专贵州段项目部、三公司盐通铁路项目部获得2018年度“中国中铁工程项目文化建设示范点”称号。中铁广州局深圳公司深圳地铁14号线项目道德讲堂、城轨公司广州地铁7号线04标项目道德讲堂、市政环保公司西安地铁4号线18标项目道德讲堂获得2018年度“中国中铁示范道德讲堂”称号。中铁广州局深圳公司前海市政工程Ⅴ标项目部工会荣获中华全国总工会“全国模范职工小家”；中铁广州局珠三角城际新白广XBZH-2标三工区项目部工会荣获中华全国铁路总工会“全国铁路模范职工小家”；中铁广州局集团有限公司获得广东省总工会“广东省厂务公开民主管理工作突出单位”荣誉称号。中铁广州局城轨公司昆明地铁4号线项目部获得“昆明市青年文明号”荣誉称号，城轨公司广州市轨道交通地铁7号线项目部和二公司南沙港铁路项目获得“广东省直属机关青年文明号”荣誉称号。

（骆希干　邓茜　杜中超　刘洁　缪晨辉　胡彬　黎宇　曾雪莹）

【主要指标】截至2018年末，中铁广州局资产总额164.07亿元，较年初增加20.89亿元，增幅14.59%，其中固定资产净值11.59亿元，流动资产126.54亿元，其他非流动资产22.18亿元。

（熊喜佳）

表14-16　2018年中铁广州局主要经济指标

项目	2018年	2017年	比上年增长（%）
资产总额（亿元）	164.07	143.18	14.59
所有者权益（亿元）	20.44	7.93	157.76
营业收入（亿元）	140.22	126.11	11.19
利润总额（亿元）	0.52	0.36	44.44
净利润（亿元）	0.47	0.35	34.29
归属于母公司所有者的净利润（亿元）	0.42	0.33	27.27
技术开发投入（亿元）	2.58	3.7	−30.27
利税总额（亿元）	3.55	3.34	6.29
应交税金总额（亿元）	2.41	4.85	−50.31
净资产收益率（%）	2.54%	4.54%	减少2个百分点
总资产报酬率（%）	0.32%	0.25%	增加0.07个百分点
国有资本保值增值率（%）	257.76%	163.60%	增加94.16个百分点

制表人：熊喜佳

【改革发展】中铁广州局紧扣改革创新时代主题，纵深推进全面管理实验室活动，分别召开两次推进会，制订了活动实施方案，明确了20个活动示范点、确定了第一批25项管理创新课题，设立了“制度问题优化管理办公室”，通过自下而上反映问题，自上而下改进制度，优化流程管理变革，推动管理创新。全年累计收集制度和流程问题180个，已整改完成71个。推进区域经营机构布局，落实区域经营要素配置，完善了8+1的区域经营主体架构和经营要素配置，成立了8个区域经营指挥部＋北京办事处，实现除黑龙江、新疆、西藏三省区以外的全国经营区域全覆盖。推动组织结构扁平化，释放现有生产管理资源，撤销了广州地铁11号线直属指挥部，成立代局指，对合同额在30亿元以下的项目或有专业交叉的项目，由集团公司委托一家子公司代管。完善薪酬机制，修订完善薪酬和绩效考核管理办法，把薪酬与生产经营指标紧密挂钩，把年薪与业绩紧密挂钩，并施行关键指标一票否决制，企业发展活力进一步增强。坚持“瘦身健体”，“三供一业”分离移交正式协议签订工作全面完成，中铁广州局吸收合并港航局稳步推进，广东海洋公司、国际港航公司、东南海洋公司成功压减，完成桥新燃气、国安酒店和中海九点资产评估。注销青岛黄岛、青岛崂山等17家分公司。

（骆希干）

【重大项目】2018年中铁广州局新签合同额为273.89亿元，完成产值151.75亿元，占股份公司下达计划指标150亿元的101%，占集团公司年度计划目标160亿元的95%，其中铁路项目完成45.8亿元，占全年完成产值的30.1%；公路项目完成29.78亿元，占全年完成产值的19.6%；市政项目完成32.57亿元，占全年完成产值的21.6%；城轨项目完成21.56亿元，占全年完成产值的14.2%；房建项目本年完成15.8亿元，占全年完成产值的10.41%；其他水工项目本年完成产值6.24亿元，占全年完成产值的4.1%。全年新开工项目40个，完工项目40个，全年在建项目166个，其中，铁路项目16个，公路项目16个，市政项目61个，城轨项目24个，房建项目25个，其他水工项目25个。2018年实现开通的铁路项目4个。

（殷正武　刘贤）

【走向海外】2018年，中铁广州局依托马来西亚MRT2期项目，成立吉隆坡办事处，成功中标援几内亚比绍板丁渔业码头项目，中标金额1.6亿元，中标安提瓜巴布达圣约翰深水港项目，合同任务额2.4亿元。

2018年，中铁广州局有4个海外在建项目。其中老挝磨万铁路第Ⅱ标段线路总长66.95km，总工期5

年，中标价约 27 亿元人民币（不含甲供料）。该项目是中铁广州局与中铁国际合作的中标项目。截至 2018 年末，累计完成产值约 11 亿元，累计完成占总产值的 41%。马来西亚 MRT2 期工程，中标价约 2.2 亿元人民币，该项目是在东方国际的分包工程。截至 2018 年末，累计完成产值 1607 万元，占总产值的 7.3%。安提瓜与巴布达圣约翰港改扩建项目。合同价约 5.85 亿元人民币，该项目是中铁广州局与中铁五局合作项目（属两优贷款项目），截至年末累计完成产值 7502 万元，占总产值的 12.8%。援几内亚比绍板丁渔业码头项目，中标价为 1.6 亿元人民币，中铁广州局独立投标中标项目。2018 年 7 月与国家商务部签订了合同，10 月 31 日完成开工典礼，11 月底开工预付款已到账。（谭礼忠）

【重大创新】2018 年，中铁广州局新开科研课题 27 项，其中重点课题 12 项，引导课题 15 项，涵盖铁路、公路、港航、市政等领域，其中 3 项课题被列入股份公司引导课题；完成科技成果结题 27 项，经内部评审，14 项成果达到国内领先水平，12 项成果达到国内先进水平，1 项成果达到省内领先水平。2018 年，委托广东省建筑业协会进行科技成果鉴定 12 项，5 项成果技术水平达到国内领先水平；委托股份公司进行科技成果鉴定 8 项，5 项成果技术水平达到国内领先水平；委托中国爆破行业协会进行科技成果鉴定 1 项，成果达到国际先进水平。中铁广州局对子分公司申报的 27 项科技成果进行局级科技奖评审，评出局级科技一等奖 1 项，二等奖 9 项。在此基础上，择优申报省部级及国家认可的行业协会科技奖，获得一等奖 3 项，二等奖 4 项，其中《北盘江 445m 跨度劲性骨架钢筋混凝土拱桥建造技术》获得“中国施工企业管理协会科技奖”一等奖，《大型储油库区高陡边坡与隧道协同爆破关键技术及应用》《高原峡谷不对称、不等高、扣缆塔合一型缆索吊机建造技术》获得“中国铁路工程总公司科技奖”一等奖。《沪昆客专北盘江 445m 跨度劲性骨架钢筋混凝土拱桥施工关键技术》顺利通过铁路重大科技创新成果入库。组织对 33 项工法进行评审，评出企业级工法 15 项，并汇编出版。获得广东省省级工法 13 项，股份公司级优秀工法 1 项，股份公司级工法 7 项。申报发明专利 22 项、实用新型专利 23 项；授权发明专利 2 项、实用新型专利 18 项。组织开展 BIM 技术建模应用及培训取证，27 人取得 BIM 应用等级证书；组织开展中铁广州局首届“创新杯”BIM 大赛，并参加股份公司“卓越杯”BIM 大赛，取得了技能赛团体第三名、成果赛两项第三名；获“中国施工企业协会 2017 年度工程建设行业互联网发展优秀实践案例”1 项，获“第二届深圳建设工程建筑信息模型（BIM）应用大赛”二等奖 1 项、优胜奖 1 项。2018 年 5 月 25 日，中铁广州局企业技术中心顺利通过广东省经信委认定。（缪晨辉）

【工程施工】2018 年，中铁广州局完成施工产值 151.75 亿元，占股份公司下达计划指标 150 亿元的 101%，占集团公司年度计划目标 160 亿元的 95%，其中铁路项目完成 45.8 亿元，占全年完成产值的 30.1%；公路项目完成 29.78 亿元，占全年完成产值的 19.6%；市政项目完成 32.57 亿元，占全年完成产值的 21.6%；城轨项目完成 21.56 亿元，占全年完成产值的 14.2%；房建项目本年完成 15.8 亿元，占全年完成产值的 10.41%；其他水工项目本年完成产值 6.24 亿元，占全年完成产值的 4.1%。2018 年，中铁广州局全年新开工项目 40 个，完工项目 40 个，在建项目 167 个，其中，铁路项目 16 个，公路项目 16 个，市政项目 61 个，城轨项目 24 个，房建项目 25 个，其他水工项目 25 个。本年实现开通的铁路项目 4 个。（刘　贤）

【工程创优】2018 年，中铁广州局参建的重庆地铁 10 号线、深圳轨道交通 11 号线入选“2018—2019 年度中国建设工程鲁班奖”，承建的广州市南沙开发区凤凰三桥土建施工工程获评“2018 年度詹天佑故乡杯奖”“广东省市政优良样板工程”“广州市建设工程质量五羊杯奖”“广州市建设工程优质奖”等称号；承建的西咸新区沣西新城兴咸路跨绿廊桥梁工程获评“2018 年度陕西省建设工程长安杯奖（省优质工程）”“陕西省建筑优质结构工程”等称号；承建的西咸新区秦汉新城兰池佳苑安居小区二期一标段获评“陕西省建筑优质结构工程”称号；承建的西咸新区青年创业园（1~7# 楼及地下停车场）获评“陕西省建筑优质结构工程”称号；承建的南宁市轨道交通 3 号线一期工程（科园大道—平乐大道）施工总承包 02 标土建 13 工区获评“南宁市建设工程质量优质结构奖”称号；承建的重庆轨道交通 10 号线一期（建新东路—王家庄段）工程获评“巴渝杯优质工程奖”。6 项工程获得中国中铁杯优质工程奖。（刘　贤）

【企业文化】中铁广州局加强“中铁广州”特色文化建设，对贵南高铁 2 标项目、广州地铁 7 号线、广州南沙港近洋码头、深圳前海项目部、南沙港铁路等 9 个重点项目进行塑性策划，2 个项目部获得“中国中铁工程项目文化建设示范点”称号；3 个道德讲堂获得股份公司“示范讲堂”称号。中铁广州局企业展厅正式开放，企业展厅包括序厅展示、历史沿革、亲切关怀、发展历程等 9 个方面内容，截至 2018 年末，展厅共接待参观 168 场，参观人数达 7380 人次。（胡　彬）

【党建工作】2018 年，中铁广州局党委深入学习贯彻党的十九大精神，举办 3 期集中学习轮训班，213 名科职以上干部参加培训；各三级企业开展党（工）委书记基层项目讲党课活动，召开党建工作领导小组会议和党委办公会；开展“两项课题”调研，破解“两张皮”难题；深入所属 8 家单位开展党建和公司治理调研检查指导，党委书记和各单位班子成员一对一深入谈话，全面规范各单位党建、党务、公司治理工作。制定《项目党组织建设规则》《项目党组织委员会议事规则》《党务公开工作实施方案》，印发《党的组织基础工作手册》。2018年发展党员70名，培训党员干部1666人次；召开9次党委（常委）扩大会，100项重要生产经营事项经党委前置研究。严格落实新时期好干部标准和国企领导人员“20字”要求，提拔中层副职及以上干部27人，补充子公司领导班子成员16人，调整交流中层副职及以上干部46人次。按照《中国中铁区域经营工作指导意见》，区域指挥部负责人调整为领导班子副职；制定《关于加强和改进优秀年轻领导人员台阶式培养选拔工作的实施意见》。组织5次党委中心组学习会，开展3次主题论坛，制定《意识形态工作责任制》《网络意识形态工作责任制实施细则》，全年开展17次重点工程、重大活动集中宣传，制定《精神文明建设实施意见》。

截至2018年末，两级纪委专兼职纪检监察干部共42人。开展专题廉洁讲座14次，发送典型案例37件。对查处的违反中央八项规定的7个典型案例在全集团进行通报。针对2起业务部门审核把关不严造成的管理失职，及时对责任人进行组织处理；两级纪委书记认真给同级班子成员“画像”，参加重要人事任免初始酝酿；建立了科级以上领导干部廉政档案“活页夹”，对提拔、评先、会议代表候选人等进行廉洁意见回复70人次。制作《工程项目监督责任指导手册》；全面梳理廉洁风险源1020个，建立防控措施，推进开展中老铁路“廉洁之路”建设。2018年，中铁广州局两级纪委共受理各类问题线索112件（其中重复件2件），完成初核108件，谈话函询2件。运用“第一种形态”处置97件，实施提醒谈话155人次，通报批评74人次，诫勉谈话39人次。严格实施“第二、三种形态”，立案审查各类违规违纪问题线索15件，结案15件，给予党政纪处分39人。充分运用案件查办成果，及时对7个违反廉洁纪律的典型案例在全局范围内进行通报。督促各单位、各部门修订完善管理制度85项，清退违规款项50.64万元，整改要求补缴党费3.55万元，经济处罚2.61万元，挽回经济损失107万元，避免经济损失2024万元。

分3期组织中铁广州局179名副处级以上干部及部分科级干部参加集中轮训。开展企业改革形势任务教育，依托OA、外网、《中铁广州工程》报专栏、主题展板等多种形式，宣传好企业优势。围绕重点工程，做好对外宣传报道工作。更新OA平台“新闻汇总”栏目和外网媒体聚焦栏目，开展了17次集中宣传报道。加强通讯员队伍建设，共有293人次参加了基层通讯员进行培训。（张小青　陈成舵　胡　彬）

【信息化建设】2018年，中铁广州局开展了大数据中心、主数据账户系统、企业移动门户、视频会议、网络安全等多方面深入的推广应用。加强了大数据中心对施工生产的指导监管作用，建立了现场视频巡检、安全周报制度。部署了集团公司即时通信系统，打通了股份公司主数据—广讯通—企业微信的账户体系，实现了一个账户对多个常用平台，并逐步介入各业务系统的移动办公板块。在集团公司范围内开展了“总部＋分支”的网络安全专项检查，举办网络安全培训。形成了信息化工作标准手册，汇总编制了信息化标准文档并发布新表单27个，提供了三公司公路特级资质、集团公司公路特级资质、集团公司军工涉密服务咨询备案资质的信息化支撑工作。（肖　磊）

【履行社会责任】2018年，中铁广州局坚持切实履行社会责任，积极参与广东省多个地区因台风造成的洪涝灾害的抢险救灾工作；传递关爱，开展“无私援助暖童心　爱心接力传四方”主题志愿者活动，将爱心和温暖送到了广州市花都智能学校20名“天使”儿童身边、将慰问品和慰问金送到西江项目部所在的当地大旺村困难村民家中。深圳公司渭柳佳苑项目部、成都地铁项目部，坚持绿色施工，帮助村民合理处置垃圾、清理排污渠。树立了企业的良好形象。（胡　彬）

【领导人员】

姓名	职务	备注
唐　云	董事长、党委书记	
赵　斌	总经理（3月任）、党委副书记、董事	
田家勇	党委副书记、工会主席、副总经理、职工董事	
娄靓涛	党委副书记、纪委书记、监事会主席	
王宏利	党委常委、副总经理、总会计师、总法律顾问、董事	
谢季军	党委常委、副总经理、董事	
柯松林	党委常委、副总经理、总工程师	
孙志斌	党委常委、副总经理、董事	
李尚琰	副总经理	
刘　勇	副总经理	（3月免）
许伟章	副总经理	（6月退休）
王云波	董事	（5月任）
房晓军	监事	（5月任）
倪　勇	监事	
李燕琴	职工监事	
莫云雄	职工监事	

（邓　茜）

中铁北京工程局集团有限公司

【简况】中铁北京工程局集团有限公司（简称中铁北京局）是中国中铁股份有限公司的全资子公司，注册资本32亿元，是一家集工程设计、施工、监理、科研、开发、投资于一体的综合性大型建筑集团。中铁北京局的注册地位于北京市海淀区北四环西路87号。中铁北京局的前身为空军工程建设总局和空军直属工程总队，分别于1987年和1953年成立。1998年12月整体移交地方并入三九企业集团，2008年1月4日，随三九企业集团整体并入中国华润总公司。2009年11月，经国资委批准整体划入中国铁路工程总公司。2010年10月进行了改制重组，原中铁一局集团第一工程有限公司、中铁三局集团第一工程有限公司、中铁建工集团北京有限公司军整体划入，扩充了公司的综合实力。2010年11月29日，改制更名为中国航空港建设有限公司；2010年12月28日，正式进入中国中铁股份有限公司；2011年1月31日，经中国中铁批准组建企业集团，更名为中国中铁航空港集团建设集团有限公司。2011年4月1日，启动子（分）公司重组，成立中铁航空港集团第二工程有限公司、北京机场工程分公司、深圳分公司、北京第五、第六、第七、第八分公司和辽宁工程有限公司。2012年，组建新中铁航空港集团三公司、中铁航空港集团重庆第四分公司和中铁航空港集团杭州分公司三个新公司。2015年6月，企业内部再次进行重组整合，将深圳分公司与二公司的业务、资产和人员进行整体合并，成立中铁航空港第二工程有限公司；将八分公司与机场分公司业务、资产和人员进行整体合并，成立中铁航空港机场工程分公司；将五、六、七分公司业务、资产和人员进行整体合并，成立中铁航空港北京建筑工程分公司，新设物贸公司。2016年，按照“市场需要、分布合理、精干高效”的原则，成立了7个区域指挥部，和上海、广州、郑州等营销办事处。2017年3月，按照股份公司统一的战略部署，经股份公司批准，中铁航空港正式更名为中铁北京工程局集团有限公司，随着集团公司正式更名，所属各子分公司也相继完成更名。2017年6月，成立雄安区域指挥部，2017年10月，中铁天丰建筑工程有限公司重组至中铁北京局，2017年12月成立国际分公司。2018年8月，下属北京颐和监理公司重组至中铁华铁设计集团。截至2018年底，企业注册资本增加至32亿元人民币。

截至2018年底，中铁北京局在册员工8392人（含劳动合同制员工和其他从业人员），其中：管理及专业技术人员6445人，占员工总量的76.8%，技能人员1947人，占员工总量的23.2%。非在岗员工下降到635人。拥有各类施工机械设备1433台（套），设备原值9.61亿元，净值6.12亿元，设备新度系数为64%，技术装备率为7.86万元/人，设备总功率16.17万kw，动力装备率为20.76kw/人，主要施工机械完好率达91.25%。（蒋清怡　王　婧　马增强）

【主要指标】2018年，中铁北京局资产总额235.85亿元，较2017年246.47亿元减少4.31%，所有者权益47.37亿元，较2017年37.91亿元增加24.95%，营业收入221.36亿元，较2017年219.39亿元增加0.90%，完成净利润3.30亿元，较2017年4.01亿元减少17.71%。（张秀娟）

表14-17　2018年中铁北京局主要经济指标

项目	2018年	2017年	比上年增长（%）
资产总额（亿元）	235.85	246.47	−4.31
所有者权益（亿元）	47.37	37.91	24.95
营业收入（亿元）	221.36	219.39	0.90
利润总额（亿元）	1.88	2.84	−33.80
净利润（亿元）	1.52	2.40	−36.67
归属于母公司所有者的净利润（亿元）	1.52	2.40	−36.67
技术开发投入（亿元）	3.96	3.44	15.12
利税总额（亿元）	7.21	12.14	−40.61
应交税金总额（亿元）	5.33	7.70	−30.78
全员劳动生产率（万元/人·年）	23.36	25.12	−7.03
净资产收益率（%）	3.56	8.62	减少5.06个百分点
总资产报酬率（%）	1.51	2.06	减少0.55个百分点
国有资本保值增值率（%）	101.48	111.52	减少10.04个百分点

制表人：张秀娟

【改革发展】2018年，中铁北京局紧密结合企业实际，认真贯彻股份公司关于深化企业改革的要求，企业功能界定与分类管理、三级企业生产经营主要职能转移、内部资源整合重组。撤销中铁北京局投资公司整体合并到天丰公司，北京颐和监理公司整建制重组至中铁华铁工程设计集团有限公司。成立了合同部、融资部，分别与成本部、融资部实行一套人马两块牌子。积极开展项目管理实验室活动并取得较好成效，推进企业依法合规经营和精细化管理。（蒋清怡）

【经营管理】2018 年，中铁北京局完成新签合同额 477.3 亿元，其中国内基建板块完成新签合同额 455.3 亿元，海外业务板块完成新签合同额 21.67 亿元；监理业务板块完成新签合同额 0.34 亿元。国内基建各专业新签合同额情况：铁路专业新签合同额 56.74 亿元；房建专业新签合同额 175.1 亿元；公路专业新签合同额 77.32 亿元；机场专业新签合同额 15.03 亿元；城轨专业新签合同额 26.36 亿元；市政及其他专业新签合同额 104.74 亿元。（牛　乐）

【信息化建设】2018 年，根据股份公司年度工作规划，结合局年度工作计划，修订并发布了《机关信息化硬件和软件设备管理办法》《计算机设备采购管理办法》《网络信息安全应急预案》《OA 办公平台账号管理办法》《网络信息安全管理办法》《信息化建设管理办法》《本部机房网络视频设备管理办法》7 个管理制度，从机房、视频会议设备、楼层网络设备三个方面建立操作、维护手册以及专项应急预案，组织举办了一期"信息化管理及应用培训班"，完成了"局视频会议点对点专线"方案实施。修订发布了《中铁北京工程局 BIM 技术信息模型建模细则》，组织举办了中铁北京局首届"鸿途杯"BIM 大赛，并参加了股份公司首届"卓越杯"BIM 大赛，组织举办了三期 BIM 培训，持续完善收集了局 BIM 族库平台，参加国内知名的 BIM 技术应用交流和论坛。（孙丽杰）

【科技创新】2018 年，中铁北京局科研立项 87 个课题，开发专利 20 项，工法计划 22 项，标准编制 4 项；组织 40 项科技成果通过结题验收，16 项科技成果通过专家评审；6 项科技成果通过股份公司或外部机构评审；组织评审局级工法 23 项，参编的国家标准《造价指标指数分类与测算标准》正式颁布。（孙丽杰）

【工程创优】2018 年，中铁北京局参建的中铁・西安中心工程获得"2018—2019 年度国家优质工程奖"，参建的深圳地铁 11 号线、重庆地铁 10 号线工程获"2018—2019 年度中国建设工程鲁班奖"，23 项工程获得"省部级优质工程和安标工地"；中铁北京局获得北京市"2018 年度安全生产管理先进施工单位"。（刘政美）

【重点项目】2018 年，中铁北京局完成施工产值 241.1 亿元，同比增长 20.2%。其中铁路工程完成施工产值 68.3 亿元，占全年完成产值的 28.3%，同比减少 13.2%；公路工程完成施工产值 43.9 亿元，占全年完成产值的 18.2%，同比减少 8.9%；房建工程完成施工产值 72.2 亿元，占全年完成产值的 29.9%，同比增长 130.2%；市政工程完成施工产值 22.3 亿元，占全年完成产值的 9.2%，同比增长 112.3%；城轨工程完成施工产值 24.3 亿元，占全年完成产值的 10.1%，同比增长 4.4%；机场工程完成施工产值 10.1 亿元，占全年完成产值的 4.2%，同比增长 18.0%。（张　强）

【海外经营】2018 年，中铁北京局积极抓住国家"一带一路"建设以及"中非合作论坛"带来的新契机，优化顶层设计，重塑市场开发体系，理顺开发区域布局，突出重点项目监管，成立国际工程分公司，各项工作稳步推进。2018 年海外板块实现新签合同额 21.67 亿元人民币，完成 2018 年新签合同额指标 11 亿元人民币的 197%。在建项目履约良好风险可控，年累计完成营业额 3.1 亿元人民币，完成年营业额指标 3 亿元的 103.3%。（付　晨）

【党建工作】中铁北京局党委坚持抓基层打基础，着力解决党建"四化"问题。指导 33 个党支部完成换届选举工作，党组织覆盖率达 100%。加强党群干部队伍建设，举办各类党务干部培训班，培训党群干部 668 人。组织开展"党支部建设年""找差距、补短板、强实效"党建质量提升活动，以及"两个课题"调研活动，编印下发《党支部工作记录本》，夯实了党建工作基础。围绕施工生产开展党建主题活动，促进了工程建设。制定《党建工作责任制考核评价办法》，在 12 家子分公司开展了党建工作责任制考核和党委书记抓基层党建工作述职评议，促进了党建责任落实。（张京京）

【履行社会责任】中铁北京局积极参与扶贫帮困、抢险救灾、社区建设等社会公益活动。4 月 15 日，中铁北京局一公司喀叶墨六标项目部联合皮山县安监局、皮山县乔达乡亚勒干村举办"爱心助学・共筑中国梦"活动；5 月 25 日，中铁北京局一公司峨米项目部成功扑灭老成昆铁路麻栗至黄家坝区间路堤火灾；6 月 1 日，中铁北京局助力大凉山彝族青少年圆梦行动；9 月 14 日，中国中铁、中铁北京局向延边自治州罗子沟镇新丰村捐款 200 万元助力精准扶贫，对当地打赢脱贫攻坚战起到重要的推动作用。（钟小良）

【领导人员】

丁荣富　董事长、党委书记
刘少魏　党委副书记、总经理、董事　（7 月任）
张宝强　党委副书记、副总经理、工会主席
张超生　副总经理、党委常委、董事
胡守正　副总经理、总工程师、党委常委
张卫红　副总经理、党委常委、董事
耿午阳　副总经理、党委常委
王新忠　副总经理、党委常委、董事
党秀军　党委副书记、纪委书记、监事会主席
马立强　副总经理
李　茂　总会计师、董事
李慧成　监事　（10 月任）

（王　婧）

中铁上海工程局集团有限公司

【简况】中铁上海工程局集团有限公司（简称中铁上海局）成立于2010年12月30日，是中国中铁股份有限公司所属全资成员企业，由原中国中铁股份有限公司上海分公司、中铁三局华海公司、中铁四局六公司和市政分公司、中铁九局一公司整体重组，总部位于上海市静安区。注册资本23亿元，企业总资产227.17亿元，净资产35.67亿元（不含少数股东权益），企业综合授信224亿元，年综合生产能力400亿元，拥有各类施工机械设备2927台（套）（设备原值16.7亿元、净值9.27亿元、总功率242234.69kW，全员技术装备率10.7万元/人，动力装备率27.96kW/人，设备新度系数55.49%）。共有员工8003人，其中，干部5534人，工人2469人；男员工6817人，女员工1186人；博士2人，硕士105人，本科3941人，专科1518人，专科以下2437人；高级职称636人，中级职称1638人，初级职称2498人；特级技师2人，高级技师141人，技师198人（不含干部身份取得高级技师、技师资格人员）。

主营业务范围包括高速铁路、城轨交通、高速公路、市政水务环保、建筑安装和投资业务等。拥有各类资质70项，其中，拥有铁路工程施工总承包、建筑工程施工总承包、公路工程施工总承包、市政工程施工总承包4项特级资质；同时还拥有一级资质30项，资质的等级和类别涵盖企业主营业务。

中铁上海局下设17个行政部门和7个党群部门（含4个党政合署办公部门），8个区域经营部（含马来西亚吉隆坡区域指挥部），12个全资子公司和1个分公司。其中，中铁上海局一公司、市政公司、华海公司、北方公司为综合性工程公司，施工领域涵盖高速铁路、高速公路、城市轨道交通、水务环保、市政工程等；三公司、四公司、五公司、六公司、七公司为区域性公司，分别分布在合肥、天津、南宁、昆明、西安等地；二公司、建筑公司、物贸公司、城轨分公司为专业化公司，分别以机电安装、建筑钢结构、物资贸易、地铁盾构为主要特色。通过在“十二五”期间的积极改革实践，构建了“454”组织体系下的“综合+区域+专业”的战略框架，凸显了主业引领发展、区域推动发展、专业支撑发展的战略定位，在竞争激烈的建筑行业努力推动企业转型升级。

中铁上海局拥有国家专利430项，国家级工法6项，国家重点环保实用技术1项，主编（参编）国家行业规范、标准6项。获“中国建设工程鲁班奖”7项、“国家优质工程奖”28项、“全国市政金杯示范工程”6项、“全国优秀焊接工程”14项。连续六年获得“全国优秀施工企业”，先后获得“全国五一劳动奖状”“全国文明单位”“全国模范职工之家”“全国工程建设质量管理优秀企业”，以及上海市“合同信用等级AAA级和守合同重信用企业、用户满意施工企业、建筑施工安全生产先进企业、企业创新文化优秀品牌”等荣誉。在股份公司二级企业年度业绩考核中，连续四年被评为最高等级“优”，四次获得中国中铁“四好班子”称号。

2018年中铁上海局首次获得国家级高新技术企业认定。

2018年，中铁上海局完成新签合同额520亿元，较2017年502亿元增加3%，占股份公司下达确保指标510亿元的102%。完成营业收入280亿元，较2017年248亿元增长13%，占股份公司下达确保指标270亿元的104%。截至2018年末，中铁上海局在建项目250个，遍布全国29个省、直辖市、自治区及马来西亚市场。公司自成立以来，营业额年复合增长率为17%，是股份公司平均水平6%的2.8倍；2018年，实现净利润3.4亿元，是2011年成立之初的6.7倍。八年来，净利润年复合增长率为30%，是股份公司平均水平11%的2.7倍。2018年，集团公司经营性净现金流5.9亿元，占股份公司下达确保指标3.74亿元的158%，近四年连续保持“零有息负债”，资产质量可靠，现金流转顺畅，经济运行平稳，各项主要经济指标再创历史新高，企业连续八年实现安全年。（顾　荣　陈　昕）

【主要指标】中铁上海局2018年末资产总额227.17亿元，负债总额185.01亿元。所有者权益42.16亿元，较2018年初30.30亿元增加11.86亿元，其中资本公积增加8.00亿元，由2018年初0.87亿元增加到8.87亿元。2018年完成营业收入280.20亿元，比2017年同期增长12.71%；利润总额2.27亿元，比2017年同期增长2.25%；报表净利润1.89亿元，比2017年同期增长0.53%；总资产报酬率1.14%，比2017年同期下降了0.24个百分点；净资产收益率3.54%，比2017年同期下降了2.65个百分点；国有资本增值率139.19%，比2017年同期增加35.41个百分点。实现归属于母公司净利润1.49亿元，净资产收益率3.54%；年末货币资金存量52.75亿元，经营性净现金流6.00亿元。

（彭暐俨）

表14-18　　2018年中铁上海局主要经济指标

项目	2018年	2017年	比上年增长（%）
资产总额（亿元）	227.17	188.53	20.50
所有者权益（亿元）	42.16	30.30	39.14
营业收入（亿元）	280.20	248.61	12.71

续表

项目	2018 年	2017 年	比上年增长（%）
利润总额（亿元）	2.27	2.22	2.25
净利润（亿元）	1.89	1.88	0.53
归属于母公司所有者的净利润（亿元）	1.49	1.88	−20.74
技术开发投入（亿元）	13.57	5.63	141.03
利税总额（亿元）	3.38	3.74	−9.63
应交税金总额（亿元）	0.27	0.58	−53.45
净资产收益率（%）	3.54	6.19	减少 2.65 百分点
总资产报酬率（%）	1.14	1.38	减少 0.24 百分点
国有资本保值增值率（%）	139.19	103.78	增加 35.41 百分点

制表人：彭暐俨

【改革发展】中铁上海局开展“科技研发、人才开发、财务共享”三大中心建设。围绕“创新、人才、互联网+”概念，策划“科技研发、人才开发、财务共享”三大中心建设，明确了“三大中心”定位、工作目标、岗位设置、筹备方案，确保加速推进企业“创新驱动、人才保障、财务共享”升级。成立中铁上海局企业管理委员会。为进一步规范企业管理行为，提高企业管理水平和管理效率，实现企业可持续健康发展，中铁上海局出台了《企业管理委员会议事规则及问责管理办法》，明确了企业管理委员会主要负责研究企业管理中的重大事项、重大管理行为，及时对企业管理中存在的问题进行问责，并组织学习相关文件、制度，研究、制定贯彻落实意见和具体措施。并根据办法权限，明确责任人、处罚标准，收集整理了 61 项问责事项，起草编制了《企业管理委员会问责事项清单》。建立项目经济稽查常态机制。为切实保障工程项目预期经济效益，确保经济行为合法合规，中铁上海局出台了《项目经济稽查管理办法》，明确了项目经济稽查的主要机构、职能、稽查机制及问责内容，在原有生产、安全、质量的常态检查基础上，完善了中铁上海局对所属重点项目的全过程经济运行情况管控，不断提高项目管理水平。修订完善了《高校毕业生管理暂行办法》《人才引进管理办法》《工程系列专业技术职务任职资格评审实施办法》《员工教育培训管理办法》等制度办法。制定了《财务共享服务中心薪酬管理办法（试行）》《工资总额预算管理办法》《工资调控管理办法》《直管项目经理部普通员工薪酬与绩效考核管理暂行办法》《区域经营部员工薪酬管理暂行办法》，参与制定了《子分公司经营者业绩考核管理办法（修订）》《区域经营部指标考核管理办法》。根据《中铁上海工程局集团有限公司资调控管理办法》及相关规定，指导下属一公司、六公司制定了薪酬调整方案，合理控制员工薪酬增幅。制定《劳务派遣用工管理指导意见》，公布了《2018 年第一批合格劳务派遣公司名录》，组织开展了外聘人员转换用工方式的工作，规范集团公司用工管理。全面实施中铁上海局“五一〇”人才培养工程，全年共组织各类培训班 66 期，累计培训 5511 人次，分别占全年计划的 112%、168%。“五一〇”人才培养工程课题获得了“全国企业管理现代化创新成果”二等奖，“股份公司企业管理现代化创新”一等奖，“上海市企业管理现代化创新成果”二等奖。

（李文博　张　潇）

【重大项目】2018 年，中铁上海局新中标工程 185 项，完成新签合同额 520 亿元，较 2017 年 502 亿元提高 3%，占股份公司下达确保指标 510 亿元的 102%，占局营销指标 470 亿元的 110.64%。其中，铁路工程完成 18.59 亿元，公路工程完成 90.24 亿元，城市轨道交通工程完成 150.49 亿元，市政工程完成 157.13 亿元，房建工程完成 60.34 亿元，物资贸易完成 5.89 亿元，二次经营 37.32 亿元。

中铁上海局大力推进区域经营改革，对区域经营部进行了调整整合，将原有区域经营指挥部和安全质量稽查队进行区域资源分类整合，设立东北、华北、西北、西南、华中、华东、东南、华南 8 个安全稽查队，设立了华东、华南、华北、华中、东北、西北、西南 7 个区域经营部，撤销了湘黔、东南两个区域经营指挥部。坚持承包经营与投资经营并重，经营工作呈现出各单位竞相发力、各领域协同发展、各区域争先并进的良好局面，经营转型升级取得了实质性突破。在全面适应基础设施投融资体制改革新形势基础上，积极投身 PPP 和类 PPP 新兴经营模式，先后独立承揽了宁阳县高庄片区棚户区改造项目 69.49 亿元、柳州凤凰岭大桥工程 17.53 亿元、攀枝花市生活污水处理 PPP 项目 20.88 亿元、枞阳农村自来水并网 PPP 项目 14.15 亿元、淮安黑臭水体综合整治 PPP 项目 16.25 亿元等 7 个投资项目，股份公司各投资公司施工总承包及投资项目 6 项，全年承揽投资任务 172.23 亿元，占新签合同额的 38.6%。持续巩固扩大承包市场份额，铁路、公路、市政、城轨四个板块齐头并进。其中铁路市场中标“新建商丘至合肥至杭州铁路淮南南等 3 座车站站房及相关工程、新建郑州至周口至阜阳铁路安徽段界首南等 2 座车站站房及相关工程、生产生活房屋及配套工程施工总价承包 SHZF-4 标”，中铁上海局首次进入铁路站后房建市场，实现房建市场的新突破。城轨市场中标 124.83 亿元，新进入青岛、东莞、贵阳、厦门四个城轨市场，实现了年度新进四个城轨市场的目标。

（刘兆明　戴楚岑　张　潇）

【走向海外】2018年，中铁上海局稳妥推进海外市场，持续跟进马来西亚吉隆坡“可负担房屋”房建项目、匈塞铁路、乌克兰基辅地铁4号线、斯洛伐克电气化铁路改造等重大项目。持续推进“搭船出海”，构建金融合作关系网络，按照优势互补、强强联合的思路与北控集团、绿地集团、三一重工等企业合作；开拓思路，与涉外设计院加强联系，探索构建设计施工联合体关系网络，力争“并肩出海”。

2018年12月，中铁上海局中标吉隆坡“可负担房屋”房建项目，合同价5.6亿马币。全年实现新签合同额5.6亿马币（约合9.2亿元人民币、1.35亿美元）。

（俞　敏）

【重大创新】科技创新方面。2018年，中铁上海局召开2次科研、工法立项会议，开展科研开发项目17项，参编规范5项，工法开发项目23项，中铁上海局拨款332万元。申报股份公司科研立项9项，完成股份公司科技成果评审12项。7项成果获省部级（含社会力量奖）科学技术进步奖，6项成果获股份公司科技进步奖。下达2批工法开发计划，共23项，形成企业级工法23项；获得省部级工法20项。申请发明专利68项，实用新型专利139项；获发明专利授权25项，实用新型专利授权160项。

管理创新方面。围绕“管理体制与机制”“理论研究”“应用技术”和“五小”四个类别的创新，开展中铁上海局“万众创新”管理活动，为企业内部管理升级提供平台、充分挖潜。创新成果申报共106项；其中，体制机制类20项、理论研究类7项、应用技术类46项、五小创新类33项。

（李　林　郭　乐　辛本彬　翟昌骏　李文博）

【工程创优】2018年，中铁上海局安全生产有序可控，无安全生产事故，其中新建济南至青岛高速铁路工程JQGTSG-6标项目、合肥市清溪净水厂PPP项目获得国家级“安全生产标准化工地”；获得省部级安标工地24项、股份公司“安全标准化工地”12项。

2018年，中铁上海局在建工程质量合格率达100%，参建的深圳市城市轨道交通11号线、重庆轨道交通10号线一期（建新东路—王家庄段）工程获得“中国建设工程鲁班奖”；宁波市轨道交通2号线一期工程获得“国家优质工程奖”；黄浦江上游水源地连通管工程C5标段等4个项目获得“全国优秀焊接工程奖”；获“省部级优质工程”13项。西安地铁5号线QC小组、华佗中医院项目QC小组获得“国家优秀质量管理小组奖”；全年荣获“省部级QC成果奖”15项。

（段本杰）

【企业文化】围绕全面从严治党和深化提质增效两大主线，广泛开展形势任务教育，充分运用“一微一报一网”平台，引导广大员工坚定信心、攻坚克难。围绕庆祝改革开放40周年，拍摄了企业宣传片，刊发了系列纪实文章，营造了深化改革、锐意进取的浓厚氛围。围绕重点工程、重大节点、重要成果，加大对外宣传力度，全年在省部级以上媒体刊稿3248篇深入发掘爱岗敬业、创新创效等先进典型，编辑出版《脊梁上的丰碑》《创誉上海滩》等纪实书籍，王寿庚等一批先进典型得到了地方和行业部门的表彰。坚持文化引领，编印了《企业文化手册》，深入推进“六项文化”建设任务在工程项目落地生根。通过认真落实党的意识形态工作责任制和区域媒体负责制、开设员工心灵驿站、举办道德讲堂等形式，掌握了意识形态工作的主动权，推动了企业精神文明建设。2018年，中铁上海局获得“全国文明单位”称号。

（张笑铭）

【党建工作】2018年，中铁上海局分4期举办了党的十九大精神轮训班，采用“3+1”培训模式，实现了全公司233名副处职及以上领导干部全覆盖。完善党委参与重大决策的方式和途径，修订贯彻落实“三重一大”决策制度实施办法，制定党委常委会研究讨论企业重大经营管理事项实施细则，两级党委全年研究讨论前置议题312项，确保了党的路线方针政策和上级指示、决定在企业得到贯彻落实。认真落实党内政治生活制度，扎实开展“王晓林案件”自查自纠和深化整改工作，建立整改台账，强化监督问责，顺利完成了各项整改任务。积极配合股份公司党委开展政治巡视，完成了过程移交的10个立行立改问题，制订了巡视反馈18个问题的整改方案。探索创新“互联网+党建”新模式，开发应用企业党建协同工作平台，实现计划、管理、实施、互动、督办、考核“六大功能”于一体，已在两级机关党群部门常态化应用。进一步完善推动“四项制度”有效落实的配套机制，研究制定了工程项目廉洁风险防控检查考核办法、项目部“职工小家”建设工作指南等制度，拍摄了12部党建“微电影”，组织开展了“四项制度”专项督导检查和约谈，进一步强化了各级党组织落实“四项制度”的坚定性和自觉性。扎实开展“示范党支部”创建活动，各级领导干部深入联系点加强指导，各级党委及时组织复查验收，命名表彰20个新时代工程项目“示范党支部”。

健全党建工作制度体系，印发了《党建工作领导小组工作规则》《党建工作责任制考核评价办法》《党的十八大以来企业党建工作重要制度文件汇编》等办法。强化党建工作责任制落实，通过签订年度履行全面从严治党主体责任任务书、下发年度政治工作重点任务工作清单和责任矩阵、开展党（工）委书记抓基层党建述职评议、组织年度党建工作责任制考核评价等方式，层层压实党建工作责任，真正使“软指标”变成“硬任务”。坚持抓基层打基础，通过督导届满党组织换届、规范基层党组织机构设置和人员配置、加强入党积极分子培养和开展问题党员排查处理、规范党费收缴和管理等途径，不断夯实基层党建工作基础。坚持党建引领，各重点项目结合实际，开展了各具特色的党建联建主题活动，促进了生产经营和企地和谐。

坚持党管干部原则，落实党委对干部人事工作的领导权和重要干部的管理权，严格规范动议提名、组织考察、讨论决定等程序，全年累计提拔、调整、交流领导干部132人次。加强领导干部管理和监督，修订了领导人员管理办法，对13家单位领导班子和135名领导人员开展了干部履职巡察及综合考核评价。积极创建“四好”班子，集团公司领导班子荣获股份公司2017年度“四好”班子，中铁上海局一公司、华海公司、物贸公司、市政公司荣获集团公司2017年度“四好”班子。以现场体验教学方式举办了第三期领导人员井冈山党性教育培训班，以自主管理模式举办了4期青年干部培训班，强化了领导人员的党性修养，提升了青年干部的综合素质。加强人才队伍建设，有序实施了“五一〇”人才工程，广泛开展了经营系统管理人员公开招聘，评选建立了由29人组成的工程技术专家库；全年接收高校毕业生349人，引进社会各类人才191人。

强化党风廉政建设党委主体责任落实，持续推进落实构建“不能腐”体制机制工作方案，修订了党委巡察工作制度以及贯彻落实中央“八项规定”精神进一步加强作风建设的实施意见，强化了制度管党的保障作用。强化廉洁警示教育，坚持向广大党员干部发送警示教育案例短信，深入各单位和基层一线广泛开展廉洁从业警示教育活动，进一步筑牢了党员干部的思想防线。强化工程项目风险识别和防控，根据20项管理风险清单，累计梳理风险点3106个，制定防控措施3753项，全年未发生重大管理风险和廉洁风险。精准把握“四种形态”运用，对苗头性、倾向性问题及时开展了谈话函询，规范执行了重要人事安排初始酝酿和廉洁意见回复制度，完成了领导人员评价“画像”工作，健全了领导人员廉政档案“活页夹”，开展了劳务管理专项效能监察和重大节假日“四风”问题暗访突击检查。强化监督执纪问责，全年给予党政纪处分69人次、组织处理115人次，营造了健康的企业政治生态。

（张笑铭　曹文康　任　钢）

【信息化建设】截至2018年底，中铁上海局应用各类信息系统26套，其中自行部署的信息系统和各类网络管理系统16套；使用服务器62台、存储设备8套。新建云平台，加强网络基础设施建设和运维监测，与股份公司和子分公司的广域网保持互联互通，无故障发生，网络运行安全高效。新增部署财务共享平台和党建协同工作平台2个业务信息系统。实施了中铁上海局信息系统数据灾备项目，组织举办网络信息安全讲座，较好地抵御了一次“勒索”病毒爆发疫情，全年未发生各级信息安全事件。2018年处理计算机软件故障200余次，为信息化在企业的普及应用，发挥了积极作用。实施点对点信息技术培训，发布信息化应用技术交流资料4篇。

（张海明　杨　波　刘丁丁）

【履行社会责任】2018年发放“三不让”承诺救助慰问款363.93万元，救助1047人次。为2879名职工办理地方工会开展的职工互助保障计划，21人获补助5.17万元。内部职工互助保障基金会规范运行，15人获补助8.13万元。2018年开展“送清凉”“送温暖”慰问，发放“送清凉”慰问款346.68万元，“送温暖”慰问款603.63万元。领导干部“一对一”结对帮扶困难职工109人。通过实施精准帮扶，为50名精准帮扶对象发放帮扶款77.7万元。

2018年，中铁上海局以全面普惠职工为重点，进一步拓宽普惠服务内容，不断满足职工美好生活需求。在职工体检中增加CT、彩超、女职工“两癌”筛查等项目，使职工大病早发现、早治疗，身体健康得到了保障。开展了年度《集体合同》履行情况检查，各单位《集体合同》核心条款基本能够履行到位，职工健康体检实现全覆盖。中铁上海局工会启动员工健康关爱计划，出台了实施意见，组织103名工会干部开展了心理健康委员培训，全年共试点开设“心灵驿站”13个，开展团体心理辅导讲座41次，为职工提供心理咨询与疏导，帮助职工缓解心理压力。关爱职工实现由物质关爱向情感关爱、精神关爱的转型升级。各基层工会组织以职工生病有探望、职工生日有祝福、家属探亲有问候、职工困难有帮扶、职工表彰有喜报等“五有行动”为载体，从细微处暖人心，于点滴中见真情，提高了职工的获得感、幸福感和归属感。集团公司工会权益保障部部长张雪刚被股份公司工会授予“十大最可信赖的娘家人”称号。

中铁上海局编制《中铁上海局工程项目部“职工小家”建设工作指南》，对指导意见25项内容进行指标量化和内容细化，使基层项目部易于操作推行。指导拍摄5部微电影，以新颖的形式演绎“职工小家”建设重点工作流程，为基层“职工小家”建设提供形象直观的教材，推动“职工小家”建设落地生根。举办2场第三届企业文化节文艺演出，深入18个基层项目部开展慰问演出。2018年中铁上海局共举办各类文体活动270余场次。（谢传甲）

【领导人员】

荣树森	董事长、党委书记	
孔　通	总经理、党委副书记	（7月调离）
闫子才	总经理、党委副书记	（7月任）
梁永兴	党委副书记、副董事长（按二级企业正职管理）	
张　超	党委副书记、纪委书记、监事会主席	
李　宁	总会计师、总法律顾问	
李　杨	副总经理	
王辉州	副总经理、工会主席（4月免，改任副巡视员）	
李　亮	副总经理	

徐江洪　副总经理
张庆远　副总经理
黄　新　副总经理、总工程师
张立新　副总经理

（张　潇）

中铁国际集团有限公司

【简况】中铁国际集团有限公司（简称中铁国际）是中国中铁股份有限公司所属全资子公司，是中国中铁实施"走出去"战略，践行"一带一路"倡议的外经旗舰公司。中铁国际下辖建筑、投资、房地产、国际贸易和能源电力等领域99家子分公司、代表处，业务遍及亚洲、非洲、欧洲、南太平洋、拉丁美洲五大区域，在66个国家和地区设有经营及办事机构，在册员工875人，其中总部员工105人，其他从业人员13人。截至2018年12月31日，中铁国际资产总额824743.84万元人民币。所属企业自20世纪70年代开始从事国际经济技术合作、工程承包和对外投资，在全球完成1000多项大中型工程，涵盖交通市政、房屋建筑、机场港口、农田水利、能源电力、矿产资源等业务领域，其中多项国际知名工程获得同行业和东道国的赞誉。

顺应国际市场发展趋势，中铁国际已由传统工程承包商向"承包商＋投资商"转型升级。近年来，通过集成中国中铁设计技术咨询及技术施工优势，凭借与金融机构的良好合作关系，发挥自身商务优势和海外大项目管理经验，中铁国际先后签约并组织实施委内瑞拉平原铁路、印尼雅万高铁、中老铁路和中泰铁路等一批重大项目，国际工程承包（EPC、EPC+F、BT、BOT、PPP等）和房地产及矿产资源投资已成为集团的核心业务。

2018年，中铁国际被中国施工企业协会授予"2017年度优秀全国施工企业"称号，参建的尼泊尔巴瑞巴贝引水隧道项目营地、东帝汶苏艾高速公路一期项目营地被对外工程承包商会授予"中国海外工程优秀营地"称号。在商务部公布的"2018年对外承包工程业务新签合同额前100家企业"和在"2018年对外承包工程业务完成营业额前100家企业"名单中，中铁国际分别位列第10位和第12位。（王宇龙）

【主要指标】中铁国际2018年末资产总额82.47亿元人民币（币种下同），较年初91.69亿元下降10.06%；负债总额51.20亿元，较年初56.75亿元下降9.78%；资产负债率62.08%，较年初61.90%上升0.18%；净资产总额31.27亿元，较年初的34.94亿元下降10.5%。中铁国际2018年度实现营业收入64.34亿元，较2017年的53.98亿元增长19.19%，实现归属母公司净利润2.11亿元，顺利完成2018年度生产经营目标。（陈海亮）

表14–19　2018年中铁国际集团有限公司主要经济指标

项目	2018年	2017年	比上年增长（%）
资产总额（亿元）	82.47	91.69	−10.06
所有者权益（亿元）	31.27	34.94	−10.5
营业收入（亿元）	64.34	53.98	19.19
利润总额（亿元）	2.83	1.41	100.71
净利润（亿元）	2.28	3.19	−28.53
归属于母公司所有者的净利润（亿元）	2.11	2.64	−20.08
技术开发投入（亿元）	0.0422	0.0361	16.9
利税总额（亿元）	3.44	1.54	123.38
应交税金总额（亿元）	1.52	2.17	−20
净资产收益率（%）	6.87	9.41	减少2.54个百分点
总资产报酬率（%）	3.72	2.01	增加1.71个百分点
国有资本保值增值率（%）	98.8	110.7	减少11.9个百分点

制表人：陈海亮

【改革发展】2018年，中铁国际被国资委确定为国企改革"双百行动"企业。中铁国际成立"双百行动"工作领导小组，从自身出发，坚持问题导向，研究制订"双百行动"工作方案，推进中铁国际企业改革；紧抓中铁国际在企业发展中面临的主要矛盾，积极探索中长期激励和职业经理人等市场化的经营机制，推进试点单位的混合所有制改革，加快转换经营机制，提高企业的创新能力和市场竞争力。积极利用"双百行动"交流平台，及时掌握改革最新要求，学习借鉴先进单位的优秀做法和经验。根据市场开发需要，中铁国际先后申请设立7家境外机构，完成了两家法人企业的压减工作。

2018年，制定《中铁国际集团有限公司外聘专家管理办法》（中铁国际人劳〔2018〕121号），规范外聘专家的管理工作，明确外聘专家的资格条件以及聘用流程，明确规定外聘专家一个聘用期的待遇标准；修订《中铁国际集团有限公司子（分）公司负责人薪酬管理办法》（中铁国际人劳〔2018〕543号），进一步规范所属企业负责人年薪构成部分和基本薪金、绩效薪金的计算方式，境外常驻人员可按规定享受地区补贴、境外年功补贴和配偶补贴；制定《中铁国际集团有限公司人才引进管办法（试行）》(中铁国际人劳〔2018〕462号)，进一步规范集团公司人才引进工作的程序和具体要求；制定《中铁国际集团有限公司经营开发奖励办法》(中铁国际人劳〔2018〕538号)，明确集团公司经营奖励提取比例及计算方式，规范经营奖励申请及发放流程。（王宇龙　孟昕）

【重大项目】2018年，中铁国际完成新签合同103项，新签合同额53.97亿美元（373.8亿元人民币），完成年度计划50亿美元（346.4亿元人民币）的107.93%。其中境外新签合同总额51.69亿美元（358.1亿元人民币），占中铁国际新签合同总额的95.78%，非洲区域新签合同额19.1亿美元（132.1亿元人民币），南太平洋区域、亚洲周边区域新签合同额25.44亿美元（176.2亿元人民币），拉丁美洲市场新签合同额5.9亿美元（40.9亿元人民币）。5月23日，中铁国际与委内瑞拉AUTO SEAT DE VENEZUELA,S.A公司签署委内瑞拉卡拉波波州瓜卡拉工业园区开发项目合同，合同金额2.5亿美元（17.5亿元人民币）；10月28日，中铁国际集团与孟加拉信息通信技术局签署孟加拉国家数字联通项目合同，合同金额9.9亿美元（68.2亿元人民币）；12月17日，中铁国际集团与孟加拉铁路局签署达卡加济布尔至迈门辛至杰马勒布尔铁路复线项目合同，合同金额10.5亿美元（72.8亿元人民币）；12月24日，中铁国际集团与非洲煤业签署南非非洲煤业麦卡多煤矿采矿承包项目合同，合同金额8.4亿美元（58.3亿元人民币）；12月28日，中铁国际集团与委内瑞拉TINALVEN公司签署委内瑞拉国家钢铁公司天然气管道项目合同，合同金额3.1亿美元（21.5亿元人民币）。（徐木青）

【走向海外】2018年，中铁国际海外经营及办事机构从50个增至57个。新成立中铁国际泰国公司、阿根廷分公司、乌克兰代表处、东帝汶分公司及中波国际产业园投资发展有限公司等子分公司。中铁国际加快转型升级，加强与系统内单位合作。3月16日，中铁国际与中铁二局在成都签署了战略合作协议。10月26日，中铁国际与华为技术有限公司在深圳签署了战略合作协议。

2018年中铁国际牵头设立湖南波中投资发展有限公司，重点研究中波国际产业园项目，以此为契机进入波兰建筑市场。（徐木青　赵东麒）

【重大创新】2018年5月，中铁国际上报中国中铁《国际工程承包合同审核体系、工具及可视化研究》和《新建毛里塔尼亚阿克如特至塔尼特港铁路盐渍土区重载铁路路基修建技术》2项科研课题，并成功列入中国中铁科技开发计划（引导课题）。年内完成《低用水量高强混凝土试验研究》《低回弹早强湿喷混凝土在隧道中运用研究》科研课题研究；组织专家对安哥拉soyo电站项目组完成的《减少混凝土表面块材防腐施工的质量缺陷》《降低混凝土抗氯离子渗透系数》《提高大型设备基础施工放线精度》和《提高综合管架节点防腐与露点修复覆盖率》QC成果进行评审。（刘亚川）

【党建工作】2018年，中铁国际党委深入学习贯彻习近平新时代中国特色社会主义思想和党的十九大精神，牢固树立“四个意识”、积极践行“两个维护”。坚持党的领导，企业转型升级的政治引领作用显著增强；坚持强基固本，基层党组织更加坚强有力；坚持党管干部党管人才，干部人才队伍日益壮大；坚持强根塑魂，企业职工队伍合力和品牌形象有效提升；坚持全面从严治党，政治生态风清气正；坚持党群共建，企业发展氛围更加和谐。

2018年，中铁国际深入开展反腐倡廉工作。一是积极落实习总书记“让‘一带一路’成为廉洁之路”的倡议，推动全面从严治党在海外重大项目落地生根。出台《中铁国际集团关于深入推进中老铁路“廉洁之路”建设的实施细则》。召开现场会议2次，以查阅文件、项目实地调研、个别谈话等方式，重点对指挥部和Ⅰ分部进行了检查督导。二是深入境外一线开展内部巡察。立足政治巡察和提高企业综合管理水平，把重点加强境外投资经营中的廉洁风险防范作为巡察工作的一项重点内容，对体量最大的两家境外单位南美公司和南太公司开展巡察。三是加强境外资产监管。纪委牵头以巡察为契机，对被巡察单位摸清房产、地产、车辆、材料、物资设备、办公设施等实物资产的底数和资产结构，提出有针对性的整改意见，提高企业经营管理能力，对如何加强境外经营廉洁风险防控等问题做出探索。四是加大廉洁风险防控的研究力度。进一步开展境外腐败风险国别研究和工程项目廉洁风险防控工作，督导境外单位合规管理、合规经营，维护中国企业良好的国际形象。形成《东帝汶腐败风险国别研究报告》，受到股份公司纪委的充分认可。

2018年，中铁国际以职代会为载体夯实企业民主管理基础，做好重大事项职代会审议，开展“基层民主管理年”活动；强化群安员和班组长责任制的贯彻、执行和监督检查；2名职工分别荣获中国中铁火车头奖章和中央企业先进个人称号，其中中央企业先进个人称号作为省部级荣誉，属于中铁国际首次获得。2018年共对4家“红旗单位”、25名“先进个人”进行表彰奖励；组织中铁国际各部门完成同级集体合同执行情况自查，抽查4家境内单位和1家境外单位，修订《2019年集体合同》；起草《“三不让”员工关爱工程实施细则》，深入危险地区和一线慰问职工；制订中铁国际EAP工作实施方案，为系统内女职工和巴新项目部职工举办两场专题讲座和座谈；对所属境内外11家三级单位开展“会员评家”达标考评，所属一家三级企业工会集体获选股份公司“最满意职工之家”称号；成功举办第二届职工才艺大赛和首届职工乒乓球大赛，进一步规范职工书屋共建方式，开展以“搭建文化交流彩虹桥”为主题的女职工素质提升系列活动。

（亓永慧　武颖娴　谢萌萌）

【信息化建设】2018 年，中铁国际完成亚洲分公司孟加拉驻地的网络标准化试点建设工作。系统集成工作有序推进，推广主数据、企业微信的使用，财务共享平台、成本系统、简道云对接企业微信。2018 年 12 月中国中铁国际财务共享中心正式揭牌运行，解决了业务端的多语言、多币种、国别差异等问题，创新了内外账加工及差异分析，企业境外业财资税融合迈出关键一步。2018 年 9 月，中铁国际成功回收玻利维亚 Espino 项目财务管理，成为中国中铁第一个境外财务共享项目、第一个跨法人实施的国际财务共享项目，实现了全球资金结算与境外财税管理，为境外业务管控提供了有力支撑。

2018 年 7 月，中铁国际项目成本造价管理信息系统在川铁公司、中海外、北京分公司试运行。利用信息化手段对中铁国际项目经营评审（立项评审、标前评审、签约前评审）、国别造价基础资料、国别风险基础资料、正在追踪的大中型项目信息，项目成本管理（验工计价和变更索赔、二次经营）等在建项目工程经济信息收集和分析等工作实现网络远程收集和处理，为提高工作效率、实现企业转型升级提供信息化管理手段。

（田　源　陈海亮）

【履行社会责任】中铁国际所属各单位融入当地经济社会建设，广泛开展社区帮扶、社区公益等活动，积极参与抢险救灾，履行社会责任，赢得东道国及中国政府的高度肯定和广泛认可。中铁国际南太公司开展了巴新地震抢险救灾，受到当地政府赞誉，被外交部记者招待会肯定。中老铁路项目建设指挥部积极组织老挝受水灾地区捐款。所属各单位在肯尼亚、安哥拉等国开展公益助学、助困捐助，树立了中国企业良好的形象。（曹　妍）

【领导人员】

甘百先　董事长、党委书记、法人代表
陈诗平　总经理、副董事长、党委副书记
张　伟　副总经理（按照股份公司二级企业领导班子正职管理）
郭　毅　副总经理、工会主席
王子建　副总经理
宋国栋　总会计师、总法律顾问
黄　宏　副总经理
王立杰　副总经理、总工程师
白　蕊　副总经理
吴东正　副总经理
李亚铭　总经理助理
李述宝　安全生产总监
黄功华　总经理助理
孙晶晶　董事会秘书
王紫光　巡视员
赵超英　副巡视员　（11 月任）
宋广森　副巡视员　（9 月免，退休）

（孟　昕）

中铁东方国际集团有限公司

【简况】中铁东方国际集团有限公司（简称东方国际）是中国中铁股份有限公司为实施国际化经营战略在境外设立的二级子公司。东方国际成立于 2016 年 9 月 13 日，注册资本金 5 亿林吉特（折合人民币 83136 万元），注册地马来西亚吉隆坡。东方国际设立后，中铁国际集团有限公司将所持有的中国铁路工程（马来西亚）有限公司 100% 股权向中铁东方国际集团有限公司转让，马来西亚公司作为东方国际子公司管理，代管中国铁路工程总公司新加坡分公司。主要从事勘察设计、基础设施建设、投资及运营、房地产开发、资源矿产等业务，是集设计咨询、工程施工、运营维护、产品制造和商务开发为一体的工程总承包商，具备为业主提供一站式综合服务的能力，在城市基础设施、地产开发等领域具有强大的核心竞争实力。

东方国际先后承揽了印尼苏门答腊煤炭运输项目、马来西亚沙巴铁路升级改造项目、马来西亚吉隆坡 MRT 一期项目、马来西亚吉隆坡雅益轩地产开发项目、马来西亚吉隆坡 MRT 二期项目、马来西亚南部铁路项目及马来西亚吉隆坡安邦贾兰尼帕房建项目等多个重大项目。东方国际目前正在运作的市场包括东南亚、中东、南亚、非洲、大洋洲、南美洲、欧洲等区域，主营业务为境外基建建设和境外房地产开发。

截至 2018 年底，东方国际在册职工总数 253 人，其他人员 193 人（聘用马来西亚当地员工 85 人）。其中，专业技术人才共 47 人，工程技术人员 59 人，经济人员 125 人，会计人员 15 人，政工 7 人。

截至 2018 年底，东方国际共拥有各类机械设备 170 台（套），总功率 11333.1kW，人均动力装备率 25.41kW/ 人，设备主要集中在马来西亚。其中，土石方机械 6 台（套）、动力机械 7 台（套）、起重机械 33 台（套）、其他机械 124 台（套），施工机械设备固定资产原值 8110.15 万林吉特。东方国际认真执行项目所在国和国家及股份公司关于设备管理的法律法规及相关规定，以资产管理为纽带，建立健全适应海外市场发展要求的设备管理体制，对施工设备实行综合管理，为实现企业经济效益最大化服务，实现资产保值增值。在项目施工过程中，大中型设备运行状况稳定，保养状况良好，机械设备综合完好率 90.45% 以上，主要设备平均利用率 75.24%，无设备责任事故发生。

2018 年，中国铁路工程（马来西亚）有限公司获得中国中铁股份有限公司“安全生产百日竞赛”活动先进集体称号、获得“区域经营工作先进集体”荣誉称号、获得“中国中铁2016—2017年成本管理先进单位”荣誉称号、第二团支部荣获“五四红旗团支部”荣誉称号；马来西亚吉隆坡新捷运工程地下北段A标段、马来西亚 Timah Tasoh 输水隧道项目获得2018年度中国中铁杯优质工程项目奖；雅益轩项目公司获得中国中铁“红旗项目部”荣誉称号、获得“中国中铁工程项目文化建设示范点”称号、获得2018年度中国中铁安全标准工地（境外）；马来西亚吉隆坡捷运二期C标荣获“马来西亚职业健康安全管理金奖”，并荣获2018年度中国中铁安全标准工地（境外）、获得“中国中铁优秀青年安全质量监督岗”称号、获得“中国中铁青年文明号”称号、获得“中国中铁2016—2017年成本管理先进项目部”荣誉称号。东方国际《外经企业基于战略地图构架实施月度报告系统集成管理》获得“2018年度中国中铁企业管理现代化创新成果奖”二等奖。

2018年，东方国际完成了MRT二期地铁深基坑中英（马）安全、质量、监测技术、预警管理体系的比较；组织完成了装配式房屋新技术研究及实施方案的编制工作；依托雅益轩项目，为开发东南亚房建市场形成整套的超高层住宅标准化施工工艺，申报名为《框支剪力墙超高层住宅施工技术研究》科研课题，年度申报科研课题两项。

中铁沙巴公司于2018年3月通过ISO 9001质量管理体系认证；中铁马来公司、发展公司于2018年12月通过ISO 9001质量管理体系认证。

（胡可心　李松涛　李明佳　张　钟　曾　静）

【主要指标】东方国际2018年末资产总额17.67亿元，较2017年资产总额13.25亿元增长33.40%；所有者权益-0.21亿元，较2017年0.11亿元下降285.79%；2018年发生营业收入14.20亿元，较2017年7.52亿元增长88.81%；利润总额0.18亿元，较2017年利润总额0.47亿元下降60.27%；净利润0.14亿元，较2017年净利润0.35亿元下降60.51%；归属于母公司所有者净利润0.16亿元，较2017年发生额0.35亿元下降53.49%；利税总额0.19亿元，较2017年0.47亿元下降60.36%；应交税金总额0.34亿元，较2017年0.31亿元增加10.98%；总资产报酬率下降2.53个百分点，由5.78%下降到3.25%；国有资本保值增值率上升到23.97%。

（王靓阳）

表14–20　2018年中铁东方国际集团有限公司主要经济指标

项目	2018年	2017年	比上年增长（%）
资产总额（亿元）	17.67	13.25	33.40
所有者权益（亿元）	–0.21	0.11	–285.79
营业收入（亿元）	14.20	7.52	88.81
利润总额（亿元）	0.18	0.47	–60.27
净利润（亿元）	0.14	0.35	–60.51
归属于母公司所有者的净利润（亿元）	0.16	0.35	–53.49
技术开发投入（亿元）	0	0	0
利税总额（亿元）	0.19	0.47	–60.36
应交税金总额（亿元）	0.34	0.31	10.98
净资产收益率（%）	0	0	净资产为负数
总资产报酬率（%）	3.25	5.78	减少2.53个百分点
国有资本保值增值率（%）	23.97	0	增加23.97个百分点

制表人：王靓阳

【改革发展】持续推进混合所有制改革。转换企业经营机制，增强企业内部约束和激励，以国别公司、项目公司管理团队“项目跟投”、骨干员工投资参股、员工参与红利分配及红利分配转股权、员工参与公司超额红利分配以及红利转股权等方式，激发员工主人公意识和创造价值的能力，建立多元的有公司高管和广大员工参与经济实体的投资或者利益分配机制。

2018年11月，股份公司对东方国际领导班子成员进行调整，并对调整后的领导班子成员进行任期考察。12月，东方国际对组织机构进行了调整，马来西亚南部铁路项目公司直接隶属东方国际管理；董事会办公室、党群工作部与总经理办公室、战略规划部合署办公，法律合规部不再与总经理办公室合署办公，财务部、投资管理部合署办公。

（刘鑫垚　李松涛）

【重大项目】东方国际以集成为核心开展经营开发，建设东方国际基础设施建设集成服务能力，以全球化视野开发、利用和集成基础设施建设要素资源，通过采购方式实现基础设施建设项目交付来开拓和建设区域国际市场，为顾客提供和实现基础设施建设“一揽子、全生命周期”解决方案。东方国际设立12个国别营销小组，解决营销问题并对国别市场进行深度开发。专职市场开发、项目营销人员为50余人，占东方国际总员工数10%以上。

2018年，东方国际按照新签合同生效、新签合同、意向阶段、立项阶段1:2:4:8格局实现营销项目储备，推动马来西亚、沙特阿拉伯、蒙古、俄罗斯、加纳、尼泊尔的重点国别市场开发工作，重点运作的项目包括约旦地铁、沙特经济适用房、尼泊尔公路、澳大利亚艾尔铁矿、加纳铁路、新山金海湾综合开发、俄罗斯高铁、大马城等，项目投资总额约800亿美元。截至2018年末，东方国际签约待生效项目为4个，合同金额56.88亿美元；投标、议标项目共18个，合同金额约440亿美元，识别创建项目共25个，项目价值约1200亿美元。（陈 峰）

【海外项目管理】通过建立以项目经理责任制为核心的项目管理责任体系，创新管理体制机制，充分运用项目管理“四件套”，对项目组织产品、社会产品、技术产品、管理产品等进行全面系统的分解和集成，实现了项目管理的无缝衔接，确保了合同的商业交付。同时，以科技引领项目精益施工管理，通过对BIM技术、全景激光扫描技术等十多项现代施工工艺和技术的运用，提升作业效率和作业质量。2018年东方国际执行项目12个，其中，在建项目吉隆坡轨道交通MRT2期稳步推进，雅益轩房建项目进度逐渐恢复正常，第三大道房建项目转入基础和主体施工阶段，沙巴艾美酒店房建项目及其他小型项目等提前完成节点工期，正在按照合同主计划顺利推进中。作为东方国际重点项目，MRT2期工程克服了南站意外爆炸、北站盾构始发施工标准不统一、地质信息前后差异大、工作范围缩减、主承包商支付不及时等一系列技术、商务、施工管理困难，保障了项目顺利推进，项目公司持续履约。MRT2期工程2018年被主承包商授予“最佳施工规划与管理奖”并蝉联“马来西亚职业健康安全管理金奖”。

（刘鑫垚 陈 峰 胡可心 张 钟）

【重大创新】创新东方国际集团体制机制。东方国际是中国中铁首家在境外注册的专业外经公司，在没有既有发展模式情况下，坚持贯彻系统思想，勇于探索创新工作，以“三三制”模式构建东方国际组织体系。截至2018年末，东方国际经济实体建设取得跨越发展，下辖1个区域公司（马来公司）、1个直管项目公司（南铁项目公司）、1个（受股份公司委托）代管公司（新加坡公司）。其中，马来公司下设6个项目公司，分别为雅益轩项目公司（负责雅益轩项目）、发展公司（负责第三大道项目）、南洋隧道公司（负责MRT1期项目）、东方隧道公司（负责MRT2期项目）、沙巴公司（负责沙巴地区项目）和基础公司（负责马来西亚桩基等项目）。

创新项目管理体制。利用大项产品清单、责任矩阵工具打造国际项目管理体系。岗位责任矩阵建立了管理岗位与工作内容之间的对应关系，明确管理中的每一项工作由谁负责，标识出各岗位在项目执行过程中所承担的责任。在项目实施中，依照WBS工作分解结构技术形成的大项产品清单，编制项目里程碑事件和制订项目施工计划，根据施工计划的实施、设计变更、新增减工程量等情况及时更新大项产品清单，达到项目精细化管理目的。创新系统内部分包管理模式，在吉隆坡雅益轩项目管理上导入“大项目制”管理模式。发挥系统内合作“天然”的互信优势，按照市场化原则进行内部分包，将系统内参建单位中铁一局、中铁三局、中铁九局项目管理人员集成到马来公司雅益轩项目公司，压缩项目管理层级，加强项目公司职能管理服务能力，强化了管理服务“长板效应”，节省了管理服务人员，节省项目整体管理费用，提升团队整体水平，实现了系统内部分包管理的新探索。

健全安全管理体制。通过班组活动与安全色的运用，在项目现场引入国内收件样板制，进行工序前的现场实物交底，有效提升现场质量管理工作。组织学习安全教育微课堂工具箱的使用和现场应用，强化现场管理人员的安全教育培训工作，有效实现安全培训方式多样化、培训管理流程化、培训内容系统化，创新互联网+安全培训模式，收集汇总各单位安全教育培训记录并进行有效工作指导。

创新月报管理体系。结合公司实际，在系统创新、理念创新、沟通方式创新、报告格式创新四大创新基础上推出基于战略地图构架实施月度报告系统集成管理模式。月报管理体系以系统论方法，以目标为导向推进企业建设工作、职能管理和服务建设工作。企业上下明确建设目标，清楚建设任务，各职能部门、各实体机构通报建设目标执行情况，重点汇报存在的突出问题和拟定的解决办法，结合集团公司领导对于执行情况及问题解决办法给予的指示和建议修订下月工作计划，与时俱进，添加基于战略和企业管理的元素，删除与企业新战略不协调的章节；在章节的划分上讲求逻辑清晰，主次分明，重点突出，重结果轻过程，明确问题解决的时间节点。月报告通过12大职能管理服务、8大职能实施体系和3大支持保障体系，强化职能管理组织建设、加强人才培养，推动企业管理。东方国际在2018年上报的“外经企业基于战略地图构架实施月度报告系统集成管理”获得股份公司2018年度企业管理现代化创新二等奖。

基础设施建设项目集成平台。按照东方国际经营管理“四件套”，即项目章程、大项产品清单、岗位责任矩阵、集团公司月度报告为指导与实施文件，将在建项目的生产经营等活动进行模板化、样式化、数据化、集成化与平台化，实现管理集成化、数据化、信息化。同时对于具体的项目运用最新的BIM技术，将每项具体工作制定标准的实施流程，同时将工作情况数据化后集成到基础设施建设项目集成平台，经过平台处理后归档分类至标准储存格式并实现生产经营活动的组织过程累积，实现公司与项目的集成化、远程化、扁平化管理。

新员工“三级培训制度”。东方国际探索建立新员工入司“三级培训制度”，分别为公司级、部门级以及项目级。公司级培训从集团公司的全局角度对新员工进行为期一周的入职培训，重点介绍公司情况、发展历程、发展方向与愿景，以及工作生活方面的培训；部门级培训主要对新员工具体分配到的部门，进行相关工作的技能要求和职业习惯等的培训，部门负责人制定具体的培训内容。项目级培训主要为具体的在建项目，组织对项目情况与工作的培训。培训内容由项目负责人负责制定，通过“三级培训制度”能够让新员工在短时间内走上工作岗位，快速提升综合能力。

全面推进城市开发建设。成立城市及产业园市场开发队，匹配规划、设计、金融、法律、地产专业人员，市场开发队负责城市及产业园产业链建设，开发产品系列。针对特定城市建设项目，成立营销项目队，实行营销项目专业化运作。对照城市建设产业要求，建立健全公司职能管理服务体系，如规划设计、CIM、工程经济、投融资、法律法规等，保障管理服务功能，重新梳理职能管理服务工作清单，重建管理工作责任矩阵，补齐相关职能产品样本，重建职能管理服务程序与制度；保障城市建设项目合法、合规开展；保障城市建设项目全面合规履行股份公司内控程序。重视开发下游客户群体，如发展商、产业投资人、产业销售代理、产业经营人。开展"立体经营"，通过"立体经营"创造优势，控制风险，建立市场信心，创造价值，包括系统内立体合作，全产业链集成，产品、产业、金融资产组合经营，立体市场开发等。（刘鑫垚　曾　静）

【工程创优】2018年，马来西亚吉隆坡新捷运工程地下北段A标段、马来西亚Timah Tasoh输水隧道项目获得2018年度中国中铁杯优质工程项目奖；雅益轩项目公司获得2018年度中国中铁安全标准工地（境外）；马来西亚吉隆坡捷运二期C标获得"马来西亚职业健康安全管理金奖"，并荣获"2018年度中国中铁安全标准工地（境外）"。（张　钟）

【企业文化】2018年，东方国际党委带领各级群团组织内聚外合，凝心聚力，不断丰富企业文化内涵，创新文化建设载体，以东方国际发展战略为核心，形成战略共识和价值认同，增强员工的企业认同感和文化向心力。以爱国主义为主线，"一带一路"建设为纽带，讲好"海外故事"。积极选树先进典型，弘扬企业正能量，先后参与开展了股份公司和东方国际年度先进生产单位、先进工作者、优秀职能部门、优秀个人等先进选树活动。其中，东方国际科技设计部获得"中国中铁BIM大赛优秀组织奖"称号，马来公司、东方隧道项目公司、雅益轩项目公司分别荣获"中国中铁安全生产单位、红旗项目部等先进集体、成本管理先进单位、项目文化示范单位"称号，1人荣获中国中铁"最可信赖的娘家人"称号，2人荣获"中国中铁成本管理先进个人""中国中铁经营工作先进个人"，1人荣获"中国中铁优秀共产党员"称号，2人荣获"中国中铁先进女职工"称号，1人荣获"中国中铁海外优秀青年""中国中铁青年岗位能手"称号等荣誉。高度重视企业宣传工作，加强队伍建设，强化品牌意识，充分利用各级各类媒体，宣传展示企业新成就、新风尚，提升企业公众形象。积极利用新媒体工作平台，提升内宣工作水平。积极参与当地公益活动，履行企业社会责任。

2018年，东方国际进一步完善党建带工建、党建带团建的工作机制，积极指导和支持工会、共青团开展特色活动。坚持以职工群众为主体，让职工群众当企业改革发展的主角，共享企业发展成果，使广大职工群众有更多的参与感和获得感，举办了一届一次职工代表大会。广泛实施员工关爱工程，围绕境外员工"五担忧、六期盼"的思想实际，深入做好员工思想政治工作和生活慰问，坚持员工生日送蛋糕表祝福，全年帮扶困难职工家庭41户，慰问职工及家属369人/次，发放补助金118万元、慰问品40余万元。深入海外员工"贴心工程"，创建员工活动室、心灵驿站和文化阅览室，注重人文关怀和心理疏导，维护员工身心健康，努力构建和谐企业。（孙彦宁）

【党建工作】2018年，东方国际党委、纪委深入学习贯彻党的十九大精神、习近平新时代中国特色社会主义思想以及中国中铁第四次党代会精神，按照股份公司党委、纪委工作要求和东方国际年度工作计划，牢固树立"四个意识"，坚定"四个自信"，全面加强纪律建设和作风建设，持续巩固"不敢腐、不能腐、不想腐"成果，全面从严治党向纵深发展，为实现企业年度各项工作目标提供有力保障；始终坚持把纪律和规矩挺在前面，把严格要求贯彻始终，做到真管真严、敢管敢严、长管长严；不断加强党章、党规、党纪教育，严肃党内政治生活，深入推进"两个谈话"制度，引导各级领导干部筑牢防腐拒变的思想和行为防线，依法治企、依法办事，知敬畏、存戒惧、守底线；纪委深入项目公司开展物资采购、分包管理工作专项检查调研，加强对关键群体、关键岗位、关键领域、关键环节的监督，切实保障清廉清正、依法合规、阳光透明，锲而不舍落实中央"八项规定"精神，深入纠正"四风"；落实中央纪委《工作建议》，开展自查自纠。全年未出现违反党风廉政建设问题。（孙彦宁）

【信息化工作】基础设施集成平台投入使用。东方国际发挥长期立足海外的平台优势和信息优势，着眼于发挥中国中铁全产业链优势，主动担负起带领股份公司各二级单位共同走出去的历史使命，在股份公司系统内率先成立了项目集成平台管理中心，年中与用友软件就共同探索海外项目管理新模式签订合约，在MRT二期项目率先实现基础设施集成平台建设并于2018年12月正式投入使用。（曾　静）

【履行社会责任】2018年4月，东方国际参与并赞助题为"以美化、关怀为使命"的布城志愿者计划（V4 Putrajaya），受到主办部门高度赞赏，并发感谢信进行感谢。6月，中铁马来公司组织全体员工为马来西亚槟城水灾捐款3万林吉特。8月12日，中铁马来公司开展了"构建生命共同体，播撒希望传递爱"为主题的儿童福利院（Asrama Damai Rumah Anak-anak Yatim Kuang）慰问活动。9月，东方国际协办东南亚隧道交流会，为从事隧道研究的专家、学者和企业经营管理人员搭建交流学术

见解、研究成果和工作经验的平台，为推动隧道技术进步、实现互利共赢起到了积极作用。（胡可心）

【领导人员】

陈之功　党委书记、董事长、董事、法人代表

蔡泽民　党委副书记、副董事长、董事、总经理（11 月免）

巡视员（11 月任）

何　文　董事

张睿开　董事

陈文鑫　董事

杨东友　副总经理

孙　航　副总经理

蔡红生　副总经理、总工程师

杨德佳　党委副书记、纪委书记、工会主席、执行监事（李松涛）

中铁二院工程集团有限责任公司

【简况】中铁二院工程集团有限责任公司（简称中铁二院）创建于 1952 年，先后隶属铁道部设计总局、铁道部基建总局、中国铁路工程总公司。于 2007 年更名为“中铁二院工程集团有限责任公司”。

截至 2018 年底，中铁二院持有国家甲级勘察、设计、咨询、规划、工程监理、工程总承包、测绘、环境评价等 28 项资质证书和对外经营资格证书，设有 42 个专业，可承接中国工程设计行业划分表中全部 21 个行业的有关业务。截至 2018 年底，中铁二院共下设 19 个直属勘察设计研究单位、21 个全资子公司、24 个国内经营分院（办事处）、13 个境外经营机构、20 个行政管理部门，7 个党群部门，4 个辅助生产服务部门。

截至 2018 年末，中铁二院员工总数 6018 人，其中，在岗人员 5899 人，在岗人员中，党政干部 839 人、技术干部 4592 人、工人 557 人，内退及其他不在岗人员 30 人（含不在岗工人 15 人）。在岗干部中，具备高级职称 2533 人（含正高级职称 316 人），中级职称 1809 人，初级及以下职称 1104 人。在岗工人中，特级技师 2 人，高级技师 8 人，技师 60 人，高级工 409 人，中级工 38 人，初级工 55 人（含普工）。（王彩霞）

【主要指标】2018 年，中铁二院完成新签合同额 183.74 亿元，较 2017 年增长 37.93%；实现营业收入 79.05 亿元；实现利润总额 8.35 亿元，净利润 6.92 亿元，归属母公司净利润 6.90 亿元。截至 2018 年底，总资产 74.41 亿元，净资产 33.59 亿元。（龚　洋）

表 14–21　2018 年中铁二院工程集团有限责任公司主要经济指标

项目	2018 年	2017 年	比上年增长（%）
资产总额（亿元）	74.41	74.51	–0.13
所有者权益（亿元）	33.59	31.38	7.04
营业收入（亿元）	79.05	78.97	0.10
利润总额（亿元）	8.35	8.31	0.48
净利润（亿元）	6.92	6.92	—
归属于母公司所有者的净利润（亿元）	6.90	6.89	0.15
技术开发投入（亿元）	2.37	2.44	–2.87
利税总额（亿元）	8.85	9.09	–2.64
应交税金总额（亿元）	8.77	9.15	–4.15
净资产收益率（%）	21.31	22.08	–0.77
总资产报酬率（%）	12.68	12.71	–0.03
国有资本保值增值率（%）	122.23	123.54	–1.31

制表人：龚　洋

【改革发展】2018 年，中铁二院印发了《中铁二院薪酬管理办法》和《中铁二院员工绩效考核管理办法》，通过采取重新划分岗位序列，增设岗位等级等方式，完善了绩效考核办法，强化了绩效考核结果的运用，健全完善了薪酬体系，明确了薪酬管理职责，规范了薪酬发放流程；推动了中铁二院薪酬制度改革工作，发挥薪酬与绩效考核的激励与约束作用。开展低效参股企业清理整合，与美国天宝公司签署关于中铁天宝公司的终止协议，有序推进中铁天宝公司清算退出工作；推进培训疗养机构改革工作，启动峨眉山象鼻山庄专项改革方案；以获取城乡规划编制甲级资质为契机，研究设立中铁二院城乡规划设计研究院，采取“两块牌子、一套人马”方式，依托交规院组建；研究整合地勘院和检测公司领导关系，进一步理顺中铁二院超前地质预报工作生产组织关系、确保安全质量；研究成立中铁二院 TOD 综合开发研究院，抓住 TOD 综合开发市场发展机遇，同时实现置业公司业务转型。继续开展海外业务体制机制改革研究，赴中铁四局、中铁一局进一步开展海外业

务调研工作，持续讨论、完善海外业务体制机制改革方案。

（罗泽辉）

【重大项目】中铁二院申报的《高速铁路复杂岩溶勘察成套技术及应用》作为重大奖项项目，项目成果分别获得2018年“四川省科技进步奖”一等奖、“中国岩石力学与工程学会科技进步奖”一等奖、“中国铁路工程总公司科技进步奖”特等奖。该研究项目通过开展高铁岩溶勘察的地质理论、地质综合选线、勘察技术、风险评估、防灾减灾5个方面的系统研究，创建了完整的复杂岩溶区高铁综合勘察与防灾减灾关键技术体系并应用于多项国家重点高铁工程。主要创新成果包括创新发展了高铁岩溶勘察地质理论；创建了高铁复杂岩溶“空、天、地”协同一体化综合勘察技术体系；建立了复杂岩溶区高铁地质综合选线技术方法体系；构建了高铁岩溶地面塌陷、隧道涌突水、大型溶洞失稳、危岩落石四大岩溶风险评估方法体系。2018年，中铁二院完成了研究项目的科技成果鉴定，鉴定委员会认为项目成果总体达到国际领先水平。

（庞应刚）

【走向海外】2018年，中铁二院海外板块完成新签合同28个，合同金额合计5.1亿美元，完成股份公司2018年新签目标4.5亿美元的114%。截至2018年底，中铁二院在亚洲、非洲、欧洲、美洲共设立境外机构23个。

2018年，中铁二院开展高端经营，邀请黑山议长布拉约维奇参观考察中铁二院。作为中国西部国际博览会“一带一路”系列活动之一，由四川省国资委、中国中铁主办，中铁二院、四川铁投集团、四川交投集团共同承办的2018“一带一路”轨道交通国际高峰论坛在成都举行。此次论坛围绕“一带一路”轨道交通发展，以政府支持为主导，以产业发展为导向，以行业参与为基础，以专业策划为依托，汇聚国内外轨道交通行业政要、精英，共商“一带一路”轨道交通发展大计，共享“一带一路”轨道交通发展成果，共创“一带一路”轨道交通的发展辉煌，为中铁二院进一步开拓海外市场奠定基础。

2018年5月，中铁二院和俄罗斯交通大学联合主办首届高速铁路国际学术论坛。首届论坛以“高速铁路——经济发展的驱动力”为主题，围绕“高铁——社会发展的驱动力”“高铁——城市群和工业发展的驱动力”“高铁——教育发展的动力”“高铁——高寒地区高铁设计、施工、运营以及高速列车特点”四个方面展开充分交流和互动。对“高铁对城市群及人口聚集区发展的影响”“基于高铁的国际运输物流通道”“高铁生命周期各阶段的数字技术”“现代高铁列车全球化和本地化生产”“高铁人才储备及教育培训”“高寒地区高铁设计与施工技术”等专题进行了深入的分析与探讨。

2018年9月，中铁二院代表中国中铁与中航国际合作开发的重点项目——埃及斋月十日城项目签署贷款框架协议。合同金额12.39亿美元。该项目2016年1月签署商务合同，2017年7月签署项目补充协议。铁路总长65.6公里，建成后将有效解决埃及新首都500万人口与老城区之间，以及沿线卫星城居民的交通问题。

2018年，中铁二院先后举办了16期国际人才研修项目，为41个国家近400名高级官员提供国际教育培训，进一步加深了与项目所在国政府的合作关系。

（郑　铮）

【科技创新】2018年，中国中铁“一带一路”互联互通研究中心暨中铁二院城乡规划设计研究院正式成立。“一带一路”互联互通研究中心，是股份公司“一带一路”互联互通的规划研究与创新中心、高端项目对外展示窗口；是“一带一路”互联互通的智库，为互联互通项目开发提供建议和决策依据；是“一带一路”互联互通人才培养与培训和国际交流的重要基地。中国中铁磁悬浮交通工程研究中心等在建创新平台工作稳步推进。2018年，中铁二院成功举办了首届高速铁路国际学术论坛、“复杂艰险山区高速铁路修建关键技术”学术研讨会等大型交流会，企业学术交流平台影响力持续提升。

推进重大科研课题研究，研究建立的“空、天、地”三位一体的新型勘察体系，成功解决了国内传统勘察模式几十年来的技术难题；组织编制了国家重点研发计划（建议书）——川藏铁路重点专项实施方案，拟在七个战略方向部署17个项目、82个课题、361个专题任务，助推川藏线建设顺利推进；“重载铁路新型列车移动通信及同步控制系统关键技术与应用”等15项研究成果达到国际领先水平，21项达到国际先进水平。

推动新制式轨道交通科研攻关，完成了中国首条内嵌式磁浮——四川发展新筑内嵌式磁浮试验线项目；开展了中国首个35%大坡度齿轨项目——玉龙拉措齿轨旅游轨道交通项目的相关研究设计工作，增强了中铁二院在该领域的领先地位。

推动科研成果转化并取得显著成效，研发的地铁车辆段DCC控制中心综合信息系统等多项产品，获2018年全国建筑业设备管理创新成果及中国设备管理创新成果特等奖一项，一等奖和二等奖各两项。

成立了知识产权管理委员会，加强企业知识产权的日常管理和全员宣贯工作，2018年获国家授权专利197项。做好BIM技术研发推广相关工作，股份公司BIM云平台的安装部署实施和BIM门户定制开发试运行情况良好；广州地铁11号线、郑万铁路、乌干达东线标轨铁路等项目的BIM技术应用试点工作推进顺利。

2018年，中铁二院完成了公司数字工程实验室基础建设工作；全国首批、中国中铁唯一一家国家档案局企业数字化档案馆基础平台建设工作顺利开展。坚持做好人才培养工作，充分发挥劳模（大师、专家）各类创新工作室作用，开展了覆盖各生产、研究领域的培训交流200余次，并承担科研项目100余项，获得专利（工法）150余项，促进企业科技水平提升。中铁二院加强高层次专家人才的推报工作，推报各类专家220人次。截至2018年末，共获评中国中铁特级专家1人，各类省部级专家、人才共计19人。中铁二院设计的海南环岛高铁获得“第十六届中国土木工程詹天佑奖”，主持的《高速铁路复杂岩溶勘察成套技术及应用》成功申报“2018年度中国岩石力学与工程学会科学技术奖”一等奖和“四川省科技进步奖”一等奖（已公示），获其他省部级及以上各类重大奖项123项。（袁志刚）

【工程创优】2018年，中铁二院获省部级优秀工程勘察设计奖39项，股份公司级勘察设计奖58项、“优秀工程咨询成果奖”33项，“中国土木工程詹天佑奖”1项，省部级优秀QC小组奖31项，股份公司级优秀QC小组奖4项。（王　昱）

【党建工作】2018年，中铁二院各级党组织充分发挥党组织领导核心和政治核心作用，通过“三抓一创”，不断夯实基层党建工作，持续推动企业实现高质量发展。一是抓考核评价，重责任落实。完善了党建工作考核评价办法和党建工作责任制实施办法，细化任务分解，量化考核党建工作，实现“软指标”变为“硬约束”。全面开展党委书记抓基层党建工作述职评议，不断强化第一责任人履职意识。二是抓“关键少数”，强作用发挥。举办基层党组织书记培训班，创新培训方式，加入情景教学、案例实操等内容，有效巩固提升基层党组织书记业务能力与政治水平。探索推行支部书记工作考核制度，通过在政治经济待遇上保落实、在决定重大事项上听意见、在贯彻组织意图上给保证等措施，使支部工作深度融入企业生产经营环节，实现相互促进。三是抓基层一线，建坚强堡垒。组织领导班子深入以川藏铁路为代表的一线开展“大学习、大调研、大讨论”“两个课题”等调研活动，完成了高质量党建课题报告，为创新和推动基层党建工作提供了理论与实践支撑。深入开展“找差距、补短板、强实效”活动，提升基层党建工作质量，切实解决基层党建工作“四化”问题，真正促使基层党组织“实起来、强起来、转起来、活起来”。创工作品牌，助改革发展。树立支部活动与深化改革、生产经营、科技创新、精准扶贫、重大项目等重点工作深度融合的工作理念，积极探索打造“支部活动+”党建工作品牌。在川藏铁路项目现场召开基层党建工作现场会，开展“新天路党旗红”党建主题活动、支部主题教育+泸定庄子村扶贫慰问等活动。（郑馥璇）

【信息化建设】2018年，中铁二院完成无线网络覆盖、超融合云平台、BIM云平台、数字化档案馆、机房精密空调、UPS电源设备、网络安全审计和漏洞扫描等信息化系统的安装部署。完成了分支机构IT运维系统推广应用工作，实现中铁二院重要信息化设备的统一监控及预警功能；部署中铁二院企业云盘系统，在部分单位进行了试点应用。启动了信息系统等级保护工作，对相关等保测评服务公司进行了调研，引入四川省信息安全测评中心，对中铁二院重要应用系统进行安全风险评估。

2018年，中铁二院召开视频会议141场，完成企业形象展厅接待保障192场。其中视频会议参会6186人次，有效节省了会议成本。完成网络及应用系统维护工作4337项，桌面维护任务2043项，中铁二院网络系统、应用系统的正常运行率均保持在99%以上，集团公司总部办公网络的开通率达到100%。2018年，中铁二院新立项软件开发项目24项，立项总费用为5072.55万元，年内实际投入软件开发总经费为2458.742万元；新引进软件130项，投入总经费为1208.554万元；结题软件项目33项；新办理软件著作权16项，截至2018年底，软件著作权数量总计114项；组织了申报股份公司评优、铁道协会评优，获得股份公司优秀工程计算机软件一等奖2项、二等奖5项、三等奖4项。

开展“中铁二院信息管理平台”研发工作。截至2018年12月，信息管理平台的主要功能已全部开发完成。信息管理平台主要包括企业基础数据管理、统一身份认证、国内勘察设计项目生产管理、海外勘察设计项目生产管理、人力资源管理、员工晋升通道管理、成本管理、计划经营管理、生产经营目标分解及绩效考核、工程总承包项目管理、培训管理和新产品研发管理等系统的开发工作，以及办公系统、合同系统、科技项目管理、科技成果评奖和车辆管理等系统的集成工作，共计42个子系统/功能模块。该平台实现了勘察设计项目全过程信息化管理，涵盖项目生产组织、进度、收款、清算、外协、人力资源等方面，满足了中铁二院日常工作管理需求，解决了部门之间的协同问题，最大程度优化工作管理流程，达到广大干部职工随时随地可以进行工作办理的创新性目标。平台已上线推广应用。

中铁二院启动数字化管控中心建设。信息中心与各职能部门、生产单位、子分公司进行了详细分析和讨论，形成了完整的用户需求手册和界面原型，完成了系统架构的搭建和大数据分析技术准备，正在全面开展中铁二院在建项目的进度、安全、质量、资金等方面的数据采集和整理工作，为信息共享、远程监控、综合分析和风险预警做好准备。（詹　丽）

【履行社会责任】2018年，中铁二院承担巴中市恩阳区观音井镇岳王村、万寿村，甘孜州泸定县庄子村的脱贫攻坚工作，通过基础设施建设帮扶、扶贫产业帮扶、创业就业帮扶、经济保障帮扶、文化爱心帮扶，创建党建主题教育活动基地，为扶贫工作奠定坚实的基础。先后两次开展高原生态猪认购、义卖活动；分别在万寿村、岳王村、庄子村开展金秋助学结对帮扶活动，资助79户贫困家庭的98名贫困学生，发放助学金共计15.5万元；投入资金80万元进行庄子村道路病害整治；组织开展“科技点亮梦想”关爱留守儿童夏令营活动，实施消费扶贫、智力扶贫，推广农产品销售等一系列脱贫攻坚工作，庄子村2018年均收入达到7000元；在春节前

对四川巴中、泸定三个定点帮扶村101户贫困户开展了“送温暖”慰问活动。（徐　丹）

【领导人员】

赵德义　党委书记、董事长
朱　颖　党委副书记、副董事长、总经理
扈　森　党委常委、董事、副总经理
王书龙　党委副书记、纪委书记、监事会主席
王　刚　党委副书记、副总经理、职工董事、工会主席
张文健　党委常委、董事、副总经理
胡光涛　党委常委、董事、副总经理、总会计师
闵卫鲸　党委常委、董事、副总经理
陆建华　董事、副总经理
许佑顶　党委常委、董事、副总经理、总工程师
张雪才　副总经理、总法律顾问
李生权　副总经理
秦小林　副总经理
魏德勇　副总经理　（李　冒）

中铁第六勘察设计院集团有限公司

【简况】中铁第六勘察设计院集团有限公司（简称中铁六院）是隶属中国中铁股份有限公司的大型、综合性、国际化企业集团，成立于2014年8月26日，业务涵盖勘察、设计、科研、咨询、监理、项目管理、工程总承包等。设有“天津市轨道交通供电系统技术工程中心”“天津市企业技术中心”“院士专家工作站”和“博士后工作站”，成功申报了“天津市隧道设计及安全评估企业重点实验室”，被认定为国家级高新技术企业。下设天津电化院、天津隧道院、中铁通号院、中铁西安院、中铁合肥院、路安工程咨询公司、检测试验公司和工程设计审查咨询公司8家子公司，电化分公司、隧道分公司、广西分公司、粤东分公司4家分公司。本部有线路站场设计院、桥梁设计院、建筑设计院、机械环境设计院、工程经济设计院、勘察院、BIM技术中心7家直属生产单位，东、西、南、北、中和北京分院、滨海分院7家驻外经营分支机构。截至2018年底，中铁六院累计获得“中国建设工程鲁班奖”4项，“中国土木工程詹天佑奖”14项，国家级科技进步奖10项，省部级科技进步奖112项（含股份公司45项）；国家级优秀勘察设计奖32项，省部级优秀勘察设计奖412项；国家级优秀工程咨询成果奖14项，省部级优秀工程咨询成果奖51项；国家级优质工程奖5项；发明专利55项，实用新型专利229项，计算机软件著作权72项。中铁六院参与设计建设的京津城际铁路获得“国家科技进步奖”一等奖，京沪高速铁路获得“国家科技进步奖”特等奖。

2018年中铁六院实现营业收入23.15亿元，新签合同额43.02亿元，实现净利润0.38亿元。截至2018年末，中铁六院资产总额16.99亿元，其中流动资产13.59亿元，非流动资产3.4亿元。非流动资产中固定资产净值1.71亿元。净资产收益率4.52％，资产负债率50.28％，应上缴款完成率100%。

（王海双　陈仕勇　辛振省）

【职工队伍】截至2018年底，中铁六院在岗职工1871人。其中，集团本部419人，各子分公司1452人。专业技术人才结构：正高级专业技术职务111人，高级专业技术职务759人，中级专业技术职务600人，初级专业技术职务267人；技能人才85人（高级技师5人，技师14人，高级工30人，中级工9人，初级工6人，普通工21人）。学历结构：博士研究生4人，硕士研究生516人，大学本科1128人，大学专科125人，中专及以下98人。年龄结构：30岁以下411人；31 ~ 35岁483人；36 ~ 40岁410人；41 ~ 45岁146人；46 ~ 50岁186人；51 ~ 55岁170人；56岁及以上65人。

截至2018年底，中铁六院拥有享受国务院政府津贴人员6人，国家有突出贡献中青年专家、“百千万人才工程”国家级人选1人，天津市勘察设计大师3人，交通运输青年科技英才1人，“詹天佑铁道科学技术奖”8人（其中成就奖1人、贡献奖1人、青年奖6人），“茅以升铁道工程师奖”8人。注册工程师406人（其中一级注册建筑师10人，一级注册结构工程师30人，注册土木工程师（岩土）23人，注册公用设备工程师16人，注册电气工程师22人，注册监理工程师169人，一级注册建造师49人，注册造价工程师35人，注册咨询工程师52人）。（陈水英）

【主要指标】截至2018年底，中铁六院完成新签合同额43.02亿元，完成股份公司下达的年计划指标的100.05%，较2017年同期30.58亿元增长40.68%；实现营业收入23.15亿元，较2017年同期的20.92亿元增长10.66%；实现净利润0.38亿元，较2017年同期的1.28亿元下降70.31%；应交税金总额1.37亿元，较2017年同期1.34亿元增长2.24%；实现利税总额1.35亿元，较2017年同期1.23亿元增长9.76%；技术开发投入0.71亿元，较2017年同0.63亿元期增长12.70%；全员劳动生产率37.05万元/人，较2017年同期36.31万元/人增长2.04%；净资产收益率4.52%，较2017年同期16.52低12个百分点；总资产报酬率2.82%，较2017年同期9.26%下降6.44百分点；国有资本保值增值率104.15%，较2017年同期117.05%减少12.9个百分点。2018年末资产总额16.99亿元，较2017年同期17.74亿元减少4.23%；所有者权益总额8.45亿元，较2017

年同期8.24亿元增长2.56%。2018年企业资产负债率较2017年下降幅度较大，两金压控工作取得一定成绩，两金余额有所下降，资产质量有所提高，经营性现金净流量为正数，财务状况持续改善，在手合同充足，生产经营基础稳健，财务风险可控。（王海双）

表14-22　　2018年中铁第六勘察设计院集团有限公司主要经济指标

项目	2018年	2017年	比上年增长（%）
资产总额（亿元）	16.99	17.74	-4.23
所有者权益（亿元）	8.45	8.24	2.56
营业收入（亿元）	23.15	20.92	10.66
利润总额（亿元）	0.48	1.54	-66.83
净利润（亿元）	0.38	1.28	-70.31
归属于母公司所有者的净利润（亿元）	0.38	1.28	-70.31
技术开发投入（亿元）	0.71	0.63	12.70
利税总额（亿元）	1.35	1.23	9.76
应交税金总额（亿元）	1.37	1.34	2.24
全员劳动生产率（万元/人·年）	37.05	36.31	2.04
净资产收益率（%）	4.52	16.52	-12
总资产报酬率（%）	2.82	9.26	-6.44
国有资本保值增值率（%）	104.15	117.05	-12.9

制表人：王海双

【改革发展】2018年，中铁六院推进中铁电化院、中铁隧道院“子改分”工作，分别于9月12日、9月25日完成中铁电化院、中铁隧道院两家子公司的注销工作。根据中铁六院生产经营工作需要，进一步完善和优化组织机构设置，在南宁市和汕头市分别成立了广西分公司、粤东分公司；按照安全质量环保的工作要求，成立了安全质量环保稽查大队，与安质部合署办公。截至2018年底，中铁六院下辖8家三级子公司，5家四级子公司，4家分公司。（冯子超）

【重大项目】2018年，中铁六院推进管理实验室活动，以滨海B1线和北京地铁28号线两个项目为依托，深入项目一线进行调研访谈，了解项目管理中存在的问题，并组织相关职能部门予以解决，及时修订相关管理制度文件，固化业务流程，提高项目管理质量和运行效率。同时，积极开展管理创新课题研究，收集各子分公司上报课题12项，寻找和借鉴好的管理方法在全公司范围内推广。（冯子超）

【走向海外】中铁六院依托各主管部委和股份公司平台资源，抢抓机遇参与国际市场业务，实现“借船出海”，加强与系统内外单位和窗口企业的合作，实现“拼船出海”，利用现有经营资源，争取独立开发新的项目，实现“造船出海”。知道子分公司利用自身专业优势，依靠现有经营渠道，争取独立开发新的项目，加强项目二次开发和属地化经营，实现海外市场经营的可持续发展。截至2018年底，中铁六院新签海外项目2个，包括以色列红线地铁系统工程设计项目、乌兹别克斯坦铁路卡尔西—铁尔梅兹电气化改造项目设计分包补充合同，合同额共计750万美元，超额完成股份公司下达的2018年海外新签合同额600万美元指标，完成率125%。完成海外营业额439万美元，超额完成股份公司下达的2018年海外营业额400万美元指标，完成率109.75%。中铁六院已在哈萨克斯坦、巴基斯坦、以色列、印尼等国家拥有数个本部直管生产项目。（李振波）

【重大创新】2018年，中铁六院投入科研经费7072万元，为科技创新工作提供了资金保障，推动了企业科技创新工作进程。截至2018年底，中铁六院承担各级科研新开课题80项，其中，国家重点研发计划课题1项《虚拟同相柔性供电系统工程化应用方案研究》；省部级课题4项。2018年中铁六院被认定为天津市企业技术中心，中铁通信信号勘测设计院有限公司依托《基于GIS的智慧政务大数据互通互融互动关键技术研究》获批北京市院士专家工作站。全年获得知识产权113项，其中获国家发明专利12项，实用新型专利75项，外观专利2项，计算机软件著作权24项。承担的长沙市营盘路湘江隧道工程、乌兹别克斯坦安革连至琶布铁路卡姆奇克隧道工程获得“第十六届土木工程詹天佑奖”；137项工程获得省部级及以上奖项（含股份公司级）；34项工程获得省部级及以上（含股份公司级）优秀QC成果奖。“内河沉管隧道建设关键技术研究与应用”获得“2018年度天津市科学技术奖”一等奖；“高寒高烈度深埋长大铁路隧道设计关键技术”“六导洞支护形式暗挖地铁车站下穿既有线关键技术”“轨道交通牵引网工程信息模型技术”分别获得“中国交通运输协会科学技术奖”一等奖、二等奖和三等奖；“城市轨道交通数字化通信电流保护”“城市轨道交通数字化通信电流保护”“复杂条件下双向六车道沉管隧道施工关键技术”获得股份公司科技进步特等奖；中国中铁首届“卓越杯”BIM大赛技能赛中中铁六院斩获团体一等奖等多项奖项。（辛振省）

【企业文化】2018年，中铁六院实施《企业文化建设考核办法》，强化企业文化管理，推动企业文化落地，发挥了文化在推动企业发展方面的作用。开展“企业文化理念体系提升年”相关工作，利用网站开辟企业文化建设专栏，对企业文化理念宣贯情况进行报道，加强广大员工对企业文化核心理念的认同。开展“我奋斗我幸福，走在六院发展新征程”主题征文、“峥嵘岁月铸辉煌”主题纪录片展播、“一线建功·六院足迹”等系列活动，促进了企业文化建设及融合。修订完善中铁六院《行为规范手册》，印发了《关于进一步规范行为加强工作纪律的通知》，开展了企业文化礼仪动漫宣传片制作的前期工作。结合年初职代会的提案内容，组织设计制作了带有中铁六院企业标识的纸杯、信封、信纸等文化产品，实施文化品牌战略，推动企业文化落地，有效发挥了文化在促进精神文明建设、推动企业改革发展方面的作用。（季　鲁）

【党建工作】1.党委工作。中铁六院党委下辖基层党委8个，党员1417名。2018年，发展党员28名，22名预备党员按期转正。通过召开党风廉政建设和反腐败工作推进会加强对落实党风廉政建设主体责任的安排部署和宣传教育；落实各级领导人员党风廉政建设谈话制度和党委书记季度工作报告制度，把执行情况作为各类评先评优的依据；加大对“四好”班子参评单位涉及“一票否决”情形的执行力度，实行领导干部提拔签字背书程序，严格执行“凡提四必”要求；落实好干部“20字”标准，坚持“以德为先”，深入开展“不作为不担当”问题专项治理活动，改进了机关干部的作风状态；组织新任职领导干部和纪检监察干部观看了专题警示教育片，参观警示教育专题展；研究制定关于落实中央纪委《工作建议》的《工作实施细化方案》，提出6个方面36条具体分工事项，建立工作任务台账；完成党委首轮第一批4个单位、第二批4个单位的巡察工作，实现了对所属单位党委巡察的全覆盖；股份公司党委第二巡视组对中铁六院进行了为期2个月的政治巡视，针对反馈意见，做到“定方案、定人员、定责任、定时间、包落实”，全面推进问题整改落实。

2.纪委工作。2018年，中铁六院纪委加强规章制度建设，发布了《巡察工作办法》等11个制度文件；持续不断纠正“四风”，坚持不懈地开展明察暗访工作和突击检查，全年共开展重大节日期间监督检查21次，未发现“四风”违纪现象；严肃纪律审查问责，两级纪委共接收各类信访举报27件，列为问题线索11件，办结10件。对首轮第一批巡察问题责任人进行了问责处理，其中处级领导人员7人；深入开展监督检查，加强了领导人员选拔任用工作监督。中铁六院纪委书记参与企业重大人事安排初始酝酿6批次，涉及14人。完成了招标、分包业务效能监察工作发现问题的整改落实，开展了全面预算管理的效能监察工作；加强纪检队伍建设，选派了5名纪检监察干部参加了股份公司、天津市交委组织的专题业务培训。举办了业务培训班，中铁六院32名纪检监察干部参加了培训。建立了纪检监察人才库，出台了《纪检监察人员出差、休假、培训和授课等事项管理规定》，指导电气化设计院分公司、隧道设计分公司完成了纪委换届改选。

3.工会工作。2018年，中铁六院1人获“火车头奖章”，中铁六院工会获“全国铁路模范职工之家”荣誉称号，1个项目部获“山东省工人先锋号”荣誉称号，3位主创人员获“股份公司工会职工创新创效优秀成果”荣誉称号，1人获股份公司“先进女职工”荣誉称号，1个女职工集体获股份公司“先进女职工集体”荣誉称号，1人获股份公司工会“最可信赖娘家人”荣誉称号。成立了“李汉卿创新工作室”和“贺维国创新工作室”。

4.共青团工作。中铁六院团委下设团支部34个。2018年开展了学习贯彻总书记重要讲话精神“青年大学习”主题活动座谈研讨，召开了学习贯彻团的十八大精神专题会议，组织开展了“不忘初心跟党走”系列主题团日活动。召开了一届二次团委工作会议，举办了贯彻十九大精神团干部培训班，成立了中铁六院团委新媒体工作室，组织开展微课制作培训和微课制作大赛。2018年，电化分公司赵兴华被评为“中国中铁青年岗位能手标兵”，集团团委委员马曼玉荣获“滨海新区优秀团干部”称号。组织参加股份公司“卓越杯”BIM大赛，获团体一等奖，四名参赛选手分获个人二等奖、三等奖和优秀奖。（季　鲁　何海运　张　倩　陈　阳）

【信息化建设】2018年，中铁六院编制并发布了《中铁六院本部计算机终端设备管理办法》《中铁六院本部网络与信息安全事件应急管理办法》《视频会议系统使用管理细则》等规章制度文件7项，编辑下发了《中铁六院2018年信息化工作要点》和《中铁六院2018年档案工作要点》；签订了与国家超级计算天津中心的战略合作协议，实现了中铁六院与天津超算中心链路的互联互通，开展了对超算资源的利用工作；部署了应用防护系统（WAF）、反垃圾邮件网关、内网防火墙等网络设施，完成了存储空间的扩容，开展了BIM应用服务、Citrix虚拟化平台的建设工作；完成中国中铁国际化经营信息管理平台及中国中铁投资项目管理系统的合同签订工作，成立“中国中铁国际化经营信息管理及投资项目管理软件开发项目部”；编制完成了软件类无形资产的预算方案，开展预算管理与调整工作，发布了2018年度“基础应用软件推荐表”及“中铁六院有效软件目录”；承接了全国专用线路网规划项目彩图制作任务，共绘制各路局规划图18张、全国铁路专用线数量分布图（大图）1张，合计线路14000余条、车站4100余个；完成了滨州市铁路专用线、河北敬业集团铁路专用线多个投标项目的多媒体文件制作工作，共计完成工程彩图359张、三维效果图17张，PPT汇报文件90余个、1300余张；积极推进电子档案系统建设，累计完成了14卷、290件文书档案的归档工作；完成了两个视频会议室的调音台更换工作，保障视频会议顺利召开，全年共计召开视频会议53次，参会人员3000余人。（吕　晗）

【**经营管理**】2018年中铁六院进一步理顺经营分院与各子分公司的经营关系，明确分公司的经营管理工作流程，深化片区经营管理和建设，架构EPC项目经营管理体系。先后发布了《工程总承包项目市场开发工作指导意见（试行）》《中铁六院资质证书管理办法》《中铁六院集团经营管理细则》等管理制度文件，修订完善了《投标管理办法》，起草了《中铁六院经营分院绩效考核管理细则》文件初稿。通过一系列的体制机制建设，降低了“子改分”后短期内对市场的不良影响，保证了分公司经营工作的正常运行，进一步明晰了各经营主体之间的工作界面，巩固了各经营分院在片区经营统领地位，同时也确保了中铁六院经营资源使用的高效率与低风险，确保“区域经营”战略全面贯彻实施。

中铁六院持续优化内部资源配置，完善组织机构设置和产业结构布局，推进整章建制工作健全管理体系，注重培养和引进高素质人才，平稳有序推进市场经营开发及生产项目管理工作，并以技术创新为驱动力打造竞争优势，企业综合实力日渐增强。截至2018年末，中铁六院颁布实施行政类管理制度248项，其中一级管理制度3项，二级管理制度50项，三级管理制度131项，四级管理制度64项；实施党群管理制度60余项。

（李　昂　陈　岸　冯子超）

【**履行社会责任**】中铁六院与天津市委党校组成联合帮扶组，对天津市宝坻区朝霞街道艾杨各庄村和北艾各庄村进行结对帮扶；结合帮扶村实际，编制了《帮扶工作2018年度工作计划》，实施了两个村道路亮化工程帮扶项目，全年共计投入帮扶资金592600元。（陈仕勇）

【**中铁第六勘察设计院集团有限公司电气化设计院分公司**】（简称电化分公司）驻天津市河东区江都路33号。党委书记李熙光，总经理、党委副书记张云太。电化分公司现有职工320余人，专业从事干线铁路和城市轨道交通的工程设计咨询、系统研究、新技术研发等，历经近70年的技术积累和专业发展，已发展成为以“电”字为核心，具有明显专业优势的设计咨询企业。2018年完成新签合同额5.07亿元，实现营业收入4.17亿元，净利润0.74亿元。（刘胜利）

【**中铁第六勘察设计院集团有限公司隧道设计分公司**】（简称隧道分公司）驻天津市红桥区河北大街1号。党委书记徐福东，总经理、党委副书记朱世友。隧道分公司是从事铁路隧道、公路隧道、市政公用（道路、桥梁、城市隧道、轨道交通）、水利水电、工业与民用建筑、岩土与地下工程等勘察设计、咨询、施工图审查、监理等工程业务的大型勘察设计企业，在铁路、公路、市政隧道及地下工程、城市轨道交通、水下隧道等方面多有建树，是国内掌握隧道及地下工程技术最全面的设计单位。隧道分公司通过了质量、环境、职业健康安全三体系认证。2018年，隧道分公司在册职工488人，完成新签合同额13.19亿元，实现营业收入8.31亿元，净利润7654万元。（徐　韬）

【**中铁通信信号勘测设计院有限公司**】（简称中铁通号院）驻北京市丰台区科兴路7号。党委书记、执行董事胡学钧，总经理、党委副书记王玉。现有职工240余人，主要从事铁路、地铁的通信信号专业设计咨询和电力、房建、电磁兼容的配套设计咨询以及相关工程的系统集成、监理、工程总承包和产品研发等任务。中铁通号院积极应对市场变化，加快业务调整，大力拓展铁路、地铁设计咨询，开展产品研制、信息化、工程总承包业务，初步形成了以设计咨询、信息化、产品产业化、工程总承包‘四大支柱”为一体的经济架构，是北京市国家高新技术企业。2018年完成新签合同额37868万元，实现营业收入30023万元，净利润919万元。

（朱一方）

【**中铁西安勘察设计研究院有限责任公司**】（简称中铁西安院）驻西安市友谊东路30号。党委书记、执行董事辛建华，总经理、党委副书记党北沈。中铁西安院是一个多专业综合性勘察设计企业，现有职工240余人，在铁路长大干线、城市轨道交通、企业厂矿铁路专用线设计、市政桥梁工程设计、工程总承包等领域综合实力雄厚，还可承担上述工程领域的技术咨询服务、工程监理、工程地质勘察监理等业务。2018年完成新签合同额72722.81万元。其中勘察设计咨询板块合同额14390.61万元；总承包板块合同额58372.2万元，实现营业收入26053.18万元。其中勘察设计咨询板块营业收入10562.57万元；总承包板块营业收入15490.61万元，净利润1804.97万元。（刘　寒）

【**中铁合肥建筑市政工程设计研究院有限公司**】（简称中铁合肥院）驻合肥市濉溪东路8号。党委书记、执行董事李彦军，总经理、党委副书记王智忠。中铁合肥院始建于1955年，为1984年国家建设部首批认证的甲级资质设计院，现有职工220余人。现拥有建筑工程、市政行业（道路、桥梁、给水、排水、轨道交通工程）、城乡规划、风景园林、房建监理、市政监理、审图十一项专业甲级资质。近年来实施“立足主业、多元发展”和“立足安徽、走向全国”发展战略，已从单一的民用建筑设计院发展到目前建筑、市政、轨道、监理、审图五大板块齐头并进的综合性设计院。2018年完成新签合同额2.3亿元，实现营业收入1.43亿元，净利润1300万元。（王晓琳）

【天津路安工程咨询有限公司】（简称路安咨询公司）成立于1999年5月，2017年6月提升为中铁六院所属子公司，驻天津市河东区江都路33号。党委书记、执行董事郑继刚，总经理、党委副书记孙彰林。路安咨询公司现有在职职工63人，是一个集监理、咨询为一体的企业。公司业务涵盖铁路工程、地铁、轻轨工程、机电安装工程、房屋建筑工程、电力工程、通信工程、公路工程和市政公用工程项目的管理咨询、工程监理、工程采购咨询、造价咨询、技术开发和技术咨询服务。2018年完成新签合同额1.61亿元，实现营业收入1.22亿元，净利润656.86万元。（荣亚兵）

【领导人员】

姜春林　党委书记、董事长
张先锋　总经理、党委副书记、董事
刘文斌　党委副书记、纪委书记、工会主席、董事
韩鲁斌　副总经理、党委常委、董事
李永龙　副总经理、党委常委、董事
张少平　副总经理、党委常委、董事
杜道龙　副总经理、党委常委
范建国　副总经理、总工程师、党委常委、董事
门天民　总会计师、总法律顾问、党委常委、董事
赵晋友　副总经理
胡　海　副总经理

（陈仕勇）

中铁工程设计咨询集团有限公司

【简况】中铁工程设计咨询集团有限公司（以下简称中铁设计）始建于1953年2月，前身是铁道部专业设计院，2004年7月1日改制重组，注册为现名。是集工程规划、勘察、设计、咨询、总承包、监理、产品和科研开发于一体的特大型综合勘察设计咨询企业，是中国中铁股份有限公司的控股子公司，注册资本73081.8286万元人民币。中铁设计是北京市科学技术委员会认定的高新技术企业和北京市设计创新中心，也是国家火炬计划重点高新技术企业。

中铁设计持有国家颁发的工程勘察综合类甲级、工程设计综合资质甲级等13项甲级资质，拥有商务部批准的对外工程承包经营权，取得了ISO9001质量管理体系、ISO14001环境管理体系和GB/T28001-2011职业健康安全管理体系认证证书。服务领域涵盖铁路、城市轨道交通、公路、市政等交通基础设施，建筑、冶金、产品及技术研发等领域，在铁路标准设计、航测遥感、客运专线桥梁、高速铁路道岔、城市轨道交通轨道系统、跨座式单轨交通系统等方面一直保持领先的技术优势。

中铁设计总部位于北京，在北京设有13个专业分公司，在济南、郑州、太原设有3个综合分公司，拥有从事工程监理、岩土工程、工程检测、工程咨询、建筑规划等业务的6个全资子公司和1个控股子公司，在中国20多个省、市设有驻外机构。截至2018年底，共有职工2782人。各类专业技术人员2064人，占职工总数的74.19%，其中勘察大师1人，设计大师1人，教授级高级工程师121人，享受国家政府津贴人员、省部级专家和拔尖人才等97人，取得国家各类注册执业资格793人次。截至2018年底，资产总额44.17亿（包括固定资产净值5.15亿、流动资产36.94亿、其他资产2.08亿）、机械运输设备（总量1.87亿元、净值0.45亿元、设备完好率100%、利用率100%）。

（李莉　屈哲　王薇）

【主要指标】中铁设计2018年末资产总额44.17亿元，较年初减少1.5亿元，降幅3.29%，资产总额减少主要由于货币资金减少。所有者权益19.26亿元，较年初增加2.16亿元，增幅12.64%，增加主要为生产经营积累。2018年共实现营业收入33.68亿元，较2017年同期增加4.59亿元，增幅15.77%；实现利润总额4.85亿元，较2017年增加0.92亿元，增幅23.52%；实现归属于母公司所有者净利润均较2017年增加0.59亿元，增幅16.81%。2018年技术开发投入1.61亿元，与2017年基本持平。利税总额6.76亿元，较2017年增加了1.51亿元，增幅28.77%。2018年应交税金总额2.54亿元，较2017年增加0.98亿元，增幅62.45%。全员劳动生产率37.3万元/人·年，较2017年增加了4.68万元/人·年，增幅14.33%。净资产收益率较2017年减少了6.23个百分点，总资产报酬率较2017年增加了1.39个百分点，国有资产保值增值率123.77%，较2017年减少了14.3个百分点。（王薇）

表14-23　2018年中铁工程设计咨询集团有限公司主要经济指标

项目	2018年	2017年	比上年增长（%）
资产总额（亿元）	44.17	45.67	-3.29
所有者权益（亿元）	19.26	17.10	12.64
营业收入（亿元）	33.68	29.09	15.77
利润总额（亿元）	4.85	3.93	23.52

续表

项目	2018 年	2017 年	比上年增长（%）
净利润（亿元）	4.11	3.51	17.16
归属于母公司所有者的净利润（亿元）	4.1	3.51	16.81
技术开发投入（亿元）	1.61	1.61	-0.14
利税总额（亿元）	6.76	5.25	28.77
应交税金总额（亿元）	2.54	1.56	62.45
全员劳动生产率（万元 / 人・年）	37.3	32.62	14.33
净资产收益率（%）	22.62	28.85	减少 6.23 个百分点
总资产报酬率（%）	10.82	9.43	增加 1.39 个百分点
国有资本保值增值率（%）	123.77	138.07	减少 14.3 个百分点

制表人：王　薇

【改革发展】2018 年是中铁设计实施员工持股试点同步混合所有制改革后的第一个完整年，通过积极探索，不断激发企业混改活力。加强与混改试点企业交流，修订完善制度，维护股东权益，顺利完成员工持股计划首次流转及分红工作。2018 年，中铁设计与中国铁路建设投资公司合资成立国铁建设管理有限公司；根据市场开拓与维护的需要，与芜湖市政府合资设立了中铁城市轨道交通设计研究院有限公司，设立军民融合部、海南陵水分公司；根据控股中铁设计规划公司的情况，规范了规划公司的管理体制机制；为理顺管理关系，解决跨地域管理的问题，将中铁山西建设公司的管理划归太原院；根据市场经营需要，在海南注册成立分公司。2018 年，中铁设计总部设计财务共享服务中心，科技处更名为“技术中心”，信息中心并入技术中心，党委组织部与机关党委合署办公。（李　莉）

【重大项目】1. 铁路方面。2018 年，相继中标通苏嘉甬铁路（江苏段）、文山至蒙自铁路、成达万铁路（遂宁站—万州北站段）勘察设计和新建川藏铁路雅安至林芝段第三方工程地质遥感和航空物探专题等铁路总公司主导的项目；地方铁路中标新乡至焦作城际、梅州至龙川铁路等勘察设计任务；承揽隆昌至叙永铁路改造、黑龙江省哈尔滨—绥化—铁力等六个铁路项目前期研究工作；积极响应“蓝天保卫战”“公转铁”运输结构调整的要求，承揽了山东、山西、河南、河北等多个省市“公转铁”铁路专用线规划。北京至张家口铁路、郑济铁路、龙川至龙岩铁路等重点按期推进，茂湛铁路、湛江东海岛铁路、淄东铁路扩能、成都地铁 1 号线三期通车运营。

2. 轨道交通方面。跨座式单轨业务继续保持引领地位。承揽菏泽、桂林、上饶、衡阳等城市线网规划、建设规划及可研工作，助力遵义市轨道交通近期建设规划顺利通过省级初审；芜湖市跨座式单轨交通项目有序推进，为 2019 年通车保驾护航。传统轨道交通业务北京、广州、苏州等城市取得新业绩；新型轨道交通领域，介入衡阳、安阳、阳江、萍乡等城市云巴项目前期方案研究以及盐城、徐州等城市磁浮交通前期研究工作。

3. 工程总承包领域。中标广东南海一汽大众铁路专用线设计施工总承包项目；二级分公司相继承揽了山西赵家塔铁路集运站专用线、冯家川煤炭储运装系统二期扩建工程等一批总承包和管线迁改任务。2018 年工程总承包新签合同 59.46 亿元。

4. 新兴业务。依托股份公司，通过资审入围多个军种勘察设计企业短名单库，承揽了“央企进疆入藏”多项设计任务。积极探索业务发展新模式，联合股份公司成员企业，中标广东肇庆西江国际未来科技城 PPP 项目。（李　莉）

【海外业务】中铁设计通过保持与国际合作署、国家铁路局等相关部委的密切沟通，承揽了坦桑尼亚中央铁路（复核式）可行性研究、巴基斯坦 ML-1 线升级改造及管理咨询、尼泊尔加德满都至蓝毗尼铁路的前期研究工作等项目。参与合作开发的海外市场项目。通过加强与系统内外外经平台企业的合作，参与了俄罗斯海参威至牡丹江高速铁路、约旦安曼地铁 3 号线、蒙古北部铁路等项目的前期工作，为后续海外市场的开拓做好了项目储备。（李　莉）

【科技创新】2018 年，中铁设计“北京市设计创新中心”以综合得分第一名的成绩通过复审，被评定为“北京市优秀设计创新中心”。中铁设计院士专家工作站通过了中国科协认证审核，获取了首批院士专家工作站认证证书。在全球 60 多个国家 340 余名用户提交的 420 个项目参选的 Bentley 2018 基础设施年度光辉大奖赛上，中铁设计京张高铁 BIM 项目获得“特别表彰奖”。作为总体组织单位牵头推进中国工程院重大课题——琼州、渤海海峡通道工程前期战略研究项目，参与川藏铁路重大科研课题；加强与有关单位合作，开展高速磁浮、真空管道磁浮、悬挂式轨道交通前期研究工作。负责主编的中国城市轨道交通协会团体标准《轻型跨座式单轨交通设计导则》正式发布，随后又取得《跨座式单轨交通道岔》和《跨座式单轨交通接触轨》两项中国城市轨道交通协会团体标准编制任务；组织召开“创新单轨技术发展与应用，促进城市建设与产业发展”研讨会，中国工程院 6 位院士以及行业内 10 余位专家参加，以“打造旅游单轨交通，促进全域旅游发展”为主题，有效宣传了单轨创新发展成果。截至2018年底，中铁设计正式立项开展的各类科研项目110项，其中国家科技部科研项目1项、国家铁路局科研项目2项、承担股份公司科研项目18项（其中重大课题3项、重点课题8项），中铁设计立项科研项目89项。立项软件开发8项、业务建设58项、通用图25项。2018年承担（参加）标准编制8项，其中中国铁路总公司标准5项、上海市团体标准1项、中国城市轨道交通协会团体标准2项。承担标准设计8项，其中中国铁路总公司5项、北京市轨道交通通用图集3项。2018年，中铁设计内部科研项目结题验收56项、通过中铁设计科技开发成果评审9项；通过股份公司结题验收16项，通过股份公司科研成果评审9项；通过中国铁路总公司成果评审2项；通过天津市科委评审鉴定1项。（李　莉）

【工程创优】 2018年度，中铁设计获得国家、省部级及股份公司级以上各类科技成果奖项106项，其中国家级2项，省部级34项，股份公司级70项。获得科学技术奖14项，优秀勘察奖15项，优秀工程设计奖29项，优秀工程标准设计奖3项，优秀工程咨询成果奖37项，其他类奖8项。获得授权专利42项（其中发明8项）。获得各级优秀QC小组40项（其中中国勘察设计协会优秀QC小组12项，省部级优秀QC小组24项，股份公司优秀QC小组4项）。（许　伟）

【党建工作】 一是切实加强党的领导。中铁设计党委紧密围绕企业生产经营中心工作，加强党对企业的全面领导，切实履行“把方向、管大局、保落实”职责，推动坚持党的领导和完善公司治理有机统一，作为股份公司党建工作先进单位，以《围绕中心“五措”并举，全面加强“混改”企业党建和党风廉政建设》为题，交流了党建工作特色亮点，领导班子连续第6年被股份公司授予“四好领导班子”称号。二是强化政治建设。班子全员参加股份公司局职领导干部轮训，组织中层干部培训班和基层支部书记培训班，以上率下、领学促学。三是强化基层党建。召开第四次党代会，顺利完成了换届选举工作；深入到基层单位党建工作调研和指导；继续开展“区域带现场”项目党建推广工作。四是强化党管干部。2018年提拔干部28人，岗位调整44人次，岗位交流25人次，降职降级3人，撤职1人。制定了《关于进一步加强和改进优秀年轻领导人员台阶式培养选拔工作的实施方案》。五是强化全面从严治党，严格考核党风廉政建设责任制落实情况，与二级单位签订《党风廉政建设责任书》，坚持谈心谈话制度，认真贯彻落实中央纪委《工作建议》，严格执纪问责。六是强化品牌形象，作为高铁发展的见证者，走进CCTV2《对话》栏目，参与CCTV4《中国城轨》录制，北京电视台“京张心连心演出活动”、新华社“中国高铁运行10周年调研”等活动，在各大门户网站、工人日报、人民铁道报、劳动者之歌、全国总工会等媒体报道京张高铁、跨座式单轨等重点工程进展和科技创新工作，提升了企业品牌形象和行业影响力。（刘　森）

【信息化建设】 2018年，中铁设计人力资源管理系统（一期）、合同管理系统（一期）上线运行，干部人事档案数字化基本完成，数字化档案馆建设开始启动，具备移动功能的OA系统升级版即将上线，新增两间多媒体会议室投入使用。BIM技术、协同设计有序推进，通过开展铁路BIM正向设计的研究，探索BIM技术与企业生产管理系统的集成应用，为3年内深入运行企业BIM设计平台打下基础。作为牵头单位，按时完成股份公司下达的任务，财务共享服务中心正式揭牌。（李　莉）

【履行社会责任】 2018年，中铁设计通过北京市能源审计，在北京市朝阳区发改委开展的2017年度节能目标责任考评中获得优秀奖；完成股份公司下达的综合能耗指标较上年下降3.2%的考核目标。2018年共进行安全稽查检查462次，涉及外业项目258个，督促整改安全隐患1292项，确保生产安全持续稳定可控。中铁设计党委与张家口市宣化区李家堡乡党委联合开展了以“党建扶贫对接”为主题的党建活动，双方签订了“府企共建，对口帮扶”的协议，中铁设计五个支部与李家堡乡所属村党支部开展活动。“七一”期间参加北京市委组织部、市慈善基金会在全市范围内组织开展的“共产党员献爱心”捐献活动。在京地区所属党组织共有606名共产党员、28名入党积极分子、21名职工群众参加捐款共计58361元，全部送交至北京市慈善基金会。连续多年开展“地球站”公益工程，倡导勤俭节约、扶贫济困、低碳环保的公益理念，号召职工捐赠家庭和个人闲置物品，经分类整理、修缮消毒等措施后，全部用于捐赠贫困地区。（李　莉）

【领导人员】

李寿兵	党委书记、董事长	
王洪宇	总经理、党委副书记、副董事长	
刘春彦	副总经理	（2月免，改任副巡视员）
郭宏军	总会计师、总法律顾问	
辛　兵	副总经理	
陈红念	副总经理、总工程师（7月免，改任副巡视员）	
蒋伟平	副总经理	
吴俊诚	党委副书记、工会主席	
王飞孟	党委副书记、纪委书记	
周　坤	副总经理	
石　山	副总经理	（7月任）
郑晓辉	副总经理	（7月任）

（田　竟）

中铁大桥勘测设计院集团有限公司

【简况】中铁大桥勘测设计院集团有限公司（简称中铁大桥院），始建于1950年8月。2003年，完成公司制改造，成立中铁大桥勘测设计院有限公司；2010年，中铁大桥勘测设计院有限公司升格为正局级单位，由中国中铁股份有限公司直接管理；2011年，成立中铁大桥勘测设计院集团，公司更名为“中铁大桥勘测设计院集团有限公司”。注册地址为湖北省武汉市汉阳区汉阳大道34号，注册资本14426.24万元人民币。

中铁大桥院是国内唯一一家以桥为主、多元发展的勘测设计集团，持有国家颁发的工程勘察（综合类）、工程测量、铁道行业（桥梁工程）设计、公路行业（特大桥梁、公路）设计、市政行业（道路工程、桥梁工程、城市隧道工程、轨道交通工程）设计、铁路行业甲（Ⅰ）级设计、工程咨询、工程造价咨询、市政公用工程监理、公路工程监理、铁路工程（铁路桥梁工程）监理、工程总承包、建筑行业（建筑工程）设计、城乡规划编制等甲级资格证书。主要承担规划测量与工程测量，岩土工程及工程地质勘察，铁路和公路桥梁规划和设计，市政道路、桥梁、轨道交通设计，以及上述各项相应配套工程的勘测、设计、咨询及工程建设监理，桥梁、隧道的试验、检测、监测、加固改造，铁道工程，建筑设计，城乡规划编制等。并持有ISO9001质量管理体系、ISO14001环境管理体系、OHSAS18000职业健康安全管理体系标准认证证书。

中铁大桥院下设6家子公司、3家分公司。子公司为中铁武汉大桥工程咨询监理有限公司、中铁大桥（南京）桥隧诊治有限公司、中铁城市规划设计研究院有限公司、中铁时代建筑设计院有限公司、中铁武汉勘察设计研究院有限公司、芜湖市建筑工程施工图设计文件审查中心有限公司；分公司为华东分公司、郑州分公司、安徽分公司。

截至2018年底，中铁大桥院职工总数1086人，专业技术人才978人，其中教授级高工98人，高级工程师443人，工程师211人，高级技工56人，技师34人。中铁大桥院拥有3位中国工程院院士、6位全国工程勘察设计大师。中铁大桥院获“国际桥梁乔治·理查德森奖”3项，“国际桥协杰出结构工程奖”2项，“英国卓越结构工程大奖”1项，“FIDIC百年重大土木工程项目奖”1项，“FIDIC工程项目奖”4项，“亚瑟·海顿奖”1项，“国家科技进步奖”22项，包揽新中国成立60周年“百项经典暨精品工程”中全部7项桥梁工程，获得省部级以上各类奖项超过200项。获授权专利证书159项，其中发明专利72项，实用新型专利87项，并取得计算机软件著作权13项。2008—2018年，中铁大桥院被认定为国家高新技术企业。2018年获得“全国文明单位”称号。（粟　晓）

【主要指标】截至2018年末，中铁大桥院资产总额25.59亿元，较年初增长10.06%。其中货币资金余额为13.92亿元，占总资产比重为54.40%。负债结构合理，剔除合同负债及拆迁补偿因素后，实际负债余额为0.88亿元，实际资产负债率为11.81%。全年新签合同额23.4亿元，同比增长40.12%；实现营业收入13.45亿元，同比增长20.52%。实现利润总额1.57亿元，同比增长18.05%；归属于母公司净利润1.28亿元，同比增长16.36%。所有者权益总额6.57亿元，同比增长12.69%；国有资产保值增值率为123.44%。

（李东运）

表14-24　2018年中铁大桥勘测设计院集团有限公司主要经济指标

项目	2018年	2017年	比上年增长（%）
资产总额（亿元）	25.59	23.25	10.06
所有者权益（亿元）	6.57	5.83	12.69
营业收入（亿元）	13.45	11.16	20.52
利润总额（亿元）	1.57	1.33	18.05
净利润（亿元）	1.31	1.13	15.93
归属于母公司所有者的净利润（亿元）	1.28	1.1	16.36
技术开发投入（亿元）	0.83	0.74	12.16
利税总额（亿元）	2.22	1.89	17.46
应交税金总额（亿元）	1.26	1.14	10.53
全员劳动生产率（万元/人·年）	123.85	102.64	20.66
净资产收益率（%）	21.18	20.66	0.52
总资产报酬率（%）	6.44	6.08	0.36
国有资本保值增值率（%）	123.44	122.83	0.61

制表人：李东运

【改革发展】2018 年，中铁大桥院继续坚持“以桥为主 多元并进”的总体战略，以桥梁为主，综合集成各业务板块，实现整体竞争实力的大幅提升。按照股份公司瘦身健体提质增效的要求，撤销芜湖市盛科岩土试验检测有限公司。

中铁大桥院坚持党管人才的原则，严格把关人才“选、育、用、留”，完善人力资源结构，健全人才培养机制，逐步打造总量规模适度、资源特色显著、专业优势突出、专业结构合理、资源分布均衡、各类人才全面发展的人力资源格局。2018 年，1 人获国务院特殊津贴，1 人获湖北省有突出贡献中青年专家，1 人获中国中铁特级专家，3 人获中国中铁专家；新评聘高级以上职称人员 76 人，中级职称 101 人。（杨 峻 粟 晓）

【经营管理】2018 年，中铁大桥院完成新签合同额 23.4 亿元，实现营业收入 13.45 亿元，归母净利润 1.28 亿元。全力做好各省市系统备案工作，保障企业市场准入资格；完善企业合作方目录库，服务采购流程更加规范、快捷，风险控制水平得到进一步加强；完成测绘、工程造价资质延续等多项资质管理工作；推进区域经营，东部和西部区域指挥部已常态化运营，同时完善区域经营管理办法。区域指挥部自成立以来，与相关部门联系更加紧密，项目信息收集数量明显增加，如沿江高铁上海至合肥段勘察设计、重庆小南海长江大桥勘察设计、重庆渝长复线勘察设计等项目均在区域指挥部的运作下相继中标。（郑 强 粟 晓）

【走向海外】2018 年，中铁大桥院完成海外市场新签合同额 1.12 亿元，参与海外市场开发项目 39 个，其中与中航技、电建国际、江西国际、江西中煤等单位合作开发项目 33 个，与中铁国际分院合作项目 6 个。其中桥梁工程 16 项，公路工程 10 项，铁路与轨道交通项目 6 项，建筑与规划工程 7 项。项目分布在 22 个国家和地区：亚太地区工程 17 项，非洲地区工程 17 项，美洲工程 5 项（南美 4 个，北美 1 个），中东地区工程 4 项，泛俄地区工程 3 项。2018 年，中铁大桥院海外在建项目 7 个，其中亚太地区 3 个，非洲地区 3 个。2018 年 8 月 30 日，由中铁大桥院负责勘测、设计及现场设计咨询工作的援马尔代夫中马友谊大桥项目建成通车。（盛常芳）

【重大创新】2018 年，中铁大桥院结合大跨、重载、高速客运专线铁路大桥、跨海铁路大桥设计工作，开展超大跨度铁路桥梁、跨海大桥深水基础等关键领域核心技术的研发工作，并积极在新材料、新结构、新工艺等新技术领域开展了一系列研究。2018 年新承担省部级科研项目 4 项，中国中铁科研项目 10 项；正开展的科研项目共有 30 项，其中国家重点专项计划 3 项、中国铁路总公司科技研究开发计划 4 项、武汉市和江苏省等省部级科技项目 5 项、中国中铁科技研究开发计划 18 项；6 项科研课题完成结题。4 项成果通过湖北省或中国中铁科技成果评审，其中“跨海桥隧工程高精度测量基准建设与应用”达到国际领先水平，“大跨度悬索桥非线性分析的关键技术及软件开发”和“复合材料填芯的 V 型钢质防撞梁合理构造研究与应用”两项成果达到国际先进水平，“混凝土箱梁牛腿改造新技术”达到国内领先水平。

2018 年新申请专利 108 项，获得专利授权 37 项，其中授权发明专利 19 项，授权实用新型专利 18 项。

由中铁大桥院参编的国标《钢围堰工程技术标准》于 2018 年 4 月 25 日正式发布，参编的行标《铁路建设项目预可行性研究、可行性研究和设计文件编制办法》于 2018 年 12 月 3 日正式发布。（黄小军 卫毓珊）

【工程创优】2018 年，中铁大桥院获得科技奖励 19 项，其中，“大跨度缆索承重桥梁抗风关键技术与工程应用”获得“国家科技进步奖”二等奖，黄冈长江大桥获得“国际咨询工程师联合会菲迪克奖”，张家界大峡谷玻璃桥获得“第 35 届国际桥梁大会亚瑟·海顿奖”，三塔四跨结合梁悬索桥建造关键技术获得“湖北省科技进步奖”二等奖。（卫毓珊）

【企业文化】2018 年，中铁大桥院完善企业文化理念体系，编制《企业文化手册》。坚持不懈做好企业精神文明建设，连续多年被评为“全国文明单位”“湖北省文明单位”，文化软实力为建设企业兴旺、员工幸福、和谐稳定、充满活力的中铁大桥院提供强大的凝聚力。（洪 芬）

【党群工作】2018 年，中铁大桥院党委坚持把深入学习贯彻党的十九大精神作为一项重要政治任务抓好落实，秦顺全院士、高宗余大师分别参加了全国省部级领导干部及全国政协关于学习贯彻十九大会议精神培训班。中铁大桥院党委以落实中心组学习、民主生活会、“三会一课”等制度为抓手，广泛开展学习教育活动，持续推进“两学一做”常态化。

以开展“四好”领导班子创建活动为抓手，多措并举提升两级班子整体素质和履职能力，中铁大桥院领导班子连续 7 年获股份公司“四好班子”称号。修订《中铁大桥勘测设计院集团有限公司领导人员管理办法》，进一步规范选拔任用工作环节和有关程序，全年新提拔中层副职干部 2 人，调整中层正职干部 4 人、中层副职干部 3 人；组织完成 3 名中层正职干部、12 名中层副职干部和 30 名其他干部的试用期满考核工作。

认真落实国资委“党建质量提升年”工作部署，通过建章立制完善顶层设计，颁布《中铁大桥院党支部主题党日活动指导书》《中铁大桥院党建工作责任制考核评价办法》等制度文件，有效提升了党建工作规范化、科学化水平。组织召开第二次党代会，确立了今后 5 年党委、纪委工作目标和任务，选举产生了大桥院新一届党的委员会和纪律检查委员会。2018 年新发展党员 8 名，转正预备党员 10 人，转入党员 20 人，培训发展对象 7 人。统战工作成效明显。董事长秦顺全院士当选全国人大常委、湖北省政协副主席，总工程师高宗余大师当选全国政协委员，海外部皮汉萍部长当选湖北省政协常委，副总工程师王腾飞同志当选湖北省政协委员，公司成立“中铁大桥院高宗余建言献策工作室”。

积极协调党风廉政建设融入公司生产经营管理环节，做到同步部署、同步推进、同步落实，与所属单位、职能部门和项目部签订党风廉政建设责任书或承诺书；编发《不能腐体制机制实施方案》，加快构建“不能腐”的体制机制；坚持做好述职述廉、廉洁承诺、民主评议等工作。认真对待股份公司巡视组移交的线索和需要立即整改的问题，成立整改领导小组、整改督察小组，制定整改方案和责任清单，主动对标对表，强化立行立改，确保了巡视整改到位、有效。切实加强纪检队伍建设，对规划院、建筑院纪委书记进行了交流任职，调整了勘测院、监理公司纪委书记兼职，组织了纪委书记履职履责书面述职，规范了纪委会议程序，加强了纪委委员会建设。

围绕重大项目、重大节点、典型人物开展外宣工作。2018 年在人民日报、新华社、中央电视台等中央级媒体发稿 300 余篇，在湖北日报等省部级媒体发稿 800 余篇。与央视合作制作了《走近科学——中国悬索桥》《创新一线——奇迹之桥》两期节目。

积极组织开展企地共建、项目共建劳动竞赛，全年涌现出“全国五一劳动奖状”“江苏省五一劳动奖状”“湖北省模范职工之家”“武汉和谐企业”“中铁十大模范职工之家”“湖北省劳动模范”“湖北省五一劳动奖章”“全国优秀工会工作者”“湖北省女职工建功立业标兵”等多个先进集体与个人。（徐　镜　粟　晓）

【信息化建设】2018 年，中铁大桥院初步建成了集企业经营开发、生产组织管理、科研项目管理、图档管理为一体的信息化综合工作平台。合在建项目（沪通长江大桥、五峰山长江大桥）进一步深化项目级 BIM 应用点，加大 BIM 的基础研究，编制了项目级《铁路钢桁梁建筑信息模型交付标准》。中铁大桥院参与的五峰山长江特大桥项目和沪通长江大桥项目分获第七届“龙图杯”BIM 大赛一等奖和 2018 年“优路杯”BIM 大赛综合组交通基础设银奖。（喻　祥　粟　晓）

【履行社会责任】2018 年，中铁大桥院累计投入扶贫资金 83 万元，推进英山县陶家河乡陶家河村精准扶贫工作。驻点村党支部被英山县委评选为先进基层党支部。开展“三走进”系列活动，前往驻点村陶家河小学，开展“走进陶家河，情系小花朵”关爱留守儿童慰问活动；组织对患有白内障眼疾的贫困户进行义诊；为包保结对的贫困户每户购买家庭财产平安保险；投资新建占地 32.8 亩的“红心猕猴桃”产业示范园基地。

打造“四位一体”的“双线四化”服务职工平台。通过“三不让”帮扶、“两节慰问”“夏送清凉”“金秋助学”“冬送温暖”等活动，对各种突发原因造成的职工家庭、长期奋战在一线的员工、海外员工献出关爱；开通职工服务中心微信平台，实时报道服务职工最新动态；开展职工体检、妇检工作，举办健康讲座、心理咨询，为特殊时期女职工创建“爱心妈咪小屋”；坚持每年举办职工运动会，组织职工文艺晚会，支持歌咏、舞蹈、羽毛球、足球、篮球、桥牌等协会开展活动，营造健康文明、昂扬向上的文化氛围。

（洪　芬　粟　晓）

【领导人员】

秦顺全　董事长
田道明　党委书记、副董事长
张　敏　总经理、党委副书记
高宗余　总工程师
庄　勇　副总经理
黄燕庆　副总经理
周传斌　副总经理
张　强　副总经理
付宏平　副总经理、总会计师、总法律顾问
陈德柱　副总经理
杨书华　党委副书记、纪委书记、工会主席、监事会主席（10 月任）

（粟　晓）

中铁华铁工程设计集团有限公司

【简况】中铁华铁工程设计集团有限公司（简称中铁华铁）是中国中铁的全资子公司，总部位于北京。2016 年 4 月 28 日由中铁工程设计院有限公司和华铁工程咨询有限责任公司重组成立。中铁华铁拥有 60 多年的历史渊源，其前身分别是 1953 年成立的铁道部工厂设计事务所和 1984 年成立的中国铁道工程咨询公司。

截至 2018 年底，中铁华铁拥有工程勘察综合甲级、建筑行业（建筑工程）设计甲级、机械行业（交通运输设备制造业工程）设计甲级、市政行业（轨道交通工程）设计甲级、工程监理综合资质、工程造价咨询甲级、工程咨询资信评价甲级、人民防空工程监理甲级、设备监理甲级等资质，以及工程设计、城乡规划编制等相关专业乙级资质。中铁华铁具有地基与基础工程专业承包三级资质、计量认证证书（CMA）。通过了质量、环境、职业健康安全管理体系认证。公司于 2017 年获得高新技术企业证书，通过了 2018 年首都设计提升计划的评审，获得设计领军机构的称号，被北京市西城区评为区域经济、社会发展做出突出贡献单位，并获得了专项奖励。

中铁华铁下设 15 个单位，分别为：工业设计院、北京设计院、轨道交通设计院、民用设计院、勘察设计院、上海设计院、苏州设计院、深圳设计院、铁路工程监理公司、城市轨道交通监理公司、上海分公司、广州分公司、海南分公司、北京颐和工程监理有限责任公司、北京华铁燕丰物业管理有限公司。截至2018年末，中铁华铁职工总数2583人，各类专业技术人员2142人，占职工总数的82.93%。其中享受国务院政府特殊津贴1人，教授级高工17人，高级职称人员482人，中级职称人员1266人。各类国家注册人员592人，省部级注册人员1202人。中铁华铁工程设计集团有限公司先后荣获“国家科技进步奖”7项，“国家优秀工程设计金奖”1项，银奖4项，“中国建设工程鲁班奖”12项，“国家优质工程奖”15项，“中国土木工程詹天佑大奖”12项，“全国市政金杯示范工程奖”8项，国家专利83项（现有效67项），“国家优秀标准设计奖”5项，“国家优秀工程咨询成果奖”7项，各类省部级奖项百余项。截至2018年底，中铁华铁工程设计集团有限公司固定资产净值7506万元，流动资产75301万元，其他资产16256万元。

（李　洋　金爱珺　刘颖颖）

【主要指标】2018年，中铁华铁完成新签合同额23.33亿元，同比增长63.2%，创中铁华铁工程设计集团有限公司重组3年来最好水平；实现营业收入8.94亿元，同比增长5.7%；实现净利润7410万元，同比增长2.5%。收回应收账款7.4亿元，实现计划清欠率平均为141.2%。连续3年保持零带息负债。

（张　英　李　冰）

表14–25　　2018年中铁华铁工程设计集团有限公司主要经济指标

项目	2018年	2017年	比上年增长（%）
资产总额（亿元）	99063	91765	7.95
所有者权益（亿元）	50050	43781	18.96
营业收入（亿元）	89431	84584	1.06
利润总额（亿元）	8764	8166	1.07
净利润（亿元）	7410	7197	3
归属于母公司所有者的净利润（亿元）	7410	7227	2.5
技术开发投入（亿元）	3806	2608	45.94
利税总额（亿元）	16941	13731	23.37
应交税金总额（亿元）	10841	8703	24.57
总资产报酬率（%）	9.32	8.92	增加0.4个百分点 百分点
国有资本保值增值率（%）	114.32	107.56	增加2.39个百分点 百分点

制表人：张　英

【改革发展】结合中铁华铁华南地区经营生产管理需要，成立了华南地区指挥部。优化中铁华铁工程设计集团有限公司在华南地区的经营生产布局，对所属广州分公司、海南分公司实施分立管理，增强区域经营生产能力。“瘦身健体”、清理低效无效资产取得新进展。从北京京澳凯芬斯公司撤资工作已进入产权交易阶段，注销北京华京德柏国际工程咨询有限公司。根据中国中铁决策部署，完成了北京颐和工程监理公司整体划转到中铁华铁工程设计集团有限公司的工作。深化三项制度改革取得新进步。中铁华铁工程设计集团有限公司修订完善了所属单位业绩考核管理办法、机关员工绩效考核办法，薪酬制度优化持续进行。推进劳动用工转换工作，2018年完成劳动用工转换400人。（金爱珺）

【重大项目】中铁华铁积极转变企业经营模式，尝试开展工程总承包业务，以设计施工总承包方式（EPC）承接了江苏溧阳八字桥农业观光旅游度假示范项目，项目总合同金额约8亿元。积极参与军民融合项目，成功入选了多军种、多支部队的短名单，并成功中标多项军事项目的设计和监理。2018年，中铁华铁中标了国家冰雪运动训练科研基地改建工程设计项目、新建北京至张家口铁路沙城站及北京北动车所站后工程设备集成等北京冬奥会相关工程，这是继2008年北京夏季奥运会后，中铁华铁再次承担奥运设计项目，为更好地塑造企业品牌起到了积极地促进作用。中铁华铁参编的国家铁路局规划与标准研究院的勘察设计类“铁路工程地质勘察监理规程”已列入国家铁路局2018年铁路工程建设标准计划；中国设备监理协会“城市轨道交通工程设备监理服务规范”等5个团体标准已完成征求意见第二稿的修订。完成了中国工程建设标准化协会的《多节钻扩灌注桩技术规程》的编制工作。（李　冰　刘颖颖）

【走向海外】2018年，中铁华铁中标了柬埔寨暹粒吴哥国际机场工程施工监理项目；巴基斯坦拉合尔轨道交通橙线监理项目已接近尾声，进入调试运营阶段；安哥拉铁路维修设备供货、安装调试、培训及服务项目整体处于验收阶段；南极新建维多利亚地考察站勘察项目及南极伊丽莎白公主地考察站监理项目均已完成。（文　深）

【重大创新】2018年中铁华铁科技、科研开发投入2960

万元。全年开展各类科研项目26项，其中，中国中铁重点科研项目1项（主持），中铁华铁工程设计集团立项25项。通过中国中铁科技成果评审3项。新增授权专利7项（其中发明专利1项，实用新型专利6项）。2018年，中铁华铁获“中国建设工程鲁班奖”1项，“中国土木工程詹天佑奖”1项，“国家优质工程奖”5项，“中国安装工程优质奖”（“中国安装之星”）1项，“建材协会优秀设计奖”1项，获中国中铁级奖12项（其中优秀工程设计奖6项、优秀工程勘察奖1项、优秀工程咨询成果奖5项），获优秀QC小组成果奖3项（国家级1项、中国中铁级2项）。（刘颖颖）

【工程创优】中铁华铁工程设计集团有限公司监理的青岛市地铁3号线工程项目获得“第十五届中国土木工程詹天佑奖”；新建铁路大同至西安客运专线马家庄隧道项目获得“2016—2017年度中国建设工程鲁班奖”；北京地铁16号线二期北安河站—西苑站10座车站及区间机电安装工程项目荣获“2017—2018年度（第二批）中国安装工程优质奖”。（刘颖颖）

【企业文化】中铁华铁围绕“树立品牌，提质增效”的中心工作，积极推进企业文化建设。4月25日新华社刊发文章《中国轨道交通设计走向国际市场》，对中铁华铁参与设计的美国波士顿春田地铁生产基地项目进行报道，中国政府网、人民网（人民日报官方网站）、海外网（人民日报海外版官方网站）、中国经济网、新浪网、搜狐网等50多家海内外知名媒体第一时间对文章进行转载报道。展示企业改革发展成就，制作了改革开放40周年主题宣传片，纪念改革开放40周年成果图片展，纪念改革开放40周年主题征文活动。选树先进典型，弘扬工匠精神，拍摄了“勘察勇士南极铁人——张广军”“最美高铁守护人——杨永周”等先进基层工作者宣传短片。持续开展“诚信经营道德讲堂”活动，中铁华铁工程设计集团有限公司勘察设计院道德讲堂获得“2018年度中国中铁示范道德讲堂”称号。中铁华铁工程设计集团有限公司银西铁路陕西段YXDCK-1标段轨道桥及三层作业平台项目部获得“2018年度中国中铁工程项目文化建设示范点”称号。2018年中铁华铁工程设计集团有限公司官网共发布信息285篇。（王振禄）

【党建工作】2018年，中铁华铁党委紧密围绕中心工作，强化党的领导，以“抓基层、打基础”为基调，推进全面从严治党向基层延伸；始终注重作用发挥，以“把方向、促融入”为重点，推进党的建设与生产经营工作的深度融合，为中铁华铁工程设计集团有限公司实现新发展、扬帆新时代提供坚强保证。紧抓学习教育，着力推动强化理论和思想武装。运用中心组集中学习、党委会专题研究、领导干部集中轮训等方式深入学习贯彻习近平新时代中国特色社会主义思想和党的十九大精神。紧抓党的建设，着力推动压实管党治党责任。把政治建设放在首位，牢固树立“四个意识”，坚定“四个自信”，践行“两个维护”。强化思想建设，成立了思想政治工作研究会，加强了党建和思想政治工作研究。强化制度建设，先后制定出台了党务公开、党建工作责任制考核评价、纪委反映领导干部问题线索处置督办管理实施、落实中央八项规定精神、再监督、巡视巡察、项目廉洁建设、国家安全工作、保密管理等方面22项规章制度，修订完善了“三重一大”决策制度、资产损失责任追究办法等重要制度。紧抓廉政建设，着力推动“两个责任”落实。先后召开党风廉政建设和反腐败工作会、推进会，深入落实党风廉政建设“两个责任”和“一岗双责”要求，开展了第二批、第三批内部巡察，推进了效能监察、再监督有关工作。紧抓基层党建，着力推动全面从严治党向基层延伸。完善了所属单位党群机构设置，开展了基层党支部标准化建设，规范党员出入流程，建立了党员信息管理系统。各级党组织严格落实“三会一课”、民主评议党员等制度，召开民主生活会37次、组织生活会59次以及有关会议活动400余次，完成了共337名党员的民主评议工作。（张元辰）

【信息化建设】2018年，中铁华铁总部中心机房改造工程按时保质完工并投入使用，对原机房设备及网络设施进行了整体迁移，确保了财务、OA、视频会议等各类核心业务系统平稳、顺利过渡，保障各生产单位业务无缝衔接。中铁华铁与股份公司建立域账户系统，搭建企业组织架构、完善人员信息及身份认证，为全面启动财务共享系统搭建平台。举办了房建设计BIM技术应用讲座，推进BIM技术在房建项目三维设计审查、三维综合管线施工、工程量计算、VR应用等方面全面应用，实现全专业三维施工图设计。不断深化和细化OA流程管控，持续完善网络基础设施，提升中铁华铁工程设计集团有限公司网络与信息安全管控能力。（张　晶）

【履行社会责任】中铁华铁积极履行社会责任，广泛参与各类社会公益活动，全面贯彻落实普惠工程的各项要求，建立保障职工合法权益长效机制。通过开展“冬送温暖、夏送清凉”、9月“金秋助学”等系列慰问活动，帮扶慰问生活困难的职工及家属14人，慰问一线员工累计4328人次，发放物品和各类慰问金近80万元。（王　硕）

【领导人员】

毕征才	党委书记、董事长	
彭晓华	总经理	
王伟宁	副总经理	
杨　明	副总经理	（3月改任副巡视员）
孙继伟	副总经理	
经　越	副总经理、工会主席	（5月免，调离）
于晓东	副总经理	
韩风凯	党委副书记、纪委书记、监事会主席	
仝宝敏	副总经理	

徐洪球　副总经理、总工程师

刘　明　副总经理　（11月改任副巡视员）

高海宏　副总经理、工会主席　（5月任）

（吴志梅）

中铁科学研究院有限公司

【简况】中铁科学研究院有限公司（简称中铁科研院）是中国中铁旗下唯一的综合性科研企业，致力于铁路、公路、轨道交通、市政等国家基础设施建设的科研、设计、监理、检测、施工和配套产品研发。在隧道及地下工程、滑坡与高边坡、冻土与盐湖、黄土与地基基础、沙漠与环境工程地质、裂土（膨胀土）、环保与环评、工程地质与灾害防治、文物保护及建筑物纠偏、岩土工程检测、桥梁及结构工程等专业领域做出突出贡献。中国中铁对中铁科研院的发展定位为：引领中国中铁乃至建筑行业科技进步和技术升级，建设成为中国中铁科技研究、科技研发、科技创新的领军企业。

中铁科研院源于1959年、1961年铁道部在成都、兰州分别成立的铁道部隧道科学技术研究所和铁科院西北研究所。中铁西南院前身是铁道部隧道科学技术研究所，为攻克修建成昆铁路、川藏铁路面临的复杂隧道和山区泥石流难题而建立；中铁西北院前身是铁科院西北研究所，为攻克修建青藏铁路面临的高海拔冻土、黄土以及滑坡灾害难题而建立。1992年，两院分别更名为铁道部科学研究院西南分院、铁道部科学研究院西北分院。2000年，顺应国家科技体制改革，两院双双进入中国铁路工程总公司，由事业单位转制为企业，分别更名为中铁西南科学研究院、中铁西北科学研究院。2005年，改制为国有独资公司，分别更名为“中铁西南科学研究院有限公司”（简称中铁西南院）、“中铁西北科学研究院有限公司”（简称中铁西北院）。2014年8月，按照中国中铁全面深化改革的总体部署，中铁西南院、中铁西北院合并重组，成立中铁科学研究院有限公司，注册资本金6亿元，注册地成都。

中铁科研院下设中铁西南科学研究院有限公司、中铁西北科学研究院有限公司、中铁岩锋成都科技有限公司、四川铁科建设监理有限公司、甘肃铁科建设工程咨询有限公司、中铁成都科学技术研究院有限公司6家全资子公司和设计院、工程公司、成都分公司、深圳分公司、新疆公司5家分公司。拥有一批包括国家级专家、省部级专家、青年科技拔尖人才在内的高素质科技人员队伍，其中享受国务院政府特殊津贴人员29人，国家级突出贡献专家1人，“百千万人才”国家级人选1人，省部级专家21人，股份公司专家26人，教授级高工56人，博士、硕士研究生导师28人。现有资质包括工程设计铁道行业甲Ⅱ级、建筑工程乙级、市政行业（道路、桥梁、给水、排水专业）乙级等。资产总额16.15亿元，其中固定资产净值2.95亿元、流动资产9.51亿元、其他资产3.69亿元。

中铁科研院在各专业领域累计取得各类科技成果500项，自2014年重组成立以来，取得科技成果80项，其中达到国际先进及以上水平的成果48项（国际领先13项，国际先进35项）。取得包括国家自然科学奖、技术发明奖、科技进步奖在内的国家与省部级科技成果奖等385项，其中国家级科技奖项35项。取得国家发明专利、实用新型专利、软件著作权345项；主持或参编国家、部委和行业规范（标准）61项，主编、参编、翻译著作74部。已建成1个博士后科研工作站、1个国家级企业技术中心、4个省级重点实验室和1个工信部重点实验室分中心。主编的《现代隧道技术》在2018年交通运输工程学科151种期刊影响力指数排名中名列第9。

（江　源）

【主要指标】2018年中铁科研院完成新签合同额23.87亿元，完成营业收入14.29亿元，实现经济增加值（EVA）6595万元。

（杨日知）

表14-26　2018年中铁科学研究院有限公司主要经济指标

项目	2018年	2017年	比上年增长（%）
资产总额（亿元）	16.15	15.73	2.64
所有者权益（亿元）	7.55	7.21	4.71
营业收入（亿元）	14.29	13.14	8.75
利润总额（亿元）	0.38	0.49	−22.35
净利润（亿元）	0.35	0.42	−17.04
归属于母公司所有者的净利润（亿元）	0.32	0.41	−22.61
技术开发投入（亿元）	0.76	0.66	14.11
利税总额（亿元）	1.18	1.35	−12.59
应交税金总额（亿元）	1.10	1.24	−11.29
净资产收益率（%）	4.71	5.86	减少1.15个百分点
总资产报酬率（%）	3.09	3.78	减少0.69个百分点
国有资本保值增值率（%）	103.22	105.58	减少2.36个百分点

制表人：杨日知

【职工队伍】截至 2018 年 12 月 31 日，中铁科研院共有职工 1008 人，其中干部 959 人，工人 49 人。具体构成如下：①管理人员构成。管理人员 452 人，其中经营管理人员 395 人，占比 87.4%；党群工作者 57 人，占比 12.6%。从学历结构来看，研究生及以上学历 153 人，占比 33.8%；大学本科学历 266 人，占比 58.7%；大学专科及以下 34 人，占比 7.5%。从年龄结构来看，35 岁以下的干部 186 人，占比 41.1%；35 岁至 41 岁的干部 103 人，占比 22.8%；41 岁以上的干部 163 人，占比 36.1%。②专业技术人员构成。专业技术人员 953 人，其中在管理岗位工作 446 人，具有职业资格 185 人。从学历结构来看，研究生及以上学历 333 人，占比 35%；大学本科学历 557 人，占比 58.4%；大学专科及以下 63 人，占比 6.6%。从年龄结构来看，35 岁以下的干部 484 人，占比 50.8%；35 岁至 41 岁的干部 197 人，占比 20.7%；41 岁以上的干部 272 人，占干部总人数的 28.5%。③工人构成。技师 13 人，高级工 8 人，中级工 19 人。从学历结构来看，本科学历 3 人，大专及高等职业学校 11 人，中等职业学校 1 人，高中及以下 34 人。从年龄结构来看，35 岁及以下 2 人，36 岁及以上 47 人。

（胡　平）

【改革发展】根据区域分公司、技术中心、科技情报中心建设运营情况，结合中铁科研院运营现阶段面临的主要问题，对《所属单位业绩考核和负责人薪酬管理办法》进行了修订，有针对性地调整了有关指标的权重，增加了“资质建设”指标，优化了“专项管理指标”，同时根据年度重点工作安排增加了年度重点专项考核内容，进一步增强了业绩考核对所属单位企业战略发展的导向作用。

中铁科研院党委坚持以召开领导班子民主生活会为契机，狠抓民主集中制贯彻落实，同时注重加强班子成员日常交流沟通，增强了公司领导班子的团结与合力。坚持“20 字标准”和“德才兼备、以德为先”原则，将 13 名优秀干部选拔到了领导岗位，调整交流干部 16 人次，3 人试用期满经考核转正。截至 2018 年末各单位领导班子成员平均年龄 44 岁，大学本科以上学历占 100%，高级及以上专业职称占 89.5%，年龄、文化、专业结构不断优化。修订了《中铁科学研究院有限公司中初级专业技术职务任职资格评审实施办法》《中铁科研院所属单位业绩考核和负责人薪酬管理办法》，研究制定《中铁科研院后备领导干部管理办法》《中铁科学研究院有限公司专家管理办法》《中铁科学研究院有限公司招录人员管理办法》《中铁科研院薪酬管理工作指导意见》，进一步规范公司机关员工薪酬分配秩序，充分调动员工工作积极性，各子（分）公司逐步建立了以绩效为导向的激励约束机制，确保实现企业战略目标。2018 年均按照相关制度确定的考核周期和工程程序，认真开展本单位员工绩效考核工作，确保了全员业绩考核工作全覆盖。

（张广浩　胡　平）

【重大项目】按照专业化和区域化原则，以做实总部经济、布局区域经营、压缩管理层级为目标，中铁科研院整合区域经营生产资源，组建了成都分公司、深圳分公司、新疆分公司 3 个区域分公司；借力天府新区区位优势和优惠政策，设立中铁成都科学技术研究院有限公司，搭建新的产业和科创平台。分别与中国铁路总公司广铁集团、中铁开投、东方国际、中铁交通成达公司等单位签署战略合作协议，联合开展科技攻关，联合拓展市场，扩大试验检测、监控量测、地质预报、地质灾害防治、BIM 技术应用等业务的服务领域，推动研发成果的应用。

2018 年，中铁科研院在研重大科研项目 16 项，其中新立项 10 项。在研重大科研项目分别为“桥梁运营维护智慧管理平台研发”“第三方工程质量检测信息平台研究与开发”“石化污染场地原位修复关键技术应用研究”“基于无线传感网络的隧道监测智能采集模块研制”“川藏铁路高烈度区风积沙液化特性及加固技术研究”“西部特殊土地区建筑纠倾加固成套技术研究”“基于地表形态场理论的大中型不良地质体快速排查与评估新技术研究”“科技情报管理、采集、发布平台系统建设”“科研院工程项目成本管理信息平台研发”“铁路既有线路基病害整治成套技术研究”“严寒地区 400km/h 高速铁路关键技术研究”“蒙华重载铁路隧道技术创新与应用”“基于无线技术的地质灾害以及施工安全监控预警技术”“GIS+BIM 数字化项目管控平台”“红层地区线性工程穿越切割的地质体失稳机理和成灾模式”“多年冻土区主动冷却、减胀减震和自恢复边坡支护结构的工作机制及试验研究”。

（张广浩　谷　婷）

【走向海外】2018 年，中铁科研院在马来西亚承揽了吉隆坡地铁二期区间监测等 3 个海外项目，在老挝市场承揽了中老铁路信息化和中老铁路自检 2 个海外项目，实现海外业务新签合同额 2800 万人民币。积极探索研究海外项目管理模式，完善体制机制建设，强化了海外项目安全、质量、进度、成本、用工、信用评价等管理力度。组织开展海外安全生产检查、境外资产及境外项目风险防控检查，确保了海外项目依法合规运行，增强了境外风险防控意识，并进一步提升了项目效益。中铁科研院海外在建工程项目共计 8 个，分别位于马来西亚、老挝和乌兹别克斯坦，累计完成营业额 4985 万人民币。积极开展国际技术交流，邀请世界工程组织联合会主席马万就中东基建市场作学术报告，在马来西亚联合承办“中马隧道大会（SEASET 2018）”，进一步扩大了中铁科研院以及中国中铁在马来西亚等东南亚国家和地区国际影响力。

（冯　环）

【重大创新】中铁科研院积极推进川藏铁路科技攻关工作。根据国家关于川藏铁路建设与科技攻关的总体部署，积极参与川藏铁路科技攻关各项工作，及时掌握川藏铁路科技攻关工作动态；组织专家参与川藏铁路科技攻关项目研讨，推荐了技术专家参与川藏铁路科技攻关的技术服务；制定了《中铁科研院川藏铁路科技研发专项指南（第一批）》，并组织开展研发工作。专业技术实验室建设取得新进展，隧道及地下工程实验室已完成低温实验室、地质预报实验室、隧道水压实验系统和实体隧道模型系统的建设工作；滑坡实验室启动了实验基地建设工作，开展了多项滑坡加载模拟实验室；岩土文物保护工程实验室已配备材料测试、结构测试、近景摄影、无人机等多种无损勘测和检测仪器设备，能够开展相关实验研究。积极推进中国中铁技术中心和中国中铁科技情报中心建设工作，完成了股份公司技术中心的揭牌，并完成了各项年度工作任务；科技情报中心完成了数据库建设，为股份公司及所属单位提供数据库服务，组织开发了中国中铁科技情报系统和微信公众号。先后有高速铁路隧道洞口微气压波缓解新技术、高铁典型地段既有风沙防护措施评价及优化等 7 项新技术成果获得应用；形成了基于 OTDR 技术的边坡安全自动监测告警系统、基于 BIM 的桥梁运营期长期健康监测系统、超前地质预报信息化管理平台、轨道车辆轮对尺寸检测与镟修决策一体化系统等新产品。2018 年，通过科技成果转化形成的专有技术或产品实现营业收入 1.6 亿元，以科技成果作为支撑获得中标的项目合同额达 4.6 亿元。（谷　婷）

【**工程创优**】截至 2018 年 12 月 31 日，中铁科研院在研科研项目 140 项，其中新立科研项目 55 项，通过结题验收科研项目 43 项；通过评审（鉴定）的科技成果 16 项，其中达到国际领先和国内先进 13 项；获得各类科技成果奖 27 项，其中国家级 1 项、省部级 7 项；获得股份公司勘察设计咨询奖 3 项；获得国家工程建设（勘察设计）优秀 QC 小组二等奖 4 项、股份公司优秀 QC 质量管理小组 5 项、铁道工程建设协会优秀 QC 成果二等奖 4 项；获得授权专利 73 项（含软件著作权、外观设计），被受理的专利申请 79 项；主持或参编技术标准 25 项，其中国家级标准 2 项。

中铁科研院参与的《风沙灾害理论与关键技术应用》项目获得“2018 年度国家科学技术进步奖”二等奖，监理的新建兰新铁路第二双线工程（新疆段）获“第十五届中国土木工程詹天佑奖”、天水双桥藉河大桥工程获得“甘肃省建设工程飞天奖”，承担科研攻关的雀儿山隧道工程荣获“国际隧道协会 2018 年度杰出工程大奖”。（谷　婷　伍海艳）

【**企业文化**】中铁科研院推进“专·家”特色文化建设。结合中铁科研院独特的发展历程与核心优势，持续推进企业文化深度融合与创新发展，坚持以中国中铁五大文化理念为统领，围绕具有中铁科研院特色的为主要内涵的“专·家”文化，举办了中铁科研院首届企业文化周活动，正式发布了中铁科研院“专·家”文化理念系统，并通过主题演讲、典型报道等形式，宣传专家人才干一行、爱一行、专一行，在平凡岗位上干出不平凡业绩的先进事迹，生动诠释“专·家”文化的内涵，推动企业文化落地生根、深入人心。（王　伟）

【**党建工作**】中铁科研院党委始终把政治建设摆在首位，分三期对全体中层干部进行了集中轮训；修订印发了“三重一大”决策制度实施办法，出台了党委会研究讨论企业重大经营管理事项清单；及时学习传达中央及上级重要精神，并融入到了改革发展全过程；积极推进企业法治建设，加强了保密和国安工作；细化分解了年度党建工作任务，定期督导检查，全面推进落实。坚持“严责任、硬基层”，全面从严管党治党的战斗力显著提升。中铁科研院党委建立完善党内制度体系，明确党委班子成员党建工作职责分工；年初组织开展党建责任制摸底检查并点名通报，年中开展“全覆盖”党建督导检查，年底举办党群业务培训班；成立三家分公司党纪组织，指导基层党委进行换届选举和建立健全海外项目党组织；推进了“两学一做”常态化制度化，积极开展党内激励关怀帮扶活动。坚持“抬龙头、炼人才”，干部人才队伍的创业合力显著提升。中铁科研院党委全年调整中层干部 30 人次；领导班子荣获中国中铁 2017 年度“四好”领导班子；优化完善了干部“选用育留”机制；开展了专家评聘工作；顺利完成干部人事档案整理工作。坚持“挺规矩、强作风”，企业拒腐防变的免疫力显著提升。中铁科研院党委坚持每年对所属单位“两个责任”落实情况开展监督检查，全年对 5 名履责不力的领导人员进行了问责；深入推进了廉洁教育活动；修订印发了关于作风建设的“32 条”实施细则，部署启动了形式主义、官僚主义集中整治工作；对 3 家单位开展了巡察，并继续督导第一批被巡察单位深化整改；加强了境外资产检查和项目廉洁风险防控；全年立案审查 6 件，通过执纪审查、内部巡察问责各类人员 48 人，挽回各类直接经济损失 494 万余元。坚持“增三性、提四力”，群团助力和谐企业建设的能力显著提升。中铁科研院党委不断加强和改进对群团工作的领导，不断增强群团组织的政治性、先进性和群众性，着力提升群团组织的影响力、凝聚力、战斗力和企业发展活力。加强群团干部队伍建设，推进党群干部交叉任职；认真组织召开职工代表大会，落实平等协商集体合同制度；持续开展群众保安全活动和各类文体活动；继续推进“三让三不让”“幸福之家十个一工程”，主动帮助员工群众解决实际困难；不断深化“导师带徒”活动，全力服务青年员工成长成才。（王　辰）

【**信息化建设**】2018 年，中铁科研院调整网络和信息化领导小组、成立了网信办，明确了职能和分工；规范了信息化流程和制度，发布《中铁科研院信息化管理办法》《保密工作管理办法》《网络与信息安全应急预案（试行）》；优化业务系统，建设了 OA 办公系统、电子档案管理系统、财务管理系统、科技管理系统、成本管理系统、视频会议系统，同时开展了财务共享中心、科技创新平台、科技情报平台的建设工作，信息化建设和管理水平进一步提高。加强了网络信息安全专项建设工作，完成工信部互联网领域重点实验室——“工业互联网安全技术试验与测评实验室”中铁分中心的申报和挂牌，组织参加CIISA认证考试，共19人获评估师资质，建立了本地、异地灾备系统，组织开展网络安全应急演练，完成网络和信息安全专题培训1次；开展中铁科研院网络数据中心和中心机房的规划和方案编写工作。（徐辰丁）

【履行社会责任】中铁科研院参与宝成铁路、兰新铁路抢险，面对成都特大暴雨全力护卫桥梁安全，并为多地抢险工作提供了技术支持。在扶贫工作方面，先后对简阳市五合乡龙潭村开展扶贫助学行动，对四川甘孜州扶贫道路开展技术检测，对兰州孙家岔村开展扶贫帮困行动，对映秀幼儿园贫困孩子送爱心活动。

2018年，中铁科研院能源消费总量0.2617万吨标煤，营业收入（现价）138001.74万元，营业收入（可比价）121461.921万元，增加值（现价）33101.7287万元，增加值（可比价）29134.412万元，万元营业收入综合能耗（现价）0.0190吨标煤/万元，万元营业收入综合能耗（可比价）0.0215吨标煤/万元，万元增加值综合能耗（现价）0.0791吨标煤/万元，万元增加值综合能耗（可比价）0.0898吨标煤/万元。完成全年每万元营业收入综合能耗（可比价）降低3.2%的目标。

（王　伟　何国东）

【领导人员】

徐敦美　董事长、党委书记
李　林　总经理、党委副书记、董事
尹　成　党委副书记、纪委书记、工会主席、监事
蔡　伟　党委委员、副总经理
严金秀　党委委员、副总经理、董事
王国昌　党委委员、副总经理、董事
罗朝廷　党委委员、副总经理、总工程师
马惠民　党委委员、副总经理、董事
王引生　党委委员、副总经理、董事会秘书、总法律顾问
杨　峰　监事会主席　（何昭兵）

中铁高新工业股份有限公司

【简况】中铁高新工业股份有限公司（简称中铁工业，股票代码SH.600528）隶属于中国中铁股份有限公司，注册资本22.2亿元，公司总部位于北京市丰台区。中铁工业历史可追溯至1894年成立的山海关造桥厂，距2018年已有124年的历史。中铁工业于2017年1月5日完成资产置换，置出中铁二局股份有限公司100%股权，置入中国中铁持有的中铁山桥、中铁宝桥、中铁科工及中铁装备四大优质资产的100%股权；2017年3月2日，证券简称变更为“中铁工业”，并在上海证券交易所上市。

中铁工业业务范围涵盖隧道掘进设备、铁路道岔、钢桥梁、大型铁路施工机械以及新型轨道交通的研发设计、制造安装和技术服务等，主营业务的市场占有率和综合实力位居‘国内第一”乃至“世界第一”。中铁工业拥有住建部施工资质36项，其中施工总承包资质8项，专业承包资质28项；其他资质2项。

中铁工业是“中国品牌日”的发源地，也是“三个转变”的诞生地。2014年5月10日，习近平总书记视察了中铁工业成员企业中铁装备，提出了“推动中国制造向中国创造转变、中国速度向中国质量转变、中国产品向中国品牌转变”的重要指示，为中国的工业发展指明了新方向。

截至2018年末，中铁工业下设子公司9家，分别是中铁山桥、中铁宝桥、中铁科工、中铁装备、中铁工服、中铁环境6家全资子公司和中铁九桥、中铁磁浮、中铁轨道3家控股子公司。共有职工11780人，其中干部5289人，工人6491人。按照学历层次划分，研究生634人，本科3562人，专科2292人，中专及以下5292人。干部中技术干部4900人，占干部总数的92.6%，其中正高级职称74人，副高级职称748人，中级职称1615人，初级职称1597人；拥有百千万人才国家级人选、国家突出贡献中青年专家1人，享受国务院政府津贴人才14人，“茅以升科学技术奖获”得者11人，“詹天佑科学技术奖”获得者3人，“铁道部青年科技拔尖人才”4人，总公司突出贡献中青年专家3人，总公司青年科技拔尖人才10人，中国中铁专家8人。工人中技术工人5209人，占工人总数的80.2%，其中特级技师33人，高级技师119人，技师452人，高级工2044人，中级工1098人，初级工786人。

中铁工业作为国家认定的“企业技术中心”“国家高新技术企业”“院士工作站”“博士后科研工作站”，多次获得“国家科技进步一等奖”“中国土木工程詹天佑奖”“中国建设工程鲁班奖”“国家优质工程金质奖”“国家质量提名奖”“中国好设计金奖”“中国工业大奖”等国内重量级奖项，以及“菲迪克工程优质奖”“古斯塔夫斯·林德恩斯奖”“乔治·理查德森奖”等国际大奖。

（蒲林茂　孙佳斌　高瀚月）

【主要指标】2018年，中铁工业实现营业总收入178.98亿元，同比增长12.67%，完成年度预算170亿元的105.28%；归属上市公司股东的净利润14.81亿元，同比增长10.56%，完成年度预算13.72亿元的107.94%。

（张　宇）

表 14-27　　2018 年中铁高新工业股份有限公司主要经济指标

项目	2018 年	2017 年	比上年增长（%）
资产总额（亿元）	338.88	316.36	7.12
所有者权益（亿元）	160.48	147.90	8.51
营业收入（亿元）	178.98	158.86	12.67
利润总额（亿元）	17.35	15.63	11.00
净利润（亿元）	15.11	13.65	10.70
归属于母公司所有者的净利润（亿元）	14.81	13.39	10.60
技术开发投入（亿元）	9.5	7.7	23.38
利税总额（亿元）	28.8	22.98	25.33
应交税金总额（亿元）	11.68	9.3	25.59
净资产收益率（%）	9.74	10.19	减少 0.45 个百分点
总资产报酬率（%）	5.52	4.9	增加 0.62 个百分点
国有资本保值增值率（%）	108.79	108.31	增加 0.48 个百分点

制表人：孙佳斌

【改革发展】2018 年，中铁工业推动现有产业迭代升级。根据市场变化情况，及时调整募投项目进展；通过二次集中资金和补流资金向现有企业调剂资金 26 亿余元，实现外部有息负债由 9 亿元降至 1.3 亿元，年节约利息支出近 4000 万元；加强钢结构市场统筹，推进钢结构项目成本管理标准化，钢结构业务整体毛利率由 9.3% 提升至 10.6%。推动新兴产业孕育壮大。成立中铁磁浮和中铁轨道公司，完成磁浮车辆和跨座式单轨车辆的样车研制，积极推动项目落地；成立了中铁环境公司，正式进军环保领域。推动产业转型升级，明确了中铁工业“三商合一”的总体战略定位后，公司在服务型制造业转型升级上全面发力，全年实现服务性业务营业收入 28 亿元，比 2017 年增长 26%。推进“三供一业”分离移交工作，先后完成全部移交项目正式协议的签订和管理职能的移交；推进压减工作，中铁山桥铸造公司等 6 个子分公司完成撤销和重组。深化干部队伍制度改革，先后出台了《中铁高新工业股份有限公司工程系列中级专业技术职务任职资格评审实施办法》《中铁高新工业股份有限公司控股、参股及合伙企业委派人员管理办法》等制度。完善薪酬激励机制，先后制定完善《区域营销中心人员及薪酬管理办法》《海外营销人员及薪酬管理办法》《奖励管理办法》《补充医疗保险管理办法》等薪酬制度。（孙佳斌　高瀚月）

【重大项目】1. 项目建设方面。中铁工业参建的港珠澳大桥正式开通；中铁山桥参建的世界上最高、跨度最大的“反对称结构斜拉桥”广西柳州白沙大桥主塔成功合龙；中铁山桥参建的世界第一跨度钢箱梁悬索桥——虎门二桥坭洲水道桥顺利合龙；中铁宝桥参建的中马友谊大桥全桥胜利合龙；中铁宝桥参建的世界最大跨度的自锚式悬索桥——鹅公岩轨道交通环线专用桥顺利合龙；中铁宝桥参建的中缅国际铁路大瑞怒江特大桥顺利合龙；中铁装备自主设计制造、中铁四局集团负责施工的世界首台大断面马蹄形盾构机，顺利贯通蒙华铁路白城项目长达 3056 米的黄土隧道；中铁装备联合中铁隧道局共同研制的中国自主知识产权最大直径硬岩掘进机（TBM）“彩云号”，在云南大瑞铁路高黎贡山隧道项目正式开始掘进。

2. 股权投资方面。中铁工业与常州天晟新材料股份有限公司在江苏省南京市合资设立中铁轨道交通装备有限公司（中铁工业为控股方），开展新型轨道交通车辆（除磁悬浮、悬挂式单轨）、转向架、制动、轴承及其他系统设备的研发、制造、维修改造、再制造等业务。在湖南省长沙市独资设立中铁环境科技工程有限公司，开展环保技术开发、咨询、交流服务，环保设备研发、生产，重金属污染防治，建筑垃圾综合治理及再生利用，垃圾无害化、资源化处理，新材料、新设备、节能及环保产品工程的设计、施工，市政工程设计、服务等业务。

3. 科技研发方面。突破了 Q420qE、Q500qE 等高强度钢焊接技术，形成了相关焊接工艺，并在沪通长江大桥成功应用，填补了国内高强钢焊接关键技术空白；掌握了耐候道岔研制技术，开发了适用于高原气候环境的 60kg/m 钢轨 12 号单开道岔，并成功应用于青藏铁路；实现了双轮铣设备的全部国产化研制，并投入到广州地铁 11 号线地下连续墙施工中；研制了 40 米跨 1000 吨预制箱梁架运成套设备，并在郑济高铁项目上成功应用；研制了中国自主设计制造的最大、世界第三大直径泥水平衡盾构机（直径 15.8m）“春风号”，并成功应用于深圳春风隧道施工；新型轨道交通成套技术研发取得重大进展，跨座式和磁浮式轨道交通车辆样车成功组装下线。（蒲林茂　张伟伟　王　明）

【走向海外】2018 年，中铁工业“十三五”国际化经营发展规划正式实施，积极构建海外营销体系，提升海外业务经营业绩，属地化经营成果初步显现。成立中铁工业海外营销中心，完成东盟、南亚、美洲三个区域代表处的筹建，组建 12 人的属地化经营队伍；强化多元国际合作，对接中国中铁、中交集团、中国铁建国际等系统内、外企业以及国外重点项目，有针对性的开展海外经营，不断拓展海外信息渠道；推进在孟加拉、老挝

 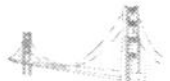

和印度尼西亚的国际产能合作调研，推动所属单位深入研究国别市场，依托项目落地进设点办厂，形成滚动经营和产能合作；加大海外经营统筹，协调所属单位在中老铁路、雅万高铁、帕德玛联络线、德伊高铁、巴基斯坦联络线等海外项目上的分工合作；办理因公临时出国团组200多个，涉及孟加拉、迪拜、俄罗斯、泰国、迪拜、埃及、印尼、马来西亚、德国、美国、中国台湾等国家和地区。

（蒲林茂）

【重大创新】1.技术创新。2018年，中铁工业3项技术成果达到国际领先水平，8项技术成果达到国际先进水平；申请专利448件，授权专利250件；申报中国中铁科研立项33项，申报外部科研立项12项，获得地方政府和外部单位资金支持6271万元；在国际上首次定义了第四代半、第五代隧道掘进机；启动了“一中心三示范”项目，有序推进智慧云中心以及掘进机、钢桥梁、道岔三个智能制造示范工厂的建设；主持完成的“异形全断面隧道掘进机设计制造关键技术及应用”项目获得“国家科技进步奖”二等奖，“全断面岩石隧道掘进装备（TBM）自主设计制造关键技术及应用”项目获得“中国机械工业科学技术奖”一等奖，“超大断面马蹄形土压平衡盾构机关键技术研究与应用”项目获得“中国交通运输协会科学技术奖”一等奖；中铁九桥技术中心被认定为“国家企业技术中心”；“2018年度中国铁路工程总公司科学技术奖”评选中，获特等奖2个、一等奖4个、二等奖4个。

2.管理创新。中铁工业借鉴蒙华铁路开展工程项目管理实验室活动的成功经验，成立由董事长和总经理任组长的管理实验室活动领导小组，制定了全面管理实验室活动方案及推进计划。参与中国中铁举办的中国中铁企业管理现代化创新成果评选活动，中铁工业上报的《基于盾构云的商业模式创新 发展高端装备服务业 创塑中国服务品牌》获得“2018年度中国中铁企业管理现代化创新成果奖”一等奖。中国企业改革发展优秀成果发布会暨中国企业改革与发展研究会第六届会员代表大会上，中铁工业总经理李建斌主持的《中国建设制造强国的核心驱动因素研究》获得一等奖，战略规划部、人力资源部和办公室三部门联合主持的《关于国有控股上市公司把党的领导转化为企业核心竞争力的体系研究》，中铁工服主持的《以构建智慧服务平台推进供给侧改革，塑造中国盾构服务第一品牌》获得二等奖。

（孙佳斌 王 明）

【工程创优】2018年，中铁工业参建的港珠澳大桥，研制的中国最大直径（15.8m）泥水平衡盾构机“春风号”入选“2018年度央企十大创新工程”；中铁山桥参建的北盘江大桥获“国际桥梁大会古斯塔夫金奖”；中铁宝桥参建的芜湖长江二桥获“国际桥梁大会乔治·理查德森奖”；中铁科工制造的张家界大峡谷玻璃桥荣获“国际桥梁大会亚瑟·海顿奖”；中铁九桥制造的铜陵长江大桥工程获“2018年度全国优秀焊接工程一等奖”。

（蒲林茂）

【企业文化】2018年，中铁工业举办“向王中美同志学习，做新时代工业标兵”专题宣传教育活动120余场，通过编发宣传提纲、开展技能大赛、举办劳模座谈会和征文活动等方式，提升员工素质，弘扬劳模精神与工匠精神。以“树形象、促融合”为目标，推出企业文化产品，设计制作了《员工行为规范》《企业文化手册》《中铁工业品牌画册》等文化产品；修订了Ⅵ手册，规范了企业视觉识别系统；策划制作了《中铁工业一分钟》创意微视频；设计并推出了“六合易家”“新时代号”“盾构咖啡”等产品和文化品牌。举办了首届中国品牌战略发展论坛。

（寇嘉伦）

【党建工作】2018年，中铁工业党委以党的十九大精神、全国国企党建工作会议、全国组织工作会议和中国中铁第四次党代会精神为指引，以政治建设为统领、以党建质量提升活动为主线，以提升组织力建设为重点、以落实党建工作责任制为抓手，着力在抓重点、补短板、提质量、强效果上下功夫，为中铁工业高质量发展迈上新台阶提供了坚强保证。坚持发挥党委统领全局、把关定向作用，在全面完成“进章程”“一肩挑”的基础上，研究制定了《贯彻落实“三重一大”事项决策制度实施办法》《党委会研究讨论企业重大经营管理事项实施细则》等制度，规范了“前置研究”的内容和程序，确保党委全程把关、深度参与企业生产经营管理工作。成立了党建工作领导小组，全年召开党委会、党委办公会、党建工作领导小组会等会议28次，研究党建工作议题50余项。坚持党管干部原则，全年调整提拔中层干部98人次。坚持落实“四同步”“四对接”要求，动态调整设置了16个基层党组织，38家单位完成换届，两级机关新充实党群干部28人，抓党建的基础不断夯实。严格落实《党建工作责任制考核评价办法》和党组织书记抓基层党建工作述职评议机制，2018年完成了对所属9家党委（党工委）的组织考评，开展了对9名党组织负责人抓基层党建述职评议工作。严肃党内政治生活，认真落实“三会一课”“民主生活会”“组织生活会”制度，着力增强政治生活的政治性、时代性、原则性和战斗性。开展了“向王中美同志学习，做新时代工业标兵”“创先进、争优秀、促发展”“基层党建联建共创”等党建主题活动，运用多种方式开展党员教育培训235次，教育培训党员1963人次，全面增强了广大党员党的意识和党员意识。规范发展程序，提升发展质量，全年发展了115名新党员，党员队伍不断壮大。探索打造基层党建品牌，中铁装备“蜂巢式”党建工作经验被中组部列为基层党建经验案例。

（周 楠）

【信息化建设】2018年，中铁工业以“一中心、三示范”建设为抓手，准确高效开展智能制造信息化工作。“先进轨道交通装备部件重载辙叉智能制造新模式”和

"先进轨道交通盾构机智能工厂项目"成功列入工信部2018年智能制造综合标准化与新模式应用项目；公司自主研发的掘进机远程监控服务平台"装备云"，实现了隧道掘进机集群的远程实时监控、业务管理及掘进机临境化虚拟交互、现场三维可视化模拟等功能；"基于BIM技术的产品全生命周期管理云服务平台"获得中国施工企业管理协会工程建设行业互联网发展优秀实践案例，"盾构云平台"荣获中国施工企业管理协会工程建设行业互联网发展最佳实践案例，并被中国施工企业管理协会在第四届工程建设行业互联网大会进行宣传和推广。（单仲喜）

【履行社会责任】2018年，中铁工业切实履行社会责任，积极参与公益事业，深入开展扶贫活动。一是践行绿色发展理念，助力美丽中国建设。京张高铁官厅水库特大桥采用"预拼装＋顶推"的施工方法作业，精心铸就官厅水库绿色长廊；贵阳市人民大道重点工程八鸽岩隧道采用中铁工业CTR323悬臂掘进机，不干扰周围居民正常生活，同时还自带除尘设备，真正从源头做到绿色施工，践行生态文明理念。二是坚持以人为本，履行社会责任。公司派驻湖南省桂东县上东村第一书记助力桂东县正式摘掉了国家级贫困县的"帽子"；中铁山桥与秦皇岛市鲶鱼洞村签订了农副产品采买协议，缓解了农副产品销售难的问题；中铁宝桥设立了10万元的扶贫基金，专项用于社会扶贫工作，并根据对口帮扶现实需求，向宝鸡市扶风县杜城村新建卫生室和养殖场项目捐助水泥100余t，向"群众路街道扶贫产业项目光伏电站并网"捐款3万元。三是开展志愿服务，传播爱，奉献爱。中铁装备开展"保护母亲河，展现装备青年风采"义务植树节活动；中铁山桥组织员工开展义务献血活动；中铁宝桥走进儿童福利院、敬老院，并邀请他们走进企业看设备、听介绍、共进午餐；宝桥武装部走进军民共建单位93882部队和武警宝鸡市支队，对全体官兵进行慰问；中铁工服邀请成都市金牛区茶店子小学师生到企业参加科普活动；工服租赁分公司南宁地铁工地全力参与抗洪抢险。（寇嘉伦）

【领导人员】

易铁军　党委书记、董事长
李建斌　总经理、党委副书记
黄振宇　党委副书记、副董事长
刘恩国　党委委员、监事会主席
唐智奋　党委委员、副总经理、总工程师
魏云祥　党委委员、纪委书记、工会主席
余　赞　党委委员、副总经理、董事会秘书、总法律顾问
刘　娟　党委委员、总会计师
曹登敬　党委委员、副总经理
王建喜　党委委员、副总经理（苏君龙）

中铁信托有限责任公司

【简况】中铁信托有限责任公司（简称中铁信托）原名为衡平信托有限责任公司，是经中国银行保险监督管理委员会批准，以金融信托为主营业务的非银行金融机构，注册资本50亿元。2002年12月，由原成都工商信托投资有限责任公司和成都金通信托投资公司合并新设立衡平信托有限责任公司。2005年10月，中国铁路工程总公司和其下属的中铁二局集团有限公司收购了衡平信托72.39%的股权。2007年7月，按照中国银保监会《信托公司管理办法》换发了新的金融许可证，成为中国首批换发金融许可证的信托公司之一。2008年12月，经批准，正式更名为"中铁信托有限责任公司"。

中铁信托业务范围涵盖资金信托、动产信托、不动产信托、有价证券信托、投资基金、证券承销、投资银行业务等；办理居间、咨询、资信调查等业务；以存放同业、拆放同业、贷款、租赁、投资方式运用固有财产；以固有财产为他人提供担保，从事同业拆借以及法律法规规定或中国银保监会批准的其他业务。2008年9月，中国银保监会核准中铁信托特定目的的信托受托机构资格；2009年11月，经四川银保监局批复，中铁信托获得以固有资产从事股权投资的创新业务资格；2012年12月，经中国银行间市场交易商协会批准，中铁信托获得银行间市场交易商协会会员资格；2015年9月，经中国证券投资基金业协会审核通过，中铁信托获得私募基金管理人资格；2016年8月，中铁信托获得银登中心信贷资产收益权转让相关业务资格。

中铁信托控股子公司——宝盈基金管理有限公司成立于2001年5月18日，注册资本人民币1亿元，注册地深圳。宝盈基金主要经营业务包括发起设立证券投资基金、基金管理、特定客户资产管理以及证监会批准的其他业务。

中铁信托获得"中国中铁四好班子""全路模范职工之家""成都市模范职工之家""成都市厂务公开民主管理示范单位""中国债券市场资产支持证券优秀发行人""中国优秀信托公司""年度最佳信托公司""年度最佳理财服务品牌""最佳研发团队""年度优秀财富管理中心"等荣誉。（潘彪虎）

【职工队伍】截至2018年12月31日，中铁信托在岗员工共416人，其中公司本部240人、宝盈基金176人；女职工197人，占比47.4%；硕士及以上208人，占比50%；35岁以下250人，占比60.1%。2018年，招聘新员工37人、离职员工42人；转录劳务派遣员工5人，内部岗位轮换调整49人；评聘7名中级、1名高级、2名正高级专业技术职称人员以及5名项目经理，员工队伍保持稳定，结构不断优化。（巩路遥）

【主要指标】截至2018年12月31日，中铁信托资产管理

总规模为4653亿元，其中信托本部4266亿元、宝盈基金387亿元。按合并口径，中铁信托全年实现营业收入24.78亿元，完成预算目标的91.78%；利润总额16.16亿元，完成年度预算任务的103.13%；归母净利润12.16亿元，完成年度预算任务的105.37%。企业资产总额179.55亿元，净资产91.10亿元，净资产收益率14.18%。（石光瑞）

表14-28　2018年中铁信托主要经济指标

项目	2018年	2017年	比上年增长（%）
资产总额（亿元）	179.55	171.64	4.61
所有者权益（亿元）	91.1	83.9	8.58
营业收入（亿元）	24.78	31.43	−21.16
利润总额（亿元）	16.16	19.62	−17.64
净利润（亿元）	12.3	14.78	−16.78
归属于母公司所有者的净利润（亿元）	12.16	14.65	−17.00
技术开发投入（亿元）	0.02	0.01	100.00
利税总额（亿元）	24.04	22.6	6.37
应交税金总额（亿元）	11.74	7.82	50.13
净资产收益率（%）	14.18	18.07	减少3.89个百分点
总资产报酬率（%）	9.24	10.86	减少1.62个百分点
国有资本保值增值率（%）	115.01	116.18	减少1.17个百分点

制表人：石光瑞

【研究创新】2018年，中铁信托牵头完成了中国信托业协会重点课题《资管新规背景下的信托业转型与发展研究》，完成了中国信托业协会组织的《中国信托业发展报告（2017—2018）》和《中国信托业2017社会责任报告》的编写工作，在《金融时报》《当代金融家》等国内知名报刊期刊发表文章10余篇。《信托推动低碳农业发展问题研究》获得“四川省金融学会第一届天府杯征文活动二等奖”；《P2P互联网金融发展中的信任问题研究》获得“四川省金融学会第十八届金融科研优秀成果三等奖”；《房地产信托项目收益、风险匹配研究》获得“四川省金融学会第六届理事会论文评比三等奖”。（朱晓林）

【党群工作】中铁信托党委认真贯彻全面从严治党要求，围绕“把方向、管大局、保落实”的职能定位，抓实规定动作，各项工作结合实际、体现行业特色，党组织领导作用有效发挥。积极落实主体责任，大力推进以“三一企业”“四型团队”“五德员工”为主要内容的企业文化建设和三让四关爱十个一工程，2018年，中铁信托获得成都市“五一劳动奖状”称号，获得中国中铁“四好班子”称号，这是中铁信托连续六年获此殊荣。同时，“三会一课”分工明确、相互制衡、各司其职、规范运作，各治理主体议事规则完备，职责规定明确。已将党建工作写入了《公司章程》，修订完善了“三重一大”民主决策制度，明确党委研究讨论是董事会、经理层决策重大问题的前置程序，党的领导作用充分发挥，为中铁信托健康可持续发展提供了坚强政治保障。（王重明）

【企业文化】2018年，中铁信托推进以“三一企业”“四型团队”“五德员工”为主要内容的企业文化建设和三让四关爱十个一工程，启动职工健康关爱计划，27楼新办公区投入使用，员工食堂、员工健康、办公环境等各项福利待遇得到全方位保障。强化民主管理，积极吸纳员工的合理化建议，形成共谋发展的强大合力。开展了退休人员重阳节、春节、生日等慰问活动，退休职工自主开展活动已形成机制，获得退休员工的高度评价。公司核心团队、骨干队伍稳定，员工的凝聚力、战斗力进一步提升，人均资产管理规模、创利能力都处于行业前列。（潘彪虎）

【履行社会责任】中铁信托积极响应中央精准扶贫号召，对口帮扶泸州市叙永县枧槽乡九龙村，并参与支持了金川县、德格县、万源市的精准扶贫。2018年初，中铁信托先后两次采购贫困户生产的雪梨、雪梨膏、土鸡蛋等价值近20万元的农产品，协调邮政部门帮助农户销售樱桃5万余斤，切实解决了部分农户农产品销售难题；2018年1月，捐款39万元用于甘孜州德格县八邦乡色地村贫困群众购买藏式锅炉，帮助当地100户家庭过上了一个温暖的春节；2018年3月，参与了四川省慈善总会组织的“百企扶贫”活动，通过中铁信托爱心基金向万源市茶垭乡老洼坪村、青花镇田湾村捐款，助力当地脱贫攻坚；2018年5月，向金川县安宁镇、撒瓦脚乡等贫困乡镇捐赠电脑50台，价值10万元，改良当地贫困乡镇办公硬件设施，普及中小学校信息化教学。2018年，中铁信托助力地方脱贫攻坚的务实之举，得到了监管部门、行业协会以及社会各界的广泛赞誉，获得“四川银保监局2017年度金融扶贫先进单位”“四川慈善‘百企扶贫’突出贡献单位”等称号。（潘彪虎）

【领导人员】

马永红　党委书记、董事长
景开强　总经理、党委副书记　（10月退休）
陈　赤　总经理、党委副书记　（10月任）

解义才　党委副书记、纪委书记、工会主席、监事长
王　兴　党委委员、副总经理
舒军华　党委委员、副总经理
李正斌　党委委员、总会计师
严　震　党委委员、副总经理　（10 月任）
李文众　副巡视员　（1 月任）
王　石　副巡视员　（10 月任）

（潘彪虎）

中铁财务有限责任公司

【简况】 中铁财务有限责任公司（简称中铁财务）于2013 年 7 月 4 日由银监会批准筹建（银监复〔2013〕330 号），2014 年 2 月 27 日取得开业批复（京银监复〔2014〕98 号），3 月 16 日正式开业运营。2018 年注册资本金增至 90 亿元，其中：中国铁路工程集团有限公司出资 4.5 亿元，占比 5%；中国中铁股份有限公司出资 85.5 亿元，占比 95%。截至 2018 年 12 月 31 日，中铁财务资产总额 680.05 亿元，较 2017 年增加 5.25%，实现营业收入 13.01 亿元，较 2017 年增加 13.82%；实现利润总额 9.1 亿元，较 2017 年增长了 19.27%。中铁财务共有员工 52 人，其中研究生以上学历 20 人，占员工总数的 38.46%；中级职称以上人员 26 人，占员工总数的 50%；具有海外留学经历人员 9 人，占员工总数的 17.3%。

（贾二凤）

【主要指标】 截至 2018 年 12 月 31 日，公司实现营业收入 13.01 亿元，较 2017 年同比增长 13.82%，为预算的 116.16 %；实现利润总额 8.96 亿元，较 2017 年增长了 17.43%；实现净利润收入 6.88 亿元，较 2017 年增长了 17.41%，为预算的 117.61%。

（段江飞）

表 14-29　2018 年中铁财务有限责任公司主要经济指标

项目	2018 年	2017 年	比上年增长（%）
资产总额（亿元）	680.05	647.66	5.00
所有者权益（亿元）	107.67	53.17	102.50
营业收入（亿元）	13.01	11.43	13.82
利润总额（亿元）	8.96	7.63	17.43
净利润（亿元）	6.88	5.86	17.41
归属于母公司所有者的净利润（亿元）	6.88	5.86	17.41
技术开发投入（亿元）	0.03	0.02	50.00
利税总额（亿元）	9.65	8.19	17.83
应交税金总额（亿元）	2.80	2.32	20.69
净资产收益率（%）	8.64	11.62	−25.65
总资产报酬率（%）	1.35	1.19	13.45
国有资本保值增值率（%）	113.33	112.28	0.94

制表人：段江飞

【信贷业务】 中铁财务为 38 家成员单位办理综合授信 911 亿元，为 26 家成员单位发放流动资金贷款 97 笔，年末余额为 208.0576 亿元，较年初增长 2.99 亿元，未发生信用风险事件。2018 年，中铁财务共开展 74 笔委托贷款，年末余额为 126.81 亿元。截至 2018 年末，办理各类保函 68 笔，合计金额 32.67 亿元，较 2017 年增幅 16.30%，其中外部保函 39 笔 28.99 亿元，占保函金额的 88.73%。

（樊亚波）

【资金业务】 中铁财务资产负债和流动性管理执行年度资金预算，运用多种工具管理公司各项监管指标。2018 年 4 月，开展流动性风险预警应急演练，完善了公司日常流动性管理体系。严格执行预算管理，合理配置资金，在保证中铁财务各项指标符合监管要求和满足信贷投放的基础上，对市场利率进行科学分析判断，高效运用资金开展同业业务，在“保合规，控风险”的前提下提资金配置效率。

（吴　昊）

【投资业务】 中铁财务以符合流动性管理要求和确保资金安全为前提，进一步丰富投资产品，提高投资收益。出台《2019 年有价证券投资配置方案》，分析固定收益类投资市场情况，细化投资业务品种，制订投资策略方案。截至 2018 年末，中铁财务开展货币市场基金投资收益 6470.32 万元，年化收益率 3.73%，税前收益率 4.97%。国债逆回购配置方面，取得逆回购利息收入 1602.54 万元，年化收益率算术平均值 5.4%，单笔最高收益率 14.49%。

（吴　昊）

【票据业务】 2018 年 8 月 23 日，中铁财务通过上海票交所电子商业汇票接入验收，实现票据系统直连。10 月 8 日，中铁财务票据业务系统正式投产上线，实现了纸电票融合，具备了优于商业银行为成员企业全方

位提供票据服务的能力。截至2018年12月31日，累计办理电子银行票据承兑2012笔，较2017年增长254.22%；累计办理电子银行承兑汇票贴现347笔，金额共计2.05亿元；办理电子商业汇票贴现76笔，金额共计2.21亿元。（郑亚菲）

【外汇业务】2018年中铁财务外汇年末吸存规模达到2.6亿美元、全年交易总量达到44亿美元、受理业务单据2886笔，分别较2017年增长157%、221%、85%；新增外汇定期、通知业务产品、转口贸易国际结算、境外总分包模式国际结算和跨境人民币集中收付；参与股份公司国际财务共享中心建设，提供境外资金管理解决方案，完成SWIFT变更主体后的报文测试工作，助推国际财务共享中心工作开展。（贺传亮）

【资金集中】中铁财务坚持“以结算促集中”，不断优化资金结算系统，2018年上半年完成所有单位财务共享资金系统上线。上线国资委大额监测系统，为资金集中监测工作提供平台。年内新拓展客户2292户，较2017年增幅为74.56%。累计拓展客户4433户，开立各类结算账户10962个。年度累计结算指令113万笔，较2017年增幅为230.85%；年度累计结算交易金额50073亿元，较2017年增幅为60.92%。年末吸收存款规模达572亿元，日均吸存282亿元，较2017年增幅为0.75%。（贺传亮）

【业务创新】2018年，中铁财务联合银行机构为6家成员企业办理联合保理业务，实现24.01亿元应收账款报表。2018年6月21日，办理了首笔融资租赁业务，全年融资租赁放款0.99亿元。顺利完成即期结售汇资格申请，项目贷款、银团贷款等也具备了实施条件。（郑亚菲）

【风险管理和内部控制】中铁财务严格落实全面风险管理和内部控制要求，完善风险评估机制，加强新业务风险点识别，明确风险控制措施。健全风险审核机制，将风险审核作为各类业务、经济合同、重大决策的必经环节。建立合规管理体系，制定《合规管理办法》，实施了合规管理员和合规联席会制度。推进内部控制体系建设，制定制度170项，实现了制度体系对业务和管理活动的全覆盖，加强内部控制日常监督和专项监督。（罗　志）

【人力资源管理】中铁财务坚持“人才强企”战略，制定《人才队伍建设规划》，持续完善人力资源管理体系。2018年，制定了《领导人员管理办法》，突出干部选拔任用的政治标准；开展学习十九大精神轮训，进行谈心谈话，提高干部的政治素质和业务能力。出台《职级管理办法》，把职级分为“管理序列”和“专业技术序列”，为员工职业发展打开“双通道”；聘任了3名正高级、5名高级、1名中级职称人员；开通网络学院，为中铁财务高质量发展提供了高质量的人才支撑。（高晓伟）

【信息化建设】2018年，中铁财务完成财务共享中心资金系统全面推广应用、电子商业汇票系统上线、外汇系统大版本升级等重大信息化项目。资金系统覆盖38家成员单企业，核心业务系统上线41个模块，外汇系统完成小币种支付测试。修订完善11项信息化管理办法、21项操作流程，实现生产、测试、办公的网络隔离，完成机房基础设施改造和安全加固。优化业务系统整体架构，积极推动虚拟化技术应用，实现银行前置机、核心业务的虚拟化部署，为业务连续性提供了有力保障。（孔令同）

【企业文化建设】中铁财务重视企业文化工作，宣贯企业“十三五”战略规划，明确“打造中国中铁金融服务核心企业，创建有影响力的一流财务公司”企业目标。组织员工观影、参观改革开放40周年展览等活动。制作了公司宣传片、改革开放四十周年纪录片、资金结算微课等视频，企业影响力和文化软实力不断增强。（高瑞卿）

【党建工作】中铁财务党委认真落实党建工作责任制，打造“小机构 大党建 强实效”工作格局。突出政治建设，强化创新理论武装头脑；坚持“两个一以贯之”，认真执行“三重一大”决策制度、党委会议事规则和前置程序要求；强化“三基建设”，开展党内主题实践教育；从严履行管党治党主体责任，开展中央纪委《工作建议》自查自纠工作，全员签订《员工廉洁从业承诺书》，营造风清气正环境。（高瑞卿）

【领导人员】

林　鑫　党委书记、董事长
王建军　党委副书记、总经理
杨凯利　党委副书记、纪委书记、副总经理、总会计师
肖　尧　副总经理、工会主席、董事会秘书

（贯二凤）

中铁资本有限公司

【简况】中铁资本有限公司（简称中铁资本）成立于2016年8月，注册资本金20亿元，公司设在北京，是中国中铁的全资子公司。经营范围包括股权投资、金融投资及资产管理、资产受托管理、投资策划、咨询服务等业务。截至2018年12月31日，中铁资本下辖控股公司4家，分别是中铁金控融资租赁有限公司、中铁汇达保险经纪有限公司、中国中铁香港投资有限公司和中铁商业保理有限公司；参股公司10家，分别是中铁建信（北京）投资基金管理有限公司、中铁平安投资有限

公司、中铁聚信资产管理有限公司、中铁民通（北京）投资有限公司、中铁光大股权投资基金管理（上海）有限公司、中铁融城资本管理有限公司 、宁夏金融资产管理有限公司、中铁德闳（天津）投资管理有限公司、天津闳实股权投资基金管理有限公司、中铁创新（天津）投资管理有限公司。中铁资本在岗职工 160 人，资产总额 88.61 亿元。

中铁资本作为中国中铁金融资源整合平台，综合金融服务平台，产融结合协同平台，创新孵化发展平台，境外资本运营平台，以为中国中铁主业提供全方位金融服务为核心使命，着力打造链接金融市场与工程承包、设计咨询、装备制造等主业板块的纽带和桥梁，致力打造一流的资本控股集团。中铁资本已初步构建了产业基金、融资租赁、保险经纪、商业保理、海外投融资、创新创投六大业务模块。截至 2018 年末，中铁资本完成新签合同额 8.02 亿元，完成股份公司下达预算指标 259%。

（李双双）

【主要指标】2018 年中铁资本实现营业收入 6.54 亿元，其中：中铁资本收取基金管理费、引资服务费收入 1.04 亿元；中铁汇达实现保险经纪收入 0.58 亿元；中铁金控实现融资租赁及保理收入 3.85 亿元；中铁香港实现利息收入 0.06 亿元；中铁保理实现保理利息及手续费收入 1.12 亿元。资产总额 88.61 亿元，负债总额 52.26 亿元，利润总额 1.75 亿元，净利润 1.38 亿元。

（陈牧一）

表 14-30　　2018 年中铁资本有限公司主要经济指标

项目	2018 年	2017 年	比上年增长（%）
资产总额（亿元）	88.61	67.01	32.23
所有者权益（亿元）	36.35	14.94	143.07
营业收入（亿元）	6.54	2.92	123.97
利润总额（亿元）	1.75	1.81	−3.31
净利润（亿元）	1.38	1.48	−6.76
归属于母公司所有者的净利润（亿元）	1.19	1.26	5.56
利税总额（亿元）	3.78	2.2	71.82
应交税金总额（亿元）	2.71	0.41	560.98
净资产收益率（%）	4.47	9.93	−5.46
总资产报酬率（%）	2.11	5.54	−3.43
国有资本保值增值率（%）	111.1	149.37	−38.27

制表人：陈牧一

【改革发展】2018 年，中铁资本与中铁隧道局合资成立的中铁商业保理有限公司在广州市南沙区举行开业揭牌仪式。中铁商业保理有限公司成立后，完成上交所储架发行 100 亿元支持计划的第一期 8.98 亿元发行工作。

立足满足中铁资本发展需求，强化公司战略规划设计，不断完善公司制度体系、人力资源体系、考核体系、文化体系建设，增强公司管理基础。根据业务发展需求变化，将公司本部 7 个职能部门调整为 10 个部门，梳理并优化了部门职能和管理流程。通过公开招聘引进 54 人，充实公司人才队伍。通过制定《中铁资本有限公司公开招聘新入职员工试用期考核管理办法》，采用综合评价方式对公开招聘的新入职员工在试用期间的工作进行科学评价，进一步建立和完善人员管理制度。通过健全绩效考核体系和薪酬绩效制度，发挥绩效考核和薪酬的激励作用。

（高　妍）

【产业基金】2018 年，累计接收项目信息 63 个，总投资 2301.55 亿元，编制融资方案 12 个；产业基金参与 PPP 项目资格预审 28 个，参与投标 16 个，中标 PPP 项目 11 个，中标项目总投资 633.81 亿元，拟设立产业基金规模 56.27 亿元；产业基金放款项目 15 个，投放金额 55.47 亿元。自中铁资本成立以来，已累计实现对 35 项目进行了资金投放，放款金额总计 202.95 亿元，剔除纳入表内 7 个项目外，放款项目占总存量项目比例的 80%。

（李路通）

【融资业务】中铁金控融资租赁有限公司是中国中铁于 2015 年 8 月在天津东疆保税港区成立的类金融企业，致力于成为产融结合的重要平台，总部设立在北京。2017 年 7 月，根据中国中铁发展战略，重组成为中铁资本的重要成员企业之一。公司主要业务包括融资租赁、经营租赁、项目租赁、跨境租赁及保理等。

中铁金控 2018 年完成新签合同额 5.69 亿元，新增投放资金总额 24.39 亿元。截至 2018 年末，中铁金控累计实现合同总额 97 亿元，其中：融资租赁业务 56 亿元，经营租赁业务 14 亿元，保理业务 27 亿元。开累资金投放 85 亿元、回款 35 亿元。总资产 55.71 亿元，净资产 9.74 亿元，获得银行授信总额为 234 亿元。中铁金控充分借助融资租赁进项税额的抵扣优势，重点服务于系统内单位大额设备采购，其中涉及盾构机 /TBM 达 73 台。同时，基于建筑业的特点，创新性开展资管经营租赁、项目租赁、装配式房屋租赁等业务模式，已成功为广州城轨 13 号线全线项目部提供装配式房屋租赁服务。

（牛丽荣）

【保险经纪业务】中铁资本控股的中铁汇达保险经纪有限公司经纪业务涉及海内外铁路、公路、地铁、市政、房建、物流、装备、车辆等资产类型，产品覆盖建筑工程一切险及附加第三者责任险、建筑施工人员团体人身意外伤害险、出国人员团体意外伤害险、企业财产险、机器设备损失险、船舶险、货运险、车险等传统的主流险种，以及首台套保险、诉讼保全保险、保险保函、保证保险等新兴保险业务。

2018年，中铁汇达国内项目立项953笔，合同额4052亿元，实现签单佣金7820万元；海外业务实现立项合同额51亿元，签单佣金216万元；通过保险安排为主业创效1.7亿元，保险索赔创效8500万元，协助索赔案件当年结案率达61%。累计为系统内1960个项目提供保险经纪服务，创效金额达到3.69亿元。协助系统内单位索赔创效，清理股份公司历史遗留赔案4500余笔，协助清理重点疑难赔案180余起，索赔创效金额超过2.6亿元。其中，2018年，中铁上海局遂宁市通善大桥工程项目缴纳保费30余万元，获得赔款金额为1600余万，创下中国中铁系统内近两年来的最大保险赔付金。此外，中铁汇达开拓海外市场，成功安排中铁国际玻利维亚项目、中铁七局弗马高速、中铁一局圭那亚德迈拉拉公路等海外项目工程一切险。（袁红艳）

【保理业务】2018年7月2日，中铁资本与中铁隧道局合资成立中铁商业保理有限公司。2018年，中铁保理与股份公司系统内部6家二级单位、10家三级单位建立了业务合作，实现业务投放10亿元，其中反向保理业务7.6亿元、正向保理业务2.4亿元，通过开展反向保理业务，解决了供应商融资难、融资贵等问题，化解了供需矛盾，缓解了工程局在项目进程中垫资施工的压力、优化了债务管理，促进其实现零或低成本融资；通过开展正向保理业务，直接为工程局加速项目回款，拓展融资渠道，有效压降两金。开展资产证券化业务，在上海交易所完成保理资产储架100亿元，并成功发行规模8.98亿元的第1期专项计划。（颜配强）

【境外投融资业务】2012年中国中铁香港投资有限公司成立，2014年进行重组，并与国新国际合资组建海外项目投资平台，2018年二季度，中铁香港开始正式实体化运营。公司通过建立适合国际化投融资业务的体制机制，多渠道获取海外并购标的超30个，上报股份公司决策1个，6个项目经筛选后持续跟踪；配合3家内部单位完成相关投资项目的投标工作，并在持续跟踪股份公司内部的优质境外投资项目约10个；与中国通号签订“一带一路”出资框架协议，并与多个机构达成投资意向。（郭　灏）

【重大项目】2018年3月，中铁资本参股基金公司中铁民通，通过发起设立产业基金引入民生银行资金，实现对山西静兴高速项目投放21.3亿元，是2018年以来中铁资本基础设施股权投资领域单笔金额最大的产业基金投资。

2018年12月，由中铁资本直接参与实施的武汉市江南中心绿道武九线综合管廊工程PPP项目，中铁资本参股基金公司中铁平安参与实施的大连地铁5号线PPP项目成功引入中国PPP基金，两个项目分别放款1.71亿元、7.81亿元。（李路通）

【走向海外】2017年10月，中国中铁将重组后的中铁香港36.7%的股权转让给中铁资本。中铁香港作为中铁资本的外经业务平台，以“做有资本运作能力的财务投资人”为业务中心，定位于做中国中铁境外的投资银行，着力于促进项目与基金联动、资源与资本对接，进一步推进中国中铁国际化经营战略。中铁资本所属中铁汇达联合中信保对中铁境外项目推广特定合同保险、买方违约保险、投资保险等险种，锁定境外项目商务风险，为股份公司海外项目保驾护航。（李　晶）

【重大创新】2018年，中铁资本积极推动金融牌照布局，研究多个银行、券商和保险标的并编写研究报告。探索金融科技创新，初步搭建了供应链金融平台，启动员工理财平台改造工作。推动财务顾问业务，服务企业并购、引进战略投资者和低效资产处置等。3月12日，在天津东疆保税港区注册成立中铁创新（天津）投资管理有限公司，向多家母基金、上市公司、引导基金、地方政府、金融机构进行了募资推介和交流，与内部产业单位建立常态化联系，从供应商库里梳理优秀供应商，拓展项目来源并运用各方资源验证项目信息。

（顾培钊）

【企业文化】2018年，中铁资本设计制作了公司业务宣传手册，研讨提炼了企业文化核心理念，积极推进企业Ⅵ手册、企业网站、宣传片等对外宣传载体建设工作，从理念到行为、从形象到品牌，结合企业发展战略定位，打造一流的资本控股集团品牌形象。做好强化对外宣传工作。加强了宣传机制建设，强化舆论引导意识和能力，建立了宣传工作队伍，完善了沟通机制。根据公司重大业务动态和重要经营工作成果，充分利用公司微信公众号进行对外宣传。（刘　洋）

【党建工作】2018年，中铁资本党委认真履行“把方向、管大局、保落实”的职能，坚持党的领导、加强党的建设，充分发挥政治优势和领导作用，为公司发展提供了坚强有力的政治保证。

注重理论教育，思想政治建设得到有效加强。强化集中培训，举办了2期党的十九大精神培训班，50余名领导干部、党群干部、党员代表参加了培训；全年党委中心组学习共14次，公司党委书记、纪委书记分别为领导干部和全体党员讲授了党的十九大专题党课、廉政党课。

落实党建责任，党建工作基础得到有力夯实。在公司本部设立了党委、工会、团委，建立了董、监事会，新设立了党群工作部（董、监办）、纪检（监察）部；

细化了党建工作责任分工；开展了党建工作调研；建立了民主生活会、“三会一课”、中心组学习等制度；开展了庆祝建党97周年系列活动，表彰了14名先进典型；加强党员队伍建设，制定了《发展党员细则》，全年新发展党员4人；开创了“党费+互联网”收缴新模式。

抓好意识形态，宣传文化工作得到全面推进。加强了意识形态工作领导和责任落实，发布了《关于进一步贯彻落实意识形态工作责任制的通知》，制订了《中铁资本党委网络意识形态工作责任制实施细则》；成立了党建思想政治工作调研联系点，开展了党建“两项课题”调研，形成了高质量的调研报告；向股份公司报送信息30余篇；在《调研参要》《中国中铁简报》《学习与探索》刊发文章多篇；在微信公众号发布重大信息110余篇。

坚持党管干部，队伍建设得到进一步加强。起草了《“四好班子”评选办法》，规范了选人用人程序，全年提拔调整领导人员近70人次；全年有300余人次参加了各类培训，有40人通过了专业（技术）职务评审，有50余人次取得了基金、证券、银行等执业资格证书和专业等级证书。

落实两个责任，党风廉政建设得到全面深化。制定了《中铁资本党风廉政建设责任制》《中铁资本党委关于深入贯彻落实中央八项规定精神进一步加强作风建设的实施意见》等制度，开展了《中国共产党纪律处分条例》知识竞赛；完成了对中铁汇达的巡察工作；建立了纪委书记与同级党委班子沟通制度，开展廉洁谈话50余人次。

坚持以人为本，和谐企业建设得到扎实推进。完善了工会相关制度，加强了会员管理和会费收缴，搭建了“工会工作智慧云平台”；进行了集体合同平等协商，建立了社会保险、补充医疗保险、企业年金等制度，保证了职工切身权益；开展了“幸福之家十个一工程”建设，开展了“三不让”、困难职工帮扶、节日慰问等感人心、暖人心的工作；组织开展了绿色徒步健身、青年职工演讲比赛等文体活动。（刘　洋）

【信息化建设】中铁资本以信息化全面预算管理为抓手，统筹推进各类核心业务系统搭建，不断提升信息化建设水平。财务共享中心处于试运行阶段，网络基础设施和保密安全设施进一步完善，信息化助力各项业务协同经营的效应显现，提高了业务效率和竞争力。

（顾培钊）

【领导人员】

张继华　党委书记、董事长
方文胜　党委副书记、总经理
彭德宏　党委副书记、纪委书记
汪　涛　副总经理、工会主席
梅家周　副总经理
秦永虎　副总经理

（李双双）

中铁交通投资集团有限公司

【简况】中铁交通投资集团有限公司（简称中铁交通）前身是中国中铁西南投资管理有限公司，于2007年12月28日在广西壮族自治区南宁市注册成立。2012年7月，经国家工商总局核准，公司更名为中铁交通投资集团有限公司。中铁交通注册资本金60亿元，净资产91亿元，管理总资产超过450亿元，截至2018年末，项目累计投资及新签合同额达2300亿元。拥有公路工程、市政公用工程施工总承包壹级资质，主营高速公路投资、建设、运营，交通、市政等基础设施项目投资、建设，土地整理开发，房地产开发。中铁交通是中国中铁全资子公司，是中国中铁高速公路板块投资、建设、运营的专业公司，也是中国中铁在建筑业基础设施投资建设的主力军。中铁交通下辖广西岑梧、岑兴、全兴、云南富砚、山东德商、河南平正、重庆渝邻（参股）、垫忠、四川绵遂、陕西榆神、神佳米11个高速公路运营公司，陕西绥延、山西静兴、太原西北二环、广东汕湛、韶新（参股）、陕西旬凤韩黄6个在建高速公路项目公司、指挥部，南宁铁程、昆明铁程、衡阳铁程、临汾铁程、贵州双龙5个在建BT（PPP）项目公司、指挥部，代管中国中铁南宁轨道交通3、4、5号线02标3个总承包工程指挥部，天地置业1个房地产公司，四川成达、中南投资2个区域投资建设公司，整合成立广西、湖南、山西3个区域指挥部和1个北京商务中心。拥有各类职工1152人（不含渝邻、韶新公司）。其中，在册职工447人。中铁交通资产总额579.46亿元。其中，固定资产净值0.78亿元，无形资产净值341.99亿元，流动资产112.27亿元，其他资产124.42亿元。中铁交通先后3次荣获中国中铁“四好班子”称号，投资建设项目获“中国建设工程鲁班奖”2项、“中国土木工程詹天佑奖”1项、国家“AAA级安全文明标准化工地”3项、“交通运输部公路交通优质工程奖（李春奖）”1项，以及其他省部级以上工法7项、优质工程12项、安标工地13项。获团中央“青年文明号”1项、中央企业“青年文明号”3项。（项　文）

【主要指标】2018年，中铁交通实现新签合同额144亿元，其中施工总承包类120.47亿元，投资类23.88亿元；完成投资127.4亿元，较2017年123亿元增长3.58%；完成建安产值129.3亿元，较2017年96亿元增长34.69%；完成营业收入153.22亿元，同比增长31.40%；实现利润总额8.01亿元，同比增长35.53%；归属于母公司净利润3.83亿元，同比增长12.98%；年末资产负债率80.38%，较目标值低1.18个百分点；高速公路运营收入33.27亿元，是2017年31.19亿元的106.67%。

（项　文　练瑞琪）

表 14-31　　2018 年中铁交通投资集团有限公司主要经济指标

项目	2018 年	2017 年	比上年增长（%）
资产总额（亿元）	579.46	529.24	9.49
所有者权益（亿元）	113.71	90.73	25.33
营业收入（亿元）	153.22	116.61	31.40
利润总额（亿元）	8.01	5.91	35.53
净利润（亿元）	5.21	4.48	16.29
归属于母公司所有者的净利润（亿元）	3.83	3.39	12.98
技术开发投入（亿元）	—	—	—
利税总额（亿元）	9.22	7.42	24.26
应交税金总额（亿元）	1.86	0.59	215.25
全员劳动生产率（万元 / 人・年）	67.53	41.57	62.45
净资产收益率（%）	4.58	4.99	下降 0.41 个百分点
总资产报酬率（%）	4.56	4.19	增加 0.37 个百分点
国有资本保值增值率（%）	125.99	103.37	增加 22.62 个百分点

制表人：项　文　练瑞琪

【改革发展】2018 年，中铁交通对机关本部机构设置、职能职责、定员定编进行调整，本部职能部门由原有的 13 个调整为 11 个。建立中铁交通区域经营的责任主体、职责定位和运作模式，成立广西区域指挥部、湖南区域指挥部、山西区域指挥部，重建北京商务中心，代表中铁交通负责区域内商务、市场维护、经营和项目监管。启动高速公路运营管理改革创新工作，全年完成 1556 名公路公司员工劳动身份转化。

结合企业实际，修订企业员工总量、薪酬体系、职业规划、业绩考核、福利待遇等 8 项管理制度，降低企业管理“内耗”，持续激发企业管理新内动力。

（项　文　刘　欢）

【重大创新】中铁交通根据运营管理经验，总结提炼形成《中国中铁高速公路运营管理指南》，成为中国中铁运营管理指南样板，承办中国中铁组织的投资项目运营管理交流研讨会，组织编制《中国中铁投资项目运营管理指引》。开展收费运营管理系统、养护管理系统研发，集成搭建了高速公路运营管理平台，通过大力推广 ETC、移动支付设备、自动发卡机的应用，实现运营管理智能化。研究并发布高速公路主要设备材料的品牌推荐目录，为高速公路采购工作提供指引，优化采购渠道，开展“高清车牌识别系统集中招标”。加强政企联动，推动平正新蔡收费站、垫忠忠县收费站的改扩建并开通运营及后续费用补偿，维护公司合法权益。打造运营管理、养护管理、人力资源管理三者融合、协同发展的高速公路运营管理专业公司，研究公司定位、职能、机构设置及定员定编；开展劳务用工改革，成立劳务服务公司，转化劳务人员身份，有效化解劳务用工风险，增强职工归属感，切实解决公路公司用工总量、用工形式问题；研究成立专业化养护公司，起草成立养护公司方案。

（项　文　岳玉洁）

【工程创优】中铁交通投资建设和施工总承包管理的南宁市轨道交通 4 号线青平坡车站（含区间）、广东汕揭高速公路五联山隧道获得 2018 年度中国中铁“安全标准工地”称号；长沙黄花国际机场交通枢纽工程、南宁沙井—南站立交工程、南宁龙岗新区八鲤工业区道路工程获得 2018 年度中国中铁“优质工程、中国中铁杯”称号；贵州双龙项目猫洞河大桥获得 2018 年度贵州省“建筑安全文明施工样板工地”称号。

（项　文　唐玉伦）

【党建工作】企业党的建设。一是把深入学习宣贯习近平新时代中国特色社会主义思想和党的十九大精神作为首要政治任务抓紧抓牢，将全体党员领导干部的思想和行动统一到了中央的决策部署上，为推动企业重难点工作注入了强大精神动力。二是落实落细全国国有企业党建会议精神。所属各单位全面完成了党建工作进章程，实现了党工委书记和董事长（执行董事）“一肩挑”，且不同程度实行了“双向进入、交叉任职”，从顶层设计上注入了“根”与“魂”的基因和成长、作用的基本条件。三是贯彻党要管党从严治党方针，全面加强基层党组织建设，为基层党组织提供了组织、资源保障，基层党的组织和党的工作实现 100% 覆盖。四是全面落实党建工作责任制，基层党建工作生机活力不断增强。通过开展“找差距、补短板、强实效”党建质量提升等活动，促进了党支部各项工作规范正常开展和基层党建工作质量的再提升。五是坚持党管意识形态不动摇，牢牢把握意识形态工作主导权。通过制定意识形态工作相关制度办法，为新形势下占领意识形态高地提供了思路方法。六是认真做好党建宣传工作，不断提升企业社会影响力。在各类新闻媒体播发稿件近 2000 篇，有效提升了公司品牌知名度和社会影响力。

反腐倡廉工作。一是坚持压紧压实“两个责任”。实现管党治党“两个责任”与企业领导班子成员绩效年薪挂钩，以考核问责倒逼责任落实。二是加强纪律教育。落实廉洁教育，筑牢了党员领导干部拒腐防变思想堤坝。三是强化有效监督。通过严格执行“三重一大”集体决策制度，落实“前置程序”，加强对领导干部权力运行的监督，重点加强对项目审批和招投标流程等关键环节的监督，年内开展招标监督58次，监督标的金额8.59亿元。四是强化“四种形态”运用。坚持把纪律和规矩挺在前面，全年受理处置问题线索5件，经谈话函询了结1件，经初步核实了结4件。五是开展内部政治巡察工作。全年对4个党工委10家单位开展了专项政治巡察，发现党的政治建设等七大类问题59项，同时强化整改落实，严肃追责问责，对3人进行诫勉谈话，9人批评教育，1人谈话提醒，其中7名所属班子正职、6名副职被问责，形成了有效震慑。

（项　文　杨敏军　王　敏）

【群团工作】中铁交通广泛发扬民主，坚持和完善以职代会为基本形式的民主管理、监督制度，倾听职工群众呼声、尊重职工群众合理诉求，对职工群众反映强烈的薪酬分配、福利待遇、办公条件等60项热点难点问题，做到了提案项项有落实、有回音。坚持党工共建、党团共建、群团共建，加强对工会、共青团工作的领导，全年荣获“国家级优秀共青团干部”1名、“省部级和中国中铁荣誉称号”10多项，并在股份公司团委2018年度业绩考核中荣获投资、金融、贸易、资源类业务板块第一名的好成绩。倡导团结互助、扶贫帮困的良好风尚，深入推进“三工”建设，落实“三让三不让”承诺，持续开展“送温暖”活动，全年共投入“三工”建设资金159万元，支出“三不让”资金17万元，党政领导深入一线走访慰问和救助职（民）工515人次，落实“两节”送温暖资金103万元、金秋助学款6.8万元。开展群团活动，不断丰富了职工的业余文化生活，营造了团结和谐的企业氛围。组织开展先进典型选树，选树了一批事迹突出、职工群众公认的先进典型，为全体职工传递了积极向上的正能量。（项　文　杨敏军）

【信息化建设】加快高速公路运营管理信息化、智能化建设，搭建形成高速公路运营管理平台，充分利用现代互联网+信息化技术将高速公路运营管理网络化，实现提高工作效率，提升管理水平的目标，促进运营管理水平再上新台阶。（项　文　曹承福）

【履行社会责任】中铁交通所属全兴公司自2009年发起“青春扶贫”活动以来，实地走访公司所在地区附近28所小学，帮扶1000余名贫困学生；汕揭项目积极救援汕头市潮阳、潮南两区洪涝灾害，组织施工单位积极配合地方政府开展应急抢险工作和协助开展灾后复工工作，组织出动约1500余人次，调动装载机、运输车等机械设备约160台（套）。（项　文）

【领导人员】

蔡甲胜　党委书记、董事长
谭世俊　党委副书记、副总经理（7月主持工作）
刘　宁　副总经理
龙　伟　副总经理兼总工程师
王建龙　副总经理
陈　戈　副总经理
韩凤岩　党委副书记、纪委书记、工会主席
何　川　总会计师兼总法律顾问（3月任）

（项　文　李俊峰）

中铁南方投资集团有限公司

【简况】中铁南方投资集团有限公司（简称中铁南方）是中国中铁所属的全资子公司，是股份公司基建上游板块的重要投融资经营平台和项目建设管理的专业化公司。公司驻地位于广东省深圳市南山区后海中心路3333号中铁南方总部大厦。中铁南方前身是成立于2008年1月的中铁南方投资发展有限公司（深圳地铁5号线BT项目公司）。2013年3月25日，经国家工商总局核准，组建中铁建设投资集团有限公司（简称中铁建投）。根据股份公司战略部署，2014年7月，中铁海西投资公司整体并入中铁建投，并于2014年9月30日完成并入重组工作。2016年8月，中铁珠三角投资发展有限公司整体并入中铁建投；2017年9月29日，为整合华南地区市场，股份公司将华南工程指挥部机构及人员并入中铁建投，实行“一套人马、两块牌子”管理模式，由中铁建投履行股份公司华南工程指挥部相关职能。2018年4月8日，为传承“中铁南方”品牌和企业发展需要，经深圳市市场监管部门核准，正式更名为中铁南方投资集团有限公司。2018年12月，股份公司设立中铁海南投资建设有限公司，委托中铁南方组建和管理。

中铁南方主要经营业务包括项目投资、项目管理、基础设施建设、房地产开发、土地一级开发整理、市政公用工程、设计咨询、工程咨询、机械设备租赁、市政公用工程、房屋建筑工程、机电安装工程、铁路工程施工总承包、城市轨道交通工程专业承包、物业管理、自有物业租赁、房地产经纪与代理、股权投资等。主要经营区域涵盖广东、江西、福建、海南以及遵义地区。截至2018年12月31日，中铁南方具有市政公用工程施工总承包壹级、建筑工程施工总承包壹级、机电工程施工总承包贰级、铁路工程施工总承包叁级4项资质。截至2018年末，中铁南方共有12个全资子公司、4个控股子公司、5个参股子公司、1个分公司、2个事业部、2个附属机构、1个合作企业，代表股份公司行使股东权利的公司9个、分公司2个。7个全资子公司具有市政公用工程施工总承包壹级资质，1个子公司具有环保工程专业承包壹级、城市及道路照明工程专业承包壹级资质。

截至2018年底，中铁南方内设行政部门13个、党群机构6个、附属机构3个，在册职工总数为499人，比2017年增加50人。管理人员486人，占职工总数的97.3%；技能人才13人，占职工总数的2.7%。具有各类专业技术人员473人，占管理人员总数的97.3%，其中：正高级职称21人，占专业技术人员总数的4.4%；高级职称176人，占专业技术人员总数的37.2%；中级职称162人，占专业技术人员总数的34.2%。

截至2018年底，中铁南方资产总额168.41亿元，较2017年末179.07亿元降低5.95%；负债总额132.88亿元，较2017年末141.95亿元降低6.39%，负债下降幅度略大于资产下降幅度，其中有息负债较年初下降14.3%；年末资产负债率78.9%，与2017年末持平；所有者权益总额35.53亿元，较2017年末37.12亿元下降4.28%，所有者权益总额下降速度略低于资产总额下降速度。固定资产原值3.1亿元，累计折旧0.58亿元，固定资产净值2.52亿元；流动资产合计119.68亿元，其中货币资金15.76亿元，应收款项47.38亿元，预付账款8.39亿元，其他应收款9.68亿元，存货16.9亿元，合同资产8.43亿元，其他流动资产5.55亿元，一年内到期的非流动资产7.6亿元。非流动资产合计48.72亿元，其中投资性房地产5.38亿元，长期股权投资4.67亿元，长期应收款2.97亿元，固定资产净值2.52亿元，无形资产2.83亿元，在建工程0.03亿元，递延所得税资产0.45亿元，其他非流动资产29.85亿元，长期待摊费用0.02亿元。

（刘　湘　杨亚辉　朱　权　赵攀锋）

【主要指标】截至2018年底，中铁南方新签合同额834.41亿元，同比增长28.3%，占股份公司下达年度指标700亿元的119.2%；实现营业收入184.66亿元，完成股份公司批复年度预算174亿元的106.1%，利润总额8.8亿元，净利润6.75亿元（其中：归属于母公司净利润6.56亿元，完成股份公司批复年度预算的123.04%；归属于少数股东净利润1943万元）。2018年末归属于母公司所有者权益总额34.38亿元。剔除上缴利润等客观因素影响后，国有资本保值增值率113.6%。（赵攀锋）

表14–32　　2018年中铁南方投资集团有限公司主要经济指标

项目	2018年	2017年	比上年增长（%）
资产总额（亿元）	168.41	179.07	−5.95
所有者权益（亿元）	35.53	37.12	−4.28
营业收入（亿元）	184.66	154.07	19.9
利润总额（亿元）	8.8	8.28	6.28
净利润（亿元）	6.75	6.25	6.26
归属于母公司所有者的净利润（亿元）	6.56	6.21	5.64
技术开发投入（亿元）	384.32万元	86.94万元	342.05
利税总额（亿元）	9.41	8.43	11.63
应交税金总额（亿元）	2.35	2.75	−14.55
净资产收益率（%）	13.19	16.48	−3.29
总资产报酬率（%）	3.93	5.19	−1.26
国有资本保值增值率（%）	113.6	118.8	−5.2

制表人：张　涛

【改革发展】围绕中铁南方“二次创业”改革发展要求，扎实推进组织机构改革。在对组织机构运行效果进行全面、客观评价的基础上，按照机关瘦身和基层强身思路，2018年3月对机关部门和所属单位机构设置、职能定位等方面进行全面调整，组建工管中心、财融中心，成立产业新城事业部，筹建北京联络处，分设厦门、福州多项目管理平台，对生产、财务、经营等关键要素进行充实整合，进一步优化了各单位、各部门的职能定位和管理效能；并对机关、三级公司内设科室（部门）定岗定编定员进行规范，对重点岗位进行轮岗调整和业绩写实，进一步明确了权责界面，基本构建了职责清晰、系统完备、科学合理、运行高效的管理体系。按照股份公司对投资公司新的职能定位和管理要求，对现行各层级管理机构和系统各单位管理关系进行重新梳理和定位，制订了机构改革和人员精简方案，积极稳妥推进三级公司裁撤工作，进一步压减管理层级，降低人力资源成本。全面启动企业标准编制。在深入推进管理实验室活动和向行业优秀企业对标学习调研的基础上，启动企业标准编制工作，系统梳理投资经营、建设管理、合规管理、考核激励等关键领域制约企业发展的短板问题和薄弱环节，编制《中铁南方企业标准清单》，共计66项业务纳入编制范围。大力开源节流、提质增效。中铁南方发挥投资公司在概预算编制、跟踪评审及二次经营、工程结算等方面的统筹引领、内部审查作用，截至2018年底，调增概预算6.65亿元，取得二次经营额8.16亿元，完成清收额172.7亿元，完成清欠额141.6亿元。

（朱　权　杨亚辉）

【重大项目】2018年中铁南方完成新签合同额834.41亿元，同比增长28%。其中：投资类项目3个，合计351.98亿元，占比42.18%；施工总承包类项目16个，合计473.3亿元，占比56.72%；在建项目二次经营9.33亿元，占比1.1%。在建项目共45个（广东地区29个，遵义地区2个，江西地区6个，福建地区8个），已完工项目7个。2018年累计完成产值193.9亿元，占年度计划191亿元的101%，开累完成产值473.69亿元，占总额 1538.4 亿元的 30%。

在传统深圳、广州、厦门、南昌、江门等市场实现滚动发展的同时，2018 年成功开拓了汕头、肇庆和赣江新区市场，先后中标了牛田洋快速通道、西江国际未来科技城、经开大道北延等大型项目，累计合同金额 387.88 亿元。在巩固传统轨道交通、市政领域的基础上，2018 年在产业新城、环保水务、人才安居房、地铁运营维护管养等领域实现了新突破。其中，肇庆西江国际未来科技城 PPP 项目是中铁南方产业园运作首次尝试；广州沥滘、西朗、江高、龙归污水处理厂项目中标，成功打开了环保水务新兴市场。中铁南方注重营销能力提升、体制机制建设、区域资源协调和外围关系维护，2018 年与 36 个地（市）及以上政府领导高层对接 76 次，推动股份公司、中铁南方与区域地方政府、企业及基金公司等单位签订战略合作框架协议 9 份，为开发区域大业主、运作高端项目提供了有力支撑。

2018 年，中铁南方牵头立项了 9 项科研项目，其中《深圳复杂地质长距离区间盾构高效施工技术研究》《深圳地铁 14 号线岩溶地层溶洞精细化探测及施工安全控制技术》《基于 GIS+BIM 技术的集团级工程项目一体化智慧管理研究》3 项处于项目策划阶段，《基于 BIM 的厦门地铁三号线过海通道施工风险集成控制与系统研发》《深圳前海片区复杂地质条件下典型工程问题分析与对策研究》《深圳复杂地质双护盾 TBM 设计、研制与施工成套技术研究》《深圳繁华滨海地区富水砂卵石软弱地层地铁综合修建技术》《基于 BIM 技术的城市轨道交通小曲线半径大跨度连续刚构拱桥施工技术研究》《地铁隧道衬砌结构隐伏质量缺陷识别与量化技术研究》6 项处于研究阶段。（邓湘波　肖云飞）

【重大创新】中铁南方围绕企业中心工作和管理短板，全面推进管理实验室活动，成立了战略管理、制度管理、标准管理、项目建设管理、投资运营管理、融资管理、产业园管理、法律合规管理 8 个管理实验室，在深圳地铁 14 号线、广州南沙新区大岗先进制造业基地综合项目、肇庆西江国际未来科技城 3 个重大项目开展管理实验室活动。（杨亚辉）

【工程创优】2018 年，中铁南方投资（参建）的深圳轨道交通 11 号线工程获得“中国建设工程鲁班奖”，前海双界河路及其地下道路工程二标、地铁汇通大厦 BT 项目、南昌地铁 4 号线 2 标坛子口站、绳金塔站获得“全国建设工程项目施工安全生产标准化工地”。深圳市城市轨道交通 1011-2 标、深圳市城市轨道交通 6111 标五工区、深圳市城市轨道交通 6111 标三工区、深圳市城市轨道交通 6102 标段三工区、深圳市城市轨道交通 1011-4A 标、听海大道和听海大道地下空间工程、桂庙路快速化改造工程地铁共线段一标获得“广东省房屋市政工程安全生产文明施工示范工地”；地铁汇通大厦 BT 项目获得“广东省建设工程优质结构奖”。（王丽平）

【党建工作】2018 年，中铁南方各级党组织认真贯彻党中央、国资委党委以及股份公司党委的部署和要求，全面从严治党管党向纵深发展、向基层延伸。一是强化思想建设。落实“两学一做”学习教育常态化制度化要求，举办十九大专题党课、中层干部十九大精神轮训班，严格领导班子中心组学习，牢固树立“四个意识”、坚定“四个自信”，坚决做到“两个维护”。全年全公司参加党的十九大和习近平新时代中国特色社会主义思想等培训人数在 2200 人次以上。二是强化组织建设。落实“四同步、四对接”原则，持续健全各级党组织，公司党委下设了 8 个党工委、23 个党支部、59 个党小组，配备了 50 余名专兼职党务工作人员，编印了党工委、党支部、党小组、发展党员工作手册，下发了支部党建工作责任清单，持续规范各级党组织的党内政治生活，确保“发展到哪里，党组织就延伸到哪里，组织活动就开展到哪里”。三是强化制度建设。制定了《党建工作责任制考核评价办法》《党支部“三会一课”制度实施细则》，修订了《党委会议事规则》《贯彻落实“三重一大”决策制度实施办法》等党建制度办法，为企业全面从严治党提供了遵循。四是强化党建责任制。制定了领导班子党风廉政建设责任制分工，党委委员党建工作联系点，扎实推进“一岗双责”。下发了党建工作责任制考核办法，推进 6 大项、19 个二级子项、53 个考核细目在全公司各级党组织深入贯彻执行，为层层压实党建工作责任制打下坚实基础。五是强化党建主题活动。持续深入开展“深圳地铁党旗红，共建廉控当先锋”主题活动，在深圳地铁 14 号线开展“创建廉洁示范线”活动，指导党建廉建活动在南昌、厦门、福州、南沙、遵义等区域重点工程持续深入有效开展，围绕中心抓党建，抓好党建促发展的作用有效发挥。六是强化党风廉政建设。中铁南方围绕企业中心工作、服务改革发展大局，扎实推动“两个责任”落实，积极运用“四种形态”，深化企业政治巡察，稳步实施再监督，深入纠治“四风问题”，强化纪检监察队伍建设，企业党风廉政建设和反腐败工作取得新成效，为集团公司高质量持续健康发展提供了有力纪律保障。全年共修订相关制度 10 余项，组织各层级领导班子谈心谈话 68 次，批评教育 26 人，巡查发现问题 28 个，节假日“四风”暗访暗查、突击检查 100 余次。（陈　超　张志磊）

【信息化建设】2018 年，中铁南方根据公司业态及工程项目管理现状，以先进的设计理念和平台架构完成中铁南方《基于 BIM+GIS 技术的工程项目一体化管控平台》的总体策划，涉及安全监测与风险管理子系统、施工监控与视频会议子系统、BIM 云平台建设、工程项目管理及移动 APP 应用 4 个板块，实现对各工程施工全链条、各要素管控自动化、可视化、集成化、数字化。采用超融合架构、深信服虚拟化技术，搭建完成 BIM 一体化应用云硬件平台，其中包括 BIM 桌面云及服务云，安装了 Revit、Bentley 系列正版软件，部署完成各项目的BIM建模，对中铁南方BIM模型进行有效管理。以深圳地铁14号线为依托，引用先进的理念、纯Web、三维引擎等创新技术搭建完成《基于BIM技术的集团级工程项目管控平台》《安全监测与风险管理系统》，并于2018年12底上线试运行。深圳地铁14号线施工监控与视频会议系统于2018年11月底完成部署，实现了PC端、手机端全天候监管和指挥现场施工，并实时与深圳市住建局智慧监管平台及劳务实名制和分账制平台、深圳地铁集团安全指挥中心对接，达到深圳市智慧工地建设标准。积极推进BIM技术在各工程项目中的应用与研发。举办了4次大型的《Revit建模技术》《Bentley建模技术》《斯维尔BIM5D工程计量》技术培训。深圳地铁14号线、前海市政Ⅴ标全面推行基于BIM技术升级现场生产管控，月亮湾立交—桂庙路主线跨线桥项目、地铁6102标大跨连续刚构桥项目分获深圳市建协举办的BIM竞赛二、三名，厦门地铁、福州地铁、南昌地铁在BIM技术应用方面均有新突破。强化网络及信息安全管理，积极与IT运维单位合作沟通，及时 实施对OA、财务、网站、视频会议、域控、档案、主数据等信息系统的升级，实时监控以上系统的运行状态、日志，发现异常及时分析，按权限上报和处理，有效保障了中铁南方网络及信息安全系统的正常运行。（肖云飞）

【企业文化】2018年，中铁南方制定下发了《城市轨道交通工程临时工程建设标准化图册》《城市轨道交通工程安全文明标准化图册》《地铁项目文化Ⅵ手册》，打造统一规范的企业品牌形象。深入推进“弘扬爱国奋斗精神、建功立业新时代”活动，以纪念改革开放40周年和中铁南方成立10周年为契机，举办了“建功新时代，奋进新征程”职工文艺汇演、书画摄影征文展等系列活动。加强“道德讲堂”建设，共建成“道德讲堂”7个，开展活动上百余场次。开展了“走进地铁新时代”大型媒体宣传活动，深入报道深圳地铁6号线合薯区间150m大跨桥顺利合拢、跨龙大高速顶推梁、10号线结构封顶等重大工程节点；积极加强与中央电视台等媒体的联系，在江西项目策划了“一夜拆除500m立交桥”报道，取得良好效果；产业新城事业部以承办“2018中国产业园区国际高层峰会”为契机，大力宣传推广产业园项目。全年在中央级媒体、省部级媒体上发稿200余篇，在《中国中铁》报上刊登稿件20余篇。（李小勇）

【履行社会责任】2018年，中铁南方推进施工标准化、机械化、信息化，不断推广先进适用的工艺工法工装，重拳整治生产环节突出环境问题，广泛使用除尘、降噪、净烟以及污水处理设备，在建工地文明施工水平显著提高。携手各参建单位，共同开展“建设项目市民开放日”“爱满鹏城”“致敬建设者”“携手共建·筑你平安”等文艺活动，让社会各界人士了解企业，凝聚起社会各界共同建设美好城市的共识。组织中铁深圳义工联开展社会公益活动，先后组织开展了“共享单车摆放”志愿服务活动、“敬老爱老”等10余项公益活动。积极参与抗灾抢险工作，组织人员、物资和设备投入深圳市龙华区观澜河河堤滑坡、深汕特别合作区下径水库坝体滑塌等抢险工作，彰显了央企责任担当。

（陈　超　李小勇）

【领导人员】

付漳湖　党委书记、董事长
温德智　党委副书记、总经理、副董事长、法定代表人
王利强　党委副书记、纪委书记、工会主席、监事会主席
赵　勇　副总经理
张国亮　副总经理
李同杰　副总经理、总会计师、总法律顾问
张吉纯　副总经理
刘继强　副总经理、总工程师
肖铁贤　副总经理、总经济师
王　伟　副总经理
彭声前　副总经理、股份公司华南工程指挥部副指挥长
张淦华　副总经理（3月改任副巡视员）

（朱　权）

·中国中铁股份有限公司华南工程指挥部·

【机构概况】中国中铁股份有限公司华南工程指挥部（简称华南指挥部）成立于2015年9月。2017年9月，股份公司决定将华南指挥部与中铁建设投资集团有限公司（现中铁南方投资集团有限公司，简称中铁南方）实行“一套人马、两块牌子”整合管理。华南指挥部作为股份公司派出机构，负责加强与所在区域地方政府沟通，推动与地方政府、国有企业及相关机构的合作，代表股份公司组织所在区域重点市场开发和重大项目经营。华南指挥部与中铁南方整合管理后，按照中铁南方的分工，重点统筹组织广州市场经营开发和在建重大项目监管服务。华南指挥部下设经营部、综合部2个部门，定员8人。截至2018年12月31日，华南指挥部在编职工5人，其中，副指挥长1人，经营部2人，综合部2人。华南指挥部办公驻地：广东省广州市天河区黄埔大道西108号奥园大厦13A层，邮政编码510627。（金琳鸣）

【改革发展】华南指挥部贯彻股份公司高端经营、立体经营方针，秉承诚信经营、互信共赢的理念，积极运作，推动股份公司分别与广州市、南沙区政府及广州市

市政工程设计研究总院签订战略合作协议，中铁南方分别与广东省基础设施投资基金、广东省建筑设计研究院签订战略合作协议，构建政企合作和企业强强联合的良好平台渠道，为推动区域市场开发和项目营销作出积极努力。截至2018年末，中标广州地铁11号线及同步实施工程和中心城区地下综合管廊项目、广州南沙大岗先进制造业基地区块综合开发项目、广州地铁13号线及同步实施工程等13个项目，合同金额（建安部分）总计767.9亿元。（金琳鸣）

【中标项目】2018年，华南指挥部通过牵头组织和提供技术支持、协调服务等方式，以中国中铁牵头、所属二级单位为成员组成联合体，或二级单位为联合体成员与其他企业合作，或以二级单位名义，在所在区域中标项目10项，中标合同金额361.11亿元，较2017年增长145%。（金琳鸣）

【高端经营活动】华南指挥部积极推进高端经营活动，发挥好股份公司与地方政府、重要客户之间联系沟通和合作的桥梁纽带作用，构建高层互访互动机制。2018年，推动股份公司与广东省政府、广州市政府、白云区政府、南沙区政府、广州铁路投资建设集团有限公司、中国南方航空集团、广东恒健投资控股有限公司等主要领导开展高端经营活动8次。（金琳鸣）

【重要市场开发】2018年，华南指挥部实现了广州地区“两投（水投和铁投）”市场的重大突破。在广州地铁市场，继续维护良好公共关系，牵头组织或协调支持开展项目经营开发，年内中标广州地铁13号线二期及同步实施工程等5个项目，中标合同额296.18亿元。（金琳鸣）

【创新经营】华南指挥部创新经营思路，探索“先行引领”经营理念。推动“设计引领”，充分利用中铁二院、中铁咨询等设计单位的优势，加强与广州地铁设计研究院、广州市政工程设计研究总院等第三方设计单位的密切合作，取得良好效果。推动“地产引领”，组织中铁置业谋划和推动白云新城总部基地项目，取得白云区委区政府及有关部门的认可和支持，并已拍得土地213800m^2，通过总部基地项目落地和产业导入，在孵化总部基地建设任务的同时，与白云区深化项目合作，拓宽市场空间。注重经营模式创新，深入研究市场形势变化、项目特点、业主招标条件等因素，有针对性地采取不同的营销策略，先后实现了“施工总承包+PPP”“EPC+PPP”“1+N模式的施工总承包”等经营模式创新，取得了南沙新区、广州水务、广州铁投等市场的重大突破。（金琳鸣）

【监管与服务】华南指挥部积极做好区域重大项目监管服务工作，2018年到南沙大岗先进制造业基地项目、东部快线虎门二桥互通立交及相关工程EPC项目、广州水务抢险工程和污（净）水厂EPC项目了解有关情况，检查项目进展和重大风险源管控情况，帮助协调解决融资落地、征地拆迁、设计配合、概算调整、计量支付等方面遇到的问题，落实“以现场保市场”的要求，为区域重点项目建设施工顺利推进提供了良好的服务支持。（金琳鸣）

【党群工作】2018年，华南指挥部与中铁南方整合管理后，华南指挥部党组织关系转移至中铁南方，经中铁南方党委研究决定，先后在华南指挥部成立中铁南方机关第五党支部和工会第五支会，党支部和工会支会基本建立起基础资料、台账和基本工作制度，党群组织活动逐步走向正常化。2018年，党支部定期召开党员大会2次，组织开展党员集中学习讨论2次、领导干部讲党课2次、领导干部联系点活动1次、定期谈心谈话8人次。工会支会开展送清凉和节日慰问3次、为职工购买发放学习书籍、读书卡、开展读书活动等工作。（金琳鸣）

【综合管理】根据中铁南方印发的《2018年度规章制度有效文件清单》，结合工作实际，重点学习了与指挥部各项业务紧密相关的制度文件，逐步拟订了相关工作制度，建立了公文处理和流转、低值易耗品和固定资产管理、职工宿舍和办公用房管理、公务用车管理、办公用品管理、考勤管理等台账，建立完善了OA系统公文处理、出差报告等流程，综合管理各项工作步入正轨，保障了华南指挥部各项工作正常运行，实现了整合管理的目标要求。2018年，编发了《经营信息动态》4期、信息简报7期，及时报送各类报表、台账、总结报告等各类文档资料，对广州地铁13号线等重大项目经营过程中形成的资料进行了整理汇编，同时应南沙新区产业园开发管理局要求，主创并组织摄制了南沙庆盛枢纽区块综合开发项目宣传片《南沙庆盛，创享水城》。（金琳鸣）

【领导人员】

彭声前　中国中铁华南工程指挥部副指挥长、中铁南方投资集团有限公司副总经理

（金琳鸣）

中铁投资集团有限公司

【简况】中铁投资集团有限公司（简称中铁投资）成立于2014年8月，注册资本金25亿元，是中国中铁区域高端总承包经营平台、服务中国中铁成员企业的投融

资平台、中国中铁PPP项目运营管理平台，与中国中铁工程建设分公司“一套机构，两块牌子”运作，代表中国中铁在北京、天津、河北、河南、山东、辽宁、吉林、黑龙江、内蒙古9省（直辖市、自治区）和雄安新区范围内开展高端总承包经营和投融资业务。

中铁投资在北京、天津、河北、河南、山东、辽宁、吉林、黑龙江、内蒙古等9个省（直辖市、自治区）设有省级区域经营指挥部，同时在青岛、大连、烟台等9个城市设有区域经营机构，拥有各类高级管理人员600余人。中铁投资按照中国中铁企业发展战略，立足于地铁、城市轨道交通、高铁投资建设运营，积极开拓交通、市政础设施开发、房地产开发、城市运营等领域，依托中国中铁央企品牌和实力，大力加强与政府、金融机构、社会各界的合作，形成了较强的投融资、建设、运营管理等核心优势，经营业绩逐年攀升，截至2018年末累计投资及新签合同额超过2300亿元。

中铁投资先后投资建设了石家庄地铁1号线、石家庄地铁2号线、呼和浩特地铁1号线、郑州地铁1号线、长沙地铁5号线、青岛地铁1号线、青岛地铁2号线、大连地铁5号线、郑州空港城、长春新区东北亚物流港、吉林公主岭地下综合管廊、沈阳市四环快速路、京新高速公路等30余个重大项目，投资建设的项目获得“国家优质工程奖”1项，青岛地铁1号线土建一标和呼和浩特市城市轨道交通1号线一期工程2个项目获得“中国中铁2018年节能减排标准化工地”。

中铁投资始终秉承“创造价值、创造幸福”的宗旨，以“服务国家、奉献社会、回报股东、造福员工”为使命，努力打造成为中国中铁投资板块经营区域最广、竞争力最强、综合实力最优、发展速度最快、创新活力最足、队伍凝聚力最高的“六最型”企业，致力于成为业务发展模式成熟、核心竞争力突出，投资、建设、运营一体化发展，规模和竞争实力达到国内领先水平的投资运营商。

（韩小雷）

【主要指标】2018年中铁投资完成新签合同额832.16亿元，占年度任务760亿元的110%；实现收入121.55亿元，占年度任务112亿元的108%；实现归母净利润6.87亿元，占年度任务6.3亿元的109.0%，超额完成了股份公司下达的各项预算指标。

（朱　沛）

表14–33　　2018年中铁投资集团有限公司主要经济指标

项目	2018年	2017年	比上年增长（%）
资产总额（亿元）	254.33	156.93	62.07
所有者权益（亿元）	68.09	18.03	277.65
营业收入（亿元）	121.55	132.50	−8.26
利润总额（亿元）	6.98	9.09	−23.21
净利润（亿元）	6.87	8.84	−22.29
归属于母公司所有者的净利润（亿元）	6.87	8.84	−22.29
技术开发投入（亿元）	160.4万元	333.42万元	−51.89
利税总额（亿元）	6.87	8.84	−22.29
应交税金总额（亿元）	0.86	0.21	309.52
全员劳动生产率（万元/人·年）	2592.00	2666.00	−2.78
净资产收益率（%）	10.25	49.02	−79.09
总资产报酬率（%）	2.84	5.63	−49.56
国有资本保值增值率（%）	102.19	103.81	−1.56

制表人：朱　沛

【改革发展】扎实推进体制机制改革创新。按照股份公司推进区域经营和立体经营的部署和要求，结合实际，制订中铁投资深化体制机制改革方案，围绕建设行业领先、国内一流投资集团的目标，立足“做强投资集团，做实项目公司，调整三级公司职能”，对中铁投资的体制机制进行重新设计，确定了中铁投资总部部门设置、定员定编、职责划分和区域经营指挥部的机构设置、定员定编、职能定位等方案。开展商业模式创新。深入探索轨道交通PPP+配套土地开发、城市地下空间综合开发等新的商业模式，促进产业协同和立体经营，为做大做强投资经营业务探索引路。积极向城市开发建设领域进军，围绕产业新城、园区建设、城市经营、运营城市、特色小镇、康养地产、土地捆绑项目、产业导入等加强人才、资源、管理等方面的储备和投入，促进企业转型升级。坚持科技创新。推进BIM信息化管理，探索应用各种“云工具”的信息化管理，推广“盾构云”技术在地铁项目中的应用。围绕大连地铁5号线下穿海域段溶洞群、青岛地铁8号线下穿海域段多条断裂带，以及大直径泥水平衡盾构长距离高水压掘进、半矿山半盾构法建造海底隧道等高风险、高难度项目，持续开展科技攻关和技术创新工作，依靠科技创新提质增效、防控风险，为项目顺利推进提供了强有力的科技支撑。创新加强人才队伍建设。通过公开招聘方式在集团公司外部重点引进人才34人，在集团公司内部通过公开竞聘方式选拔优秀专业技术人才8名，全年从高校毕业中择优录用15人。加强履职待遇和业务支出管理，组织开展了企业负责人年薪外收入专项检查活动，共清退年薪外收入5.3万元。累计开展各项培训48期，累计1380余人参加培训，投入培训经费60余万元。 （曹 劲）

【重大项目】2018年，中铁投资参建的重大项目有11个，分别为：中国中铁京新高速公路临河至白疙瘩段（阿拉善盟境内）LBAMSG-2标段、青岛地铁2号线一期工程土建一标东段、青岛地铁1号线瓦屋庄站—贵州路站区间隧道工程一标段、青岛市地铁1号线工程土建施工一标段、青岛市地铁8号线PPP项目（B包）、石家庄市城市交通2号线一期工程、洛阳市轨道交通1号线02标土建项目、洛阳市轨道2号线02标项目、大连地铁5号线PPP项目、呼和浩特市城市轨道交通1号线一期工程、郑州航空港经济综合实验区2016—2018年片区城市基础设施一级开发建设项目。其中京新高速公路临河至白疙瘩段（阿盟境内）LBAMSG-2标段（乌力吉口岸连接线）8月29日开通试运营；大连地铁5号线火梭区间大盾构10月30日实现始发；洛阳地铁1号线应丽区间左线10月26日盾构贯通；呼市地铁1号线11月26日实现全线洞通，乌兰夫纪念馆铺轨基地11月30日开始铺架；青岛地铁1号线瓦贵区间隧道工程01标12月26日正线洞通；青岛地铁8号线大青区间海底隧道TBM于12月25日顺利始发；郑州航空港经济综合实验区2016—2018年片区城市基础设施一级开发建设项目共开通桥梁2座，道路5条。

中铁投资深化落实区域经营理念，以总体发展思路为指引，以营销模式、商业模式、建设模式“三个模式一体化”为总的营销策略，以上游合作、上游项目、总包项目为重点，树立“经营是龙头”理念，做好高层对接、合作共建、项目营销推进等自主经营工作。截至2018年12月31日，在黑龙江、吉林、辽宁、内蒙古、北京、天津、河北、山东、河南9个省（自治区、直辖市）及雄安新区构建完成了以区域指挥部为主体的立体营销网络，公共资源网构建初见成效。在25个重点城市设有营销常设机构，在区域内直辖市、省会城市、计划单列市、副省级城市以及经济较为发达的地级城市实现了基本覆盖。2018年以中铁投资名义签订战略协议4个，分别是河北建工集团战略合作协议、中铁太行国际生态建设项目战略合作框架协议、淄博文昌湖省级旅游度假区管理委员会战略合作协议、天津住宅战略合作协议；促成中国中铁签订战略协议8个，分别是淄博市人民政府战略合作协议、沧州市人民政府战略合作协议、河北省人民政府战略合作框架协议、北京市大兴新城西片区合资合作开发协议、山东省人民政府与中国铁路工程集团有限公司助力山东省新旧动能转换重大工程战略合作协议、中国中铁股份有限公司与北京控股集团有限公司战略合作协议、北京市密云区人民政府与中国中铁股份有限公司战略合作协议、唐山市人民政府战略合作协议。

2018年，中铁投资累计中标18个项目，完成新签合同额832.167亿元，其中投资类项目中标7个，完成新签合同额571.0898亿元，具体为：①沈阳市快速路PPP项目；②石家庄市滹沱河生态修复工程（中华大街至藁城城区东）PPP项目；③沈阳中德园基础及公共设施建设PPP项目；④濮阳至阳新高速公路菏泽段投资人招标项目；⑤潍坊滨海经济技术开发区中央城区综合提升项目；⑥新建鲁南高速铁路菏泽至曲阜段站前工程；⑦郑州航空港四标项目。施工总承包类项目中标9个，完成新签合同额121.61亿元，具体为：①枣庄税郭公铁联运物流中心投资项目一期工程；②石家庄轨道交通2号线嘉华车辆段上盖工程；③唐山市东湖片区生态修复基础设施建设项目总承包（EPC）；④淄博市火车站南广场交通枢纽工程；⑤宁阳县高庄片区棚户区改造项目勘察设计施工总承包（EPC）项目；⑥青岛市地铁1号线工程机电系统安装；⑦ 青岛市地铁1号线工程信号、AFC项目；⑧青岛地铁1号线工程供电系统工程；⑨青岛市地铁1号线工程轨道安装施工；房地产项目中标2个，完成新签合同额139.47亿元，具体为：①顺义区北务镇北务村棚户区改造土地开发项目（二次）；②伊水创新产业新城基础设施建设合作方招标项目。

2018年，中铁投资依托大连地铁5号线海底隧道施工，积极开展科研工作，经过专家多次论证，深入开展跨海段岩溶地区大直径泥水盾构施工安全技术研究，此技术难度为世界性难题，课题重新调整，变更为股份公司重大专项课题，更名为《多功能泥水平衡盾构机的研制及施工关键技术研究》。 （陆记霞 马晓培）

【重大创新】中铁投资2018年立项的《PPP项目建设管理模式探索与实践》获得“股份公司2018年度中国中铁企业管理现代化创新成果”一等奖。取得《一种公路桥梁混凝土浇筑钢模板》《盾构施工BIM管理平台软件》等3项专利；申请受理6项实用新型专利；重点组织开展了《基于BIM的地铁工程项目建设基础管理信息化方案与实践研究》《青岛地铁8号线海底隧道半矿山半盾构修建关键技术研究》《胶州湾湾口过海地铁隧道施工技术研究》等课题研究。 （陆记霞）

【工程创优】中铁投资投资（参建）的郑州市轨道交通2号线一期工程获得“国家优质工程奖”；京新高速公路临河至白疙瘩段（阿拉善盟境内）施工总承包第LBAMSG-2标段获得“2018年度中国中铁杯优质工程”称号；石家庄市城市轨道交通1号线一期工程土建及相关工程获得“2018年度中国中铁杯优质工程”称号；京新高速公路临河至白疙瘩段（阿拉善盟境内）获得2016—2017年度公路水运建设“平安工程”称号；石家庄市城市轨道交通2号线一期工程土建及相关工程获“2018年度中国中铁安全标准工地”称号；郑州航空港经济综合实验区2016—2018年片区城市基础设施一级开发建设项目施工总承包（第四标段）获得“2018年

度中国中铁安全标准工地”称号。（蒋　森）

【党建及文化建设】中铁投资深化党政纪工团共建。组织开展党员领导干部深入学习贯彻习近平新时代中国特色社会主义思想和党的十九大精神培训班，推动全面从严治党、从严治企向基层延伸。2018年，组织3期领导干部学习贯彻十九大精神集中轮训，培训115人，领导班子成员根据各自分工撰写学习贯彻十九大精神研讨课题10篇，营造了以上率下学、联系实际学的浓厚氛围。修订《贯彻落实“三重一大”决策制度实施办法》，制定《党委会研究讨论企业重大经营管理事项实施细则》等规章制度。中铁投资党委全年召开党委会11次，履行“前置程序”研究讨论重大经营管理事项156项，召开中心组学习5次。2018年，共调整领导干部94人次，其中提拔2人。加强教育培训，建立多层次培训体系，共培训各类管理人员7962人次。出台了《关于深入贯彻落实中央八项规定精神进一步加强作风建设的实施意见》《内部公务活动用餐管理规定》等制度办法，严明“十五个严禁”，抓具体、补短板、防反弹。发挥巡视巡察“利剑”作用，积极配合中国中铁党委第三巡视组的政治巡视，对发现的7个方面18个问题的彻底整改，分别对山东公司、大连公司开展内部巡察，对发现的88个问题立行立改，开展《深入剖析王晓林严重违纪违法案件典型特征将办案成果转化为国企治理效能的工作建议》自查自纠、举一反三、即知即改。加强廉洁风险防控，制定了构建“不能腐”体制机制推进计划，深化廉洁谈话、工作约谈制度，强化监督执纪问责，建立健全线索督办机制和违纪违法典型问题通报曝光制度，全年共立案2件，给予党纪政纪处分3人次、组织处理1人次，有效发挥了惩处的震慑作用。围绕中心工作讲述铁投故事、传播铁投声音、展现铁投形象。策划组织中央电视台、人民日报等中央级新闻媒体深入现场，对呼和浩特地铁1号线提前156天“洞通”、国内最深最长的海底隧道——青岛地铁1号线顺利贯通、世界性难题“超级跨海”工程——大连地铁5号线泥水盾构始发等重大新闻深度采访报道。配合中国中铁拍摄制作《中国城轨》，创新中铁投资微信及各单位微信公众号载体，推送各类信息、报道1800多篇，在中央及各类新媒体刊发新闻报道630余篇。完成公司企业文化展厅建设、3D立体影院和企业宣传短片的制作，公司网站正式营运，进一步彰显了“中铁投资”的品牌形象。加强党建政策理论研究，《习近平新时代中国特色社会主义思想在中国中铁的生动实践》《树立“四个意识”着力打造PPP项目党建工作品牌》等5篇经验材料被中国中铁《调研参要》刊发，长春物流港项目道德讲堂荣获“2018年度中国中铁示范道德讲堂”，呼和浩特市轨道交通1号线建设指挥部荣获“2018年度中国中铁工程项目文化建设示范点”。完善各级党工团机构、岗位设置和人员配置，选配人才力量，做到组织完善、职责明确、人员精干有力。在政策、经费上支持群团组织开展有意义的活动，支持工会组织开展职工关怀活动，发挥群团组织在企业调动广大职工群众积极性作用。切实保护职工权益。认真履行集体合同，持续深入开展“三工”建设，2018年共投入“三工”建设资金420余万元，筹集发放夏送清凉和“两节”送温暖资金130余万元。（庞　峰　周　凯）

【信息化建设】2018年，中铁投资完善信息化建设制度，编制《中铁投资集团信息化发展规划及建议》，明确信息化建设方向和重点任务，着力推进集团管理的信息化全面覆盖。补充完善现有制度，规范中铁投资信息化建设与管理行为。协助部署机房环境，完成灾备系统（二期）建设工作。全面建成中铁投资远程视频会议系统，提升整体运营效率，有效推进信息化建设工作。（法明杰）

【履行社会责任】中铁投资所属中铁（山东）投资有限公司与青岛市国资委、扶贫办、地铁集团、青岛地铁建设单位等单位助力精准扶贫，赴山东省莱西市河头店镇开展爱心捐赠活动，捐赠爱心善款120万元，帮助和带动河头店镇贫困村民早日实现“脱贫梦”。

中铁呼市地铁1号线指挥部，开展“情暖童心”留守儿童关爱活动，所属各标段中铁青年志愿者与学校24名单亲留守儿童建立“一对一结对子、大手牵小手”的关爱帮扶关系，定期联系关爱的留守儿童，动态了解留守儿童的学习、生活和心理情况，为留守儿童提供情感关怀、学习辅导、生活照料、心理疏导等关爱服务和帮助，构建学校、家庭、社会三位一体的合力共育模式，累计开展关爱活动15次，共计32万元，用实际行动彰显了央企旗帜鲜明的政治担当和大爱无疆的人文关怀。（庞　峰）

【领导人员】

陈　勇	党委书记、董事长
徐坤甲	党委副书记、总经理、董事
张作义	党委副书记、纪委书记、工会主席、监事
刘林山	党委委员、副总经理
张永强	党委委员、副总经理、董事
廖　斌	党委委员、副总经理
修　贵	党委委员、副总经理、董事、总法律顾问
龙明华	党委委员、副总经理
孙玉国	党委委员、副总经理
张亚旭	党委委员、总会计师、董事、董事会秘书
汪小庆	党委委员、副总经理
吴成福	专职外部董事
梁　勇	专职外部监事、监事会主席
周有俊	职工监事

（曹　劲）

中铁开发投资集团有限公司

【简况】中铁开发投资集团有限公司（简称中铁开投）是中国中铁的全资二级子公司，注册地在云南省昆明市呈贡区，办公地在云南省昆明市西山区，注册资本金15亿元，主要代表中国中铁与云南、贵州、湖北、重庆三省一市开展基础设施领域有关项目的投融资、建设管理、运营维护等相关工作，是中国中铁在云贵鄂渝四省市的区域总部。

2011年4月8日，中国中铁在昆明成立了中国中铁昆明轨道交通工程指挥部和轨道交通3号线西标段项目经理部。2011年12月8日，中国中铁以昆明轨道交通工程指挥部和3号线西标段工程项目经理部为班底，成立了"中铁泛亚建设投资有限公司"。2012年3月2日，中铁泛亚建设投资有限公司更名为"中铁昆明建设投资有限公司"。2016年12月8日，中铁昆明建设投资有限公司更名为"中铁开发投资有限公司"。2018年1月16日，"中铁开发投资集团有限公司"组建。公司致力于建设集投融资、工程建设管理、物资设备采购租赁及运营管理于一体的"行业领先、国内一流"投资集团。2018年6月，中铁开投成立运营管理部，负责对中铁开投所属公路、轨道交通、管廊等项目公司的运营工作、经营开发等业务进行指导、检查和监督。

截至2018年12月31日，中铁开发投资集团有限公司下属全资子公司3个（中铁重庆投资发展有限公司、中铁湖北建设投资有限公司、中铁云南建设投资有限公司），相对控股子公司1个（中铁惠信股权投资基金管理有限公司），区域经营分公司4个（中铁开发投资集团有限公司云南分公司、中铁开发投资集团有限公司贵州分公司、中铁开发投资集团有限公司湖北分公司、中铁开发投资集团有限公司重庆分公司），全资项目公司1个（昆明中铁总部大厦项目建设管理有限公司），控股（参股）项目公司13个（昆明东格高速公路开发投资有限公司、昆明寻沾高速公路发展有限公司、昆明轨道交通4号线土建项目建设管理有限公司、贵州瓮开高速公路发展有限公司、贵州遵余高速公路发展有限公司、贵州威围高速公路发展有限公司、武汉中铁武九北综合管廊建设运营有限公司、中铁重庆轨道交通投资发展有限公司、中铁重庆地铁投资发展有限公司、云南玉楚高速公路投资开发有限公司、昆倘高速公路发展有限公司、贵阳轨道交通3号线开发建设有限公司、贵阳市城市综合管廊建设管理有限公司），在建项目14个（东格高速公路、寻沾高速公路、昆明轨道交通4号线、玉楚高速公路、遵余高速公路、瓮开高速公路、威围高速公路、贵阳地铁3号线、昆明中铁总部大厦、贵阳城市综合管廊、正安一体化、重庆地铁5号线、重庆地铁10号线、武汉武九综合管廊），投资总额近2000亿元。

截至2018年末，中铁开投在册正式员工330人，按职级结构分：公司领导班子10人，占员工总数的3%；处级干部70人，占员工总数的21.2%；科级干部142人，占员工总数的43%；职员108人，占员工总数的32.8%。按管理人员学历结构分：硕士研究生（含硕士）22人，占员工总数的6.7%；本科264人，占员工总数的80%；大专40人，占员工总数的12.1%；大专以下4人，占员工总数的1.2%。按职称结构分：正高级职称人员6人，占员工总数的1.8%；副高级职称98人，占员工总数的29.7%；中级职称179人，占员工总数的54.2%；初级职称43人，占员工总数的13%；其他4人，占员工总数的1.2%。在管理人员年龄结构方面：公司员工平均年龄39岁，其中年龄在35岁以下的106人，占员工总数的32.1%；35～45岁的144人，占员工总数的43.6%；45岁以上的80人，占员工总数的24.2%。

中铁开投秉承"勇于跨越、追求卓越"的企业精神，积极发挥基础设施领域专业优势和集成优势，诚信经营、严格履约，提供优质的设计、咨询、投融资、建设管理和运营维护一体化服务。截至2018年12月31日，中铁开发投资集团有限公司资产总额124.76亿元、年施工生产能力135.58亿元。中铁开投先后获得"全国AAA级安全文明标准化工地"、云南省"优秀企业"、云南省"建筑施工安全标准化工地"、重庆市"五一劳动奖状"、昆明市"建筑企业工程质量管理先进单位"、昆明市"五一劳动奖状"等多项荣誉；公司领导班子2014年、2015年、2016年连续3年获评股份公司"四好班子"；2018年，中铁开投获得实用新型专利授权13项、软件著作权1项，获得"中国铁路工程总公司科学技术奖一等奖"1项、二等奖2项，获中国中铁"节能减排标准化工地"3项。

（高培富　左富生　宋华青　李　杰　董一初）

【主要指标】2018年，中铁开投完成新签合同额685.02亿元，较2017年增长87.62%；实现营业收入194.39亿元，较2017年增长43.38%；归属于母公司净利润12.01亿元，较2017年增长10.10%；经营性现金净流量22.37亿元，盈余现金保障倍数1.86倍；中铁开投合并口径年末资产负债率81.15%；年末有息负债61.88亿元，占年度预算81.5亿元的75.93%；两金余额50.55亿元。

（宋华青　董一初　代林灵）

表14-34　　2018年中铁开发投资集团有限公司主要经济指标

项目	2018年	2017年	比上年增长（%）
资产总额（亿元）	263.73	124.76	111.39
所有者权益（亿元）	35.35	17.6	100.88
营业收入（亿元）	194.39	135.58	43.38

续表

项目	2018 年	2017 年	比上年增长（%）
利润总额（亿元）	12.93	11.36	13.78
净利润（亿元）	12.01	10.91	10.10
归属于母公司所有者的净利润（亿元）	12.01	10.91	10.10
技术开发投入（亿元）	—	0.041	—
利税总额（亿元）	13.09	11.84	10.55
应交税金总额（亿元）	1.08	0.93	15.78
全员劳动生产率（万元 / 人 · 年）	770.82	476.67	61.70
净资产收益率（%）	45.37	62	−26.83
总资产报酬率（%）	10.90	8.74	24.76
国有资本保值增值率（%）	129.35	127.89	1.14

制表人：宋华青　董一初　代林灵

【改革发展】中铁开投坚持以战略经营为引领，以区域经营、立体经营为手段，抢抓机遇，协同各方，有效开拓市场。2018 年签订战略合作协议 40 份，涉及金额超 1.4 万亿元，搭建高层互动平台，做好项目储备。加强与金融机构的合作，与中国银行、中国农业银行、中国建设银行举行区域重大项目投资合作论坛，推进了银企互动。中铁开投以 4 个区域经营分公司、69 个区域经营中心为着力点，重点研究区域经营机构的运转机制，制定了《区域协同经营管理办法（试行）》，理顺了各方责权利，确保各级经营机构有序高效运转。出台《经营区域分类划分及运作要点指导意见》，明确参与区域和方式，提高了项目选择的目标性。强化政策模式研究，玉楚高速通过并表降低股份公司负债率 1 个百分点以上，贵阳地铁 3 号线实现结构性出表，2 个项目均实现了运营期各年度净现金流为正数。运用评估测算成果，优化设置边界条件和合同条件，玉楚高速、贵阳地铁 3 号线提高经济效益、消除经济风险效果显著。2018 年，中铁开投取得市政公用工程、公路工程施工总承包壹级资质以及安全生产许可证等资质，通过“三体系”认证，强化了规范管理及风险管控，增强了市场竞争和自主经营能力，为投资项目施工利润回流通道设计提供了条件。积极推展新兴业务。联合中铁建工以底价竞得昆明草海五号片区 2 号地块，推动房地产板块发展。2017 年 12 月，中铁开投组建了工程系列初、中级评委会，工程、经济、会计系列高级推荐小组，政工系列初级评委会及中高级专业技术职务推荐小组，职称改革工作取得突破。2018 年，公司向股份公司推荐职称评审 33 人，31 人通过职称评审。

（*马林东　代林灵　张益禄*）

【重大项目】2018 年，中铁开投以 PPP+EPC 模式中标贵州省威宁至围仗（黔滇界）高速公路 PPP 项目，以施工总承包模式中标云南省滇中引水工程大理Ⅰ段施工 3 标、云南省滇中引水工程大理Ⅱ段施工 1 标、昆明市轨道交通 5 号线火车北站工程、省道 S11 曲靖至砚山公路曲靖（麒麟区）至师宗段高速公路路面工程施工招标（LM3 标段）、省道 S11 曲靖至砚山公路曲靖（麒麟区）至师宗段高速公路土建工程施工招标（土建 6 标段）、省道 S11 曲靖至砚山公路曲靖（麒麟区）至师宗段高速公路土建工程施工招标（土建 9 标段），以 PPP+ 施工总承包模式中标 G8012 弥勒至楚雄高速公路玉溪至楚雄段工程 PPP 项目，以 PPP 模式中标贵阳市轨道交通 3 号线一期工程 PPP 项目，中标（投资）额合计 748.07 亿元。扣除因国家政策原因终止实施的昆明市官渡区晓东村（地块十二）土地一级开发整理、棚户区改造项目 63.05 亿元，2018 年完成新签合同额 685.02 亿元，占股份公司下达年度计划 624 亿元的 109.74%，其中：自主中标项目 624.91 亿元，协同中标项目 60.11 亿元。

2018 年，中铁开投承建的昆明绕城高速东南段 B 标顺利开通运营。参建的贵阳轨道交通 3 号线一期工程开工建设。投资（参建）的重庆地铁 5 号线北段、10 号线正常运营。玉楚试验段土建工程已完工，玉楚试验段、寻沾高速分别被交通部、云南省列为“品质工程示范创建项目”。昆明轨道交通 4 号线土建工程开累完成 86%。2018 年，中铁开投投资（参建）的遵余高速开工，着力打造贵州省交通系统样板引路工程。昆明中铁总部大厦被评为“昆明市房屋建筑工程示范项目”。

2018 年，依托昆明地铁 4 号线开展重大科技开发课题《高富水圆砾地层盾构双线隧道上下重叠下穿既有线技术》研究，完成以下研究内容：①昆明砾砂地层土压平衡盾构渣土改良技术；②第四系全新统冲湖积高富水圆砾地层工程水文地质特征；③高富水圆砾地层上下重叠双线隧道下穿既有线盾构渣土改良与高效掘进技术。撰写“昆明砾砂复合地层土压平衡盾构渣土改良技术”论文 1 篇，申请“一种盾构隧道管片洞内运输过程中的防破损装置”和“一种盾构隧道管片洞内运输过程中的防破损装置”实用新型专利 2 个。

（*左富生　高培富　代林灵　张蕾蕾　董一初*）

【重大创新】中铁开投构建具有中铁开投管理特色的“一顶、四梁、八柱、四维度、一基础”工作主线，“一顶”即顶层设计，是指做好公司发展的内外部各种关系处理的顶层设计。“四梁”是指搭建规划、金融、客户圈、信息化等企业发展的四条主梁。“八柱”是指今后的重点经营方向和投资领域，主要包括城市开发、轨道交通、高速公路、水利、电力、机场、管廊、海外工程八个方面。

"四维度"是指制度建设、盈利模式、团队建设、市场开发四个维度的平衡协调发展。"一基础"即通过资源整合，进一步做实做深区域经营中心，形成合力，提高经济效率。

创新管理模式，引入造价咨询机构对投资项目工程概（预）算、验工计价及变更设计费用进行初审，减少投资偏差，并对投资控制提出合理建议，提高项目经济效益和社会效益。鉴于股份公司对公司员工总数的控制目标和公司人力资源集约化管理的总体要求，提出变革创新管理模式，在引入造价咨询的基础上，设立"云南、贵州、重庆、湖北"4个区域工程经济管理中心，形成"一部四中心"即"公司工程经济部1+区域工程经济管理中心4"的管理模式，形成上下联动，横向联合，齐抓共管的良好局面。（薛宇 张蕾蕾）

【工程创优】2018年中铁开投投资（参建）的重庆地铁10号线获得"中国建设工程鲁班奖"；重庆地铁5号线、10号线分别获得重庆市"巴渝杯优质工程奖""重庆市优质工程设计奖""重庆市市政金杯奖"。获国家AAA级安标工地1个，股份公司"安全标准工地"4个。（张凤）

【党建工作】中铁开投党委按照"四同步""四对接"要求，坚持把党建工作与企业改革发展同步谋划、同步部署、同步落实、同步考核，把制度治党、依规治党作为从严管党治党的重要内容进行统筹安排。积极开展党员干部十九大精神轮训，在江西井冈山举办了3期培训班，138名科级及以上干部参加了学习培训，委外专业培训152人次。优化调整各单位党纪工团组织，把管理职能相近、区域相邻的4个项目指挥部组建成2个联合党工委，解决了应建未建的问题。建立党建工作联系点10个；开展了"找差距、补短板、强实效"党建质量提升活动，落实中央纪委《工作建议》进行自查自纠，坚持问题导向，持续深化企业党建。深入开展了和谐企业创建，积极推进"三让三不让"关爱员工工程、幸福之家"十个一"工程、员工健康关爱计划等活动，尊重职工合理诉求，切实维护职工群众切身利益。

中铁开投党委、纪委以夯实党风廉政建设和反腐败工作基础为重点，明确党风廉政建设责任分工，建立健全制度办法，2018年组织召开"党风廉政建设和反腐败工作会议"2次，协助党委定期召开"党风廉政建设和反腐败工作联席会"，督促落实年度党风廉政任务分工、不能腐体制机制任务分工，与所属各单位签订党风廉政建设责任书，督促各级领导人员工开展廉洁承诺，严格落实两个谈话制度，建立处级领导干部廉政档案"活页夹"78份，对9名同级领导班子成员进行"画像"，全面推进"两个责任"落实；全年公司各级党、纪组织开展廉洁教育活动17场次，编发推送警示案例短信6期534人次，坚持抓早抓小抓常，让"咬耳扯袖、红脸出汗"成为常态；严格监督执纪问责，对2名人员开展诫勉谈话，给予1名责任人党内严重警告处分；开展企地共建活动3场次，加强与属地纪监委的日常沟通交流，构筑廉洁共建防线；结合实际制定完善巡察工作办法等9项制度，细化梳理了巡察要点导引，协调组建党委巡察组，对3家单位党组织及其班子成员开展了常规巡察，形成巡察报告并督促整改落实。（李杰 刘澎玮）

【信息化建设】2018年，中铁开投数字化项目管控平台经过上线试运行，已在云南玉楚高速、昆明地铁4号线等9个项目得到推广应用，平台实现了工程技术人员对项目的在线管理，全面提升了项目建设信息化管控水平。中铁财务共享服务中心投入使用。（董一初 宋华青）

【履行社会责任】中铁开投参与增援重庆轨道交通环线隧道施工，组织重庆轨道交通6号线滑坡隧道抢险、玉溪市峨山县道路塌方抢险、东川区拖布卡镇泥石流抢险、武汉市三环线扫雪除冰抢险；对东川区10名贫困大学生进行3年的一对一帮扶解困；向遵义市桐梓县贫困村捐赠脱贫扶持资金50余万元；为玉楚高速项目驻地附近村民义务修路，投入资金2万余元；中铁开投各施工隧道内设置喷淋降尘系统，推广使用太阳能光伏发电系统，在建项目推广渣土车进出场地自动喷洗等措施，"三高四化"的建设标准极大地推进了资源节约型、环境友好型工程项目建设。

（李杰 黄淮 喻亮 江家裕）

【领导人员】

赵庆武	党委书记、董事长、法定代表人
张润文	党委副书记、副董事长、总经理
邓　民	党委委员、副总经理
郑　杰	党委委员、副总经理
史金洪	党委委员、副总经理
陈安惠	党委委员、副总经理
张国华	党委委员、副总经理
宁　锐	党委委员、副总经理、总工程师
钱誉庆	党委副书记、纪委书记、工会主席、监事会主席
汪志鹏	党委委员、总会计师

（张益禄）

中铁城市发展投资集团有限公司

【简况】中铁城市发展投资集团有限公司（简称中铁城投）是中国中铁的全资子公司，也是中国中铁在西部七省（自治区）的区域经营总部，代表中国中铁在四川、陕西、新疆、甘肃、宁夏、青海、西藏七省（自治区）开展基础设施项目的投资、建设、运营管理和总承包项目承揽。公司2013年在四川省成都市天府新区注册成

立，注册资本金15亿元。本部设在成都市天府新区中国中铁西南总部——中铁卓越中心，现有正式员工439人，其中具有中高级以上职称371人，占比88.3%。中铁城投拥有市政公用工程施工总承包、公路工程施工总承包、铁路工程施工总承包、建筑工程施工总承包的一级资质。

中铁城投依托中国中铁全产业链优势，积极拓展融资渠道，不断深化政企合作，优化整合中国中铁系统内各专业、各板块资源，发挥中国中铁的品牌、人才、资金、技术、管理等方面优势，以PPP、BOT、投融建、股权投资、EPC、施工总承包等合作模式，在城市轨道交通、公路、铁路、水利、市政基础设施、城市双修、生态环保、棚户区改造、土地综合开发等领域，以高性价比的优质服务，实施了一大批重点基础设施项目，在投融资、建设管理和运营管理等方面积累了丰富经验。中铁城投自2012年成立以来，累计签订合同额约2000余亿元。

在西部大开发和"一带一路"建设中，中国中铁、中铁城投与西部各地方政府和相关企业签订了战略合作协议。中铁城投先后获得四川省"五一劳动奖状"、成都市"五一劳动奖状"、股份公司"四好班子""模范职工之家"和"工会四好班子"等荣誉称号，获得"国家优质工程奖"1项。（江　新　倪东方）

【主要指标】2018年，中铁城投完成新签合同额605.54亿元，完成股东下达年度预算426亿元的142.15%；实现营业收入206.1亿元，完成股东下达年度预算177亿元的116.44%；归属于母公司净利润12.99亿元，完成股东下达年度预算12.64亿元的102.77%。（张林虎）

表14-35　2018年中铁城市发展投资集团有限公司主要经济指标

项目	2018年	2017年	比上年增长（%）
资产总额（亿元）	213.73	182.26	17.27
所有者权益（亿元）	34.21	20.52	66.72
营业收入（亿元）	206.1	175.07	17.72
利润总额（亿元）	15.22	11.35	34.10
净利润（亿元）	13.01	10.27	26.68
归属于母公司所有者的净利润（亿元）	12.99	10.08	28.87
技术开发投入（亿元）	0	0	0
利税总额（亿元）	20.34	15.38	32.25
应交税金总额（亿元）	5.12	4.03	27.05
净资产收益率（%）	47.52	69.72	−22.2
总资产报酬率（%）	8.86	8.46	0.4
国有资本保值增值率（%）	161.44	168.79	−7.35

制表人：张林虎

【改革发展】2018年，中铁城投整合经营性分支机构、重组成立四川分公司，优化经营架构，激发市场竞争力。制定《区域经营工作考核暂行办法》《区域内协同单位经营效能评价暂行办法》，完善经营工作、考核、评价等机制。深化战略合作，与政府部门、中央企业、系统内单位等近20家单位签订合作协议，牵头组织、深耕市场，全方位、立体化经营格局逐步形成。中铁城投以提高资产质量为着力点，以预算管控为引领，严控投资风险、提升投资效益，努力开展降杠杆、减负债、促双清、增效益。截至2018年末，企业资产总额213.73亿元（管理口径），同比增长213.73%，资产负债率86.8%，同比下降2.02%。强化全面预算管理，引导全公司减少资源占用，合理使用有限资源，提高资源的价值创造能力。制定《融资管理办法》，加强统借统还和资金集中调剂力度。推进"两平衡"，通过加速收入确认、实现利润、两金压降、增加资本积累等方式多渠道充实资本实力。健全"双清"工作体系，对重点督办项目和逾期的应收款项加大考核力度，开展"常态化""一对一"双清工作。以问题为导向，高质量开展经济活动分析，梳理问题46项。（黄　涛）

【重大项目】2018年，中铁城投总投资额605.54亿元，新中标项目9个。新增项目6项是PPP项目，总投资额496亿元，占比81.91%；2项总承包项目，总投资额74.53亿元，占比12.31%；1项政府购买服务项目，投资额35.01亿元，占比6.78%。从项目类型来看，新增项目分为公路、市政、水环境综合治理、棚户区改造四类，其中公路项目4个，总投资444.68亿元，占比44.44%；市政项目2个，总投资75.70亿元，占比22.22%；水环境综合治理项目1个，总投资42.12亿元，占比11.11%；棚户区改造项目2个，总投资43.04亿元，占比22.22%。从区域分布来看，新增项目主要集中在四川区域，其中四川项目共6个，总投资488.69亿元，占比80.70%；西藏项目1个、总投资56.28亿元，占比9.29%；新疆项目1个、总投资8.03元，占比1.33%；甘肃项目1个、总投资52.54亿元，占比8.68%。

2018年在建项目33个，建安合同额987.49亿元，完成施工产值209.28亿元，其中轨道交通工程完成113.91亿元，市政工程完成13.97亿元，公路工程完成75.00亿元，房建工程6.40亿元。

（1）成都地铁在建项目5个，2018年完成施工产值98.91亿元，占2018年完成施工产值的47.3%，2018年3月18日成都地铁1号线三期首期及南段开通试运营，成都地铁3号线二、三期12月26日开通试运营，成都地铁5号线3个车站土建工程完工。截至2018年12月底，成都轨道交通8号线完成投资额43.9亿元，完成合同额的40.8%；成都地铁9号线一期完成投资额53.12亿元，完成投资额的45.8%，工程进展正常。

（2）西安市地铁临潼线（9号线）一期是西安市首个PPP项目，总投资额138.89亿元，建安投资额69.18亿元，建设期4年。截至2018年末，完成建安投资额19.26亿元，完成总建安投资额的27.8%。

（3）天府机场高速公路项目是中铁城投第一个以BOT模式建设的项目，总投资额178.80亿元，建安投资额110亿元，建设期3年。截至2018年末，完成建安投资额44.68亿元，完成总建安投资额的40.4%，受规划道路和环保影响，天府新区范围内部分段落不能正常开展施工。

（4）成资渝高速公路项目，总投资147.32亿元，建安投资88.41亿元，2018年1月实质性开工，到12月底，完成建安投资16.21亿元，完成建安总投资额的18.3%。

（5）国道109线那曲至羊八井公路改建工程施工第三标，项目全长77.75km，合同额56.28亿元，2018年4月开工，截至2018年末，完成施工产值20.34亿元，完成合同额的36.1%，项目进展正常。

（6）内江师范学院新建校区PPP项目，建筑面积总计57万m^2，项目总投资31亿元，建安投资额19.5亿元，建设期3年。截至12月底，完成建安投资额4.68亿元，完成总建安投资额的24.5%。

（朱家林　龙洪明）

【重大创新】整章建制，编制完成《中铁城投工法管理办法》《专家库及咨询费管理办法》《中铁城投科技计划管理办法》等办法。加强科技攻关力度，完成了中铁城投科研项目《投资项目风险管控及规范化管理》结题；完成了宁夏回族自治区《贺兰山旅游轨道交通项目》规划研究课题的结题。申报的《基于国有投资企业以社会资本方视角对政府和社会资本合作PPP项目审计研究》课题已获四川省审计厅审核批准立项，进展顺利，该项目计划于2019年度结题；组织公司专家组对《基于PPP项目城市轨道交通运营研究》立项课题进行审查，并纳入中铁城投科技创新计划。（王明胜）

【工程创优】成都轨道交通8号线一期工程、成都天府国际机场高速公路工程和西安市临潼线（9号线）一期工程TJSG10标等3个项目获得2018年度中国中铁安全标准工地。（龙洪明）

【企业文化】2018年，中铁城投开展庆祝改革开放40周年系列活动，举办4期“青年大讲坛”，组织开展“不忘初心、牢记使命”企业精神学习座谈交流活动。拍摄《驰骋西部》《幸福密码》等宣传片，协助拍摄的《中国城轨》纪录片在中央电视台播出，策划天府新区庆祝改革开放40周年系列报道。成功策划了西安物博会、成都西博会等大型会议展览，《新闻联播》对中国中铁出席西博会进行了报道。2018年，股份公司刊发中铁城投新闻35篇，公司微信号发布新闻100余篇。在《中铁党建》刊稿4篇，在《学习与探索》《中铁工运》发表理论文章2篇，1篇经验交流材料在股份公司学习十九大轮训班上进行交流。（刘沛岩　罗　乐）

【党建工作】加强政治建设，提升改革发展的引领力。深入学习习近平新时代中国特点社会主义思想，领导班子成员和93名处级领导干部参加了集中轮训，撰写体会文章102篇；两级党组织书记讲专题党课30余场次；发放学习教材2000余册。落实新修订的《党委理论学习中心组制度》，学习范围扩大到纪委委员，全年公司党委集中学习5次，学习内容涉及52项，形成学习心得近30篇。推进“两学一做”常态化制度化，专栏发布学习教育信息21期，组织开展纪念建党97周年主题党日活动、公司党委书记“七一”专题党课、纪委书记廉洁教育党课、成都轨道指挥部警示教育大会等一系列活动。

加强队伍建设，提升干事创业的向心力。加强领带班子建设，修订“三重一大”制度，制定了“前置程序”事项清单，建立了党委书记专题会议制度。全年共召开党委会13次，前置研究重大经营管理事项60项；召开党委办公会暨党建工作领导小组会议11次、党委书记专题会4次。共提拔中层领导人员2名，内部交流中层领导人员9人次。建立了中层领导人员试用期制、交流制、任期制等制度，启动了“四好”领导班子创建活动。建立所属单位董事会、监事会及董事、监事考核评价体系，对所属单位领导班子和班子成员开展了日常履职考察。制定了《2018—2020年人才发展规划》，组织参加各类培训800余人次。加强职称评审，通过正高级职称3人、高级职称30人、中初级职称19人。落实员工职业生涯发展双通道，4名副处职干部转聘为专家。8人进入“天府英才计划”名单。

加强组织建设，提升服务发展的战斗力。新建和修订党建工作管理制度30余项，深入开展“找补强”党建质量提升活动。组织开展了党建工作责任制考核评价工作，组织8家单位首次开展了党组织书记抓基层党建工作现场述职评议。严肃党内政治生活，制订了班子成员定期向公司党委报告落实党内政治生活相关情况制度。组织召开了年度党员领导干部民主生活会、落实中央纪委《工作建议》专题民主生活会和巡视整改专题民主生活会。年内公司共有269名党员参加了民主评议。组织召开纪念建党97周年暨“一先两优”表彰大会。开展了“成都天府机场高速公路党旗红”活动。积极探索合资公司党建工作新模式，在成都新都中铁动力新城项目探索成立联合党委。

加强廉政建设，提升拒腐防变的免疫力。全面落实“两个责任”，先后召开党风廉政建设和反腐败工作专题会、年中推进会，制定了年度落实主体责任工作要点，建立了主体责任、监督责任定期报告制度。制定了构建“不能腐”体制机制推进计划，明确了34项工作任务。印发了《关于深入贯彻落实中央八项规定精神进一步加强作风建设的实施意见》，累计开展突击检查近40次。对成都轨道指挥部两起典型事件进行了严肃追责。全年共收到信访举报线索4件，2件立案调查，2件初核后失实，立案调查5人，党政纪处分5人，其中行政记过3人、行政记大过1人、党内警告3人、党内严重警告1人。对股份公司巡视反馈的7个方面22个问题进行了全面整改。积极开展内部巡察工作，对公司本部12个部门进行专项巡察。

加强群团建设，提升职工队伍的凝聚力。严格落实《2018年度集体合同》，员工工资同比增长8%；全年年金缴纳586万元，人均累计年金约2.7万元。坚持关爱职工，制定了“三不让”制度，全体职工纳入四川省总工会享受普惠福利，工会经费按不低于60%向一线员工倾斜。深入推进中国中铁“成都地铁杯”“西安地铁杯”劳动竞赛，启动了“天府机场高速杯”劳动竞赛，参与了成都市总工会主办的“央企参与全市重大项目、重点工程劳动竞赛”活动。印发了《劳动模范评选表彰管理办法》，开展了首届公司劳模选树活动。3个单位荣获成都市“五一劳动奖状”，5个集体荣获成都市“工人先锋号”，23名员工荣获四川省“五一巾帼标兵”、成都市“五一劳动奖章”“中国中铁青年岗位能手”等荣誉称号。（刘沛岩　罗　乐）

【履行社会责任】2018年，企业投融资建设项目累计为社会提供劳务就业岗位逾6万个。在脱贫攻坚方面，西藏分公司依托在建项目，履行央企责任，吸收西藏高校毕业生数61人，其中贫困大学生15人，吸纳西藏其他非高校毕业生及人员33人，吸纳非西藏高校毕业生及人员37人；解决当地农牧民就业15587人，其中吸纳贫困人员就业12426人，租用地方农牧民运输车辆和机械设备470余台；筹措资金为当地群众修路、架桥，开展技能培训，帮助当地农牧民精准脱贫。中铁城投工会采取“以购代捐”形式，在四川沐川县农户家定点采购10.8万元香肠腊肉制品、在重庆奉节采购1.4万元脐橙用于员工节日慰问，助力农户创业脱贫。组织员工自发团购扶贫点泸州回洞桥村林下土鸡、米易农户滞销番茄。2018年7月，成都轨道交通指挥部完成业主交办的1号线华府大道站、10号线华兴站等抢险救灾任务。在维护社会稳定方面，成都轨道指挥部在高考之际，督促各参建项目在学校门口设立“爱心助考站”，各条线提前开启施工“静音”模式；加大维权服务力度，全面担负起总承包单位监督责任，监管施工单位履行主体责任，全年共处理欠薪投诉、施工扰民等信访案件200余起，涉稳金额9000万元。中铁城投所属新疆分公司、新疆巴州工程指挥部、成都轨道交通指挥部、天府机场高速指挥部等单位累计投入200余万元维稳经费，用于维护社会稳定，全年投资项目没有出现社会群体性事件。（刘　俊）

【领导人员】

龙援青　党委书记、董事长
黄天德　总经理
杨玉德　副总经理
薛　军　副总经理、工会主席
刘仁智　副总经理
万姜林　副总经理、总工程师
李家标　财务总监
李　政　副总经理
吴国强　党委副书记、纪委书记　（倪东方）

中铁（上海）投资集团有限公司

【简况】中铁（上海）投资集团有限公司（简称中铁上投）是中国中铁股份有限公司的全资子公司，是中国中铁华东区域总部，是中国中铁产融结合的专业平台，是集投融资、规划设计、建设管理及运营为一体的大型专业化公司。中铁上投成立于2016年7月15日，注册资本金15亿元。拥有市政总承包一级资质、房地产开发二级资质。公司位于上海市浦东新区世博馆路52号鲁能国际中心B座15楼。

中铁上投依托中国中铁强大的综合实力，以城市基础设施及新型城镇化的投资建设、土地开发为主，集投融资、建设管理及运营管理等功能于一体，以“城市更美好，交通更便捷”为企业使命，重点发展投融资建设类业务，参与土地一级、二级联动开发，开展城市地铁轨道交通（特别是跨坐式单轨）、城际铁路、高速公路、海绵城市、地下综合管廊等领域的投资建设和运营，致力于特色小镇建设，大力推动建设总承包和实业业务发展；加大对BOT、BOO、PPP等特许经营项目的投资力度，发展现代金融业务和新型产业，探索产融结合新模式，着力打造“以融促产、以产带融、服务主业”的创新性、专业化、集约化的基建投资业务板块，打造公司的核心竞争力，实现科学可持续发展。

2018年末，中铁上投资产总额27.37亿元，较2017年26.06亿元增加5.03%，所有者权益11.42亿元，较2017年10.27亿元增加11.2%。截至2018年底，中铁上投在册员工158人，平均年龄40岁。其中，高级及以上职称78人，占员工总数的49.4%；本科及以上学历126人，占员工总数的79.7%。（钱　涛）

【主要指标】中铁上投2018年营业收入14.58亿元，较2017年增长33.39%；归属于母公司净利润0.64亿元，较2017年增长481.82%；资产总额27.37亿元，较2017年增长5.03%。（于子蒙）

表14-36　2018年中铁（上海）投资集团有限公司主要经济指标

项目	2018年	2017年	比上年增长（%）
资产总额（亿元）	27.37	26.06	5.03
所有者权益（亿元）	11.42	10.27	11.20
营业收入（亿元）	14.58	10.93	33.39
利润总额（亿元）	0.85	0.14	507.14
净利润（亿元）	0.64	0.11	481.82
归属于母公司所有者的净利润（亿元）	0.64	0.11	481.82
技术开发投入（亿元）	—	—	—
利税总额（亿元）	0.828	0.163	407.98
应交税金总额（亿元）	0.33	0.26	26.92
净资产收益率（%）	5.60	1.07	4.53
总资产报酬率（%）	2.34	0.42	1.92
国有资本保值增值率（%）	106.38	101.08	5.30

制表人：于子蒙

【改革发展】2018年12月20日，中铁上投取得了中铁（上海）投资集团有限公司营业执照，实现集团设立和登记。制定并发布了中铁上投2018—2025年战略规划。明确了公司在轨道交通投资、新型市政产品、城市综合开发等方面的业务策略，制定了相应的战略实施保障措施。2018年，中铁上投实施公司本部组织结构改革，设立投资发展中心、经营开发中心两个经营部门，融资相关职能调整到金融财务部；原子、分公司的建设管理职能由公司本部建设管理部统一承接。推进所属子分公司组织机构改革，新设立浙江、安徽、江苏、淮海区域经营指挥部，负责所属区域的市场开发与经营工作。

规范企业组织干部人事管理。出台了《后备干部管理暂行办法》《中层干部交流工作实施办法》《中层干部任职试用期管理办法》《中层干部问责制暂行办法》《公司党委对党员干部进行批评教育和提醒谈话暂行办法》《领导人员任期制暂行办法》《员工公开招聘管理办法》《"四好班子"考核评比办法》8项干部人事管理办法，规范干部培养、选拔、任用、考核、管理和监督等工作。出台了《社会保险和公积金管理办法》，建立了企业年金和补充医疗保险。下发《关于进一步规范外聘人员管理的通知》，对返聘人员年龄、身体状况及薪酬待遇等方面进行规范。

完善所属单位领导人员职数管理，对所属2个子公司、1个分公司班子成员进行配备。配备了安徽、江苏、浙江区域纪检组组长（副组长）。对南通地铁1号线、南京地铁7号线、杭州地铁7号线3个项目的总包部领导人员进行了配备。全年共调配领导干部42人次（其中提职6人）。组织开展了1次对外公开招聘，录用员工7人。通过公开招聘引进了企业急需和紧缺人才，基本建立了具有专业职业资格和丰富经验的金融投资、市场营销、项目管理、企业管理、运营管理、财务管理和党群管理等管理团队。

制订了《2018年教育培训计划》，2018年累计举办各类培训班21期，培训877人次，先后举办了领导干部党性党风教育、学习十九大精神集中轮训、人力资源、投资经营等多期业务培训班，提升干部职工综合素质。以网络学院为载体，组织开展了"创建学习型组织，争当知识型员工"活动，扎实推进。全年组织员工结合岗位要求开发视频网络学习课件55篇，促进员工学投资强素质成效明显。（荣　敏　陈　坤）

【重大项目】2018年中铁上投完成新签合同额450.45亿元，中标6个项目，分别为杭州地铁7号线工程施工总承包项目（114.57亿元）、宜海·林语棠三期房地产项目（1.14亿元）、徐州铁路物流园一期棚改项目（168亿元）、江阴高新区新城镇综合开发PPP项目（34.48亿元）、滁宁城际铁路一期工程PPP项目（44.54亿元）和安庆山口片（化工产业园）综合开发PPP项目（45.46亿元），总中标合同额为408.19亿元；牵头组织运作EPC项目1个，绍兴329国道智慧快速路改造工程EPC项目（以"中铁一局+中铁四局+中铁二院"联合体名义投标，中标价42.26亿元）。（陈旻瀚）

【重大创新】中铁上投参与的《跨座式单轨PC轨道梁综合施工技术研究》被股份公司列为2018年度科技重大课题；《新时期施工总承包模式下的项目管理研究》获"股份公司企业管理现代化创新成果奖"三等奖。（翟洪志）

【企业文化】2018年，中铁上投配合完成《中国城轨》纪录片的拍摄工作。在宣传贯彻股份公司企业精神、企业使命、企业宗旨、企业愿景、企业价值观的同时，注重中铁上投共同价值理念的总结提炼。南京地铁7号

线金陵大讲堂荣获“2018年度中国中铁示范道德讲堂”称号。

（丁小海）

【党建工作】截至2018年末，中铁上投有党员117名，占职工总数的74.1%。2018年发展预备党员2名。

按照“四同步”原则，设置了9个基层党支部。组织召开了中铁上投2017年度民主生活会和落实中央纪委《工作建议》专题民主生活会，指导所属单位党组织召开了2017年度民主生活会、组织生活会、落实中央纪委《工作建议》专题民主生活会、投资经营部门落实中央纪委《工作建议》专题组织生活会。开展了“找差距、补短板、强实效”党建质量提升活动。对照《中国中铁党建工作责任制考核评价办法》，对2017年度党建工作责任制落实情况进行了自查。细化了股份公司党委《党建工作责任制考核评价办法》，研究出台了《中铁（上海）投资有限公司党建工作责任制考核评价办法》，将53个评价要点进一步细化为113个评价子项，作为各基层单位“找差距、补短板”的对照自查清单。开展了“弘扬红船精神 推动企业发展”、庆“七一”等党内主题教育活动。分两批对所属单位53名党员干部开展了党的十九大精神集中轮训。组织30余名党员干部到延安参加“不忘初心坚定信念 牢记使命紧跟党走”党性党风教育培训。按照党要管党、全面从严治党的要求，全面落实了党风廉政建设的主体责任和纪委的监督责任。积极配合股份公司党委巡视，扎实抓好巡视问题整改。巡视期间，先后2次召开专题会议，就发现的9个问题进行了立行立改；巡视结束以后，对股份公司党委反馈的5个方面14个主要问题，召开专题党委会进行研究，制订了整改落实方案，列出了33项整改清单。创新基层纪检监察体系，设立了4个派驻区域纪检组，对区域内进行了全方位的监督。成立两个巡察组，对所属4家单位开展了政治巡察，推动了全面从严治党向基层延伸，强化了不敢腐的威慑，净化了企业发展环境。

（陈　坤）

【信息化建设】2018年5月2日，中铁上投财务共享中心正式挂牌成立。财务共享中心定员5名，办公面积90m²，配置专用设备122台（套）。截至2018年12月31日，财务共享中心管理16个财务账套，管控银行账户62个，日平均处理业务83条，实现上线率100%，财务共享中心按单位业务属性实行集团本部、子分公司（区域指挥部）、项目部（总包部）分层管理，出台157条公司层附件标准、82条项目层附件标准、113条通用表单审核要点和23条禁止事项、83套业务表格，有效防范业务风险，提高业务办理效率。

中铁上投探索推行“智慧工地”建设，在所属南京地铁7号线工程D7-TA02标总包部进行试点，依托现有视频监控、门禁、防尘噪声监控等系统，与计算机、多媒体、网络、传感器、大数据等技术相结合，建立“智慧工地”综合信息管理平台。截至2018年底，项目已实现视频监控系统平台、实名制管理平台、扬尘噪声自动监管平台、多媒体教育培训平台、安全隐患排查平台、二维码信息应用平台、车辆自动冲洗设备等系统的互通互联，全面实现信息化。

2018年底，中铁上投营销管理系统软件上线，软件将全面实现经营工作信息化管理。中铁上投本部及5个区域经营指挥部共30余名营销人员参加系统软件培训。

（孔祥力）

【领导人员】

沈尧兴	党委书记、董事长、法定代表人
谢大鹏	党委副书记、副总经理（主持经理层工作）、副董事长
吴少华	党委副书记、纪委书记、工会主席
李　川	副总经理、董事
叶　樵	党委委员、副总经理、董事
况成明	党委委员、副总经理
范喜德	党委委员、副总经理
贾学斌	党委委员、总会计师
王祥玉	副总经理

（陈　坤）

中铁置业集团有限公司

【简况】中铁置业集团有限公司（简称中铁置业）是中国中铁股份有限公司为完善产业布局、做强做优做大房地产业务而成立的全资子公司，是中国中铁房地产板块业务的核心企业。中铁置业注册资本金65亿元，具有房地产开发、物业服务管理两个一级资质，业态涵盖复合地产、旅游地产、住宅地产、养老地产、工业地产、商业地产以及土地一级开发，并通过了质量、环境、职业健康安全管理体系认证。经营范围包括房地产开发与经营、策划、咨询，建筑材料销售，机械设备租赁，投资管理，物业管理及相关服务，技术咨询，招标代理，信息咨询等。中铁置业在20多个中心城市，同步开发项目60余个，开发面积2000万m²。中铁置业总部位于北京市丰台区汽车博物馆南路3号院北京中铁大厦A座。截至2018年末，共有员工2474人（包括物业公司员工1023人），其中干部176人（占员工总数7.1%），技术干部1451人（占员工总数58.6%）。

中铁置业成立以来，坚决贯彻落实党中央、国务院和国资委、股份公司的决策部署，牢牢把握稳中有进、稳中有为的创业发展思路，紧密围绕股份公司“抓改革、调结构、促转型、增效益”中心工作，专心于中国中铁地产板块的健康发展，专注于房地产一、二级市场的投资与开发，致力于打造股份公司地产板块龙头企业。在推进立体经营、优化区域布局上，划分了东北、京津冀、西部及华中、西南、山东、东南沿海、海外七个经营片区，构建了集团投资中心＋区域经营中心＋区域公司的立体经营体系；在全面推进管理实验室活动中，坚持问题导向，突出业务协同，着力优化管控模式，下移管控重心，管控效率不断提升，实现“管理制度化、制度流程化、流程信息化”；在产品研发上，形成了“诺德”“逸都”“水岸”“水映”“缤纷”“中心”“广场”等系列产品线；在推进企业转型升级上，积极推动会展、棚改、文旅、地铁上盖物业等项目投资开发和运营，开辟了“会展＋地产”“一级＋二级”“文旅＋地产”的开发模式，建立了良好的融资渠道与平台，经济运行质量持续提升，企业发展成果丰硕。中铁置业成立以来，累计实现营业收入1081.72亿元，归属于母公司净利润52.89亿元，资产规模达1088.25亿元，排名股份公司各二级单位第一位。

中铁置业先后获得“绿建成就企业奖”“中国房地产名企”“中央企业先进集体”“中央企业企业文化示范单位”“全国模范职工之家”“全国工人先锋号”等荣誉称号；投资项目屡次获得“省部级建筑工程奖”“国家精瑞科学技术奖”“联合国人居环境示范奖”等荣誉。在“2018年第八届中国房地产品牌价值高峰论坛”上，中铁置业荣登“2018中国房地产品牌价值百强榜”第37位，品牌价值202亿元。（白俊华）

【主要指标】2018年，中铁置业实现新签合同额810.3亿元；实现营业收入184.72亿元，完成股份公司下达180亿元指标的102.6%，同比增长20.25%；实现利润总额15.98亿元，归属于母公司净利润10.15亿元，完成股份公司下达10.07亿元指标的100.8%，同比增长143.99%；两金余额272.67亿元，完成压控指标的121.4%；资产负债率较上年下降2.7个百分点，完成股份公司下达计划的117%。（赵文勇）

表14-37　**2018年中铁置业集团有限公司主要经济指标**

项目	2018年	2017年	比上年增长（%）
资产总额（亿元）	1,088.25	733.77	48.31
所有者权益（亿元）	138.41	86.04	60.87
营业收入（亿元）	184.72	153.6	20.26
利润总额（亿元）	15.98	11.66	37.05
净利润（亿元）	12	6.26	91.69
归属于母公司所有者的净利润（亿元）	10.15	5.29	91.87
技术开发投入（亿元）	—	—	—
利税总额（亿元）	27.81	22.53	23.44
应交税金总额（亿元）	21.55	17.72	21.63
净资产收益率（%）	8.67	8.70	−0.03
总资产报酬率（%）	2.60	2.30	0.30
国有资本保值增值率（%）	113.91	109.26	4.65

制表人：赵文勇

【改革发展】2018年，中铁置业全面开展管理实验室活动，持续优化集团管控模式。以管理体系、管控模式持续改进为重点，坚持问题导向，突出业务协同，下移管控重心，认真制订了活动实施方案，全面启动了管理实验室活动，梳理优化集团、区域、项目公司三个层级100余项管理制度，权限下放5项，优化流程23项，取消流程12项，细化指标2项，进一步理顺各层级经营管理职能定位，提升了企业整体管控效能。以激发活力为重点，持续深化三项制度改革。紧密结合企业跨越式大发展实际，以“两个市场化”为目标，优化了中铁置业本部及所属单位绩效考核和薪酬体系，推行分类发展、分类定责、分类考核，有力促进并增强了各单位围绕提质增效贡“收”、贡“现”、贡“效”的自觉性。全面推进事业部制改革试点工作，重塑运行机制，优化投资模式，经营活力得到有效释放。积极探索创新激励机制，在南通项目试点实施了跟投制度，提高了项目开发团队的积极性和创造力。（白俊华）

【重大项目】2018年中铁置业共获取二级开发项目14个，棚改项目4个。其中，二级开发项目土地面积224.6万m^2，计容建筑面积556.86万m^2，流量土地投资475.68亿元（其中，权益土地投资383.47亿元），流量和权益土地投资分别完成集团公司2018年度考核指标（二级土地投资200亿元）的240%和194%。全年二级土地权益投资383.47亿元，是2017年的4倍，接近中铁置业2010—2017年8年的土地权益投资总和（404亿元）。棚改项目新签合同额464.15亿元，占股份公司下达年度（棚改等创新类地产）考核指标的103%。南通市东方大道项目和太原市煤气化公司项目通过股权收购获取，中铁置业所占股权比例分别为60%和30%。楼面地价最低的项目为菏泽市高新区中华西路项目，楼面地价1350元/m^2。零溢价率的项目有5个，北京市门头沟曹各庄共产房项目、厦门市同安区西湖项目、菏泽市高新区中华西路项目、武汉市阳逻区项目和广州市白云区江高镇项目；低溢价率的项目有3个，长春市汽开区 00056 地块项目、太原煤气化公司项目和南通东方大道项目。在北京市获取限价房项目 2 个，分别是位于顺义区后沙峪镇项目和丰台区花乡白盆窑 L011 地块项目。其余 4 个分别为杭州市萧山新街街道项目、沈阳于洪区 19 号东 -1 地块、武汉黄陂区 39 号地项目和贵阳观山湖区文化山项目。（钱丽雅）

【重大创新】2018 年，中铁置业以实现快周转为重点，加快推进运营管理信息化平台建设，运用大数据分析掌控项目开发建设真实情况，提升了项目运营管理水平。围绕项目“快开、快销、快竣”核心目标，推行新开项目快周转模式，以《中铁置业新开项目实行快周转奖惩规定》实施为契机，以定位、设计、成本、咨询业务前置为核心，确保新项目提早开工、开盘、快速回款，新项目从拿地到开盘平均时间较以往缩短了 180 天。以开展供应链金融业务为重点，多渠道利用资本市场创新融资模式、改善企业资本结构，资产证券化取得突破，中铁置业 ABS 项目成功发行，其中供应链 ABS 发行成本 4.48%，购房尾款 ABS 发行成本 5.6%，资金集中度 52%，内部调剂资金由 2017 年的 306 亿元增至 474 亿元。以科技创新为驱动，推进产品品牌和产品线标准化建设，助推企业转型升级。形成了以产品品牌战略规划、产品线体系以及信息化平台为核心的“阅系、逸系、彩系”住宅产品标准化成果。（白俊华）

【工程创优】2018 年，中铁置业开发建设的青岛中央商务区 A-3-5 地块项目获得“全国建筑业绿色施工示范工程”称号，中铁秦皇半岛二期 B29# 楼获得“河北省结构优质工程”称号，北京中铁・和园项目获得“中国中铁节能减排标注化工地”荣誉称号。（沈振武）

【企业文化】2018 年，中铁置业大力宣贯中国中铁“五大理念”和中铁置业核心价值理念，举办企业文化讲座，开展理念上墙活动，强化文化引领。规范公司企业标识和形象宣传，按照股份公司规范，在企业各区域系统展示企业标识、理念、口号、行为标准，做到了文化在身边，润物细无声。做好文化产品建设，更新企业宣传手册，加入会展、特色小镇、棚户区改造、共有产权房等内容，满足企业跨越式大发展对文化产品新需求。上线中铁置业新版官方网站，开展企业文化展厅建设，全面介绍和展示企业发展成就。做好文化宣贯，在党的十九大精神等培训中，加入企业文化课程，并与群团组织配合，在各层级活动中加入企业文化内容，增强企业文化建设活力，提升全员文化认同。（栾军波）

【党建工作】2018 年，中铁置业党委坚持以党的政治建设为统领，深入学习贯彻习近平新时代中国特色社会主义思想和十九大精神，组织两级中心组系统学习《习近平新时代中国特色社会主义思想三十讲》，开展两期处职干部集中轮训，举办专题党课 97 场，组织专题研讨 59 次。坚持学用结合，围绕十九大“房住不炒”总定位，开展 14 个专项课题研究，定期开展形势研判。坚持把方向、管大局、保落实，研究制定《未来五年改革及战略发展报告》；推进所属 16 家单位完成“入章程”“一肩挑”；召开党委常委会 17 次，研究、审议议题 263 项，做到重大事项“应议必议”；督查督办 77 项生产经营、27 项党建重点工作，有效推动了工作落实。组织开展“为跨越式发展做贡献，为党旗添光彩”大讨论，以“两学一做争先锋、提质增效做贡献”党建主题活动为载体，深入开展“六抓六争”。认真贯彻党管干部、党管人才原则，落实国企领导干部“20”字标准，强化干部管理监督，实现对所有三级单位领导干部日常履职巡察全覆盖。落实干部选拔任用程序，加大年轻干部选拔和人才引进、公开竞聘力度，全年选拔领导干部 28 人，其中 40 岁以下 12 人；引进专业化人才 152 人。推进分配制度改革，修订薪酬管理指导意见，优化绩效考核方案，试点实施项目跟投，强化了激励约束机制。坚持不懈抓基层、强基础，严格落实党建工作责任制，制定实施新的党建责任制考评办法和联系人制度，加强指导督促，开展现场考核，推动基层党建全面进步。认真落实两个责任，制定班子成员党建工作责任制清单，签订党风廉政建设责任书，开展基层党、纪组织负责人述职评议。扎实开展党委巡察，完成对 8 家单位和本部机关巡察、对 2 家单位“回头看”，发现并推动整改问题 150 项。落实中纪委《工作建议》，自查出 46 类 341 项问题，制定 392 项整改措施，建立完善 175 项管理制度。落实意识形态主体责任，加强思想宣传，邀请知名媒体集中报道中铁世博城正式启用、北京共有产权房建设等重大新闻，在省部级及以上媒体发稿 300 多篇，较 2017 年增长一倍。开展先模事迹宣传，先后总结推出 18 个先进典型事迹。积极创新传播手段，推送微信消息 240 篇，阅读量超 13 万人次。坚持党建带群建，支持工会、共青团组织围绕中心，大力开展“十三五”“建功置业杯”劳动竞赛、员工技能大赛、建设“幸福之家”、“青年岗位建功”等活动以及开办“置业小学堂”、异地员工“五关爱”“三助三让”、员工心理帮扶等暖心献爱工程，企业和谐发展氛围更加浓厚。（栾军波）

【信息化建设】2018 年，中铁置业以强化协同能力、促进管理提升为目标，扎实推进全系统信息化建设工作，财务共享中心系统、项目可视化监控系统等 6 个业务信息化系统实现上线运行，OA 办公系统、视频会议系统全面升级，有力地促进了各业务系统提速增效、协同并进，信息化建设步入“集成、协同、共享”新阶段。（余　雷）

【履行社会责任】2018 年，中铁置业坚持信任源自责任的理念，在推进企业发展的同时，始终注重社会效益和企业社会责任，着力加强环境保护和安全质量管理，关心员工成长成才，积极参与公益事业。积极打造精品工程和适需产品，在贵阳、济南、上海等地开发的“逸都系列”产品，以及在北京、西安、青岛等地开发的商业和住宅产品，以良好品质受到客户青睐。积极参与保障性住房建设，开发建设了北京海淀永丰、海淀西北旺、顺义后沙峪、门头沟曹各庄等共有产权房项目，深入跟进棚改、旧改项目，推进城市开发建设，改善居民居住环境。大力提倡绿色环保、低碳宜居，打造绿色建筑，2018年新开项目绿建达标率100%。参加公益事业，组织16支志愿者服务队，在文明交通、公益环保、植树造林以及帮助孤寡老人等方面，开展志愿者服务活动。其中，持续四年结对帮助“陕西回归儿童救助中心”，成为公司履行社会责任的典型案例，受到社会认可。

（霍国玺）

【领导人员】

郑　勇　党委书记、董事长
朱　洁　党委副书记、总经理
穆亦龙　副总经理
邓荣飞　副总经理
朱长清　副总经理、总工程师
张春胜　党委副书记、纪委书记、工会主席、监事会主席
孙宝良　副总经理、财务总监
陈荣国　副总经理
刘喆宁　副总经理

（刘少钦）

中铁文化旅游投资集团有限公司

【简况】中铁文化旅游投资集团有限公司（简称中铁文旅）成立于2011年4月，是中国中铁的全资子公司，也是中国中铁集文化、旅游、地产、康养、教育、体育、休闲等产业融合一体化发展的综合性城市运营平台。2016年3月，根据中国中铁整体战略部署，中铁文旅重组整合为集团企业，公司注册地在贵州省双龙航空港经济区，注册资本金为15亿元。

中铁文旅业务领域涵盖土地一级整理，城市基础设施和公共配套投资，文化、旅游、体育、养老、健康等新兴产业投资、生态新城整体投资以及海外投资等方面。截至2018年底，设有中铁贵州旅游文化发展有限公司、中铁四川生态城投资有限公司、中铁五局集团成都发展投资有限责任公司、中铁五局集团郫县投资发展有限责任公司4家子公司，代管中国中铁股份有限公司贵州生态城分公司、中国中铁股份有限公司四川仁寿分公司。已开发和在开发的城市运营项目有贵阳中铁国际生态城项目，眉山黑龙滩国际生态旅游度假区项目，成都“国宾上城”项目，郫县“天府逸城”项目等。其中，中铁国际生态城和黑龙滩国际生态旅游度假区属于中铁文旅重点打造和品牌支撑项目，两个项目被分别列入贵州省重点项目和四川省重点项目。

截至2018年末，中铁文旅资产总额120.70亿元，其中流动资产为82.56亿元，非流动资产为38.14亿元，资产周转率为48.44%，资产负债率为82.94%。共有在册员工306人，硕士研究生35人，本科195人，大专及以上学历人员占99%，员工队伍平均年龄37岁。

（周　倩）

【主要指标】2018年，中铁文旅累计完成投资37.06亿元，其中土地一级整理开发投资22.34亿元，二级房地产开发投资14.72亿元；新签合同额516.50亿元；实现营业收入51.51亿元，实现净利润5.43亿元，实现归属母公司净利润4.81亿元，经营性净现金流为6.72亿元；年末“两金”净额为32.48亿元，有息负债37亿元，资金集中度为83.59%；人均产值1355万元，人均创效154万元。

（刘　峰）

表14-38　2018年中铁文化旅游投资集团有限公司主要经济指标

项目	2018年	2017年	比上年增长（%）
资产总额（亿元）	120.70	91.97	31.24
所有者权益（亿元）	20.59	15.88	29.66
营业收入（亿元）	51.51	27.67	86.16
利润总额（亿元）	6.42	3.92	63.78
净利润（亿元）	5.43	3.68	47.55
归属于母公司所有者的净利润（亿元）	4.81	2.99	60.87
技术开发投入（亿元）	—	—	—
利税总额（亿元）	7.0	3.91	79.03
应交税金总额（亿元）	0.8	0.43	86.05
净资产收益率（%）	29.8	24.63	20.99
总资产报酬率（%）	6.04	5.1	18.43
国有资本保值增值率（%）	129	112.01	15.17

制表人：刘　峰

【改革发展】2018年，根据中国中铁区域经营、立体经营的统一部署，结合中铁文旅商业模式和业务特点，成立了南区域经营中心和北区域经营中心，与北京联合大学、中国铁路总公司、海南龙垦集团、美的集团单位等签订战略合作协议，为可持续性经营开发奠定了基础；搭建成立财务共享中心，财务职能改革向专业系统、金融理财的方向深入推进；成立招投标和物资采购监管平台，规范招投标和物资采购工作；废止三级公司领导人年薪制，推进了以目标为导向、以“岗薪＋绩效＋其他”为基本框架的激励约束机制改革；明晰企业定位，确定打造中国中铁文化旅游产业投资运营平台，走与中国中铁传统业务紧密联系且富有自身特色的差异化发展道路；依托管理实验室活动的全面开展，进一步完善了商业模式，提升了企业核心竞争力。（周　倩）

【重大项目】2018年，中铁国际生态城项目实现回款18.93亿元，整体去化率达到90%，累计取得建设用地指标852万m^2，土地价值突破66667万元/m^2。项目配套产业全面发展，自持和参股的安纳塔拉酒店、双龙镇、巫山峡谷公园等配套产业运营良好，开始实现盈利；双龙国际学校在校学生已超千人；摩都综合商业、体育盒子、问水温泉等产业进入试营业阶段，将在2019年全面建成开放。

2018年，黑龙滩国际生态旅游度假区项目完成土地征收1330万m^2，一级投资备案32.6亿元，取得建设用地指标106.47万m^2，出让第一批次建设用地73.53万m^2；启动建设的市政道路、安置房、生态环保工程等进展迅速，建成并开放文化展示交流中心；中铁双龙艺术小镇项目、省医康养项目、地中海俱乐部项目、南京淳璞旅游项目4大项目完成招商引资。（王国飞）

【重大创新】2018年，中铁文旅结合企业规模效益现状，提出实施目标管理的发展策略，以目标为导向，形成层层激励和倒逼机制，逐步破解企业改革发展中遇到的重难点课题，全面提升企业发展的效益和效率、规模和质量；按照市场化原则，对薪酬体系进行优化升级，在前期项目风险承包责任制的基础上，扩大试点实施项目跟投制；初步建立容错纠错机制，针对商业模式和业务特点，通过管理实验室兼容创新与合规，营造全民参与企业改革创新发展的良好环境。（周　倩）

【工程创优】2018年，中铁国际生态城项目干沟大桥获得“国家优质工程奖”、贵州省“黄果树杯”优质工程奖、“中国施工企业管理协会科学技术进步奖”二等奖、“贵州省科学技术进步奖”三等奖、实用新型专利、发明专利、贵州省省级工法7项奖励。（周　倩）

【企业文化】2018年，中铁文旅成立企业文化建设领导小组，通过制订《中铁文旅企业文化建设方案》，梳理提炼具有中铁文旅特色的企业文化，并与外部专业机构开展了密切合作，做好了企业文化建设各方面准备工作。（宋旭东）

【党建工作】夯实党建基础，基层党建工作不断规范加强。推动开展“基层组织建设年”活动，加强基层组织建设，夯实和规范党建基础工作；认真落实“四同步”“四对接”要求，全年新建党支部3个，筹建区域经营指挥部党工委2个，保证基层党组织全覆盖；建立完善党建工作联系点制度，明确工作机制和有关要求；重视党群干部队伍能力素质提升，全年组织2期基层党组织书记和党务骨干培训，培训基层党务工作者、党群干部69人次，开展了首次政工职评工作，评聘了11名初、中级政工师，加强了政工队伍建设；抓好发展党员工作，组织开展“入党积极分子和发展对象培训班”，集中培训入党积极分子、发展对象22名；建立党内激励表彰机制，首次开展“一先两优”推荐评选表彰工作，营造典型示范、榜样带头、比学赶超的良好氛围。

抓实党建制度，激发党建工作动力和组织活力。认真学习贯彻股份公司党委《贯彻落实〈关于新形势下党内政治生活的若干准则〉的具体措施》，全年召开党委领导班子民主生活会2次，并规范落实“三会一课”制度、双重组织生活会制度、谈心谈话制度；不断加强党员教育管理工作，以支部“三会一课”为主阵地，持续推进“两学一做”学习教育常态化制度化工作；紧扣实际开展党内主题活动，继续推动深化“党建共建、区域联建”活动、巡察和联合督导活动，初步形成了“党建搭台、合力共建”的活动格局，有力促进生产经营中心工作。

突出思想建设，宣传思想文化工作取得成效。成立意识形态及网络意识形态工作领导小组，研究修订印发《关于进一步贯彻落实意识形态工作责任制的通知》《意识形态工作责任制实施细则》等相关制度4项；重视企业宣传阵地建设，着力加强“中铁文旅微党建”微信公众号建设，2018年通过公众号推送宣传、学习信息51条，累计浏览量达2.6万余人次。

2018年，中铁文旅纪委实施“责任书＋清单＋定期通报情况督促落实”的管理方法，与公司各部门签订《2018年反腐倡廉工作责任书》，加强日常监督，严格落实纪委书记与同级党委班子成员定期沟通制度，建立谈话台账并及时更新；研究部署纪委书记对同级班子成员“画像工作”，推动两级纪检监察组织“画像”工作全覆盖；持续加大纪律审查力度，坚持抓早抓小，实践运用“四种形态”，研究制定《中铁文旅问题线索管理与处置暂行办法》等制度，建立起问题线索处置台账。

（宋旭东　何　焱）

【信息化建设】2018年，中铁文旅可视化平台、会议室录播系统、视频会议系统、视频监控系统搭建完成；完成中铁文旅网速提升和网络拓扑结构重组；商旅平台正式上线运行，有效节约企业商旅费用。（王　诚）

【履行社会责任】2018年，中铁文旅积极响应脱贫攻坚政策，为黑龙滩镇分水乡泉家村2名贫困大学生捐赠助学金共计10000元；在项目开发建设中，配合政府广泛开展周边原住居民就业培训和创业扶持工作，累计提供超过3万余个工作岗位。（宋旭东）

【领导人员】

李　辉　党委书记、董事长
邓树传　总经理、党委副书记
王　闽　党委副书记、纪委书记、工会主席、监事会主席
吴　杨　副总经理
申凌云　副总经理　（周　倩）

中铁资源集团有限公司

【简况】中铁资源集团有限公司（简称中铁资源）是集矿产资源开发、商贸物流、工程建设服务于一体的国际化、综合型矿产资源开发集团，是由中国中铁股份有限公司独家发起设立的全资子公司，注册资本金为人民币54.27亿元，总部设在北京。中铁资源主要从事境内外矿产资源的投资开发，拥有的矿产品种主要有铜、钴、钼、银、铅、锌等。在经营范围上，涵盖贵金属、有色金属、黑色金属和非金属等资源开采、销售，仓储服务，国内外自然资源开发的技术研究、技术咨询、勘探及设计，货物进出口，施工总承包，项目投资等。截至2018年底，中铁资源总部机关机构共设15部，即人力资源部（党委干部部）、党群工作部（企业文化部）、财务部、金融管理部、规划发展部、安全质量环保部、法律合规部、企业管理部、纪委（监察部）、审计部、成本合同部、科技设计部、生产技术部、物资设备部、营销管理部）；两室，即董（监）事会办公室、办公室；两中心，即采购销售中心、行政管理中心（保卫部）。在经营区域上，国内市场主要有黑龙江、青海、河北等省份；海外市场主要有刚果（金）、蒙古等国家。截至2018年底，中铁资源集团有限公司主要实体企业共有13家。中铁资源共有中方员工1235人，其中：中方管理人员759人，技能人员476人；硕士及以上学历137人，本科541人，大专及以下557人；正高级职称13人，高级职称184人，中级职称290人。

2018年，中铁资源实现营业收入125亿元，同比增长6%。归母净利润17.06亿元，同比增长369%。五大矿山合计实现归母净利润21.04亿元，其中华刚矿业11.69亿元、鹿鸣矿业4.25亿元、MKM矿业2.63亿元、绿纱矿业1.60亿元、新鑫公司0.87亿元。商贸业务实现归母净利润3.79亿元。中刚基建、中刚建设、廊坊物探、金港公司、技术咨询分公司合计实现归母净利润9645万元。实现经营性净现金流32.81亿元，较2017年增加1.29亿元。有息负债总额104.52亿元，较年初减少20亿元。资产负债率82.16%，比年初降低8.19个百分点，较股份公司下达的目标降低6.9个百分点。生产铜金属总量19.4万t，同比增加6.29%，其中高附加值的阴极铜11.78万t，同比增加44.20%。钴金属2532t，同比增加96.13%。钼金属1.54万t，同比增加10.76%。铅金属1.31万t，同比增加33.15%。锌金属1.2万t，同比增加16.18%。截至2018年末，中铁资源全体职工（包括外籍职工）人均收入较2017年同比增长17.46%，其中中方职工人均收入同比增长22.88%。（杨宾纷　韩　博）

【企业历史沿革】2007年1月18日，经中国铁路工程总公司第一届董事会第二次会议研究，决定设立“中国铁路工程集团有限公司资源开发分公司”，主要负责集团公司国际、国内资源项目的开发工作；组织资源投资项目的跟踪、前期立项、报建审批、设计工作。下设综合部、财务部、地勘部、金属部、非金属部。资源开发分公司的成立是股份公司立足当前，着眼长远，进行产业结构的调整，保证企业持续健康发展的重大举措。2008年4月29日，经中国中铁股份有限公司第一届董事会第九次会议通过，股份公司决定在资源开发分公司的发展基础上，成立中铁资源有限公司，作为股份公司的资源开发专业化子公司。注册资本金10亿元人民币，由股份公司全额出资。中铁资源的经营范围拟为贵金属、有色金属、黑色金属和非金属等资源开采、加工及销售；煤炭开采、洗选加工、煤炭及煤炭制品的销售；矿井建设；仓储及运输；国内外自然资源开发的技术研究、咨询、勘探及设计；进出口业务、对外经济合作；基础设施投资建设；用自有资金兴办企业和投资项目。2009年4月28日，中国中铁股份有限公司第一届董事会第十九次会议决定：中铁资源有限公司更名为中铁资源集团有限公司。（杨宾纷　韩　博）

表14-39　2018年中铁资源集团有限公司主要经济指标

项目	2018年	2017年	比上年增长（%）
资产总额（亿元）	198.36	196.49	0.95
所有权者权益（亿元）	35.39	18.96	86.66
营业收入（亿元）	125.02	118.15	5.81
利润总额（亿元）	21.29	7.8	172.95
净利润（亿元）	18.25	6.28	190.61

续表

项目	2018 年	2017 年	比上年增长（%）
归属于母公司所有者权益的净利润（亿元）	17.06	4.62	269.26
技术开发投入（亿元）	0.65	0.09	622.22
利税总额（亿元）	35.42	11.11	218.81
应交税金总额（亿元）	14.13	4.83	192.55
全员劳动生产率（万元 / 人・年）	161.39	71.12	126.93
净资产收益率（%）	69.73	36.99	32.74
总资产报酬率（%）	13.50	3.02	10.48
国有资本保值增值率（%）	259.45	117.10	142.35

制表人：张玲玲

【主要生产指标完成情况】2018 年，中铁资源完成钻探量 12933.44m，完成计划的 186.09%；掘进量 4131.54m，完成计划的 110.17%；剥离 6484.25 万 t，完成计划的 103.04%；采矿量 2459.89 万 t，完成计划的 112.12%；矿石处理量 2429 万 t，完成计划的 109.02%。全年完成产品产量钼精矿（含钼量）15398.91t，完成计划的 106.30%；硫化铜精矿（含铜量）117802.8t，完成计划的 105.16%；电极铜 76657.16t，完成计划的 112.93%；氢氧化钴（含钴量）2531.66t，完成计划的 120.56%；铅金属量 13131.05t，完成计划的 202.02%；锌金属量 12035.06t，完成计划的 109.41%；银金属量 34.83t，完成计划的 232.2%；硫酸 112006t，完成计划的 112.01%；阳极板制造 14077 片，完成计划的 145.96%；修复不锈钢阴极 1429 片，完成计划的 119.08%；阴极包边条 70196 根，完成计划的 140.39%。热贡公司、廊坊物探、商贸公司和技术咨询分公司合计营业收入 1002689.33 万元，中刚基建公司与中刚工程建设公司完成产值 16298.23 万美元，完成计划的 113.04%。

（杨宾纷）

【重大项目】2018 年，中铁资源中刚工程建设公司稳步推进布桑加水电站建设，工期、安全、质量和成本有序可控，大坝坝肩开挖完成 765 高程，施工产值完成年计划 118.5%，先后实现导流洞贯通、大坝截流、输变电工程等里程碑目标。（杨宾纷）

【党建工作】2018 年，中铁资源各级党委、纪委坚持以习近平新时代中国特色社会主义思想为指导，认真学习贯彻落实党的十九大精神，深入落实党风廉政建设“两个责任”，全面推进从严治党向基层延伸，党委领导作用充分发挥，引领了企业高质量健康发展。

（一）党委领导作用得到加强。结合境外企业多、合资企业多的特点，认真落实党建工作责任制，发挥党委全面领导作用，把方向、管大局、保落实。将学习宣传贯彻党的十九大精神作为首要政治任务，通过视频连线方式，分两期组织境内外 111 名领导干部开展集中轮训，实现了全覆盖；严格落实党委会研究讨论是董事会、经理层决策重大问题的前置程序要求，涉及重大项目启动、处僵治困、遗留问题处置等 15 项议题，履行了党委前置程序，发挥了把关定向作用；深入推进“一企一策”工作部署，传递压力、激发活力，所属五大矿山均实现稳产超产，布桑加水电站、华刚二期等重大项目顺利推进和实施，企业经济效益明显提升，全年实现营业收入 125 亿元，归属母公司净利润 17.06 亿元。

（二）领导干部队伍建设取得成效。针对总部机关存在职能交叉缺位、职责不清等问题，完善和明确了总部机关职能定位，重新确定了定员定编，机关总定员人数由 150 人减少至 137 人。树立正确的选人用人导向，共调整、补充总部机关、所属各单位领导人员 129 人次，尤其针对巡察审计、调研检查发现的突出问题，从有利于企业发展、有利于干部成长的角度出发，先后对绿纱公司、新鑫公司等 6 家单位领导班子进行调整和充实，调整后的班子管理责任心得到提升，呈现出新面貌：新鑫公司 2018 年净利润大幅攀升，鹿鸣公司、绿纱公司实现首年度达产目标等。通过上下交流、横向交流、党政交流等方式，累计交流 30 人，让机关有学历、有职称但缺乏实战经验的人员充实到基层工作，基层一线锻炼成熟的人员充实到机关工作，优化了人才培养模式。

（三）基层党建工作质量得到提升。组织召开中铁资源第一次党代会，明确了今后五年企业改革发展的总体思路和任务。强化监督考核，开展年度政治工作量化考核、党委书记抓基层党建述职评议，将考核结果与企业负责人年薪兑现挂钩，推动党建工作责任制落实。组织开展“找差距、补短板、强实效”党建质量提升活动，对梳理出来 82 个主要问题，扎实组织开展了整改。在刚、在蒙企业结合实际，认真落实《关于加强境外项目党建工作的指导意见》，坚持“五不公开”，积极实践党组织发挥作用的有效方式，大力开展了区域党建、文化共建、文化宣传、星级员工评选等活动，发挥了海外企业党组织的作用。

（四）党风廉政建设得到强化。落实党风廉政建设定期会议、定期报告和谈话制度，与各子分公司签订《党风廉政建设责任书》17 份，督促各级党委、纪委落实党风廉政建设和反腐败工作责任。持续落实中央八项规定精神，制定了《深入贯彻落实中央八项规定精神的实施意见》，发布了《关于在重大节日期间严明“十五个严禁”纪律要求的通知》，对全体党员干部提出了明确的纪律要求；紧盯关键节点，开展突击检查和专项督查，以钉钉子精神防止“四风”反弹。开展了对商贸公司巡察工作，针对巡察发现的5个方面、19项问题，列出问题清单，分解落实到相关业务部门，及时进行了督办。加大执纪问责力度，运用监督执纪“四种形态”，立案审查4件，给予党政纪处分17人次，净化了企业发展环境。

（五）和谐企业建设得到有效推进。加强意识形态领导，结合不同时期任务和特点，广泛开展形势任务教育，统一思想、凝聚人心。围绕企业生产经营管理，加大宣传报道力度，提升了企业见报率，累计在中央主流媒体、行业媒体、海外媒体等发表267篇。按照重塑企业文化的思路，大力推行了合规文化、管理文化、执行文化、用人文化建设，逐步转变了领导干部的惯性思维。各级工会组织大力开展“挖潜增收、降本增效”劳动竞赛活动，引导职工群众立足岗位建功立业；落实“三不让”帮扶救助措施，落实企业年金、补充医疗等福利待遇，深入开展夏送清凉、冬送温暖、金秋助学等活动，提升了员工的获得感。共青团组织深入基层联系青年，开展“青安岗”“青年突击队”“导师带徒”等活动，为青年员工发挥作用搭建了平台。组织开展向第一次党代会献礼系列活动、“温暖矿山 幸福资源”员工文艺汇演等活动，展现了员工积极向上的精神风貌。（杨宾纷）

【领导人员】

赵占虎　党委书记、董事长、法人代表
孙瑞文　总经理、党委副书记
张瑞刚　党委副书记、纪委书记、工会主席、监事会主席
罗晓春　党委委员、副总经理
王含渊　党委委员、总工程师
陈元海　党委委员、总会计师（12月任）
钟长汀　党委委员、总地质师
于龙生　党委委员、副总经理
彭小林　党委委员、副总经理（杨宾纷）

中铁物贸集团有限公司

【简况】中铁物贸集团有限公司（简称中铁物贸）是中国中铁股份有限公司全资子公司，前身是成立于2007年2月的中国中铁物贸分公司，2010年12月18日改制为中铁物贸有限责任公司，2017年2月组建企业集团，注册资本金30亿元。中铁物贸是中国中铁唯一指定专业从事物资集中采购和物资贸易的大型企业集团，是中国中铁中央投资项目招标代理甲级资质执行单位，中国物流与采购联合会副会长单位，北京企业（诚信创建）评价协会副理事长单位，全国供应链创新与应用试点企业，中国企业联合会信用评价最优评级AAA企业。

中铁物贸现有下属企业15家，在全国拥有50余个物供中心，组建了沈阳、北京、西安、武汉、上海、深圳、成都、昆明八大集采中心，拥有物资贸易专业高级管理人员近千人，本科及以上学历达90%以上。公司主要开展钢材、水泥、钢轨、道岔、油品化工、系统设备集成、有色金属、木材、建筑材料、橡胶制品、机械设备等建筑业全品类物资贸易服务，并提供经济信息咨询、仓储服务、设备租赁、项目投资、资产管理、货物进出口、技术进出口、代理进出口等高附加值服务产品。逐渐形成了以项目物资供应、区域集中采购、战略采购、部管物资代理服务、招标代理服务、国际国内贸易、电子商务及投资业务八大业务为主的经营格局。

中铁物贸先后承担了国内外数千项铁路、公路、市政、水利、房建和城轨等工程的物资集采服务，为成昆、成兰、成渝、成贵、沪昆、郑万、兰新、银西、汉十、川藏、蒙华等铁路工程，京新高速、绥延高速、汕揭高速以及深圳、广州、福州、成都、武汉、郑州、西安、石家庄、呼和浩特城市地铁等工程，提供了数千亿元的工程建设物资。

依托中国中铁系统内部强大的终端需求市场和资源优势，中铁物贸大力开展与上下游客户的战略合作。先后与中国铁路总公司、中国交建、中国电建、各大城市地铁、中国石油、中国建材、攀钢集团、包钢集团、鞍钢集团、宝武钢铁、河北钢铁、陕钢集团、海螺水泥、华新水泥、京东、阿里巴巴等多家大型企业集团建立了良好的战略合作关系，拥有丰富、优质的建筑业产业链战略资源，有效提升了物资价格竞争力和客户体验度。

中铁物贸主动拥抱“互联网+”，持续推进“数字中铁，智慧物贸”战略。由公司自主开发建设的鲁班采购电子商务平台，是中国中铁官方唯一采购电子商务平台，为中国中铁全系统提供采购管理全流程信息化集成服务，同时面向建筑行业内企业提供采购电子商务产品及信息技术服务，年交易额突破2000亿元，是中国建筑行业开展电子商务业务的重大创新典范，在中国建筑业电子商务领域处于领先地位。以“连接、协同、共享”为理念，开发的业务协同平台（BCP）和财务共享系统，实现了业、财、资、税一体化目标，通过上下游客户互联互通，构筑了开放立体的全方位供应链生态圈，引领建筑业供应链集成服务管理变革。（夏姗姗）

【主要指标】2018年1—12月，中铁物贸累计完成新签合同额438.16亿元，完成股份公司下达年度预算300亿元的146.06%，较2017年新签合同额273.14亿元增加164.86亿元，增长60.36%；完成营业收入228.68亿元，完成股份公司下达年度预算135亿元的169.39%，较2017年营业收入142.5亿元增加86.18亿元，增长60.48%，实现归母净利润2.37亿元，完成股份公司下达年度预算1.86亿元的127.42%。总资产周转率从1.54

增长至 1.55，资产负债率下降 16.37%。（聂宗仁）

表 14-40　　2018 年中铁物贸集团有限公司主要经济指标

项目	2018 年	2017 年	比上年增长（%）
资产总额（亿元）	147.7	112.67	31.09
所有者权益（亿元）	12.57	2.74	358.76
营业收入（亿元）	228.68	142.5	60.48
利润总额（亿元）	3.8	2.68	41.79
技术开发投入（亿元）	0.33	0.17	94.12
利税总额（亿元）	4.14	2.87	44.25
应交税金总额（亿元）	2.72	1.67	62.87
全员劳动生产率（万元 / 人 · 年）	2909	2143	35.74
净资产收益率（%）	225.25	106.20	112.10
总资产报酬率（%）	4	2.19	82.65

制表人：聂宗仁

【职工队伍】截至 2018 年底，中铁物贸职工人数 752 人。其中男职工 578 人，女职工 174 人；年龄在 35 岁及以下 453 人，36 ~ 45 岁 187 人，46 岁及以上 112 人；专业技术职称为初级及以下 395 人，中级职称 209 人，高级职称 148 人；文化程度为硕士研究生 123 人，大学本科 552 人，大学专科及以下 77 人。

从员工所在岗位结构来看，2018 年底中铁物贸两级公司领导人员（副处级及以上）99 人，占人员总量的 13%；采购、营销、物供业务人员 419 人，占员工总量的 56%；财务、审计人员 93 人（不含副处级及以上财务人员），占员工总量的 12%；党群工作、纪检监察、人力资源、综合管理等人员 141 人，占员工总量的 19%。（刘　博）

【改革发展】中铁物贸积极推进“双轮驱动”战略，通过构建“集团公司管总、子分公司管揽、物供中心管干”的三级市场营销体系，八大区域公司和专业公司相互配合，积极推进市场开发；实施“源头开拓”计划，推进所属单位树立区域经营主体责任意识，成功进入中国铁建、中国建筑、中国电建及其他大型央企基建市场，2018 年成功中标北京地铁 19 号线钢轨道岔采购项目，实现了中铁物贸在北京地铁市场甲供物资零的突破。

推进管理实验室活动作为推动企业改革创新、强化管理的前瞻性研究平台，深化对工程物资集中采购这一专业领域的探索，通过设立直管投资类管理实验室、区域集采类管理实验室、市场业务类管理实验室、战略采购和物资代理类管理实验室、信息化和招标代理类管理实验室等 5 个类型共 12 个管理实验室，深化项目管理实验，实现创新创效。优化三级公司战略规划，制订了“十三五”战略规划主要经营指标计划分解方案，分别审核各子分公司发展战略；制定、修订了《中铁物贸内控管理手册修订实施方案》《中铁物贸股权投资管理办法》《中铁物贸贯标体系管理办法》等一系列推动企业改革发展的方案、办法，明确细分领域管理路径。加强供应链金融创新工作，与北京交通大学开展供应链金融课题研究，推进供应链金融服务平台的研发建设。中铁鲁班供应链金融服务平台 2017 年启动产品规划调研，2018 年开始产品设计与系统研发。平台主要功能模块包括：供应商融资管理功能、核心企业融资管理功能、交易背景查询功能、信用额度管理功能、统计决策分析等。2018 年 7 月，中铁鲁班供应链金融服务平台一期产品完成上线技术演示，二期产品完成主要功能开发部分。中铁鲁班供应链金融服务平台通过提供银企直连的技术通道，完善供应链协同服务，为采购交易提供资金服务解决方案，同时为股份公司及各二级单位提供新金融产品整体管控功能，为供应链融资提供管理决策工具。（夏珊珊）

【物资供应服务】2018 年，中铁物贸累计为 87 个中国中铁直管项目提供工程物资供应服务，累计供应金额达累计供应金额达 186.01 亿元，比 2017 年 120.92 亿元增长 53.83%。其中：供应钢材 255.96 万 t、供应金额 118.32 亿元，水泥 560.33 万 t、供应金额 24.58 亿元，其他类物资金额 43.11 亿元。2018 年 1—12 月新增石化产品集采项目 685 个（历史累计集采项目达到 2462 个），年累供应石化产品 66.8 万 t，供应金额 49.24 亿元，同比增长 3.7%，相较市场价格累计节约成本 27888 万元。其中：成品油 55.7 万 t，降低 25628 万元；润滑油脂 5093t，降低 936 万元；沥青 8.6 万 t，降低 852 万元，在有力保障项目物资供应的基础上，实现了降本增效。（杜宗晟）

【区域集中采购】截至 2018 年底，中铁物贸纳入区域集中采购模式的项目共计 302 个，比 2017 年全年增加 209 个，区域集采模式下累计供应钢材 80.22 万 t、供应金额 36.34 亿元，供应水泥 149.74 万 t、供应金额 7.06 亿元，与市场价格相比，钢材、水泥累计降低成本约 1.9 亿元。中铁物贸通过提供优质的资源渠道、品质可靠的产品、具有竞争力的价格、专业化的服务，吸引工程局融入区域集采的范围。截至年末，中铁物贸配合股份公司发布了湖北、湖南、安徽、四川、广东、河南、陕西、上海、新疆等共计19个地区钢材、水泥定价规则。（杜宗晟）

【战略采购】中铁物贸在进一步加强与鞍钢集团、攀钢集团、宝武钢铁和中石油、京东、阿里巴巴等大型资源厂商及知名互联网企业合作的基础上，2018年又先后与陕钢集团、中联水泥、浙江物产等24家单位建立战略合作关系，其中16家钢材供应商、5家水泥供应商、2家润滑油脂供应商、1家桥梁钢板供应商。中铁物贸积极推进实现了润滑油脂、钢绞线、锚具、桥梁钢板等辅助材料的战略采购，通过与国际知名厂商“美孚”和“雪佛龙”开展战略合作，于2018年7月16日正式完成盾构油脂网上开店的上线经营。（杜宗晟）

【市场开发】中铁物贸积极推进“双轮驱动”战略，通过构建“集团公司管总、子分公司管揽、物供中心管干”的三级市场营销体系，八大区域公司和专业公司相互配合，积极推进市场开发；实施“源头开拓”计划，推进所属单位树立区域经营主体责任意识，成功进入并中国铁建、中国建筑、中国电建及其他大型央企基建市场。2018年完成市场业务新签合同额75亿元，同比2017年增加29.2亿元，增长63.8%。成功中标北京地铁19号线钢轨道岔采购项目和杭州至海宁城际铁路钢轨甲供材料项目，实现了中铁物贸在北京地铁市场甲供物资零的突破，打造了铁路项目物供新模式。2018年先后制定出台了市场营销管理、物资代理服务业务、市场客户信用管理等制度，编制了首版《中铁物贸市场营销管理制度汇编》，并连续2年开展市场营销业务培训。（刘　菲）

【信息化建设】2018年，中铁物贸持续推进“智慧物贸”建设，以业财共享平台建设、鲁班电子商务平台建设和供应链金融课题研究及试点为支撑，不断推进信息化工程的全面建设。2018年1月1日，以实现“连接、协同、共享”信息化管理理念的中铁物贸业务协同平台（BCP）和财务共享平台同步正式上线运行，标志着中铁物贸已初步实现了对主营业务的全流程管理，通过建立“流程信息化、数字自动化、管理智能化”业务流程体系，对主营业务全流程管控，实现“业、财、资、税”一体化管控目标，提高了劳动生产率，解决主营业务合规性控制的难题。截至2018年末，鲁班平台认证通过供应商60505家，与2017年35930家相比增加24575家，增长68.4%，开通平台服务的供应商27273家，网上商城办公用品累计下单41735个，成交金额13260.23万元，二三项料累计下单4597个，成交金额20613.96万元。

中铁物贸成功开发“智讯通”系统并在鲁班平台成功上线，打通了各业务系统的信息互通壁垒；在全股份公司系统成功推广上线中国中铁商旅平台，截至年末有效用户已突破12万人，平台累计采购金额8186万元，有效降低全系统管理成本；中国中铁基于“互联网+”的招标中心正式投入使用，为中国中铁搭建了统一的招标系统平台；加强辅助材料网上商城建设，按照“建设与经营分离”的原则，将运营调整到天津公司，扩大辅助材料及其他专项物资电子化采购规模。（刘　菲）

【企业创优】2018年，中铁物贸先后成为北京市企业评价协会副理事长单位、中国物流与采购联合会副会长单位，通过AAA信用等级评价，并成功入选全国供应链创新与应用试点企业。中铁物贸所属鲁班商务公司获得中华全国铁路总工会“火车头奖杯”，成都分公司及四川物供中心分别获得成都市“五一劳动奖状”和“工人先锋号”称号。（夏姗姗）

【党建工作】2018年，中铁物贸深入学习贯彻习近平新时代中国特色社会主义思想和党的十九大精神，全面落实党中央、国资委党委、中国中铁党委一系列重大决策部署和各项工作安排，坚持发挥党的全面领导作用，不断推动全面从严治党向纵深发展，向基层延伸，为企业健康稳定发展提供了坚强保证。通过集中宣讲、党委中心组学习、干部培训等形式，开展全员大学习活动，2018年中铁物贸领导深入基层讲党课15次，开展集中宣讲、培训学习活动20余次，组织开展集团公司党委理论中心组学习研讨4次，在机关开展卓越讲坛10期，举办党的十九大精神集中轮训班3期，副处职以上领导人员培训实现100%覆盖；开展破解“两张皮”问题等党建工作调研17次，形成的调研报告有3篇被纳入股份公司党委理论成果汇编；开展领导人员、组工干部、纪检干部、宣传通讯员骨干等培训班6期，党支部书记年内培训率达到100%。针对国家安全、意识形态责任制、企业统战、落实八项规定精神、落实中央纪委五项《工作建议》、“找差距、补短板、强实效”党建质量提升活动等重点工作，中铁物贸党委制定落实措施7项，开展督促检查6次，提出整改要求47项。2018年，召开党委会23次，集体研究决策党建议题80项，前置研究重大经营管理事项127项。制定出台《党建工作责任制考核评价办法》《党建工作领导小组工作规则》《党务公开工作实施方案》等重要制度办法20余项，着力构建党建工作长效机制。强化对各子分公司党建工作责任制落实考评，发现并指出问题58项，提出整改建议81项。坚持四同步四对接，新成立海外事业部和天津公司两个基层党工委，已有6家三级单位召开党员大会并完成换届选举，其他单位正按计划推进；优化党委机构设置，成立党委工作部，完成所属单位党群工作部单独设立，选配基层党支部书记、专职党群干部20余人。坚持发展党员的新十六字方针，突出政治标准，全年新申请入党人数68名，培养入党积极分子61名，发展新党员5名。发挥战斗堡垒作用，全集团55个物供中心实现基层党组织全覆盖，“三会一课”、组织生活会和民主评议党员工作规范开展。持续推进与鞍钢集团、陕钢集团、中铁宝桥等上下游企业的“党建联盟”活动，全面交流企业党建工作经验，促进双方合作不断深入。坚持党管干部原则，把政治标准作为选拔任用干部的根本标准，严格执行干部选拔任用工作程序，坚持开展干部选拔任用“一报告两评议”，2018 年来，中铁物贸党委选拔副处职及以上领导人员 14 人，交流调整 97 人次，完成试用期满考核正式任职领导人员 18 人，年度引进各类人才 155 人。修订完善人才引进、公开招聘、台阶式培养选拔、专家评选、薪酬分配、绩效考核等管理制度 12 项，逐步形成干部人才“选、用、育、管”机制。开展学习型企业创建，组织了内控体系、财务会计、法律法规、审计等专业培训班 16 期，培训干部 1100 余人次，实现了培训全员全覆盖。组织召开党风廉政建设和反腐败工作会 2 次，与所有三级单位党组织签订了党风廉政建设责任书；党委书记、纪委书记坚持每季度与班子成员谈话沟通情况，领导班子成员坚持每季度与分管部门负责人进行一次廉政谈话，对所有新任职干部进行了任前谈话和廉政谈话，推动“一岗双责”落实。迎接股份公司党委第一巡视组巡视，针对巡视过程中反馈的问题，做到立行立改，严格按照整改要求推进落实。出台 9 项党委巡察制度，发布 2018—2021 年度巡察工作规划，完成了对所属 4 家单位党委巡察，针对第一轮巡察中发现的问题限期整改落实。认真加强纪律教育，录制公司首部专题警示教育片，组织党员干部到警示教育基地接受教育 200 余人次，开展制度宣讲和党纪教育 30 余次。2018 年，建立中铁物贸舆情风险关键词库，及时监控网络舆情。建设微信公众号和公司网站两大宣传平台，中铁物贸微信公众号关注总人数突破 3000 人。开展对外新闻宣传，全年在《中国中铁》报刊登稿件 29 篇，中国中铁官方微信公众号刊登稿件 17 篇，系统外媒体刊登 17 篇，《学习与探索》刊稿 18 篇，《中铁党建》刊稿 2 篇。积极推进精神文明建设，广泛开展了以“我是党员、我做表率”“五型机关”创建为主题的群众性学雷锋志愿活动，引领广大党员干部职工树立正确的人生观、价值观和幸福观。大力选树先进单位和职工典型，鲁班公司荣获中华全国铁路总工会“火车头奖杯”，成都分公司荣获成都市“五一劳动奖状”，四川物供中心荣获成都市“工人先锋号”。评选表彰集团公司首届 5 名“劳动模范”以及先进个人、先进集体，开展劳模（专家型职工）创新工作室创建活动，取得了阶段性成果。扎实开展“六送”活动，推进“职工之家”建设，举办第二届职工羽毛球大赛、第三届职工篮球联赛、“全员百日健步走”、摄影比赛、“四个共同体”征文等特色活动，丰富职工文化生活。开展青年典型培育，评选表彰青年文明号、青年岗位能手和优秀团员。围绕中心工作，大力开展了制度学习宣贯，成立青年新媒体中心，推进青年书屋、青年讲堂等共青团十大品牌建设，搭建了团员青年展示青春活力、服务企业中心工作的有效平台。

（李成钺）

【履行社会责任】2018 年，中铁物贸加大了“幸福之家十个一”工程的宣传和推广力度，将“幸福之家”创建活动纳入物供中心标准化建设之中，发挥品牌效应，关爱职工身心健康效。制定下发了《中铁物贸集团员工健康关爱计划》，选派人员参加股份公司 EAP 专员培训班、内训师培训班、健康委员督导提升培训班等，初步建立了一支健康委员和内训师队伍。加快心理咨询室、心灵驿站建设，深圳公司成立了中铁物贸首个子分公司级心灵驿站，昆明公司玉楚物供中心成立了中铁物贸首个物供中心级“心灵驿站”。组织开展困难职工摸底调查，将符合条件的 3 名困难职工列为设立重点帮扶对象，至 2018 年底，已有 2 名困难职工解困。2018 年，日常慰问员工 102 人，慰问总金额 15.68 万元；“夏送清凉”慰问一线物供中心 43 个，慰问职工 776 人，慰问总金额 15.56 万元；“冬送温暖”慰问一线物供中心 46 个，慰问职工 632 人，慰问总金额 35.88 万元。

（闫玉环）

【领导人员】

马元林　党委书记、董事长、法定代表人
黄怀朋　党委副书记、副董事长、总经理
王夙君　党委副书记、纪委书记、监事会主席
杨　泰　党委委员、工会主席、职工董事
李玉侠　党委委员、董事、总会计师
王勇周　党委委员、副总经理
昌　选　党委委员、副总经理、董事会秘书、总法律顾问
占小锁　党委委员、副总经理

（李曼莉）

中铁国资资产管理有限公司

【简况】中铁国资资产管理有限公司（简称中铁国资）的前身是 2007 年 5 月 9 日成立的中铁宏达资产管理有限公司，是在国家工商行政管理总局登记注册的全民所有制企业，是中国铁路工程总公司（简称总公司）国有独资的重要成员企业。中铁宏达代表总公司履行非上市单位和资产的管理职能，对总公司委托经营的国有资产效益负责，与中国中铁股份有限公司实行机构、人员、资产、财务、业务“五分开”。2017 年 12 月 28 日，中国铁路工程总公司完成公司制改制工商变更，改制后公司名称变更为中国铁路工程集团有限公司（简称中铁工集团）。2017 年 12 月 29 日，经中铁工集团批准，中铁宏达由全民所有制企业改制为一人有限责任公司，中铁工集团公司持有 100% 股权，改制后中铁宏达名称变更为中铁国资资产管理有限公司。中铁宏达的全部债权债务和资质证照等由改制后的中铁国资资产管理有限公司承

继。中铁国资注册资本金 1 亿元人民币。经营范围包括资产经营管理、投资及相关咨询服务；对教育、卫生、健康养老服务机构的投资与管理；物业管理。

中铁国资主营业务为职业教育、医疗服务、资产经营三个板块。现有分支机构 22 个、职教院校 11 所、医院 18 所。所属分支机构和职教、医疗单位分布全国 16 个省、直辖市和 25 个市（县）。11 家职业教育单位中，有高职院校 2 所（国家骨干高职 1 所）、中专 5 所、技校 2 所、干部培训学院 1 所、职工大学 1 所。18 家医疗单位中，有二级综合医院 13 所，二级专科医院 1 所，一级或未定级医院 4 所。其中 17 家医院被确定为所在省市区医保定点医院和农村合作医疗定点医院。本部机关共设 10 个部门，分别为公司办公室、董事会办公室（监事会办公室、战略规划部、法律合规部）、人力资源部（党委干部部）、财务部、经营开发部、职教医疗管理部、行政管理部（保卫部）、纪检监察部（审计部）、党委工作部（党委办公室、企业文化部）、工会工作部（机关党委、机关工会）。

截至 2018 年末，中铁国资全系统纳入职工管理的全部人员为 3999 人，其中在册正式职工 3028 人，其他从业人员 971 人。劳务派遣人员 1330 人。在册正式职工中，干部 3770 人，其中，技术干部 3425 人，技术干部占干部总数的 90.85%；工人 229 人，其中，技术工人 219 人，技术工人占工人总数的 95.63%。（郝广宁）

【主要指标】2018 年，中铁国资营业总收入 13.5 亿元，完成年度预算目标的 114%，归属于母公司净利润 1.6 亿元，完成预算确保目标的 6.6 倍。资产总额 30.7 亿元，负债合计 11.1 亿元，净资产 19.6 亿万元，资产负债率 36%。

（王佳琪）

表 14–41　2018 年中铁国资资产管理有限公司主要经济指标

项目	2018 年	2017 年	比上年增长（%）
资产总额（亿元）	30.7	30.6	0.33
所有者权益（亿元）	19.6	18	8.89
营业收入（亿元）	13.5	12.1	11.57
利润总额（亿元）	1.6	0.4	300.00
净利润（亿元）	1.6	0.4	300.00
归属于母公司所有者的净利润（亿元）	1.6	0.3	433.33
利税总额（亿元）	1.7	0.5	240.00
应交税金总额（亿元）	0.1	0.1	0.00
全员劳动生产率（万元 / 人・年）	13	11.6	12.07
净资产收益率（%）	8.6	2.2	增加 6 个百分点
总资产报酬率（%）	5.4	1.4	增加 4 个百分点
国有资本保值增值率（%）	101.8	102	增加 0 个百分点

制表人：王佳琪

【“三供一业”分离移交工作】截至 2018 年底，全公司“三供一业”分离移交工作正式签订移交协议完成 100%，管理职能移交总进度完成 98%，超过了中央企业职工家属区“三供一业”分离移交工作的平均水平。2018 年上报申请国资委、财政部国有资本经营预算资金补助 235904 万元，获得“三供一业”分离移交维修改造费用财政部补助资金 121083 万元，中国中铁配套支持资金 120914 万元。（郝广宁）

【职教医疗改革】2018 年，中铁国资全面贯彻落实国资委、财政部等六部委《关于国有企业办教育医疗机构深化改革的指导意见》（国资发改革〔2017〕134 号）以及《关于进一步推进中央企业办医疗机构深化改革有关事项的通知》（国资厅发改革〔2018〕25 号）文件精神，按照中国中铁总体工作部署，成立了职教医疗单位改革领导小组，全面推进职教医疗机构改革工作。通过全面调查摸底，广泛征求意见，深入洽谈协商，认真分析研判，积极协调国资委有关部门，创造有利条件，争取相关政策，采取有效措施，扎实稳步推进，制定并完善了《中国中铁职业教育机构深化改革方案》和《中国中铁医疗机构深化改革方案》。根据《中国中铁职业教育机构深化改革方案》，将中国中铁 11 家职教院校纳入改革范围，对其中 9 家实行集中统一管理，开展资源整合；对其余 2 家实施关闭撤销。根据《中国中铁医疗机构深化改革方案》，决定对 53 家医疗机构进行分类改革，包括移交地方政府管理 1 家、关闭撤销 22 家、资源整合 21 家、重组改制 2 家、改为对内卫生所 7 家，其中，资源整合的 21 家医疗机构，12 家与国药集团国药控股合作，9 家与中国通用环球医疗合作。

【资产经营】2018 年，中铁国资代表中国铁路工程集团有限公司履行非上市国有资产经营管理职责，完成资产处置项目 4 项，总合同额 1240 万元，已确认净收益 525 万元。其中中铁二局新运公司成都南站土地征收项目，非上市资产补偿 721 万元，中铁国资净收益 449 万元；中铁三局榆次门面房转让事宜，成交价 349 万元；

中铁电化局宝鸡政府征收补偿项目，协议金额148万元，中铁国资净收益预计75万元；中铁电气化局保定专用线土地征收项目，非上市资产补偿22万元，中铁国资净收益预计11万元。

2018年，中铁国资自主开发项目取得进展。中铁国资与兰州兰港实业公司签署合作协议，开发中铁一局兰州土门墩棚户区改造项目，协议金额5400万元；中铁二局成都职防院资产开发项目与中铁二局达成共识，双方按照实现资产价值最大化为目标，组建项目公司共同推进；郑州铁路技师学院老校区资产处置项目获得中国中铁批复同意；中铁干部管理培训学院棚户区改造项目与中铁八局签订了合作框架协议，成功举行了项目奠基仪式。

2018年中铁国资所属各单位发生资本性项目投资1017项，支出金额9955万元。经中铁国资审批，同意购置医疗、教学设备40项，金额为7217万元。

（陆　勃　罗晓敏）

【改革发展】中铁国资有分支机构22个，各分支机构与原主管企业相关机构实行合署办公，即“一个机构两块牌子”，人员基本都是兼职，劳动人事关系和薪酬待遇由原主管企业管理。截至2018年底，所属31家存续单位中，中铁国资仅对中铁干部管理培训学院及陕西中铁养老管理有限公司实行直接管理，其他存续单位仍实行双重管理模式，领导班子和党群组织以原主管企业管理为主。

2017年底，依据《公司法》和国务院国资委工作部署，中铁宏达资产管理中心改制为中铁国资资产管理有限公司。2018年，按照现代企业制度建设要求和中国中铁公司治理有关规定，中铁国资逐步建立健全公司制管理体系，修订公司章程，配齐了董事会、监事会和经理层人员，制定了董事会议事规则、监事会议事规则、总经理工作规则等一系列公司治理制度，规范议事程序。依法合规开展公司治理，完善董事会“集体审议、独立表决、个人负责”决策机制，全年召开5次定期会议、2次临时会议，共审议通过重要制度和重大事项46项。充分发挥党委会把关定向职能、董事会战略决策职能、经理层经营管理职能和监事会依法监督职能，基本形成了权责分明、协调运转、有效制衡的公司治理机制。

（吕新平　赵飞宇）

【党建工作】截至2018年12月31日，按照党组织隶属关系，中铁国资（不含分支机构和双重管理单位）设立党委3个（含本级党委）、党总支4个、党支部17个，有党员264名，其中在职职工党员101名、退休职工党员163名。中铁国资党委坚持以习近平新时代中国特色社会主义思想为指导，提出了“依法合规治企、真抓实干兴企”的工作理念，提出了“以战略总揽全局、以改革重塑企业、以诚信赢得市场、以创新谋求长远”的治企思想，提出了“把中铁国资打造成为核心业务突出、产业布局合理、权责清晰明确、管理科学有序的现代企业”的发展构想，明确了“做实做优做强企业”的发展方向，形成以职业教育、职业培训、医疗服务、养老健康、资产经营管理为支撑，以全面从严治党为统领，以全面深化改革为保障的发展格局。全年召开5次党建工作领导小组会、4次党委办公会，召开11次党委会，研究党建重要议题69项、前置研究讨论企业经营管理重要事项87项。围绕宣贯十九大精神、深化职教医疗机构改革、构建高效管理体制机制、加强意识形态管控等9个专题，组织中心组理论学习4次，班子集体学习2次，公司领导作党课报告9场次。开展纪念建党97周年系列活动，表彰15个先进基层党组织、38名优秀共产党员、15名优秀党务工作者，2个基层党组织和1名优秀共产党员受到中国中铁党委表彰。开展所属单位党建工作责任制现场考核和党委书记抓基层党建工作述职评议。中铁国资党建工作在中国中铁党委首次现场考核评价中获得98.6的高分，中铁国资党委书记参加中国中铁党建工作述职测评获得“优秀”。

2018年在延安举办2期学习贯彻十九大精神轮训班，137名领导人员参训；坚持国有企业好干部“20字”标准，调整补充领导干部23人次；加强对所属单位领导班子综合考核评价、干部日常履职巡察，评选表彰8个“四好班子”；按程序组织召开党员领导干部民主生活会和落实中央纪委《工作建议》专题民主生活会；制作《中铁国资改革发展纪实》《党的十九大精神培训纪实》专题片；印发党建思想政治工作研究会章程和指导意见，部署政研课题12个，形成课题报告和研讨文章27篇，报送中铁国资党委署名文章3篇；建立宣传通讯员队伍，加强宣传报道，收到宣传稿件522篇，刊发反映典型做法和成果的宣传稿件311篇；开展《监察法》“六个一”系列宣贯活动；组织开展党章党规党纪教育1350余人次；制订构建“不能腐”体制机制任务分工和推进计划，完善制度规定10余项；认真落实中央纪委《工作建议》，部署开展自查自纠和检查督导，落实32项整改事项共54条整改措施。

中铁国资党委始终遵循和谐发展理念，坚持党建带群建，支持工会、共青团组织围绕中心、服务大局，团结带领职工群众和团员青年建功立业。学习贯彻工会十七大和共青团十八大精神，支持工会推进权益保障机制，落实劳动保护、职业健康、福利待遇和收入增长相关规定，支持团委组建“智慧团建”系统，开展主题团日系列活动。实施员工关爱工程，组织开展金秋助学、扶贫帮困、节日送温暖、“三让三不让”等工作。支持基层组织积极参与精准扶贫、防灾救灾、开展社区卫生防疫、党员义诊、医疗保健、职业病防治等社会公共服务，履行央企社会责任。做好信访维稳、社会保障、离退休管理、安全保卫等工作，促进企业改革发展，维护企业和谐稳定。

（郭　宇）

【信息化建设】2018年，中铁国资重建中铁国资资产管理有限公司官网，实现了微风上线。委托思源时代科技有限公司负责网络信息系统的日常维护工作。信息系统

的运行、网络接入和重要资源的访问均通过网络信息中心进行集中管理。（郝广宁）

【履行社会责任】职业教育方面，2018年所属院校招生总人数15903人，毕业人数14052人，就业人数13839人，就业率98%。医疗服务方面，2017年所属医疗单位病床数3811张、病床使用率89.72%、门急诊人数120.21万人次。（谷有志）

【领导人员】

何梦通　党委书记、董事长
罗育桂　党委副书记、总经理
李　欣　总会计师
经　越　党委副书记、纪委书记、工会主席、职工董事
陈虎顿　副总经理
于连泉　副总经理（文晓鹏）

中国铁路工程集团有限公司党校

【基本概况】中国铁路工程集团有限公司党校（简称集团公司党校）原名中国铁路工程总公司党校，成立于1984年7月，位于河北省石家庄市，主要承担中国中铁系统领导干部的教育培训任务。根据《中国共产党党校工作条例》有关规定，党校实行校务委员会领导体制，校委会全面领导学校工作，校委会工作由主持日常工作的副校长主持。党校现有内设部门8个，现有职工59人（含内退职工4人），其中，具有研究生学历18人，本科学历32人，大专及以下学历9人；高级职称13人，中级职称20人，初级职称2人；在职党员40人。1984年10月，党校成功举办青工政治教育师资培训班，正式开启了干部教育培训事业；1985年9月，举办首届大专班，开启了系统内干部学历教育培训事业。2008年，中国中铁对党校实施整体开发，2010年6月，党校回迁新大厦，办学、办公、餐饮、住宿自成体系，现拥有办公办学房产15252m^2，除办公区以外，设有6个多媒体教室、1个小型体育馆，118间客房和1个3200多m^{2}的饭店。2013年7月，党校跨入中央党校国资委分校管理序列，培训规模不断扩大，培训层次不断提升，培训内容更加丰富，逐步形成了中央党校国资委分校中国中铁处级干部进修、局级领导人员政治理论培训、党组织书记培训、纪检干部培训、工会干部培训、团干部培训、经营开发人员培训、项目经理培训、入党积极分子培训、保卫人员培训10大类课程体系，依托周边红色教育资源打造出"中国梦·赶考行"大型实践教学活动，逐步确立了高端教育培训品牌。2018年4月，中国铁路工程总公司党校更名为中国铁路工程集团有限公司党校。（王宏图）

【主要指标】2018年，党校全年营业收入3029万元，较2017年增加20.53%。（王　珊）

表14-42　2018年中国铁路工程集团有限公司党校主要经济指标

项目	2018年	2017年	比上年增长（%）
资产总额（亿元）	1.3761	1.379	−0.21
所有者权益（亿元）	1.1501	1.1552	−0.44
营业收入（亿元）	0.3029	0.2513	20.53
利润总额（亿元）	−0.0051	−0.0087	−41.38
净利润（亿元）	−0.0051	−0.0087	−41.38
归属于母公司所有者的净利润（亿元）	−0.0051	−0.0087	−41.38
技术开发投入（亿元）	—	—	—
利税总额（亿元）	—	—	—
应交税金总额（亿元）	—	—	—
净资产收益率（%）	−0.44	−0.75	增加31个百分点
总资产报酬率（%）	−0.37	−0.63	增加26个百分点
国有资本保值增值率（%）	99.56	99.30	增加0.26个百分点

制表人：王　珊

【改革发展】2018年，党校选拔任用2名部门正职和1名部门副职，优化中层干部队伍年龄结构。从陕西杨凌引进1人任搬迁工作办公室主任，推进新党校选址搬迁工作。修订党校薪酬管理办法，进一步规范内部薪酬管理体系，健全学校激励约束机制。进一步修订完善教职工年度考核管理办法，细化测评内容，进一步强化考核结果的应用。新党校选址搬迁工作取得新进展，经过各方面的积极努力和争取，股份公司专题会将新党校建筑面积核定在5万～5.5万m^2，将房山区长阳镇商业金融及多功能地块作为新党校选址搬迁的主攻方向。（王宏图）

【教育培训】2018年，党校举办各类培训班83期，培

训学员 7602 人次、38141 人天，较 2017 年分别增长了 32%、19% 和 13%，其中，完成总部交办班次 42 个，承接系统内成员企业及系统外单位委托班次 41 个（其中，送教上门班次 11 个，实践教学班次 7 个）。党校突出主课主业，坚持从严治校，严肃校风、学风。发挥马克思主义理论教育主阵地作用，推进以习近平新时代中国特色社会主义思想为中心内容的理论教育进课堂，完成 10 期中国中铁领导人员学习贯彻党的十九大精神集中轮训班，培训学员 773 人次，实现全公司局级领导人员和总部处职干部十九大精神轮训全覆盖。注重从理论与现实相贯通、理论与历史相贯通的维度开发党性教育课程和党性锻炼实践教学点，新开发正定塔元庄党性教育点、石家庄监狱警示教育点。党校积极承担企业干部学院、培训中心等职能，圆满完成总部各业务系统交办的纪检监察、经营管理、法律合规、安全保卫、董秘及董监办业务、会计人员继续教育、内训师、健康委员、工会督导员等班次。深入思考干部培训规律和成长规律，搭建主业主课课程体系、党群类课程体系和管理类课程体系三大类课程体系。（王宏图）

【理论研究】2018 年，党校完成股份公司科技与信息化部 B 级课题“舆论引导力提升与新闻宣传创新”。与中铁七局合作开展“建筑企业海外党建”课题研究，协助出版《建筑企业海外党建工作手册》。与中铁物贸合作开展“电子商务平台建设”课题研究，推出研究成果《创新典范：技术迭代背景下的鲁班平台》。及时跟进中央、国资委、中国中铁重大决策部署开展理论研究，在中央党校主办的《学习时报》上发表《建设新时代央企一流党校》的署名文章，在国资委《国企党建》杂志上发表《坚持把“党校姓党”贯穿新时代国企党校工作》的文章。校刊《学习与探索》推出学习贯彻党的十九大精神、技能大师工作室、与改革开放同行 40 年等专题专栏，开辟“灼见”“管理经纬”等新栏目，刊出一大批有思想、有水准、有特色的理论文章。（王宏图）

【党建工作】2018 年，校委理论中心组学习 6 次。校委会以习近平新时代中国特色社会主义思想为指引，坚持定期研究党建工作，全面推进党的政治建设、思想建设、组织建设、作风建设、纪律建设，并把制度建设贯穿其中。成立党群工作部，夯实基层党组织建设基础。开展“找差距、补短板、强实效”党建质量提升活动。召开机关第三次党员大会，选举产生新一届机关党委。组织召开机关党建工作推进会，出台《党校机关党建工作五年规划（2018—2022 年）》，建立党建工作例会制度。坚持离退休党支部工作例会制度，召开“忆往昔、说发展、谈变化、献良策”离退休党员专题座谈会。组织召开宣传工作会议，为宣传思想文化工作标定方向。全年共编发《党校工作简讯》25 期，编辑刊发稿件 160 余篇；在《中国中铁》报刊登各类稿件 25 篇；在中国中铁微信公众号刊登稿件 8 篇。

党校校委会坚持定期研究部署党风廉政建设和纪检监察重点工作。领导班子率先垂范，认真履行“一岗双责”。校委会召开落实中央纪委《深入剖析王晓林严重违纪违法案件典型特征将办案成果转化为国企治理效能的工作建议》的专题民主生活会。坚持纪检组组长与校领导和校委成员定期谈话沟通制度，坚持纪检组长参与干部选拔任用初始酝酿。（王宏图）

【领导人员】

史柏生　常务副校长（5 月任）
王军芳　副校长、工会主席
李庆安　副校长（王宏图）

中国中铁股份有限公司
华东工程指挥部

【简况】中国中铁股份有限公司华东工程指挥部（简称华东工程指挥部）成立于 2015 年 9 月，主要负责开发拓展华东地区的营销市场，并承担原中铁驻上海办事处、中铁上海工程指挥部职责，代表股份公司与地方政府、行业协会及业主方面的经营协调、创先评优、联合检查等工作。指挥部共有人员 4 人，其中副指挥长兼上海办事处主任 1 名，办事处副主任 1 名，施工协调处 2 名。单位驻地：上海市普陀区丹巴路 99 号苏宁天御广场 C1 座 5 楼。（闫国强）

【重大项目】华东工程指挥部协同区域内股份各单位积极拓展华东经营市场。2018 年度，中国中铁各单位在华东地区共新中标 593 个，涉及轨道交通、公路、有轨电车、房建市政等各项领域，中标金额 2378.8 亿元。其中华东工程指挥部参与协调标段 28 个，协调金额约 136 亿元。（闫国强）

【重大创新】华东工程指挥部区域内中铁一局城轨公司在上海轨道交通 18 号线采用“盾构错缝拼装”技术，是该项技术在国内的首次运用，实现了全盾构区间无渗漏。中铁四局八公司国内首创“轮胎式铺轨机”创新技术，运用于上海轨道交通 13 号线二、三期轨道工程。该技术采用了胎式铺轨机作业，与传统铺轨机相比，减少对施工人员安全影响，保障了运行安全。轮胎式铺轨机还可以与无轨运板车、轮胎式无轨搅拌车组合使用，可以实现全线无轨施工，大大提高了施工效率。（闫国强）

【工程创优】在 2018 年上海市建设工程优秀 QC 成果发布会上，中国中铁华东指挥部区域有 52 个 QC 成果参加了发布，获得一等奖 22 个、二等奖 16 个。其中有

14个优秀QC成果参加了国家级发布；中铁四局、中铁电气化局参建的上海轨道交通13号线获得了中国安装协会“安装之星”的称号；在2018年上海市“文明工地”评选中，中国中铁在沪单位21个项目受到表彰，其中中铁二局承建的上海轨道交通18号线8标和中铁上海局承建的上海轨道交通15号线21标获得了“上海市文明示范工地”称号。（闫国强）

【党建工作】2018年华东工程指挥部继续与上海市合作交流委深入发展党建合作交流机制，积极参加上海市合作交流委会议，与其他各省市、各企业驻沪办间进行良好沟通交流。深入组织开展学习“十九大精神”相关活动，扎实推进各项目党风廉政建设，每月定期召开党建思想学习会。组织党员与积极分子参观中共“一大”会址，“七一”与周边社区开展忆党史，参观上海市检察院廉洁教育基地等活动。（闫国强）

【领导人员】

谢大鹏　华东工程指挥部副指挥长　（主持工作）
　　　　中国中铁驻上海办事处主任
徐建明　中国中铁驻上海办事处副主任

（闫国强）

中国中铁股份有限公司华北工程指挥部

【简况】中国中铁股份有限公司华北工程指挥部（简称华北工程指挥部）成立于2015年9月，作为股份公司派出机构，主要负责加强与所在区域地方政府沟通，推动和地方政府的合作并签订战略合作协议，负责在所在区域代表股份公司跟踪协调大项目，指挥部定员3人，指挥长按照股份公司二级企业正职进行管理。目前，华北工程指挥部在编2人，其中：指挥长1人，经营部1人。华北工程指挥部办公驻地：山西省太原市迎泽区新建南路1号中铁三局科技研发中心34层。（李泽贤）

【经营开发战略】根据股份公司关于区域指挥部的相关要求，华北工程指挥部加强与地方政府的沟通，推动和地方政府的合作，落实中国中铁与山西省政府、太原市政府、山西省能源交通投资有限公司已签订的战略合作协议。同时结合区域内的实际情况，坚持以市场为导向，从企业发展的实际出发，精心优化经营体系，持续推进区域经营，积极创新经营模式，不断完善经营机制，充分发挥华北工程指挥部七项职能，进一步拓展华北区域市场。2018年12月，华北工程指挥部、中铁交投与山西省交通厅及相关部门领导组织会议，就2018年重点工程及2019年与中国中铁合作主要项目进行座谈。同月，华北工程指挥部组织中铁交投、中铁大桥局拜会了山西省常务副省长林武，就山西G3511菏宝线临猗黄河大桥及引线＋运三高速三门峡公铁黄河大桥连接线打包工程项目进行了交流。（李泽贤）

【重大项目】2018年7月，华北工程指挥部牵头中国中铁股份有限公司与山西省能源交通投资有限公司签订战略合作协议。2018年，受山西省及各地市大型投资项目未新开影响，以股份公司名义在山西省内没有取得新签合同。2018年，中国中铁各工程局在山西省所承揽的项目总计180.23亿元，其中国铁项目7.67亿元、地方铁路专用线9.24亿元，市政项目55.26亿元、房建项目73.995亿元、公路项目32.8亿元、其他项目1.31亿元。

【例会制度】华北工程指挥部成立以来，对内充分调动系统内各单位的经营优势资源，统筹协调区域经营工作，充分发挥各单位的积极性、创造性。截至2018年末，中国中铁18个工程局和1个投资公司均在山西省太原市建立了稳定的窗口。华北工程指挥部坚持了每月一次的定期内部沟通交流会，搭建了内部交流平台。同时华北指挥部每月收集各单位重点追踪项目情况，并分析出下一步经营工作重点。（李泽贤）

【重大创新】华北工程指挥部组织中铁工业就其城市地下空间最新装备向山西省太原市进行了推介，2018年初组织太原市建委、市政设计院等相关领导到中国中铁地下工程的施工现场进行调研，引进中铁工业在其城市地下空间最新装备，参与山西省的重点工作建设。2018年在太原市市政工程中发挥了明显作用。

（李泽贤）

【领导人员】

舒畅　中国中铁股份有限公司华北工程指挥部指挥长　（李泽贤）

中国中铁股份有限公司京津冀工程指挥部（中国中铁雄安新区投资建设总指挥部）

【简况】中国中铁股份有限公司京津冀工程指挥部（中国中铁雄安新区投资建设总指挥部）（简称京津冀指挥部、雄安指挥部）是中国中铁响应党中央、国务院关于设立雄安新区的战略决策部署，积极参与雄安新区投资建设，充分发挥中国中铁在基建建设领域的专业优势设立的总指挥部，与中国中铁京津冀工程指挥部是合署办公。雄安指挥部代表股份公司主要负责与国务院有关部委及雄安新区有关部门就雄安新区建设进行沟通协调；负责收集雄安新区各建设项目信息，深度介入项目的前期工作；负责协调组织股份公司各单位有序参与各类项目的经营开发和投标工作；负责对各二级单位建设工程进行指挥、协调和监督管理；负责新区建设其他相关事宜的组织协调工作。

雄安指挥部现有10人，其中领导班子成员2人（指挥长1人、书记1人），其他管理人员8人；总指挥部教授级高工4人、高级工程师1人、高级经济师1人、高级政工师1人、工程师1人、助理工程师1人、助理会计师1人。办公地址：河北省保定市容城县白洋淀大道茂丰鞋业4楼。 （王树旺　郭跃峰）

【中标情况】雄安指挥部通过主动深化内部协同经营、分进合击，从项目的科研、立项、审查、业主招标准备、资审、招标、开标等多个环节，进行全方位跟踪、全过程经营。截至2018年底，由雄安指挥部牵头中标6项工程，中标金额330538.48万元。分别是：雄安新区10万亩苗景兼用林建设项目第二合同段、新建北京至雄安城际铁路站前工程JXSG-7标段、容城县城西污水处理厂续建工程项目设计施工总承包项目、雄安新区2018年秋季植树造林项目设计施工总承包4标段、雄安新区2018年秋季植树造林项目设计施工总承包6标段、新建北京至雄安新区城际铁路雄安站站房及相关工程主体结构工程施工二标段。

1. 2018年2月27日，以联合体中标雄安新区10万亩苗景兼用林建设项目第二合同段（中铁一局集团有限公司和河北春添园林绿化有限公司），合同额232950930元。总占地面积13406000m^2，造林面积10584666.7m^2，栽植区近似于正方形，东西长3.4km，南北长3.6km，苗木核减后共183万株，共95种树种，共189个细班。主要包括苗景林，生态林，一级园路暂植苗木、配套工程园林道路和管涵及灌溉、养护工程。合同工期2018年3月1日至2021年12月31日。栽植期为春秋两季进行，春季为2018年3月1日至4月30日，秋季为2018年10月15日至12月15日，春季种植量不低于全部种植数量的50%。配套工程在2018年12月31日前全部完成。

2. 2018年5月8日，中铁九局中标新建北京至雄安城际铁路站前工程施工总价承包项目7标段，新签合同额11.8834亿元。工程包括DK102+000–DK103+050、DK103+653–DK104+634段雄安站特大桥1~82号墩基础及现浇梁施工；DK104+634–DK105+050段石雄特大桥3~13号墩基础及墩身施工；DK97+602–DK102+000范围简支梁预制架设工程。主要工程量有：钻孔桩3092根、承台209座、墩333座、现浇简支箱梁145孔、道岔梁28联、40m+64m+40m连续梁4联、制架梁309孔、无砟轨道铺设21.453km等工程。合同工期：2018年5月8日至2020年5月7日，工期24个月。

3. 2018年6月22日，以联合体中标容城县城西污水处理厂续建工程项目设计施工总承包项目9（中铁一局集团市政环保工程有限公司、中国市政工程中南设计研究总院有限公司），合同额13433850元，工期一个月。此项目位于河北省雄安新区容城县城西污水处理厂厂区内，在原污水处理厂内新建部分污水处理设施，增加水解酸化池和沉淀池等构筑物，安装工艺、电气和自控等相应配套设备，以提升水质处理标准。设计规模仍为40000m^3/天，工艺设计采用曝气沉砂＋初次沉淀池（本期续建）＋水解酸化池（本期续建）+A2O生物处理＋连续流砂滤池＋紫外消毒处理方案，并对生产过程中产生的污泥进行脱水外运处理。

4. 2018年11月7日，以联合体中标雄安新区2018年秋季植树造林项目设计施工总承包4标段（中铁一局集团有限公司、大千生态环境集团股份有限公司、中铁二院工程集团有限责任公司），合同额63991400元。本项目位于安新县，西起前屯村，东至韩村，北起西闭大口村，南至西杨庄村的区域，总面积约2.1万亩。雄安新区2018年秋季植树造林项目设计施工总承包第四标段位于种植区域的西南部，面积3734亩（其中含511亩公墓，不在本次设计、施工范围内）。主要工程范围包括工程建设项目的设计、采购、施工、管护等实行全过程的承包，并对其所承包工程的质量、安全、费用和进度负责。实施阶段为2018年10月至2018年项目所在地土壤封冻；管护阶段：管护期为全部完成栽植并竣工验收合格之日起36个月。

5. 2018年11月7日，以联合体中标雄安新区2018秋季造林项目设计施工总承包第六标段（中铁四局集团有限公司、北京丹青园林绿化有限责任公司、北京易景道景观设计工程有限公司联合体），合同额5615.265197万元。项目位于安新县，西起前屯村，东至韩村，北起西闭大口村，南至西杨庄村的区域，总面积约2.1万亩。雄安新区2018秋季植树造林项目设计施工总承包第六标段位于种植区域的东南部，面积3215亩。主要工程范围包括工程建设项目的设计、采购、施工、管护等实行全过程的承包，并对其所承包工程的质量、安全、费用和进度负责。实施阶段为2018年11月至2018年项目所在地土壤封冻；管护阶段：管护期为全部完成栽植并竣工验收合格之日起36个月。

6. 2018年11月30日，中铁建工集团有限公司以总承包方式中标新建北京至雄安新区城际铁路雄安站站房及相关工程主体结构二标段项目，合同总金额17.61亿元的。雄安站位于雄安新区昝岗组团，总建筑面积45万m^2。其中：二标段地上津雄104736m^2，地上轨道交通87150m^2，地下津雄场30825m^2，地下轨道交通6109m^2，合计228820m^2，合同工期16个月。

（王树旺　郭跃峰）

【营销规划】雄安指挥部对雄安新区高铁、城铁、地铁、高速公路、水务环保、综合管廊、道路交通、海绵城市、智慧城市等项目信息进行全面梳理，在追踪与分析的基础上，以设计先行促进实施“定向营销”。组织中铁设计对雄安—北京新机场城市轨道交通、张家口—雄安城际铁路进行了方案研究。为提高雄安新区蓉东片区无障碍环境建设水平，组织中铁置业、中铁二院、中铁咨询、中铁六院共同编制了《雄安新区容东安置区无障碍系统化设计导则》。组织中铁置业、中铁城市规划院、中铁合肥建筑市政工程设计研究院、凯达环球（亚洲）有限公司、上海天夏景观规划设计有限公司等组成投标联合体，参与了雄安新区启动区城市设计方案征集。组织中铁四局、中铁装备、中铁科工、中铁咨询等单位以中国中铁名义，积极参与河北省科学技术厅围绕雄安新区、科技冬奥等国家战略部署和河北省委省政府“双创双服”活动，联合河北省公安消防总队、中国人民武装警察部队学院、北京市市政工程设计研究总院有限公司、中国建筑科学研究院有限公司、公安部天津消防研究所、首安工业消防有限公司、深圳市数通城市安全研究院揭榜《雄安新区地下综合管廊建设技术榜单》，形成研究成果 12 项，其中专利申请受理 6 项，在海口综合管廊施工技术总结的基础上，申报专利已完成授权 3 项；对 U 型盾构 150T 管廊节段的预制、运输、安装、支护技术进行了系统研究，已形成《雄安新区地下综合管廊规划设计、绿色建造及安全运维关键技术研究》初步成果。组织中铁置业、中铁城市规划院、美国著名 TOD 理念创始人卡尔索普组成的“中铁・卡尔索普国际设计中心”智囊团，共同对昝岗高铁片区 TOD 站城一体化进行了方案设计，在 9 月 27 日向新区管委会中期汇报的 7 家单位中评价最高、认可度最高。中铁六院对智慧城市、智慧园区、智慧应急管理、智慧消防、智慧能源及智慧铁路等领域进行了研究，拥有了相关的软硬件产品及自主特色的技术专利，还研发了智慧工地系统，并与雄安集团生态公司关于唐河污水水库绿化项目设计方案比选。在总指挥牵头下，中铁各设计院还超前对大体量地下工程的设计与施工、数字城市、智能交通开展了专题研究。

（王树旺　郭跃峰）

【模式创新】雄安指挥部采用“一对二”营销模式，即针对既有的目标项目本身运作需求和中国雄安集团与新区管委会对目标项目在建设方面的需要进行“量体裁衣”定单式服务，集中营销资源，因势利导、创新模式，提供综合性、针对性服务，推动了把市场营销的关注点从单纯的获得市场份额转移到了“顾客份额”（中国雄安集团和新区管委会长期份额）和“目标项目运作自身需求”上，以全新的营销模式和营销思路获得更加精准、更加长远的市场份额的转变。组织中铁一局与权威机构针对“雄安新区‘千年秀林’项目运作模式及经营思路设计”进行了研究，提出了“以林养林”“以文旅养林”的模式可行性研究，为雄安新区森林运作提供了新思路。组织中铁置业、北京华润置地、中铁城市规划院、中铁・卡尔索普国际设计中心针对雄安站周边昝岗片区 5km² 的土地开发，以生态、文化、交通、公共服务为导向，通过多元化股权合作、打造具有地区特色、生态智慧、活力无限、收益稳定的高铁新城、产业新城、物流城镇、口岸新城，从雄安高铁站站城一体化的规划设计、投资开发、产业导入、运营管理等全链条入手，制定了“以绿色智慧为核心的第四代站城一体化方案”，为努力争做国际优秀的站城一体化综合运营商找载体；组织中铁置业、华润置地、国家中医药管理局等联合体，按照新区“一主、五辅、多节点”城乡空间规划布局要求，以产业特色鲜明、服务便捷高效、文化浓郁深厚、环境美丽宜人为特点，详细研究完成了康养特色小城镇定位产业、概念性规划及建设实施方案，为特色小城镇发展模式和建设路径做出了实质性探索。

（王树旺　郭跃峰）

【现场管控】在项目监控上，雄安指挥部坚持把管理力量、管理重点和管理资源适当向在建项目倾斜，监督中标单位加大组织实施力度，加强关键环节管控，合理配置生产要素，充分挖掘施工潜力，严格落实生产计划，确保在建项目有序推进。容城县城西污水处理厂续建工程项目设计施工总承包项目，6 月 22 日进场施工，9 月 21 日完成全部施工任务，10 月 20 日进行联调联试，各设备运行参数复合设计要求，10 月 23 日顺利通过工程竣工预验收；新建北京至雄安城际铁路站前工程 JXSG-7 标段，8 月 29 日完成桥梁主体第一根钻孔桩施工，截至 2018 年末已完成钻孔桩 2233 根，开累完成 71.6%；完成承台 16 座，开累完成 7.7%；双线预制梁完成 22 座，开累完成 7.1%，建安产值完成年度计划的 111%；雄安新区 2018 秋季造林项目自 11 月 10 日进场以来，中铁一局和四局稳居全线前 2 名，其中 4 标段（中铁一局）历时 14 天，以超过其他标段近 50% 的绝对优势完成了除设计尚未确定的果树以外的全部种植任务。在安全质量上，雄安指挥部坚持重要工序、关键环节跟班作业，保证方案、标准落实不打折扣，以对工程质量终身负责和对市场营销负责的态度，高度重视工程实体质量，严把各抽检复试原材料与进入工程实体原材料质量一致关，严把各道工序质量检验、检测关，坚决杜绝施工中偷工减料、内业资料弄虚作假，杜绝工程实体硬伤，促进现场规范有序。监督中标单位站在抢站市场的高度积极创建优质工程、抓好信誉评价、凸显目标管理，积极参与各类评比活动，加强与建设单位、设计单位、监理单位、相关地方单位的沟通与联系，为项目创优和创建绿色文明工地畅通良好渠道，巩固并拓展雄安新区市场地位，力争获取更多市场份额。

（王树旺　郭跃峰）

【工程创优】雄安新区 10 万亩苗景兼用林建设项目施工总承包在中国雄安建设投资集团造林指挥部 2018 年 6 月组织的“争先创优、比学赶帮超”评比活动中获得第二名；雄安新区2018年秋季植树造林项目设计施工总承包第四标段在中国雄安建设投资集团造林指挥部2018年12月组织的“争先创优、比学赶帮超”评比活动中获得第一名；雄安新区2018年秋季植树造林项目设计施工总承包第六标段在中国雄安建设投资集团造林指挥部2018年12月组织的“争先创优、比学赶帮超”评比活动中获得第二名。（王树旺　郭跃峰）

【技术创新】雄安指挥部实施“技术营销”，结合雄安新区绿色、智能、数字、创新等发展方向，依托植树造林、京雄高铁在建项目，围绕现场困难的“实用型”课题、关键技术领域的“储备型”课题，高效组织内部资源，从技术层次上突破和掌握了引领城市森林发展的BIM关键技术和核心技术。雄安指挥部组织中铁建工设计院BIM中心、中铁一局等单位协同配合研发了基于BIM+GIS的城市森林全生命周期管理系统，是国内BIM与GIS协同工作指导城市森林建设的首个案例，代表了未来城市森林生态系统信息化、数据化的发展方向，使城市森林与城市中各系统之间的关系显化，努力实现人、机、环境的协同共享优化配置，进而促进城市系统蜕变，真正实现大数据的决策与智能化运营，也为雄安城市森林日后的森林资源与环境评价提供了大数据分析应用支撑，已成为打造雄安新区绿色智慧城市的中坚力量之一。除此之外，中铁九局参建的京雄城际，积极参与京雄铁路推行的建设项目管理数字化，依托铁路工程管理平台，构建基于智能技术综合应用平台，应用BIM技术等信息化支撑体系，加强与雄安新区大数据的有效融合，为雄安数字孪生城市数据共商、共建、共享起到了助推作用。（王树旺　郭跃峰）

【党建工作】雄安指挥部党工委坚持党的组织建设不放松，牢记职责抓落实、围绕中心抓融入、提升党建促发展，精读深读十九大“八个明确”“十四个坚持”核心要义，深刻领会习近平总书记“关于推进党的建设的新的伟大工程要一以贯之”的重要论断，深入贯彻全国国企党建会精神和“中央企业党建质量提升年”部署，在抓重点、补短板、提质量、强效果上下功夫。针对中央和股份公司党委对党建重点工作的安排部署以及雄安新区和周边京津冀市场开发重点工作，制定了专项督察督办，明确责任人和推进完成节点，做到责任明晰、措施具体，树立了抓检查、保落实、严问责的工作导向；2018年发布《督察督办》4期，对89项工作进行督办，已到期督办事项81项，有1项未完成，督办完成98.76%。2018年副处及副处级以上人员均参加了股份公司党委集中轮训，参培率100%；形成了《把握大势超前谋划 抢占先机拓展市场 以雄安新区建设为契机推动企业高质量发展》等党建研究课题5篇。下发《中国中铁雄安新区公务接待管理办法》的通知，对公务接待管理、监督管理进行了明确，要求认真抓好各项工作，营造和巩固风清气正的从业干事环境。按股份公司党委要求开展了落实中央八项规定精神和纠正“四风”监督检查，2018年重大节日，雄安指挥部党工委开展“四风”问题监督检查，累计监督检查各集团公司驻雄安办事机构食堂21次，监督检查项目食堂3次，突击检查5次，未发现违规问题。（王树旺　郭跃峰）

【领导人员】

孙永刚　指挥长　（王树旺　郭跃峰）

中国中铁股份有限公司珠三角城际工程建设指挥部

【简况】2017年2月28日，中国中铁股份有限公司珠三角城际工程建设指挥部（简称珠三角建设指挥部）成立。(《关于成立中国中铁股份有限公司珠三角城际广佛环线GFHD-1标工程项目部及珠三角城际工程建设指挥部的通知》(中铁股份规划〔2017〕23号)）。珠三角建设指挥部代表中国中铁统一组织管理牵头中标的珠三角城际施工总承包项目，并负责与地方政府、业主单位的联系协调等工作，积极开发珠三角城际轨道交通领域的市场。

珠三角建设指挥部是纯管理型非营利性机构，2018年管辖6个项目，其中直管项目3个：中国中铁股份有限公司珠三角城际新塘经白云机场至广州北站XBZH-2标（以下简称新白广2标）、中国中铁股份有限公司珠三角城际广佛环线GFHD-1标（以下简称广佛环1标）、中国中铁股份有限公司珠三角城际琶洲支线PZH-1标（以下简称琶洲支线1标）。监管项目3个：中国中铁珠海机场城际轨道交通横琴至珠海机场HJZQ-1标（以下简称珠机1标）、中国中铁广州至清远城际轨道交通GQZH-3标四电集成、房屋建筑装修工程（以下简称广清3标）、中国中铁佛莞城际轨道交通广州南至望洪段站后工程5标（以下简称佛莞5标）。

珠三角建设指挥部现有员工5人，其中教授级高级工程师2人，高级工程师2人，工程师1人。新白广2标员工21人（包括指挥部领导3人），其中教授级高级工程师1人，高级工程师3人，高级经济师1人，工程师4人，会计师1人，助理会计师3人，助理政工师1人，后勤7人。设有工程部、安全质量部、工经部、财务部、市场部、监管部、办公室、物机部共8个部门。办公地址在广东省广州市花都区花山镇观明路8号。广佛环1标员工20人（包括指挥部领导3人），其中项目总经理1人，常务副总经理1人、副总经理1人、总工程师1人、安全总监1人。教授级高级工程师1人，高级工程师4人，工程师5人，后勤6人。设有工程管理部、安全质量部、物资协调部、计划合同部、财务管理部、办公室共6个部门。琶洲支线1标员工15人（包括指挥部领导1人，其中有8人是在广佛环1标和琶洲支线1标两边兼职），其中项目经理1人，总工程师1人，高级工程师3人，工程师3人，后勤6人。设有工程管理部、安全质量部、计划合同部、物资协调部、财务管理部、综合办公室共6个部门。广佛环1标和琶洲支线1标系合署办公。办公地址在广州市海珠区新港东路黄埔村北码头28号M创工厂6栋3楼。

珠三角建设指挥部所属6个项目（3个直管，3个监管）合同额共计187.61亿元。3个直管项目分别是：2015年12月以联合体（中铁一局、中铁四局、中铁七局、中铁八局、中铁港航局）总承包方式中标56.5亿元的新白广2标；2016年12月以联合体（中铁二局、中铁四局、中铁隧道局、中铁北京局、广东华隧）总承包方式中标53.4亿元的广佛环1标；2018年12月以联合体（中铁隧道局、中铁二局、中铁一局、中铁北京局）总承包方式中标27.47亿元的琶洲支线1标。3个监管项目分别是：2018年1月以联合体（中铁大桥局、中铁六局、中铁八局）总承包方式中标25.58亿元的珠机1标；2018年2月协助联合体（中铁电化局、中铁四局）中标15.86亿元的广清3标；2018年2月协助联合体（中铁武汉电气化局、中铁建工集团）中标8.8亿元的佛莞5标。

新白广2标起讫里程GFDK32+139.1～DK52+190.714，全长20.131km（含长链79.3069m），合同工期46个月。其中：土建工程长度15.657km（含长链79.3069m），新建地下车站3座，分别为天贵路站、花山站、机场T2站（土建工程已实施），均为明挖法施工；明挖区间3段共长14.8km（广天区间、天花区间、花机区间），下穿暗挖隧道4段共长900.114m。无砟道床铺设41.8km，正线铺轨157km，站线铺轨4.6km。新白广2标2016年3月15日正式开工。业主广东珠三角城际轨道交通有限公司自2016年5月在新白广城际铁路全线开展劳动竞赛以来至2018年12月，连续29次获得月度劳动竞赛红旗。

广佛环1标起讫里程为DSK0+226～DSK20+005，正线全长19.946双线千米，合同工期56个月。工程内容主要包含4站4区间，以及全线的设备安装和站房装修工程。主要采用盾构法施工，另含暗挖法160双延米；正线无砟道床施工19.946双线千米，站线无砟道床施工1.053km。广佛环1标2018年12月夺得全线首次劳动竞赛优胜单位红旗。

琶洲支线1标自琶洲站（不含）至新造竖井（不含），起讫里程为DK0+000～DK8+585，全长8.585km，合同工期60个月。工程内容主要有一站两区间，区间主要采用盾构法施工，新建地下车站1座三层结构采用明挖法施工；无砟道床铺设8.594km（双线、含双块式轨枕预制或外购），全线正线铺轨35.184km，站线铺轨2.25km，铺道岔11组；全线站房装修及安装工程、四电集成（含独立四电房屋）。（张长明）

【主要指标】珠三角建设指挥部3个直管项目除2018年底新开工的一个外，其他2个均超额完成业主年度产值计划任务。

1. 新白广2标全年完成产值20.83亿元，占业主年初下达年度计划16.00亿元的130%；占业主最终调整下达年度计划18.55亿元的112%，占上报股份公司下达年度计划17.23亿元的120%。开累完成49.93亿元，占合同额56.5亿元的88%。实物指标年累完成临时征地38000m^2，开累完成临时征地444666.7m^2，占临时征地总数的100%；年累完成房屋拆迁7万m^2，开累完成38.4万m^2，为拆迁房屋总数的100%；年累完成沟、河、渠道改移21处，开累完成沟、河、渠道改移26处，为沟、河、渠道改移总数的100%；年累完成城市道路改移4处，开累完成城市道路改移10处，为城市道路改移总数的100%；年累完成岩溶处理先导孔10013m，完成一般钻孔75153m，完成注单液浆14782m^3，完成注双液浆6475m^3、完成灌注砂浆18865m^3，完成填充砼1026m^3；年累完成地下连续墙施工953幅，开累完成5344幅，为地下连续墙总数的100%；年累完成基坑土石方开挖及外运1825296m^3；开累完成4068055m^3，占土方开挖总数4473635m^3的91%；年累完成明挖主体结构7492延长米，开累完成明挖主体结构12675延长米，占总数14758延米的86%；暗挖隧道年累完成440双线延长米，开累完成456.114双线延长米，占总数835延长米的55%。

2. 广佛环1标全年累计完成施工产值6.47亿元，占业主下达年度计划6亿元的107%；开累完成产值9.28亿元，占合同额53.4亿元的17.4%。年累完成临时征地25333.3m^2，开累完成182000m^2，占临时用地总数的100%；全年完成交通疏解2处，开累完成交通疏解5处，占交通疏解总数的100%；全年东新高速桩基托换、科盛隆房屋加固、竖井均已完工；年累完成地下连续墙施工208幅，开累完成420幅，占地下连续墙总数438幅的96%；年累完成基坑土石方开挖及外运734007m^3，开累完成734007m^3，占土方开挖总数1461333m^3的50%；年累完成主体结构79延长米，开累完成79延长米，占总数1159延长米的7%；年累完成盾构隧道200双延长米，开累完成200双延长米，占设计17918双延长米的1%。本段8台盾构机均已完成制造，其中2台已投入使用。

3. 琶洲支线1标是2018年12月26日新开工项目无产值。

4. 珠机1标2018年3月16日开工，是年业主下达年计划3.05亿元，实际完成产值5.31亿元，占年计划的174%，占总承包合同额25.58亿元的20.7%。

5. 广清3标2018年6月6日开工，合同总额12.9亿元，其中电气化专业2.68亿元，房建专业10.1亿元，防灾专业680.3366万元。截至2018年底，电气化完成1.12亿元，占总合同额2.68亿元的41.95%；房建完成产值4.85亿元，占合同总额10.1亿元的47.8%。电气化、房建两个专业全年完成5.97亿元，为中铁电气化局负责合同金额12.9亿元的46.27%。

6. 佛莞5标站后工程2018年新进场施工，全年完成产值0.2亿元，为合同额8.8亿元的2.2%。（张长明）

【重大创新】珠三角建设指挥部加强科技成果总结和“四新”技术推广，抓好“八必管五监管”工作措施落实，大宗物资实行集中采购和“三低”原则（采购的工程材料低于广州当地市场价格、低于新白广城际其他标段价格、低于中国中铁广州地区其他在建单位价格），2018年仅采购柴油2256t1项节约成本107万元。珠三角建设指挥部严管方案编制与报批，继续发挥内部专家库职能，抓好重大方案的集中评审和分级方案的交叉评审和复审，确保施工方案合理性。新白广2标全年完成下穿武广高铁明挖隧道、下穿大广高速交通疏解及主体结构盖挖施工、下穿机场滑行道暗挖隧道石方爆破开挖等18项重难点专项施工方案的编制、内外部专家审查；编制轨排框架法无砟道床施工、围护结构与防水层间预埋注浆管防水等6项施工作业指导书和主体结构渗漏水处理及外观质量修饰方案；新白广2标全年完成13项专利技术申报（已获授权5项、等待授权8项），3个QC小组获得省部级成果，申报1个省级工法。广佛环1标注重技术创新，加快成果总结。BIM施工信息管理平台全面启用，视频监控成功接入平台，全景仿真系统构建初步完成，并成功实现广大区间下行线盾构机数据远程接入；同时开展专利技术、“四新”技术的研究及推广，在钢筋加工场全面推行机器人切割、焊接技术。全年完成4项专利技术申报。（张长明）

【工程创优】新白广2标一工区、三工区，广佛环1标二工区分别获得广东珠三角城际轨道交通有限公司“2018年度安全标准化工地”称号共3个；新白广2标三工区花山站获评“中国中铁2018年标准化工地”称号。（张长明）

【党建工作】2018年，珠三角建设指挥部持续抓好党的十九大精神和习近平新时代中国特色社会主义思想的学习贯彻，与深入推进“两学一做”学习教育常态化制度化和中纪委《深入剖析王晓林严重违纪违法案件典型特征将办案成果转化为国企治理效能的工作建议》相结合，组织召开专题民主生活会，深刻反思存在的差距和不足。2018年共组织中心组学习、党风廉政建设等学习教育42次。深入开展“找补强”党建质量提升活动，所属各单位持续开展“创岗建区”“忆党史、强党性、争先锋、比贡献”及“不忘初心，牢记使命”等主题活动；举办了新白广2标全标段的“春季运动会”，协办了广东珠三角公司组织的首届“城际杯”羽毛球邀请赛并获得亚军；各工区在关键岗位设立党员先锋岗、群安员、青安岗，认真开展现场风险管控、隐患排查等工作，扎实推进项目施工和安全生产。持续加强党风廉政建设和反腐败工作，认真履行全面从严治党“两个责任”，严明政治纪律和政治规矩，驰而不息纠治“四风”问题；不断加强作风建设，严肃内部接待纪律。全年共举办廉洁从业教育、警示教育、学党规党纪、学系列会议精神等内容的学习活动20次，广佛环1标项目部组织员工参观了广东省党风廉政教育基地，新白广项目与广东珠三角公司、广东省人民检察院广州铁路运输分院搭建了企检共建廉洁教育平台，营造了“清白做人、干净做事”的良好氛围。指挥部1人受聘为广东省铁路建设投资集团有限公司外部廉政监督员，1人受聘为广东珠三角城际轨道交通有限公司外部廉政监督员。全年在各类报刊、网站上完成对外新闻报道3097篇。其中，中央级2830篇，省部级137篇，厅局级130篇。2人获得“广东珠三角城际轨道交通有限公司2018年度优秀通讯员”称号。（张长明）

2018年6月30日，中国中铁总承包施工的珠三角城际铁路广州至佛山环线广州南站至白云机场段1标，举行了“践行新思想，建功新时代”党建联建活动暨广州南—大石站区间首台盾构始发仪式。

【信息化建设】珠三角建设指挥部所属新白广2标下穿白云机场暗挖隧道、下穿武广高铁明挖隧道等高风险工点，全部实施自动监控系统，实时监控施工现场动态，确保施工管理水平再上台阶；施工现场测量实施CPⅠ、CPⅡ控制测量；广佛环1标建立项目信息化管控中心，BIM施工信息管理平台全面启用，充分应用BIM技术指导施工，视频监控成功接入平台，全景仿真系统构建已初步完成，并成功实现广大区间下行线盾构机数据远程接入，项目信息化管控已见成效。（张长明）

【领导人员】

谌明朗　指挥长兼新白广2标、广佛环1标总经理、党工委书记

唐宇田　副指挥长兼广佛环1标常务副总经理、琶洲支线1标第一副总经理

彭　林　副指挥长兼琶洲支线1标项目总经理、广佛环1标副总经理

聂成玉　副指挥长兼新白广2标和广佛环1标副总经理、纪工委书记

赵志刚　副指挥长兼新白广2标总工程师、工委主任

陈维刚　广佛环1标总工程师和琶洲支线1标副总经理（张长明）

中国中铁股份有限公司珠三角城际铁路工程指挥部

【基本概况】中国中铁股份有限公司珠三角城际铁路工程指挥部（简称珠三角工程指挥部）经股份公司2015年9月16日第13次总裁办公会议研究成立。珠三角工程指挥部代表中国中铁统一组织开发经营管理珠三角城际轨道交通领域的市场，并负责与所在区域地方政府、业主单位的沟通协调工作，推动和地方政府的合作。

珠三角工程指挥部为非营利性管理机构，现有员工3人，其中党员2名，办公地址在广州市南沙区进港大道582号中铁广州工程局集团有限公司10楼。

（杨礼明）

【主要指标】2018年珠三角工程指挥部组织股份公司相关投资公司、各工程局和专业局集团公司以联合体方式中标4项工程。中标项目分别是：1月，中标新建珠海市区至珠海机场城际轨道交通项目横琴至珠海机场段站前工程（含金海公路大桥代建工程）施工（珠机1标），中标价为25.58亿元，联合体单位为中铁大桥局、中铁六局、中铁八局；2月，中表广清3标（广州至清远城际轨道交通广州北至清远段四电集成、房屋建筑及相关工程施工总承包项目），中标总价15.86亿元，联合体单位为中铁电气化局、中铁四局；中标佛莞5标（佛莞城际轨道交通广州南站至望洪站段站后工程施工总价承包），中标价为8.8亿元，联合体单位为中铁武汉电气化局、中铁建工集团有限公司；12月，中标广佛环线琶洲支线1标，中标价为：27.47亿元，联合体单位为中铁隧道局、中铁一局、中铁二局、中铁北京局。4项工程中标总额为77.71亿元。

（杨礼明）

中国中铁股份有限公司广州轨道交通指挥部

【简况】2017年10月27日，经股份公司第四届董事会第六次会议审议通过，成立中国中铁股份有限公司广州轨道交通工程指挥部（简称广州轨道交通指挥部）。主要职能为：①代表中国中铁股份有限公司，负责统筹指挥、协调股份公司中标实施的广州轨道交通工程建设工作（含地铁同步实施的综合管廊项目）。②负责统筹协调与广州市相关各级地方政府及有关政府部门、广州地铁集团公司及建设方、设计、监理等单位的关系和业务沟通。③负责统筹组织、协调工程项目征迁和管线迁改等工程建设前期工作。④负责统筹指挥、协调项目的实施进度、安全质量、环保及文明施工和科技创新工作。广州轨道交通指挥部与中国中铁股份有限公司广州市轨道交通11号线工程项目经理部实行一套机构，两块牌子运作。广州轨道交通指挥部设有党群部、前期工作部、物机部、管线迁改部。

2018年，广州轨道交通指挥部新承揽项目6个，中标合同金额为311.82亿元，占年度计划160亿元的194.9%；完成产值20.97亿元，占年度计划20.5亿元的102%；其中广州市轨道交通11号线完成15.5亿元，综合管项目完成3.83亿元，广州轨道交通13号线二期完成1.64亿元。各项目安全生产平稳可控，全年未发生安全事故，未发生工程质量等级事故。申报专利3项，其中发明专利1项，实用新型2项，数字化版权成果1项，获得股份公司首届“卓越杯”BIM大赛金奖1项。

（张　杰）

【经营管理】广州轨道交通指挥部紧抓机遇，扭住经营龙头，把区域经营当作第一要务来抓，不断深化股份公司与广州市政府战略合作协议。以在建项目为经营阵地，通过标准化建设、质量观摩会等形式不断提升中国中铁在广州地区良好形象和信誉，客户满意度与认可率不断提升。跳出“两根铁轨”思维，在不断拓展轨道交通市场的同时，捕捉采集新商机，深度挖掘区域潜力，持续跟进综合交通枢纽及TOD开发、综合管廊、海绵城市。2018年以股份公司名义牵头联合中标广州地铁13号线二期、7号线二期土建及站后工程，5号线东延段、3号线东延段、12号线等轨道及四电工程、棠溪站综合枢纽工程项目，中标合同总金额311.82亿元。

（刘春嫦）

【生产管理】2018年，广州轨道交通指挥部以管理实验室活动为抓手、“六化”为重点，总承包管理体系逐步形成。统筹设立征迁部与管迁部，牵头各参建单位，完成管线迁改新模式构建，配合广州市住建委完成管线迁改补偿机制的梳理完善。指导各参建单位主动出击、迎难而上，接连攻克征地拆迁和管线迁改难题，重要站位取得实质性突破，为工程推进提供了良好的基础条件。在深入开展施工调查和与沟通协调基础上，对设计优化（深化）建议甄别采纳，为快速解决征拆借地、交通疏解和管线迁改等难题提供有力支撑。优化华景路站等站点洞桩法施工，推动站位方案稳定，确保洞通目标节点。推进安全质量与文明标准化建设，开展标准化图册深化及现场抓落实，实施前抓方案，实施过程提前介入抓建设质量，现场安全文明施工建设取得明显成效，上涌公园站成为广州市建委质监站全体监督成员文明与绿色施工示范观摩点。严格落实过程控制规范，在质量月期间组织全线参建单位开展盾构施工安全质量文明施工观摩活动，隧道实体质量、安全文明施工、设备管理得到高度认可，为全线施工树立了实物样板标准。优化总体工筹，实施动态管理。根据边界条件变化，为进一步减少征地拆迁和交通疏解等不利条件对工程实施的影响，多次组织各分部深度优化总体工筹，对工程实行动态管理，更好指导施工。牢固坚持“以车站保盾构，以盾构保洞通”的原则，强推车站和始发井施工组织，全力为盾构机下井创造条件、想方设法保盾构始发。健全物资设备制度体系建设，优化业务流程，不断规范和夯实管理行为。加强对制度执行情况的督导检查，依法合规开展招标管控工作，2018 年累计招标 17 种类物资，金额达 51.28 亿元，供应主要物资 5.73 亿元，加强与供应商对接沟通，全力以赴组织供应工作，保障施工生产现场需要。检查指导各单位加强设备安全风险管控，确保正常运行、安全使用。加大清收清欠工作，压降两金，提高清收清欠工作质量，顺利完成民工工资专户的设立和实名制分账管理，对各工区资金情况进行检查、抽查，合理规划资金使用，强化资金监管工作，为项目施工生产提供资金保障。（严文平　张　辉）

【工程进度】2018 年，广州轨道交通指挥部完成产值 20.97 亿元，建成隧道 2700 延长米，完成土石方 53.68 万 m^3，溶洞处理注浆完成 3 万 m^3，广州轨道交通 11 号线全线总体开工 30 个工点，占总工点数 63 个的 48%；综合管廊全线总体开工 24 个工点，占总工点数的 55%；广州轨道交通 13 号线全线总体开工 7 个工点，占总工点数的 13%；广州轨道交通 7 号线二期全线总体开工 11 个工点，占总工点数的 64.7%。全年统筹各项目完成征借地开累 93.35 万 m^2，完成设计总征借地面积的 38.32%（其中广州轨道交通 11 号线完成比为 67.82%，综合管廊完成 55.64%，广州轨道交通 13 号线二期完成 15.7%，广州轨道交通 7 号线二期完成 32.42%）。

（郭桂喜　黄夏飞）

【科技创新】2018 年，广州轨道交通指挥部有序推进基于 BIM 技术的城市地铁开挖动态设计与施工管理信息系统研发等 5 项课题研究，充分发挥 BIM 技术优势，推进 BIM 技术在碰撞检测等方面的应用、全面推广应用“二维码”技术，推进预制构件、钢筋等工厂化生产。通过推动远程视频监控值守巡查，监控量测数据实时上传与查询技术、盾构云平台、隐患排查系统应用等信息化应用，提高了安全质量管控手段与效率。创新开展智慧工地建设，积极推进建设人、机、料、法、环普遍互联的智慧工地，探索应用大数据分析技术，辅助工程管理和项目决策，实现地铁施工过程的智慧管理。编制 BIM 标准，开发应用大屏管控界面。统筹编制《中国中铁 BIM 实施纲要》等 4 项标准，开展了基于平台数据的大屏管控界面的设计与研发，对施工现场数据进行汇总统计分析，通过大屏及时准确掌握项目全方位数据，准确找到项目问题点，提高项目管控效率。强化广州轨道交通信息化管理平台运用，促进管理提升。将构件加工管理、机械设备管理、盾构机盾构云管理纳入中国中铁广州轨道交通信息化管理平台进行统一运行，统一规范操作流程，简化操作人员的业务工作量，提高操作人员对于信息化管理的认可度，将信息化与规范要求相结合的模式，达到规范化管理、精细化管理、科学化管理。

（汪　明）

【党建工作】2018 年，广州轨道交通指挥部党工委紧密围绕安全生产、项目管理、技术创新等工作，积极开展项目党建主题活动，激发广大党员的生产积极性，推动项目各项工作有序进行，不断扩大中国中铁的社会影响。压实党建政治责任，加强党性教育，扎实开展党员领导干部民主生活会，强化党工委中心组理论学习，深入学习习近平新时代中国特色社会主义思想和党的十九大精神切实增强“四个意识”，牢固树立“四个自信”，进一步巩固了从严管党治党的思想基础。持续推进党风廉政建设工作，认真落实“两个责任”。完善党风廉政建设有关制度，严格落实各项制度要求。持续开展党风廉政警示教育，进一步加强工程项目廉洁风险防控，与广州地铁集团联合开展廉洁约谈大会，形成齐抓共管，各司其责的廉洁工作格局。企业文化工作成效明显，大力开展意识形态和思想政治教育，完善指挥部新闻宣传工作通报考核制度，加大宣传队伍建设力度，宣传和信息工作的有序推进。建立健全舆情风险防范应对的组织制度体系，强化新闻宣传的归口管理，形成了整体联动的工作格局。扎实开展党建主题活动，联合开展“环线建设党旗红，提质增效争先峰”主题活动，重点开展“党员先锋工程”“红旗项目部”“党员身边无事故”“管理和技术创新”“廉洁工程示范线”“关爱产业工人、传递党的温暖”“安全文明，和谐共建”和“激扬青春，筑梦前行”八大活动，将党建工作与施工生产中的安全、质量、工期，效益等生产指标有效对接，为项目发展提供强大的政治思想保证。广州轨道交通指挥部联合广东省总工会开展了“建功地铁 筑梦羊城”示范性劳动竞赛活动，引导全员为项目施工生产提质增效贡献力量。指导并组织各参建单位广泛开展工人职业技能培训和技术技能大比武，促进工人自觉进行专业技能的学习，提升职业技能和综合素质，为其转岗提升和转化提供保障。紧抓安全生产群众监督、群防群控，将群安员纳入企业安全管理体系，实施群安员年度评先常态化。持续推进班组长安全质量责任制、全员安全教育培训工作；开展“安全进工地”系列活动，为项目安全施工生产保驾护航。强化责任担当，推动项目产业工人队伍建设，形成一套建筑产业工人信息管理系统，有效形成了产业工人大数据平台。狠抓维权保障，提升员工幸福指数。与广州市总工会联合开展了防暑降温及送清凉慰问活动，与广州地铁集团、广州市政法委等多家单位开展共建活动，2018 年 10 月，与广州地铁集团建设事业总部开展共建扶贫活动，为广东省梅州市五华县转水镇维龙村小学的学生们科普地铁建设知识，向学校捐赠了图书、文体用品，并与村干部及驻村扶贫工作队员进行了座谈。

（石硕岩）

【广州市轨道交通 11 号线（综合管廊）】2016 年 10 月

8 日，根据中国中铁、广州建筑股份有限公司、中铁平安投资有限公司、广州地铁设计研究院有限公司组成联合体中标承建广州市轨道交通 11 号线及同步实施工程总承包和广州市中心城区地下综合管廊（沿轨道交通 11 号线）工程 PPP 项目需要，成立“中国中铁股份有限公司广州市轨道交通 11 号线工程项目经理部”（以下简称 11 号线经理部）和“中国中铁股份有限公司广州市中心城区地下综合管廊工程项目经理部”（以下简称综合管廊经理部），代表股份公司全面履行合同。负责对项目统筹、指挥、协调与监控，对质量、安全、文明施工、进度等管理负全责，履行合同主体责任，全面兑现本项目合同承诺；负责与政府相关部门、建设单位、设计院、监理等单位的沟通、协调工作，实行“二个机构、一套人员、合署办公”的管理方式。

经理部设有工程部、物机部、财务部、工经部、安质环保部、征迁协调部、综合办公室、BIM 应用部 8 个职能部门。下设一至九分部，各项目分部由股份公司所属各成员企业（中铁一局、二局、三局、五局、隧道局、广州局、上海局、电气化局、建工）组建。

2017 年 1 月 24 日，按照广州市政府要求，中国中铁在广州市设立中铁广州建设有限公司，代表股份公司负责广州地铁工程总承包管理、税费申报及缴纳、GDP 申报等事项的全资子公司，公司地址：广州市海珠区新港东路 1226 号 19 至 20 层，经营范围：土木工程建筑业，资质类别及等级：市政公用工程总承包壹级。公司未设置管理机构及配置人员。

广州市轨道交通 11 号线线路全长约 44.2km，全部采用地下敷设方式，全线共设车站 32 座（含代建的城轨琶洲站），其中换乘站 20 座（其中包含与城轨琶洲站换乘 1 座），赤沙车辆段 1 座，主变电站 3 座。

广州市中心城区综合管廊沿 11 号线同步敷设，采用主线与支线分离设计，全长 48km，其中主线 44.9km，支线 3.1km。主线设 46 座出地面井，支线地面井 4 座，主线 24 座地面井与 11 号线车站附属合建。

2018 年，广州市轨道交通 11 号线年累完成产值 15.8 亿元，占年度计划 13.8 亿元的 114%，开累完成产值 21.8 亿元，占合同总额的 10.5%。全线总体开工 30 个工点，占总工点数 63 个的 48%，其中已开工 23 个车站，占车站总数 30 个的 77%，已开工 7 个区间，占区间总数 32 个的 22%。还有 7 个车站（广园新村、石围塘、田心村、广州火车站、芳村、五凤、石榴岗）及赤沙车辆段未开工。

有序推进 2017 年已立项 5 项科研课题（基于 BIM 技术的城市地铁开挖动态设计与施工管理信息系统研发、基于互联网 + 的城市开挖监测新技术及安全监测云平台系统研发、区间下穿珠江及超浅埋复杂地层盾构掘进施工风险控制、地铁车站及附属结构预制装配化设计施工技术研究、城市复杂环境下穿两条营运地铁地下六层地铁车站综合施工技术研究）的研发和现场实施，并取得了初步成果。开展 10 余项技术工法研究，并联合广州地铁集团 11 号线建管部，成功在广州地铁集团立项以下 6 项科研课题：城市复杂环境下穿两条营运地铁地下六层地铁车站综合施工技术研究、城市地铁隧道非爆暗挖施工关键技术研究、复合地层双轮铣成槽施工技术研究、大面积破碎带地质条件下超深基坑施工技术研究（江泰路、五凤站、逸景路、上涌公园）、云大区间不良地层大断面暗挖设计与施工综合研究、模板台车施工技术研究等。2018 年获得专利证书 2 项（一种是暗挖隧道的除尘设备，另一种是与旋挖机匹配的渣土运输配套设备），获得“软件著作权登记证书”1 项。新申请了一种盾构机施工降温系统专利 2 项并已被受理。

针对因部队改制原因，军用光缆权属单位不对迁改图纸及工程量进行签认，造成军用光缆迁改费用得不到及时计量等问题，积极与广州地铁集团沟通签订补充合同，约定军用光缆迁改，由地铁集团委托我单位全权负责实施及补偿相应管线单位，地铁集团根据完成的情况按单价包干方式进行计量及支付，使军用光缆迁改得到了及时的计量。针对地铁 11 号线安全文明施工措施费支付问题，经与地铁集团协商，将原按各专业单位工程开工支付修改为全线符合开工条件，支付 50% 安全文明施工措施费，使地铁 11 号线 9 月安全文明施工措施费计量金额 19820 万元，实现了工程款的提前回收。通过与地铁集团的充分沟通，解决了部分车站的计量问题，以及将广州火车站场和中山八路站场拆迁和回迁，广州东站换乘节点列入合同外工程新增项目。按照股份公司及经理部制定的相关办法规定，及时对履约完成的合同进行末次结算并签订封账协议。

截至 2018 年底，广州地铁 11 号线项目经理部共计招标物资 17 种类，累计招标金额 51.28 亿元；积极推动中国中铁广州轨道交通信息化管理平台建设工作，推动新材料、新设备的研究使用，从制度建设、计划管理、现场管理、供应商管理、信息化管理、合同管理、内业资料等方面制定了检查考核标准，定期组织对物资、设备管理情况进行专项检查工作，对存在的问题及时进行整改。研究并编写了广州地铁 11 号线应用实施标准、《中国中铁 BIM 实施纲要》《轨道交通工程 BIM 实施导则》《轨道交通工程设计 BIM 应用指南》《轨道交通工程施工 BIM 应用指南》；发布了中铁广州轨道交通信息化管理平台 1.0 版，11 月获软件著作权，同步设计开发施工、业主方综合监控大屏；以广州轨道交通 11 号线鹤洞东等 3 个工点为应用试点，先后部署人脸识别、人员定位、环境监测及现场喷淋联动系统；先后组织中铁广州轨道交通 11 号线项目相关人员，针对平台应用，标准化建模及三维技术交底等方面进行了培训并安排专业人员配合现场实施。参与申报中铁首届“卓越杯”BIM 大赛，获施工组成果赛金奖，获“龙图杯”全国 BIM 大赛三等奖、广州“羊城工匠杯”优秀奖。

（张　杰）

【广州市轨道交通 13 号线二期】广州市轨道交通 13 号

线二期项目于2018年4月13日收到广州地铁集团有限公司中标通知书，工程起于朝阳站、与一期鱼珠站相接，线路全长33.45km，共23座车站，区间首次采用内径5.8m盾构施工。线路总体呈东西走向，贯穿五个区。周边环境特殊、敏感，地质条件复杂、多变，施工难度及工期压力巨大，是广州地铁建设史上难度最大的一条线路，工程总造价179.8亿元，通车时间2022年12月28日。

广州市轨道交通13号线二期工程采用1（中国中铁股份有限公司）+N（中国中铁二级子公司）联合体投标模式；由中国中铁成立总承包项目经理部（以下简称总包部），参建各局设置项目经理部（以下简称分部），分部下设工区。广州市轨道交通13号线二期工程总包部设在广州市海珠区新港东路1166号环汇商业广场北塔30楼。

总包部人员由各二级单位抽调组成，内设工程部、安质部、工经部、财务部、综合部等部室，其中物设部、BIM应用部、征迁协调部及管线迁改部由中国中铁广州轨道交通指挥部统一设置、统筹指挥。全线共由中铁一局、二局、三局、四局、五局、六局、七局、八局、十局、北京局、上海局、广州局、隧道局、电气化局、建工15个单位参建。其中局级项目经理部1个、三级公司代局级项目经理部14个，下设工区21个。同时，首开天河公园小标段纳入总包部管理。广州市轨道交通13号线二期项目总包、各分部及工区共到位主要管理及技术人员244人，其中总包部22人，分部以上负责人16人，其他专业技术人员159人，工人47人。

全线共31个站点（22座车站、6个盾构井、1个中间风井、2个停车场及出入段线），已开工站点11个，开工率35.5%。截至2018年12月30日，全线共完成产值1.47亿元，其中2018年12月11日，1台盾构始发。

2018年，全线8个项目部取得安全监督告知书、2个项目部取得质量监督告知书。建立安全质量保证体系及规章制度15个，组织了9期全员岗前安全教育培训班，参培人员共805人。开展周安全质量巡检10次、专项检查2次共发现问题143条，整改143条，整改率100%。全线共组织应急演练7次，192人次参加了演练。协调处理信访投诉案件42件。制定发布了《临时设施验收管理办法》，明确了临建施工“横平竖直、内实外美、场地平整、排水通畅、整齐划一、精雕细琢”24字方针，共验收全线临建工程4处。参与广州市建委《建设工程绿色施工围蔽指导图集》的编制工作，引导并推进广东省、广州市电视台采访并正面宣传了13号线二期施工围蔽的新标准。对智慧工地建设领域内行业领先、成熟的技术公司调研，确定了全线智慧工地建设初步设计方案，推广运用人脸识别、蓝牙信标定位、AI智能分析等先进技术。

2018年，完成《广州市轨道交通13号线2期及同步实施工程合同》(合同编号HT180769）的签订工作。完成“中铁二局工程有限公司”更名为“中铁二局集团有限公司”的合同主体变更手续，管线迁改设计费调整补充合同的签订、联合体协议的补充完善等补充协议的签订和手续完善工作。组织完成广州市轨道交通13号线二期安全质量责任险、项目施工监测、意外险的合同谈判和合同签订工作。利用清单开项细化的契机，从业主处获得经过财审的13号线二期概算文件，按照概算文件中的个概条目，考虑到后期验工计价的可行性和资金使用情况对合同清单开项进行合理细化，经过与业主和投资监理的多次沟通协商，编制完成了13号线二期及同步实施工程的合同计量清单。完成年度预付款、盾构区间预付款和管线迁改周转金的请款手续；组织参建单位完成2018年度对地铁公司的验工计价工作和对参建单位的验工分劈。建立、健全与工经有关的制度和办法，编制完成《风险包干费管理办法》《验工计价管理办法》《合同管理办法》，为今后13号线二期工经工作的开展提供依据。利用集中办公、召开会议的形式先后组织了合同清单开项细化、计量规则、计量支付等培训，为项目工经工作的开展奠定了基础。（李承良）

【广州轨道交通7号线二期】广州轨道交通7号线二期项目于2018年10月18日中标收到广州地铁集团有限公司中标通知书，广州市轨道交通7号线二期工程，线路长约21.9km，共设11座车站，其中换乘站8座，停车场1座。平均站间距约2.0km，全线均为地下线敷设方式。项目包含土建工程、轨道工程、机电设备安装工程、系统集成工程、装饰装修工程、上堂停车场及综合体同步实施工程、兴业主变和鱼珠主变扩容改造工程、6号线首期派出所工程、21号线水西站3号出入口工程。合同工期：2018年12月30日至2023年6月28日。

广州轨道交通7号线二期工程采用1（中国中铁股份有限公司）+N（中国中铁二级子公司）联合体投标模式；由中国中铁成立总承包项目经理部（以下简称总包部），参建各局设置项目经理部（以下简称分部）。7号线二期工程总包部设在广州市海珠区新港东路1226号20层。

总包部人员由各二级单位抽调组成，内设工程部、安质部、工经部、财务部、综合部、物设部等部室，其中BIM应用部、征迁协调部及管线迁改部由中国中铁广州轨道交通指挥部统一设置、统筹指挥。全线下设一至十一分部，分别由中铁一局、中铁三局、中铁四局、中铁八局、中铁十局、中铁北京局、中铁广州局、中铁隧道局、中铁武汉电气化局、中铁电气化局、中铁建工建团11个参建单位组建而成。

广州轨道交通7号线二期项目总包、各分部共到位主要管理及技术人员515人，其中总包部19人，分部以上负责人16人，其他专业技术人员82人，工人398人。

2018年，经理部紧紧围绕施工进场需求和方案稳定为重点，狠抓设计优化、方案研究、施工生产筹划、现场标准化、技术管理及技术创新课题等工作，以抓工点进场为重心，以促开工节点为抓手，充分发挥施工总承包模式的优势，统筹全线工筹及资源，按要求完成了各项工作目标。广州轨道交通 7 号线二期 2018 年 10 月 18 日中标，现场未开工，无施工产值。

2018 年，根据股份公司相关管理办法制度，结合广州市轨道交通 7 号线二期总承包管理模式的具体情况，编制完善了《工程技术管理办法及相关制度》，制定了《既有地铁设施保护管理办法》《既有地铁设施保护工作总体方案》等；下发了设计变更管理办法、工程开工验收办法、地保方案审批流程等办法、明确工作流程，修改完善了《工程调度管理办法》《进度考核管理办法》《实施性施工组织设计与专项施工方案编制管理办法和台账》，施工组织及方案报审表的明确及报审流程等。2018 年，拟定了科研课题任务分解，土建、停车场、装修工程、铺轨工程、机电工程、BIM 技术应用、综合管理等 66 项科研报告、工法 38 项和专利 54 项课题。

2018 年，广州市轨道交通 7 号线二期总包部和各参建单位完成“八站四井”的进场围蔽工作，全线涉及借地面积 40 万㎡（不含姬堂停车场），完成 25.2 万㎡，完成比例 63%。构筑物拆迁：全线涉及构筑物拆迁 5 万 m^2，完成 1.6 万 m^2，完成比例 32%。绿化行政许可：全线涉及绿化迁移、树木砍伐工点 11 个，涉及面积 5.5 万㎡，完成 7 个工点的行政许可审批工作，完成比例 64%，完成绿化迁移（砍伐）面积 3.5 万㎡，完成比例 64%。交通疏解（占道挖掘）：全线涉及办理交通疏解（占道挖掘）工点 9 个，已完成疏解方案图审查 9 个，完成比例 100%，完成方案资料上报工点 8 个（除科丰路站），完成比例 89%，完成占道挖掘许可批复工点 3 个，完成比例 33%。管线迁改：全线涉及管评图报审工点 8 个，完成管评图外审工点 8 个，完成比例 100%，完成管评图资料送审工点 8 个，完成比例 100%，完成管评图批复 3 个，完成比例 38% 临电报装。

2018 年，根据业主及项目管理要求，完成了项目部安全质量管理制度初稿编制，并上报业主进行审核，将根据审核意见进一步进行修订，根据项目制定的安全质量相关制度、体系等文件严格执行其有关规定，对现场违规违章行为及时给予制止、纠正，做到有据可依，有据必依。组织学习《总承包项目开工前准备和条件验收管理办法》《安全生产风险管理办法》《地铁设施保护管理办法》《关于实行建设工程安全官制度的通知》和市政站《市政园林工程开工（复工）条件抽查制度》等文件，为开工准备奠定了基础。通过对观摩学习及借鉴类似工程项目，结合《广州市建设工程绿色施工围蔽指导图集 A4 版—V1.0 试行版 1028（2018）》安质部完成项目临时工程及安全文明绿色施工标准化图集初稿编制，在经过多次修订后，标准化图集通过了地铁公司建管部审核，并要求各分部须严格执行标准化手册的要求，不得违反手册、中国中铁、地铁公司等方面的要求，项目临建完成后需通过总包部验收后申请地铁公司建管部验收方可使用。为履行总包部对进场人员安全管理应知应会的告知义务，通过“先培训、再考核、后上岗”的形式实行全员岗前安全教育培训，举办了两期全员岗前安全教育培训班，以提高全体人员的安全意识、安全素质，为安全管理工作的开展提供了有力支持。组织召开了 2 次安质例会，针对安全管理工作进行讨论，总结安全生产过程中产生的问题，针对施工过程中发生的安全隐患及违规违章作业行为做深入的原因分析，并积极落实责任人进行整改落实，积极避免相关问题重复发生。坚持“安全第一，预防为主，综合治理”的原则，进一步加强了我项目的安全工作管理，为项目的安全管理目标的实现提供了有力保障。

2018 年 11 月 19 日，以股份公司为牵头单位、中铁广州建设、中铁一局、中铁三局、中铁四局、中铁八局、中铁十局、中铁隧道局、中铁广州局、中铁北京局、中铁建工集团、中铁电气化局、中铁武汉电气化局等为成员单位的联合体签约了广州市轨道交通 7 号线二期及同步实施工程总承包合同。按照股份公司相关规定及本项目管理模式，制定了《合同管理办法》《内部招（议）标管理办法》《验工计价管理办法》《风险包干费管理办法》等相关制度，经理部成立了内部招（议）标管理小组和合同评审小组，规范了合同签订、分包商选择以及内部验工计价程序。协助工程部完成了地质补勘、施工监测、水土保持等技术服务招标方案和招标文件编制。以联合体名义签订总承包合同 1 份。本项目招标内容还包括 6 号线首期派出所工程、21 号线水西站 3 号出入口工程，7 号线二期及同步实施工程总承包合同已签订，签约金额 897550.8514 万元，因招标人原因 6 号线首期派出所工程、21 号线水西站 3 号出入口工程合同暂未签订。

2018 年，以广州建设的名义开具了账套，完成了银行账户的开立，正常开展了银行收取及付款业务、银行保函业务，制定公司及总包部的《财务报销办法》。同时拟定了《员工薪酬管理办法》《员工补贴办法》《项目工会财务管理办法》，将于 2019 年 1 月发布。收取工程进度款预付款到位后根据合同及现场完成情况，编制资金计划，支付到项目后，总包部采取不定时、不定单位的方式对各分部的资金情况进行检查和抽查，监督资金的使用情况，为领导提供资金决策的依据，同时为项目的施工生产提供资金的保障。

2018 年，指挥部 BIM 应用部在广州轨道交通 11 号线工程项目的基础上，结合广州轨道交通 7 号线二期的现场情况与各单位、各层级领导干部的管理诉求，深入开展 BIM 技术应用及信息化建设，在广州轨道交通 11 号线的建设基础上，主要在智慧工地建设、应用培训及实施推广方面开展工作。智慧工地建设方面，以 7 号线二期水西北站等为应用试点，先后部署人脸识别、人员定位、环境监测及现场喷淋联动系统；应用培训及实施推广方面，先后组织 7 号线二期项目相关人员，针对平台应用，标准化建模及三维技术交底等方面进行了培训并安排专业人员配合现场实施。（常　勇）

【领导人员】

金德成　指挥部指挥长、党工委副书记
杨林浩　指挥部党工委书记、副指挥长
王树伟　指挥部副指挥长
谢仁根　指挥部副指挥长、纪工委书记、工会工委主任
李应战　指挥部副指挥长　（唐艳静）

中国中铁股份有限公司双辽至洮南公路建设项目第ST01合同段项目总经理部

【项目概况】2018年5月15日，中国中铁股份有限公司双辽至洮南公路建设项目第ST01合同段项目（简称双洮公路项目总经理部）接到中标通知书。该项目是《国家高速公路网》中大庆至广州高速公路（G45）双辽至嫩江联络线（G4512）的一部分，同时也是《吉林省高速公路网》中重要的组成部分，对于加快国家高速公路网、东北区域骨架公路网和吉林省高速公路网主框架的形成，完善和优化区域路网布局、振兴吉林老工业基地、大力发展旅游事业具有推动作用。项目起自双辽市，主要经由双辽市、长岭县、通榆县至终点洮南市。主线全长187.203km，连接线全长13.289km，全线采用沥青混凝土路面结构；设大桥127m/1座，中桥528m/9座，小桥131m/5座；涵洞142道，通道25处；互通式立交10座，分离式立交16座，天桥102处；服务区3处，停车区4处，管理处3处，收费站8处，养护工区3处。项目总造价110.74亿元，工程施工造价64.33亿元，合同工期36个月，计划2021年5月30日前交工通车。项目路基、路面、桥涵、绿化、房建等工程由中铁四局、中铁五局、中铁七局、中铁十局、中铁北京局等承担施工任务，三级公司直接负责现场施工；全线机电、交安工程等由投标联合体北京云星宇公司承担施工任务；全线物资由中铁物贸集团公司集中采购供应。

双洮公路项目总经理部下设技术质量部、安全生产部、计划合同部、财务会计部、党群工作部、综合办公室6个职能部门。按照股份公司人员机构定编要求，双洮公路项目总经理部共有定编职工25人，其中工程系列17人（教授级2人，高级6人，中级8人，初级1人），经济系列2人（初级2人），会计系列2人（中级1人，初级1人），政工系列4人（高级3人，初级1人）。　（毛家鹏）

【主要指标】2018年项目开累完成产值15.4264亿元，完成业主下达年度产值计划7.0517亿元的218.76%，完成股份公司下达年度产值计划15亿元的102.84%。实现营业收入7.04亿元，完成股份公司下达指标7亿元的100.5%。实现净营业收入774.27万元，完成股份公司下达指标700万元的110%。完成归属于母公司净利润774.27万元，完成股份公司下达指标700万元的110%。　（哈　君　石江波）

【进度管理】双洮公路项目总经理部认真把关各工区编制的施工组织设计的可实施性，复核建设指挥部下达给各工区的工期计划分解情况，要求各工区项目经理部必须始终按施工高峰配置资源，保证有效施工。下达拌和站、梁厂、钢筋加工厂、小型构件预制厂等前期临建施工节点任务，严格按照节点开展考核。坚持定期召开周交班会、月度生产计划会，定期通报全线施工生产及产值完成情况。组织开展“中国中铁双洮杯”5+2劳动竞赛活动，每月组织对各工区开展劳动竞赛考核评比，严格奖优罚劣。截至2018年底，软基处理完成96.10万m^3，占设计总量103.29万m^3的93.04%；路基挖方完成707.13万m^3，占设计总量1147.26万m^3的61.64%；路基填方完成1047.61万m^3，占设计总量1948.01万m^3的53.78%；桥梁桩基完成2836根，占设计总量3240根的87.53%；预制顶板及腹板完成1840片，占设计总量2529片的72.76%。　（张　龙）

【质量管理】2018年，双洮公路项目总经理部累计编制项目施工工艺标准16项。工程项目开工前，全线实行首件工程认可制，并编制了首件工程认可制管理办法，确定首件工程的施工工艺及标准，达到了全线首件工程和各工区首件工程两级控制、全覆盖。2018年共组织各工区集中办公7次，审批各类方案、技术方案125份；积极组织并参加了各类技术培训会4次，组织召开了专题会议4次。要求各工区完善三级技术交底，掌握现场施工技术，严管现场施工质量，把握住关键工序、关键环节的质量要点。坚持每周对各工区现场出现的质量问题进行及时通报并下发质量问题通知单，责令按时整改到位，做到闭环管理；对质量通病进行了分析、总结，拿出了切实可行的办法予以解决。督导各工区做好各项施工方案，预防质量问题的出现，杜绝质量事故的发生。为保证路基填筑质量，全线共设置大型水泥土拌和设备39台（套），根据后续施组安排，水泥土设备将增加至55台套，最终实现全线总计885万m^3水泥土的全部厂拌。　（张　龙）

【科技创新】采用行业成套创新技术，结合项目特点，下发《双洮公路项目总经理部科技创新管理办法》，通过各种活动研究解决施工中的问题，2018年已有科技创新课题14项，其中QC小组活动6项，课题研究3项，工法2项，小改小革3项。　（张　龙）

【安全管理】落实安全生产责任体系，完善安全生产管理制度。结合业主、股份公司等有关文件要求和现场实际情况制定了安全生产相关制度、办法、体系，并严格执行其有关规定，对现场违规违章等不安全行为及时给予制止、整改，做到了有据可依，有据必依。每月定期召开安全总监述职会议，推进落实“管”“监”分离，不断加强施工现场管理；强化学习、加强全员安全教育培训。为了把安全培训教育工作做扎实，各工区建立了安全培训基地、VR体验馆，利用现代化的培训手段组织新进场人员培训，对安全隐患进行模拟、体验，让施工人员掌握本工种的操作规程及安全注意事项，提高了施工人员的安全生产意识和防范能力，为安全生产夯实了基础；强化主线交叉道口交通安全管控，确保交通安全。为了把主线交通安全工作落到实处，进一步提高全员安全意识，对全线交叉道口按照省道、县道、乡村道路分别设置统一标准的安全警示牌，指派专人看守道口，确保施工期间社会车辆和施工车辆安全；强化预控，加强日常监管。开展隐患排查，由总经理部分管领导带队，分组对各工区经理部施工现场、钢筋加工场、梁场、小型构件厂进行检查，重点检查临时用电、高处作业、吊装作业、劳动防护用品的使用，对存在安全隐患下发整改通知单，按期及时整改；抓好在主线线路长、管理跨度大、工序交叉频、参建队伍多的情况下施工总承包大兵团作战模式安全管理工作的管控协调。为了减小安全管控协调难度，双洮公路项目总经理部每月按时召开安全总监述职会，对全线安全管理工作进行总结和部署，查找工作中的矛盾和不足，找准安全生产工作中存在的突出问题，提出切实可行的解决措施，把安全管理工作做到反复抓，抓反复。同时要求各工区落实上下班接送班车制度，确保工人上下班安全。

（赵海滨）

【信息化建设】大力推进安全管理信息化建设，通过安全培训基地（VR体验馆）等高科技手段对新进场人员组织培训、体验活动，安全培训管理做到常态化；在靠近省道的临建站厂出入口安装智能监控预警系统，所有龙门吊统一安装防碰撞红外报警装置，确保交通安全无事故；高标准推动“互联网+”质量管理系统建设：在BIM技术的研发和应用领域，开拓性提出了利用物联网收集数据、互联网传输数据、BIM模型存储数据，瞄准5G、大数据、云计算的研发思想，建立完善的BIM技术应用、经验交流平台和机制，联合各方在全线推广BIM技术应用，设专职管理人员10人，开展BIM技术应用宣贯会等一系列活动20余次。联合成立课题组，依托双洮高速公路开展《基于BIM技术的高速公路信息化管理平台系统开发》课题研究；全面引进智能化操作设备，全线共计引进智能路基压实设备72台，智能钢筋弯箍机、智能钢筋弯曲机、数控钢筋笼滚焊机、数控钢筋弯圆机24台，路基强夯设备40余套，为工程质量保驾护航；打破传统，引进智慧党建信息化建设，通过VR+党建形式，开启智能化学习教育模式，让党员“足不出户”就能感受井冈山革命斗争精神。通过实景感悟革命前辈的理想信念与崇高信仰，体悟革命前辈战胜困难、取得胜利的法宝和经验。从原有的理性认知到借助VR技术产生感性体会，线下实践和线上体验相结合多方面进行党性锻炼，从而不断提升党员的党性修养。

（张　龙　赵海滨）

【党建文化】双洮公路项目总经理部深入学习贯彻习近平新时代中国特色社会主义思想和党的十九大精神以及习近平总书记深入推进东北振兴座谈会上的重要讲话精神，全面学习股份公司党委和股份公司的重大部署和指示精神。2018年，项目全面启动了“双洮高速党旗红，全面创优争先锋”“三面旗帜进班组，工匠精神铸精品”等党建主题活动和“中国中铁双洮杯”建功立业“5+2”劳动竞赛，深入开展项目管理实验室活动。扎实推进“两学一做”学习教育常态化制度化，共举办专题学习7场次，双洮公路项目总经理部党工委领导班子集中专题学习2次，全体管理人员集中学习3次。制定了《贯彻落实“三重一大”决策制度实施办法》《党工委会议事细则》《党风廉政建设责任制》等管理制度和办法21项。相继开展了党员先锋工程、企地共建、廉洁工程、文化建设、道德讲堂等系列活动。利用宣传片、报纸、宣传折页等载体以及微信群、官方微信公众号等新媒体工具，强化意识形态阵地建设，微信公众平台累计推送文章40篇。与人民日报、新华社、中央广播电视总台、工人日报等20余家内外部媒体建立良好关系，累计进行专题报道50余篇次，被中央级、省部级媒体刊发转载200余次，其中，VR体验馆建设被中国应急管理报等主流媒体多次报道。全力构建11点2段“13个亮点”，落实阵地文化120余处。（陈小军）

【履行社会责任】双洮公路项目总经理部举办“帮扶解困，和谐共赢，共同发展”活动和“肩并肩，心连心，携手同创共建和谐、安康、幸福路”活动，修缮太平川镇革命烈士纪念碑；开展贫困助学活动，向吉林省延边朝鲜族自治州汪清县罗子沟镇新丰村捐款200万元，向通榆县捐款100万元，积极践行央企社会责任，务实推进企地和谐发展。

（陈小军）

【工程创优】双洮公路项目总经理部先后荣获吉林省“安康杯”竞赛先进单位、吉林省“工人先锋号”“全国示范职工书屋”等荣誉。一批先进集体和个人在业主举行的年度总结表彰大会上受到表彰。其中，优秀项目经理部、优秀党支部、优秀安全生产单位、优秀部室等共24个；各类先进个人73名，高兴泽、苏桂杰被评为“优秀项目经理”，孙化文等5人被评为“优秀党务工作者”，6人被评为“优秀项目管理者”，7人被评为“安全生产先进个人”，21人被评为“优秀员工”。（毛家鹏）

【领导人员】

孙玉国　党工委书记

高兴泽　总经理、党工委副书记

孙化文　党工委副书记、纪工委书记、工会工委主任

刘运洪　副总经理

欧有扬　副总经理

艾　松　副总经理、安全总监

栗　勇　副总经理、总工程师、质量总监

（毛家鹏）

中国中铁股份有限公司孟加拉帕德玛大桥铁路连接线项目经理部

【工程简介】孟加拉帕德玛大桥铁路连接线项目是中孟两国政府“一带一路”建设的重点工程，由中国中铁股份有限公司以EPC方式承建。该铁路线是连接孟加拉国东西部客货运输的一条重要通道，线路起于孟加拉国首都达卡站，经帕德玛公铁两用大桥至杰索尔终点站，全长168.6km。新建铁路路基138.1km、各类大中小桥全长30.5km（其中高架铁路桥23.4km）、各类涵洞230座。正线铺轨单线170.9km（其中无砟轨道30km），站线铺轨单线49.7km。新建车站14座、改建车站6座。工程造价约31.4亿美元，项目开工日期为2018年7月3日，计划竣工日期为2022年12月31日。铁路建成后，将成为“孟中印缅经济走廊”中铁路南通道的重要组成部分，其中铁路客运将采用中国制造的宽轨车厢，“中国建造”和“中国制造”将为孟加拉人民提供更安全、更舒适、更快捷、更便利的铁路运输服务。

（许孝华）

【概况】2018年7月3日，中国中铁股份有限公司孟加拉帕德玛大桥铁路连接线项目经理部（简称孟铁项目经理部）成立，是中国中铁股份有限公司直属项目部。孟铁项目经理部下设5部2室，职工人数23名，办公驻地在孟加拉国达卡市巴利达拉小区12号路21号房。

截至2018年12月31日，孟铁项目经理部资产总额42.04亿元，固定资产净值511210.25元，流动资产42.03亿元。主要管辖参与项目建设的一分部（中铁大桥局）、二分部（中铁一局）、三分部（中铁四局、中铁北京局）、四分部（中铁电气化局）、五分部（中铁工业）和设计分部（中铁二院）。项目进场人员共计1441名（中国籍员工453名、孟加拉籍员工988名），进场设备426台（套）。

2018年，孟铁项目经理部完成项目管理的建章整制工作，积极开展对外业务联系、对内施工组织管理等职能工作。截至2018年末，孟铁项目各分部的营地建设和各类加工与制作场区建设已基本完成，施工便道、路基试验段、桥梁桩基测试等施工生产工作正在安全有序的开展。

（许孝华）

【主要指标】2018年，中国中铁股份有限公司孟加拉帕德玛大桥铁路连接线项目处于项目临建阶段。截至年末，项目资产总额42.04亿元，负债总额42.03亿元，完成营业收入1.92亿元，完成利润总额0.29亿元，归属于母公司所有者净利润0.29亿元。2018年度净资产收益率0.6%，总资产报酬率0.6%，国有资本保值增值率100%。

（胡广明）

【项目进展】孟加拉帕德玛大桥铁路连接线项目是孟铁项目经理部2018年实施的唯一重大项目。2018年4月27日，孟加拉帕德玛大桥铁路连接线项目贷款协议在中国进出口银行总部签署。7月3日，孟加拉帕德玛铁路连接线项目正式开始实施。7月6日，股份公司副总裁刘辉在股份公司召开《研究部署孟加拉帕德玛大桥铁路连接线项目推进工作》专题会。8月4日，中国中铁党委副书记、执行董事周孟波一行到孟加拉组织召开孟铁项目部干部大会，宣布孟铁项目部领导班子成员任职命令，并作重要讲话。8月13日至8月17日，中国中铁副总裁刘辉一行出访孟加拉，先后与中国驻孟加拉国大使馆经商处李光军参赞、孟加拉国铁道部部长穆吉布·哈克先生、中国驻孟加拉国张佐大使举行会谈，莅临孟铁项目部施工现场检查指导工作，并主持召开孟铁项目设计专题汇报会、指导性施工组织专题汇报会和工作总结会。10月14日，孟加拉国政府在玛瓦市隆重举行帕德玛大桥铁路连接线项目的开工仪式，孟加拉国总理谢赫·哈西娜出席开工仪式并发表讲话。11月3日，中国中铁副总裁刘辉在北京总部组织召开《孟铁项目设计原则和指导性施工组织设计评审会议》。

2018年，项目经理部按照股份公司相关管理制度编制各类管理办法，明确领导班子及各部门职能，确保各项施工技术、合同、安全质量、物设和财务管理规范化和制度化。2018年下半年编制初步责任成本预算，确定合同条款修订原则，完成合同条款与支付计划表修订方案的上报工作，针对合同中土地交付不满足施工进场要求等事项向业主发起索赔通知。组织编制全线设计原则并通过股份公司评审，向监理报送30多册有关线路、桥梁、路基、轨道和站场的施工图，其中部分线路平纵断面图、轨道图纸、桥梁钻孔桩试桩图纸已获监理批复。组织编制指导性施工组织设计，并通过股份公司评审；组织各分部开展施工调查，并编制实施性施工组织设计；组织各施工分部对控制网进行复测、加密，编制全线测量施工方案；组织与指导各施工分部编制各类施工技术文件；组织各施工分部对已移交的用地进行复核并形成报告；组织报送荷载试验报告和分析报告；完成三版进度计划的编制工作，并顺利通过业主审核。项目经理部召开了设计原则评审会、指导性施工组织设计评审会、钻孔桩试桩施工方案评审会、桥梁桩基设计专题会等各类会议，解决了项目实施过程中存在的设计、施工技术难题。对各个管理层级进行了摸排梳理，明确了各级管理人员职责，细化分工，做到目标明确、任务清晰、责任到人，逐级逐岗全面覆盖。制定了全员安全质量生产责任清单，明确各自职责，明确各岗位的安全质量考核标准及奖惩办法等内容，形成涵盖全员、全过程、全方位的安全质量责任体系。根据业主需求，制定了项目《质量保证计划》《质量管理计划》《HSE 和 HIV 管理文件》《交通管理计划》等程序控制文件。建立临时设施设计管理制度，制定了项目安全、质量、进度检查及考核办法，督促各分部及时签订安保协议、与当地医院签订应急医疗服务协议，出台《首件工程样板制实施办法》。按照股份公司有关规定和意见，对本项目使用的钢筋、水泥、碎石、道砟等材料以及国际物流供应商等，组织国际公开招标。截至 2018 年 12 月底，中国进出口银行第一笔预付款已顺利到账，同时对各施工分部完成第一笔预付款支付工作；完成渣打银行主账户及分账户开设工作；完成境外工程款存放境外账户备案事宜；完成浪潮报表系统、久其快报系统和久其预算报表系统设定；完成财务报表、资金情况报表等资料的编制及上报工作；完成 2019 年项目预算编制工作。（钟广洲）

【重大创新】为了做好中孟两国政府间合作项目，在确保项目质量、安全和成本控制方面，项目部针对本项目的特殊性，在采用桩基设计的规范上与业主代表无法达成共识和在连续试桩无法取得结果的情况下，及时成立了以项目经理部牵头各分部参加的试桩领导小组，重点解决特殊地质条件下的桩基设计和试桩工作，同时联系国外在孟加拉相同地质条件下具有实际设计经验的咨询公司参与相关的桩基设计工作，为桥梁设计的突破创造有利条件。重点研究合同支付条款，经过谈判和各种努力设立对项目执行有利的支付条件，降低承包商在总承包实施过程中的风险。根据合同条款约定的免税条款，通过项目经理部的努力，争取对当地采购材料、分包商的增值税的免除，目前正在申请免税证明；同时在施工机械设备、设施的临时进口上，积极与业主沟通，采取联合担保的形式免除了临时进口关税，减少了承包商的税金资金垫付以及避免了临时进口税不能及时退付和不退付的风险。在项目成本控制方面，本着依法合规、经济合理、统筹兼顾的原则，严格执行股份公司管理制度，对工程建设的大宗材料和运输实行“统招分签”的形式，降低了材料采购成本。另外本项目在工程实施中，按照责任成本“零利润”原则执行，项目定期形成的利润按照利润分配办法与分部进行返还，确保项目过程中严格管控项目成本，有效推动利润返还激励机制，旨在严格控制海外项目的建设成本和合理降低造价，为项目利益最大化奠定基础。（钟广洲）

【项目文化建设】孟铁项目经理部以建立海外幸福项目部和标准化文明工地为主旨，依据股份公司相关企业文化和安全质量管理规定，制定《关于印发〈孟加拉帕德玛大桥铁路连接线项目临时工程建设安全文明施工标准〉的通知》（孟铁安质〔2018〕1 号）文件，组织各分部在营地建设和施工现场等方面形成统一的外部形象管理，展示企业文化，树立企业形象。组织各分部成立项目“三工建设”领导小组的体系管理机构，通过在各分部营地院内搭建具有中国文化特色“仿古轩廊”样式的文化长廊，宣传中国中铁企业文化、国学文化、精品工程、中国“一带一路”建设、党群管理所取得成就。（许孝华）

【海外党建工作】1. 组织建设。依据股份公司党委组织部 2018 年 7 月 13 日下发的《关于成立中共中国中铁股份有限公司孟加拉帕德玛大桥铁路连接线项目经理部工作委员会和纪律检查工作委员会》（中铁股份党组〔2018〕42 号）文件、2018 年 7 月 30 日下发的《关于史渊等 4 人任职的通知》（中铁股份党任免〔2018〕72 号）文件的通知，孟铁项目经理部于 7 月 31 日正式成立项目经理部党工委和纪工委。项目党工委高度重视党和国家的方针政策和上级组织指示、决议在项目部的贯彻执行，加强项目部党组织自身建设，组织开展项目部思想政治工作和精神文明建设；积极参与项目部重大问题决策，支持项目领导班子成员依法正确行使职权；负责项目部干部的教育和管理。孟铁项目经理部党工委和纪工委负责对下辖的一分部（中铁大桥局）、二分部（中铁一局）、三分部一工区（中铁四局）、三分部二工区（中铁北京局）、四分部（中铁武汉电气化局）、五分部（中铁工业）和设计分部（中铁二院）的 7 个基层党组织党建工作的管理。为进一步加强孟铁项目部党工委组织建设和党员管理，2018 年 12 月 28 日，项目经理部本部成立两个党支部，并经党员大会选举产生两个党支部的支部书记 2 名和支部委员 4 名。

2. 政治建设。项目党建工作在项目管理和施工生产过程中发挥把关定向、组织动员、服务员工、促进和谐的作用。孟铁项目经理部党建工作坚持“把方向、管大局、保落实”的工作方针，分别于 2018 年 9 月 20 日、10 月 28 日、11 月 15 日、12 月 28 日，先后组织召开了 4 次项目党建工作专题会议。分别对项目党建、纪检、宣传、工会、共青团、党支部等管理工作进行部署，加强项目党员干部纪律和制度建设，研究了项目党建、宣传和工会等工作在全线广泛开展的相关问题，强调了广泛深入开展项目党建工作的重要性，开展了党员思想政治教育和学习活动。孟铁项目部依据股份公司党委下发《关于印发〈中国中铁党建工作责任制考核评价办法〉的通知》（中铁股份党组〔2018〕14 号）文件规定，结合项目实际情况，研究制定了《中国中铁孟加拉帕德玛大桥铁路连接线项目经理部党建工作实施管理办法》（中铁孟加拉党工〔2018〕15 号）文件，对项目党建工作和党员干部管理工作进一步具体化、制度化，并定期开展自检互检和考核考评工作。依据股份公司党群部门的相关项目党群工作管理文件精神和要求，孟铁项目部党工委研究制定了党群管理文件46个，逐步建立健全孟铁项目党建工作管理，力争不断创新海外项目党建工作。

3. 宣传工作。孟加拉帕德玛大桥铁路连接线是孟加拉人民的梦想之路、希望之路，是中孟两国政府合作的最大项目。该项目作为国家“一带一路”建设的重点工程，是宣传国家政策、中孟友好、公司形象的重要载体。孟铁项目部分别于9月29日、10月29日、11月15日组织各层党组织和宣传干部召开“项目宣传工作”专题会议，分析项目宣传工作的重要性和特点，布置项目宣传具体工作，明确宣传工作中的纪律和要求，制定项目宣传工作规章制度等。2018年11月16日，孟铁项目部党工委下发《关于成立中国中铁孟加拉帕德玛大桥铁路连接线项目宣传工作领导小组的通知》(中铁孟加拉党工〔2018〕3号）文件，建立项目宣传工作组织机构，明确项目宣传工作职责，健全项目宣传工作制度。进一步贯彻执行围绕项目经营管理和施工生产，讲好中孟友好的故事，讲好“一带一路”的故事，讲好中国铁路和中国中铁的故事，讲好中孟两国员工的故事等。

4. 反腐倡廉。孟铁项目经理部纪律检查工作委员会于2018年7月31日正式成立，项目纪工委根据《党章》《中国中铁股份有限公司党风廉政建设责任制》及有关规定，制定下发《中国中铁股份有限公司孟加拉帕德玛大桥铁路连接线项目经理部党风廉政建设责任制》(中铁孟加拉党纪〔2018〕2号）文件。为建立健全项目党风廉政建设管理工作，2018年下半年，先后制定了项目党风廉政建设管理文件7个。孟铁项目部纪工委在夯实党风廉政基础建设的同时，推进党风廉政和惩防体系建设，不断加强党风廉政教育，层层落实项目党风廉政管理的各项制度和管理办法。孟铁项目部本年度无一例违法违纪事件发生。（许孝华）

【信息化建设】2018年11月，孟铁项目经理部OA系统正式上线，成为中国中铁首个上线OA系统的海外直属项目部。（钟广洲）

【履行社会责任】孟铁项目经理部在项目管理过程中，秉承国家“一带一路”倡议精神，在孟加拉国积极履行社会责任。截至2018年12月31日，招录孟加拉籍员工980余名，组织各种职业技能和安全教育培训，共有3000余人参加培训，在解决当地劳动就业和提升个人技能方面，发挥了重要作用。

为促进中孟友谊、树立企业形象，孟铁项目经理部号召员工要尊重当地民俗民风，积极为当地民众排忧解难，以实际行动给当地民众带来实实在在的幸福感和安全感。据不完全统计，2018年孟铁项目经理部为当地民众义务劳动、捐献、救援等事例达40余件。2018年11月19日，孟铁项目经理部一分部义务为主营地周边村庄修建一段200多米长的乡村道路。2018年12月21日，孟加拉首都达卡市中心区域发生市政污水大面积漫延险情，受灾面积4万m^2，受灾人口达4万多居民，700多米长铁路漫水，列车停运。孟铁项目部紧急调集二分部工作人员和机械设备赶赴现场进行抢险救援，中国中铁员工经过连续30小时的日夜奋力抢险，圆满完成紧急救援和市政管网修复任务。此次抢险救援受到孟加拉国政府部门、社会团体、项目业主等单位发来的感谢信，当地电视台和报刊媒体播报刊发中国中铁的救援事迹，受到孟加拉国首都达卡市居民的赞扬。（许孝华）

【领导人员】

史　渊	党工委书记、经理
崔文勇	党工委委员、副经理
黄福波	党工委委员、副经理、纪工委书记、工会工委主任
李永毅	党工委委员、副经理、总工程师

（许孝华）

中国中铁股份有限公司哈大铁路客运专线工程指挥部

【配合业主单位组织开展项目收尾工作】配合业主要求，组织对开通运营中存在的质量问题进行维修整改。完成鞍山隧道渗漏水整治，转山子隧道二衬不密实整治，九里庄隧道二衬不密实整治，无砟轨道底座粉化整治试验和大石桥地区轨道板损伤原因分析及方案试验工作，协调各工程局兑现合同承诺，确保运营安全。配合业主开展土地取证，对“五大临时”用地复垦进行协调及整改。配合业主完成了环保验收工作。处理征拆遗留问题处理（主要指百姓上访与起诉纠纷协调）。（姜成财）

【竣工档案和文书档案归集整理】2018年完成工程施工技术总结，确定最终版本并已出版。完成了股份公司技术档案自存档部分的归集完善整理工作。文书档案在股份公司文书档案处帮助指导下，完成了档案移交工作并办理了借阅手续。此次工作不仅加强了档案基础工作的规范性，而且明确了档案移交工作的具体要求，为哈大最终的档案移交工作奠定了坚实的基础。（姜成财）

【补充合同签订】继续依法合规做好收尾阶段补充合同签订工作。一是与建设单位补充完善“四场一地”的合同签订，合同金额为7559万元；二是根据与各参建单位签订的施工责任承包书（中铁十三局为《施工分包合同》）的相关条款，陆续与各参建单位签订补充合同，调整增加合同额2298万元。（姜成财）

【验工计价】2018年，三电迁改工程完成对建设单位验工计价2952万元，对参建单位验工计价2805万元。继续做好项目收尾阶段各项基础台账的完善工作。完善内部、外部两套验工计价体系，验工数量、计价金额和其他费用三个模块，各季度动态更新的管理台账，为大标段、多单位、长周期的繁杂验工计价工作提供了准确、高效的基础数据支撑，方便收尾阶段对前期工作的追溯和回顾。克服《施工总价承包合同》清单数量与招标概算数量不匹配导致内外验工困难，坚持“着眼全局，服务现场，公平合理，动态调整”的原则，组织各局项目经理部做好验工数量的签认上报工作，最大限度减少已完工未计价金额，加速资金回笼。与哈大公司和监理加强沟通，争取事前指导和支持，避免盲目和重复工作，提高了工作效率，取得良好效果。以服务促生产，公平、公正、及时地做好外部已批复费用的内部分解并纳入当期内部计价，提升上市企业各级现场管理部门的财务“账面”质量，促进各局项目经理部内部管理。

根据哈大公司关于TJ-1标段不实施工程的最终批复，按照各局施工内容，依据股份公司与各局集团公司签订的《施工责任承包书》（中铁十三局为《施工分包合同》）及其补充协议，对各单位的桥下绿化及洞穴处理等费用进行分劈落实。

研究汇报做好具体费用难点和管理重点对接工作。一是继续就甲供物资价差调整模式中存在的扣除管理结余甲供物资合同费用这个核心的、不合理做法，结合总价承包合同条款、施工管理实际，与建设单位积极沟通，不放弃施工单位依法合规之诉求；二是根据建设单位末次清算进展情况，盘点剩余具体工作和遗留重难点费用，并根据内部责任承包实际情况，推进内部末次清算工作，分析落实股份公司领导交办的重要事项，结合施工现场实际、合同约定情况，形成做实做好对接工作方案。（姜成财）

【账务清理】受多方因素影响，哈大指挥部与业主账务往来一直存在不同程度差异，给正常的会计核算和财务决算造成了不同程度影响。2018年10月，哈大指挥部利用2个月时间将2007年至2018年的账务通过逐笔与业主核对资金及激励约束考核费、甲供材料等项目，找出差异原因，明确差异处理方案，解决了前期因业主核算不规范，转账无通知书等原因导致的甲供料款等项目金额双方入账金额不一致、业主账面错记、重复记录部分款项的问题。在核对处理基础上，哈大指挥部与哈大公司对资金拨付、甲供材料下转、激励约束考核费验工与拨款数等分别进行了往来签认，形成了书面材料，完成了哈大指挥部与业主往来的核对，进一步厘清了账务往来，为即将到来的清概工作做好铺垫。

2018年，哈大指挥部重新梳理了工程款收付台账、职工社保扣缴台账、税费缴纳台账、职工薪酬台账等电子台账，对相关基础资料进行了整理归类积极做好基础工作为项目交验做好准备。（姜成财）

附　录

2018 年 4 月 9 日，中铁五局承建的新建福建省南龙铁路三明段 872 孔 T 梁完成架设

统计资料

表 15-1.1

中国铁路工程集团有限公司 2018 年营业额情况表（一）

单位：万元

项目 / 机构	中铁一局	中铁二局	中铁三局	中铁四局	中铁五局	中铁六局	中铁七局	中铁八局	中铁九局
总 计	7651611	5751901	5468180	10191880	4804877	3150563	4324740	3082442	1550208
一、境内	7434540	5585303	5307845	9936414	4460240	3125502	3882261	2974178	1436288
（一）基建建设	7027251	4892324	4866161	9542568	4021830	3031021	3796607	2283053	1423699
1. 铁路工程	2201623	862234	2003794	3273120	1984000	1171483	883920	800443	436901
2. 公路工程	1235160	842258	562102	1649853	479360	648575	656399	403195	85870
3. 市政工程	1267128	537323	610378	1975006	490265	530689	943269	384344	452967
4. 房建工程	256751	1143871	337972	447358	321645	119849	413867	356392	153422
5. 水利电力工程	0	16644	103368	12772	184095	11094	23053	2936	0
6. 港口与航道工程	3580	0	0	0	0	0	0	0	0
7. 机场工程	0	139653	6774	0	859	0	0	8000	0
8. 城市轨道交通工程	1963658	1325372	1239532	2078195	493563	549331	646345	318030	239807
9. 其他工程	99351	24969	2241	106264	68043	0	229754	9713	54732
（二）勘察设计	1931	6582	9694	10518	0	0	1336	823	3965
1. 铁路工程	1118	0	6347	3584	0	0	1336	382	3965
2. 公路工程	548	0	0	0	0	0	0	48	0
3. 市政工程	265	0	0	4642	0	0	0	392	0

续表

项目 / 机构	中铁一局	中铁二局	中铁三局	中铁四局	中铁五局	中铁六局	中铁七局	中铁八局	中铁九局
4. 房建工程	0	6582	0	2292	0	0	0	1	0
5. 水利电力工程	0	0	0	0	0	0	0	0	0
6. 港口与航道工程	0	0	0	0	0	0	0	0	0
7. 机场工程	0	0	0	0	0	0	0	0	0
8. 城市轨道交通工程	0	0	850	0	0	0	0	0	0
9. 其他工程	0	0	2497	0	0	0	0	0	0
（三）工业	54974	13495	26223	51372	52914	5599	0	104000	0
（四）房地产	2625	194472	0	81000	8032	13200	20470	373993	4068
（五）基础设施投资业务	92500	0	194602	100000	0	0	0	0	0
（六）矿产资源	0	0	0	0	0	0	0	0	0
（七）技术咨询	335	0	0	0	0	0	0	0	0
（八）工程监理	4801	0	0	3048	0	0	0	0	0
（九）批发零售贸易	201796	440052	135201	62434	305094	56429	63848	178200	0
（十）机械租赁	5577	0	0	0	14309	0	0	3069	0
（十一）其他	42750	38378	75964	85474	58061	19253	0	31040	4556
二、境外	217071	166598	160335	255466	344637	25061	442479	108264	113920
（一）基建建设	217071	163730	160335	255466	344637	25061	283027	108264	113920
1. 铁路工程	7728	120868	30332	11975	105571	0	0	87242	0

续表

项目 / 机构	中铁一局	中铁二局	中铁三局	中铁四局	中铁五局	中铁六局	中铁七局	中铁八局	中铁九局
2. 公路工程	88578	2873	33535	96292	132196	0	204161	5199	0
3. 市政工程	23533	0	0	128614	41206	0	35397	15823	9651
4. 房建工程	21153	0	3221	13683	21001	1936	3464	0	54152
5. 水利电力工程	0	22940	0	0	875	0	0	0	0
6. 港口与航道工程	0	0	0	0	28220	0	0	0	0
7. 机场工程	0	0	0	0	2105	0	0	0	0
8. 城市轨道交通工程	70514	17049	92062	0	13463	23125	0	0	16360
9. 其他工程	5565	0	1185	4902	0	0	40005	0	33757
（二）勘察设计	0	0	0	0	0	0	0	0	0
（三）产品销售	0	0	0	0	0	0	0	0	0
（四）矿产资源	0	0	0	0	0	0	0	0	0
（五）对外劳务合作	0	0	0	0	0	0	0	0	0
（六）其他	0	2868	0	0	0	0	159452	0	0

表 15-1.2

中国铁路工程集团有限公司 2018 年营业额情况表（二）

单位：万元

项目 / 机构	中铁十局	中铁大桥局	中铁隧道局	中铁电气化局	中铁武汉电气化局	中铁建工	中铁广州局	中铁北京局	中铁上海局
总 计	4356383	3601097	4445916	3686209	636360	4657425	1517597	2444498	3108629
一、境内	4109893	3423148	4266299	3651486	636360	4409874	1455770	2413877	3090997
（一）基建建设	3649597	2692093	4206934	3137796	615927	3492547	1455309	2410809	2901128
1. 铁路工程	1491934	735458	1296470	1604508	463530	902904	384143	690221	881526
2. 公路工程	570691	1151968	720685	20823	796	19324	296851	449745	253631
3. 市政工程	784719	610238	646887	92817	13497	329282	316970	224199	712381
4. 房建工程	293857	12575	64187	170072	0	2023860	157786	720380	224415
5. 水利电力工程	7478	13940	111876	3177	354	0	0	0	2900
6. 港口与航道工程	0	0	0	0	0	0	57293	0	0
7. 机场工程	0	0	0	0	0	6296	0	80108	0
8. 城市轨道交通工程	500918	156642	1312303	1008773	122752	171979	235391	246156	821366
9. 其他工程	0	11272	54526	237626	14998	38902	6875	0	4909
（二）勘察设计	0	5480	530	3400	0	5311	0	0	0
1. 铁路工程	0	2930	0	226	0	0	0	0	0
2. 公路工程	0	1230	0	0	0	0	0	0	0
3. 市政工程	0	1280	530	0	0	0	0	0	0
4. 房建工程	0	0	0	3010	0	5288	0	0	0
5. 水利电力工程	0	40	0	0	0	0	0	0	0
6. 港口与航道工程	0	0	0	0	0	0	0	0	0
7. 机场工程	0	0	0	0	0	0	0	0	0
8. 城市轨道交通工程	0	0	0	164	0	23	0	0	0
9. 其他工程	0	0	0	0	0	0	0	0	0
（三）工业	0	19280	47706	335376	20433	8603	0	0	0
（四）房地产	7012	308720	0	92238	0	890946	0	0	0

续表

项目 / 机构	中铁十局	中铁大桥局	中铁隧道局	中铁电气化局	中铁武汉电气化局	中铁建工	中铁广州局	中铁北京局	中铁上海局
（五）基础设施投资业务	377773	0	0	0	0	0	0	0	189869
（六）矿产资源	0	0	0	0	0	0	0	0	0
（七）技术咨询	0	23470	5352	0	0	0	0	0	0
（八）工程监理	0	12105	0	5600	0	0	0	3068	0
（九）批发零售贸易	5426	311858	3708	52326	0	0	0	0	0
（十）机械租赁	0	38329	0	16002	0	0	0	0	0
（十一）其他	70085	11813	2069	8748	0	12467	461	0	0
二、境外	246490	177949	179617	34723	0	247551	61827	30621	17632
（一）基建建设	204916	177949	179363	34723	0	247551	61827	30621	17632
1. 铁路工程	10219	156628	0	3604	0	0	55293	5000	0
2. 公路工程	56766	9268	366	0	0	5636	0	0	516
3. 市政工程	0	1812	0	0	0	12276	0	1608	5197
4. 房建工程	8499	1943	0	1316	0	229639	0	103	1018
5. 水利电力工程	0	0	0	0	0	0	0	0	0
6. 港口与航道工程	0	8298	0	0	0	0	4268	0	0
7. 机场工程	0	0	0	0	0	0	0	23910	0
8. 城市轨道交通工程	0	0	167212	29803	0	0	2266	0	10901
9. 其他工程	129432	0	11785	0	0	0	0	0	0
（二）勘察设计	0	0	254	0	0	0	0	0	0
（三）产品销售	0	0	0	0	0	0	0	0	0
（四）矿产资源	0	0	0	0	0	0	0	0	0
（五）对外劳务合作	0	0	0	0	0	0	0	0	0
（六）其他	41574	0	0	0	0	0	0	0	0

表 15-1.3

中国铁路工程集团有限公司 2018 年营业额情况表（三）

单位：万元

项目 / 机构	中铁国际	东方国际	中铁二院	中铁六院	中铁设计	中铁大桥院	中铁华铁	中铁科研院	中铁工业	中铁信托	中铁财务	中铁资本
总 计	706972	115360	790014	237795	320321	125787	101852	145295	2109284	270000	123915	63127
一、境内	110861	0	755965	234810	313477	120137	101852	140310	1980070	270000	123915	62970
（一）基建建设	29519	0	85264	31711	71435	8850	0	32908	11686	0	0	0
1. 铁路工程	0	0	75076	20211	54339	5850	0	11752	0	0	0	0
2. 公路工程	2365	0	4782	0	0	3000	0	2865	1200	0	0	0
3. 市政工程	21677	0	5406	0	13667	0	0	8139	1303	0	0	0
4. 房建工程	5477	0	0	0	300	0	0	4871	9183	0	0	0
5. 水利电力工程	0	0	0	0	0	0	0	0	0	0	0	0
6. 港口与航道工程	0	0	0	0	0	0	0	0	0	0	0	0
7. 机场工程	0	0	0	0	0	0	0	0	0	0	0	0
8. 城市轨道交通工程	0	0	0	11500	3129	0	0	26	0	0	0	0
9. 其他工程	0	0	0	0	0	0	0	5255	0	0	0	0
（二）勘察设计	0	0	494843	157339	155107	92401	54099	13694	0	0	0	0
1. 铁路工程	0	0	315069	25431	86697	39980	15579	1082	0	0	0	0
2. 公路工程	0	0	23008	3231	473	8225	219	2684	0	0	0	0
3. 市政工程	0	0	34053	11003	14345	23145	0	352	0	0	0	0
4. 房建工程	0	0	0	11494	6724	6558	28072	441	0	0	0	0
5. 水利电力工程	0	0	0	0	0	0	0	0	0	0	0	0
6. 港口与航道工程	0	0	0	0	0	0	0	0	0	0	0	0
7. 机场工程	0	0	0	0	0	0	0	84	0	0	0	0
8. 城市轨道交通工程	0	0	113635	105292	46704	11015	10229	7231	0	0	0	0
9. 其他工程	0	0	9078	888	164	3478	0	1820	0	0	0	0
（三）工业	0	0	0	0	0	0	0	8805	1864978	0	0	0
（四）房地产	0	0	5004	0	0	0	0	0	0	0	0	0

续表

项目 / 机构	中铁国际	东方国际	中铁二院	中铁六院	中铁设计	中铁大桥院	中铁华铁	中铁科研院	中铁工业	中铁信托	中铁财务	中铁资本
（五）基础设施投资业务	0	0	0	0	0	0	0	0	0	0	0	0
（六）矿产资源	0	0	0	0	0	0	0	0	0	0	0	0
（七）技术咨询	0	0	38260	12879	40660	5806	0	48944	10	0	0	0
（八）工程监理	0	0	32155	15509	42465	13080	47753	35959	0	0	0	0
（九）批发零售贸易	81342	0	0	0	0	0	0	0	0	0	0	0
（十）机械租赁	0	0	0	0	0	0	0	0	64393	0	0	26277
（十一）其他	0	0	100439	17372	3810	0	0	0	39003	270000	123915	36693
二、境外	596111	115360	34049	2985	6844	5650	0	4985	129214	0	0	157
（一）基建建设	586423	111321	1197	0	152	0	0	380	0	0	0	0
1. 铁路工程	89987	32734	1197	0	152	0	0	0	0	0	0	0
2. 公路工程	218960	0	0	0	0	0	0	0	0	0	0	0
3. 市政工程	5503	49730	0	0	0	0	0	0	0	0	0	0
4. 房建工程	25011	26280	0	0	0	0	0	0	0	0	0	0
5. 水利电力工程	168944	0	0	0	0	0	0	0	0	0	0	0
6. 港口与航道工程	0	0	0	0	0	0	0	0	0	0	0	0
7. 机场工程	0	0	0	0	0	0	0	0	0	0	0	0
8. 城市轨道交通工程	0	0	0	0	0	0	0	0	0	0	0	0
9. 其他工程	78018	2577	0	0	0	0	0	380	0	0	0	0
（二）勘察设计	0	0	28352	2985	6692	5650	0	313	0	0	0	0
（三）产品销售	8936	0	0	0	0	0	0	564	129214	0	0	0
（四）矿产资源	0	0	0	0	0	0	0	0	0	0	0	0
（五）对外劳务合作	752	0	0	0	0	0	0	0	0	0	0	0
（六）其他	0	4039	4500	0	0	0	0	3728	0	0	0	157

表 15–1.4

中国铁路工程集团有限公司 2018 年营业额情况表（四）

单位：万元

项目 / 机构	中铁交通	中铁南方	中铁投资	中铁开投	中铁城投	中铁上投	中铁置业	中铁文旅	中铁资源	中铁物贸
总　计	1585064	1939065	1437349	1681306	2304623	560692	1799695	506296	1244911	2661964
一、境内	1585064	1939065	1437349	1681306	2304623	560692	1799695	506296	399134	2661964
（一）基建建设	251769	1514791	1437349	65015	2293639	335944	0	234577	0	0
1. 铁路工程	0	0	0	0	0	0	0	0	0	0
2. 公路工程	0	0	33429	16981	750805	0	0	0	0	0
3. 市政工程	0	298956	351391	0	159184	0	0	73414	0	0
4. 房建工程	0	14837	0	0	88495	0	0	161163	0	0
5. 水利电力工程	0	0	0	0	22049	0	0	0	0	0
6. 港口与航道工程	0	0	0	0	0	0	0	0	0	0
7. 机场工程	0	0	0	0	0	0	0	0	0	0
8. 城市轨道交通工程	251769	1200998	1052529	48034	1273106	335944	0	0	0	0
9. 其他工程	0	0	0	0	0	0	0	0	0	0
（二）勘察设计	0	0	0	0	0	0	0	0	0	0
1. 铁路工程	0	0	0	0	0	0	0	0	0	0
2. 公路工程	0	0	0	0	0	0	0	0	0	0
3. 市政工程	0	0	0	0	0	0	0	0	0	0
4. 房建工程	0	0	0	0	0	0	0	0	0	0
5. 水利电力工程	0	0	0	0	0	0	0	0	0	0
6. 港口与航道工程	0	0	0	0	0	0	0	0	0	0
7. 机场工程	0	0	0	0	0	0	0	0	0	0
8. 城市轨道交通工程	0	0	0	0	0	0	0	0	0	0
9. 其他工程	0	0	0	0	0	0	0	0	0	0
（三）工业	0	0	0	0	4755	0	0	0	0	0
（四）房地产	61405	0	0	0	6229	0	1780320	267843	0	0

续表

项目 / 机构	中铁交通	中铁南方	中铁投资	中铁开投	中铁城投	中铁上投	中铁置业	中铁文旅	中铁资源	中铁物贸
（五）基础设施投资业务	1271890	424274	0	1616291	0	224748	0	0	0	0
（六）矿产资源	0	0	0	0	0	0	0	0	350120	0
（七）技术咨询	0	0	0	0	0	0	0	0	0	0
（八）工程监理	0	0	0	0	0	0	0	0	0	0
（九）批发零售贸易	0	0	0	0	0	0	0	0	0	2661964
（十）机械租赁	0	0	0	0	0	0	0	0	0	0
（十一）其他	0	0	0	0	0	0	19375	3876	49014	0
二、境外	0	0	0	0	0	0	0	0	845777	0
（一）基建建设	0	0	0	0	0	0	0	0	0	0
1. 铁路工程	0	0	0	0	0	0	0	0	0	0
2. 公路工程	0	0	0	0	0	0	0	0	0	0
3. 市政工程	0	0	0	0	0	0	0	0	0	0
4. 房建工程	0	0	0	0	0	0	0	0	0	0
5. 水利电力工程	0	0	0	0	0	0	0	0	0	0
6. 港口与航道工程	0	0	0	0	0	0	0	0	0	0
7. 机场工程	0	0	0	0	0	0	0	0	0	0
8. 城市轨道交通工程	0	0	0	0	0	0	0	0	0	0
9. 其他工程	0	0	0	0	0	0	0	0	0	0
（二）勘察设计	0	0	0	0	0	0	0	0	0	0
（三）产品销售	0	0	0	0	0	0	0	0	0	0
（四）矿产资源	0	0	0	0	0	0	0	0	742988	0
（五）对外劳务合作	0	0	0	0	0	0	0	0	0	0
（六）其他	0	0	0	0	0	0	0	0	102789	0

表 15-2.1　　中国中铁股份有限公司 2018 年新签合同额情况表（一）　　单位：万元

项目 / 机构	中铁一局	中铁二局	中铁三局	中铁四局	中铁五局	中铁六局	中铁七局	中铁八局	中铁九局
总　计	13812340	11298439	11863609	13922050	8373505	7453013	7329755	6030139	3286324
一、境内	13181840	11194004	11335557	12959222	7942791	7256461	6548383	5927210	2883816
（一）基建建设	10849552	9485451	10234129	10971376	6329921	6449952	5645377	5431038	2878705
1. 铁路工程	1367270	1185183	2950172	2541575	1000219	1283168	861732	1121060	400873
2. 公路工程	2495526	2199079	1437176	1613679	1590299	3209512	1634911	856705	369354
3. 市政工程	3213817	1058736	1444103	2942121	1368023	1042177	1176373	907503	1673326
4. 房建工程	1062556	2163988	2133246	959001	639307	431148	1320951	1782191	148971
5. 水利电力工程	0	192288	340221	133307	977545	0	3132	1630	0
6. 港口与航道工程	0	0	0	0	0	0	0	0	0
7. 机场工程	0	226043	0	0	0	0	0	47452	0
8. 城市轨道交通工程	2481498	2434584	1909194	2578496	753853	483947	608892	684407	234540
9. 其他工程	228885	25550	20018	203197	675	0	39386	30091	51641
（二）勘察设计	5120	6632	4516	12500	0	1057	1460	911	4008
1. 铁路工程	3005	0	4516	4107	0	984	1460	316	4008
2. 公路工程	1166	0	0	0	0	5	0	49	0
3. 市政工程	949	0	0	5555	0	66	0	544	0
4. 房建工程	0	6632	0	2838	0	2	0	2	0
5. 水利电力工程	0	0	0	0	0	0	0	0	0
6. 港口与航道工程	0	0	0	0	0	0	0	0	0
7. 机场工程	0	0	0	0	0	0	0	0	0
8. 城市轨道交通工程	0	0	0	0	0	0	0	0	0
9. 其他工程	0	0	0	0	0	0	0	0	0
（三）工业	61713	10730	68389	51372	36805	26527	0	0	0
（四）房地产	2625	266515	0	0	378884	13200	2204	303677	1103

续表

项目 / 机构	中铁一局	中铁二局	中铁三局	中铁四局	中铁五局	中铁六局	中铁七局	中铁八局	中铁九局
（五）基础设施投资业务	2097137	0	883707	1916119	635355	525426	869722	0	0
（六）矿产资源	0	0	0	0	0	0	0	0	0
（七）技术咨询	39	0	0	0	0	0	0	0	0
（八）工程监理	6604	0	0	4304	0	0	0	0	0
（九）批发零售贸易	105712	1383600	30868	0	509572	234066	29620	129941	0
（十）机械租赁	6843	0	0	0	10302	0	0	1219	0
（十一）其他	46495	41076	113950	3551	41952	6233	0	60424	0
二、境外	630500	104435	528052	962828	430714	196552	781372	102929	402508
（一）基建建设	630500	104435	528052	962828	430714	196552	781372	102929	402508
1. 铁路工程	11360	31551	297500	0	0	0	402500	9248	0
2. 公路工程	551980	0	0	285955	233398	0	185278	0	0
3. 市政工程	2416	0	0	623229	59223	0	37966	29012	0
4. 房建工程	29712	0	143060	53644	51302	196552	3178	64669	13390
5. 水利电力工程	0	0	0	0	9850	0	0	0	0
6. 港口与航道工程	0	0	0	0	58500	0	0	0	0
7. 机场工程	22300	0	0	0	18441	0	0	0	0
8. 城市轨道交通工程	4819	72884	86343	0	0	0	0	0	0
9. 其他工程	7913	0	1149	0	0	0	152450	0	389118
（二）勘察设计	0	0	0	0	0	0	0	0	0
（三）工业	0	0	0	0	0	0	0	0	0
（四）矿产资源	0	0	0	0	0	0	0	0	0
（五）对外劳务合作	0	0	0	0	0	0	0	0	0
（六）其他	0	0	0	0	0	0	0	0	0

表 15-2.2　　中国中铁股份有限公司 2018 年新签合同额情况表（二）　　单位：万元

项目 / 机构	中铁十局	中铁大桥局	中铁隧道局	中铁电气化局	中铁武汉电气化局	中铁建工	中铁广州局	中铁北京局	中铁上海局
总　计	7582699	7151360	7859996	6588800	1567136	14080294	2779133	4773088	5200063
一、境内	6762138	6492971	6427359	6119112	1519536	13681363	2738859	4556356	5197624
（一）基建建设	6054197	5209660	6191584	3673198	1469487	9967952	2738859	4552951	4536328
1. 铁路工程	1489615	707728	563588	1724148	906035	1779550	293858	570742	326557
2. 公路工程	913794	2680339	528942	22762	2293	426878	649801	752413	924909
3. 市政工程	1497357	1087341	1884758	470846	130057	793924	177117	1068223	1077370
4. 房建工程	1732329	319673	645476	78934	143490	6470254	903896	1751035	613162
5. 水利电力工程	83406	27867	430757	0	0	0	0	0	271
6. 港口与航道工程	0	14518	0	0	0	0	38693	0	0
7. 机场工程	0	0	0	0	0	0	0	150296	0
8. 城市轨道交通工程	336879	324626	2004206	1109800	264941	467620	675494	260242	1593979
9. 其他工程	817	47568	133857	266708	22671	29726	0	0	80
（二）勘察设计	0	5407	1364	83	0	12460	0	0	0
1. 铁路工程	0	3120	0	40	0	0	0	0	0
2. 公路工程	0	1043	620	0	0	0	0	0	0
3. 市政工程	0	1244	744	0	0	0	0	0	0
4. 房建工程	0	0	0	13	0	12460	0	0	0
5. 水利电力工程	0	0	0	0	0	0	0	0	0
6. 港口与航道工程	0	0	0	0	0	0	0	0	0
7. 机场工程	0	0	0	0	0	0	0	0	0
8. 城市轨道交通工程	0	0	0	3	0	0	0	0	0
9. 其他工程	0	0	0	27	0	0	0	0	0
（三）工业	0	9414	47854	426696	49	17004	0	0	0
（四）房地产	0	235973	0	1754970	0	2915310	0	0	0

续表

项目 / 机构	中铁十局	中铁大桥局	中铁隧道局	中铁电气化局	中铁武汉电气化局	中铁建工	中铁广州局	中铁北京局	中铁上海局
（五）基础设施投资业务	601349	700410	172200	190000	0	768637	0	0	602368
（六）矿产资源	0	0	0	0	0	0	0	0	0
（七）技术咨询		54659	8581	13681	0	0	0	0	0
（八）工程监理	0	12306	0	484	0	0	0	3405	0
（九）批发零售贸易	0	195446	3708	60000	50000	0	0	0	58928
（十）机械租赁	0	50451	0	0	0	0	0	0	0
（十一）其他	106592	19245	2068	0	0		0	0	0
二、境外	820561	658389	1432637	469688	47600	398931	40274	216732	2439
（一）基建建设	165559	658389	1432637	469688	47600	398931	40274	216732	2439
1. 铁路工程	0	556109	0	8688	0	0	0	200000	0
2. 公路工程	102325	93953	88000	0	0	0	0	0	0
3. 市政工程	0	6757	0	0	47600	72684	0	0	0
4. 房建工程	0	1570	900000	0	0	318826	0	12668	0
5. 水利电力工程	0	0	0	0	0	0	0	0	0
6. 港口与航道工程	37068	0	0	0	0	0	40274	0	0
7. 机场工程	0	0	0	0	0	7421	0	4064	0
8. 城市轨道交通工程	0	0	444637	461000	0	0	0	0	2439
9. 其他工程	26166	0	0	0	0	0	0	0	0
（二）勘察设计	0	0	0	0	0	0	0	0	0
（三）工业	0	0	0	0	0	0	0	0	0
（四）矿产资源	0	0	0	0	0	0	0	0	0
（五）对外劳务合作	0	0	0	0	0	0	0	0	0
（六）其他	655002	0	0	0	0	0	0	0	0

表 15-2.3

中国中铁股份有限公司 2018 年新签合同额情况表（三）

单位：万元

项目 / 机构	中铁国际	东方国际	中铁二院	中铁六院	中铁设计	中铁大桥院	中铁华铁	中铁科研院	中铁工业	中铁信托	中铁财务	中铁资本
总 计	3738246	21786	1837196	430188	996475	234046	233262	238653	3083999	270000	123915	80200
一 . 境内	154296	0	1491326	425086	962324	222800	233211	235853	2956155	270000	123915	80200
（一）基建建设	6928	0	465695	124315	594639	67217	80000	105066	0	0	0	0
1. 铁路工程	0	0	93235	52483	503376	31000	0	4132	0	0	0	0
2. 公路工程	6928	0	0	0	0	28017	0	2086	0	0	0	0
3. 市政工程	0	0	372460	0	72825	0	0	69359	0	0	0	0
4. 房建工程	0	0	0	8351	2400	8200	80000	18370	0	0	0	0
5. 水利电力工程	0	0	0	0	0	0	0	1069	0	0	0	0
6. 港口与航道工程	0	0	0	0	0	0	0	0	0	0	0	0
7. 机场工程		0	0	0	0	0	0	0	0	0	0	0
8. 城市轨道交通工程	0	0	0	57422	16038	0	0	0	0	0	0	0
9. 其他工程	0	0	0	6059	0	0	0	10050	0	0	0	0
（二）勘察设计	0	0	756877	245277	233990	135721	82949	13451	0	0	0	0
1. 铁路工程	0	0	376749	21201	82044	49266	23887	1186	0	0	0	0
2. 公路工程	0	0	36174	632	3575	9856	335	5138	0	0	0	0
3. 市政工程	0	0	84008	15544	41047	37983	0	372	0	0	0	0
4. 房建工程	0	0	0	11665	7129	5515	43042	304	0	0	0	0
5. 水利电力工程	0	0	0	0	0	0	0	0	0	0	0	0
6. 港口与航道工程	0	0	0	0	0	0	0	0	0	0	0	0
7. 机场工程	0	0	0	0	0	0	0	0	0	0	0	0
8. 城市轨道交通工程	0	0	252722	196235	100195	31329	15685	4594	0	0	0	0
9. 其他工程	0	0	7224	0	0	1772	0	1857	0	0	0	0
（三）工业	0	0	0	0	0	0	0	12487	2773470	0	0	0
（四）房地产	0	0	1138	0	0	0	0	0	0	0	0	0

续表

项目 / 机构	中铁国际	东方国际	中铁二院	中铁六院	中铁设计	中铁大桥院	中铁华铁	中铁科研院	中铁工业	中铁信托	中铁财务	中铁资本
（五）基础设施投资业务	0	0	19467	0	0	0	0	0	0	0	0	0
（六）矿产资源	0	0	0	0	0	0	0	0	0	0	0	0
（七）技术咨询	0	0	90838	16961	83822	6822	0	72182	10	0	0	0
（八）工程监理	0	0	32878	17966	46851	13040	70262	31967	0	0	0	0
（九）批发零售贸易	147368	0	0	0	0	0	0	0	0	0	0	0
（十）机械租赁	0	0	0	0	0	0	0	0	119683	0	0	39662
（十一）其他	0	0	124433	20567	3022	0	0	700	62992	270000	123915	40538
二 . 境外	3583950	21786	345870	5102	34151	11246	51	2800	127844	0	0	0
（一）基建建设	3574586	13239	208117	0	30600	0	0	0	0	0	0	0
1. 铁路工程	724105	0	0	0	30600	0	0	0	0	0	0	0
2. 公路工程	500588	0	0	0	0	0	0	0	0	0	0	0
3. 市政工程	230677	0	0	0	0	0	0	0	0	0	0	0
4. 房建工程	483108	0	0	0	0	0	0	0	0	0	0	0
5. 水利电力工程	69313	0	208117	0	0	0	0	0	0	0	0	0
6. 港口与航道工程	0	0	0	0	0	0	0	0	0	0	0	0
7. 机场工程	0	0	0	0	0	0	0	0	0	0	0	0
8. 城市轨道交通工程	0	0	0	0	0	0	0	0	0	0	0	0
9. 其他工程	1566795	13239	0	0	0	0	0	0	0	0	0	0
（二）勘察设计	0	0	133313	5102	3551	11246	51	160	0	0	0	0
（三）工业	8936	0	0	0	0	0	0	892	127208	0	0	0
（四）矿产资源	0	0	0	0	0	0	0	0	0	0	0	0
（五）对外劳务合作	428	0	0	0	0	0	0	0	0	0	0	0
（六）其他	0	8547	4440	0	0	0	0	1748	636	0	0	0

表 15-2.4　中国中铁股份有限公司 2018 年新签合同额情况表（四）　单位：万元

项目 / 机构	中铁交通	中铁南方	中铁投资	中铁开投	中铁城投	中铁上投	中铁置业	中铁文旅	中铁资源	中铁物贸
总　计	984934	8344089	8321670	6850089	6055139	4507382	8103397	5159919	1460667	4381686
一、境内	984934	8344089	8321670	6850089	6055139	4507382	8103397	5159919	567108	4381686
（一）基建建设	643282	4812576	1216109	649230	745242	1568282	0	914054	0	0
1. 铁路工程	0	168659	49996	0	0	0	0	0	0	0
2. 公路工程	643282	200275	0	168317	745242	0	0	0	0	0
3. 市政工程	0	1166875	337900	0	0	422580	0	0	0	0
4. 房建工程	0	63864	640413	0	0	0	0	914054	0	0
5. 水利电力工程	0	0	0	432743	0	0	0	0	0	0
6. 港口与航道工程	0	0	0	0	0	0	0	0	0	0
7. 机场工程	0	0	0	0	0	0	0	0	0	0
8. 城市轨道交通工程	0	3212903	187800	48170	0	1145702	0	0	0	0
9. 其他工程	0	0	0	0	0	0	0	0	0	0
（二）勘察设计	0	0	0	0	0	0	0	0	0	0
1. 铁路工程	0	0	0	0	0	0	0	0	0	0
2. 公路工程	0	0	0	0	0	0	0	0	0	0
3. 市政工程	0	0	0	0	0	0	0	0	0	0
4. 房建工程	0	0	0	0	0	0	0	0	0	0
5. 水利电力工程	0	0	0	0	0	0	0	0	0	0
6. 港口与航道工程	0	0	0	0	0	0	0	0	0	0
7. 机场工程	0	0	0	0	0	0	0	0	0	0
8. 城市轨道交通工程	0	0	0	0	0	0	0	0	0	0
9. 其他工程	0	0	0	0	0	0	0	0	0	0
（三）工业	0	0	0	0	0	0	0	0	0	0
（四）房地产	102813	0	1394663	630500	0	1691400	8097400	4245865	0	0

续表

项目 / 机构	中铁交通	中铁南方	中铁投资	中铁开投	中铁城投	中铁上投	中铁置业	中铁文旅	中铁资源	中铁物贸
（五）基础设施投资业务	238839	3531513	5710898	6831359	5309897	1247700	0	0	0	0
（六）矿产资源	0	0	0	0	0	0	0	0	419392	0
（七）技术咨询	0	0	0	0	0	0	0	0	0	0
（八）工程监理	0	0	0	0	0	0	0	0	0	0
（九）批发零售贸易	0	0	0	0	0	0	0	0	0	4381686
（十）机械租赁	0	0	0	0	0	0	0	0	0	0
（十一）其他	0	0	0	0	0	0	5997	0	147716	0
二、境外	0	0	0	0	0	0	0	0	893559	0
（一）基建建设	0	0	0	0	0	0	0	0	0	0
1. 铁路工程	0	0	0	0	0	0	0	0	0	0
2. 公路工程	0	0	0	0	0	0	0	0	0	0
3. 市政工程	0	0	0	0	0	0	0	0	0	0
4. 房建工程	0	0	0	0	0	0	0	0	0	0
5. 水利电力工程	0	0	0	0	0	0	0	0	0	0
6. 港口与航道工程	0	0	0	0	0	0	0	0	0	0
7. 机场工程	0	0	0	0	0	0	0	0	0	0
8. 城市轨道交通工程	0	0	0	0	0	0	0	0	0	0
9. 其他工程	0	0	0	0	0	0	0	0	0	0
（二）勘察设计	0	0	0	0	0	0	0	0	0	0
（三）工业	0	0	0	0	0	0	0	0	0	0
（四）矿产资源	0	0	0	0	0	0	0	0	790770	0
（五）对外劳务合作	0	0	0	0	0	0	0	0	0	0
（六）其他	0	0	0	0	0	0	0	0	102789	0

表 15-3.1

中国铁路工程集团有限公司 2018 年劳动工资情况（一）

	项目 / 机构	股份公司合计	中铁一局	中铁二局	中铁三局	中铁四局	中铁五局	中铁六局	中铁七局	中铁八局
在岗	1. 期末人数（人）	271110	22635	17992	20580	22618	19436	12728	14812	10384
	2. 平均人数（人）	269999	22473	18218	20892	22465	19518	12760	14620	10249
	3. 工资总额（元）	36597246499	2619603910	1860544831	2176951691	3167556396	2058657512	1526815758	1571447168	1331109925
	其中：奖金及效益工资	12874272157	765780126	437819715	424160630	661815094	531791347	690566619	0	679989916
	4. 平均工资（元）	135546	116567	102127	104200	141000	105475	119656	107486	129877
其他从业	1. 期末人数（人）	15974	60	271	52	406	308	60	20	20
	2. 平均人数（人）	22121	54	302	32	409	313	61	26	26
	3. 劳动报酬（元）	1571290875	3697944	21959711	1622138	23042586	19878830	4514824	1840835	1522580
	4. 平均劳动报酬（元）	71032	68480	72714	50692	56339	63511	74014	70801	58561
非在岗	1. 期末人数（人）	18359	2505	1481	1882	1107	1377	926	1582	460
	2. 平均人数（人）	19841	2701	1547	1952	1216	1637	993	1696	514
	3. 生活费（元）	378949354	45298146	43917951	25098973	31346966	24122655	19859098	31103269	16720142
	4. 平均生活费（元）	19099	16771	28389	12858	25779	14736	19999	18339	32529
非在岗	其中：（1）内部退养职工人数	5182	578	485	111	412	431	72	282	140
	（2）内部下岗职工人数	10455	1486	753	1543	563	772	761	1050	157
	其中：一年以上	5448	0	520	1163	174	582	349	598	0
	（3）长期病休假人数	1446	81	94	53	85	174	61	123	153
	（4）长期学习职工人数	3	0	0	0	0	0	0	0	0
	（5）集体外出劳务人数	213	36	143	28	0	0	0	0	0
	（6）个人外出劳务人数	1060	324	6	147	47	0	32	127	10

表 15-3.2

中国铁路工程集团有限公司 2018 年劳动工资情况（二）

	项目 / 机构	中铁九局	中铁十局	中铁大桥局	中铁隧道	中铁电气化局	中铁武汉电气化局	中铁建工	中铁广州局	中铁北京局	中铁上海局
在岗	1. 期末人数（人）	8532	13343	12302	13881	11683	4368	11477	5121	7817	7610
	2. 平均人数（人）	8577	13056	12416	13869	11667	4367	10943	5190	7665	7603
	3. 工资总额（元）	900015505	1450306047	1682725125	1778802626	1715679748	404652852	2285106052	604006522	897468250	1021895310
	其中：奖金及效益工资	424299268	221552011	769936174	709146442	971484403	132804487	757930379	81837955	190277770	259243636
	4. 平均工资（元）	104934	111083	135529	128257	147054	92662	208819	116379	117087	134407
其他从业	1. 期末人数（人）	0	67	822	2	7456	2	39	300	31	998
	2. 平均人数（人）	0	101	947	3	11429	2	43	653	53	1726
	3. 劳动报酬（元）	0	5720711	66684953	520726	492885398	173600	5326721	28364815	4112075	135882629
	4. 平均劳动报酬（元）	0	56641	70417	173575	43126	86800	123877	43438	77586	78727
非在岗	1. 期末人数（人）	519	1449	786	1008	334	137	360	410	635	632
	2. 平均人数（人）	563	1499	847	1057	357	176	383	443	672	717
	3. 生活费（元）	6418584	25637662	12694925	22516726	11706478	7993254	9819324	9792319	5584588	16096308
	4. 平均生活费（元）	11401	17103	14988	21302	32791	45416	25638	22105	8310	22450
非在岗	其中：（1）内部退养职工人数	41	625	157	439	254	33	213	253	27	265
	（2）内部下岗职工人数	319	737	625	481	29	25	120	152	490	223
	其中：一年以上	20	518	537	201	26	16	106	43	455	1
	（3）长期病休假人数	113	70	4	63	46	76	9	3	102	94
	（4）长期学习职工人数	0	0	0	0	0	0	0	0	0	0
	（5）集体外出劳务人数	0	0	0	0	4	0	0	0	0	0
	（6）个人外出劳务人数	46	17	0	25	1	3	18	2	16	50

表 15-3.3

中国铁路工程集团有限公司 2018 年劳动工资情况（三）

	项目 / 机构	中铁国际	东方国际	中铁二院	中铁六院	中铁设计咨询	中铁大桥院	中铁华铁	中铁科研院	中铁工业	中铁信托	中铁财务	中铁资本
在岗	1. 期末人数（人）	863	274	5988	1854	2782	1065	739	957	11191	416	51	160
	2. 平均人数（人）	833	252	6010	1838	2709	1070	729	958	11037	418	51	147
	3. 工资总额（元）	261593201	64808693	1879506448	514550127	918994851	303931325	165730000	207081211	1162589066	285464000	17215010	43042360
	其中：奖金及效益工资	56203649	12961739	1419008808	372246736	758283520	179197909	59600000	64135259	732255550	0	1599573	9069909
	4. 平均工资（元）	314037	257177	312730	279951	339238	284048	227339	216160	105336	682928	337549	292805
其他从业	1. 期末人数（人）	827	115	59	0	5	640	1812	464	16	0	3	4
	2. 平均人数（人）	845	89	92	0	8	951	2005	467	16	0	4	4
	3. 劳动报酬（元）	307655781	15516060	7359858	0	1059570	121766103	125810000	27141887	5393686	0	403517	718115
	4. 平均劳动报酬（元）	364090	174338	79998	0	132446	128040	62748	58120	337105	0	100879	179529
非在岗	1. 期末人数（人）	16	0	30	17	29	21	19	4	627	0	0	0
非在岗	2. 平均人数（人）	18	0	32	22	32	23	19	4	715	0	0	0
	3. 生活费（元）	1705931	0	693967	689296	787422	830329	230000	167157	7879451	0	0	0
	4. 平均生活费（元）	94774	0	21686	31332	24607	36101	12105	41789	11020	0	0	0
	其中：（1）内部退养职工人数	15	0	11	8	8	21	4	2	291	0	0	0
	（2）内部下岗职工人数	0	0	0	2	5	0	0	0	160	0	0	0
	其中：一年以上	0	0	0	2	5	0	0	0	132	0	0	0
	（3）长期病休假人数	1	0	6	4	12	0	1	2	16	0	0	0
	（4）长期学习职工人数	0	0	0	3	0	0	0	0	0	0	0	0
	（5）集体外出劳务人数	0	0	0	0	0	0	0	0	2	0	0	0
	（6）个人外出劳务人数	0	0	13	0	4	0	14	0	158	0	0	0

表 15–3.4

中国铁路工程集团有限公司 2018 年劳动工资情况（四）

	项目 / 机构	中铁交通	中铁建投	中铁投资	中铁开投	中铁城投	中铁上投	中铁置业	中铁文旅	中铁资源	中铁物贸	总部机关
在岗	1. 期末人数（人）	450	602	406	338	537	148	2394	306	1253	719	298
	2. 平均人数（人）	460	602	400	330	533	148	2371	303	1255	706	291
	3. 工资总额（元）	132622382	176362802	129733357	9267	156230000	46274137	510048229	65820000	258745666	151760612	91788527
	其中：奖金及效益工资	35808043	82361429	75808590	3707	40792913	7805020	172200098	9163840	52048409	0	23281484
	4. 平均工资（元）	288310	292961	324333	28	293114	312663	215119	217228	206172	214958	315424
其他从业	1. 期末人数（人）	702	0	230	0	0	86	39	0	0	49	9
	2. 平均人数（人）	1033	0	243	0	0	86	39	0	0	51	8
	3. 劳动报酬（元）	70344042	0	42708318	0	0	12108635	6148145	0	0	7890000	1516082
	4. 平均劳动报酬（元）	68097	0	175754	0	0	140798	157645	0	0	154706	189510
非在岗	1. 期末人数（人）	0	0	0	0	0	1	0	0	0	3	2
	2. 平均人数（人）	0	0	0	0	0	1	0	0	0	3	2
	3. 生活费（元）	0	0	0	0	0	48444	0	0	0	126719	63270
	4. 平均生活费（元）	0	0	0	0	0	48444	0	0	0	42240	31635
	其中：（1）内部退养职工人数	0	0	0	0	0	1	0	0	0	3	
	（2）内部下岗职工人数	0	0	0	0	0	0	0	0	0	0	2
	其中：一年以上	0	0	0	0	0	0	0	0	0	0	
	（3）长期病休假人数	0	0	0	0	0	0	0	0	0	0	
	（4）长期学习职工人数	0	0	0	0	0	0	0	0	0	0	
	（5）集体外出劳务人数	0	0	0	0	0	0	0	0	0	0	
	（6）个人外出劳务人数	0	0	0	0	0	0	0	0	0	0	

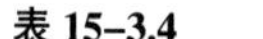

表 15-4　　2018 年中国中铁股份公司技术动力装备情况年报

序号	单位名称	境内 / 外	统计期内自有机械设备 数量（台）	原值（万元）	净值（万元）	总功率（kW）	统计期全部职工实有数（人）	技术装备率（万元 / 人）（净值）	动力装备率（kW/ 人）	统计期施工产值（万元）	装备生产率（万元）	设备新度系数
			A	B	C	D	E	F=C/E	G=D/E	H	I=H/C	J=C/B
1	中铁一局	境内	7517	589675.07	244479.04	1043598.20	24434	10.01	42.71	7416598	30.34	0.41
		境外	662	33474.38	8946.30	104052.00	309	28.95	336.74	235002	26.27	0.27
2	中铁二局	境内	5573	370625.18	112163.69	566992.78	19398	7.22	39.30	5056054	36.11	0.30
		境外	1306	73964.59	27851.29	195334.50						0.38
3	中铁三局	境内	5573	458603.94	181778.49	1048715.78	21510	8.45	48.75	4705829	25.89	0.40
		境外	277	11874.69	3188.95	44892.93	200	15.94	224.46	160335	50.28	0.27
4	中铁四局	境内	4805	472411.72	216400.83	659237.14	22640	9.56	29.12	9986625	46.15	0.46
		境外	383	13564.52	4474.43	53693.85	410	10.91	130.96	205175	45.86	0.33
5	中铁五局	境内	7016	401299.29	165893.68	867224.70	20569	8.07	42.16	4596620	27.71	0.41
		境外	1672	74166.71	24806.91	237014.60	227	109.28	1044.12	208257	8.40	0.33
6	中铁六局	境内	7108	212833.20	88928.27	374155.56	12677	7.01	29.51	3125502	35.15	0.42
		境外	3	1081.94	54.10	290.00	51	1.06	5.69	25061	463.26	0.05
7	中铁七局	境内	4497	216361.80	94324.32	315169.86	12871	7.33	24.49	3866629	40.99	0.44
		境外	3547	164752.24	35121.60	484324.62	901	38.98	537.54	436736	12.43	0.21
8	中铁八局	境内	3114	179198.20	60433.79	275828.63	10844	6.35	33.24	2974178	49.21	0.34
		境外	548	28163.14	8460.62	84650.36				108264	12.80	0.30
9	中铁九局	境内	4866	174767.25	70683.06	349253.41	9121	8.81	48.59	1436943	20.33	0.40
		境外	918	47958.47	9694.77	93913.41				113265	11.68	0.20
10	中铁十局	境内	5026	188071.45	97620.28	368689.19	14841	6.58	24.84	4027371	41.26	0.52
		境外	667	46003.30	9900.11	77211.80	405	24.44	190.65	204915	20.70	0.22
11	中铁大桥局	境内	11303	385279.85	172790.46	430242.49	12047	14.34	35.71	2761175	15.98	0.45
		境外	748	48490.63	19747.68	46850.50	360	54.85	130.14	105808	5.36	0.41
12	中铁隧道局	境内	19746	780998.04	353216.98	1216424.51	14869	23.76	81.81	4210251	11.92	0.45
		境外	177	53758.71	16753.47	30500.56	137	122.29	222.63	132813	7.93	0.31
13	中铁电气化局	境内	4159	165740.53	55905.72	386431.14	12011	4.65	32.17	3812209	68.19	0.34
		境外	0	0.00	0.00	0.00	0	0	0	0	0	0

续表

序号	单位名称	境内/外	统计期内自有机械设备				统计期全部职工实有数（人）	技术装备率（万元/人）（净值）	动力装备率（kW/人）	统计期施工产值（万元）	装备生产率（万元）	设备新度系数
			数量（台）	原值（万元）	净值（万元）	总功率（kW）						
			A	B	C	D	E	F=C/E	G=D/E	H	I=H/C	J=C/B
14	中铁建工	境内	699	37271.38	16317.65	35341.70	10002	2.34	6.95	3493031	214.06	0.44
		境外	1706	17077.00	7055.00	34201.00				247551	35.09	0.41
15	中铁国际	境内	2	77.16	36.65	0.00	0	0	0	0	0	0
		境外	1563	80447.08	28047.45	154256.00	246.00	114.01	627.06	233063	8.31	0.35
16	中铁广州局	境内	1174	149011.84	76797.70	144712.24	5286	14.53	27.38	1459977	19.01	0.52
		境外	60	3594.42	2941.34	11747.50	245	12.01	47.95	57559	19.57	0.82
17	中铁北京局	境内	1402	95393.48	60714.18	157318.83	7699	7.89	20.43	1924691	31.70	0.64
		境外	31	685.42	492.55	4338.50	88	5.60	49.30	35631	72.34	0.72
18	中铁上海局	境内	2927	167020.92	92679.89	243913.62	9408	9.85	25.93	3416281	36.86	0.55
		境外	22	271.65	247.85	923.20	63	3.93	14.65	11212	45.24	0.91
19	中铁资源	境内	1352	92315.19	58815.78	113675.79	695	84.63	163.56	237208	4.03	0.64
		境外	5711	433570.24	299226.10	211189.41	2896	103.32	72.92	8301018	2.77	0.69
20	中铁武汉电气化局	境内	1292	30303.51	8109.69	75219.70	4498	1.80	16.72	636000	78.42	0.27
		境外	0	0.00	0.00	0.00	0	0	0	0	0	0
合计		境内小计	99151	5167259.01	2228090.14	8672145.26	/	/	/	/	/	0.43
		境外小计	20001	1132899.14	507010.52	1869384.74	/	/	/	/	/	0.45
		总计	119152	6300158.16	2735100.66	10541530.00	251958	10.86	41.84	72493920	26.51	0.43

制表人：姚道雄

说明：1. 技术装备率＝统计期自有机械设备净值 / 全部职工人数；

2. 动力装备率＝统计期机械设备总功率 / 全部职工人数；

3. 装备生产率＝年施工产值（万元）/ 统计期全部设备净值（万元）；

4. 设备新度系数＝设备净值 / 设备原值；

5. 统计周期：1 月 1 日至 12 月 31 日。

表 15-5

2018 年中国中铁股份公司施工机械设备资产变动情况表

序号	单位名称	境内/外	上年末机械		本年新增固资机械			本年报废机械			本年处置机械			本年末机械	
			数量（台）	原值（万元）	数量（台）	原值（万元）	功率（kW）	数量（台）	原值（万元）	功率（kW）	数量（台）	原值（万元）	功率（kW）	数量（台）	原值（万元）
			A	B	C	D	E	F	G	H	I	J	K	L=A+C−F	M=B+D−G
1	中铁一局	境内	7321	568861.09	893	72036.43	124728.81	740	52231.50	86338.25	316	18513.14	39417.10	7517	589675.08
		境外	513	27108.50	230	8208.87	3719.00	81	1842.99	6588.50	0	0.00	0.00	662	33474.38
2	中铁二局	境内	5208	357996.01	600	31327.04	44250.04	235	18698.01	34128.70	66	4361.90	5709.50	5573	370625.04
		境外	1241	67488.80	118	11126.96	17599.07	53	4651.17	0.00	0	0.00	0.00	1306	73964.59
3	中铁三局	境内	5269	457357.19	789	41539.89	76187.64	485	40293.15	76976.64	189	6902.10	22998.20	5573	458603.94
		境外	309	13192.19	0	0.00	0.00	32	1317.50	0.00	3	169.77	584.00	277	11874.69
4	中铁四局	境内	4643	444566.48	403	33130.55	55382.49	241	5220.49	17094.41	63	1904.72	4536.00	4805	472411.72
		境外	382	13488.36	1	76.16	800.00	0	0.00	0.00	0	0.00	0.00	383	13564.52
5	中铁五局	境内	6407	363578.24	1002	38648.10	42595.91	393	927.05	31711.80	197	5496.07	14345.70	7016	401299.29
		境外	1338	86847.79	475	4465.10	42875.00	141	17146.18	9800.00	0	0.00	0.00	1672	74166.71
6	中铁六局	境内	6800	184124.77	671	33222.27	42362.70	363	4513.93	11380.69	160	1992.85	9167.94	7108	212833.10
		境外	3	1081.94	0	0.00	0.00	0	0.00	0.00	0	0.00	0.00	3	1081.94
7	中铁七局	境内	4236	200656.42	628	24188.42	49008.35	367	8483.05	11493.39	45	1591.41	2447.80	4497	216361.80
		境外	3449	155118.44	336	18211.19	45283.28	238	8577.39	28522.50	195	5271.40	26924.00	3547	164752.24
8	中铁八局	境内	3054	170622.93	381	15244.96	26768.94	321	6669.69	13027.83	192	4432.15	7324.53	3114	179198.20
		境外	446	27341.99	130	1820.81	14814.00	28	999.66	1824.70	0	0.00	0.00	548	28163.14
9	中铁九局	境内	4576	168303.09	436	8070.94	19739.94	146	1606.78	5564.85	146	1606.78	5564.85	4866	174767.25
		境外	832	42933.15	117	5192.32	18130.86	31	167.00	555.40	31	167.00	555.40	918	47958.47
10	中铁十局	境内	4669	178451.00	527	13414.64	44334.00	170	3794.19	8173.00	123	2353.65	5764.30	5026	188071.45
		境外	667	46003.32	0	0.00	0.00	0	0.00	0.00	0	32.00	407.00	667	46003.32
11	中铁大桥局	境内	10147	364633.50	1564	42218.21	64066.98	404	6468.32	12825.42	602	4786.99	17455.11	11303	385279.85
		境外	703	52031.11	46	1365.32	2011.20	1	5.80	40.00	0	0.00	0.00	748	48490.63
12	中铁隧道局	境内	17627	675826.54	3080	118849.38	120125.95	961	13677.88	29725.25	412	7253.31	19510.75	19746	780998.04
		境外	103	43029.85	74	10728.86	2250.00	0	0.00	0.00	0	0.00	0.00	177	53758.71

序号	单位名称	境内/外	上年末机械		本年新增固资机械			本年报废机械			本年处置机械			本年末机械	
			数量（台）	原值（万元）	数量（台）	原值（万元）	功率（kW）	数量（台）	原值（万元）	功率（kW）	数量（台）	原值（万元）	功率（kW）	数量（台）	原值（万元）
			A	B	C	D	E	F	G	H	I	J	K	L=A+C−F	M=B+D−G
13	中铁电气化局	境内	4163	164349.11	269	8351.52	15155.10	273	6960.10	12991.05	273	5836.42	12991.05	4159	165740.53
		境外	0	0.00	0	0.00	0.00	0	0.00	0.00	0	0.00	0.00	0	0.00
14	中铁建工	境内	586	32955.64	161	5348.64	5753.20	48	1018.20	726.54	5	875.00	325.30	699	37271.38
		境外	1794	17284.93	61	796.04	4090.56	149	393.85	1523.85	149	393.85	1523.85	1706	17077.00
15	中铁国际	境内	2	77.16	0	0.00	0.00	—	0.00	0.00	—	0.00	0.00	2	77.16
		境外	1472	76074.89	177	6693.78	16587.00	49	560.17	8718.00	37.00	1761.42	3204.00	1563	80447.08
16	中铁广州局	境内	856	126483.50	336	23468.14	27392.40	18	939.80	2557.00	14.00	459.90	2097.00	1174	149011.84
		境外	50	3250.31	10	344.11	835.14	—	0.00	0.00	—	0.00	0.00	60	3594.42
17	中铁北京局	境内	1116	83165.42	319	14041.74	44020.43	33	1813.68	5924.20	21	1076.78	3143.20	1402	95393.48
		境外	28	586.89	3	98.54	756.00	0	0.00	0.00	0	0.00	0.00	31	685.43
18	中铁上海局	境内	2532	146672.20	548	29003.19	46178.75	153	8654.47	10379.00	153	8654.47	10379.00	2927	167020.92
		境外	16	572.97	8	138.68	131.34	2	440.00	320.00	2	440.00	320.00	22	271.65
19	中铁资源	境内	1323	91657.90	32	1038.73	15147.00	3	4.25	0.00	0	377.19	0.00	1352	92315.19
		境外	5513	422606.10	203	11130.22	4287.90	5	166.08	76.50	0	0.00	0.00	5711	433570.24
20	中铁武汉电化局	境内	1239	29026.03	85	2009.01	6044.80	32	731.54	1484.00	17	274.75	1239.00	1292	30303.50
		境外	0	0.00	0	0.00	0.00		0.00	0.00	0	0.00	0.00	0	0.00
合计		境内小计	91774	4809364.22	12724	555151.80	869243.43	5386	182706.08	372502.02	2994	78749.58	184416.33	99151	5167258.76
		境外小计	18859	1096041.53	1989	80396.96	174170.35	810	36267.77	57969.45	417	8235.43	33518.25	20001	1132899.18
		总计	100744	100744.00	100744	100744.00	100744.00	100744	100744.00	100744.00	100744	100744.00	100744.00	100744	100744.00

制表人：姚道雄

说明：1. 报废机械：统指已履行报废程序，从账目上已拆除固资的机械设备；

2. 处置机械：指实物已转让或变卖的机械设备；

3. 统计周期：1 月 1 日至 12 月 31 日。

表 15-6　　2018 年中国中铁股份公司主要施工机械设备实有、完好情况统计表

序号	机械名称	能力		质量状况			运用情况				
		单位	数量（台）	日历台日数	完好台日数	完好率（%）	定额台班	实作台班	利用率（%）	闲置数量（台）	闲置率（%）
			A	B	C	D =（C / B）× 100%	E	F	G =（F / E）× 100%	H	I =（H / A）× 100%
1	履带（或轮胎）挖掘机（≥ 1.0m³）	m³	1048	369426	332962.3	90.13	272995	245160.3	89.80	83	7.92
2	推土机（≥ 132kW）	kW	225	80610	70727.01	87.74	63405	53424.2	84.26	15	6.67
3	轮胎装载机（≥ 2m³）	m³	2821	1012633	923001.5	91.15	780936	702735.74	89.99	192	6.81
4	震动（或静压）压路机（≥ 14t）	t	482	173551	153408.7	88.39	130517	111385.15	85.34	31	6.43
5	平地机（≥ 118kW）	kW	220	79236	71013	89.62	59306	49422.156	83.33	12	5.45
6	凿岩台车（二臂及以上）	台	67	24110	22822	94.66	20371	17058	83.74	4	5.97
7	露天钻机（进口各型）	台	39	14235	13173	92.54	12598	11071	87.88	4	10.26
8	盾构机	台	333	88979	77053.5	86.60	97690.4	81905.56	83.84	25	7.51
9	TBM	台	13	365	215	58.90	3180	135	4.25	6	46.15
10	汽车起重机（≥ 8t）	t	495	177268	158144	89.21	133182.9	112032.8	84.12	20	4.04
11	轮式起重机（≥ 20t）	t	71	24128	22145	91.78	23557	20800	88.30	3	4.23
12	履带起重机（≥ 25t）	t	61	21895	19436	88.77	17685	16670	94.26	7	11.48
13	塔式起重机（≥ 100t · m）	t · m	395	144487	130290.6	90.17	109289	95461	87.35	10	2.53
14	载重汽车（≥ 5t）	t	307	106115	96230	90.68	87487.5	75047.19	85.78	6	1.95
15	自卸汽车（≥ 8t）	t	1991	828182	755827	91.26	596160	536008.79	89.91	138	6.93
16	混凝土搅拌站（≥ 60m³/h）	m³/h	3111	1106989	1002560	90.57	638492	600214.29	94.00	242	7.78
17	混凝土搅拌输送车（≥ 6m³）	m³	1697	605042	542103.4	89.60	401015	357953.03	89.26	101	5.95
18	混凝土输送泵（≥ 60m³）	m³/h	967	347272	307727.6	88.61	162816	138021.8	84.77	149	15.41
19	混凝土泵车（各型）	台	213	75356	67404.68	89.45	42142	36787.105	87.29	8	3.76
20	混凝土喷射机械手（≥ 15m³）	台	290	104569	91868	87.85	53967	47544.8	88.10	18	6.21
21	打桩机	台	36	12867	10592	82.32	11979	9354	78.09	8	22.22
22	钻机（含：回转、冲击、地质、反循环、水平、多功能）	台	307	109794	97924.64	89.19	74917	57241	76.41	31	10.10
23	长钢轨焊接生产设备	套	62	22260	20128	90.42	12709	9677	76.14	9	14.52

续表

序号	机械名称	能力		质量状况			运用情况				
		单位	数量（台）	日历台日数	完好台日数	完好率（%）	定额台班	实作台班	利用率（%）	闲置数量（台）	闲置率（%）
			A	B	C	D = (C / B)×100%	E	F	G = (F / E)×100%	H	I = (H / A)×100%
24	铺轨机（各型）	台	60	21535	20051	93.11	13052	8478	64.96	8	13.33
25	架桥机（≥ 900t)	台	115	42539	38329.31	90.10	23371	16857	72.13	37	32.17
26	运梁车（≥ 900t）	台	90	32697	29229.71	89.40	16951	12363	72.93	30	33.33
27	提梁机（≥ 900t）	台	77	28105	26283	93.52	13696	9502	69.38	25	32.47
28	搬运机（≥ 900t）	台	62	20992	18734.28	89.24	13597	9024.752	66.37	16	25.81
29	轮轨式 T 梁架桥机	台	35	11984.16	10127.13	84.50	7479	6198	82.87	13	37.14
30	公铁两用架桥机（≥ 160t）	台	69	23786.03	21726.53	91.34	16094	12078.1	75.05	16	23.19
31	其他架桥机	台	77	26386	23903	90.59	16949	8025	47.35	25	32.47
32	造桥机（各型）	台	14	5110	4069	79.63	4050	800	19.75	5	35.71
33	铁路机车（各型）	台	313	112594	107769	95.71	216201	200832	92.89	8	2.56
34	轨道车（各型）	台	294	104407	96148.19	92.09	115152.1	100513.1	87.29	26	8.84
35	大型机械化养路设备	套	114	41245	37995.89	92.12	31046	20454.5	65.88	9	7.89
36	接触网恒张力放线车、作业车	台	543	198026	189221	95.55	129125	109161.88	84.54	22	4.05
37	稳定土厂拌设备（或拌和站）（各型）	台	196	73638	65161	88.49	50029	38110	76.18	17	8.67
38	稳定土摊铺机（各型）	台	11	4015	3742	93.20	4058	1031	25.41	3	27.27
39	混凝土摊铺机（各型）	台	5	1825	1755	96.16	3343	898	26.86	3	60.00
40	沥青搅拌站（各型）	台	54	21224	18742	88.31	18033	12198	67.64	10	18.52
41	沥青摊铺机（各型）	台	53	19320	17172	88.88	13051	8122	62.23	10	18.87
42	船舶（各型）	艘	68	24400	19812.79	81.20	30855	15166	49.15	22	32.35
43	其他	台	9372	3085633	2856360	92.57	3211837	2375136.4	73.95	586	6.25
合计			26873	9428830	8593089	91.14	7754366	6350059	81.89	2013	7.49

制表人：姚道雄

表 15-7

2018 年中国中铁股份公司外租设备统计报表

序号	设备名称	设备租赁总体情况						占比(%)	股份公司内部单位租赁情况（不含本单位内租）			
		总数量（台）	其中：		应结算金额（万元）	其中：			总数量（台）		应结算金额（万元）	
			境内（台）	境外（台）		境内（万元）	境外(万元）		境内	境外	境内	境外
1	挖掘机	21318	20999	319	256850.37	252612.18	4238.19	18.46	0	0	0.00	0.00
2	推土机	1036	963	73	6881.56	6179.55	702.01	0.49	0	0	0.00	0.00
3	装载机	6929	6833	96	54329.16	53720.39	608.77	3.90	0	0	0.00	0.00
4	压路机	1798	1690	108	9989.54	9313.41	676.13	0.72	0	0	0.00	0.00
5	平地机	504	457	47	3418.36	2818.88	599.48	0.25	0	0	0.00	0.00
6	凿岩台车（两臂及以上）	42	42	0	7149.96	7149.96	0.00	0.51	6	0	633.46	0.00
7	露天钻机(管棚钻机、多功能钻机、水平钻机等)	73	72	1	1757.68	1728.86	28.82	0.13	0	0	0.00	0.00
8	TBM 或盾构	150	150	0	91501.79	90922.86	578.93	6.57	72	0	57,732.66	11,778.00
9	汽车起重机	19890	19658	232	178472.81	177057.72	1,415.09	12.82	0	0	0.00	0.00
10	履带起重机	972	961	11	26794.31	26505.99	288.33	1.93	0	0	0.00	0.00
11	塔式起重机	4428	4418	10	89784.51	89581.21	203.30	6.45	6	0	193.99	0.00
12	桥门式起重机（含搬运机、提梁机）	902	892	10	22143.41	21761.21	382.20	1.59	10	0	683.62	0.00
13	载重汽车	5922	5896	26	36347.97	36187.20	160.77	2.61	0	0	0.00	0.00
14	自卸汽车	10370	9789	581	83131.67	80545.76	2,585.91	5.97	47	0	1,058.41	12,849.76
15	混凝土搅拌站	205	170	35	14843.32	14559.38	283.94	1.07	0	0	0.00	0.00
16	混凝土输送车	8836	8765	71	136363.55	134703.32	1,660.23	9.80	0	0	0.00	0.00
17	混凝土输送泵	1937	1922	15	20544.22	20364.66	179.56	1.48	0	0	0.00	0.00
18	混凝土泵车	2668	2643	25	58872.99	58503.94	369.05	4.23	1	0	14.88	0.00
19	混凝土机械手	299	297	2	19518.67	19460.34	58.33	1.40	13	0	1,906.02	0.00
20	打桩机（各型）	289	289	0	9315.05	9315.05	0.00	0.67	0	0	0.00	0.00
21	桩孔钻机(含回转、冲击、地质、反循环)	458	458	0	15268.69	15268.69	0.00	1.10	0	0	0.00	0.00
22	长钢轨焊接设备（套）	10	10	0	786.78	786.78	0.00	0.06	0	0	0.00	0.00

续表

序号	设备名称	设备租赁总体情况						占比(%)	股份公司内部单位租赁情况（不含本单位内租）			
		总数量（台）	其中：		应结算金额（万元）	其中：			总数量（台）		应结算金额（万元）	
			境内（台）	境外（台）		境内（万元）	境外(万元）		境内	境外	境内	境外
23	铺轨机（各型）	4	4	0	156.35	156.35	0.00	0.01	0	0	0.00	0.00
24	运架梁设备（各型）	110	110	0	13259.54	13259.54	0.00	0.95	12	0	2,758.65	0.00
25	造桥机（各型）	3	3	0	536.40	536.40	0.00	0.04	0	0	0.00	0.00
26	大型机械化养路设备	31	31	0	656.09	656.09	0.00	0.05	0	0	0.00	0.00
27	铁路机车	78	78	0	5140.80	5140.80	0.00	0.37	0	0	0.00	0.00
28	轨道车	106	105	1	2654.68	2647.55	7.14	0.19	0	0	0.00	0.00
29	接触网放线车、作业车（各型）	36	36	0	718.32	718.32	0.00	0.05	4	0	196.20	0.00
30	稳定土拌和站（各型）	13	13	0	325.46	325.46	0.00	0.02	0	0	0.00	0.00
31	稳定土摊铺机	14	14	0	513.56	513.56	0.00	0.04	0	0	0.00	0.00
32	混凝土摊铺机	5	5	0	263.58	263.58	0.00	0.02	0	0	0.00	0.00
33	沥青搅拌站	148	147	1	1076.31	1071.31	5.00	0.08	0	0	0.00	0.00
34	沥青摊铺机	713	626	87	12460.84	11550.80	910.03	0.90	0	0	0.00	0.00
35	船舶	310	306	4	33160.51	33151.13	9.38	2.38	0	0	0.00	0.00
36	其他	20856	20530	326	176745.73	175049.60	1,696.13	12.70	6	0	39.28	0.00
合计		111463	109382	2081	1391734.53	1374087.82	17,646.71	100.00	177	0	65,217.16	24,627.76

制表人：姚道雄

说明：1. 每类设备只统计数量与统计期应结算金额，不论规格型号；

2. 股份公司内部单位租赁情况是指跨集团之间的设备租赁；

3. 统计周期：1 月 1 日至 12 月 31 日。

表 15–8 **工业产销总值及主要产品产量年报**

指标名称	计算单位	指标代码	本年	上年
甲	乙	丙	01	02
一、工业总产值（现价）	万元	01	2359744.00	2217103.51
新产品产值	万元	02	924954.00	1046370.00
工业增加值	万元	03	422834.00	373379.50
工业产品销售产值（现价）	万元	04	2013390.76	2003662.78
出口交货值	万元	05	95213.00	89103.00
自营及代理出口	万元	06	3755.00	4582.00
二、主要工业产品产量				
钢结构	吨		6587.00	3823.00
商品混凝土	立方米		107143.00	380952.00
接触网配件	套		14268332.00	11846077.00
钢梁钢结构	吨		1026149.00	902879.00
商品砼	M3		533025.00	504836.00
灯塔	座		0.00	62.00
变压器产品	台		3685.00	1663.00
整组道岔总量	组		9253.00	8320.00
桥梁支座	孔		1153.00	1173.00
接触线	吨		3617.70	2756.33
工程租赁	米		71841.00	36401.00
承力索	吨		2443.10	1344.01
隔声窗	㎡		8526.96	
塑钢型材	吨		73.93	
预制水泥柱	根		338.00	
低压开关柜	面		328.00	666.00
灯桥	延米		0.00	2928.00
配电箱	个		2214.00	2755.00
辙叉总量	个		20446.00	21213.00
制梁	孔			
金属声屏障	㎡		21039.15	5633.22
隧道施工机械	台		356.00	309.00
钢结构	吨		4531.00	2231.00
非金属声屏障	㎡		124229.42	127671.52
其中：盾构新机	台		160.00	142.00
钢模板制作	吨		15356.00	12386.00
通透隔声板	㎡		7574.88	
其中：盾构再制造	台		87.00	80.00
门窗	M2			
H 型钢立柱	吨		160.20	27.00
工程机械	台		288.00	293.00
水泥	吨			
草支垫	根		462516.00	687065.00
其中：提运架设	台		41.00	30.00
机具制造	台		84.00	134.00
接触网混凝土支柱	根		46677.00	76725.00
其中：起重机械	台		124.00	89.00
污水处理	吨		67527426.00	76109700.00
接触网钢结构	根		96806.00	76745.00
工程服务	米		12698.00	5009.00
叶面肥	吨		319.00	297.00

文件辑要

表 15-9　　2018 年中国铁路工程集团有限公司党委文件目录

发文字号	文件标题
中铁程党组〔2018〕1 号	关于中国铁路工程总公司党委、纪委更名的请示
中铁程党组〔2018〕2 号	中国中铁党委关于党建工作责任制考核评价自评情况的报告
中铁程党宣〔2018〕3 号	中国铁路工程总公司党委关于 2017 年意识形态责任制落实情况及党委理论学习中心组学习情况的报告
中铁程党组〔2018〕4 号	中国铁路工程集团有限公司党委关于中国中铁 2017 年度领导班子民主生活会情况的报告
中铁程党办〔2018〕5 号	中国中铁党委关于修订落实中央八项规定精神实施办法相关情况的报告
中铁程党办〔2018〕6 号	中国中铁党委申请转发《对外交往与合作提供涉密资料保密管理规定》的请示
中铁程党干〔2018〕7 号	中国铁路工程集团有限公司党委关于推荐中国中铁股份有限公司副总裁人选的请示
中铁程党干〔2018〕8 号	中国铁路工程集团有限公司党委关于中国中铁股份有限公司有关领导人员职务任免及高管人员拟任人选的请示
中铁程党组〔2018〕9 号	中国铁路工程集团有限公司党委关于表彰先进基层党组织、优秀共产党员和优秀党务工作者的决定
中铁程党干〔2018〕11 号	关于马力退休事宜报告
中铁程党办〔2018〕12 号	关于学习贯彻中央纪委《深入剖析王晓林严重违纪违法案件典型特征将办案成果转化为国企治理效能的工作建议》的情况报告
中铁程党干〔2018〕13 号	中国中铁党委关于公司领导班子成员及高管工作分工情况的请示
中铁程党办〔2018〕14 号	中国中铁党委关于 2018 年上半年党风廉政建设和反腐败工作情况的报告
中铁程党组〔2018〕15 号	中国铁路工程集团有限公司党委关于中国中铁领导班子落实中央纪委《工作建议》专题民主生活会情况的报告
中铁程党办〔2018〕16 号	关于调整中国中铁保密工作委员会的报告
中铁程党办〔2018〕17 号	中国中铁党委关于 2018 年党建工作责任制考核评价自评情况的报告
中铁程党组函〔2018〕1 号	关于同意中国铁路工程总公司党校更名的批复
中铁程党组函〔2018〕2 号	关于同意中铁宏达资产管理中心党委、纪委更名的批复

表 15-10　　2018 年中国铁路工程集团有限公司文件目录

发文字号	文件标题
中铁程财〔2018〕1 号	中国铁路工程总公司关于拨付 2017 年“三供一业”分离移交补助资金的通知
中铁程办〔2018〕2 号	中国铁路工程总公司关于 2017 年主要工作和 2018 年工作思路及重点工作安排情况的报告
中铁程办〔2018〕3 号	中国铁路工程总公司关于中国中铁 PPP 项目运作风险梳理情况的报告
中铁程办〔2018〕4 号	关于启用中国铁路工程集团有限公司印章的通知
中铁程董〔2018〕5 号	关于印发《中国铁路工程集团有限公司章程》的通知
中铁程财〔2018〕6 号	中国铁路工程集团有限公司关于 2017 年度国有资产评估管理工作情况的报告
中铁程办〔2018〕8 号	中国铁路工程集团有限公司关于公司制改制工作情况的报告
中铁程办〔2018〕9 号	中国铁路工程集团有限公司关于 2017 年度企业改革进展情况的报告
中铁程办〔2018〕10 号	中国铁路工程集团有限公司关于 2017 年度产权协议转让有关情况的报告
中铁程办〔2018〕11 号	中国铁路工程集团有限公司关于邀请塞拉利昂政府交通部长科罗马先生来华访问事宜的请示
中铁程办〔2018〕12 号	中国铁路工程集团有限公司关于报送 2017 年落后产能退出情况的报告
中铁程办〔2018〕13 号	中国铁路工程集团有限公司关于 2017 年“处僵治困”工作总结和 2018 年工作计划的报告
中铁程办〔2018〕14 号	中国铁路工程集团有限公司关于报送“处僵治困”企业案例的报告
中铁程财〔2018〕15 号	中国铁路工程集团有限公司关于 2018 年度预算有关情况的请示
中铁程董〔2018〕16 号	中国铁路工程集团有限公司关于《中国中铁董事会 2017 年度工作报告》的报告
中铁程办〔2018〕17 号	关于《中国铁路工程集团有限公司 2018 年度全面风险管理报告》的报告
中铁程财〔2018〕18 号	中国铁路工程集团有限公司关于报送 2017 年投资完成情况的报告
中铁程办〔2018〕19 号	关于成立中国铁路工程集团有限公司人才工作领导小组的通知
中铁程董〔2018〕20 号	关于印发《董事会授权董事长、总经理行使有关职权方案》的通知
中铁程财〔2018〕21 号	中国铁路工程集团有限公司关于 2017 年度产权登记汇总分析情况的报告

续表

发文字号	文件标题
中铁程办〔2018〕22号	中国铁路工程集团公司关于2017年度节能减排《统计监测报表》及《工作总结分析报告》的报告
中铁程董〔2018〕23号	中国铁路工程集团有限公司关于2017年度《企业年度工作报告》的报告
中铁程办〔2018〕24号	关于表彰2017年度中国铁路工程总公司科学技术奖获奖成果的决定
中铁程办〔2018〕25号	关于成立中国中铁法治建设工作领导小组的通知
中铁程财〔2018〕26号	中国铁路工程集团有限公司关于中铁高铁电气装备股份有限公司（筹）国有股权管理方案事宜的请示
中铁程财〔2018〕27号	中国铁路工程集团有限公司关于所属中铁电气化局集团宝鸡器材有限公司整体变更为股份有限公司资产评估项目备案事宜的请示
中铁程财〔2018〕28号	中国铁路工程集团有限公司关于2018年度业绩考核目标建议值和工资总额预算有关事宜的请示
中铁程办〔2018〕29号	中国铁路工程集团有限公司关于报送国企改革“双百行动”推荐企业事宜的请示
中铁程办〔2018〕30号	中国铁路工程集团有限公司关于企业布局结构调整工作情况的报告
中铁程财〔2018〕31号	中国铁路工程集团有限公司关于产权登记数据核查整改情况的报告
中铁程办〔2018〕32号	中国铁路工程集团有限公司关于产业援疆工作情况的报告
中铁程财〔2018〕33号	中国铁路工程集团有限公司关于产权管理综合信息系统数据核对情况的报告
中铁程办〔2018〕34号	关于成立中国铁路工程集团有限公司扶贫开发工作领导小组的通知
中铁程办〔2018〕35号	关于印发《中国铁路工程集团有限公司外事工作管理办法》的通知
中铁程财〔2018〕36号	中国铁路工程集团有限公司关于报送2018年投资计划备案和非主业投资比例的报告
中铁程财〔2018〕37号	中国铁路工程集团有限公司关于中国中铁内保外贷业务专项情况的报告
中铁程财〔2018〕38号	中国铁路工程集团有限公司关于中国中铁金融业务全面风险自查情况的报告
中铁程财〔2018〕39号	关于报送《中国铁路工程集团有限公司2017年度企业财务决算报表》的报告
中铁程财〔2018〕40号	中国铁路工程集团有限公司关于2017年度财务决算补充备案情况的报告
中铁程财〔2018〕41号	中国铁路工程集团有限公司关于2017年度资产减值准备财务核销管理工作情况的报告
中铁程财〔2018〕42号	中国铁路工程集团有限公司关于2017年度账销案存资产管理情况的报告
中铁程财〔2018〕43号	中国铁路工程集团有限公司关于申报2017年度国有资本收益的报告
中铁程财〔2018〕44号	关于报送《中国铁路工程集团有限公司2017年度企业财务决算报表》的报告
中铁程财〔2018〕45号	关于报送《中国铁路工程集团有限公司2017年度境外子企业财务决算报表》的报告
中铁程财〔2018〕46号	中国铁路工程集团有限公司关于2017年度中国中铁有关利润分配方案的报告
中铁程董〔2018〕47号	中国铁路工程集团有限公司关于落实《国务院办公厅关于进一步完善国有企业法人治理结构的指导意见》相关工作进展情况的报告
中铁程办〔2018〕48号	中国铁路工程集团有限公司关于开展2017年国际产能合作补助资金评估工作的报告
中铁程办〔2018〕49号	中国铁路工程集团有限公司关于境外房地产投资情况的报告
中铁程办〔2018〕50号	中国铁路工程集团有限公司关于印尼雅万高铁项目进展情况的报告
中铁程办〔2018〕51号	中国铁路工程集团有限公司关于呈报企业审计有关企业网络与信息安全建设问题整改情况的报告
中铁程办〔2018〕52号	中国铁路工程集团有限公司关于企业负责人履职待遇、业务支出2017年度管理情况及2018年度预算方案的报告
中铁程财〔2018〕53号	中国铁路工程集团有限公司关于申报2018年处置“僵尸企业”人员安置国有资本经营预算的报告
中铁程财〔2018〕54号	中国铁路工程集团有限公司关于申报第一批2018年职工家属区“三供一业”分离移交国有资本经营预算情况的报告
中铁程财〔2018〕55号	中国铁路工程集团有限公司关于2017年度经营业绩考核目标完成情况的报告
中铁程办〔2018〕56号	中国铁路工程集团有限公司关于配合做好北京疏解整治促提升专项行动工作的报告
中铁程办〔2018〕57号	中国铁路工程集团有限公司关于存量PPP业务风险排查情况的报告
中铁程财〔2018〕58号	中国铁路工程集团有限公司关于2018年困难中央企业棚户区改造配套设施建设国有资本经营预算申报的报告
中铁程办〔2018〕59号	中国铁路工程集团有限公司关于2017年度外部董事报酬管理工作情况的报告
中铁程办〔2018〕60号	中国铁路工程集团有限公司关于邀请科特迪瓦公职部部长库利巴利先生来华访问事宜的请示
中铁程财〔2018〕61号	中国铁路工程集团有限公司关于申请2018年非主业投资控制比例的报告
中铁程办〔2018〕62号	中国铁路工程集团有限公司关于《中国中铁2017年度内部控制评价报告》的报告
中铁程办〔2018〕63号	中国铁路工程集团有限公司关于2017年度重大法律纠纷案件情况的报告

续表

发文字号	文件标题
中铁程财〔2018〕64 号	中国铁路工程集团有限公司关于中国中铁股份有限公司以发行股份购买资产方式实施市场化债转股项目的请示
中铁程办〔2018〕65 号	中国铁路工程集团有限公司关于报送《中国中铁股份有限公司 2018—2020 年滚动发展规划》的报告
中铁程财〔2018〕66 号	中国铁路工程集团有限公司关于中国中铁 2018 年度开展套期保值业务预算情况的报告
中铁程办〔2018〕67 号	中国铁路工程集团有限公司关于报送压减工作阶段性总结的报告
中铁程财〔2018〕68 号	中国铁路工程集团有限公司关于 2018 年度两金压控工作方案的报告
中铁程财〔2018〕69 号	中国铁路工程集团有限公司关于中国中铁股份有限公司实施市场化债转股项目的请示
中铁程财〔2018〕70 号	中国铁路工程集团有限公司关于中国中铁以发行股份购买资产方式实施市场化债转股项目事宜的请示
中铁程办〔2018〕71 号	中国铁路工程集团有限公司关于贯彻落实中央企业境外风险防控专题会精神的报告
中铁程财〔2018〕72 号	关于中国铁路工程集团有限公司所属金融企业国有资产分析的报告
中铁程财〔2018〕73 号	关于中国铁路工程集团有限公司国有股东认定及相关证券账户标识情况的报告
中铁程财〔2018〕74 号	中国铁路工程集团有限公司关于 2018 年上半年业绩考核指标执行情况的报告
中铁程办〔2018〕75 号	关于将健康产业增列为中国铁路工程集团有限公司主业的请示
中铁程办〔2018〕76 号	中国铁路工程集团有限公司关于申请改组为国有资本投资公司试点企业的请示
中铁程财〔2018〕77 号	中国铁路工程集团有限公司关于中国中铁股份有限公司实施市场化债转股暨发行股份购买资产的请示
中铁程办〔2018〕78 号	关于进一步加强因公出国管理的通知
中铁程办〔2018〕79 号	中国铁路工程集团有限公司关于下达所属各单位工资总额 2017 年度清算结果和 2018 年预算的通知
中铁程财〔2018〕80 号	中国铁路工程集团有限公司关于处置“僵尸企业”2015 年职工安置有关情况的报告
中铁程办〔2018〕81 号	中国铁路工程集团有限公司关于变更特困企业中铁宝工有限责任公司处置方式事宜的请示
中铁程办〔2018〕82 号	中国铁路工程集团有限公司关于 2017 年度工资总额清算方案的报告
中铁程办〔2018〕83 号	中国铁路工程集团有限公司关于《中国中铁医疗机构深化改革方案》的报告
中铁程办〔2018〕84 号	关于中国铁路工程集团有限公司 2018 年上半年厂办大集体改革进展情况的报告
中铁程财〔2018〕85 号	关于中国铁路工程集团有限公司金融业务风险问题整改情况的报告
中铁程财〔2018〕86 号	中国铁路工程集团有限公司关于《中国中铁降杠杆减负债工作调整方案》的报告
中铁程财〔2018〕87 号	中国铁路工程集团有限公司关于 2018 年度两金压控工作调整方案的报告
中铁程办〔2018〕88 号	中国铁路工程集团有限公司关于中国中铁参与“一带一路”建设 5 年工作情况的报告
中铁程办〔2018〕89 号	中国铁路工程集团有限公司关于中美经贸摩擦对中国中铁业务影响情况的报告
中铁程办〔2018〕90 号	中国铁路工程集团有限公司关于中国中铁混合所有制改革进展情况的报告
中铁程办〔2018〕91 号	关于中国铁路工程集团有限公司 2018 年扶贫工作计划的通知
中铁程财〔2018〕92 号	关于中国铁路工程集团有限公司投资基金情况的专项报告
中铁程财〔2018〕93 号	关于中国铁路工程集团有限公司 2018 年特困企业专项治理国有资本经营预算申报的报告
中铁程财〔2018〕94 号	中国铁路工程集团有限公司关于 2018 年职工家属区“三供一业”分离移交国有资本经营预算第二批申报报告
中铁程财〔2018〕95 号	中国铁路工程集团有限公司关于 2019 年国有资本经营预算预申报的报告
中铁程办〔2018〕96 号	中国铁路工程集团有限公司关于用三年时间完成所办医疗机构深化改革工作的请示
中铁程办〔2018〕97 号	关于中国铁路工程集团有限公司境外金属矿产资源投资项目排查情况的报告
中铁程办〔2018〕98 号	关于调整中国铁路工程集团有限公司外事工作领导小组的通知
中铁程办〔2018〕99 号	中国铁路工程集团有限公司关于中国中铁混合所有制改革进展情况的报告
中铁程办〔2018〕100 号	中国铁路工程集团有限公司关于 2017 年度国际化经营评价的报告
中铁程办〔2018〕101 号	中国铁路工程集团有限公司关于申请改组为国有资本投资公司试点企业的请示
中铁程财〔2018〕102 号	中国铁路工程集团有限公司关于中国中铁股份有限公司发行股份购买资产事项的请示
中铁程财〔2018〕103 号	中国铁路工程集团有限公司关于国有资产评估管理工作自查情况的报告
中铁程财〔2018〕104 号	中国铁路工程集团有限公司关于中国中铁股份有限公司缴纳新建鲁南高速铁路曲阜至菏泽段现金保证金有关备案事宜的报告
中铁程财〔2018〕105 号	中国铁路工程集团有限公司关于呈报 2019 年度主要指标预算预报表的报告
中铁程财〔2018〕106 号	中国铁路工程集团有限公司关于 2018 年度财务决算备案情况的报告

续表

发文字号	文件标题
中铁程财〔2018〕107 号	中国铁路工程集团有限公司关于有关金融业务风险排查情况的报告
中铁程办〔2018〕108 号	中国铁路工程集团有限公司关于企业负责人 2017 年度薪酬兑现情况的报告
中铁程办〔2018〕109 号	中国铁路工程集团有限公司关于原国有重点大型企业监事会 2017 年度监督检查发现问题整改落实情况的报告
中铁程办〔2018〕110 号	中国铁路工程集团有限公司关于 2018 年度“走出去”工作总结和 2019 年度工作设想的报告
中铁程办〔2018〕111 号	中国铁路工程集团有限公司关于 2018 年工作总结和 2019 年初步工作思路及举措情况的报告
中铁程办〔2018〕112 号	关于表彰 2018 年度中国铁路工程总公司科学技术奖获奖成果的决定

表 15-11　　2018 年中国中铁股份有限公司党委文件目录

发文字号	文件标题
中铁股份党组〔2018〕1 号	关于正确使用党费开展党建活动的通知
中铁股份党干〔2018〕2 号	关于印发《中国中铁股份有限公司 2018 年培训计划》的通知
中铁股份党组〔2018〕3 号	关于召开 2017 年度基层党组织组织生活会和开展民主评议党员的通知
中铁股份党组〔2018〕4 号	关于表彰“红旗项目部”的决定
中铁股份党宣〔2018〕5 号	中国中铁党委关于表彰 2017 年度中国中铁示范道德讲堂的通知
中铁股份党宣〔2018〕6 号	关于中国中铁 2017 年新闻宣传工作考核评价结果和 2018 年 1 月新闻宣传工作情况的通报
中铁股份党办〔2018〕7 号	关于印发《中国中铁违纪违规典型问题通报曝光制度》的通知
中铁股份党办〔2018〕8 号	关于印发《中国中铁关于建设中老铁路“廉洁之路”建设的实施方案》的通知
中铁股份党宣〔2018〕9 号	中国中铁党委 中国中铁关于表彰“中国中铁工程项目文化建设示范点”的决定
中铁股份党报〔2018〕10 号	关于印发《中国中铁》报 2018 年报道重点的通知
中铁股份党办〔2018〕11 号	关于印发《中国中铁党委关于深入贯彻落实中央八项规定精神进一步加强作风建设的实施意见》的通知
中铁股份党宣〔2018〕12 号	中国中铁党委关于印发《2018 年全公司宣传思想文化工作要点》的通知
中铁股份党组〔2018〕13 号	关于印发《2018 年中国中铁党委组织工作要点》的通知
中铁股份党组〔2018〕14 号	关于印发《中国中铁党建工作责任制考核评价评价办法》的通知
中铁股份党宣〔2018〕15 号	关于做好中老铁路建设宣传工作的通知
中铁股份党组〔2018〕16 号	关于成立中共中国中铁股份有限公司广州轨道交通工程指挥部工作委员会和纪律检查工作委员会的通知
中铁股份党宣〔2018〕17 号	中国中铁党委关于成立中国自主品牌博览会参展筹备工作领导小组的通知
中铁股份党办〔2018〕18 号	关于印发《中国中铁股份有限公司党委（常委）会研究讨论企业重大经营管理事项实施细则》的通知
中铁股份党办〔2018〕19 号	关于在重大节日期间严明“十五个严禁”纪律要求的通知
中铁股份党团〔2018〕20 号	中国中铁党委　中国中铁　中国中铁工会　中国中铁团委关于表彰第八届中国中铁“十大杰出青年”“新兴业务十佳青年”的决定
中铁股份党工〔2018〕21 号	关于坚决打赢企业困难职工帮扶解困攻坚战的实施意见
中铁股份党办〔2018〕22 号	关于印发《中国中铁党委书记专题会议事规则》的通知
中铁股份党干〔2018〕23 号	关于印发《中国中铁股份有限公司关于领导人员交流工作实施办法》的通知
中铁股份党巡〔2018〕24 号	关于调整中国中铁党委巡视工作领导小组成员的通知
中铁股份党巡〔2018〕25 号	中国中铁党委关于印发《中国中铁党委巡视工作规划 (2018—2022 年）》的通知
中铁股份党巡〔2018〕26 号	中国中铁党委关于印发《中国中铁党委巡视工作办法》的通知
中铁股份党巡〔2018〕27 号	中国中铁党委关于印发《中国中铁党委巡视工作领导小组工作规则》的通知
中铁股份党巡〔2018〕28 号	中国中铁党委关于印发《中国中铁党委巡视工作领导小组办公室工作规则》的通知
中铁股份党巡〔2018〕29 号	中国中铁党委关于印发《中国中铁党委巡视组工作规则》的通知
中铁股份党巡〔2018〕30 号	中国中铁党委关于印发《中国中铁党委巡视工作流程》的通知
中铁股份党巡〔2018〕31 号	中国中铁党委关于印发《中国中铁党委巡视工作纪律》的通知
中铁股份党巡〔2018〕32 号	中国中铁党委关于印发《被巡视单位配合公司党委巡视组开展巡视工作的规定》的通知
中铁股份党巡〔2018〕33 号	中国中铁党委关于印发《中国中铁党委巡视问题整改和验收工作规则》的通知
中铁股份党组〔2018〕34 号	中国中铁党委关于撤销片区督导巡视组党工委的通知
中铁股份党组〔2018〕35 号	关于成立中共中国中铁股份有限公司双辽至洮南公路建设项目第 ST01 合同段项目总经理部工作委员会和纪律检查工作委员会的通知

续表

发文字号	文件标题
中铁股份党组〔2018〕36 号	关于印发 2018 年全公司发展党员计划的通知
中铁股份党宣〔2018〕37 号	中国中铁党委关于“习近平新时代中国特色社会主义思想”理论研讨选题的通知
中铁股份党办〔2018〕38 号	中国中铁党委　中国中铁关于印发《中国中铁构建“不能腐”体制机制推进计划》的通知
中铁股份党宣〔2018〕39 号	关于规范全公司参加各类展会的通知
中铁股份党组〔2018〕40 号	关于调整中国中铁股份有限公司印尼雅万高铁项目经理部党组织管理关系的通知
中铁股份党组〔2018〕41 号	关于成立中共中铁资本有限公司委员会和纪律检查委员会的通知
中铁股份党组〔2018〕42 号	关于成立中共中国中铁股份有限公司孟加拉帕德玛大桥连接线项目经理部工作委员会和纪律检查工作委员会的通知
中铁股份党办〔2018〕43 号	关于印发《中国中铁党委关于认真学习贯彻中央纪委〈深入剖析王晓林严重违纪违法案件典型特征将办案成果转化为国企治理效能的工作建议〉的工作落实方案》的通知
中铁股份党办〔2018〕44 号	关于认真学习贯彻中央纪委《深入剖析王晓林严重违纪违法案件典型特征将办案成果转化为国企治理效能的工作建议》深入开展自查自纠推动全面从严治党向纵深发展的通知
中铁股份党办〔2018〕45 号	中国中铁党委　中国中铁关于中国中铁股份有限公司领导班子成员和高管工作分工的通知
中铁股份党巡〔2018〕46 号	关于实行二级企业党委书记听取巡察汇报情况报备制度的通知
中铁股份党组〔2018〕47 号	关于建立党员涉嫌违纪违法信息通报和及时处理工作机制的意见
中铁股份党报〔2018〕48 号	中国中铁党委关于调整《中国中铁》报编辑委员会成员的通知
中铁股份党办〔2018〕49 号	关于修订落实党委履行党风廉政建设主体责任定期报告制度的通知
中铁股份党宣〔2018〕50 号	中国中铁党委关于进一步贯彻落实意识形态工作责任制的通知
中铁股份党办〔2018〕51 号	关于印发《中国中铁总部人员境内内部公务活动用餐管理规定》的通知
中铁股份党办〔2018〕52 号	关于印发《中国中铁党委党务公开工作实施方案》的通知
中铁股份党宣〔2018〕53 号	中国中铁党委关于修订印发《中国中铁党委理论学习中心组制度》的通知
中铁股份党干〔2018〕54 号	中国中铁党委关于表彰 2017 年度“四好”班子的决定
中铁股份党宣〔2018〕55 号	关于印发《中国中铁党委网络意识形态工作责任制实施细则》的通知
中铁股份党宣〔2018〕56 号	中国中铁党委关于开展“党外代表人士建言献策工作室”建设工作的通知
中铁股份党宣〔2018〕57 号	中国中铁党委关于调整补充党建工作调研联系点的通知
中铁股份党组〔2018〕58 号	中国中铁党委关于调整双辽至洮南公路建设项目第 ST01 合同段项目总经理部党组织管理关系的通知
中铁股份党办〔2018〕59 号	关于印发《中国中铁深入开展“弘扬爱国奋斗精神、建功立业新时代”活动实施方案》的通知
中铁股份党办〔2018〕60 号	关于印发《中国中铁党委贯彻落实习近平总书记重要指示精神集中整治形式主义、官僚主义的实施方案》的通知

表 15–12　　2018 年中国中铁股份有限公司文件目录

发文字号	文件标题
中铁股份安监〔2018〕1 号	中国中铁党委 中国中铁 中国中铁工会 中国中铁团委关于推进“管”“监”分离、提升安全质量自控能力的通知
中铁股份安监〔2018〕2 号	中国中铁党委　中国中铁　中国中铁工会　中国中铁团委关于表彰“安全生产百日竞赛”活动先进单位、先进集体、先进个人的决定
中铁股份规划〔2018〕3 号	中国中铁关于参股成立广州南沙先进制造产业园开发管理有限公司的通知
中铁股份劳社〔2018〕4 号	中国中铁关于调整二级单位改任非领导职务人员薪酬标准的通知
中铁股份安监〔2018〕5 号	中国中铁关于在建项目隧道工程质量专项抽检情况的通报
中铁股份生产〔2018〕6 号	关于印发《中国中铁股份有限公司机械设备管理办法》的通知
中铁股份劳社〔2018〕7 号	关于印发《中国中铁股份有限公司劳务（专业）分包企业管理办法》的通知
中铁股份安监〔2018〕8 号	关于印发《中国中铁股份有限公司 2018 年安全生产、工程质量、环境保护和职业健康监督管理工作要点》的通知
中铁股份安监〔2018〕9 号	中国中铁关于境外工程项目参加股份公司安全标准工地评选的通知
中铁股份审计〔2018〕10 号	中国中铁关于批转《中铁五局原董事长张润文同志任期经济责任审计报告》和《任期经济责任审计评议书》的通知
中铁股份审计〔2018〕11 号	中国中铁关于批转《中铁五局原总经理张回家同志任期经济责任审计报告》和《任期经济责任审计评议书》的通知

续表

发文字号	文件标题
中铁股份审计〔2018〕12 号	中国中铁关于批转《中铁咨询原总经理李寿兵同志任期经济责任审计报告》和《任期经济责任审计评议书》的通知
中铁股份审计〔2018〕13 号	中国中铁关于批转《中铁咨询原董事长张金武同志任期经济责任审计报告》和《任期经济责任审计评议书》的通知
中铁股份审计〔2018〕14 号	中国中铁关于批转《中铁七局原董事长王宗怀同志任期经济责任审计报告》和《任期经济责任审计评议书》的通知
中铁股份审计〔2018〕15 号	中国中铁关于批转《中铁武汉电气化局原董事长贾惠平同志任期经济责任审计报告》和《任期经济责任审计评议书》的通知
中铁股份审计〔2018〕16 号	中国中铁关于批转《中铁武汉电气化局原总经理周志宇同志任期经济责任审计报告》和《任期经济责任审计评议书》的通知
中铁股份审计〔2018〕17 号	中国中铁关于批转《中铁文旅原董事长张敏同志任期经济责任审计报告》和《任期经济责任审计评议书》的通知
中铁股份科信〔2018〕18 号	中国中铁关于表彰“中国中铁 2017 年度节能减排标准化工地”的决定
中铁股份安监〔2018〕19 号	关于表彰 2017 年度中国中铁安全标准工地的决定
中铁股份安监〔2018〕20 号	关于表彰 2017 年度中国中铁优质工程项目及获奖单位的决定
中铁股份安监〔2018〕21 号	中国中铁 中建协质量管理分会关于表彰 2017 年度中国中铁杯优质工程项目及获奖单位的决定
中铁股份规划〔2018〕22 号	中国中铁关于注销中国中铁股份有限公司太原分公司有关事宜的通知
中铁股份规划〔2018〕23 号	中国中铁关于中国中铁股份有限公司匈牙利代表处更名有关事宜的通知
中铁股份外经〔2018〕24 号	中国中铁股份有限公司关于伊朗德伊高铁项目最新情况的报告
中铁股份财务〔2018〕25 号	关于印发《中国中铁股份有限公司产业基金业务管理暂行办法》的通知
中铁股份法规〔2018〕26 号	中国中铁党委 中国中铁关于印发《中国中铁股份有限公司合规管理制度（试行）》的通知
中铁股份劳社〔2018〕27 号	关于成立中国中铁股份有限公司南通市城市轨道交通 1 号线一期工程土建施工 03 标项目经理部（指挥部）的通知
中铁股份劳社〔2018〕28 号	关于印发《中国中铁股份有限公司工程项目管理机构定员标准》的通知
中铁股份财务〔2018〕29 号	中国中铁关于“PPP 项目融资方案”若干事项的通知
中铁股份法规〔2018〕30 号	中国中铁党委 中国中铁关于印发《中国中铁股份有限公司企业主要负责人履行推进法治建设第一责任人职责实施办法》的通知
中铁股份劳社〔2018〕31 号	关于成立中国中铁股份有限公司武汉武九北综合管廊工程指挥部的通知
中铁股份监办〔2018〕32 号	关于印发《中国中铁股份有限公司监事会 2018 年工作要点》的通知
中铁股份规划〔2018〕33 号	中国中铁党委 中国中铁关于表彰 2017 年度“三级综合工程公司 20 强、三级专业工程公司 20 强”的决定
中铁股份工会〔2018〕14 号	中国中铁党委 中国中铁 中国中铁工会 中国中铁团委关于表彰“中铁投资杯”劳动竞赛 2017 年度优胜单位和先进个人的决定
中铁股份董办〔2018〕34 号	关于印发中国中铁子公司《董事会议事规则（模板）》和《监事会议事规则（模板）》的通知
中铁股份采购〔2018〕35 号	中国中铁关于批转鲁班（北京）电子商务科技有限公司《中国中铁采购电子商务平台询价交易规则（试行）》的通知
中铁股份采购〔2018〕36 号	中国中铁关于批转鲁班（北京）电子商务科技有限公司《中国中铁采购电子商务平台动态竞价交易规则（试行）》的通知
中铁股份安监〔2018〕37 号	中国中铁关于发布 2018 年度安全生产“学习年”培训计划的通知
中铁股份财务〔2018〕38 号	中国中铁关于基于“债务”融资若干规定的通知
中铁股份办发〔2018〕39 号	关于印发《中国中铁股份有限公司会计档案管理办法》的通知
中铁股份审计〔2018〕40 号	中国中铁关于批转《中铁国际原董事长卢勃同志任期经济责任审计报告》和《任期经济责任审计评议书》的通知
中铁股份审计〔2018〕41 号	中国中铁关于批转《中铁六局原董事长于耀辉同志任期经济责任审计报告》和《任期经济责任审计评议书》的通知
中铁股份规划〔2018〕42 号	中国中铁关于成立贵州瓮开高速公路发展有限公司的通知
中铁股份劳社〔2018〕43 号	中国中铁 中国中铁团委关于中国中铁青年技能人员导师带徒工作实施意见
中铁股份劳社〔2018〕44 号	中国中铁 中国中铁团委关于评选 2017 年度“中国中铁青年文明号和青年岗位能手”的通知

续表

发文字号	文件标题
中铁股份规划〔2018〕45号	中国中铁关于中铁隧道局和中铁电气化局联合成立中铁隧道局—中铁电气化局红线系统管理有限公司（普通合伙）和中铁隧道局—中铁电气化局红线系统项目公司（有限合伙）有关事宜的批复
中铁股份劳社〔2018〕46号	关于印发《中国中铁股份有限公司2018年劳资社保工作要点》的通知
中铁股份劳社〔2018〕47号	中国中铁党委 中国中铁 中国中铁工会 中国中铁团委关于举办中国中铁第二届员工职业技能竞赛暨第十七届青年职业技能竞赛的通知
中铁股份劳社〔2018〕48号	关于成立中国中铁股份有限公司瓮开高速公路工程指挥部的通知
中铁股份规划〔2018〕49号	中国中铁关于成立新铁公路建设有限公司的通知
中铁股份审计〔2018〕50号	关于印发《中国中铁股份有限公司2018年度审计工作要点》的通知
中铁股份审计〔2018〕51号	中国中铁关于表彰2017年度审计工作先进单位和先进工作者的决定
中铁股份劳社〔2018〕52号	关于成立中国中铁股份有限公司深圳市城市轨道交通14号线工程施工总承包联合体项目经理部的通知
中铁股份劳社〔2018〕53号	关于成立中国中铁股份有限公司威围高速公路工程指挥部的通知
中铁股份生产〔2018〕54号	关于印发《中国中铁投资建设项目和总承包施工项目内部信用评价办法》的通知
中铁股份劳社〔2018〕55号	关于印发《中国中铁股份有限公司2018年技能人员培训计划》的通知
中铁股份劳社〔2018〕56号	关于印发《中国中铁股份有限公司2018年职业技能鉴定及高技能人才评价工作计划》的通知
中铁股份审计〔2018〕57号	关于印发《中国中铁股份有限公司审计统计工作管理办法》的通知
中铁股份审计〔2018〕58号	关于印发《中国中铁股份有限公司审计档案管理办法》的通知
中铁股份干部〔2018〕59号	中国中铁党委 中国中铁关于印发《2018年全公司干部管理工作要点》的通知
中铁股份劳社〔2018〕60号	关于印发《中国中铁股份有限公司2017年度经营开发奖励办法》的通知
中铁股份成本〔2018〕61号	中国中铁关于印发《工程项目二次经营工作指引》的通知
中铁股份成本〔2018〕62号	关于印发《中国中铁股份有限公司2018年成本管理工作要点》的通知
中铁股份劳社〔2018〕63号	关于成立中国中铁股份有限公司惠盐高速公路深圳段改扩建工程（第1合同段）项目经理部的通知
中铁股份采购〔2018〕64号	关于印发《中国中铁股份有限公司2018年采购管理、物资管理、物贸业务管理工作要点》的通知
中铁股份劳社〔2018〕65号	关于成立中国中铁股份有限公司洛阳市轨道交通2号线土建02标工程指挥部的通知
中铁股份生产〔2018〕66号	关于印发《中国中铁股份有限公司2018年设备管理工作要点》的通知
中铁股份劳社〔2018〕67号	关于印发《中国中铁科技成果转化奖励管理办法》的通知
中铁股份经营〔2018〕68号	关于表彰中国中铁2017年度经营工作先进单位（集体）和先进个人的决定
中铁股份财务〔2018〕69号	关于印发《中国中铁股份有限公司2018年财务工作要点》的通知
中铁股份董办〔2018〕70号	中国中铁关于发布股份公司2018年第一期关联法人名单的通知
中铁股份安监〔2018〕71号	中国中铁关于进一步规范全公司生产安全（质量）事故报告的通知
中铁股份劳社〔2018〕72号	中国中铁关于表彰2017年度劳资社保工作先进单位的通知
中铁股份审计〔2018〕73号	中国中铁关于批转《中铁开投原总经理赵庆武同志任期经济责任审计报告》和《任期经济责任审计评议书》的通知
中铁股份审计〔2018〕74号	中国中铁关于批转《中铁开投原执行董事季志华同志任期经济责任审计报告》和《任期经济责任审计评议书》的通知
中铁股份审计〔2018〕75号	中国中铁关于批转《中铁六局越南河内城市轨道项目审计报告》的通知
中铁股份劳社〔2018〕76号	中国中铁关于调整股份公司总部部分行政部门职能的通知
中铁股份财务〔2018〕77号	中国中铁关于公布“打好双清攻坚战、确保正向现金流”专项行动考核结果的通知
中铁股份干部〔2018〕78号	关于印发《中国中铁股份有限公司专业技术职务任职资格评审委员会管理办法》的通知
中铁股份干部〔2018〕79号	关于印发《中国中铁股份有限公司会计系列高级会计师任职资格评审实施办法》的通知
中铁股份干部〔2018〕80号	关于印发《中国中铁股份有限公司工程系列正高级工程师任职资格评审实施办法》的通知
中铁股份干部〔2018〕81号	关于印发《中国中铁股份有限公司工程系列高级工程师任职资格评审实施办法》的通知
中铁股份干部〔2018〕82号	关于印发《中国中铁股份有限公司经济系列高级经济师任职资格评审实施办法》的通知
中铁股份干部〔2018〕83号	关于印发《中国中铁股份有限公司正高级会计师任职资格评审实施办法》的通知
中铁股份干部〔2018〕84号	关于印发《中国中铁股份有限公司正高级经济师任职资格评审实施办法》的通知
中铁股份劳社〔2018〕85号	关于成立中国中铁股份有限公司“一带一路”互联互通研究中心的通知

续表

发文字号	文件标题
中铁股份劳社〔2018〕86号	关于成立中国中铁股份有限公司G228公路（海湾路以东—南芦公路）新建工程（FX Ⅱ -4标）项目部的通知
中铁股份劳社〔2018〕87号	关于成立中国中铁股份有限公司沙河东综合管廊项目经理部的通知
中铁股份财务〔2018〕88号	关于印发《中国中铁股份有限公司境外投资财务管理暂行办法》的通知
中铁股份办发〔2018〕89号	中国中铁 中国中铁工会关于印发股份公司《2018年集体合同》的通知
中铁股份安监〔2018〕90号	中国中铁 中国中铁团委关于表彰2017年度“中国中铁优秀青年安全质量监督岗”“中国中铁优秀青年安全质量监督岗岗员”的决定
中铁股份劳社〔2018〕91号	关于成立中国中铁“中国单轨交通发展研究中心”的通知
中铁股份劳社〔2018〕92号	中国中铁 中国中铁团委关于命名表彰2017年度“中国中铁青年文明号”和“中国中铁岗位能手”的决定
中铁股份规划〔2018〕93号	关于表彰2018年度中国中铁股份有限公司优秀质量管理小组的决定
中铁股份劳社〔2018〕94号	关于成立中国中铁国际化技能人才培养基地的通知
中铁股份办发〔2018〕95号	关于印发《中国中铁股份有限公司办公室信息工作管理办法》的通知
中铁股份审计〔2018〕96号	关于印发《中国中铁股份有限公司审计程序管理办法》的通知
中铁股份审计〔2018〕97号	关于印发《中国中铁股份有限公司经济效益审计办法》的通知
中铁股份采购〔2018〕98号	关于印发《中国中铁股份有限公司物资贸易业务管理暂行办法》的通知
中铁股份董办〔2018〕99号	关于发布中国中铁股份有限公司2017年年度报告的通知
中铁股份审计〔2018〕100号	关于印发《中国中铁股份有限公司内部控制审计办法》的通知
中铁股份外经〔2018〕101号	中国中铁股份有限公司关于中缅铁路通道项目有关情况的报告
中铁股份劳社〔2018〕102号	关于成立中国中铁股份有限公司珠机城际HJZQ-1标项目经理部的通知
中铁股份安监〔2018〕103号	关于印发《中国中铁股份有限公司关于开展建筑施工安全专项治理行动实施方案》的通知
中铁股份生产〔2018〕104号	中国中铁关于在工程建设中做好文物保护工作的通知
中铁股份科信〔2018〕105号	中国中铁关于下达股份公司2018年度工法开发计划和专利申请计划的通知
中铁股份科信〔2018〕106号	中国中铁关于印发《中国中铁股份有限公司2018年度科技研究开发计划》的通知
中铁股份董办〔2018〕107号	关于发布股份公司2018年第一季度报告的通知
中铁股份科信〔2018〕108号	股份公司各子、分公司，各督导巡视组，各直属项目部、指挥部
中铁股份办发〔2018〕109号	关于印发《中国中铁股份有限公司文书档案管理办法》的通知
中铁股份办发〔2018〕110号	关于印发《中国中铁股份有限公司归档文件整理规则》的通知
中铁股份劳社〔2018〕111号	关于中国中铁股份有限公司广州市轨道交通11号线工程项目经理部和广州市中心城区地下综合管廊工程项目经理部分设的通知
中铁股份劳社〔2018〕112号	关于成立中国中铁股份有限公司广佛江快速通道江门段（三江至南门大桥）总包项目部的通知
中铁股份劳社〔2018〕113号	关于成立中国中铁股份有限公司广州市轨道交通13号线二期工程总承包项目经理部的通知
中铁股份劳社〔2018〕114号	关于成立中国中铁股份有限公司长春新区兴福大路工程项目部的通知
中铁股份劳社〔2018〕115号	关于成立中国中铁股份有限公司长春新区北远达大街延长线工程项目部的通知
中铁股份财务〔2018〕116号	中国中铁关于表彰全国建筑业财税知识竞赛暨中国中铁第二届财务会计职业技能大赛获奖单位和个人的决定
中铁股份法规〔2018〕117号	关于印发《中国中铁股份有限公司2018年法律合规工作要点》的通知
中铁股份科信〔2018〕118号	关于调整中国中铁科技创新工作领导小组的通知
中铁股份劳社〔2018〕119号	中国中铁关于给予中铁五局等5家单位特级资质管理奖励的决定
中铁股份财务〔2018〕120号	中国中铁关于印发《PPP项目股权投资和购买金融资产管理办法》的通知
中铁股份干部〔2018〕121号	关于中国中铁股份有限公司高端人才培养实施规划的通知
中铁股份安监〔2018〕122号	中国中铁党委 中国中铁 中国中铁工会 中国中铁团委关于2018年“安全生产月”活动安排的通知
中铁股份劳社〔2018〕123号	中国中铁关于撤销片区督导巡视组的通知
中铁股份外经〔2018〕124号	关于印发《中国中铁股份有限公司海外重大经营项目实行经理负责制的暂行规定》的通知
中铁股份董办〔2018〕125号	关于印发《中国中铁股份有限公司信息披露暂缓和豁免业务管理制度》的通知
中铁股份劳社〔2018〕126号	关于举办2018年中国技能大赛——中国中铁股份有限公司职业技能竞赛的通知
中铁股份劳社〔2018〕127号	关于成立中国中铁股份有限公司双辽至洮南公路建设项目第ST01合同段项目总经理部的通知
中铁股份科信〔2018〕128号	中国中铁股份有限公司关于公布通过2018年度工法关键技术评审成果的通知

续表

发文字号	文件标题
中铁股份劳社〔2018〕129 号	关于公布《中国中铁股份有限公司企业年金基金受托管理框架合作协议》的通知
中铁股份董办〔2018〕130 号	关于印发《中国中铁股份有限公司 2018 年董事会监事会日常工作要点》的通知
中铁股份财务〔2018〕131 号	关于印发《中国中铁股份有限公司 PPP 项目财务管理暂行办法》的通知
中铁股份财务〔2018〕132 号	中国中铁关于中铁十局开展应收账款资产证券化业务事宜的批复
中铁股份经营〔2018〕133 号	关于印发《中国中铁股份有限公司区域经营工作指导意见》的通知
中铁股份经营〔2018〕134 号	关于印发《中国中铁股份有限公司立体经营工作指导意见》的通知
中铁股份经营〔2018〕135 号	关于印发《中国中铁股份有限公司区域经营建设考核暂行办法》的通知
中铁股份生产〔2018〕136 号	关于印发《中国中铁股份有限公司生产调度工作管理办法》的通知
中铁股份安监〔2018〕137 号	关于严肃铁路“红线”问题整改消号的通知
中铁股份劳社〔2018〕138 号	关于成立中国中铁股份有限公司杭州地铁 7 号线工程施工总承包项目部的通知
中铁股份劳社〔2018〕139 号	关于成立中国中铁股份有限公司沈阳快速路项目部的通知
中铁股份法规〔2018〕140 号	关于印发《中国中铁股份有限公司外聘律师管理办法》的通知
中铁股份科信〔2018〕141 号	关于公布 2018 年度中国中铁股份有限公司级工法的通知
中铁股份安监〔2018〕142 号	中国中铁关于规范和加强施工现场领导带班制度的通知
中铁股份生产〔2018〕143 号	关于成立中国中铁股份有限公司双洮公路建设项目领导小组的通知
中铁股份董办〔2018〕144 号	关于印发《中国中铁股份有限公司董事会授权经理层决策部分事项及有关要求的方案》的通知
中铁股份董办〔2018〕145 号	关于印发《中国中铁股份有限公司章程》的通知
中铁股份董办〔2018〕146 号	关于印发《中国中铁股份有限公司董事会议事规则》的通知
中铁股份劳社〔2018〕147 号	关于成立中国中铁股份有限公司孟加拉帕德玛大桥连接线项目经理部的通知
中铁股份劳社〔2018〕148 号	关于调整中国中铁股份有限公司印尼雅万高铁项目经理部管理关系的通知
中铁股份规划〔2018〕149 号	中国中铁关于印发《中铁北京工程局下属北京颐和工程监理有限责任公司重组方案》的通知
中铁股份劳社〔2018〕150 号	关于成立中国中铁股份有限公司双辽至洮南公路建设项目第 ST01 合同段工程建设指挥部的通知
中铁股份劳社〔2018〕151 号	关于成立中国中铁股份有限公司昆明市轨道交通 4 号线有关 10 个站后标段项目经理部的通知
中铁股份劳社〔2018〕152 号	关于设立中国中铁股份有限公司菲律宾分公司的通知
中铁股份劳社〔2018〕153 号	关于撤销中国中铁股份有限公司福州分公司的通知
中铁股份劳社〔2018〕154 号	关于设立中国中铁股份有限公司埃及分公司的通知
中铁股份劳社〔2018〕155 号	关于撤销中国中铁老挝分公司并调整中老铁路建设指挥部职能的通知
中铁股份安监〔2018〕156 号	关于印发《中国中铁青年安全质量监督岗工作实施办法》的通知
中铁股份投资〔2018〕157 号	关于印发《中国中铁股份有限公司基础设施及矿产资源投资项目评价管理办法》的通知
中铁股份干部〔2018〕158 号	中国中铁关于调整股份公司职称改革工作领导小组成员的通知
中铁股份劳社〔2018〕159 号	关于成立中国中铁股份有限公司广州市中心城区地下综合管廊工程项目经理部一至七分部的通知
中铁股份办发〔2018〕160 号	关于印发《中国中铁股份有限公司档案工作协作组管理办法》的通知
中铁股份规划〔2018〕161 号	中国中铁党委 中国中铁关于印发《中国中铁房地产业务改革方案》的通知
中铁股份外经〔2018〕162 号	关于印发《中国中铁股份有限公司境外投资项目立项暂行规定》的通知
中铁股份生产〔2018〕163 号	中国中铁关于成立创建“精品工程、智能高铁”领导小组的通知
中铁股份安监〔2018〕164 号	关于印发《中国中铁股份有限公司生产安全责任事故经济处罚办法》的通知
中铁股份财务〔2018〕165 号	中国中铁关于公布二级单位 2017 年度业绩考核结果的通知
中铁股份劳社〔2018〕166 号	关于设立中国中铁智慧城市研发中心的通知
中铁股份劳社〔2018〕167 号	关于设立中国中铁路基与地基工程技术研发中心和爆破安全技术中心的通知
中铁股份科信〔2018〕168 号	中国中铁关于公布 2018 年度通过股份公司结题验收科研计划课题的通知
中铁股份外经〔2018〕169 号	中国中铁 中国中铁团委关于举办中国中铁国际化人才大赛的通知
中铁股份劳社〔2018〕170 号	中国中铁关于下达各单位工资总额 2017 年度清算结果和 2018 年预算的通知
中铁股份审计〔2018〕171 号	中国中铁关于批转《中铁物贸原党委书记、执行董事李新生同志任期经济责任审计报告》和《任期经济责任审计评议书》的通知
中铁股份审计〔2018〕172 号	中国中铁关于批转《中铁物贸原党委书记、执行董事安庆军同志任期经济责任审计报告》和《任期经济责任审计评议书》的通知

续表

发文字号	文件标题
中铁股份审计〔2018〕173 号	中国中铁关于批转《中铁广州局原总经理郭秀春同志任期经济责任审计报告》和《任期经济责任审计评议书》的通知
中铁股份审计〔2018〕174 号	中国中铁关于批转《中铁广州局原党委书记、董事长王珂平同志任期经济责任审计报告》和《任期经济责任审计评议书》的通知
中铁股份审计〔2018〕175 号	中国中铁关于批转《中铁大桥局原总经理胡汉舟同志任期经济责任审计报告》和《任期经济责任审计评议书》的通知
中铁股份经营〔2018〕176 号	关于印发《中国中铁股份有限公司经营行为自律准则》的通知
中铁股份财务〔2018〕177 号	关于印发《中国中铁资产经营指导意见》的通知
中铁股份外经〔2018〕178 号	中国中铁关于发布首批纳入项目经理负责制的海外重大项目及项目经理人选清单的通知
中铁股份生产〔2018〕179 号	关于成立中国中铁股份有限公司西延、川藏铁路盾构与 TBM 研发技术协调领导小组的通知
中铁股份财务〔2018〕180 号	中国中铁关于股份公司 2017 年度财务决算考核评比情况的通报
中铁股份财务〔2018〕181 号	中国中铁关于控制所属金融（类金融）企业与非金融企业间资金借贷业务若干规定的通知
中铁股份规划〔2018〕182 号	关于印发《中国中铁股份有限公司新签合同额统计补充规定》的通知
中铁股份采购〔2018〕183 号	关于撤销中国中铁采购管理领导小组、成立中国中铁采购与物资贸易管理领导小组的通知
中铁股份董办〔2018〕184 号	中国中铁关于发布股份公司 2018 年第二期关联法人名单的通知
中铁股份审计〔2018〕185 号	关于印发《中国中铁股份有限公司 2018 年度内部控制评价工作方案》的通知
中铁股份劳社〔2018〕186 号	关于成立中国中铁气动列车研发中心的通知
中铁股份劳社〔2018〕187 号	关于设立中国中铁雄安城市建设发展有限公司的通知
中铁股份董办〔2018〕188 号	关于发布中国中铁股份有限公司 2018 年半年度报告的通知
中铁股份地产〔2018〕189 号	关于调整中国中铁股份有限公司房地产决策委员会组成人员和工作职责的通知
中铁股份投资〔2018〕190 号	关于印发《中国中铁股份有限公司基础设施投资管理办法》的通知
中铁股份劳社〔2018〕191 号	关于设立中国中铁山东城市建设开发有限公司的通知
中铁股份安监〔2018〕192 号	关于认真吸取教训，全力配合中国铁路总公司第二次质量安全红线专项督查的通知
中铁股份外经〔2018〕193 号	关于调整中国中铁股份有限公司境外突发事件应急处置领导小组的通知
中铁股份安监〔2018〕194 号	关于调整中国中铁股份有限公司安全生产（质量）委员会的通知
中铁股份审计〔2018〕195 号	中国中铁关于批转《中铁金控原总经理梅家周同志任期经济责任审计报告》和《任期经济责任审计评议书》的同志
中铁股份审计〔2018〕196 号	中国中铁关于批转《中铁金控原董事长舒军华同志任期经济责任审计报告》和《任期经济责任审计评议书》的通知
中铁股份劳社〔2018〕197 号	中国中铁关于调整双辽至洮南公路建设项目第 ST01 合同段项目总经理部的通知
中铁股份安质〔2018〕198 号	中国中铁关于进一步加强生态环境保护工作的通知
中铁股份劳社〔2018〕199 号	中国中铁股份有限公司关于下达 2019 年度人才引进计划的通知
中铁股份规划〔2018〕200 号	中国中铁关于发布 2018 年度企业管理现代化创新获奖成果的通知
中铁股份劳社〔2018〕201 号	关于撤销中国中铁股份有限公司云南分公司的通知
中铁股份劳社〔2018〕202 号	关于成立中国中铁股份有限公司军民融合工作领导小组的通知
中铁股份监办〔2018〕203 号	关于印发《中国中铁关于国有企业监事会监督检查问题整改的工作方案》的通知
中铁股份财务〔2018〕204 号	关于印发《中国中铁降低“两金”、控制“带息负债”暨确保实现年度资产负债率管控目标行动方案》的通知
中铁股份科信〔2018〕205 号	中国中铁关于公布 2018 年度通过股份公司科技成果评审项目的通知
中铁股份劳社〔2018〕206 号	关于成立中国中铁股份有限公司跨境并购委员会的通知
中铁股份劳社〔2018〕207 号	关于调整中国中铁股份有限公司网络安全和信息化领导小组成员的通知
中铁股份劳社〔2018〕208 号	关于调整中国中铁股份有限公司科技创新工作领导小组成员的通知
中铁股份办发〔2018〕209 号	关于印发《中国中铁股份有限公司电子文件归档与电子档案管理办法》的通知
中铁股份办发〔2018〕210 号	中国中铁党委 中国中铁关于印发《中国中铁股份有限公司电子公文处理办法》的通知
中铁股份成本〔2018〕211 号	关于印发《中国中铁工程项目成本管理指导意见》的通知
中铁股份安监〔2018〕212 号	关于印发《中国中铁股份有限公司模板支架施工防倾覆卡控红线》的通知
中铁股份成本〔2018〕213 号	关于印发《中国中铁工程项目变更索赔指导意见》的通知
中铁股份成本〔2018〕214 号	关于印发《中国中铁工程施工劳务（专业）分包管理指导意见》的通知
中铁股份成本〔2018〕215 号	关于印发《中国中铁工程项目责任成本预算编制指导意见》的通知
中铁股份成本〔2018〕216 号	关于表彰中国中铁 2016—2017 年成本管理二次经营先进集体、先进个人的决定

续表

发文字号	文件标题
中铁股份经营〔2018〕217 号	关于成立中国中铁股份有限公司推进雄安新区建设领导小组的通知
中铁股份科信〔2018〕218 号	关于公布中国中铁股份有限公司重点节能低碳技术（第四批）的决定
中铁股份财务〔2018〕219 号	中国中铁关于更新资产评估机构备选库的通知
中铁股份劳社〔2018〕220 号	关于印发《中国中铁科技成果奖励管理办法（试行）》的通知
中铁股份劳社〔2018〕221 号	关于成立中国中铁股份有限公司东方国际专项工作组的通知
中铁股份审计〔2018〕222 号	中国中铁关于批转《中铁七局集团有限公司原党委书记、董事长审计报告》和《任期经济责任审计评议书》的通知
中铁股份审计〔2018〕223 号	中国中铁关于批转《京新高速公路临白段二标项目审计报告》的通知
中铁股份劳社〔2018〕224 号	关于成立中国中铁股份有限公司赣新大道相关连接线工程总承包（EPC）项目经理部的通知
中铁股份外经〔2018〕225 号	中国中铁 中国中铁团委关于表彰 2018 年国际化人才大赛先进集体及个人的决定
中铁股份生产〔2018〕226 号	关于印发《中国中铁桥梁工程绿色施工标准》等 2 项企业标准的通知
中铁股份劳社〔2018〕227 号	关于成立中国中铁股份有限公司厦门市轨道交通 3 号线机电装修供电工程总承包项目部的通知
中铁股份劳社〔2018〕228 号	关于成立中国中铁股份有限公司广州市轨道交通 7 号线二期及同步实施工程总承包项目经理部的通知
中铁股份外经〔2018〕229 号	关于印发《中国中铁股份有限公司境外工程项目内部招投标管理办法》的通知
中铁股份劳社〔2018〕230 号	关于成立中国中铁股份有限公司广州白云（棠溪）站综合交通枢纽工程土建 1 标施工总承包项目经理部的通知
中铁股份劳社〔2018〕231 号	关于设立中铁海南投资建设有限公司的通知
中铁股份劳社〔2018〕232 号	关于成立中国中铁股份有限公司某大跨项目技术专家组的通知
中铁股份劳社〔2018〕233 号	关于成立中国中铁股份有限公司某大跨项目工作领导小组的通知
中铁股份监察〔2018〕234 号	中国中铁党委 中国中铁关于印发《中国中铁纪检监察组织对职能部门履行监督管理职责进行再监督的实施办法（试行）》的通知
中铁股份劳社〔2018〕235 号	关于成立中国中铁“三重一大”决策运行系统建设领导小组的通知
中铁股份劳社〔2018〕236 号	关于成立中国中铁“双百行动”改革领导小组的通知
中铁股份审计〔2018〕237 号	中国中铁关于批转《中铁电气化局原党委书记张建喜同志任期经济责任审计报告》和《任期经济责任审计评议书》的通知
中铁股份干部〔2018〕238 号	关于印发《中国中铁股份有限公司内部培训师管理办法》的通知
中铁股份审计〔2018〕239 号	中国中铁关于批转《中铁二局集团有限公司原负责人唐志成同志任期经济责任审计报告》和《任期经济责任审计评议书》的通知
中铁股份审计〔2018〕240 号	中国中铁关于批转《中铁上海局原总经理孔遁同志任期经济责任审计报告》和《任期经济责任审计评议书》的通知
中铁股份财务〔2018〕241 号	中国中铁关于印发《清理拖欠民营企业账款专项工作方案》的通知
中铁股份财务〔2018〕242 号	关于印发《中国中铁股份有限公司研发费用加计扣除管理办法》的通知
中铁股份财务〔2018〕243 号	关于印发《中国中铁股份有限公司税务管理办法》的通知
中铁股份办发〔2018〕244 号	关于印发《中国中铁股份有限公司境外档案管理办法》的通知
中铁股份审计〔2018〕245 号	关于印发《中国中铁股份有限公司企业建设项目审计实施办法》的通知
中铁股份审计〔2018〕246 号	关于印发《中国中铁违规经营投资责任追究实施办法（试行）》的通知
中铁股份审计〔2018〕247 号	关于印发《中国中铁股份有限公司专项审计调查办法》的通知
中铁股份审计〔2018〕248 号	关于印发《中国中铁股份有限公司合同审计办法》的通知
中铁股份审计〔2018〕249 号	关于印发《中国中铁股份有限公司审计业务外包管理办法》的通知
中铁股份审计〔2018〕250 号	关于印发《中国中铁股份有限公司审计工作考核评比办法》的通知
中铁股份审计〔2018〕251 号	关于印发《中国中铁股份有限公司审计质量管理办法》的通知
中铁股份审计〔2018〕252 号	关于印发《中国中铁股份有限公司审计工作规定》的通知
中铁股份审计〔2018〕253 号	关于印发《中国中铁股份有限公司财务审计办法》的通知
中铁股份劳社〔2018〕254 号	关于成立中国中铁石家庄市滹沱河生态修复工程一期建设指挥部的通知
中铁股份劳社〔2018〕255 号	关于调整股份公司总部部分行政部门职能和机构编制的通知
中铁股份劳社〔2018〕256 号	中国中铁关于王海军等高级技师、李海等特级技师、郭平等工匠技师任职资格的通知
中铁股份财务〔2018〕257 号	关于印发《中国中铁股份有限公司扶贫资金管理办法》的通知
中铁股份干部〔2018〕258 号	中国中铁关于表彰首届微课大赛优秀组织单位及优秀作品的决定

续表

发文字号	文件标题
中铁股份监察〔2018〕259 号	中国中铁党委、中国中铁关于成昆铁路扩能（峨眉至米易段）建设中破坏古代遗址等三起违纪问题的通报
中铁股份地产〔2018〕260 号	关于印发《中国中铁股份有限公司关于推动房地产板块高质量健康发展的指导意见》的通知
中铁股份安监〔2018〕261 号	中国中铁关于建立安全生产述职机制的通知
中铁股份办发〔2018〕262 号	关于印发《中国中铁股份有限公司文件发送总表》的通知
中铁股份科信〔2018〕263 号	关于表彰 2018 年度中国中铁绿色施工科技示范工程暨节能减排标准化工地的决定
中铁股份生产〔2018〕264 号	关于印发《中国中铁股份有限公司重点工程（项目）监管规定（试行）》的通知
中铁股份生产〔2018〕265 号	关于印发《中国中铁股份有限公司工程项目机械设备管理指引》的通知

企业名录

表 15–13

单位名称	地址	邮编	电话
中铁一局集团有限公司	**陕西省西安市雁塔北路 1 号**	**710054**	**029–87864150**
第二工程有限公司	河北省唐山市国防道 49 号	063004	0315–2596002
第三工程分公司	陕西省宝鸡市滨河大道 57 号	721006	0917–2862831
第四工程有限公司	陕西省咸阳市玉泉西路 8 号中铁大厦	712000	029–33777651
第五工程有限公司	陕西省宝鸡市渭滨区高新 10 路	721013	0917–3836240
桥梁工程有限公司	重庆市北部新区人和大道 11 号	401121	023–67649669
新运工程有限公司	陕西省咸阳市渭城区人民东路 111 号	712000	029–33777751
建筑安装工程有限公司	陕西省西安市碑林区太乙路 132 号	710054	029–87864592
电务工程有限公司	陕西省西安市灞桥区灞柳 1 路 1111 号	710038	029–83622516
市政环保工程有限公司	甘肃省兰州市七里河区任家庄 168 号	730050	0931–2923226
城市轨道交通建设有限公司	江苏省无锡市锡山区安镇街道山河路 50–6 号	214105	0510–68580011
天津建设工程有限公司	天津市河北区革新道 5 号	300250	022–60555188
厦门建设工程有限公司	福建省厦门市翔安区马巷镇莲亭路 819 号	361100	0592–7762829
广州分公司	广东省广州市番禺区东环街东艺路金山谷创意产业园一期 A6 栋	511492	020–37758800
物资工贸有限公司	陕西省西安市雁塔北路 1 号	710054	029–87864228
建工机械有限公司	陕西省西安市雁塔北路 1 号	710054	029–87864689
陕西中铁一局正方天域置业有限公司	陕西省西安市雁塔区雁环中路 169 号	710065	029–81029030
陕西华营工程建设监理有限公司	陕西省西安市雁塔北路 1 号	710054	029–87864646
工业贸易有限公司	陕西省西安市雁塔北路 1 号	710054	029–87864230
勘察设计分公司	陕西省西安市雁塔北路 9 号中铁第壹国际 A 座 8 楼	710054	029–82283560
铁路建设有限公司	陕西省咸阳市秦都区吴家堡四段路 10 号	712000	029–32870693
海外事业部	陕西省西安市雁塔北路 1 号	710054	029–87864750
水务事业部	陕西省西安市雁塔北路 1 号	710054	029–87864091
中铁二局集团有限公司	**四川省成都市金牛区马家花园路 10 号**	**610031**	**028–86442050**
第一工程有限公司	贵阳市四通街 5 号金鹏大厦	550000	0851–85745880
第二工程有限公司	成都市青羊区青羊工业园总部广富路 218 号 G11 栋	610091	028–62058627
第三工程有限公司	成都市金牛区天回镇金凤凰大道 666 号中铁产业园 A9 栋	610000	028–63170507
第四工程有限公司	四川省成都市青白江区新河路 8 号	610306	028–83663555
第五工程有限公司	成都市青羊区腾飞大道 99 号五公司	610091	028–61679070
第六工程有限公司	成都市金牛区金凤凰大道 666 号中铁产业园 2–B 栋大楼	610000	028–66768831
建筑工程有限公司	成都市一环路北一段 432 号	610031	028–87649959
新运工程有限公司	四川省成都市金牛区长福街 1 号	610031	028–87695809
电务工程有限公司	成都市通锦路 9 号	610031	028–86442656
物资公司	成都市马家花园路 10 号附楼	610031	028–87669796
房地产公司	成都市马家花园路 2 号通锦大厦六楼	610031	028–86443932
装饰装修有限公司	成都市金牛区金凤凰大道 666 号中铁产业园 A10 栋 2 单元	610000	028–69986510
深圳工程有限公司	深圳市南山区中心路 3333 号中铁南方总部大厦 11 楼	518000	0755–83190059
勘测设计院	成都市马家花园路 10 号中铁二局大厦 5 楼	610031	028–86443293
城通公司	成都市金牛区金凤凰大道 666 号中铁产业园 A11 栋 1 单元	610000	028–69592581
瑞隆物流有限公司	成都市金牛区马家花园路 2 号通锦大厦	610031	028–86444135
昆明应急救援队	昆明市西山区车家壁碧源路 6 号	650111	0871–8413216
华南公司	广州市天河区黄埔大道西 108 号奥园大厦 13A	510627	0755–38209755
华中公司	武汉市武昌区和平大道绿地蓝海 A 座 24 层	430000	027–88106698
华北公司	北京市丰台区外环西路 26 号院 61 号楼	100038	010–83886635

续表

单位名称	地址	邮编	电话
华东公司	上海市静安区灵石路 709 号 B 区万灵谷花园 AC11	200070	021-56987901
东南公司	福建省福州市鼓楼区五四路 283 号天骅大厦 2038 室	350003	0591-87725183
西北公司	陕西省西安市雁塔南路 2216 号曲江国际大厦 9 楼 903	710000	029-82252564
中原公司	济南市天桥区明湖西路 800 号银座好望角 B 座 1204 室	255000	0531-81916899
东北公司	辽宁沈阳市浑南新区沈营路 3-2 号瑞宝国际花苑 2-2-18-1	110180	024-23710001
云桂公司	南宁市江南区福建园街道石柱岭二路 7 号	530031	0771-4825506
中铁三局集团有限公司	**山西省太原市迎泽新建南路 1 号中铁三局**	**030001**	**0351-4038637**
第二工程有限公司	河北省石家庄市翟营南大街 9 号中铁大厦 11 层	050031	0311-87670320
第三工程有限公司	山西省太原市坞城东街南巷 14 号	030006	0351-8785620
第四工程有限公司	北京市门头沟区三家店新建路 25 号	102300	010-61818146
第五工程有限公司	山西省晋中市榆次区顺城东街 1 号	030600	0354-2028713
第六工程有限公司	山西省晋中市榆次区桥东街 128 号	030600	0354-3102836
电务工程有限公司	山西省晋中市榆次区文苑街 280 号	030600	0354-3111345
建筑安装工程公司	山西省太原市坞城东街南巷 41 号	030006	0351-8728638
桥隧工程公司	四川省成都市金牛区天回镇中铁产业园 A10 栋 1 单元	056036	0310-4040040
线桥工程公司	河北省三河市燕郊镇燕郊开发区	065201	0316-3332841
运输工程公司	山西省晋中市榆次区迎宾街 209 号	030600	0354-3029413
勘测设计研究院	山西省太原市劲松路 10 号	030001	0351-8951767
社会事业管理中心	山西省太原市迎泽大街 269 号	030001	0351-8950223
山西测绘检测工程有限公司	山西省太原迎泽大街 269 号	030001	0351-8951546
广东建设工程公司	广东省广州市番禺区东环街番禺大道北 555 号天安总部中心 28 号楼	510630	020-38023006
物资供应有限公司	山西省太原迎泽大街 269 号	030006	0351-7036150
天津建设工程有限公司	天津市津南区双港镇上海街 58 号	300350	022-88826366
华东建设工程有限公司	江苏省南京市江宁区麒麟社区靶厂路 8 号	211135	025-52397958
中铁四局集团有限公司	**安徽省合肥市包河区望江东路 96 号**	**230023**	**0551-65244114**
中铁四局集团公司第一工程有限公司	安徽省合肥市阜阳北路 434 号	230041	0551-65531544
中铁四局集团公司二工程有限公司	苏州市相城经济开发区蠡塘河路 9 号	215131	0512-85888868
中铁四局集团公司第三建设有限公司	天津市河东区华龙道 12 号	300011	022-24413299
中铁四局集团公司第四工程有限公司	安徽省合肥市张洼路 106 号	230041	0551-64228000
中铁四局集团公司第五工程有限公司	江西省九江市青年南路 369 号	332000	0792-7025630
中铁四局集团公司第七工程分公司	安徽省合肥市东流路西段	230022	0551- 63742240
中铁四局集团公司第八工程分公司	安徽省合肥市阜阳北路 855 号	230041	0551-65242870
中铁四局集团公司电气化工程有限公司	安徽省蚌埠市迎湖路 9 号	233040	0552-3889220
中铁四局集团公司建筑工程有限公司	安徽省合肥市东流路西段	230022	0551- 63742062
中铁四局集团公司钢结构有限公司	安徽合肥市环湖东路 388 号	200023	0551-63741971
中铁四局集团公司机电设备安装有限公司	江西省南昌县站前东路 199 号	330200	0791-85810366

续表

单位名称	地址	邮编	电话
中铁四局集团公司路桥工程有限公司	吉林省长春市宽城区新月路 416 号	130052	0431-86036028
中铁四局集团公司市政工程分公司	安徽合肥宿松南路中铁科技大楼	230022	0551-65249987
中铁四局集团公司城市轨道交通工程分公司	安徽合肥宿松南路中铁科技大楼	230022	0551-65249001
中铁四局集团公司上海工程公司	上海市闸北区中山北路 901 号屹申商务大厦 B 楼	200083	021-65423104
中铁四局集团公司南京工程分公司	江苏省南京市浦口区江浦街道浦口大道 1 号新城总部大厦 B 座 15-16 楼	21000	025-58779617 025-58806814
中铁四局集团公司重庆工程分公司	重庆市渝北区回兴街道服装城大道 48 号重庆国际家纺城秀峰 B8 幢 20-21 楼	401120	023-63108681
中铁四局集团公司西安工程分公司	西安市莲湖区大庆路 3 号天朗蔚蓝国际大厦 A 座	710082	029-88405055
中铁四局集团公司物资工贸有限公司	安徽省合肥市望江东路 96 号	230023	0551-65244137
中铁四局安徽中铁工程材料科技有限公司	安徽合肥宿松南路中铁科技大楼	230022	0551-65249601
中铁四局集团公司设计研究院	安徽省合肥市望江东路 96 号	230023	0551-65244043
中铁四局集团公司委内瑞拉分公司	国内：安徽省合肥市望江东路 96 号 国 外：QTA el Rosario, Calle Lecuna, Urb Country Club, Caracas, Venezuela	230023 1050	0551-65246275 0058-0212-2646884
中铁四局集团公司安哥拉分公司	安徽合肥宿松南路中铁科技大楼	230023	0551-65244845
中铁四局房地产开发有限公司	安徽合肥宿松南路中铁科技大楼	230023	0551-65244121
中铁四局集团有限公司建设投资分公司	安徽省淮南市山南新区淮河大道 1 号	232001	0554-6644456
中铁四局集团有限公司开发投资分公司	南京市汉中门大街 48 号金陵大厦三楼	210029	025-83305225
中铁四局集团有限公司城市投资分公司	安徽合肥宿松南路中铁科技大楼	230023	0551-65249657
中铁四局集团公司黄山中铁旅游有限公司	安徽省黄山市屯溪区稽灵山路 32 号	245041	0559-2572588
中铁四局集团投资运营有限公司	安徽省合肥市包河区宿松路 1188 号	230022	0551-65249165
中铁四局集团有限公司北方投资公司	北京市门头沟区永定镇龙兴南二路中铁西城大厦 9 层	102308	
中铁四局集团有限公司华南投资公司	广东省韶关市武江区沐阳东路卓越雅苑 5 号楼 10 楼	512026	0751-8880271
中铁四局集团有限公司海南投资公司	海南省海口市美兰区海甸六西路 16 号	570100	0898-68602156
中铁五局集团有限公司	**贵州省贵阳市枣山路 23 号**	**550003**	**0851-88180150**
第一工程有限责任公司	湖南省长沙市中意一路 646 号	410117	0731-82833432
第二工程有限责任公司	湖南省衡阳市珠晖区龙家坪 45 号	421002	0734-8398150
第四工程有限责任公司	广东省韶关市十里亭	512031	0751-8853459
第五工程有限责任公司	湖南省郴州市南岭大道 866 号	423000	0735-7521001
第六工程有限责任公司	重庆市北部新区高新园天宫殿街道锦橙路 26 号	401147	023-67895175
机械化工程有限责任公司	湖南省衡阳市珠晖区洪塘冲 32 号	421002	0734-8312459
电务工程有限责任公司	湖南省长沙市麓谷咸嘉湖西路 475 号	410205	0731-88992599
建筑工程有限责任公司	贵州省贵阳市八达巷 15 号	550002	0851-85797277
路桥工程有限责任公司	广东省广州市南沙区大涌工业五路 5 号	511458	020-28652686
物资实业有限责任公司	贵州省贵阳市枣山路 23 号	550003	0851-88180558

续表

单位名称	地址	邮编	电话
天麟建材贸易有限公司	湖南省长沙市雨花区洞井铺中意一路 646 号	410117	0731-85921630
机电有限责任公司	贵州省贵阳市枣山路 23 号	550003	0851-86513155
置业有限责任公司	贵州省贵阳市北京路 241 号天华大厦五楼	550004	0851-86866149
贵州工程有限公司	贵州省贵阳市枣山路 23 号	550003	0851-88270829
天怡酒店	贵州省贵阳市枣山路 29 号	550003	0851-86518888
天龙酒店	湖南省长沙市韶山北路 299 号	410007	0731-84188888
实业发展有限公司	贵州省贵阳市南明区玉溪巷 89 号	550003	0851-85778958 转 8305
贵州铁建工程质量检测咨询有限公司	贵州省贵阳市云岩区后坝路 1 号兴隆枫丹白鹭城市花园商业 2 栋负 1 层 1 号	550008	0851-88173135
海外分公司	贵州省贵阳市枣山路 23 号	550003	0851-88180961
成都工程公司	四川省成都市青羊区工业总部基地腾飞大道 51 号	619000	028-69086189
长沙市政项目管理有限公司	湖南省长沙市经济技术开发区泉塘街道社塘路 355 号	410600	0731-88216099
西藏工程有限公司	西藏自治区拉萨市金珠西路 183 号日月湖小区 3 区 9 排 3 号	850000	0891-6404779
城市轨道交通工程分公司	湖南省长沙市高新开发区咸嘉湖西路 475 号科研大楼第五层	410205	0731-88992563
机械租赁分公司	贵州省贵阳市枣山路 23 号	550003	0851-88270829
中铁六局集团有限公司	**北京市海淀区万寿路 2 号**	**100036**	**010-68155051**
北京铁路建设有限公司	北京市海淀区万寿路 2 号	100036	010-51825187
太原铁路建设有限公司	山西省太原市杏花岭区建设北路 182 号	030013	0351-2666168
呼和浩特铁路建设有限公司	内蒙古呼和浩特市新城区车站西街 11 号	010050	0471-2242057
天津铁路建设有限公司	天津市河北区律纬路与五马路交口西北角诺德中心 10 号楼	300143	022-60720926
石家庄铁路建设有限公司	石家庄平安北大街 18 号乐模大厦	050000	0311-87911903
路桥建设有限公司	湖南省长沙市雨花区金海路 128 号国际研创中心 A 七栋	410007	0731-85921024
建筑安装工程有限公司	北京市昌平区马池口镇下念头村昌流路 x017 号	102299	010-89790900
中铁信达经贸有限公司	北京市丰台区卢沟桥东关 89 号	100165	010-83896219
中铁丰桥桥梁有限公司	北京市丰台区葛村西里 1 号	100070	010-63717563
电务工程有限公司	北京市丰台区南四环西路 188 号 15 区 10 号	100070	010-52226646
海外工程分公司	北京市丰台区南四环西路 188 号总部基地 10 区 5 号楼	100070	010-52256619
物资工贸有限公司	北京市海淀区万寿路 2 号	100036	010-52733281
广州工程有限公司	广州市番禺区番禺大道北 555 号天安科技园 18 号楼	511400	020-34883990
交通工程分公司	北京市丰台区南四环西路 188 号十区 16 号楼	100070	010-50916290
北京置业有限公司	北京市海淀区万寿路 2 号中铁六局大厦 506 室	100036	010-52733362
工程设计院	北京市海淀区万寿路 2 号	100036	010-52733537
中铁七局集团有限公司	**郑州市航海 1225 号**	**450016**	**0371-67723150 / 67723109**
第一工程有限公司	洛阳市老城区春都路东路 155 号	471001	0379-65150809
第二工程有限公司	辽宁省沈阳市和平区南京南街中土大厦	110000	18691080988
第三工程有限公司	西安市浐灞生态区广安路 2899 号	710043	029-86366628 / 86366626
第四工程有限公司	武汉市东湖新技术开发区茅店山西路 2 号	430074	027-51130813
第五工程有限公司	郑州市航海东路 1225 号	450016	0371-68285511
郑州工程有限公司	郑州市二七区陇海中路 3 号	450000	0371-68325317 / 68324527
武汉工程有限公司	武汉市东湖新技术开发区茅店山西路 2 号	430074	027-51130731 / 51130700
西安铁路工程有限公司	西安市新城区金花北路 205 号西铁工程大厦	710032	029-82356002 / 82356025

续表

单位名称	地址	邮编	电话
电务工程有限公司	郑州市金水路226号楷林国际17层	450008	0371-68361491 / 67265517
路桥工程有限公司	陕西省宝鸡市金台大道七号院9号楼	721000	0917-2855301
海外分公司	郑州市航海东路1225号	450016	0371-68283650 / 68283682
中产置业有限公司	郑州市陇海中路11号	450000	0371-86063875 / 86063975
物贸公司	郑州市航海东路1225号	450016	0371-67727238
勘测设计研究院	郑州市航海东路1225号	450016	0371-67727657
中铁八局集团有限公司	**四川省成都市金科东路68号**	**610000**	**029-87517570**
第一工程有限公司	重庆市九龙坡区黄桷坪铁路三村3号	400053	023-61215888
第二工程有限公司	四川省成都犀浦国宁东路1188号中铁塔米亚	610097	028-69986263
第三工程有限公司	贵州省贵阳市南明区朝阳洞路建材巷1号	550007	0851-85761991
第四工程有限公司	四川省成都市一环路北二段100号	400053	028-83180401
建筑工程有限公司	四川省成都市高新区西部园区西区大道461号	611731	028-86106131
电务工程有限公司	四川省成都市郫都区犀浦金樽三街316号	610097	028-87876787
昆明铁路建设工程有限公司	云南省昆明市春城路321号	650200	0871-66164827
第六工程有限公司	云南省昆明市塘双路192号	650011	0871-66122631
市政工程有限公司	贵州省贵阳市观山湖区世纪金源国际商务中心3号楼8、9、13层	550081	0851-84119486
房地产开发有限公司	四川省成都市金牛区西北桥边街1号五丁苑山羊座1-3楼	610081	028-83180177
桥梁工程有限公司	四川省成都市青白江区青华东路173号	610300	028-83605223
现代物流有限公司	四川省成都市成华区站北路38号	610086	028-86329800
海外工程分公司	四川省成都市郫都区国宁东路1188号中铁塔米亚16号楼10楼	610097	028-69986281
勘察设计研究院	四川省成都市金牛区金科东路68号	610086	028-87517826
城市轨道交通分公司	四川省成都市高新区西部园区西区大道461号	610081	028-83231082
中铁九局集团有限公司	**沈阳市和平区胜利南街46号**	**110051**	**024-23942635 024-23941245**
中铁九局集团第二工程有限公司	吉林市昌邑区重庆街1398号	132001	0432-66123217 0432-66125417
中铁九局集团第四工程有限公司	沈阳市沈河区敬宾街3-1	110013	024-88555223
中铁九局集团第五工程有限公司	大连市经济技术开发区海滨旅游路35号	116600	0411-62493079
中铁九局集团第六工程有限公司	沈阳市沈河区敬宾街3-1	110013	024-88555028
中铁九局集团第七工程有限公司	沈阳市大东区工农路337号	110044	024-62046147
中铁九局集团电务工程有限公司	沈阳市和平区胜利北街36-5号	110001	024-62021656
中铁九局集团工程检测试验有限公司	沈阳铁西区北一东路36号	110025	024-62393701
中铁九局集团沈阳亚航物资有限公司	沈阳市和平区胜利南街46号	110051	024-23941315
中铁九局集团有限公司路桥分公司	辽宁省沈阳市皇姑区崇山东路2甲	110032	024-83960310
中铁九局集团有限公司大连分公司	大连市西岗区创造街51号	116001	0411-62831345
中铁九局集团有限公司杭州分公司	杭州市萧山区宁围街道桥园路36号	310000	18423572828
中铁九局集团有限公司西南分公司	成都天府新区（自由贸易区）宁波路东段377号中铁卓越中心21~22楼	610000	15141430777
中铁九局集团有限公司西安分公司	西安经济技术开发区凤城十一路文景广场C座7楼	710018	029-86266731

续表

单位名称	地址	邮编	电话
中铁九局集团有限公司北京分公司	北京市西城区广莲路甲5号建设大厦10层	100055	010-63976621
中铁九局集团有限公司勘察设计院	沈阳市和平区胜利南街46号	110051	024-23840997 024-23940709
中铁十局集团有限公司	**济南市高新区舜泰广场7号楼**	**250101**	**0531-82461047**
中铁十局集团第一工程有限公司	济南市天桥区车站街167号	250100	0531-82422897
中铁十局集团第二工程有限公司	郑州市金水路226号楷林国际19楼	450008	0371-86155753
中铁十局集团第三建设有限公司	合肥市经济技术开发区繁华大道12666号	230601	0551-63547601
中铁十局集团第四工程有限公司	南京市栖霞区紫东路2号紫东国际创意园	210023	025-85831508
中铁十局集团第五工程有限公司	苏州市高新区金庄街9号	215011	0512-68075098
中铁十局集团西北工程有限公司	西安市锦业二路69号	710065	029-88882190
中铁十局集团青岛工程有限公司	青岛市市北区抚顺路19号	266034	18105320167
中铁十局集团第八工程有限公司	天津市西青区张家窝镇天安创新科技产业园三区2号楼	300453	022-59565959
中铁十局集团有限公司城市轨道交通工程有限公司	广州市番禺区南村镇兴业大道3号畅兴商务大厦三楼	511442	13926092818
中铁十局集团建筑工程有限公司	济南市高新区工业南路59号中铁汇展国际8号楼6~9层	250101	0531-58995963
中铁十局集团电务工程有限公司	济南市高新区工业南路59号中铁汇展国际8号楼12层	250101	0531-82461515
中铁十局集团物资工贸有限公司	济南市高新区工业南路59号中铁汇展国际8号楼4层	250101	0531-55565365
中铁十局集团投资开发有限公司	济南市高新区工业南路59号中铁汇展国际8号楼18层	250101	0531-58995857
中铁十局集团第三工程有限公司	厦门市湖里区东渡路258号银龙大厦7楼	361013	0592-2638157
中铁十局集团有限公司非洲分公司	济南市高新区工业南路59号中铁汇展国际8号楼15层	250101	0531-82461672
中铁十局集团有限公司拉美分公司	济南市高新区舜泰广场7号楼10楼	250101	0531-82461294
中铁十局集团有限公司济南勘察设计院	济南市天桥区车站街89号	250001	0531-82468720
中铁大桥局集团有限公司	**湖北省武汉市四新大道6号**	**430050**	**027-84596511**
第一工程有限公司	河南省郑州市南阳路93号	450053	0371-63674990
第二工程有限公司	江苏省南京市鼓楼区燕江路66号	210015	025-58781038
第四工程有限公司	江苏省南京市浦口区迎江路40号	210031	025-86966112
第五工程有限公司	江西省九江市白水湖路20号	332001	0792-7078400
第六工程有限公司	湖北省武汉市蔡甸区新天大道525号	430100	027-69603168
第七工程有限公司	武汉经济技术开发区春晓路8号	430050	027-84588875
第八工程有限公司	重庆市江北区港城东环路6号1幢	400020	023-67013223
第九工程有限公司	中山市火炬开发区会展东路12号投资大厦5楼	528437	0760-23759860
中铁大桥科学研究院有限公司	湖北省武汉市硚口区建设大道103号	430034	027-83522982
物资有限公司	湖北省武汉市汉阳区莲花湖路特1号	430050	027-84825001
武汉桥梁特种技术有限公司	武汉市东湖新技术开发区高新六路97号	430205	027-81925128
武汉桥梁传媒有限公司	湖北省武汉市汉阳区四新大道6号	430050	027-84596449
武汉置业发展有限公司	武汉市经济开发区东风大道67号金桥太子湖1号A座	430056	027-84597087
武汉地产有限公司	湖北省武汉市武昌区宝通寺路8号	430070	027-87655399
武汉商业运营管理有限公司	湖北省武汉市武昌区宝通寺路8号	430070	027-87655399
上海工程有限公司	上海市奉贤区航南公路7198号1-2楼	201499	021-66540718
东北分公司	沈阳市浑南新区世纪路5号同方世纪大厦B座22层	110179	024-31694272
福船海洋工程公司	福建省福州市马尾区镇冰路9号中铁福船大厦	350015	0591-38133316

续表

单位名称	地址	邮编	电话
中铁隧道局集团有限公司	**广东省广州市南沙区广意路 23 号**	**511000**	**020-32268902**
中铁隧道股份有限公司	河南省郑州市高新技术产业区科学大道 99 号	450001	
中铁隧道局集团一处有限公司	重庆市渝北区天山大道西段 32 号 2 幢	401123	023-65933555
中铁隧道局集团二处有限公司	河北省三河市燕郊开发区学院路 410 号	065201	0316 — 3362127
中铁隧道局集团三处有限公司	广东省深圳市南山区建区村建昌路 33 号	518060	0755-61385049
中铁隧道局集团四处有限公司	广西壮族自治区南宁市科园大道 29 号	530003	0771 — 2315299
中铁隧道局集团路桥工程有限公司	天津市空港经济区中环西路 86 号	300308	022-84958707
中铁隧道局集团国际事业部	北京市朝阳区广渠门外大街 9 号院 3 号楼	100020	010-61057210
中铁隧道局集团机电工程有限公司	河南省洛阳市状元红路	471009	0379-62632893
中铁隧道局投资有限公司	广东广州市南沙区望江二街 4 号银华大厦	511400	020-39078302
深圳市鹏捷利集装箱有限公司	广东省深圳市盐田区东海道 5 号	518083	0755-25201634
中铁隧道局集团市政工程公司	浙江省杭州市西湖区三墩镇振华路—紫宣路 158 号西城博司 4 幢	310030	0571-28167046
中铁隧道局集团公司设备分公司	河南省洛阳市状元红路	471009	0379-62633024
中铁隧道局集团公司物资分公司	河南省洛阳市状元红路	471009	0379-62632578
盾构及掘进技术国家重点实验室	河南省郑州市高新技术产业区科学大道 99 号	450001	0371-67283856
中铁隧道局集团公司勘察设计研究院	广东省广州市南沙区望江二街 4 号银华大厦	511000	020-39006726
中铁隧道局集团公司工程试验分公司	河南省洛阳市状元红路	471009	0379-62632133
中铁隧道局集团公司华北指挥部	北京市朝阳区广渠门外大街 9 号院 3 号楼	100022	18611351035
中铁隧道局集团公司华南指挥部	广东省广州市农林下路 81-3 隧局大厦 7 楼	510080	13922757976
中铁隧道局集团公司华东指挥部	江苏省南京市奥体大街 69 号新城科技园 05 栋 3 楼东侧	210019	18913937269
中铁隧道局集团公司西北指挥部	陕西省西安市雁塔区青龙小区 G 区 2 号楼 2 单元 1 楼东户	710054	13772088927
中铁隧道局集团公司西南指挥部	四川省成都市金仙桥路 17 号金桥大厦 1 幢	610031	13638395756
中铁隧道局集团公司中原指挥部	武汉市武昌区徐东大街 45 号中铁科技大厦 9 楼	430079	15771188959
中铁隧道局集团公司南沙指挥部	广东省广州市南沙区望江二街 4 号银华大厦	511000	18244221097
中铁隧道局集团公司成都办事处	四川省成都市青羊区上同仁路 66 号	610031	18781962195
中铁隧道局集团公司广州办事处	广东省广州市农林下路 81-3 隧局大厦 7 楼	510080	13922757976
中铁隧道局集团公司上海联络处	上海市真南路 209 弄 12 号 301 室	200333	021-56307827
中铁隧道局集团公司北京指挥部	北京市海淀区玉潭南路 11 号缘溪家园 3 号楼 9C 室	100036	18600869818
中铁隧道局集团公司职工大学	河南省洛阳市状元红路	471009	0379-62632655
中铁电气化局集团有限公司	**北京万寿路南口金家村壹号**	**100036**	**010-51846560**
中铁电气化局集团第一工程有限公司	北京市丰台区南四环西路 188 号总部基地七区 10 号楼	100070	010-51183668
中铁电气化局集团第三工程有限公司	河南省郑州市二七区小赵砦东街 33 号	450052	0371-68321250
中铁电气化局集团西安电气化工程有限公司	陕西省宝鸡市金台大道七号院 9 号楼	721000	0917-2855016
中铁电气化局集团北京建筑工程有限公司	北京市丰台区靛厂甲 121 号	100039	010-88245508
北京景旭房地产开发有限公司	北京市万寿路南口金家村壹号	100036	010-51876875
中铁化集团北京电信研究试验中心有限公司	北京市万寿路南口金家村壹号	100036	010-51846032
中铁电气化铁路运营管理有限公司	北京市丰台区公益西桥西北京市轨道交通建设管理有限公司 C 座 6、7、8 层	100068	010-51872285
北京通达监理有限公司	北京市丰台区丰台路口 139 号 202 室	100071	010-83820515
中铁电气化局集团物资贸易有限公司	北京万寿路南口金家村壹号	100036	010-51846572

续表

单位名称	地址	邮编	电话
中铁电气工业有限公司	河北省保定市北市区凤栖街 588 号华中 SOHO	071000	0312–6772660
北京《电气化铁道》编辑部有限公司	北京市万寿路南口金家村壹号	100036	010–51842632
中铁电气化局集团公司第二工程分公司	广州市越秀区水荫路 119 号 26 楼	510000	020–3787516
中铁电气化局集团有限公司电气化公司	北京市万寿路南口金家村壹号	100036	010–51876863
中铁电气化局集团有限公司城铁公司	北京市万寿路南口金家村壹号	100036	010–51848190
中铁电气化局集团有限公司西安电务工程分公司	西安市金花北路 25 号西铁工程大厦	710032	029–82356789
中铁电气化局集团公司上海电气化工程分公司	上海市广粤路 437 号 3 号楼 304 室	200434	021–65928762
中铁电气化局集团有限公司沈阳电气化工程分公司	沈阳市和平区和盛巷 6 甲万科中心 17 楼	110000	024–8813796
中铁电气化局集团有限公司铁路工程公司	北京市万寿路南口金家村壹号	100036	010–50815217
中铁电气化局集团有限公司国际工程公司	北京市万寿路南口金家村壹号	100036	010–51846306
中铁电气化局集团有限公司京沪高铁维护管理公司	北京市莲花池东路 106 号汇融大厦 A 座 8 层	100055	010–51862474
中铁电气化局集团有限公司智能交通与安全技术公司	北京市万寿路南口金家村壹号	100036	010–51872001
中铁电气化局集团有限公司设计研究院	北京市万寿路南口金家村壹号	100036	010–51872368
中铁电气化局集团有限公司建设管理分公司	江苏省南京市六合区大厂新华东 49 号	210048	025–57700186
中铁电气化局集团有限公司顺达分公司	北京市万寿路南口金家村壹号	100036	010–51872199
中铁电气化局集团有限公司石家庄机械装备分公司	河北省石家庄市新华区和平西路 686 号	050000	0311–87638207
中铁电气化局集团（香港）有限公司	香港九龙长沙湾永康街 37~39 号福源广场 5 楼 F 室		00852–51875853
中铁武汉电气化局集团有限公司	**湖北省武汉市东湖新技术开发区光谷创业街 71 号**	**430074**	**027–51172222**
第一工程有限公司	湖北省武汉市江夏区大学园路徽商大厦 A 栋	430223	027–51780009
输变电工程有限公司	湖北省武汉市东湖新技术开发区关南科技工业园 1 栋综合制剂大楼第三层	430079	027–50770105
中铁电气化（武汉）设计研究院有限公司	湖北省武汉市东湖开发区东信路 9 号	430074	027–51172272
科工装备有限公司	湖北省襄阳市岘山路 656 号	441041	0710–3544390
物资贸易有限公司	湖北省武汉市洪山区光谷创业街 71 号	430074	027–51172262
北京分公司	北京市丰台区南四环西路 188 号丰台科技园总部基地十区 15 栋	100070	010–52268969
上海分公司	上海市闸北区江场西路 303、305 号	210436	021–59221206
广州分公司	广东省广州市番禺区南村镇兴业大道 3 号畅兴大厦 3 楼	511442	020–37106131
西安分公司	陕西省西安市未央区徐家湾红旗西路 37 号	710102	029–63600580
成都分公司	四川省成都市青羊区腾飞大道 9 号青羊工业总部基地 E 区 18 栋 9 楼 B0939 室	610091	028–65718521
城铁分公司	湖北省武汉市东湖技术开发区光谷大道金融港 B6 栋 10 楼	430070	027–87002588
建设分公司	湖北省武汉市洪山区佳园路鼎新工业园 6 楼	430073	027–65528802

续表

单位名称	地址	邮编	电话
中铁建工集团有限公司	**北京市丰台区南四环西路 128 号**	**100160**	**010-51136666**
中铁建工集团深圳分公司	广东省深圳市南山区南山大道建工村建厂路 34 号	518052	0755-26974720
中铁建工集团北京分公司	北京市丰台区丰台东路 10 号	100070	010-63791630
中铁建工集团上海分公司	上海市普陀区交通路 4621 弄李子园商务区 10 号 15F~18F	200331	021-36361116
中铁建工集团广州分公司	广州市番禺大道北 555 号番禺节能科技园天安总部中心 29 号楼	511400	020-31109880
中铁建工集团西南分公司	贵州省贵阳市南明区新华路 126 号富中国际广场 28 楼	550002	0851-85513520
中铁建工集团华北分公司	北京市丰台区南四环西路 128 号诺德中心 3 号楼 23 层	100070	010-87576610
中铁建工集团西北分公司	陕西省西安市高新区西部大道企业壹号公园 25 栋	710119	029-62817200
中铁建工集团有限公司北京路桥分公司	北京市丰台区南四环西路 188 号 10 区 11 号楼	100070	010-52220817
中铁建工集团国际工程公司	北京市丰台区南四环西路 188 号总部基地 12 区 45 号楼	100070	010-52238611
中铁建工集团有限公司设计院	北京市丰台区汽车博物馆西路诺德中心 11 号楼 30 层	100070	010-52216500
中铁建工集团资产管理公司	北京市丰台区南四环西路 128 号诺德中心 1 号楼	100160	010-51136629
中铁建工集团北方工程有限公司	天津市滨海新区塘沽福建北路 69 号	300451	022-60616622
中铁建工集团山东有限公司	山东省青岛市海尔路 182-8 号半岛国际大厦 6、7 层	266061	0532-80991501
中铁建工集团安装工程有限公司	北京市丰台区南四环西路 188 号总部基地 10 区 18 栋	100070	010-52221107
中铁建工集团装饰工程有限公司	北京市丰台区南四环西路 188 号总部基地 10 区 19 号楼	100070	010-63705366
北京中铁诺德房地产开发有限公司	北京市丰台区汽车博物馆西路诺德中心 1 号院 11 号楼 42 层	100070	010-51185603
中铁建工集团诺德投资有限公司	广东省深圳市福田区民田路 178 号华融大厦 305	518048	0755-82773729
中铁建工集团东非有限公司	7th floor, Uhuru Heights,At the junction of Bibi Titi Mohammed Road/Ohio Street，Dar es Salaam,Tanzania.		255-222153321
中铁建工集团北京机械制造有限公司	北京市房山区阎村镇南梨园村南临 30 号	102412	010-51116721
中国铁工建设有限公司	北京市丰台区南四环西路 188 号 10 区 7 号楼	100070	010-83326338
中铁广州工程局集团有限公司	**广州市南沙区进港大道 582 号**	**511457**	**020-61996666**
中铁港航局集团有限公司	广州市南沙区进港大道 582 号	511457	020-61996694
中铁广州工程局集团港航工程有限公司	广州市萝岗香山路 11 号	510660	020-62223808
中铁广州工程局集团第二工程有限公司	广州市花都区建设路 34 号	510800	020-36858031
中铁广州工程局集团第三工程有限公司	广东省肇庆市站北路 45 号	526020	0158-2909255
中铁广州工程局集团深圳工程有限公司	广东省南山区中心路 3333 号中铁南方总部大厦 13 楼	518000	0755-21517193
中铁广州工程局集团置业有限公司	广州市南沙区进港大道 582 号	511457	020-62800923
中铁港航局集团惠州置业有限公司	惠州大亚湾澳头中兴中路 1 号东方新天地大厦一栋一单元 2507 号	516081	13866791393
中铁广州工程局集团工程检测中心有限公司	广州市花都区建设路 34 号	510800	020-86892664
中铁广州工程局集团西北投资开发有限公司	陕西省西咸新区沣西新城康定路 16 号	712000	029-33133519
中铁广州工程局集团桥梁工程有限公司	广州市花都区新华街松园大道 26 号办公楼	510800	020-37760109
中铁广州工程局集团城轨工程有限公司	广州市南沙区进港大道 582 号	511457	020-66230940
中铁广州工程局集团市政环保工程有限公司	陕省西咸新区沣西新城康定路 16 号中铁港沣国际 23 楼	712000	029-33133519

续表

单位名称	地址	邮编	电话
中铁广州工程局集团管线工程有限公司	广州市萝岗香山路11号	510660	020-32033447
南京久路市政建设工程有限公司	南京市江宁区禄口街道越秀路15号1幢（江宁开发区）	211156	18675800723
肇庆中铁西江高科投资有限公司	广东省肇庆市高要区南岸双龙路北一街1号江南名庭售楼中心二楼	526100	18666667796
贵州威围高速公路发展有限公司	威宁县海边街道行政中心B区628室	553100	15198283298
贵阳轨道交通3号线一期工程建设管理有限公司	贵州省贵阳市观山湖区诚信路西侧腾祥迈德国际一期A1-A3栋A2栋4层8号	550081	13888530138
沈阳西部建设投资有限公司	沈阳经济技术开发区二十五号路91-Z37	110027	18612051556
中铁北京工程局集团有限公司	**北京市海淀区北四环西路87号**	**100195**	**010-62720627**
中铁北京工程局集团第一工程有限公司	陕西省西安市国家民用航天产业基地航创路259号	710100	029-62625200
中铁北京工程局集团第二工程有限公司	湖南省长沙市雨花区体院路28号	410014	13687313308
中铁北京工程局集团（天津）工程有限公司	天津市红桥区咸阳北路48号银泰科工贸大厦A幢12层	300131	022-58306067
中铁北京工程局集团北京有限公司	北京市延庆区八达岭经济开发区康西路26号	100070	010-51169500
中铁北京工程局集团第六工程有限公司	沈阳市沈北新区蒲河大道888号西六区6、7号	110127	024-66801021
中铁润达投资有限公司	北京市海淀区昆明湖路甲35号3号楼107-110	100195	010-62720847
北京天翔房地产开发有限公司	北京市海淀区北四环西路87号	100195	010-88851987
北京中航恒远物业管理有限公司	北京市海淀区北四环西路87号3号楼1层101~113室	100195	010-88855194
中铁北京工程局集团第五工程有限公司	萧山区经济技术开发区通惠北路2号5层	310000	0571-56696363
中铁北京工程局集团有限公司机场工程分公司	北京市海淀区北四环西路87号2号楼203室	100195	010-88853378
中铁北京工程局集团有限公司城市轨道交通工程分公司	合肥市高新区天达路20号	401147	18725673864
中国中铁航空港建设集团有限公司北京建筑工程分公司	北京市门头沟区石龙经济技术开发区永安路20号3号楼A-4107室	100195	010-88845296
中国中铁航空港建设集团有限公司北京建筑设计分公司	北京市海淀区昆明湖路甲35号4号楼309室	100195	010-62720627
中铁北京工程局集团物资工贸有限公司	北京市门头沟区石龙经济技术开发区永安路20号3号楼A-4107室	102300	010-88845296
中铁上海工程局集团有限公司	**上海市静安区江场三路278号**	**241000**	**021-60768240**
中铁上海工程局集团第一工程有限公司	安徽省芜湖市鸠江区卜家店	200436	0553-2821220
中铁上海工程局集团第二工程有限公司	上海市静安区江场西路299弄中铁中环时代广场2号楼9层	230088	021-66311550
中铁上海工程局集团第三工程有限公司	安徽省合肥市高新区香樟大道168号科技实业园D18/23栋	300486	0551-63736546
中铁上海工程局集团第四工程有限公司	天津市滨海新区中新生态城动漫中路334号创展大厦B座9楼	530000	022-66196620
中铁上海工程局集团第五工程有限公司	广西壮族自治区南宁市西乡塘区龙腾路80号台湾街台北中心19~20楼	650217	0771-8011913
中铁上海工程局集团第六工程有限公司	云南省昆明市经开区顺通大道国际银座C3座22~23层	710018	0871-64627568
中铁上海工程局集团第七工程有限公司	陕西省西安市经济技术开发区凤城九路79号	241000	021-62650506

续表

单位名称	地址	邮编	电话
中铁上海工程局集团华海工程有限公司	上海市闵行区中春路 7500 号	201101	021-64193984
中铁上海工程局集团市政工程有限公司	上海市普陀区武威路 88 弄中鑫企业广场 3 号楼	200331	021-66118180
中铁上海工程局集团建筑工程有限公司	上海市宝山区呼兰路 799 号 6 号楼	200431	021-51853938
中铁上海工程局集团北方工程有限公司	辽宁省沈阳市浑南新区世纪路 6-1 号	110000	0416-2552850
中铁上海工程局集团物资工贸有限公司	上海市宝山区沪太路 4361 号海宝示范园 5 号楼	201906	021-60900674
中铁上海工程局集团有限公司城市轨道交通工程分公司	上海市宝山区纪蕰路 588 号智力产业园南区 7A 楼	200443	021-61493889
中铁国际集团有限公司	**北京市海淀区复兴路 69 号中国中铁广场 C 座 6-9 层**	**100039**	**010-52680099 / 52680088**
中国海外工程有限责任公司	北京市海淀区紫竹院路 1 号 7 号楼中海外大厦	100044	010-88566998
川铁国际经济技术有限公司	四川省成都市金牛区金府路 88 号万通金融广场 15~18 层	610036	028-68761001 028-68761002
中国铁路工程（香港）有限公司	香港九龙观塘开源道 49 号创贸广场 12 楼 1201-03 室 Unit 1201-03, 12/F.,APEC Plaza, 49 Hoi Yuen Road, Kwun Tong, Kowloon, Hong Kong	999077	852-21913800 852-21913553
中铁国际（香港）有限公司	UNIT1201-03,12F,APEC PLAZA,49HOI YUEN ROAD ,KWUN TONG,KLN,HK		852-21913800 852-21913553
商贸有限公司	北京市门头沟区石龙东路 3 号维科宾馆 5 层	102308	010-69804238
印尼有限责任公司	Menara Imperium, Floor 12X, JI.H.R. Rasuna Said Kav. 1 Jakarta		62-218309248
南美分公司	Av. Francisco de Miranda, EdificioMene Grande, EtapaⅡ, Torre Oeste, Piso 1, Los Palos Grandes, Caracas, Venezuela	999188	58412-3355066
中老指挥部	北京市海淀区复兴路 69 号 中铁广场 C 座 813/ No.026-02 B.ShaphanethongtaiSisattanak VTE Lao P.D.R	100039	010-52680194 856-21454359
北京建设分公司	北京市门头沟区雅安路 6 号 5 层	102308	010-69806832
新能源公司	北京市海淀区西翠路 17 号院 24 号楼 5 楼	100039	（暂无）
西北非分公司	No.7 lumley beach, Freetown, Sierra Leone		232-99888666
安哥拉分公司	BairroSossego(Zona Verde), N. 1480/13, Munic í pio de Belas, Luanda	999104	028-68761611
南太公司	P.O. Box 5769,Section 9, Lot 12,Hagwa Street, Boroko, NCD, Port Moersby, Papua New Guinea	121	675-325 3993 675-325 3675
南部非洲公司	Ground Floor,No.4 Greystone Building, Fourways Golf Park, Roosstreet, Fourways, Sandton, Johannnesburg. 2191 PO Box1507, Cramerview 2060, South Africa.	1507	271-17068991
南非投资公司	1st Floor, Building 4 Greystone, Fourways Golf Park, Roos St, Fourways, JHB, South Africa.	2191	270-114674077
亚洲分公司	House 21, Road 7, Baridhara, Dahka, Bangladesh	1212	（暂无）
巴基斯坦 M1 铁路项目筹备组	北京市海淀区万寿路 2 号中铁六局大厦 308 室	100039	（暂无）
中东代表处	villa 18a,street 20b,332c,Jumeirah 1,Dubai,UAE	413696	971-65550808
中铁东方国际集团有限公司	**总 部：Lot 705&708, 7th floor, Menara 2, Faber Towers, Jalan Desa Bahagia, Taman Desa, 58100, Kuala Lumpur, Malaysia.** **北京办事处：北京市丰台区丰台北路 36 号中铁华铁大厦 9 层**	**58100** **100071**	**603-79713651 / 603-79818194** **010-83897014**
中国铁路工程（马来西亚）有限公司	总 部：Lot 905&906, 9th floor, Menara 2, Faber Towers, Jalan Desa Bahagia, Taman Desa, 58100, Kuala Lumpur, Malaysia.	58100	603-79811616 603-79818194

续表

单位名称	地址	邮编	电话
中铁二院工程集团有限责任公司	**四川省成都市通锦路3号**	**610031**	**028-87668866**
中铁二院成都勘察设计研究院有限责任公司	四川省成都市火车北站西二巷4号	610081	028-86437317
中国中铁二院昆明勘察设计研究院有限责任公司	云南省昆明市官渡区春城路福德立交桥西北角	650200	0871-3538675
中铁二院重庆勘察设计研究院有限责任公司	重庆市北部新区昆仑大道46号	400023	023-88319088
中铁二院贵阳勘察设计研究院有限责任公司	贵州省贵阳市宝山南路268号	550002	0851-5930387
中铁二院华东勘察设计有限责任公司	浙江省杭州市江干区三里亭路57号	310004	0571-87249976
中铁二院（成都）建设发展有限责任公司	四川省成都市沙湾东一路新二号	610031	028-87700060
中铁二院（成都）置业开发有限责任公司	四川省成都市通锦路3号	610031	028-87664929
中铁二院成都市政工程技术咨询有限责任公司	四川省成都市通锦路3号	610031	028-86445807
中铁二院（成都）咨询监理有限责任公司	四川省成都市金牛区天回镇金凤凰大道666号中铁轨道产业园	610083	028-68937195
中铁二院成都工程检测有限责任公司	四川省成都市通锦路3号	610031	028-86446477
四川中铁二院环保科技有限公司	四川省成都市金牛区万石路中铁产业园	610083	028-86445251
四川旷谷信息工程有限公司	四川省成都市通锦路3号	610031	028-68937037
四川迈铁龙科技有限公司	四川省成都市通锦路3号	610031	028-86446512
四川艾德瑞电气有限公司	四川省成都市通锦路3号	610031	028-86446707
四川拓绘科技有限公司	四川省成都天回镇金凤凰大道666号中铁产业园	610083	028-69665820
中铁二院海南勘察设计有限公司	海南省海口市金贸中路一号半山花园海天商务楼2878室	570125	0898-68508316
四川铁创科技有限公司	四川省成都市天回镇金凤凰大道666号中铁产业园	610083	028-86445982
四川睿铁科技有限责任公司	四川省成都市天回镇金凤凰大道666号中铁产业园	610083	028-86446897
中铁二院成都物业服务有限公司	四川省成都市天回镇金凤凰大道666号中铁产业园	610083	028-68937079
中铁二院工程集团有限责任公司南宁勘察设计研究院	广西壮族自治区南宁市民族大道88－1号铭湖经典大厦21层	530022	0771-2264040
中铁二院北方勘察设计有限责任公司	山东省济南市市中区顺河东街66号	250012	0531-66686168
中铁产业园投资发展有限公司	四川省成都市天回镇金凤凰大道666号中铁产业园	610081	028- 87587103
四川瑞云信通科技有限公司	四川省成都市金牛区金凤凰大道99号	610081	028- 86446386
中铁二院北京分院	北京市丰台区吴家村路甲2号	100040	010-51885404
中铁二院上海分院	上海市打浦路88号海丽大厦24楼	200023	021-53964848
中铁二院广州分院	广州市天河区潭村路344号跑马地花园凯榕居	510627	020-85271985
中铁二院深圳分院	深圳市南山区后海大道瑞铧苑	518054	0755-26479788
中铁二院福州分院	福建省福州市北环路沁圆新村一号楼102室	350013	0592-5052237
中铁二院厦门分院	福建省厦门市槟榔西里42号	361004	0592-5052237
中铁二院南京分院	江苏省南京市珠江路88号新世界中心B座2602室	210018	025-84716220
中铁二院沈阳分院	辽宁省沈阳市和平区市府大路224号5号楼	110002	024-22527598
中铁二院南昌分院	江西省南昌市站前路96号天集大厦2301室	610031	0791-87027599
中铁二院郑州分院	河南省郑州市郑汴路138号英协A区	450004	0371-66539173
中铁二院新疆分院	乌鲁木齐市河北东路966号	830011	0991-6633153
中铁二院拉萨分院	拉萨市色拉北路雪域明珠园57-1	850000	0891-6377580
中铁二院太原分院	山西省太原市迎泽区劲松路16号	030001	
中铁二院海南分院	海南省海口市金贸中路一号半山花园海天商务楼2878	570125	0898-68598005
中铁二院青岛分院	山东省青岛市市北区太清路30号C座	266022	0532-66028709

续表

单位名称	地址	邮编	电话
中铁二院合肥分院	安徽省合肥市蜀山区潜山路绿地蓝海国际大厦C座21层	230071	0551-63521106
中铁二院珠海分院	珠海市拱北侨岭街84号5幢501、502房	519020	
中铁二院长沙分院	长沙市雨花区古曲路188号中隆国际御玺3B1501	410007	0731-85510856
中铁二院西安分院	西安市长乐西路166号朝阳国际C座12楼1201室	710032	029-83265139
中铁二院武汉分院	武汉市武昌区明主路616号和璟国际大厦九楼	430060	027-87308266
中铁二院雄安分院	河北省雄安新区容城县奥威路领秀城21栋2单元2103号	071000	
中铁第六勘察设计院集团有限公司	**天津市空港经济区中环西路36号**	**300308**	**022-58670629**
中铁电气化勘测设计研究院有限公司	天津市河东区江都路33号	300250	022-24340602
中铁隧道勘测设计院有限公司	天津市红桥区河北大街1号	300133	022-27353677
中铁通信信号勘测设计院有限公司	北京市丰台区金家村1号院13号楼312室	100036	010-51872123
中铁西安勘察设计研究院有限责任公司	陕西省西安市友谊东路30号	710054	029-82321727
中铁合肥建筑市政工程设计研究院有限公司	安徽省合肥市濉溪东路8号	230041	0551-65602500
天津市路安电气化监理有限公司	天津市河东区江都路33号	300250	022-58583526
中铁工程设计咨询集团有限公司	**北京市丰台区广安路15号**	**100055**	**010-51835097**
北京中铁诚业工程建设监理有限公司	北京市丰台区航丰路13号崇新大厦2号楼4056	100070	010-51835210
中铁济南工程建设监理有限公司	济南市槐荫区经十路25666号	250022	0531-82439793
中铁济南工程技术有限公司	济南市槐荫区经十路25666号	250022	0531-82420756
中铁山西建设工程有限公司	太原市杏花岭区建设北路262号	030013	0351-2622885
中铁咨询集团北京工程检测有限公司	北京市丰台区广安路15号	100055	010-51832177
北京铁专院工程咨询有限公司	北京市丰台区广安路15号	100055	010-52696363
中铁咨询集团北京建筑规划设计有限公司	丰台区莲花池南里26号中铁国资大厦A座8层	100055	010-52686538
中铁设计济南设计院	济南市槐荫区经十路25666号	250022	0531-82420756
中铁设计郑州设计院	河南省郑州市高新区莲花街60号	450000	0371-68327267
中铁设计太原设计院	太原市杏花岭区建设北路262号	030013	0351-2622885
中铁大桥勘测设计院集团有限公司	**湖北省武汉市经济技术开发区博学路8号**	**430056**	**027-84846738**
中铁武汉大桥工程咨询监理有限公司	湖北省武汉市汉阳区汉阳大道34号	430050	027-84836754
中铁武汉勘察设计研究院有限公司	武汉市东湖新技术开发区光谷软件园E5栋	430074	027-51161672
中铁大桥（南京）桥隧诊治有限公司	江苏省南京市高新区磐能路8号	210061	025-58744609
中铁时代建筑设计院有限公司	安徽省芜湖市鸠江区国泰路8号	241001	0553-5855620
中铁城市规划设计研究院有限公司	安徽省芜湖市鸠江区国泰路8号	241000	0553-3833832
芜湖市建筑工程施工图设计文件审查中心有限责任公司	江苏省南京市浦口区浦东北路5号总部商务广场10幢	210003	0553-3112723
中铁大桥勘测设计院集团有限公司华东分公司	河南省郑州市康复前街55号	450052	

续表

单位名称	地址	邮编	电话
中铁大桥勘测设计院集团有限公司郑州分公司	安徽省芜湖市鸠江区北京中路芜湖广告产业园内酒店公寓楼十一层 1102 室	241004	
中铁大桥勘测设计院集团有限公司安徽分公司	江苏省南京市浦口区浦东北路 5 号总部商务广场 10 幢	210003	
中铁华铁工程设计集团有限公司	**北京市丰台区丰台北路 36 号中铁华铁大厦**	**100071**	**010-63319661**
工业设计院	北京市丰台区丰台北路 36 号中铁华铁大厦	100071	010-83802294
北京设计院	北京市丰台区丰台北路 36 号中铁华铁大厦	100071	010-83897368
轨道交通设计院	北京市丰台区丰台北路 36 号中铁华铁大厦	100071	010-83897377
民用设计院	北京市丰台区丰台北路 36 号中铁华铁大厦	100071	010-83897528
勘察设计院	北京市朝阳区青年路姚家园甲 110 号	100038	010-85520503
上海设计院	上海市宝山区环镇南路 522 号 A 座 3 楼	200436	021-56534019
苏州设计院	江苏省苏州高新区竹园路 209 号创业园 3 号楼 8 楼	215011	0512-68415880
深圳设计院	广东省深圳市福田区泰然八路 25 号水松大厦 12A-B	518040	0755-82761658
铁路工程监理公司	北京市丰台区丰台北路 36 号中铁华铁大厦	100071	010-83897531
城市轨道交通监理公司	北京市丰台区丰台北路 36 号中铁华铁大厦	100071	010-83897615
上海分公司	上海市静安区中兴路 457 号中宝大厦 5 楼	200071	021-56972292
广州分公司	广东省广州市番禺区迎宾路五洲城 C 座 3010 室	511430	020-34112255
海南分公司	海南省海口市龙华区椰海大道 350 号碧海丹城 7 栋 1302	570100	0898-68550760
北京颐和工程监理有限责任公司	北京市海淀区北四环西路 87 号院	100195	010-88856175
北京华铁燕丰物业管理有限公司	北京市丰台区丰台北路 36 号中铁华铁大厦	100071	010-83897650
中铁科学研究院有限公司	**四川省成都市金牛区西月城街 118 号**	**610031**	**028-86119790**
中铁西南科学研究院有限公司	四川省成都市高新西区古楠街 97 号	611731	028-67582907
中铁西北科学研究院有限公司	甘肃省兰州市城关区民主东路 365 号	730000	0931-4934554
中铁岩锋成都科技有限公司	四川省成都市高新西区古楠街 97 号	611731	028-87938100
四川铁科建设监理有限公司	四川省成都市高新西区古楠街 97 号	611731	028-67580070
甘肃铁科建设工程咨询有限公司	甘肃省兰州市城关区民主东路 365 号	730000	0931-4934594
中铁成都科学技术研究院有限公司	四川省成都市天府新区万安街道万安路西段 191 号	610000	028-67580083
中铁科学研究院有限公司设计院	四川省成都市高新西区古楠街 97 号	611731	028-67580096
中铁科学研究院有限公司工程公司	四川省成都市高新西区古楠街 97 号	611731	028-67580189
中铁科学研究院有限公司成都分公司	成都市金牛区金府路 666 号金府 SOHO2301 室	610000	028-61991221
中铁科学研究院有限公司深圳分公司	广东省深圳市福田区京基滨河时代大厦 A 座 2707	518000	0755-88290572
中铁科学研究院有限公司新疆分公司	新疆乌鲁木齐市经济技术开发区（头屯河区）阳澄湖路 98 号	830054	0991-3705639
中铁高新工业股份有限公司	**北京市丰台区南四环西路诺德中心 11 号楼**	**100070**	**010-52265888**
中铁山桥集团有限公司	河北省秦皇岛市山海关区南海西路 35 号	066200	0335-7940050
中铁宝桥集团有限公司	陕西省宝鸡市清姜路 80 号	721006	0917-2867273
中铁科工集团有限公司	湖北省武汉市洪山区徐东大街 45 号	430066	027-88772985
中铁工程装备有限公司	河南省郑州市经济技术开发区第六大街 99 号	450016	0371-0608800
中铁九桥工程有限公司	江西省九江市滨江东路 148 号	332004	0792-7028519
中铁工程服务有限公司	成都市金牛区金凤凰大道 666 号中铁产业园 A11-2	610083	028-83571008
中铁磁浮科技（成都）有限公司	成都市金牛区金凤凰大道 666 号中铁产业园 A13-4	610083	02883572881
中铁轨道交通装备有限公司	南京市建邺区白龙江东街 22 号艺树家工场 18 楼	210019	025-69568187
中铁环境科技工程有限公司	湖南省长沙市岳麓区先导路湘江时代 A1 栋 20 楼	410218	0731-84127477

续表

单位名称	地址	邮编	电话
中铁信托有限责任公司	**四川省成都市航空路1号国航世纪中心B座**	**610041**	**028-82570957**
宝盈基金管理有限公司	广东省深圳市福田区福华一路115号投行大厦	518048	0755-83275188
中铁财务有限责任公司	**北京市海淀区复兴路69号中国中铁大厦C座五层**	**100039**	**010-51952345 / 51952323**
中铁资本有限公司	**北京市海淀区莲花池东路39号201**	**100036**	**010-66236550**
中铁汇达保险经纪有限公司	北京市海淀区西四环北路15号106室	100195	010-88436033
中铁金控融资租赁有限公司	北京市海淀区西翠路17号院24号楼二层	100039	010-88212530
中铁商业保理有限公司	北京市海淀区西四环北路15号依斯特大厦617室	100195	010-88599930
中国中铁香港投资有限公司	北京市海淀区西翠路17号院24号楼7层712	100039	
中铁交通投资集团有限公司	**广西南宁市金湖路63号金源CBD现代城第26层**	**530021**	**0771-5561630**
广西中铁交通高速公路管理有限公司	广西南宁市金湖路63号金源CBD现代城第26层	530021	0771-5561630
广西梧州岑梧高速公路有限公司	广西玉林市玉州区城西街道林村	537000	0775-5821118
广西岑兴高速公路发展有限公司	广西玉林市玉州区城西街道林村	537000	0775-5821118
广西全兴高速公路发展有限公司	广西桂林市兴安县桂黄路310路口	541300	0773-3120589
河南平正高速公路发展有限公司	河南省驻马店市平舆杨埠镇平正高速公路收费站	463400	0396-5351999
中铁菏泽德商高速公路建设发展有限公司	山东省菏泽市定陶区定砀路88号	274100	0530-6276016
云南富砚高速公路有限公司	云南省文山州砚山县七乡大道秀源社区	663100	0876-3137787
重庆垫忠高速公路有限公司	重庆市垫江县高安镇重庆垫忠高速公路有限公司	408300	023-74512885
重庆渝邻高速公路有限公司	重庆市渝北区锦橙路28号（北岸新洲）5栋	401147	023-88633013
四川遂宁绵遂高速公路有限公司	四川省遂宁市河东新区灵泉大道	629000	0825-2360502
陕西榆林榆神高速公路有限公司	陕西省榆林市神木县锦界镇陕西榆林神佳米高速公路有限公司	719000	0912-8604516
陕西榆林神佳米高速公路有限公司（中国中铁股份有限公司神佳米项目工程指挥部）	陕西省榆林市神木县锦界镇陕西榆林神佳米高速公路有限公司	719000	0912-8604516
陕西榆林绥延高速公路有限公司（中国中铁股份有限公司陕西榆林绥延高速公路项目工程指挥部）	陕西省榆林市绥德县镇定南路金阳光小区电子服务中心4楼	718000	0912-2440458
广东韶新高速公路有限公司	广东省韶关市武江区沐阳东路卓越雅苑5号楼10楼	512026	0751-8880271
广东韶新高速公路有限公司	广东省韶关市武江区沐阳东路卓越雅苑5号楼10楼	512026	0751-8880271
广东汕湛高速公路东段发展有限公司（中铁交通投资集团有限公司广东汕揭高速公路项目工程指挥部）	广东省汕头市濠江区府前路中段（诚瑜实业副楼）	515071	0754-87252187
广西南宁铁程投资有限公司（中铁南宁龙岗新区项目工程指挥部、中铁南宁“两桥三路”项目工程指挥部）	广西南宁市青秀区仙葫大道西16号鼎丰广场C座四楼	530200	0771-5828270
衡阳铁程投资有限公司（中铁衡阳滨江区项目工程指挥部）	湖南省衡阳市珠晖区东风路400号	421002	0734-81693248
昆明铁程投资有限公司（中铁昆明草海项目工程指挥部）	云南省昆明市官渡区新亚洲体育城星都国际总部基地56栋5楼A座	650206	0871-68193608
临汾铁程建设工程有限公司（中铁临汾规划三街项目工程指挥部）	山西省临汾市尧都区滨河西路水云间小区10号楼	041000	0357-3222810
中国中铁股份有限公司南宁轨道交通3号线02标工程指挥部	广西南宁市青秀区民族大道115-1号现代国际大厦17楼	530021	0771-5593912

续表

单位名称	地址	邮编	电话
中国中铁股份有限公司南宁轨道交通 4 号线 02 标工程指挥部	广西南宁市良庆区龙村路 7 号碧水天和 B 区 8 号楼商铺 145-146	530012	0771-3911506
中国中铁股份有限公司南宁轨道交通 5 号线 02 标工程指挥部	南宁市青秀区民族大道 115-1 号现代国际大厦 14 楼	530012	0771-5593912
广西中铁交通天地置业有限公司	广西南宁市青秀区长福路远展投资大厦 4 楼	533000	0771-3395960-1
贵州中铁交通双龙投资建设有限公司（中铁交通贵州双龙航空港项目建设指挥部）	贵州省贵阳市小河区长江路万科中心 A 座 17 楼	553009	
山西静兴高速公路有限公司（中铁交通山西静兴高速公路项目工程指挥部）	吕梁市岚县东村镇西二街（田野国际饭店 1-7 楼）	033500	
陕西旬凤韩黄高速公路有限公司	陕西省宝鸡市凤翔县城关镇秦景北路西城国际・百合小区商业 7 号楼	721499	0917-7280310
太原西北二环高速公路发展有限公司（中铁交通山西太原西北二环高速公路工程指挥部）	山西省太原市迎泽区双塔北路永祚西街 2 号	030002	
中铁中南投资发展有限公司	湖南省长沙市长沙县特立路 48 号中铁中南投资发展有限公司	410100	
四川中铁交通成达建设投资有限公司	四川省宜宾市翠屏区西郊两路桥苗圃六村 4 号	644000	0831-8358528
广西区域指挥部	广西南宁市中越路 7 号东盟财经中心 B 座 17 楼 1701 室	530022	0771-588080
山西区域指挥部	山西省太原市万柏林区九院沙河南岸中铁交通投资集团	030024	
湖南区域指挥部	湖南长沙雨花区湘府东路 168 号华文森林酒店 12 楼	410011	0731-84331500
中铁南方投资集团有限公司	**广东省深圳市南山区中心路 3333 号中铁南方总部大厦 20-24 层**	**518045**	**0755-33952180**
中铁珠三角投资发展有限公司	广州市南沙区港航二街 1 号 6~9	511440	020-39011829
中铁（江西）投资有限公司	江西省南昌市红谷中大道 1669 号华尔街商业中心写字楼 16 楼	330038	0791-82212759
中铁（厦门）投资有限公司	福建省厦门市湖里区泗水道 619 号 2001 室	361006	0592-2967279
中铁（福州）投资有限公司	福建省福州市台江区八一七中路 165 号	350004	
中铁海西投资有限公司	福建省厦门市湖里区五缘湾道湖里大厦 20~21 层	361000	0592-2967229
中铁南方遵义投资有限公司	贵州省遵义市汇川区南京路城上城 801	563000	0852-8759719
深圳中铁朗侨峰居有限责任公司	广东省深圳市南山区中心路 3333 号中铁大厦 3 楼	518054	0755-33957850
中铁南方（东莞）投资有限公司	东莞市南城街道鸿福路 106 号南峰商务中心 1 栋 905 室	523000	
中铁（江门）城镇化建设投资发展有限公司	广州市南沙区港航二街 1 号 6~9	511440	
中铁（莆田）投资有限公司	福建省莆田市湄洲湾北岸经济开发区经济城 688 号		
云浮市佛云中铁投资发展有限公司	广东省云浮市云城区思劳镇云浮国际石材城 C 区东南角（氢能科技企业孵化器内）	527300	
深圳中铁佳兴投资发展有限公司	深圳市南山区粤海街道中心路 3333 号中铁大厦 22F	518045	0755-33957724
中铁南方投资集团有限公司城市开发分公司	广东省深圳市南山区中心路 3333 号中铁大厦 22 楼	518045	
中国中铁股份有限公司华南工程指挥部	广州市天河区黄埔大道西 108 号奥园大厦 B 栋 13A 层	510627	
中铁投资集团有限公司	**北京市丰台区汽车博物馆南路 3 号院北京中铁大厦**	**100160**	**010-83920886 010-83920866**
中铁投资集团有限公司北京指挥部	北京市丰台区汽车博物馆南路 3 号院北京中铁大厦 4 层	100010	15910529776
中铁投资集团有限公司天津指挥部	天津市河北区革新道 5 号	300250	18723233637

续表

单位名称	地址	邮编	电话
中铁投资集团有限公司河北指挥部	河北省石家庄市桥西区裕华东路 56 号中铁商务广场 B 座 15 楼	050011	13831168762
中铁投资集团有限公司内蒙古指挥部	呼和浩特市新城区海东路与腾飞路交叉口兴泰东河湾南区 11-10	010010	18032804040
中铁投资集团有限公司辽宁指挥部	辽宁省沈阳市浑南区三义街 28 号瑞宝东方大厦 22 层	110180	17068245777
中铁投资集团有限公司吉林指挥部	吉林省长春市南关区人民大街 10606 号东北亚国际金融中心 3 号楼 306 室	130000	18304051517
中铁投资集团有限公司黑龙江指挥部	哈尔滨市南岗区哈西大街 160 号万达写字楼 B 座 1407	150086	15712967757
中铁投资集团有限公司山东指挥部	山东省青岛市市北区敦化路 383 号中铁青岛广场 A 座 17、18 楼	266034	18266220519
中铁投资集团有限公司河南指挥部	河南省郑州市航海东路 1225 号	450016	13803792586
中铁北方投资发展有限公司	河北省石家庄市桥西区裕华东路 56 号中铁商务广场 B 座 15 层	050011	13831168762
中铁中原投资发展有限公司	河南省郑州市航海东路 1225 号	450016	13607682905
中铁东北投资发展有限公司	辽宁省沈阳市浑南区三义街 28-4 号瑞宝东方大厦 22 层	110101	13324009629
中铁（山东）投资有限公司	山东省青岛市市北区敦化路 383 号中铁青岛广场 A 座 17、18 楼	266034	18354235515
中铁京津投资有限公司	北京市丰台区汽车博物馆南路 3 号院北京中铁大厦 4 层	100010	13426259075
中铁京新高速公路项目总包部	内蒙古自治区阿拉善盟左旗文华尚景 1 号楼 3 单元 202 室	750306	18791351225
大连地铁五号线总承包管理部	辽宁省大连市西岗区沈阳路 5 号中铁大连地铁五号线有限公司	116011	18628912799
北京中铁悦诚投资管理有限公司	北京市丰台区汽车博物馆南路 3 号院北京中铁大厦	100010	18600869570
北京祥顺置业有限公司	北京市丰台区汽车博物馆南路 3 号院北京中铁大厦 4 层	100010	13426259075
石家庄云际生态保护管理服务有限公司	河北省石家庄市藁城区通安街 282 号 3 号楼 403 室	050000	18612182837
呼和浩特市地铁一号线建设管理有限公司	内蒙古呼和浩特市赛罕区如意和大街西蒙奈伦广场 7 号楼 A 座	010000	18891567179
中铁开发投资集团有限公司	**云南省昆明市西山区清苑路 68 号**	**650118**	**0871-68107718**
中铁重庆投资发展有限公司	重庆市渝北区回兴街道服装城大道绣峰 B8 栋 19 楼	401120	18302316852
中铁湖北建设投资有限公司	湖北省武汉市洪山区宝通寺路 8 号百瑞景五期东区 7 号楼 2 楼	430070	027-87775876
中铁云南建设投资有限公司	云南省昆明市云景路中段电子信息产业园 10 栋	650500	15877918646
中铁惠信股权投资基金管理有限公司	云南省昆明市西山区清苑路 68 号	650118	13769103001
昆明中铁总部大厦项目建设管理有限公司	云南省昆明市云景路中段电子信息产业园 10 栋	650500	13888455240
中铁开发投资有限公司云南分公司	云南省昆明市经开区云景路电子信息产业创业中心 10 栋	650217	15877918646
中铁开发投资有限公司贵州分公司	贵州省贵阳市观山湖区潭坝路迈德国际 A2-408	550022	15885109521
中铁开发投资有限公司湖北分公司	湖北省武汉市洪山区宝通寺路 8 号百瑞景五期东区 7 号楼 2 楼	430070	027-87775876
中铁开发投资有限公司重庆分公司	重庆市渝北区回兴街道服装城大道绣峰 B8 栋 19 楼	401120	18302316852
昆明东格高速公路开发投资有限公司	云南省昆明市东川区铜都街道迪派商务酒店院内中铁办公楼	654100	18687609200
昆明寻沾高速公路发展有限公司	云南省昆明市寻甸回族彝族自治县仁德街道办奥城新天地小区 6S-02 号	655200	13518730601
昆明轨道交通四号线土建项目建设管理有限公司	云南省昆明经开区出口加工区第三城·映象欣城 A2 幢 29、30 楼	650217	15288174624
贵州瓮开高速公路发展有限公司	贵州省瓮安县银盏镇平安路 46 号	550400	15286223617

续表

单位名称	地址	邮编	电话
贵州遵余高速公路发展有限公司	贵州省遵义市播州区苟江镇苟江大道1号4-K栋写字楼	563100	15288211107
武汉中铁武九北综合管廊建设运营有限公司	湖北省武汉市武昌区徐东大街2号汇通新长江大厦A座19楼	430061	13659862405
贵州威围高速公路发展有限公司	贵州省毕节市威宁县草海镇滨海大道郎玉酒店对面中国中铁指挥部	553100	18687807317
中铁重庆轨道交通投资发展有限公司	重庆市渝北区回兴服装城大道48号绣峰写字楼B8栋18楼	401120	18996818128
中铁重庆地铁投资发展有限公司	重庆市渝北区回兴服装城大道48号绣峰写字楼B8栋18楼	401120	13808039881
云南玉楚高速公路投资开发有限公司	云南省玉溪市红塔区玉兴路21号	653100	13883296957
昆倘高速公路发展有限公司	昆明市五华区园博园2栋号物业楼	650032	18687609200
贵阳轨道交通三号线开发建设有限公司	贵阳市观山湖区龙滩坝路迈德国际A2栋17-19楼	550009	13888530138
贵阳市城市综合管廊建设管理有限公司	贵阳市观山湖区二铺十三公里中铁二局项目部	550009	13984091288
中铁城市发展投资集团有限公司	**四川省成都市天府新区宁波路东段377号中铁卓越中心32楼**	**610000**	**028-80518289 028-80518200**
陕西分公司	西安市碑林区雁塔路北段9号中铁第壹国际A座19楼1903室	710000	029-89125856
甘肃分公司	甘肃省兰州市城关区皋兰路35-1号	730070	0931-8175830
宁夏分公司	银川市金凤区创新园66号	750001	0951-8763907
青海分公司	青海省西宁市城东金汇路33号2号楼111室112室	810000	0971-8140798
新疆分公司	乌鲁木齐市经济开发区西环北路2219号石油新村中铁办公楼	830011	0991-5263380
西藏分公司	西藏拉萨市当热西路52号天路康卓小区1栋2单元	850000	0891-6199857
四川分公司	四川省成都市天府新区宁波路东段377号中铁卓越中心4楼	610000	028-63022015
川东指挥部	四川省成都市崇州市永安中路19号	611230	028-82169057
成都轨道交通指挥部	四川省成都市天府新区宁波路东段377号中铁卓越中心9楼	610000	028-82366102
天府工程指挥部	四川省成都市天府新区宁波路东段377号中铁卓越中心6楼	610000	028-80518820
天府机场高速指挥部	四川省成都市天府新区宁波路东段377号中铁卓越中心5楼	610000	028-80518668
乌鲁木齐轨道指挥部	新疆乌鲁木齐市经开区阿里山街299号	830000	0991-7631992
新疆巴州工程指挥部	新疆巴州且末县玉都宾馆	841900	0996-7628333
西安地铁指挥部	陕西省西安市浐灞生态区浐灞大厦14楼	710000	029-83539285
成都中铁天圆房地产有限公司	四川省成都市天府新区宁波路东段377号中铁卓越中心3楼	610218	028-61896257
中铁（上海）投资集团有限公司	**上海市浦东新区世博馆路52号鲁能国际中心B座15楼**	**200126**	**021-60898504**
浙江区域经营指挥部	杭州市萧山区宁围镇江宁大厦B座12楼	311215	0571-82913526
安徽区域经营指挥部	安徽省合肥市包河区金谷产业园B52栋	230051	0551-65862993
江苏区域经营指挥部	江苏省南京市江宁区秦淮路66号隆仁大厦1101室	211160	
淮海区域经营指挥部	徐州云龙区绿地商务办公写字楼A座1-1105	221000	
上海区域经营指挥部	上海市普陀区丹巴路99号苏宁天御C1栋4楼	200126	
中铁置业集团有限公司	**北京市丰台区汽车博物馆南路3号院 北京中铁大厦A座**	**100160**	**010-83925798**
沈阳中铁盛丰置业有限公司	辽宁省沈阳市于洪区松山西路160-1号	110148	024-62525500
沈阳中铁万科祥盟置地有限公司	辽宁省沈阳市于洪区松山西路160-1号	110148	024-62525500
中铁置业集团长春房地产开发有限公司	吉林省长春市汽车经济技术开发区富民大街中铁城	130000	0431-89346676
沈阳中铁阅湖置业有限公司	辽宁省沈阳市于洪区松山西路160-1号	110148	024-62525500
中铁置业集团上海有限公司	上海市静安区江场西路299弄22号	200436	021-56651118
上海中铁市北投资发展有限公司	上海市静安区江场西路299弄22号	200436	021-56651118

续表

单位名称	地址	邮编	电话
杭州中铁和丰置业有限公司	浙江省杭州市余杭区北沙西路 28 号	311100	0571-89175552
上海中铁宝丰置业有限公司	上海市宝山区友谊路 1588 弄	201901	021-66680533
中铁诺德（杭州）置业有限公司	浙江省杭州市萧山区宁围街道民和路 600 号	311215	0571-89175553
亳州中铁置业有限公司	亳州市谯城区花戏楼路与元参路交叉口西北角中铁诺德逸都	236800	0558-5581116
中铁置业集团西安有限公司	陕西省西安市高新区丈八一路十号	710075	029-88199798
西安中铁瑞丰置业有限公司	陕西省西安市灞桥区灞桥湿地公园	710000	029-89517629
西安中铁长丰置业有限公司	陕西省西安市丈八四路六号	710000	029-89840813
西安茂丰置业有限公司	陕西省西安市灞桥区纺织城纺西街 482 号	710038	029-89840813
中铁置业集团西安有限公司太原项目指挥部	山西省太原市迎泽区新建南路 1 号 21 层	030002	0351-8209281
中铁置业集团贵州有限公司	贵州省贵阳市观山湖区观山西路 200 号	550081	0851-87991111
贵阳中铁置业有限公司	贵州省贵阳市观山湖区观山西路 200 号	550081	0851-87991111
贵阳金丰置业有限公司	贵州省贵阳市观山湖区观山西路 200 号	550081	0851-87991111
遵义源丰置业有限公司	贵州省遵义县龙坑镇中铁共青湖	563000	13985103550
贵阳中铁诺德置业有限公司	贵州省贵阳市观山湖区观山西路 200 号	550081	0851-87991111
中铁置业集团上海投资发展有限公司	上海市闸北区永和路 318 弄 5 号	200072	021-36562888
蚌埠中铁置业有限公司	蚌埠市东海大道 2595 号大学科技园 1# 楼西栋 16 层	233000	0552-2151860
中铁置业亳州投资发展有限公司	安徽省亳州市药都路 6 号	236800	0558-5857010
中铁置业滕州投资发展有限公司	山东省滕州市高铁客运换乘中心	277500	0632-5051509
中铁置业集团山东有限公司	山东省青岛市市南区香港中路 8 号	266071	0532-66759999
青岛中金渝能置业有限公司	山东省青岛市市南区香港中路 8 号	266071	0532-81635871
青岛中铁祥丰置业有限公司	山东省青岛市城阳区湘潭路 9 号	266071	0532-68009636
烟台中铁置业有限公司	山东省烟台市莱山区山海路 111 号	264000	0535-6865006
济南中铁置业有限公司	山东省济南市历城区经十东路中铁城售楼处二楼	250101	0531-86517295
中铁置业集团济南有限公司	山东省济南市历城区经十东路中铁城售楼处二楼	250101	0531-86517268
青岛中铁西海岸投资发展有限公司	山东省青岛市西海岸新区滨海大道 7777 号世博城展示中心	266400	0532-85196369
青岛世博城国际会议展览有限公司	山东省青岛市西海岸新区滨海大道 7977 号世博城展示中心	266400	0532-85196327
中铁置业集团北京有限公司	北京市门头沟区永定镇玉带东二街 163 号中铁西城大厦 19 层	102300	010-61828582
北京中铁润丰房地产有限公司	北京市顺义区马坡镇聚源西路 26 号院 1 幢 2 层 2205 室	101300	010-61828582
北京中铁东兴房地产开发有限公司	北京市门头沟区石龙西路 58 号永定镇政府办公楼 8 层 808 室	102308	010-61828582
北京中铁华兴房地产开发有限公司	北京市大兴区旧忠路 12 号院 9 号楼二层 1 门	100076	010-67938752
北京中铁永兴房地产开发有限公司	北京市海淀区西北旺百旺创新科技园丰智东路 11 号 6 层 618 号	100094	010-61828582
北京中铁顺兴房地产开发有限公司	北京市顺义区后沙峪镇安富街 6 号	101318	010-80414255
北京中铁大通房地产开发有限公司	北京市通州区宋庄镇徐辛庄大街 1 号 486 室	101119	010-61828582
北京中铁诺德东兴置业有限公司	北京市门头沟区石龙西路 58 号永定镇政府办公楼 YD154	102300	010-61828584
北京中铁诺德盛兴置业有限公司	北京市丰台区丰葆路 188 号 201 室	100160	010-53356666
北京中铁诺德顺兴置业有限公司	北京市顺义区天竺镇天筑家园 17 号 17 幢 2 层 293 室	101312	010-61828582
北京中铁诺德隆兴置业有限公司	北京市顺义区后沙峪镇安富街 6 号	101318	010-82058888
北京建邦中铁房地产开发有限公司	北京市海淀区西北旺镇百旺创新科技园丰智东路 11 号 6 层 619 号	100094	010-62442660
湖南青竹湖置业有限公司	湖南省长沙市岳麓区潇湘北路 668 号中铁西江悦售楼部	410000	0731-85099797
湖南百鑫达投资置业有限公司	湖南省长沙市岳麓区潇湘北路 668 号中铁西江悦售楼部	410000	0731-85099798

续表

单位名称	地址	邮编	电话
成都中铁蓉丰置业有限公司	四川省成都市青羊区光华东三路 486 号	610091	028-86283909
四川新锐实业投资有限公司	四川省都江堰市中兴镇梅花大道 2 号	611830	028-89716597
深圳中铁诺德置业有限公司	广东省深圳市福田区福中三路 1006 号	518026	0755-88267777
深圳市中铁永丰投资发展有限公司	广东省深圳市福田区福中三路 1006 号	518026	0755-88267777
三亚中铁置业有限公司	海南省三亚市河东区迎宾路 165 号	572000	0898-88676159
三亚中铁保丰置业有限公司	海南省三亚市河东区迎宾路 165 号	572000	15196600375
海南鸿安农场有限公司	海口市金盘开发区金华花园连体别墅（丁）型 15 号	570102	18976715688
海南胜安农场有限公司	海口市金盘开发区金华花园连体别墅（丁）型 15 号	570102	18976715688
厦门市中铁源昌置业有限公司	福建省厦门市湖里区五缘湾木浦路 103 号恒安国际中心 1501~1503 单元	361000	0592-3781970
秦皇岛中铁置业房地产开发有限责任公司	河北省秦皇岛市海港区河北大街西段中铁秦皇半岛售楼处	066000	0335-7093960
北京市安丰工程项目管理有限公司	北京市丰台区海鹰路 6 号院 20 号楼	100071	010-63767727
北京中铁第一太平物业服务有限公司	北京市西城区红莲南路 28 号	100055	010-52695381
中铁置业集团有限公司成都分公司	四川省成都市青羊区光华东三路 486 号	610091	028-86283909
中铁置业集团河北雄安有限公司	河北省保定市容城县板正南大街领秀城售楼部	071700	0312-5626506
中铁文化旅游投资集团有限公司	**贵州省龙里县中铁国际生态城白晶谷 5 组团**	**551200**	**0851-85195888**
中铁贵州旅游文化发展有限公司	贵州省黔南州龙里县冠山街道体育路	551200	0851-85195859
中铁四川生态城投资有限公司	四川省眉山市仁寿县黑龙滩镇四海社区商业街 13 栋	620561	028-36011119
中铁五局集团成都投资发展有限责任公司	四川省成都市金科南路 1 号黑格中心 C5	610036	028-87503400
中铁五局集团郫县投资发展有限公司	成都市郫县郫筒镇滨河路 16 号	610000	028-87504800
中铁资源集团有限公司	**北京市海淀区西四环中路 16 号院中铁资源大厦**	**100039**	**010-88213080**
中铁资源集团华刚矿业股份有限公司	北京市海淀区西四环中路 16 号院中铁资源大厦	100039	010-88612072
中铁资源集团刚果（金）分公司	刚果（金）卢本巴希市青亚玛路		
中铁资源集团 MKM 矿业股份有限公司	刚果（金）加丹加省		
中铁资源集团绿纱矿业股份有限公司	刚果（金）加丹加省		
刚果国际矿业简化股份有限公司	刚果（金）加丹加省		
中刚基础设施建设股份有限公司	刚果（金）金沙萨市		
中刚工程建设股份有限公司	刚果（金）卢阿拉巴省		
中铁资源集团新鑫公司	蒙古国东方省达西县		
中铁资源集团祥隆公司	蒙古国东方省乔巴山市		
中铁资源集团伊春鹿鸣矿业公司	黑龙江省铁力市伊春鹿鸣矿业有限公司	152500	0458-6189065
中铁资源集团商贸有限公司	北京市丰台区六里桥奈伦大厦	100010	010-83890801
北京兴源诚经贸发展有限公司	北京市丰台区六里桥奈伦大厦	100010	010-83890801
廊坊市中铁物探勘察有限公司	廊坊市广阳区廊万路 9 号	065000	0316-5212311
中铁资源集团金港矿业管理有限公司	北京市海淀区西四环中路 16 号院中铁资源大厦	100039	010-88212790
中铁资源集团北京技术咨询分公司	北京市海淀区西翠路	100039	010-88213386

续表

单位名称	地址	邮编	电话
北京邦盛源国际咨询有限公司	北京市海淀区西四环中路 16 号院中铁资源大厦	100039	
青海热贡文化保护与开发有限公司	青海省黄南州尖扎县	811999	0973-7702106
中铁资源集团满洲里有限公司	内蒙古自治区满洲里市经济合作区汽配街东独立小院黄色办公楼	021400	0470-3188001
武川县国金矿业有限公司	内蒙古呼和浩特市大学西街学府康都 B 座 1112 室	011700	0471-8826082
中铁蒙古有限责任公司	蒙古国乌兰巴托市	13370	976-77256789
中铁资源（澳大利亚）有限公司	澳大利亚		
中国铁路（香港）工程有限公司	香港		
中铁物贸集团有限公司	**北京市门头沟区永定镇玉带东二街 163 号**	**102308**	**010-61829816**
中铁物贸集团深圳有限公司	深圳市南山区中心路 3333 号中铁南方总部大厦 19 层	518054	0755-36658162
中铁物贸集团昆明有限公司	云南省昆明市西山区日新中路润城第一大道 4 栋 21 层	650100	
中铁物贸集团上海有限公司	上海市普陀区丹巴路 99 号 C1 座	200062	
中铁物贸集团武汉有限公司	湖北省武汉市武昌区徐东大街 6 号汇通新长江中心 18 楼	430062	
中铁物贸集团西安有限公司	陕西省西安市碑林区雁塔路北段 9 号中铁第一国际 A 座 19 楼	710000	
中铁物贸（北京）有限公司	北京市丰台区汽车博物馆南路 3 号院北京中铁大厦西配楼 10~11 层	100055	
鲁班（北京）电子商务科技有限公司	北京市门头沟区永定镇玉带东二街 163 号	102308	
中石油铁工油品销售有限公司	北京市西城区北三环中路 29 号院茅台大厦 18 层	100029	
中铁物贸（天津）有限公司	天津市滨海新区泰达 MSDC2-24 层	300450	
上海亚太国际商品交易服务有限公司	上海市浦东新区世纪大道 201 号渣打银行 9 楼	200120	
中铁物贸矿产有限公司	北京市东城区安定门东大街 28 号 2 号楼 3 层 311A 室	100010	
中铁物贸能源有限公司	北京市密云区密三路 1 号	101500	
中铁物贸集团有限公司成都分公司	四川省成都市金牛区金凤凰大道 99 号中铁产业园 A5 栋 7 楼	610083	
中铁物贸集团有限公司沈阳分公司	辽宁省沈阳市和平区南堤西路 905 号中海国际中心 A 座 901	110000	
中铁物贸集团有限公司轨道集成分公司	北京市丰台区西四环南路 35 号中都科技大厦 13 层	100071	
中铁国资资产管理有限公司	**北京市丰台区莲花池南里 26 号中铁工程大厦 A 座**	**100055**	**010-51843870**
中铁咸阳管理干部学院	陕西省咸阳市秦皇路 5 号	712000	029-32879710
中铁一局宏达资产管理分中心	陕西省西安市雁塔北路 1 号	710054	029-87864897
西安铁路工程职工大学	陕西省西安市太白南路 189 号	710065	029-82057856
兰州铁路技师学院	甘肃省兰州市七里河区西津西路 511 号	730050	0931-4914815
中铁一局集团中心医院	陕西省渭南市华县杏林镇	714100	029-87865857
中铁一局集团西安中心医院	陕西省西安市南二环东段 319 号	710054	029-87865857
中铁一局集团咸阳中心医院	陕西省咸阳市新兴北路 666 号	712000	029-33777180
中铁一局集团二公司唐山医院	河北省唐山市路南区友谊里友中街	063000	0315-7212002
中铁一局集团第五工程有限公司职工医院	陕西省宝鸡市桥南中滩路 5 号	721006	0917-3836033
中铁二局宏达资产管理分中心	四川省成都市金牛区通锦路 8 号	610031	028-8642877
中铁二局集团中心医院	四川省成都市金牛区沙湾东一路 85 号	610031	028-87743457
中铁二局集团峨眉疗养院	四川省峨眉山市峨九街 85 号	614215	0833-5522370
中铁二局宏达分中心邳州医院	江苏省邳州市邳新路 12 号	221300	0516-86223517
中铁三局宏达资产管理分中心	山西省太原市迎泽大街 269 号	030001	0351-8951503
哈尔滨铁道职业技术学院	黑龙江省哈尔滨市平房区哈南第二大道和南城十五路交叉口	150060	0451-57839228
郑州铁路技师学院	河南省郑州市上街区五云路 68 号	450041	0371-68320720

续表

单位名称	地址	邮编	电话
中铁三局集团培训中心	山西省祁县东风路 116 号	030900	0354-5222282
中铁三局集团中心医院	山西省太原市坞城东街 2 号	030006	0351-8952375
中铁四局宏达资产管理分中心	安徽省合肥市望江东路 96 号	230023	0551-65244237
中铁四局集团中心医院	安徽省合肥市望江东路 96 号	230023	0551-65244457
中国中铁阜阳中心医院	安徽省阜阳市颍东区幸福路 161 号	236024	0558-2107411
中铁四局集团第四医院	安徽省合肥市新蚌埠路 90 号	230041	0551-65245257
中铁五局宏达资产管理分中心	贵州省贵阳市南明区玉溪巷 89 号	550002	0851-8180480
中铁五局集团培训中心	贵州省贵阳市云岩区白云大道 163 号	550008	0851-4849926
中铁五局集团杭州疗养院	浙江省杭州市富阳区花坞北路 5 号	311400	0571-63323181
中铁六局宏达资产管理分中心	北京市海淀区万寿路 2 号中铁六局大厦 815	100036	010-68185869
中铁七局宏达资产管理分中心	河南省郑州市航海东路 1225 号	450016	0371-67723150
中铁八局宏达资产管理分中心	四川省成都市金牛区金科东路 68 号	610036	028-87519663
中铁九局宏达资产管理分中心	辽宁省沈阳市和平区胜利南街 46 号	110051	024-23943983
中铁十局宏达资产管理分中心	山东省济南市高新区舜泰广场 7 号楼	250101	0531-82461170
中铁大桥局宏达资产管理分中心	湖北省武汉市汉阳区汉阳大道 38 号	430050	027-84596303
中铁大桥局集团职工培训中心	湖北省武汉市汉阳区五里新村 51 号	430050	027-84597441
武汉铁路桥梁学校	湖北省武汉市汉阳区鹦鹉大道桥机新村 2 号	430052	027-84280190
中铁隧道集团宏达资产管理分中心	河南省洛阳市状元红路 3 号	471009	0379-62633133
中铁隧道集团职工大学	河南省洛阳市状元红路 3 号	471009	0379-62632655
中铁电气化局宏达资产管理分中心	北京市丰台区万寿路南口金家村 1 号院	100036	010-51846543
衡水铁路电气化学校	河北省衡水市红旗南大街职教园区衡水铁路电气化学校	053000	0318-8081180
中铁建工集团宏达资产管理分中心	北京市房山区良乡政通路 12 号	102488	010-51136629
中铁建工集团医院	河北省涿州市范阳西路 84 号	072750	0312-3672937
中铁航空港宏达资产管理分中心	北京市海淀区北四环西路 87 号	100195	010-88845011
中铁上海工程局宏达资产管理分中心	上海市闸北区江场三路 278 号	200436	021-60768116
中铁上海局芜湖医院	安徽省芜湖市鸠江区卜家店中铁上海局芜湖医院	241000	0553-2821354
中铁港航局宏达资产管理分中心	广东省广州市萝岗区科学城香山路 11 号	510660	020-62812685
中铁山桥集团宏达资产管理分中心	河北省秦皇岛市山海关区南海西路 35 号	066205	0335-5158722
山海关铁路技师学院	河北省秦皇岛市山海关区工人新村 863 号	066205	0335-7941272
中铁山桥集团医院	河北省秦皇岛市山海关区工人街 55 号	066205	0335-5141383
中铁宝桥宏达资产管理分中心	陕西省宝鸡市清姜路 80 号	721006	0917-2867005
宝鸡桥梁厂职工医院	陕西省宝鸡市清姜路 80 号	721006	0917-2867420
中铁科工宏达资产管理分中心	湖北省武汉市武昌区徐东大街 45 号中铁科技大厦 2309	430066	027-86835169
中铁武汉电气化局宏达资产管理分中心	湖北省武汉市东湖新技术开发区光谷创业街 71 号	430074	027-51172341
中铁第六勘察设计院宏达资产管理分中心	天津市空港经济区中环西路 36 号	300308	022-58670623
中国铁路工程总公司党校	**河北省石家庄市裕华东路 56 号 中铁商务广场**	**050011**	**0311-67660609 0311-67660610**
中国中铁股份有限公司华东工程指挥部	**上海市普陀区丹巴路 99 号 A2 座 5 楼**	**200062**	

续表

单位名称	地址	邮编	电话
中国中铁股份有限公司华北工程指挥部	山西省太原市迎泽区新建南路 1 号中铁三局科技大楼 34 层	030000	
中国中铁股份有限公司京津冀工程指挥部（中国中铁雄安新区投资建设总指挥部）	河北省保定市容城县容信路 1 号中国中铁大厦 4 层	071700	
中国中铁股份有限公司珠三角城际工程建设指挥部	广东省广州市花都区花山镇观明路 8 号中国中铁新白广 2 标	510800	
中国中铁股份有限公司珠三角城际铁路工程指挥部	广州市南沙区进港大道 582 号 10 楼 1001 室	511458	
中国中铁股份有限公司广州轨道交通工程指挥部	广州市海珠区新港东路万胜围广场 C 塔 19–20 楼	510330	
中国中铁股份有限公司双辽至洮南公路建设项目第 ST01 合同段项目总经理部	吉林省松原市长岭县太平川镇 106 省道旁兴源新村	131500	
中国中铁股份有限公司 DY 高铁项目经理部	北京市海淀区复兴路 69 号中铁大厦 C 座	100039	
中国中铁股份有限公司孟加拉帕德玛大桥铁路连接线项目经理部	孟加拉国达卡市巴利达拉小区 12 号路 21 号楼	1212	
中国中铁股份有限公司印尼雅万高铁项目经理部	印度尼西亚万隆市帕达拉郎镇新城区床具用品专卖场——中国中铁股份有限公司印尼雅万高铁项目经理部	40553	
中国中铁股份有限公司哈大铁路客运专线工程指挥部	辽宁省沈阳市苏家屯红椿路 88 号米拉晶典 C2–111	110111	

索　引

使用说明

一、本索引采用关键词索引法编制。年鉴中有实质检索意义的内容均予以标引，以供检索使用。

二、本索引基本上是按汉语拼音音序排列。具体排列规律如下：以数字开头的标目，排在最前面；以英文字母开头的标目，列于其次；汉字标目则按标目首字的音序、音调依次排列；首字相同时，则以第二个字排序，并依次类推。

三、索引标目后的数字，表示检索内容所在的年鉴正文页码；年鉴中用表格、图片反映的内容，则在索引标目后面用括号注明“（表）”“（图）”字样，以区别于文字标目；如果一个关键词在同一页中出现数次，页码只标注一次。

0~9（数字）

A~Z（英文）

A

B

C

D

H

J

S

T

W

X

Y

Z